KB161785

요한 볼프강 폰 괴테(1749~1832)

괴테 연구실 지질학·광물학·식물학·해부학 등을 연구, 1784년 사람과 포유류의 두개골을 비교해 사람에게는 간악골이 있다는 사실을 발견했다.

괴테·쉴러 기념물(1857) 괴테는 쉴러에게서 바이마르 고전주의 예술의 많은 영향력을 받았다.

밀라노에 있는 괴테 기념상 이탈리아는 유럽의 예술가와 지식인을 하나의 문명권으로 만든 문화원천의 유적지이다.

카를 아우구스트 괴테는 바이마르 공국의 카를 아우구 스트 공의 교육 겸 상담역으로 바이마르에 부임하여 대 신이 되고 귀족 반열에 올랐으며, 공이 죽을 때까지 보좌 했다.

예나에서 괴테, 쉴러, 빌헬름, 알렉산더 폰 훔볼트 1797년 바 이마르 재상이 된 괴테가 헤르더와 쉴러를 이곳으로 불 러들여 바이마르 고전주의 예술관을 굳게 세우며 황금기 를 이룬다.

〈이탈리아 해안선〉 괴테. 1787.

▲〈고타드 패스〉(1785) 괴테는 20대 중반에 처음으로 스위스를 여행하며 수많은 그림을 그린다.

◀비서 존에게 글을 대신 받아적게 했다.

▼자유기둥을 묘사한 수채화 괴테

로마 미뇽 기념 조형물 《빌헬름 마이스터 수업시대》에는 빌헬름을 무척 그리워하는 12살 소녀 미뇽이 빌헬름을 위해 뜨거운 사랑의 노래를 부른다.

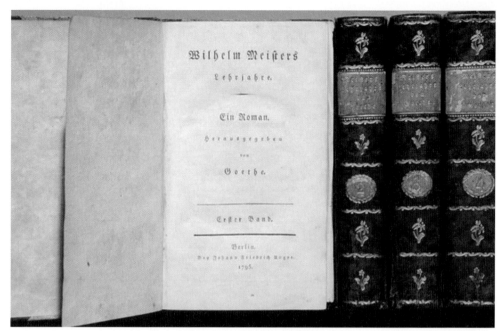

《빌헬름 마이스터 수업시대》 초판본 표지 및 괴테시대 그 무렵의 다른 인쇄본들

프란츠 슈베르트 괴테가 1771년 쓴 시에 곡을 붙여 1815년에 가곡 〈들장미〉를 작곡했다.

하프 타는 노인 《빌헬름 마이스터 수업시대》에서 유랑극단의 하프 연주자(1826)

'내 마음이 이 꽃처럼 순결하고 정직해야 한다는 뜻이야. 《빌헬름 마이스터 수업시대》에서 젊은 여인 미뇽 삽화(1873)
정말로 그렇게 되면 좋을 텐데'

▶오페라 〈미뇽〉 초연 포스터 앙브루아즈 토마
작곡, 셀레스틴 갈리마리 주연. 1866.

▼〈미뇽〉 초연 장면

프랑크푸르트 괴테 축제(2010) 〈빌헬름 마이스터〉 연극 공연 장면

세계문학전집053
Johann Wolfgang von Goethe
WILHELM MEISTERS LEHRJAHRE

빌헬름 마이스터 수업시대

요한 볼프강 폰 괴테/곽복록 옮김

동서문화사

디자인 : 동서랑 미술팀

빌헬름 마이스터 수업시대
차례

제1부

제1장

시간이 이렇게 많이 흘렀는데도 연극은 지루하게 끝나지 않고 있었다. 바르바라 할멈은 벌써 몇 번이나 창가로 다가가서 마차 소리가 들려오는지 귀를 기울였다. 그녀는 오늘 연극 마지막 장면에서 젊은 장교를 연기하여 관객에게 뜨거운 갈채를 받았을 아름다운 안주인 마리아네를 기다리고 있었다. 가벼운 저녁식사를 준비하는 것뿐인데도 할멈은 여느 때와 달리 마음을 설레며 조바심을 냈다. 젊은 부자인 상인 노어베르크가 비록 멀리 떨어져 있어도 잊지 않고 사랑한다는 뜻으로 보내온 작은 소포로 마리아네를 깜짝 놀라게 해주고 싶었기 때문이다.

바르바라는 나이 많은 가정부였지만 마리아네의 친구이며 조언자로서 집안일을 도맡아하고 있었기에 소포를 마음대로 뜯어도 되리라 생각했다. 시원스런 성격을 가진 노어베르크가 품고 있는 연정을 그녀는 본인들보다 더 걱정했으며 그만큼 젊은이들에 대한 호기심 또한 컸다. 끝내 할멈은 오늘 저녁에도 참지 못하고 그만 소포를 뜯었다. 고맙게도 그 소포에는 마리아네에게 주는 모슬린과 유행하는 리본 몇 개, 그리고 자신에게 보내는 면포 한 마와 스카프들과 동전 한 꾸러미도 있었다. 바르바라는 감사하는 마음으로 멀리 있는 노어베르크를 떠올렸다. 그러고는 마리아네가 돌아오면 그녀에게 노어베르크에 대해 칭찬을 하고 그녀가 그에게 얼마나 도움 받고 있는지, 그가 마리아네의 마음이 변하지 않기를 얼마나 간절히 바라는지 말해 주리라 마음먹었다.

바르바라는 크리스마스 선물 같은 분위기를 내도록 리본들로 모슬린 옷감을 더욱 돋보이게 꾸며 작은 탁자 위에 가지런히 놓았다. 그 옆에 촛불을 켜니 선물은 더욱 눈부셔 보인다. 모든 준비가 끝난 그때였다. 할멈은 계단을 오르고 있는 마리아네의 발소리를 듣고 서둘러 마중 나갔지만 이내 너무 놀라 뒷걸음질치고 말았다. 장교 분장을 하고 있던 마리아네는 그녀를 안아주려 두 팔을 벌리고 서 있던 할멈에게 눈길도 주지 않고 그냥 지나쳤기 때문이다. 부산스럽게 방으로 달려들어간 그녀는 깃이 달린 모자와 긴 칼을 탁자 위에 던져놓고 진정이 되지 않는 듯 여기저기 돌아다닐 뿐 정성스레 꾸며둔 탁자는 거들떠보지도 않았다.

"무슨 일 있었나요? 마리아네 아가씨?"

할멈이 놀라서 물었다.

"이것 보세요. 노어베르크 씨가 보내준 선물들이랍니다. 아가씨의 잠옷으로 쓰라고 모슬린을 보내주셨어요. 그분도 곧 돌아오신대요. 여느 때보다 더 열심히 지내시고 씀씀이도 좋아지신 것 같아요."

할멈이 돌아서서 노어베르크가 자신에게 보내준 것도 보여주려고 하자 마리아네는 그 선물들로부터 눈길을 돌리고 거칠게 소리쳤다.

"그만둬요! 그만! 오늘 밤은 그런 얘기 듣고 싶지 않아요! 난 늘 할멈 말대로 행동해 왔어요. 노어베르크가 돌아오면 난 다시 그의 것이 될 거예요. 그럼 날 그의 것이라 생각하고 맘대로 해도 좋아요. 하지만 그 전까지는 내 마음대로 살겠어요. 할멈이 뭐라 하던 내 생각이 바뀌는 일은 없을 거예요. 나는, 날 사랑해 주고 또 내가 사랑하는 그 사람에게 내 모든 것을 주고 싶어요. 그런 얼굴 하지 말아요! 이 사랑이 영원하리라 생각하고 내 모든 것을 바칠 테니까요."

할멈도 그녀의 말에 반박할 의견은 충분했다. 하지만 말다툼을 하는 사이에 차츰 말이 과격해지자 결국 마리아네가 할멈의 멱살을 잡고 말았다. 바르바라는 큰 소리로 웃으며 말했다.

"자, 두 번 다시 바지는 입지 마세요. 내 목숨을 지키기 위해서도 안 되겠어요. 좀, 진정하세요! 옷을 벗고 나면 잠깐 동안 내게 부끄러운 행동을 한 게 미안해지겠지요. 어서 그런 옷은 다 벗어버리세요! 모두 벗어버리란 말예요! 아가씨에게 어울리는 옷이 아니에요. 너무나 위험해요. 견장이 아가씨를 지나치게 용감토록 만드는군요."

할멈이 마리아네의 옷을 벗겨주려 손을 뻗자 그녀가 할멈의 손을 밀어냈다.

"서두르지 말아요. 오늘 밤 손님이 오기로 했어요."

"어머 그건 좀 곤란한대요. 설마 그 젊고 물러빠진, 별 볼 일 없는 상인의 아들은 아니겠지요?"

"맞아요. 바로 그 사람이에요."

"아가씨는 정말로 너그러운 사람이군요?"

할멈이 비웃음을 지으며 말했다.

"정말이지, 용케도 그런 돈도 없는 반쪽짜리를 돌볼 생각을 하셨네요. 천사 같은 누님이라 칭송받는 게 그렇게도 좋던가요?"

"무슨 말을 해도 좋아요. 난 그 사람이 좋아요. 아니, 사랑해요. 진심으로 사랑한다는 말을 한 건 처음이지만 정말 기분 좋은 말인 것 같아요. 지금까지 무대에서 몇 번이고 했었지만 난 조금도 사랑에 대해 알지 못했어요. 그 사람 품에 안겨 평생 놓치지 않도록 꼭 붙잡을 거예요. 나의 사랑을 남김없이 몽땅 주고, 그의 사랑을 하나하나 느끼고 싶어요."

"아가씨의 기분을 언짢게 할 것 같지만, 할 말은 해야겠어요. 헛소리 좀 그만 하세요! 2주 뒤에 노어베르크 씨가 돌아온다고 이 편지에 쓰여 있단 말이에요!"

"내일 아침 떠오르는 해와 함께 그가 사라진다고 해도 괜찮아요. 2주면 아직도 멀었네요. 그새 무슨 일이 일어날지 누가 알아요?"

빌헬름이 들어왔다. 마리아네는 얼른 달려가서 그의 품에 안겼고 빌헬름은 황홀한 표정으로 빨간 장교복을 입은 그녀를 꼭 끌어안았다. 서로 사랑하는 둘의 행복은 말과 글로는 나타낼 수 없는 것이었다. 할멈은 툴툴거리며 자리를 비켜주었다. 우리도 그녀를 본받아 행복의 절정을 느끼고 있을 그들이 단둘이 서 있을 수 있도록 자리를 뜨도록 하자.

제2장

다음 날 빌헬름이 어머니에게 아침 인사를 드리자, 어머니는 그의 아버지가 그를 몹시 못마땅해하고 있으며 그가 날마다 극장에 가지 못하도록 할 것이라고 귀띔을 해주었다.

"나도 가끔은 극장에 가지만 네가 너무 지나치게 다녀서 집안에 불화가 일어나니까 이제 극장 가는 게 지긋지긋해지고 말았다. 아버지는 극장 같은 건 아무런 도움도 되지 않는다고, 시간 낭비라고 말씀하고 계셔."

빌헬름은 대답했다.

"그 말은 저도 들었어요. 제가 너무 경솔하게 대답한 것 같아요. 하지만 어머니, 과연 바로 돈이 들어오지 않는 것, 금방 재산을 모을 수 없는 일은 모두 쓸데없는 걸까요? 예를 들어 전에 살던 집도 꽤나 넓었잖아요. 새로 지을 필요가 있었나요? 아버지도 해마다 벌어들인 돈의 상당 부분을 장식물에 쓰고 계시잖아요. 이 벽장식도, 영국제 가구도 다 쓸모없는 것이 아닙니까? 조금 더 소박한 것으로 만족할 수도 있지 않나요? 솔직히 말하면 이 줄무늬 벽지도 그렇고, 한 번씩은 꼭 바꾸는 꽃무늬와 덩굴무늬 벽지도 이젠 보고 있으면 넌더리가 납니다. 기껏 꾸며봤자 벽은 벽이잖아요. 저에겐 극장의 화려한 막 같은 것이죠. 하지만 막 앞에 앉아 있는 것은 완전히 다르게 느껴져요. 아무리 오래 기다린다고 해도 언젠가 막이 오를 것을 알고 있기 때문이죠. 그리고 막이 오르면 정말 여러 가지를 보여주며 우리를 즐겁게 해주고 많은 것을 깨닫게 해주잖아요?"

"그래도 정도껏 해야지." 어머니가 말했다.

"아버지도 저녁에 이야기할 상대를 바라시는 거야. 그런데 너는 연극에 빠져서 집에 들어오질 않으니 기분이 언짢아지셔서 결국엔 나를 나쁜 사람 취급한단다. 그 인형극 때문에 내가 몇 번이나 잔소리를 들었는지 너는 모를 거야. 12년 전 크리스마스에 보여준 인형극이 너를 그렇게 만들어 버렸으니……."

"그 인형극을 탓하지는 마세요. 어머니의 사랑과 배려를 후회하지 마세요. 그건 텅 빈 새집에서 저에게 처음으로 즐거움을 준 것이었습니다. 평소대로 크리스마스 선물을 받고 옆방으로 가는 문 앞에 앉으라는 말을 들었을 때 느꼈던 그 기묘한 기분을 아직도 기억하고 있어요. 문이 열렸는데 그곳은 언제나 들락날락하던 곳이 아니었지요. 입구는 꿈도 꾸지 못할 정도로 훌륭하게 꾸며져 있었고 무대는 높게 세워져 있었지만 신비로운 커튼으로 가려져 있었죠. 처음에는 우리 모두 멀리 떨어져 있었지만 커튼 뒤로 무언가가 빛나고 부스럭거리는 소리가 났기에 가서 보고 싶었어요. 그렇지만 어머니가 가만히 의자에 앉아 있으라고 하셔서 그렇게 했지요."

빌헬름은 이어서 말했다.

"그래서 모두 조용히 앉아 기다리고 있었더니, 피리 소리와 함께 막이 오르고 무대 위엔 새빨간 신전이 보였어요. 그리고 제사장 사무엘과 요나단이 등장했죠. 번갈아 가며 노래를 부르는 둘의 목소리는 숭고하다고 느껴질 정도였어요. 바로 그 뒤에 등장한 사울은 두꺼운 갑옷을 입고 있었는데 그의 부하에게 도전하는 골리앗의 오만한 태도에 완전히 당황하고 있었어요. 그래서 이새의 막내아들이 양을 칠 때 쓰던 지팡이와 물매와 돌멩이를 가지고 나타나, '위대한 왕이시여! 나의 군주시여! 저자로 인해 두려워하실 필요 없습니다. 주군께서 허락해 주신다면 제가 나가서 저 거인과 결투하겠습니다' 말했을 때는 너무나 기뻤어요. 그렇게 1막이 끝났고 계속 보고 있던 우리는 다음 이야기가 너무 궁금해서 견딜 수 없었어요. 쉬는 시간 따위 빨리 지나갔으면 했지요. 드디어 막이 오르고 골리앗이 다윗에게 '네 몸을 새와 들짐승에게 주겠다'라며 몸집이 작은 그를 비웃었지만 결국 다윗의 돌팔매질에 그만 쓰러졌지요. 그 뒤 시민들이 나와 '사울이 죽인 자는 천이요, 다윗은 만이로다' 하며 다윗을 칭송했어요. 그리고 다윗은 사울의 아름다운 딸을 얻어 행복해하지요. 그런데 유난히 작은 왕자의 모습에 화가 났어요. 왜냐하면 그가 골리앗의 머리보다도 작게 만들어졌기 때문이었어요. 그나저나 어머니, 그 인형들은 다 어디에 있나요? 지난번에 친구들에게 이 이야기를 해주었더니 무척 재미있어하기에 그때 썼던 인형들을 보여주기로 했거든요."

어머니가 말했다.

"나도 그때의 일이 곧잘 떠오르는데 너야 얼마나 그 일을 생생하게 기억하고 있겠니. 그 연극을 어쩌나 재미있어했는지 네가 나한테서 그 작은 책을 훔쳐다가 대본을 처음부터 끝까지 술술 외우던 기억이 선하구나. 어느 날 저녁 네가 양초로 골리앗과 다윗을 만들어 연극하듯 가지고 놀았는데, 골리앗의 머리를 단번에 부러뜨려서 커다란 핀을 꽂은 다윗의 손에 대주는 것을 보았단다. 그때 네게서 모성애를 느꼈고, 또 너의 훌륭한 기억력을 생각해서 연극에 썼던 나무 인형들을 너에게 주려고 마음먹었던 거야. 그게 많은 불화의 원인이 될 것이라고는 전혀 상상도 못했으니까."

"왜 후회를 하시는 건가요? 전 그 놀이 덕분에 어린 시절을 즐겁게 지낼 수 있었는데요."

이렇게 말하고 그는 창고 열쇠를 받아 인형을 찾아냈다. 잠시 동안, 인형에게 영혼이 있어서 말을 하고 움직이는 것이라 믿었던 어린 시절로 돌아간 듯했다. 그는 인형을 방에 가지고 들어가 보물 다루듯 조심스레 상자 안에 넣었다.

제3장

모두들 한 번쯤은 들어봤을 것이다. 빠르든 늦든, 첫사랑은 마음이 느낄 수 있는 가장 아름다운 감정이라는 말을. 그렇다면 딱 한 번만 느낄 수 있는 그 기쁨을 남김없이 맛볼 수 있는 우리의 주인공은 남보다 몇 배는 더 행복한 사람이리라. 그런 엄청난 행복을 느낄 수 있는 사람은 아주 적고, 나머지는 선입견 때문에 오해받고 숱한 시련을 견뎌내야 한다. 잠시 다채로운 기쁨을 맛본 뒤에, 그들의 가장 멋진 바람들을 포기하고 눈앞에 아른거리는 행복을 영원히 버리도록 강요받는 것이다.

매력 있는 한 소녀에 대한 빌헬름의 불같은 사랑은 상상의 날개 위에 차츰 높이 치솟았다. 그녀와 사귀기 시작하고 얼마 지나지 않아 그녀와의 사랑을 이루었다. 이로써 빌헬름은 그가 너무나 사랑하다 못해 존경하는 사람을 제 것으로 만들었다. 존경이라고까지 말하는 이유는 그녀가 빌헬름 앞에 처음 나타난 것이 무대 위였기 때문이다. 연극에 대한 그의 열정이 한 여성으로 인해 처음 느낀 감정과 뒤섞여 그녀의 존재를 더욱 빛나게 했다. 그의 젊음이, 활발한 상상력으로 키워져 넘쳐흐르는 기쁨을 맛보게 해주었다. 그녀의 태도도 그의 감정에 더없이 활기를 불어넣었다. 그녀는 애인이 자신의 사정을 너무 일찍 알아버릴까 두려운 마음에, 가끔씩 불안과 부끄러움이 섞인 사랑스러운 모습을 보였기 때문이다. 그에 대한 마리아네의 사랑은 열정으로 가득했다. 그녀의 불안조차 그 사랑을 더 부추기는 듯했다. 그의 가슴에 안겨 있을 때 그녀는 어느 누구와도 비교할 수 없을 만큼 사랑스러운 여인이었다.

처음 그 기쁨에 취해서 자신의 생활과 주변을 돌아보니 모든 것이 그에게 새롭게 보였다. 의무는 더욱 신성하게, 놀이는 더욱 즐겁게, 지식은 더욱 명확하게, 그리고 여러 계획은 보다 확고해지는 듯했다. 그러므로 아버지의 비난을 피하며 어머니를 안심시키고 마음 놓고 마리아네의 사랑을 느낄 수 있는 방법을 생각해 내는 것은 그리 어려운 일이 아니었다. 낮에는 열심히 일하고, 연극은 거의 포기하고, 되도록 저녁은 가족과 함께했다. 그리고 모두가 잠이 들면 망토를 뒤집어쓰고 정원으로 가는 문을 가만히 열고 나가서 린도르와 레안더[1]를

---

[1] 18세기, 독일의 연극이나 오페라에서 자주 등장했던 연인(남자)의 이름.

떠올리며 연인에게 달려갔다.

어느 날 밤, 그가 들고 온 작은 꾸러미를 보고 마리아네가 물었다.

"무얼 가지고 온 거예요?"

바르바라는 값비싼 선물이 들어 있는 게 아닐까 하는 기대에 찬 눈빛으로 꾸러미를 바라보았다.

"아무리 당신이라도 이건 알아맞히지 못할 걸요?"

그가 보자기를 끌러 손가락만 한 인형을 여러 개 꺼내들었다. 그가 인형 뒤에 이어진 엉킨 철사줄을 풀어 마리아네에게 보여주자 마리아네가 큰 소리로 깔깔거리며 웃었다. 할멈은 많이 실망했는지 슬쩍 밖으로 나갔다.

아주 소소한 것이라도 연인끼리는 충분히 즐거운 시간을 보낼 수 있는 법이다. 우리 친구들도 그날 밤은 아주 즐겁게 지냈다. 작은 인형들은 하나하나 꼼꼼히 관찰되어 웃음거리가 되기도 했다. 검은 벨벳으로 된 옷을 입고 황금 왕관을 쓴 사울은 전혀 마리아네의 취향이 아니었다. 너무 권위주의적이고 격식을 차리고 있는 것 같다고 그녀는 말했다. 반면 요나단은 수염이 없는 턱이며, 노랗고 빨간 천으로 만들어진 옷과 터번 등 모든 것이 그녀의 마음에 들었다. 능숙하게 실을 조절해서 여기저기로 움직이기도 했고 절을 하며 사랑 고백을 시키기도 했다. 빌헬름이 사무엘의 가슴받이 갑옷을 칭찬하고 긴 비단벌레 빛깔의 수단은 그의 할머니 옷으로 만든 것이라고 이야기해도 마리아네는 전혀 눈을 돌리지 않았다. 다윗은 너무 작고, 골리앗은 너무 크다며 요나단의 편을 들었다. 그리고 계속 요나단만 귀여워하던 그녀는 그 애정을 인형에서 연인에게로 돌렸기에 이번에도 별것 아닌 장난이 행복의 발단이 되었다.

하지만 길가에서 와자지껄하게 들려오는 소리에 더없는 행복에 빠져 있던 우리의 연인들은 꿈에서 깨고 말았다. 마리아네가 바르바라를 불렀다. 할멈은 언제나 그랬듯이 무대의상 가운데 다음에 쓸 만한 것들을 열심히 고치고 있었다. 할멈은 바로 옆에 있는 이탈리아 요리점에서 일꾼들이 갓 잡아온 싱싱한 굴을 안주 삼아 샴페인을 마시다가 막 나온 것이라고 일러주었다.

"아차!"

마리아네가 무언가 생각난 듯 말했다.

"좀더 빨리 생각났으면 좋았을 텐데. 우리도 뭐 좀 먹는 게 어때요?"

"아직 시간은 많아요."

빌헬름이 금화 한 닢을 할멈에게 주며 말했다.

"적당히 먹을 것 좀 사와주세요. 바르바라도 같이 먹어요."

할멈은 재빠르게 나가서 곧 간단한 식사거리를 사 가지고 와서는 작은 탁자 위에 차리고 두 사람 앞에 놓았다. 그들은 셋이서 먹고 마시며 매우 즐거운 시간을 보냈다.

이럴 때는 늘 이야기가 끊이지 않는 법이다. 마리아네는 또다시 요나단의 이야기를 했고, 할멈은 빌헬름이 좋아할 만한 주제로 이야기를 돌렸다.

"지난번에 처음으로 크리스마스 때 인형극을 보았던 이야기를 해주셨지요? 정말 재미있었답니다. 그때는 이야기가 중간에서 끊기고 말았었지요. 춤이 시작되는 부분에서요. 이게 바로 그때 인형극을 성공시킨 주인공이군요!"

"그래요!"

마리아네가 말했다.

"다음 이야기를 들려줘요. 그때 당신은 기분이 어땠어요?"

"옛날 일이나 어렸을 적에 저질렀던 실수를 다시 떠올리는 것은 아주 기분 좋은 일이에요. 마리아네."

빌헬름이 대답했다.

"특히 높은 곳에 올라가 그곳에서 올라왔던 길을 되돌아볼 수 있다면 더욱 그래요. 도저히 넘을 수 없다고 생각하면서도 몇 번이고 겪게 되었던 그 힘든 일들을 내가 만족할 만한 결과를 얻은 뒤에 다시 떠올리면 정말 기분이 좋아져요. 성장한 지금의 나와 미숙했던 그때의 나를 비교해 보는 것도 좋은 일이죠. 하지만 나는 지금이 너무나도 행복해요. 지금 당신과 전에 있었던 일을 이야기하면 둘이서 함께 손잡고 나아가는 미래가 보이기 때문이지요."

"춤은 어떻게 되었나요?"

할멈이 끼어들었다.

"잘되었을지 궁금해지는데요."

"아, 정말 훌륭했었어요."

빌헬름이 대답했다.

"정확하게 기억하고 있지는 않지만 무어인들과 양치기들, 그리고 난쟁이들이 나와 추던 그 기묘한 춤은 살아 있는 동안은 정말 잊지 못할 겁니다. 막이 내리고 아이들은 모두 무언가에 취한 듯이 휘청거리며 방으로 돌아갔지요. 하지만 나는 전혀 잠이 오지 않았어요. 이야기를 좀더 듣고 싶었고 묻고 싶은 것도 많았거든요. 그래서 우리를 침실로 데려다준 유모가 계속 옆에 있어주었으면 했어요. 다음 날 아침에 다시 문 앞으로 가니 이미 마법은 풀려 있었어요. 신비로웠던 막은 이미 걷히고 문은 본디 모습으로 돌아가 있었죠. 그 많았던 모험은 아무런 흔적도 남기지 않고 사라져 버렸어요. 내 남동생들과 여동생들은 장난감을 가지고 여기저기 뛰어놀았지만 나는 천천히 주변을 맴돌았죠. 지난밤에 그 신기한 일들이 일어난 곳에 기둥만 서 있다는 것이 믿어지지 않았거든요. 도망간 연인을 찾아다니는 남자도 그때의 나만큼 불행하지 않았을 걸요?"

그가 마리아네에게 던진 기쁨에 취한 눈빛은 그의 연인이 도망갈 일은 절대 없을 것이라는 확신으로 가득했다.

제4장

"그래서 그 인형극을 다시 보고 싶다는 것이 나의 유일한 소원이 되었어요." 빌헬름은 계속해서 말했다.

"나는 어머니에게 부탁했고, 어머니는 때를 봐서 아버지를 설득하려고 했지만 소용없었어요. 아버지는 '즐거움이라는 것은 가끔 맛볼 수 있어야 인간에게 가치가 있는 것이다. 아이도 어른도 날마다 좋은 일만 있으면 그 값어치가 없어지는 것이다' 말했거든요. 나는 적어도 다음 크리스마스가 될 때까지 기다려야만 했어요. 그런데 그 인형극을 만들었던 사람이 다시 한 번 인형극을 상연하고 싶다고 말했어요. 그래서 하는 김에 새로 만든 인형을 막후 소극에서 보여주고 싶었던 것이죠. 그 사람은 포병대 출신의 젊은 중위였는데 재능이 많았지만 특히 기계를 잘 다루었어요. 우리 집을 새로 지을 때 그가 많은 도움을 주어서 아버지가 그에게 꽤 많은 돈을 주었어요. 그 보답으로 그는 크리스마스 때 아이들에게 선물을 해주자고 해서 전부터 시간이 날 때마다 만들었던 인형으로 연극을 만들었던 것이죠. 시종의 도움을 받아 인형을 움직이고 성대모사로 인물들의 대사를 했던 사람이 바로 그였어요. 중위가 아버지를 설득하는 일은 어렵지 않았어요. 아버지는 아이들에겐 허락하지 않았던 일을 이 친구에게는 호의를 베풀어 승낙했지요. 그래서 한 번 더 무대가 세워지고 이웃집 아이들도 몇 명인가 초대를 받아서 인형극을 또 볼 수 있게 되었어요."

그는 또 이어서 말했다.

"처음에는 생각지도 못했던 일이 일어나서 정신없이 인형극에 빠져들었지만, 두 번째 봤을 때는 주의 깊게 살피고 여러 가지 비밀들을 알아내자고 생각했어요. 이번에는 인형극이 어떤 식으로 이루어지고 있는 건지 알아내려고 했던 것이죠. 인형이 스스로 말하는 게 아니라는 것쯤은 처음부터 알고 있었어요. 스스로 움직일 수 없다는 것도 알았죠. 하지만 어째서 저렇게 잘되는 것인지, 인형을 조종하는 사람은 어디에 있는 것인지, 조명은 어디서 나오는 것인지…… 너무나 궁금한 것이 많아서 가만히 있을 수가 없었어요. 마법을 거는 동시에 마법에 걸리고 싶었고, 연극에서 한 역할을 맡는 동시에 관객으로서 환상의 기쁨을 맛보고 싶다고도 생각해서 더욱 온몸이 근질거렸죠. 인형극이 끝나고 막후 소극 준비가 시작되었어요. 관객들은 일어나서 왁자지껄 수다를 떨고 있었지요. 나는 사람들을 헤치며 문 앞으로 나갔는데 안에서 달그락거리는 소리가 나기에 정리하고 있다는 것을 알고 벽걸이를 들어올려 의자 다리 사이로 살짝 들여다보았지요. 어머니가 나중에 눈치채시고 나를 제자리에 돌려놓으셨지만 나는 착한 역할, 나쁜 역할 죄다 서랍에 처박히는 것을 보고 말았어요. 그걸로 호기심은 반쯤 해결되었지만 더욱 흥미를 돋우는 셈이기도 했죠. 내가 정말 놀란 것은 그 중위가 나의 성역에서 바쁘게 움직이고 있는 모습이었어요. 그 뒤부터는 광대 모습을 한 인형이 발뒤꿈치로 아무리 소리를 내며 발을 굴러도 재미가 없었어요. 생각에 잠겨 있었거든요. 놀라운 발견을 한 뒤에 나는 전보다 차분해졌지만 사실은 그렇지도 않았어요. 자신이 아무것도 몰랐다는 사실을 처음으로 깨달은 느낌이 들었죠. 나는 전체가 어떻게 관련되는지 전혀 모르고 있었던 것이죠. 그리고 그것이야말로 가장 중요한 일이고요."

제5장

"아이들은 아주 깔끔하게 정리 정돈되어 있는 집에 있으면 생쥐 같은 느낌이 드나봐요."

빌헬름이 계속했다.

"그래서 여기저기 뒤져서 어른들이 먹으면 안 된다고 말했던 간식을 찾아내죠. 그리고 짜릿한 긴장감과 뒤섞인 기쁨으로 몰래 그것을 먹는 것이 아이들에게는 가장 큰 행복이죠.

열쇠가 자물쇠에 그대로 꽂혀 있으면 형제 가운데 내가 맨 먼저 눈치를 챘어요. 몇 주, 몇 달 동안은 그냥 지나치던 그 문은 어머니가 가끔 무언가를 꺼낼 때만 열리던 신성한 곳이었어요. 나는 그곳에 큰 경외심을 품고 있었죠. 그만큼 어머니나 하녀들이 열쇠를 그대로 꽂아두고 가면 그 틈을 노렸어요.

말할 필요도 없이 내가 가장 관심을 두고 있었던 곳은 식료품 저장고였어요. 어머니가 가끔 무언가를 꺼내실 때 도와드리고 어머니의 호의나 아니면 내가 잔머리를 굴려서 말린 자두 몇 개를 손에 넣었을 때의 그 기쁨은 내가 지금까지 가슴이 설레던 많지 않은 순간 가운데 하나입니다. 보물이 산처럼 쌓여 있는 그곳은 나의 상상을 훨씬 뛰어넘었고, 향신료들이 섞여서 풍기는 기묘한 냄새마저 달콤했어요. 그곳을 지나갈 때마다 그곳의 공기라도 맛보고 싶다고 생각했지요. 그러던 어느 일요일 아침에 어머니가 교회 종소리를 듣고는 서둘러 나가셨어요. 온 집 안이 안식일 고요함에 감싸였던 그날, 열쇠가 자물쇠에 꽂힌 채로 있었던 거죠. 그걸 본 나는 발소리를 죽이고 벽에 붙어 몇 번을 왔다 갔다 하다가 몸으로 문을 살짝 밀고 들어갔어요. 그러자 단숨에 오랜 시간 동안 꿈꿔 왔던 행복에 감싸인 기분이 들었지요.

무엇을 가져갈까 고민하면서 자루, 나무상자, 종이상자, 서랍, 유리병 등을 훑어보다가 너무너무 좋아하는 말린 자두와 사과 두세 개, 설탕에 절인 오렌지 조각 하나만으로 만족하기로 했어요. 그러고서 왔던 길을 되돌아가려고 하는데 옆으로 늘어선 상자가 몇 개 눈에 들어오는 게 아니겠어요? 그런데 하나가 뚜껑이 제대로 덮이지 않았는지 끝에 갈고리가 달린 실이 늘어져 있었어요. 나는 맨 위의 것을 들어올려 살펴보거나 맨 아래에 있는 것을 빼려고 했어요. 하지만 순식간에 실이 엉클어졌고 당황한 나는 심장이 두근거렸지요. 특히 바로 옆 부엌에서 하녀들이 조잘거리는 소리가 들렸을 때는 너무 당황해서 서둘러 인형들을 마구잡이로 상자에 집어넣은 채 위에 놓여 있던 골리앗과 다윗 이야기 대본만 주머니에 쑤셔넣었어요.

그리고 그 전리품들을 가지고 살금살금 계단을 올라가 다락방으로 도망쳤지요. 그 뒤로는 혼자가 되면 그 대본을 되풀이해서 읽고 외웠어요. 그리고 대본에 맞추어 인형들을 내 손가락으로 조종해서 생명을 줄 수 있다면 얼마나 좋을까 하고 생각했답니다. 게다가 머릿속에서는 나 자신이 골리앗이나 다윗이 되기도 했어요. 다락방에서든 헛간이든 어디든지 나는 대본을 들고 다니며 여러 역할을 해내어서 대본을 모두 외운 것이죠. 나는 나 자신을 주인공이라 생각하고 다른 역할들은 내 머릿속에서 위성같이 주인공의 주변을 맴돌도록 했어요. 그래서 오만한 거인 골리앗에게 도전하는 다윗의 용감한 대사는 밤이나 낮이나 내 머리를 떠나지 않았어요. 나는 이따금 혼자서 그 대사를 내뱉곤 했는데 그것을 기뻐한 사람은 아버지뿐이었어요. 아버지는 가끔 나의 '혼잣말'을 눈치채시고는, 겨우 한두 번 들은 것을 완벽하게 외우는 아들의 기억력에 감탄하셨죠.

덕분에 나는 더욱 대담해져서 어느 날 밤, 밀랍으로 인형을 만들어서 어머니에게 대부분의 대사를 읊으며 보여드렸어요. 어머니는 매우 주의 깊게 들으시더니 나에게 이것저것 캐물으셔서 나는 결국 솔직하게 털어놓았어요.

다행히 그 일이 탄로났을 즈음, 중위가 그 인형극의 비밀을 가르쳐 주어도 된다고 말했어요. 어머니는 곧바로 아들의 생각지도 못했던 재능에 대해 중위에게 말했죠. 그래서 중위는 평소에 잘 쓰지 않는 방을 두세 개 빌리기로 했어요. 하나는 관객이 앉고 다른 방은 대기실이 되고, 열린 문이 무대 장식이 되었죠. 아버지는 친구가 바라는 대로 마음껏 하게 해주었지만 관심을 갖지는 않았어요. 아버지는 '아이들을 사랑하고 있다는 마음을 아이들에게 들키면 안 된다. 아이가 그것을 알아채면 점점 기어오르기 때문이다. 아이들이 즐거워하고 있을 때는 진지한 얼굴을 하고, 아이들이 너무나 기뻐하는 모습을 보고 함께 웃지 않으려면 가끔씩 그들의 즐거움을 깨뜨려야 한다'고 생각하고 계셨거든요. 그래서 아이들이 지나치게 버릇없이 굴지 못하도록 하기 위해서죠."

제6장

"드디어 중위가 무대를 세우고 다른 것도 준비했어요. 나는 몇 번인가 여느 때와는 다른 시간에 중위가 온다는 것을 알아채고 무엇을 하려는지 지켜보고 관찰했지만 토요일까지는 그것을 만질 수 없었기에 내 호기심은 엄청나게 커지고 있었지요. 드디어 기다리던 날이 왔어요. 오후 5시에 중위가 와서 나를 위쪽 방으로 데려갔는데, 기쁨의 전율을 느끼며 들어가 보니 무대 양쪽에는 등장할 인형들이 차례대로 놓여 있었어요. 인형들을 하나씩 잘 살피고 무대 위쪽으로 올라갔더니 무대 전체가 한눈에 들어오는 것이, 마치 소우주에 떠다니고 있는 느낌이었답니다. 나무판 사이를 내려다보니 왠지 몸이 꽉 조이는 것 같은 기분이 들었어요. 밖에서 봤을 때 이것이 얼마나 훌륭하게 비추어질 것인가 하는 생각과 내가 중대한 비밀을 알게 되었다는 기쁨이 온몸을 감쌌지요. 인형을 가지고 살짝 연습을 해봤는데 아주 잘되었어요.

다음 날 초대받은 몇몇 아이들이 관객이 되어주었어요. 공연은 성공적으로 끝났죠. 다만 내가 너무 긴장한 나머지 요나단을 떨어뜨리고 말았어요. 그래서 하는 수 없이 손을 뻗어 다시 들어올렸는데, 그 때문에 놀림거리가 되어 기가 많이 죽었죠. 하지만 그 실수는 아버지에게 있어 아주 좋은 핑계거리가 되었어요. 아버지는 아들이 아주 잘하고 있는 것을 보고 크게 만족하셨지만 그걸 얼굴에 드러내지 않으려고 했으니까요. 그래서 인형극이 끝나자마자 아버지는 네가 실수만 덜 했더라면 훨씬 더 좋았을 것이라고 말씀해 주셨지요.

나는 완전히 풀이 죽어서 온종일 우울했어요. 하지만 다음 날 아침이 되고 보니 어제 했던 인형극이 아주 훌륭하게 마무리된 듯 느껴져 기분이 아주 좋아졌어요. 중위는 거친 목소리와 부드러운 목소리를 능숙하게 가려서 쓰기는 했지만, 전체적으로 너무 힘이 들어가 있어서 부자연스러웠죠. 하지만 내가 맡았던 요나단과 다윗의 대사는 아주 좋았다고들 말했답니다! 특히 어머니는 다윗이 골리앗에게 도전하는 장면과 이긴 뒤에 왕에게 나아가 자신의 신분을 밝히는 장면에서 감정 표현이 매우 좋았다고 칭찬해 주셨어요.

그런데 무엇보다도 내가 기뻤던 것은 무대가 그 모습 그대로 남겨진 것이었어요. 그리고 봄이 오고 날이 따뜻해지자 나는 시간이 나는 대로 그 방에 틀어박혀서 인형들을 가지고 이런저런 역할을 시켰지요. 가끔 형제나 친구들을 부르기도 했는데 아무도 오지 않을 때도 혼자서 놀았답니다. 내가 가진 상상력을 모두 끌어모아서 나름대로 소우주를 만들어 냈고, 이 소우주는 머지않아 또 다른 모습을 갖추게 되었지요.

그런데 나는 우리 집 무대에 맞춰서 적은 이 대본을 따라 몇 번 상연하고 나서는 완전히 질려버리고 말았어요. 그즈음 아버지의 책들 가운데 《독일 연극〉*2이나 이탈리아 오페라 번역본을 찾아내서 그것에 푹 빠지게 되었는데, 먼저 등장인물의 성격을 대충 파악하고 나서 그 작품을 상연했어요. 검은 벨벳 옷을 입은 사울 왕에게 쇼미그램*3이나 카토,*4 다리우스 역을 시켰지요. 재미있었던 것은 작품 전체를 상연한 적이 한 번도 없었다는 점이에요. 게다가 죄다 칼에 베이거나 찔려서 쓰러지는 제5막만 상연되었지요.

무엇보다도 내가 여러 사건이나 모험이 나오는 오페라에 끌린 것은 당연한 일이었어요. 거기에는 폭풍우가 치는 바다, 구름을 타고 내려오는 신들이 등장하고 특히 천둥 번개가 나오는 장면이 재미있었어요. 두꺼운 종이와 그림 도구를 이용해서 검은 배경과 번개는 그럴싸하게 만들었지만 천둥소리는 조금 어려웠어요. 하지만 그건 그렇게 큰 문제는 아니었답니다. 게다가 오페라를 하면 다윗과 골리앗을 많이 등장시킬 수 있었지만 평범한 인형극은 그럴 수 없었어요. 나는 시간이 지날수록 그 좁은 공간에 애착을 가지게 되었고 많은 기쁨을 맛보았지요. 인형들에게 식료품 창고의 냄새가 밴 것도 한몫했지만 말이에요.

그러는 동안 내 무대장치가 대부분 갖추어졌어요. 어렸을 때부터 컴퍼스를 쓰고, 두꺼운 종이를 오리거나 그림 그리는 것을 잘했는데 이때 그런 재능이 빛을 발했죠. 그래도 대규모 연극을 하기엔 인형이 너무 모자라서 정말 아쉬웠어요.

여동생들이 인형의 옷을 갈아입히는 것을 보고서 내 인형에게도 갈아입힐 옷을 만들어야겠다고 생각했어요. 그래서 인형 옷을 벗겨서 될 수 있으면 그럴듯하게 천을 꿰매서 이어보거나 용돈을 모아서 리본이나 레이스 장식을 샀어요. 그리고 신분이나 계급을 표시하기 위해 거친 호박단이나 명주 조각을 얻어서 의상을 늘려갔죠. 지금도 잊을 수 없는 것은 귀부인용 후프 속치마를 만들 때 힘들었던 일이에요.

이렇게 인형극단은 대규모로 연극을 할 수 있을 만큼 많은 의상을 가지게 되었죠. 이제 드디어 다른 연극을 잇달아 할 수 있겠구나 하고 누구든 생각하겠지만 그렇지 않았어요. 아이들에게 자주 있는 일인데, 원대한 계획을 세우고 많은 준비를 해서 몇 번인가 시험은 해보지만 거기서 모든 것이 끝나고 말 때

*2 요한 크리스토프 고트셰트(1700~1766)가 편집한 독일의 연극 음악 전집.
*3 프리드리히 그림(1723~1807)의 희곡 〈바니제〉에 나오는 폭군의 이름.
*4 고트셰트의 희곡 〈카토〉의 주인공.

가 있죠. 나도 이런 실수를 저지르고 말았어요. 나에게 있어 가장 큰 기쁨을 주는 것은 골똘히 생각하고 상상력을 발휘하는 일이었어요. 여러 작품 가운데 무언가 마음에 드는 장면이 있으면 곧장 그것에 맞추어서 옷을 만들었어요. 이렇게 이것저것 의상을 만들다 보니 본디 주인공들이 입던 옷이 어디에 있는지 알 수 없게 되어 그 훌륭한 연극을 다시는 할 수 없게 되었지요. 그런데도 나는 내 상상에만 정신이 팔려서 계속 시연과 준비를 거듭하고 있었어요. 그 허황된 상상이 내 작은 극장을 망가뜨리고 있다는 걸 전혀 눈치채지 못했던 거예요."

빌헬름이 이야기하는 동안 마리아네는 피곤함을 감추기 위해 한껏 상냥한 표정을 보였다. 그의 이야기가 재미없는 것은 아니었지만 그녀에게는 너무 단순했고 도중에 들어가는 빌헬름의 의견은 너무 딱딱했다. 마리아네는 그녀의 발을 빌헬름의 발 위에 살짝 올리며 그의 의견에 동의하는 척했다. 그녀가 가끔 그의 잔으로 와인을 마시기도 해서, 빌헬름은 자기 이야기를 한 마디도 빠뜨리지 않고 듣고 있겠지 믿었다. 곧 빌헬름이 마리아네에게 말했다.

"자, 이제 당신 차례예요. 마리아네, 당신이 어렸을 적에 가장 처음으로 느꼈던 기쁨을 말해 줘요. 우리는 늘 눈앞에 있는 일만 생각했지 우리가 만나기 전의 일은 전혀 생각하지 않았잖아요. 어떤 환경에서 자랐나요? 당신이 가장 먼저 생생하게 떠올릴 수 있는 추억은 무엇인가요?"

그의 질문에 마리아네는 조금 꺼려하는 눈치였다. 그것을 알아챈 할멈이 그녀를 도와주었다.

"저희가 빌헬름 씨같이 옛날 일을 기억할 수 있는 건 아니랍니다. 게다가 그렇게 즐거운 일도 없었고 말이죠. 있었다고 해도 당신처럼 훌륭하게 이야기하지는 못했을 거예요."

"굳이 이야기를 잘해야 하나요?"

빌헬름이 말했다

"나는 부드럽고 다정하며 상냥한 사람을 진심으로 사랑하고 있기에 이 사람 없이 지내왔던 지난날이 모두 싫어진답니다. 적어도 내 상상력을 동원해서 당신이 지금까지 겪어온 일들을 모두 경험하고 싶어요. 무엇이든지 말해 줘요. 그 어떤 이야기라도 들을게요. 아직 우리가 서로 알지 못했던 그 시절을 돌이켜 보아요."

"그렇게 말씀하신다면 다음번에 충분히 들려드릴게요. 그것보다 당신이 왜 그렇게 연극을 좋아하게 되었는지, 어떤 경험이 쌓여서 지금 이렇게 훌륭한 실력을 갖추게 되었는지 말해 주세요. 지금은 누구 못지않게 훌륭한 배우로 통하고 계시잖아요. 그 과정에서 재미있는 일이 많았을 것이라 생각이 드는군요. 이제 와서 잠자리에 들 필요는 없어요. 아직 와인이 한 병 남아 있는 데다 이렇게 조용하고 즐겁게 이야기할 수 있는 날은 흔하지 않답니다."

마리아네는 한심하다는 표정으로 할멈을 보았지만 빌헬름은 전혀 눈치채지 못하고 이야기를 이어갔다.

제7장

"아이들에게 즐거움을 주는 일은 정말 많아서 같이 놀 친구가 늘어날수록 혼자서 조용히 무언가를 즐기는 일에만 집중할 수 없게 되지요. 친구들과 놀면서 나는 가끔 사냥꾼이 되기도 하고, 병사가 되기도 하고, 기사가 되기도 했는데 그럴 때마다 친구들에게 필요한 소도구를 거의 내가 만들어 주었기 때문에 (그것도 너무나 멋지게!) 어느 정도 잘난 척은 할 수 있었어요. 칼은 내가 다 만들었다고 말해도 좋을 정도니까요. 칼집은 반짝거리도록 금색으로 입히고 화려하게 꾸몄어요. 이유 없는 충동에 휩싸여 민병대를 고대 군대로 바꾸기도 했어요. 투구를 만들고 그걸 오린 종이로 꾸몄어요. 방패도 갑옷도 만들었어요. 이것들을 만들기 위해서 옷을 만들 줄 아는 하녀들과 재봉사가 몇 번이고 바늘을 부러뜨렸죠.

그렇게 어린 친구들 몇몇은 훌륭하고 멋진 장비를 갖추게 되었어요. 그 나머지는 다른 아이들에 비해서는 조금 모자랐지만 점점 모양새를 갖추게 되어 당당한 군단이 완성되었답니다. 안뜰이나 정원 가운데를 행진하고 용감하게 방패와 투구를 서로 부딪쳤어요. 가끔 싸움이 일어나긴 했지만 그것도 금방 풀렸지요.

다른 아이들을 즐겁게 해준 이 놀이도 나는 두세 번 하고 나니 재미가 없었어요. 그런데 무장하고 있는 친구들을 보고 있자니 자연히 중세 시대 기사를 떠올리게 되었어요. 얼마 전부터 옛날이야기에 푹 빠져서 내 머릿속에 가득했거든요.

코프가 번역한 《해방된 예루살렘》*5을 읽고서 이리저리 흔들리던 내 마음은 하나의 방향을 제시받았어요. 모두 읽지는 않았지만 드문드문 외우고 있는 부분이 몇 개 있어서 그 광경이 눈앞에 펼쳐지는 듯했지요. 특히 클로린다가 하는 행동, 그녀가 이루어 내는 것들 모두 내 마음에 들었어요. 알미다의 마법 정원이 시시하다고 생각한 것은 아니었지만 그녀의 소유물이 가지는 매력보다 클로린다라고 하는 인물의 용감한 마음과 여유 있고 차분한 모습이 성장하기 시작한 나의 정신세계에 깊은 인상을 주었죠.

저녁 즈음에 발코니에서 주변 풍경을 바라보고 있었는데 노을의 붉은빛이 아른아른하게 지평선을 물들이고 있었어요. 잠시 뒤 별이 보이기 시작하고 새까만 어둠이 짙게 깔리더니 엄숙한 침묵 속에 귀뚜라미 울음소리만이 잔잔하게 울렸지요. 그런 때에 나는 탄크레디와 클로린다의 슬픈 싸움을 담은 시를 끊임없이 읊조렸어요. 물론 나는 기독교인이지만, 이도교의 여왕이 포위군들이 있는 높은 탑에 불을 지르려고 할 때 마음속 깊이 그녀를 응원했죠. 이윽고 전사 차림을 한 클로린다는 밤에 탄크레디와 맞닥뜨리고 어둠 속에서 탄크레디는 상대를 병사라고 착각하여 두 사람은 있는 힘을 다해서 싸우지요.

'하지만 지금 클로린다의 목숨은 다하였다.
보라! 죽을 때가 가까워졌노라.'

나는 이 시를 읊을 때마다 눈물이 앞을 가린답니다. 여왕을 사랑하게 된 불행한 탄크레디의 칼이 그녀를 꿰뚫었고, 쓰러진 클로린다의 투구를 벗기고 나서야 탄크레디는 자신이 사랑하던 사람을 죽이고 말았다는 사실을 깨닫게 되지요. 주체할 수 없는 슬픔으로 온몸을 떨며 그는 성수로 그녀에게 세례를 해 주었어요. 언제나 여기까지 읽으면 눈물이 멈추지 않았어요.

또 마법의 숲에서 탄크레디의 칼이 나무에 꽂히게 돼요. 나무의 상처에서 피가 흘러나왔고 '너는 여기서도 클로린다에게 상처를 입혔다. 너는 어디를 가도 사랑하는 사람을 죽일 운명에 놓이게 되리라' 하는 목소리가 들려올 때, 나

*5 타소(1544~1595)의 서사시. 이슬람에 함락된 예루살렘을 되찾기 위해 유럽 각국이 일곱 차례에 걸쳐 파병하는데 그중 첫 번째를 주제로 하고 있다.

는 가슴이 찢어질 듯 아팠어요.

나의 상상력은 온통 이 이야기에 사로잡혔죠. 그리고 이 이야기가 어느 정도 머릿속에 정리가 되었기에 어떻게 해서든 상연해야겠다는 생각으로 가득했어요. 나는 탄크레디와 리날도를 하려고 했어요. 그러려면 전에 만들어 두었던 갑옷과 투구가 안성맞춤이었죠. 어두운 회색 종이로 만든 작은 미늘이 달린 갑옷은 고지식한 탄크레디에게, 금색 은색 종이로 만든 갑옷은 화려한 리날도에게 매우 잘 어울렸어요. 내가 상상한 것을 친구들한테 이야기해 주었어요. 그들은 아주 마음에 들어하는 눈치였지만 한편으로는 자기들끼리 상연한다는 것을 생각도 못하는 것 같았어요.

그러나 그런 망설임은 아주 쉽게 해결되었답니다. 이웃집 친구네 방을 두세 개 빌리기로 했는데 그의 할머니가 허락해 주지 않으셨어요. 무대에 대해서도 확실하게 계획을 세우지 않았었죠. 무대는 네모난 받침목 위에 세운다든가 배경으로 병풍을 이용한다든가 대체로 이런 기초적인 것만 생각하고 있었어요. 하지만 재료를 어디서 구할지는 생각도 안 하고 있었죠.

숲에 도착했는데 아주 좋은 방법이 떠올랐어요. 전에 친구네서 하인으로 있던 사람이 지금 삼림관을 하고 있다는 말을 들었어요. 그 사람을 잘 설득해서 겨우겨우 자작나무와 소나무의 어린 나무를 받을 수 있었죠. 하지만 생각보다 나무가 빨리 와서 우리는 이 나무가 썩기 전에 어떤 식으로 상연해야 할지 큰 고민에 빠졌어요. 연극을 할 장소도, 무대도, 장막도 무엇 하나 제대로 갖춰진 게 없었거든요. 갖고 있는 것이라고는 배경으로 쓸 접이식 병풍 하나뿐이었어요.

도저히 대책이 서지 않아 우리는 울상이 되어 중위에게 우리가 하려는 연극이 얼마나 훌륭한 것인지 설명해 주었어요. 중위는 그걸 다 이해하진 못했지만 우리를 도와주기로 했지요. 우리는 집이나 주변에 있는 탁자를 모두 모아서 작은 방을 채우고 그 위에 병풍을 올려놓았어요. 배경은 초록색 막으로 대신했고 나무도 곧바로 죽 늘어놓았지요.

이것저것 하고 있는 사이에 해가 지고 불이 들어오고 아이들과 하녀들이 관객이 되어 드디어 연극을 시작할 시간이 되었어요. 출연자들도 모두 의상을 갖춰 입었죠. 그런데 그제야 대사를 외운 사람이 한 명도 없다는 사실을 깨달았어요. 무대장치에만 온 신경을 쏟는 바람에 모두가 어디에서 뭐라고 말해야 하는지 알고 있어야 한다는 것을 깜박했던 거죠. 다른 아이들도 준비하느라 바빠서 대사는 전혀 신경 쓰고 못했어요. 그들 모두는 내가 이야기 속에서 역할을 나누어 준 인물에 어울리게 행동하고 말하는 게 별것 아니라고 생각하고 있었던 거죠. 모두 어안이 벙벙해져서 처음 대사가 뭐였는지 서로 묻고 있었어요. 그래서 탄크레디가 되어 등장하기로 한 나는 혼자 무대에 나가서 영웅시를 몇 구절 낭송했어요. 하지만 그것도 곧바로 서술조로 넘어가는 부분이어서 나는 제삼자의 시점에서 말할 수밖에 없었고, 고트프리트에 대해 말하는데 정작 당사자는 나타나지 않거나 해서 우리는 큰 웃음거리가 되고 말았어요. 어쩔 수 없이 우리는 퇴장했죠. 이 실패로 나는 너무나 우울해졌어요. 하지만 관객들은 아직 무언가를 더 보고 싶은 것인지 계속 자리에 앉아 있었죠. 우리는 의상을 그대로 입고 있었고요. 나는 마음을 다잡고 다윗과 골리앗 이야기를 상연하기로 결심했어요. 친구들 몇몇은 전에 나와 그 이야기를 가지고 인형극을 한 적도 있었고 다른 아이들은 몇 번씩이나 우리가 하는 인형극을 봤으니까요. 역할을 나누어 주고, 모두들 최선을 다하자고 맹세했어요. 익살스럽고 키가 작은 친구는 쉬는 시간을 이용해 소극을 하겠다고 검은 수염을 그렸지요. 아무리 그래도 그건 진지한 연극에는 어울리지 않는다고 생각했지만 어쩔 수 없이 인정해 주기로 했어요. 그때 난 그 상황을 벗어날 수만 있다면 다음부터는 철저하게 계획을 세워서 연극을 하리라고 마음먹었어요."

제8장

마리아네는 결국 졸음을 이기지 못하고 연인의 어깨에 기대어 잠이 들었다. 빌헬름은 그녀를 든든하게 받쳐주며 이야기를 계속했다. 할멈은 포도주를 조심스레 홀짝거리고 있었다.

"나도 친구들도 대본 없이 연기하려니 어찌 할 바를 몰랐지만 그 사실도 곧 잊고 연극에 집중했죠. 스스로 읽은 소설도 다른 사람에게서 들은 이야기도 모두 연극으로 만들어 버리겠다는 나의 정열은 감당하기 어려운 소재 앞에서도 물러서지 않았어요. 나는 책을 읽다가 재미있으면 죄다 연극으로 만들면 더 큰 효과를 볼 수 있겠다고 믿었거든요. 그래서 무엇이든 무대 위에서 연기하고 그걸 내 눈으로 직접 보고 싶었지요. 학교에서 세계사를 배울 때, 누군가가 흔치 않은 방법으로 사살이나 독살 당했다는 이야기를 들으면 열심히 그것을 노트에 옮겨 적었어요. 그리고 나의 상상력은 발단과 중간에 등장하는 갈등도 넘어 흥미진진한 제5막으로 향했어요. 이렇게 나는 실제로 몇 개의 작품을 5막에서부터 쓰긴 했지만 발단까지 되돌아가도록 쓴 작품은 하나도 없었죠.

그러면서 나 스스로, 또는 연기에 매력을 느끼기 시작한 친구들에게 제안을 받거나 해서 손에 들어온 각본은 모두 읽었어요. 그런데 안타깝게도 나의 판단은 엉뚱하게 환경에 영향을 받고 있었어요. 내가 특별히 재미있다고 느끼면 호평을 받을 만한 작품이라고 굳게 믿었죠. 그땐 상상력이 흘러넘쳐서 나 자신을 어떤 역에라도 대입해서 생각할 수 있었기에 무슨 역이든 다 할 수 있다고 믿어버렸어요. 그래서 배역을 정할 때는 나랑 전혀 어울리지 않는 역할을 고르기도 하고, 할 수 있을 것 같으면 1인 2역, 심지어는 1인 3역을 맡기도 했죠.

어린아이들은 뭐든지 장난감으로 만들어 버려요. 나무토막은 대포가 되고 나뭇가지는 칼이 되며 보따리는 인형이 되죠. 때로는 방구석도 아이들에겐 다락방이 될 수 있답니다. 우리의 사설극장도 차츰 모양을 갖추고 있었어요. 우리 자신의 능력은 조금도 알지 못한 채 무엇이든 손을 대고, 오른쪽 왼쪽도 잘 구분 못하는 주제에 모두가 우리의 연기를 그대로 인정해 줄 것이라 믿고 있었던 거죠. 아쉽게도 모든 것이 진부한 과정을 밟고 있었기에 그다지 재미있는 실패담도 없었어요. 처음에 우리는 남자 역만 잔뜩 나오는 작품만 골라서 했는데 여자 역이 필요한 경우에는 친구들 두세 명이 여장을 하기도 했어요. 결국 나중에 여동생들을 끌어들이기도 했지만요. 우리를 잘 알고 있는 한두 가족이 연극이 유익한 놀이라고 생각해서 구경꾼까지 불러주었어요. 중위는 이때도 우리를 도와주었지요. 등장하는 방법이나 퇴장할 때 주의할 점, 대사를 말할 때의 표현 방법과 몸동작을 가르쳐 주었거든요. 하지만 우리는 중위보다 연극 기술을 더 잘 알고 있다고 생각했기에 그렇게 고마워하지는 않았어요.

그러다가 곧 비극을 해보자는 의견이 나왔고, 그 뒤로는 질리도록 빠져들게 되었지요. 비극을 쓰고 연기하는 것이 희극보다 편하다는 말을 몇 번인가 들은 적이 있었거든요. 무엇보다 모두가 그렇게 믿고 있었고요. 그래서 우리는 점잖 빼는 표정을 지어보기도 하고 거드름을 피우면서 높은 신분이나 위엄 있는 성격을 표현하려 했고, 나는 꽤나 잘했다고 우쭐거리고 있었어요. 하지만 사실 우리는 발을 쿵쾅거리며 방방 뛰면서 분노와 절망으로 무대에 몸을 던지는 것 말고는 완벽한 행복을 느끼지 못했지요.

그런데 이런 연극 놀이는 소년 소녀들 사이에서 흥미를 잃기 시작했어요. 본능에 눈을 뜬 그들 사이에 생겨난 자잘한 사랑 이야기 때문이지요. 그런 경우엔 까딱하면 연극 안에 또 다른 이야기가 생겨나거든요. 행복한 연인들은 무대 뒤에서 손을 꼭 잡고 리본을 달아주거나 옷에 장식을 해주면서 상대를 자신이 꿈꾸던 연인이라고 생각하여 너무나 행복한 시간을 보냈지만, 불행한 그의 연적은 질투의 화신이 되어 지시에 따르지 않거나 심한 장난으로 소동을 일으켰어요.

어떠한 지식도 없이, 지도자도 없이 계획되었던 이 놀이는 쓸데없는 짓은 아니었어요. 우리는 기억력과 체력이 좋아지고 나이에 비해 말투와 몸가짐이 어른스러워졌어요. 그 시절은 나에게 특별한 전환기가 되었지요. 내 마음은 온통 연극으로 쏠려서 극작품을 쓰고 그것을 상연하는 것만큼 큰 즐거움은 없었으니까요.

한편 나의 수업은 계속되었어요. 나는 미래에 상인이 되기로 했기에 우리 집 바로 옆에 있는 회계 사무실에 다니고 있었죠. 하지만 그즈음 내 마음은 내가 천하다고 생각한 일들로부터 멀어지면서 모든 것을 연극에 바쳐 나의 행복과 만족감을 거기서 찾으려 했어요.

내 서류 뭉치 속에 섞여 있을, 비극의 여신 뮤즈와 상투적인 또 하나의 여성이 나를 두고 용감하게 싸우는 내용의 시를 아직도 기억하고 있어요. 발상은 흔한 것이었고, 시도 형식을 갖춘 것인지 아닌지 분명하지 않지만 그 안에서 흘러나오는 사랑과 정열, 공포와 혐오는 꼭 여러분이 읽어주었으면 좋겠어요. 상투적인 부인은 마음에 여유가 없고 좀스러운 사람으로 표현했어요. 다시 말해서 허리에는 늘 실패와 열쇠 꾸러미를 달고 콧등에 안경을 얹고 있는 사람인데, 정신없이 돌아다니고 까다로운 데다가 구두쇠라 같이 있으면 견딜 수 없을 정도랍니다. 그 여자의 채찍 아래 등을 구부리고 땀을 뻘뻘 흘리며 날마다 노예처럼 아득바득 일하는 남자의 모습은 너무나도 비참할 정도예요.

비극의 여신은 그 여자와 너무 다르죠. 괴로워하는 사람들에게 그 상냥한 모습이란! 자유로운 그녀는 태도와 말과 행동, 그 밖의 모든 것이 아주 우아하게 그려져 있답니다. 자부심도 어느 정도 있지만 거만하지는 않지요. 그녀에게 잘 어울리는 옷은 손과 발을 가리는 하늘하늘한 옷인데 그것의 주름은 여신다운 움직임을 천 번의 메아리로 울리는 모양 같아요. 앞서 말한 여자와는 너무나도 다르죠! 내 마음이 어느 쪽을 향하고 있는지는 말하지 않아도 아실 거예요. 나는 그녀를 상징하는 것들도 잊지 않았어요. 오랫동안 시인들에게서 전해져 내려온 대로 뮤즈의 머리에는 왕관을, 한 손에는 칼을, 다른 한 손에는 쇠사슬을 쥐어주었고 마지막으로 가면을 씌어주었죠. 둘의 싸움은 격렬했어요. 둘의 대사는 정말 극과 극을 달렸어요. 열네 살쯤 되면 흑백을 확실히 구분 짓고 싶어하니까요. 노파는 바늘 하나라도 떨어진 것은 주우려고 하는 여자에게 딱 맞는 투로 말하죠. 그리고 여신에게는 뭐든지 해줄 수 있을 것 같은 자신감에 넘치는 말투였어요. 나는 노파의 경고에 귀를 기울이지 않고 약속된 부(富)로부터 등을 돌린 채, 무일푼이 되어 벌거벗은 몸을 뮤즈에게 맡겼어요. 그러자 그녀는 금색 베일로 나의 몸을 가려주었지요."

빌헬름이 그의 어깨에 기대어 잠이 든 연인을 꼭 끌어안으며 말했다.

"오, 마리아네! 나에게로 와 도움의 손길을 내밀 줄 알았다면, 나와 같은 길을 걸어갈, 뮤즈와는 전혀 다른 아름다움을 가진 여신이 나타날 줄 알았다면 나의 시는 훨씬 훌륭한 작품이 되어서 이야기의 끝이 더욱 재미있었을 텐데! 아니, 그렇지만 내가 당신의 품에서 발견한 것은 시가 아니라 진정한 인생이에요. 우리는 이 달콤한 행복을 함께 즐겨야 해요!"

마리아네는 그의 팔에 들어간 힘과 열성이 담긴 목소리에 눈을 뜨고는 당혹함을 감추려고 사랑스러운 몸짓을 했다. 그녀는 이야기가 어떻게 마무리 되었는지 한 마디도 듣지 못했다. 그리고 빌헬름이 그의 이야기를 잘 들어줄 사람을 어서 찾았으면 좋겠다고 생각했다.

제9장

빌헬름은 이렇게, 밤에는 거리낌 없이 사랑을 하고 낮에는 새롭게 다가올 행복의 시간을 기다리면서 지냈다. 동경과 희망이 그를 마리아네로 이끌어 주었던 시절부터 이미 그는 자신이 새로운 생명을 받아 다른 사람으로 다시 태어난 듯이 느끼고 있었다. 그리고 그는 지금 그녀와 하나가 된 성취감에 마음이 한없이 들떠 있었다. 그의 마음은 정열의 대상을 순화시키려 했으며, 그의 생각은 사랑하는 사람을 자신과 함께 발전시키고자 했다. 어쩌다 조금이라도 그녀와 멀어지게 되면 머릿속은 온통 그녀로 가득해졌다. 얼마 전까지만 해도 그에게 있어 마리아네는 단순히 필요한 존재일 뿐이었지만 지금은 많은 게 그녀와 맺어져 있는, 서로에게 없어서는 안 될 존재가 되었다. 빌헬름의 순수한 영혼은 그녀를 자신의 반쪽, 아니 반쪽 이상으로 느꼈다. 그는 그녀에게 한없이 감사하며 몸과 마음을 모두 바치고 있었다.

마리아네도 잠시 동안 자신을 속이고 그와 활기 넘치는 행복감을 함께 나누었다. 하지만 그녀는 양심의 가책이라는 이름을 가진 얼음장 같은 손이 때때로 자신의 마음에 와 닿는 것이 느껴졌다. 빌헬름의 품에 안길 때에도, 그가 사랑의 날개로 그녀를 감싸줄 때조차 그 차가운 손에서 벗어날 수는 없었다. 그러다가 다시 혼자가 되면 그녀는 구름에서 떨어지듯 자신을 둘러싸고 있는 현실 속으로 곤두박질쳤고 그럴 때마다 비참한 자신을 불쌍하게 여기고는 했다. 가난한 밑바닥 삶 속에서는 그런 자신의 생활이 문제가 되거나 불쾌한 느낌을 주지 않았다. 그때 그녀는 자신에게 일어나는 모든 일들이 주어진 환경에서만 일어나는 일이라고 생각했다. 만족과 불만이 번갈아 찾아오고, 굴욕은 허영으로, 부족함은 일시적인 사치로 채워졌다. 괴로운 일은 세상이 정해 놓은 것이며 관례는 세상이 만들어 낸 것이라 스스로를 타일렀다. 그런 식으로 오랫동안 불쾌한 일이 있으면 시간이 해결해 줄 것이라 믿고 떨쳐내었다. 하지만 지금은 가엾게도 비록 잠시뿐이지만 빌헬름 덕분에 자신의 삶이 뒤바뀐 것처럼 느껴졌다. 마치 높은 곳에서 내려다보듯이 찬란한 빛과 기쁨 가운데 절망적일 정도로 메말랐던 자신의 생활을 돌아보았고, 욕망을 돋우기만 하고 사랑은 안중에도 없는 여자가 얼마나 불쌍한 존재인가를 알게 되었다. 그리고 자신이 겉보기에나 마음속으로나 전혀 변한 게 없다는 사실을 깨달았다. 그 어떤 것도 그녀를 위로해 줄 수 없었다. 자신의 모습을 돌아보니 무언가 텅 빈 느낌이 들었고 마음을 지지해 줄 것은 도저히 찾을 수 없었다. 이런 처지가 매우 비참하다고 생각하면 할수록 빌헬름을 향한 사랑은 더욱 커져만 갔다. 그를 잃을 수도 있는 위험이 다가오는 것을 느끼며 그녀의 열정은 날이 갈수록 뜨겁게 불타올랐다.

반면 빌헬름은 한층 높은 영역에서 행복을 한껏 느끼며 돌아다니고 있었다.

그에게도 새로운 세계가 열린 것이다. 그러나 그곳에는 아름다운 희망이 넘치고 있었다. 처음 넘쳐날 듯하는 기쁨이 사라지면 지금까지 그를 몽롱하게 하던 것이 어느새 확실한 모습을 가지고 나타났다. 그는 어디를 가든지 자기 자신에게 이렇게 말하고 있었다.

"그녀는 너의 것이다. 그녀는 너에게 몸을 바쳤다. 네가 사랑하고 원하며 숭배하는 그녀는 너를 믿어 네게 몸을 바친 것이다. 그녀는 배은망덕한 자에게 몸을 맡긴 것이 아니다."

들뜬 마음을 달래기 위해 그는 아름다운 말을 늘어놓으며 혼자서 조용히 읊곤 했다. 긴 시간 동안 빠져나오기를 간절히 바랐던 웅덩이, 즉 게으른 생활 속에서 자신을 구하기 위해, 마리아네를 통해 손을 내민 운명의 손짓을 보고 있는 듯했다. 아버지와 가족들과 멀어지는 것은 아무렇지도 않게 느껴졌다. 그는 젊었고 세상을 몰랐다. 그리고 이 넓은 세상에서 행복과 만족을 추구하리라 다짐하게 해준 그의 용기는 그녀에 대한 사랑으로 더 커지고 있었다. 자신이 연극에 대한 사명을 제대로 다할 수 있다는 생각은 이제 흔들리지 않는 것이 되었다. 그의 높은 목표도 마리아네와 함께한다면 이루게 될 날이 그리 멀지 않으리라 생각했다. 그는 자신이 훌륭한 배우가 되거나 여러 분야에서 갈망의 목소리가 들려오는 미래의 국민연극 창시자가 될 수 있을 것이라는 은밀한 자만심을 가지게 되었다. 지금까지 마음속 깊이 잠들어 있던 많은 것이 움직이기 시작했다. 그는 여러 생각을 하나로 모아서 구름으로 만들어진 화폭 위에 사랑의 색깔들로 그림을 그려내었다. 물론 그림 속 인물은 서로에게 녹아내려 모호한 것이 되었다. 그러나 오히려 그것이 매력을 한층 더 끌어올리는 데 효과가 있었다.

제10장

지금 그는 책과 노트를 마구 뒤지며 새로 시작된 인생의 출발을 준비하느라 정신이 없었다. 지금까지 자신이 해오던 모든 일들, 고통스런 기억밖에 없던 일까지도 모두 옆으로 던져버렸다. 좋아하는 작가와 비평가의 책은 오래된 친구로서 가져가기로 했다. 그리고 이제까지 자신이 가지고 있던 책들을 살펴보다가 이론적인 책은 펴지도 않았음을 알고 그쪽 방면도 공부해 봐야겠다는 생각을 했다. 그는 그 책들이 필요할 것이라 굳게 믿고 이것저것 사긴 했지만 그 가운데 반 이상 읽은 책은 단 한 권도 없었다.

그에 비해 문학책은 열심히 읽어서 자신이 알고 있는 분야에 한해 습작도 해보았다. 베르너가 들어왔다. 그리고 친구가 그도 알고 있는 노트를 마구 뒤지는 것을 보고 말했다.

"아직도 그런 것을 뒤적이고 있는 것인가? 내가 장담하지만, 자네는 무엇 하나 제대로 끝내지 못할 거야! 썼던 것을 읽고 또 읽고 그러다가 다시 또 새로운 것을 쓰겠지."

"습작이니 상관없어. 연습해서 나아진다는 사실이 중요하다네."

"하지만 되도록이면 완성하는 것이 좋지 않은가?"

"자신과 맞지 않는 일을 시작했을 때 바로 알아채고는 그 일을 그만두는 게 헛수고도 하지 않고 시간도 낭비하지 않는 게 아닌가?"

"무언가 시작하면 끝을 내지 않는 것이 자네의 특기라는 것은 잘 알고 있네. 뭐든 도중에 싫증을 내니까 말이야. 자네가 감독을 맡아 인형극을 할 때도 인형 의상을 몇 번이나 바꾸어대던지 셀 수 없을 정도였다네. 그뿐인 줄 아나? 이 작품을 하자고 했다가 저 작품을 하자고 해서 어느 장단에 맞추어야 할지 도무지 알 수가 없었지. 마침내 제5막을 딱 한 번 상연했는데 엉망진창으로 서로 죽이다가 끝냈었지."

"그때 이야기를 하면 자네도 몸에 딱 맞게 만들어 놓은 의상을 떼어내고 멍청하게 생긴 큰 옷을 가져다 입혀서 돈 낭비를 하게 만들었지. 언제나 나를 부추겨 새로운 리본 조각을 팔아먹던 사람이 바로 친구인 자네 아닌가?"

베르너는 웃으며 말했다.

"납품업자가 전쟁에서 떼돈을 벌듯이 자네들이 연극할 때마다 용돈벌이를 했던 것을 떠올리면 지금도 웃음이 나온다네. 자네들이 〈해방된 예루살렘〉을 준비하고 있을 때에도 벌이가 쏠쏠했지. 베네치아 상인처럼 말이야. 다른 사람의 어리석은 행동으로부터 이익을 얻는 것만큼 이치에 맞는 일은 없을 거야."

"인간을 어리석은 행동으로부터 구하는 것이 숭고하다고 생각하네만……."

"나에게는 그런 것은 헛된 노력으로밖에 보이지 않네. 어쨌든 결과적으로 볼 때, 어떤 사람이 현명하게도 부자가 된다면 거기에는 흔히 다른 사람들의 희생이 뒤따르는 법이지."

빌헬름이 아무렇게나 쌓인 노트 가운데 한 권을 집어 들면서 말했다.

"마침 〈갈림길에 선 젊은이〉가 눈에 들어오는군. 작품성은 모르겠지만 일단 완성은 된 작품일세."

"그런 것은 버리게! 아예 불태워 버리는 게 좋겠군."

베르너가 소리쳤다.

"그 착상은 어찌나 어리석은 것인지. 자네가 그걸 나에게 보여주었던 때부터 난 그게 아주 싫었다네. 자네 아버지의 마음을 많이 언짢게 하지 않았나. 완성도는 높을지 몰라도 사상이 완전히 틀렸어. 나는 그 상업을 의인화한, 주름이 자글자글하고 비참한 노인네를 똑똑히 기억하고 있네. 그 모습은 볼품없는 구멍가게에서 착안한 것일지도 모르지. 그때 자네는 상업이라는 것 자체를 제대로 이해하지 못했네. 진정한 상인만큼 넓은 마음과 시야를 가진 직업은 아직까지 보지 못했어. 상업을 해나갈 때, 넓은 시야를 확보해 주는 것은 복식부기[6]를 이용한 정리라네. 정리되어 있으면 언제든지 전체가 보여서 자잘한 것에 당황할 필요가 없어지지. 복식부기가 상인에게 가져다주는 이익은 계산할 수 없을 정도라네. 인간의 정신이 낳은 최고의 발명품이라 할 수 있어. 훌륭한 경영자는 누구든지 복식부기를 이용하지.

빌헬름이 미소를 지으며 말했다.

"실례지만 자네는 형식이야말로 요점이라고 단정하듯이 말하며 형식으로부터 이야기를 시작하지. 하지만 자네들은 수입과 결산 같은 것에만 잔뜩 신경을 쓰고 정작 중요한 인생을 결산할 때 마지막에 무엇이 남는가에는 관심이 없는 것 같구먼."

"그건 자네가 잘못 생각하고 있는 것이라네. 형식과 요점은 하나야. 한쪽이 없으면 다른 한쪽도 성립하지 못하지. 그것이 정리되고 또렷해지면 아끼려는 의지와 돈을 벌려는 의욕이 커지는 거야. 서투르게 둘러맞추는 사람은 모든 일을 애매한 상태로 놔두는 것을 좋아하네. 모두 합쳐서 얼마를 빌렸는지 알고 싶어하지도 않아. 그와 다르게 훌륭한 경영자에게 있어 날마다 늘어나는 행복의 총액을 계산하는 것보다 더 즐거운 일은 없다네. 엄청난 피해를 입어도 그

---

[6] 모든 거래를 차변과 대변으로 나누어서 적은 다음에 각 계좌마다 집계하는 조직적 기장법. 재산의 이동과 손익을 정확히 알 수 있고 잘못을 자동적으로 찾아낼 수 있다.

런 사람은 절대 당황하지 않아. 어느 정도의 수입을 한쪽 저울에 달아야 할지 바로 알아채기 때문이지. 나는 자네가 상업의 진정한 즐거움을 알게 된다면 그 분야에서도 자네의 적성을 충분히 발휘할 수 있을 것이라고 확신하네."

"이번 여행이 나의 생각을 바꾸어 줄지도 모르지."

"당연히 그래야지. 알겠나? 자네는 큰 규모의 상거래를 본 적이 없어. 그걸 보면 자네는 틀림없이 우리의 동료가 될걸세. 여행에서 돌아오면 세상에 돌고 있는 돈과 행복을 여러 운송 수단과 투기에 의해서 손에 넣는 방법을 알게 될 테고, 그리고 나면 기꺼이 우리 동료가 되려고 하겠지. 세계 여러 곳을 돌며 천연물과 공산품을 자세히 보고 그 필수품들이 어떤 방식으로 거래되는지 열심히 관찰해야 하네. 때마다 사람들이 필요로 하는데 모자란 것이 무엇인지, 대중은 원하는 것을 쉽고 빠르게 얻을 수 있는지, 또 그것들을 어떻게 사들여서 어떤 방법으로 팔아 얼마나 이익을 낼 수 있는지 머리를 써서 계획하는 게 얼마나 즐거운 일인지 알게 될걸세! 이건 두뇌를 가진 인간에게 있어 매우 재미있는 일이라고 생각하네."

빌헬름이 말없이 듣고 있자 베르너는 계속 말했다.

"먼저 큰 상업도시와 항구 두세 군데를 찾아가 보는 것이 좋아. 그러면 분명 자네는 그 분위기에 푹 빠져들게 될 거야. 많은 사람들이 바쁘게 일하는 모습을 보고, 많은 물건들이 어디에서 오고 어디로 옮겨지는지 알게 되면 자네도 직접 하고 싶을 거야. 아무리 적은 상품이라도 상업적으로 연결되어 있다는 것을 알게 될 테고 그게 아무리 하찮은 것이라도 자네의 생활에 활기를 더해준다는 걸 알게 될 거야."

베르너는 빌헬름과 사귀는 동안 올바른 사고방식을 가지게 되어 자신의 직업이나 일에 대해 자부심을 느끼고 있었다. 다른 점에서는 이성적이고 존경할 만한 친구 빌헬름이 자신의 눈에는 비현실적인 일에 큰 가치를 두고 모든 것을 쏟아붓고 있는 것을 보면, 친구보다는 차라리 자신이 그럴 자격이 있다고 믿었다. 가끔 그는 착한 친구를 이런 잠깐의 열기로부터 본디 자리로 되돌리고 반드시 올바른 길로 이끌어 줄 수 있을 것이라 생각하고 이야기를 계속했다.

"지체 높은 사람들은 대지를 자기들 것으로 삼아 부귀영화를 누리고 있네. 아주 작은 땅이라도 누군가에게 속해 있고 그 소유권은 보증되지. 공무원도 일반 시민적인 직업도 그 수입은 대수롭지 않아. 그런데 상업만큼 합법적으로 소득을 얻고, 정당하게 차지하는 일은 없어. 왕후들은 하천이나 도로, 항구를 지배해서 그곳을 지나가는 모든 상품에 세금을 매기고 그것으로 한껏 호화스러운 생활을 하지. 우리도 기꺼이 그 기회를 잡아서 우리 활동의 대가로, 그러니까 한편으로는 꼭 필요해서 다른 한편으로는 사치심 때문에 사람들에게 없어서는 안 되는 상품들에서 세금이나 통행료를 떼지 말라는 법은 없지 않은가? 자네가 그 시적 상상력을 발휘해서 생각해 보게. 자네의 여신과 나의 여신을 그대로 싸우게 할 수 있는가? 내 장담하는데 분명 이기는 것은 나의 여신일걸세. 그녀가 지니고 있는 것은 칼이 아니라 올리브나무 가지일세. 단도도 쇠사슬도 그녀는 좋아하지 않아. 하지만 그녀 또한 자신이 좋아하는 사람에게 왕관을 바치지. 자네의 여신을 헐뜯는 것은 아니지만, 그 왕관은 깊은 곳에서 파낸 황금과 언제나 성실한 시종이 바다 깊은 곳에서 캐낸 진주로 눈부시게 빛나고 있지."

빌헬름은 이 말에 조금 화가 났지만 표정으로 드러내지는 않았다. 그가 왠지 억지스럽게 말을 해도 베르너는 언제나 점잖게 들어주곤 했던 것이 떠올랐기 때문이다. 어찌 되었든 빌헬름은, 지금 자신이 하고 있는 일이 가장 좋다는 베르너의 주장을 흔쾌히 받아줄 만한 도량은 있었다. 그렇지만 빌헬름이 정열을 쏟고 있는 일만은 참견하지 않았으면 했다.

베르너가 말했다.

"인간이 하는 모든 일에 대해서 관심을 가지는 자네이니, 용기를 갖고 하는 일에 반드시 보상되는 행복이 사람들의 눈에 담기는 순간을 목격하는 것은, 한 편의 연극이 될 수도 있지 않겠나. 평온한 항해를 끝내고서 돌아온 배, 정말 많은 수확물에 둘러싸여 빨리 돌아온 배, 이런 배를 보는 것만큼 즐거운 일은 없지. 배 안에만 갇혀 지내던 선원은 배가 항구에 닿기도 전에 뛰어내려 다시 자유를 느끼고, 거친 바다를 지나 운반해 온 것을 드디어 고요하고 안정된 땅에 맡기는 기쁨을 느끼지. 그 기쁨은 그들의 친척이나 지인뿐만 아니라 아무 관계 없는 구경꾼들까지도 어느새 끌어들이지. 이보게, 돈을 번다는 것은 숫자로만 표현할 수 있는 게 아니라고 생각하네. 행복은 활동하는 인간의 여신이야. 그 은혜를 마음속 깊이 느끼기 위해서 우리는 살아야 하고, 진지하게 노력하며 그 기쁨을 몸소 누리는 사람들을 보아야 하네."

제11장

자, 이쯤에서 우리는 이 두 친구의 아버지에 대해서 조금 자세하게 알아보도록 하자. 두 사람의 사상은 매우 달랐지만 상인이 가장 훌륭한 직업이라고 생각하는 점과 투기로 얻을 수 있는 이익이라면 그 무엇이든 놓치지 않으려고 세심한 주의를 기울이고 있다는 점에서 의견이 일치했다. 빌헬름의 아버지는 자신의 아버지(즉 빌헬름의 할아버지)가 돌아가시자마자 온갖 귀중한 골동품은 다 팔아버리고 집을 최신식으로 다시 지었으며, 가구도 모두 다 바꾸었다. 남은 돈은 여러 방법으로 활용했는데 그 대부분은 베르너 아버지에게 투자했다. 그는 투기를 하면 거의 성공하는 유능한 상인으로 이름났기 때문이다. 아버지의 간절한 소원은 아들이 자신에게 없는 자질을 키우고, 그가 가장 큰 가치를 부여하고 있는 재산을 자식에게 물려주는 것이었다. 그는 화려하고 눈에 띄는 물건을 좋아했지만 내적으로 가치가 있고 오랫동안 보존할 수 있는 것이어야 했다. 집에 있는 모든 것은 견고하고 묵직했으며, 저장품은 풍부하게 두어야 했고, 은그릇은 무거워야 하며 식기는 모두 비싼 것이어야 했다. 그렇다고 해서 손님을 자주 초대하는 것도 아니었다. 손님이 있으면 식사에 돈이 들고 번거로워지기에 아주 가끔씩만 초대를 했다. 그의 가정생활은 평온하고 단조로웠으며 무언가 새로운 일이 일어난다 해도 그다지 재미있는 일은 아니었다.

베르너 아버지는 어둡고 음침한 집에서 빌헬름 아버지와는 전혀 다른 생활을 하고 있었다. 그는 좁은 집무실 고풍스러운 책상에 앉아 일을 끝내고 나면 고급스러운 식사를 하고 되도록 식사보다 더 고급스러운 술을 마셨다. 또 그는 그것을 혼자 즐기지 않고 늘 가족 말고도 친구나 그의 집안과 관련이 없는 여러 사람들까지 식탁에 죽 늘어앉아 있기를 바랐다. 의자는 낡은 것이었지만 그는 날마다 누군가를 초대해서 그 의자에 앉아 있게 했다. 손님은 고급스런 식사에 정신이 나가서 그 접시가 어디에서나 볼 수 있는 평범한 것이라는 사실을 전혀 알지 못했다. 지하실에 있는 포도주는 많지 않았지만 언제나 다 마시고 나면 더욱 좋은 것으로 채워졌다.

두 사람의 아버지는 이렇게 서로 다른 생활을 하고 있었지만 가끔 만나 공동으로 진행하고 있는 일에 대해 이야기를 나누었다. 오늘은 빌헬름에게 '공부'를 위한 여행을 시켜주기로 한 일이 결정되었다.

"아들이 세상을 돌아보고 많은 것을 알았으면 합니다."

빌헬름의 아버지가 말했다.

"동시에 우리의 일을 다른 마을에서 하도록 할 겁니다. 젊은 사람들에겐 평생 직업이 될 일을 빨리 하도록 이끌어 주는 것보다 더 큰 친절은 없으니 말입니다. 댁의 아드님은 무사하게 여행에서 돌아와 일도 배웠지요. 우리 아들은 어떤 식으로 할까 매우 궁금합니다. 베르너 군보다 돈이 좀더 드는 것은 아닌지 걱정이 되기도 하고요."

빌헬름의 아버지는 아들의 성격과 능력을 높이 평가하고 있었기에 말은 그렇게 했지만 친구가 그렇지 않다고 하며 아들의 소질을 칭찬해 줄 것이라 기대하고 있었다. 그렇지만 베르너의 아버지는 직접 그 사람을 만나 시험해 보아야만 믿는 사람이었기에 담담한 투로 말했다.

"무엇이든 시켜보아야 하는 것이지요. 우리 아들이 했던 일을 시켜봅시다. 목표를 정해 두고 여러 외상값을 거두어들이거나, 단골손님끼리 소개를 시켜주거나 새로운 단골을 만들게 하는 겁니다. 며칠 전에 상담했던 투자에도 도움을 받도록 하지요. 현지 정보를 모아야 조치를 취할 수 있을 테니까요."

"어서 준비해서 되도록 빨리 보내도록 하죠. 그런데 이번 여행에 쓸 만한 말을 구할 수 있는 곳이 어디 없을까요?"

"가까운 곳에 있습니다. H소매상이 나에게 빚을 조금 지고 있어서요. 아주 성격이 좋은 남자인데 돈 대신에 말을 가져가 달라 말하고 있습니다. 아들이 한 번 보았는데 꽤나 좋은 말이라고 하더이다."

"아들 녀석에게 가지러 가라고 해야겠군요. 우편마차로 가면 적어도 모레쯤은 돌아오겠지요. 그러는 동안 여행가방과 서류를 준비해 두면 다음 주 초에는 떠날 수 있을 겁니다."

두 사람은 빌헬름을 불러 결정된 일을 알려주었다. 누구보다도 기뻐한 사람은 빌헬름이었다. 손가락 하나 까딱하지 않았는데도 호박이 넝쿨째 굴러온 듯 기회가 주어졌기 때문이다. 무엇보다도 자신의 계획을 실행할 수 있는 수단을 손에 넣었다는 것이 가장 큰 기쁨이었다. 그의 열정은 뜨거웠고, 지금까지 짓눌려 왔던 중압감에서 벗어나 새롭고 더욱 숭고한 길로 나아가려는 자신의 행동이 아주 올바른 것이라 생각했기에 조금도 양심의 가책을 느끼지 않았으며, 그 어떤 불안감도 들지 않았다. 오히려 이렇게 아버지를 속이는 일이 신성한 것

같이 느껴졌다. 부모님도, 친척들도 먼 훗날에 자신의 행동을 칭찬하고 축복해 주리라 굳게 믿었다. 우연히 모든 것이 모여 생겨난 이 일을, 운명이 이끌고 있는 것이라고 생각했다.

그는 연인과 다시 만날 밤을 애타게 기다리며 방에 앉아 여행 계획을 세웠다. 그것은 감옥에 갇힌 실력 좋은 도둑이 단단하게 채워진 쇠사슬로부터 발을 빼보고는 탈출은 가능하며 시야가 좁은 감시인들이 생각하는 것보다 훨씬 쉽게 도망갈 수 있을 것이라 확신하는 감정과 비슷했다.

드디어 기다리던 밤이 되었다. 집을 나가 무거운 마음을 떨쳐내며 인적이 없는 골목길을 걸어갔다. 광장에 도착하자 그는 하늘을 향해 손을 뻗었다. 모든 것을 극복하고 그를 얽매고 있던 것들로부터 벗어난 듯한 기분이 들었다. 그리고 연인과 함께 반짝이는 무대 위에 선 자신의 모습, 그녀의 품에 안긴 자신을 마음속에 그렸다. 넘쳐나는 희망에 하늘 위를 둥둥 떠다니는 것 같았다. 하지만 야경꾼들의 목소리가 그를 꿈에서 깨워 자신이 아직 지상에 있다는 현실을 깨닫게 해주었다.

마리아네는 계단 앞으로 마중을 나와 있었다. 그녀의 모습은 이루 말할 수 없이 아름답고 사랑스러웠다. 마리아네는 하얀 실내복을 입고 그를 맞이했다. 멀리서 다른 연인이 보내준 새 옷을 입고 빌헬름의 품에 안겨 있는 것이었다. 타고난 애교와 무대에서 익힌 사랑스러운 모습을 모두 모아서 열정을 담아 그에게 쏟아부었다. 그가 행복에 넘쳐 하늘로 날아갈 것만 같은 기분이 되었다는 것은 말하지 않아도 알리라.

그는 무슨 일이 있었는지 그녀에게 알리고 그의 계획과 소망을 대충 말해주었다. 함께 살 집을 구하면 곧바로 데리러 오겠다는 말과 더불어 자신의 생각에 따라주기를 바란다고 말했다. 불쌍한 마리아네는 눈물을 머금고 조용히 그를 가슴에 안았다. 그는 그녀의 침묵을 긍정적으로 해석하면서도 한편 그녀가 무슨 말이든 하기를 바랐다. 특히 그가 머뭇거리며 상냥한 말투로 자신이 아버지가 되었다고 생각해도 되겠느냐 물었을 때 아무 말이든 한마디하기를 기다렸지만, 그녀는 한숨과 키스로 대답할 뿐이었다.

제12장

다음 날 아침 눈을 뜬 마리아네는 새로운 슬픔에 잠겨 있었다. 그녀는 버림받은 것 같은 기분이 들어 햇빛조차 바라볼 기분이 들지 않았다. 침대에서 한 발짝도 나오지 않은 채 울면서 지냈다. 할멈은 그 옆에 앉아 그녀를 설득하고 달래주었지만 상처받은 마음은 쉽사리 낫지 않았다. 불쌍한 마리아네가 삶의 마지막 순간이라고 생각하는 때가 다가오고 있었다. 그녀 말고 또 누가 이렇게 불행한 상태에 놓여 있을까! 사랑하는 연인은 여행을 떠나고 그녀가 싫어하는 애인이 돌아올 날은 차츰 가까워지고 있었다. 그녀는 두 사람이 마주칠 것만 같은 걱정에 무서웠다.

"진정해요."

할멈이 말했다.

"그 예쁜 눈이 눈물로 엉망이 되어버렸잖아요. 연인을 두 명 갖는다는 것이 그렇게 불행한 일인가요? 사랑은 한 사람에게만 쏟아붓는다 해도, 아가씨를 생각해 주는 또 한 사람은 아가씨의 친구라 할 수 있는 가치를 가지고 있는 분이랍니다. 그러니 적어도 감사해야지요."

"가여운 빌헬름."

마리아네는 울면서 말했다.

"그는 우리가 헤어지리라는 걸 알고 있어요. 꿈에서 우리가 계속 숨기고 있던 일을 알아버리고 만 거예요. 내 옆에서 자고 있던 그가 갑자기 불안한 듯이 작은 목소리로 무언가 말하는 것 같은 기분이 들었어요. 나는 너무 걱정되어 그를 깨웠죠. 아! 그가 나를 상냥하게 안아주며 이렇게 말했어요! '오 마리아네! 당신이 끔찍한 운명으로부터 나를 구해 주었어요. 그런 지옥에서 구해 주어서 얼마나 고마운지 몰라요. 꿈을 꾸었는데 난 당신과 멀리 떨어져, 가본 적도 없는 곳에 있었어요. 그런데 내 눈앞에 당신이 보이는 거예요. 당신은 아름다운 언덕 위에 있었어요. 햇빛이 비추는 부분이 반짝거려서 당신은 정말 매력적으로 보였죠. 하지만 그것도 잠시, 당신의 모습은 점점 밑으로 가라앉았어요. 내가 아무리 손을 뻗어보아도 너무 멀어서 닿지 않았지요. 당신은 언덕 너머에 있는 큰 바다, 아니 늪지 쪽으로 미끄러지듯 내려갔어요. 그러자 어떤 남자가 당신에게 손을 뻗었어요. 그 남자가 당신을 언덕으로 데려갈 것이라고 생각했는데 옆으로 당신을 끌고 갔지요. 나는 손이 닿지 않으니 따라가지 말라고 소리쳤어요. 쫓아가려고 했지만 땅이 내게 쇠사슬을 채운 듯, 발이 떨어지질 않았어요. 그런데 걸을 수 있게 되자, 이번에는 물에 빠져 숨을 쉴 수 없었죠. 가슴이 죄어서 소리조차 지를 수 없었어요.'

아아, 불쌍한 그 사람은 나의 품에서 공포를 억누르며 그렇게 말한 거예요. 그리고 무서운 꿈을 가장 행복한 현실로 쫓아낼 수 있다는 것에 감사하다고 했죠."

할멈은 마리아네의 말을 자신의 산문으로 바꾸어 어떻게 해서든 일상생활로 끌어내리려고 했다. 이때 그녀는 새잡이들이 흔히 새를 몰아서 잡을 때 쓰는 기묘한 수단을 썼다. 작은 피리로 새들의 울음소리와 비슷한 소리를 내어 재빠르게 많은 새를 잡아넣을 때 쓰는 방법이었다. 할멈은 빌헬름을 칭찬하며 그의 모습과, 눈과, 사랑에 대해 자세히 이야기했다. 마리아네는 기쁘게 그 이야기를 듣고 일어나 옷을 갈아입더니 조금은 진정한 듯이 보였다.

"저기, 아가씨."

할멈이 간지러운 목소리로 말했다.

"나는 아가씨를 슬프게 하거나 모욕할 생각은 전혀 없어요. 그저 아가씨의 행복을 바라고 있을 뿐이랍니다. 내 마음을 오해하시면 정말 슬퍼요. 나는 언제나 내 일보다는 아가씨를 더 걱정하고 있다는 것을 잊지 말아주세요. 아가씨는 어떻게 되기를 바라시는 거죠? 말해 보세요. 어떤 것이 가장 좋은 방법일지 생각해 보는 것도 나쁘지 않을 거예요."

"어떻게 되길 바라고 있어요?"

마리아네가 되물었다.

"난 정말 불행해요. 평생 불행하게 살게 될 거예요. 나는 빌헬름을 사랑해요. 그 사람도 나를 사랑하고 있어요. 알다시피 나는 그가 없으면 안 돼요. 그래서 앞으로 어떻게 살아가야 할지 모르겠어요. 노어베르크 씨가 돌아올 거예요. 우리가 이렇게 살 수 있는 건 모두 그의 배려 덕분이죠. 그 사람이 없으면 살아갈 수 없어요. 빌헬름에게는 돈이 한 푼도 없죠. 그 사람은 나를 위해 아무것도 해줄 수 없어요."

"그 사람은 아가씨에게 사랑 말고는 줄 수 있는 게 없는 호색한이로군요!"

"그에 대해 나쁘게 말하지 말아줘요. 그는 가족을 버리려 하고 있어요. 극장에서 일을 구하고 나를 맞이할 손을 뻗어주려 하고 있다고요."

"텅텅 빈손이라면 벌써 여기 넷이나 있어요."

"어쩌면 좋을지 모르겠어요. 바르바라, 당신이 정해 줘요. 당신이 하라는 대로 할 테니. 우리 사랑을 강하게 이어줄 증거가 내 배 속에 생긴 것 같아요. 그걸 머릿속에 넣고 생각해서 정해 줘요. 내가 누구를 버리고 누구를 택해야 하는지."

할멈은 잠시 생각하고는 대답했다.

"젊은 사람들은 늘 극단적인 것에만 치우치는군요. 나는 즐거움이 되는 것과 돈이 되는 것 양쪽을 다 놓지 않는 것이 가장 현명하다고 생각해요. 한쪽에게는 사랑을 주고, 다른 한쪽에게는 저희 생활을 계속 도와주도록 하면 되는 것이랍니다. 중요한 것은 이 둘이 마주치지 않도록 철저히 관리해야 한다는 점이죠."

"좋을 대로 해줘요. 이제 아무것도 생각할 수 없어요. 할멈이 말하는 대로 할게요."

"단장님은 단원들 하나하나의 태도에 엄청난 자부심을 가지고 있는 분이시죠. 그걸 이용하면 돼요. 빌헬름 씨와 노어베르크 씨 두 분 모두 일을 남몰래 하는 것에 익숙하죠. 시간 약속은 내가 알아서 할 테니, 아가씨는 내가 준비해 놓은 대로 연기만 하시면 됩니다. 어떤 일이라도 머리를 어떻게 쓰느냐에 따라 좋은 것도, 나쁜 것도 될 수 있는 법이니까요. 빌헬름 씨가 멀리 계실 때 노어베르크 씨가 돌아오신다면 정말 좋을 텐데! 한 사람의 품에 안겨 다른 사람을 생각한다 해도 그 누구도 아가씨를 방해할 사람은 없어요. 배 속의 아이가 아들이었으면 좋겠네요. 그 아이에겐 돈 많은 아버지가 필요해요."

할멈의 계획이 그녀의 기분을 조금 나아지게는 했지만 큰 위안이 되지는 않았다. 그녀는 자기 처지를 헤아릴 만한 마음의 여유가 없었다. 그녀는 이 괴로운 상황을 잊어버리고 싶다 생각했지만 번거로운 일이 계속 떠올라 한시도 잊을 수 없었다.

제13장

그녀가 괴로운 시간을 보내고 있는 동안, 빌헬름은 짧은 여행을 끝내고 목적지에 닿았다. 찾아간 상인이 집에 없어서 가지고 온 소개장을 그 집 안주인에게 주었다. 그러나 그 부인에게도 만족스러운 대답을 들을 수 없었다. 그녀가 너무 허둥대는 바람에 온 집 안이 들썩거릴 지경이었다.

하지만 곧 그녀는 의붓딸이 얼마 전, 작은 극단을 떠나 이 마을에 머물며 프랑스어를 가르치던 한 배우와 사랑의 도피를 했다고 말했다. 그래서 아버지가 슬픔과 분노로 이성을 잃고 그 두 사람을 쫓을 추격자를 고용하기 위해 관청에 달려갔다는 것이다. 그녀는 딸을 심하게 욕하고 딸의 애인을 몹시 헐뜯었으며, 두 사람 다 쓸모없는 존재라고 말했다. 그리고 그 두 사람이 집안에 먹칠을 했다고 불평하는 소리를 늘어놓아서 빌헬름을 당황하게 만들었다. 빌헬름은 그 부인이 예언자인 것처럼 느껴졌다. 그 예언 능력으로 자신의 계획을 간파당하여, 모두에게 심판 받고 벌을 받을 것 같은 기분이 들었다. 관청에서 돌아온 아버지가 당혹감과 슬픔을 억누르고 더듬거리며 사건의 내용을 아내에게 이야기했다. 빌헬름은 그런 아버지의 모습에 마음속 깊이 동정을 느꼈다. 잠시 뒤 편지를 다 읽고 난 상인이 빌헬름 앞에 말 한 마리를 끌어다 주었는데, 그의 얼굴에는 여전히 근심과 곤혹스러움이 남아 있었다.

빌헬름은 바로 말을 타고 자신의 마음을 불편하게 하는 이 집에서 얼른 벗어나고자 했다. 하지만 선량한 주인은 많은 신세를 지고 있는 집의 아들을 대접하지도, 또 하룻밤 재우지도 않고 그냥 떠나게 할 수는 없다고 했다.

빌헬름은 우울한 마음으로 저녁을 함께 먹고, 뜬눈으로 밤을 지새우고는 다음 날 아침에 서둘러 그 집안사람들로부터 달아났다. 그들의 우울한 대화가 빌헬름에게 얼마나 아프고 괴로운 것인지 그들은 알 리가 없었다.

빌헬름은 생각에 잠겨 천천히 말을 타고 길 위를 지났다. 갑자기 무장한 몇 사람이 들판을 가로질러 가는 것이 보였다. 그들은 소맷자락을 접어 올린 너덜너덜한 윗옷을 입고 있었으며 어울리지 않는 모자와 구식 총을 가지고 있었다. 태평스러운 걸음걸이, 늘어진 움직임을 보고 그는 곧바로 민병대라는 것을 알았다. 그들은 해묵은 떡갈나무 밑에 총을 내려놓고 잔디 위에 앉아서 담배를 피우기 시작했다. 빌헬름은 그들 옆에 멈춰서 말을 타고 온 젊은이와 이야기를 나누었다. 유감스럽게도 그는 이미 도가 튼 '사랑의 도피' 이야기를 또 들어야 했다. 게다가 그 젊은이가 이야기 도중 내비치는 의견은 젊은 두 사람에게도, 그 부모님에게도 그다지 호의적이지 않았다. 그리고 그들은 옆 마을에서 붙잡힌 '도피자들'을 데리러 온 것이라고 덧붙였다. 드디어 멀리서 다가오고 있는 짐수레 한 대가 보였다. 이윽고 그 수레는 민병대에 둘러싸였지만 그 장면은 삼엄하다기보다는 오히려 우스꽝스러웠다. 볼품없이 생긴 옆 마을 서기가 말을 타고 앞으로 나와서 빌헬름과 이야기를 나누었던 마을 서기에게 심하게 거드름을 피우며 요상한 몸짓으로 인사했다. 그건 마치 악령과 악마가 하나는 경계 안쪽에서, 다른 하나는 바깥쪽에서 밤에 일어날 은밀한 소행에 대해 의논하고 있는 것같이 보였다.

그러는 동안 구경꾼들의 눈길은 짐수레로 쏠렸고, 짚단 위에 앉아 있던 그들에게 동정의 눈빛을 보냈다. 둘은 서로를 사랑스러운 듯이 바라보며 주위 사람들의 시선에 신경도 쓰지 않는 것 같았다. 그 아가씨를 태우고 있던 낡은 마차가 오는 길에 부서져 버려서 민병대가 그들을 이상한 모습으로 데리고 왔다. 그 아가씨는 마차가 부서졌을 때 남자 옆에 앉게 해달라고 부탁했다. 민병들은 남자가 중죄를 지은 사람이라고 착각해, 마차가 부서지기 전까지 사슬로 손목을 묶어 마차와 이어놓고 그 옆에서 걷도록 했던 것이다. 당연히 그 사슬은 구경꾼들의 호기심을 자극했다. 젊은 남자가 연인의 손등에 입을 맞출 때마다 사슬은 아주 위엄 있게 철거덕거리며 흔들렸다.

"우리는 억울합니다!"

아가씨가 주변 사람들을 둘러보며 외쳤다.

"우리는 당신들이 생각하는 것처럼 죄를 짓지 않았습니다. 우리의 순수한 사랑에 이런 조치를 취하는 건 무자비한 사람들이나 할 짓이지요. 자식의 행복은 조금도 생각지 않는 부모가 자식이 힘겹게 손에 넣은 행복을 빼앗으려 하는 것입니다."

사람들은 동정심으로 와자지껄 떠들어댔다. 그때 마을 서기들은 두 연인을 건네주는 의식을 끝냈다. 짐수레가 움직이기 시작했다. 연인들의 운명이 궁금했던 빌헬름은 그들을 앞질러 재빠르게 샛길로 들어서 겨우 그곳에 다다를 수 있었다. 관청에 도착해 보니 많은 사람들이 모여 있었는데, 모두가 도피자들을 기다리고 있었다. 빌헬름은 어느새 도착한 서기가 늘어놓는 사건에 대한 자세한 설명을 들었다. 그리고 그가 어제 유대인에게서 사들인 말에 대해 장황하게 칭송하며 다른 사람의 대화를 가로막았다.

빌헬름이 이야기를 듣고 있는 사이에 불행한 두 연인은 이미 관청 앞 정원에서 내려 출입문을 통해 법정으로 들어간 것 같았다. 빌헬름은 구경꾼들의 눈길을 피하도록 조치해 준 서기의 깊은 배려를 진심으로 칭찬했다. 그러나 사실 서기는 마을에서 치욕당한 연인들을 구경거리 삼아 즐기려고 관청 앞에 몰린 사람들에게 심술을 부린 것뿐이었다.

법관은 이런 종류의 사건을 그리 좋아하지 않았다. 왜인지는 모르겠지만 거의 이런 경우에는 아무리 별 탈 없이 마무리를 지으려 노력해도 꼭 예기치 않은 일이 일어나서 본청으로부터 심한 꾸지람을 듣게 되기 때문이었다. 그는 무거운 발걸음으로 법정으로 들어갔다. 서기와 빌헬름, 마을의 몇몇 권력자들이 그 뒤를 이었다.

첫 번째로 아름다운 아가씨가 불려 나왔다. 그녀는 침착하고 자신감에 넘쳤다. 그렇다고 뻔뻔스러웠던 것은 아니었다. 그녀의 옷차림과 몸짓, 그리고 눈빛은 그녀의 높은 자존감을 나타내고 있었다. 질문이 시작되기도 전에 그 아가씨는 자신을 변호하며 거침없이 말했다.

서기는 그녀에게 조용히 하라 명령하고 수북이 쌓여 있는 종이 위에 펜을 올려놓았다. 법관은 보좌관을 흘끗 쳐다본 뒤 헛기침을 하고 아가씨에게 이름과 나이를 물었다.

아가씨가 대답했다.

"실례지만, 법관님께서 제 이름과 나이를 묻는 것은 이상하다고 생각합니다. 법관님은 저의 이름은 물론이고, 제 나이도 알고 계시죠. 큰 아드님과 제가 동갑이라는 것을 잊으신 건가요? 솔직히 말씀드리지요. 아버지가 재혼하신 뒤부터 저는 집에서 그리 좋은 대우를 받지 못했습니다. 괜찮은 혼담이 몇 번 들어왔지만 양어머니는 지참금이 아깝다며 모두 취소시키셨답니다. 그사이에 저는 멜리나를 만났고, 우리는 서로 사랑하게 되었습니다. 우리는 처음부터 많은 어려움이 있을 것이라 짐작하고 있었기에 우리의 행복을 찾아 더 넓은 세계로 나아가기로 한 겁니다. 저는 제 것 말고는 아무것도 가져오지 않았습니다. 우리는 강도질을 하거나 무언가를 훔쳐서 달아난 것이 아닙니다. 그리고 그 사람에 의해 억지로 끌려다닌 적은 한순간도 없습니다. 만약 우리가 벌을 받아야만 한다 해도 이런 식으로 벌을 받는 건 이상합니다."

법관은 매우 당황했다. 벌써부터 본청에서 맹렬하게 비난하는 소리가 귓가에 울리는 것 같았다. 아가씨가 너무나 유창하게 대답했기에 조서 초안은 완전히 쓸모없는 것이 되어버렸다. 그렇지만 그것보다 법관을 더 당황하게 만든 일은 형식적인 질문에는 더 이상 대답하지 않고 앞서 말했던 것을 주장하며 한 발짝도 물러서지 않는 그녀의 태도였다.

"저는 죄인이 아닙니다. 그럼에도 당신들은 저를 구속하고 여기에 억지로 앉혀 굴욕을 주었습니다. 정당한 판결로 저의 명예를 회복시켜 주시기를 바랍니다."

그때까지 그녀의 발언을 계속 기록하고 있던 서기는 법관에게 형식적인 조서는 나중에 만들 수 있으니 상관하지 말고 계속 질문하라고 속삭였다. 법관은 마음을 다잡고서 특유의 무겁고 형식적인 말투로 젊은 남녀의 달콤한 사랑의 비밀에 대해 묻기 시작했다.

빌헬름은 얼굴이 뜨거워지는 것을 느꼈다. 피고인의 두 볼에도 부끄러움으로 살짝 붉은빛이 돌아 그녀의 인상을 더욱 매력적으로 만들었다. 그녀는 입을 꼭 다물었다가 잠시 말을 더듬었지만, 곧 그 당혹감을 넘어 용기를 가지고 말했다.

"맹세합니다."

그녀는 강하게 말했다.

"저는 설령 그것이 저에게 손해가 되는 일이라도 진실만을 이야기할 것입니다. 저의 명예가 걸린 일이니 망설임 없이 말씀드리지요. 저는 그 사람의 사랑과 성의를 믿었던 때부터 그 사람을 제 남편으로 생각했습니다. 저는 사랑이 요구하는 것, 굳게 믿는 마음이 허락하는 모든 것을 그 사람에게 바쳤습니다. 자, 저를 좋으실 대로 하세요. 제가 잠시 망설인 것은 저의 고백이 그 사람에게 불리하게 작용할까봐 걱정이 되었을 뿐, 다른 이유는 없습니다."

빌헬름은 이 고백을 듣고 그녀의 마음씨가 매우 훌륭하다 생각했다. 하지만 법관도 서기도 그녀를 뻔뻔스러운 여자라 생각했고, 배심원 자리에 앉아 있는 마을의 권력자들도 이런 사건이 자기 집안에 일어나지 않은 것을 신에게 감사했다.

이때 빌헬름은 그의 상상력을 발휘해 그의 연인을 재판관석 앞에 세워보았다. 그녀에게 조금 더 훌륭한 말을 하게 하고, 그녀의 솔직함을 더욱 진술하게, 그녀의 고백을 더욱 고결하게 만들었다. 그리고 자신의 눈앞에 있는 아가씨의 힘이 되어주고 싶다 생각했다. 그는 곧바로 생각을 실천으로 옮겨, 망설이고 있는 법관에게 모든 것이 밝혀졌으니 이쯤에서 심리(審理)는 끝내는 것이 좋겠다며 살짝 부탁했다.

덕분에 그 아가씨는 법정에서 물러나게 되었다. 그리고 이번에는 젊은 남자가 입구에서 사슬이 풀린 뒤에 법정으로 들어왔다. 이 남자는 아까의 아가씨보다 자신의 운명이 어떻게 될지 잘 알고 있는 것 같았다. 그의 답변은 아주 차분했다. 대담함과 솔직함에 있어서는 아가씨보다 부족했지만 진술은 또렷하고 정확했다.

그의 진술은 아가씨가 말했던 것과 모두 일치했지만 그녀가 앞서 고백했던 것을 그는 완강하게 부인했다. 그는 그녀를 지키고 싶었던 것이다. 그 남자의 심리가 끝나자 아가씨가 다시 불려갔다. 그리고 그 둘의 대화는 빌헬름의 마음을 완전히 사로잡았다.

한 편의 소설 또는 연극에서나 볼 수 있는 서로를 감싸기 위한 말다툼, 즉 힘든 순간에야말로 빛을 내는 사랑의 힘을 빌헬름은 법정이라는 불쾌한 자리에서 본 것이었다.

빌헬름이 마음속으로 말했다.

"그렇다면 정말로 태양의 눈을 피해, 사람들의 눈을 피해 둘만의 고독과 깊은 비밀 속에서만 받아들여지는 연약한 사랑도, 우연찮게 적대심으로 가득한 사람들 앞에서 고난을 받게 되면 사람의 시선을 상관하지 않는 사랑보다 더 대담하고 용감하며 단호해지는 것이란 말인가?"

다행히도 심리는 금방 끝나 빌헬름은 안심했다. 둘은 서로 다른 방에 갇혔지만 그렇게 엄중하지는 않았다. 빌헬름은 할 수 있다면 그 아가씨를 어서 집으로 돌려보내고 싶었다. 왜냐하면 그는 그녀의 부모를 설득해서 사랑하는 사람끼리 행복하게 결혼하도록 도와주겠노라 마음먹고 있었기 때문이다.

그가 법관에게 멜리나와 이야기를 나누고 싶다고 하자 법관은 아주 흔쾌히 허락해 주었다.

제14장

멜리나와 빌헬름은 금방 마음을 터놓고 활발하게 이야기를 나누었다. 빌헬름이 풀이 죽어 있는 젊은이에게 그녀의 부모와 자신이 어떤 관계인지를 말하고 그들을 설득하고 싶다고 한 데다가, 어느 정도 설득할 만하다고 자신했기에 슬픔과 불안으로 가득 차 있던 젊은이의 마음이 금세 밝아졌기 때문이다. 그는 어서 이곳에서 풀려나 연인의 부모님과 화해하고 싶었다. 둘의 이야기는 미래의 직업과 생계에 대한 것까지 이어졌다.

"더 이상 어려움은 없을 것입니다."

빌헬름이 말했다.

"당신은 주어진 재능으로 분명히 성공할 것입니다. 호감 가는 외모에 멋지게 울리는 목소리, 그 풍부한 감성까지 어떤 배우보다도 훌륭한 소질을 가졌다고 생각합니다. 원한다면 내가 소개장을 두세 장 써줄게요."

멜리나가 대답했다.

"정말 감사하지만, 소개장을 받아도 쓸 일이 없을 겁니다. 가능하다면 더 이상 연기는 하지 않으리라 다짐했거든요."

"너무나 아쉬운 말을 하는군요."

빌헬름이 잠시 놀란 마음을 달래고 말했다. 이 남자가 아리따운 아가씨를 아내로 얻고 감옥에서 나가자마자 극장을 찾을 것이라고 생각했기 때문이다. 빌헬름은 그것이 그에게 물고기가 물속에서 사는 것과 같이 당연한 일이라고 여겼다. 그는 한순간도 그에 대해 의심한 적이 없었다. 하지만 그는 그의 생각과 완전 반대되는 의견을 들어야만 했다.

"나는 다시는 연기를 하지 않을 생각입니다. 오히려 시민으로서 할 수 있는 일자리를 구할 것입니다."

"그거 참 이상하네요. 나는 그 의견에 찬성할 수 없습니다. 특별한 이유가 없는 이상, 이미 익숙해져 버린 생활을 바꾸는 것은 그리 좋은 방법이 아니거든요. 게다가 내가 알고 있기로 배우만큼이나 즐겁고 멋지고 희망을 줄 수 있는 직업은 없다고 생각합니다만……."

"아직 배우로서 제대로 일한 적이 없어서 그런 말을 할 수 있는 겁니다."

이에 대해 빌헬름은 이렇게 대답했다.

"멜리나 씨. 인간이라고 하는 건, 대부분이 자신이 놓여 있는 상황에 만족하는 법이 없죠. 언제나 주변 사람을 부러워하고 그 환경에서 벗어나고 싶어하는 것이에요."

"그렇지만 힘든 환경과 대단히 힘든 환경은 확연히 다른 것입니다. 내가 극장에서 뛰쳐나온 것은 참을성이 없어서가 아니라 경험에 의한 것이었습니다. 이 연극계에서 번 돈으로 사먹는 빵 쪼가리보다 보잘것없고 불안정하며 먹기 힘든 것이 또 있을까요? 차라리 집집마다 구걸 다니는 편이 더 나을 정도입니다. 동료들의 시샘, 단장의 편애, 관객들의 변덕도 내가 연기를 그만둔 이유 가운데 하나입니다. 이것들을 견디느니 차라리 곰 가죽을 뒤집어쓰고 원숭이나 개와 함께 줄에 묶여 끌려다니고 발에 차이면서 아이들 앞에서 춤추는 것이 나을 겁니다."

빌헬름은 수천 가지 생각을 해보았지만 이 남자에게는 도움이 될 것 같지 않았다. 그래서 빌헬름은 말을 돌려 하찮은 이야기들만 할 뿐이었다. 하지만 멜리나는 더욱 거리낌 없이 이것저것 자신의 의견을 말했다.

"당연한 일이지만, 상연하는 한 달 동안 단장은 단장대로 마을에서 조금이라도 더 돈을 벌기 위해 마을위원들 모두에게 무릎 꿇고 빌어야 합니다. 우리 단장이 나를 괴롭힌 적이 있기는 해도 본성이 착한 사람이라 너무나 불쌍해 보였습니다. 실력이 좋은 배우는 월급을 올려달라고 요구하지만, 그렇다고 멋대로 실력이 모자란 배우들을 자를 수도 없습니다. 어떻게든 수입과 지출을 맞추려면 입장료를 올릴 수밖에 없죠. 그러면 소극장은 텅텅 비어버리고 말아요. 망하지 않으려면 적자를 각오하고 근근이 버틸 수밖에 없어요. 빌헬름 씨, 아까 하신 말씀대로 저희들을 돌봐주실 생각이라면 그녀의 부모님과 진지하게 상의해 주세요. 이 마을에서 일할 수 있게 해달라고요. 서기든 회계원이든 뭐든 시켜만 준다면 열심히 하겠습니다."

빌헬름은 두세 마디를 더 나누고 나서, 다음 날 아침 일찍 그녀의 부모님을 찾아가서 자신이 도울 수 있는 일을 알아보겠다 약속하고 멜리나와 헤어졌다. 혼자가 되기 무섭게 그는 이렇게 큰 소리로 외쳤다. 그렇게 하지 않으면 기분이 풀릴 것 같지 않았기 때문이었다.

"불쌍한 멜리나! 당신이 극복할 수 없었던 불행은 배우라는 직업에 있는 것이 아니라 당신 마음속에 있는 거예요! 전문직이든, 예술이든, 아니 그 어떤 일이라도 사람들이 마음으로 다하지 않고 삶을 살아간다면 틀림없이 당신과 같이 자신의 삶을 견디지 못할 겁니다. 자신에게 맞는 재능을 가지고 있는 사람은 그 재능으로 가장 멋진 인생을 찾을 수 있어요. 이 세상에 쉬운 일은 존재하지 않습니다. 자신의 일에 대한 열정과 사랑…… 이것이 고난을 뛰어넘는 힘이 되고 새롭게 길을 열어주어 앞으로 나아가게 하는 겁니다. 당신의 눈에는 무대가 그저 누구나 올라설 수 있는 곳처럼 보였고, 당신에게 주어진 역할은 아무라도 해낼 수 있는 것처럼 느껴졌겠군요. 당신의 눈에 관객은 그저 할 일 없어 모인 사람들이라고 생각되었겠군요. 그러니 당신에게는 책상에 앉아 줄이 그어진 작은 노트 위에 엎드려 이자를 적고 잔금을 계산하는 일과 똑같은 일로 느껴지는 것이겠지요. 당신은 하나가 되어 뜨거워지고 서로 부딪치는 '전체'를 느끼지 못했어요. 그건 온통 마음을 다 쏟아부어야 이해할 수 있으며 해낼 수 있는 일이죠. 인간의 내면에는 미처 느끼지 못하는 뜨거운 불씨가 있다는 것을 당신은 모르는 것 같군요. 바람을 일으켜 불을 피우지 않으면 마침내 나날이 쌓이는 무관심이라는 재에 파묻혀 보이지 않게 되고 말아요. 하지만 그것은 언제까지고 꺼지지 않아서 영원토록 사라지지 않을 것입니다. 당신은 자신의 영혼에 불을 일으킬 수 있는 힘이 있고, 불씨를 활활 타오르게 할 바람이 당신의 마음속에서 세차게 불고 있다는 사실을 모르고 있어요.

당신은 굶주림으로 괴로워하면서도 힘든 일은 싫다고 말합니다. 하지만 어떤 직업이라도 힘든 때가 있기 마련이고 오직 기쁨과 평상심만이 그것을 이겨낼 수 있다는 사실을 모르고 그런 말을 하는 것이겠죠. 당신이 평범한 직업의 틀 안에 머무르려 하는 건 잘한 일이에요. 당신이 열정과 용기를 필요로 하는 직업을 해낼 리가 없으니까요. 군인과 정치가와 성직자에게 당신의 생각을 말해보는 것도 좋겠군요. 그러면 그들은 당신과 똑같이 자신의 직업에 대해 한탄할 수 있을 테니까요. 아니, 그러기는커녕 여러 생활감정으로부터 완전히 벗어나 인간의 생활과 존재는 모두 무(無)이다, 고통이 가득하다, 티끌 같은 것이라 말하겠죠? 당신의 마음이 뜨겁게 움직이고 있다면, 당신의 마음이 공감의 불꽃을 태우고 있다면, 당신의 사명감이 마음속 깊이 자리하고 있다면, 당신의 목소리와 입술이 내는 정감 어린 말을 듣고 기쁘다면 당신은 다른 사람들 속에서 진정한 자신을 느낄 수 있는 장소와 기회를 분명 찾을 수 있겠지요."

빌헬름은 이렇게 말하며 그 모든 것을 머릿속에 새겨두었다. 그러고는 옷을 벗고 만족스러운 기분으로 침대에 드러누웠다. 그가 내일 변변치 않은 그 사람을 대신해서 하려고 하는 일이 소설처럼 그의 마음속에 펼쳐졌다. 유쾌한 환상이 꿈의 나라로 빌헬름을 이끌었고, 그곳에서 꿈의 소녀가 두 팔을 벌려 그를 맞이하여 평온해진 머리를 천상의 빛으로 감쌌다.

다음 날 아침 빌헬름은 곧 일어날 만남에 대해 생각했다. 딸에게 버림받은 부모의 집을 방문했더니 그들은 놀란 표정으로 그를 맞았다. 찾아온 이유에 대해 조심스럽게 말하며 그는 생각했던 것보다 일이 쉬운 듯하면서도 까다롭다는 사실을 깨달았다. 어쨌든 이미 만남은 진행되고 있었다. 특별히 엄격하고 완고한 사람들이 이미 일어난 일을 되돌리려고 애를 쓸 때가 있는데 그런 노력은 오히려 일을 더 크게 만든다. 한편 사람들은 이미 일어난 일을 있을 수 없는 일이라고 말하면서도, 또 같은 일이 일어나면 늘 일어나는 일이라 떠들어댄다.

멜리나와 아가씨의 결혼 이야기는 금방 긍정적인 쪽으로 흘러갔다. 그렇지만 참을성 없이 일을 저질러 버린 딸에게는 지참금을 주지 않고, 숙모가 남겨준 재산 가운데 아주 조금만을 주기로 했다. 하지만 멜리나의 취업에 대한 교섭은 꽤나 까다로웠다. 그런 됨됨이가 좋지 못한 녀석이 눈앞에 얼쩡거리는 꼴을 보고 싶지 않다는 것이 그 이유였다. 그 두 사람이 이 마을에 있으면 분명 자기들도 손가락질당할 게 뻔한데, 더 이상 그런 취급을 받는 것은 못마땅하다고 그들은 말했다. 관청도 그런 사람에게는 쉽게 일자리를 주지 않을 것이라고 장담했다. 그들은 완강하게 반대했고 빌헬름은 열심히 멜리나와 아가씨를 변호했다. 빌헬름은 극장으로 돌아가는 것을 경멸하는 그 남자가 싫어졌으며 또 그가 그런 행복을 누릴 가치가 없다고 확신하고 있었기에 그를 변호하고 있었던 것이다. 하지만 빌헬름이 아무리 이모저모 따지며 이야기를 해보아도 소용없었다. 만약 그가 이들 부부의 비밀을 알고 있었다면 그렇게 애쓸 필요도 없었을 텐데!

사실 아버지는 딸을 자기 곁에 두고 싶었지만 아내가 자꾸 멜리나에게 은근한 눈길을 보내고 있었기에 그에게 증오를 느끼고 있었다. 아내는 연적이라 할 수 있는 의붓딸의 행복한 모습을 보고 싶지 않았다. 그리하여 멜리나는 어쩔 수 없이 극단을 찾기 위해 젊은 아내와 함께 며칠간 여행을 떠나야 했다. 한편 그의 아내는 의욕에 넘쳐 세상을 보고 싶다, 세상에 자신들의 모습을 내보이고 싶다는 기분으로 들떠 있었다.

제15장

청춘이여! 처음으로 사랑을 알게 된 젊은이들이여! 그대들은 몇 시간 동안을 메아리로 즐거워하는 어린아이와 같다. 별것 아닌 일까지 혼자서 이야기하며 눈에 보이지 않는 상대가 아주 작은 소리로 대답 아닌 대답을 해도 그 대화를 즐기는 아이와 같은 것이다.

마리아네를 사랑하기 시작했을 즈음 빌헬름이 바로 그런 상태였다. 그는 자신의 풍부한 감정을 그녀에게 모두 바치고 자신은 그녀가 베풀어 주는 것만으로 구걸하며 살아가는 거지와 같다고 생각했다. 햇빛이 비추는 곳에 더 큰 매력을 느끼듯이, 그의 눈에는 그녀를 둘러싸고 있는 모든 것, 그녀의 손에 닿는 모든 것이 아름답게 보였다.

빌헬름은 단장에게 특별히 허락을 받아 몇 번인가 무대 끝부분에 서 있었다. 그곳에 서 있으면 객석에서 느끼는 신비함은 사라져도, 그보다 더 강력한 사랑의 마법에 걸리곤 했다. 그는 몇 시간이고 더러운 조명 받침 옆에 서서 나뭇진으로 만든 양초에서 올라오는 연기를 맡으며 연인을 바라보았다. 그녀가 무대에서 내려와 상냥한 눈빛으로 웃어주면 당장 하늘로 날아갈 수 있을 것처럼 행복했다. 박제된 어린 양, 호박단으로 만들어진 폭포, 두꺼운 종이로 만든 장미 덤불, 한쪽만 있는 초가집 등이 그 옛날 양을 치던 시대의 정감 있고 시적인 모습을 떠오르게 했다. 곁에서 보고 있으면 못생긴 무용수도 마리아네와 같은 무대에 서 있다고 생각하면 싫지 않았다. 진실로 사랑은 장미로 둘러싸인 나무 그늘, 도금양*7 숲과 달빛 같으며 심지어는 그저 굴러다니는 대팻밥이나 종이 쪼가리조차 생생한 모습을 부여받는 것이리라!

사랑은 강력한 향신료와 같아서 아무리 맛없는 수프라도 맛있게 만들어 준다. 마리아네의 방이 늘 이 수프와 같았고, 가끔 그녀 자체가 그런 상태였기에 어떻게든 참아내고 곧 유쾌한 시간을 보낼 수 있도록 하기 위해서는 그 향신료

---

*7 쌍떡잎식물 도금양목 도금양과의 상록관목. 그리스 신화에서는 신성한 나무로 불사의 상징으로 쓰였다.

가 필요했다.

품위 있는 시민 집안에서 자란 그에게 질서와 청결함은 숨 쉬는 일처럼 당연한 것이었다. 화려한 것을 좋아하는 아버지의 취향을 살짝 물려받은 그는 어렸을 적에 자기 방을 작은 왕국이라고 생각하여 화려하게 꾸민 적도 있었다. 침대의 커튼은 무대에서 옥좌가 등장할 때와 같이 주름을 만들어 올리고 술이 달린 끈으로 묶었다. 방 한가운데에는 양탄자가 깔려 있었고 책상은 더욱 화려한 식탁보로 덮여 있었다. 책이나 장식품들은 질서정연하게 늘어놓아 네덜란드 화가가 정물화의 소재로 삼아도 문제없을 정도였다. 챙 없는 하얀 모자를 터번인 양 뒤집어쓰고 덧옷의 소맷자락은 동양의 옷같이 짧게 잘라서 입고 있었다. 하지만 이건 공부할 때 방해가 되어서 그런 것이라 둘러대었다.

밤이 깊어 아무도 방해할 수 없는 시간이 되면 비단으로 된 허리띠를 두르고 이따금 무기 창고에서 슬쩍 꺼내온 단검을 허리띠에 꽂았다. 그렇게 자신에게 주어진 역할을 연습했고, 같은 이유로 양탄자 위에 무릎을 꿇고 밤의 기도를 낭송했다.

그러므로 이전에는 배우를 행복한 사람이라고 칭송했었다. 그 셀 수 없을 만큼 많은 훌륭한 의상과 갑옷과 무기를 갖고, 계속 고귀한 사람들의 행동을 따라 훈련하는 그 정신은 환경, 사상, 정열, 그 가운데 어느 것이든 이 세상이 부여해 준 가장 화려하고 웅장한 물건을 비추는 거울과 같다고 생각했기 때문이다. 게다가 빌헬름은 배우의 가정생활은 품위 있는 행동과 일에 연결되어 무대에서 보이는 그 모습은 평소에 갈고닦은 최고의 품격이라 상상하고 있었다. 이를테면 그것은 은(銀)이 긴 시간 동안 정련되어 드디어 찬란하게 장인 앞에 나타나 모든 이물질이 없어져 순화되었다고 알리는 것과 같다고 생각했다.

그 때문에 처음으로 마리아네의 집을 방문했을 때 행복함에 휩싸여 책상과 의자, 바닥을 둘러본 빌헬름은 깜짝 놀랐다. 임시방편으로 쓰인 싸구려 장식품들이 여기저기 흩어진 물고기의 비늘처럼 불빛을 받아 반짝이고 있었기 때문이다. 그것뿐만이 아니었다. 옷매무시를 다듬기 위한 물건들, 빗, 비누, 수건들도 여기저기 떨어져 있었다. 또한 악보와 구두, 속옷과 이탈리아제 조화, 바늘겨레와 머리핀, 연지통과 리본, 책과 밀짚모자 따위가 모두 먼지와 분으로 범벅이 되어 있었다. 하지만 빌헬름은 마리아네 옆에 있으면 다른 것은 거의 눈에 들어오지 않았다. 오히려 그녀의 물건, 그녀의 손에 닿는 모든 것에 정감을 느꼈기에 결국 질서정연하고 호화스러운 생활을 해온 그는 그녀의 난잡한 생활 방식에서 새로운 매력을 느꼈다. 놀랍게도 마리아네가 피아노를 치기 위해 코르셋을 치우고, 의자에 앉아 치마를 침대 위에 던지거나 하며 거리낌 없이 천진난만하게 늘 가려져 있던 신체 부위를 숨기려 하지 않았기에 빌헬름은 그녀와 더 가까워지는 것을 느끼며 보이지 않는 인연이 더욱 강해지는 것이리라 생각했다.

그런데 빌헬름은 그녀의 집을 방문할 때마다 가끔 보는 배우들의 태도는 이해하기 힘들었다. 그들은 빈둥빈둥대는 주제에 바쁜 척하며 자신의 직업과 목적은 아예 머릿속에 들어 있지도 않은 듯이 보였다. 그들이 공연할 작품의 시적 가치에 대해 이야기하거나 비평하는 소리는 한 번도 들어보지 못했기 때문이다. 언제나 들려오는 말은 똑같았다.

"이번 작품은 많이 벌어들일 수 있을까? 언제까지 계속할 수 있을까? 하루에 몇 번이나 상연할 수 있을까?"

그다음으로 단장이 비난의 대상이 되었는데, 출연료를 너무 적게 주고, 특히 누구누구한테 너무했다는 등 헐뜯는 이야기가 대부분이었다. 그리고 이어지는 것이 관객에 대한 이야기로, 관객의 갈채는 늘 엉뚱한 사람에게 향하고 독일 연극은 날이 갈수록 발전하고 있지만 배우들은 그에 맞는 충분한 대우를 받지 못하고 있다는 것이었다. 그뿐이 아니었다. 카페, 와인바 같은 데서 일어났던 독특한 사건, 아무개가 진 빚이 얼마인가, 얼마만큼 공제 받았는가, 주급으로 주는 것은 불공평하다, 반대파 녀석들이 음모를 꾸미고 있다는 등…… 연극과는 관계없는 이야기를 잔뜩 하곤 했다. 하지만 언제나 마지막에는 관객들이 극단에 얼마나 관심을 갖고 있는지가 화제가 되어 연극이 국민과 세계의 교양에 미치는 영향에 대한 이야기로 대화는 끝이 났다.

빌헬름이 말을 타고 천천히 집으로 돌아가는 길에 그가 겪었던 많은 일들을 곱씹어 보니 지금까지 가끔 그를 불안하게 했던 모든 것이 다시 덮쳐왔다. 온 마을을 떠들썩하게 만든 두 연인의 사랑의 도피, 길가와 관청에서의 장면들, 멜리나의 사고방식…… 그 밖의 모든 것들이 다시 떠올라 그의 영혼을 매우 걱정스럽고 불안한 상태로 만들었다. 그는 끝내 그 불안감을 떨쳐내지 못하고 서둘러 마을 쪽으로 말을 달렸다.

하지만 돌아가는 길에 그를 기다리고 있던 것은 또 다른 불쾌한 일이었다.

친구이자 앞으로 매부가 될 베르너가 진지한 얼굴로 생각지도 못했던 중대한 이야기를 하려고 그를 기다리고 있었던 것이다.

베르너는 믿을 수 있는 몇몇 사람 가운데 하나로, 언제나 하나의 목표를 가지고 생활하는 사람이었다. 이런 사람은 무슨 일이 일어나도 쉽게 감정적으로 변하지 않기에 자주 냉혈한이라 오해를 받는다. 그 때문에 어렸을 때부터 빌헬름과도 늘 말다툼을 하곤 했지만 오히려 그것이 두 사람의 우정을 더욱 돈독하게 해주었다. 사상은 달랐지만 서로의 장점을 보고 자신에게 모자란 것이 무엇인지 알 수 있었기 때문이다.

베르너는 훌륭한 사람이지만, 가끔 정도에 지나치게 날뛰는 빌헬름의 영혼에 자신이 고삐를 매고 재갈을 물린다고 생각하여 조금 우쭐대었고, 빌헬름 또한 매사에 신중한 베르너를 무언가에 열중하도록 만드는 날이면 큰 승리를 거머쥔 듯 짜릿함을 느꼈다. 그래서 둘은 날마다 만나며 서로를 통해 자신의 역량을 시험해 보았다. 서로의 의견이 이해되지 않았기에 더욱 만나서 이야기하고 싶다는 기분이 강해졌던 것이리라. 하지만 둘 다 근본적으로 훌륭한 성품을 가진 젊은이들이었기에 어깨를 나란히 하며 손을 잡고 같은 목표를 향해 나아갔다. 그렇지만 두 사람은 어째서 상대를 자신과 같은 생각을 하도록 만들지 못하는 것인지 전혀 알지 못했다.

얼마 전부터 베르너는 빌헬름이 자기를 찾는 횟수가 줄어들고, 그가 좋아하는 이야기에도 집중하지 못하고 금세 그만두며, 기묘한 상상에 빠져서 숨도 쉬지 않고 정신없이 말하던 버릇마저 사라졌다는 사실을 눈치챘다. 이런 것이야말로 자유로운 빌헬름이 그의 친구 곁에서 안정감과 만족을 느끼고 있다는 증거였는데 말이다. 꼼꼼하고 신중한 베르너는 빌헬름이 이렇게 달라진 것을 두고 자신이 무언가 잘못한 게 아닌가 생각했지만 곧 빌헬름의 뜻하지 않은 부주의로, 또 몇몇 마을에서 떠돌고 있는 소문으로 그 원인을 알게 되었다. 베르너는 그 사실을 확인하려고 빌헬름의 뒤를 밟았다. 그 결과 빌헬름이 꽤 오래전부터 어느 여배우의 집을 공공연하게 찾아가고, 극장에서는 즐겁게 이야기도 나누며, 그녀를 집까지 바래다주고 있다는 것을 알아냈다. 게다가 함께 밤을 보내기도 한다는 사실을 알고, 그는 큰 절망에 빠졌다. 소문에 의하면 마리아네는 무척 매혹적인 여자이며, 젊은 빌헬름의 돈을 낭비하면서도 다른 한편으로는 정체를 알 수 없는 남자에게서 생활비를 받고 있다고 했다.

베르너는 만반의 준비를 하고 빌헬름을 호되게 꾸짖기로 결심했다. 그런데 마침 빌헬름이 불만스럽고 초조한 표정으로 여행길에서 돌아왔다.

그날 밤 베르너는 처음엔 부드럽게 자신이 알고 있는 모든 것을 말했다. 그러다 친구가 잘되길 바라는 마음에 자기도 모르게 점점 강한 말투가 되었다. 베르너는 도덕적인 우월감에 젖어 사랑에 빠져 있는 남자에게 신랄한 비난을 퍼부은 것이다. 그러나 당연하게도 그것은 아무 소용없었다. 빌헬름은 속으론 흔들리면서도 단호하게 말했다.

"자네는 그 아가씨를 잘 몰라. 그녀가 겉으로 보기엔 안 좋은 것투성이지만 나는 내 사랑을 게을리하지 않았고 그녀의 성실함과 정절을 의심하지 않네."

베르너는 자신의 주장을 굽히지 않고 증인들을 불러올 수도 있다고 했다. 빌헬름은 그것을 단번에 거절하고 친구와 헤어졌다. 그는 마치 돌팔이 치과의사가 충치가 생겼다고 무작정 이를 집게로 잡아 흔든 것 같은 표정을 짓고 있었다.

빌헬름은 여행 중의 망상과 베르너의 참견으로 마리아네의 아름다운 모습이 점점 흐릿해지는 것이 너무나 불쾌했다. 빌헬름은 모든 의심을 날려버리기 위해, 밤마다 마리아네를 만났던 그 길로 발걸음을 돌렸다. 그녀는 매우 기뻐하며 그를 반겨주었다. 그녀는 그가 마을에 도착해 그녀 집 앞을 지나가는 것을 보고서 오늘 밤 그를 만나게 되리라 짐작하고 있었다. 그녀의 미소에 빌헬름의 마음속에 자리잡고 있던 많은 의심들이 순식간에 사라졌다. 그녀의 상냥함으로 신뢰감이 완전히 회복되어 세상과 친구들이 그의 연인에 대해서 얼마나 나쁘게 보고 있는지 모두 말해 버리고 말았다.

둘은 정신없이 이야기를 나누다 그들이 처음 만났을 때의 이야기를 하게 되었다. 그들에게 있어 그때의 추억은 몇 번을 말해도 가장 즐거운 이야깃거리 가운데 하나였다.

누구든지 사랑의 미로에 처음 내딛는 그 발걸음은 경쾌하며, 사랑을 나누기 시작했을 즈음 눈앞에 보이는 미래는 너무나 매력적으로 보이는 법이다. 그래서 누구나 즐겁게 그 시절의 이야기를 되돌아보는 것이다. 서로 자신이 먼저 좋아했다고 주장하다가도 곧 상대에게 승리를 양보해 주고 싶어지는 것이다.

빌헬름은 마리아네가 지금까지 몇 번이고 들어왔던 이야기를 다시 들려주었다. 처음 그녀를 보았을 때, 그의 눈은 연극에서 마리아네에게로 점점 고정되었다. 결국에는 그녀의 모습, 그녀의 연기, 그녀의 목소리에 완전히 빠져서 그녀가 나오는 연극만 보러가게 되었다. 결국 그는 무대 뒤로 몰래 올라가서 마리아네가 눈치채지 못하도록 그녀의 곁에 서본 적도 있었다. 빌헬름으로서는 그녀에게 처음으로 말을 걸어본 그 황홀한 밤은 잊지 못할 아름다운 추억이었다.

빌헬름의 이야기에 마리아네는 그녀가 그렇게 긴 시간 동안 그의 존재를 눈치채지 못했을 리가 없다고 말했다. 산책하고 있을 때 그를 보았던 기억을 되살려 그 증거로 그날 빌헬름이 입고 있었던 옷을 모두 말해 주었다. 그때부터 그녀는 누구보다도 그가 먼저 눈에 들어왔고 친한 사이가 될 수 있으면 얼마나 좋을까 생각한 적이 한두 번이 아니었다고 말했다. 빌헬름은 그 모든 것을 기쁨으로 믿었다. 그녀에게 지는 것이 기쁠 정도였다.

마리아네가 말하길, 그녀는 그가 다가오면 저항할 수 없는 운명의 실에 이끌려 그를 더 가까이서 보기 위해 일부러 그가 숨어 있던 곳을 통해 대기실로 들어갔다. 결국엔 그가 내성적이어서 아무리 기다려도 계속 망설이기만 할 것 같다는 생각에 마리아네가 그에게 기회를 주려고 레모네이드를 한 잔 가져와 달라고 부탁했었다.

그들이 이렇게 사랑 다툼을 하며 서로의 이야기에 귀를 기울이고 있는 동안 시간은 눈 깜짝할 새에 지나가 버렸다. 빌헬름은 매우 기분이 좋아져서 그의 계획을 하루라도 빨리 실행에 옮기자고 굳은 결심을 하며 그녀 곁을 떠나갔다.

제16장

여행에 필요한 것은 부모님이 모두 챙겨주셨다. 하지만 자잘한 여행용품이 몇 개 모자랐기에 출발은 2, 3일쯤 미뤄졌다. 그는 이 시간을 이용하여 언제나 마리아네가 말하기 꺼려하던 것을 편지에 쓰기로 했다. 편지는 다음과 같았다.

언제나 당신의 품에 포근히 안긴 나를 감싸주는 밤의 장막 안에서 나는 책상에 앉아, 당신을 생각하며 이 편지를 씁니다. 내가 생각하고 행동하는 모든 것은 당신을 위한 것입니다. 오 마리아네! 나는 이 세상에서 가장 행복한 사람입니다. 나는 신랑으로 신성한 결혼예식을 통해서 내 안의 새로운 세계가 열릴 것을 예감하면서도 한편으로는 사랑의 속삭임이 들려오는 신비로운 장막 속으로 뛰어들고픈 생각으로만 가득 차 있습니다.

나는 며칠 동안 여행을 떠나기로 했습니다. 당신을 만나지 못하는 것은 괴롭지만 영원히 당신과 함께하며 당신의 것이 될 날을 생각하면 이 정도는 아무것도 아니랍니다. 내 욕망을 여기에 적어둘게요. 왜냐면 당신은 아직 나를 완전히 이해하지 못한 것 같아서요.

나는 성실하고 조심스럽게―성실한 마음은 모든 것을 지키려 하고 많은 것을 말하지 않으려 하기 때문이죠―영원히 나와 맺어지는 것을 바라고 있는지 당신 마음에 계속 물어봤습니다. 당신은 분명히 나를 이해해 줄 거예요. 당신의 마음에도 같은 바람이 싹을 틔우기 시작했을 테니까요. 서로를 꽉 끌어안고 입을 맞출 때마다 당신은 나의 마음을 이해해 주었을 것이라 확신하고 있습니다. 그럴 때면 늘 당신이 얼마나 조신한 사람인지 알게 됩니다. 그리고 나의 사랑은 더욱 깊어졌답니다. 다른 여자라면 햇빛을 많이 쏘여 풍성한 과일로 키우듯, 자신의 매력을 마음껏 퍼부어 연인의 마음을 휘어잡아 결혼 약속을 받아냈을 거예요. 그런데 당신은 오히려 뒤로 물러서서 연인에게 반쯤 열어놓은 마음을 닫아 당신의 결의를 숨기려고 했죠. 하지만 나는 이미 당신의 마음을 알고 있었어요. 당신의 행동에서 순수하게 상대만을 생각하는 사랑을 보지 못했다면 세상 사람들이 모두 나를 불쌍한 남자라고 불렀을 겁니다. 당신이 나를 믿고 안심했으면 합니다. 우리는 떨어질 수 없는 사이니까요. 우리가 서로를 위해 살아간다면 우리는 아무것도 버릴 게 없고 잃을 것도 없습니다.

내 손을 잡아주세요.*8 새삼스럽기는 하지만 엄숙한 맹세로써 잡아주기를 바랍니다. 우리는 사랑의 기쁨을 남김없이 맛보았어요. 하지만 이 사랑이 언제까지나 이어질 것이라고 다시 한 번 확신할 수만 있다면 우리는 새로운 행복을 찾게 될 것입니다. 어떻게 그게 가능하냐고 묻지 말아주세요. 욕심 없는 우리의 사랑을 위해 운명이 결정해 줄 것입니다.

내 마음은 오래전부터 부모님의 집을 떠나 당신 곁에 있습니다. 그리고 내 의지는 무대 위에 있습니다. 오, 마리아네! 나보다 더 많은 소원을 한 번에 이룬 사람이 있을까요? 조금도 나른하지 않은 영롱한 아침 햇살과 같이 당신의 사랑, 당신의 행복이 내 앞에서 아른거립니다.

---

*8 독일어로 '청혼하다'를 직역하면 '손을 내밀다'이다.

지금 당장 일어서서 당신에게로 달려가, 억지로라도 허락을 받아낸 뒤 내일 아침 일찍 넓은 세계로 나가고 싶은 기분을 억누를 수 없지만 어떻게든 참아보겠습니다. 나는 앞뒤 생각하지 않고 행동할 만큼 어리석은 사람은 아니니까요. 계획은 다 세웠으니 침착하게 행동으로 옮겨야지요.

나는 제를로라는 단장을 알고 있습니다. 1년 전 일이지만, 그는 내가 연기에 쏟는 열정과 기쁨을 조금이라도 자기 단원들이 본받을 수 있다면 좋을 것이라 늘 이야기하던 사람입니다. 그는 분명 나를 반겨줄 것입니다. 당신 극단은 이것저것 걸리는 게 많아 들어가고 싶지 않아요. 게다가 제를로가 공연하고 있는 곳은 여기서 멀리 떨어져 있으니 얼마 동안은 나의 행적을 부모님께 알리지 않아도 되고, 그에게 가면 꽤 괜찮은 보수도 받을 수 있을 겁니다. 관객들을 잘 살펴보고, 단원들과 친해지고 나서 당신을 데리러 갈 생각입니다.

마리아네, 당신도 알고 있듯이 당신을 확실하게 나의 것으로 만들기 위해서라면 나는 그 어떤 일이라도 견뎌내기로 결심했습니다. 그렇게 오랜 시간을 당신과 만날 수 없다고 생각하는 것조차 싫기 때문입니다. 하지만 모든 것으로부터 나를 지켜줄 당신의 사랑을 생각해서 내가 떠나기 전에 목사님 앞에서 당신이 나의 손을 잡아준다면, 나는 편안한 마음으로 떠날 겁니다. 이런 일들은 우리에게 있어서 형식에 지나지 않지만 하늘과 땅의 축복이 함께 어우러지는 아름다운 예식입니다. 가까이에 있는 기사령*9으로 가면 쉽고 조용히 해결될 수 있습니다. 당장 간단하게 결혼식을 올릴 만한 돈은 있습니다. 이 돈을 나누어 가지도록 합시다. 두 사람에게 충분할 겁니다. 없어지기 전에 신께서 우리를 도와주시겠지요.

사랑하는 마리아네, 나는 조금도 걱정하지 않습니다. 이렇게 즐겁게 시작한 사랑은 결과도 좋을 것이라 확신합니다. 성실하기만 하다면 반드시 세상에서 성공할 수 있을 것이라 나는 굳게 믿고 있습니다. 우리 둘을 위해, 아니 아이가 생겨도 충분한 생활비를 벌 만한 힘은 가지고 있습니다. 누구나 '세상은 냉정하다' 말하지만, 올바르게 살아간다면 세상은 그리 냉정하지 않을 거라고 생각합니다. 언젠가 무대에 서서 사람들이 듣고 싶었던 이야기를 그들의 마음에 들려줄 수 있는 날이 올 것이라 생각하면 온몸이 뜨거워집니다. 물론 나는 훌륭한

---

*9 황제 직속의 기사령으로 영주나 제후들의 법률이 직접적으로 미치지 않는다. 빌헬름은 이를 이용해서 약식 결혼식을 올리려는 것이다.

연기를 하려고 노력하는 사람이기에, 가끔 실력이 형편없는 배우들이 위대하고 멋진 말을 우리 마음에 새길 수 있다고 착각하는 모습을 보면 꽤 불안해집니다. 차라리 쉰 목소리를 듣는 편이 낫지요. 결국 그런 사람들이 끔찍하게 서투른 연기로 저지르는 실수는 아름답고 유서 깊은 것들을 추하고 쓸모없는 것으로 만들 수 있으니까요.

극장과 교회가 가끔 싸움을 일으키죠. 나는 양쪽이 대립해서는 안 된다고 생각합니다. 아! 숭고한 사람들만이 신과 자연을 찬양할 수 있다면 내 마음은 정말 큰 기쁨으로 넘쳐날 텐데! 마리아네, 이건 꿈이 아니에요. 나는 당신의 품에 안겨, 당신에게 충분히 사랑을 느끼고 있어요. 그리고 그만큼 멋진 사상에 감싸여 있지요. 이건 그리 확실하지 않아 그저 희망 사항일 뿐이지만, 우리는 언젠가 사람들 앞에 '수호신'으로서 나타나 그들의 마음을 열고 심금을 울려서 천상의 기쁨을 맛보게 할 겁니다. 내가 당신에게 안겨 이 세상의 것이라 할 수 없는 기쁨을 느낀 것처럼요. 왜냐하면 그때 우리는 자기 몸에서 벗어나 높은 곳에 떠 있는 기분이 들었기 때문이에요.

아무리 써도 끝이 없군요. 꽤나 많은 것을 썼지만 당신에게 관련된 걸 모두 썼는지는 모르겠어요. 내 마음속에 있는 수레바퀴는 말로 표현할 수 없으니까요. 내 사랑, 마리아네! 언젠가 이 편지를 받아주세요. 다시 읽어보니 처음부터 새로 쓰고 싶어지네요. 하지만 내가 달콤한 사랑의 기쁨으로 가득 차서 당신 품으로 돌아갈 때까지 당신이 알아두었으면 하는 것, 준비해 주었으면 하는 것들은 확실히 적어두었습니다. 나는 감옥에서 간수들의 발걸음에 귀를 기울이며 쇠사슬을 조금씩 자르고 있는 죄수가 된 느낌입니다. 아무것도 모르는 부모님께 문안 인사를 드렸습니다—안녕히! 사랑하는 사람들이여! 안녕히! 이만 줄이겠습니다. 눈꺼풀이 두세 번 감기려고 합니다. 밤도 깊어졌네요.

제17장

빌헬름은 편지를 말끔하게 접어서 주머니에 넣고 날이 저물면 재빨리 그녀에게 달려가서 전해 주려 했지만 그날따라 야속한 해는 쉽게 지지 않았다. 하는 수 없이 한참을 기다려 저녁놀이 내리자 그는 조용히 나와 그녀의 집으로 향했다. 그의 계획은 이랬다. 밤에 다시 찾아오겠다는 말을 남기며 그녀의 손에 편지를 쥐어주고, 다시 만나면 그녀의 대답, 아니 동의를 얻거나 진한 애정 표현을 이용해 억지로라도 대답을 받아낼 생각이었다.

하지만 그는 그녀에게 달려가 품에 안기자 그만 이성을 잃고 말았다. 황홀함에 젖은 빌헬름은 그녀가 여느 때와는 달리 건성건성 말하고 있다는 것을 알아채지 못했다. 하지만 그녀는 불안한 상태를 계속 숨기는 것이 너무 힘들었다. 그래서 머리가 아프다는 핑계를 대며 오늘 밤에 다시 찾아오고 싶다는 빌헬름의 말을 받아들이지 않았다. 그녀의 마음을 눈치채지 못한 그는 당장 편지를 건네주는 것은 좋지 않다고 생각했다. 그는 마리아네가 돌아갔으면 좋겠다는 태도를 보여서, 그녀의 스카프 하나를 슬쩍 주머니에 찔러 넣고 아쉬움이 가득한 얼굴로 살짝 입을 맞추고 문을 나섰다. 하지만 집으로 돌아온 그는 무얼 해도 진정이 되지 않아 다시 옷을 갈아입고 밖으로 나갔다.

여기저기 거리를 돌아다니고 있는데 어떤 낯선 사람이 한 여관으로 가는 길을 물었다. 빌헬름은 스스로 앞서서 그곳까지 남자를 데리고 갔다. 남자는 거리의 이름, 지나가면서 보이는 큰 저택의 주인, 또 마을 경찰제도에 대해 물었다. 그렇게 여관 앞에 도착할 즈음에 둘은 유쾌한 이야기에 정신이 없었다. 남자는 빌헬름에게 들어가 과일주라도 대접하고 싶다며 자신의 이름과 출생지를 밝히고 여기에 온 이유를 말했다. 빌헬름도 자신의 이름과 주소를 남자에게 말해 주었다.

"당신은 훌륭한 미술품을 모으셨던 '마이스터'의 손자군요?"

남자가 물었다.

"네, 그렇습니다. 할아버지가 돌아가셨을 때 나는 겨우 열 살이었지요. 그 훌륭한 미술품들이 팔려나가는 것을 보았을 땐, 정말 가슴이 아팠습니다."

"그 대신에 당신의 아버지는 엄청난 재산을 가지게 되었지요."

"그런 것까지 아시는군요?"

"그럼요. 내가 그 미술품들이 남아 있을 때 한 번 댁에 방문한 적이 있었습니다. 당신의 할아버님은 미술적 안목이 높으신 분이라 그저 모으시기만 한 것이 아니었거든요. 그분은 아주 좋은 미술품이 있을 때면 이탈리아로 가셔서 그 미술품을 사 들고 돌아오셨어요. 이제는 아무리 돈을 모아도 그만한 작품은 손에 넣지 못할 겁니다. 최고 대가들의 훌륭한 그림도 가지고 계셨지요. 소묘도

전부 보았는데 내 눈을 의심할 만큼 놀라운 것뿐이었어요. 대리석 조각 가운데 몇몇 희소가치가 높은 토르소*10도 있었습니다. 동상(銅像)도 배울 것이 많았습니다. 고대 동전 수집은 미술사적으로나 역사적으로도 굉장한 것이었지요. 개수는 그리 많지 않았지만 보석류도 갖은 칭찬이 쏟아질 만큼 가치 있는 것들이었어요. 본디 살고 계시던 집의 큰 방도 미술품들을 진열하기에 그렇게 좋은 환경이라 할 수 없었지만 아주 훌륭하게 배치되어 있었지요."

"그런 것들이 모두 끌어내려져 짐짝 취급을 당했을 때 나와 동생들이 얼마나 괴로워했는지 짐작하시리라 생각합니다. 태어나 처음으로 슬픔을 느꼈어요. 미술품이 하나둘씩 사라지고 마침내 방이 텅텅 비어버렸을 때 느꼈던 그 공허함을 아직도 기억하고 있지요. 그 미술품들은 우리가 어렸을 때부터 굉장히 좋아했었고 집이나 거리같이 언제까지고 변하지 않을 것이라 생각했으니까요."

"내가 틀리지 않았다면, 당신 아버지는 미술품으로 얻은 자본을 이웃 상인에게 투자하시면서 어떤 공동경영을 시작하셨다고 들었습니다만……"

"그렇습니다. 두 분의 공동투자는 크게 성공해서 지난 12년 동안 엄청난 재산을 모으셨지요. 그래서 그 두 분은 돈벌이에 점점 열중하게 되셨어요. 베르너 씨에게도 아들이 하나 있는데 나보다 훨씬 장사에 능력이 있답니다."

"마을의 자랑거리라고 해도 좋을 수집품이 모두 사라진 것은 정말 아쉬운 일입니다. 나는 그것들이 팔리기 직전에 감상할 수 있었지요. 사실 그 수집품이 팔리게 된 것은 다 내 탓입니다. 엄청난 미술애호가인 한 귀족이 있었는데, 이런 큰 거래를 자기 혼자서 판단하는 것을 망설이다가 나에게 조언을 구하러 왔죠. 나는 6일 동안 수집품들을 살펴보고 다음 날 친구에게 망설이지 말고 값을 부르는 대로 주고 모두 사들이라고 했습니다. 그 무렵 당신은 아주 활발해서 나를 곧잘 따라다녔지요. 내게 그림을 설명해 주기도 했는데, 그 어린 나이에 수집품을 잘 이해하고 있었어요."

"그런 분이 찾아왔던 것은 기억하고 있지만, 설마 그게 당신이었다고는 생각하지 못했습니다."

"꽤나 많은 세월이 흘렀으니까요. 게다가 우리 둘 다 나름대로 달라졌으니까요. 내가 제대로 기억하고 있는 것이라면 그 수집품 가운데 당신이 특히 좋아

---

*10 머리와 팔다리 없이 몸통만으로 된 조상(彫像).

하던 그림이 하나 있었지요? 계속 그 앞에서 나를 놓아주지 않았던 기억이 납니다."

"예. 그건 부왕의 아내에게 연정을 품어 병이 들어버린 왕자 이야기를 그린 것이었습니다."

"하지만 그건 그렇게 좋은 그림은 아니었습니다. 구도도 좋지 않았고 색채도 이렇다 할 특징이 없었거든요. 정말 부자연스러운 작품이었죠."

"그때의 나는 그런 것에 전혀 신경을 쓰지 않았으니까요. 지금도 잘 모르지만 말입니다. 내가 그 그림에 끌렸던 것은 그것에 담겨 있는 이야기 때문이었지, 예술성 때문이 아닙니다."

"당신은 할아버님과 생각이 좀 다르군요. 거의 모든 수집품이 거장의 실력을 칭찬할 수밖에 없는 훌륭한 것들뿐이었으니까요. 할아버님은 그 그림을 그다지 높게 평가하지 않으셨어요. 그 증거로 그 그림만 늘 대기실에 놓여 있었잖아요?"

"대기실은 저희가 뛰어놀아도 되는 곳이었는데, 그 그림은 내 마음에 지우기 힘든 인상을 심어주었습니다. 당신의 비평은 당연한 것이라고 생각합니다만 지금 내가 그 그림 앞에 서 있어도 그 인상은 잊을 수 없으리라 생각합니다. 나는 그 왕자가 너무 불쌍했습니다. 지금도 그렇게 생각하고 있고요. 왕자는 자연이 그에게 준 최고의 선물인 사랑의 느낌과 불같은 열정을 마음속에 꼭꼭 가두어 숨겨야만 했어요. 그 때문에 그의 마음은 끔찍한 고통에 조금씩 여위어갔던 겁니다. 왕비도 참 불쌍하죠. 그녀의 마음은 정말로 순수한 애정에 어울리는 대상을 이미 찾았는데도 다른 사람에게 몸을 맡겨야만 했으니까요."

"당연히 그런 감정은 일반 미술애호가들이 위대한 거장의 작품을 감상할 때의 방식과 많이 동떨어져 있는 것입니다. 그 수집품이 그대로 댁에 있었다면 작품 자체를 보는 눈이 열려 예술작품 안에서 자기 자신 또는 자신이 좋아하는 것만 보이게 되지는 않았을 텐데 말이죠."

"그 수집품이 다 팔려나간 건 정말 아쉬웠고, 조금 크고 보니 아깝다는 생각도 들더군요. 하지만 그런 생명력 없는 그림보다 나에게 훨씬 큰 영향을 준 취미와 재능을 키우기 위해서 어쩔 수 없는 일이었다고 생각하면 기꺼이 포기할 수 있었습니다. 그리고 나 자신뿐만 아니라 누구에게나 최선의 길로 이끌어 준 이 운명을 존중합니다."

"당신과 같이 젊은 사람에게서 운명이라는 진부한 말을 들으니 마음이 편치 않군요. 보통 젊은이들은 자신이 생각하는 대로 행동하고 그것이 신의 의지라고 말하지 않나요?"

"당신은 운명을 믿지 않나요? 우리를 지배하고 가장 좋은 길로 인도해 주는 그 힘을요?"

"이건 내가 믿느냐 믿지 않느냐의 문제가 아닐 뿐더러 누구라도 알 수 없는 일을 어떻게 해서든지 조금이라도 알아내려고 하는 것도 아닙니다. 지금 문제는 어떻게 생각하면 우리가 가장 훌륭한 목적에 다다를 수 있는가뿐입니다. 이 세상은 필연과 우연으로 뒤엉켜 있습니다. 인간의 이성은 그 둘 사이에 놓여 그것을 억누를 수 있는 것이지요. 이성은 필연을 자기 존재의 근거로 생각합니다. 또, 우연을 이끌고 조절해서 이용하기도 하지요. 이성이 확고함에 따라 인간은 지상의 신이라고 불리게 되는 것입니다. 젊을 때는 필연 속에서 자의적인 것을 보는 데에 익숙해져서 우연히 일어난 일에 이성을 적용시키려 하고, 또 그것을 따르는 것이 종교라고 생각하는 사람도 있습니다. 그건 자신의 이성을 버리고 자신이 좋아하는 것을 하고 싶은 대로 행하는 것에 지나지 않아요. 그런 사람은 닥치는 대로 살아가며, 자기 사정에 맞게 우연에 몸을 맡기는 그런 덧없는 생활을 신이 이끌어 주신 것이라 생각하죠. 그것을 신앙심이 깊다고 착각하는 것입니다."

"사람은 우연한 계기로 한 길을 걸어가게 되지요. 그러면 많은 우연으로 예상치 못했던 일이 끝없이 일어나고 그 길의 끝에는 자신이 생각조차 할 수 없었던 결과가 기다리고 있습니다. 그런 경험을 하게 되면 우리는 운명이라는 것을 인정하고 신의 섭리를 깨닫는 게 아닐까요?"

"그런 사고방식을 가지고 있으면 절개를 지킬 여자는 한 명도 없을 테고, 돈을 소중하게 아끼는 사람도 사라지겠죠. 아무튼 그렇게 될 계기가 얼마나 될까요? 나는 자기 자신과 다른 사람 모두에게 무엇이 도움이 되는지를 잘 알고 자기 멋대로 굴려고 하지 않는 이들에게만 호감을 느낍니다. 누구나 행운은 자기 손에 쥐고 있으니까요. 예술가가 작품을 만들기 위해 재료를 손에 들고 있는 것과 마찬가지입니다. 하지만 예술가의 기술도 다른 여러 기술과 같습니다. 능력은 태어날 때부터 가지고 있는 것이지만 기술은 끊임없이 배우고 주의 깊게 완성해 나가야 합니다."

둘은 계속해서 논쟁을 이어나갔다. 결국 서로 무언가 이해한 것같이 보이지는 않았지만 다음 날 또 만날 장소를 정하고 헤어졌다.

빌헬름은 그 뒤, 두세 거리를 더 걸어갔다. 클라리넷과 호른, 바순 소리가 들려와 그의 가슴을 두근거리게 만들었다. 방랑 음악가들이 기분 좋은 세레나데를 연주하고 있었다. 그는 그들과 이야기를 나눈 뒤 동전을 몇 닢 주고 마리아네의 집으로 데려갔다. 그녀의 집 앞 광장에는 나무가 한 그루 높게 치솟아 있었다. 그는 마리아네의 집에서 살짝 떨어진 벤치에 앉아 산뜻한 밤공기를 타고 흐르는 음악 소리에 귀를 기울였다. 별이 촘촘히 박힌 밤하늘에 몸을 기대고 보니 그의 존재가 황금빛 꿈을 꾸고 있는 듯이 보였다.

"그 사람도 이 곡을 듣고 있을 거야."

빌헬름은 스스로에게 속삭였다.

'아름다운 음악으로 이 밤을 채우고 있는 것이 누구인지 그녀는 느끼고 있어. 멀리 떨어져 있어도 이 음악이 우리 둘을 이어줄 거야. 아무리 오랫동안 떨어져 있어도 세밀한 실이 우리를 꽉 잡아주고 있어. 서로를 사랑하는 마음은 나침반 바늘과 같아. 그래서 한쪽이 움직이면 다른 한쪽도 어김없이 움직이지. 그 둘을 움직이게 하는 힘은 하나이니까. 내가 그녀의 품에서 떠날 수 있으리라고 누가 생각이나 했을까? 하지만 나는 곧 그녀의 곁을 떠나 사랑의 보금자리를 찾으면 그녀를 언제까지나 내 곁에 두고 있을 거야.

나는 그녀가 곁에 없으면 끊임없이 그녀 생각에 빠졌다. 그럴 때마다 나는 책이든, 몸에 걸친 옷이든, 그 어떤 것이든 만지면서 그녀의 손을 잡고 있다고 착각하지 않았던가! 그토록 나는 그녀가 내 곁에 있는 것 같은 기분에 휩싸여 있었지. 사람들의 차가운 시선과 낮 시간을 피해서 즐기던 순간들! 신들조차 그 순간을 체험하기 위해 스스로 영원한 행복을 버리고 인간이 되지 않았던가? 그 순간을 떠올리면—떠올린다고? 우리의 감각을 천상의 인연으로 붙잡아 두고 자제심을 남김없이 빼앗아 가는 도취의 잔을 손에 쥐는 그 영광을 추억 속에서 되살릴 수 있다는 말인가?—그리고 그녀의 자태는……'

빌헬름은 이렇게 마리아네의 모습을 떠올리면 다른 아무 생각도 할 수 없었다. 그는 붉게 달아오른 두 볼을 나무에 기대었다. 순수한 마음에서 흘러나오는 한숨을 차가운 밤공기가 날려주었다. 그는 들뜬 마음을 달래기 위해 그녀의 집에서 가지고 나왔던 스카프를 찾았지만, 전에 입었던 옷에 그대로 두고 나왔다는 것을 깨달았다. 갈망으로 입술이 바싹 마르고, 욕정으로 손과 발이 떨렸다.

음악이 멈췄다. 그러자 지금까지 높은 곳을 날아다니던 그의 감정이 한순간 땅바닥으로 떨어진 것 같은 기분이 들었다. 그는 자신의 감정을 조금이나마 가라앉혀 주고 있던 음악이 사라지자 갑자기 불안한 마음에 사로잡혔다. 하지만 그녀의 집 문턱에 앉자 그것만으로도 마음이 고요해졌다. 문에 박힌 놋쇠 고리와 그녀의 발이 넘나들던 문턱에 입을 맞추고 가슴속의 불로 그것을 따뜻하게 데웠다. 다시 나무 아래에 조용히 앉아, 커튼 너머로 하얀 잠옷을 입고 머리에는 붉은 리본을 두르고서 잠이 들었을 그녀의 모습을 떠올렸다. 그러자 마치 그녀가 바로 곁에 있는 것처럼 느껴졌고 그녀가 틀림없이 자기 꿈을 꾸고 있으리라 생각하게 되었다. 그의 마음은 황혼의 정령같이 사랑스러웠다. 편안함과 갈망이 번갈아서 뒤바뀌었다. 사랑이 넘치는 손으로 몇 번이고 그의 심금을 탔다. 하늘의 노랫소리도 빌헬름의 마음속 자그마한 선율을 듣기 위해 노래를 멈춘 것같이 보였다.

만약 그에게 언제나 들고 다니던 마리아네의 집 열쇠가 있었다면 그 욕정을 참지 못하고 사랑의 성전으로 들어갔을 것이다. 하지만 그는 천천히 그곳으로부터 멀어져 꿈속을 헤매듯이 나무 아래서 비틀거렸다. 집에 돌아가려고 하면서도 계속 뒤를 돌아봤다. 겨우 욕망을 이겨내고 걷기 시작했지만 골목으로 들어가는 순간 다시 한 번 뒤돌았을 때 마리아네의 집 문이 열리고 검은 그림자가 튀어나온 것 같아 보였다. 너무 멀어서 확실하게 보이지는 않았다. 정신을 차리고 제대로 보려 했을 때에는 이미 그 그림자는 어둠 속으로 사라지고 없었다. 계속 멀리서 하얀 집 앞에 그 그림자가 지나가는 것을 조금 본 듯했다. 그는 멈춰서 눈을 깜빡거렸다. 용기를 갖고 그림자를 쫓으려 했을 때는 이미 사라지고 없었다. 어디로 쫓아가야 할까? 그것이 환영이 아니라 사람이었다면 어떤 길을 따라 갔을까?

빌헬름의 눈도 마음도 그 근처가 번개로 한순간 비춰진 것 같았다. 갑자기 흐릿해진 눈에 곧장 지금 본 그림자도, 여기저기 연결된 골목길도, 어둠 속에서 길을 잃어버린 사람 같았다. 한밤중에 유령을 보고 공포에 부들부들 떨다가 잠시 뒤 다시 제정신으로 돌아오자 공포심에서 생긴 환상이었다고는 생각하지만, 그 무서운 환영이 뇌리에 남아서 언제까지나 무서운 현상을 본 것 같은 기분이 드는 것처럼 빌헬름은 마음을 전혀 가라앉히지 못했다. 그는 길가 돌기둥에 몸을 기대고 밤이 밝아오는 것도, 닭이 우는 소리도 듣지 못했다. 마을 가게에 아침 일찍부터 활기가 돌기 시작했을 때에야 마치 그것에 내몰리기라도 하듯 집으로 돌아왔다.

집에 도착했을 때에는 이미 그럴싸한 변명으로 생각지도 못했던 그 환영을 거의 다 마음으로부터 쫓아내 버리고 있었다. 그렇지만 그 아름다웠던 밤의 황홀함은 모두 사라져 마치 그가 지금까지 꿈을 꾸고 있었던 것같이 느껴졌다. 그는 마음을 가라앉히고 그 기분을 다시 한 번 떠올리기 위해 마리아네를 만났을 때 입었던 옷에서 스카프를 꺼내들었다.

바스락거리는 소리가 들리더니 쪽지 하나가 떨어졌다. 빌헬름은 스카프에서 입술을 떼고 그 쪽지를 집어 읽어 내려갔다.

사랑하오! 귀여운 나의 마리아네! 어제는 무슨 일이 있었나요? 오늘 밤은 그대에게 가겠소. 내 추측으로 당신은 내가 여기에 오래 머무는 걸 싫어할 거라 생각하오. 하지만 참고 기다려 줘요. 시장이 열리면 당신을 만나러 갈게요. 부탁이니 그 검정, 초록, 갈색이 섞인 웃옷은 입지 말아요. 당신이 그걸 입고 있으면 엔도르의 마녀*11처럼 보이니까요. 내 품에 하얀 새끼 양을 안아보고 싶어서 하얀 실내복을 보낸 것 알죠? 답장은 반드시 그 점쟁이 같은 할멈을 통해서 보내줘요. 그녀는 악마라도 심부름꾼으로 부릴 사람이니까.

─────────────

*11 사무엘상 28:3을 보면 이스라엘의 초대 왕 사울이 모든 무당과 주술사들을 추방했다고 기록되어 있다. 그러나 얄궂게도 사울은 블레셋인과의 운명적인 전투를 앞두고 엔도르라고 하는 마을의 마녀에게 자문을 구한다. 사울이 아무런 징벌도 내리지 않겠다고 약속하자 무녀는 사울의 죽은 스승 사무엘의 영혼을 불러낸다. 사무엘의 영혼은 불쾌한 기색으로 말한다. "어찌하여 나를 불러 올려서 성가시게 하느냐?" 사울은 신이 자신을 버린 것 같다면서 사무엘의 충고가 필요하다고 둘러댄다. 사무엘은 왕국이 사울의 경쟁자인 다윗에게 넘어갈 것이며, "내일 너와 네 아들들이 나와 함께 있으리라" 말한다. 즉 그들이 죽을 것이라는 뜻이다. 사무엘의 예언대로 사울과 그의 아들들은 이튿날 모두 죽는다.

제2부

제1장

누구든 어떤 목적을 이루고자 노력하고 있으면 사람들의 칭찬이든 비판이든 상관 않고 그들의 관심이 쏠리기만을 기대하면 된다. 그러나 그 일이 마무리 지어지면, 사람들은 곧 그에게서 눈을 돌린다. 목적을 이룬 것은 더 이상 사람들에게 흥미를 주지 않기 때문이다. 더구나 처음부터 나쁜 결과를 예상한 경우에는 더더욱 그렇다.

그러므로 독자들에게 빌헬름이 생각지도 않게 그의 소원과 희망이 모두 조각나 슬픔과 고통에 빠졌다는 것을 일일이 설명하지 않아도 될 것이다. 몇 년이 지나 활동을 시작하여 그곳에서 기쁨을 발견한 것부터 다시 이야기를 시작한다. 하지만 그 전에 이야기에 관련된 것을 아주 간단하게 서술하겠다.

아주 건강했던 사람이 페스트나 열병에 걸리면 오히려 더 심하게 병치레를 하듯이 불쌍한 빌헬름도 난데없이 찾아온 불행에 그의 모든 것이 순식간에 산산조각 나버렸다. 불꽃놀이는 신중하게 구멍을 뚫고 채워진 화약상자를 일정한 계획에 따라 늘어놓고 불을 붙이면 차례차례로 밤하늘에 아름다운 불꽃을 그려내는 것이다. 하지만 계획했던 대로 불을 붙이지 않으면 그 불꽃놀이는 엉망이 되고, 위험해지기도 한다. 빌헬름의 마음속에서도 행복과 희망, 욕망과 기쁨, 현실과 꿈이 한순간에 엉망이 되고 말았다. 이런 쓸쓸한 순간에는 친한 친구라도 꼼짝 않고 서 있을 수밖에 없다. 그러나 당사자에게 있어서는 감각을 잃어버린 것이 차라리 잘된 일일 수도 있다.

그 뒤, 그는 끊임없이 되풀이되고 지워지지 않는 고통으로 끔찍한 나날을 보내야 했다. 하지만 이런 고통은 하나의 자비라고 할 수 있다. 왜냐하면 이때 빌헬름은 아직 완전하게 잃은 것이 아니었기 때문이다. 그에게 있어 고통이란 마음속에서 연기처럼 사라질 것만 같은 행복을 붙들어서 그 가능성을 상상으로 붙잡고, 영원히 보이지 않을 것 같은 기쁨을 아주 잠깐이라도 보이게 만드는 것이었으며 어리석게도 그는 그 과정을 되풀이하고 있었다. 즉 다 죽어가는 사람이 조금이라도 목숨을 이어가기 위해 하는 모든 노력이 그를 더 빨리 죽음으로 몰아가고 있다 해도 그가 죽었다고는 말할 수 없는 것과 마찬가지이다. 모든 것이 서로를 갉아먹고 결국에는 모두 의미 없게 티끌처럼 되면 비로소 죽음이라고 하는 비참하고 공허한 감정이 우리 마음속에 생겨나서, 신의 입김으로라도 우리는 위로받기를 바란다.

빌헬름과 같이 순수하고 깨끗하며 사랑스러운 감정에는 쉽게 찢어지고 무너지며 사라질 수 없는 것들이 많았다. 또 청춘의 놀라운 회복력은 오히려 고통을 더욱 키워나갔다. 그는 충격으로 모든 것이 처음부터 끝까지 흔들리는 것을 느꼈다. 하는 수 없이 그에게 모든 이야기를 들은 베르너는 연정(戀情)이라는 무시무시한 괴물의 숨통을 끊기 위해, 기를 쓰며 불화살과 칼을 집어 들었다. 증거도 뚜렷한 참에 그가 알아냈던 사건을 이야기하기는 아주 좋은 기회였다. 그는 거침없이, 그리고 잔혹하게 그를 조금씩 공격해 나갔다. 하얀 거짓말이라곤 단 한순간도 허락되지 않았다. 절망으로부터 도망쳐 나온 은신처를 마구들쑤셔 놓았다. 하지만 자연은 그 사랑스러운 자식이 파멸하는 것을 막으려고 다른 쪽에서 구원의 손길을 뻗어, 그를 병에 걸리게 했다.

고열과 함께 엄습하는 많은 고통, 투약, 심한 긴장과 피로감, 가족의 노력, 결핍과 곤궁 속에 처음으로 느끼는 형제의 애정…… 이런 것들은 완전히 변해 버린 빌헬름에게 기분 전환과 작은 즐거움을 안겨주었다. 어느 정도 괜찮아졌을 때—체력이 모두 다했을 때—처음으로 빌헬름은 그 어떤 구원도 존재하지 않는 참담함으로 깊게 파인 속을 들여다보고는, 텅 빈 휴화산의 분화구를 보는 것 같아 소름이 돋았다.

지금 그는, 그렇게 심한 상실 뒤에 고통 없이 평온하게 아무렇지도 않은 듯이 있을 수 있는 자신을 엄하게 꾸짖었다. 그는 자신의 마음을 경멸했다. 그리고 슬픔과 눈물로 위안을 얻었던 그때가 그리워졌다.

그 슬픔과 눈물을 다시 한 번 되돌리려고 그는 이미 지나간 행복한 추억들을 떠올려 보았다. 그 모든 것을 생생하게 마음에 되새기고 다시 그 속으로 빠져들고자 했다. 될 수 있는 한 높이 기어 올라가서 과거의 눈부신 햇빛이 손과 발에 생기를 불어넣고 가슴을 부풀게 하는 것처럼 느껴질 때, 그 심연을 되돌아보고 떨어지면 몸이 산산조각 날 것 같은 그 깊이를 보며 즐거워했다. 그리고 그곳에 몸을 던져, 자연이 주는 가장 힘든 고통을 맛보고자 했다. 이렇게 자신을 몇 번이고 되풀이해 학대한 그는 자신의 몸을 갈가리 찢었다. 왜냐하면 더 많은 의미와 이런 과정을 통해 처음으로 잃어버린 무언가에 가치를 부여하는 것은 상실감을 일으킨 고통에 더욱 큰 아픔을 보태어 그것이 얼마나 큰 슬픔인지 모르기 때문이다. 또 그는 이 상실감이 처음이자 마지막으로 맛볼 수 있는 것이라고 확신했기에 이 고통이 언젠가는 사라질 것이라고 자신을 위로하는 목소리를 단호하게 거부했다.

제2장

이렇게 자신에게 고통을 주는 일에 익숙해진 빌헬름은 이제 사랑과 함께 그에게 기쁨과 희망을 느끼게 했던 것, 즉 시인과 배우로서의 재능을 심술궂고 비판적인 눈으로 여기저기 공격하기 시작했다. 그는 자신의 작품을 내적 가치가 없는, 이전에 있던 형식들을 이것저것 대충 흉내낸 것이라 생각했다. 또한 그것들은 빛나는 소질도, 진실성도, 열의도 없는 것으로 학교 숙제에 지나지 않을 뿐이라고 여겼다. 자신의 시도 빈약하고 흔한 사상과 감정을 질질 끌어가는 단순한 운문이라고 생각되었다. 이렇게 그는 그를 다시 일어서게 해줄지도 모르는 그 어떤 전망이나 의욕마저도 자기에게는 없다는 것을 깨달았다.

배우로서 그가 가진 재능에 대해서도 마찬가지였다. 그는 주제넘은 생각에서 비롯된 허영심을 일찍 눈치채지 못했던 자신을 탓했다. 빌헬름은 자신의 체격, 걸음걸이, 동작, 낭송할 때의 목소리 등 모두를 가차 없이 공격했다. 자신이 가지고 있는 많은 장점을 완전히 부정했고, 자신을 남들보다 나은 사람으로 만들어 준 업적들까지 아예 없는 것으로 여겨서 말로 표현할 수 없을 만큼 절망을 극대화시켰다. 왜냐하면 뮤즈와의 교류를 끊고 그녀와 함께할 자격이 없다 선언하고 우리의 인격, 연기, 목소리에 쏟아지던 가장 아름답고 친근한 박수를 단념하는 것은 한 여인의 사랑을 포기하는 것만큼 매우 고통스러운 일이라 확신했기 때문이다.

이렇게 빌헬름은 자신의 꿈을 모두 포기해 버렸다. 하지만 그와 동시에 아주 열정적으로 상업에 몰두했다. 사무소에서도, 거래처에서도, 가게에서도, 창고에서도 그 누구보다 더 열심히 일하는 그의 모습에 베르너는 깜짝 놀랐고, 빌헬름 아버지는 크게 만족했다. 그는 편지를 쓸 때도, 계산을 할 때도 자신에게 맡겨진 모든 일을 매우 성실하게 열정을 가지고 했다. 물론 그의 이러한 성실함은 태어나면서부터 자신에게 알맞은 일을 순서대로 열심히 처리해 나가는 경우에 있어서 그 자체가 동시에 보상을 받게 되는 그러한 훈훈한 근면성은 아니었다. 도리어 그것은 최선의 의도를 갖고서, 즉 확고한 신념을 양분으로 삼고 자부심을 만끽하는 그러한 의도를 근본적으로 갖고 있는 의무감에서 나온 말 없는 신념의 성실함이었다. 하지만 이런 성실함은 매우 자주, 그리고 가장 아름다운 자부심이 최고에 다다른 순간에까지도 가슴속에서 흘러나오는 한숨을 억누를 수 없다.

빌헬름은 한동안 열심히 일을 계속하면서 그 힘든 시련도 운명이 그를 위해 준비한 것이라고 믿게 되었다. 그의 삶에서 많이 괴로운 일이었지만 다른 사람들처럼 왕성한 혈기로 길을 잘못 들어 나중에 더 큰 고통과 실패를 겪기 전에 미리 경고를 받아 오히려 잘되었다고 생각했다. 그러나 대부분의 사람들은 마음속에 자리잡고 있는 어리석음을 결정적인 잘못이라 인정하고, 그것에 이별을 고하거나 절망에 빠질지도 모를 순간을 되도록 늦추려고 한다.

이렇게 그는 자신에게 있어 가장 소중한 계획은 버리자고 결심했지만 그에게 닥쳤던 불행을 이해하기에는 조금 더 시간이 필요했다. 하지만 마침내 사랑의 꿈, 시작(詩作)의 꿈, 무대에 서는 사람으로서의 꿈을 모조리 없애버렸다. 그리고 자신의 어리석은 행동 뒤에 그것을 떠올리게 하는 모든 것들을 흔적도 없이 지워버리고 싶다고 생각하게 되었다. 그래서 그는 쓸쓸한 어느 날 저녁, 난로에 불을 피우고 그의 보물이 가득 들어 있는 상자를 꺼내 들었다. 그 안에는 추억이 가득한 작은 물건들, 마리아네가 준 것이나, 때로는 그가 슬쩍 가져온 것이 잔뜩 들어 있었다. 말라버린 꽃은 마리아네의 머리에 장식했었던 때를, 많은 쪽지들은 그녀가 만들어 준 행복했던 시간들을, 리본은 그가 머리를 기대었던 마리아네의 부드러운 가슴을 떠오르게 했다. 그러니 그것들을 보고 있는 그의 감정이 어찌 다시 움직이지 않을 수 있었겠는가? 그녀와 헤어지고 극복한 열정 또한 어찌 다시 머리를 들지 않을 수 있을까? 왜냐하면 구름 사이로 내미는 유쾌하고 밝은 한 줄기 햇살을 보고서야 사람들은 처음으로 흐린

날의 슬프고 불쾌한 것을 알아챌 터이기 때문이다.

그랬기에 오랫동안 간직해 왔던 '보물'이 불길 속에 차례로 사라지는 것을 보면서 침착할 순 없었다. 망설이며 두세 번 불길로 향하는 손을 멈추어 보기도 했지만 진주 목걸이와 얇은 비단 스카프만 남게 되었을 때 그는 마음을 다잡고, 그가 어렸을 때 썼던 습작으로 차츰 작아지고 있던 불길을 다시 한 번 일으켜 세웠다.

지금까지 빌헬름은 그가 마음을 열기 시작한 즈음부터 썼던 모든 습작을 소중하게 간직해 왔다. 그가 쓴 글 뭉치들이 아직 짐 가방 아래에 남아 있었다. 여행을 떠날 때도 가져갈 생각으로 그곳에 그대로 넣어두고 있었다. 그것들을 묶을 때의 기분과 지금 풀고 있는 기분은 완전히 달랐다.

만약 누군가 곁에서 일어난 어떤 일을 편지에 써서 한 친구에게 보냈는데, 받을 사람을 찾지 못하고 되돌아와 시간이 흐른 뒤 그 편지를 읽게 된다면, 그는 아주 특별한 감정을 갖게 될 것이다. 그래서 그는 그것을 자신의 생각이 아닌 제3자의 눈으로 읽게 된다. 처음 포장을 풀고 여기저기 흩어진 노트를 활활 타오르는 불꽃에 던졌을 때, 빌헬름은 그것과 닮은 기분을 강하게 느꼈다. 그때 베르너가 들어와서 세찬 불길에 놀라며 무엇을 하고 있느냐 물었다.

베르너가 막으려고 했으나 빌헬름은 두 번째 다발을 이미 불 속에 던지며 말했다.

"나에게 맞지 않는 일은 그만두기로 했네. 그것이 진심이라는 것을 지금 증명하고 있는 거야."

"아무리 그래도 이런 극단적인 행동을 할 필요는 없잖은가? 이해가 되지 않는군. 그 작품들이 훌륭하다고는 할 수 없지만 그렇다고 재가 될 이유는 없다네."

"훌륭하지 않은 시는 존재할 필요가 없지. 최선의 것을 만들 소질이 없는 자는 예술을 가까이 해서는 안 되고 또한 그곳으로 꾀어내는 갖가지 유혹을 정말 조심해야 한다네. 물론 자신이 본 것을 따라해 보고 싶어하는 막연한 욕망은 누구에게나 있는 것이지. 하지만 그런 욕망이 있다고 해서 자신의 계획을 이룰 만한 힘이 있다고 증명할 만한 것도 아니야. 어린이들을 보게. 줄타기 광대가 마을에 오면 그때마다 아이들이 나무판이나 통나무를 꺼내 들어 줄타기를 흉내내곤 하지. 또 다른 흥미가 생기면 바로 다른 놀이를 시작해. 우리와 함께 놀던 친구들도 그랬잖은가? 유명인의 음악회가 있으면 바로 같은 악기 연습을 시작하는 녀석이 몇몇 있었지. 얼마나 많은 사람들이 그렇게 길을 잘못 들었는지 자네도 보지 않았나? 자신의 힘을 알고, 자신에게 맞는 일을 정확하게 아는 사람이 행복한 거야."

베르너가 이 말에 대해 반박하면서 토론은 점점 활기를 띠었다. 빌헬름은 친구가 지금까지 자신을 괴롭히는 데 써왔던 논리적인 방법으로 강하게 맞섰다. 그에 대해 베르너는 비록 소질이 조금밖에 보이지 않는 재능이라 해도 가망이 없다고 단념하는 것은 자라나는 싹을 자르는 일이라 했다. 틈틈이 시간이 날 때마다 그 재능을 갈고닦다 보면 자신도 남들도 만족할 만한 창작물을 만들 수 있게 될 것이라 주장했다.

그러나 그와는 정반대의 생각을 가지고 있는 빌헬름은 매우 화를 내며 반론했다.

"첫 상연부터 모든 관객의 마음을 사로잡을 만한 작품이 그렇게 자투리 시간으로 완성될 수 있다고 생각하나? 그렇다면 자네는 잘못 생각하고 있다네. 시인은 자신이 좋아하는 대상에 완전히 빠져들어 그것과 한 몸이 되어서 살아야 한다네. 시인은 하늘로부터 귀중한 내면적 재능을 부여받아 계속 불어나는 보물을 끌어안고 있는 것이라고. 그러니 외부의 어떠한 방해도 받지 않고 조용하고 작은 행복 속에서 그 보물을 키워나가야 해. 그런 작은 행복은 부자가 아무리 돈을 모아도 만들 수 없는 것이지. 보게나. 사람들은 행복과 기쁨을 바라며 매우 바쁘게 돌아다니고 있어. 그들의 소망, 노력, 돈은 쉴 새 없이 무언가를 쫓아가고 있네. 그런데 무엇을 쫓고 있냐고? 이 세상을 즐기는 일, 다른 사람이 자신과 공감하는 일, 계속 맞서는 많은 것들과 조화를 이루며 살아가는 것이지. 그런데 말일세, 내가 방금 말한 것들은 이미 시인에게는 주어진 것이라네.

사람들을 고민하게 만드는 일은 무얼까? 그건 자신의 생각이 세상과 꼭 들어맞지 않는 것과 향락이 그들의 손에서 빠져나가는 것, 원했던 일이 잘 이루어지지 않는 것, 소망하고 있던 것을 얻고 보니 생각했던 것보다는 기쁘지 않은 것이라네. 말하자면 운명은 신과 같이 시인에게도 모든 것을 뛰어넘는 지위를 부여했지. 시인은 온갖 열정이 일으킬 혼돈을 내다볼 수 있고 가정과 국가가 지향 없이 움직이고 있는 양상을 통찰할 수 있어. 때때로 단 한마디면 풀

수 있는 그런 오해들이 얽혀 이루 말할 수 없이 큰 혼란을 불러일으키는 꼴을 훤히 내려다볼 수도 있다는 말이네. 그는 모든 인간 운명의 슬픔이나 기쁨에 공감할 수 있다네. 세상 사람들은 커다란 손실을 당하여 견딜 수 없는 우울함으로 하루하루를 허무하게 보내거나, 기쁨에 젖어 자기 운명을 반겨 맞이하지. 하지만 감수성이 예민하고 다정다감한 시인의 영혼은 마치 하늘의 궤도를 따라 움직이는 태양과 같이 밤으로부터 낮으로 옮겨가고, 그 영혼의 하프는 아주 조금만 곡조를 바꾸어도 기쁨에도, 슬픔에도 공명할 수 있다네. 시인의 마음 밑바닥에는 지혜라는 이름의 아름다운 꽃이 자리를 잡고 있어. 그리하여 다른 사람들이 백일몽을 꾸며 자신의 모든 감각이 만들어 낸 기이한 망상에 불안해하는 동안에도 시인은 인생의 꿈을 지켜보면서 살며, 아무리 진기한 일이 일어난다 해도 과거임과 동시에 미래의 일로 볼 수 있는 것이지. 이렇게 시인은 스승이자 예언자이며 여러 신들과 인간들의 친구이기도 하지. 그런데도 자네는 시인이 보잘것없는 생업으로 떨어지기를 바라는 건가? 마치 한 마리 새처럼 온 세상을 굽어보면서 떠돌고, 드높은 산봉우리에 둥지를 틀고, 이 가지 저 가지로 가볍게 날아다니며 꽃봉오리와 나무 열매를 먹고 살도록 타고난 시인이 동시에 황소처럼 쟁기를 끌고 개처럼 짐승의 발자국을 쫓거나, 아니면 아예 쇠사슬에 묶여 멍멍 짖어대면서 농가를 지켜야 속이 시원하겠느냐는 말일세."

베르너는 어안이 벙벙해져서 빌헬름의 말을 듣고 있다가 한마디 했다.

"인간도 새와 같은 구조로 되어 있어서 실을 잣거나 직물을 짜지 않고 언제나 즐겁게 하루를 보낼 수 있다면 말이지. 또 겨울이 되면 먼 동쪽으로 날아가서 따뜻하게 지내고, 먹을 것에도 모자람 없이 겨울을 날 수 있다면 말이네."

"존경해야 마땅한 것이 더 소중하게 다뤄지던 시대의 시인은 그런 식으로 살았네."

빌헬름이 외쳤다.

"그리고 그 어떤 시대에서도 시인은 그런 식으로 살아야만 하네. 시인의 내면에는 많은 것이 주어져 있어서 외부의 것이 그렇게 필요하진 않았으니까. 아름다운 감정과 훌륭한 표상을 감미롭고 저마다의 대상에 딱 맞는 말과 선율에 의해 사람들에게 전하는 재능은 옛날부터 많은 이들을 사로잡아 왔고, 재능을 가진 본인에게는 풍부한 자산이었지. 궁정이나 부자의 식사 자리나, 연인들의 문턱에서 시인이 노래를 부르면 모두 다른 것을 제쳐두고 그에게 귀와 마음을 열지. 가로수 길을 걸어가다 새 울음소리에 마음을 뺏기면 넋을 잃고 그것을 칭송하고, 자기도 모르게 발을 멈추는 것과 마찬가지야. 시인은 어디서든 환영받고, 신분이 낮으면 오히려 더 존경받았어. 영웅은 시인의 노래에 귀를 기울이고 정복자는 시인이 없으면 자신의 위대한 공적도 폭풍우같이 지나갈 것을 알고 있었기에 시인을 정중하게 대접했다네. 사랑에 빠진 사람은 그 소망과 기쁨을 감수성 넘치는 시인의 입술로 노래 불러주었으면 하고 바랐지. 부자도 그의 우상인 재산을, 많은 가치를 느끼도록 해주고 높여주는 시인의 빛나는 정신에 의해 비춰질 만큼 귀중한 것으로 볼 수는 없었어. 오히려 신들을 창조하고 우리를 신이 있는 곳까지 떠받들어 준 것은, 아니 신을 여기로 데리고 와준 것은 시인이라고 말해도 될 정도라네."

베르너는 잠시 생각에 잠긴 뒤 입을 열었다.

"여보게, 빌헬름. 자네가 그토록 생생하게 느끼는 것을 억지로 마음속에서 내보내려 애쓸 때마다 너무나 안타깝다는 생각이 든 게 한두 번이 아니네. 내가 보기에 자네는 어느 정도 자신과 타협하는 편이 나을 것 같군. 그렇게 자네 자신의 욕망을 거슬러 모든 것을 포기하고 그 고집스러운 모순을 지켜내다가는 아무런 죄도 없는 즐거움은 마찬가지고 다른 기쁨까지 모두 잃게 되지 않겠는가?"

빌헬름이 대답했다.

"이 말을 듣고 웃지 말아주었으면 하네. 사실대로 말하면 내가 아무리 그 환상들을 뿌리치고 달아나려 해도 그것들은 여전히 나를 쫓아오고 있다네. 내 마음속을 들여다보고 있으면 지난날의 그 소망이 여전히, 아니 이전보다 더 굳게 그 환상에 달라붙어 있다네. 하지만 이 불쌍한 나에게 무엇이 남아 있다는 말인가? 무한을 손에 쥐려 했고, 언젠가는 분명 위대한 무언가를 잡을 수 있다고 생각했던 내 정신의 팔이 이렇게 빨리도 부스러져 가루가 되고 말 것이라 누군가 나에게 예언했다면, 그래, 그런 사람이 있었다면 나는 절망했겠지. 게다가 심판이 내려진 지금, 아니 신을 대신해서 나를 희망으로 이끌어 주었던 그녀를 잃어버린 지금 나에게 남겨진 것은 가장 큰 고통에 몸을 맡기는 일 말고는 아무것도 없네. 아! 베르너."

빌헬름은 말을 이었다.

"이제 와서 무엇을 숨기겠나? 사실 그녀는 내가 타고 올라갈 줄사다리를 고정시키는 갈고리와 같았네. 나는 위험천만한 희망을 품고 모험가와 같이 공중에서 그 사다리에 매달려 있었지. 그런데 그 갈고리가 부서져 버렸네. 그래서 지금 내 몸은 희망의 발치에 산산조각 난 채로 쓰러져 있는 것일세. 더 이상 나에겐 위안은커녕 희망조차도 없네. 그러니 난 이 하찮은 종이 쪼가리들을 한 장도 남기지 않겠어!"

그는 벌떡 일어나며 외쳤다. 그러고는 노트 한 권을 집어 들어서 갈가리 찢고 화로에 던져버렸다. 베르너가 말리려 했지만 소용없었다.

"날 좀 내버려 두게!"

빌헬름이 큰 소리로 말했다.

"이런 형편없는 종잇조각들이 뭐가 그리 대수라고 그러는가? 더 이상 이것들은 내가 성장할 수 있는 발판도, 나를 위로해 줄 수단도 될 수 없어. 나를 평생 동안 괴롭히려고 이것들을 남겨두라는 것인가? 이 원고들은 사람들의 동정과 공포를 불러내기는커녕 그들의 웃음거리가 되고 말 것이네. 나도, 내 운명도 참으로 불쌍하구나! 시인들의 한탄─고통을 겪고 현명해진 슬픈 사람들의 한탄─을 지금에서야 이해할 수 있을 것 같네. 오랫동안 난 나를 금방 포기하거나 쉽게 상처 입는 사람이 아니라고 생각했네. 이제 난 첫사랑으로 인해 생긴 깊은 상처를 치료할 수 없고, 본디대로 되돌릴 수도 없다는 것을 알았네. 나는 그것을 무덤까지 가지고 가야 해. 그래, 내 일생에 있어서 이 고통은 하루도 사라지는 일이 없을 테고 결국 난 이것 때문에 죽게 될 거야. 그녀와의 추억도 죽을 때까지 내 머릿속에서 떠나지 않겠지. 그 못된 여자의 추억이 말이지─솔직하게 말하면 그 여자는 뼛속까지 못된 사람은 아니라네. 나는 그녀의 신분과 운명을 탓하며 마리아네의 행동을 변명했네. 내가 그녀를 너무 잔혹하게 대했어. 자네는 나에게 냉혹하고 엄격한 태도를 가르쳐 주었고 분별력을 잃은 나의 마음을 꼼짝 못하게 붙들어 놓았지. 그리고 나와 그녀를 위해서 해야 할 일을 못하도록 했네. 내가 그녀를 어떤 처지로 몰아넣었는지 그 누가 알겠는가? 난 지금에서야 내가 그녀를 절망으로 의지할 것 하나 없는 고독 속에 내동댕이치고 왔다는 사실을 뼈저리게 느끼게 되었다네. 그녀에게도 분명 할 말이 있었을 거야. 세상을 혼란스럽게 만드는 오해가 얼마나 많은가! 아무리 큰 실수를 하더라도 용서할 수 있는 상황이 얼마나 많은가! 나는 몇 번이고 그녀가 혼자 앉아 팔꿈치를 괴고 있는 모습을 본다네. 그러면 그녀가 이렇게 얘기하지. '그 사람이 나에게 맹세했던 성실함과 사랑은 이런 것이었구나. 이렇게 심한 행동으로 우리의 즐거웠던 생활을 끝내버리다니…….'"

빌헬름이 갑작스럽게 울기 시작했다. 그는 책상에 얼굴을 묻고 남겨진 종잇조각을 눈물로 적셨다.

그의 옆에 서 있던 베르너는 몹시 당황했다. 그는 빌헬름의 열정이 이렇게나 맹렬하게 타오를 것이라 예상하지 못했기 때문이다. 몇 번 말을 가로막거나 화제를 돌리려 해보았지만 다 소용없는 짓이었다. 여기서도 오래된 우정이 빛을 발하기 시작했다. 그저 가만히 곁에 있어주는 것이 관심을 보이는 가장 순수하고 솔직한 것이리라 생각하며 그의 슬픔으로 인한 발작이 지나가기를 기다렸다. 이렇게 빌헬름은 조용하게 슬픔의 여운에 잠기고, 베르너는 자신의 적절한 충고와 열성적인 설득으로 이미 예전에 극복했다고 믿었던 열정의 새로운 폭발에 놀라며 그날 밤을 보냈다.

제3장

이런 재발 현상을 겪고 난 뒤면 빌헬름은 늘 일과 활동에 열심히 몰두했다. 또다시 그를 유혹할 미로에서 벗어나기 위해서는 이것이 가장 좋은 방법이었기 때문이다. 새로운 손님을 대하는 능숙한 태도와 거의 모든 현대 외국어로 편지를 쓰는 능력은 그의 아버지와 베르너 아버지에게 더 큰 희망을 안겨주었고, 그들의 생각으로는 원인을 알 수 없었던 병에 대한 불안도, 그들의 계획을 중단시켜 낭비했던 시간에 대해서도 대수롭지 않게 생각하게 되었다. 그리고 그들은 다시 빌헬름이 여행을 떠나도록 도와주었다. 그래서 우리는 그가 뒤에 짐을 실은 말 위에 올라탄 것을 볼 수 있게 되었다. 지금 그는 시원한 바람을 맞으며 움직이다 보니 기분이 좋아져서 몇몇 일들을 처리하기 위해 산간지방으로 다가가고 있었다.

그는 큰 만족감에 젖어 천천히 말을 타고 산과 계곡을 지나갔다. 그는 처음으로 공중에 드리워진 바위들, 졸졸거리는 시냇물 소리, 초목으로 뒤덮인 암벽, 깊은 계곡을 보았다. 하지만 그는 유년 시절의 꿈속에서 이런 곳을 걸었던 것 같은 기분이 들었다. 주변 풍경을 바라보니 소년 시절로 돌아간 듯했다. 그를 계속 괴롭히던 슬픔이 모두 씻은 듯이 사라졌다. 기분이 너무도 맑아진 빌헬름은 여러 시를 읊었다. 그중에서도 특히 〈충실한 양치기〉*1에 나오는 대목들은 빌헬름의 기억 속에서 끊임없이 되살아났다. 그는 자신의 시도 몇 개 떠올라서 유난히 흡족한 기분으로 암송했다. 자기 앞에 펼쳐져 있는 세상에 여러 추억으로 생기를 불어넣었다. 그리고 미래로 내딛는 걸음걸이에 중요한 거래나 진귀한 사건이 일어날 것 같은 예감이 들었다.

사람들이 잇따라 그의 곁을 지나 앞서가며 인사말을 건네고 가파른 오솔길을 서둘러 올라가고 있었다. 더는 혼자 고요함을 즐길 수 없게 되었지만, 빌헬름은 그다지 신경 쓰지 않았다. 말하기 좋아하는 한 사람이 길동무가 되어 많은 사람들이 산을 오르는 이유를 말해 주었다.

"오늘 밤 호흐도르프에서 연극이 있답니다. 이 사람들 모두 옆 마을로 그것을 보러 가는 길입니다."

"아니 그게 정말입니까?"

빌헬름이 큰 소리로 말했다.

"이렇게 깊은 산속에서, 그것도 앞이 안 보이게 울창한 숲에서 천막을 세우고 연극을 한다고요? 그럼 나도 그 축제를 보러 가야겠군요!"

"누가 그 연극을 하는지 들으면 더 놀랄 겁니다."

그 길동무가 말했다.

"마을에 큰 공장이 있는데 많은 사람들이 거기서 일하고 있지요. 그 공장주인은 사람들과 잘 만나지 않고 멀리 떨어져 살고 있는데, 직원들이 추운 겨울을 즐겁게 보내기 위해선 그들에게 연극을 시키는 게 가장 좋은 방법이라 생각했어요. 그는 직원들이 카드놀이에 빠지는 것을 싫어하고, 여러 악습에 물드는 것 또한 좋아하지 않거든요. 그래서 연극을 하며 그 긴 겨울밤을 지내도록 직원들에게 권유한 것이죠. 그리고 오늘이 마침 그 공장주인의 생일이라 특별히 축제를 벌이는 것입니다."

빌헬름은 그날 밤을 지낼 예정인 호흐도르프에 도착하여 그 마을의 공장

*1 이탈리아 작가 과리니(G.B. Guarini)의 목동을 주제로 한 연극으로, 17~18세기에 전 유럽에 알려져 있었으며 독일어로도 여러 번 옮겨진 작품이다. 괴테는 이것을 이탈리아어로 읽었다고 한다.

앞에서 말을 내렸다. 그 공장주인도 책임자로서 명단에 올라 있었다. 빌헬름이 그의 이름을 밝히자 공장주인은 놀라며 외쳤다.

"아이고, 나를 도와주신 그분의 아드님이 맞지요? 내가 아버님께 많은 은혜를 입었는데 아직 갚아야 할 돈이 남아 있지요. 꽤나 시간이 많이 흘렀으니 지금 당장 돌려드리지 않으면 사람들이 나를 악당이라 비난해도 할 말이 없을 겁니다. 마침 딱 좋을 때에 오셨군요. 내가 말씀드리는 게 거짓이 아니라는 걸 보여드리지요."

그가 자기 아내를 불렀고 그녀도 빌헬름을 크게 반겼다. 그녀는 그를 보고 아버님과 똑같이 생겼다고 말하며 오늘 밤은 손님이 많아 잠자리를 마련해 줄 수 없는 것이 아쉽다고 했다.

용건은 빠르고 깔끔하게 정리되었다. 빌헬름은 금화 꾸러미를 가방에 넣으며 다른 일도 이렇게 간단하게 해결되었으면 좋겠다고 생각했다.

연극 상연 시간이 다가와 모두 산림감독관을 기다리고 있었다. 마침내 그가 사냥꾼 몇 사람을 데리고 도착했는데 사람들은 그에게 깍듯이 대접했다.

직원 하나가 정원 바로 옆의 곳간을 개조하여 만든 극장으로 사람들을 안내했다. 객석과 무대가 특별하지는 않았지만 밝고 깔끔하게 꾸며져 있었다. 공장에서 일하는 도장공(塗裝工)들 가운데 한 남자가 궁정극장에서 일한 적이 있어서 숲과 길거리, 거실 같은 무대장치를 만들었는데 조금 엉성해 보였다. 그날 공연한 연극은 한 유랑극단에게서 빌린 대본을 그들 나름대로 각색한 것이었고 생각보다 재미있었다. 한 여인을 사랑하는 두 남자가 처음엔 그녀의 후견인으로부터, 나중에는 상대방으로부터 그녀를 차지하려 갖은 음모를 꾸미는 덕에 유쾌한 장면이 많이 연출되었다. 그건 빌헬름이 정말로 오랜만에 본 작품이었다. 그래서 그는 많은 생각을 하게 되었다. 그 작품 줄거리는 매우 다채로운 사건들로 이루어져 있었지만 현실성 있는 인물 묘사는 보이지 않았다. 그래도 그것은 모두를 만족시켰고 즐겁게 해주었다. 이것이 바로 모든 연극의 첫걸음이다. 소박한 사람들은 무언가 일어나기만 해도 만족한다. 하지만 교양 있는 사람은 감동을 요구한다. 연기를 보고 무언가를 깊이 생각한다는 건, 그것에 정통한 사람에게만 주어진 특권이다.

그는 직원들의 연기를 보며 몇 장면쯤 고쳐주고 싶었다. 그들을 조금만 더 연습시키면 훨씬 나아질 거라 생각한 것이다.

이렇게 그가 조용히 배우들을 관찰하고 있을 때, 갈수록 짙어지는 담배 연기가 그를 방해했다. 연극이 시작되자마자 산림감독관이 파이프에 불을 붙였고, 다른 사람들도 그를 따라 차츰 담배를 피우기 시작했다. 게다가 사냥꾼들이 데리고 온 큰 개들까지 소란을 피웠다. 물론 처음부터 개를 극장에 들여놓은 것은 아니었다. 개들은 뒷문을 통해 몰래 극장으로 들어와 배우들에게 덤벼들었다가, 결국에는 무대와 객석 사이에 있는 관현악단 위를 훌쩍 뛰어넘어 맨 앞줄에 앉아 있던 그들의 주인에게로 돌아갔다.

촌극으로 가장극이 행해졌다. 신랑 옷을 입고 있는 공장주인의 젊은 모습이 그려진 초상화가 제단 위에 올려졌는데 그 그림에는 화환이 둘러져 있었다. 배우들이 하나둘 그 앞으로 가서 공손하게 인사했다. 잠시 뒤 공장주인의 막내딸이 흰 옷을 입고 등장하여 운문으로 된 축사를 낭송했다. 온 가족이 감동의 눈물을 흘렸고 심지어는 아이들 생각이 난 산림감독관까지 눈물을 보였다. 이렇게 연극은 마무리되었다. 빌헬름은 무대에 올라 여배우들에게로 가까이 다가가서 그들의 연기를 칭찬하고, 다음을 위해 도움이 될 만한 말들을 해주었다.

그 뒤 빌헬름은 산간지방의 크고 작은 마을에서 자신이 해야 할 일들을 했는데 호호도르프 때처럼 쉽지는 않았다. 많은 채무자들은 지불기한을 연기해주길 바랐고, 무례한 사람도 있었으며, 심지어는 채무 자체를 부정하는 사람까지 있었다. 그래서 빌헬름은 아버지와 베르너 아버지에게 지시받은 대로 그들을 고발할 수밖에 없었다. 그 때문에 변호사를 찾아가 사정을 설명하고 법정에 나가야 하는 등 귀찮은 일을 해야 했다.

사람들이 그에게 정중한 태도를 보이긴 했어도 그것이 일에 도움이 되지는 않았다. 엎친 데 덮친 격으로 장마철이 시작되었다. 이 지방에서 말을 타고 여행하는 것은 너무나 힘들었다. 그래서 그는 다시 산기슭에 있는 아름답고 기름진 평지로 갔다. 고요하게 흐르는 강가에서 반짝이는 햇빛을 받고 있는 작고 아름다운 마을을 발견했을 때에는 하늘로 날아가 버릴 것만 같은 기분이 들었다. 그 마을에서 할 일은 없었지만 오히려 그 때문에 거기서 2, 3일을 지내기로 했다. 험한 산길로 지친 자신과 말에게 한동안 휴식이 필요하다고 생각했기 때문이다.

제4장

빌헬름은 광장에 있는 한 여관 앞에서 말을 내렸다. 그곳의 분위기는 매우 쾌활했다. 아니, 그보다는 매우 소란스러웠다. 한 다부진 남자의 지휘 아래 줄타기 광대, 공중 곡예사, 마술사들로 이루어진 한 서커스단이 아내와 아이들을 데리고 그곳에서 머물고 있었기 때문이다. 그들은 공연 준비를 하면서 온통 야단법석을 떨었다. 그러면서 때로는 여관주인과 말다툼을 벌였고 심지어는 동료들끼리 다투기도 했다. 그들의 말다툼도 몹시 불쾌했지만 그들이 기뻐할 때는 더욱 참을 수가 없었다. 그는 여관 문턱에 서서 이곳에 머물러도 괜찮을 것인가 결정을 내리지 못한 채 광장에서 무대를 세우고 있는 일꾼들에게 눈을 돌렸다.

장미와 다른 많은 꽃을 들고 다니며 파는 한 소녀가 빌헬름에게 다가와 꽃바구니를 내밀었다. 그는 아름다운 꽃다발을 하나 사서 그것을 자기 취향대로 다시 묶고는 만족스러운 얼굴로 바라보고 있었다. 그때 광장 맞은편에 있는 다른 여관 창문이 열리고 늘씬한 몸매를 가진 한 여성이 창가에 모습을 보였다. 먼 거리였음에도 그녀의 얼굴에 발랄하고 쾌활한 빛이 어려 있음을 단번에 알 수 있었다. 그 반짝거리는 금발은 아무렇게나 흐트러져 목덜미에 드리워져 있었다. 그녀는 빌헬름을 유심히 쳐다보고 있는 것 같았다. 잠시 뒤 이발소 앞치마를 두르고 하얀 웃옷을 입은 소년이 그 여관 문에서 나오더니 빌헬름에게 다가가 꾸벅 인사하며 말했다.

"저 창가에 계신 아가씨가 그 아름다운 꽃을 조금 나누어 줄 수 있으신지 여쭤보라고 하시는데요?"

"모두 드리도록 하지."

빌헬름은 그렇게 말하며 그 쾌활한 심부름꾼에게 꽃다발을 건네주었다. 그러고는 창문가의 아가씨 쪽으로 고개를 살짝 숙여 인사하자 그녀도 상냥한 인사를 하고는 창문가에서 모습을 감추었다.

빌헬름이 그 멋들어진 우연을 다시 떠올리며 자기 방을 찾아 올라가려는데 위층에서 통통 튀어오를 듯이 계단을 내려오는 한 어린아이가 그의 눈길을 끌었다. 소매가 스페인 스타일로 트여 있는 짧은 비단조끼와 바짓가랑이가 넓고 꼭 맞는 긴 바지가 아주 잘 어울렸다. 아이는 길고 검은 곱슬머리를 땋아서 올렸는데, 그는 그 모습이 너무 이상해서 바라보았지만 여자아이인지 남자아이인지 결국 알아내지 못했다. 하지만 그는 그런 건 나중에 따져보기로 했다. 그는 아이가 그의 곁을 지나치자 아이를 불러 행복한 하루가 되라고 말했다. 그리고 그 아이가 서커스단의 아이라고 짐작은 하고 있었지만 일단 누구를 따라서 왔느냐 물었다. 아이는 까만 눈으로 날카롭게 그를 째려보았다. 그러고는 단 한 마디 말도 없이 그의 손을 뿌리치고 부엌으로 내달렸다.

계단을 올라가 보니 넓은 거실에서 두 남자가 펜싱 연습을 하고 있었는데, 연습이라기보다는 서로 실력을 겨루어 보는 듯했다. 한 명은 분명 이 여관에서 머물고 있는 서커스 단원이었지만 다른 한 명은 조금 품위가 있는 것같이 보였다. 빌헬름은 그 둘의 시합을 구경하는 동안 두 사람 모두 꽤나 놀라운 실력자임을 알 수 있었다. 곧 검은 턱수염을 한 덩치 큰 검객이 그 시합장을 빠져나가자 또 다른 사람이 아주 정중하게 빌헬름에게 검을 내밀었다.

"한 수 가르쳐 주신다면 기꺼이 상대해 보도록 하겠습니다."

빌헬름이 말했다.

그렇게 검을 맞대게 되었는데 그 남자의 실력은 도저히 빌헬름으로선 따라갈 수 없을 정도였다. 하지만 그 남자는 매우 정중하게 무슨 일이든 연습하기 나름이라 대답했다. 사실 빌헬름은 훌륭한 실력을 갖춘 독일식 사범에게 펜싱을 배운 적이 있었기에 그때 배웠던 만큼의 실력은 보여줄 수 있었다.

그들의 대화는 와자지껄한 소리에 멈춰지고 말았다. 다채로운 색으로 장식된 화려한 의상을 차려입은 서커스단이 그들의 공연에 마을 사람들이 호기심을 갖도록 홍보하기 위해 여관에서 몰려나가는 참이었다. 그들은 북재비를 앞장세워 그 뒤를 단장이 말을 타고 나갔고, 그 둘을 따라서 앙상하게 뼈만 남은 말을 탄 무용수가 리본과 금박으로 화려하게 치장한 아이를 안고 나타났다. 그리고 나머지 단원들이 걸어나왔다. 몇 명은 보기에도 위태롭게 아슬아슬한 자세로 어깨 위에 아이들을 올린 채 가볍게 걷고 있었다. 계단에서 보았던 검은 머리에 어두운 표정을 짓던 소녀가 또 빌헬름의 눈길을 끌었다.

마구 몰려드는 사람들 사이로 어릿광대가 여자아이에게 입맞춤을 해주거나 나무막대기로 큰 소리를 내어 남자아이를 깜짝 놀라게 만드는 등 유쾌한 장난을 치며 광고지를 나누어 주고 있었다. 모두들 그의 재주를 더 보고 싶어서 안달이 난 것 같았다.

인쇄된 광고지에는 서커스단의 다양한 재주들이 적혀 있었는데, 특히 무슈 나르치스와 드무아젤 란트리네테의 재주를 칭송하고 있었다. 이 둘은 서커스단에서 가장 인기 있는 사람들답게 거리행렬에는 참가하지 않고, 그들로부터 조금 떨어진 곳에서 품위 있는 자태를 뽐내어 군중의 호기심을 더욱 부추겼다.

서커스단의 행진이 이어지는 동안 맞은편의 그 아름다운 여인이 다시 창문가에 모습을 드러냈다. 빌헬름은 재빨리 펜싱을 함께했던 남자에게 그녀에 대해 물었다. 그는—우리는 그를 라에르테스*²라 부르기로 하자—빌헬름을 그 아리따운 여인에게 안내해 주겠다고 자청했다.

"최근 이 마을에서 공연을 했다가 실패한 극단이 있지요. 나와 저 여인은 그 극단이 해체한 뒤 남은 사람들이랍니다."

라에르테스가 쓴웃음을 지으며 말했다.

"이 마을 분위기가 꽤 매력적이어서 마음에 들었거든요. 동료 한 명이 일거리를 구해 오겠다며 떠나긴 했는데, 그나마 지금 갖고 있는 돈으로 한동안 여기서 편하게 쉴 작정입니다."

라에르테스는 곧장 그의 새 친구를 필리네가 머무는 여관 앞까지 데려다주었다. 그러고는 옆에 있는 가게에 가서 과자를 사온 뒤 말했다.

"당신은 분명히 나에게 고맙다고 할 거예요! 아주 멋진 여성을 소개시켜 주었다고요."

필리네는 굽이 높은 실내화를 신고 나와 두 사람을 반갑게 맞아주었다. 그녀는 하얀 실내복에 짧고 검은 망토를 두르고 있었다. 그녀의 실내복이 아주 깨끗하지 않아 오히려 그녀의 인상을 더 솔직하고 편안하게 느끼게 해주었는데, 짧은 치마 또한 세상에서 가장 아름답고 늘씬한 그녀의 다리를 그대로 드러내고 있었다.

"어서 오세요! 멋진 꽃 정말 감사해요."

그녀는 빌헬름에게 이렇게 말하며 한 손엔 꽃다발을 들고 다른 손으로는 그를 방으로 안내했다. 그들은 자리를 잡고 앉아 이런저런 이야기를 하기 시작했는데, 필리네가 대화를 아주 재치 있게 이끌었다. 라에르테스가 구운 생강과자

---

*2 라에르테스(Laertes)는 셰익스피어의 《햄릿》에 나오는 인물 이름. 나중에 이 소설에서 실제로 레어티스(Laertes의 영어식 발음) 역할을 맡게 된다.

를 한 움큼 그녀의 치마폭에 쏟아주자 그녀는 재빨리 그것들을 집어 먹기 시작했다.

"이 친구는 정말 어린아이 같다니까요!"

그녀가 말했다.

"내가 단것을 몹시 좋아한다는 걸 당신에게 말하려고 작정한 거예요. 하지만 이 친구이야말로 맛있는 음식 없이는 못 산답니다."

그러자 라에르테스가 말했다.

"솔직히 말씀드리면 우리는 이런저런 점에서도 아주 잘 맞는 친구랍니다. 그나저나 오늘 날씨도 좋은데 마차를 타고 나가 '물레방아' 식당에서 함께 점심이나 먹는 건 어떨까요?"

"참 좋은 생각이네요!"

필리네가 말했다.

"우리의 새 친구에게 무언가 특별한 일을 해드려야지요."

그렇게 말하고 라에르테스는 날아갈 듯이 뛰어나갔다. 그는 결코 여유롭게 걷는 법이 없었다. 빌헬름은 잠시 여관으로 돌아가서 긴 여행으로 헝클어진 머리칼을 정리하려고 했다.

"그 일이라면 여기서도 할 수 있어요."

필리네가 그렇게 말하고는 이발소 소년을 불렀다. 그는 아주 능숙하게 빌헬름의 윗옷을 벗기고 이발복을 입혔다. 이렇게 되자 빌헬름은 어쩔 수 없이 그녀 앞에서 머리를 정리하게 되었다.

"시간이 너무 아깝지 않나요? 우리가 언제까지나 함께 있을 수도 없잖아요."

그녀가 말했다.

그 심부름꾼 소년은 솜씨가 서투르다기보다는 심술이 나서 빌헬름의 머리를 마구 만지작거리는 바람에 일이 금방 끝날 낌새가 보이지 않았다. 필리네는 꾸물대는 소년을 몇 번 나무라다가 마침내 참지 못하고 그를 문밖으로 밀어냈다. 그리고 그녀가 손수 머리를 자르기 시작했다. 그녀는 이런 일에도 매우 능숙해서 빌헬름의 머리를 경쾌하고도 우아하게 손질해 주었다. 필리네는 전혀 서두르지 않았다. 그녀가 그의 머리칼 이곳저곳을 다듬는 동안, 서로의 무릎이 닿기도 했고 꽃다발과 가슴이 그의 입술 가까이 다가오기도 했기에 그는 몇 번이나 그 가슴에 키스하고 싶은 충동에 휩싸였다.

빌헬름이 면도칼로 이마 쪽을 정리했을 때 그녀가 말했다.

"그건 제발 가져가세요. 그리고 그걸 쓰실 때마다 나를 기억해 주세요."

그건 모양새가 꽤나 세련된 면도칼이었는데 강철로 된 손잡이에는 '나를 기억해 주세요'라 새겨져 있었다. 이 얼마나 귀여운 말인가! 빌헬름은 그걸 주머니에 넣고 감사 인사를 하며 보답으로 그녀에게 작은 선물을 하게 해달라고 말했다.

준비가 끝나고 때마침 라에르테스가 예약한 마차가 도착하여 즐거운 나들이가 시작되었다. 필리네는 거지들이 구걸할 때마다 돈을 조금씩 던져주고 밝게 웃으며 상냥하게 말을 건넸다.

마침내 '물레방아' 식당에 도착하여 식사를 주문했을 때였다. 그 식당 앞에서 음악소리가 들려왔다. 광부들이 둥글게 원을 그리고 서서 치터*³와 트라이앵글에 맞추어 힘차고 날카로운 목소리로 노래를 불렀다. 이윽고 많은 사람들이 몰려들어 그들을 둘러쌌다. 빌헬름은 박수를 보내는 대신 고개를 끄덕였다. 광부들이 그것을 눈치채고는 원을 크게 넓혀갔다. 무언가 비장의 카드를 준비한 것같이 보였다. 드디어 한 광부가 곡괭이를 들고 나타났다. 그러고는 다른 광부들이 연주하는 엄숙한 가락에 맞추어 땅 파는 시늉을 하기 시작했다.

갑자기 한 농부가 군중 속에서 튀어나와 광부들에게 여기서 당장 나가라고 말하는 듯 위협하는 몸짓을 했다. 빌헬름과 그의 친구들은 그 광경에 놀랐지만, 농부가 입을 열어 자기 밭을 멋대로 파내려 한다며 낭송 형식으로 비난하는 모습을 보고 비로소 그가 농부로 변장한 광부였다는 사실을 알게 되었다. 광부는 전혀 놀라는 기색 없이, 나에게도 이 밭을 파낼 권리가 있다고 말하며 광산에 대한 기초적 지식을 설명했다. 들어본 적도 없는 용어에 당황한 농부가 어리석은 질문들을 하기 시작하자 자신들이 더 현명하다고 느낀 관중이 크게 웃음을 터뜨렸다. 광부는 농부에게 많은 것을 설명하며 이 땅에서 지하자원이 발견되면 결국 득을 보는 건 농부라고 그를 설득했다. 처음에는 금방이라도 달려들 듯이 무서운 얼굴을 하고 있던 농부도 점점 차분해졌고, 마침내 둘은 좋은 친구로서 헤어지게 되었다. 이 극에서 특히 빌헬름의 눈길을 끌었던 것은 광부의 훌륭한 태도였다.

---

*3 독일·오스트리아·스위스 등지에서 널리 쓰이는 현악기.

빌헬름이 식사를 하며 말했다.

"이 단막극을 좋은 예로 들 수 있습니다만, 인간의 행동이나 직업, 사업의 칭찬할 만한 좋은 면을 국가가 존중하고 보호한다는 관점에서 연극을 만든다면 모든 사람에게 있어 유익하고 국가에도 많은 이익을 줄 겁니다. 현대 연극은 인간의 해학만을 보여주고 있어요. 희극작가는 잔뜩 심술이 난 감독관 같지요. 언제나 사람들의 결점에만 눈을 번뜩이고 아주 작은 단점에도 크게 기뻐합니다. 모든 사람이 자연스레 서로에게 주는 영향을 꼼꼼히 살피고 재치 넘치는 시인이 연극작품을 만들게 한다면 정치가들에게 있어 유쾌하고 훌륭한 작업이 될 겁니다. 그렇게만 된다면 정말 즐겁고 유익하면서도 재미있는 작품이 얼마든지 완성될 것이라고 확신합니다."

라에르테스가 말했다.

"내가 여기저기 돌아보며 깨달은 것이 있습니다. 어느 곳을 가든 신분이 높은 분들은 연극을 금지시키거나 방해만 하고 허락하거나 위로를 해주지는 않죠. 정치가들은 뭐든지 그대로 내버려 두다가 자기한테 불리한 일이 생기면 화를 내며 달려듭니다."

필리네가 말했다.

"이제 국가나 정치가 이야기는 그만하죠. 정치 얘기를 들으면 가발 쓴 사람만 잔뜩 떠오르는걸요. 나는 가발 쓴 사람만 보면 손이 근질근질해져요. 점잖은 신사라 해도 가발을 쓰고 있다면 그걸 당장에 벗겨서 내동댕이쳐 그걸 주우러 뛰어다니게 하고 싶다니까요."

필리네는 명랑한 노래를 두세 곡 불렀는데 그것 때문에 둘의 대화가 끊기자 저녁에 공연하는 광대의 줄타기 곡예에 늦지 않도록 어서 돌아가자고 재촉했다. 그녀는 너무 들떠서 돌아가는 길에서도 가난한 사람들에게 좋은 씀씀이를 보였다. 그녀는 함께하던 사람들의 잔돈까지 모두 써버리자 한 여자아이에겐 밀짚모자를, 한 노파에겐 자신의 스카프를 던져주었다.

필리네는 자기 방 창문에서 공연을 내려다보면 다른 여관에서 보는 것보다 훨씬 더 잘 볼 수 있다며 빌헬름과 라에르테스를 제 방으로 데리고 갔다. 그녀의 방에서 내려다보니 무대설치는 이미 끝났고 배경은 양탄자로 꾸며져 있었다. 도약판이 놓이고 밧줄은 두 기둥에 팽팽하게 묶여졌다. 수많은 사람들이 모여들었으며 광장을 둘러싼 많은 창문들마다 얼굴들이 보였다.

맨 처음 광대가 나타나 늘 구경꾼들을 웃겼던 몇 가지 익살스러운 몸짓을 보이며 관객들 시선을 모았다. 이어서 아이들 몇이 등장하여 몸을 기묘한 모양으로 접거나 꺾어내 사람들이 놀라움으로 몸을 떨었다. 첫눈에 빌헬름의 관심을 끌었던 아이가 몹시 괴로운 듯 몸을 비틀어대는 모습에 그는 깊은 동정심을 느꼈다. 다음에는 쾌활한 곡예사들이 무대 위로 올라와 처음에는 한 사람씩, 그다음엔 앞뒤 사람과 함께, 마지막에는 모두 한꺼번에 공중제비를 돌아 관객들로부터 열렬한 박수와 환호가 터져나왔다.

곧바로 관중의 눈길이 새로운 묘기로 쏠렸다. 아이들이 차례차례 나타나 줄타기를 시작했다. 줄타기를 막 배운 아이가 맨 처음으로 나와 시간을 끌면서 그 곡예가 얼마나 어려운가를 관객들에게 보여주었다. 성인 남녀도 몇 명 등장하여 아주 능숙하게 줄을 탔다. 그러나 무슈 나르치스와 드무아젤 란트리네테의 모습은 아직 보이지 않았다.

마침내 그 두 사람도 빨간 천막에서 뛰어나와 정감 가는 표정과 화려한 의상으로 이제껏 기대에 잔뜩 부풀어 있던 관객들을 크게 만족시켰다. 나르치스는 평균 키에 머리를 굵게 땋아 내린 검은 눈동자를 가진 젊은이였다. 란트리네테도 그에 못지않게 날씬하고 탄탄한 몸매를 가지고 있었다. 둘은 함께 아슬아슬한 줄타기를 하며 가볍게 움직이거나 뛰어올랐다. 때로는 손에 땀을 쥐게 하는 자세를 보이기도 했다. 그 경쾌함과 대담함, 정확함은 그들이 사뿐사뿐 뛰어오를 때마다 관객들을 매우 즐겁게 해주었다. 이들의 우아한 몸짓과 다른 단원들이 그들에게 보여주는 태도는 두 사람이 서커스단의 간판스타라는 것을 잘 보여주었다. 란트리네테와 나르치스의 묘기를 보는 관중도 그들의 지위를 인정하는 것만 같았다.

광장에 모인 구경꾼들도, 창문가에서 구경하는 사람들도 모두 매우 만족해하는 듯 보였다. 여자들은 나르치스로부터, 남자들은 란트리네테로부터 눈을 떼지 못했다. 광장에 모인 사람들은 환호성을 질렀고 창가에서 점잖게 내려다보던 사람들도 박수를 보냈다. 이제 광대는 더 이상 관중의 웃음거리가 되지 않았다. 단원 몇 명이 돈을 모으려고 접시를 들고 관객들 사이를 돌아다닐 때 슬그머니 도망치는 사람은 별로 없었다.

"공연을 참 잘하는군요."

창문가에 기대어 있던 필리네에게 옆에 선 빌헬름이 말했다.

"아무리 재미없는 재주라도 때를 맞추어 적절한 묘기를 보여줌으로써 흥미롭게 만드는 그들의 방식에 매우 깊은 인상을 받았습니다. 가장 먼저 아이들의 서투른 재주부터 시작해서 우리의 주의를 끌죠. 점점 분위기를 고조시켰다가 마지막에는 간판스타가 나와 능숙하게 그 공연을 마무리 짓는 겁니다. 이런 과정을 통해 우리는 굉장한 즐거움을 느끼게 되는 거지요."

시간이 흐르면서 구경꾼들은 하나둘 흩어졌고 이윽고 광장은 텅 비었다. 필리네와 라에르테스는 나르치스와 란트리네테의 모습과 재주에 대해 논쟁하며 서로를 놀리고 있었다. 빌헬름은 계단에서 보았던 신비로운 아이가 길가에서 놀고 있는 다른 아이들의 곁에 서 있는 것을 보고 필리네를 불렀다. 그녀가 평소대로 활기차게 손을 흔들며 아이를 불렀지만 아이는 꼼짝도 하지 않았다. 그녀는 노래를 흥얼거리며 계단을 내려가 아이를 데리고 올라왔다.

"자, 당신이 그렇게 궁금해하는 신비로운 소녀예요!"

필리네가 그 아이를 데리고 들어오며 말했다. 그 아이는 금방이라도 달아나려는 듯, 문가에 서서 오른손은 가슴에, 왼손은 이마에 대고 꾸벅 인사를 했다.

"그렇게 무서워하지 않아도 된단다."

빌헬름이 그 아이에게 살며시 다가가며 말했다.

그 아이는 의심스러운 눈초리로 그를 보며 두세 걸음 다가갔다. 빌헬름이 아이에게 물었다.

"이름이 뭐니?"

"모두 저를 미뇽*4이라고 불러요."

"나이는?"

"아무도 가르쳐 주지 않았어요."

"아버지는?"

"그 큰 악마*5는 죽었어요."

"어머, 참 이상한 말을 하네요."

필리네가 그렇게 말하고는 두세 가지 더 물었더니 아이는 묘하게 긴장하며

---

*4 미뇽(Mignon)은 프랑스어에서 온 외래어로 그 무렵에는 인기 있는 사람이라는 뜻으로 쓰이기도 했다.

*5 2부 4장 끝에 이 '큰 악마'에 대한 설명이 짤막하게 나오는데 서커스단의 단장으로 미뇽이 아버지라고 불렀던 사람을 가리킨다.

서투른 독일어로 대답했다. 그 아이는 대답을 할 때마다 두 손을 이마와 가슴에 올리고 머리 숙여 인사했다.

빌헬름은 아이를 보고 또 보아도 싫지 않았다. 저도 모르게 눈도 마음도 그 불가사의한 아이에게로 자꾸만 쏠렸다. 나이는 열둘이나 열셋쯤 되어 보였다. 미뇽은 체격이 좋은 편이었는데 팔다리는 더 튼튼하게 자랄 수 있을 것 같기도 했고, 아니면 그 상태에서 발육이 멈출 것 같기도 했다. 이목구비가 뚜렷하지 않았음에도 왠지 모르게 눈길을 끄는 데가 있었다. 그녀의 이마에는 많은 비밀이 숨겨져 있을 것만 같았고 코는 엄청 예뻤다. 입술은 나이에 비해 아주 얇고 가끔 입술 한쪽을 샐쭉거리는 버릇이 있었지만 아주 천진난만한 매력이 있었다. 얼굴색은 화장 때문에 잘 알 수 없었지만 갈색빛이 조금 돌았다. 빌헬름은 그 아이의 모습에 넋이 나가 곁에 사람이 있다는 것조차 잊고 있었다. 필리네가 남아 있던 과자를 아이 손에 쥐어주며 이제 돌아가도 된다고 말하자 그제야 그는 황홀한 꿈에서 깨어났다. 아이는 다시 한 번 정중하게 인사하고 재빠르게 뛰어나갔다.

밤이 깊어 새로운 친구들과 헤어져야 할 시간이 되었다. 그들은 저마다의 숙소로 돌아가기 전, 다음 날도 나들이를 가기로 약속했다. 근처 산속에 있는 오두막집에서 점심을 먹자고 했다. 빌헬름은 그날 밤 여관으로 돌아가며 필리네에 대해 갖은 칭찬을 늘어놓았고 라에르테스는 그의 말에 짧게 몇 마디 맞장구쳐 주었다.

다음 날 아침 한 시간쯤 펜싱 연습을 한 그들은 필리네가 묵고 있는 여관으로 나갔다. 예약해 두었던 마차가 벌써 여관 앞에서 기다리고 있는 것을 보았기 때문이었다. 그러나 빌헬름은 마차뿐만 아니라 필리네마저 사라져 버린 걸 알고는 몹시 놀라고 말았다. 그녀는 그날 막 여관에 도착한 낯선 두세 사람과 함께 나들이를 나간 뒤였다. 빌헬름은 그녀와의 나들이를 기대하고 있던 만큼 치밀어 오르는 화를 감출 길이 없었다. 하지만 라에르테스가 웃으며 말했다.

"난 필리네의 이런 점이 좋아요. 정말이지 그녀다운 행동이군요! 우리도 어서 그 산속 오두막집으로 갑시다. 필리네가 어디를 가든지 우리의 나들이를 포기할 필요는 없지요."

나들이 도중에 빌헬름이 그녀의 행동에 대해 줏대가 없다고 계속 투덜거리자 라에르테스가 말했다.

"자기 성격에 충실한 사람을 줏대 없다고 말할 순 없죠. 필리네가 무언가를 계획하고 약속할 때는 '막상 그날이 되어서 계획이나 약속을 지킬 마음이 생긴다면'이라는 암묵적인 조건이 걸려 있는 거예요. 그녀에게 선물을 받을 때도 나중에 되돌려 줄 수 있도록 마음에 새겨야 합니다."

그러자 빌헬름이 대답했다.

"독특한 성격이네요."

"독특하지는 않아요. 위선적이지 않은 것뿐이죠. 그래서 내가 그녀를 좋아하는 겁니다. 내가 여성을 싫어하는 몇 가지 이유가 있는데, 필리네는 순수하게 여성 그 자체여서 그녀의 친구가 된 겁니다. 그녀는 여성의 시조이며 진정한 이브*6입니다. 내 생각엔 모든 여성은 필리네와 같은 성격을 가지고 있어요. 다만 그걸 드러내지 않을 뿐이죠."

라에르테스는 그가 여성을 피하게 된 원인을 말하진 않았고, 다만 자신이 여성에 대해 느끼는 증오를 자세히 늘어놓았다. 그렇게 대화를 나누는 동안 어느새 둘은 숲 속에 들어가 있었다. 빌헬름은 라에르테스의 이야기를 듣는 내내 맥이 풀렸다. 그의 이야기가 마리아네와 만든 추억을 생생하게 떠올려 주었기 때문이다. 둘은 필리네가 그들이 드리워진 샘에게 멀지 않은, 큰 나무 아래 돌로 만든 탁자에 혼자 앉아 있는 모습을 보았다. 그녀는 발랄한 노래를 흥얼거리며 그들을 맞이했다. 라에르테스가 함께 온 사람들은 어디로 간 것인지 묻자 필리네가 큰 소리로 말했다.

"그들의 분수에 맞게 감쪽같이 속여서 근사하게 골려주었지요. 여기로 오는 동안 그 사람들이 얼마나 씀씀이가 좋은지 시험해 보았어요. 그랬더니 둘 다 구두쇠에 욕심쟁이라는 걸 알게 되었죠. 그래서 그들을 조금 혼내주기로 마음먹었죠. 이곳에 도착하자마자 그들은 여기에 무슨 음식이 있는지 오두막집 웨이터에게 물었어요. 그러자 웨이터가 여느 때와 같이 식당에 있는 온갖 요리를 거침없이 줄줄 말했어요. 그들이 당황해서 가격은 얼마냐고 묻지 뭐예요? 그래서 내가 이렇게 말했죠. '뭘 그렇게 고민하시나요? 식사는 여자가 맡아야 할 일이랍니다. 나에게 맡기만 주세요!' 그리고 나는 황당한 식사를 주문했어요. 어떤 요리는 이웃 마을에서 재료를 사와야 만들 수 있

---

*6 성경 창세기에서 신이 가장 처음으로 만든 여자.

는 것도 있었어요. 내가 두세 번 입술을 삐죽거리는 것을 보고 내 의도를 알아차린 웨이터가 입을 맞춰주었죠. 곧 호화로운 식사가 나올 것이라고 호들갑을 떨며 그들에게 넌지시 알려주었더니 둘은 달아나듯 숲으로 산책을 갔어요. 아마 돌아오지 않을 거예요. 나는 벌써 15분씩이나 여기에 앉아서 웃고 있는걸요. 그 사람들이 당황해하던 모습을 떠올릴 때마다 웃음이 날 것 같아요."

라에르테스가 식사를 하면서 이와 비슷한 이야기를 해주었다. 이렇게 그들은 유쾌한 이야기, 하찮은 오해로 일어난 재미있는 일화, 누군가를 골탕 먹인 이야기들을 서로 번갈아 가며 말했다.

마을에서 알게 된 젊은이가 책을 들고 숲에서 나와 그들 옆에 앉아 주변의 아름다운 경치를 칭송했다. 그는 시냇물이 졸졸 흐르는 소리, 흔들리는 나뭇가지와 그 사이로 내리비치는 햇살, 새가 지저귀는 소리 등 자연에 대한 찬사로 빌헬름과 그 친구들의 주의를 끌었다. 그때 필리네가 뻐꾸기 노래를 부르자 젊은이는 그게 마음에 들지 않았는지 곧 일어나더니 작별 인사를 했다. 그가 오두막집에서 나가자 필리네가 말했다.

"자연이니 풍경이니 그런 이야기는 듣고 싶지 않아요."

"다른 사람이 충분히 즐기고 있는 것을 굳이 설명하려는 건 정말 쓸데없는 짓이에요. 사람은 날씨가 좋으면 산책을 가고, 음악이 시작되면 춤을 추는 법이죠. 누가 산책하면서 날씨에 대해 생각하고, 누가 춤을 추면서 악보를 떠올리나요? 춤추는 사람의 즐거움은 함께 춤을 추는 앞사람을 바라보는 것이지 바이올린 소리가 아니랍니다. 나의 푸른 눈동자가 앞사람의 검은 눈동자를 바라보는 법이에요. 그들이 샘물이나 분수나 썩은 가로수 따위를 신경이나 쓰겠어요?"

그녀는 이렇게 말하며 자신과 마주보고 앉아 있는 빌헬름의 눈을 지그시 바라보았다. 빌헬름은 마음 문턱까지 닿을 것 같은 그녀의 시선을 밀어낼 수 없었다.

"나도 그 말에 동의합니다."

빌헬름이 조금 허둥거리며 말했다.

"인간이 흥미를 가지는 대상은 결국 인간입니다. 인간은 인간에게만 관심을 가진다고 해도 지나친 말이 아닐 겁니다. 우리를 둘러싸고 있는 모든 것은 자연*7이 아니면 우리가 쓰는 도구에 지나지 않죠. 우리가 그것에 얽매이거나 정신을 뺏기거나 흥미를 가질수록 자기 가치의 감정, 사회의 감정이 약해지는 것입니다. 정원이나 건물, 옷, 장식품 따위의 소유물에 큰 가치를 두는 사람은 사교적이지 않고 사람들에게 존경받지도 못하죠. 그런 사람은 인간의 본질을 놓치고 있는 거예요. 사람을 한데 모아 그들을 즐겁게 해줄 수 있는 사람은 아주 적어요. 무대에서도 그렇잖아요? 연기를 잘하는 배우가 나오면 무대가 아무리 조촐하고 엉성해도 관객들은 바로 그 사실을 잊게 되죠. 반대로 너무나 아름다운 무대는 훌륭한 배우가 없다는 것을 더 드러낼 뿐이에요."

식사를 마친 뒤, 필리네는 풀이 우거진 곳에 앉았다. 그녀는 두 친구에게 꽃을 잔뜩 따달라고 부탁했다. 그러고는 화환을 만들어 자기 머리 위에 올렸다. 그것은 놀라울 만큼 그녀에게 잘 어울렸다. 꽃은 화환을 하나 더 만들 수 있을 만큼 많이 남아 있었다. 그녀는 두 사람을 자기 양옆에 앉히고 꽃을 엮었다. 우스운 이야기를 하며 떠드는 사이에 화환이 완성되었다. 필리네는 아주 우아한 손놀림으로 그것을 빌헬름의 머리에 씌워주었는데, 그녀 마음에 들 때까지 몇 번이나 그 모양새를 고쳐주었다.

"아무래도 난 아무것도 못 받을 것 같군."

라에르테스가 말했다.

"어머, 절대로 그럴 일 없어요!"

필리네가 그렇게 말하고는 자기가 쓰고 있던 화환을 라에르테스의 머리에 올려주었다.

"우리가 연적이었다면 당신이 누구를 택할 것인지 크게 싸웠을 거예요."

라에르테스가 말했다.

"그런 짓을 했다간 당신들을 바보라고 부르겠어요."

그녀는 그렇게 말하고 라에르테스 쪽으로 몸을 굽혀 입을 맞추었다. 그러고는 바로 돌아서서 빌헬름의 목에 팔을 두르고 진한 키스를 했다.

"어느 쪽이 더 달콤한가요?"

그녀가 놀리는 투로 말했다.

---

*7 원문에서는 원소라는 단어가 쓰였는데, 여기서 원소는 고대 철학에서 말하는 4대 원소(불, 땅, 물, 공기)를 뜻한다. 작품에서 원소란 말이 거의 자연과 동의어로 쓰였기에 자연이라 표기했다.

"흐음, 어떤 키스라도 다 달콤하다고 말하려는 건가요?"

라에르테스가 대답했다.

"그럼요!"

필리네가 말했다.

"질투나 이기심이 없는 키스는 언제나 달콤하지요. 그나저나 한 시간쯤 함께 춤추지 않을래요? 그러면 그 서커스를 다시 한 번 보기에 딱 좋은 시간이 될 거예요."

오두막집에 들어서자 음악이 흐르고 있었다. 필리네는 춤을 아주 잘 췄기 때문에 두 친구들도 함께 신이 났다. 빌헬름은 춤을 못 추지는 않았지만 제대로 배운 적이 없어서 라에르테스와 필리네가 번갈아 가며 가르쳐 주기로 했다.

세 사람은 늦은 밤이 되어서야 돌아왔다. 광대는 벌써 줄을 타고 있었다. 마차에서 내린 빌헬름은 자신이 묵고 있는 여관 어귀와 광장에 많은 사람들이 무리지어 모여 있는 것을 보았다. 무슨 일인지 궁금해진 그는 달려가서 무리를 헤치고 그 안으로 들어갔다. 놀랍게도 서커스단장이 신비로운 소녀, 미뇽의 머리칼을 움켜쥐고 질질 끌고 나가며 그 가녀린 몸에 인정사정없이 마구 채찍을 휘갈기고 있었다.

빌헬름은 번개같이 단장에게 달려들어 멱살을 쥐고서 마치 미친 사람처럼 고함을 질렀다.

"그 애를 놔줘! 내가 상대해 주지. 우리 둘 가운데 누가 먼저 쓰러지는지 한 번 해보자고!"

그는 이렇게 말하고 분노에 찬 엄청난 힘으로 그의 목을 졸랐다. 단장은 숨이 막히는 듯 괴로워하며 그 소녀를 놓아주고는 빌헬름의 손에서 풀려나려고 안간힘을 썼다. 미뇽을 불쌍하다고 생각하면서도 싸움을 시작할 용기가 없었던 몇몇 사내들이 단장이 소녀를 놓자마자 그의 팔을 붙잡아서 채찍을 빼앗았고 주변에 몰려 있던 사람들은 저마다 단장에게 욕설을 퍼부었다. 이제 자신에게 남아 있는 무기라고는 입밖에 없다는 걸 알게 된 그 비열한 남자는 끔찍한 욕설로 맞서며 둘러댔다.

"관객들에게 에그 댄스*⁸를 보여주기로 약속했는데 그걸 하지 않겠다고 하

---

*8 눈을 가리고 바닥에 흩어놓은 달걀을 밟지 않도록 춤추며 돌아다니는 묘기를 가리키는 말이다.

니 그 게으른 녀석은 때려죽여야 해. 아무도 말리지 마!"

서커스단장은 구경꾼 사이로 숨어든 소녀를 찾기 위해 자신을 붙잡고 있는 사람들로부터 벗어나려고 몸부림을 쳤다. 그런 그를 빌헬름이 잡아끌면서 큰 소리로 말했다.

"그 아이를 어디서 훔쳐왔는지 법정에서 모두 말할 때까지 아이를 봐서도 안 되고 물론 손찌검을 해서도 안 돼. 그런 짓을 했다간 내가 네 녀석을 끝까지 추궁할 테니까."

빌헬름이 화가 머리끝까지 나서 깊은 생각이나 어떤 의도도 없이 막연하게 한 말에 마구 날뛰던 단장이 갑자기 얌전해졌다. 하지만 곧 큰 소리로 빌헬름에게 말했다.

"그 아무짝에도 쓸모없는 계집, 원하신다면 드립지요. 다만 저것 때문에 들었던 옷값을 다 내주신다면 말입니다. 오늘 밤 안에 합의를 봅시다."

그는 서둘러 여관을 빠져나가 중단된 서커스를 다시 시작하려고 눈에 잘 띄는 묘기를 몇 가지 보여주며 관중의 시선을 끌기 위해 무던히 노력했다.

빌헬름은 서커스가 끝난 뒤 그 소녀를 찾았지만 어디에도 보이지 않았다. 다락방에서 봤다고 하는 사람이 있는가 하면, 근처의 한 주택 지붕 밑에서 보았다는 사람도 있었다. 그는 아이가 갈 만한 곳들을 모두 돌아보았지만 끝내 찾지 못해서 아이가 스스로 나타날 때까지 기다리기로 했다.

그러는 사이에 나르치스가 빌헬름이 묵고 있는 여관으로 돌아왔다. 빌헬름은 그에게 그 소녀가 얼마나 오랫동안 서커스단에 있었는지, 어디 출신인지 물어보았지만 그는 그 서커스단에 들어온 지 얼마 되지 않아서 아는 것이 없었다. 대신 그는 자신에 대해서는 거리낌 없이 모든 것을 말해 주었다. 빌헬름이 그의 재주를 칭찬하자 그는 박수소리 따위에는 관심 없다는 듯이 말했다.

"관객의 웃음거리가 되어주거나, 훌륭한 묘기로 그들을 감동시키는 일에는 이제 익숙해졌어요. 하지만 큰 박수소리를 듣는다고 해서 돈이 많이 들어오는 건 아니잖아요. 돈을 버는 건 단장님뿐이지, 우리 보수가 올라간 적은 단 한 번도 없어요."

그는 이렇게 말하고 어디론가 서둘러 가려고 했다. 어디를 그렇게 바삐 가려는 건지 물었더니 젊은이는 살짝 미소 짓고는, 그가 어제 선보였던 모습과 묘기 덕분에 많은 관중의 박수소리보다 더 확실한 것을 얻었다고 고백했다. 많은 부인의 시종들이 그를 찾아와 여주인이 자신을 만나고 싶어한다 전했고, 그런 부인들이 너무나 많아서 집집마다 찾아다니다간 한밤중이 되어버릴지도 몰라 일찍 나가는 것이라고 했다. 그가 하도 천연덕스럽게 이야기를 해 가만히 듣다 보면 부인들의 이름이나 집 주소까지 다 말할 것 같았다. 빌헬름은 정중하게 더 이상의 대화를 거절하고 그를 보내주었다.

그동안 라에르테스는 란트리네테와 이야기하고 있었는데 그의 말을 빌리면 그녀는 완벽한 아내가 될 수 있는 사람이라고 했다.

마침내 빌헬름은 미뇽을 두고 단장과 합의를 보았다. 빌헬름은 30탈러*⁹로 소녀를 양도받았고, 괄괄하고 검은 수염이 난 이탈리아인은 그 아이에 대한 모든 권리를 포기하기로 했다. 그러나 그 아이의 출신에 대해서는 뛰어난 말재주를 갖고 있어 '큰 악마'라고 불리던 자기 형이 죽은 뒤로 맡게 된 것이라고 말했을 뿐, 더 이상은 말하려 하지 않았다.

다음 날 오전은 그 소녀를 찾아다니는 일로 모두 써버렸다. 하지만 아무리 마을을 샅샅이 뒤져보아도 미뇽의 모습은 보이지 않았다. 강에 뛰어들었거나 자살을 하지 않았을까 모두가 걱정했다. 필리네의 매력도 빌헬름의 불안을 날려버리지는 못했다. 그는 슬픔과 근심으로 하루하루를 보냈다. 어느 날 저녁, 재주꾼과 줄타기 광대들이 온 힘을 다해 사람들에게 묘기를 해보였지만 빌헬름의 마음은 도무지 밝아지지 않았다.

이웃 마을에서 사람들이 몰려와 구경꾼들이 걷잡을 수 없을 만큼 많아졌다. 박수소리는 눈덩이가 불어나듯이 빠른 속도로 번져 마을 전체에 울릴 만큼 커지고 말았다. 한 줄로 늘어놓은 검 위를 넘어가거나 바닥에 종이를 붙인 술통을 넘어 다니는 재주에 관중은 크게 놀랐다. 건장한 남자가 조금 거리를 두고 놓아진 두 의자에 머리와 다리를 걸치고 공중에 둥둥 뜨게 된 배 위에 철침을 올려 실력 있는 대장장이가 그 위에서 말편자를 달구고 두드렸는데, 이것은 구경꾼들의 전율과 경악, 감탄을 불러일으켰다.

'헤라클레스의 괴력'이라는 것도 있었다. 가로로 늘어선 남자들의 어깨 위에 또 남자들이 올라섰다. 그리고 그 위로는 소년들이, 그 위에는 여자가 올라서 면서 인간 탑을 만들어 맨 꼭대기에는 어린아이가 물구나무를 서서 난간 기둥

---

*9 *10 독일의 옛 3마르크 은화.

장식 또는 풍향계 역할을 했다. 그건 이 지방에서는 아직 시연한 적 없는 재주였기에 마지막을 장식하기에 딱 맞았다. 나르치스와 란트리네테는 다른 단원이 짊어지고 있는 가마에 올라 많은 사람들의 환호성을 들으며 중심가를 한 바퀴 돌았다. 사람들은 둘에게 리본이나 꽃다발, 스카프를 던지며 얼굴을 더 자세히 보기 위해 서로 밀어내었다. 모두가 둘을 바라보았고, 그들이 힐끗 보아 주기만 해도 너무나 행복한 표정을 지었다.

"어떤 배우라도, 어떤 작품이라도, 아니 어떤 인간이라도 한마디 고결한 말이나 행동으로 사람들에게 이렇게 감동을 전해 줄 수 있다면 자신의 가장 큰 소망에 다다르는 것이겠지요. 선량하고 고귀하며 인간에게 가장 황홀한 감정을 갖게 한 이 서커스단 사람들의 육체적 노력과 기술은 분명 대단하고 멋져 그들 또한 행복할 것입니다. 사람들에게 삶의 활력과 공감을 줄 수 있다면! 행복과 불행, 현명함과 어리석음을 표현함으로써 삶에 찌들어 막혀 있는 그들의 마음을 자유롭게, 활발하게, 순수하게 움직일 수 있다면!"

빌헬름이 이렇게 말했다. 그러나 필리네도, 라에르테스도 이런 논리를 가진 인간을 상대해 줄 생각이 없어 보였기에 빌헬름은 혼자서 그 유익한 고찰을 즐기기로 했다. 그는 밤늦게까지 길을 걸으며 좋은 것, 고귀한 것, 위대한 것을 연극적으로 구상하며 다시 한 번 상상의 나래를 자유롭게 폈다.

제5장

다음 날, 줄타기 서커스단이 왁자지껄 떠들며 여관을 떠나자 곧바로 미뇽이 나타나 큰 방에서 펜싱 연습을 하고 있는 빌헬름과 라에르테스에게 다가갔다.

"어디에 숨어 있었던 거니?"

빌헬름이 상냥하게 물었다.

"많이 걱정했단다."

소녀는 아무 말도 하지 않고 빌헬름을 바라보았다.

"우리가 너를 샀단다. 그러니 너는 이제 우리의 것이야."

라에르테스가 말했다.

"얼마나 주셨는데요?"

소녀가 무뚝뚝한 표정으로 물었다.

"금화 백 냥이란다. 그걸 다 갚으면 넌 자유로워질 거야."

"아마 큰돈이겠죠?"

"그럼. 네가 얌전하게만 있으면 되는 거야."

"노력할 거예요."

소녀가 대답했다.

그때부터 미뇽은 하인들이 하는 일을 꼼꼼하게 살피더니 놀랍게도 다음 날에는 하인을 방으로 들이지 않았다. 그녀는 모든 일을 스스로 하려 했고 가끔은 잘못할 때도 있었지만 언제나 천천히, 정확하게 무엇보다도 열심히 일했다.

그녀는 몇 번이나 물병이 있는 곳으로 가서 볼이 벗겨질 정도로 세차게 세수를 했다. 라에르테스가 농담 섞어 왜 그러는지 물었는데 그녀는 연지를 지우고 싶다고 말했다. 하지만 사실 그건 연지를 지우려고 열심히 세수를 하다가 생긴 상처가 붉어진 것이었지 연지가 아니었다. 그걸 알고 난 소녀는 얼굴 씻기를 그만두었다. 얼마 뒤 다시 제 모습을 되찾은 그녀는 살짝 붉은빛이 감도는 아름다운 갈색 얼굴이 되었다.

빌헬름은 자신이 생각했던 것보다 더 오래, 필리네의 신비로움과 미뇽의 불가사의함에 매료되어 그곳에 머물고 있다는 걸 알았다. 그래서 그는 좀처럼 오지 않을 이런 좋은 기회에 둘러싸여 있음에도, 펜싱과 춤 연습에 온 정신을 쏟고 있다고 자신을 비난했다.

어느 날 멜리나 부부가 찾아왔다. 빌헬름은 놀라기도 했지만 매우 기뻤다. 그들 부부는 몇 마디 반가운 인사말을 나누자마자 여단장과 다른 배우들의 안부를 물었다. 그녀는 그들이 오래전에 두세 명만 남고 모두 이곳을 떠났다는 소식을 듣고 어이없다는 표정을 지었다.

멜리나 부부는 빌헬름의 도움으로 결혼한 뒤 몇 개 마을에서 출연 계약할 곳을 찾았지만 결국 하나도 발견하지 못하고, 여행하다가 알게 된 몇몇 사람들이 아주 좋은 연극을 보았다고 하여 이 마을에 온 것이었다.

그들은 서로 인사를 나누었는데, 필리네에게는 멜리나 부인이, 활발한 성격의 라에르테스에게는 멜리나가 너무나 마음에 들지 않았다. 필리네와 라에르테스는 멜리나 부부가 당장 마을을 떠나기를 바랐다. 빌헬름이 끈질기게 둘은 정말 좋은 사람들이라고 설득했지만 소용이 없었다.

이 부부와 함께 행동하게 되면서, 묘한 관계를 갖고 있던 세 사람이 지금까지 맛보았던 즐거움은 몽땅 엉망이 되었다. 멜리나는 곧 여관에서 숙박비를 깎아내고 불만을 터뜨리기 시작했다(그는 필리네가 머무는 여관에 방을 잡았다). 돈 내기는 아까워하면서 더 좋은 방을 요구하고 식사량이 적다느니 서비스가 엉망이라느니 불평을 늘어놓았다. 그러자 여관주인과 시종들도 짜증스러운 표정을 지었다. 다른 사람들은 즐겁게 지내고 있기에 먹을 것은 그리 심각하게 생각하지 않고 부르는 대로 곧잘 계산하는데 멜리나는 식사할 때마다 하나하나 불평하며 늘 처음부터 다시 계산을 따지고는 했다. 그래서 필리네는 그에게 '반추동물*10'이라는 별명을 붙여주었다.

그러나 누구보다도 필리네에게 더욱 미움을 받고 있는 사람은 다름 아닌 멜리나 부인이었다. 이 젊은 부인은 교양이 아주 없는 건 아니었지만 영혼이 전혀 담겨 있지 않았다. 그녀는 낭독을 꽤 잘했고 기회만 생기면 낭독하고 싶어 했다. 하지만 곧 모두는 그녀의 낭독은 단순하게 단어를 늘어놓는 것일 뿐이며 작품 전체를 제대로 알고 표현하는 것이 아니라는 사실을 알아챘다. 그럼에도 그녀는 어느 누구에게도 미움 받지 않았다. 특히 남자들이 그랬다. 멜리나 부인과 어딘가에 갔다 오거나 대화를 하면 모두가 그녀를 슬기로운 여자라 생각했다. 말하자면 그녀는 흔히 말하는 아첨꾼이라 할 수 있는 것이다. 자기에게 필요한 친구에게는 특히 신경 쓰며 겉치레 말을 했고 가능한 그 사람의 생각에 맞춰주었지만, 가끔 그것이 그녀의 이해 범위를 넘어서면 아주 넋을 잃고 바라보며 그 새로운 사상을 받아들였다. 뿐만 아니라 말을 할 때도 입을 함부로 놀리지 않는 요령을 몸에 익히고 있었으며, 음험하다고 할 수는 없지만 늘 다른 사람의 약점을 꼼꼼하게 살펴보았다.

제6장

그동안 멜리나는 이전 극단이 남기고 간 도구들에 대해 자세히 듣고 돌아왔다. 무대장치도 의상도 몇몇 상인들의 손에 저당 잡혀 있고 한 공증인이 한 여

---

*10 다른 말로 되새김동물. 늘 같은 일을 반복하기에 붙여준 별명일 것이다.

자 단장에게, 그 물건들을 원하는 사람들이 있다면 일정 조건을 붙여 자유롭게 처분해 달라는 위임을 받았다는 것이다. 멜리나는 그 실물들을 보고 싶다며 빌헬름을 데리고 갔다. 창고 문이 열리자 빌헬름은 그 물건들에 조금 흥미를 느꼈지만 그런 마음을 스스로 인정하지는 않았다. 무대장치는 여기저기 얼룩이 묻어 있었고 상태도 좋지 않았다. 터키식과 이교도 의상, 낡아버린 어릿광대용 의상, 마술사와 유대인과 사제들의 두건도 볼품없는 것들뿐이었다. 그러나 그는 이런 잡동사니들 곁에 있으니 그의 인생에서 최고로 행복한 순간을 맛본 것 같은 기분을 억누를 수 없었다. 멜리나가 그의 마음을 알아챘더라면 이런 엉망진창으로 된 물건들을 모두 사서 손질하고 예전 상태로 되돌려 훌륭한 무대를 만들어 내기 위해 더 열심히 빌헬름을 설득하며 많은 돈을 요구했을 것이다.

"적어도 은화 200개가 있으면 좋을 텐데요."

멜리나가 말했다.

"그만한 돈이 있다면 여기 있는 필수적인 것들을 사서 당장 극단을 만들 수 있겠어요. 그러면 이 지방에서 밥벌이는 할 수 있을 텐데요."

빌헬름은 그의 말에 대답하지 않았다. 두 사람은 저마다 생각에 잠긴 채 그 보물창고를 떠났다.

멜리나는 이때부터 어떻게 극단을 만들어 이익을 올릴 것인가에 대해서만 이야기했다. 그는 필리네와 라에르테스도 관심을 가지도록 노력했고 빌헬름에게 담보를 잡힐 테니 돈을 빌려달라고 부탁했다. 그러나 빌헬름은 이 마을에 이렇게 오래 머물러서는 안 된다는 것을 겨우 깨닫고 멜리나의 부탁을 거절했다. 그리고 그는 여행 떠날 준비를 하기 시작했다.

그동안 빌헬름은 미뇽의 모습과 인격에 더욱 마음이 끌리고 있었다. 늘 그 아이가 하는 일에는 특별한 무언가가 있었다. 계단에서도 걷지 않고 언제나 뛰어서 올라가거나 내려가곤 했다. 복도 난간에서 뛰어내리는가 하면 어느새 선반 위에 올라가서는 한동안 그곳에서 가만히 앉아 있었다. 아이는 상대에 따라 인사도 다르게 했다. 며칠 동안 입도 뻥끗하지 않다가 가끔 여러 가지 질문을 하면 쓸데없는 것까지 죄다 대답해 주었다. 그 대답이라는 것도 프랑스어와 이탈리아어가 섞인 서투른 독일어로 말했기 때문에 그것이 진담인지 농담인지 알 수가 없었다. 아주 열심히 일하고 아침 일찍 일어났다. 그 대신 밤에는 일찌감치 다락방으로 올라가 바닥에서 잤다. 침대나 담요 위에서 자라고 아무리 말해 보아도 미뇽은 그의 말을 듣지 않았다. 그 아이가 몸을 씻고 있는 모습을 빌헬름은 가끔 봤다. 기워진 옷이었지만 늘 깨끗했다. 그는 아이가 아침 일찍 미사를 드리러 간다고 말해 언젠가 한번 그 뒤를 따라가 보았다. 소녀는 로사리오를 들고 교회 한쪽 구석에 앉아 경건하게 기도를 드렸다. 다행히도 미뇽은 빌헬름이 따라왔다는 사실을 전혀 눈치채지 못했다. 그는 돌아와서 이 아이에 대해 곰곰이 생각해 보았지만 확실하게 짚이는 것은 아무것도 없었다.

전에 함께 봤던 무대도구를 사겠다며 멜리나가 다시 빌헬름에게 돈을 빌려 달라고 졸랐다. 덕분에 그는 그 마을을 어서 떠나야겠다고 마음을 굳혔다. 그리고 오랫동안 소식을 전하지 못한 가족들에게 편지를 써서 오늘 안에 우편마차로 보내자고 생각했다. 그리고 빌헬름은 베르너에게도 편지를 썼다. 하지만 그가 지금까지 겪어온 많은 일들을 적고 있는 사이에 자기도 모르게 몇 번이나 사실과는 조금 다르게 쓰고 말았다. 게다가 참 분하게도 거의 다 쓴 편지지 뒷면에 멜리나 부인을 위해 메모장에서 베낀 시 몇 줄이 적혀 있는 것을 알게 되었다. 하는 수 없이 그는 고백을 담은 편지를 찢고 다시 쓰는 것은 다음 우편일까지 미루기로 했다.

제7장

빌헬름과 그 친구들이 한데 모여 앉아 있었는데, 창밖에 지나가는 말들과 마을로 들어오는 모든 마차를 눈여겨보던 필리네가 신이 나서 외쳤다.

"훈장님이야! 우리 훈장님이 오셨어! 함께 있는 건 대체 누구지?"

그녀는 이렇게 말하고는 창밖으로 몸을 내밀어 손을 흔들었다. 마차가 멈춰 섰다.

그 훈장님은 다 닳아버린 회갈색 윗옷과 구깃구깃한 바지를 입고 있었다. 그 모습은 마치 대학 강단에서 썩어버린 학자처럼 보였다. 그 초라하고 궁상맞은 남자가 마차에서 내려 모자를 벗으며 필리네에게 인사했다. 그가 모자를 벗으니 매우 뻣뻣할 것 같은 싸구려 가발이 드러나고 말았다. 이 말괄량이 아가씨는 그에게 셀 수 없을 만큼 많은 키스를 보냈다.

그녀에게는 몇몇 남자들을 사랑하고 그들의 사랑을 즐기는 것이 가장 큰 행복이었지만 기회만 되면 호감 가지 않는 남자를 골려주는 재미도 그에 못지않은 즐거움이었다.

그녀가 오래된 친구를 맞이하느라 너무 호들갑을 떨었기에 빌헬름은 훈장님의 뒤를 따라 마차에서 내리는 사람들을 눈여겨볼 수 없었다. 하지만 빌헬름은 함께 들어온 두 여자와 초로의 신사가 낯설지 않았다. 곧바로 몇 년 전 고향 마을 공연을 하던 극단에서 몇 번이나 마주친 적이 있는 사람들이라는 것을 깨달았다. 두 딸의 모습은 많이 변했지만 노인은 거의 그대로였다. 이 노인은 언제나 마음씨는 좋지만 잔소리가 심한 할아버지 역할을 맡았었는데, 그런 인물은 독일 연극무대에서 반드시 나오기 마련이었으며 일상생활에서도 심심찮게 볼 수 있었다. 좋은 일은 되도록 눈에 띄지 않게 하는 것이 독일인의 기질이라고는 하지만, 우리 국민은 올바른 것을 우아하게 표현하는 방법이 있다는 것을 생각하지 않는다. 그들은 비뚤어진 정신에 사로잡혀서 실은 아주 정감 넘치는 역할을 잔소리 심한 노인네로 표현하는 실수를 저지르고 있는 것이다.

이 노인은 그 역할을 아주 능숙하게 연기하는 배우였다. 게다가 잔소리 심한 노인 역할만 계속 맡다 보니 그 성격이 몸에 배어서 일상생활에서도 그런 말과 행동을 일삼기에 이르렀다. 빌헬름은 이 노인이 바로 그 배우였다는 사실을 알게 된 뒤로 마음을 가라앉힐 수 없었다. 그가 무대에서 마리아네와 같이 공연하는 것을 아주 많이 보아왔기 때문이었다. 딱딱한 목소리로 이런저런 잔소리를 하며 호통 치는 노인의 상대역을 맡은 마리아네의 애교 섞인 달콤한 목소리가 지금도 그의 귀를 맴돌았다.

모두가 막 도착한 사람들에게 어느 곳에 일자리를 얻게 되었는지, 그 일자리는 희망이 있는지 물었다. 그렇지만 그들의 대답은 부정적이었다. 그들이 알아본 극단은 죄다 자리가 없었고 그중 몇몇 극단은 다가오고 있는 전쟁 때문에 해체해야 할지도 모른다는 걱정을 하고 있다고 했다. 잔소리 심한 노인은 기분을 바꾸어 보려고 좋은 계약마저 포기하고 딸들과 함께 여행을 하다가 훈장님을 만나 마차를 얻어 타고 여기까지 오게 되었다. 하지만 여기에도 먹고살 만한 마땅한 일거리는 없었다.

친구들이 당장 해야 할 일에 대해 열심히 이야기를 나누는 동안 빌헬름은 혼자서 깊은 생각에 잠겼다. 노인과 단둘이서만 이야기하고 싶었다. 마리아네의 안부를 묻고 싶기도 했지만 한편으로는 듣기가 조금 두렵기도 했다. 그는 큰 불안감에 휩싸였다.

막 도착한 노인의 아름다운 두 딸이 그를 걱정해 주었지만, 그를 불안에서 벗어나게 해주지는 못했다. 그러다가 갑자기 들려온 말다툼에 빌헬름은 시선을 돌렸다. 필리네와 그녀의 하인인 금발의 소년 프리드리히가 말다툼을 하고 있었다. 그는 식탁을 정리하고 식사를 가져오라는 필리네의 말을 완고하게 거부하고 나섰다.

"나는 당신의 하인이지 당신 친구들의 하인은 아니에요!"

소년이 이렇게 말하자 필리네는 그것이 바로 네가 해야 할 일이라 주장했다. 프리드리히가 매우 강하게 반항하자, 그러면 차라리 그만두라고 그녀가 말했다.

"그렇게 말하면 내가 못 떠날 것 같으세요? 떠나라면 떠나죠!"

그렇게 소리친 소년은 곧바로 짐을 싸서 여관을 나가버렸다.

"미뇽, 가서 필요한 것을 가져다줄래? 저 웨이터에게 말해서 우리 시중드는 일을 도와주겠니?"

필리네가 말했다.

"그래도 될까요?"

미뇽이 빌헬름에게 다가와서 여느 때와 같이 간결한 투로 물었다. 그는 소녀에게 상냥하게 대답해 주었다.

"저 아가씨가 시키는 대로 해주려무나."

소녀는 모든 식사를 날랐고 저녁 내내 세심하게 손님들의 시중을 들었다. 식사가 끝난 뒤, 빌헬름은 노인과 단둘이서 산책할 기회가 오기를 계속 기다리고 있었다. 마침내 노인과 함께 걷게 된 빌헬름은 지난날 노인이 겪었던 이런저런 이야기를 들은 뒤 마리아네가 일하던 극단 이야기를 하게 되었다. 빌헬름은 큰맘 먹고 마리아네는 잘 지내느냐 물었다.

"그 지긋지긋한 여자에 대해 할 말은 없네!"

노인이 큰 소리로 말했다.

"그녀를 두 번 다시 떠올리지 않기로 맹세했단 말일세."

노인 말에 빌헬름은 깜짝 놀랐는데 노인이 그녀가 경박하다고 말해 더욱 당황하고 말았다. 빌헬름은 이 대화가 어서 끝나기를 바랐지만 끝내는 노인의 욕설까지 듣게 되었다.

"마리아네를 그렇게 정성스레 돌봐준 일을 크게 뉘우치고 있다네. 하지만 만약 자네가 그녀에 대해 더 잘 안다면 분명 내가 이러는 이유를 알겠지. 그 아이는 귀엽고 거드름도 피우지 않았고 착하며 애교가 넘치는, 그야말로 어딜 보아도 모자람이 없는 아가씨였네. 뻔뻔하고 배은망덕한 여자라고는 생각도 하지 못했지."

빌헬름은 노인의 모습을 보고 마리아네에 대해 최악의 말을 들을 각오를 하고 있었지만 놀랍게도 노인의 어조가 갑자기 상냥해졌다. 얼마 뒤 노인은 주머니에 있던 손수건을 꺼내 볼 위로 흘러내린 눈물을 닦았다. 그 모습을 보고 빌헬름이 물었다.

"왜 그러십니까? 어째서 갑자기 감정이 북받치는 거죠? 무엇이든 말씀해 주세요. 저는 당신이 생각하시는 것보다 더 마리아네의 운명이 걱정됩니다. 제발제게 모든 것을 말씀해 주세요."

"말할 것은 그다지 많지 않네."

노인은 다시 진지하고 화난 투로 말했다.

"내가 그 아이를 위해 겪었던 숱한 고생을 절대로 잊지 않을걸세. 마리아네는 나를 많이 따랐지. 나도 그 아이가 마치 내 딸인 것처럼 귀여워해 주었다네. 내 아내가 살아 있을 때, 마리아네를 양녀로 들여서 하루라도 빨리 그 요망한 노파에게서 벗어나게 해주리라 결심한 적도 있었지. 그런 노파에게 맡겼다간 그 아이의 장래에 좋지 않은 영향을 미칠 것이라 생각했기 때문이네. 그러나 아내가 세상을 뜨는 바람에 그 계획도 모두 물거품으로 돌아갔지만……."

노인은 말을 이었다.

"3년 전쯤, 자네 고향에서 모든 공연이 끝나갈 때였지. 마리아네가 매우 울적해하는 모습이 신경 쓰여서 왜 그러는지 물었다네. 그렇지만 그 애는 아무 대답도 해주지 않았어. 그러다가 떠나는 날이 되었지. 난 마리아네와 같은 마차에 타고 있었는데 그제야 그 애가 홀몸이 아니라는 걸 알았지. 그 아이도 사실대로 내게 말했어. 그동안 얘기하지 않은 건 단장에게 쫓겨날까봐 걱정이 되어서 그랬다고 하더군. 그런데 얼마 지나지 않아 단장에게도 들통이 나고 말았네. 단장은 어차피 계약도 6주밖에 남지 않았다며 밀린 돈을 모두 줄 테니 당장 계약을 해지하자고 말했어. 여러 번 항의도 해봤지만 결국엔 작은 마을에 있는 누추한 여관에 그녀를 혼자 두고 모두들 떠나버렸지."

그렇게 말하고 노인은 잔뜩 심술이 난 목소리로 말했다.

"지저분한 여자들은 죄다 악마가 잡아가야 해! 특히 내 인생에서 그렇게나 많은 시간을 낭비하게 만든 그 여자는 틀림없이 그래야 해!

내가 얼마나 그 아이를 아끼고 걱정해 주었는지, 어떤 일을 해주었는지 아무리 이야기해 봤자 무슨 소용이 있겠나? 그 덜된 인간을 걱정하느니 차라리 가진 돈을 몽땅 연못에 던져버리든가 병에 걸린 강아지를 돌보는 편이 더 나을 정도라네. 그래서 그 뒤에 어떻게 되었냐고? 제기랄! 처음에는 감사 편지도 보내주고 이사한 곳을 알려주기도 했네. 하지만 차츰 편지를 보내는 횟수가 뜸해지더니 출산에 도움이 될까 하여 돈을 부쳐주었는데도 고맙다는 말 한 마디 없더군. 아! 변심한 여자들은 편하게 지내는데, 성실하고 솔직한 남자들은 그 견디기 힘든 추억을 끌어안고 애태울 뿐이라네."

제8장

노인과 이야기를 끝내고 돌아온 빌헬름의 마음은 아주 혼란스러웠다. 그의 오래된 상처가 다시 헤집어진 것이다. 그는 마리아네가 그 정도로 자신의 사랑을 받을 만한 가치가 없는 여자가 아니었다는 생각이 강하게 들었다. 그건 노인의 관심과 어쩌다 그가 하게 된 칭찬 속에서 온갖 사랑스러운 그녀의 모습들이 또다시 그의 뇌리에 떠올랐기 때문이다.

그 노인의 심한 비난조차도 빌헬름의 눈에서 그녀를 지울 수는 없었다. 빌헬름은 자신이 마리아네가 저지른 잘못에 대한 공범자임을 인정하고 있었으며 그녀가 갑자기 소식을 끊어버린 일도 그리 나무랄 필요는 없다고 느꼈다. 노인과 이야기를 나누는 동안 그는 계속 슬픈 일들만 떠올렸다. 그녀가 자신의 아이를 배 속에 품고서, 또는 벌써 그 아이를 품에 안고 의지할 곳 없이 이 세상을 헤매는 모습이 눈에 아른거렸다. 그런 생각으로 그의 마음속은 이루 말할 수 없는 고통으로 가득 찼다.

그가 돌아오기를 기다리고 있던 미뇽이 등불로 계단을 비추어 주었다. 그리고 바닥에 등불을 내려놓고 말했다.

"지금 묘기를 하나 보여드리고 싶은데 괜찮을까요?"

빌헬름은 그것이 어떤 묘기인지 짐작할 수 없어 되도록이면 미뇽의 말을 거절하고 싶었지만 그러지를 못했다. 잠시 뒤, 그녀가 한쪽 팔에 양탄자를 끼고 들어와서 그것을 바닥에 깔았다. 빌헬름은 그녀가 하는 대로 가만히 놔두었다. 미뇽은 다시 양초 4개를 가져와서는 양탄자 귀퉁이마다 하나씩 놓았다. 그다음에 들고 온 달걀바구니를 보고는 그녀가 무얼 하려는지 분명하게 알 수 있었다. 미뇽은 양탄자 위를 왔다 갔다 하며 걸음 수를 재더니 달걀을 고르게 늘어놓았다. 그러고는 여관에서 일하는 하인들 가운데 바이올린을 연주할 수 있는 아이를 불러들였다. 하인 하나가 바이올린을 갖고 들어와 구석에 섰다. 미뇽이 띠로 눈을 가리고 손짓을 하자 음악이 흘러나왔다. 그녀가 박자와 가락에 맞추어 캐스터네츠를 치며 태엽을 감은 인형처럼 춤추기 시작했다.

그녀는 민첩하고 경쾌하며 재빠르게 춤을 추었다. 빌헬름은 미뇽이 아주 정확하게 달걀 사이로 사뿐사뿐 발을 내딛을 때마다 달걀을 밟지는 않을까, 달걀을 차버리지는 않을까 조마조마했다. 하지만 그런 일은 일어나지 않았다. 발 사이를 좁히기도 하고 넓히기도 하면서 온갖 스텝으로 춤을 추었다. 그러고는 뛰어오르거나 몸을 웅크리기도 하며 달걀을 피해 이리저리 자유롭게 움직였다.

그녀는 마치 시곗바늘이 움직이듯 멈추지 않고 계속 춤추었다. 그리고 기묘한 음악이 거듭되며 더욱 빨라지는 춤에 맞추어 새로운 기운을 북돋아 주었다. 빌헬름은 그 신비로운 춤에 완전히 사로잡혀서 이제까지 그의 마음을 가득 채우고 있던 우울함도 잊고 사랑스러운 미뇽의 모든 움직임을 눈으로 쫓았다. 그리고 그 춤에서 그녀의 성격이 훌륭하게 드러나는 것을 보고 크게 놀랐다.

미뇽은 엄격하고 예민했으며 언제나 무뚝뚝한 표정을 짓고 있기는 해도 열정이 넘치는 아이였다. 그녀가 편안한 자세로 쉬고 있을 때의 모습도 쾌적하다기보다는 오히려 경건한 분위기를 느끼게 했다. 빌헬름은 미뇽을 볼 때마다 느꼈던 감정을 이때야 확실히 깨달았다. 그는 의지할 곳 없는 이 아이를 딸처럼 생각하고 아버지 같은 사랑으로 꼭 껴안아 주어 살아가는 기쁨을 깨닫도록 도와주고 싶다 생각했다.

춤이 끝났다. 그녀는 달걀을 발로 조심스럽게 한곳으로 모았다. 그제야 그녀는 눈가리개를 풀고 꾸벅 인사함으로써 그 묘기를 마무리 지었다. 빌헬름은 그동안 보고 싶어했던 달걀 춤을 뜻밖에 보고 나자 매우 기뻤다. 그는 미뇽의 훌륭한 춤 솜씨를 칭찬하며 머리를 쓰다듬어 주고 힘들지는 않았느냐고 위로했다. 그리고 멋진 춤을 보여준 보답으로 새로운 옷을 지어주리라 약속했다. 그러자 그녀가 큰 소리로 말했다.

"그 색깔로 해주세요!"

그 말이 무슨 뜻인지 잘 알아듣지 못했지만 알겠다고 했다. 그녀는 달걀을 바구니에 넣고 양탄자를 돌돌 말아 겨드랑이에 끼고 더 시키실 일은 없는지 물었다. 그가 없다고 대답하자 조용히, 그리고 재빠르게 방을 나갔다.

바이올린을 켜던 하인에게 들은 바로는, 미뇽은 꽤 오래전부터 그 하인이 무곡(그건 그 유명한 판당고였다)을 켤 수 있도록 열심히 그 노래를 불러주었다고 했다. 또 그녀는 열심히 노력하는 그의 모습을 보고 돈을 주려 했지만 그가 받지 않았다고 말했다.

제9장

빌헬름은 몇 번이나 잠에서 깨어나고 답답한 꿈에 시달리기도 하며 뒤숭숭한 밤을 보냈다. 꿈속에서 마리아네가 매우 아름다운 모습으로 나타났다가도 다시 보였을 때는 너덜너덜한 옷을 입고 비참한 표정으로 서 있기도 했다. 또 어느 날은 아이를 안고 나타났다가는 곧바로 누군가에게 빼앗긴 듯 다시 빈손이 되기도 했다.

아침이 되자마자 미뇽이 재봉사를 데리고 들어왔다. 그녀는 회색 직물과 파란 호박단을 들고 와서 시내 소년들이 입고 다니는 것같이 파란색 깃과 리본이 달린 조끼와 나팔바지를 만들어 달라고 재봉사에게 주문했다. 빌헬름은 마리아네와 멀어진 뒤로는 밝은 옷을 피하고 회색 옷만 입었다. 그리고 깃이나 안감에만 하늘색을 넣어 우중충한 옷에 적당히 활기를 불어넣었다. 미뇽은 빌헬름과 같은 색으로 된 옷을 입고 싶다며 재봉사에게 말하고, 완성되면 바로 보내도록 약속까지 받아냈다.

빌헬름은 오늘도 라에르테스와 함께 춤과 펜싱 연습을 했지만 좀처럼 마음이 모아지지 않았다. 게다가 연습하고 있는데 멜리나가 들이닥쳐 그것마저도 할 수 없었다. 멜리나는 빌헬름에게 작은 극단을 만들었다면서 무대에 연극을 올릴 수 있게 돈을 빌려달라고 부탁했다. 하지만 빌헬름은 전과 마찬가지로 멜리나의 부탁을 거절했다.

곧 필리네와 아가씨들이 큰 소리로 웃고 떠들며 들어왔다. 그들은 새로운 나들이를 계획하고 있었다. 그들의 즐거움은 언제나 새로운 장소에 있었다. 날마다 다른 곳에서 식사를 즐기는 것이 그들의 가장 큰 소망이었다. 이번에는 뱃놀이를 하자고 말했다. 굽이굽이 아름답게 흐르는 강을 타고 내려가자는 것이었다. 배는 벌써 훈장님이 준비해 놓았다. 필리네가 재촉하자 모두 망설이지 않고 배에 올라탔다.

"자, 이제 무얼 할까요?"

모두가 배에 자리잡고 앉자 필리네가 물었다.

"가장 손쉽게 할 수 있는 건 즉흥연극이지. 모두가 자신의 성격과 딱 맞는 역할을 고르는 거예요. 얼마나 잘되는지는 두고 봐야 알겠지만."

라에르테스가 대답했다. 그러자 빌헬름이 맞장구를 치며 말했다.

"그거 아주 좋은 생각인데요? 아무런 꾸밈없이 고지식하게만 살아가는 사람은 친구들과 오랫동안 관계를 갖기가 힘들죠. 반대로 거짓된 모습으로만 살아가는 것도 안 돼요. 그러니 처음엔 얼마쯤 자신을 숨기다가 차츰 뒤에 가려진 솔직한 모습을 보이는 것도 나쁘진 않을 것 같아요."

"맞아요. 그래서 부인들과 함께 지내는 건 즐겁지요. 그들은 언제나 가면을 쓰고 있으니까요."

라에르테스가 말했다.

"그건 바로 여자가 남자만큼 허영심이 크지 않다는 증거예요."

멜리나 부인이 말했다.

"남자들은 모두 자연이 만들어 준 그대로의 모습만으로도 충분히 사랑받을 가치가 있다고 착각을 하고 있거든요."

이런 대화를 나누며 기분을 상쾌하게 해주는 숲과 언덕, 과수원을 지나기도 하고 양쪽으로 포도밭이 펼쳐진 곳을 지나가기도 했다. 그때마다 부인들, 특히 멜리나 부인은 눈앞에 펼쳐진 풍경에 크게 감탄했고 곧 그런 풍경을 노래한 우아한 시를 읊기 시작했다. 하지만 필리네가 그걸 방해하며 생명이 없는 것에 대해선 이야기하지 말고 어서 즉흥연극을 시작하자고 말했다. 잔소리꾼 노인은 퇴역한 장교, 라에르테스는 일자리를 잃어버린 펜싱 선생, 훈장님은 유대인을 연기하기로 했다. 필리네는 티롤*11 출신의 여자를 연기하고 싶다고 말했다. 다른 사람들도 스스로 역할을 골랐다. 그리고 모두는 장을 보기 위해 방금 배를 타서 처음 만난 사람들로 가정했다.

필리네가 재빨리 유대인을 상대로 자기 역할을 연기하기 시작하자 모두들 크게 웃었다. 얼마 지나지 않아 사공이 배를 멈추고 강가에서 손을 흔들고 있는 사람을 태워도 되겠냐고 물었다.

"그거 마침 잘되었네요! 우리를 잘 모르는 승객 한 사람이 필요했거든요."

필리네가 신이 나서 말했다.

막 올라탄 신사는 체격이 좋았는데 그 옷차림이나 훌륭한 얼굴을 보니 성직자 같은 느낌이 들기도 했다. 그는 모두에게 인사를 하고 빌헬름과 그 친구들도 그에게 정중하게 인사했다. 그리고 그들이 막 하려고 했던 연극에 대해 이야기해 주었다. 그는 시골 목사 역할을 맡게 되었고, 그걸 아주 능숙하게 연기하여 모두를 놀라게 만들었다. 또한 훈계를 하거나 성경을 인용해 재미있는 이야기를 해주며 처음부터 끝까지 성직자로서의 위엄을 버리지 않았다.

그러는 동안 조금이라도 자기 역할에서 벗어나는 행동을 하면 벌금을 물기로 했다. 필리네는 하나도 빠트리지 않고 벌금을 걷었다. 특히 목사를 연기하는 사람에게 돈이 없다면 동전 수만큼 키스를 해주어야 한다고 협박했지만, 그 목사는 단 한 번도 실수하지 않았다. 그에 비해 멜리나는 갖고 있는 것을 몽땅 뺏기고 말았다. 셔츠에 달린 단추며 허리띠를 조이는 고리 등 몸에 걸친 것 가운데 뺏을 수 있는 건 모두 필리네가 떼어냈다. 그는 영국인 여행자를 연기했지만 아무리 보아도 그 역할을 제대로 해내지 못했기 때문이다.

그들은 매우 즐거운 시간을 보냈다. 모두가 상상력과 재치를 크게 발휘해서 자신의 역을 유쾌하고 재미있는 농담으로 장식했다. 이렇게 해서 그날 머물기로 했던 장소에 도착했다. 빌헬름은 곧 목사(그의 겉모습과 그가 맡은 역할에 따라 이렇게 부르기로 했다)와 산책을 하며 흥미로운 대화에 빠져들었다.

"이런 놀이는 배우들끼리, 아니 친구들이나 지인들이 모여서 하면 아주 유익

---

*11 독일, 스위스, 이탈리아와 국경이 맞닿은 오스트리아 서부의 알프스 지방.

할 것이라 생각합니다. 이 방법은 자신으로부터 벗어나 자신을 돌아보고 다시 자신에게 돌아오게 하는 가장 좋은 방법입니다. 모든 극단에서 이런 놀이를 가끔씩 했으면 좋겠네요. 관객들도 매달 한 번쯤은 대본 없는 연극을 보고 싶어할 겁니다. 물론 배우는 여러 번 연습해서 완벽하게 준비해야겠지요."

빌헬름이 말했다.

"즉흥연극이라고 해도 그때그때 생각나서 만들어 나가는 것은 아니죠. 전체적인 줄거리와 장면 등 이미 짜인 내용을 가지고 어떻게 극적으로 표현할 것인가가 배우에게 맡겨진 진짜 즉흥연극이 아닐까요."

"그럼요."

목사가 대답했다.

"즉흥연극은 배우의 연기에 의해서 아주 멋지게 완성되는 법이죠. 마무리는 대사로 하는 것이 아닙니다. 대사는 극작가가 열심히 고민해서 작품을 장식하는 것이지만 마무리라고 하는 건 움직임, 표정, 외침, 그 밖에 필요한 것으로 되는 것입니다. 요컨대 무언극, 대사가 거의 없는 연극 같은 겁니다. 하지만 이런 연극이 이제는 우리나라에서 차츰 없어져 가는 듯합니다. 분명 독일에도 자기 생각이나 느낌을 몸으로 표현하는 배우나 망설임이나 침묵, 손짓, 눈짓으로 또 섬세하고 우아한 몸짓으로 다음 대사 준비를 할 수 있는 배우, 대사 사이에 재미있는 팬터마임으로 전체의 흐름과 이어주는 일을 하는 배우가 적지 않을 겁니다. 하지만 그런 천부적인 소질을 키우는 것에 도움을 주고 극작가와 견줄 수 있을 만큼 훈련시켜야 하는데, 그런 훈련은 아주 드물어요."

목사의 말에 빌헬름이 물었다.

"그렇지만 천부적인 소질 자체가 그 배우나 다른 예술가들, 어쩌면 모든 사람들을 숭고한 목표에 다다르게 하는 유일한 수단 아닌가요?"

"언제나 그것이 최초이자 최후의 것, 처음이자 마지막일지도 모르겠군요. 하지만 어릴 때부터 예술가의 소질을 키워주지 않고 어중간한 때에 시작한다면 잘못된 길을 걸어갈 수도 있는 법입니다. 그것도 이것저것 부족한 상태에서 말이죠. 천재적 재능을 가진 사람은 그 점에서 보통 사람들보다 불리합니다. 천재는 교육을 받는 일에 있어 보통 사람들보다 손해 보는 일이 많고 잘못된 길로 떠밀려 나가는 일도 많기 때문입니다."

다시 빌헬름이 말했다.

"하지만 천재는 스스로 자신을 구할 수 있지 않나요? 상처를 입었다면 스스로 그 상처를 치료할 수 있지 않을까요?"

목사가 이에 대답했다.

"결코 그렇지 않습니다. 치료할 수 있다 해도 상처가 완전히 아물 수 없을 겁니다. 어렸을 적에 처음으로 받은 인상을 지울 수 있을 것이라 생각하나요? 그런 생각은 접어두는 게 좋습니다. 나무랄 데 없이 자유로운 환경에서 아름답고 고귀한 것에 둘러싸여 훌륭한 사람들과 교제하며 성장한 사람, 스승에게서 인간으로서 먼저 알아야 하는 것부터 배운 뒤 다른 것들을 이해하게 된 사람, 나중에 좋은 일을 쉽고 편안하게 할 수 있도록 또 악습에서 벗어나기 위해서 어떻게 행동해야 하는지를 어렸을 때 배운 사람. 이런 사람들은 어린 시절에 맨 처음으로 갖게 된 힘을 망설임으로 낭비해 버린 사람보다 더 순수하고 완전하며 행복한 인생을 보낼 수 있을 겁니다. 많은 사람들이 교육에 대해 말하기도 하고 쓰기도 합니다. 그러나 모든 것을 포괄하는 단순하고도 위대한 이 사상을 이해하고 실행에 옮길 수 있는 사람은 그리 많지 않습니다."

빌헬름이 말했다.

"그건 맞는 말입니다. 왜냐하면 인간은 아주 편협해서 자기 틀에 맞추어서 누군가를 가르치려 들거든요. 그러니 모든 걸 운명에 맡기는 편이 행복할 겁니다. 운명은 자기만의 방식으로 깨닫게 하니까요."

"운명이라고 하는 것은 아주 좋은 가정교사이기도 하지만 수업료가 조금 많이 들지요."

목사는 웃으며 말을 이었다.

"나는 오히려 한 인간으로서의 선생님을 더 존중합니다. 운명의 지혜도 물론 존중합니다만, 운명이 쓰는 도구 즉 우연이란 녀석은 너무나 서투른 팔다리를 갖고 있습니다. 그렇기에 우연은 운명이 정한대로 정확하게 해낼 가능성이 거의 없다고 봐야죠."

"꽤나 별난 생각을 하는군요."

빌헬름의 말을 듣고 목사가 대꾸했다.

"그렇지 않습니다. 이 세상에서 일어나는 거의 모든 일들이 내 생각이 옳다는 걸 증명해 주고 있으니까요. 많은 사건들이 처음엔 큰 의미가 있을 것같이 느껴지지만 결국 죄다 시시하게 끝나잖아요?"

"농담으로 받아들이겠습니다."

"한 명 한 명에게 일어나는 것도 다를 바가 없습니다. 운명이 누군가를 훌륭한 배우로 만들려 했다고 칩시다. 하지만 불행하게도 우연이라는 녀석이 그 젊은이를 인형극에 다가서게 했습니다. 그 결과 젊을 때부터 인형극이라는 몰취미한 것에 마음이 이끌리게 되어 그것을 시시한 것이라고 생각하기는커녕 엄청난 흥미를 갖게 됩니다. 이렇게 우연으로 인해 뒷날 결코 잊을 수 없는, 그리고 떨쳐버릴 수도 없는 어떤 애착을 젊은 날에 느끼고 잘못된 길로 나아가게 되지요."

"어째서 인형극을 그런 식으로 말하는 겁니까?"

빌헬름이 조금 망설이다 상대의 말에 끼어들었다.

"그저 예로 든 것뿐입니다. 마음에 들지 않았다면 다른 예를 들기로 하죠. 운명이 누군가를 위대한 화가로 만들리라 정했다고 합시다. 그리고 우연이라는 힘이 그 젊은이를 더러운 오막살이나 외양간, 헛간에서 살도록 만들어 버렸습니다. 그런 젊은이가 언젠가는 영혼의 순결함, 고귀함, 자유로움을 손에 넣으려고 노력할 것이라 생각합니까? 어렸을 때부터 더러운 것에 손을 대고 그것을 나름대로 깨끗하게 하려는 마음이 강해지면 강해질수록 그 사람은 미래에 더러운 것의 앙갚음을 받게 될 것입니다. 더러운 것은 그것을 없애려고 하면 할수록 견딜 수 없을 만큼 끈질기게 그 사람을 물들이려 하기 때문입니다. 젊은 시절 악하고 시시한 친구들과 지낸 사람은 나중에 더 많은 사람들과 교제하게 될 때에도 언제나 예전 친구들을 그리워합니다. 그 친구들의 인상은 그에게 있어 두 번 다시 되돌릴 수 없는 찬란한 추억으로 남아 있기 때문이죠."

둘이 이런 대화를 나누고 있는 사이, 친구들은 점점 멀어졌다는 사실을 이미 짐작하고 있을 것이라 생각한다. 특히 필리네는 그들이 이야기를 시작하자마자 바로 그들에게서 떨어져 나갔다. 빌헬름과 목사는 샛길로 친구들이 있는 곳으로 돌아갔다. 마침 그때 전당품을 꺼내 들며 어떻게든 재주를 피워 그것들을 찾아가라고 말했다. 그때 목사는 그럴듯한 방법들을 알려주며 아주 자연스럽게 친구들과 어울렸다. 특히 여자들에게 인기가 많았다. 이렇게 반나절을 장난치며 웃고, 노래 부르고, 볼에 입을 맞추고 서로 농담을 하며 매우 즐겁게 보냈다.

제10장

모두들 여관으로 돌아가려던 때였다. 목사를 찾았지만 그의 모습은 이미 어디에도 보이지 않았다.

"아주 예의 바른 사람이라 생각하고 친절하게 대했는데 어떻게 그럴 수가 있죠? 우리에게 인사 한마디 없이 가버리다니…… 정말 무례하네요."

멜리나 부인이 그렇게 말하자 라에르테스가 말을 꺼냈다.

"아까부터 계속 생각하고 있었습니다만, 그 사람을 어딘가에서 만난 적이 있는 것 같아요. 돌아가는 길에 그에게 한 번 물어보려고 했는데……."

"나도 그런 기분이 들어요."

빌헬름이 말했다.

"그 사람에 대해 더 자세한 이야기를 들을 때까지 보내지 않으려 했지요. 착각일지도 모르겠지만, 언젠가 함께 이야기를 나누었던 것 같아요."

그러자 필리네가 말했다.

"두 사람 다 잘못 알고 있는 거예요. 흔해빠진 별 볼일 없는 인간들과는 다르게 보여서 혹시 아는 사람일지도 모른다고 착각하게 된 것뿐이에요."

"그건 무슨 뜻이죠? 우리가 인간답지 않다는 건가요?"

라에르테스가 물었다.

"나는 내가 무슨 말을 하고 있는지 잘 알아요. 두 사람이 못 알아들었다고 해도 내가 알 바 아니에요. 어쨌든 내가 한 말을 설명할 필요는 없잖아요?"

필리네가 대답했다.

마차 두 대가 다가오고 있었다. 모두가 마차를 예약해 둔 라에르테스의 세심한 배려에 입을 모아 칭찬했다. 필리네는 멜리나 부인과 나란히 앉았고 빌헬름은 그 둘과 마주보고 앉았다. 다른 사람들도 적당히 자리를 잡았다. 라에르테스는 마차와 함께 끌고 나왔던 빌헬름의 말을 타고 시내로 갔다.

필리네는 마차에 앉자마자 기분 좋게 노래를 부르더니 이런저런 사건 이야기로 화제를 돌리며 그것들을 연극으로 만들면 정말 재미있을 것이라고 말했다. 빌헬름은 그녀의 능숙한 말솜씨에 이끌려 곧 기분이 좋아졌고 그의 넘치는 상상력을 펼쳐 막과 무대, 인물, 갈등 등 모든 것을 하나의 연극으로 엮어냈다. 다른 친구들은 아리아나 노래를 몇 개 넣는 편이 좋을 것 같다고 하며 가사도 지었다. 무슨 일이든지 끼어들기 좋아하는 필리네가 곧장 그 가사를 독일인에게 알려진 곡조에 맞춰 부르기 시작했다.

오늘따라 필리네는 기분이 아주 좋아서 농담을 던지거나 장난을 치며 빌헬름을 웃게 만들었다. 그녀 덕분에 그는 한동안 맛보지 못했던 즐거움을 느꼈다. 마리아네의 일로 충격을 받은 뒤로 그는 늘 여자의 품을 조심했고 믿지 못할 성관계는 아예 피하려 했다. 그렇게 그는 마음속 깊은 곳에 고통과 애정, 달콤한 소원을 모두 가두며 그의 맹세를 꾸준히 지켜왔다. 그가 이 맹세를 양심적으로 지켜온 일이 자연적으로 밑거름이 되어서 그의 마음은 다른 사람의 애정 없이는 지낼 수 없게 되었고, 언제나 사랑이 넘치는 교제를 바랐다. 또 그는 처음으로 느꼈던 청춘의 안개에 둘러싸인 듯 이리저리 헤매고 있었다. 그의 눈은 매력 있는 많은 여성들을 기쁨으로 받아들였다. 사랑스러운 여성에 대한 그의 평가는 예전보다 훨씬 달콤했다. 이런 상태에 놓인 그에게 있어 필리네와 같은 자유분방한 여자가 얼마나 위험한 존재인지는 너무나 확실했다.

돌아와 보니 빌헬름의 방은 완벽하게 손님 맞을 준비가 되어 있었다. 당장에라도 낭독할 수 있도록 의자가 늘어서 있었고 가운데에는 탁자가 놓여 있었는데, 그 위에 과일주와 잔을 올려놓으면 되었다.

그즈음은 독일 기사극단*12이 나타나기 시작했는데 그들은 대중의 주목을 이끌며 호평을 받았다. 잔소리꾼 노인이 그런 종류의 대본을 하나 갖고 있었기에 그걸 낭독하기로 했다. 모두가 자리에 앉았고 빌헬름은 대본을 들어 읽기 시작했다.

갑옷으로 무장한 기사들, 오래된 성, 등장인물의 성실함과 올곧음, 충성심 특히 그 자유분방한 영혼은 큰 박수를 받았다. 빌헬름은 온 힘을 다했고 모두는 그의 낭독에 푹 빠져들었다. 제2막과 제3막 사이에 과일주가 커다란 잔에 담겨 나왔다. 작품 속에 술을 마시거나 모두와 건배하는 장면이 많았기에 그때마다 모두들 등장인물이라도 된 듯 위세 좋게 술잔을 기울이며 마음에 든 인물들의 행복을 바랐던 것은 아주 자연스러운 일이었다.

모두가 고귀한 국민정신으로 불타올랐다. 이 독일인 친구들은 그들의 성격에 꼭 맞고 자신들의 나라를 무대로 세워 연기하는 이 시극이 꽤 마음에 들

---

*12 18세기 끝무렵 독일 남동부 바이에른주(州)의 멜로드라마적인 극을 일컫는 말이다. 전투·마상시합·기사의 무술 수업 장면을 주로 다루고 있다.

었다. 특히 둥근 천장이나 움막, 다 쓰러져 가는 성, 이끼에 덮이고 구멍이 뚫린 큰 나무들……. 그 가운데에서도 집시들이 밤에 나타나는 장면과 비밀재판이 생각지도 못한 효과를 보였다. 남자는 모두가 갑옷을 입고 여자는 큰 깃을 달아 자기 나름대로 관객들 앞에서 독일인을 연기하는 모습을 꿈꾸었다. 빌헬름과 그 친구들은 어서 그 작품, 또는 독일사에 등장하는 이름을 자기 예명으로 하고 싶다 생각했으며 멜리나 부인은 앞으로 아이를 낳으면 남자아이에겐 아델베르트, 여자아이에겐 메히틸데라는 이름 외에는 절대로 붙이지 않겠다고 다짐까지 했다.

제5막에 들어서자 박수소리는 더욱 커졌으며 마지막에 주인공이 지독한 권력자에게서 벗어나고 폭군이 벌을 받게 되는 장면에서는 분위기가 최고조에 이르렀고, 모두들 태어나서 이렇게 훌륭한 시간을 가져본 적은 없었다고 단언했다. 술에 취한 멜리나가 가장 시끄러웠다. 두 번째로 들어온 과일주 잔도 텅 비고 한밤중이 되었을 즈음이었다. 라에르테스가 누구든지 또다시 잔에 입술을 대면 용서하지 않을 것이라고 말하며 잔을 유리창 너머로 던져 깨뜨려 버렸다. 나머지 사람들도 그를 따라서 잔을 거리로 던졌다. 부랴부랴 달려온 여관주인이 항의했지만 잔들은 이미 산산조각이 나고 말았다. 두 여인은 우아함과는 거리가 먼 모습으로 긴 의자에 엎드려 있었는데, 전혀 취한 것 같지 않은 필리네가 취한 사람들의 모습을 보며 즐거워하고 그들이 더 떠들어대도록 부추겼다. 멜리나 부인은 엄숙한 시를 두세 개 낭송했고, 한 번 취하면 시끄러워지는 그녀의 남편은 과일주를 잘못 만들었다고 불만을 터트리기 시작했으며, 자기라면 이 낭독회를 전혀 다른 모습으로 만들 수 있다고 큰소리를 쳤다. 라에르테스가 시끄럽다고 하자 더 난폭해졌다. 그러자 라에르테스는 느닷없이 깨진 잔 조각을 그의 머리로 던졌고 그 때문에 소동은 더 커지고 말았다.

그러는 동안 경찰이 도착하여 문을 열라고 요구했다. 과일주를 그리 많이 마시지 않았던 빌헬름이 여관주인에게 도움을 받아 그들에게 돈을 쥐어주고 칭찬을 늘어놓으며 경찰들을 진정시켰다. 그리고 곤드레만드레가 되어버린 모두를 하나씩 여관방으로 돌려보내느라 눈코 뜰 새 없이 바빴다. 모든 일을 끝내고 자기 방으로 돌아온 빌헬름은 견딜 수 없는 졸음과 분노가 치밀어 옷도 갈아입지 않은 채로 침대에 드러누웠다. 다음 날 아침, 잠에서 깬 그는 차마 눈뜨고는 보지 못할 뒤죽박죽된 광경을 보았다. 간밤에 저질러 놓은, 재치 있고 독창적인 그들의 작품이 만들어 낸 어이없는 결말이었다.

제11장

빌헬름은 잠시 생각에 잠겼다가 서둘러 여관주인을 불러 망가진 물건들 값과 술값을 자기 앞으로 달아놓으라 일러두었다. 그런데 그에게는 그 일과 더불어 속상한 일이 또 있었다. 어제 라에르테스가 그의 말을 너무 난폭하게 다루어 말이 다리에 염증을 일으킨 것이었다. 게다가 수의사가 회복할 낌새가 보이지 않는다고 하여 기분이 더욱 나빠졌다.

하지만 필리네가 창가에서 손을 흔들며 인사하는 모습을 보고는 금방 기분이 풀렸다. 빌헬름은 당장 가까운 가게로 가서 지난번에 받은 면도칼에 대한 보답으로 이것저것 샀는데 그건 보답의 수준을 넘어서고 있었다. 그는 귀걸이 한 쌍을 샀다가 모자와 스카프 등 여러 가지 물건들을 더 샀다.

우연히 그가 이런 선물들을 필리네에게 건네는 장면을 본 멜리나 부인은 아침 식사 전에 빌헬름을 불러 진지한 얼굴로 그의 마음을 물었다. 그는 이런 질문을 받을 거라 전혀 예상하지 않아서 더욱 놀랐다. 그는 필리네의 몸가짐에 대해 아주 잘 알고 있기 때문에 그녀에게 특별한 감정을 품는 일은 절대 없을 거라고 진심으로 맹세했고, 필리네에 대한 그의 친절하고 사근사근한 태도에 대해 둘러댔지만 멜리나 부인은 이해하기는커녕 오히려 더 화를 내었다. 왜냐하면 그동안 그녀가 아양을 떨어 빌헬름의 관심을 끌었었는데, 이제는 젊고 명랑하며 끼가 있는 맞수를 만나 맥없이 당하고 있기 때문이었다.

두 사람이 식당으로 가보니 멜리나도 언짢은 표정을 하고 있었다. 그는 별것 아닌 일로 모두에게 마구 화풀이를 하기 시작했다. 그때 여관주인이 와서 하프를 연주하는 사람이 왔다고 알리며 말했다.

"이분의 노래와 음악에 틀림없이 만족하실 겁니다. 누구든지 그 하프소리를 들으면 크게 감동해서 저절로 몇 푼이라도 주게 된답니다."

그러자 멜리나가 신경질적으로 대꾸했다.

"당장 쫓아 내버리게. 하프 따위 듣고 있을 기분이 아니야. 게다가 노래를 불러서 돈을 버는 사람은 여기에도 있네."

이렇게 말하며 멜리나는 아주 밉살스러운 눈으로 필리네를 곁눈질했다. 그걸 알고 필리네는 그의 화를 돋우려고 악사 편을 들며 빌헬름에게 말했다.

"우리 하프 연주를 한번 들어보지 않을래요? 이런 끔찍한 지루함을 떨쳐버리기엔 안성맞춤이라고 생각해요."

멜리나가 그녀에게 말대꾸를 하려는데 때마침 악사가 식당으로 들어섰다. 빌헬름이 인사를 하면서 가까이 오라고 악사를 부르지 않았더라면 둘은 더욱 심하게 다투었을 것이다.

그 기묘한 악사의 모습에 모두가 놀랐다. 누가 그에게 질문을 하거나 말을 걸기도 전에 그는 이미 의자에 자리를 잡고 앉아 있었다. 그의 벗겨진 머리 주변으로 흰 머리가 드문드문 나 있었고 크고 고요한 푸른 눈이 길고 하얀 눈썹 아래로 보였다. 오뚝한 콧날 아래에는 흰 수염을 길게 기르고 있었는데 정감 가는 입술을 가릴 정도는 아니었다. 긴 암갈색 옷은 홀쭉한 노인의 몸을 머리부터 발끝까지 감싸고 있었다. 그는 등에 매고 있던 통에서 하프를 꺼내 전주곡을 연주하기 시작했다.

"할아버지, 노래도 부르시지 않았나요?"

필리네가 물었다.

"마음과 영혼을 모두 즐겁게 해줄 수 있는 노래를 들려주세요. 악기는 목소리를 받쳐주는 도구일 뿐이잖아요. 가사와 의미가 없는 선율은 우리 눈앞에서 공중을 날아다니고 때로는 나비나 아름다운 색을 가진 새 같아 잡아서 자기 것으로 만들고 싶어질 뿐입니다. 그렇지만 노래는 마치 신이 내려주신 재능 같아 하늘로 날아올라가서 우리 안에 있는 훌륭한 자아를 유인해 하늘로 올라가게 해주는 겁니다."

빌헬름이 말했다.

노인은 빌헬름을 바라보고 하늘을 올려다보더니 두세 번 현을 울리고는 노래하기 시작했다. 그것은 노래를 칭송하고 악사들의 행복을 기원하며 악사들을 존경하기를 권하는 노래였다. 그가 노래하는 모습은 그 노래가 막 만들어진 것같이 생명과 진실함이 넘쳤다. 빌헬름은 노인의 머리를 자기 품에 안고 싶은 기분을 참아내지 못하고 벌떡 일어섰지만 모두의 웃음거리가 될 것 같아 다시 의자에 앉았다. 다른 사람들은 작은 목소리로 서로 의견을 주고받거나, 노인이 사제인가 유대인인가를 놓고 다투기도 했다.

빌헬름이 그 노래를 만든 사람이 누군지 물어보았지만 노인은 질문에 대답하지 않고 이렇게 말할 뿐이었다.

"노래라면 많이 알고 있습니다. 마음에 드셨다니 감사하군요."

거의 모든 사람들이 기분이 좋아졌고 한동안 기분이 언짢았던 멜리나도 솔직하게 마음을 터놓게 되었다. 서로가 농담을 주고받으며 웃거나 수다를 떠는 사이에 노인은 다양한 창법으로 사회생활을 예찬하는 노래를 부르기 시작했다. 그는 조화와 정다움을 몸에 두른 듯이 즐겁게 노래했다. 갑자기 그의 노래가 메마르고 거칠며 혼란스러운 상태로 바뀌어 추한 심술과 편협한 적대감과 위험한 갈등을 쏟아내었다. 그리고 그가 가슴에 사무치는 선율의 날개로 평안함을 주는 사람을 칭송하고 되살아난 행복을 노래하자 모두 기쁨으로 그들의 마음을 조이고 있던 불쾌한 사슬을 벗어던졌다.

노래가 끝나자 빌헬름이 그에게 말을 걸었다.

"당신이 누구신지는 모르겠지만 당신은 자비로운 수호신처럼 우리에게 오셔서 축복과 위로의 노래를 불러주셨습니다. 저의 존경과 감사를 부디 받아주세요. 우리 모두 당신의 노래에 감동했습니다. 부탁할 것이 있으시다면 뭐든지 말씀해 주세요."

노인은 아무 말도 하지 않고 손가락으로 하프 현을 부드럽게 쓰다듬다가 이윽고 강하게 현을 튕기며 노래하기 시작했다.

'저 바깥 성문 앞에서 들려오는 것은 무어냐?
그 노래를 우리의 귀에도, 이곳에도 울리게 하여라.'
명령을 받들고 시동은 달려갔다.
그가 사람을 데리고 오니, 왕이 외쳤도다.
'그 노인을 이리로 들여라'
'고귀하신 분들! 인사드립니다.
아름다운 귀부인들! 인사드립니다.
온 세상에 반짝이는 별들이여!
그 누가 여러분의 이름을 모두 알고 있을까요?
여기에는 빛과 영광이 넘치고 있답니다.
두 눈이여! 눈을 감으라.

지금은 놀라고 즐거워할 때가 아니다!

시인은 눈을 감아 현의 노래를 크게 울렸네.
기사는 눈을 떼지 않았고
귀부인들은 마음 깊이 감동을 느꼈네.
왕은 그 노래를 칭찬하며
보답으로 황금 목걸이를 가져오라 하셨네.

'황금 목걸이는 제게 주지 마시고
용감한 얼굴로 적군의 칼날을 깨트리는
기사님들에게 주소서.
아니면 옆에 계신 재상에게 주시어
정사의 온갖 짐에다 황금의 짐을 지게 하소서.

저는 숲과 더불어 살며 새와 같이 노래할 뿐
저의 입술에서 흘러나오는 노래야말로
헤아릴 수 없는 보배로소이다.
바라는 것이 있다면 단 한 가지.
이 세상에서 가장 좋은 술 한 모금을
깨끗한 잔에 담아서 주시길.'

시인은 잔을 입에 대고 들이켰다.

'오오! 이토록 달콤하고 시원할 수가!
이것을 대수롭잖게 선물하는 복된 가문이여!
언제까지나 계속 영광이 넘치기를!
집안이 번창하면 부디 저를 잊지 마시고
제가 이 술에 깊은 감사를 드리듯,
신에게 깊이 감사하소서!'

노인은 노래를 끝내고 포도주잔을 집어 들어 자신에게 이런 친절을 베풀어 준 사람들에게 기쁨이 넘치는 얼굴로 그 잔을 들이켰다. 모두의 마음에 기쁨이 퍼져나갔다. 다들 손뼉을 치며 이 잔이 노인의 건강을 지켜주고 노쇠한 손과 발에 힘을 불어넣어 주기를 외쳤다. 그는 두세 곡 더 노래를 불러 식당에 있는 모든 사람을 더욱 흥겹게 해주었다.

"할아버지! 〈무도회에 가기 위해 치장한 양치기〉란 곡 아시나요?"

필리네가 물었다.

"당연히 알고 있지요. 노래만 불러주신다면 기꺼이 반주해 드리리다."

노인이 대답했다.

필리네가 일어서서 호흡을 가다듬었다. 노인은 그 곡을 연주했고 필리네는 노래하기 시작했다. 하지만 여러분이 가사를 알게 되면 지루하다, 품위가 없다 생각할 것 같으니 알려줄 수는 없다.

그렇게 시간을 보내면서 모두들 기분이 좋아졌고 포도주도 두세 병을 더 비웠으며 덕분에 식당은 더욱 소란스러워졌다. 하지만 아직 빌헬름의 머릿속엔 그 즐거움이 불러오는 참담한 결과가 생생하게 남아 있었기에 이제 그만 끝내고 싶었다. 그래서 그는 노인의 손에 훌륭한 노래에 대한 보답으로 수고비를 잔뜩 쥐어주었다. 다른 사람들도 어느 정도 웃돈을 주면서 들어가서 쉬라고 말했다. 그리고 오늘 밤에 다시 한 번 그의 노래로 즐겁게 해달라고 부탁했다.

노인이 떠나자 빌헬름은 필리네에게 말했다.

"당신의 노래에는 시적 아름다움이나 도덕적 가치가 전혀 보이지 않더군요. 하지만 무대 위에서 아까같이 꾸밈없이 독특하고 사랑스러운 창법으로 당신에게 딱 맞는 노래를 부른다면 틀림없이 큰 박수를 받을 수 있을 겁니다."

그러자 필리네가 말했다.

"그렇겠지요. 차가운 현실 속에서 스스로 살아남는 법을 터득하는 것도 매력적인 일이겠죠."

빌헬름이 말했다.

"그나저나 저 노인 앞에서는 모든 배우들이 부끄러워해야 할지도 모르겠군요. 저 노인이 시를 읊을 때 극적인 표현이 얼마나 정확했는지 알죠? 확실히 저 노인의 노래에는 무대 위에서 엉성하게 연기하는 우리 같은 배우들보다 훨씬 생동감 넘치는 표현이 가득합니다. 많은 배우들은 줄거리를 이야기할 뿐이지만 노인의 노래에는 우리 감정에 호소하는 생생함이 있었죠."

"반드시 그렇다고 할 수는 없어요."

라에르테스가 말했다.

"나는 내가 일류 배우라거나 가수라고는 생각하지 않지만 이것만큼은 자신 있게 말할 수 있어요. 작곡가의 의도대로 몸을 움직일 때의 나와, 박자나 대사의 표현 등 모든 걸 혼자 만들어야 하는 산문 연극에서의 내 모습은 많이 다를 것이라고 생각합니다."

그러자 멜리나가 말했다.

"내가 봤을 때 그 노인은 한 가지 점에서 우리를 부끄럽게 했다고 생각합니다. 그런데 그건 아주 중요한 일이죠. 그는 재능을 이용해서 돈을 벌었어요. 변변히 먹을 수나 있을까 걱정하는 우리조차 그 노인에게 돈을 내고 싶다고 생각했으니까요. 그저 노래를 불렀을 뿐인데 우리 생활에 필요한 돈을 주머니에서 꺼내도록 한다는 겁니다. 나나 가족의 생활비로 써야 마땅한 돈을 기꺼이 노인에게 나누어 준 것은 그 노래에 기분이 무척 좋아졌기 때문이겠죠."

멜리나의 말 때문에 그들의 대화는 삐걱거리기 시작했다. 멜리나의 이 야유는 빌헬름을 향한 것이어서 빌헬름은 조금 화가 난 투로 대답했고, 예의에 전혀 신경을 쓰지 않는 멜리나는 결국 꽤나 노골적으로 자신의 불만을 토로했다.

"우리가 전당포에 들어가 있는 무대도구나 의상을 보러 간 지 벌써 2주일이 지났습니다. 둘 다 아주 싸게 살 수 있었어요. 그때 당신은 그만한 돈을 빌려줄 수 있다는 듯이 말했지요. 하지만 아직도 당신은 그 일에 대해 진지하게 생각한 것 같지도 않고 곧 결단을 내릴 것 같아 보이지도 않네요. 그때 당신이 도와주었더라면 지금쯤 우리는 한창 일을 진행하고 있었을 겁니다. 여행을 떠난다더니 아직 여기에 있고 그동안 절약하는 모습도 보이지 않았습니다. 하지만 적어도 당신이 돈을 다 써버리도록 기회를 만드는 인간이 있다는 건 확실해요."

꼭 틀렸다고만 할 수는 없는 이 비난에 빌헬름은 몹시 기분이 언짢았다. 빌헬름은 두세 번 날카롭게 멜리나의 비난에 대답했다. 모두가 일어나서 헤어지려 할 때였다. 빌헬름은 은혜도 모르는 인간들과 다시는 같은 자리에 있지 않을 거라는 표정을 숨김없이 드러내 보였다. 그는 화를 잔뜩 내며 서둘러 아래로 내려가 여관 앞에 있는 의자에 앉았다. 그는 처음에는 즐거워서, 다음에는 화가 나서 여느 때보다 술을 많이 마셨다는 사실을 깨닫지 못했다.

제12장

빌헬름은 한동안 의자에 앉아 초점 없는 눈으로 앞을 바라보며 이것저것 생각하고 있었다. 그때 필리네가 여관에서 노래를 부르며 살랑살랑 걸어나와 그의 옆에 앉았다. 옆이라 하기보다는 그의 위에 앉았다고 해도 좋을 만큼 그에게 딱 달라붙어 그의 어깨에 몸을 기대고는 그의 고수머리를 가지고 장난을 치거나 몸을 어루만지며 달콤한 말로 속삭이기 시작했다.

"빌헬름, 아무데도 가지 말아요. 저런 끔찍하게 지루한 사람들 속에 나 혼자 내버려 둘 건가요? 멜리나 부부와 더 이상 같은 지붕 아래 있는 게 싫어서 숙소도 다른 곳으로 옮겼어요."

빌헬름은 가지 말라는 필리네의 권유를 거절하고 더 이상 그곳에 머무를 수 없는 이유를 일 때문이라고 설명했지만 그녀는 그의 말을 들으려 하지 않았다. 그녀는 끈질기게 부탁하다가 갑작스레 그의 목에 팔을 두르고 열렬하게 키스를 했다.

"미쳤어요, 필리네?"

빌헬름이 그녀를 뿌리치려 애쓰며 큰 소리로 말했다.

"길가에서, 그것도 이렇게 많은 사람들이 지나다니는 곳에서 이런 짓을 하다니. 이거 놓아줘요. 난 여기에 더 이상 머무를 수 없는 사람이에요. 머무르지 않을 거예요."

"내가 말한 대로 하겠다 대답할 때까지 절대로 놓지 않을 거예요. 많은 사람들 앞에서 키스도 하고요. 우습죠? 이렇게 정다운 모습을 본다면 누구든지 나를 식을 올린 지 얼마 되지 않은 앳된 신부로 볼 거예요. 나의 달콤한 애교를 보고 남편들은 자기 아내에게 나를 천진난만한 애정 그 자체라며 칭찬하겠죠."

그때 몇 사람이 옆을 지나가자 필리네는 한껏 우아한 자태로 그에게 애정 표현을 했다. 빌헬름은 지나가는 사람들의 이야깃거리가 되고 싶지 않아서 어쩔 수 없이 그녀를 안아야 했다. 그녀는 지나가는 사람들의 뒷모습을 쳐다보며 얼굴을 잔뜩 찌푸렸지만 곧 온갖 무례한 짓을 끝없이 계속하는 바람에 결국 그는 모레까지 이 마을에서 떠나지 않겠다는 약속을 할 수밖에 없었다.

"당신도 참 목석같은 사람이네요!"

필리네가 그에게서 떨어지며 말했다.

"당신에게 이렇게 상냥하게 대하는 나도 정말이지 바보 같군요."

그녀는 화가 난 듯 벌떡 일어나 대여섯 걸음 앞으로 가더니 갑자기 깔깔 웃으며 되돌아와서 말했다.

"생각해 보니 그래서 내가 당신을 좋아하게 된 것 같아요. 잠깐 방에 가서 뜨개질하던 양말을 가지고 올게요. 여기 가만히 있어야 돼요. 돌 의자 위에 앉아 있는 바위 같은 사람을 금방 찾아낼 수 있도록 말이에요."

'바위 같은 사람'은 그녀의 착각이었다. 왜냐하면 빌헬름은 그녀에게서 몸을 떼어내려고 하기는 했지만 만약 인기척 없는 정자에서 아까와 같은 상태에 놓이게 된다면 말할 것도 없이 그 애교에 넘어갔을 것이기 때문이다. 그녀는 그에게 묘한 눈길을 힐끗 던지고 나서 여관으로 들어갔다. 그는 그녀를 따라 들어갈 까닭이 없었고, 오히려 그 눈길에 새로운 거부감을 느꼈다. 하지만 빌헬름은 자기도 모르게 그녀 뒤를 따라나섰다.

그가 현관으로 들어가려고 하자 멜리나가 나타나 머뭇거리다가 빌헬름에게 말을 걸어왔다. 조금 전 말다툼으로 심하게 무례한 말을 하고 말았지만 용서해 달라는 것이었다.

"그렇게 나쁘게 생각하지 말아주세요. 내가 놓여 있는 상황이 어떤지 잘 알잖습니까? 너무 불안해서 견딜 수 없는 지경이랍니다. 아내와 곧 태어날 아이가 걱정이 되어 잠시도 마음을 놓고 살 수가 없습니다. 당신처럼 하루하루를 유쾌하게 살아갈 수가 없단 말입니다. 제발 다시 한 번 생각해 줄 수는 없을까요? 되도록이면 지난번에 보았던 연극도구들을 내가 모두 살 수 있도록 도와주세요. 오랫동안 빚질 생각은 털끝만큼도 없습니다. 빌려만 준다면 이 은혜는 평생 잊지 않을 겁니다."

걷잡을 수 없는 연정에 이끌려 필리네에게 막 가려고 하던 참에 문턱에서 붙잡혀 조금 짜증스러웠던 빌헬름은 갑작스러운 그의 사과에 들뜬 기분으로 아량을 베풀어 말했다.

"그런 일로 당신이 행복과 만족을 느낄 수 있다면 더 생각할 필요도 없겠군요. 가서 이야기를 마무리 짓고 와요. 돈은 오늘 저녁이나 내일 아침에 준비해놓도록 하지요."

이렇게 말한 그는 약속의 보증으로 손을 내밀었다. 그리고 멜리나가 서둘러 시내로 나가는 모습을 보고 크게 흡족한 기분이었다. 그런데 그는 또다시 문턱에서 붙잡혀 더 큰 불쾌함을 맛보아야 했다.

등에 짐을 잔뜩 멘 소년이 거리 맞은편에서 뛰어와서는 빌헬름에게 다가섰다. 그는 그 소년이 프리드리히라는 것을 단번에 알았다.

"다시 돌아왔습니다!"

소년은 큰 소리로 이렇게 말하고는 기쁜 얼굴로 크고 푸른 눈을 굴리며 주위를 둘러보고는 여관 창문으로 고개를 올렸다.

"그분은 어디 계시나요? 아가씨를 보지 않고는 하루도 견딜 수가 없어요!"

때마침 나타난 여관주인이 그녀가 위층에 있다고 말해 주었다. 그러자 프리드리히는 날아갈 듯 계단을 뛰어 올라갔고 빌헬름은 장승이라도 된 듯 문턱에 우두커니 서 있었다. 처음에 그는 소년의 머리카락을 쥐어잡고 계단에서 끌어내리고 싶다고 생각했다. 하지만 주체할 수 없는 질투가 경련을 일으켜 온몸의 활기와 머리 회전이 멈춘 듯한 멍한 기분이 들었다. 잠시 뒤 뻣뻣하게 굳은 몸이 조금 풀리자 이번에는 지금까지 느껴본 적 없는 불안함과 불쾌함이 그에게 덮쳐왔다.

빌헬름이 방으로 들어서는데 글씨연습을 하고 있는 미뇽이 보였다. 그녀는 오래전부터 기억하고 있는 것을 적어두려고 무던히 애를 쓰는 것 같았다. 그리고 자신이 쓴 글을 주인이자 친구인 빌헬름에게 보여주며 틀린 곳을 지적받곤 했다. 미뇽은 끈기가 있었으며 배우는 것도 빨랐다. 하지만 아직 글자 크기가 고르지 않았고 선도 구불구불했다. 차분한 그녀의 성격과는 많이 달랐다. 빌헬름의 기분이 차분하게 가라앉은 상태였다면 그녀가 노력하는 모습에 크게 기뻐했을 테지만, 지금의 그는 그녀가 내민 종이에 관심을 가질 수 없었다. 미뇽은 그것을 눈치채고는 이번 글씨가 아주 예쁘게 써졌다고 기뻐했었던 만큼 큰 슬픔에 빠졌다.

빌헬름은 갈피를 잡지 못하고 복도를 이리저리 돌아다녔다. 그러는 사이에 또 현관으로 내려가게 되었다. 훌륭한 몸집을 가진 한 남자가 말을 타고 여관 앞에서 멈추어 섰다. 제법 나이가 들어 보였지만 힘이 넘칠 것만 같았다. 여관주인이 서둘러 마중을 나와 잘 아는 사이인 듯 손을 뻗으며 큰 소리로 말했다.

"어머, 마방(馬房)감독님! 잘 오셨어요!"

"잠깐 여물을 주려고 온 것뿐이네. 서둘러 영지로 가서 준비를 해야 되거든. 백작님이 내일 부인과 함께 오시기로 하셔서 한동안은 그쪽에서 지낼 것 같아.

○○후작님이 그쪽에 본영을 세우고 계시니 가능한 정성스럽게 대접해 드릴 생각이네."

"저희 여관에 머무실 수 없다니, 너무 아쉽네요. 마침 좋은 손님들이 묵고 계시거든요."

여관주인은 그렇게 말했다. 마방감독은 그를 따라온 마부에게 말을 건네주고는 문턱에서 여관주인과 이야기를 나누다 슬쩍 빌헬름 쪽으로 눈길을 주었다. 그들이 자기 이야기를 하고 있다는 것을 눈치챈 빌헬름은 서둘러서 그 자리를 뜬 뒤 거리로 나가 이리저리 왔다 갔다 했다.

제13장

빌헬름은 마음을 가라앉히지 못하고 우울함까지 더해져 문득 그 노인을 찾아가 보리라 생각했다. 그의 하프 연주를 들으면 울적한 기분을 모두 떨쳐낼 수 있을 것이라 생각했다. 그 노인이 어디에 있는지 사람들에게 물었더니 마을에서 조금 벗어난 곳의 허름한 여관을 알려주었다. 계단을 올라 그 여관 꼭대기까지 올라갔더니 어디선가 하프소리가 들려왔다. 한탄하는 듯한 가락이 그의 마음을 뭉클하게 만들었다. 노인은 그 음악에 맞춰 슬픔과 허무를 노래하고 있었다. 빌헬름은 조심스레 발걸음을 옮겨 문 앞에 섰다. 노인이 켜고 있던 음악은 환상곡의 한 종류였는데 짧은 시구로 노래와 낭송을 되풀이하고 있었다. 잠시 귀를 기울이고 있었더니 다음과 같은 시구를 들을 수 있었다.

> 눈물로 젖은 빵을 먹으며
> 슬픔에 가득 차 잠 못 이루어
> 밤새 울며 지새운 적 없는 사람은
> 그대들을 알지 못하리! 천상의 힘들이여!
>
> 그대들은 우리를 세상에 불러내어
> 불쌍한 우리에게 죄를 짓게 하고
> 우리를 고통에 몸부림치도록 하는구나!

모든 죄는 이 세상에서 죗값을 치러야지!

이 구슬프고 안타까운 노인의 한탄은 듣는 사람의 영혼 깊이 스며들었다. 노인은 이따금 눈물이 앞을 가려 연주와 노래를 멈추어야 했다. 곧 하프소리만이 들려오다가 드문드문 그의 나지막한 노랫소리가 들렸다. 문에 기대어 그 노래를 듣고 있던 빌헬름은 깊은 감동에 휩싸여 그 노래에 어린 슬픔과 함께 그의 무거운 마음이 사라지는 것을 느꼈다. 그의 영혼에는 연민의 정이 흘러넘쳤고 노인의 비통한 한탄에 눈물이 흘렀는데 도저히 그 눈물을 멈출 수가 없었다. 아니, 멈출 생각조차 들지 않았다. 그와 아울러 빌헬름의 마음에 자리잡고 있던 슬픔이 단번에 스르륵 녹아내렸다. 그는 기쁨을 억누르지 못한 채 문을 열고 노인 앞에 섰다. 노인은 초라한 방에 따로 앉을 곳도 없어 침대에 걸터앉아 있었다.

"할아버지가 제게 얼마나 큰 감동을 주셨는지요!"

빌헬름이 말했다.

"제 영혼에 가득 차 있던 온갖 슬픈 감정들이 모두 사라져 버렸습니다. 할아버지를 방해할 생각은 없습니다. 그저 슬픔을 누그러뜨리는 노래를 불러주세요. 그럼 전 매우 행복해질 것입니다."

노인이 벌떡 일어나 무언가 말하려고 했으나 빌헬름이 그를 말렸다. 낮에 노인이 식당에서 보인 행동을 생각하면 그가 말하는 걸 그다지 좋아하지 않는다는 사실을 깨달았기 때문이다. 빌헬름은 노인 옆에 있는 짚더미에 앉았다.

노인은 눈물을 닦고 부드러운 미소를 지으며 말했다.

"어찌 이런 누추한 곳까지 오신 건가요? 오늘 밤에 다시 찾아뵐 생각이었는데……."

그러자 빌헬름이 말했다.

"여기가 더 조용해서 마음에 드는군요. 제가 여기 없다고 생각하시고 마음껏 부르고 싶은 대로 불러주세요. 지금 제게 당신은 구걸하기 위해 노래하는 사람으로 보이지 않습니다. 무척 행복한 분으로 보여요. 조용한 고독에 잠겨 그것을 즐기고 계시죠. 당신은 어디를 가도 나그네이시니 진심으로 허물없이 지낼 수 있는 친구를 찾으실 수 있으니까요."

노인은 말없이 하프를 내려다보고는 부드럽게 줄을 퉁기며 전주곡을 연주하고 나서 노래를 부르기 시작했다.

>고독에 몸을 바친 자는
>아! 기댈 곳도 없이 홀로 남으리.
>사람은 모두 살아가고, 서로 사랑하지만
>고독한 자의 슬픔을 알아주는 사람 하나 없네.
>그렇다면 이 몸을 고통에 맡기리라
>한 번이라도
>진정한 고독을 느낄 수 있다면
>그때는 그대, 혼자가 아니리.

>사랑에 빠진 남자가 발소리를 죽이고
>연인이 혼자 있나 살펴보듯
>낮에도 밤에도 고통이
>고독한 나에게 슬그머니 다가오네.
>고독한 나에게 슬픔이.
>아아, 언제부턴가 나는
>무덤 속에서 혼자 잠들어 있구나!
>슬픔을 잊은 채, 그저 혼자서.

우리가 아무리 글로 설명하려고 해도 빌헬름이 이 별난 노인과 나눈 기묘한 대화와 그 우아함과 아름다움은 표현할 수 없을 것이다. 노인은 젊은 빌헬름이 하는 이야기마다 그에 딱 맞는 노래를 불러주었다. 그리고 그 노래는 빌헬름의 상상력에도 넓고 풍요로운 새 세상을 열어주어 모든 비슷한 감정들을 일깨우게 했다.

누구든 교회로부터는 멀어졌지만 좀더 순수하게 열정적인 마음으로 보다 나은 신앙생활을 할 수 있다고 믿는 사람들의 모임에 나가본 적이 있다면 앞서 말한 두 사람이 어떤 모습일지 이해할 수 있을 것이다. 그런 사람들이 기억하고 있듯이 이 모임의 주최자는 자신의 설교에 딱 맞는 찬송가 한 구절을 불러서 원하는 대로 듣는 사람들의 영혼이 하늘로 날아오를 수 있는 힘을 부여한다. 그러면 모인 사람 가운데 하나가 그에 화답하여 다른 찬송가를 한 구절 더 한다. 그리고 제3자가 또 다른 제3자의 시구(詩句)를 잇는다.

이렇게 찬송가에서 빌려온 시구 하나하나에 포함되어 있던 관념에 비슷한 관념들이 더해져 하나가 될 뿐만 아니라 모든 시구가 이어져 막 만들어진 것 같은 완전히 새로운 시가 된다. 그 시를 즐기는 일로 그들은 활기를 얻어 강해지고 마음이 깨끗해지는 것이다. 이와 같이 노인은 빌헬름이 아는 노래이든 모르는 노래이든 한 소절만으로도 그와 친근하거나 동떨어진 감정을, 깨어 있는 느낌과 잠에서 막 깬 것 같은 기분을, 또 즐겁거나 고통스러운 감정을 뒤흔들어 그의 기운을 북돋아 주었다. 그리고 빌헬름에게 있어서 가장 희망적인 것을 일깨워 주었다.

제14장

빌헬름은 여관으로 돌아가는 길에 지금 자신이 처한 상태에 대해서 진지하게 생각했고, 이 상황에서 과감히 벗어나리라 결심하고 방에 들어갔다. 그러자 여관주인이 허둥지둥 그에게로 와서 필리네가 백작의 마방감독을 완전히 그녀 손아귀에 넣었고, 그 뒤로 마방감독은 영지에서의 일을 끝내자마자 이곳으로 돌아와 지금 그녀의 방에서 아주 호화로운 식사를 즐기는 중이라고 슬쩍 말해 주었다.

때마침 멜리나가 공증인을 데리고 왔기에 함께 빌헬름의 방에 들어갔다. 빌헬름은 조금 망설였지만 약속을 지키기 위해 어음으로 은화 300개를 지불했다. 멜리나는 바로 그것을 공증인에게 넘기고 무대도구를 모두 매도한다는 증서를 받았다. 물건은 다음 날 아침에 넘겨받기로 했다.

그들이 작별하고 나가자마자 소름끼치는 비명소리가 온 집 안에 울렸다. 그건 젊은 남자의 목소리였는데, 분노로 가득 찬 그 목소리에는 세찬 울음소리와 울부짖음이 섞여 있었다. 그는 누군가를 위협하며 잔뜩 불만을 내뱉고 있었다. 그 목소리는 위층에서 차츰 아래로 내려오며 커지더니 이윽고 빌헬름의 방 앞을 지나갔다.

호기심에 그 뒤를 따라가 보니 프리드리히가 눈물을 흘리며 씩씩거리고 서 있었다. 그는 큰 소리로 울면서 발을 쿵쿵 구르며 주먹을 꼭 쥐고는 온갖 위협적인 말을 늘어놓았다. 그야말로 분노와 짜증에 뒤덮여 어찌해 볼 도리가 없는 상태였다. 미뇽이 그 앞에 서서 신기하다는 듯이 그를 바라보고 있었다. 마침 그때 여관주인이 나와서 무슨 일이 있었는지 자세히 말해 주었다.

소년이 필리네에게 돌아왔을 때 그녀는 상냥하게 그를 맞아주었다. 그는 너무 기쁘고 신이 나서 노래를 부르며 뛰어다녔는데, 얼마 뒤 마방감독이 나타나더니 필리네와 사귀게 되었다. 그러자 사춘기에 들어선 프리드리히는 화가 나서 문을 쾅 소리가 나게 닫거나 계단을 쿵쿵거리며 오르내리기 시작했다. 그리고 필리네에게 저녁 시중을 들라는 명령을 받은 뒤 더욱 기분이 상한 그는 반항하는 마음으로, 서로 달라붙듯 앉아 있던 두 사람 앞에 스튜 그릇을 던지듯이 내려놓았다. 그래서 마방감독이 프리드리히의 따귀를 아주 세게 두세 대 때려 문밖으로 던지듯 내쫓았다. 그 때문에 여관주인은 엉망이 되어버린 두 사람의 옷을 닦아주느라 힘들었다고 말했다.

소년은 자신의 복수가 매우 효과가 있었다는 이야기를 듣고는 여전히 뺨 위로 눈물이 흐르는데도 크게 웃기 시작했다. 한동안 그는 무척 기뻐했지만 곧 자기보다 힘이 센 마방감독에게서 받은 굴욕을 다시 떠올리고는 마구 화를 내며 험악한 말을 늘어놓기 시작했다.

빌헬름은 이런저런 생각에 잠기며 바깥을 보고 있었는데 곧 부끄러움을 느꼈다. 자신의 영혼이 너무나 과장된 모습으로 비춰졌기 때문이다. 자기도 체면을 위해 참고 있을 뿐, 저항할 수 없는 질투에 휩싸여서 비뚤어진 기쁨으로 연인에게 상처를 주고 연적에게 도전하여 울분을 달랬던 건지도 모르고, 오직 자신을 불쾌하게 만드는 사람을 모두 때려주고 싶다 생각했을는지도 모른다.

그곳에 가서 자초지종을 들은 라에르테스는 매우 재미있어하며 피가 거꾸로 솟은 소년의 편을 들어주고 그를 부추겼다. 그러자 소년은 마방감독은 자신과 결투하여 명예를 회복해야 할 것이라고 큰 소리로 말하며, 자신은 지금까지 모욕을 받고서 그냥 넘어간 적이 없다, 마방감독이 거절한다고 해도 복수할 방법은 얼마든지 있다고 단언했다.

라에르테스는 아주 진지한 얼굴로 소년의 이름을 대며 마방감독에게 결투를 신청했다. 이런 일이야말로 그의 전문 분야였다.

"이거 재미있군. 오늘 밤에 이렇게 유쾌한 사건이 일어날 거라고는 생각도 못했는데 말이야."

마방감독이 그렇게 말하며 계단을 내려왔고, 필리네가 그 뒤를 따랐다.

"이봐, 젊은이!"

마방감독이 프리드리히에게 말을 걸었다.

"자네는 정말 용감한 사내로군. 자네와 결투하는 건 좋지만 나이도 실력도 차이가 너무 많이 나서 이걸 결투라고 해도 좋을지 모르겠군. 그래서 말인데, 무기가 아닌 레이피어*13로 하지 않겠나? 공에 가루를 묻혀서 상대의 상반신에 가장 먼저 찍거나 많이 찍은 쪽이 이기는 걸로 하세. 그리고 진 사람은 이 마을에서 가장 값나가는 포도주로 한턱 쏘는 건 어떤가?"

라에르테스가 그 제안을 받아들이자고 했고 프리드리히는 그의 말을 따랐다. 여관주인이 레이피어를 들고 왔다. 필리네는 의자에 앉아 뜨개질을 하며 침착하고 여유롭게 두 사람의 결투를 보고 있었다. 검술에 뛰어난 마방감독은 너그러운 모습을 보이며 가루를 자기 옷에 몇 번 묻히도록 상대를 배려했다. 결투가 끝난 뒤 둘은 서로 끌어안고 포도주를 시켰다. 마방감독은 프리드리히의 가문과 신분을 물었고, 소년은 지금까지 몇 번이고 되풀이했던 만들어 낸 이야기를 장황하게 늘어놓았다. 이 이야기에 대해서는 나중에 기회가 되면 말하도록 하자.

어쨌든 빌헬름에게 있어 이번 결투는 그의 감정을 완벽하게 대변해 준 것이기도 했다. 왜냐하면 검술로 따지면 마방감독이 자신보다 훨씬 뛰어나다는 것을 알고 있었지만 그 자신이 레이피어를 가지고, 아니 진검을 가지고 마방감독과 싸우고 싶은 마음을 부정할 수 없었기 때문이다. 그러나 빌헬름은 필리네에게 눈길 한 번 주지 않았으며, 자신의 마음을 드러내는 말도 전혀 하지 않았다. 그는 결투를 치른 두 사람의 건강을 위하여 두세 번 축배를 들고 서둘러 방으로 돌아왔다. 하지만 방에 들어서니 불쾌한 생각들이 치밀어 올랐다.

빌헬름은 아무 제한도 받지 않고 희망으로 가득한 노력을 통하여 자신의 영혼이 드높여지고 마치 물 만난 물고기처럼 마음껏 여러 기쁨을 맛보았던 시절을 떠올렸다. 그리고 지금은 정해진 것 하나 없이 어슬렁거리며 예전 같았으면 한 번에 마시던 것을 홀짝홀짝 맛만 보는 꼴임을 확실하게 느꼈다. 그러나 채

---

*13 16~17세기 무렵 유럽에서 쓰인 찌르기 전법 전용의 길고 가느다란 한 손 검. 이때 쓰인 것은 펜싱용으로 칼날은 없었고 검 끝에 작은 공이 달려 있었다.

워질 수 없는 욕망이 그의 삶을 규정하고 있다는 사실과 그 욕망이 여러 사정에 의해 흐트러져서 거의 반만 채워졌으며 잘못된 쪽으로 이끌리고 있다는 것은 알아채지 못했다.

그러므로 그가 자신의 현재 상태를 돌아보고 그 상황에서 벗어나려 애를 썼음에도 혼란에 빠져버린 것도 놀랄 일은 아니다. 그는 라에르테스에 대한 우정, 필리네를 향한 애정, 미뇽에게 쏟는 관심 때문에 한 장소에서 한 친구 속에 필요 이상으로 머물렀고, 그 친구들을 보며 연극에 대한 애착이 다시 살아나 남몰래 자신의 소망을 채우고 제대로 된 목표도 없이 오래된 꿈을 좇고 있었다. 하지만 그것에만 만족해서는 안 되는 일이었다. 어서 이런 인간관계를 끊어버리고 당장에라도 이 마을을 떠날 힘은 얼마든지 있다고 빌헬름은 생각했다. 하지만 방금 전에 멜리나와 금전관계가 성립되었고 불가사의한 노인과 알게 되어 그 신비를 언젠가 풀어보고 싶다는 열망을 느끼고 있었다. 그렇지만 그런 일로 발목을 붙들려서는 안 된다며 그는 오랜 시간 동안 끙끙거리며 생각한 끝에 마침내 결정을 내렸다(적어도 결정을 내렸다고 생각했다).

"떠나야겠어. 떠나야 해."

빌헬름은 큰 소리로 말하고 안락의자에 몸을 던졌다. 그는 너무나 흥분하고 있었다. 미뇽이 들어와서 "머리를 다듬어드릴까요?" 물었다. 그녀는 조용히 그의 곁으로 다가왔다. 오늘 몹시 쌀쌀맞게 대하는 주인의 모습에 슬퍼하고 있었던 것이다.

소리 없이 키워져 오던 사랑이, 속으로 굳혀왔던 감정이 마침내 알맞은 시간을 만나 지금까지는 그것을 받아들일 생각이 없었던 사람에게 가까이 다가가서 분명하게 나타나는 것보다 더 감동적인 일은 없다. 오랫동안 굳게 닫혀 있던 봉우리가 성숙해졌고 빌헬름의 마음도 이것을 아주 확실하게 느낄 수 있었다.

미뇽은 빌헬름 앞에 서서 불안해하는 그의 모습을 바라보았다.

"주인님, 주인님이 불행해지시면 전 어떻게 되나요?"

미뇽이 물었다. 그러자 그가 그녀의 손을 잡고 말했다.

"미뇽, 너도 나의 근심거리란다. 나는 이곳을 떠나야만 해."

미뇽은 눈물로 반짝이는 그의 눈을 지그시 보고는 갑자기 그의 앞에 몸을 웅크렸다. 그가 그녀의 손을 잡자 그녀가 머리를 그의 무릎 위에 얹었다. 그는 상냥하게 미뇽의 머리를 쓰다듬었다. 갑자기 그는 그녀의 몸에 어떤 경련이 일어나고 있다는 것을 느꼈다. 처음에는 가볍게 일어나더니 차츰 그 강도가 심해져 온몸으로 퍼져나갔다.

"미뇽! 대체 왜 그러니? 미뇽!"

빌헬름이 큰 소리로 외쳤다. 그녀는 고개를 들어 그를 바라보다가 갑자기 이를 악물고 고통을 참으려는 듯이 가슴을 움켜쥐었다. 그는 미뇽을 일으키려 했지만 곧바로 그녀는 그의 품 안에 쓰러졌다. 빌헬름은 그녀를 꼭 끌어안고 입을 맞췄지만 그녀 몸은 움직이지 않았다. 그러다가 빌헬름의 가슴을 꽉 쥐고 있던 미뇽이 갑자기 큰 소리를 내며 온몸을 경련하듯이 벌벌 떨었다. 그녀는 화들짝 놀라 일어났다가는 모든 관절이 망가진 듯이 다시 그의 앞에 풀썩 쓰러졌다. 정말 너무나 처참한 광경이었다.

"미뇽."

빌헬름이 그녀의 이름을 부르며 일으켜 끌어안았다.

"미뇽, 무슨 일이니?"

그러나 경련이 계속되어 심장에서부터 손발에까지 전해졌으며 그녀는 단지 그의 팔에 걸쳐져 있을 뿐이었다. 빌헬름은 미뇽을 꼭 안고 눈물을 흘렸다. 또다시 심한 육체적 고통이 오는지 미뇽의 근육이 뻣뻣해졌다. 손과 발이 다시 떨리기 시작하자 미뇽이 그의 목을 끌어안았다. 마치 찰칵하고 스프링 장치 달린 문이 닫히는 것 같았다. 그리고 감은 그녀의 두 눈에서는 눈물이 흘러내려 그의 품을 적셨다. 그는 미뇽을 품에 안았고 그녀는 계속 울고 있었다. 그 어떤 말로도 이 뜨거운 눈물을 표현할 수 없을 것이다.

그녀의 긴 머리카락이 풀려 아래로 늘어졌다. 뻣뻣하던 손과 발이 풀리고 그녀의 마음이 흘러넘쳤다. 이 순간 문득 빌헬름은 그녀가 자신의 품 안에서 녹아내려 흔적도 없이 사라질 것만 같았다. 그는 더욱더 그녀를 세게 보듬어 안았다.

"애야, 너는 내 아이다. 내 아이야. 너는 내 딸이야."

빌헬름이 그렇게 말했고 미뇽은 여전히 울고 있었다. 마침내 가까스로 그녀가 몸을 일으키자 그녀의 얼굴이 부드럽게 빛났다.

"아버지! 저를 버리지 않으실 거죠? 제 아버지가 되어주시는 거죠? 저는 당신의 딸이에요!"

미뇽이 외쳤다.

문 앞에서 온화한 하프소리가 울리기 시작했다. 노인이 친구를 위해 저녁 선물로 그의 영혼이 담긴 노래를 바치고 있었다. 그는 자신의 아이를 더욱 힘차게 껴안으며 그 무엇으로도 표현할 수 없는 행복을 맛보았다.

제3부

제1장

당신은 알고 있나요, 레몬 꽃이 피는 남쪽 나라를?
나뭇잎 사이에 황금색으로 빛나는 오렌지
푸른 하늘에서 부드러운 바람이 불어오고
도금양나무는 고요히, 월계수는 드높이 서 있는
그 나라를 아시나요?
그곳으로, 그곳으로!
오 사랑스러운 사람이여, 함께 가요.

당신은 알고 있나요, 그 집을?
둥근 기둥이 지붕을 받치고
반짝거리는 방들과, 그 반짝임으로 홀은 눈부시게 빛나며
대리석 조각들은 저에게
'불쌍한 아이야, 무슨 일이 있었니?' 물어보는
그 집을 아시나요?
그곳으로, 그곳으로!
오 나를 지키는 자여, 함께 가요.

당신은 알고 있나요, 구름 길이 보이는 그 산을?
안개 속 노새가 길을 찾고
동굴에는 나이 든 용이 살고
높이 치솟은 바위와 폭포수 쏟아 내리는 곳
그 산을 아시나요?

그곳으로, 그곳으로!
오 아버지, 우리의 길을 함께 가요.

빌헬름이 아침이 되어 미뇽을 찾았지만 여관에서는 그녀의 모습이 보이지 않았다. 하지만 그는 그녀가 아침 일찍 무대의상과 연극도구들을 받으러 나가려던 멜리나와 함께 나갔다는 말을 들었다.

두세 시간 뒤 문 앞에서 음악이 들려왔다. 처음 그는 하프 켜는 노인이 벌써 여관으로 왔거니 했다. 하지만 곧바로 그 소리는 하프가 아닌 치터소리라는 것을 깨달았다. 그리고 그 연주에 맞추어 노랫소리가 들려왔는데 그건 미뇽의 목소리였다. 빌헬름이 문을 열자 미뇽이 들어와서 앞서 적힌 노래를 불렀다.

내용을 모두 알아듣지는 못했지만 선율도 가사도 빌헬름의 마음에 쏙 들었다. 그래서 그는 미뇽에게 각 연을 되풀이하도록 하고 설명을 해달라며 받아 적기도 하면서 그것을 독일어로 번역했다. 하지만 미뇽만의 독특한 말투로는 그 의미가 제대로 전달되지 않았다. 엉망인 말씨를 고쳐주고 맥락이 잡히지 않는 곳을 조금씩 맞추고 보니 어린아이처럼 천진난만한 표현이 사라지고 말았다. 하지만 선율은 더욱 아름다워졌다.

그녀는 무언가 특별한 것에 주의를 기울이고 아주 중요한 말을 하려는 것처럼 한 구절을 시작할 때마다 엄숙하고도 장엄하게 노래했다. 세 번째 행에서는 어둡고 답답한 분위기가 되었다. 다섯 번째 행인 '당신은 알고 있나요?'는 비밀을 속삭이듯이 표현했다. '그곳으로, 그곳으로!'에서는 주체할 수 없는 그리움이 보였다. 마지막에 '함께 가요'는 되풀이할 때마다 장단을 바꾸어 어떤 때는 애원하듯, 어떤 때는 몰아붙이듯 기대를 하게 만들며 노래했다.

두 번째 노래가 끝나자 미뇽은 잠깐 말없이 빌헬름을 바라보고는 물었다.

"그 나라를 아시나요?"

"아마 이탈리아겠지? 이 노래는 어디서 배웠니?"

"이탈리아요."

미뇽이 진지하게 대답했다.

"이탈리아에 가시려거든 저를 꼭 데려가 주세요. 여기는 너무 추워요."

"이탈리아에서 지낸 적이 있니, 미뇽?"

그녀는 이 질문에 대답하지 않았다. 그녀에게서 더 자세한 이야기는 들을 수 없었다.

멜리나가 들어와서 치터를 살펴보더니 제대로 고쳐져 있는 것을 확인하고는 몹시 기뻐했다. 그건 연극도구들에 섞여 있었는데, 미뇽이 아침에 멜리나를 졸라 그것을 얻은 뒤 노인에게 부탁해 고쳐준 것이다. 그래서 그녀는 지금까지 아무에게도 보여주지 않았던 재능을 빌헬름에게 맨 처음으로 보여준 것이다.

멜리나는 벌써 무대의상과 모든 연극도구를 받아왔다. 몇몇 마을위원도 이곳에서 한동안 연극을 상연할 수 있도록 허락해 주었다. 그는 홀가분한 기분이 되어 아주 밝은 얼굴을 하고 돌아왔다. 어제와는 아주 딴사람 같았다. 멜리나는 누구에게나 다정하고 정중하며 친절하게 대했다. 그는 일자리를 잃어 어려움을 겪는 사람들과 계약을 맺을 수 있는 것에 크게 기뻐했다. 그리고 빌헬름의 돈을 먼저 갚아야 하므로 훌륭한 연기에 걸맞게 보수를 제대로 줄 수 없어 아쉽다고 말했다.

"내가 극단 단장이 될 수 있게 도와주신 데 대해 어떻게 감사를 드려야 할지 모르겠습니다."

멜리나가 말했다.

"왜냐하면 당신과 처음 만났을 때, 나는 아주 이상한 궁지에 몰려 있었으니까요. 당연히 기억하고 계시겠지만, 나는 그때 연극을 너무나 혐오하고 있었습니다. 하지만 연극에서 느낄 수 있는 기쁨과 박수소리를 기대하고 있던 아내를 위해 일을 할 수 있는 극단을 찾아보아야 했죠. 결국 찾지 못했습니다. 하지만 글도 쓰고 프랑스어도 할 줄 알고, 회계 경력도 있는 나라면 임시로 고용해 주겠다는 공무원 몇 사람 있었습니다. 그 덕분에 잠시 동안은 문제없이 살았습니다. 보수도 꽤 높은 편이어서 필요한 물건을 사며 남부럽지 않은 생활을 해왔죠. 그렇지만 임시로 맡은 일이 모두 끝나고 보니 정규직이 될 가능성은 아주 적다는 것을 깨달았어요. 그러자 아내는 더욱 열심히 무대 위에 서고 싶어 했지요. 그런데 그때 아내의 몸 상태가 좋지 않아 관객들 앞에 세울 수 없었습니다. 지금 나는 여러분들의 도움을 받아 설립된 극단에서 나와 내 가족을 위해서라도 멋지게 성공해야 한다고 생각합니다. 앞으로 어떤 일이 일어날지 알 수 없지만 지금부터 나에게로 오는 행운은 모두 당신 덕분입니다."

빌헬름은 멜리나의 말을 듣고 기분이 좋아졌다. 다른 배우들도 모두 새로운 단장의 설명에 만족했고 이렇게 빠른 시일 안에 일자리를 찾은 것에 감사했다.

그리고 처음에는 적은 돈이라도 참으려고 했는데, 그건 생각지도 못했던 수입을 방금 전까지만 해도 용돈쯤으로 생각하고 있었기 때문이다. 멜리나는 여러 가지 방법으로 그들의 마음을 얻었다. 한 명씩 따로 이야기를 나누며 어떤 이에게는 이 방법으로, 또 어떤 이에게는 저 방법으로 교묘하게 그들을 설득했다. 그래서 모두가 깊이 생각해 보지도 않고 빨리 계약하고 싶어했고, 6주 전에 말하기만 하면 얼마든지 그만둘 수 있다는 멜리나의 말을 그대로 믿고 있었다.

마침내 알맞은 서식에 맞추어 계약서를 썼다. 이미 멜리나는 관객을 끌어모을 첫 무대에 대해 생각해 둔 것이 있었다. 그때 파발꾼이 들어와 마방감독에게 백작 부부가 도착했다는 것을 알렸고 마방감독은 말에 안장을 달아 끌고 오라고 명령했다.

곧 짐을 잔뜩 실은 마차가 여관 앞에 멈춰 섰다. 하인 둘이 말에서 뛰어내렸다. 필리네는 여느 때처럼 맨 먼저 달려 나가 문 앞에 섰다.

"댁은 누구시죠?"

백작부인이 들어오며 물었다.

"저는 부인을 보살펴 드리러 온 여배우입니다."

이 장난스러운 아가씨는 그렇게 대답하며 얌전한 얼굴과 공손한 몸짓으로 고개를 숙이고 백작부인의 치맛자락에 입을 맞추었다. 옆에 있던 사람들이 자신들도 배우라고 하자 백작은 몇 명의 배우가 있는지, 지난번에 공연하던 곳은 어디인지, 그리고 단장은 누구인지 물었다.

"이들이 프랑스인이었다면 후작에게 뜻밖의 즐거움을 드릴 수 있을 텐데. 그분이 가장 좋아하시는 취미를 보여드릴 수 없는 것이 너무나 아쉽군."

백작이 부인에게 말했다.

"이들이 독일인이어서 아쉽지만, 후작께서 저택에 머무시는 동안 연극을 보여드리는 건 어떨까요? 이 사람들은 연기도 꽤 잘할 것 같고 또 많은 손님들을 대접하기에는 연극이 안성맞춤이잖아요? 부족한 점은 남작님이 분명히 도와주실 거예요."

그렇게 대화를 나누며 백작 부부는 계단을 올라갔다. 멜리나는 단장으로서 그 둘에게 인사를 올렸다.

"단원들을 모두 모아주겠나? 다들 어떤 사람들인지 보고 싶네. 그리고 자네들이 공연할 수 있는 작품 목록도 보고 싶군."

멜리나는 아주 정중하게 고개 숙여 인사한 뒤 서둘러 나가서 배우들을 모두 데리고 들어왔다. 그들은 서로 앞다투어 백작의 마음에 들려고 했는데 그중에는 너무 허세를 부리는 바람에 실수를 하는 이도 있었고, 또 편하게 행동하려는 정도가 심하여 오히려 경망스럽게 보이는 이들도 있었다. 필리네는 너그럽고 친절한 백작부인에게 온갖 경의를 표했다. 한편 백작은 배우들을 모두 훑어보고는 한 사람씩 따로 맡고 있는 배역을 물었다. 그러고는 멜리나에게 어떤 배우든지 각자의 전문성을 확실히 다져서 실수하지 않아야 한다고 강조했다. 멜리나는 아주 점잖게 백작의 말을 받아들였다.

그 뒤 백작은 모두에게 무엇을 공부해야 하는지, 체형이나 자세의 어떤 부분을 고쳐야 하는지 말하고 독일 배우에게 부족한 점이 무엇인지 명쾌하게 지적했다. 그의 설명이 어찌나 꼼꼼하던지 모두가 겸손한 자세로 서서 숨도 함부로 쉬지 못했다.

"저 구석에 있는 사람은 누군가?"

백작은 아직 소개되지 않은 빼빼 마른 사람을 가리키며 물었다. 팔꿈치에 두세 번 천을 덧댄 낡은 웃옷을 입은 남자가 앞으로 나왔다. 공손하게 다가오는 그의 머리 위에는 초라한 가발이 얹혀 있었다.

앞서 필리네가 너무나 좋아하는 사람으로 우리에게 소개된 적이 있는 이 신사는 언제나 '훈장님'이나 선생 또는 시인을 연기했는데, 극에서 매를 얻어맞거나 물벼락을 맞아야 하는 역이 있으면 거의 이 사람이 맡았다. 그는 어딘지 모르게 비굴하고 우스꽝스럽게 보이도록 절을 하는 습관이 몸에 배어 있었고 더듬거리는 말투는 그의 배역과 언제나 잘 어울려져 관객을 크게 웃기곤 했다. 게다가 늘 남을 돌봐주기 좋아하고 친절했기 때문에 극단에 있어서는 보물과 같은 사람이었다. 그는 여느 때와 같은 모습으로 백작에게 인사했고 그에게 던져진 질문마다 마치 무대 위에서 연기할 때의 그 말투로 대답했다. 백작은 따뜻한 눈길로 그를 바라보며 골똘히 생각에 잠겼다가는 부인에게 이렇게 말했다.

"부인, 저 남자를 잘 보시오. 그는 분명 좋은 배우이거나 앞으로 그렇게 될 사람이오."

그가 너무 기뻤는지 몇 번이고 우스꽝스럽게 절을 하자 백작이 큰 소리로 웃으며 말했다.

"아주 훌륭하군. 내 맹세컨대 이 사람이라면 어떤 역할이라도 해낼 수 있을 거야. 지금까지 그리 좋은 역을 맡지 못했던 것은 아쉬운 일이지만."

이렇게 그 남자만 칭찬을 받자 다른 사람들은 몹시 불만스러워했지만 멜리나는 그런 것에 조금도 신경 쓰지 않았다. 오히려 모두 백작 말이 옳다며 정중하게 대답했다.

"옳으신 말씀입니다. 다만 그 사람이나 우리 가운데 몇몇은 각하와 같은 식견이 있는 분과 만난 적도 없고, 이런 격려도 받은 적이 없었던 것뿐입니다."

"이것으로 단원들이 모두 모인 것인가?"

백작이 물었다. 그러자 멜리나가 재빨리 말했다.

"아닙니다. 두세 명쯤 빠졌습니다만, 지원만 해주신다면 이웃 마을에서 곧장 달려올 것입니다."

한편 필리네는 백작부인과 대화를 나누고 있었다.

"위층에 젊고 잘생긴 청년이 있습니다. 분명 아주 훌륭한 간판배우가 될 수 있는 사람이랍니다."

필리네가 그렇게 말하자 백작부인이 물었다.

"어째서 그 사람은 여기에 오지 않은 거지요?"

"제가 데리고 오겠습니다"

그녀가 서둘러 나가며 말했다.

빌헬름은 미뇽과 한창 이야기를 나누고 있었다. 필리네의 끈질긴 설득에 그는 마지못해 그녀를 따라갔지만 조금 호기심이 생기는 것도 사실이었다. 왜냐하면 높은 분들이 오셨다는 이야기를 듣고 그들이 어떤 사람들인지 알고 싶었기 때문이다. 방에 들어가자 그는 바로 백작부인과 눈이 마주쳤다. 백작은 다른 이들과 이야기를 계속하고 있어서 필리네는 그를 백작부인에게 데려갔다. 빌헬름은 인사를 하고 매력적인 부인이 던지는 몇 가지 질문에 당황해하며 대답했다. 부인의 아름다움, 젊음, 우아함, 세련된 태도가 빌헬름에게 더없이 좋은 인상을 심어주었다. 게다가 그녀의 말투나 몸짓에서 살짝 수줍어하는 모습이라기보다는 당황하는 모습이 보였기에 더욱 그런 인상이 강했다. 필리네는 그를 백작에게도 소개했지만 백작은 그에게 눈도 돌리지 않았다. 그러고는 창문가에 서 있는 부인에게 가서 무언가를 물어보는 듯했다. 빌헬름은 부인과 백작의 생각이 같다는 걸 느낄 수 있었다. 백작부인이 열심히 백작에게 무엇인가를 부탁하며 그의 의지를 굳혀주는 것을 알 수 있었다.

잠시 뒤, 백작은 모두가 모여 있는 곳으로 돌아와서 말했다.

"내가 지금 이곳에 머물 수는 없지만 내 친구를 이곳에 부르도록 하지. 적당한 조건을 받아들이고 열심히 하려고만 한다면 여러분 모두가 내 저택에서 연극을 한다는 것에 반대하지 않겠네."

그러자 단원들은 매우 기뻐했고 특히 필리네는 백작부인의 손등에 열렬하게 키스를 퍼부었다. 그러자 백작부인은 그녀의 뺨을 부드럽게 두드리며 말했다.

"꼬마 아가씨, 봐요. 다시 내가 있는 곳으로 찾아오도록 해요. 약속은 반드시 지킬 테니까요. 하지만 좀더 좋은 옷을 입어야 하겠네요."

필리네가 의상에 돈을 쓸 만한 형편은 아니라고 하자 부인은 바로 하녀를 시켜 마차에서 모자와 비단 스카프를 가져오도록 했다. 그러고는 자기 손으로 직접 그것들을 필리네에게 씌워주었다. 그러는 내내 필리네는 아주 태연하고 천진난만한 얼굴로 조신하게 행동했다.

백작은 부인의 손을 잡고 아래층으로 내려갔다. 부인은 모두의 앞을 지나며 상냥하게 작별인사를 했고 다시 한 번 빌헬름을 뒤돌아보며 다정한 눈길로 말했다.

"곧 다시 만날 수 있겠네요."

이 행복한 일은 모두에게 활기를 주었으며 희망이 넘치는 상상으로 가슴이 부풀게 했다. 그들은 저마다 자신이 맡고 싶은 역할이나 어떻게 해야 박수를 받을 수 있을지 서로 이야기를 나누었다. 멜리나는 백작의 집으로 가기 전에 이 마을에서 재빨리 두세 번 공연을 해서 돈을 끌어모을 궁리를 하고 있었다. 한편 다른 사람들은 주방으로 몰려가 평소에 먹던 것보다 더 좋은 점심을 주문했다.

제2장

며칠 뒤에 남작이 왔다. 멜리나는 벌벌 떨면서 그를 맞이했다. 백작이 말하기를 남작은 연극에 굉장히 능통한 사람이라고 했다. 그는 자신의 극단이 어중이떠중이를 모아 만든 것에 지나지 않으며 역할 분배조차 제대로 할 수 없는 상태인 걸 들킬까봐 겁났다. 하지만 얼마 지나지 않아 남작이 독일 연극을 매우 사랑하고 그 어떤 배우나 극단이라도 기꺼이 환영해 주는 사람이라는 것을 알고서 멜리나와 단원들은 크게 안도의 숨을 내쉬었다. 그는 모두에게 정중하게 인사를 하고는 뜻밖에 독일인 극단과 만나게 되어 기쁘다고 말했다.

말을 마친 남작이 노트를 하나 주머니에서 꺼내 들었다. 멜리나는 그것에 계약 조건들이 적혀 있을 것이라고 생각하여 열심히 보았지만 그건 전혀 다른 것이었다. 남작은 노트를 펼치며 자신이 쓴 희곡이니 모두 잘 듣고 작품을 연기해 달라고 말했다. 단원들은 빙 둘러앉아서 그리 힘들이지 않고 남작의 호의를 얻을 수 있다는 것에 기뻐했다. 하지만 모두들 그 노트의 두께를 보고 남작이 그걸 다 읽는 데 많은 시간이 걸리는 게 아닌가 걱정했다. 그들이 예상한 일이 벌어졌다. 작품은 모두 5막으로 되어 있었으며, 이야기는 도무지 끝날 기미가 보이지 않았다.

주인공은 귀족 신분으로 덕이 많고 너그러운 인물이지만 누군가에게 속아 넘어가 박해를 받는다. 하지만 마침내 적과 맞서 승리를 손에 넣는다. 그는 원수들을 곧바로 용서했는데 그렇지 않았다면 엄격한 시적(詩的) 징벌이 계속 되었을 것이다.

작품 낭독이 이어지는 동안 듣고 있는 사람들은 마음에 여유를 갖고 자신들의 앞날을 생각하게 되어, 얼마 전까지 느끼고 있었던 굴욕으로부터 차츰 벗어나 행복을 느끼며 자기만족으로 이어졌다. 작품 속에서 자기와 딱 맞는 역할을 찾지 못한 사람들은 마음속으로 이것을 형편없는 작품이라고 생각하며 남작을 실력 없는 작가라 멋대로 단정했다. 하지만 나머지 사람들은 관객들의 박수를 받을 수 있을 만한 장면이 있다고 생각되면 온갖 칭찬을 하여 저자가 만족할 수 있도록 힘을 썼다.

돈 문제는 바로 해결되었다. 멜리나는 남작과 유리한 계약을 맺었다. 그리고 그 사실은 다른 배우들에게 비밀로 부쳤다. 멜리나는 때를 보다가 빌헬름 이야기를 했고 그가 극작가로서 아주 훌륭할 뿐만 아니라 배우로서도 재능을 갖고 있다고 힘주어 말했다. 그러자 남작은 바로 빌헬름을 자신의 동료작가로서 대했고 빌헬름도 작품의 거의 모든 부분을 불쏘시개로 만들어 버린 그날, 작은 추억으로 남겨둔 작품들을 낭독했다. 남작은 그의 작품과 낭독 실력을 칭찬하며 빌헬름도 함께 백작의 저택으로 가야 한다고 말했다.

남작은 작별인사를 할 때 모두에게 쾌적한 방과 질 좋은 식사, 큰 박수소리, 그리고 선물들을 약속했다. 거기에 더해 약간의 용돈도 꼭 줄 것이라고 멜리나에게 말했다.

남작의 방문으로 가난하고 불안한 생활을 하던 단원들이 갑자기 갖게 된 명예와 즐거운 생활 앞에 얼마나 기분이 좋았을지는 구태여 말하지 않아도 알 것이다. 그들은 약속된 용돈을 기대하며, 잔돈을 주머니에 고이 모셔두는 것은 어리석은 일이라고 생각했다.

한편 빌헬름은 단원들과 함께 저택으로 가는 일을 고민했지만 결국 가는 게 그에게 이득이 되리라 생각했다. 멜리나도 이 유리한 계약으로 그나마 빚을 조금 갚을 수 있을 것이라 했고, 인간을 알아가려 힘쓰고 있던 그는 인생에 있어, 자신에게 있어, 그리고 예술에 있어 많을 것을 배울 수 있는 상류사회와 가까워질 수 있는 좋은 기회를 놓치고 싶지 않았다. 스스로 인정하기는 힘들었지만 아름다운 백작부인과 다시 가까워지기를 바라기도 했다. 그는 일반적으로 고귀하고 부유한 세계를 가까이서 보는 것이 분명 얻는 것도 많으리라고 자신을 구슬렸다. 빌헬름은 백작과 그의 부인, 남작의 침착하고 우아한 태도를 떠올리며 혼자서 이렇게 외쳤다.

"태어나자마자 바로 하층민들을 내려다보고 많은 위인들조차 고민하게 만드는 힘든 상황을 벗어날 필요도 없으며 손님이 되어 잠깐이라도 그곳에 머무를 필요가 없는 사람들은 정말로 신의 은총을 받았다고 해야 하지 않겠는가? 그들이 무언가를 보는 눈은 한층 높은 관점에 있고 보편적이며 공정하지. 또한 그들이 살면서 걷는 길은 탄탄대로여서 넘어지는 일도 없을 거야. 상류사회에 사는 사람들은 태어날 때부터 커다란 배에 태워진 것과 같아서 사람이라면 모두가 겪게 되는 인생의 항로에 있어서도 순풍을 이용하고 역풍이 지나가기를 기다릴 수 있는 것이지. 하지만 우리는 혼자서 헤엄치고 녹초가 될 때까지 일하여 순풍도 이용하지 못하고 폭풍우를 만나면 곧장 물속에 가라앉고 말지.

모자람 없이 풍부한 자본을 갖춘 장사는 한 번 실패한 정도로 폐업할 필요도 없을뿐더러 오히려 더욱 성장하지! 세상의 가치 있는 것과 가치 없는 것을 먼저 가려낼 수 있는 건 그런 물건들을 어렸을 때부터 가까이 할 수 있었던 사람이야. 자신의 영혼을 필연적인 것, 유용한 것, 진실한 것으로 돌릴 때 누가 그를 앞지를 수 있을까? 새로운 삶을 시작할 힘이 아직 남아 있는 나이에 이미 자신이 해온 것들이 잘못이라는 확신에 이르러 있을 테니."

이렇게 빌헬름은 상류사회에 있는 사람들과 이런 사람들에게 가까이 다가가 그 샘물로부터 물을 마실 수 있는 모든 사람을 축복했다. 그리고 그 또한 그 계단으로 올라갈 수 있게 해준 자신의 수호신을 찬양했다.

한편 멜리나는 백작의 요구와 자기 나름대로의 확신에 따라 단원들에게 역할을 나누어 주었고 어떻게 해야 저마다 맡은 역할을 잘해 낼 수 있을지 오랜 시간 동안 고민했다. 마침내 무대에 오르게 되자 모든 배우가 할 수 있는 만큼의 많은 역을 맡아주어 단장은 크게 만족하는 눈치였다. 하지만 대체로 잘생긴 남자 연인 역할은 라에르테스가 맡았고, 필리네는 시녀 역할을 했다. 두 아가씨는 귀엽고 소박한 연인을 번갈아 가며 연기했다. 무엇보다 잔소리꾼 영감의 연기가 가장 뛰어났다. 멜리나는 자신이 기사 역할 맡을 자격이 된다고 생각했으며, 멜리나 부인은 젊은 아내 역할을 맡았는데 애정이 넘치는 어머니 역할까지 도맡게 되었다. 최근에 나온 작품에서는 훈장님이나 시인은 우스꽝스러운 역할을 하지 않았기에 백작님의 마음에 들었던 훈장은 장관이나 대신(大臣)을 연기해야 했다. 왜냐하면 보통 이런 인물들은 얄미운 역할로 등장하여 제5막에서 형편없는 대접을 받기 때문이다. 그와 마찬가지로 멜리나도 인기 있는 몇몇 작품에서 완고한 독일인에게 심하게 다루어지는 시종 역할을 기꺼이 맡았다. 이 기회에 화려하게 옷을 입어볼 수 있고, 자기 나름대로 몸에 배어 있다 생각하는 궁정 예법을 발휘할 수 있는 기회를 얻었기 때문이었다.

얼마 뒤 다른 지방에서 몇몇 배우들이 찾아왔다. 그들은 그리 특별한 시험도 보지 않고 채용되었는데 그들 또한 별다른 조건을 요구하지 않았다.

빌헬름은 멜리나에게 남자주인공을 맡아보지 않겠느냐고 두세 번 권유를 받았지만 모두 거절했다. 그 대신에 연극에 관련된 일이라면 기꺼이 도와주었다. 하지만 풋내기 단장인 멜리나는 그의 노력을 조금도 인정하지 않았으며, 뿐만 아니라 필요한 지식은 모두 단장으로서의 위엄 덕에 몸에 익힌 것이라고 생각했다. 특히 그가 잘하는 일 가운데 하나가, 어떤 작품이든지 다른 것은 전혀 생각하지 않고 오직 상연 시간에만 맞추어 줄거리를 잘라버리는 것이었다. 이런 방식은 꽤나 좋은 평가를 받아 관객들은 아주 만족한 것 같았다. 그리고 이 마을에서 으뜸가는 연극 전문가조차 이 정도로 훌륭한 연극은 시내에서도 보기 드물다며 칭찬을 아끼지 않았다.

제3장

드디어 백작의 성으로 가야 하는 날이 왔다. 모두들 마차와 짐수레를 기다리며 떠날 준비를 하고 있었다. 벌써부터 누구랑 함께 탈 것인가, 어떤 자리를 차지할 것인가 그런 일로 사소한 말다툼이 벌어졌다. 겨우 순서를 정하고 자리 문제도 해결되었지만 모두 소용없는 일이었다. 정해진 시간에 도착한 마차가 예상했던 수보다 적었으므로 그 수에 맞출 수밖에 없었던 것이다. 곧 남작이 말을 타고 뒤따라와 어떻게 된 일인지 설명해 주었다. 후작님이 생각했던 것보다 성에 빨리 도착할 예정인 데다 손님들이 벌써부터 성에 도착해서 지금 온 집 안이 난리가 났다는 것이다. 그 때문에 성이 몹시 비좁아졌고 단원들에게 약속했던 만큼 좋은 숙소를 내주지 못할 것 같아 미안하다고 말했다.

하는 수 없이 다들 자리가 되는 대로 마차 안에 비집고 들어갔다. 건강한 이들은 날씨도 화창하고 성까지 두세 시간밖에 걸리지 않으니 마차가 돌아오기를 기다리느니 차라리 걷는 편이 낫겠다며 짐을 들고 길을 나섰다. 모두 함성을 올리며 출발했다. 어쨌든 숙박비를 걱정하지 않아도 되기 때문이었다. 단원들에게 백작의 성은 요정들의 궁궐 같은 곳이어서 그곳으로 가는 자신들이 이 세상에서 가장 행복한 사람들이라 생각할 정도였다. 그리고 누구나 오늘을 행복과 명예, 그리고 평안함이 시작된 날이라 생각했다.

갑자기 쏟아진 세찬 비에도 그들의 마음을 가득 채운 즐거움은 꺾이지 않았다. 하지만 비가 차츰 심해지면서 그칠 기미가 보이지 않자 많은 이들이 언짢은 표정을 짓기 시작했다. 밤이 되어 언덕 위에서 온갖 빛으로 반짝거리는 백작의 성과 셀 수 없을 정도로 많은 창문을 눈앞에 두었을 때, 그들은 그것이 무엇과도 견줄 수 없을 만큼 감사한 일이라 생각했다.

성에 가까이 가보니 부속 건물들에 모두 불이 들어와 있는 것이 보였다. 저마다 자기 방은 어디일까 기대에 부풀었다. 사실 몇 사람을 제외하고 다락방이든 골방이든 고맙게 받아들이자 생각했다.

마을을 지나 한 여관 앞에 도착했다. 빌헬름은 그곳에서 지내려 마차를 멈추었다. 하지만 여관주인이 허름한 방까지 모두 예약이 들어와 있어 더 이상 손님을 받을 수 없다 말했다. 예상치 못한 손님이 오는 바람에 남작이 바로 이 여관을 통째로 빌렸으며 어제부터 모든 방문에 손님들의 이름이 적혀 있다는 것이다. 그래서 빌헬름은 어쩔 수 없이 다른 친구들과 함께 마차를 끌고 성으로 들어갈 수밖에 없었다.

성 별채 주방에서 요리사들이 정신없이 움직이고 있었다. 단원들은 그걸 본 것만으로도 금방 활기를 되찾았다. 한 손에 등불을 들고 부리나케 계단을 뛰어 내려오는 시종들을 보고 순진한 단원들은 큰 기대로 가슴이 벅차오르는 듯했다. 하지만 환영이라고 생각했던 것이 심한 욕설로 돌변하는 것을 보고 몹시 놀랐다. 시종들은 이런 곳까지 마차를 끌고 들어오면 어떡하느냐고 마부들을 심하게 꾸짖으며 당장 마차를 돌려 구관(舊館)으로 가라고 고함을 질렀다. 그러고는 "이곳은 당신 같은 자들이 들어올 곳이 아니다" 말했다. 그들은 이렇게 무례한 대우를 한 것으로도 모자라 온갖 심한 욕을 퍼부으며, "당신들 때문에 우리까지 비오는 날에 쫓겨나게 되었다" 말하고는 뭐가 그리 좋은지 서로를 보며 크게 웃었다. 변함없이 쏟아지는 장대비 때문에 하늘에는 별 하나 보이지 않았다. 모두는 담장 사이로 뻗어가는 울퉁불퉁한 길을 지나서 성 뒤쪽에 있는 구관으로 갔다. 그곳은 선대 백작이 신관을 지은 뒤로 아무도 지낸 적이 없었다. 마차들 가운데 몇몇은 중앙 정원에 멈추었고 나머지는 아치형 대문으로 이어지는 길 앞에 섰다. 마을에서 할 일이 남아 있는 마부들은 마차에서 말을 풀고는 저마다 자기 집으로 돌아가 버렸다.

단원들을 마중 나온 사람은 한 명도 없었다. 그들은 큰 소리를 내거나 사람을 찾아보았지만 헛수고일 뿐이었다. 텅 빈 대문으로 바람이 소름끼치는 소리를 내며 불었고, 주변은 캄캄해서 희미하게 보이는 탑과 건물은 섬뜩했다. 여자들은 추위에 부들부들 떨며 무서워했고, 아이들은 울음을 터트리기 시작했다. 시간이 지나면서 불안감은 차츰 커져만 갔으며 아무도 예상하지 못한 이 갑작스러운 운명에 모두 어쩔 줄을 몰랐다.

그들은 누군가가 와서 문을 열어주길 목 빠지게 기다리고 있었다. 몇 번이나 빗소리, 바람소리를 관리인의 발소리로 착각하고 오랫동안 안절부절못하면서도 대책을 세우기는커녕 성으로 가서 도움을 청해 보자 생각하는 사람도 없었다. 그들의 친구인 마방감독이 어디에 있는지도 몰랐다. 그들로서는 어떻게 해볼 도리가 없었다.

마침내 바람소리가 아닌 사람의 발소리가 들려왔지만 그건 마차로 떠난 일행 뒤에 걸어온 사람들이었다. 그들의 말을 들어보니 남작은 말에서 떨어져 다리에 큰 상처를 입었고, 그들이 성에 가서 안내를 부탁했더니 퉁명스럽게 구관으로 가라고 하기에 모두 이쪽으로 몰려왔다는 것이다.

모두 어찌해야 될지 몰라 서로 의견을 나누어 봤지만 끝이 없었다. 드디어 멀리서 등불이 다가오는 것이 보여 모두가 안도의 한숨을 쉬었다. 그러나 시종이 가까이 왔을 때, 겨우 구원받을 것이라는 희망도 다시 사라져 버리고 말았다. 백작의 마방감독을 위해 마부가 길을 비춘 것이었다. 마방감독은 그들의 모습이 보이자 필리네가 어디에 있는지 열심히 물어보았다. 그리고 그녀가 단원들 사이에서 모습을 드러내자 백작부인의 시녀들 곁에 있을 곳이 마련되었으니 신관으로 함께 가자며 그녀에게 간곡히 부탁했다. 필리네는 망설임 없이 그 제안을 감사하게 받아들이며 그와 팔짱을 끼고 다른 이들에게 자기 짐을 부탁한 뒤 서둘러 그곳을 떠나려 했다.

그러나 나머지 단원들이 그 둘이 가는 길을 막고서 이것저것 물어보고 금방 울 것 같은 얼굴로 부탁을 했다. 마방감독은 어서 이곳을 벗어나려고 그들의 모든 부탁을 받아들이며, 바로 문을 열도록 하고 그들을 정중하게 대접할 것을 약속했다. 곧 두 사람의 모습이 더 이상 보이지 않게 되었다. 큰 소리로 짜증을 내거나 욕설을 퍼부으며 오랫동안 막연하게 기다리고 있던 등불이 다시 보이기 시작했을 때, 그들은 겨우 안심한 듯 활기를 되찾았다.

나이 든 하인이 오래된 건물 문을 열어주었고 모두가 우르르 몰려 들어갔다. 그러고는 저마다 자기 짐 걱정을 하며 마차에서 짐을 끌어내려 집 안으로 옮겼는데 거의 다 주인들과 마찬가지로 흠뻑 젖어 있었다. 등불이 하나밖에 없었기 때문에 모든 일이 매우 느리게 진행될 수밖에 없었다. 건물 안에서는 서로 부딪히거나 무언가에 발이 걸려 넘어지는 사람도 있었다. 등불을 좀더 주거나 난로에 불을 붙여달라고 부탁했지만 무뚝뚝한 시종은 마지못해 자기 등불을 두고 나갔고 다시는 돌아오지 않았다.

그 뒤 모두는 집 안을 샅샅이 살펴보았다. 방문은 모두 열려 있었고 큰 난로와 색실로 짜낸 벽걸이 융단, 모자이크 무늬로 만들어진 마룻바닥이 이전에 백작이 누리던 영광의 흔적으로 남아 있었다. 가구는 전혀 없었다. 책상도 의자도 거울도 어느 것 하나 남아 있지 않았다. 덮개도 씌워져 있지 않은 커다란 침대가 두세 대 남아 있을 뿐이었고 그것도 장식이나 부속품을 모두 떼어놓은 것이었다. 그들은 모두 젖은 짐 가방과 여행배낭을 의자로 썼고 이곳까지 걸어오느라 지친 몇몇 사람들은 바닥에 드러누웠다. 빌헬름은 계단에 앉았으며 미 농은 그의 다리에 기대어 있었다. 미농이 왠지 안절부절못하는 것 같아 그 이 유를 물었더니 그녀가 대답했다.

"배고파요."

그는 미농의 소원을 들어줄 만한 것 하나 갖고 있지 않았다. 다른 사람들도 모아두었던 것을 모두 먹어버려 남은 것이 없었기에 그녀가 불쌍하긴 했지만 내버려 두는 수밖에 없었다. 사람들이 야단법석을 떠는 동안에도 빌헬름은 무 언가를 골똘히 생각하고 있었다. 다락방에서 자는 한이 있더라도 처음 생각했 던 대로 여관에 묵지 않았던 것이 너무 후회스러웠던 것이다.

단원들은 저마다 자기 나름대로 행동하고 있었다. 몇몇 사람들이 오래된 목 재 한 더미를 벽난로 안에 집어넣고 불을 붙이고는 환성을 질렀다. 하지만 불 행하게도 이 난로는 그저 장식용일 뿐 굴뚝이 제대로 뚫려 있는 것이 아니었 다. 그래서 몸을 말리고 불을 쬐려던 희망마저 참담하게 깨지고 말았다. 곧 연 기가 온 집 안을 채웠고 나무가 타닥타닥 소리를 내면서 타올랐으며 불길이 더 강해졌다. 깨진 창문으로 들어온 바람 때문에 불길이 이리저리 흔들렸고 건 물을 태워버릴지도 모르는 상황에 처하자 사람들은 나무를 하나씩 밟으며 불 을 끌 수밖에 없었다. 연기가 점점 짙어져 더 이상 참을 수 없는 상태에 이르렀 다. 거의 절망에 가까운 상황이었다.

빌헬름은 연기를 피하기 위해 벽난로에서 가장 멀리 있는 방으로 갔는데 곧 미농이 훌륭한 옷차림을 한 시종을 데리고 들어왔다. 그는 양초 두 개를 세운 등불을 들고 들어와 빌헬름에게 아름다운 접시 위에 올려진 과자와 과일을 건 네주고는 말했다.

"건너편에 계시는 젊은 부인께서 그쪽으로 놀러오라는 말씀과 함께 주신 겁 니다."

그러고는 은근한 미소를 지으며 말을 이었다.

"그 부인이 아주 잘 지내시고 있기에 그 만족감을 소중한 벗과 나누고 싶다 고 하셨습니다."

빌헬름에게 그 제안은 전혀 생각지도 못했던 것이었다. 돌 의자에서 있었 던 일 뒤로 그는 계속 필리네를 경멸하는 태도를 보였고, 앞으로 그녀와 다시 는 어울리지 않으리라 굳게 결심했기 때문이었다. 그래서 그에게 보내온 음식도 돌려보내려 했지만 미뇽의 애원하는 눈빛 때문에 그것을 받고서 미뇽의 이름으로 고맙다고 전해 달라 했다. 하지만 초대는 딱 잘라 거절했다. 그는 시종에게 단원들을 조금 돌봐주었으면 좋겠다고 부탁하며 남작은 어떻게 지내고 계신지 물었다. 시종의 말을 들어보니 남작은 이미 잠자리에 들었지만 다른 시종들에게 누추한 곳에서 지내고 있는 단원들을 돌봐주라 지시한 듯했다.

시종은 빌헬름을 위해 촛불을 하나 두고 돌아갔다. 촛대가 없어 창틀에 끼워 넣은 것이었지만 덕분에 그는 어둠 속이 아닌 조금이나마 모습을 드러낸 벽에 둘러싸여 명상을 하게 되었다. 단원들의 잠자리를 위한 물건이 실려 들어오기 시작한 것은 시간이 한참 지나고 나서였다. 시종들이 계속해서 양초를 날랐는데 타다 남은 심지를 잘라낼 가위가 없어 꽤나 애를 먹었다. 의자가 몇 개 옮겨졌고 한 시간쯤 뒤에는 이불과 베개가 왔다. 그것들 모두 다 흠뻑 젖어 있었다. 자정이 겨우 넘어서야 요와 매트리스가 왔다. 처음부터 그걸 가져다줬으면 참 감사했을 텐데.

그동안 먹을 것, 마실 것도 전해졌고 다들 불평 없이 먹었다. 하지만 그것은 남은 음식들을 이것저것 섞어놓은 것 같았으며 손님에 대한 예의 따위는 손톱만큼도 보이지 않았다.

제4장

몇몇 속 편한 녀석들이 질 나쁜 농담으로 서로를 놀리고 잠자리에 든 사람들을 일부러 깨우며 온갖 장난을 일삼는 바람에 사고가 끊이지 않았다. 그 때문에 그날 밤은 마음을 가라앉힐 수가 없었다. 모두 바닥이나 짐 가방 위에 앉아 "남작에게 완전히 속아 넘어갔다. 쾌적하고 제대로 된 숙소에서 지내게 해준다는 약속과 너무 다르지 않느냐"며 서로 불평을 늘어놓는 사이에 아침이 밝았다. 하지만 아침 일찍 백작이 시종들을 거느리고 단원들이 어떻게 지내는지 살펴보기 위해 구관으로 찾아왔다. 그의 방문이 모두의 마음을 놀라울 정도로 편하게 해주었다. 단원들이 너무나 지독한 대우를 받았다는 사실을 알고 백작이 몹시 화를 내었기 때문이다. 시종들의 부축을 받으며 백작의 뒤를 따라 나타난 남작은 집사가 이번에도 명령을 어기고 자신을 골려주기 위해 못된 장난을 친 것이라며 분통을 터트렸다. 그는 이번에야말로 집사를 단단히 혼낼 작정인 것 같았다.

백작은 곧장 자신이 보는 앞에서 단원들이 쾌적하게 지낼 수 있도록 모든 것을 준비하라 시종들에게 명령했다. 얼마 뒤 몇몇 젊은 장교들이 찾아왔다. 그들은 여배우들과 금세 친해져 서로 농담을 주고받기도 했다. 백작은 단원들에게 저마다 자기소개를 하도록 시켰고 한 명씩 이름을 부르며 말을 걸어주었다. 가끔 농담도 섞어가며 말했는데, 덕분에 모두가 이 너그러운 사람에게 홀딱 빠져버렸다. 마지막으로 빌헬름의 차례가 되었다. 미뇽이 그의 곁에 딱 달라붙어 있었다. 그는 되도록 정중하게 인사하며 멋대로 단원들을 따라 성에 온 것을 용서해 달라 말했다. 하지만 백작은 빌헬름이 오는 것을 당연한 일로 여기고 있었다.

백작 옆에는 제복을 입지 않았지만 태도나 말투로 보아 장교인 것 같은 사람이 있었다. 그는 다른 장교들보다 훨씬 눈에 띄었는데 꾸준히 빌헬름에게 말을 걸어주었다. 그의 크고 옅은 파란색 두 눈이 훤칠한 이마 아래서 반짝였고 금빛 머리카락은 간단하게 쓸어 올려 있었다. 체격은 보통이었지만 매우 유능하고 확고한 인품을 엿볼 수 있었다. 그의 질문에는 활기가 넘쳤으며 그가 질문하는 모든 것을 이미 알고 있는 듯한 느낌이 들었다.

빌헬름은 남작에게 그 사람에 대해 물어보았다. 그러나 남작은 그에 대해 그리 좋은 이야기를 해주지 않았다. 그 남자는 소령이며 본디 후작의 총애를 받는 사람이라 후작의 비밀스러운 일들을 처리하는 듯했다. 그래서 후작의 오른팔이라 불리지만 후작의 서자일지도 모른다는 소문이 돌고 있다고 남작이 말했다. 그 사람은 프랑스, 영국, 이탈리아 대사관에서 일한 적도 있고, 가는 곳마다 그를 매우 정중하게 대접했기에 눈에 띄게 거만해졌다고 한다. 게다가 독일 문학에 대해 빠짐없이 알고 있다는 착각에 빠져 있으며 문학을 비웃기까지 한다는 것이었다. 남작은 그 사람과 되도록 사사로운 이야기는 하지 않는다며 빌헬름에게도 그와 가까이 지내지 않는 것이 현명한 일이라고 말했다. 그도 그럴 것이 그와 친하던 사람 모두 그에게 배신을 당했기 때문이었다. 그의 이름은 야르노인데 어째서 그런 이름이 붙여졌는지 아무도 모른다고 남작이 알려주었다. 따지자면 험담이라 할 수 있는 그의 말을 들으며 빌헬름은 아무 대답도 하지 않았다. 왜냐하면 그 낯선 사람은 인상이 차가워서 그다지 사람을 끄는 매력은 없었지만 빌헬름을 그에게서 왠지 모를 호감을 느꼈기 때문이다.

모두가 성에 있는 방으로 옮기게 되었다. 멜리나는 단원들에게 앞으로 예의 바르게 행동할 것을 지시했고 한방에 남녀가 함께 있는 것을 금지했다. 그리고 모두 자신의 역할과 연기만을 생각해야 한다고 엄격한 목소리로 말했다. 그는 많은 규정이 적힌 종이를 단원들이 묵고 있는 방문마다 붙였다. 벌금 액수도 정해져 규칙을 어긴 사람은 벌금함에 돈을 넣기로 했다.

하지만 그런 규칙들은 매번 무시당하기 일쑤였다. 젊은 장교들이 여배우들 방에 들락날락하며 그다지 품위 있다 할 수 없는 말로 여배우들과 농담을 주고받거나 남자 배우들을 놀려대어 멜리나가 정해 놓은 질서는 뿌리를 내리기도 전에 망가지고 말았다. 그들은 이쪽 방 저쪽 방 뛰어다니기도 하고 변장을 해서 숨바꼭질도 했다. 처음에는 엄격하게 주의를 주던 멜리나도 끝없이 이어지는 장난에 그만 의욕을 잃고 말았다. 얼마 뒤 멜리나가 무대를 세울 장소를 보러 백작에게 불려 나가자 단원들의 장난은 더욱 심해졌다. 젊은 장교들이 저속한 장난을 끝도 없이 생각해 냈다. 게다가 몇몇 남자 배우들까지 끼어드는 바람에 숙소는 난장판이 되어 온 건물이 미친 듯이 날뛰는 군대에 점령된 것 같았다. 그리고 이 소동은 모두가 식사를 하러 갈 때까지 그칠 줄을 몰랐다.

백작은 멜리나를 큰 광장으로 안내했다. 그곳은 구관의 일부였는데 신관과 이어진 회랑(回廊)이 있었다. 작은 무대를 세우기에는 딱 맞는 곳이었다. 연극에 정통한 백작은 그곳에 서서 어디를 어떻게 꾸밀 것인가 자신의 생각을 멜리나에게 말해 주었다.

모두가 서둘러서 작업하기 시작했다. 여러 장식이 달린 무대가 세워지고 짐속에 들어 있던 무대장치 가운데 쓸 만한 것들은 모두 동원되었다. 나머지는 백작의 시종 가운데 몇몇 손재주가 좋은 이들이 만들어 주었다. 빌헬름도 그들을 도와 무대 길이를 정하고 재는 일을 거들었다. 모두들 무엇 하나 빠짐없이 하려고 무척이나 바빴다. 가끔 얼굴을 비추던 백작은 이에 크게 만족하며 조금씩 고쳐 나가야 할 부분을 말해 주었다. 그때마다 그가 연극이나 예술에 대해 얼마나 많은 지식을 갖고 있는지 알 수 있었다.

드디어 제대로 된 연습이 시작되었다. 연습을 위한 장소도 시간도 충분했지만 성에 머무는 손님들이 연습을 번번이 방해했다. 날마다 새로운 손님들이 도착해서는 모두 하나같이 단원들을 직접 보고 싶다 요청했기 때문이었다.

제5장

남작으로부터 백작부인을 정식으로 소개시켜 주겠다는 말을 듣고 빌헬름은 며칠 동안 그날이 오기를 은근히 기다렸다.

"내가 그 훌륭한 부인에게 자네의 작품은 재기와 정감이 넘친다고 말을 해두었다네. 그분이 자네와 이야기를 나누고 작품 한두 개쯤 낭독하기를 바라실지도 몰라. 그러니 그분이 부르시면 바로 갈 수 있도록 마음의 준비를 해두게나. 부인께서 시간만 나신다면 당장 내일 아침에라도 부르실 테니까."

남작은 그렇게 말하고 맨 먼저 낭독해야 할 시를 하나 추천해 주었다. 빌헬름이 그걸 낭독한다면 부인이 무척 좋아하실 거라고 그는 일러주었다. 또 백작부인은 성안에 손님이 많아 정신없는 가운데 그가 다른 동료들과 함께 누추한 곳에서 지내야 한다는 사실을 너무나 안타까워하신다고 말했다.

그래서 빌헬름은 상류사회로 나아가는 길을 열어줄 그 작품을 정성스럽게 다듬어 나갔다. 그러면서 그 자신의 영혼에게 외쳤다.

"지금까지 너는 남몰래 오직 스스로를 위해 글을 쓰며 가끔 친구들의 박수를 받을 뿐이었지. 한동안 너는 자기 재능에 절망하며 '과연 내가 옳은 길을 걷고 있는 것인가? 연기에 대한 애착을 재능이라 착각하는 것은 아닌가?' 끊임없이 걱정할 수밖에 없었어. 환상이 생겨날 여지도 없는 그런 작은 방, 눈이 높으신 그분 앞에 서서 이 시를 낭독한다는 건 조금 위험한 일이야. 하지만 나는 물러서지 않겠어. 이전에 느꼈던 기쁨과 이번에 붙잡은 행운으로 미래에 대한 희망을 펼쳐 보이고 말겠어!"

그리고 그는 몇몇 작품을 훑어보고 세심한 주의를 기울여서 여기저기 손보았다. 음률이나 표현에 부족한 점이 없는지 잘 살피며 소리 내어 읽어보기도 했다. 마침내 어느 날 아침 백작부인에게서 부름 받았을 때 가장 심혈을 기울여 연습하고, 그에게 크나큰 영광을 안겨줄 그 작품을 주머니에 넣었다.

남작이 백작부인은 그녀와 가장 친근한 여인과 단둘이 계실 것이라고 말해주었다. 방에 들어가니 남작부인이 상냥하게 그를 반겨주었다. 그녀는 빌헬름과 만나게 되어 굉장히 기쁘다고 말하며 백작부인이 있는 곳으로 그를 안내했다. 백작부인은 하녀에게 머리 손질을 시키고 있었다. 그녀는 그가 들어온 것을 보고 우아한 말투와 눈길로 그를 맞아주었다. 하지만 놀랍게도 그녀의 곁에 필리네가 무릎을 꿇고 앉아 이것저것 어리석은 짓을 하고 있었다. 남작부인이 필리네를 보며 말했다.

"이 귀여운 아가씨가 우리에게 정말 많은 노래를 들려주었답니다. 자, 방금 부르던 노래를 끝까지 불러주겠어요?"

빌헬름은 밀려드는 짜증을 겨우겨우 참아내며 필리네의 노래를 들었다. 그는 그녀가 노래를 부르는 내내 자신이 낭독을 시작하기 전에 미용사가 나가주었으면 좋겠다고 생각했다. 그의 앞에 코코아 한 잔이 나왔다. 남작부인이 직접 비스킷을 집어주었음에도 빌헬름은 그것에서 아무 맛도 느낄 수 없었다. 아름다운 백작부인 앞에서 준비해 온 것을 낭독하여 그녀의 마음에 들고 싶다는 생각만이 머릿속에 가득했기 때문이다. 이미 그의 낭독을 듣는 청중으로서 그다지 좋지 않은 추억 속의 주인공인 필리네도 그에게 있어 너무나 불편한 존재였다. 그는 고통스러운 눈빛으로 미용사의 손을 바라보며 머리 손질이 얼른 끝나기를 간절하게 바랐다.

그때 백작이 들어와 오늘 성에 도착하는 손님 이야기, 오늘 하루의 계획 등 처리해야 할 집안일에 대해 이야기했다. 그가 나가자 몇몇 장교들이 찾아왔다. 그들은 아침 먹기 전에 떠나게 되었으니 지금 부인에게 인사를 드릴 수 있도록 허락을 받고 싶다고 말했다. 그사이에 머리 손질이 다 끝났기에 부인은 장교들이 들어오는 것을 허락했다.

그러는 동안 남작부인은 빌헬름에게 열심히 말을 걸며 큰 경의를 보였다. 그녀의 말투는 조금 산만했지만 빌헬름은 하나하나 정중하게 대답했다. 그는 몇 번이나 주머니에 손을 넣어 원고를 만지며 시를 낭독할 그 순간만 기다리고 있었다. 그가 참다못해 부인들에게 허락을 받으려는 그때, 한 방물상인이 들어왔다. 그 상인은 남의 속이 뒤집어지는 줄도 모르고 보석함과 나무 상자 등을 꺼내며 상인 특유의 뻔뻔함으로 갖고 있는 상품이란 상품은 모두 신이 나서 늘어놓았다.

머릿수는 갈수록 늘어만 갔다. 남작부인은 빌헬름을 슬쩍 보며 백작부인과 소곤소곤 이야기했다. 그는 그것을 눈치채고 있었지만 그들이 무엇 때문에 그러는지는 알 수 없었다. 불안한 마음으로 한 시간을 헛되이 기다린 그는 자기 방에 돌아와서야 부인들이 의도한 바를 알 수 있었다. 예쁜 영국제 지갑이 그의 주머니에 들어 있었다. 남작부인이 슬쩍 그의 주머니에 넣어둔 것이다. 곧바로 백작부인을 모시는 흑인 소년이 와서는 아름답게 수놓아진 조끼를 건네주었는데 그것을 누가 주라고 한 것인지는 확실히 말하지 않았다.

제6장

어쩐지 불쾌함과 감사함이 뒤섞인 기분이었다. 저녁까지 아무것도 손에 잡히지 않아 멍하니 있었지만, 밤이 되자 갑자기 할 일이 생겼다. 백작이 멜리나에게, 후작이 도착하는 날 그를 찬양하는 짧은 연극을 해보는 게 어떻겠냐고 제안한 것이다. 백작은 이 위대한 영웅이 박애주의자라는 점을 아름답게 나타내고 싶었다. 의인화한 후작을 등장시켜 찬사를 늘어놓고, 화관과 월계관으로 꾸민 그의 흉상을 빛나게 함과 동시에 그의 이름 장식과 그의 모자 뒷부분에서 빛을 비춰, 흉상이 떠오르는 듯한 연출이 백작의 머릿속에 그려지고 있었다. 백작은 멜리나에게 이 작품을 시적으로 써달라고 부탁했으며 다른 준비도 모두 그에게 맡겼다. 이에 멜리나는 빌헬름에게 이런 일은 손쉬운 일일 테니 그가 도와주었으면 좋겠다고 했다.

"그게 무슨 말입니까!"

빌헬름이 화를 내며 말했다.

"궁정귀족들에게 경의를 표하는 방법이 흉상이나 이름 장식밖에 없는 겁니까? 나라면 전혀 다른 방법을 썼을 거예요. 제대로 된 인간이라면 자신의 흉상이나 기름종이에 비친 자기 이름을 보고 기뻐할 리가 없지 않습니까? 게다가 우리 의상으로 그런 연출을 했다간 자칫 웃음거리가 되거나 큰 오해를 살 수 있어요. 그 작품을 당신이 쓰든 다른 사람이 쓰든 내 알 바 아닙니다만 내가 그걸 쓰는 건 사양하겠습니다."

멜리나는 이건 그저 백작의 제안일 뿐, 작품을 어떤 식으로 완성시킬 것인지는 당신 손에 달린 거라며 빌헬름을 설득했다.

"정말 그런 거라면 훌륭한 분이 만족하실 수 있도록 기꺼이 노력해 보죠."

빌헬름이 대답했다.

"나의 뮤즈는 존경받는 궁정귀족을 찬양하는, 이런 즐거운 일을 해본 적이 없어요. 하긴 뭐 말주변이 좋다고는 할 수 없으니까요. 이제 잘 생각해 봅시다.

어쩌면 우리 작은 극단이 조금이나마 호평 받을 만한 작품을 쓸 수 있을지도 몰라요."

빌헬름은 바로 작품 구상에 빠져들어 열중하기 시작했다. 잠자리에 들기 전 어느 정도 방향이 잡혔고, 다음 날 아침 일찍 모든 계획은 완성되었다. 장면이 어떻게 나뉠지 정해졌으며, 중요한 부분이나 노래는 운문으로 쓰였다.

빌헬름은 오전 중에 남작을 찾아가 두세 장면에 대해 의논하고 그의 계획을 설명했다. 남작은 마음에 들어하긴 했지만 꽤나 놀란 듯이 보였다. 지난밤 백작은 이것과는 전혀 다른 작품을 시적으로 써주기만 하면 된다고 이야기했었기 때문이다.

"백작님의 뜻이, 멜리나에게 말씀하셨던 작품을 그저 시적으로 바꿔 쓰기만 하는 것이었다고는 도저히 생각할 수가 없습니다."

빌헬름이 말했다.

"제 착각이 아니라면, 백작님은 저희가 나아가야 할 방향을 제시해 주고자 하셨을 뿐이라 생각합니다. 진정 연극을 사랑하는 사람이라면 자신의 뜻은 본보기로만 알리고 작품의 완성은 작가에게 맡겨야 하는 게 아닐까요."

"그렇지 않네."

남작이 말했다.

"백작님은 자신이 얘기한 각본 그대로 상연될 거라 생각하고 계시네. 자네 계획이 백작님 생각과 전혀 다른 것은 아니지만 계획대로 백작님 생각을 바꾸려면 부인들, 특히 남작부인의 도움이 반드시 필요하다네. 그녀는 이런 작전을 세우는 것에 있어서는 뛰어난 능력을 갖고 있으니까 말이야. 문제는 자네 계획이 남작부인 마음에 들어야 한다는 건데…… 남작부인에게 자넬 도와줄 마음이 생기기만 한다면 분명 아무 문제없을 거네."

"그렇지 않아도 부인들의 협력이 필요합니다."

빌헬름이 남작에게 말했다.

"이 공연에는 사람도 의상도 부족하거든요. 분명 성안에는 집사나 하인의 아이들이 있었죠? 저는 성안을 뛰어다니던 그 아이들 손도 빌릴 생각입니다."

빌헬름은 부인들에게 자신의 계획을 알리고 싶어 남작에게 부탁했고, 남작은 곧 돌아와 부인들이 빌헬름과 직접 이야기하기를 바란다고 전해 주었다. 남자들은 보통 저녁에 카드놀이를 하곤 했는데, 마침 오늘은 성을 방문한 어떤 장군이 함께할 예정이라 평소보다 더 열띤 카드놀이가 될 분위기였다. 그래서 남작 일행이 카드놀이 자리에 모이면, 부인들은 몸이 좋지 않다는 핑계를 대고 자기 방으로 돌아가겠다고 했다. 남작은 빌헬름에게 비밀 계단을 통해 부인들 방으로 갈 수 있고, 그녀들에게 계획을 설명할 시간도 충분할 거라고 했다. 이런 비밀스러움이 매력적이기도 했지만, 특히나 남작부인은 이 밀회를 아이같이 설레며 즐거워하고 있었다. 무엇보다 백작 몰래 일이 진행되는 것을 기대하고 있다고, 남작은 말했다.

저녁 무렵, 약속한 시간에 마중 나온 사람이 빌헬름을 조심스레 안내했다. 작은 방에서 그를 맞이하는 남작부인의 모습은, 그에게 예전 행복했을 때의 일들을 생각나게 했다. 그녀가 빌헬름을 백작부인의 방으로 데리고 가자, 부인들은 이런저런 세세한 질문을 하기 시작했다. 그는 가능한 한 열정적으로 자신감 넘치게 자신의 계획을 설명했으며, 부인들은 그의 말에 완전히 빠져버렸다. 지금 여기서 그의 이야기를 이렇게 간략하게 알리는 것을, 독자 여러분이 이해해 주길 바란다.

연극은 아이들이 춤을 추고 있는 시골 풍경에서 시작된다. 한 아이가 빙글빙글 돌면서 다른 아이의 자리를 뺏는 놀이를 나타내는 춤이다. 아이들은 평화와 안정과 기쁨을 찬양하는 노래 몇 곡을 부르고, 미뇽은 에그 댄스를 춘다.

갑자기 울려 퍼지는 군가에 천진난만하게 기뻐하던 소리가 스러지고, 한 부대의 병사들이 그들을 습격한다. 몇몇 남자들이 이에 맞서보지만 힘없이 당하기만 할 뿐, 달아나던 여자들까지 끌려온다. 모두가 절망에 빠져 있던 순간 사령관이 가까이 와 있다는 말에 혼란은 잦아든다. 빌헬름은 이 인물을 어떻게 그릴지 아직 정해 놓지 않았지만, 사령관의 훌륭한 성품을 나타내는 인물이 될 것이라 말했다. 군부대가 점령하고 있는 곳이지만 안전을 보장하며 행패나 폭력을 금지시키는 너그러운 사령관을 모두가 찬양하고 그를 위해 축하연을 열게 된다는 내용이었다.

부인들은 극의 내용은 매우 만족스럽지만 백작을 설득하려면 무언가 상징적인 것이 꼭 필요하다 했고, 이에 남작이 지휘관을 전쟁과 폭력의 화신으로 등장시키는 것이 어떠냐고 제안했다. 마지막에 미네르바가 지휘관을 쇠사슬로 포박함으로써 사령관의 도착을 알리고, 그 미덕을 찬양하자는 것이다. 백작은 남작부인이 설득하기로 했다. 조금 내용이 바뀌었지만 백작의 뜻대로 상연되는 거라고 확신을 주기 위해서는, 극 마지막에 후작의 흉상과 이름 장식과 모자를 무슨 일이 있어도 등장시켜야 한다고 강조했으며, 그렇지 않으면 자신이 어떤 말을 해도 소용없을 거라 덧붙였다.

하지만 그때 빌헬름의 머릿속은 이미 미네르바의 입을 빌려 그 영웅을 어떻게 찬양할까 그리고 있었다. 때문에 그는 이 점을 양보하기까지 한참을 망설여야 했지만, 이 무리한 양보가 결코 불쾌하게 느껴지지 않았다. 백작부인의 아름다운 눈과 우아한 몸짓은, 작품의 착상과 통일된 구성과 섬세한 계획들이 아무리 멋지고 훌륭하다 해도 쉬이 포기하고, 시인의 양심에 등 돌리는 것조차 마다하지 않을 수 있을 정도였기 때문이다. 그는 또한 시민으로서의 양심 때문에도 고민해야 했는데, 극의 역할 분담을 할 때 부인들이 그도 무대에 설 것을 설득했기 때문이었다.

마침내 라에르테스는 폭력의 화신을, 빌헬름은 중간중간 시낭송을 하는 마을의 우두머리 역을 맡게 되었다. 처음에는 거절할 생각으로 버티던 그였지만, 남작부인의 설득에 넘어가지 않을 수 없었다. 어차피 성안에서만 올리는 무대로 동료들과 함께하는 연극이니 부담 가질 것도 없으며, 기회만 있다면 자신도 연기를 배워 무대에 서보고 싶을 정도라는 말까지 듣자 더는 거절할 명분이 없어진 것이다. 이야기가 끝나자 부인들은 친근하게 인사하며 자리를 떠났다. 남작부인은 그에게 멋진 사람이라는 칭찬과 함께 작은 계단까지 배웅했고, 그의 손을 꼭 쥐며 잘 자라는 인사도 잊지 않았다.

제7장

자신이 한 번 직접 이야기함으로써 보다 더 명확해진 빌헬름의 구상은 부인들이 보여준 열렬한 관심으로 생기를 되찾아 가고 있었다. 그는 그날 밤새 그리고 다음 날 아침을 대화와 노래를 운문으로 만드느라 모두 보냈다.

대본이 거의 완성되었을 때 빌헬름에게 신관으로 오라는 연락이 왔다. 아침 식사 중인 백작이 그와 이야기를 나누고 싶다고 한 것이다. 빌헬름이 방문을 여니 남작부인이 그를 반겨주었다. 그녀는 아침 인사를 하는 척하며 속삭였다. "백작님이 물어보시는 것만 대답해요. 연극에 관한 일은 절대로 말씀드리면 안 돼요."

빌헬름이 들어가 인사를 하자 백작이 말했다.

"후작에 대한 나의 경의를 표현할 연극을 위해 자네가 애쓰고 있다는 이야기를 들었네. 미네르바를 등장시키는 건 나도 찬성이야. 의상이 잘못되면 큰일이니 그녀에게 어떤 옷을 입혀야 좋을지 벌써부터 고민하고 있다네. 그래서 방금 시종들에게 미네르바의 그림이 실린 책을 모두 가져오라고 시켰네."

백작이 이렇게 말하고 난 뒤 몇몇 시종이 책들로 가득 찬 바구니를 들고 나타났다. 몽포콩*¹의 저서, 고대 조각상, 여러 무늬가 새겨진 온갖 보석들과 고대 주화에 관한 책, 신화와 관련 있는 책들이 빌헬름과 백작 눈앞에 펼쳐졌다. 하지만 그것으로는 충분치 않았다. 백작은 그 뛰어난 지성으로 책머리에 그려진 그림들이나 속표지, 그 밖에 미네르바가 그려진 모든 책들을 기억해 냈다. 때문에 시종들은 잇따라 서고에서 책을 날랐다. 백작은 산더미 같은 책 속에 파묻히게 되었다. 더 이상 미네르바에 대한 내용이 실린 책이 나오지 않자 백작은 웃으며 말했다.

"내 장담하는데, 내 서고에는 더 이상 미네르바에 관한 책이 없을 거네. 이렇게 서고에서 수호여신에 대한 책을 몽땅 꺼낸 것은 이번이 처음이야."

백작의 흥겨운 말에 모두가 즐거워했다. 특히 백작을 부추겨 계속해서 책을 가져오게 만들었던 야르노는 자신이 백작 앞에 서 있다는 사실도 잊은 채 껄껄 웃기에 바빴다. 백작이 빌헬름을 보고 말했다.

"그런데 자네는 어떤 여신을 생각하고 있었는가? 미네르바인가? 팔라스인가? 아니면 전쟁의 여신인가? 그것도 아니면 예술의 여신이려나?"

빌헬름이 대답했다.

"각하, 이 여신은 신화에서 두 인격으로 나타납니다. 그녀는 민중을 안정시키기 위해 사령관의 도착을 알렸습니다. 그리고 한 영웅을 칭송하는 것도, 그 인간성을 칭찬하기 위해서였지요. 폭력을 극복하고 민중 속에서 기쁨과 안정을 되찾은 여신입니다. 그러니 그 여신에 대해서는 비밀로 해두는 것이 좋지 않을까요?"

빌헬름이 비밀을 폭로하는 것은 아닌가 걱정이 되었던 남작부인은 백작부인

---

*1 베르나르 드 몽포콩(1655~1741). 그리스어 고문서학의 발달, 그리스어 사본에 대한 체계적인 연구의 기초를 다진 프랑스의 고대문화 연구가.

의 재봉사를 급하게 불렀다. 그리고 그 재봉사에게 고대 의상을 가장 아름답게 만들기 위해서는 어떻게 해야 좋을지 그의 생각을 말하게 했다. 그는 고대극의 가면을 만든 적도 있어 이런 일은 눈 감고도 할 수 있다고 말했다. 그는 아기를 가져 배가 많이 불렀는데도 백작의 명령으로 자신 있게 처녀 신 역할을 맡은 멜리나 부인의 치수를 먼저 재게 되었다. 백작부인은 단원들의 의상을 위해 자신의 옷 몇 벌을 조금 손보도록 했다. 부인의 시녀들은 조금 불만스러운 표정을 지었다.

남작부인은 빌헬름이 방에서 나갈 수 있도록 능숙하게 그를 도와주며 다른 것도 준비해 두었다고 말했다. 그러고는 백작의 악대 지휘자를 빌헬름에게 보냈다. 그 지휘자는 필요한 곡을 작곡했고 연극에 어울릴 만한 음악 악보도 찾아주었다.

모든 것이 계획한 대로 진행되었고 백작도 연극에 대해 더 이상 물어보지 않았다. 그는 연극 마지막에 관객들을 깜짝 놀라게 해줄 투영장치에 몰두했다. 백작의 구상에 궁정 제빵사가 솜씨를 발휘하여 조명이 아주 훌륭하게 만들어졌다. 백작은 여행 갔던 곳에서 큰 축제를 보며 몇 장인가 그림을 그려왔기 때문에 필요한 것을 능숙하게 지시해 주었다.

그러는 동안 빌헬름은 작품을 완성시켰다. 저마다 역할을 나누어 주고 자신의 역할도 받아들였다. 그렇게 모든 일이 순조롭게 나아갔다.

그러나 생각지도 못한 일로 그의 계획에 큰 차질이 생기게 되었다. 미뇽이 여느 때와 같이 무뚝뚝한 표정으로 다시는 사람들 앞에서 에그 댄스를 하지 않겠다고 말했기 때문이다. 그 춤에 가장 큰 효과를 기대하고 있었던 빌헬름은 적잖게 놀라고 말았다. 그는 이것저것 이야기하며 그녀를 설득하려 했지만 빌헬름의 말을 듣던 미뇽이 그의 발치에 쓰러져 울며 외쳤다.

"아버지! 아버지도 무대에 서지 않았으면 좋겠어요!"

빌헬름은 미뇽의 말을 귀담아듣지 않고 어떻게 하면 그 장면을 즐겁게 표현해 낼 수 있을까 고민에 빠졌다.

필리네는 마을 아가씨 역할을 맡았는데 무희들이 등장할 때 노래를 두세 곡부르고 합창을 이끌게 되었다. 그래서 그녀는 크게 기뻐하며 연극이 상연될 날만을 기다렸다. 마침내 그녀가 바라는 대로 모든 일이 진행되고 있었다. 필리네는 특별한 숙소에 머물고 늘 백작부인의 곁에 앉아 어린아이 같은 장난으로 부인을 즐겁게 해주었다. 그 대가로 언제나 선물을 받았다. 백작부인은 이번 연극에 필리네가 입을 의상도 특별히 만들라고 재봉사에게 일러두었다.

필리네는 남을 흉내내기 좋아하는 성격이라서 귀부인들과 친하게 지내는 사이 자신에게 어울릴 만한 교양을 어깨너머로 배웠다. 그녀는 눈 깜짝할 사이에 예법이나 우아한 말과 행동을 몸에 익혔다. 그녀에 대한 마방감독의 애정은 날이 갈수록 커져만 갔고 장교들도 그녀에게 우르르 몰려가 열을 올리곤 했다. 그래서 그녀는 언제나 남자를 싫어하는 척 연기하는 상류층 부인들을 슬쩍 흉내내어 보기로 했다. 본디 차갑고 영악한 그녀였기에 일주일 동안 그 연기를 하며 성안 모든 사람의 약점을 알게 되었다. 만약 필리네가 그 약점을 폭로하려 했다면 아주 편하게 그녀가 원하는 행복을 손에 넣을 수도 있었을 것이다. 하지만 필리네는 이번에도 그녀가 쥐고 있는 유리한 처지를 이용해서 하루하루 유쾌하고 즐겁게 지내고 싶을 뿐이었다. 사실 지나친 행동도 곤란해지지 않을 경우에만 하기로 했다.

백작에게서 단원들은 저마다 맡은 역할을 열심히 연구하고 연습하라는 명령을 받았다. 백작이 연습을 보고 싶다고 말하자 백작부인은 그가 이 연극을 어떻게 받아들일지 걱정하기 시작했다. 남작부인은 빌헬름을 몰래 불러들였으며 시간이 지날수록 모두의 불안감은 커져만 갔다. 그 연극에서 백작의 구상 따위는 찾아볼 수 없었기 때문이다. 그때 마침 야르노가 들어왔기에 빌헬름은 그에게 모든 비밀을 털어놓았다. 그는 오히려 크게 기뻐하며 부인들을 위해 힘써보리라 말했다.

"백작부인, 이번 일은 부인께서 혼자 하실 생각을 하셔야 됩니다. 안 그러면 큰일이 벌어질지도 모르니까요."

야르노가 말했다.

"하지만 예상치 못한 사태가 벌어질지도 모르니 제가 뒤에 숨어 있겠습니다."

그 일에 대해 남작부인은 이제까지 백작에게 작품에 대해 모두 이야기는 했지만 언제나 드문드문 보고했으며 순서도 엉망진창이라고 말했다. 그러고는 백작이 연극의 세세한 부분은 알고 있겠지만 전체적인 구상은 분명 자신이 바라는 대로 완성되었다고 생각할 것이라는 이야기도 털어놓았다.

"오늘 밤 연습이 시작되면 내가 백작님 곁에 앉아 그분의 관심을 다른 곳으로 돌려볼게요. 이미 제빵사에게도 마지막 장식을 아주 아름답게 완성시키되 반드시 사소한 실수를 해야 한다고 단단히 일러두었답니다."

남작부인이 이렇게 말하자 야르노가 대답했다.

"부인처럼 활동적이고 현명한 분은 성안에 정말 필요한 존재입니다. 혹시 오늘 밤 부인의 작전이 실패할 것 같은 생각이 드신다면 팔을 들어 저에게 신호를 보내주십시오. 그럼 제가 백작님을 밖으로 모시고 나가겠습니다. 그리고 미네르바가 등장한 다음 조명장치가 켜질 때까지는 그분을 들여보내지 않겠습니다."

마침 백작은 급한 일이 있었는지 예정되어 있던 연습시간에 나타나지 않았다. 연습이 시작되고 얼마 뒤에 그가 나타나자 남작부인은 열심히 백작의 이야기 상대를 맡았다. 야르노가 나설 필요도 없었다. 백작은 호통을 치면서 했던 장면을 다시 시키는 등 단원들을 지도하느라 다른 것에는 눈길조차 주지 못했기 때문이다. 마지막에 멜리나 부인이 그가 바라는 대로 대사를 말하고 조명장치도 제대로 작동하자 백작은 너무나 흡족한 표정을 지었다. 그는 연습이 다 끝나고 모두가 카드놀이를 하러 가자고 했을 때 비로소 자신이 구상했던 연극과 어딘가 다르다는 사실을 눈치챘다. 그래서 백작은 과연 이 연극이 자신이 바라던 것이었나 생각하기 시작했다. 남작부인이 신호를 보내자 야르노가 나타났다. 날이 밝은 뒤에 드디어 후작이 올 것이라는 소식이 왔다. 그래서 옆 마을에서 야영하고 있는 선발대를 살펴보기 위해 두세 번에 걸쳐 기마병을 보내야 했다. 성안이 소란스러워졌다. 본디 의욕이 없는 시종들에게 그리 좋은 대접을 받지 못했던 배우들은 그들에게 그 어떠한 관심도 보이지 않았다. 단원들은 부푼 마음으로 구관에 들어가 연습하며 시간을 보낼 수밖에 없었다.

제8장

드디어 후작이 도착했다. 동시에 도착한 장군들, 참모들, 그 밖의 수많은 수행원들, 그리고 방문이나 볼일을 위해 찾아온 많은 사람들로 성은 마치 분봉하려는 벌집과도 같았다. 모두가 후작을 한 번이라도 보고자 몰려들었고, 그가 소탈하고 겸손하다는 것에 감탄했으며, 군사령관의 성에, 그리고 궁정귀족의 사람 좋은 면모에 모두 놀라움을 금치 못했다.

후작이 도착했을 때 성내 모든 사람은 백작의 명령에 따라 저마다 맡은 위치에 있어야 했고, 환영회를 열어 후작을 놀라게 하기 위해 배우들은 얼굴 내미는 것이 일절 허락되지 않았다. 후작도 그날 밤 불빛이 환한, 17세기의 자수 벽걸이가 걸려 있는 커다란 방에 안내되었을 때 연기는 물론, 그를 기리는 연극 무대 같은 건 전혀 예상도 못한 듯했다. 모든 게 무사히 끝나고 막이 내려가자 후작은 극단 모두를 불러 한 사람 한 사람 친근하게 무언가 물어보거나 다정하게 말을 걸거나 했다. 특히 빌헬름은 작가로서 앞에 나가 그에 따른 치사를 받았다.

연극을 특별히 화제로 삼는 사람은 아무도 없었고, 며칠이 지나자 그런 연극 같은 건 상연된 적도 없다는 모습이었다. 단지 야르노만이 가끔 빌헬름과 그 이야기를 하며 명쾌한 칭찬을 해주었는데 그는 "당신이 속 빈 호두가 되어, 속 빈 호두를 위해 연극을 하고 있다는 건 참 안타까운 일이에요"라고 한 마디를 덧붙였다. 이 말은 며칠간 빌헬름의 머리에서 떠나지 않았지만, 그것이 어떤 의미인지 그로부터 무엇을 이해하고 받아들이면 되는지 알 수 없었다.

그사이 극단 모두는 매일 밤 힘닿는 대로 무대에 서서 관객의 주목을 끌고자 최대한 노력했고, 인사치레에 지나지 않는 갈채는 그들을 한껏 북돋워 주었다. 구관에 머무는 동안 그들은 지금 많은 사람들이 몰려오는 것은 사실 자기들 때문이다, 자기들의 연기를 보기 위해 많은 손님들이 와 있는 것이며, 자기들이 모든 흐름의 중심이므로, 모두가 자기들을 위해 바삐 움직이고 있는 거라고 진심으로 믿게 되었다.

하지만 빌헬름은 그와는 정반대의 사실을 깨달아 매우 불쾌했다. 후작도 처음 몇 번인가는 안락의자에 앉아 처음부터 끝까지 열심히 봐주었으나, 점차 그럴싸한 핑계를 붙여 자리를 뜨게 되었다. 빌헬름이 이야기를 나누어 보고 가장 잘 이해해 주고 있다고 생각하는 사람들까지—야르노가 대표적이다—연극에는 슬쩍 얼굴만 내밀 뿐, 대부분은 대기실에서 트럼프를 하거나 자기 볼일에 대한 이야기를 하고 있는 듯이 보였다.

빌헬름은 끊임없이 노력하는데도 바라는 만큼의 갈채를 받지 못하는 것에 너무 화가 났다. 작품 선정, 필사본 만들기, 연습, 그 밖의 수많은 일에서 그는 멜리나를 도왔고, 내색하지는 않았으나 스스로도 자신의 부족함을 느끼고 있던 멜리나는 결국 모든 것을 빌헬름에게 맡겼다. 빌헬름은 역할의 대사를 열심히 외웠으며, 많은 훈련을 받지는 않았지만 가능한 반듯하게 연기해 보였다.

남작이 계속해서 관심을 갖고 있다는 것은 다른 단원들 누구도 의심하지 않았다. 남작은 그들이 최대의 효과를 내고 있으며, 특히 자신의 작품을 상연했을 때는 더욱 그랬다고 말해 의심할 여지가 없었다. 다만 후작이 너무 한결같이 프랑스 연극을 선호하고 있는 데 반해, 부하들 가운데 일부, 특히 야르노가 기괴한 영국 연극을 열광적으로 지지하고 있는 점이 아쉽다고 했다.

이렇게 연극은 별다른 주목이나 칭찬도 받지 못했지만, 그렇다고 배우 개개인들까지 남녀 관객에게 관심을 받지 못한 것은 아니었다.

앞서 말했다시피 여배우들은 처음부터 젊은 장교들의 주목을 받고 있었다. 하지만 그녀들은 더 나은 행복을 추구했고 점점 더 유력한 후원자를 바라게 되었다. 하지만 여기선 그에 대해 더 이상 언급하지 않기로 하고, 백작부인이 날이 갈수록 빌헬름에게 관심을 갖고 그 또한 백작부인에 대한 애정이 남몰래 싹트기 시작했다는 것만 알아두도록 하자. 그가 무대에 서면 그녀는 그에게서 눈을 떼지 못했으며, 그러는 사이 빌헬름도 점차 그녀 한 사람만을 향해 연기를 하며 대사를 읊고 있는 듯이 보였다. 서로를 바라보는 것만으로도 이루 말할 수 없는 기쁨을 느끼고, 그 이상 구체적인 무언가를 바라는 일도, 어떤 결과에 괴로움을 느끼는 일도 없이 순진한 두 사람의 영혼은 완전히 지금 이 순간의 만족감에 푹 빠져 있었다.

마치 강을 사이에 두고 갈려 있는 적들의 전초병이, 두 나라가 얽혀 있는 전쟁 같은 건 생각도 못하고 밝고 태평하게 이야기를 나누듯이, 백작부인은 빌헬름과 출신과 신분이라는 엄청난 늪을 사이에 두고도 의미심장한 시선을 나누며 두 사람 다 자신의 감정에 그대로 몸을 맡겨도 아무 문제없을 거라 믿고 있었다.

한편 남작부인은 착실하고 쾌활한 라에르테스가 꽤 마음에 들어 눈독을 들이고 있었다. 라에르테스는 본디 여자를 매우 싫어하지만, 그렇다고 하룻밤의 불장난까지 거부할 정도로 점잖지는 않아, 남작이 선의 또는 쓸데없는 간섭으로 남작부인의 본성을 자세히 알려주지 않았다면 그 또한 남작부인의 소탈한 매력에 빠져들었을 것이다.

내용인즉, 어느 날 라에르테스가 남작부인은 다른 어떤 여성보다도 훌륭하다며 그녀를 소리 높여 칭송하자 남작이 농담인 척 말했다.

"예상대로군. 나의 사랑하는 벗이 자기 돼지우리에 또 한 마리를 잡아넣은 모양이야."

이 노골적인 빗댐이 불쾌하기도 했지만, 이 말이 키르케의 위험한 애무를 의미하고 있다는 것이 너무나도 명확했기에 라에르테스는 몹시 화가 났다. 그럼에도 남작은 개의치 않고 이야기를 계속했고, 라에르테스는 부아가 치밀어 견딜 수가 없었다.

"모르는 사람은 누구나 이런 멋진 대접을 받는 것은 자신이 처음이라 생각하지. 하지만 이게 엄청난 착각이란 거야. 여기 있는 모두가 한 번씩은 다 똑같은 길을 밟았거든. 다 큰 사내이건, 청년이건, 소년이건 한동안은 저 사람한테 빠져서는 돈을 쏟아붓지. 동경하다 못해 어떻게든 자기 걸로 만들어 보겠다며 간이고 쓸개고 나 내주게 되는 걸세."

가까스로 들어선 마녀의 정원에서 비록 가공의 것일지언정 봄이 가져오는 작은 행복을 맞이한 사내가 꾀꼬리의 노랫소리에 귀를 기울이려던 찰나, 마치 돼지 먹따는 듯한 신음소리가 들려오는 것만큼 불쾌하고 놀라운 일은 없으리라.

그 뒤 라에르테스는 짧은 시간이었다곤 하지만 허영심에 취해 또다시 여성에게 마음을 주는 어리석음을 저지른 자신을 진심으로 부끄러워했다. 그때부터 그는 남작부인을 차갑게 대했으며, 마방감독과만 함께 다니고, 펜싱 연습을 하거나 사냥을 나갔다. 하지만 무대연습이나 상연이 있을 때에는 이런 건 쓸데없는 시간 죽이기밖에 안 된다는 듯이 굴었다.

단원들이 늘 필리네의 지나친 행운을 부당한 것이라 부러워했기에 백작부인은 때때로 아침에 단원 몇 명을 부르곤 했다. 백작은 훈장이 꽤나 마음에 들어 몸단장을 하는 동안 몇 시간이고 옆에 두곤 했는데, 그러는 사이 훈장은 갈수록 말쑥해지더니 결국에는 시계나 담뱃갑까지 갖고 다니게 됐다.

때로는 아침 식사 뒤, 이름 있는 사람들이 극단 모두를 부르는 일도 있었다. 단원들은 그것을 대단한 영광이라 생각했기에, 그때 궁의 중앙 정원에 사냥꾼과 하인이 수많은 말과 개를 끌고 와 있다고는 짐작도 못했다.

빌헬름은 가끔 후작이 좋아하는 라신*2을 칭찬하거나 해서 후작에게 좋은

*2 프랑스 소설가이자 희곡 작가(1639~1699). 우아한 시취와 격조 높은 아름다움으로 프랑스 고전주의의 어머니로 불린다.

인상을 남기는 것이 좋지 않겠느냐는 말을 들었는데, 어느 날 오후 다른 단원들과 함께 불려갔을 때 그 기회가 왔다. 후작은 자네도 위대한 프랑스 극작가들의 작품을 읽고 있는가 물었고, 빌헬름은 기세 좋게 읽고 있다고 대답했다. 마치 길을 막고 후작을 붙잡기라도 할 태세라, 그는 후작이 대답도 듣지 않은 채 다른 사람 쪽으로 가고 있다는 것조차 몰랐다. 자신은 프랑스 연극을 높게 평가하며, 위대한 작가들의 작품을 읽고 깊은 감명을 받았다고, 특히 후작이 라신의 위대한 재능을 아끼고 있다는 말을 듣고 진심으로 기뻤다며 말을 이었다.

"고귀하고 높으신 분들께서 그토록 훌륭하게 상류사회를 그려내는 시인을 높이 평가하신다는 것은 마땅하다 생각합니다. 감히 한 말씀 올리자면 코르네유는 위대한 인물을, 라신은 고귀한 분들을 그리고 있습니다. 그들의 작품을 읽고 있노라면 빛나는 왕궁에서 위대한 국왕을 눈앞에 뵈오며, 이름 높은 분들 속에서 비싼 자수 벽걸이 뒤에 감춰진 인간의 비밀을 헤치고 들어가는 시인이 떠오릅니다. 그의 〈브리타니퀴스〉나 〈베레니스〉를 정독할 때면 마치 제가 궁정에 있어, 이 땅의 수많은 신들, 그들 삶의 크고 작은 비밀에 관여하는 듯한 기분이 들죠. 섬세한 감수성을 지닌 프랑스인의 눈을 통해 저는, 전국민이 존경하고 숭배하는 국왕이나 만인이 부러워 마지않는 궁정귀족을, 결점도 있고 고통을 아는 있는 그대로의 모습으로 볼 수 있게 되었습니다. 라신이 루이 14세의 총애를 잃고 그의 분노를 사게 되어 고민 끝에 죽어버렸다는 일화는, 그의 모든 작품을 해석할 열쇠라는 생각이 듭니다. 국왕의 눈빛 하나에 생사가 달려 있는데, 위대한 재능을 지닌 시인이 국왕이나 궁정귀족이 갈채를 보낼 만한 작품을 쓰는 건 당연하지 않겠습니까."

야르노가 다가와 기가 막힌다는 얼굴로 빌헬름의 이야기를 듣고 있었다. 후작은 아무 대답 없이 호의적인 눈빛으로 찬성의 뜻을 나타냈을 뿐, 결국 고개를 돌려버렸다. 이런 경우 토의를 계속하거나 논의의 끝을 보려 하는 것이 실례임을 몰랐던 빌헬름은, 후작이 좋아하는 시인의 작품에서 많은 것을 느끼고 얻을 수 있었다며 후작에게 이야기하고 싶어했다.

야르노는 빌헬름을 옆으로 데리고 가며 물었다.

"그럼 당신은 아직 셰익스피어의 작품을 읽은 적이 없는 겁니까?"

"네, 없습니다."

빌헬름이 대답했다.

"셰익스피어 작품이 독일에 알려졌을 무렵 나는 연기와 멀어졌거든요. 어렸을 때 일이자 취미로 조금씩 하던 일을 우연히 다시 하게 됐지만, 기뻐해야 할지 아닌지 모르겠네요. 그의 작품에 대해서는 많은 이야기를 들어봤지만 진실도 예의도, 우리 사는 세상의 모든 걸 뛰어넘은 것 같은, 마치 기묘한 괴물 같다는 생각이 들어서 자세히 알아보고 싶진 않네요."

"그래도 한 번 읽어보는 걸 추천하죠."

야르노가 말했다.

"그 기묘한 것을 자신의 눈으로 확인해 본다고 손해날 건 없을 겁니다. 두세 권 빌려드리지요. 지금 당장 이것저것 다 집어치우고 구관에 틀어박혀, 이 미지의 세계의 환등을 엿보는 것. 이보다 더 훌륭하게 시간을 쓰는 법 따위 없을 거라 장담하죠. 당신이 저 원숭이나 개들을 인간답게 꾸며주고 춤이나 가르치는 건 죄악입니다. 한 가지 조건을 붙이자면, 형식에 구애받지 말 것입니다. 그 다음은 당신의 올바른 감정에 맡기겠소."

현관 앞에는 이미 말들이 준비되어 있었고, 야르노는 몇몇 귀족들과 사냥을 즐기러 나갔다. 빌헬름은 아쉬운 마음으로 그를 배웅했다. 야르노는 무뚝뚝하지만 새로운 생각을, 그가 필요로 하는 상상을 일깨워 주는 사람이었으며 그는 야르노와 더 많은 이야기를 하고 싶었다.

인간은 어느 순간 자신의 힘, 능력, 생각이 피어나는 때가 오고, 갑자기 궁지에 몰리는 경우가 있지만, 이때 뛰어난 친구가 있으면 도움을 받아 쉽게 빠져나가곤 한다. 이는 숙소를 앞에 두고 강에 빠진 나그네와 비슷하다. 누군가 손을 내밀어 끌어올려 주면 조금 젖은 정도로 끝난다. 하지만 어떻게든 자신의 힘으로 기어 올라간다 해도, 건너편 기슭에 다다른다면 본디 가고자 했던 곳까지 엄청나게 돌아가게 되는 것이다.

빌헬름은 세상이란 자신이 생각하던 것과는 다르다는 사실을 어렴풋이 깨닫기 시작했다. 귀족이나 신분 높은 사람들이 중요하고 의미 있다 생각하는 생활을 가까이서 바라보며, 그들이 그 생활을 어렵지 않게 품위 있는 것으로 바꿔 나가는 방법을 터득하고 있는 것에 놀랐다. 진군 중인 군대, 선두에 선 당당한 지휘관, 함께 싸우는 많은 병사들, 밀려드는 숭배자, 이 모든 것이 그의 상상력에 불을 붙였다. 이런 기분에 잠겨 있을 때 그는 약속했던 책들을 받았다. 생각대로 격렬한 물살이 바로 그를 휩쓸었고, 이 위대한 천재는 넓은 바다로 떠내려 갔다. 그는 곧 자신을 잊고 빠져들었다.

제9장

그들이 성에 머물고부터 남작과 배우들의 관계에는 많은 변화가 있었다. 처음에는 모두 만족스러워했는데, 이는 지금까지 동료들 사이에서만 활발히 상연해 온 그의 작품을, 난생처음 배우들이 공연하는 모습에 더없이 기분 좋았기 때문이다. 그래서 그는 성을 드나드는 방물장수가 올 때마다, 여배우들에게는 소소한 선물을, 남자 배우들에게는 샴페인 몇 병을 보내주며 통 큰 모습을 보여주었다. 그러자 배우들도 그의 작품에 갖은 수고를 아끼지 않았고, 빌헬름 또한 멋진 영웅의 역할을 맡아, 그 당당한 대사를 외우기 위한 노력을 마다하지 않았다.

그러나 어느덧 그들 사이에도 불화의 씨앗이 싹을 틔우고 있었다. 몇몇 배우들에 대한 남작의 편애가 날이 갈수록 눈에 띄자 다른 배우들은 당연히 기분이 좋지 않았다. 남작은 자기 마음에 드는 배우들만을 치켜세웠으며, 이는 단원들 사이에 시기와 싸움을 낳아, 그렇지 않아도 잦은 다툼으로 골머리를 앓고 있던 멜리나는 더욱 처지가 곤란해졌다. 칭찬받는 이들은 특별히 감사한 마음 없이 그것을 받아들였지만, 다른 이들은 갖은 수를 써서 그 불만을 나타내려 했다. 상황은 날로 나빠져 존경했던 은인이 와도 그 자리에 있기 힘들 지경에 이르렀으며, 지은이도 알 수 없는 시가 성내 소문거리가 됐을 때에도 고소하다며 기뻐할 뿐이었다. 전부터 남작은 배우들과 사귀는 것 때문에 비난이 많았다. 온갖 소문이 난무했고 무슨 일이 있을 때마다 살을 붙이고 우스꽝스럽게 꾸며대는 것뿐만 아니라, 끝내는 자신도 작가라며 뻐겨대는 몇몇 연기자들과 남작이 서로 질투하는 경쟁자가 된 것이 아니냐는 소문까지 떠돌았다.

이 소문을 낳은, 문제의 시는 다음과 같다.

빈털터리 소인은, 남작님
당신의 신분이 부럽구려.

옥좌에 가까운 당신의 자리
더없이 수많은 기름진 땅
아버지의 견고한 성벽
사냥터 있으니, 화살도 있습지요.

빈털터리 소인을, 남작님
당신은 어쩐지 시샘하고 계시는구려.
어쨌든 자연은 어린 시절부터
어머니처럼 소인을 아껴주셨습지요.
마음도 낙낙, 머리도 낙낙
빈털터리지만 아둔하진 않사오니.

생각해 보건데 남작님
피장파장 있는 게 어떠하시온지.
당신은 아바마마의 아드님
저는 어미의 아들놈
그리하여 시기도 원망도 없습지요.
이 한평생 갑남을녀로 무엇이 부족하리.

당신은 파르나소스에 드십시오.
소인은 감히 나리는 바라지도 않사오니.

이 시는 대부분 읽지도 못할 만큼 갈겨쓴 사본으로 여러 사람의 손을 거쳐
이에 대한 의견은 참으로 다양했지만, 결국 지은이가 누구인지는 아무도 맞추
지 못했다. 그리고 사람들이 고약한 심보로 기뻐하며 이 시를 재미있어하자, 빌
헬름은 화를 내며 말했다.

"뮤즈가 오래도록 우리 독일인을 경멸하고 슬퍼하는 것도 당연합니다. 그들
은 우리나라의 문학과 어떤 형태로든 관계를 가져보고자 하는데, 우리는 신분
있는 사람들이라는 이유 하나로 그들을 전혀 존중하지 않잖습니까. 출생이나
신분, 재산 같은 건 천부적인 재능과 취미에 결코 모순되는 것이 아닙니다. 당

장 외국만 봐도 귀족 가운데 훌륭한 지성을 가진 이들이 얼마나 많은지 압니까? 지금까지야 태생이 고귀한 사람이 학문에 몸 바친다는 게 기적 같은 일이고, 이름난 사람이 학문이나 예술을 아꼈다는 예도 아주 적었죠. 많은 사람들이 어둠에서 일어나 이름 없는 별처럼 하늘로 날아올랐단 말입니다. 하지만 그게 언제까지 이어지지는 않을 겁니다. 내 착각이 아니라면 상류층 사람들은 그 이점을 살려, 그들 또한 뮤즈의 아름다운 화관을 얻으려 하고 있어요. 귀족이지만 뮤즈를 존중할 줄 알고 있단 말입니다. 한데 시민들은 그들을 비웃을 뿐 아니라, 분별없는 변덕과 결코 용서할 수 없는 고약한 마음으로 우리 동료가 나아가는 길을 가로막으려 하고 있는 겁니다. 이보다 더 불쾌한 일이 도대체 어디 있단 말입니까.”

마지막 말은 마치 백작에게 들으라는 말 같았다. 그도 그럴 게 빌헬름은 백작이 그 시를 정말 좋은 작품이라 생각하고 있다는 말을 들었다. 자기 친척이기도 한 남작을 갖은 수를 써서 놀려주던 백작에게, 그 시는 남작을 놀려줄 적당한 재료나 다름없었던 것이다. 이 시의 작자가 누구인지 모두가 온갖 추측을 내세우고 있었으며, 아무한테도 지고 싶지 않던 백작은 문득 무언가를 떠올리고는 눈을 빛내며 확신했다. 시를 쓴 것은 훈장이 틀림없다. 어느 날 아침 백작부인과 남작부인과 야르노는 막간의 유흥으로 훈장을 불러, 그가 하고 싶은 대로 시를 낭독하게 했다. 그들은 훈장을 크게 칭찬했고 훈장은 갈채 속에서 선물까지 받았는데, 이것 말고 전에 쓴 시는 없냐는 백작의 질문에 현명하게도 아무것도 없다고 대답했다. 이렇게 훈장은 익살꾼이라는 평판을 받았지만, 남작을 지지하는 사람의 눈에는 험담꾼이나 비열한으로밖에 보이지 않았다. 그 뒤 백작은 그가 어떤 인물을 연기하든 점점 더 큰 박수를 보내고, 마침내 완전히 우쭐해진 이 가련한 남자는 정신이 이상해지고 말았다. 그리고 필리네처럼 방을 신관으로 옮기고 싶어했다.

그의 의도대로였다면, 그는 이런 엄청난 재난을 맞지 않았을지도 모른다. 어느 날 밤늦게 구관으로 돌아가려던 훈장은, 좁고 어두운 길에서 예기치 못한 공격을 받았다. 두세 명에게 붙잡히고, 남은 이에게 무지막지하게 두들겨 맞은 그는 완전히 넝마가 돼서 손 하나 까딱할 힘도 없었지만, 동료가 있는 곳까지 겨우 기어 돌아올 수 있었다. 동료들은 분개하는 척은 했지만 이 재난을 은근히 기뻐하는 눈치였고, 그가 호되게 맞아 새로 맞춘 갈색 옷이 방앗간에서 뒹

군 듯 가루투성이가 된 것을 보고 웃음을 참지 못했다.

이 소식을 들은 백작은 길길이 뛰며 불같이 화를 냈다. 이 행위를 성내 평화를 위협하는 극악한 범죄라 간주했고, 영주재판장에게 엄중한 심리를 할 것을 명했다. 하얀 가루투성이의 윗옷을 중요 증거물로, 분가루나 밀가루에 조금이라도 관계된 자는 남김없이 조사했지만 결국 아무 단서도 얻지 못했다.

남작은 이런 못된 장난은 자신에게도 몹시 불쾌하다고 엄숙하게 말했다. 백작의 태도가 옳았다고는 할 수 없지만 그런 것은 개의치 않을 것이며, 시인이든 험담꾼이든 마음대로 불러도 좋지만 자신의 명예를 걸고 그 남자가 당한 일과는 전혀 관계가 없다고 했다.

하지만 손님의 출입이다 뭐다 성안은 끊임없이 북적거리고 있었기에 그 사건은 금세 잊혔고, 백작의 후광으로 잠시 총애 받는 기쁨을 맛보았던 가련한 남자는 아주 비싼 대가를 치른 셈이 되었다.

매일 밤 연기를 계속하고 있던 극단은 전반적으로 꽤 좋은 대접을 받고 있었다. 하지만 대우가 좋아지면 요구도 커지는 법. 그들은 이내 남작에게 식사나 음료, 접대나 숙소 등이 너무 나쁘다는 말을 꺼냈고, 좀더 좋은 대접을 받고 싶다, 쾌적한 생활을 즐기게 해준다는 약속을 지켜달라고 졸랐다. 불만은 날로 커졌고 남작은 그들을 만족시키기 위해 애썼지만, 그의 노력은 늘 허무하게 끝났다.

그러는 사이 빌헬름은 연습이나 상연할 때 말고는 나타나지 않게 되었다. 미뇽과 노인만이 들어올 수 있는, 맨 안쪽 방에 틀어박혀 셰익스피어의 세계에 몰두했기에 밖에서 무슨 일이 일어나고 있는지 아무것도 깨닫지 못했다.

주문으로 터무니없이 많은 망령을 방에 불러들인 마법사 이야기를 예로 들어보자. 강력한 주문은 금세 망령으로 방을 가득 채워, 방 주위에 그려둔 원까지 망령들이 들이닥쳤다. 망령은 원 주위에서 마법사의 머리 위까지 빙글빙글 돌며 점차 모습을 바꾸며 늘어난다. 구석마다 놓아둔 접이식 등불도 점령하고, 달걀만 한 망령이 커다랗게 부풀었다 싶으면, 커다란 망령이 버섯만 하게 쪼그라든다. 가엽게도 마법사는 이 밀물 같은 망령 떼를 물러가게 하는 주문을 잊어버린 것이다. 지금 방에 주저앉아 있는 빌헬름이 딱 이 꼴이었다. 아무런 예고도 없이 수없이 많은 감정이나 능력이 생각지도 않게 꿈틀거리려 했다. 어떤 것도 그를 움직이게 할 수는 없었고, 때문에 누군가가 바깥일을 알려주러 와도 무척 화를 냈다.

그래서 중앙 정원에서 한 소년이 태형을 받을 거란 얘기를 들었을 때도 그는 개의치 않았다. 밤도둑으로 의심을 받던 소년은 가발사의 윗옷을 입고 있었기에 예의 그 야습 패거리로 보인 것이었다. 하지만 소년이 완강하게 부인하고 있기 때문에 정식으로 처벌할 수는 없었다. 다만 소년이 요 며칠 주변을 서성였고, 그날 밤 물방앗간에서 잠을 자고는 정원 담벼락에 사다리를 걸쳐 숨어들었던 점으로 보아, 부랑자로 죄를 물어 엄하게 꾸짖고 쫓아낸다는 것이었다.

빌헬름은 이런 건 그다지 드문 일도 아니라고 생각했지만 당황한 미뇽이 뛰어들어와, 잡혀 있는 건 프리드리히라고 했다. 프리드리히는 마방감독과 말썽을 일으키고는 극단에서도, 그들 앞에서도 모습을 감추고 있었다.

프리드리히라면 그냥 내버려 둘 수도 없어 서둘러 나가려다 보니, 이런 일에까지 형식을 따지는 백작 때문에 중앙 정원에서는 이미 준비가 이루어지고 있었다. 소년이 끌려나왔다. 사람들 틈을 비집고 들어간 빌헬름이, 이 소년은 자신이 아는 사람이며 처벌 전에 소년을 변호해 주고 싶으니 잠시 기다려 주면 좋겠다고 부탁했다. 이 요청이 어렵게 받아들여지고, 소년과 이야기할 수 있는 허락을 겨우 받았다. 소년은 배우가 험한 꼴을 당했다는 야습 사건과 아무 관계도 없으며, 그저 성 주위를 서성이다 밤에 숨어들어 필리네를 만나려고 했을 뿐으로, 필리네의 방은 알아두었으니 도중에 붙잡히지만 않았다면 분명 방에 갈 수 있었을 거라 단언했다.

빌헬름은 극단의 명예를 위해서라도 자세한 사정은 밝히고 싶지 않았다. 때문에 서둘러 마방감독에게 가, 극단의 사정도 성에 대해서도 잘 알고 있는 그가 이 사건을 중재해 소년을 풀어주었으면 한다고 부탁했다.

태평한 이 사람은 빌헬름의 도움을 받아 간단한 이야기를 지어냈는데 내용인즉, 본디 극단에 소속되어 있던 소년이 어느 날 달아났다. 하지만 다시 돌아오고 싶어 그들이 있는 곳에 얼굴을 내밀었고, 그날 밤 친절했던 몇 사람을 찾아가 도움을 청했다는 이야기였다. 그 밖에도 소년은 평소 행실이 좋은 아이였다고 증언해 주는 사람도 있었고, 말을 거들어 주는 여성들도 있었던 덕분에 소년은 풀려났다.

빌헬름은 소년을 거두기로 했다. 얼마 전부터 빌헬름이 가족이라 생각하고 있던 기묘한 가족에, 이렇게 또 한 사람이 들어오게 된 것이다. 노인과 미뇽도 돌아온 소년을 기분 좋게 맞아주었고, 소년은 기묘한 가족의 세 번째 구성원이 되었다. 곧 세 사람은 하나 된 마음으로 친구이자 보호자인 빌헬름을 정성껏 돕고, 그를 기쁘게 하고자 애썼다.

제10장

그런가 하면 필리네는 날이 갈수록 계획적으로 부인들에게 알랑거리고 있었다. 부인들만 있는 곳에 가면 주로 드나드는 남자들, 특히 빌헬름을 자주 화제로 삼았다. 영악한 필리네는 빌헬름이 백작부인에게 깊은 인상을 주고 있다는 것을 꿰뚫어 보고 있었기에, 자신이 아는 것 모르는 것 가리지 않고 그에 대해 모두 이야기했다. 하지만 그가 불리해질 만한 이야기는 꺼내지 않도록 주의했고, 오히려 여성을 조심스레 대하는 그의 태도를 칭찬했다. 부인들은 그 밖에도 많은 질문을 했는데, 그녀는 어떤 질문에도 실수 없이 대답할 수 있었다. 남작부인은 자신의 아름다운 친구 백작부인이 품고 있는 빌헬름에 대한 애착이 깊어진 것을 알아챘지만 이는 그녀에게 매우 고마운 일이었다. 여러 남자, 특히 요즈음 야르노와의 관계가 백작부인의 눈에 띄지 않았을 리도 없고, 백작부인의 정순한 마음은 그런 경박함을 죄라며 부드럽게 질책하고 있었기 때문이다.

그래서 남작부인과 필리네는 둘 다 빌헬름을 백작부인에게 다가가게 하는 것에 특별히 관심을 가지고 있었으며, 필리네는 일만 잘 풀리면 기회를 봐서 빌헬름의 호의를 되찾고 싶다는 생각도 하고 있었다.

백작이 동료들과 사냥을 나간 어느 날, 백작 일행이 다음 날 아침에 돌아올 것이란 말에 남작부인은 정말 그녀다운 장난을 생각해 냈다. 변장을 좋아하는 그녀는 가끔 시골 처녀나 소녀, 사냥꾼 청년으로 분장해 모두를 놀라게 하며 마치 요정처럼 아무도 예상하지 못하는 곳에서 나타나곤 했었다. 아무한테도 들키지 않은 채 잠시 모두의 시중을 들거나 함께 산책을 하거나 하다가, 마지막에 재미있고 독특하게 정체를 밝히는 순간 그녀의 기쁨이란 무엇에도 비할 수 없는 것이었다.

저녁 무렵 남작부인은 빌헬름을 자신의 방으로 불렀는데, 공교롭게도 그녀는 할 일이 남아 있었으므로 필리네에게 부탁해 변장 계획에 대해 말을 전해

두라고 했다.

빌헬름은 방에 남작부인도 백작부인도 아닌, 말괄량이 필리네가 있는 것을 보고 깜짝 놀랐다. 하지만 그녀는 지금까지 연습해 온 기품 있고 솔직한 모습으로 그를 맞이했고, 그 또한 정중한 태도를 취하지 않을 수 없었다.

그녀는 먼저 평범한 대화로 그를 따라다니는 행운에 대해 이야기하고, 지금까지 자신에게 보여주었던 태도 또한 자신의 탓이니 마땅한 것이라며 과거(과거라고 그녀는 말했다)의 잘못을 솔직하게 인정했다. 그리고 이제부터라도 스스로를 변화시켜 그의 우정에 어울리는 사람이 되고 싶고, 만약 그것이 불가능하다면 스스로를 경멸하게 될 거라 덧붙였다.

이 말을 들은 빌헬름은 깜짝 놀랐다. 경박하고 반성을 모르는 인간일수록 때때로 기를 쓰고 자신을 탓하거나, 결점을 요란하게 털어놓고 뉘우치기 마련이다. 그러면서도 강한 본성에 이끌려 벗어난 길을 되돌릴 힘 같은 건, 전혀 갖고 있지 않다. 세상 물정에 어두운 그는 이런 사실을 전혀 몰랐다. 그래서 그는 이 귀여운 죄인을 계속 무뚝뚝하게 대할 수가 없었다. 그는 그녀의 이야기에 빨려들었고, 그런 상태에서 변장으로 아름다운 백작부인을 놀라게 하려 한다는 기묘한 제안을 들었다.

그는 필리네에게 이 제안이 불안하게 느껴진다고 말하려 했다. 하지만 그 순간 남작부인이 들어와 그럴 틈을 주지 않았을 뿐만 아니라, 남작부인은 지금이 절호의 기회라며 그를 끌어냈다.

날은 이미 어두웠다. 남작부인은 빌헬름을 끌고 가다시피 하여 백작의 개인 의상실로 데려가 그의 웃옷을 벗기고 백작의 비단가운을 걸쳐주었다. 그리고 빨간 리본이 달린 나이트캡을 씌워 작은 방에 데리고 가, 커다란 의자에 앉히고는 손에 책을 들게 했다. 그녀는 앞에 있는 아르강램프*³에 불을 붙이며 그가 할 일, 그가 연기할 역할을 알려주었다.

남작부인은 백작이 갑자기 돌아오셨는데 기분이 좋지 않다고, 백작부인에게 전할 거라 했다. 그러면 소식을 들은 백작부인이 방에 들어와, 몇 번인가 왔다 갔다 하고, 의자에 앉아 팔을 어깨에 두르며 무언가 말할 거라는 것이다. 그는

---

*3 스위스의 과학자 에메 아르강(1750~1803)이 1783년. 그 무렵의 램프를 개량하여 만든 등(燈). 속이 빈 원통 모양의 심지를 써서 기름을 완전연소시키는 것으로, 석탄가스용의 아르강등은 특허출원을 받은 획기적인 발명품이었으며 특히 영국에서 널리 쓰였다.

가능한 오랫동안 그럴듯하게 백작 역할을 해야 하며, 마지막 정체를 밝힐 때에는 멋지게, 기품 있고 우아하게 해야 한다고 했다.

엉겁결에 기묘한 변장을 하고 앉아 있기는 했지만 빌헬름은 좀처럼 마음을 가라앉힐 수가 없었다. 이 제안이 놀랍기도 했으나 워낙에 갑작스러웠기에 제대로 생각해 볼 틈이 없었던 것이다. 그가 하기로 한 역할이 얼마나 위험한 것인지 겨우 깨달았을 때에는, 남작부인은 이미 방을 나가고 있었다. 백작부인의 젊음과 아름다움, 우아함이 그에게 어느 정도 인상을 남기고 있음은 부정할 수 없다. 하지만 본디 여성에게 친절하지도 않고, 비위를 맞추는 성격도 아닌 그는 스쳐 지나가는 듯한 하룻밤의 관계는 물론, 계획적으로 접근을 꾀하는 것 또한 스스로 받아들일 수 없었다. 때문에 그는 이 순간 적잖게 당황하고 있었다. 백작부인에게 밉보이는 것도, 지금보다 더 마음에 드는 것도, 어느 쪽이든 마찬가지로 그는 두려웠다.

지금까지 그가 끌렸던 여성들이 모두 눈앞에 떠올랐다. 목욕 가운을 걸친 마리아네가 나타나 자신을 잊지 말아달라고 애원했다. 조금 전 필리네의 모습은 그녀의 사랑스러움, 아름다운 머리, 애교스런 몸짓을 새삼 매력적으로 보이게 했다. 하지만 모든 게 고귀하고 향기로운 백작부인을 떠올리면 베일에 싸인 듯 멀어졌다. 이제 몇 분 뒤 그녀의 팔이 그의 목을 감싸며 순진한 애무를 해 올 것이고, 그는 그것을 견뎌내야 한다.

이 당혹스런 상황을 설마 이런 방법으로 벗어나게 되리라고는 그는 상상도 못했다. 뒷문이 열리고 살짝 눈을 들어 거울 속, 촛불을 손에 든 백작의 모습을 봤을 때 그가 얼마나 놀라고 공포에 떨었던가! 짧은 시간 빌헬름은 엄청난 고민에 빠졌다. 앉아 있을 것인지 일어날 것인지, 또는 달아날 것인지 사정을 설명할 것인지. 하지만 그런 찰나의 고민은 금세 사라졌다. 가만히 문간에 서 있던 백작은 발길을 돌리고 조용히 문을 닫았다. 바로 그때 옆문으로 뛰어 들어온 남작부인이, 불을 끄고 빌헬름을 일으켜 의상실로 끌고 들어갔다. 빌헬름이 재빨리 가운을 벗자, 그의 옷을 팔에 걸친 남작부인은 몇 개의 작은 방과 복도, 칸막이를 지나 그녀의 방에 도착하고 나서야 한숨을 돌리고 빌헬름에게 말했다. 백작부인에게 백작이 이미 돌아왔다는 거짓 소식을 알렸는데, 정말로 백작이 돌아와 있다는 것이었다. "알고 있어요. 무슨 일이 있었던 걸까…… 조금 전 옆문으로 들어오는 것을 봤답니다." 백작부인의 이 말을 듣고 기겁한 남작부인은 빌헬름을 데려오기 위해 바로 백작의 방으로 뛰어왔던 것이다.

"안됐지만 이미 늦었습니다!"

빌헬름은 외쳤다.

"백작님께선 방에 오셨고, 제가 앉아 있는 걸 보셨어요."

"당신이라는 걸 아셨으려나."

"그건 모르겠어요. 제가 거울 속에서 백작님을 봤으니, 백작님도 저를 보셨겠지요. 그게 유령인지 진짜 백작님이신 건지 알기도 전에 백작님께서 뒤돌아 나가시더니, 문을 닫으셨단 말입니다."

그때 남작부인을 부르러 온 시종이, 백작님은 부인과 계시다고 말하자 남작부인은 더욱 당황스러워했다. 무거운 기분으로 가서 보니 백작은 말없이 생각에 잠겨 있었지만 대화는 평소보다 온화하고 상냥했기에, 그녀는 이것을 어떻게 받아들이면 좋을지 알 수 없었다. 사냥에서 있었던 일이나, 예정보다 빨리 돌아온 이유에 대해 물어보았지만 대화는 곧 끝이 났고, 백작은 입을 다물었다. 이윽고 그가 빌헬름을 찾아 낭독을 청하자, 남작부인은 이상하게 여기지 않을 수 없었다.

남작부인의 방에서 옷을 갈아입고 잠시 안정을 찾고 있던 빌헬름이 불안해하며 백작 앞에 오자, 그는 한 권의 책을 건넸다. 쭈뼛거리며 모험이야기를 낭독하는 그의 발음은 불명확하고 목소리는 떨리기까지 했지만, 다행히도 그것이 이야기의 내용과 어울렸다. 백작은 몇 번이고 호의적인 몸짓을 표했고, 그의 낭독에는 남다른 맛이 있다며 칭찬하더니, 드디어 그에게 물러가도 좋다는 뜻을 비쳤다.

제11장

빌헬름은 셰익스피어의 작품을 몇 개도 채 읽지 못했다. 너무나 깊은 감동에 더는 읽고 있을 수 없었기 때문이다. 그는 온 영혼이 감동에 휩싸여 야르노와 이야기하기를 바랐고, 지금 느끼고 있는 기쁨에 끊임없이 감사했다.

야르노가 말했다.

"그럴 줄 알았어요. 모든 작가 중에서 가장 비범하고 경이로운 작가니까요.

그 위대한 정신세계를 당신이 못 느낄 리가 없다고 생각했어요."

"맞아요!"

빌헬름은 외쳤다.

"글이든 사람이든, 아니 인생의 그 어떤 일도 당신이 친절하게 알려준 이 귀중한 작품들만큼 커다란 감명을 준 것은 없었습니다. 마치 천상의 신이 다가와, 더없이 온화하게 인간을 가르쳐 주는 것 같아요. 이건 이미 단순한 글이 아니에요. 거대한 운명이 입을 벌리고 글 앞에 서 있는 듯한 느낌이에요. 격동하는 인생에 태풍이 불어와 정신없이 책장을 넘기는 거죠. 나는 그 강한 힘과 섬세함에, 그 격함과 고요함에 완전히 압도되어 버렸어요! 지금은 빨리 이 흥분이 가라앉아서 다시 책을 읽을 수 있게 되기를 기다릴 뿐이에요."

야르노는 빌헬름에게 손을 내밀어, 그의 손을 꽉 쥐면서 말했다.

"굉장하군요. 이렇게 되기를 바랐답니다. 앞으로도 내 생각대로 되면 좋겠군요."

그러자 빌헬름이 말했다.

"지금 내 안에서 일어나고 있는 것을 모두 당신에게 말할 수 있다면 얼마나 좋을까요? 늘 나를 따라다니던 예감이 있었어요. 그게 어떤 것인지 확실히는 알 수 없었죠. 하지만 지금껏 인간의 운명에 대해 느끼고 있던 그 무언가가 셰익스피어의 작품 속에 그대로 그려져 있는 거예요! 그는 인간의 모든 수수께끼를 풀어줄 수 있을 것 같아요. 하지만 우리가 '여기 또는 저기에 답이 있다'고는 말할 수 없을 겁니다. 그가 그린 인물은 자연스러운 인간인 것 같지만 사실은 그렇지 않아요. 이 가장 신비롭고 또 복잡한 자연의 피조물은 하나하나가, 문자판과 테두리가 모두 수정으로 만들어진 시계와 같다고나 할까요? 그들은 그들의 사명대로 움직여 시간의 흐름을 나타내고 있을 뿐이지만, 우리가 수정에 비친 톱니바퀴와 태엽을 알 수 있는 것처럼 말이죠. 나는 셰익스피어의 세계를 조금 엿본 것뿐인데도 전에 없는 자극을 받아 다시금 생각했습니다. 이 현실을 더 빠르게 나아가고 싶다고, 현실을 뒤덮고 있는 범람 속으로 뛰어들고 싶다고! 그리고 가능하다면 언젠가 무대에서, 자연의 드넓은 바다로부터 퍼온 진리의 잔을 이 나라의 목마른 관객들에게 나누어 주고 싶다는 생각을 했습니다."

"그것 참 기쁜 일이군요."

야르노는 감동하고 있는 빌헬름의 어깨에 손을 올려놓으며 말했다.

"활동적인 생활을 시작하려는 기분을 잊지 마십시오. 당신의 이 귀한 시간을, 하루라도 빨리 보람 있게 써야 하지 않겠습니까. 내가 할 수 있는 일이 있다면 기쁘게 도와드리지요. 출신으로 보나 학식으로 보나 당신에게 그런 극단은 어울리지 않아요. 어쩌다 당신이 발을 들여놓게 된 건지 아직 듣진 못했습니다만 당신은 거기서 벗어나고 싶은 거죠? 나는 그렇게 생각하고, 그게 당신에게 더 좋은 일이라 믿고 있어요. 당신의 출생도 가정환경도 모르는 내게, 당신이 무엇을 털어놓든 그것은 당신 마음입니다. 다만 우리가 살고 있는 이 전란의 시대는 눈앞이 핑핑 돌 만큼 행복과 불행이 번갈아드는 기회의 시간이라는 것만은 말할 수 있겠네요. 당신에겐 힘과 재능이 있어요. 당신이 우리에게 도움을 주는 것뿐 아니라 위험을 무릅쓰는 것도 마다하지 않는다면, 나는 바로 지금 당신을 어떤 자리에 앉혀 당신에게 기회를 줄 것입니다. 한동안 그 자리에 앉는다면 결코 앞으로 후회할 일은 없을 거라 장담하죠."

아무리 감사해도 부족하다 생각한 빌헬름은, 친구이자 보호자인 이 사람에게 그의 삶을 남김없이 이야기하고 싶은 기분이 들었다.

이야기를 나누던 중 두 사람은 공원 깊이 흘러들어가, 공원을 가로지르는 중심 도로로 나오게 되었고, 야르노는 잠시 멈춰 서서 말했다.

"잘 생각해서 결심하고 이삼일 안에 답변해 주시오. 모든 건 나에게 맡기시면 됩니다. 솔직히 말하면 어떻게 당신이 그런 무리와 함께 있을 수 있는 건지, 지금도 영문을 모르겠습니다. 당신이, 떠돌아다니며 살아가는 그런 음유시인이나, 남잔지 여잔지도 모를 맹랑한 꼬마한테 집착하는 것을 볼 때마다 구역질이 날만큼 짜증이 났단 말입니다."

그가 말을 채 끝내기도 전에, 말을 탄 장교가 마부를 따라 말을 끌고 뛰어왔다. 야르노가 큰 소리로 인사하자 장교가 말에서 뛰어내렸고, 두 사람은 끌어안고 무언가 이야기했다. 빌헬름은 그의 마지막 말에 놀라 생각에 잠겨 서 있었으며, 야르노는 장교가 가지고 온 서류를 훑어보았다. 장교는 빌헬름 쪽으로 오더니 힘주어 말했다.

"멋진 친구를 얻었군요. 친구의 충고대로 해요. 오늘 비록 당신을 처음 만났지만, 그게 그동안 당신에게 깊은 관심을 갖고 있었던 나의 소원이기도 하니까요."

그는 빌헬름을 세게 끌어안았고, 그때 야르노가 다가와 장교에게 말했다.

"당신도 같이 돌아가는 게 어때. 당신도 명령을 받아야, 밤이 되기 전에 또 떠날 수 있을 테니."

두 사람은 바로 말에 뛰어올라, 망연히 생각에 잠겨 있는 빌헬름을 내버려 두고 떠났다.

야르노의 마지막 말이 아직 귓가에 울리고 있었다. 그가 순수하게 아끼고 좋아하는 두 사람을, 그가 깊이 존경하고 있는 사람이 그토록 심하게 깎아내린 것을 참을 수 없었다. 알지도 못하는 장관의 그 이상한 포옹은 그다지 마음에 남지도 않았고, 그저 잠시 그의 호기심과 공상을 불러일으켰을 뿐이었다. 하지만 야르노의 말은 그의 마음을 도려냈고, 그는 깊이 상처받았다. 빌헬름은 돌아가는 길에, 그의 눈만 봐도 알 수 있고 모든 몸짓이 말하고 있는 차가운 마음을 한순간이나마 보지 못하고 잊어버린 자신을 엄하게 탓했다. 그리고 외쳤다.

"그렇지, 이 진부한 속물놈! 너 같은 놈이 친구라며 자만하다니! 당신이 말하는 그 어떤 것도, 그 불행한 두 사람과 나를 잇고 있는 마음에는 미칠 수 없을 거다! 당신한테 기대할 것 따위 없다는 걸 빨리 깨달은 게 그나마 다행이지."

그는 마중 나온 미뇽을 끌어안으며 소리쳤다.

"그렇고말고, 넌 귀여운 내 아이야. 무슨 일이 있어도 나와 너를 떼어놓게 하지는 않는다. 세상의 어떤 가식이나 처세도, 내가 너를 버리거나 내가 네게서 얻은 것을 잊게 할 수는 없을 거야."

평소 끌어안거나 하는 격렬한 애정 표현을 거부하던 그가 뜻밖에 다정하게 나오자 미뇽은 뛸 듯이 기뻐하며 꼭 안겨왔고, 때문에 그는 아이를 떼어놓느라 꽤나 애를 먹었다.

그날 뒤로 그가 야르노를 유심히 살피며 알게 된 사실은, 야르노가 늘 바른 행동만을 하지는 않는다는 것이었다. 그 가운데에는 매우 불쾌한 행동도 많았는데, 가련한 훈장이 비싼 값을 치러야만 했던 자작시 사건이 그 예라 할 수 있겠다. 빌헬름은 그 사건이 사실은 야르노가 꾸민 일이 아닐까 강하게 의심하게 되었으므로, 야르노가 그 사건에 대한 농담을 했을 때 빌헬름은 이게 바로 그의 비열한 마음의 증거라 생각했다. 사건의 빌미는 자기가 주었으면서 사과나 보상조차 하지 않은 채 그 사람을 비웃다니, 이보다 더 악랄한 일이 또 어디 있겠는가. 가능하면 자신이라도 나서서 사죄하게 만들어 주고 싶은 심정이었다. 꽤나 신기한 우연이지만 그는 그 범인의 단서를 붙잡고 있었기 때문이다.

구관 아래층의 넓은 방, 젊은 장교 무리가 몇몇 배우들과 밤새 즐거운 시간을 보낸다는 것을 빌헬름은 지금껏 몰랐다. 어느 날 아침, 언제나처럼 일찍 일어난 그는 젊은 장교 무리가 방에서 이상한 일을 하고 있는 것을 우연히 보게 됐다. 그들은 사발의 물에 분필을 갈아 넣고, 입고 있는 조끼와 바지에 솔로 발라 본디의 흰색으로 재빠르게 되돌리고 있었던 것이다. 놀란 빌헬름은 '훈장'의 하얀 가루투성이였던 옷을 떠올렸고, 무리 가운데 남작과 가까운 사람 몇 명을 보고 더욱 의심이 깊어졌다.

그는 자세한 단서를 잡기 위해 젊은 장교 무리를 조촐한 아침 식사에 초대했다. 그들은 무척 쾌활했고 재미있는 이야기를 많이 들려주었는데, 특히 신병 모집 업무를 맡고 있는 한 장교는 자신의 상관을 입이 마르도록 칭찬했다. 많은 사람을 끌어모으는 대령은 교묘한 말로 사람들을 유인하는데, 훌륭한 집안에서 자란 젊은이들도 좋은 자리에 앉혀주겠다는 엉터리 같은 말에 속아 넘어간다며 긴 이야기를 했다. 그리고 젊은이들 대부분이 용감하고 현명하며 호기롭고 유명한 대령에게 잘 보였다고 으쓱해하므로 쉽게 넘어온다며 크게 비웃었다.

빌헬름은 뜻하지 않게 자신이 다가갈 뻔했던 마음의 실체를 알려준 수호신에게 깊이 감사했다. 생각해 보면 야르노는 한낱 병사모집관일 뿐이었다. 낯선 장교의 포옹도 이제 이해가 갔다. 그때부터 그는 이 무리의 심성에 혐오감을 느껴 제복을 두른 사람은 일단 피하게 되었다. 그래서 군대가 전진한다는 소식은 아름다운 백작부인과 영원히 멀어진다는 두려움만 아니라면 매우 환영할 만한 일이었다.

제12장

그사이 남작부인은 불안과 채워지지 않는 호기심에 고민하며 며칠을 보냈다. 그 장난 뒤, 백작의 행동이 완전히 수수께끼처럼 보였기 때문이다. 그는 지금까지와는 전혀 딴판으로 변해 평소 잘하던 농담조차 안 하게 되었다. 극단원이나 시종에게 하는 요구도 현저히 줄었으며, 고압적인 태도나 말이 많던 성격도 변해, 오히려 말수도 줄고 깊은 생각에 잠기는 일이 많아졌다. 그런데도 그는 마치 딴사람인 양 쾌활해 보였다.

가끔 여는 낭독회 때에도 진지한, 그것도 종교적인 책을 선택하는 일이 많았고 겉으로는 온화해 보였기에 남작부인은 오히려 두려워하고 있었다. 백작의 안에, 그가 맞닥뜨렸던 꺼림칙한 행위에 복수하려는 은밀한 계획이나 원한이 감춰져 있는 것이 아닐까 끊임없이 불안에 떨어야 했다. 그래서 그녀는 모든 것을 야르노에게 털어놓고자 결심했다. 야르노와는 평소 숨기는 것 없이 터놓고 지내는 사이였던 만큼 말하기가 쉬웠다. 더군다나 얼마 전부터는 더욱 특별한 관계가 되었지만, 영리하게도 그녀는 말 많은 무리에게 자신의 애정과 기쁨을 감출 줄 알았다. 하지만 이 새로운 로맨스도 백작부인의 눈만큼은 피할 수 없었으며, 그녀가 백작부인과 빌헬름을 엮어주려 한 것도 어쩌면 그녀를 향한 백작부인의 은밀한 비난을 피하기 위해서였는지도 모른다.

남작부인이 야르노에게 이 이야기를 하자 그는 웃으며 말했다.

"그 노인은 분명 자신을 봤다고 생각하고 있는 겁니다. 그 환영이 불행, 아니 아마 죽음의 전조인 것 같으니까 겁먹고 얌전해진 거라고요. 지금까지도 앞으로도 죽음을 피할 수 있는 이는 없을 테고, 죽음을 생각하면 어떤 야만인이라도 얌전해지니까 말이죠. 하지만 이건 비밀이에요. 그 노인은 아직 더 살아주지 않으면 안 되니까요. 이참에 부인이나 내가 앞으로 고생하지 않을 만큼은 얻어내야 하지 않겠어요?"

그래서 두 사람은 기회만 있으면 백작 앞에서 예감이니 환상이니 하는 이야기를 꺼냈고, 야르노도 남작부인도 그런 건 있을 수 없다며 안 믿는 척을 했다. 두 사람이 자꾸만 그런 이야기를 하자 결국 백작은 야르노를 옆으로 데리고 가, 자신의 예를 들며 그런 것은 실제로 있을 수 있는 일이라고 설득하려 했다. 그러자 야르노도 처음에는 놀라고 의심하다가 나중에야 이해한 척을 했다. 그러다 밤에 둘이 되면 한층 더 신이 나서, 유령한테 겁먹어 순식간에 나쁜 버릇을 고친 나약한 현실주의자를 비웃으며 즐거워하는 것이다. 하지만 백작이 눈앞의 불행, 아니 어쩌면 죽음조차도 받아들여 편안하게 기다리고 있는 것만큼은 훌륭하다고 말했다.

"예상 밖의 일도 있긴 했지만 우리 생각대로 잘 풀린 것 같지 않아요? 백작님도 무척 당황하신 것 같았고 말예요."

불안한 마음이 사라진 건지 아닌지 평소 모습으로 돌아온 남작부인이 쾌활하게 말했고, 야르노는 이 일로 큰 포상을 받았다. 그리고 두 사람은 백작을 더 길들이고, 백작부인의 빌헬름에 대한 애정을 부추길 새로운 방책을 짰다.

이런 속셈으로 두 사람은 백작부인에게 일의 전말을 모두 말했다. 백작부인은 달갑지 않은 표정이었지만 조금씩 생각에 잠기는 일이 잦아지더니, 혼자 있을 때에는 그녀에게 마련되었던 장면이나 그다음 장면까지도 상상하게 되었다.

여러 곳에서 하고 있는 준비를 보면 머잖아 군이 전방으로 이동하고, 후작도 성을 옮기게 되는 것은 틀림없었다. 백작도 영지를 떠나 마을로 돌아간다는 말이 돌았기에, 극단 배우들 또한 자신들의 앞날을 쉽게 예상할 수 있었을 것이다. 하지만 대책을 찾고 있던 사람은 멜리나뿐, 다른 이들은 그때그때 즐기려는 생각밖에 없었다.

그러던 중 백작부인이 빌헬름에게 그의 작품 필사본을 갖고 싶다고 청해 빌헬름은 나름 바쁜 시간을 보내야 했지만, 아름다운 부인의 이 부탁이 그에게는 최고의 포상이었다.

아직 자신의 작품이 인쇄된 것을 본 적 없는 젊은 작가는 이런 경우 아름답게 베껴 쓰는 일에 최대한 주의를 기울인다. 말하자면 작가의 황금기인 것이다. 인쇄술에 의해 수많은 쓸모없는 작품들이 세상에 넘쳐흐르지 않고 귀중한 정신의 산물만이 모사되어, 누구보다 고귀한 사람들의 손에 보관되던 시대로 돌아간 듯한 기분이 든다. 그렇게 되면 사람은 또, 공들여 쓴 원고는 전문가나 후원자의 손에 소유되어 서가에 놓일 가치가 있을 거라 생각하는 오류에 빠지기 쉽다.

이제 곧 출발하는 후작을 위해 큰 연회가 열렸다. 근처에 사는 많은 귀부인이 초대되어 백작부인은 빠르게 치장을 했다. 그녀는 이날 평소보다 화려한 옷을 입고 머리 모양도 장식도 한층 더 공을 들였으며, 갖가지 보석으로 꾸몄다. 남작부인 또한 최선을 다해 몸치장을 했다.

두 부인이 손님을 기다리며 지루해하는 것을 눈치챈 필리네는 완성한 원고를 건네주고, 자신의 작품을 낭독하고 싶어하는 빌헬름을 부르자고 제안했다. 방에 도착한 빌헬름은, 한껏 꾸며 더 아름다워진 백작부인의 자태와 그 우아함에 눈을 크게 뜰 수밖에 없었다. 부인들의 청에 낭독은 했지만 도저히 집중이 안 돼, 청중이 관대하지 않았다면 금세 쫓겨났을 정도로 서투른 낭독을 하고 말았다.

백작부인을 바라볼 때마다 눈앞에 불꽃이 터지는 것 같았고, 마침내 낭독 중 어디서 숨을 쉬면 좋을지조차 알 수 없게 되었다. 아름다운 부인에게는 늘 호감이 갔지만, 지금은 이렇게까지 아름다운 사람은 본 적도 없는 것 같다는 생각마저 들었다. 그의 가슴속을 뛰어다니는 수많은 생각을 말해 보면 대충 다음과 같지 않을까.

"많은 시인이나, 이른바 감성적이라는 사람들이 아름다운 치장을 반대해 모든 여성이 간소하고 편안한 차림이길 바라는 건 얼마나 어리석은 일인가. 추한, 또는 아름답지 않은 여성이 화려하게 꾸미는 걸 불쾌하게 여기는 게 결코 의상 탓이 아니라는 것은 생각해 보지도 않은 채, 그들은 아름다운 의상만을 탓한다. 하지만 나는, 세상 모든 업자를 모아놓고 물어보고 싶다. 이 아름다운 리본과 레이스, 곱게 말아 부풀린 머리, 반짝이는 보석을 보라! 보는 것만으로도 자연스레 호감이 갈, 이 기분 좋은 인상을 파괴하는 것이 두렵지도 않은가! 그렇다. '자연스럽다'고 나도 말하고 싶다. 미네르바가 완전무장을 한 채 유피테르의 머리에서 태어났듯이, 이 여신은 완벽한 치장을 하고 이름 모를 꽃에서 사뿐사뿐 걸어나온 것 같지 않은가 하고!"

그는 이 인상을 영원히 마음에 새기고 싶다는 듯, 낭독 중 몇 번이고 그녀를 쳐다보았으며, 그 때문에 전에 없는 실수를 저질렀다. 평소라면 단어 하나 철자 하나라도 틀리면 참을 수 없는 오점이라 생각해 절망했을 텐데, 몇 번이나 잘못 읽었는데 당황도 하지 않았다.

손님이 도착한 것 같은 소리가 들려 낭독은 끝났고, 남작부인이 방을 나갔다. 열려 있는 서랍을 닫으려던 백작부인은 패물함을 손에 들고 두세 개의 반지를 더 손가락에 끼었다.

"이제 곧 이별이네요."

작은 상자에 눈길을 준 채 그녀가 말했다.

"당신의 행복을 간절히 빌고 있는 친구와의 추억으로 이걸 받아주세요."

그녀는 수정 바닥에 머리카락으로 짠 아름다운 가문(家紋)이 보이고, 보석이 아로새겨져 있는 반지를 내밀었다. 그는 받기는 했지만 아무 말도 못하고, 어떻게 하면 좋을지 몰라 그 자리에 뿌리박힌 듯 서 있었다. 백작부인은 서랍을 닫고 소파에 앉았다.

"저는 아무것도 받을 수 없는 건가요?"

필리네는 백작부인의 오른쪽에 무릎을 꿇으며 말했다.

"이 사람 좀 보세요. 쓸데없는 때에는 주절주절 잘도 떠드는 주제에 지금은 감사 인사 한 마디도 못하네요. 정신 차려요, 빌헬름. 하다못해 몸짓으로라도 인사를 하는 게 어때요. 아무 생각이 안 난다면 내 흉내라도 내요."

필리네는 백작부인의 오른손을 잡고 열렬히 입맞춤했으며 빌헬름도 서둘러 무릎을 꿇고 왼손을 잡아 입술을 밀어붙였다. 부인은 당황한 것 같았지만 불쾌해 보이지는 않았다.

필리네는 말했다.

"아! 저도 장신구는 잔뜩 봤지만 그게 이렇게 어울리는 분은 뵌 적이 없답니다. 이 멋진 팔찌 좀 보세요. 아, 하지만 팔찌보다 멋진 손! 이 훌륭한 목걸이는 또 어떻고요! 하지만 목걸이보다 아름다운 가슴이에요!"

"그만두세요. 아부쟁이 씨."

부인이 말했다.

"이건 백작님이신가요?"

필리네는, 백작부인이 고급스런 사슬로 왼쪽 옆구리에 차고 있는 호화로운 메달을 가리키며 물었다.

"새신랑 시절이네요."

"그때, 이렇게 어리셨던 건가요? 결혼하시고 얼마 지나지 않았을 때라고 들었습니다만."

"화가가 마음 써서 젊게 그려줬을 뿐이에요."

"아뇨, 아주 아름다우세요."

필리네는 손을 백작부인의 가슴에 대며 말했다.

"하지만 이 비밀의 작은 상자 속에 다른 분의 모습이 숨어든 적은 전혀 없으신 건가요?"

"필리네, 어떻게 그런 말을! 당신을 너무 받아줬나 보군요. 그런 말은 두 번 다시 듣고 싶지 않아요."

그녀는 외쳤다.

"노여워 마세요. 저, 전 어떻게……!"

필리네는 벌떡 일어나 나가버렸다.

빌헬름은 아직 이 아름다운 손을 잡고 있다. 그는 팔찌의 잠금쇠를 가만히 보고 있었는데, 멋진 필체로 자기 이름의 머리글자가 새겨져 있는 것을 보고 깜짝 놀랐다.

"이 귀한 반지 안의 머리카락은 정말 부인의 것인가요?"

빌헬름이 쭈뼛거리며 물었다.

"예."

그녀는 작은 목소리로 대답하고 마음을 가다듬더니, 그의 손을 꽉 쥐며 말했다.

"일어서세요. 이제 헤어지도록 하죠."

"신기한 우연이네요. 여기에 제 이름이 있어요."

그가 팔찌의 잠금쇠를 가리키며 말했다.

백작부인이 외쳤다.

"뭐라고요! 이건 내 친구의 머리글자예요."

"그건 제 이름의 머리글자이기도 합니다. 저를 잊지 말아주십시오. 제 안에서 당신의 모습이 지워지는 일은 없을 겁니다. 안녕히. 저는 이만 물러가겠습니다."

빌헬름은 부인의 손에 입술을 대고, 일어서려고 했다. 하지만 꿈속에서는 신기한 일들이 차례로 우리를 놀라게 하듯이, 어쩌다 그렇게 됐는지도 알지 못한 채 그는 백작부인을 안고 있었다. 그녀의 입술은 그의 입술에 겹쳐져 있었고, 주고받는 입맞춤은 뜨거웠다. 이는 두 사람에게, 갓 따라 부은 사랑의 술잔에 일어난 거품을 마시는 것 같은 말갛고 소박한 행복감을 주었다.

곱슬거리는 머리카락이나 리본이 망가지는 건 신경도 쓰지 않고 머리를 그의 어깨에 기댄 백작부인의 팔은 그에게 감겨 있었다. 그는 열렬히 그녀를 끌어안고, 조금이라도 더 세게 안으려 애썼다. 하지만 이런 시간은 영원히 이어지지는 않는 법. 질투심 강한 운명이, 이 두 사람의 짧은 행복의 때를 무정하게도 잘라버렸다.

백작부인이 갑자기 소리를 지르며 몸을 떼고는 가슴에 손을 얹었을 때, 그는 놀라서 망연히 행복한 꿈에서 깨어났다.

그녀는 한 손을 눈에 대고, 아직도 멍하니 서 있는 빌헬름에게 외쳤다.

"가주세요. 빨리 여기서 나가줘요!"

그러더니 다시 손을 내리고, 이루 말할 수 없는 눈빛으로 그를 바라보며 사랑스럽게 말했다.

"나를 사랑하고 있다면, 가주세요."

빌헬름은 방을 나와, 어디를 어떻게 지났는지도 모르는 채 어느 순간 자신의 방에 들어와 있었다.

불행한 사람들이여! 두 사람을 갈라놓은 것은 우연의, 또는 운명의 어떤 신기한 경고였던 걸까?

제4부

제1장

라에르테스는 창가에 서서 팔꿈치를 괴고 생각에 잠긴 채 들판을 바라보고 있었다. 필리네가 큰 홀을 지나 살금살금 다가와서는 그에게 기대며 그의 진지한 모습을 놀려댔다.

"웃지 말아요."

그가 말했다.

"시간이 지나간다는 건 참 끔찍한 일입니다. 모든 것이 변하고 끝나버리니까요. 보세요. 얼마 전까지만 해도 여기엔 근사한 병영이 있었어요. 천막은 그토록 즐거워 보이고, 그 안에서는 활기가 흘러넘쳤죠. 그리고 이 일대는 엄중한 경비를 받았고요. 그런데 지금은 모두 한꺼번에 다 사라져 버렸어요. 얼마 동안은 짓밟힌 보릿단과 음식을 만들기 위해 팠던 구덩이의 흔적만 남아 있겠죠. 그리고 그것들도 언젠가는 쟁기로 갈아엎어져, 그토록 많은 용감한 젊은이들이 이곳에 있었다는 사실은 노인의 머릿속에만 남아 있을 거예요."

필리네가 노래를 부르며, 라에르테스에게 춤을 추자고 홀로 끌어냈다.

"흘러가는 시간을 따라갈 수는 없지요."

그녀가 말했다.

"적어도 우리 곁을 지나가는 동안에는 아름다운 여신으로서 즐겁고 기분 좋게 모시자고요."

두 사람이 몇 번 돌기도 전에 멜리나 부인이 홀을 가로질렀다. 필리네는 심술궂게도 그녀에게 춤을 추자고 권했는데, 그것은 임신으로 흉해진 몸매를 상기시키기 위해서였다.

필리네가 그녀의 뒷모습을 보며 말했다.

"임신한 여자는 보고 싶지 않네요."

라에르테스가 대답했다.

"하지만 그녀는 아기를 즐겁게 기다리고 있습니다."

"저 추한 옷 좀 보라죠! 짧아진 치마에서 흔들거리는 앞주름을 보셨어요? 움직일 때마다 앞으로 쑥 비어져 나오잖아요. 저 여자는 자기 몸매를 생각해서 흉한 모습을 감추려는 노력도 하지 않거니와 그런 깜냥도 없어요."

"내버려 둬요. 시간이 가면 다 해결될 테니."

라에르테스가 말했다.

"나무를 흔들어 아기를 딸 수 있다면 좋을 텐데."

필리네가 이렇게 외쳤다.

그때 남작이 들어왔다. 그가 오늘 아침 일찍 떠난 백작과 백작부인을 대신해 인사를 전하며 몇 가지 선물을 건네주었다. 그리고 옆방에서 미뇽과 이야기하던 빌헬름에게 갔다. 미뇽은 아주 친근하고 허물없는 태도로 빌헬름의 부모와 형제와 친척들의 안부를 물었다. 빌헬름은 가족들에게 편지를 보내야 하는 의무를 떠올리지 않을 수 없었다.

남작이 백작부인의 인사를 전하면서, 백작이 그의 연기와 운문화 작업과 연극을 위한 여러 노고에 매우 만족하더라고 말했다. 그러고는 백작이 그렇게 생각한 증거라며 주머니를 하나 꺼냈다. 새 금화의 매혹적인 빛이 아름다운 천을 통해 반짝이고 있었다. 빌헬름은 뒤로 물러나며 한사코 사양했다.

남작이 말을 이었다.

"이 선물은 당신이 투자한 시간에 대한 보상이자 당신의 수고에 대한 감사이지, 당신의 재능에 대한 보수가 아니에요. 우리는 재능으로 명성을 얻고 호평을 받습니다. 하지만 동시에 부지런함과 노력으로 우리의 필요를 채워주는 돈을 받지요. 그건 당연한 일입니다. 뭐니 뭐니 해도 우리는 정신만으로는 살아갈 수 없으니까요. 뭐든지 살 수 있는 도시에 있다면, 이 얼마 안 되는 돈으로 시계나 반지 같은 것을 샀을 겁니다. 하지만 지금은 형편상 이 요술지팡이를 그대로 드리는 수밖에 없군요. 이것으로 당신이 가장 좋아하고, 당신에게 가장 쓸모 있는 보석이라도 사요. 그리고 그것을 우리와 만난 기념으로 간직해 줘요. 이 주머니도 소중히 간직해 주고요. 부인들이 손수 꿰매셨는데, 안에 무엇을 넣느냐에 따라서 그것에 가장 어울리는 모양이 되도록 만든 것입니다."

빌헬름이 말했다.

"죄송합니다만, 이 선물을 받아도 되는지 당황스럽고 선뜻 마음을 결정하기 어렵습니다. 이걸 받으면 저의 하찮은 수고가 물거품이 되어버릴 것만 같고, 행복한 추억을 마음껏 즐기지 못하게 될 것 같아서요. 돈은 무슨 일을 정리하는 데 퍽 쓸모 있는 수단이지만, 전 이곳의 추억을 완전히 정리해 버리고 싶지 않습니다."

그러자 남작이 말했다.

"그런 뜻에서 주는 건 아니오. 당신이 섬세한 감정의 소유자인 건 상관없지만, 당신은 백작이 당신에게 큰 빚을 진 기분으로 있기를 바랍니까? 백작님은 세심한 배려와 공정함을 가장 큰 명예로 여기는 분입니다. 당신이 얼마나 애를 썼고 백작님의 뜻을 표현하려고 얼마나 많은 시간을 쏟았는지, 그분은 어느 것 하나도 놓치지 않았어요. 그러기는커녕 몇 가지 일정을 앞당기기 위해서 당신이 자기 돈을 들였다는 사실까지 알고 계십니다. 백작님이 고마워하는 마음을 당신이 기뻐했다고 확신할 수 없다면, 내가 무슨 낯으로 백작님 얼굴을 뵙겠습니까?"

빌헬름이 대답했다.

"제 생각만 하고 제 감정에만 충실할 수 있다면, 당신이 아무리 여러 이유를 말한다 해도 이 과분한 선물을 끝내 받지 않았을 것입니다. 하지만 이 선물이 저를 난처하게 하는 이 순간, 이것이 또한 제가 지금껏 가족을 생각할 때 느꼈던 갖가지 남모를 고민거리에서 저를 구해 주는 것도 사실입니다. 저는 돈과 시간에 대해서 보고해야 하는데, 둘 다 그다지 절약했다고 할 수 없거든요. 하지만 지금 백작님의 고마우신 이 배려 덕분에, 이상한 외도를 하다가 얻게 된 행복에 관해서 안심하고 가족들에게 알릴 수 있게 되었습니다. 이럴 때 부드러운 양심처럼 우리에게 보고해 주곤 하는 이 섬세한 감정상 의무를 희생하여 더 높은 의무에 따르도록 하겠습니다. 다시 말해서 저는 아버지 앞에 당당하게 나설 수 있도록 당신 앞에 이렇게 부끄럽게 서 있는 것입니다."

남작이 말했다.

"참 이상한 노릇이죠. 친구나 후원자가 주는 선물이라면 고맙고 기쁘게 받을 텐데, 유독 그게 돈이라면 이토록 망설이게 되니 말입니다. 인간의 본성에는 그런 양심의 가책을 기꺼이 만들어 내고 정성껏 길러내는 특성들이 있는 모양입니다."

"명예와 관련된 여러 문제도 그와 비슷하지 않을까요?"

빌헬름이 물었다.

"그렇죠."

남작이 대답했다.

"다른 편견도 마찬가지고요. 우리가 그런 잡초를 뽑지 않는 건 어쩌면 중요한 식물을 같이 뽑아버릴 위험이 있기 때문일 겁니다. 하지만 어떤 편견을 뽑아버릴 수 있는지, 또 뽑아버려야 하는지를 아는 사람이 가끔 있는 것은 기쁜 일이지요. 예를 들어 궁정극장에서 공연할 연극을 몇 편 쓰고 군주에게 큰 찬사를 얻은 재치 넘치는 시인의 일화를 생각하면 즐거워지지요. 너그러운 국왕은 이렇게 말했습니다. '그자에게는 상을 듬뿍 내려야겠다. 보석을 좋아하는지, 돈을 주면 싫어하지나 않을지 알아보아라.' 그러자 시인은 그 특유의 농담조로 사신에게 이렇게 대답했습니다. '무한한 성은에 감사드릴 따름이옵니다. 폐하께서는 날마다 저희에게서 돈을 거두어 가시는데, 저는 왜 폐하께 돈을 받는 것이 부끄러운 일인지 그 이유를 알지 못하겠나이다.'"

남작이 방에서 나가자마자 빌헬름은 뜻밖에 거저 생긴─그는 그렇게 생각했다─돈을 세어보았다. 아름답게 빛나는 금화가 고급스러운 주머니에서 쏟아져 나왔을 때, 그는 우리가 만년에야 비로소 알게 되는 황금의 가치와 중대함을 처음으로 알 것 같았다. 돈을 세어본 그는, 특히 멜리나가 대신 내준 돈을 당장 갚겠다고 약속하기도 한 만큼, 필리네가 소년을 보내 처음으로 꽃다발을 요구했던 그날만큼의, 아니 그보다 더 많은 현금이 생겼음을 알게 되었다. 그는 자기 재능을 돌이켜보고 남몰래 흡족함을 느꼈다. 그리고 자신을 이끌어준 행복이 조금이나마 자랑스러웠다. 그는 자신 있게 펜을 집어 들고 가족의 근심을 단번에 날려주고 자신의 그간 행동을 근사하게 해명해 줄 편지를 쓰기 시작했다. 구체적인 이야기는 피하고 의미심장하며 신비로운 표현만 써서 자신이 겪은 일들을 암시하는 것으로만 그쳤다. 넉넉해진 주머니 사정, 자신의 재능으로 얻은 수입, 귀족들의 호의, 귀부인들의 비호, 여러 방면에 걸친 지인, 심신의 단련, 미래의 희망 등 신기루로도 만들어 낼 수 없을 만큼 기묘하고 놀라운 공중누각을 쌓아 올렸다.

이 행복한 황홀경 상태에서 그는 편지를 다 쓰고 나서도 오래도록 중얼거리며 편지 내용을 되풀이해서 읽고, 활동적이고 멋진 미래를 상상해 보았다. 수많은 고귀한 군인들의 사례가 그를 자극했고, 셰익스피어의 작품은 새로운 세계를 열어주었다. 백작부인의 입술에서는 이루 표현할 길 없는 불꽃을 빨아들였다. 이 모든 것이 영향을 주었으며, 그도 그것을 살리고 싶었다.

마방감독이 와서 모두 짐을 다 꾸렸는지 물었다. 미안하게도 멜리나 말고는 누구도 그런 생각을 하고 있지 않았지만, 곧 떠나야만 했다. 백작은 며칠간은 모든 단원을 마차로 데려다주겠다고 약속했었다. 말은 벌써 준비되어 있었는데, 너무 오래 기다리게 할 수도 없는 노릇이었다. 빌헬름이 자기 짐 가방은 어찌 되었느냐고 물었더니, 멜리나 부인이 이미 꾸려놓았다고 했다. 그가 빌려준 돈을 달라고 하니, 멜리나는 벌써 짐 가방 바닥에다가 아주 조심히 챙겨 넣었다고 했다.

"내 짐 가방에는 아직 여유가 있어요."

필리네가 말하고, 빌헬름의 옷을 집어 들었다. 그러고는 미뇽에게 나머지를 들고 따라오게 했다. 빌헬름은 하는 수 없이 그냥 내버려 두었다.

짐을 다 싣고 출발 준비를 하고 있을 때 멜리나가 말했다.

"줄타기 곡예사나 떠돌이 광대들의 여행처럼 보이기는 싫어요. 미뇽은 여자 옷을 입고, 하프 타는 노인도 당장 그 수염을 깎아버렸으면 좋겠는데요."

미뇽이 빌헬름에게 매달리며 간청했다.

"전 남자예요. 계집애가 되기는 싫어요."

노인은 잠자코 있었다. 필리네가 이 기회를 놓치지 않고, 보호자인 백작의 괴상한 성품에 유쾌한 주석을 붙였다.

"할아범, 수염을 깎으면 리본으로 묶어서 소중히 보관하도록 하세요. 어딘가에서 백작님을 만나면 곧바로 다시 달 수 있도록 말이에요. 백작님이 할아범을 좋아하신 건 바로 그 수염 때문이니까요."

이 말을 들은 사람들이 그녀에게 이 기묘한 이야기에 대한 설명을 해달라고 조르자, 그녀는 이렇게 말했다.

"백작님은 배우가 일상생활에서도 자기 배역을 계속 연기하면서 그 성격을 유지하는 것이 극장에서의 환상에 크게 기여한다고 생각하세요. 그래서 '훈장'을 그리도 좋아하셨던 거죠. 그리고 할아범이 가짜 수염을 밤무대에서만이 아니라 낮에도 달고 다니는 것은 아주 잘하는 일이라고 말씀하셨어요. 그 가짜 수염이 진짜 같아 보인다며 아주 기뻐하셨죠."

　다른 사람들이 백작의 그 착각과 이상스런 생각을 비웃고 있을 때, 하프 타는 노인이 빌헬름을 옆으로 끌고 갔다. 그는 작별 인사를 하면서 자기를 곧바로 떠나게 해달라고 울면서 애원했다. 빌헬름은 그를 달래며 말했다. 누구로부터도 그를 보호해 줄 것이며, 털끝 하나 건드리지 못하게 하겠다. 뿐만 아니라 강제로 수염을 깎게 하는 일은 없을 것이라고 단언했다.

　노인은 감동했다. 그의 두 눈에는 이상한 불꽃 같은 것이 번득였다. 그러고는 외쳤다.

　"그런 일로 떠나겠다는 게 아닙니다. 벌써 오래전부터 나는 당신 곁에 있는 나를 탓해 왔습니다. 나는 어디에도 머물러 있어서는 안 돼요. 불행이 나를 쫓아와서, 나와 함께 있는 사람들까지 불행하게 만드니까요. 나를 데리고 다녔다가는 무슨 일이 생길지 모릅니다. 아무것도 묻지 말아요. 내 몸은 나의 것이 아닙니다. 나는 어디에도 머물 수 없어요."

　"그럼 당신의 몸은 누구 것이죠? 누가 당신에게 그런 힘을 행사하는 겁니까?"

　"나리, 나의 무서운 비밀을 파고들지 말아요. 나를 붙잡지 마세요. 나를 따라다니는 복수는 이 세상 재판관의 것이 아닙니다. 나는 가혹한 운명에 사로잡혀 있어요. 나는 머물러 있을 수도 없고, 머물러서도 안 돼요."

　"지금 같은 상태로 당신을 보낼 수는 없습니다."

　"이렇게 내가 망설이고 있거나 우물쭈물하면, 나리에게 은혜를 원수로 갚게 될 겁니다. 나리와 함께 있으면 난 안전하지요. 하지만 나리가 위험해져요. 나리 곁에 있는 것이 어떤 존재인지 나리는 모릅니다. 난 죄를 지은 몸이에요. 하지만 죄보다 불행이 훨씬 더 크죠. 내 존재 자체가 행운을 쫓아냅니다. 내가 다가가면 선행도 힘을 잃어요. 불행의 구름이 나를 따라잡지 못하도록 나는 한 곳에 머물지 않고 계속 떠돌아다녀야 합니다. 불행의 구름은 나를 천천히 쫓아와서, 내가 머리를 뉘고 쉬려고 하면 모습을 나타내지요. 내가 떠나는 것이 나리께 감사를 드리는 최선의 길입니다."

　"이상한 사람이군요. 당신에 대한 나의 신뢰와 당신이 행복했으면 하는 나의 소망을 그리 쉽게 나에게서 빼앗아 갈 수는 없습니다. 난 당신의 망상이 빚어낸 비밀을 파고들 생각은 없어요. 하지만 당신이 이상한 운명이나 전조의 예감

속에서 살아간다면, 당신에게 위로와 용기를 주기 위해 이렇게 말하겠습니다. '나를 닮아 행복해지십시오. 당신의 검은 구름과 나의 흰 구름 가운데 어느 쪽이 더 센지 두고봅시다'라고요."

빌헬름은 이 기회를 이용하여 그에게 여러 가지 위로의 말을 건넸다. 얼마 전부터 그는 이 이상한 동행 속에서, 우연 때문인지 섭리 때문인지는 모르나, 커다란 죄를 짊어지고 아직까지도 그 기억에 질질 끌려다니는 사람을 보는 듯한 기분이 들었기 때문이다. 며칠 전에도 빌헬름은 노인의 노래를 들으며 다음과 같은 시구를 떠올렸다.

> 아침 햇살은 그 불꽃으로
> 깨끗한 지평선을 물들인다.
> 그러나 세상의 모든 아름다운 모습도
> 죄 많은 그대 머리 위에서 산산이 부서진다.

노인이 무슨 말을 하건 빌헬름이 더 강력한 논거를 내세우며 모든 이야기를 좋은 쪽으로 돌리고 대담하게 진심 어린 위로를 해주자 노인도 기운을 되찾았다. 그는 이제 망상을 버린 듯이 보였다.

제2장

멜리나는 작지만 부유한 도시에서 모든 단원과 자리잡고 싶었다. 이미 그들은 백작의 마차로 갈 수 있는 곳까지 와 있었다. 여행을 계속하려면 다른 마차와 말을 구해야만 했다. 여행 비용은 멜리나가 책임졌는데, 아니나 다를까 그는 지독한 구두쇠 기질을 여지없이 드러냈다. 한편 빌헬름은 백작에게서 받은 아름다운 금화를 주머니에 가지고 있었는데, 그것을 즐겁게 쓰는 것이 당연한 권리로 여겨져서 가족에게 보낸 멋진 결산서에 그것에 대해 매우 자랑스럽게 쓴 사실을 까맣게 잊어버렸다.

빌헬름은 스승이자 벗인 셰익스피어를 아주 기쁜 마음으로 자신의 대부라고도 생각했으며, 또 그런 만큼 자기 이름이 빌헬름인 것이 무척 마음에 들었다. 또한 그는 셰익스피어를 통해 한 왕자[1]를 알게 되었다. 그 왕자는 신분도 천하고 질도 안 좋은 패거리들과 한동안 어울렸으며, 그 고귀한 천성에 걸맞지 않게 몹시 방탕한 그들의 거칠고 부도덕한 어리석은 행동을 즐겼다. 이 왕자는 빌헬름의 현재 상태와 비교할 수 있는 좋은 본보기로서 대단히 환영할 만한 존재였다. 저항하기 어려울 정도로 자꾸만 하게 되었던 자기기만도 이 왕자를 알게 되면서부터 이상하리만큼 거부감이 없어졌다.

그는 먼저 옷차림에 대해 생각했다. 조끼를 입고 필요할 때는 짧은 망토를 걸친다면 여행자로서는 나무랄 데 없는 차림인 것 같았다. 털실로 짠 긴 바지와 편상화는 그야말로 도보 여행자다운 복장이었다. 다음으로 비단 장식 띠를 사서, 처음에는 배를 따뜻하게 한다는 핑계로 허리에 감았다. 그 대신 답답한 넥타이는 벗어버리고 기다란 모슬린 두어 장을 셔츠 깃에 달게 했는데, 그 폭이 너무 넓어서 고대의 옷깃처럼 되어버렸다. 마리아네의 기념품 가운데 유일하게 태우지 않은 아름다운 네커치프는 그 모슬린 장식 아래로 느슨하게 감았다. 화려한 리본과 커다란 깃털이 달린 둥근 모자를 쓰자 분장은 완성되었다.

여자들은 빌헬름의 이 차림새가 대단히 잘 어울린다고 야단이었다. 필리네는 황홀하다는 시늉을 하기도 했다. 그녀는 그가 자연의 이상에 조금이라도 가까워지려고 가차 없이 잘라버린 아름다운 머리카락을 가지고 감으로써 멋지게 그의 호감을 샀다. 넉넉하게 돈을 쓰면서 해리 왕자 식으로 다른 단원들을 대할 자격을 얻은 빌헬름은 곧 몸소 나서서 이런저런 어리석은 놀이를 시작하며 다른 사람들을 부추겼다. 펜싱과 춤은 물론이요 그 밖에도 다양한 놀이를 생각해 내고, 기분 내키는 대로 싸구려 술을 마구 퍼마셨다. 필리네는 이런 무질서한 생활 속에서도 여자를 멀리하는 빌헬름이 틈을 보이기를 남몰래 노리고 있었다. 그의 수호신이 부디 그를 잘 돌봐주기를 바랄 따름이다.

모두가 특히 재미있어했던 놀이는, 지금까지 그들의 후원자요 은인이었던 사람들의 흉내를 내며 조롱하는 즉흥 연극이었다. 그중에는 여러 귀족의 독특한 거동을 눈여겨보았다가 그 행동을 따라하여 큰 갈채를 받은 사람도 있었다. 필리네가 그녀의 체험을 모은 비밀 보고(寶庫)에서 그녀가 들은 사랑 고백 가운데 특히 흥미로운 것을 몇 개 골라 연기해 보였을 때는 너무 우습고 고소해

---

[1] 《헨리 4세》에 나오는 왕자 헬(해리).

서 모두 배를 잡고 웃었다.

빌헬름은 배은망덕한 그들을 꾸짖었다. 그러나 그들은 반박했다. 그곳에서 대체로 자신들이 세운 공적에 비해 좋은 대우를 받지 못했으며, 그래서 이렇게라도 앙갚음하는 것이라 했다. 아울러 그들은 귀족들이 자신들을 얼마나 업신여기고 냉대했는가 하는 푸념을 늘어놓았다. 비웃음과 조롱과 흉내가 다시 시작되었고, 그것은 점점 신랄하고 독해졌다.

빌헬름이 말했다.

"여러분의 말에서 질투나 이기심이 들여다보이는 일이 없기를 바랍니다. 그들의 인품과 처지를 올바른 관점에서 봐주세요. 태어나자마자 인간 사회에서 높은 지위를 차지한다는 건 특별한 일입니다. 물려받은 재산으로 팔자 좋게 살아가는 사람들에게 이렇게 말해도 좋다면, 인생살이의 모든 부차적인 것들에 어릴 때부터 풍족하게 둘러싸여 있기 때문에 대부분 이런 재화들을 최고라고 생각하는 데에 익숙하고, 자연이 준 인간 본성의 가치를 잘 알지 못하죠. 귀족들은 천한 사람들을 대할 때도, 저희끼리 판단할 때처럼 겉모습이 훌륭한지 아닌지로 판단합니다. 그들은 누구에게든 그들이 가진 칭호, 신분, 의복, 마차를 존중해 주지만 그들의 공적만큼은 절대로 인정하지 않지요."

사람들은 이 말에 일제히 우레와 같은 갈채를 보냈다. 그리고 공적을 세운 사람들은 늘 무시당하며, 귀족사회에서 진심이 담긴 교제를 눈곱만큼도 찾아볼 수 없는 것은 참으로 불쾌한 일이라고 말했다. 특히 귀족사회에서 벌어지는 교제에 대한 이야기는 끝도 없이 이어졌다.

"그 점에 대해서도 그들을 나쁘게 얘기하지 마십시오. 그들은 오히려 불쌍한 사람들입니다. 우리가 가장 큰 행복이라고 생각하는 행복, 즉 자연의 풍부한 내면에서 흘러넘치는 행복을 맛볼 수 있는 높은 수준의 감성을 가진 사람은 그들 가운데는 거의 없으니까요. 거의, 또는 아예 아무것도 갖고 있지 않은 우리 가난한 사람들만이 우정이라는 행복을 넉넉하게 맛볼 수 있습니다. 우리는 은총으로써 연인의 신분을 높일 수도 있고, 호의로써 승격시킬 수도 있으며, 선물로써 기쁨을 줄 수도 있습니다. 우리가 가진 건 오로지 우리 자신입니다. 우리는 우리 자신을 모두 바쳐야 하며, 그 자신에게 얼마쯤이라도 가치를 부여하려면 이 자신이라는 재산을 친구에게 영원히 보증해야만 합니다. 이것은 주는 사람이나 받는 사람 모두에게 얼마나 크나큰 기쁨이며 크나큰 행복입니까!

신뢰는 우리를 또 얼마나 행복한 상태로 만들어 줍니까! 신뢰는 이 덧없는 인생에 천국의 확실성을 약속해 줍니다. 진실이야말로 우리의 최고 재산인 것입니다."

그가 이렇게 말하는 사이에 미뇽이 그에게 다가와 그 가녀린 팔로 그를 끌어안고 머리를 가슴에 기댔다. 그는 그 애 머리에 손을 얹고 말을 계속했다.

"귀족들은 사람의 마음을 쉽게 받아들입니다. 남의 순정을 앗아가기도 정말 쉽지요. 따뜻하고 기분 좋고 아주 작은 인간적인 태도만으로도 기적을 일으킵니다. 그리고 한 번 그렇게 사로잡은 마음을 계속 붙잡아 둘 방법까지도 갖고 있지요. 그러나 우리는 모든 것을 손에 넣는 일은 좀처럼 없고, 무슨 일을 하더라도 그들보다는 힘이 듭니다. 그러니 우리가 획득하고 이루어 낸 일에 더 큰 가치를 두는 것은 당연한 일이죠. 주인을 위해 자신을 희생하는 하인의 예는 정말 감동적입니다. 셰익스피어는 그런 하인을 훌륭하게 그려냈습니다. 이때 신뢰는 자기보다 높은 사람과 동등하게 되기 위한 고귀한 영혼의 노력입니다. 주인은 평소에는 하인에게 돈을 주고 부리는 노예 정도로만 생각하지만, 하인은 끊임없는 헌신과 사랑으로써 주인과 동등해지는 것입니다. 그렇습니다. 헌신과 사랑은 천한 신분을 가진 자만을 위해 있는 것입니다. 천한 사람들은 이 미덕 없이는 존재할 수 없고, 또한 그것은 그들에게 잘 어울립니다. 돈으로 쉽게 은혜를 갚는 사람은 감사의 마음도 쉽게 받아들입니다. 그런 의미에서 나는, 위대한 사람은 친구는 가질 수 있을지 몰라도 친구가 될 수는 없다고 주장하는 바입니다."

미뇽이 더욱 세게 그를 끌어안았다.

일행 가운데에서 한 사람이 말했다.

"옳소! 우리는 그들의 우정 따위는 필요 없고, 갖고 싶다고 생각한 적도 없습니다. 하지만 예술을 보호하고자 한다면, 그들은 예술을 더 공부해야 합니다. 우리가 가장 멋지게 연기했을 때조차도 그들은 누구 하나 귀 기울이지 않았어요. 그저 자기가 총애하는 사람만 지켜봤죠. 좋아하는 사람의 연기는 마음에 들어했지만, 마음에 들 만한 연기를 하는 사람은 좋아해 주지 않았어요. 쳇, 멋대가리 없는 놈들만 주목받고, 정작 갈채 받아야 할 사람은 무시당했다니까요."

"내 말속에 조롱이나 비아냥거림이 섞여 있었을지도 모르겠군요."

빌헬름이 말했다.

"하지만 그것을 제외하면 예술이건 사랑이건 다 마찬가지라고 생각합니다. 무언가 완벽한 것을 만들어 내고자 한다면 끊임없는 열정을 잃지 말아야 합니다. 예술가가 자기 관심사를 작품으로 표현하고자 할 때도 그와 똑같은 것이 요구되죠. 하지만 세속에 찌들어 사는 사람에게 그런 일을 요구하기란 불가능할 것입니다. 여러분, 재능은 곧 미덕입니다. 우리는 그것을 그 자체로 사랑하거나 완전히 버려야 합니다. 하지만 이 두 가지가 위험한 비밀처럼 은밀히 단련되지 않는다면, 그것은 인정받을 수도 보상받을 수도 없습니다."

"제대로 볼 줄 아는 사람이 우리를 발견해 줄 때를 기다리다가는 굶어 죽고 말겠소!"

구석에서 누군가가 외쳤다.

그러자 빌헬름이 말했다.

"사람은 그렇게 쉽게 죽지 않습니다. 내가 아는 한, 인간은 살아서 일만 열심히 한다면 충분하지는 않을지언정 입에 풀칠은 할 수 있어요. 그렇게 투덜댈 것 없어요. 우리가 막다른 지경까지 내몰렸을 때도 뜻밖에 행운을 만나 숙식을 제공받지 않았습니까? 그런데 아무런 부족함이 없는 지금, 어째서 좀더 연습해서 조금이라도 발전하기를 바라지 않는 거죠? 모두 엉뚱한 짓만 하면서, 초등학생처럼 되도록이면 수업은 떠올리고 싶어하지 않는 겁니다."

필리네가 말했다.

"그 말이 맞아요. 이건 너무 무책임해요. 우리 무슨 작품이든지 골라서 당장 연습해요. 수많은 관중이 앞에 있다 생각하고 열심히 말이에요."

길게 생각할 것도 없이 작품은 곧 결정되었다. 그 무렵 독일에서 크게 호평받았으나 지금은 잊힌 작품 가운데 하나였다. 두어 명이 휘파람으로 서곡을 연주하자 모두 자기 역할을 기억해 냈다. 연극이 시작되고, 모두 집중력을 발휘해서 끝까지 연기했다. 예상보다 완성도가 높았다. 서로 갈채를 보냈으며, 이토록 들뜬 것도 오랜만이었다.

연극이 끝났을 때는 누구랄 것도 없이 모두 무척 흐뭇한 기분이었다. 시간을 유용하게 썼기 때문이기도 하고, 모두가 특히 자기 자신에게 만족할 수 있었기 때문이기도 했다. 빌헬름은 입에 침이 마르도록 그들을 칭찬했다. 그들은 신이 나서 떠들어댔다.

빌헬름이 말했다.

"여러분, 우리가 이렇게 연습을 계속하, 대사 암기나 무대 연습이나 공연을 의무나 단순노동처럼 기계적으로 되풀이하지만 않는다면, 우리는 많은 발전을 이룰 수 있을 겁니다. 음악가들도 다른 사람들과 다 같이 연습하면 얼마나 많은 찬사를 받고, 또 자신도 즐겁고 호흡도 척척 맞는다고요! 그들이 저마다 자신의 악기를 가지고 합주하는 데 얼마나 노력하고, 얼마나 정확하게 박자를 맞추며, 얼마나 미묘하게 음악의 강약을 표현하는지 아십니까? 다른 사람들이 독주할 때 저 잘났다고 반주하며 뻐기고 싶어하는 사람은 한 명도 없습니다. 모두가 작곡가의 정신과 의도에 따라 연주하려고 합니다. 실력의 차이는 있을지언정, 모두가 자신이 맡은 부분을 멋지게 표현하려 합니다. 우리도 음악가들처럼 정확하고 현명하게 차근차근 일을 진행해야 하지 않겠습니까? 우리가 하는 예술은 어떤 음악보다 훨씬 섬세하고, 인간 본성의 가장 흔하고도 가장 진귀한 현상을 풍부한 감성으로 즐겁게 표현하는 것이 사명이니까요. 연습은 대충하고 진짜 공연 때는 기분 내키는 대로 운에 맡기는 것은 정말 가증스러운 행동입니다. 우리가 서로 만족할 수 있도록 조화롭게, 말하자면 서로가 서로를 믿을 수 있을 때만이 관중의 갈채를 기대할 수 있지 않을까요? 거기에서 가장 큰 행복과 만족을 찾아야 하지 않을까요? 무대감독이 오케스트라의 지휘자보다 자신감을 갖지 못하는 건 왜일까요? 오케스트라에서는 외적 청각에 거슬리는 실수를 부끄러워해야 하기 때문입니다. 그런데 용서할 수 있는 실수이건 용서할 수 없는 실수이건, 내적 청각을 부끄럽게 하는 그런 실수를 인정하고 창피하게 생각하는 배우를 나는 거의 본 일이 없습니다. 그래서 무대가 줄타기의 외줄처럼 가느다랬으면 좋겠다는 생각을 하기도 합니다. 서툰 사람은 그 위에 설 수 없도록 말이지요. 하지만 지금의 무대는 누구나 그 위에서 마음껏 활개칠 수 있다고 자만에 빠져 있는 게 사실이지요."

사람들은 이 쓴소리를 달게 받아들였다. 조금 전에 모두가 하나가 되어 그토록 완벽한 연기를 했으므로, 이 소리가 자기들에게 하는 말이 아니라고 확신했던 것이다. 그들은 아까처럼 여행 중에도, 극단이 해체되지 않는 한 앞으로도 즐겁게 연습을 계속하자는 데에 마음을 모았다. 그러나 이것은 유쾌한 기분과 자유의지에 대한 문제이므로, 단장이 이래라저래라 할 일은 아니라는 의견이었다. 그들은 양식 있는 사회에서는 공화제가 최선이라고 생각하며, 단장직은 모두가 돌아가면서 한 번씩 하고 그 밑에는 하나의 평의회를 두어야 한다고 주장했다. 그들은 이 생각에 빠져서 결정된 계획을 당장 실행에 옮기고 싶어 했다.

멜리나가 말했다.

"여행 중에 여러분이 그런 시도를 하겠다면 나로서도 반대하지 않겠습니다. 나는 우리가 목적지에 도착할 때까지 기꺼이 단장직에서 물러나 있도록 하겠습니다."

그는 이렇게 말함으로써 조금이라도 경비를 아끼고, 여러 문제를 작은 공화국 또는 임시 단장에게 떠넘겨야겠다고 생각했던 것이다. 일행은 이 새로운 국가를 어떻게 하면 최선의 형태로 만들 수 있을지를 열띠게 의논하기 시작했다.

"이건 이동국가니까 적어도 국경 분쟁에는 휘말리지 않겠군요."

라에르테스가 말했다.

일행은 계획을 당장 실행에 옮겨, 초대 단장으로 빌헬름을 뽑았다. 평의회도 선임했으며, 여성에게도 의석과 의결권이 주어졌다. 안건이 제출되면 부결되거나 가결되거나 했다. 이런 놀이를 하는 동안에 시간은 어느새 훌쩍 지나갔다. 이렇듯 즐겁게 시간을 보냈으므로 사람들은 실제로 자신들이 아주 유익한 일을 했으며, 이 새로운 형식을 통해 조국의 연극계에 새로운 지평을 열었다고 믿게 되었다.

제3장

빌헬름은 기분이 한껏 좋아진 단원들을 보고, 희곡의 시적 가치에 대하여 그들과도 이야기해야겠다고 생각했다. 그래서 이튿날 모두 다시 모였을 때 그는 이렇게 말했다.

"배우가 작품을 피상적으로만 바라보고, 첫인상만으로 판단하며, 잘 음미해 보지도 않고 좋다 싫다 말하는 것은 좋은 태도가 아닙니다. 작품을 평가할 생각이 전혀 없이 그저 감동하거나 즐기고자 하는 관객은 그렇게 해도 됩니다. 하지만 배우라면 작품에 대해서도, 그것을 칭찬하거나 비판하는 이유에 대해서도 설명할 수 있어야 합니다. 또한 작가의 관점과 생각에 파고들 수 없다면 그런 일은 불가능할 것입니다. 나는 내가 작품을 하나의 역할만 보고 판단하거나, 하나의 역할만 볼 뿐 그것을 작품 전체와 관련지어 보지 않는 잘못을 저지르고 있다는 사실을 요즈음 자주 깨달았습니다. 여러분이 내 이야기를 기꺼이 들어줄 마음이 있다면, 그런 사례를 하나 소개하겠습니다.

여러분도 셰익스피어의 걸작 《햄릿》을 알고 있을 겁니다. 내가 백작의 성에서 그것을 낭독했고, 여러분은 아주 즐겁게 들어주었지요. 우리는 그 작품을 무대에 올리게 되었으며, 나는 아무 생각 없이 햄릿 역할을 맡았습니다. 나는 그 역할을 연구한답시고 거기에서 가장 힘찬 대목들과 독백들을, 또 영혼의 힘과 정신의 고양이 활기차게 펼쳐지고 격렬한 감정이 풍부하게 묘사된 장면을 외우기 시작했습니다.

나는 왕자의 깊은 우울을 내 어깨에 짊어지고 그 무게에 눌려가면서 그 잡다한 변덕과 기행의 이해할 수 없는 미로를 지나 왕자의 뒤를 쫓아가면 틀림없이 그 역할과 정신적으로 교감할 수 있을 거라고 생각했습니다. 그런 생각으로 대사를 외우고 연습하다 보면 왕자와 하나가 될 거라고 믿었던 것입니다.

그렇지만 그러면 그럴수록, 머릿속에서 전체를 그리기가 더욱 어려워졌습니다. 전체를 바라보는 일이 거의 불가능하다는 생각까지 들기 시작했습니다. 그래서 나는 작품을 다시 쭉 읽어보았습니다. 그러자 당혹스럽게도 앞뒤가 맞지 않는 부분이 여러 군데 보였습니다. 어느 부분은 성격이, 어느 부분은 표현이 모순되는 것 같았습니다. 나는 내가 맡은 역할 전체를 모든 변화와 차이 그대로 표현할 방법을 찾기란 불가능하다고 생각했습니다. 그런 미로 속에서 오랫동안 헛된 노력을 계속한 끝에, 마침내 나는 하나의 아주 특별한 길을 지나 내 목표에 다가가기로 했습니다.

나는 부왕이 죽기 이전의 햄릿 성격을 나타내는 모든 단서를 찾은 것입니다. 이 비극적 사건이나 그에 이어지는 끔찍한 사건과는 별개로, 이 흥미로운 젊은이가 어떤 인물이었는지, 이들 사건이 없었다면 어떤 인물이 되었을지 하는 것으로 눈을 돌렸습니다.

이 왕가의 꽃, 햄릿은 섬세하고 고귀한 싹에서 나와 부왕의 직접적인 영향을 받으며 자랐습니다. 군주로서의 도덕적 청렴함, 선(善)과 품위가 고귀한 출생이라는 의식과 함께 자라났습니다. 그는 군주였습니다. 타고난 군주였습니다. 그리고 그는 착한 사람들이 거리낌 없이 착하게 살 수 있도록 나라를 다스리고 싶었습니다. 반듯한 용모, 예의바른 태도, 착한 마음씨. 그는 젊은이의 본보기요, 세상의 기쁨이어야 했습니다.

오필리아에 대한 사랑도, 남의 이목을 끄는 열정이 아니라 달콤한 욕망의 조용한 예감과도 같은 것이었습니다. 기사 훈련에 대한 열의도 마음에서 우러나온 것이었다고 보기 어렵습니다. 오히려 그 의욕은 사람들의 칭찬에 자극받아 다져지고 고취된 정도의 것이었습니다. 순수한 감정의 소유자여서 정직한 사람을 알아볼 줄 알았으며, 친구의 열린 마음에서 솔직한 심정을 조용히 느끼기를 즐겼습니다. 예술과 학문에서도 좋은 것, 아름다운 것을 어느 정도까지는 알아보고 존중하는 법을 배웠습니다. 무미건조한 것을 싫어했으며, 그 섬세한 마음에 증오가 싹트는 일은 있었으나 약아빠진 못된 신하를 경멸하고 비꼬는 데 그쳤습니다. 성격은 침착했으며, 태도에는 꾸밈이 없었습니다. 게으르지는 않았지만, 그렇다고 해서 일벌레도 아니었습니다. 궁정에서도 여유로운 학생 생활을 계속하는 것 같았습니다. 그의 쾌활함은 성격보다는 기분에서 나오는 것이었습니다. 붙임성도 좋고, 너그럽고 겸손했으며, 친절했습니다. 그리고 모욕을 당해도 용서하고 잊을 줄 알았지만, 정의와 선과 품위의 한계를 벗어난 사람하고는 절대로 어울리지 않았습니다.

이 작품을 다시 한 번 같이 읽으면, 그 예를 찾아 내 말을 모두 뒷받침할 수 있을 것입니다."

모두 빌헬름의 이야기에 커다란 갈채를 보냈으며, 이제는 햄릿의 행동 방식이 아주 잘 해명될 수 있으리라 생각했다. 모두 작가의 정신을 파고드는 이 방식을 반겼고, 자기도 이런 식으로 어떤 작품을 연구하여 작가의 생각을 밝혀내고 싶다고 생각했다.

제4장

일행은 며칠 동안 어느 마을에 그대로 머물러야 했다. 그러자 곧 그중 몇 명이 조그만 사랑의 모험에 빠져버렸다. 특히 라에르테스는 인근에 영지를 가진 한 귀부인에게서 끈질긴 유혹을 받았다. 그러나 그가 너무도 쌀쌀맞고 무례하게 굴었으므로, 필리네로부터 많은 놀림을 받았다. 그녀는 기회를 보아 빌헬름에게, 불쌍한 젊은이가 여성 전체를 적대시하게 된 불행한 사랑 이야기를 했다.

"이 사람이 여성을 미워한다고 해서 뭐라 하는 게 아니에요. 그는 이 사람은 여자한테 심한 짓을 당했으니까요. 언젠가 여자가 자기에게 마시게 할지 몰라 남자가 언제나 벌벌 떠는 온갖 못된 짓을 한꺼번에 마셨으니 말이죠. 생각해 보세요. 이 사람은 24시간 안에 연인이 되었다가 약혼자가 되었다가 남편이 되었다가 정부가 되었다가 병자가 되었다가 홀아비가 되었어요. 이렇게 험한 꼴을 당한 사람이 또 어디 있겠어요?"

라에르테스는 불쾌하다는 듯 쓴웃음을 지으며 방에서 나가버렸다. 필리네는 매우 사랑스러운 말투로, 열여덟 살짜리 청년이 어느 극단에 들어갔는데 그곳에서 열네 살 먹은 아름다운 소녀에게 첫눈에 반한 이야기를 시작했다. 그 무렵 그 소녀는 극단 단장과 싸운 아버지와 함께 극단을 막 떠나려던 참이었다. 소녀에게 한눈에 반한 그는 온갖 핑계를 들어 그녀의 아버지에게 떠나지 말라 설득하고, 마침내 그 소녀와 결혼하겠다는 약속까지 하고 말았다. 그는 약혼자로서 즐거운 몇 시간을 보낸 뒤 결혼식을 올리고 남편이 되어 행복한 하룻밤을 지냈다. 그러나 그의 아내는 보고 배운 게 도둑질이라고, 이튿날 아침 그가 연습하러 간 사이에 서방질을 했다. 아내가 보고 싶어 서둘러 돌아온 그는 그녀의 옛 연인을 자기 침대에서 발견하는 모욕을 당했다. 눈이 획 뒤집혀 주먹을 마구 휘두르며 그 연인과 아버지에게 달려들었으나, 결국에는 도리어 자기만 다치고 물러나고 말았다. 아버지와 딸은 야반도주했으며, 그는 더 큰 상처만 입은 채 쓸쓸히 홀로 남겨졌다. 불행하게도, 세상에서 가장 돌팔이 같은 군의관에게 치료를 받으러 간 탓에, 손톱은 시커메지고 눈두덩은 짓무른 꼴을 하고서야 이 사랑의 모험은 막을 내렸다. 필리네는 하느님이 창조하신 이 세상에서 가장 훌륭한 젊은이인 라에르테스가 정말 딱하다 말하고, 이렇게 덧붙였다.

"더욱더 딱한 것은, 저 불쌍한 바보가 여자를 미워한다는 점이에요. 여자를 미워하면서 어떻게 이 세상을 살아가려고!"

멜리나가 들어와서 이야기가 멈추었다. 마차를 다 구했으니 내일 아침 일찍 떠날 수 있을 거라 알리고, 누가 어느 자리에 앉을 것인지도 이야기했다.

"어떤 친절한 분이 무릎에 나를 앉혀준다면, 아무리 좁고 초라하더라도 난 만족해요. 다른 건 다 상관없어요."

필리네가 말했다.

"그거 괜찮군요."

라에르테스가 들어와서 말했다.

그러자 빌헬름이 "나는 싫습니다" 말하고는 서둘러 나가버렸다. 그는 멜리나가 구할 수 없다고 잡아떼었던 매우 안락한 마차를 자기 돈으로 한 대 더 빌렸다. 좌석 배정이 다시 이루어지고, 사람들은 편하게 여행할 수 있게 된 것을 기뻐했다. 그때 걱정스러운 소식이 들려왔다. 그들이 가려던 길목에 민병들이 출몰하여 무슨 일이 일어날지 모른다는 것이었다.

이 소식은 모호하고 수상쩍기도 했으나, 마을 사람들도 무척 걱정하는 기색이었다. 군대 배치를 고려할 때 적군이 나타날 가능성도 아군이 이런 후방에 머물러 있을 가능성도 없어 보였다. 그러나 사람들은 그들이 맞닥뜨릴지도 모르는 위험이 꽤 크다고 입을 모아 말하며, 다른 길로 가야 한다고 주장했다.

많은 사람이 불안해하고 두려움에 떨었다. 결국 새로운 공화제에 입각하여, 이 비상사태를 협의하기 위해 모든 단원이 모였다. 대부분이 이 마을에 머물든지 재앙을 피해서 다른 길로 가든지 하자는 의견이었다.

공포에 사로잡히지 않았던 빌헬름만이, 그렇게나 심사숙고해서 결정한 계획을 단순한 소문 때문에 포기하는 것은 부끄러운 일이라고 생각했다. 그는 모두에게 용기를 내라고 설득했다. 그의 주장은 사나이답고 설득력이 있었다.

"이건 아직 소문에 지나지 않습니다. 전쟁 중에는 이런 일이 얼마든지 있었습니다. 분별력 있는 사람들은 이런 일을 진짜라고 생각하지 않습니다. 아니, 거의 있을 수 없는 일이라고 말합니다. 이런 중대한 문제를 확실하지도 않은 소문으로만 결정해서 되겠습니까? 백작님도 지시하셨고 우리의 통행증에도 적혀 있는 것이 가장 짧고 가장 편한 길이라고 생각합니다. 이 길로 가면 마을이 나옵니다. 여러분은 그 마을에서 지인들도 친구들도 만날 수 있고, 따뜻한 환영도 기대할 수 있습니다. 물론 길을 돌아가더라도 마을에는 다다를 수 있겠지만, 고약한 길을 만날지도 모르고 헤매게 될지도 모릅니다. 시기적으로도 좋지 않은 계절인데 그런 길에서 쉽게 빠져나올 수 있을까요? 그러는 동안에 많은 시간과 돈을 허비하게 될지도 모릅니다."

그가 그 밖에도 많은 이야기를 하면서 이 문제를 여러 유리한 면에서 해석하여 설득하자, 사람들도 불안감이 가시고 용기가 나기 시작했다. 그는 정규군의 규모가 어느 정도인지 자세히 설명하고, 낙오병이나 오합지졸 따위는 겁낼 것 없으며, 위험조차도 아주 근사하고 즐거운 일인 양 이야기했다. 사람들은 쾌활함을 완전히 되찾았다.

라에르테스는 처음부터 빌헬름 편에 서서, 자기는 두렵지도 않으며 달아나지도 않을 거라고 자신 있게 말했다. 잔소리쟁이 노인도 자신만의 방식으로 찬성의 뜻을 표시했다. 필리네는 모두를 비웃었다. 그녀가 멜리나 부인은 만삭임에도 여장부다운 기질을 잃지 않고 있으며 빌헬름의 제안은 그야말로 사내답다고 칭찬하자, 멜리나는 반대할 수가 없어졌다. 애초에 그는 지름길로 가는 데 찬성했으며, 그래야만 시간과 돈을 크게 아낄 수 있다고 생각했다. 결국 사람들은 진심으로 빌헬름의 제안에 동의했다.

그러나 그들은 만일을 대비해 방어 준비에 들어갔다. 커다란 사냥칼을 사서, 아름다운 자수가 들어간 띠로 그것을 어깨에 걸쳐 멨다. 빌헬름은 소형 권총 두 자루도 허리띠에 꽂았다. 라에르테스는 전부터 멋진 엽총을 갖고 있었다. 그리하여 일행은 떠들썩하게 떠났다.

이틀째, 이 근방 지리에 밝은 마부들이 숲이 우거진 고지대에서 낮에 잠깐 쉬어 가자고 제안했다. 마을이 멀기도 해서, 날씨가 좋을 때는 언제나 그렇게 쉬어 간다는 것이었다.

날씨가 화창했으므로 일행은 즉시 이 제안에 동의했다. 빌헬름은 앞장서서 빠르게 산길을 걸어갔다. 도중에 그와 마주친 사람들은 모두 그의 이상한 차림에 눈을 휘둥그레 떴다. 그는 빠른 걸음으로 만족스럽게 숲을 향해 올라갔다. 라에르테스는 휘파람을 불며 따라왔다. 여자들은 마차를 타고 여유롭게 따라왔다. 미뇽은 일행이 무장할 때 자기도 졸라서 산 사냥칼을 의기양양하게 어깨에 메고, 모두를 가로질러 앞으로 달려갔다. 모자에는 빌헬름이 마리아네의 기념품 가운데에서 남겨둔 진주 목걸이가 감겨 있었다. 금발의 프리드리히는 라에르테스의 엽총을 메고 있었다. 하프 타는 노인의 차림이 가장 평화롭게 보였다. 긴 옷의 끝자락을 허리띠에 끼우고 평소보다 느긋하게 걷고 있었다. 하프는 마차에 실은 채, 자신은 울퉁불퉁한 지팡이를 짚고 있었다.

조금 힘들게 정상에 오르자, 그곳이 마부들이 말한 장소임을 한눈에 알 수 있었다. 아름다운 너도밤나무 숲에 둘러싸여 그늘이 펼쳐져 있었다. 완만하게 비탈진 넓은 들판은 훌륭한 휴식처였다. 울타리가 쳐진 샘에서는 맑은 물이 퐁 퐁 솟아오르고 있었다. 골짜기와 산등성이 저 너머로 아름답고 즐거운 풍경이 펼쳐졌다. 계곡에는 몇몇 마을과 물레방아가 보이고, 평지에는 작은 마을이 있었다. 멀리 뻗어 있는 다른 산등성이가 살짝 시선을 가리며 더욱 즐거운 정취를 곁들여 주었다.

가장 먼저 도착한 사람들은 주변에 저마다 자리를 잡고 앉아 쉬기도 하고 불을 피우기도 했다. 그렇게 바삐 움직이고 노래를 부르며 일행을 기다렸다. 나머지 사람들도 하나둘 도착하여, 그 장소와 맑은 날씨와 이루 표현할 수 없을 만큼 아름다운 풍경을 저마다 칭찬했다.

제5장

물론 그들은 실내에서도 가끔 사이좋게 즐거운 시간을 보냈다. 그러나 지금까지와는 비교도 할 수 없을 만큼 들뜬 기분일 수밖에 없었다. 이곳에서는 탁 트인 하늘과 아름다운 풍경에 모두의 마음도 깨끗해지는 것 같았다. 서로가 가깝게 느껴지고, 이처럼 멋진 곳에서 죽을 때까지 살고 싶었다. 직업상 이런 천혜의 자연에서 살아가는 사냥꾼이나 광부나 나무꾼이 부러웠다. 하지만 무엇보다도 부러운 것은 집시들의 매력 넘치는 삶이었다. 더없이 행복한 무위 속에서 자연의 온갖 모험적 매력을 즐길 수 있는 신비로운 사람들이 부러웠다. 그리고 자신들의 삶이 조금이나마 그들과 닮은 것을 기뻐했다.

그러는 동안에 여자들은 감자를 삶고, 가지고 온 음식을 펼쳐서 식사 준비를 시작했다. 움푹한 냄비 몇 개가 불 옆에 놓였다. 일행은 삼삼오오 모여 숲이나 덤불 아래 자리를 잡았다. 그들의 기묘한 옷차림과 다양한 무기가 그들을 이상하게 보이게 했다. 말들은 옆에서 먹이를 먹고 있었다. 그 마차만 숨기면, 이 작은 극단의 모습은 환상적이리만큼 낭만적이었다.

빌헬름은 맛본 적 없는 만족감을 느꼈다. 이곳은 유랑민 거주지이며, 자신은 그 족장이라고 상상했다. 그는 그런 마음으로 사람들과 대화를 나누며 이 일시적인 망상을 최대한 시적으로 재현해 보았다. 일행의 기분은 최고였다. 먹고 마시고 환성을 지르며 이렇게 근사한 한때는 처음이라고 되풀이해서 말했다.

기분이 고조되자 젊은이들은 좀이 쑤셔서 가만히 앉아 있지를 못했다. 빌헬름과 라에르테스는 칼을 빼들고, 무대에 선 기분으로 펜싱 연습을 시작했다. 두 사람은 햄릿과 그 상대가 비극적인 결말을 맺는 결투 장면을 연기하고자 했다. 이 중요한 장면에서는 둘 다 기존 무대에서 흔히 볼 수 있었던 어설픈 동작으로 쿡쿡 찌르는 것만으로는 불충분하다고 생각했다. 진짜로 공연할 때는 펜싱 선수가 보더라도 그럴싸할 만큼 연기의 진수를 보여주고 싶었던 것이다. 다른 사람들은 두 사람을 에워싸고 섰다. 두 사람이 진짜처럼 열심히 칼을 휘둘렀으므로 구경꾼들의 흥미는 한 번씩 서로 공격을 할 때마다 높아졌다.

갑자기 근처 덤불에서 총성이 한 발 울리더니, 이어서 다시 한 발이 울렸다. 일행은 놀라서 뿔뿔이 흩어졌다. 곧 무장한 무리가 나타나, 짐을 실은 마차 근처에서 풀을 뜯고 있던 말들을 향해 돌진했다.

여자들은 일제히 비명을 질렀다. 빌헬름과 라에르테스가 펜싱 칼을 버리고 권총을 잡고서 도적들을 향해 달려가며 "무슨 짓이냐!" 고함을 질렀다.

도적들은 아무 말 없이 머스킷 총을 두어 발 쐈다. 빌헬름은 마차에 기어올라 짐짝의 그물을 끊어내고 있는 곱슬머리에게 권총을 쏘았다. 그것이 적중하여 남자는 픽 고꾸라졌다. 라에르테스의 총알도 명중했다. 두 사람은 허리에 찼던 칼을 용감하게 빼들었다. 몇몇 도적이 짐승 같은 소리를 내며 두 사람에게 달려들었다. 총을 두어 발 쏘고, 번쩍이는 군도를 획획 휘두르면서 달려왔다. 두 사람은 용감하게 버텼다. 그리고 다른 사람들에게도 같이 싸워서 물리치자고 격려했다. 그러나 곧 빌헬름은 의식을 잃고, 그다음부터는 무슨 일이 벌어졌는지 알 수 없게 되었다. 가슴과 왼팔 사이에 맞은 총알과, 모자를 뚫고 거의 머리뼈까지 다다른 일격에 눈앞이 하얘지면서 쓰러진 것이다. 습격의 불행한 결말에 대해서는 나중에 사람들에게 듣고서야 알았다.

다시 눈을 뜬 그는 자기가 이상한 상황에 놓여 있음을 깨달았다. 아직 흐릿한 눈에 처음으로 보이는 것은 그의 얼굴을 굽어보고 있는 필리네의 얼굴이었다. 몸에 기운이 하나도 없었다. 그는 필리네의 무릎 위에 안겨 있다는 사실을 깨닫고 몸을 일으키려 했지만 이내 다시 쓰러지고 말았다. 그녀는 잔디에 앉아, 자기 앞에 뻗어 있는 빌헬름의 머리를 무릎에 조심조심 올리고 두 팔로 끌어안고서, 그가 누운 자리를 되도록 부드럽게 만들어 주었다. 미뇽은 피가 뚝뚝 떨어지는 머리카락을 헝클어뜨린 채 그의 발치에 앉아 엉엉 울며 그의 발을 부여잡고 있었다.

빌헬름은 피투성이가 된 자신의 옷을 보고는 자기가 지금 어디에 있으며 다른 사람들은 어떻게 되었느냐고 물었다. 필리네가 가만히 있으라 말하고, 빌헬름과 라에르테스 말고는 아무도 다친 사람 없이 모두 무사하다고 했다. 그러고는 그의 상처는 응급처치로 대강 붕대만 감아놓은 상태이므로 움직이지 말고 가만히 있어야 한다고 진지하게 간청했다. 그는 미뇽에게 손을 내밀고, 머리카락이 왜 그렇게 피투성이가 되었느냐고 물었다. 그녀도 다친 게 아닌가 걱정이 되었던 것이다.

그를 안심시키기 위해서 필리네가 대신 설명해 주었다. 이 착한 아이는 빌헬름이 다친 것을 보고 순간 아무 정신없이 어깨까지 치렁거리는 자신의 머리카락으로 상처를 동여매려고 했으나 곧 그것이 아무 소용없음을 깨달았으며, 나중에 사람들이 버섯과 이끼를 대고 붕대를 감자 자신의 치맛자락을 기꺼이 내주었다는 것이었다.

빌헬름은 필리네가 그녀의 짐 가방에 기대어 앉아 있다는 것을 깨달았다. 그 짐 가방은 고스란히 잘 닫힌 채 아무런 손상도 입지 않은 듯이 보였다. 그는 다른 사람들도 이렇게 무사히 자신들의 물건을 잘 지켜냈는지 물었다. 그러자 필리네는 어깨를 움츠리고, 목장 쪽을 눈짓으로 가리켰다. 부서진 상자, 망가진 짐 가방, 갈기갈기 찢어진 여행 가방, 어마어마하게 많은 소품들이 이리저리 흩어져 있었다. 그 주위에는 다른 사람들은 전혀 보이지 않았으며, 이 기묘한 세 사람만이 외로이 남아 있었다.

마침내 빌헬름은 듣고 싶지 않은 사실까지 모조리 듣게 되었다. 다른 남자들은 저항할 힘이 남아 있었음에도 금방 겁을 집어먹고서 항복해 버렸는데, 몇몇은 달아나고 몇몇은 공포에 질려 재난을 방관했다는 것이다. 말을 지키려고 가장 완강하게 저항했던 마부들은 금세 제압당해 꽁꽁 묶였고, 눈 깜짝할 사이에 가진 것을 모조리 빼앗기고 말았다고 했다. 겁에 질려 있던 일행은 생명의 위험이 사라지자마자 손실을 한탄하기 시작했으며, 가벼운 상처를 입은 라에르테스를 데리고 얼마 남지 않은 소지품을 챙겨서 가까운 마을로 내뺐다고 한다. 하프 타는 노인은 망가진 하프를 나무에 기대 놓고, 죽어가는 은인을 위해 외과 의사를 찾아서 되도록 빨리 돌아오겠다며 일행과 함께 마을로 급하게 내려갔다는 것이다.

제6장

그러는 동안 불행을 만난 세 사람은 한동안 이상한 상태에 남겨져 있었는데, 도와주려고 오는 이는 아무도 없었다. 땅거미가 지고 밤이 되려고 했다. 여유를 부리던 필리네도 불안해지기 시작했다. 미뇽은 이리저리 뛰어다녔는데, 시간이 갈수록 초조해하는 기색이 눈에 띄게 드러났다. 마침내 그토록 기다리던 사람들의 발소리가 가까워졌다. 그러나 그들은 새로운 공포에 휩싸였다. 한무리의 기마병이 그들이 올라온 길을 따라 다가오는 소리가 똑똑히 들렸기 때문이다. 그들은 반갑지 않은 손님들이 나머지 약탈품을 가지러 이 숲의 빈터로 다시 온 것이 아닌가 하고 두려워했다.

그런데 뜻밖에도 덤불 속에서 백마를 탄 한 부인이 나타났을 때 그들이 얼마나 놀라고 기뻤겠는가! 그 부인은 나이가 지긋한 한 신사와 기사 몇 명을 데리고 있었다. 마부, 하인, 경기병 한 무리가 그 뒤를 따르고 있었다.

이 광경에 깜짝 놀란 필리네가 소리를 질러 아름다운 여자 기사에게 도움을 청하려는데, 그녀도 이 이상한 세 사람을 보고 놀라서 말머리를 돌려 다가와서는 멈춰 섰다. 그녀는 부상자의 상태를 진지하게 물었지만, 상처를 입은 사나이가 부정한 사마리아 여인의 무릎에 안겨 있는 것이 몹시 의아스럽다는 듯한 표정이었다.

"남편인가요?"

그녀가 필리네에게 물었다.

"그냥 친한 친구예요."

필리네가 대답했는데, 빌헬름은 그런 그녀의 말투가 몹시 불쾌하게 생각되었다. 그는 자기를 찾아와 준 부인의 우아하고 고상하며 온화하고 동정심 많아 보이는 얼굴을 물끄러미 바라보았다. 이토록 고귀하고 아름다운 얼굴은 본 적이 없는 것 같았다. 몸매는 품이 넉넉한 남자용 외투로 감추고 있었다. 그 외투는 쌀쌀한 밤공기를 막기 위해 일행 중 누군가에게서 빌려 입은 듯했다.

그러는 사이에 기사들도 다가왔으며, 그중 몇 명은 말에서 내렸다. 부인도 말에서 내렸다. 그녀는 세 사람이 어떤 재앙을 겪었으며, 여기에 누워 있는 젊은이의 부상이 얼마나 심각한지 상냥하게 물었다. 그러고 나서 재빨리 몸을 돌리더니, 노신사와 함께 천천히 산길을 올라와서 숲의 빈터에 멈춰 있는 마차

쪽으로 걸어갔다.

그 젊은 부인은 마차의 문 옆에 서서, 도착한 사람들과 한참 이야기를 나누었다. 땅딸막한 사나이가 내렸다. 그녀가 그 사나이를 빌헬름에게 데리고 왔다. 그가 들고 있는 작은 상자와 가죽 가방으로 보아 외과 의사임을 단박에 알 수 있었다. 그의 거친 태도는 호의적이라고는 할 수 없었지만, 그 솜씨만큼은 화려했다. 이런 사람이 치료하러 와주어서 고마운 생각마저 들었다.

그는 자세히 살펴본 다음, 그렇게 위험한 상처는 없으며 당장 붕대를 감아줄 테니 환자를 근처 마을로 데리고 가도 좋다고 말했다.

젊은 부인은 점점 더 불안해하는 듯했다. 주위를 서성이다가 노신사를 다시 데리고 와서는 말했다.

"이것 좀 보세요. 정말 심각한 부상 아니에요? 게다가 딱하게도 이건 우리 때문이잖아요?"

빌헬름도 이 말을 들었지만, 무슨 뜻인지 알 수 없었다. 그녀는 불안스레 서성거리며, 부상당한 빌헬름에게서 눈을 떼지 못하는 듯했다. 사람들이 애를 써가며 빌헬름의 옷을 벗기기 시작하는 시점에 자기가 옆에 가만히 서 있는 것은 예의에 어긋나지나 않을까 싶어서 그렇게 거니는 것처럼 보이기도 했다. 외과 의사가 상처를 치료하기 위해 왼쪽 소매를 잘라냈을 때, 노신사가 다가와 그녀에게 가던 길은 계속 가야 한다고 단호하게 말했다. 빌헬름의 두 눈은 그녀에게로 향하고 있었는데, 자기가 무슨 응급처치를 받고 있는지도 거의 느끼지 못할 만큼 그녀의 눈빛에 매혹되어 있었다.

그동안 필리네는 일어나서 그 친절한 부인의 손에 입을 맞추었다. 두 사람이 나란히 서 있을 때, 빌헬름은 이렇게 뚜렷한 차이는 지금껏 본 적이 없는 것만 같았다. 필리네가 이토록 불리하게 비친 적은 처음인 듯싶었다. 그는 필리네가 이렇게 고귀한 사람의 손을 잡는 것은 물론이고 그 옆에 서는 것조차 안 된다고 생각했다.

부인은 나지막한 목소리로 필리네에게 이것저것 물었다. 그러고는 여전히 뚱하게 서 있는 노신사에게 다가가서 "숙부님, 이 옷은 숙부님의 것이지만 이 사람에게 주어도 괜찮을까요?" 묻고는 재빨리 외투를 벗었다. 아무것도 걸치지 않은 빌헬름에게 입혀주려는 생각임을 쉽게 알 수 있었다.

그녀의 위로하는 듯한 눈빛에 마음을 빼앗기고 있던 빌헬름은 그녀의 몸에서 외투가 스르르 벗겨졌을 때 그 아름다운 몸매에 깜짝 놀라고 말았다. 그녀가 다가와서 그 외투를 가만히 덮어주었다. 그는 입을 열어 더듬더듬 감사의 말을 몇 마디 하고자 했지만, 가까이서 본 그녀의 강렬한 인상이 이미 쇠약해진 그의 의식에 묘한 작용을 했다. 갑자기 그녀의 머리가 밝은 빛으로 둘러싸이고, 그녀의 온몸에 눈부신 빛이 서서히 퍼져가는 것처럼 보였다. 그때 외과 의사가 상처에 박혀 있는 총알을 빼낼 준비를 하느라고 그의 몸을 거칠게 건드렸다. 흐릿해져 가는 그의 눈에서 성녀의 모습이 사라졌다. 그는 완전히 의식을 잃었다. 다시 정신이 들었을 때는 기사도 마차도 아름다운 여인도 수행원도 모두 사라지고 없었다.

제7장

빌헬름에게 붕대를 감아주고 옷을 입히고 나서 외과 의사도 서둘러 떠났다. 마침 바로 그때, 하프 타는 노인이 농부 몇 명을 데리고 올라왔다. 그들은 서둘러 나뭇가지를 베고 잡목을 엮어 들것을 만들었다. 그것에 빌헬름을 태우고, 아까 귀부인이 남기고 간 사냥꾼의 안내를 받으며 천천히 산을 내려갔다. 하프 타는 노인은 아무 말 없이 생각에 잠긴 채, 부서진 하프를 들쳐 메고 걸었다. 남자들이 짐 가방을 들어주었으므로 필리네는 보따리를 들고 터벅터벅 걸었다. 미뇽은 펄쩍펄쩍 뛰면서 앞서가는가 하면, 옆의 덤불이나 숲을 헤집고 다니며 골똘히 생각에 잠긴 눈으로 자신의 보호자이자 부상한 빌헬름을 바라보기도 했다.

빌헬름은 따뜻한 외투를 덮은 채 조용히 들것에 누워 있었다. 고급 양모에서 전류 비슷한 온기가 몸으로 전해지는 것 같았다. 어쨌거나 세상에서 가장 짜릿한 기분이었다. 이 외투의 아름다운 주인이 준 인상은 강렬했다. 외투가 어깨에서 미끄러져 내리는 모습이며 빛에 둘러싸인 채 서 있는 고귀한 모습이 눈이 선했다. 그의 영혼은 사라진 여인의 뒤를 쫓아 바위며 숲 사이를 떠돌았다.

해질녘이 되어서야 일행은 마을 여관에 도착했다. 그곳에는 먼저 온 단원들도 묵고 있었는데 그들은 돌이킬 수 없는 손실을 끊임없이 한탄하고 있었다. 그 여관에 하나밖에 없는 작은 홀은 사람들로 꽉 들어차 있었다. 짚을 깔고 누운 사람도 있었고, 벤치에 앉은 사람도 있었다. 난로 뒤에 쪼그리고 앉은 사람도 있었다. 멜리나 부인은 작은 옆방에서 불안스레 출산을 기다리고 있었다. 공포가 출산을 앞당긴 것이었다. 젊고 경험이 없는 안주인에게는 그리 큰 도움을 기대할 수도 없었다.

새로 도착한 사람들이 좀 들어가자고 하니까 여기저기서 불만의 목소리가 터져나왔다. 그들은 괜히 빌헬름의 의견에 따랐다가 그 위험한 길로 접어든 바람에 이런 재앙을 당하게 되었다고 말했다. 불행한 결과에 대한 책임을 그에게 떠넘기면서, 그가 안으로 들어가지 못하게 문간을 가로막고는 어디 묵으려면 다른 곳을 찾아보라고 말했다. 필리네는 더욱 심한 욕설을 들었고, 하프 타는 노인과 미뇽까지 공연한 욕을 먹었다.

아름다운 안주인에게 남은 사람들을 잘 돌봐달라는 간곡한 부탁을 받은 사냥꾼은 이 난리법석을 묵묵히 듣고 있지만은 않았다. 이내 사람들을 향해 서로 좀 좁혀 앉아, 지금 도착한 사람들에게 자리를 내주라고 윽박질렀다. 사람들이 마지못해 그 명령에 따르자, 탁자 하나를 구석으로 밀어붙이고는 그 위에다 빌헬름을 눕혔다. 필리네는 그 옆에 짐 가방을 놓고 그 위에 앉았다. 모두 비좁게 몸을 쪼그리고 앉았다. 사냥꾼은 '이 젊은 부부'를 위해 좀더 괜찮은 여관을 찾으러 나갔다.

그가 나가자 다시 불만의 목소리가 터져나오고 연이어 비난이 쏟아졌다. 모두 자기가 어떤 손실을 입었는지 과장스럽게 떠들어대며, 이렇게 많은 것을 잃게 한 무모한 계획을 욕했다. 빌헬름이 입은 상처를 은근히 고소해하는 사람마저 있었다. 어떤 사람은 필리네를 비웃으면서, 짐 가방을 무사히 지켜낸 것은 범죄행위나 마찬가지라고까지 말했다. 그들은 닥치는 대로 분풀이하고 빈정거렸다. 그녀가 약탈과 패배의 와중에 놈들의 우두머리를 유혹해서 누구도 알 수 없는 농간질로 짐 가방을 되찾아온 것이라 말하고 싶은 듯했다. 그녀가 한동안 모습이 보이지 않았더라고 지껄이는 사람까지 있었다. 필리네는 한 마디 대꾸도 하지 않고 애꿎은 짐 가방 자물쇠만 건드리며 딸그락거리는 소리를 냈다. 그렇게 그들에게 짐 가방의 존재를 다시 확인시켜 줌으로써 그들의 시샘을 부추기고, 자신의 행운을 통해 그들의 절망을 더욱더 부채질하려는 것처럼.

제8장

빌헬름은 피를 많이 흘려서 기력이 약해졌다. 그 자비로운 천사가 나타난 이래로 마음이 가라앉기는 했지만, 그가 입을 다물고 있는 동안 불만 가득한 사람들이 끊임없이 뱉어내는 그 심하고 부당한 말들에 차츰 울화가 치밀어 참을 수가 없었다. 그는 이제 그들이 그들의 친구이자 지도자인 그를 화나게 하는 무례한 말과 행동을 그만두도록 일어나서 타이를 만큼의 힘은 회복했다고 느꼈다. 그는 붕대 감은 머리를 들고 힘겹게 윗몸을 일으켜 벽에 기댄 다음 이렇게 말하기 시작했다.

"나를 동정해야 할 때에 여러분은 날 모욕하고, 내가 처음으로 여러분의 도움을 기대해야 할 때에 여러분은 나를 적대시하고 배척하고 있군요. 하지만 그것도 다 재산을 잃은 고통 때문이라 생각하고 너그럽게 봐주겠습니다. 내가 여러분을 위해 했던 노력과 여러분에게 보여주었던 호의는 여러분의 감사나 친절한 행동으로 지금껏 충분히 보답받았다고 생각합니다. 그러니 나를 혼란스럽게 하지 말아주세요. 지난날을 돌이켜 볼 때, 여러분을 위해 한 일을 계산적으로 생각하지 않게 해주세요. 나는 그런 계산이 괴로울 따름입니다. 우연히 여러분과 동행하게 되어 여러 사정과 나의 은밀한 애정 때문에 여러분 곁에 머물렀습니다. 여러분은 지금 우리가 만난 재앙의 책임을 온전히 내게 떠넘기고 있지만, 그 길로 가라고 처음으로 제안한 것은 전혀 다른 사람들이었으며, 나뿐만 아니라 여러분도 모두 그 안을 검토하고 동의했다는 사실을 여러분은 잊고 있습니다.

이 여행이 만족스럽게 끝났다면, 그 길을 생각해 내고 선택한 사람이 자기였다며 모두들 의기양양했겠죠. 그런데 지금 여러분은 나 한 사람한테 그 책임을 지게 하고 죄를 뒤집어씌우고 있습니다. 내 순수한 양심은 내게 무죄를 선고하며, 심지어 여러분에게 책임을 돌려야 하지 않을까 하는 생각마저 하게 됩니다. 할 말이 있으면 분명히 말하세요. 그럼 나도 변명하겠습니다. 정당한 근거를 들수 없다면 아무 말도 하지 말고 나를 괴롭히지 마세요. 나는 아직 안정이 필요합니다."

대답 대신에 여자들은 다시 울면서 자신들이 어떤 손실을 입었는지 장황하게 늘어놓기 시작했다. 멜리나는 제정신이 아니었다. 말할 것도 없이 그는 남들이 상상하는 것 이상으로 가장 많은 것을 잃었기 때문이다. 그는 좁은 방 안을 미친 듯이 비틀비틀 돌아다니고, 머리를 벽에 부딪치고, 아무한테나 저주를 퍼붓고, 욕설을 내뱉었다. 더군다나 여관 안주인이 작은 방에서 나와, 그의 아내가 죽은 아이를 낳았다고 알리자 그는 분노가 폭발했다. 그러자 다른 사람들까지 덩달아 악을 쓰고 울부짖으며 한바탕 소란이 벌어졌다.

빌헬름은 그들의 처지를 동정하기도 했지만, 그들의 천박한 근성에 참을 수 없이 화가 나기도 했다. 그는 몸에 기운이 전혀 없었음에도 정신력은 조금도 줄어들지 않은 것을 느꼈다.

그가 외쳤다.

"여러분의 처지가 정말 딱하기는 하지만 여러분을 경멸하지 않을 수 없군요! 자기가 불행하다고 해서, 죄 없는 사람을 비난해도 좋은 건 아닙니다. 길을 잘못 잡은 건 나한테도 책임이 있지만 그 벌은 충분히 받았습니다. 보시다시피 나는 다쳐서 누워 있어요. 모두 손실을 입었지만 내가 가장 큰 손실을 입었습니다. 빼앗긴 의상도 부서진 무대장치도 모두 내 것이었습니다. 멜리나 씨, 당신은 아직 나한테 돈도 지불하지 않았잖습니까? 지금 이 자리에서 그 빚은 없었던 것으로 해드리죠."

"다시는 볼 수 없는 것을 선사하시다니 정말 고맙군요."

멜리나가 말했다.

"당신 돈은 아내의 짐 가방에 들어 있었습니다. 그게 없어진 건 당신 탓이고요. 아! 하지만 없어진 게 돈뿐이라면 얼마나 좋을까!"

그는 다시 발을 쾅쾅 구르면서 욕설을 해대고 고함을 지르기 시작했다. 사람들은 멜리나가 백작과 교섭에 성공하여 백작의 옷방에서 손안에 넣었던 백작의 아름다운 옷가지와 허리띠 죔쇠, 시계, 코담배 통, 모자 따위를 기억해 냈다. 그리고 멜리나를 보면서 모두들 그의 것보다는 훨씬 못하지만 나름대로 아끼던 자신의 물건들을 떠올렸다. 그들은 분노가 서린 눈으로 필리네의 짐 가방을 바라보았다. 그러고는 빌헬름에게 그가 이 미인과 손을 잡게 되어 그녀의 행운에 편승하여 자기 물건도 건지게 되었으니 정말 선견지명이 있었다는 식의 암묵적인 시선을 보냈다.

마침내 빌헬름은 더 이상 참지 못하고 소리쳤다.

"여러분이 어려움에 처한 판에 내가 내 것만 빼내왔다고 생각하는 겁니까!

어려울 때 내가 고통을 나누고자 했던 게 이번이 처음이던가요? 저 짐 가방을 열어요. 여러분을 위해 내 것을 기꺼이 나누어 주죠."

그때 필리네가 말했다.

"이건 내 가방이에요. 내가 열고 싶을 때 열겠어요. 내 짐 가방에 들어 있는 당신의 누더기 옷 두어 벌 따위는 아무리 정직한 유대인에게 판다 해도 몇 푼 받지 못해요. 당신 자신을 생각해요. 치료에 돈이 얼마나 들지도 모르고, 이곳에서 무슨 일이 일어날지 어떻게 알아요?"

빌헬름이 대답했다.

"필리네, 내 것은 다 꺼내주시오. 단 몇 푼이라도 당장에는 유용하게 쓰일 겁니다. 친구를 도울 방법은 여러 가지가 있지요. 꼭 현금으로 도우란 법은 없습니다. 내가 가진 모든 것을 이 불행한 사람들을 위해 쓰겠어요. 이 사람들도 좀 진정되면 지금 행동을 분명히 후회할 겁니다. 네, 여러분이 어려움에 처했다는 건 잘 압니다."

빌헬름이 말을 이었다.

"내가 할 수 있는 모든 일을 여러분을 위해 하겠습니다. 한 번만 더 나를 믿어줘요. 지금은 마음을 가라앉히고 내 약속을 받아들여 줘요. 모두를 대표해서 누가 내 약속을 받아주시오."

이렇게 말하고 그는 손을 들고서 외쳤다.

"여러분 한 사람 한 사람이 잃은 것을 두 배 세 배로 보상받을 때까지는 그것이 누구의 탓이건 여러분이 지금 놓인 처지를 완전히 잊고 그것이 행복으로 바뀔 때까지 여러분 곁을 떠나지도 않을 것이며 여러분을 버리지도 않겠다고 약속합니다!"

그는 여전히 손을 뻗은 채였지만 아무도 그 손을 잡으려고 하지 않았다.

"다시 한 번 약속하죠."

그가 베개 위로 쓰러지며 외쳤다. 그러나 모두 침묵했다. 그들은 창피한 생각이 들었지만 그를 위로하지는 않았다. 필리네는 짐 가방 위에 걸터앉아, 주머니 안에서 찾아낸 호두를 깨물어 까고 있었다.

제9장

사냥꾼이 두어 사람을 데리고 돌아와 빌헬름을 옮길 채비를 시작했다. 그가 마을 목사에게 부탁해서, '젊은 부부'를 재워주겠다는 약속을 받아낸 것이다. 필리네의 짐 가방이 옮겨졌다. 그녀는 태연한 표정으로 그 뒤를 따라갔다. 미뇽은 앞장서서 갔다. 목사관에 도착하자, 목사는 부상자에게 오래전부터 손님용으로 준비해 두었던 넓은 2인용 침대를 내주었다. 그제야 상처가 터져서 많은 피를 흘렸음을 알게 되었다. 붕대를 새로 감아야 했다. 부상자는 열이 펄펄 끓었다. 필리네는 그를 정성스럽게 간호했다. 그러다 그녀가 피로를 견디지 못하게 되자, 하프 타는 노인이 교대해 주었다. 미뇽은 일어나 있으려고 굳게 마음먹었지만 구석에서 잠들어 버렸다.

이튿날 아침 빌헬름은 기운을 조금 차렸다. 사냥꾼이 그에게, 어제 그들을 도와준 귀부인은 평화가 찾아올 때까지 전란을 피해 조용한 곳에 머물기 위해 얼마 전에 영지를 떠나온 사람이라고 말했다. 사냥꾼은 노신사와 그 조카의 이름, 그리고 그들이 가장 먼저 도착하게 될 마을의 이름을 가르쳐 주고, 그 귀부인이 자기에게 남겨진 분들을 잘 돌보라는 엄명을 내렸노라고 설명했다.

빌헬름은 사냥꾼에게 진심어린 감사 인사를 했다. 그때 외과 의사가 들어와서 대화가 끊겼다. 외과 의사는 부상 정도를 자세히 알려주고, 안정하고 기다리면 곧 나을 거라고 자신 있게 말했다.

사냥꾼이 떠난 뒤에 필리네는 사냥꾼이 목사에게는 숙박비를 주고 외과 의사에게는 치료비를 주라며 루이 금화 20개가 든 주머니를 자기에게 맡기더라고 전했다. 사냥꾼이 자기를 빌헬름의 아내라 믿고 있으며, 앞으로도 자기는 그런 마음으로 빌헬름의 곁에 있겠으니 다른 간호인을 찾지 말라고도 말했다.

빌헬름이 말했다.

"필리네, 이번 재난을 겪으며 당신에게 여러모로 신세를 졌습니다. 당신에게 더 폐를 끼치면 곤란해요. 나는 당신이 곁에 있으면 마음이 편하지 않습니다. 당신의 수고에 어떻게 보답해야 할지 몰라서 말이죠. 당신의 짐 가방에 넣어둔 덕분에 무사했던 내 물건을 꺼내줘요. 당신은 다른 사람들과 함께 다른 숙소를 찾아가요. 그리고 자그마한 성의의 표시로 이 금시계를 받아줘요. 제발 나를 혼자 내버려 둬. 당신이 곁에 있으면 나는 당신이 생각하는 것보다 훨씬 마음이 불편합니다."

빌헬름이 말을 마치자 그녀가 그를 놀려댔다.

"당신은 바보예요. 언제쯤 약아질 작정인가요? 어떻게 하면 당신에게 도움이 될지는 내가 더 잘 알아요. 난 여기 있겠어요. 여기서 조금도 움직이지 않을 거예요. 남자들에게 감사 따위를 바란 적은 한 번도 없어요. 그러니까 당신의 감사도 바라지 않겠어요. 내가 당신을 좋아하는 게 당신이랑 무슨 상관이 있지요?"

그녀는 그대로 머물렀다. 그리고 곧 목사에게도, 그 가족들에게도 환심을 사게 되었다. 늘 명랑하고 베풀 줄 알며, 사람의 기분에 맞추어 대화할 줄 알면서도 늘 자기가 바라는 대로 행동했다. 빌헬름의 병세도 나쁘지 않았다. 외과 의사는 박식하지는 않았으나 솜씨는 서툴지 않았다. 자연 치유에 맡겨두자 빌헬름은 곧 차도를 보이기 시작했다. 그는 빨리 다 나아서 자신의 계획과 소망을 차근차근 이루어 갈 수 있기를 간절히 기도했다.

그는 그의 마음에 지울 수 없는 인상을 안겨준 그 사건을 줄곧 생각했다. 아름다운 여기사가 덤불에서 나오는 모습이 눈에 선했다. 그녀가 다가와 말에서 내리고, 주위를 서성이며, 그를 위해 애써주었다. 외투가 어깨에서 미끄러져 내리고, 그녀의 얼굴과 자태가 빛을 내며 사라지는 것을 보았다. 그의 소년 시절 꿈들이 이 광경과 연결되었다. 그는 저 고귀하고 용감한 클로린다를 직접 본 것만 같은 생각이 들었다. 병상에 누운 왕자에게 살며시 다가오는 아름답고 친절한 왕비를 떠올렸다.

그는 가끔 남모르게 혼자 중얼거렸다.

"젊은 시절에는 꿈결처럼 우리 운명의 모습이 우리 주위를 떠다니고, 우리의 아직 흐려지지 않은 눈앞에 예감으로 나타나 보이는 것이 아닐까? 우리가 겪게 될 일들의 싹이 운명의 손에 의해 뿌려지고, 언젠가 따 먹고자 하는 열매를 미리 맛볼 수 있는 것 아닐까?"

병상에 누워 있는 덕에 그는 그런 장면을 몇 번이고 되풀이하여 볼 여유가 있었다. 그는 그 달콤한 목소리를 계속해서 떠올리고, 그 부드러운 손에 입 맞추었던 필리네를 수없이 부러워했다. 가끔은 그 일이 하나의 꿈처럼 생각되었다. 그 일이 진짜 있었던 일임을 가르쳐 주는 외투가 남아 있지 않다면, 그는 그것을 한낱 동화로 여겼으리라.

그 외투를 소중히 간직하고 싶은 기분과 그 옷을 입고 싶은 기분이 엇갈렸다. 그는 몸을 가눌 수 있게 되자마자 먼저 그 외투를 입어보았다. 그리고 행여나 그 옷이 얼룩지지나 않을까, 잘못하다가 손상되지나 않을까를 걱정하는 것이었다.

제10장

라에르테스가 빌헬름을 찾아왔다. 그는 위층의 작은 방에서 자느라, 그 난리가 났을 때는 그 자리에 없었다. 그는 자기가 잃은 것을 깨끗하게 단념하고, 평소처럼 "별것 아니다"라는 태도로 돌아와 있었다. 그는 단원들에 대한 우스꽝스러운 이야기를 이것저것 들려주었는데, 특히 멜리나 부인을 집중 공격했다. 그녀가 딸의 사산을 슬퍼하는 것은 오로지 메히틸데라는 고풍스러운 이름을 붙여주지 못해서라고 말했다. 그녀의 남편에 대해서도 이야기했는데, 그 남편은 큰돈을 지니고 있으며 이미 그 무렵에 빌헬름에게서 긁어낸 돈은 빌릴 필요가 전혀 없었다는 사실로 드러났다. 지금 멜리나는 다음 우편마차로 떠날 예정인데, 빌헬름에게 그의 친구인 제를로 단장한테 추천장을 써달라고 부탁할 것이라 했다. 멜리나는 자신의 계획이 물거품이 되자 제를로의 극단에 들어가기를 바란다고 말했다.

미뇽은 며칠 동안 쥐 죽은 듯이 지냈다. 집요하게 캐묻자, 그제야 오른팔의 관절이 빠졌다고 고백했다.

"그렇게 무모한 짓을 하니까 그렇지."

필리네가 말했다.

필리네에 따르면, 싸움이 벌어졌을 때 미뇽은 빌헬름이 위험에 처한 것을 보자 사냥칼을 빼들고 용감하게도 도적들에게 덤벼들었으나 결국 팔을 붙잡힌 채로 내동댕이쳐졌다는 것이었다. 다쳤으면서 왜 빨리 말하지 않았느냐고 꾸짖었지만, 외과 의사가 아직도 그녀를 사내아이라고 믿고 있기에 일부러 숨긴 것이라고 했다. 치료를 위해서 그녀는 팔을 목에 매달고 다녀야 했다. 그녀에게 이것은 새로운 고통이었다. 빌헬름을 돌보고 간호하는 일의 가장 중요한 부분을 필리네에게 맡겨야 했기 때문이었다. 그렇게 되자 사랑에 빠진 그 악녀는 그만큼 더 부지런히 움직이고 빌헬름을 정성껏 돌봤다.

어느 날 아침 눈을 뜬 빌헬름은 필리네가 이상한 자세로 자기 옆에 있는 것을 발견했다. 그는 잠자리가 불편했는지 넓은 침대의 뒷구석으로 밀려나 있었다. 필리네는 침대 앞쪽에 비스듬히 길게 누워 있었는데, 침대에 앉아서 책을 읽던 중에 잠들었는지 책이 손에서 떨어져 있었다. 그녀는 뒤로 쓰러져 있어서 머리가 그의 가슴 옆에 놓여 있었다. 풀어헤친 그녀의 금발이 가슴 위에서 물결쳤다. 흐트러진 잠옷이 일부러 꾸민 것보다 그녀의 매력을 더 돋보이게 했다. 얼굴에는 어린아이의 미소 같은 평온함이 감돌고 있었다. 절대 안정과 절제를 해야만 하는 지금 상태를 그가 축복으로 여겼는지 불행으로 여겼는지는 알 수 없다. 그는 한참 동안 뚫어져라 그녀를 바라보고 있었는데 그녀가 몸을 움직이기 시작했다. 그는 가볍게 눈을 감았으나, 실눈을 뜨고 그녀를 보지 않을 수 없었다. 그녀는 매무새를 고치고, 아침 식사가 준비되었는지 알아보기 위해 방에서 나갔다.

배우들이 하나둘 빌헬름을 찾아와서는 무례하게, 또는 막무가내로 추천장과 여비를 요구하고 받아가지고 갔다. 필리네는 그때마다 분통을 터트렸다. 사냥꾼이 그 사람들 몫으로도 꽤 많은 돈을 남기고 갔으므로 그들은 당신을 우려먹고 있을 뿐이라고 아무리 말해도 빌헬름이 무시했기 때문이다. 마침내는 그것이 격렬한 말싸움으로 번졌다. 그는 그녀도 다른 사람들과 함께 제를로를 찾아가 운을 시험해 보는 것이 좋겠다고 딱 잘라서 말했다.

그녀는 아주 잠깐 동안 평정심을 잃었으나 곧 이성을 되찾고서 말했다.

"그 금발 소년만 돌아와 준다면 당신들 따위는 거들떠보지도 않을 텐데!"

그것은 프리드리히를 두고 한 말이었는데, 그는 숲의 빈터에서 모습을 감춘 뒤로 다시는 나타나지 않았다.

이튿날 아침 미뇽이 침대 곁으로 와서, 필리네가 그의 물건들을 옆방에 가지런히 한데 모아두고서 밤중에 떠났다고 알려주었다. 빌헬름은 그녀의 빈자리를 뼈저리게 느꼈다. 그는 충실한 간호사와 유쾌한 말상대를 잃은 것이다. 그는 이제 도저히 혼자 있는 것이 힘들었다. 그러나 곧 미뇽이 그 빈자리를 메워주었다.

쾌활하고 아름다운 필리네가 다친 빌헬름을 친절하고 정성껏 돌봐주고부터 미뇽은 점차 뒤로 물러나서 혼자 조용히 있었다. 하지만 다시 자유로운 활동

영역을 얻자 그녀는 정성과 애정으로 그를 열심히 돌보고 명랑하게 말상대가 되어주었다.

제11장

그는 날이 갈수록 빠르게 회복되었다. 며칠만 있으면 여행을 떠날 수 있을 것 같았다. 이제는 정처 없이 떠돌아다니는 생활을 그만두고, 삶의 방향을 정확히 정해서 그 계획에 따라 가기로 마음먹었다. 먼저 그 친절한 귀부인을 찾아가서, 그날 도와주어서 고맙다고 인사하고 싶었다. 그런 다음에는 곧바로 친구인 제를로 단장을 찾아가 불행에 빠진 동료들을 되도록 잘 돌봐달라 부탁하고, 주소를 알고 있는 거래처로 가서 자기가 맡은 업무를 처리해야겠다고 생각했다. 그리고 지금까지와 마찬가지로 앞으로도 행운을 만나고 운 좋은 투자를 통해 손실을 만회해서 회계장부의 공백을 메울 수 있기를 기도했다.

그를 도와준 사람들을 다시 한 번 만나고 싶다는 소망은 날이 갈수록 더해졌다. 빌헬름은 여행길을 결정하기 위해 목사와 의논했다. 그는 지리와 통계에 뛰어난 지식을 갖고 있었으며, 방대한 양의 책과 지도를 소장하고 있었다. 그 귀족 일가가 전란 중에 머물 곳으로 선택한 장소와 그 가족에 대한 정보를 찾아보았다. 그러나 그런 곳은 어떤 지리책과 지도에도 표시되어 있지 않았다. 또한 가계편람에는 그런 가족에 관한 기록이 전혀 없었다. 빌헬름은 초조해졌다. 그 불안한 마음을 털어놓자, 하프 타는 노인이 그 사냥꾼이 무슨 이유에서인지는 몰라도 진짜 이름을 숨겼을 가능성이 있는 것 같다고 말했다.

아무래도 그 아름다운 여인이 근처에 있을 것만 같아서 빌헬름은 하프 타는 노인을 보내면 그녀에 대한 정보를 얻을 수 있지 않을까 생각했다. 하지만 그런 기대는 보기 좋게 빗나갔다. 노인은 열심히 캐고 다녔지만 아무런 단서도 얻지 못했다. 그 무렵 이 지방에는 다양하고 활발한 움직임이 있어서 뜻하지 않은 행군이 자주 있었다. 그런 여행객들에게 특별히 주의를 기울이는 사람은 아무도 없었다. 그래서 심부름을 나갔던 노인은 유대인 간첩이라는 의심만 받고 돌아와 빌헬름 앞에 빈손으로 얼굴을 내밀 수밖에 없었다. 노인은 게으름을 피웠다는 의심을 씻기 위해서, 자기가 맡은 임무를 완수하려고 얼마나 노력했는지 열심히 설명했다. 그는 어떻게든 빌헬름의 슬픔을 위로하고자, 사냥꾼에게서 들은 모든 정보를 종합하여 다양한 추측을 쏟아냈다. 마침내 노인의 어떤 말에서 빌헬름은 그 모습을 감춘 아름다운 여인의 수수께끼 같은 말을 풀이해 낼 수 있었다.

즉 도적떼가 노린 것은 유랑 극단이 아니라, 당연히 거액의 돈과 금은보화를 갖고 있을 그 귀족 일행이었던 것이다. 도적떼는 그 일행에 대해 정확한 정보를 갖고 있을 것이 틀림없었다. 그들이 의용군인지 낙오병인지, 또는 진짜 도적인지는 알 수 없었다. 요컨대 돈 많은 귀족 일행으로서는 다행스럽게도 천하고 가난한 유랑 극단이 먼저 그곳에 도착하여, 귀족 일행을 기다리고 있던 운명을 대신 만난 것이었다. 지금도 빌헬름의 귀에 똑똑히 남아 있는 그 젊은 부인의 말은 바로 그런 의미였다. 사려 깊은 수호신이 그 죄 없는 사람들을 구하기 위해 자신이 희생된 거라고 생각하자, 그는 만족스럽기도 하고 행복하기도 했다. 그러나 그 여인을 찾아내어 다시 만난다는 희망은 적어도 얼마 동안은 완전히 사라졌으므로, 그의 기분은 절망에 빠질 것만 같았다.

백작부인과 그 아름다운 미지의 여인이 서로 닮았다는 사실을 깨닫는 순간 그의 묘한 감정은 더욱더 고조되었다. 두 사람은 자매라고 해도 좋을 만큼 비슷했다. 둘은 쌍둥이처럼 닮았으며, 어느 쪽이 언니이고 어느 쪽이 동생이라고 할 수도 없을 만큼 똑같았다.

사랑스러운 백작부인에 대한 추억은 한없이 감미로웠다. 빌헬름은 그녀의 모습을 한시도 잊은 적이 없었다. 하지만 지금은 고귀한 여기사의 모습이 어느새 거기에 섞이더니, 하나의 모습이 또 하나의 모습으로 바뀌었다. 그리고 그는 어느 것이 누구의 모습인지 딱히 알아차릴 수 없게 되고 말았다.

게다가 두 사람의 글씨체까지 닮은 데는 놀라지 않을 수 없었다. 그는 백작부인이 쓴 멋진 시를 메모장에 간직하고 있었다. 그리고 그는 그 여기사가 따뜻한 마음을 담아 숙부의 건강을 묻는 종이쪽지를 그녀의 외투 속에서 발견했다.

이 종이는 그의 생명의 은인이 쓴 것이며, 여행 중에 한 여관방에서 다른 방으로 전달되어 숙부가 주머니에 넣어둔 것이라고 빌헬름은 확신했다. 그는 두 개의 필체를 대조해 보았다. 백작부인의 우아한 글씨체는 전부터 마음에 쏙 들었지만, 미지의 여인의 비슷하면서도 더 부드러운 필체에는 이루 표현할 수 없을 만큼 유창한 조화로움이 있었다. 종이에 대단한 내용은 쓰여 있지 않았으나 글씨체를 보는 것만으로도 두 사람을 눈앞에서 보는 것처럼 흥분되었다.

그는 마치 꿈꾸는 듯한 그리움에 빠져들었다. 그때 미뇽과 하프 타는 노인이 마음이 담긴 노래를 불협화음으로 부르기 시작했다. 그 노래는 그의 기분을 정확히 대변해 주는 것이었다.

> 그리움을 아는 사람만이
> 내 슬픔을 알리라.
> 홀로, 나 홀로
> 모든 즐거움과 담쌓고 앉아
> 오로지 저 창공을
> 아득하게 바라보노라.
> 나를 사랑하고 나를 알아주는 사람은
> 저 멀리 있구나!
> 이 눈은 어지럽고
> 이 가슴은 타들어 간다.
> 그리움을 아는 사람만이
> 내 슬픔을 알리라.

제12장

친절한 수호신의 부드러운 유혹은 빌헬름을 어떤 길로 이끄는 대신, 이전부터 느끼고 있던 불안을 더욱 커지게 했다. 보이지 않는 불꽃이 그의 핏줄에서 이글거리고, 무어라 꼬집을 수 없는 불특정한 대상이 그의 마음속을 쉴 새 없이 들락거리며 끝없는 욕망을 부추겼다. 어떤 때는 준마를, 어떤 때는 날개를 원했다. 이렇게 한곳에 머물러 있을 수는 없다고 생각하면서도 정작 어디로 가야 할지 알 수 없었다.

그의 운명의 실오라기는 아주 묘하게 뒤엉켜 버렸다. 그는 이 이상한 매듭이 풀어지기를 바랐으며, 때로는 확 끊어버리고만 싶었다.

말발굽 소리나 마차 바퀴 소리가 들릴 때마다 얼른 창밖을 내다보았다. 그리고 누가 찾아온 것은 아닐까, 우연히라도 확실한 기쁨을 전해 줄 전령이 온 것은 아닐까 하고 생각했다. 친구 베르너가 이 지방으로 왔다가 그를 깜짝 놀라게 할 수도 있고, 어쩌면 마리아네가 불현듯 나타날 수도 있다는 상상을 했다. 우편마차의 나팔소리에도 심장이 두근거렸다. 멜리나가 그 뒤 소식을 알려주러 온 것일까 생각하기도 하고, 특히 사냥꾼이 찾아와 자기가 사모해 마지않는 아름다운 여인에게 자기를 데리고 가는 것이 아닐까 생각하기도 했다.

하지만 유감스럽게도 그런 일은 전혀 일어나지 않았으며 그는 다시 혼자가 되었다. 지난 일을 돌이켜보고 생각하고 반성할 때마다 불쾌하고 참을 수 없어지는 일이 한 가지 있었다. 그것은 자신의 지휘가 실패로 끝났다는 사실이었다. 이것을 생각할 때마다 화가 났다. 그 불행한 날 저녁, 사람들 앞에서 일단 당당하게 웅변은 했지만 그도 자신에게 책임이 있음은 부정할 수 없었다. 아니, 오히려 우울할 때는 그 모든 일이 자기 탓인 것만 같았다.

자기애는 자신의 장점이나 결점을 실제보다 부풀려 생각하게 만든다. 그는 자기 자신에 대한 신뢰를 불러일으켜서 다른 사람의 의지를 조종했으며, 무경험과 무모함에 이끌려 맨 앞에 섰다. 그들은 그들의 힘으로는 견뎌내기 어려운 위험에 부딪혔다. 비난이 때로는 소리 높여, 때로는 침묵의 형태로 그에게 쏟아졌다. 그는 자신의 잘못된 지휘로 피해를 본 단원들에게 이자까지 붙여 되돌려 줄 때까지는 버리지 않겠다고 약속한 일도, 모두가 당한 재앙을 주제넘게 자기가 혼자 떠안으려 하는 것도 또 다른 어리석은 생각에서 비롯한 것이 아닌지 자책했다. 그는 순간적인 흥분과 충동에 휩싸여 그런 약속을 한 것을 후회하는가 하면, 한편으로는 누구 하나 붙잡아 준 사람은 없을지언정 그가 너그럽게 내민 손은 마음속으로 다짐한 맹세에 비하면 하찮은 형식에 지나지 않았다는 생각도 했다. 그들을 도울 방법을 고민하다가, 결국 한시라도 빨리 제를로를 찾아가야 한다고 결론을 내렸다. 그는 상처가 다 낫지 않았는데도 짐을 쌌다. 그리고 목사와 외과 의사의 충고를 무시한 채 이상한 길동무들인 미뇽과 노인을 데리고서, 운명이 너무도 오랫동안 붙잡아 두고 있었던 무위도식의 생활에 다시금 작별을 고했다.

제13장

제를로는 두 팔을 벌려 그를 반겼다.

"오, 왔군요! 다시 만났어요. 당신은 별로, 아니 전혀 변하지 않았군요. 물론 고귀한 예술에 대한 당신의 애정도 변함없이 강렬하고 생기로 넘치겠지요? 당신이 와주어서, 최근에 당신이 보낸 편지에서 느꼈던 불신감도 다 사라져 버렸습니다. 나는 그것이 기쁘군요."

빌헬름은 놀라서, 더 자세히 설명해 달라고 청했다.

제를로가 대답했다.

"당신이 나를 대하는 태도가 오랜 친구 같지 않았으니까요. 당신은 나를 큰 부자 대하듯 하면서, 별 쓸모도 없는 사람들을 아무렇지도 않게 추천하지 않았습니까. 우리의 운명은 관객의 평가로 결정됩니다. 멜리나 씨나 나머지 단원들을 우리 극장에서 채용하기란 어려울 겁니다."

빌헬름은 그들에게 유리한 말을 해주려고 했다. 그러나 제를로가 가차 없이 그들을 깔보는 말을 시작했으므로, 어떤 부인이 방으로 들어와서 대화가 중단되었을 때는 오히려 다행스럽게 생각되었을 정도였다. 제를로는 곧 그 부인이 자기 누이동생인 아우렐리아[*2]라고 소개했다. 그녀가 매우 상냥하게 그를 반겼고 그 말투도 호의적이었으므로, 빌헬름은 그녀의 총명해 보이는 얼굴에 특별한 분위기를 더해 주는 뚜렷한 슬픔의 그림자를 미처 깨닫지 못했다.

빌헬름은 오랜만에 자기의 본거지로 돌아온 듯한 기분이었다. 지금까지는 자기가 무슨 말을 해도 겨우 만족할 만한 정도로밖에 그 이야기를 들어주는 사람이 없었지만, 지금은 그의 말을 완전히 이해해 줄 뿐만 아니라 많은 도움이 되는 대답을 해주는 예술가 또는 지식인과 대화하는 행복을 만끽할 수 있었기 때문이다. 두 사람 모두 일찌감치 최근 작품을 섭렵하고 있었다. 비평도 정확했다. 관객의 반응을 분석하고 존중할 줄도 알았다. 그뿐만 아니라 서로 빠르게 발전하고 있었다.

[*2] 이 대목에서는 아우렐리아(Aurelia)라고 되어 있지만, 이 다음부터는 아우렐리에(Aurelie)라고 지칭되어 있다. 제를로라는 성(姓)이 이미 이탈리아계임을 나타내고 있지만, 이 대목에서는 제를로가 자기 누이동생을 소개하면서 무심결에 이탈리아식 호칭으로 말한 것으로 이해된다.

빌헬름은 셰익스피어에 빠져 있었으므로, 화제는 자연스럽게 이 작가에게로 옮겨갔다. 빌헬름은 이 작가의 여러 작품이 독일에 몰고 올 새 시대에 대한 기대를 열띤 목소리로 말했으며, 이윽고 자기가 그렇게도 열심히 연구해 온 《햄릿》에 대해 말하기 시작했다.

제를로는 자신도 조건만 갖춰졌다면 그 작품을 진작 상연했을 것이며, 자기는 폴로니우스 역을 해보고 싶다고 말했다. 그리고 웃으면서 이렇게 덧붙였다.

"햄릿만 발견된다면 오필리아를 찾기란 식은 죽 먹기죠."

빌헬름은 오빠의 이 농담이 아우렐리에에게는 불쾌한 이야기라는 것을 눈치채지 못했다. 오히려 그는 평소 버릇대로, 자기라면 어떤 식으로 햄릿을 연기하겠는지 장황하게 늘어놓았다. 그는 두 사람에게, 우리가 이미 앞에서 들은 결론을 자세하게 설명했다. 그리고 제를로가 그의 가설에 의문을 품었음에도, 끝까지 자기 의견을 이해시키려고 갖은 애를 썼다. 마침내 제를로가 말했다.

"아, 알았습니다. 당신 주장이 모두 옳다고 치지요. 그런데 그것을 전제로 또 무슨 설명을 하려는 겁니까?"

빌헬름이 대답했다.

"많은 것, 아니 전부 다죠. 생각해 봐요. 내가 그려낸 왕자가 뜻하지 않게 아버지를 잃었습니다. 그에게 활력을 불어넣어 주는 정열은 명예욕이나 지배욕이 아니에요. 그는 왕의 아들이라는 신분에 만족하며 살았지만, 이제야 비로소 왕과 신하를 갈라놓는 차이점에 주목하지 않을 수 없게 된 겁니다. 왕관을 쓸수 있는 권리는 세습적인 것이 아니지만, 아버지가 더 오래 살았더라면 외아들의 요구권은 더 다져졌을 것이며, 왕관을 물려받을 희망은 더 확실해졌을 겁니다. 그런데 지금 그는 왕위에 대한 약속은 빛 좋은 개살구에 지나지 않으며, 숙부가 자기를 아마도 평생 왕위에서 제외하리란 사실을 알았습니다. 지금 그는 하느님의 은총과도 재산과도 인연이 없는 초라한 신세이며, 어릴 때부터 자기 소유로 생각해 오던 환경에 둘러싸여 있으면서도 이방인처럼 느끼고 있습니다. 여기서 그의 정서는 처음으로 우울한 빛을 띠게 되지요. 그는 자기가 일반 귀족보다 나은 존재가 아니라는 사실을, 아니 일반 귀족과 같은 처지라는 사실을 뼈저리게 깨닫습니다. 그래서 모든 사람의 하인인 것처럼 행동하지요. 그렇지만 비굴하거나 자신을 지나치게 낮추지는 않습니다. 몰락하고 초라해진 척을 하는 것뿐이지요.

그는 지난날이 한낱 사라진 꿈으로만 생각되었습니다. 숙부는 그를 격려하고, 그런 상황을 다른 관점에서 보게 하려고 했습니다. 그러나 그는 모든 것을 잃었다는 기분에서 벗어나지 못하죠.

그에게 찾아온 두 번째 타격은 그에게 더 깊은 상처를 입히고 그의 용기를 더욱더 꺾어놓았습니다. 바로 어머니의 결혼이었습니다. 충실하고 마음씨 착한 아들에게는 아버지를 잃었어도 아직 어머니가 남아 있었습니다. 그는 돌아가신 위대한 아버지의 늠름한 모습을 그 고귀한 어머니와 함께 추모하고 싶었습니다. 하지만 그는 어머니마저 잃었습니다. 그것은 죽음으로 어머니를 빼앗긴 것보다도 더 괴로웠습니다. 훌륭한 교육을 받고 자란 아이가 부모에게 품는 신뢰의 이미지가 깨졌습니다. 어머니도 여자였습니다. 그녀도 '연약한 자'*3라고 지칭되는 여자의 범주에 들어가는 존재였던 것입니다.

그는 비로소 큰 타격을 입고, 이제 자신이 오갈 데 없는 처지임을 깨닫습니다. 이 세상의 그 어떤 행복도 그가 잃은 것을 보상해 줄 수 없었습니다. 그는 천성이 우울하지도, 사색에 잠기는 성격도 아니었지만 이제 우울과 사색은 그에게 무거운 짐이 됩니다. 그는 이런 인물로 등장합니다. 내가 작품에 무엇을 덧붙이거나 부풀린 것은 하나도 없습니다."

제를로가 누이동생을 바라보며 말했다.

"빌헬름이라는 사람, 내가 말한 대로지? 첫머리부터 훌륭한 말을 해주고 있고, 같이 있다 보면 더 다양한 이야기로 우리를 설득할걸."

빌헬름은 설득하려는 게 아니라 그저 이해하기를 바랄 뿐이며, 조금만 더 참고 들어달라고 간청했다.

"이런 젊은이, 이런 왕자를 똑똑히 머릿속에 그리고, 그가 놓인 상황을 상상하면서, 아버지의 망령이 나온다는 이야기를 들었을 때의 그를 관찰해 봐요. 엄숙한 망령이 그의 앞에 나타나는 그 무시무시한 밤에 그의 곁에 서봐요. 그는 무서운 공포에 사로잡힙니다. 그는 그 기묘한 형체에 말을 겁니다. 망령의 손짓에 이끌려 따라가고 그 목소리를 듣습니다. 숙부에 대한 무시무시한 고발이 그의 귀를 때립니다. 복수해 달라는 요구와 거듭 되풀이되는 간곡한 부탁의 말이 들려옵니다. '날 잊지 말아다오!'

---

*3 《햄릿》 제1막 제2장 제146행(Frailty, thy name is woman!) 참조.

그런데 망령이 사라졌을 때 우리 앞에 서 있는 것은 누구입니까? 복수심에 불타는 젊은 영웅입니까? 자기 왕관을 빼앗아 간 사람을 응징하라는 요구를 받고 행복감을 느끼는 타고난 군주입니까? 아닙니다. 괴로움과 놀라움이 이 고독한 젊은이를 휘감은 것입니다. 그는 회심의 미소를 짓고 있는 악인을 증오하고, 죽은 아버지를 잊지 않겠노라 맹세합니다. 하지만 마지막에 의미심장한 한숨을 내쉬며 이렇게 말합니다.

'시대의 톱니바퀴가 잘못 돌아가고 있구나.

그것을 바로잡기 위한 가혹한 운명을 타고났다니!'

나는 이 말에 햄릿의 모든 행동을 설명하는 열쇠가 있다고 생각합니다. 나는 셰익스피어가 한 영혼에게 감당 못할 벅찬 행위를 짊어지우고 그 모습을 그려냈다고 생각합니다. 그런 의미에서 이 작품은 통일성 있게 쓰였습니다. 연약한 꽃을 심기 위해 만든 호화로운 화분에 떡갈나무를 심는 것과 같지요. 떡갈나무의 뿌리가 뻗어 내리면 화분은 깨질 것입니다.

영웅을 만드는 강한 마음을 갖지 못한, 아름답고 순수하며 고귀하고 지극히 도덕적인 인물이 짊어질 수도, 벗어던질 수도 없는 무거운 짐 때문에 파멸해 가는 것입니다. 그에게는 모든 의무가 신성했지만 너무 무거운 것이기도 했습니다. 그는 불가능을 강요받았습니다. 그 자체는 불가능하지 않지만 그에게는 불가능한 일이었지요. 그는 몸부림치고, 발버둥치고, 불안에 떨고, 우왕좌왕합니다. 아버지의 말을 떠올리고 또 떠올리다가 결국 목적은 거의 잊어버리지만, 두 번 다시 쾌활한 젊은이로 돌아올 수는 없는 것입니다."

제14장

몇 사람이 들어와서 대화가 끊어졌다. 매주 한 번씩 제를로의 집에 모여서 작은 연주회를 여는 음악 애호가들이었다. 음악을 매우 사랑했던 제를로는 배우가 음악을 좋아하지 않는다면 절대로 자기 예술을 명확히 이해하고 느낄 수 없다고 주장했다. 가락이 있고 그 가락에 맞추어 몸을 움직일 때는 훨씬 경쾌하고 품위 있는 연기를 할 수 있다. 그러나 산문적인 역할을 할 때도 배우는 자기 식으로 단조롭게 연기하는 게 아니라 머릿속으로 그 배역에 맞는 곡을 상상하면서 박자와 운율에 맞춰 적당한 변화를 주어야 한다는 것이었다.

아우렐리에는 거기서 일어나는 모든 일에 흥미가 없는 듯했다. 그녀는 빌헬름을 옆방 창가로 데리고 가서 밤하늘을 올려다보며 이렇게 말했다.

"당신은 햄릿에 대해서 아직도 할 말이 많은 것 같군요. 그런데 당신의 의견은 나중에 오빠랑 같이 듣기로 하고, 지금은 먼저 오필리아에 관한 생각을 들려주시겠어요?"

"오필리아에 대해서는 별로 할 말이 없습니다."

빌헬름이 대답했다.

"그녀의 성격은 아주 짧고 훌륭한 묘사로 완전히 드러나니까요. 그녀의 마음은 늘 성숙하고 달콤한 관능의 기쁨을 추구합니다. 그녀에게는 당연히 왕자의 손길을 바랄 자격이 있었지만, 왕자에 대한 사랑이 샘물처럼 넘쳐흘러 그녀의 착한 마음은 완전히 잠겨버렸습니다. 걱정이 된 아버지와 오빠는 솔직하고 매몰차게 경고합니다. 얌전한 태도도 그녀 가슴에 있는 얇은 베일과 마찬가지로 마음의 동요를 감출 수 없습니다. 아니, 보일락 말락 한 동요마저도 다 드러내고 말지요. 그녀의 상상력에는 불이 붙고, 그녀의 조용하고 얌전한 성격도 사랑으로 가득한 갈망에 몸부림칩니다. 게으른 기회의 여신이 나무를 흔들기만 하면 열매는 금방 떨어지게 되지요."

아우렐리에가 말했다.

"그런데 이제 버림받고 거부와 멸시를 당하게 되자…… 실성한 연인의 마음속에서 가장 고귀하던 것이 가장 비천한 것으로 바뀌어 그가 사랑의 달콤한 술잔 대신 고뇌의 쓴잔을 내밀자……."

빌헬름이 소리쳤다.

"마음이 산산이 부서지는 거지요. 그녀의 존재를 지탱해주던 발판이 무너져 내리고, 그곳을 아버지의 죽음이라는 폭풍우가 덮칩니다. 아름다운 건물이 그냥 무너져 내리는 겁니다."

빌헬름은 아우렐리에가 마지막 말을 어떤 심정으로 했는지 알아차리지 못했다. 이 작품과 그 구성과 완벽함을 말하는 데 정신이 팔린 그는 아우렐리에가 자기의 말에서 전혀 다른 인상을 받고 있다는 사실도, 이 극화된 환영들을 통해 그녀의 깊은 상처가 슬픔이 되어 생생하게 고통으로 터져나오는 사실도 눈치채지 못했다.

아우렐리에는 여전히 머리를 손에 얹고서 눈물이 그렁그렁한 눈으로 하늘을 바라보고 있었다. 마침내 그녀는 감추고 있던 슬픔을 억누를 수가 없어서 빌헬름의 두 손을 붙잡고 외쳤다. 그는 놀라서 그저 그녀 앞에 서 있었다.

"죄송해요. 너무 걱정이 돼서…… 저 사람들을 보고 있으면 숨통이 죄어서 숨이 막힐 것만 같아요. 무정한 오빠의 눈도 피하고 싶고요. 당신 앞에 있으면 마음속 응어리가 다 풀리는 기분이에요, 빌헬름 씨."

그녀가 말을 이었다.

"아까 처음 뵈었을 뿐인데, 당신에게라면 무엇이든 털어놓을 수 있을 것 같아요."

그녀가 잠시 말을 멈추고 그의 어깨에 기대왔다. 그녀가 흐느끼며 말했다.

"이렇게 빨리 마음을 고백하고 약한 모습을 보인다고 해서 나를 어리석은 여자라고 생각하지는 말아주세요. 좋은 친구가 되어주세요. 나도 좋은 친구가 되어드리겠어요."

그는 진심으로 그녀를 위로했다. 그녀는 계속 울면서 말을 잇지 못했다.

바로 그때 난처하게도 제를로가 들어왔다. 그런데 뜻밖에도 그의 손을 잡고 필리네까지 등장했다.

"여기에 당신 친구가 있습니다. 그도 당신을 만나 반가울 겁니다."

제를로가 말했다.

"아니! 여기서 당신을 보게 되다니!"

빌헬름이 놀라서 외쳤다. 그녀가 조심스럽고 침착한 태도로 그에게 다가와 환영 인사를 했다. 그러고는 별 볼 일 없는 자기를 곧 좋아질 거라는 희망만으로 이 훌륭한 극단에 넣어주신 제를로의 친절을 찬양했다. 그녀는 빌헬름을 친근하지만 어딘지 서먹서먹한 거리를 두고 대했다.

그러나 그런 척하는 것도 두 사람이 있는 동안뿐이었다. 아우렐리에가 슬픔을 감추기 위해 방에서 나가고 제를로도 사람들이 찾아서 나가자, 필리네는 문쪽을 보고 두 사람이 정말로 나갔는지 확인하더니, 갑자기 바보가 된 것처럼 온 방 안을 폴짝폴짝 뛰어다니다가 바닥에 주저앉아 숨이 막히도록 웃어젖혔다. 그러다가 벌떡 일어나 빌헬름에게 매달려 왔다. 그러고는 자기가 먼저 도착해서 정황을 살피고 자리잡은 것이 얼마나 현명한 일이었는지를 아주 자랑스럽게 이야기했다.

"여긴 좀 독특한 곳이에요. 나는 이곳이 너무 마음에 들어요. 아우렐리에는 어떤 귀족하고 불행한 사랑에 빠졌다가 한바탕 소동을 일으켰던 모양이에요. 아주 괜찮은 사람이었다고 하던데. 나도 한 번 보고 싶어요. 자식까지 있는 것 같던데요. 아니, 분명 그 애가 자식이 맞을 거예요. 세 살쯤 되는 사내아이가 뛰어다니며 놀고 있는데, 인물이 태양처럼 훤해요. 그 애 아버지는 분명 멋진 사람일 거예요. 난 어린애를 그다지 좋아하지 않지만 그 애는 귀여워요. 내가 계산해 봤는데, 아우렐리에의 남편이 죽은 해하고 새 애인이 생긴 해하고 아이 나이가 정확히 맞아떨어져요.

그런데 그 남자친구는 그녀를 내버려 둔 채 벌써 1년이나 나타나지 않고 있어요. 그녀가 정신 못 차리고 저렇게 우울해하는 건 바로 그 때문이죠. 정말 바보 같지 않아요? 오빠란 사람은 극단의 여자 무용수에게 알랑거리고, 나이 먹은 여배우와도 은밀한 관계인 데다, 시내에도 퍽 괜찮은 여자를 몇 명이나 데리고 있는데, 이번에는 내가 애인 물망에 올랐어요. 그러니 그도 대단한 바보죠. 나머지 사람들 이야기는 내일 말해 줄게요. 아, 한마디만 더. 당신이 잘 아는 이 필리네 양은 그 가운데서 가장 바보인데, 그녀는 당신한테 홀딱 반해 있어요."

그녀는 지금 한 말이 모두 사실이라 맹세하고, 재미있는 구경거리라고 단언했다. 그러고는 빌헬름에게 제발 아우렐리에에게 연정을 느껴보라고 부탁했다. 그래야만 진정한 추격전이 시작된다는 것이었다.

"아우렐리에는 자기를 버린 남자를, 당신은 아우렐리에를, 나는 당신을, 그리고 그녀의 오빠는 나를. 이렇게 되면 반년쯤은 즐겁게 보낼 수 있어요. 그렇게 되지 않는다면, 난 이 복잡하게 얽힌 사각관계에서 벌어지는 첫 번째 일화 부분에서 죽도록 하지요."

그녀는 부디 이 극본을 망치지 말고, 자기가 남들 앞에서 보이는 태도에 걸맞은 경의를 표해 달라고 그에게 부탁했다.

제15장

다음 날 아침 빌헬름은 멜리나 부인을 찾아갔지만 그녀는 집에 없었다. 다른 유랑 단원에게 물어보자, 필리네에게 아침 식사 초대를 받아서 갔다고 했다. 호기심이 나서 서둘러 가보니, 모두들 매우 즐겁고 유쾌하게 보였다. 약삭빠른 필리네가 모두를 모아놓고 초콜릿을 대접하고 있었다. 그녀는 아직 희망이 완전히 꺾인 것은 아니며, 자신이 나서서 이렇게 뛰어난 배우들을 극단에 들어오게 하면 얼마나 이득이 되는지 설득해 보겠노라고 말했다. 그들은 신중하게 필리네의 말에 귀 기울이고, 초콜릿을 몇 잔이나 거듭 청했다. 그들은 이 아가씨가 결코 나쁜 사람이 아니며, 앞으로는 이 아가씨를 나쁘게 말하지 말아야겠다고 생각했다.

필리네와 단둘이 되자 빌헬름이 말했다.

"당신은 제를로가 저들을 고용해 줄 거라고 생각합니까?"

필리네가 대답했다.

"천만에요. 그건 나하고 상관없어요. 난 그저 저들이 하루라도 빨리 다른 곳으로 떠나기를 바랄 뿐이에요. 라에르테스만은 남았으면 좋겠지만. 다른 사람들은 머잖아 다 보내버리겠어요."

그녀는 빌헬름도 이제 그 재능을 그만 썩히고 제를로 같은 단장 밑에서 무대에 서야 한다는 자신의 확신을 말했다. 그녀는 이 극단을 지배하고 있는 질서와 분위기와 정신을 찬양하고, 빌헬름에게 온갖 아양을 떨면서 그의 재능을 치켜세웠다. 그 바람에 그의 가슴과 상상력도 이 제안을 받아들일 뻔했지만, 한편으로 그의 이성은 그것을 얼토당토않은 일이라고 생각했다. 그는 자신의 감정을 필리네에게, 심지어 자기 자신에게도 숨긴 채 편안하지 않은 하루를 보냈다. 도저히 거래처를 방문할 마음도, 그곳에 와 있을 편지를 가지러 갈 마음도 생기지 않았다. 걱정하고 있을 가족들이 마음에 걸렸지만, 그들의 불안이나 비난을 자세하게 알고 싶지는 않았다. 그날 저녁에 있을 신작 상연에서 순수한 즐거움을 맛보게 되리라는 큰 기대를 품고 있는 만큼 더욱더 그랬다.

제를로는 그가 공연 연습을 보는 것을 허락하지 않았다.

"우리를 알려면 우리의 가장 좋은 점부터 봐야 합니다. 그전에는 우리 속을 공개할 수 없어요."

그날 저녁 빌헬름은 공연을 보고 더없는 만족을 느꼈다. 이렇게 완벽한 연극을 본 것은 처음이었다. 모든 배우가 훌륭한 천부적 소질을 지니고 있으며 자기가 하는 예술에 대해 심오하고 명확하게 이해하고 있음을 알 수 있었다. 더구나 그들은 서로에게 무관심한 게 아니라 서로 단점을 보완해 주고 모자람을 채워주며 격려해 주었으므로, 그들의 연기 전체가 매우 뚜렷하고 정확했다. 제를로가 전체의 핵심을 이루는 중심인물임을 한눈에 알 수 있었다. 그는 무척 훌륭했다. 그가 등장해서 입을 열 때마다 뛰어난 모방의 재능과 더불어 명랑한 기분, 침착한 활기, 그 장면에 맞는 감정이 적절하게 느껴지는 데에는 경탄하지 않을 수 없었다. 그의 인품에 존재하는 내면적인 부드러움이 관객 전체에게 퍼지는 듯했다. 오랜 연습을 통해 몸에 익힌 기교를 숨길 줄 알았기에, 다양한 역할의 미묘한 차이까지 경쾌하고 편안하게 표현해 내는 그의 놀라운 연기력은 그만큼 더 커다란 기쁨을 주었다.

누이동생인 아우렐리에도 오빠에 뒤지지 않았다. 그녀는 오빠가 한껏 즐겁게 해놓은 사람들의 마음을 감동시킴으로써 오빠보다 더 큰 갈채를 받았다.

며칠을 그렇게 유쾌하게 보낸 어느 날, 아우렐리에가 빌헬름에게 만나고 싶다는 말을 전해 왔다. 서둘러 가보니 그녀는 긴 의자에 누워 있었다. 두통을 앓는 것 같았으며, 오한으로 온몸을 덜덜 떨고 있었다. 그가 들어오는 것을 보고 그녀의 눈이 반짝 빛났다.

그녀가 말했다.

"용서하세요. 당신이 내게 보여주신 신뢰 때문에 허약해진 것 같습니다. 지금까지 나는 내 슬픔을 벗 삼아 살아왔습니다. 내 슬픔은 나에게 힘과 위로를 주었어요. 그런데 왠지는 몰라도 당신이 그 침묵의 끈을 풀어버렸어요. 내키지 않겠지만 당신도 내가 혼자서 맞서온 싸움을 거들어 주시겠지요?"

빌헬름은 다정하고 정중하게 대답했다. 그녀의 모습과 슬픔이 언제나 마음에 걸렸으며, 친구로서 할 수 있는 일은 뭐든지 할 테니 자기를 믿어달라고 말했다.

말하는 동안 그의 시선은 그녀 앞 마룻바닥에 앉아서 장난감들을 마구 뒤섞고 있는 사내아이에게 쏠려 있었다. 필리네가 말했듯이, 그 아이는 세 살쯤 되어 보였다. 빌헬름은 좀처럼 고상한 표현을 쓰지 않는 경박한 필리네가 그 아이를 태양에 비유한 이유를 그제야 알 수 있었다. 부리부리한 눈과 오동통한 얼굴 주위로 금빛으로 빛나는 아름다운 곱슬머리가 물결치고, 눈부시리만큼 하얀 이마에는 부드럽게 휘어진 짙은 눈썹이 나 있었다. 뺨은 생기가 넘치고 건강하게 빛났다.

아우렐리에가 말했다.

"여기 앉으세요. 이 행복한 아이를 보고 놀라셨나 보군요. 내가 이 아이를 기쁘게 품에 안은 것은 사실이에요. 난 이 아이를 소중하게 길렀죠. 하지만 이 아이를 볼 때마다 내 슬픔이 얼마나 깊은지 깨닫게 돼요. 그 슬픔이 이토록 훌륭한 선물의 가치를 조금도 느끼지 못하게 하지요."

그녀가 말을 이었다.

"죄송해요. 또 신세타령이 되었군요. 하지만 난 당신이 절대로 날 오해하지 않았으면 좋겠어요. 한동안은 마음이 좀 가라앉을 줄 알았는데 막상 당신을 만나고 보니 다시 나 자신을 억누를 수가 없군요.

당신은 '세상에 버림받은 여자는 얼마든지 있다'고 하시겠지요. 당신은 남자니까요. 그리고 '남자의 배반은 죽음보다도 더 확실하게 여자를 옭아매는 불행인 것을 뭘 그렇게 야단이람! 멍청한 계집!' 하고 생각하시겠지요. 아! 빌헬름 씨! 내 불행이 그렇게 흔한 거라면, 흔하디흔한 불행이라면 나도 견뎌보겠어요. 하지만 내 불행은 흔한 것이 아니에요. 거울에라도 비춰서 보여드리고 싶군요. 누군가에게 부탁해서 대신 말해 달라 하고 싶을 정도예요. 아! 유혹을 당했다가 뜻밖의 배반을 당하고 버림받은 거라면 절망 속에서도 위로를 찾을 수 있을 거예요. 그렇지만 나는 훨씬 고약한 경우랍니다. 나 스스로 나를 속이고, 그런 줄 알면서 자신을 기만했으니까요. 내가 나를 절대로 용서할 수 없는 건 바로 그런 이유에서예요."

"당신처럼 훌륭한 생각을 가진 사람은 그렇게 불행해지리라고는 생각되지 않습니다만."

빌헬름이 대답했다.

"내가 그런 생각을 가지게 된 게 누구 탓이라고 생각하세요?"

아우렐리에가 말했다.

"그것은 소녀를 타락시키고야 마는 나쁜 교육 가운데서도 가장 나쁜 교육, 감각과 호감을 그릇된 길로 이끄는 최악의 본보기 탓이랍니다.

난 어머니를 일찍 여의고 가장 중요한 성장기를 숙모 댁에서 보냈어요. 숙모는 정숙에 대한 규범을 경멸하는 것을 규범으로 삼는 여자였죠. 모든 욕망에도 무턱대고 몸을 맡기고, 상대를 뜻대로 조종하기 위해서 무질서한 욕망에 이성을 잃을 수만 있다면 기꺼이 노예라도 되는 여자였어요.

그 때문에 순진하고 맑은 눈을 가졌던 어린이들이 남자를 어떤 식으로 생각하게 되었을지 짐작이 가시죠? 숙모가 데리고 들어오는 남자들은 하나같이 감정이 무디고 난폭하며 뻔뻔스럽고 예의라곤 눈곱만큼도 없었어요. 그들은 욕망이 채워지면 곧 우쭐해져서는 얼간이들처럼 거들먹거렸죠. 그렇게 최악의 남자들의 노리개로 전락한 숙모를 나는 여러 해 동안 지켜보았습니다. 그러나 숙모는 아무리 험한 꼴을 당해도 태연하게 자신의 운명에 순응했어요. 아니, 더나아가서 그런 치욕스런 멍에를 참고 또 참았죠.

빌헬름 씨, 나는 그런 식으로 남자라는 족속을 알았습니다. 그리고 철저하게 증오했죠. 좀 괜찮다 싶은 남자들조차도, 다른 상황에서라면 자연의 은총 덕에 절대로 잊지 않을 정상적인 감정을 여자를 상대로라면 완전히 내다 버릴 수 있다는 사실을 깨달았기 때문입니다.

하지만 유감스럽게도 나는 그런 기회에 여자로서도 서글픈 경험을 실컷 해야 했습니다. 정말이지 열여섯 소녀 시절의 내가 지금의 나보다 훨씬 영리했어요. 지금의 나는 나 자신조차 이해할 수 없으니 말입니다. 어렸을 때는 그렇게 영리했는데, 나이가 들수록 점점 더 어리석어지는 이유가 뭘까요?"

아이가 칭얼거리기 시작했다. 아우렐리에가 신경질적으로 종을 울렸다. 노파가 아이를 데리고 나가려고 들어왔다.

"아직도 치통이 있나요?"

아우렐리에가 얼굴에 붕대를 감은 노파에게 물었다.

"영 참을 수가 없을 정도죠."

노파가 웅얼거리며 대답하고는, 노파를 따라가고 싶어하는 아이를 번쩍 안고서 나갔다.

아이가 나가자 아우렐리에가 격렬하게 울음을 터트렸다.

그리고 외쳤다.

"난 탄식하거나 슬퍼하는 것 말고는 할 수 있는 일이 아무것도 없어요. 불쌍한 벌레처럼 당신 앞에 누워 있는 나 자신이 너무 부끄럽습니다. 더는 아무것도 생각할 수가 없어서 드릴 말씀도 없어요."

그녀는 더듬거리며 입을 다물었다. 빌헬름은 뻔한 말을 하기는 싫고, 그렇다고 특별히 다른 할 말도 없었으므로, 그녀의 손을 잡은 채 말없이 그녀를 내려다보았다. 그러다가 어색해져서 바로 앞 작은 탁자 위에 있던 책을 집어 들었다. 셰익스피어의 작품집으로, 《햄릿》 부분이 펼쳐져 있었다.

그때 제를로가 들어와서 누이동생의 상태를 물었다. 그러고는 빌헬름이 들고 있는 책을 들여다보더니 이렇게 말했다.

"또 《햄릿》인가요? 마침 잘됐습니다. 당신은 그 작품을 무슨 교회 법령집처럼 떠받들지만, 나는 그런 의견에 트집을 잡을 만한 의문점을 몇 가지 가지고 있거든요. 영국인조차도 이 작품의 주된 관심사는 제3막에서 끝나며, 마지막 두 막은 겨우 전체 줄거리를 따르고 있을 뿐이라고 말하고 있으니 말입니다. 이 작품의 끝부분은 어떻게 해볼 수도 없는 상태에 있으니까요."

빌헬름이 말했다.

"그토록 많은 걸작을 내놓을 수 있는 국민의 일부가 편견과 좁은 소견 때문에 그릇된 판단을 내리는 것은 흔한 일이죠. 그렇다고 해서 그것이 우리가 우리 눈으로 보고 올바른 판단을 내리는 일을 방해할 수는 없습니다. 나는 이 작품의 구상에 대해 이러쿵저러쿵할 마음은 추호도 없습니다. 오히려 그보다 더 위대한 구상은 일찍이 없었다고 생각하지요. 그것은 새로이 구상된 것이라기보다는 그냥 거기 있는 것이라고 할 수 있습니다."

그러자 제를로가 물었다.

"그것을 어떻게 해석할 생각인가요?"

"난 아무것도 해석하지 않을 겁니다. 내 생각을 말할 따름이지요."

아우렐리에가 베개에서 일어나 몸을 손으로 지탱하면서, 자신이 옳다고 확신하며 말하고 있는 빌헬름을 물끄러미 바라보았다.

"우리는 혼자서 자주적으로 행동하고, 마음이 명령하는 대로 사랑하고 증오하며 계획하고 실행합니다. 또 모든 장애물을 물리치고 위대한 목적에 다다르는 영웅을 보면 크게 만족하고 갈채를 보내죠. 역사가나 시인들은 그런 자랑스러운 운명을 타고나는 사람도 있다고 주장합니다. 하지만 이 작품이 가르치는 바는 그것과는 다릅니다. 즉 주인공은 아무런 계획도 없지만 작품은 계획으로 넘치는 것입니다. 이 작품에서는 어떤 악인이 끝내 복수를 이뤄냈다고 해서 벌을 받지는 않습니다. 엄청난 사건이 벌어져서 다양한 결과를 불러일으키며 계속 굴러가다가 죄 없는 사람까지 끌어들이죠. 범인은 자신이 떨어지게 될 나락을 피하는 듯이 보이지만, 자신의 길을 아슬아슬하게 다 빠져나갔다고 믿는 그 순간에 구렁텅이로 굴러떨어집니다.

선행이 그것을 누릴 자격이 없는 사람에게조차 많은 이익을 가져다주는 것처럼, 죄 없는 사람에게도 나쁜 영향을 미치는 것이 바로 악행의 특징이기 때문입니다. 그렇지만 선행이든 악행이든 그것을 실행한 당사자는 그 어떤 보상이나 처벌도 받지 않습니다. 이 작품에서도 그렇습니다. 이 얼마나 놀라운 일입니까! 연옥은 망령을 보내서 복수하게 하지만 복수는 이루어지지 않습니다. 모든 상황이 한데 얽혀 복수를 서두르라 하지만, 그래도 복수는 이루어지지 않습니다. 얼마나 부질없는지! 이승의 인간도, 저승의 망령도 오직 운명의 손아귀에만 맡겨진 것을 행할 수 없기 때문입니다. 심판의 시간이 다가옵니다. 선과 악 모두 파멸합니다. 하나의 세대가 낫에 베어 죽고, 다른 세대가 싹을 틔웁니다."

잠시 모두 얼굴만 멀뚱히 바라보았다. 마침내 제를로가 이렇게 말했다.

"당신은 셰익스피어만 받들 뿐, 하느님의 섭리에는 별다른 경의를 표하지 않는군요. 당신은 시인이 생각해 본 적도 없는 궁극의 목적과 계획까지도 시인의 업적으로 돌리고 칭송하지만, 일반 사람들은 그 모두를 하느님의 섭리로 돌리고 찬양합니다."

제16장

"한 가지 물어봐도 될까요?"

아우렐리에가 말했다.

"오필리아 역을 다시 살펴보았는데, 나는 그 역할이 매우 마음에 들었어요. 상황에 따라서는 직접 연기해 보고 싶기도 하고요. 그런데 빌헬름 씨, 작가는 실성한 오필리아에게 다른 노래를 부르게 하는 편이 좋지 않았을까요? 음울한 발라드의 단편 같은 것을 골라도 좋았을 텐데. 고귀한 아가씨에게 그런 천박하고 음탕한 노래를 부르게 한 이유가 뭘까요?"

빌헬름이 대답했다.

"아우렐리에 양, 그 점에 대해서도 나는 조금도 양보할 수 없습니다. 그렇게 이상하게 보이는 부분에도, 또 그다지 어울리지 않는 것처럼 보이는 장면에도 숨겨진 깊은 의미가 담겨 있습니다. 작품 첫머리에 이 착한 처녀가 무슨 생각을 하고 있는지 금방 알 수 있는 대목이 있습니다. 그녀는 홀로 조용한 나날을 보내고 있었지만 그녀의 소망과 바람을 감출 수는 없었죠. 정욕의 곡조가 그녀의 마음을 뒤흔들었던 것입니다. 그녀는 몇 번이나 서투른 여자처럼 노래를 불러서 욕망을 억누르려 했지만, 그런 노래는 도리어 감각을 일깨울 뿐이었습니다. 마침내 모든 억제력을 잃고서 마음 가는 대로 노래를 부르게 되었을 때, 입은 그녀의 본심을 드러내고 말았습니다. 그리하여 그녀는 광기어린 순결한 상태에서 왕과 왕비도 신경 쓰지 않고 자기가 좋아하는 음탕한 노래의 여운을 즐기게 되지요. 정조를 빼앗긴 처녀의 노래, 남자에게 빠져드는 처녀의 노래 따위를 말입니다."

그런데 그의 이야기가 채 끝나기도 전에, 갑자기 설명할 수 없는 이상한 광경이 눈앞에서 벌어졌다.

아무렇지도 않게 방 안을 왔다 갔다 하던 제를로가 아우렐리에의 화장대로 다가가더니, 그 위에 놓여 있던 무언가를 재빨리 집어 들고서 문 쪽으로 빠르게 갔다. 그런데 오빠가 무슨 짓을 했는지 금세 눈치챈 아우렐리에가 벌떡 일어나더니 오빠 앞을 가로막고 서서 믿을 수 없을 만큼 격렬하게 그에게 덤벼든 것이다. 그녀는 오빠에게 빼앗긴 물건의 한쪽 끄트머리를 홱 낚아챘다. 두 사람은 집요하게 몸싸움하면서 꼬리를 물듯 빙빙 돌았다. 오빠는 껄껄 웃었지만 그녀는 약이 바짝 올라 있었다. 빌헬름이 황급히 달려가서 두 사람을 떼어놓았다. 그는 그들을 진정시키려고 했지만 아우렐리에는 칼집에서 빠진 단도를 들고서 오빠에게 달려들었다. 제를로가 손에 덩그러니 남은 칼집을 신경질적으로 바닥에 내동댕이쳤다. 빌헬름은 놀라서 뒷걸음쳤다. 그는 너무 놀라서 아무 말도 나오지 않았다. 왜 이런 이상한 물건 때문에 거친 다툼이 두 사람 사이에 벌어져야 하는지 알 수 없었다.

제를로가 말했다.

"당신이 우리 심판관이 되어주시오. 이 애가 이 무서운 칼을 가지고 뭘 하려고 하는지 한번 보란 말입니다. 이런 단도는 여배우한테 어울리지 않아요. 바늘이나 메스처럼 뾰족하고 예리하지 않습니까. 이 위험한 물건을 도대체 왜 가지고 있는지 모르겠소. 이 애는 성격이 불같아서 언제 또 어떤 이유로 자살 소동을 일으킬지 몰라요. 이제 그런 소동은 지긋지긋합니다. 진정으로 그런 생각을 하다니, 정말 미친 짓이죠. 이 위험한 장난감을 갖고 있다니, 정말 어이가 없어서 원!"

그때 아우렐리에가 번득이는 칼날을 높이 치켜들면서 말했다.

"도로 찾았네! 이 소중한 친구를 더 깊숙한 곳에 보관해야겠어. 미안하다, 칼아."

그녀가 단도에 입 맞추며 말했다.

"널 이렇게 함부로 굴려서 미안해."

제를로는 진심으로 화가 난 듯했다.

그녀가 말을 이었다.

"어떻게 생각하든 상관없어요, 오라버니. 비록 꼴은 이렇지만 나한테는 소중한 부적이라는 걸 모르겠어요? 여차하면 이 친구에게 도움과 조언을 구할 거예요. 위험해 보인다고 해서 다 해로운가요?"

"그런 헛소리를 듣고 있자니 머리가 어떻게 될 것만 같구나."

제를로는 이렇게 말하고, 분노를 억누르며 방에서 나갔다. 아우렐리에는 단도를 조심스럽게 칼집에 넣고, 그것을 다시 호주머니에 넣었다. 빌헬름이 지금 벌어진 기묘한 싸움에 대해 몇 마디 물었지만 그녀는 그의 말을 자르며 말했다.

"우리 아까 하던 얘기나 계속해요. 바보 같은 오빠한테 방해받고 말았지만요."

"오필리아에 대한 당신의 의견은 전적으로 옳다고 생각해요. 나도 작가의 의도를 오해하지 않도록 조심하겠어요. 하지만 나는 오필리아에게 공감하기보다는 오필리아가 불쌍해서 견딜 수가 없어요. 내가 관찰한 바를 이야기해도 될까요? 요즘 당신은 그런 기회를 수없이 제공해 주셨으니까 말이에요. 문학작품, 특히 희곡을 판단하는 당신의 그 깊고 정확한 감식안에 나는 놀라고 있답니다. 착상의 근본까지 꿰뚫어 보고, 그 표현의 가장 세세한 특징까지 놓치지 않으시니 말이죠. 당신은 대상을 직접 본 것도 아니면서 그 묘사의 진실을 잘 파악하시는군요. 당신은 전세계를 예감할 수 있는 사람이고, 문학작품을 만나면 그 예감이 문학작품과 어우러져 활짝 피어나 펼쳐지는 것 같아요."

그녀가 말을 이었다.

"그건 즉 외부에서 당신 내부로 들어가는 것이 아무것도 없기 때문이죠. 당신만큼 같이 사는 사람들에 대해 아무것도 모른 채 완전히 오해하고 있는 사람을 나는 별로 본 적이 없어요. 이런 말을 해서 죄송해요. 당신이 좋아하는 그 셰익스피어를 해석하는 걸 들으면, 당신은 신들의 회의석상에서 그들이 인간을 어떻게 만들지 의논하는 것을 듣고 막 인간세상으로 돌아온 게 아닌가 하는 생각이 들어요. 또 그와 반대로 당신이 사람들과 어울리는 걸 보면, 당신이 창조주의 커다란 첫아들이 아닌가 하는 생각이 듭니다. 경건하리만치 순수하며, 주위에 있는 사자나 원숭이나 양이나 코끼리를 아주 신기하게 바라보고, 그들도 그곳에서 살아 움직이고 있으니까 자기와 똑같은 존재라 생각하고 천진난만하게 말을 거는 듯한 느낌이 든단 말이죠."

빌헬름이 대답했다.

"아우렐리에 양, 나도 내가 세상을 잘 모르고 있는 것을 알기에 이따금 내가 싫어진답니다. 세상을 더 명확하게 볼 수 있도록 당신이 가르쳐 주면 고맙겠습니다. 나는 어렸을 때부터 마음의 눈을 바깥보다는 안으로만 돌려왔습니다. 그러니 인간이라는 존재를 어느 정도 알지만 낱낱이 이해하지 못하고 있는 것도 당연하지요."

그러자 아우렐리에가 말했다.

"그런 것 같군요. 실은 당신이 오빠한테 보낸 사람들을 하도 칭찬하시기에 나도 처음에는 당신이 우리를 놀리는 게 아닌가 생각했어요. 당신 편지의 내용과 그 사람들의 실력이 영 달라서 말이지요."

아우렐리에의 이 말은 정확했다. 빌헬름도 자신의 결점을 인정하긴 했지만 이 말을 듣자 마음이 무거워졌다. 아니, 부끄럽기까지 했다. 그래서 한편으로는 자신의 상처받기 쉬운 성격을 숨기기 위해, 다른 한편으로는 가슴속에서 이 진실한 비난을 확인하기 위해서 입을 다물고 정신을 가다듬었다.

아우렐리에가 말을 이었다.

"이런 말을 드렸다고 해서 놀라실 필요는 없어요. 이성의 빛에는 언제든 다다를 수 있지만 충실한 마음은 그 누구도 주지 않죠. 만약 당신이 예술가의 운명을 타고났다면 이런 무지나 순진함은 평생 간직해도 좋아요. 그건 어린 싹을 감싸고 있는 아름다운 껍질이니까요. 그 껍질을 뚫고 너무 빨리 돋아나는 건 매우 불행한 일이에요. 다시 말하면 우리가 누구를 위해 일하고 있는지 잘 모르는 채로 있는 것이 좋은 일이죠.

아! 나도 나 자신과 우리 국민을 최고라 생각하고 무대에 섰을 때는 그런 행복한 상태에 있었어요. 내 공상 속에서 독일인은 훌륭한 국민, 최고의 국민이 었죠. 나는 작은 무대 위에서 조명을 사이에 두고 독일 국민들을 보면서 대사를 외우곤 했어요. 줄지어 있는 등불들이 국민들과 나를 갈라놓고 있었는데, 눈부신 조명과 등유의 그을음 때문에 앞이 잘 보이지 않았죠. 하지만 관객들로부터 들려오는 박수소리가 얼마나 기뻤는지 몰라요. 수많은 손이 일제히 내미는 선물을 얼마나 감사한 마음으로 받았는지요! 오랫동안 나는 그런 좋은 기분으로 지냈습니다. 관객은 내가 뜻하는 대로 반응해 주었지요. 나도 관객과 완전히 하나가 되었어요. 완벽한 조화를 느끼고 있다 생각했죠. 늘 모든 국민 중에서 가장 고귀한 국민들, 가장 훌륭한 국민들 앞에 서 있다는 생각을 했어요.

그런데 불행하게도, 연극을 좋아하는 사람들의 관심을 끄는 것은 여배우의 소질이나 재능뿐만이 아니었어요. 그들은 젊고 발랄한 처녀에게 온갖 요구를 해왔습니다. 그들은 내가 그들에게 일으킨 감정을 개인적으로도 그들과 나누는 것이 내 의무라는 점을 노골적으로 내게 깨우쳐 주려고 했지요. 하지만 유감스럽게도 그런 것은 내 취향이 아니었어요. 나는 그들의 정서를 드높여 주고 싶었지만, 그들이 말하는 '심장'이란 것에는 아무런 욕구도 느끼지 못했죠. 온갖 신분, 나이, 성격의 사람들이 계속해서 내게 무거운 짐이 되었습니다. 무엇보다도 혐오스러웠던 것은, 내가 다른 얌전한 처녀들처럼 방에 틀어박혀서 이런저런 성가신 일을 회피할 수 없다는 사실이었어요.

남자들은 대부분 숙모의 집에서 자주 보던 행태를 내게 보였습니다. 그들의 버릇이나 어리석음이 나를 즐겁게 해주지 않았더라면, 이때도 난 혐오감밖에 느끼지 못했을 거예요. 극장이나 공공장소나 집에서 그들과 마주치는 것을 피할 수 없었기에, 나는 차라리 그들을 찬찬히 관찰하기로 했습니다. 오빠가 그 일을 적극 도와주었지요. 약삭빠른 점원과 잘난 척 잘하는 상인의 아들에서 뺀질뺀질하고 계산속 훤한 한량, 대담한 군인, 성미 급한 귀공자에 이르기까지 온갖 사람들이 내 앞을 지나갔으며, 그 한 사람 한 사람이 나름대로 나와 야릇한 관계에 있는 듯한 생각이 들었습니다. 이 점을 생각하신다면, 내가 독일인들을 아주 잘 안다고 자부하는 것도 용서하실 수 있겠지요?

괴상하게 멋을 부린 학생, 겸손한 척하면서 실은 오만한 구제불능 학자, 위태롭게 걷는 내성적인 고위층 자제, 뻣뻣하게 구는 약삭빠른 관리, 흙냄새 풍기는 시골 남작, 친절하지만 따분하기 짝이 없는 궁정 귀족, 친절하지만 잘못된 길을 가고 있는 도련님, 여유로운 장사꾼, 성미 급하고 투기에 목숨 거는 상인, 이런 별의별 사람이 다 몰려왔습니다. 그런데 정말이지, 그 많은 이들 가운데에서 나에게 아주 흔하디흔한 흥미를 불러일으키는 사람은 한 명도 없었습니다. 그 멍청한 사람들이 보내는 찬사를 일일이 듣는 것도 정말 고역이었죠. 지루하고, 참을 수 없을 만큼 혐오스러웠습니다. 모든 관객이 하나가 되어 보내는 박수소리는 무척 기쁘게 받아들였지만 말이죠.

내 연기에 대한 논리적인 칭찬이나 내가 존경하는 작가에 대한 칭찬을 듣고 싶은데, 이 사람이고 저 사람이고 간에 시시한 의견이나 말하고 시시한 작품의 이름을 들면서, 내가 그 작품에 출연하는 것을 보고 싶다는 겁니다. 그 가운데 한 사람이라도 멋지고 세련되고 재치 있는 대사를 하나라도 기억해서 적당한 때에 말해 주지나 않을까 귀를 쫑긋 세우고 기다렸지만, 그런 일은 전혀 일어나지 않았습니다. 그런 주제에 그들은 배우가 대사를 잘못 말하거나 무심코 사투리를 쓰거나 하면 야단법석을 떨면서 신이 나서 그 이야기만 죽어라고 해대는 겁니다. 마침내 나는 내가 어떤 반응을 보여야 할지 알 수 없게 되어버렸습니다. 그들은 자기들이 똑똑하다 자부하고 있어서 나를 특별히 즐겁게 해줄 필요는 없다고 생각했던 것입니다. 그리고 나를 어루만져 주기만 하면 내가 기뻐서 어쩔 줄 모를 거라고 생각했지요. 나는 그들이 참을 수 없을 만큼 혐오스러워졌습니다. 온 독일인이 내 품위를 손상시키기 위해서 일부러 그들을 나에게 보낸 거라는 생각마저 들었지요. 독일인들이 모두 무례하고 버릇없으며 무식하고 좋은 점이라고는 눈곱만큼도 없는 몰지각한 사람처럼 생각되었습니다. '독일인은 외국인에게 배우지 않으면 구두 버클 하나 제대로 채우지 못할 거야!' 나는 몇 번이나 외쳤습니다.

이렇듯 그 무렵 나는 아주 맹목적이었고, 신경증 비슷한 병에 걸려 있었습니다. 그리고 그런 상태가 계속됨에 따라 내 증상은 차츰 더 심해졌습니다. 자칫 자살할 수도 있었죠. 하지만 나는 자살이 아닌 다른 극단으로 치달았습니다. 결혼을 한 것입니다. 결혼을 당한 것일 수도 있죠. 극단을 가지고 있었던 오빠는 조수를 간절히 찾고 있었습니다. 그러다가 한 젊은이가 뽑히게 되었죠. 나도 그 사람이 싫지는 않았습니다. 그는 오빠가 지닌 천재성, 승부욕, 정신력과 충동적 성향 등 모든 것을 갖고 있지 않았습니다. 그 대신 오빠에게 없는 모든 것을 지니고 있었어요. 꼼꼼함, 부지런함, 절약 정신, 금전 감각 같은 것 말이죠.

어쩌다 그렇게 됐는지는 잘 모르겠지만, 그는 내 남편이 되었습니다. 그리고 우리는 함께 살았습니다. 쉽게 말해서, 모든 일은 순조로웠습니다. 수입도 많았습니다. 이건 오빠의 활동 덕분이었죠. 우리는 사이좋게 지냈습니다. 이건 남편의 공적이었습니다. 나는 세상과 국민에 대해서 더는 생각하지 않았습니다. 이제 세상하고는 아무 관계도 없게 되었고, 국민이라는 개념도 사라졌습니다. 내가 무대에 선 것은 살기 위해서였습니다. 내가 입을 여는 것은 단지 대사를 말하기 위해서였는데, 무대에 오른 사람으로서 말을 하지 않을 수 없었기 때문입니다.

나는 괜한 말썽을 일으키지 않도록, 사실 오빠의 생각대로 행동할 뿐이었습니다. 오빠에게 중요한 것은 박수소리와 돈이었습니다. 우리끼리 이야기지만, 오빠는 칭찬받기를 좋아하는 성격이었고 또 낭비하는 버릇이 심했습니다. 나는 이제 내 감정이나 확신에 따라 연기하는 것이 아니라 오빠의 지시대로 연기했습니다. 그리고 오빠가 고맙다고 하면 그것으로 만족했죠. 오빠는 관객의 모든 약점을 잘 알고 있었습니다. 돈이 넘치도록 들어왔고, 오빠는 만족스럽게 살았습니다. 우리도 오빠와 함께 만족스러운 나날을 보냈고요.

그러는 사이에 나는 권태에 빠졌습니다. 판에 박힌 일을 하는 단순노동 같아서요. 아무런 기쁨도 흥미도 느끼지 못한 채 하루하루를 살아갔습니다. 우리의 결혼 생활은 아이도 없었고, 오래가지도 못했습니다. 남편은 병에 걸려 날이 갈수록 쇠약해졌습니다. 남편에 대한 걱정 때문에, 모든 일에 무관심하던 내 버릇도 사라졌지요. 그 무렵 나는 어떤 사람을 알게 되었는데, 그로 인해 새로운 생활이 시작되었습니다. 새로운 생활이기도 하고 덧없는 생활이기도 했지요. 그 생활은 얼마 못 가 끝나고 말았으니까요."

그녀는 잠시 입을 다물고 있다가 다시 이렇게 말했다.

"갑자기 얘기할 생각이 없어졌어요. 더는 말하고 싶지 않군요. 좀 쉬게 해주세요. 하지만 내 불행한 이야기가 모두 끝날 때까지는 여기 있어주세요. 그동안 미뇽을 불러서 그녀가 무엇을 원하는지 물어봐 주시겠어요?"

미뇽은 아우렐리에가 말하는 동안 두어 번 들어왔다. 그러나 들어올 때마다 아우렐리에가 목소리를 죽였으므로 다시 조용히 나가서는 홀에서 조용히 앉아 기다리고 있었던 것이다. 다시 들어오라고 하자, 그녀는 책을 들고 들어왔다. 모양이나 장정으로 봐서 작은 지도책이라는 것을 금방 알 수 있었다. 그녀는 도중에 목사관에서 처음으로 지도를 보고 몹시 놀라서 목사에게 여러 질문을 했고 가능한 한 많은 것을 배웠다. 무언가를 배우고자 하는 그녀의 욕구가 이 새로운 지식으로 인해 더 왕성해진 듯했다. 그녀는 이 책을 사달라고 빌헬름을 열심히 졸랐다. 그 책을 갖고 오느라고 그림방에 커다란 은 버클을 잡히고 왔는데, 오늘은 너무 늦었으니 내일 아침 돈을 주고 그것을 찾아다 달라는 것이었다. 빌헬름은 미뇽의 부탁을 들어주었다. 그러자 이번에는 자기가 외운 것을 말하기도 하고, 평소처럼 이상한 질문을 해대기 시작했다. 그녀가 매우 애쓰고 있음에도, 무언가를 이해한다는 것이 그녀에게는 몹시 어려운 일이라는 사실이 이번에도 증명되었다. 그녀가 많은 노력을 기울이고 있는 글씨 쓰기도 마찬가지였다. 그녀는 여전히 서툰 독일어밖에 할 줄 몰랐다. 자신의 속마음을 솔직하게 전달할 수 있는 입이라는 유일한 기관을 미뇽은 치터를 연주하고 노래를 부르기 위해서만 올바르게 쓸 줄 아는 것 같았다.

그녀에 대해 이야기한 김에, 요즈음 빌헬름이 그녀 때문에 가끔 느끼는 당혹감에 관해서도 말하고 넘어가야겠다. 그녀는 들어와서 "안녕하세요"라고 말하거나 "안녕히 주무세요"라고 말하고 나갈 때 두 팔로 그를 꼭 껴안고 격렬하게 입을 맞추었는데, 그때마다 그는 불쑥불쑥 눈뜨는 격렬한 본능에 불안해지곤 했다. 그녀의 태도에 나타나는 떨림과도 같은 격렬함은 날이 갈수록 심해지는 듯했다. 조용히 있을 때도 그녀의 내면은 쉬지 않고 움직였다. 잠시도 가만히 있지 못하고 노끈을 손으로 돌돌 만다든가, 손수건을 주무른다든가, 종이나 나뭇조각을 씹어댔다. 그런 모든 행동이 내면의 격렬한 동요를 없애기 위한 것으로 보였다.

그녀가 조금이나마 밝아지는 것은 어린 펠릭스 곁에 있을 때뿐이었다. 그녀는 그 아이를 무척 잘 다루었다.

아우렐리에는 잠시 쉬고 나자 드디어 자신의 남자친구들에 대한 한 맺힌 이야기를 할 마음이 생겼다. 그러나 이번에는 미뇽이 도무지 나갈 생각을 하지 않았기에 초조해져서 그녀에게 어서 나가보라고 눈치를 주었으나 아무 소용이 없었다. 아우렐리에는 결국, 분명히 말해서 미뇽을 억지로 내보내야만 했다.

아우렐리에가 말했다.

"지금 아니면 결코 이야기할 기회가 없을 것 같아요. 내가 진심으로 사랑했던 그 변심한 남자가 여기서 몇 마일 떨어지지 않은 곳에 있다면, 나는 당신에게 이렇게 말할 거예요. '말을 타고 가서 어떻게든 그와 친해져 보세요. 그리고 돌아오시면 당신은 분명 날 용서하고 진심으로 날 가엾게 여기실 거예요.' 하지만 지금은 그저 그가 얼마나 멋진 사람이었고, 내가 그를 얼마나 사랑했었는지를 말씀드리는 것밖에 할 수 있는 일이 없군요.

내가 그를 알게 된 것은 남편이 한 치 앞을 알 수 없을 만큼 위독해졌을 무렵이었어요. 그는 미국에서 돌아온 지 얼마 되지 않았죠. 그는 미국에서 프랑스인들과 합중국 깃발 아래 열심히 일하며 상당한 대우를 받았다고 해요.

그는 차분한 예의와 솔직한 온화함으로 나를 대해 주었고, 나나 내 처지 그리고 내 연기에 대해서도 옛날부터 알던 사람처럼 매우 친절하고 솔직하게 자신의 의견을 말해 주었어요. 나는 내 모습을 다른 사람 속에서 또렷이 발견하는 기쁨을 처음으로 맛볼 수 있었죠. 그의 판단은 정확했고, 비난하는 구석은 조금도 없었어요. 바람기도 그만하면 없는 편이었고요. 언제나 여자들에게는 인기가 있는 것 같았는데, 나는 그 점이 신경 쓰였지요. 하지만 그는 아첨하거나 치근덕대지는 않았어요. 이 점이 나를 안심시켰어요.

그는 마을 사람들과는 별로 교류가 없었어요. 대부분은 말을 타고 나가서 이웃 마을의 지인들을 방문하거나 집안일을 처리하곤 했지요. 돌아오는 길에는 어김없이 우리 집에 들러서는 점점 심해져 가는 내 남편을 따뜻하게 병문안 해 주었어요. 솜씨 좋은 의사를 데리고 와서 병자의 고통을 덜어주었지요. 그리고 나에 대한 일이라면 뭐든지 관심을 보였고, 자신이 관심 있어하는 일들도 내게 알려주었습니다. 즉 종군했을 때의 이야기, 군인이 되고 싶다는 간절한 소망, 가족, 지금 하는 일 등을 모두 들려주었죠. 요컨대 나한테는 숨김없이 다 가르쳐 주었어요. 마음을 열고 그 밑바닥까지 보여주었지요. 나는 그의 능력과 열정을 알게 되었습니다. 난생처음으로 재기 넘치는 진심어린 교우를 즐긴 것이지요. 그리고 나 자신을 제대로 살펴보기도 전에 그에게 매료되고 말았습니다.

그러는 사이에 남편은 세상을 떴어요. 그와 결혼했을 때와 마찬가지로 언젠지도 모르게요. 그러자 극단 경영이라는 무거운 짐이 고스란히 나에게 넘어왔습니다. 무대에서는 흠잡을 데 없는 오빠도 경영에는 아무런 도움이 되지 않았죠. 나는 모든 일을 도맡아 했고, 동시에 내가 맡은 역할을 전보다 더 열심히 연구했습니다. 그리고 이전처럼 연기했지요. 아니, 전혀 다른 힘과 새로운 생명을 가지고 연기했습니다. 그에 의해서, 그를 위해서. 하지만 그 멋진 사람이 객석에 앉아 있다는 사실을 의식하면 최선의 연기를 펼칠 수가 없었지요. 하지만 그가 몰래 지켜보고 있다가 뜻하지 않은 박수로 나를 놀라게 했을 때 내가 얼마나 기뻤을지는 당신도 짐작이 가실 겁니다.

정말이지 나는 이상한 여자예요. 어떤 역할을 연기해도 사실은 그를 칭찬하고 그를 칭송하기 위해 대사하는 것 같은 기분이 드는 겁니다. 그것은 어떤 대사를 하던 내 마음에서 우러나오는 목소리였기 때문이죠. 하지만 그가 관객 속에 있다는 사실을 알면, 도저히 온 힘을 다해 대사를 외울 수가 없었어요. 얼굴을 맞대고는 사랑이나 칭찬을 할 수 없는 것과 마찬가지죠. 그가 없으면 여유롭게 연기하고, 얼마간은 차분하게 최선을 다할 수가 있었어요. 그럴 때는 이루 표현할 수 없을 만큼 만족스러웠지요. 박수소리도 나를 기쁘게 했고요. 관객이 만족하는 걸 볼 때마다 나는 객석을 향해 '이게 다 그이 덕분이랍니다!' 외치고 싶어졌습니다.

그래요. 나에게 관객과 온 국민과의 관계는 묘하게 바뀌었습니다. 독일인은 다시 가장 유리한 빛을 내며 나타났습니다. 나는 지금껏 내가 얼마나 눈이 어두웠었는지 깜짝 놀라고 말았죠.

'국민의 일부를 보고 그 국민 전체를 욕하는 것은 얼마나 어리석은 일인가!' 나는 몇 번이나 나 자신에게 말했습니다. '개개인이 그렇게도 중요한 존재여야 하는가? 그렇게 중요하다고 할 수 있나? 절대로 그렇지 않다. 문제는 좋은 환경에 둘러싸여 발전하고, 뛰어난 사람의 지도를 받아 궁극적인 공통의 목표를 향해 갈 수 있는 소질과 힘과 능력을 지닌 사람이 대중 속에 얼마나 있느냐이다.' 그래서 나는 우리나라 사람들에게 뛰어난 독창성이 결여되어 있다는 사실에 더는 슬퍼하지 않고, 그들이 자신들이 나아갈 방향을 외국에서 받아들인다는 사실을 부끄러워하지도 않은 채, 내가 지도자를 발견했다는 사실을 기쁘게 생각하게 되었습니다.

로타리오는—그를 내가 좋아하는 이름으로 부르겠어요—언제나 나에게 독일인을 이야기할 때는 용기라는 측면에서 설명해 주었습니다. 바르게 지도하기만 하면, 이 세상에 그만큼 유능한 국민은 없다고도 했지요. 나는 어떤 국민의 가장 중요한 특성을 한 번도 생각한 적이 없다는 사실이 부끄러웠습니다. 그는 역사에 정통했고, 그 무렵 대부분의 저명인사들과도 교분을 쌓고 있었지요. 그 또한 젊은 나이였지만, 조국의 싹터 오르는 희망에 찬 젊은 세대나 다양한 분야에서 묵묵히 일하는 사람들을 주목했습니다. 그는 나에게 독일 전체를 보라 타이르고, 현재와 미래의 희망을 이야기해 주었습니다. 나는 대기실로 찾아오는 별 볼 일 없는 사람들을 기준으로 국민 전체를 판단했던 나 자신이 부끄러웠습니다. 그는 또한 일을 할 때도, 진실하고 재기 넘치며 남에게 활기를 주는 것을 의무로 생각하라고 일깨워 주었지요. 그러자 나는 무대에 올라갈 때마다 영감이 충만해지는 것을 느꼈습니다. 평범한 대사를 해도 내 입을 통해서 나오면 금처럼 귀중한 말이 되었습니다. 그 무렵 내가 바라던 시인이 곁에 있어주었더라면 훌륭한 효과를 냈으리라고 생각합니다.

젊은 과부인 나는 그렇게 몇 달을 보냈습니다. 그에게 나는 없어서는 안 될 존재였고, 나도 그가 외국에 있을 때는 몹시 불행한 기분이었죠. 그는 자기 친척들과 훌륭한 누이동생의 편지도 보여주었습니다. 내게 일어나는 일이라면 아무리 하찮은 일이라도 신경 써주었습니다. 그보다 섬세하고 완벽한 화합은 생각할 수 없었죠. 하지만 사랑이라는 단어는 입에 담지 않았습니다. 그는 미국을 자주 드나들었어요. 그런데 빌헬름 씨, 당신도 슬슬 가야 할 시간이군요.”

제17장

빌헬름은 그의 거래처 방문을 더는 늦출 수가 없었다. 그곳으로 향하는 그는 불안한 심정이 되었다. 가족들이 보낸 편지가 그 집에 도착해 있다는 사실을 알고 있었기 때문이다. 그는 편지에 쓰여 있을 비난의 말이 두려웠다. 모르긴 몰라도, 거래처에서도 그의 일로 당황스러워 하고 있다는 소식이 도착해 있을 것이 분명했다. 그렇게 많은 기사적 모험을 하고 난 뒤에도 어린애처럼 비치기는 싫었다. 그는 거만한 태도로 당혹감을 감춰야겠다고 생각했다.

그러나 모든 일이 그럭저럭 순조롭게 풀리는 것을 보고 그는 놀라는 한편 만족했다. 널찍한 사무실은 어쩌나 그리 활기가 넘치고 바쁘던지, 그 앞으로 온 편지를 찾을 틈도 없을 지경이었다. 그가 오랫동안 얼굴을 비추지 않았다는 사실도 대수롭지 않게 여기는 듯했다. 무엇보다 아버지의 편지도 친구 베르너의 편지도 막상 뜯어보니 평범한 내용이었다. 떠날 때 그에게 일기를 꼬박꼬박 쓰라고 당부하며 쓰는 법까지 표로 만들어서 쥐어주었던 아버지는 아들이 곧 일기를 자세히 적어 보내리라고 생각했다. 그래서 처음에는 아들이 아무런 소식을 보내오지 않아도 안심하고 있었던 듯했다. 하지만 백작 집에서 보낸 처음이자 유일한 편지의 그 알쏭달쏭한 내용에 대해서만큼은 불평했다. 베르너는 그 특유의 장난스러운 말투로 마을의 유쾌한 소식들을 전해 주었다. 그리고 빌헬름이 커다란 상업도시에서 사귀게 될 친구나 지인에 대해서 소식을 전해 달라고 부탁했다. 빌헬름은 아주 작은 수고로 질책을 면할 수 있게 된 것이 기뻐서 당장 매우 유쾌한 내용이 담긴 답장을 두세 통 썼다. 아버지에게는 바라시는 대로 지리, 통계, 상업에 관한 온갖 주석을 곁들인 자세한 여행일기를 보내겠노라고 약속했다. 이번 여행에서 많은 일을 겪은 그는 그것들을 모으면 꽤 두꺼운 책자가 만들어지겠다고 생각했다. 그는 아직 쓰지도 않았거니와 기억하고 있지도 않은 연극을 상연하겠답시고 등불을 켜놓고 관객을 불러 모았던 때와 같다는 사실을 깨닫지 못했다. 게다가 막상 편지를 쓰기 시작하자, 느낀 점이나 생각한 점, 즉 마음과 정신의 수많은 경험에 대해서는 술술 써지는 것과는 달리 외부 세계의 일에 관해서는 쓸 것이 아무것도 없다는 사실을 깨닫지 않을 수 없었다. 그런 것들에 전혀 주의를 기울이지 않았다는 사실을 이제야 비로소 깨달은 것이었다.

그렇게 당혹감에 빠져 있을 때 그에게 큰 도움이 되어준 것은 친구인 라에르테스의 지식이었다. 두 젊은이는 서로 비슷한 구석이 거의 없음에도 늘 붙어다녔다. 라에르테스는 결점도 많고 독특한 구석도 꽤 많았지만 참으로 흥미로운 인물이었다. 쾌활하고 낙천적인 성격으로, 눈앞의 처지 따위는 전혀 비관하지 않고 세상을 살아갈 것 같은 남자였다. 불행과 질병으로 젊은이의 순수한 감정은 잃었지만 인생의 변덕스러움과 허무함에는 눈이 뜨여 있었다. 그래서 어떤 대상을 곰곰이 생각하기보다는 그 인상을 직접 마음 내키는 대로 단편적으로 표현하는 버릇이 있었다. 그는 혼자 있기를 싫어해서 카페나 술집을 두루 돌아다녔으며, 집에 있을 때에도 유일한 즐거움이라고는 여행기를 읽는 것뿐이었다. 마침 시내에 대형 대여 도서관이 있어서, 그는 그 독서욕을 실컷 채울 수 있었다. 그리고 곧 전세계의 절반을 그의 뛰어난 기억력 속에 떠올릴 수 있었다.

따라서 빌헬름이 아버지에게 보고서를 올리겠다고 엄숙하게 약속은 했지만 쓸거리가 없노라고 고백하자, 라에르테스는 그건 아무 일도 아니라는 듯 말했다.

"그럼 우리 유례없는 여행기를 써야겠군요."

그가 계속 말했다.

"독일이란 나라는 사람들이 구석구석까지 종횡무진 여행하고 돌아다닌 나라가 아니겠어요? 그리고 독일을 여행하고 책을 쓴 사람들은 많건 적건 그 여행 경비를 독자들에게서 환불받고 있지요. 우리가 알기 전에 어떤 길로 지나왔는지만 말해 봐요. 그 뒤는 내가 아니까. 책을 쓰기 위한 자료나 참고서는 내가 찾아오겠습니다. 아직 측량되지 않은 면적이나 조사되지 않은 인구도 적어야 하고 남들이 주지 않은 정보를 많이 써넣어야 합니다. 나라별 세입은 연감이나 통계표를 보면 알 수 있지요. 뭐니 뭐니 해도 이런 게 가장 믿을 만한 자료 아니겠어요? 우리의 정치적 견해도 그걸 근거로 펼치기로 합시다. 각국 정치에 대한 개통철학도 잊어서는 안 되고요. 몇몇 영주를 조국의 진정한 아버지로 만들어 버립시다. 그렇게 해두면 다른 영주를 욕할 때 훨씬 신빙성이 커지니까 말이죠. 유명인사가 사는 곳을 지나가지 않더라도, 어디 술집 같은 데에서 우리가 그들을 만났는데 그들이 우리를 믿고 농담을 하더라고 합시다. 특히 어느 풋풋한 처녀와의 연애 이야기를 지극히 고상하게 엮어내는 일은 잊지 말아야 합니다. 성인 남녀가 좋아하도록 해야 할 뿐만 아니라, 그 어떤 책방에서도 기꺼이 사들일 만한 작품으로 만듭시다."

두 사람은 책 만들기를 시작했으며, 그 일을 무척 즐겼다. 한편 빌헬름은 밤에는 극장을 찾아가거나 제를로나 아우렐리에와 대화를 나누면서 매우 만족스러운 나날을 보냈다. 너무나도 오랫동안 좁은 세계 안에서만 맴돌던 그의 생각은 날이 갈수록 커지고 넓어졌다.

제18장

빌헬름은 단편적이기는 하지만 제를로의 경력에 대한 이야기를 듣고 엄청난 흥미를 느꼈다. 이 사나이는 누구에게 자기 이야기를 하거나 어떤 주제에 관해 논리적으로 말하는 성격이 아니었기 때문이다. 그는 이른바 무대 위에서 태어나 젖을 먹고 자란 사람이었다. 그는 아주 어린 시절부터 무대에 있는 것만으로도 관객을 감동시켰다. 그때 이미 대본 작가들은 이 아이가 천부적인 조연이라는 사실을 꿰뚫어 보았던 것이다. 아직 박수의 의미조차 모를 나이에, 평판이 좋은 작품 속에서 처음으로 "아빠" "엄마" 등의 대사를 했을 때는 관객들에게 커다란 갈채를 받았다. 아모르로 분장하여 공중에 매달린 채 벌벌 떨면서 천장에서 내려온 적도 한두 번이 아니었고, 어릿광대가 되어 알을 깨고 나오거나 어린 굴뚝청소부를 연기하며 일찌감치 주목을 받았다.

하지만 불쌍하게도 그는 화려한 저녁 공연에서 갈채를 받는 대신 낮에는 호된 고통을 치러야 했다. 주의력을 불러일으키고 지속시키려면 때리는 게 가장 좋은 방법이라고 믿는 그의 아버지는 어떤 역할을 가르치건 틈만 나면 그를 두들겨 팼다. 아들의 연기가 서툴러서가 아니라, 더 능숙하고 늘 완벽하게 연기시키기 위해서였다. 옛날 사람들이 경계석을 놓을 때, 커서도 그 장소를 똑똑히 기억하라는 의미에서 주위에 둘러선 아이들을 호되게 매질하던 것과 같았다. 그는 정신적으로나 육체적으로 매우 훌륭하게 자랐는데, 특히 몸짓이나 동작에서 대단한 유연성을 보이게 되었다. 또한 그는 도저히 믿기 어려울 정도로 남의 흉내를 잘 냈다. 어린 시절부터 누군가의 흉내를 내면, 생김새도 나이도 성격도 천차만별인 그 인물을 눈앞에서 보는 듯한 인상을 주었다. 동시에 그는 세상에 순응할 줄도 알았다. 어느 정도 자신의 능력을 스스로 깨닫자, 그는 아버지를 떠나는 것이 가장 자연스러운 길이라고 생각했다. 그의 아버지는 아무리 아들의 분별력이 늘고 재주가 좋아졌어도 아직은 자기가 엄하게 가르쳐야 한다고 생각했다.

부모 곁을 떠난 소년은 드넓은 세상에 나와 자신의 연기가 크게 환영받는 것을 보고 더할 나위 없는 행복을 느꼈다. 행운의 별은 먼저 그를 사육제 무렵 어느 수도원으로 이끌었다. 그곳에서는 기도 행렬을 통제하고 종교적 가면극을 통해 교구민을 즐겁게 해주던 신부가 죽은 지 얼마 되지 않은 터였다. 그는 죽은 신부를 대신할 자비로운 수호신으로서 나타난 셈이었다. 마리아에게 잉태를 알리는 가브리엘 역을 맡은 그는 마리아로 분장한 매우 아름다운 소녀의 마음에도 들었다. 그녀는 마리아의 정해진 축사를 아주 겸손하게, 그리고 내면의 긍지를 담아 무척 우아하게 말했다. 그는 다양한 신비극에서 가장 중요한 역할을 잇따라 연기했으며, 마지막에는 구세주로 분장해 조롱당하고 채찍으로 얻어맞고 십자가에 달림으로써 적지 않은 자부심을 느꼈다.

병사를 맡은 몇몇 사람들은 그리스도를 채찍질하는 장면에서 인정사정을 봐주지 않았다고 한다. 제를로는 교묘하게 복수하기 위해 마지막 심판 장면에서 그들에게 황제나 국왕의 화려한 의상을 걸치게 했다. 그리고 그들이 그 역할에 매우 만족하며 천국에서도 다른 사람들보다 앞장서서 가기 위해 막 발걸음을 옮기는 순간, 악마의 형상을 하고 불쑥 나타나 부젓가락으로 호되게 후려치고는, 그들을 불길이 이글거리는 지옥으로 사정없이 밀어넣었다. 그 장면을 본 관객들과 거지들은 매우 경건한 마음이 되었다.

영리한 그는 황제나 국왕을 연기한 사람들이 이 뻔뻔스러운 계략을 눈치챌 것이며, 자기가 아무리 그건 마지막 심판의 고발자이자 형리인 악마의 특권이라고 주장해도 들은 척도 안 하리라는 것을 간파하고 있었다. 그래서 천년왕국 장면이 시작되기 전에 몰래 그곳을 빠져나와, 그 무렵 '기쁨의 아이들'이라고 불리던 이웃 마을의 한 극단에 들어갔다. 그들은 그를 매우 반갑게 맞이해주었다. 그들은 슬기롭고 재치와 활기로 넘쳤다. 인간 존재 모두를 이성으로 나누어도 결코 딱 떨어지는 법이 없으며, 반드시 묘한 우수리가 남는다는 진리를 잘 아는 사람들이었다. 그들은 대중 속에 분산되면 위험한 것으로 돌변할지 모르는 이 거추장스러운 우수리를 정기적이고 계획적으로 없애버리려고 했다. 다시 말해서 일주일에 하루는 철저하게 바보가 되었는데, 그날은 나머지 엿새 동안 자기든 남이든 할 것 없이 바보처럼 굴었던 일을 풍자적으로 표현함으로써 서로 벌을 주는 것이었다. 이런 방식은 도덕적인 사람이 날마다 스스로 인정하고 스스로 경계하며 스스로 벌하는 연속된 수양에 비하면 거칠기는 했지만, 더 유쾌하고 확실했다. 내면에 자리잡고 있는 바보를 부정하지 않고 그것이 본디 자기 모습이라고 눈감아 버리면 그 바보가 다른 길을 통해 자기기만의 도움을 받아 가끔 주인 행세를 하게 되며, 그 바보를 진작 내쫓았다고 자부하는 이성을 어느새 노예로 삼아버리기 때문이다. 그 우스꽝스러운 가면극은 단원들이 돌아가면서 했는데, 그날 무대에 서는 사람은 누구든 자기나 남의 특징을 아주 그럴싸하게 연기해도 상관없었다. 사육제 기간에는 아주 자유롭게 행동함으로써, 민중을 즐겁게 하고 선도하려고 애쓰는 성직자와 경쟁했다. 미덕과 악덕, 예술과 학문, 오대륙과 사계절을 풍자적으로 나타내는 엄숙한 행렬은

민중에게 다양한 관념을 감각적으로 가르쳐 주었다. 이렇게 그들의 유희는, 한쪽에서 종교적인 가장행렬이 어처구니없는 미신을 더욱 굳건하게 하는 것에 비하면 아주 소용없는 짓이라고만은 할 수 없었다.

여기서도 젊은 제를로는 자기 세상을 만난 듯했다. 그는 진정한 독창력은 없었지만, 대신 눈앞에 보이는 것을 활용하고 매만져 빛나게 하는 비상한 재능이 있었다. 그의 풍부한 착상, 흉내 내는 재주, 그리고 적어도 일주일에 하루는—자기를 돌봐주는 은인들에 대해서까지도—완전히 자유롭게 허용된 신랄한 기지는 그를 극단에서 귀중한 존재, 없어서는 안 될 존재로 만들어 주었다.

그러나 방랑벽이 있는 그는 곧 이 유리한 지위를 버리고 조국의 여러 지방으로 떠돌아다니며 다시 새로운 시련을 겪곤 했다. 그는 독일의 개화되긴 했지만 예술 면에서 뒤처진 지방을 찾아갔다. 그곳에서는 확실히 선함과 아름다움이 존경받고 있었으나 때로는 정신이 결여되어 있었다. 그의 가면극은 전혀 통하지 않았던 것이다. 그는 그곳 사람들의 마음과 감정에 호소할 수단을 찾아야만 했다. 크고 작은 극단에 잠깐씩 머무르며, 그 기회에 모든 희곡 작품과 배우들의 특색을 파악했다. 그 무렵 독일 연극에 널리 퍼져 있던 천편일률성, 알렉산드리너 시형*4의 무미건조한 억양과 운율, 부자연스러움, 단조로운 대화, 딱딱한 설교조의 몰취미성과 통속성 등을 그는 몸소 이해했으며, 동시에 무엇이 사람들에게 감동과 호감을 주는지를 알아차렸다.

그는 인기 있는 몇몇 연극의 역할이 아니라 그런 작품 전체를 쉽게 기억했으며, 그 작품들을 연기해서 갈채를 받는 배우들의 독특한 말투까지 모조리 머리에 넣었다. 그렇게 방랑을 계속하는 동안에 돈이 완전히 바닥난 때가 있었다. 그는 그 작품들을 가지고 어느 귀족의 저택이나 마을에서 1인극을 하면 밥값과 숙박비 정도는 쉽게 벌 수 있으리라는 생각을 했다. 그래서 술집, 방, 정원이 순식간에 그의 무대가 되었다. 장난기 섞인 진지함과 그럴듯해 보이는 열의로 구경꾼들의 상상력을 자극하고 그들의 감각을 기만하는 데 성공했다. 그들이 두 눈 뜨고 지켜보는 앞에서 오래된 장롱을 성으로 둔갑시키고, 부채를 단

---

*4 알렉산드리너(Alexandriner)는 12음절 6각의 시형으로서, 오피츠(Martin Opitz) 이래 독일 고급 희곡의 지배적 시형이 되었는데, 한 행의 시에 강약 운율이 여섯 번이나 교차하므로 경직되고 단조로운 인상을 풍겼다. 그 때문에 질풍노도의 시인들은 이 시형을 즐겨 쓰지 않게 되었다.

도로 변신시켰다. 젊음의 열의가 심오한 감정의 결여를 채워주었으며, 무모함은 강인함으로 아첨은 부드러움으로 보였다. 이미 그 연극들을 본 적 있는 사람들은 자기가 보고 들었던 장면을 기억해 냈으며, 그렇지 않은 사람들은 무언지 모를 신비한 예감을 느끼고서 그것들을 더 자세히 알고 싶다는 열망에 휩싸였다. 한 곳에서 성공한 것은 다른 곳에서도 반드시 성공한다. 그는 모든 사람을 그 자리에서 똑같은 방법으로 속이는 데 성공할 때마다 내심 은밀한 기쁨을 맛보았다.

그는 발랄하고 자유로우며 그 무엇에도 방해받지 않는 정신 덕분에 다양한 역할과 다양한 연극을 몇 번이나 되풀이하는 사이에 날이 갈수록 실력이 늘었다. 처음에는 그저 본보기로 삼아 흉내만 내던 것들보다도 더 본디 의미에 가까운 낭송과 연기로 바뀌었다. 그리하여 그의 연기는 갈수록 자연스러워 보이면서도 실은 철저히 계산된 영역에 다다르게 되었다. 역할에 몰입해 있는 듯이 보이면서도 효과를 노렸다. 그의 가장 큰 자부심은 회를 거듭할수록 관객에게 더 큰 감동을 주고 있다는 점이었다. 그래서 무모한 1인극을 펼칠 때조차도 어느 정도는 절제할 필요성을 느꼈다. 그리하여 그는 한편으로는 부득이하게 또 한편으로는 본능적으로, 목소리나 몸짓을 최소한으로 써야 한다는 진리를 깨닫게 되었는데, 대부분의 배우는 아직 이것을 터득하지 못했다.

또 그는 그를 좋아하지 않는 거친 사람들을 길들여 자기에게 관심을 갖게 하는 기술도 습득했다. 가는 곳마다 식사와 잠자리에 만족했고, 어떤 선물이든지 감사히 받았으며, 굳이 필요하지 않을 때는 돈마저 거절했으므로, 모두 기꺼이 추천장을 써주었다. 이렇게 그는 한동안 귀족들의 저택을 돌아다니며 사람들을 매우 즐겁게 해주는 동시에 자기 자신도 즐거움과 기쁨과 고상한 연애를 맛보았다.

차가운 성격의 그는 누구든 진심으로 사랑할 수 없었다. 지나치게 명석해서 누구를 존경할 수도 없었다. 그는 늘 남의 외면적 특징만을 보았으며, 그것을 연기의 재료로서만 썼다. 그러나 동시에, 단 한 사람에게서라도 호감을 얻지 못하거나 단 한 곳에서라도 갈채를 받지 못하면 자존심이 크게 상하곤 했다. 그는 어떻게 해야 갈채를 얻을 수 있을까 하는 문제에만 신경 쓰고 고민하게 되었으며, 마침내는 연기뿐만 아니라 일상생활에서도 남의 입맛에 맞게만 행동하게 되었다. 그의 기질, 재능, 삶의 방식이 서로 작용하여 어느새 그는 완벽한 배우가 된 것이다. 아닌 게 아니라 묘한 일이지만 완전히 자연스러운 작용과 반작용을 통해서 또 통찰과 훈련을 통해서, 그의 낭송, 낭독, 몸짓에 의한 연기는 진실과 자유와 솔직함이라는 고도의 단계에 다다랐던 것이다. 하지만 실생활과 교제에서는 차츰 더 남의 이목을 피해서 기술적으로, 아니 기만적으로 겁쟁이가 되어갔다.

그의 운명이나 모험에 대해서는 나중에 말할 기회가 있을 것이다. 여기서는 다음 사실을 언급하는 데만 그치겠다. 즉 그가 벌써 성공하여 배우로서의 확고한 명성을 얻었다고까지는 할 수 없을지언정 대단히 높은 지위에 오르게 된 뒷날에는 대화 중에 아주 교묘한 방법으로, 또 어떤 때는 냉소적인 궤변만 또 어떤 때는 조소적인 궤변만 늘어놓아 언제나 진지한 분위기를 깨뜨려 버리는 버릇을 지니게 되었다는 사실이다. 특히 그는 빌헬름이 여느 때처럼 일반적이고 이론적인 이야기를 꺼낼라치면 곧 이 방법을 썼다. 그럼에도 두 사람은 함께 있는 것을 무척 좋아했다. 서로의 생각 차이가 대화에 활기를 주었기 때문이다. 빌헬름은 모든 것을 그가 파악하는 이론으로 설명하려 했으며 예술과 결부시키려고 했다. 명확한 규칙을 정해서 무엇이 옳고 아름답고 선한 것인지, 또 무엇이 갈채를 받기에 합당한 것인지 규정하려고 했다. 요컨대 그는 모든 것을 진지하게 다루었다. 이에 반해 제를로는 사물을 매우 가볍게 받아들이고, 어떤 질문에도 직접적인 대답은 피했으며, 어떤 일화나 농담을 섞어서 재미나게 설명했다. 단원들을 가르칠 때도 명랑하게 가르쳤다.

제19장

이렇게 빌헬름이 유쾌한 시간을 보내는 동안, 멜리나와 다른 단원들은 불쾌한 상황에 놓여 있었다. 빌헬름은 그들이 마치 악령처럼 생각되었다. 그것도 단지 얼굴을 보이는 정도가 아니라, 불만 가득한 표정과 비꼬는 말로 그를 불쾌하게 했다. 제를로는 그들에게 계약에 대한 희망을 안겨주기는커녕 임시 고용조차 허락하지 않았지만, 그들의 가능성을 찬찬히 뜯어보고 있었다. 배우들이 그와 담소를 나누기 위해 주위로 몰려들 때면 그는 그들에게 무언가를 낭독하게 하고, 때로는 자기도 그 낭독에 끼었다.

상연이 결정된 작품이나 오랫동안 상연되지 않은 작품을 골라 그 가운데서 일부를 낭독시켰다. 또한 최초 공연 때 신경에 거슬렸던 부분을 다시 한 번 시켜봄으로써 배우들의 통찰력을 키워주고 정확히 급소를 찌르는 능력을 길러주었다. 다듬어지지 않은 재능보다는 미숙하더라도 정확한 이해력이 보는 이를 만족시키기 때문이다. 그렇게 해서 제를로가 알지 못하는 사이에 길러준 명쾌한 통찰력을 통해 평범한 소질을 지닌 사람도 비범한 연기력을 갖춘 배우가 되었다. 그는 시도 낭독시켰는데, 그것은 잘 낭송된 리듬이 우리 마음에 불러일으키는 그 황홀한 감정을 터득하는 데에도 적지 않은 도움을 주었다. 그러나 다른 극단에서는 누구든 쉽게 할 수 있는 산문 낭독부터 시작하는 것이었다.

이런 기회에 그는 새로 찾아온 배우들을 자세히 파악하고, 그들의 사람됨과 발전 가능성을 판단하며, 곧 있을 대대적인 극단 개혁 때 그들의 재능에서 즉시 어떤 이익을 뽑아낼 수 있기를 은근히 바랐다. 그는 이 문제를 한동안 자연스러운 흐름에 맡겨두었다. 빌헬름이 그들을 잘 봐달라 아무리 간청해도 어깨를 으쓱하며 거부했지만, 마침내 때가 왔다는 판단이 서자 전혀 뜻밖에도 빌헬름에게 꼭 그가 자기 무대에 서주었으면 좋겠다고 부탁하면서 그것을 조건으로 다른 사람들과 계약하겠다고 제안해 왔다.

빌헬름이 대답했다.

"갑자기 그들을 모두 채용하겠다는 건, 지금까지 당신이 했던 말과는 반대로 그들이 영 쓸모없는 배우는 아니라는 뜻이군요. 나를 제외하더라도 그들의 재능에는 변함이 없을 것 같은데요."

이에 제를로는 아무에게도 말하지 말라며 자신의 사정을 털어놓았다. 자기 극단에서 가장 인기 있는 배우가 계약 갱신 때 출연료 인상을 조건으로 내세울 것 같은데, 자기는 그것에 응할 마음이 없다고 했다. 관객의 호응이 이전만 못하기 때문이라는 것이었다. 그리고 그 배우를 놓치면 그의 팬도 모두 따라갈 것이다. 그러면 극단은 재능 있는 배우와 그저 그런 배우까지 몇 명쯤 잃게 된다. 그는 그 대신 빌헬름과 라에르테스, 호통 잘 치는 노인, 심지어 멜리나 부인에게까지 큰 기대를 걸고 있노라고 말했다. 그뿐만 아니라 저 불쌍한 '훈장님'에게 유대인이나 대신, 특히 나쁜 역할을 맡기면 아주 좋을 것 같다고 말했다.

빌헬름은 너무나 갑작스러워서 그의 말을 차분하게 들을 수가 없었다. 그러나 무슨 말이든 대꾸하지 않을 수 없어서 심호흡을 크게 한 뒤에 이렇게 말했다.

"당신은 친절하게도 우리에게서 찾을 수 있고 기대할 수 있는 좋은 점만을 말하고 있습니다. 하지만 당신의 훌륭한 안목이 도저히 놓칠 수 없는 우리의 약점은 어떻게 보고 있는지 궁금하군요."

제를로가 대답했다.

"약점은 근면과 연습과 반성을 통해서 쉽게 강점으로 바꿀 수 있습니다. 당신들은 아직 기교를 모르는 풋내기이지만, 많든 적든 기대가 가지 않는 사람은 한 명도 없소. 내가 판단하기에 멍청한 사람은 한 명도 없거든요. 얼간이만큼은 어찌할 도리가 없으니 말이오. 자만에 빠져 있는 건지 멍청한 건지 우울증 때문인지는 모르겠지만, 그런 사람들은 뭘 가르쳐도 먹히지 않거니와 나쁜 습관을 바로잡아 줄 방법도 없지요."

제를로는 자기가 무엇을 해줄 수 있으며 어떤 조건을 바라는지 간단히 설명하고, 되도록 빨리 결정해 달라고 부탁했다. 그러고는 몹시 당황해하는 빌헬름을 남겨둔 채 나가버렸다.

라에르테스와 함께 시작한 가짜 여행기는 기묘하고도 장난스러운 작업이었지만 빌헬름은 그 일을 하는 사이에, 현실 세계와 일생생활을 난생처음으로 주의 깊게 관찰하게 되었다. 그는 아버지가 왜 그토록 부지런히 일기를 쓰라고 했는지 이제야 그 뜻을 알 수 있었다. 수많은 산업과 수요를 중개하는 인물이 되어 대륙의 산들과 깊은 숲까지 삶의 영역을 넓히는 데 일부분을 담당하는 것이 얼마나 즐겁고 유익한 일인지 처음으로 깨달았다. 그가 지금 머물고 있는 활기 넘치는 상업도시를 라에르테스가 초조해하면서도 부지런하게 구석구석까지 질질 끌고 다녀준 덕분에, 모든 물자가 흘러 나가고 흘러 들어오는 일대 중심지라는 개념을 구체적으로 알 수 있었다. 그의 정신이 이런 종류의 활동을 관찰하는 데 진정한 기쁨을 느낀다는 사실도 처음으로 알게 되었다. 이런 상황에서 제를로가 그런 제안을 한 것이었다. 타고난 재능에 대한 그의 소망, 애착, 신뢰, 오갈 데 없는 단원들에 대한 의무감이 다시 불타올랐다.

"너는 다시 갈림길에 섰다."

그는 스스로에게 말했다.

"소년 시절에 네 앞에 섰던 두 여신 사이에 말이다. 그런데 한쪽은 그때만큼 초라해 보이지 않고, 다른 한쪽은 그때만큼 화려해 보이지 않는다. 어느 쪽을 따르더라도 하나의 내적 사명인 것만 같다. 그리고 양쪽의 외적 유인은 모두 강렬하다. 너는 둘 가운데 어느 쪽도 택하지 못할 것이다. 어느 쪽의 외적 유인이 다른 쪽을 누르고 너의 선택을 결정해 주기를 바라고 있다. 하지만 잘 생각해 보면 너에게 상업, 이득, 소유에 대한 흥미를 느끼게 해주는 것은 외적인 사정뿐이다. 육체적인 것이든 정신적인 것이든, 선함과 아름다움을 추구하며 네 속에 숨어 있는 소질을 더욱 발전시키고 완성시키고 싶은 소망을 낳고 길러 주는 것은 너의 내적인 욕구이다. 별다른 노력도 하지 않았는데 나를 여기까지, 내 모든 소망의 목적지까지 이끌어 준 운명을 어찌 존경하지 않을 수 있는가? 일찍이 내가 고찰하고 계획한 모든 일이 내가 가만히 있어도 우연하게 실현되고 있지 않은가? 정말이지 묘한 일이다. 오랫동안 마음속에서 키우고 불태워 온 희망이나 소망만큼 인간과 가까운 것은 없다. 그런데 그것들이 마침내 현실이 되어 마주치게 되면 그것들을 알아보지 못하고 뒷걸음쳐 버린다. 나를 마리아네에게서 떼어놓은 그 불행한 밤 이전에는 내게 꿈에 지나지 않았던 모든 것이 내 앞에 나타나 손을 뻗어왔다. 여기로 도망쳐 오고 싶어했더니 보이지 않는 손이 나를 이곳으로 이끈 것이다. 나는 제를로가 나를 고용해 주기 바랐는데, 이제는 제를로가 내게 먼저 그것을 제안하고, 풋내기인 나로서는 감히 바라지도 못할 조건을 제시해 왔다. 나를 연극에 붙잡아 둔 것이 오로지 마리아네에 대한 사랑뿐이었던가? 나를 마리아네와 묶어준 것이 예술에 대한 사랑이었던가? 무대를 향한 그 소망, 그 도피로는 시민사회의 환경에서는 허용되지 않는 삶을 계속하기 바라는 불안정하고 무질서한 사람에게만 어울리는 것이었을까? 아니면 그것과는 전혀 다른 더 순수하고 더 훌륭한 소망이었을까? 너를 자극해서 그 무렵의 네 생각을 바꾸게 했던 것이 과연 있었나? 오히려 너는 지금까지 아무런 생각도 없이 그 계획을 좇아오지 않았나? 이제 너는 아무 계획도 없고, 동시에 엄숙하게 맹세한 약속을 지킬 수도 있으며, 훌륭한 방식으로 무거운 책임에서 벗어날 수 있게 되었다. 그러니 이 마지막 한 걸음은 더욱더 인정해 줘도 좋지 않은가?"

그의 마음과 상상력 속에서 작용하는 모든 것이 바쁘게 뒤바뀌었다. 미뇽과 함께 있을 수 있다는 점, 그리고 하프 타는 노인과 헤어지지 않아도 된다는 점이 천칭의 무거운 추로서 적잖이 작용했다. 그러나 그가 평소처럼 아우렐리에를 보러 갔을 때, 그 천칭은 여전히 흔들리고 있었다.

제20장

아우렐리에는 긴 의자에 누워 있었는데, 이제는 조금 안정을 되찾은 듯했다.

"내일도 무대에 섭니까?"

빌헬름이 물었다.

"물론이죠!"

그녀가 씩씩하게 대답했다.

"보시다시피 난 아무렇지도 않아요. 그렇지만 관객석에서 쏟아져 나오는 박수갈채를 멈추게 할 방법은 없을까요? 그 사람들은 좋은 뜻에서 그러는 거겠지만 나는 죽을 만큼 괴롭거든요. 그저께도 심장이 터져버리는 건 아닌가 싶었답니다. 전에는 내가 잘했다 생각될 때는 참을 수 있었어요. 오랫동안 연습하고 준비해서 멋지게 해냈다는 칭찬의 증거가 극장 구석구석에서 들려오는 게 기뻤거든요. 그러나 요즘의 나는 내가 하고 싶은 대로 대사를 말하지도 못하고, 내 생각대로 말하지도 못한답니다. 나는 반쯤 넋이 나가 있고 늘 제자리를 맴돌고 있어요. 그런데도 내 연기는 관객들에게 전보다 더 큰 감명을 주고 있지요. 박수갈채도 이전보다 커요. 나는 생각하곤 한답니다. '당신들은 무엇이 당신들을 그렇게 황홀하게 하는지 알고 있습니까? 어둡고 격렬하고 정체 모를 여운이 당신들을 감동시키고 박수치게 하는 겁니다. 당신들을 기쁘게 하는 것이 불행한 여자의 슬픔이라는 것을 당신들은 느끼지 못하고 있어요.'

오늘 아침에 나는 내 배역을 연구했어요. 지금도 그것을 되풀이해서 해보던 참이었지요. 나는 아주 녹초가 되었어요. 내일 다시 처음부터 할 거예요. 내일은 무대에 서야 하니까요. 이렇게 나는 내 몸을 혹사시킵니다. 일어나 있어도 따분하고, 잠자리에 들기도 싫어요. 온갖 잡생각이 머릿속에서 빙글빙글 돌고 있어요. 그러다가 위로 같은 것이 떠오르겠지만, 그런 건 훨훨 쫓아버리고 저주를 퍼붓지요. 나는 항복하고 싶지 않아요. 필연에 머리를 숙이기는 싫어요. 나를 파멸시키는 것이 필연일 리 없어요. 다른 것일 수는 없을까요? 나는 내가 독일인이라는 사실에 죗값을 치러야만 합니다. 모든 사물에 무게를 두고, 그 모든 무게를 짊어지는 것이 독일인의 특성이니까요."

빌헬름이 말을 가로막았다.

"아, 아우렐리에 양! 스스로 칼날을 갈아 끊임없이 자신에게 상처 입히는 일은 이제 그만둬요. 당신에게는 남은 게 아무것도 없다는 말인가요? 당신에게는 젊음, 미모, 건강, 재능이 남아 있지 않습니까? 당신 탓도 아닌 일로 보물을 하나 잃어버렸다고 해서 다른 것까지 죄다 던져버려야 하나요? 그런 것까지 필연이라고 하렵니까?"

그녀는 잠시 입을 다물고 있다가 이윽고 이렇게 말했다.

"나도 잘 알아요. 사랑 따위는 시간 낭비죠. 사랑! 그것은 시간 낭비일 뿐이에요. 내가 할 수 없는 일, 해서는 안 될 일은 아무것도 없었어요. 그런데 지금은 모든 것이 다 사라져 버렸어요. 나는 애인에게 버림받은 불쌍한 여자예요. 제발 나를 가엾게 여겨주세요. 나는 가련한 여자예요."

그녀는 생각에 잠겼다가 이윽고 격렬하게 이렇게 외쳤다.

"당신들 남자는 여자가 당신들 목에 매달리는 데 익숙하지요! 하지만 당신들은 느낄 수 없어요. 자존심 있는 여자의 가치를 느낄 수 없다고요! 모든 거룩한 천사를 걸고 순수하고 정결한 마음을 지닌 모든 지복의 신상을 걸고, 사랑하는 남자에게 몸을 바치는 여자만큼 숭고한 존재는 없다고 맹세합니다.

여자라고 불릴 자격이 있는 한, 우리 여자들은 냉정하고 긍지 있고 고상하고 총명하고 현명합니다. 그리고 우리 여자들은 누구를 사랑하고 그 사랑에 보답받기를 원하는 순간, 이런 모든 장점을 당신들 발아래에 내던져 버리죠. 아! 나는 이런 것을 다 알면서도 좋다고 내 모든 존재를 내던져 버렸어요. 하지만 지금은 그런 나도 절망에 빠지고 싶습니다. 자진해서 절망에 빠지고 싶은 심정이에요. 내 안의 마지막 피 한 방울까지 벌하고 싶어요. 몸 안의 힘줄 하나까지도 남김없이 고통받게 하고 싶어요. 마음껏 비웃으세요. 연극이라도 하는 듯이 이렇게 격정을 터트리는 것을 비웃으시라고요."

빌헬름은 조금도 웃을 기분이 나지 않았다. 반은 자연스럽고 반은 꾸며낸 것 같은 아우렐리에의 이 비참한 상태가 그를 몹시 괴롭혔다. 고문받는 듯한 인간의 고통에 혼란스러웠던 것이다. 그의 마음은 흔들렸으며, 그의 피는 열병에 걸린 듯이 들끓었다.

그녀가 일어나서 방 안을 왔다 갔다 했다.

그리고 말했다.

"나는 그를 사랑해서는 안 될 이유를 낱낱이 열거해 보곤 한답니다. 그이가 사랑받을 자격이 없는 사람이라는 것도 알고 있어요. 온 정신을 딴 데 쏟으려고 온갖 노력을 다한답니다. 하지 않아도 될 역할을 맡기도 하고, 눈감고도 할 수 있는 오래된 배역을 세세한 부분까지 열심히 연습하고 또 연습하기도 하지요. 빌헬름 씨, 억지로 자신을 자신에게서 떼어내는 게 얼마나 힘든 일인지 아세요? 가슴이 답답해서 터져버릴 것만 같아요. 그래서 그를 사랑하는 감정에 몸을 다시 내맡기고 말지요. 미쳐버리지 않기 위해서 말이에요. 그래요, 나는 그를 사랑해요. 그를 사랑해요!"

그녀가 눈물을 뚝뚝 흘리며 말했다.

"그를 사랑해요. 그리고 지금 그 상태로 죽어가고 있어요."

그는 그녀의 손을 잡고 진심을 담아, 자기 자신을 못살게 굴지 말라고 간청했다.

"아! 우리 인간이 불가능한 일뿐만 아니라 가능한 많은 일까지도 이루어 내지 못하다니 정말 묘한 노릇입니다. 당신을 가장 행복하게 해줄 성실한 사람을 만나지 못하는 것이 당신의 운명이었던 겁니다. 그리고 나는 내 일생의 행복을 불행한 한 여자에게 바쳐서 그 여자를 내 성실성의 무게로써 갈대처럼 땅바닥에 쓰러뜨리고, 아니 아예 꺾어버리는 것이 운명이었고요."

그는 언젠가 마리아네와 있었던 일을 아우렐리에에게 털어놓은 적이 있었으므로 지금 이런 이야기를 할 수 있었다. 그녀가 그의 눈을 물끄러미 바라보면서 물었다.

"당신은 여자를 속인 적이 한 번도 없다고 단언할 수 있나요? 가벼운 칭찬이나 뻔뻔스러운 맹세, 마음을 간질이는 약속으로 여자의 애정을 자극한 일이 없다고 말할 수 있어요?"

빌헬름이 대답했다.

"네, 말할 수 있고말고요. 그다지 자랑거리는 아니지만 말입니다. 내 삶은 몹시 단순해서, 여자를 유혹하려고 마음먹을 기회조차 별로 없었으니까요. 게다가 당신같이 아름답고 훌륭한 사람이 슬픔에 빠진 것을 보는 일은 무엇보다 무서운 경고가 됩니다. 내 맹세를 믿어줘요. 내 마음을 완벽하게 대변해 주는 맹세, 당신이 준 감동으로 말이 되고 형태를 이룬 맹세, 이 순간 거룩해진 맹세지요. 이제 모든 부질없는 사랑은 거부하겠습니다. 아무리 진지한 사랑이라도 마음속에 묻어두겠어요. 내가 평생을 바칠 수 있는 여자가 아니면 내 입술로 사랑 고백을 하지 않겠습니다."

그녀는 차갑고 쌀쌀맞은 눈으로 그를 바라보았다. 그러다가 그가 손을 내밀자 두어 걸음 뒤로 물러났다.

그녀가 외쳤다.

"그런 맹세가 다 무슨 소용이에요? 여자가 아무리 많은 눈물을 흘린다 한들, 그것으로 바닷물이 불어나는 것도 아닌데요. 하지만 수천 명이나 되는 여자 가운데에서 한 사람이라도 구원받는 것은 좋은 일이고, 수천 명이나 되는 남자 가운데에서 한 사람이라도 성실한 남자가 있는 건 나쁜 일이 아니죠. 당신이 무슨 약속을 하고 있는지 아시기는 하나요?"

"알다마다요."

빌헬름이 빙그레 웃으면서 말하고, 손을 내밀었다.

"그렇다면 그 맹세를 받아들이죠."

그녀는 그렇게 말하고 오른손을 움직였다. 그는 그녀가 자기가 내민 손을 잡을 거라고 생각했다. 그런데 그녀는 잽싸게 그 손을 주머니에 넣더니 번개처럼 단도를 빼들고 그 칼끝으로 그의 손바닥을 휙 그어버렸다. 그는 놀라서 손을 거뒀지만 이미 피가 뚝뚝 떨어지고 있었다.

"당신들 남자들에게 무슨 일을 기억하게 하려면 거친 방법으로 표시를 해주는 게 상책이거든요!"

그녀는 명랑하게 외쳤지만, 곧 서둘러 응급처치를 하기 시작했다. 솟구쳐 오르는 피를 멈추게 하려고 손수건을 꺼내서 그의 손에 감아주었다.

그러고는 그녀가 외쳤다.

"이 반미치광이 여자를 용서하세요! 하지만 이 피가 헛되다고는 생각하지 마세요. 마음이 후련해지자 제정신이 돌아왔으니까요. 이렇게 무릎 꿇고 빌게요. 최소한의 위로가 되도록, 제발 상처를 치료하게 해주세요."

그녀는 허둥지둥 장롱으로 달려가더니 붕대와 몇 가지 기구를 가지고 와서는 지혈을 하고, 정성껏 상처를 살펴보았다. 상처는 손바닥과 엄지가 붙은 부분에서 생명선을 지나 새끼손가락까지 이어져 있었다. 그녀는 생각에 잠겨 잠자코 붕대를 감았다.

"아우렐리에 양, 왜 내 손을 베었습니까?"

그는 두어 번 물어보았다.

그녀가 손가락을 입에 대면서 대답했다.

"가만히 계세요. 아무 말씀도 하지 마세요."

제5부

제1장

이렇게 빌헬름은 지난날의 두 상처가 채 아물기도 전에 다시금 적잖이 불쾌한 세 번째 상처를 새로이 입게 되었다. 아우렐리에는 그가 외과 의사의 치료를 받지 못하게 하고는 온갖 이상한 말을 늘어놓거나 수상한 의식을 행하거나 주문을 외면서 직접 붕대를 감아 그를 무척 당황스럽게 했다. 그러나 빌헬름뿐만이 아니라 그녀 주위에 있는 모든 사람이 그녀의 불안정하고 괴상한 행동에 고통을 겪고 있었다. 그 가운데서도 가장 큰 피해자는 어린 펠릭스였다. 이 활발한 아이는 그런 압박감을 견디지 못하고, 그녀가 야단을 치거나 구슬릴 때마다 점점 더 버릇이 나빠졌다.

이 소년은 사람들이 흔히 나쁜 버릇이라고 말하는 행동들을 하기 좋아했는데, 엄마인 아우렐리에는 그것을 절대로 봐주지 않았다. 이를테면 그는 컵에 따라서 마시기보다는 병째로 마시기를 좋아했으며, 음식을 접시에 덜어 먹기보다는 냄비째로 먹는 것을 더 맛있어했다. 그런데 그런 못된 버릇은 용서되는 법이 없었다. 문을 활짝 열어젖히거나 세게 닫을 때마다, 또 무슨 심부름을 시켜도 금방 가지 않거나 요란스럽게 나갈 때마다 장황한 설교를 들어야만 했다. 그래도 조금도 좋아질 기미가 보이지 않았다. 오히려 아우렐리에에 대한 애착은 날이 갈수록 줄어드는 듯했다. 엄마라고 부르는 말투에서도 애정이 전혀 느껴지지 않았다. 오히려 그 애가 의지하는 사람은 뭐든지 마음대로 하게 해주는 늙은 유모였다.

그러나 이 노파도 병이 깊어져 조용한 곳으로 휴양을 떠나게 되었다. 그러므로 미뇽이 다정한 수호신 역할을 해주지 않았더라면, 펠릭스는 아마 완전한 외톨이가 되었을 것이다. 두 아이가 대화하는 모습은 정말이지 사랑스러웠다. 미뇽이 펠릭스에게 간단한 노래를 가르쳐 주면, 기억력이 좋은 펠릭스는 그것을 금방 외워서 듣는 이를 가끔 놀라게 했다. 미뇽은 여전히 열중해 있는 지도에 대해서도 펠릭스에게 가르쳐 주었는데, 그 방법은 그다지 바람직하다고 할 수 없었다. 그녀는 어느 나라가 따뜻하고 어느 나라가 추운지 말고는 전혀 관심이 없었기 때문이었다. 북극과 남극이 있고, 거기에는 엄청나게 많은 얼음이 있으며, 그곳에서 멀어질수록 따뜻해진다는 사실은 매우 훌륭하게 설명할 수 있었다. 미뇽은 여행을 떠나는 사람이 있으면 북쪽으로 가느냐 남쪽으로 가느냐만 묻고는, 자기의 자그마한 지도를 들여다보며 그 여정을 더듬어 보느라고 애를 썼다. 특히 빌헬름이 여행 이야기를 들려주면 매우 흥미를 보이며 귀를 기울였으나 이야기가 다른 주제로 넘어가면 몹시 슬퍼했다. 그녀는 연극에서 무슨 배역을 맡으라고 아무리 말해도 들은 체 만 체했으며, 그렇다면 연극이 공연될 때 극장에 가보기나 하라고 해도 꿈쩍도 안 했다. 그 대신 송시나 노래는 즐겁게 열심히 외웠다. 대부분 엄숙하고 장중한 곡조였는데, 그런 시를 불쑥불쑥 낭송하여 모두를 깜짝 놀라게 했다.

제를로는 어떤 재능이 싹틀 조짐이 있으면 그게 어떤 것이든 늘 주의 깊게 살폈으므로 미뇽을 격려해 주었다. 특히 그가 마음에 들어한 것은 미뇽의 아주 사랑스럽고 다채로우며 때로는 쾌활하기까지 한 노래 솜씨였다. 같은 의미에서 그는 하프 타는 노인도 좋아했다.

제를로는 음악적 소질도 없고 악기도 다루지 못했지만 그 높은 가치만큼은 잘 알고 있었다. 그래서 그는 다른 것과는 비교도 할 수 없는 이 즐거움을 맛볼 기회를 되도록 많이 마련하려고 했다. 평소에도 일주일에 한 번은 연주회를 열었지만, 이번에는 미뇽과 하프 타는 노인과 바이올린을 잘 켜는 라에르테스를 모아 기묘한 작은 악단을 하나 만들었다.

그는 말버릇처럼 이렇게 말했다.

"인간은 저속한 것에 익숙해지기 쉬우며, 아름다움이나 완벽에 대한 정신이나 감각의 감수성은 쉽게 둔해집니다. 따라서 그런 것을 느끼는 능력은 모든 수단을 동원해서 유지해야 하지요. 이런 즐거움 없이 살아갈 수 있는 사람은 아무도 없으니까요. 많은 사람이 새롭기만 하면 아무리 비속하고 몰취미한 것에도 만족하는데, 그건 단지 좋은 것을 맛보는 데 익숙하지 않기 때문입니다. 적어도 날마다 한 번쯤 짧은 노래를 듣고, 좋은 시를 읽고, 훌륭한 그림을 감상해야 하며, 가능하다면 이성적인 말을 몇 마디 해봐야 합니다."

이런 생각은 제를로에게는 이른바 태어나면서부터 갖고 있는 것이었으므로, 그의 주위에 있는 사람들은 늘 유쾌한 담화를 즐길 수 있었다.

이렇게 만족스러운 나날을 보내던 빌헬름에게 어느 날 검은 봉인이 찍힌 편지가 도착했다. 베르너가 봉인했다는 것은 슬픈 소식을 의미했다. 그는 아버지의 죽음이 짤막하게 적힌 편지를 보고 적잖이 놀랐다. 아버지는 잠깐 병을 앓다가 갑자기 세상을 떠나셨으며, 집안일은 모두 말끔하게 정리해 놓으셨다는 것이었다.

빌헬름은 이 뜻밖의 소식에 깊은 충격을 받았다. 그는 우리가 친구나 친척이 이 세상에 우리와 함께 살 때에는 아무것도 느끼지 못하고 가끔 그들을 소홀히 대하다가 이 아름다운 관계가 이 세상에서 끊어졌을 때에야 비로소 자신의 게으름을 후회한다는 사실을 뼈저리게 느꼈다. 훌륭한 아버지가 일찍 세상을 뜨고 말았다는 슬픔은, 아버지가 이 세상에 큰 미련이 없었으며 이 세상에서 그다지 향락을 추구하지도 않았다고 생각함으로써 힘겹게나마 위로할 수 있었다.

얼마 안 가서 빌헬름은 자신의 처지를 다시 생각하게 되었으며, 적지 않은 불안을 느꼈다. 인간은 마음이나 생각이 채 준비되기 전에 외부 사정에 의해 큰 변화를 맞게 되면 매우 위험한 상태에 빠지게 된다. 그때에는 생각지도 못했던 인생행로가 열리게 되며, 자기가 그 새로운 환경에 응답할 힘을 갖추지 못했음을 뼈저리게 느끼면 느낄수록 그 위험은 더욱더 커진다.

빌헬름은 앞으로 어떻게 해야 할지 혼란스러워하는 와중에 자유를 얻었다. 그는 자신의 생각이 무척 훌륭하며, 목적은 순수하고, 자신의 계획도 나무랄 데 없다고 확신했다. 그 모든 것을 어느 정도 자신 있게 인정할 수 있었다. 그러나 그는 자신의 경험이 미숙하다는 사실을 깨닫게 되는 기회가 많았다. 그래서 남의 경험과 그들이 거기에서 이끌어 내는 결론에 너무 지나치게 가치를 두었으며, 그럼으로써 더욱더 혼란에 빠졌다. 그는 자기에게 없는 것을 채우는 데는, 책이나 대화를 통해 만난 중요한 것들을 빠짐없이 적어두고 모으는 것이 가장 빠른 길이라고 생각했다. 그래서 그는 자기가 재미있다고 생각한 사람이나 자기의 의견, 생각, 심지어는 대화 전체를 적었으며, 가엾게도 이렇게 진실과 오류를 뒤섞어 하나의 관념으로 만들어 거기에 매달렸다. 아니, 문장 하나하나에 집착한다고까지 할 수 있었다. 그는 때때로 다른 사람의 횃불을 길잡이별로 착각함으로써 자신의 본디 생각이나 행동 방식을 잃고 말았다. 아우렐리에의 신랄한 태도나 친구 라에르테스의 냉소적인 인간 혐오증도 지나치리만큼 그의 판단을 흐리게 했으나, 그에게 가장 위험한 것은 야르노였다. 야르노의 명석한 지성은 눈앞의 책에 대해서는 적절하고 엄정한 판단을 내릴 수 있었다. 그러나 그는 개별적인 판단을 마치 보편적인 것처럼 말하는 결점이 있었다. 지성의 판단은 본디 일회적인 것이며 더구나 특정한 경우에서만 적용되는 것이므로, 아무리 비슷한 경우에 적용하더라도 이치에 맞는다고 할 수 없다.

그리하여 빌헬름은 자신과의 합의를 위해서 노력했음에도 바람직한 합의로부터는 차츰 더 멀어져 갔다. 이렇게 혼란에 빠져 있는 탓에 지나친 열의에 넘쳐 도움이 될 만한 것은 닥치는 대로 이용하려고 했으나, 무엇을 해야 좋을지 모르는 지경이 되고 말았다.

제를로는 이 부고 통지를 자신에게 유리하게 이용했다. 사실 그는 날마다 자신의 극단을 새로 조직해야 할 필요성을 느끼고 있었다. 계약을 갱신해야 했지만 자기들은 이 극단에 꼭 필요한 존재라고 생각하는 몇몇 단원들이 날이 갈수록 꼴불견스럽게 굴었으므로, 그들과 다시 계약할 마음은 별로 없었다. 그러자면 극단을 완전히 새로 구성해야 했는데, 그는 차라리 그러는 편이 좋을 것 같았다.

그는 직접 빌헬름을 설득하려 하지 않고, 아우렐리에와 필리네를 부추겼다. 계약을 바라던 다른 단원들도 빌헬름을 그냥 내버려 두지 않았다. 그리하여 그는 상당한 당혹감을 느끼면서도 갈림길에 서게 되었다. 정반대 의미에서 쓰인 베르너의 편지 한 통이 마침내 그를 한 가지 결심으로 내몰리라고는 아무도 생각하지 못했다. 그 편지의 전문을 첫머리만 빼고 거의 수정하지 않은 채로 다음에 옮겨보겠다.

제2장

"―그렇게 되었다네. 사실 누구든 무슨 일이 생기더라도 자신의 일에 전념하고 활동을 계속해 나간다면 그것은 아주 바람직한 일이라고 할 수 있네. 아버님이 돌아가시고 15분도 지나지 않았는데, 집안일은 벌써 하나에서 열까지 아버님의 생각대로 돌아가지 않게 되었네. 친구, 지인, 친척들, 특히 기회는 이때다 하고 뭔가를 얻어 가려는 사람들이 몰려왔지. 무언가를 가져오는 사람, 가지고 가는 사람, 돈을 내는 사람, 책을 쓰는 사람, 계산하는 사람, 포도주나 케이크를 사 오는 사람, 먹고 마시는 사람…… 하지만 누구보다도 열심히 움직이는 사람은 상복을 고르는 여자들이었네.

빌헬름, 그러니 나 역시 이 기회에 내 이익을 생각했다고 해도 나를 용서해 주리라 생각하네. 자네의 누이동생에게는 힘이 닿는 대로 친절을 베풀고 일을 거들어 주었네. 그리고 그동안 양가 아버님의 지나친 형식주의 때문에 지지부진했던 결혼식을 상을 치르자마자 올리는 것이 좋겠다고 설득하는 데 성공했지.

하지만 그 커다랗고 휑한 집을 우리가 욕심낸다고 생각하지는 말아주게. 우리는 더 겸손하고 분별력 있는 사람들이라네. 그러니 우리의 계획을 들어주기 바라네. 자네 누이동생은 결혼과 동시에 우리 집으로 옮길 거네. 물론 어머님도 함께.

'그럴 수 있겠나?' 자네는 말하겠지. '그 작은 집에는 자네들이 발을 들일 공간조차 없잖아'라고 말이야. 하지만 그게 바로 재주라네! 배치만 잘하면 문제없거든. 욕심만 부리지 않는다면 빈 공간은 얼마든지 있다고 생각하지 않나? 그 커다란 집은 팔도록 하겠네. 금방 좋은 값에 팔 수 있을 거야. 집을 판 돈으로는 백 배의 이자를 불리도록 하지.

나는 자네가 이 계획을 이해해 주리라 믿네. 그리고 나는 자네가 아버님이나 할아버님처럼 아무런 이득도 없는 그런 삶은 물려받지 않기 바라네. 할아버님은 볼품없는 미술품을 산더미처럼 모아놓고 아주 자랑스러워하셨지만, 내가 보기에 그걸 보고 좋아하는 사람은 아무도 없었네. 또한 아버님은 값비싼 가구에 둘러싸여 지내셨지만, 그것을 누구와 함께 즐기려고 하지는 않으셨지. 우리는 그런 삶의 방식을 바꾸고자 하네. 나의 이 의견에 자네도 찬성해 주기 바라네.

사실 나는 온 집 안에서 책상머리 말고는 머물 곳도 없고, 앞으로 아기의 요람을 어디다 두어야 할지도 모를 지경이라네. 그 대신 바깥 공간은 굉장히 넓어 보인다네. 남자는 카페나 클럽에 가면 되고, 여자는 산책을 하거나 마을에 다니면 되지. 시골에는 둘이서 다닐 즐거운 유원지도 많아. 게다가 가장 큰 이

점은 식탁이 가득 차서 아버지가 손님을 부를 수 없게 된다는 점이지. 아버지가 손님들을 즐겁게 하려고 아무리 애를 써도 그들은 불평불만만 가득하거든.

집 안에 불필요한 것은 하나도 놓지 않을걸세. 너무 많은 가구나 살림살이도 놓지 않을 거야. 마차와 말도 필요 없네. 필요한 것은 돈뿐이지. 그리고 날마다 하고 싶은 일을 이성적으로 하는 거네. 옷장도 필요 없네. 언제나 가장 좋은 새 옷을 입을 생각이네. 남자 옷은 해질 때까지 입고 다니면 되고, 여자 옷은 유행이 조금만 지나면 팔아버리면 되네. 오래된 잡동사니를 안고 사는 것보다 견디기 힘든 일은 없지. 누가 나한테 아주 값비싼 반지를 주면서 날마다 그걸 끼고 다니라고 한다면 난 사양하겠네. 죽은 재산 따위에는 조금도 기쁨을 느낄 수 없으니까. 즉 내 유쾌한 신조는 이렇다네. 성실하게 일해서 돈을 벌 것, 가족과 즐겁게 지낼 것, 우리 가족에게 도움이 되지 않는 한 세상일에는 신경 쓰지 않을 것.

자네는 이렇게 말하겠지. '자네의 그 근사한 계획 속에서 나는 어떻게 되어 있지? 아버지의 집은 팔아 치우고 자네 집에는 내가 있을 곳이 없다면 내 보금자리는 도대체 어디란 말이야?'

물론 그건 가장 중요한 문제네, 빌헬름. 거기에는 곧바로 대답할 수 있지만, 그전에 자네가 시간을 매우 유용하게 보냈다는 사실에 마땅한 칭찬부터 하도록 하지.

불과 몇 주 사이에 어떻게 해서 온갖 유익하고 흥미로운 사물을 관찰했는지 정말 궁금하네. 자네가 여러 능력을 갖고 있다는 건 알고 있지만, 이렇게까지 주의력과 열의가 있는 줄은 미처 상상도 못했어. 자네의 여행일지를 보고, 자네가 이 여행을 얼마나 이롭게 이용하고 있는지 잘 알 수 있었네. 제철소나 제동소에 관한 기술도 아주 훌륭했네. 사물에 대한 깊은 통찰력을 읽을 수 있었어. 나도 그런 곳을 방문한 적이 있지만, 자네의 보고에 비하면 내 보고는 허술하기 짝이 없는 것이었네. 아마포 제조에 대한 편지는 구석구석까지 시사하는 바가 많았고, 경쟁에 관한 의견은 매우 적절했네. 두어 군데 합산이 틀렸지만 그런 건 그다지 중요하지 않네.

하지만 나와 내 아버지를 가장 즐겁게 한 것은 토지 경영, 특히 그 개량에 관한 깊은 식견이었네. 우리는 어떤 기름진 지방의 땅을 살 계획이네. 지금은 압류 상태에 있는 넓은 땅인데, 장인어른의 집을 판 돈으로 살 생각이지. 그 땅을 사서 일부는 소작을 주고 일부는 남겨둘 거네. 우리는 자네가 그리로 가서 토지개량을 감독해 주었으면 하네. 그러면 대단한 것은 아니지만 2, 3년 내에 그 땅은 값이 3분의 1은 오를 걸세. 그때 다시 팔아서 더 넓은 땅을 사고, 그것을 개량해서 다시 파는 거지. 그 일을 할 사람은 자네밖에 없네. 그동안 우리는 집에서 꼼꼼하게 사무를 보도록 하겠네. 그러면 우리는 어느새 누구나 부러워하는 처지가 되어 있을 거야.

이제 그만 펜을 놓겠네. 여행을 맘껏 즐기도록 해. 즐겁고 유익하게 보낼 수 있는 곳이라면 어디든 가보게. 처음 반년은 자네가 없어도 문제없네. 그러니 마음껏 세상을 구경하고 오도록 해. 영리한 사람은 여행에서 최상의 교양을 쌓는 법이지. 그럼 잘 있게! 자네와 이렇게 친밀한 관계가 되어서, 그리고 앞으로는 일도 함께할 수 있게 되어서 참으로 기쁘네."

이 편지는 매우 잘 쓰였으며 다양한 경제적 진리도 담고 있었지만, 빌헬름은 여러 의미에서 마음에 들지 않았다. 자기가 엉터리로 만들어 낸 통계며 공업, 농업, 지식에 관한 찬사도 어딘지 비난처럼 들렸고, 매제가 시민생활의 행복에 대해 쓴 이상에도 그는 아무런 매력을 느끼지 못했다. 오히려 뭔지 모를 반항심에 이끌려, 그것과는 정반대 방향으로 격렬하게 치닫게 되었다. 빌헬름은 자기가 얻고자 하는 교양이 무대 위에서만 완성된다고 확신했는데, 베르너가 그것도 모르고 점점 더 명확하게 반대를 하는 만큼 그의 결심은 더욱 확고해지는 것 같았다. 그는 모든 논거를 끌어모아 자신의 의견을 한결 굳건하게 했다. 현명한 베르너에게 자기 뜻을 전달하려면, 그것이 유리한 것으로 보이게끔 해야 할 것 같았기 때문이다. 그리하여 답장이 완성되었는데, 그것 또한 여기에 언급해 두기로 하겠다.

제3장

"자네의 편지는 매우 잘 쓰였고, 빈틈없고 현명한 논리에 근거하고 있어서 나로서는 뭐라 덧붙일 말이 없네. 하지만 내가 자네와는 정반대로 생각하고 주장하고 실행하더라도 정당성을 가질 수 있다고 말한다면 자네는 이해하지 않겠지. 자네가 살아가는 방식, 생각하는 방식은 무한한 소유와 가볍고 유쾌한 향락에 국한되어 있네. 내가 그런 일에 아무런 매력도 느끼지 못한다는 건 말할 필요도 없겠지.

유감스럽게도 가장 먼저 고백해야 할 것은, 내 여행일지는 아버지를 기쁘게 해드리려고 친구의 도움을 빌려 여러 책에서 베낀 것이라네. 그 안에 담긴 내용이나 그런 종류의 지식이라면 나도 여러모로 알고 있지만, 내가 그런 일을 다 이해한다고는 할 수 없으며 관여하고 싶지도 않네. 내 속이 광석 찌꺼기로 가득한데 좋은 철을 만드는 것이 무슨 소용이 있겠나? 그리고 내가 나 자신조차 제대로 추스르지 못하는데 농지 개량이 무슨 소용이 있단 말인가?

한마디로 말해서 있는 그대로의 나를 철저하게 성장시키는 것, 이것이야말로 어렴풋하나마 어린 시절부터 품고 있던 내 소망이자 목표였다네. 지금도 그 생각에는 변함이 없네. 변한 게 있다면, 그것을 실행할 수단이 조금이나마 분명해졌다는 거지. 나는 자네가 생각하는 것보다 많은 세상을 보아왔고, 자네가 생각하는 것보다 세상을 내게 유리하게 이용해 왔네. 그러니 자네가 생각하는 것과 똑같지는 않을지 몰라도 내 말을 조금은 주의해서 들어주기 바라네.

만일 내가 귀족이라면 우리의 논쟁은 간단히 정리되겠지. 하지만 나는 시민이니까 나 스스로 길을 선택해야만 하네. 부디 내 말을 이해해 주기 바라네. 외국은 어떤지 모르지만 독일에서는 귀족만 하나의 일반적인, 뭐랄까 개인적인 교양을 갖출 수 있네. 시민이라도 공적을 세울 수는 있지. 꼭 필요하다면 정신을 수련할 수도 있어. 하지만 아무리 발버둥 친다 해도 인품만은 어쩔 수가 없어. 아주 고귀한 사람들과 어울리는 귀족이라면 예의범절을 익힐 의무가 있지. 그리고 그런 예의범절에는 파벌이 없기에 아주 고상하면서도 여유로운 것이 되지. 또 귀족은 궁정에서든 군대에서든 용모와 인품이 재산이므로 그것들을 중요시하고, 남들에게도 자기들이 그것을 아주 중요하게 생각한다고 보일 필요가 있네. 귀족들은 일상생활에서도 엄숙한 우아함을 보여야 하며, 진지하고 중대한 일을 할 때도 경쾌한 우아함을 보여야 하지. 그것들은 어떤 자리에서도 균형을 잃지 않는다는 증거니까 말이야. 귀족은 공적인 인격체네. 그 행동 하나하나가 세련되고, 그 목소리가 쩌렁쩌렁하며, 그 태도 전체가 냉정하고 침착하면 할수록 귀족은 완벽해지네. 고귀한 사람을 대하든 비천한 사람을 대하든 친구를 대하든 가족을 대하든 그 태도에 변함이 없다면 흠잡을 데가 없지. 그 이상 바랄 것도 없어. 귀족은 냉정하더라도 분별력만 있으면 그만이네. 속내를 숨겨도 현명하면 그만이지. 삶의 어떤 순간에서도 외면적으로 자기를 억누를 수 있다면 그 이상은 아무것도 요구되지 않네. 귀족은 자기에게, 또는 자기 주위에 갖고 있는 다른 모든 것, 이를테면 능력, 재능, 재산, 모든 것이 단순한 부록처럼 보이는 걸세.

그런데 그런 이점을 조금이라도 갖고 싶어하는 시민이 있다면 어떻게 될까? 그는 틀림없이 실패할 걸세. 그리고 그는 그런 종류의 능력이나 본능을 평생 갖지 못하는 만큼 더욱더 불행해질 걸세.

귀족은 일상생활에서 아무런 제한도 받지 않고, 경우에 따라서는 왕족 또는 왕족에 버금가는 지위에 앉을 수도 있기에 늘 태연하게 왕족 앞에 나설 수가 있지. 귀족에게는 언제든지 승진할 기회가 있어. 하지만 시민에게 가장 어울리는 행동 양식은, 자기 앞에 그어진 경계선 속에서 순수하고 조용하게 살아가는 것이네. 시민은 '넌 어떤 사람이냐?' 자문해서는 안 되네. '너는 무엇을 가졌느냐? 어떤 안목, 지식, 능력, 재산을 갖고 있느냐?'라는 질문만 가능하지. 귀족은 인격을 표시함으로써 모든 것을 가질 수 있지만 시민은 인격으로는 아무것도 가질 수 없고 또 가져서도 안 되네. 귀족은 눈부신 면모를 드러내도 되고, 또 그래야만 하네. 하지만 시민은 그저 존재하는 데 만족해야만 하지. 자신을 드러내고 싶어하는 시민은 우스꽝스럽고 어리석을 뿐이네. 귀족은 행동하고 영향력을 행사해야 하지만 시민은 무언가를 성취하고 창조해야 하지. 시민은 사회에 도움이 되기 위해서는 저마다 능력을 갈고닦아야 하네. 그리고 그러려면, 시민이라는 존재에는 조화가 없고 또 있어서도 안 된다는 것이 전제가 되어야 한다네. 한 가지 방법으로 도움이 되려면 다른 것은 모두 포기해야 하니까.

이런 차별이 생긴 것은 귀족이 오만해서도 아니고 시민이 비굴해서도 아니네. 사회구조 자체가 그렇게 되어 있기 때문일세. 나는 그것이 조금은 바뀔까, 바뀐다면 무엇이 바뀔까 하는 것에는 관심이 없네. 요컨대 나는 지금처럼 나 자신만 생각하면 그만이네. 어떻게 나 자신과 내 끊임없는 욕구를 채우고 이루어 낼 수 있을까만 생각하면 돼.

출신 때문에 허락되지 않은 것, 내가 나면서부터 갖고 있는 것을 반드시 조화롭게 기르고자 하는 소망은 이젠 저항하기 어려울 만큼 강력해졌네. 자네와 헤어지고 나서 나는 몸을 단련함으로써 많은 것을 얻었네. 당혹스러워하던 버릇도 많이 고쳤네. 내 의견도 강력하게 주장할 수 있게 되었지. 말투와 목소리도 훈련했고, 사람들 앞에 나서도 호감을 사게 되었다고 자부할 수 있게 되었네. 공인이 되어 더 넓은 세상으로 나가 사람들의 사랑을 받으며 활동하고 싶다는 욕망이 날이 갈수록 억누르기 어려울 만큼 커지고 있다는 것을 부정하지는 않겠네. 문학과, 문학에 관련한 모든 것에 대한 애착과 나한테 꼭 필요한 향수라는 면에서도, 좋은 것만을 진정으로 좋게 하고 아름다운 것을 아름답게 하는 정신과 취미를 되도록 빨리 가꾸어 가고 싶은 욕구가 있네. 자네도 알아주리라 생각하지만, 나는 이 모든 것을 무대 위에서만 찾을 수 있네. 이 유일한 영역에서 마음껏 활동하고 나 자신을 단련할 수 있을 것이네. 상류사회와 마찬가지로, 무대 위에서는 교양만 있으면 인간으로서 찬연하게 빛날 수 있지. 정신과 육체가 늘 보조를 맞추어 노력해야만 하네. 나는 다른 곳에서처럼 무대에서도 성공하고 빛을 발할 수 있으리라 생각하네. 꼭 무대 위가 아니더라도, 마음만 먹으면 고된 단순노동도 얼마든지 있네. 나는 날마다 내 인내력을 단련할 수 있네.

내 편지로 나와 논쟁할 생각을 하지 않기 바라네. 자네의 답장이 도착하기 전에 나는 한 발 더 내딛었을 테니까. 세상의 선입견을 피하기 위해서 나는 이름을 바꿀 생각이라네. 아무래도 마이스터라는 이름으로 무대에 오르기는 창피하니까 말이야. 그만 펜을 놓겠네. 우리의 재산은 믿을 만한 사람에게 맡겨졌으니 나는 아무 걱정도 하지 않겠네. 필요할 때는 부탁하겠네. 그렇지만 대단한 금액은 아닐 거야. 내 재주로 먹고살아 갈 생각이니까."

이 편지를 보내자마자 빌헬름은 편지에 쓴 내용을 지켰다. 즉 타당한 조건으로 계약을 맺어 배우가 되겠다는 갑작스러운 제안으로 제를로와 다른 사람들을 몹시 놀라게 했다. 계약은 즉시 체결되었다. 제를로가 오래전부터 제시한 조건은 빌헬름도 다른 사람들도 충분히 만족할 만한 것이었기 때문이다. 그리하여 우리가 오랫동안 화제로 삼았던 불행한 단원들도 모두 갑작스럽게 채용될 수 있었다. 그러나 라에르테스 말고는 그 누구도 빌헬름에게 고마운 뜻을 비치지 않았다. 그들은 능력도 없이 계약을 부탁했던 것처럼, 계약을 받아들일 때도 고마워하지 않았다. 오히려 자기들이 채용된 것은 필리네 덕분이라 생각하고 그녀에게 감사하는 사람이 대부분이었다. 계약서가 작성되고 서명되었다. 빌헬름이 예명으로 서명하려는 순간, 이상한 연상 작용이 일어났다. 예전에 다쳐서 필리네 무릎에 누워 있던 그 숲 빈터의 광경이 눈앞에 떠오른 것이었다. 그 사랑스러운 여기사가 백마를 타고 덤불에서 나타나더니 이쪽으로 다가와 말에서 내렸다. 그리고 왔다 갔다 하면서 친절을 베풀다가 마침내 그의 앞에 섰다. 외투가 어깨에서 미끄러져 내리고, 얼굴과 몸이 빛으로 둘러싸였다가 사라졌다. 빌헬름은 자기가 무엇을 하고 있는지도 의식하지 못한 채 기계적으로 서명했다. 서명을 끝내고 나서야, 미뇽이 옆에서 그를 가만히 끌어당기며 서명을 말리려고 했다는 것을 깨달았다.

제4장

제를로는 빌헬름이 무대에 서는 조건으로 내세운 것 가운데서 한 가지만은 일부만 받아들였다. 빌헬름은 〈햄릿〉을 생략 없이 원작 그대로 상연할 것을 요구했다. 제를로는 이 기묘한 요구를 가능한 한 받아들이겠다고 했다. 이 문제에 대해서 두 사람은 지금껏 가끔 논의를 벌였었다. 무엇이 가능하고 무엇이 가능하지 않은지, 줄거리를 토막 내지 말고 무엇을 원작에서 뺄 수 있을지, 이 문제에 관한 두 사람의 의견은 너무나도 달랐다.

빌헬름은 아직도 좋아하는 여성이나 존경하는 작가에게도 어떤 결점이 있을 수 있다는 진리를 이해하지 못하는 행복한 시기에 있었다. 그런 시기에 그들에 대한 우리의 감정은 완전무결한 것이기 때문에, 그들 안에도 그런 완벽한 조화가 있다고 생각해 버리기 마련이다. 한편 제를로는 지나치리만큼 까다로웠다. 그의 혜안은 어떤 작품을 보더라도 반드시 결점을 잡아냈다. 작품이 아무리 훌륭해 보여도 그것을 지나치게 신중히 다룰 필요는 없다고 생각했다. 따라서 셰익스피어의 작품 가운데에서도 특히 〈햄릿〉은 대단히 손볼 곳이 많다고 주장했다.

제를로가 밀알에서 겨를 골라내는 것이라고 말해도 빌헬름은 막무가내였다.

빌헬름이 말했다.

"밀알과 겨가 섞여 있는 게 아닙니다. 줄기와 큰 가지, 작은 가지, 이파리와 봉우리와 꽃과 열매죠. 그것들이 서로 의지하고 어우러져서 하나가 되는 것 아닐까요?"

제를로는 나무줄기를 통째로 식탁에 올릴 수는 없으며, 예술가는 금 사과를

은 접시에 담아서 손님에게 내놓아야 한다고 주장했다. 둘은 온갖 비유를 끌어대어 가며 논쟁했으나, 두 사람의 의견은 갈수록 멀어지는 것만 같았다.

어느 날 제를로가 빌헬름과의 긴 논쟁 끝에 이런 제안을 했다. 즉 가장 빨리 논쟁을 끝내는 방법은 펜을 잡고서 비극에서 관객의 호응이 그다지 좋지 않을 것 같은 부분은 빼버리고 두세 인물을 한 인물로 합쳐버리는 것이며, 그 방법이 잘 이해가 가지 않거나 그럴 용기가 없다면 그 일은 자기가 맡아서 순식간에 끝내버리겠노라는 것이었다. 이 말을 들은 빌헬름이 몹시 낙담하며 말했다.

"그건 약속하고 다르지 않습니까? 당신처럼 견식 있는 사람 입에서 어떻게 그런 경솔한 말이 나오는지 모르겠군요."

제를로가 외쳤다.

"빌헬름 씨. 당신도 언젠가는 나처럼 될 거요. 이것이 전세계에서 이 극단에서만 행해지는, 좋지 않은 방법이라는 것쯤은 나도 잘 압니다. 하지만 독일의 연극계만큼 엉망진창인 곳이 또 있을까요? 이렇게 구역질 나는 각색 작업을 강요하는 사람은 극작가들입니다. 관객들도 그건 인정해요. 배우의 수, 장식, 무대장치, 상연시간, 대사의 길이, 배우의 체력, 이런 것들의 한계를 넘지 않는 작품이 얼마나 있을까요? 그런데도 우리는 그런 것을 신경 쓰지 않고 연극을 해야 합니다. 계속해서 연기해야 하고, 게다가 새로운 것을 해야만 해요. 작품을 수정해도 원작만큼의 효과를 낼 수 있다면 사정에 맞게 하면 되는 겁니다. 관객도 그걸 원한다니까요. 독일인 중에서, 어쩌면 모든 근대 국민 중에서 작품 전체의 아름다움을 느낄 줄 아는 사람은 얼마 되지 않을 걸요. 대부분의 사람이 부분적으로만 칭찬하고 비방하고 열광하지요. 연극은 언제나 토막 난 대목을 모은 것에 지나지 않아서 가장 득을 보는 쪽은 배우입니다."

빌헬름이 외쳤다.

"그 말이 맞습니다! 하지만 언제까지 그 상태가 이어져야 한단 말입니까? 모든 것이 현 상태에 머물러서는 안 되죠. 당신이 뭐라고 하건 난 당신이 옳다고 생각하지 않습니다. 이 세상의 어떤 권력을 사용한다 해도 내게 그런 계약을 지키게 하지는 못할 겁니다. 터무니없는 착각에서 맺은 계약이니까요."

제를로는 화제를 재미있는 쪽으로 돌렸다. 분위기가 험악해질 것을 걱정한 제를로가 빌헬름에게 〈햄릿〉에 관해 지금까지 수없이 나눴던 두 사람의 대화를 다시 한 번 상기시키고, 그렇다면 개작하는 방법을 잘 생각해 보라고 부탁했다.

빌헬름은 며칠 동안 혼자 방에 틀어박혀 있다가 눈을 반짝반짝 빛내면서 나타났다. 그리고 외쳤다.

"내 생각이 맞는다면, 전체를 멋지게 개작할 방법을 찾아냈습니다. 네, 셰익스피어가 그 천재성을 중요한 부분에만 집중시키지 않고 또 원작으로 삼은 소설에 휘둘리지만 않았던들, 그도 그 방법을 썼으리라고 생각해요."

"어디 들어봅시다."

제를로가 천천히 긴 의자에 앉으면서 말했다.

"차분하게 들어보지요. 그 대신 비평은 더 엄격해질 겁니다."

빌헬름이 대답했다.

"상관없습니다. 그럼 들어보세요. 아주 신중하게 조사하고 숙고를 거듭한 결과, 나는 이 작품의 구상이 두 가지로 나뉜다는 결론을 냈습니다. 첫 번째는 인물과 사건의 주요 내적 관계, 즉 주요 인물들의 성격이나 행동에서 비롯된 강력한 작용입니다. 이것들은 그 하나하나가 훌륭하고, 배열순서도 손댈 것이 없어요. 어떤 식으로 손을 대더라도, 무너뜨리기는커녕 뒤흔들 수조차 없지요. 이거야말로 누구나 보고 싶어하는 것이며, 누구든 건드리고 싶어하는 것입니다. 영혼을 아주 깊숙한 부분까지 뒤흔드는 것이 바로 이것이며, 독일의 무대에서도 거의 그대로 연기되고 있습니다. 이 작품에서 지적할 수 있는 두 번째 점은, 인물들을 한 장소에서 다른 장소로 이동시키거나 이런저런 우연한 사건으로 맺어주는 외적 관계입니다. 지금까지 이것은 너무 가볍게 다루어졌습니다. 지나가는 말로 잠깐 언급되거나 완전히 생략되어 왔지만, 나는 그건 잘못이라고 생각합니다. 확실히 이 외적 관계라는 맥락은 가늘고 느슨하지만 작품 전체를 꿰뚫으면서 각 장면을 긴밀하게 연결하고 있습니다. 이 맥락이 없다면 작품은 조각조각 나고 말 겁니다. 실제로 이 맥락을 끊어버리고, 그래도 괜찮다고 생각해서 그 끄트머리를 그대로 방치해 두면 작품 전체가 뿔뿔이 흩어지고 말지요.

이 외적 관계란 노르웨이의 정세 불안, 포틴브라스 왕자와의 전쟁 준비, 그 숙부인 늙은 왕에게 보낸 사신, 분쟁 해결, 포틴브라스 왕자의 폴란드 원정, 마지막에 있는 그의 귀환, 비텐베르크에서 귀국한 호레이쇼, 그곳으로 가고 싶어하는 햄릿, 레어티즈의 프랑스 여행, 그의 귀국, 영국으로 추방된 햄릿, 해적의

포로가 되는 사건, 그것을 가지고 온 사람을 죽이라는 편지를 받은 두 신하의 죽음 등입니다. 이런 정황이나 사건은 장편소설에서라면 풍부함을 더해 주겠지만, 특히 주인공이 아무런 계획도 갖고 있지 않은 이 희곡에서는 통일성을 몹시 훼손하는 커다란 결점이지요."

"오, 듣던 중 가장 옳은 소리예요!"

제를로가 소리쳤다.

"끼어들지 마십시오. 칭찬받을 말만 하려는 건 아니니까요."

빌헬름이 말했다.

"이런 결점들은 마치 큰 건물을 지을 때의 버팀목과 같아서, 벽으로 단단히 지지해 주기 전에는 들어낼 수가 없습니다. 그래서 나는 이렇게 제안하는 바입니다. 앞에서 말한 중요한 첫 번째 상황에는 절대로 손을 대지 말고 전체적으로나 부분적으로 그대로 두십시오. 그 대신 통일성 없이 흩어져 작품을 산만하게 만드는 모티프는 모두 없애버리고 한 가지 모티프로 바꾸어 놓는 겁니다."

"그게 뭐지요?"

느긋하게 기대앉아 있던 제를로가 몸을 일으키며 물었다.

빌헬름이 대답했다.

"그건 이미 작품 안에 있습니다. 그걸 잘 이용하기만 하면 되죠. 바로 노르웨이의 소요입니다. 내 계획안을 검토해 보세요.

햄릿의 아버지가 죽자, 갓 정복된 노르웨이는 반란을 도모하게 됩니다. 노르웨이의 총독은 아들 호레이쇼를 덴마크로 돌려보내어 함대를 준비하게 합니다. 그는 햄릿의 옛 학우로서 모든 동급생들 가운데서도 가장 용기 있고 신중한 인물입니다. 하지만 향락에 빠져 있는 새 왕 밑에서는 함대 준비가 지지부진하기만 했지요. 호레이쇼는 선왕을 잘 알고 있었습니다. 최근 전쟁에 참가하여 선왕의 총애를 얻었기 때문입니다. 따라서 제1막 망령 장면은 그대로 남겨둡니다. 이어서 새 왕은 호레이쇼에게 알현을 허락하고, 함대 준비를 서두르라는 임무를 줍니다. 그러면서 동시에 레어티즈를 노르웨이로 파견하여, 함대가 곧 도착할 거라는 소식을 알립니다. 한편 어머니인 왕비는 호레이쇼와 함께 함대에 오르고 싶다는 햄릿의 청을 허락하지 않습니다."

제를로가 말했다.

"거참 다행이로군요! 그러면 비텐베르크와 대학도 필요 없어지는군요. 그게 늘 성가신 장해물이었는데. 정말 훌륭한 생각입니다. 노르웨이와 함대라는 두 가지 배경만 상상하면 되니까 말이죠. 나머지는 모두 눈으로 볼 수 있고 다 무대 위에서 일어날 수 있는 사건이에요. 상상력으로 전세계를 돌아다닐 필요가 없어졌어요."

빌헬름이 말했다.

"결말이 어떻게 될지는 당신도 짐작이 가시겠지요? 햄릿은 호레이쇼에게 의붓아버지의 범행을 털어놓습니다. 그러면 호레이쇼는 햄릿에게 둘이 함께 노르웨이로 가서 군대를 장악하고 군비를 갖추어 귀국하자고 권합니다. 햄릿이 왕과 왕비에게 위험한 존재가 되자, 그들은 그를 함대에 태우고 로젠크랜츠와 길든스턴을 딸려 보내 감시하게 하는 것이 그를 따돌리는 가장 빠른 수단이라고 생각하게 됩니다. 그리고 얼마 있어 레어티즈가 돌아오자, 암살 계획에 몸이 달아 있는 이 젊은이에게도 햄릿의 뒤를 쫓게 하지요. 함대는 역풍을 맞아 나아가지 못하고 햄릿은 되돌아옵니다. 그가 묘지를 거니는 장면에도 잘만 하면 동기를 부여할 수 있을 거예요. 오필리아의 무덤에서 레어티즈와 재회하는 장면은 정말 중요합니다. 그건 꼭 있어야 해요. 거기서 왕은 햄릿을 즉시 해치워야겠다고 생각합니다. 송별연, 레어티즈와의 화해를 핑계 삼은 표면상의 연회가 화려하게 열립니다. 기사들의 승부가 벌어지고, 햄릿은 레어티즈와 검을 겨눕니다. 그리고 네 명이 모두 죽으면서 막을 내리죠. 누구도 살아남아서는 안 됩니다. 국민의 선거권이 부활하고, 햄릿은 죽어가면서 호레이쇼에게 한 표를 던집니다."

"자, 어서 책상에 앉아서 작품을 손질해 보세요."

제를로가 말했다.

"당신의 의견에 전적으로 찬성합니다. 단지 의욕이 식어버리지 않도록 조심하기 바랍니다."

제5장

빌헬름은 오래전부터 〈햄릿〉을 번역하고 있었다. 그때 그가 참고한 것은 빌란트*¹의 훌륭한 번역본이었다. 애초에 그가 셰익스피어를 알게 된 것도 이 번역본을 통해서였다. 빌란트의 번역에서 빠진 부분도 채웠다. 따라서 그가 이 작품의 연출에 제를로와 거의 의견 일치를 보았을 때 그의 번역은 이미 완성되어 있었다. 그는 마침내 각색에 들어가 자신의 계획대로 생략하고 집어넣고 분리하고 이어 붙였다. 변경한 부분을 원래대로 되돌리기도 했다. 자신의 구상에는 만족했지만, 막상 실행하다 보면 늘 원작을 훼손하고 있을 뿐이라는 생각이 들었기 때문이다.

각색을 끝내자마자 빌헬름은 제를로와 단원들 앞에서 낭독했다. 모두 매우 만족스러워 보였다. 특히 제를로는 호의적인 의견을 잔뜩 쏟아냈다.

그는 이렇게 말했다.

"이 작품에는 여러 외적 사건이 얽혀 있지만, 용케도 당신은 그것들을 위대한 시인이 묘사한 것보다 간단하게 풀어냈습니다. 무대 밖에서 일어나는 일, 눈에 보이지 않아 관객이 상상해야 하는 일은 마치 연기하는 배우의 뒤에 있는 배경과도 같은 것이죠. 그 배경을 함대와 노르웨이라는 커다랗고 단순한 것으로 처리한 덕분에 작품이 대단히 좋아졌어요. 배경을 모두 없애버리면 이 작품은 단순한 가정극이 될 겁니다. 여기서는 왕가 전체가 내부의 범죄와 미숙함 때문에 멸망하고 만다는 웅대한 구상이지만, 가정극이 되어버리면 충분한 품위를 지니지 못하게 되죠. 하지만 배경이 다양하고 늘 변화하고 혼란스럽다면 인물의 인상이 흐려지고 말 우려가 있습니다."

빌헬름은 다시 셰익스피어의 편을 들었다. 셰익스피어는 이 작품을 섬나라 사람들을 위해서, 즉 배경으로 배나 항해나 프랑스 해안이나 해적을 보는 데 익숙한 영국 사람들을 위해서 썼으며, 우리가 당혹스럽고 혼란스러워하는 것도 그들에게는 아주 일상적인 일이라는 것이었다.

제를로도 그 의견에 동의했다. 그리하여 두 사람은 이 작품은 어차피 독일의 무대에서 연기될 것이니, 원작보다 무게감 있고 배경도 단순하게 하는 편이 독일인의 상상력에 맞을 거라는 점에서 합의를 보았다.

---

*1 독일 작가 빌란트(Wieland)의 셰익스피어 번역판은 1762년에서 1766년까지 여덟 권으로 출간되었는데, 대부분 산문으로 번역되었다는 단점이 있지만 독일 무대에 셰익스피어를 들여온 공이 크다. 여기서 괴테가 빌란트의 번역을 언급한 것은, 문학사적 공로로 보아도 타당성이 있지만 빌란트에 대한 후배 작가로서의 예우의 뜻도 담겨 있는 것으로 보인다.

배역은 그전부터 이미 결정되어 있었다. 제를로는 폴로니어스를, 아우렐리에는 오필리아를 맡았다. 라에르테스에게는 이름이 비슷하다는 이유로 레어티즈 역할이 진작 정해져 있었다. 호레이쇼 역은 새로 들어온 단원 중에서 젊고 땅딸막하고 쾌활한 젊은이가 맡게 되었다. 왕과 망령 역할만큼은 조금 정하기 어려웠다. 두 역할을 맡을 사람으로는 호통 잘 치는 노인밖에 남아 있지 않았기 때문이다. 제를로는 왕 역할로 '훈장'을 추천했는데, 빌헬름은 거기에 완강히 반대했다. 결론은 쉽게 나지 않았다.

빌헬름은 그의 대본에 로젠크랜츠와 길든스턴을 둘 다 그대로 남겨놓았다. 제를로가 물었다.

"왜 이들을 하나로 합치지 않지요? 이걸 하나로 하는 건 쉬운 일일 텐데."

빌헬름이 대답했다.

"그렇지 않습니다. 그렇게 단축할 수는 없어요! 그러면 의미도 효과도 사라지고 맙니다. 이 두 사람의 역할과 행동은 한 사람으로 표현할 수 없습니다. 그런 사소한 것에도 셰익스피어의 위대함이 나타나 있지요. 조용히 등장해서 설설 기고 굽실거리는 처신, 뭐든지 네네 하면서 비위를 맞추는 아첨, 기민함, 잘난 척, 무엇이든지 아는 듯하지만 사실은 빈껍데기뿐인 진짜 악당, 무능함, 이런 것들을 한 사람으로 표현할 수는 없어요. 가능하다면 적어도 열두 명은 필요할 정도입니다. 그들은 무리를 이루어서야 비로소 그 존재를 드러내며, 바로 무리 그 자체이기 때문이죠. 셰익스피어는 은근하면서도 현명하게 이 무리를 그 두 사람으로 표현했습니다. 내 각색본에서는 이 두 사람을 착하고 훌륭한 호레이쇼라는 한 사람과 대조되는 인물로서 등장시킬 생각입니다."

제를로가 말했다.

"알겠소. 뭐 어떻게든 되겠죠. 한 사람은 엘미레, 호통 잘 치는 노인의 맏딸에게 맡깁시다. 그 둘이 착한 사람으로 보인다 해도 나쁠 것 없겠죠. 그 인형들에게 곱게 화장시키고 멋지게 입혀서 재미있게 만듭시다."

필리네는 극중에서 공작부인 역할을 맡게 되어 무척 기뻐하고 있었다.

"첫 번째 남편을 무척 사랑했으면서 재빨리 두 번째 남편과 결혼하는 모습을 아주 자연스럽게 연기해 보이겠어요. 엄청난 박수갈채가 쏟아질 거예요. 모든 남자가 세 번째 남편이 되고 싶다고 생각하게 만들어야지!"

아우렐리에는 이 말을 듣고 언짢은 표정을 지었다. 필리네에 대한 그녀의 반감은 날이 갈수록 커져갔다.

제를로가 말했다.

"발레 장면이 없어서 정말 아쉽군요. 발레 장면이 있으면 첫 번째 남편하고도 두 번째 남편하고도 파드되*²를 출 수 있을 텐데. 첫 번째 남편은 박자에 취해서 잠이 들고, 그러면 무대 뒤에 있는 작은 무대에서 당신의 발과 발목이 더없이 귀여워 보일 텐데 말입니다."

그녀가 쌀쌀맞게 대꾸했다.

"내 발목이 어떤지 잘 모르실 텐데요. 내 발은……"

그녀는 이렇게 말하면서 재빨리 탁자 아래로 손을 뻗어 덧신을 벗어 들고는 제를로 앞에 놓았다.

"이 덧신을 보세요. 이것보다 예쁜 게 있다면 어디 구경하고 싶군요."

제를로가 그 고급스러운 덧신을 보면서 말했다.

"어이쿠! 확실히 좀처럼 볼 수 없는 귀여운 덧신이군요."

그 덧신은 파리에서 만든 것으로, 필리네가 백작부인에게서 선물받은 것이었다. 백작부인은 발이 예쁘기로 유명했다.

"정말 매력적인 물건이군요. 보기만 해도 가슴이 설렙니다."

제를로가 외쳤다.

"어머, 과장도……"

필리네가 대꾸했다.

"이렇게 고급스럽고 아름다운 덧신보다 좋은 것은 없지만, 그냥 바라만 보기보다는 소리를 듣는 편이 훨씬 멋지겠어요."

제를로가 이렇게 말하고, 덧신을 집어 들더니 번갈아서 탁자 위에 떨어뜨렸다.

"뭐하시는 거죠? 돌려주세요."

필리네가 외쳤으나 제를로는 조심스럽게 진지함을 가장해서 말했다.

"이런 말을 해서 미안하지만, 우리 독신 남자들도 밤이면 혼자서 다른 사람들처럼 무서워하곤 하지요. 어둠 속에 있다 보면 누군가가 간절해집니다. 특히 여관이라든가 으스스한 낯선 곳에 있을 때, 마음씨 착한 아가씨가 말상대가

---

*2 pas de deux. 발레에서 두 사람이 추는 춤을 말한다.

되어주고 이것저것 시중을 들어주면 진심으로 마음이 놓이죠. 밤이 되어 침대에 누워 있을 때 뭔가 부스럭거리는 소리가 나면 소름이 오싹 끼칩니다. 그런데 문이 열리고 귀여운 속삭임이 들려오더니 조용히 다가오지요. 커튼이 펄럭이고 덧신이 또각또각 소리를 냅니다. 누군가 살금살금 들어옵니다. 그런데 혼자가 아닙니다. 아! 구두 뒤축이 마룻바닥을 울리는 그 사랑스럽고 소중한 소리. 그 모양이 사랑스러울수록 소리도 예쁘지요. 나이팅게일, 개울이 졸졸거리는 소리, 바람이 살랑거리는 소리, 오르간 소리, 피리 소리, 온갖 좋아하는 소리가 있겠지만, 나에겐 그 또각또각, 또각또각하는 소리가 제일입니다. 롱도*³에 딱 맞는 주제라고나 할까요. 아무리 들어도 질리는 법이 없지요."

필리네는 제를로의 손에서 덧신을 빼앗아 들고서 말했다.

"뒤축이 찌그러졌잖아요. 이 덧신은 나한테 너무 커요."

그러고는 잠시 그것을 만지작거리다가 이내 신발 바닥끼리 마주대고 문지르기 시작했다.

"아, 이 열나는 것 좀 봐!"

그녀는 그것을 뺨에 대고 말하고는 다시 문질러서 이번에는 제를로에게 내밀었다. 제를로는 만져보려고 아무 생각 없이 손을 뻗었다.

"또각또각!"

그녀가 외치면서 신발 뒤축으로 그의 손을 사정없이 내리쳤다. 그가 비명을 지르면서 손을 뺐다. 그녀가 웃으며 말했다.

"내 덧신을 보실 때는 다른 생각을 하도록 가르쳐드리죠."

"그렇다면 노인네를 어린아이 다루듯 하면 어떻게 되는지 가르쳐 드리죠!"

제를로는 이렇게 외치면서 벌떡 일어나더니 그녀를 와락 끌어안고는 몇 번이나 입을 맞추었다. 그때마다 그녀는 짐짓 반항하는 척하면서도 그대로 몸을 내맡겼다. 옥신각신하는 사이에 그녀의 기다란 머리카락은 다 풀어헤쳐지고, 두 사람은 한데 엉켰으며, 의자는 쓰러졌다. 아우렐리에는 모욕당했다는 생각에 화를 내며 자리를 떴다.

---

*3 프랑스에서 비롯된, 반복구를 포함한 짧은 시형(詩型).

제6장

새로 각색한 〈햄릿〉은 수많은 인물이 생략되었음에도 여전히 그 수가 많아서 단원들만으로는 모자랄 지경이었다.

제를로가 말했다.

"이렇게 가다가는 무대 뒤에서 프롬프터까지 끌어내 역할을 하나 맡아달라고 해야 하겠군요."

빌헬름이 대답했다.

"나도 그 프롬프터에게는 여러 번 감탄했습니다."

제를로가 말했다.

"그 사람보다 더 완벽한 프롬프터는 없을 거요. 관객에게는 전혀 들리지 않는데, 무대에 있는 우리에게는 한 줄도 빠짐없이 들리니 말이오. 그는 특별한 목청을 가지고 있어서, 우리가 대사를 까먹었을 때는 수호신처럼 낭랑한 목소리로 우리에게 속삭여 주지요. 배우가 어떤 부분을 모두 외우고 있는지를 정확히 파악했다가, 기억이 가물가물해질 것 같으면 재빨리 알아차립니다. 나도 대사를 쓱 훑어만 보고 무대에 나갔다가, 그가 말해 주는 대사를 듣고서 겨우 연기를 마친 적이 여러 번 있어요. 다만 그가 배우를 불필요한 존재로 만드는 묘한 습성이 있어서 탈이긴 하지만요. 즉 각본에 진심으로 공감해서, 감동적인 장면이 되면 낭독이 아니라 숫제 낭송을 해버리거든요. 그 나쁜 버릇 때문에 나도 난처했던 적이 몇 번 있었죠."

아우렐리에가 말했다.

"나도 언젠가 그 사람 때문에 아주 위험한 대목에서 대사가 막혔더랬어요. 다른 묘한 버릇 때문이긴 했지만요."

빌헬름이 말했다.

"그렇게 신중한 사람이 왜 그런 짓을 했을까요?"

아우렐리에가 말했다.

"그는 어떤 장면이 되자 감동한 나머지 눈물을 뚝뚝 흘렸어요. 이성을 잃은 거죠. 그런데 사실 그가 그런 상태가 되는 건 감동적인 대목에서만이 아니에요. 쉽게 말하자면, 작가의 순수한 마음이 밝고 순진한 눈을 통해 엿보이는 대목에서는 늘 그렇죠. 다른 사람이라면 단순히 좋다고만 생각할 정도의 대목에서 말이에요. 대부분의 사람은 그냥 지나치고 말 그런 대목이요."

"그런 섬세한 마음을 가진 사람이 왜 무대에는 오르지 않죠?"

빌헬름이 이렇게 묻자 제를로가 대답했다.

"쉰 목소리에다 동작이 뻣뻣해서 무대에는 맞지 않거든요. 우울증도 조금 있어서 단원들과도 잘 어울리지 못하고요. 마음을 열게 하려고 무진 애를 썼지만 소용없습니다. 그의 낭독은 정말이지 어디서 들어본 적이 없을 정도로 훌륭해요. 낭독과 열정적인 낭송과의 미묘한 구별은 누구도 감히 흉내낼 수 없죠."

빌헬름이 외쳤다.

"바로 그겁니다! 뜻밖의 귀중한 인재를 발견했어요! 저 사나운 피루스*⁴의 대사를 암송할 배우를 찾았어요!"

그러자 제를로가 말했다.

"당신 같은 열정을 지녀야지만 최종 목표를 위해 뭐든지 이용할 수 있는 거군요."

"그 대목은 삭제해야 하는데, 그러면 작품 전체가 흐리멍덩해지는 건 아닐까 하고 몹시 걱정하던 참이거든요."

빌헬름의 말에 아우렐리에가 대꾸했다.

"난 잘 모르겠는데요."

"곧 알게 될 겁니다. 셰익스피어가 신인 배우들을 등장시키는 데는 두 가지 목적이 있습니다. 첫째, 프리아모스의 죽음을 그토록 감동적으로 낭송하는 배우는 왕자 자신에게도 큰 감명을 주어, 동요하는 젊은 왕자의 양심을 뒤흔듭니다. 그래서 이 장면은 작은 극중극이 왕에게 대단히 커다란 효과를 주는 다음 장면의 전주곡이 됩니다. 햄릿은 다른 사람의 고통, 그것도 허구적 고통을 그토록 크게 동정하는 배우를 보고 자책감을 느끼고서 즉시 같은 방법으로 의붓아버지의 양심을 시험해 보려는 생각을 하게 되는 겁니다. 제2막 끝부분의 독백은 또 얼마나 훌륭합니까! 나는 그 독백이 낭송되는 것이 벌써부터 기대가 됩니다.

'아! 나란 놈은 얼마나 얼간이인가! 얼마나 한심한 겁쟁이인가!

지금 여기에 있던 그 배우는 얼마나 놀라운가!

---

*4 〈햄릿〉 제2막 제2장 참조.

단순한 헛소리와 덧없는 격정을 불태우는 것만으로도
내 마음을 내 맘대로 조종하다니! 그 창백한 얼굴!
그 눈의 눈물! 광란의 눈빛!
쉰 목소리! 몸 전체를 하나의 생각이 관통하고 있구나!
그것은 누구를 위한 것인가!
바로 헤쿠바*5를 위한 것이다! 헤쿠바와 그,
그와 헤쿠바 사이에 울어야 할 이유가 어디 있는가?'"
아우렐리에가 말했다.
"우리가 그 사람을 무대로 끌어낼 방법은 없을까요?"
"조금씩 조금씩 끌어내야겠지. 무대 연습 때, 그 부분을 연기할 배우는 곧
올 거라 하고 그때까지만 대신 읽어달라고 하면서 어떻게든 설득할 방법을 생
각해 봐야지."
제를로는 이렇게 말했다.
이 문제는 의견 일치를 보았으므로, 이야기는 망령으로 넘어갔다. 빌헬름은
왕 역할을 '훈장'에게 주는 바람에 호통 잘 치는 노인이 망령을 연기하게 된 것
이 못마땅했다. 앞으로 배우 지망생이 몇 명 더 올 것이므로 조금만 더 기다리
면 그 가운데에서 적당한 배우를 찾을 수 있을 것만 같았다.
그러므로 빌헬름이 그날 밤에 그의 예명 앞으로 온 기묘한 필체의 편지를
책상 위에서 발견했을 때 얼마나 놀랐을지는 쉽게 짐작이 가리라.
"오! 별난 젊은이여! 우리가 알기로 당신은 〈햄릿〉에서 연기할 망령을 비롯한
배우가 모자라서 몹시 곤란해하고 있습니다. 당신의 열의는 기적이라 부를 만
하지요. 우리는 기적을 행할 수는 없지만 기적 비슷한 것은 만들어 낼 수 있을
겁니다. 믿고 있으면, 필요할 때 망령이 나타날 겁니다. 용기를 내고 마음을 편
안히 가지세요. 답장은 필요 없습니다. 당신의 결심이 어떤지는 우리도 압니다."
그는 이 해괴한 편지를 서둘러 제를로에게 보여주었다. 제를로는 그것을 되
풀이해서 읽더니 마지막으로 신중한 표정을 지으며 말하기를, 이건 중대한 일
이며, 과연 이 편지의 말을 믿어도 좋을지 또는 믿을 수 있을지 신중하게 생각
해 봐야 한다는 것이었다. 두 사람은 많은 대화를 나누었다. 아우렐리에는 한

---

*5 〈햄릿〉 제2막 제2장 참조.

마디도 하지 않고 그저 이따금 빙그레 웃기만 했다. 며칠 뒤 이 편지가 다시 화제에 올랐을 때, 그녀는 그것이 제를로의 장난인 것 같다고 분명히 말했다. 그리고 빌헬름에게 참을성 있게 망령을 기다려 보라고 충고했다.

대체적으로 제를로는 매우 들떠 있었다. 떠나기로 되어 있는 배우들도 자기들이 떠났을 때 후회하게 만들려고 좋은 연기를 하기 위해 최선의 노력을 다했으며, 새로 들어온 단원들에 대한 대중의 호기심으로도 상당한 수입을 기대할 수 있기 때문이었다.

빌헬름과의 교제도 그에게 적지 않은 영향을 주었다. 예술에 대해 이전보다 많은 대화를 하게 되었다. 결국은 그도 독일인이었으며, 독일인은 자기 행동에 변명하기를 좋아하기 때문이다. 빌헬름은 그런 담화를 몇 가지 기록해 두었다. 그러나 이 이야기가 너무 자주 멈춰서는 안 되므로, 그런 연극론은 흥미 있어 하는 독자들을 위해 다른 기회에 언급하기로 하겠다.

특히 어느 날 저녁, 제를로는 폴로니어스 역할을 어떻게 연기할 것인지 이야기하면서 대단히 기분이 좋아 보였다.

그가 말했다.

"이번에는 관록 있는 인물을 최고로 연기해 볼 생각입니다. 나름대로 그의 공허함과 의미심장함, 외적인 우아함과 내적인 천박함, 솔직하면서도 아첨하는 성격, 악의 없는 교활함과 거짓된 진실성을 요소요소에서 멋지게 연기해 보일 겁니다. 이 존중할 만한 반백의, 끈기 있고 시대 흐름에 편승하는 악당을 연기면에서도 대사 면에서도 완벽한 궁정식으로 연기할 생각입니다. 작가의 대략적이고 거친 묘사도 살릴 생각이고요. 준비가 다 됐을 때는 책을 읽듯이 술술 말하고, 기분이 좋을 때는 백치처럼 떠들어댈 거요. 떠벌리기 좋아하는 촌뜨기이기도 하지만, 놀림을 받아도 새침을 떨며 태연한 얼굴을 할 거요. 어떤 역할을 이렇게 열의를 가지고 즐겁고 장난기 있게 해본 적은 거의 없습니다."

아우렐리에가 고함질렀다.

"나도 내가 맡은 역할이 그만큼 기대되면 얼마나 좋을까! 나는 오필리아를 완벽히 연기해 낼 만큼 젊지도 유연하지도 않아요. 유감이지만, 내가 아는 거라고는 오필리아의 머리를 돌게 만드는 그 감정에서만큼은 아무리 시간이 지나도 벗어날 수 없을 거라는 사실뿐이죠."

"그렇게 어렵게 생각하지 말아요. 나도 햄릿을 연기하고자 하는 강한 열망에 이 작품을 철저하게 연구했지만, 그 결과 전혀 엉뚱한 쪽에서 헤맸으니까요. 그 역할을 연구하면 할수록, 내 몸동작이 셰익스피어가 햄릿에게 부여한 동작과 전혀 다르다는 사실을 깨달았거든요. 모든 것이 햄릿이라는 역할과 긴밀하게 연관되어 있다는 사실을 곰곰이 생각해 보면 불충분하게나마 좋은 효과를 볼 수 있지 않을까 합니다."

빌헬름의 말에 제를로가 답했다.

"당신은 대단히 양심적으로 작업에 발을 들이려고 하는군요. 배우가 최대한 맡은 역할에 동화하면, 그 역할도 그만큼 배우에게 동화되어 주는 법입니다. 셰익스피어가 햄릿을 어떻게 묘사했다고요? 당신이 그것과 전혀 닮지 않았단 말입니까?"

빌헬름이 말했다.

"먼저 햄릿은 금발입니다."

그러자 아우렐리에가 말했다.

"그게 바로 지나친 추론이라는 거예요. 그런 추론은 도대체 어디서 나온 거죠?"

"덴마크인이고 북유럽 사람이니까 금발에 푸른 눈이 당연하겠지요."

"과연 셰익스피어가 그런 것까지 생각했을까요?"

"분명히 그렇게 쓰여 있는 것은 아닙니다. 하지만 다른 부분과 연관지어 보면 그런 결론이 나오죠. 햄릿은 펜싱을 하다 지쳐서 얼굴에서 땀을 흘립니다. 그러자 왕비가 '왕자는 뚱뚱하니까 잠깐 쉴 시간을 주어라' 말하죠. 그러니 금발에 뚱뚱하다고밖에 더 생각할 수 있겠습니까? 갈색 머리카락을 가진 사람이 젊고 뚱뚱한 경우는 드무니까 말이죠. 그의 변덕스러운 우울증, 연약한 슬픔, 우유부단한 성격, 이 모든 것이 금발과 뚱뚱한 체격에 딱 들어맞지 않습니까? 호리호리하고 갈색 곱슬머리를 가진 젊은이라면 더 큰 결단력과 민첩함을 기대할 수 있겠죠."

아우렐리에가 말했다.

"당신은 내 환상을 깨뜨려 놓는군요. 뚱뚱보 햄릿은 상상하고 싶지 않은데. 뚱뚱보 햄릿 따위는 집어치우세요. 원작하고 다르다고 해도 매력적이고 우리를 감동시킬 수 있는 햄릿을 연기해 주시기 바라요. 작가의 의도보다 우리의 즐거움이 더 중요하잖아요. 우리가 바라는 건 우리에게 어울리는 매력이에요."

제7장

어느 날 저녁, 소설과 희곡 중 어느 쪽이 뛰어난가 하는 논의가 벌어졌다. 제를로는 이런 논의는 무익하고 잘못된 것이며, 장르의 한계선만 넘지 않으면 소설과 희곡 둘 다 뛰어나다고 말했다.

빌헬름이 "나는 그 둘의 차이에 대해선 아직 잘 모르겠는데요" 말했다.

그러자 제를로가 답했다.

"그걸 아는 사람은 아무도 없어요. 하지만 이 문제는 곰곰이 생각해 볼 가치가 있다고 생각합니다."

그들은 이것저것 많은 이야기를 주고받았으며, 결국 대충 다음과 같은 결론을 내렸다.

소설에서든 희곡에서든 우리가 보는 것은 인간의 본성이며 행위이다. 두 문학 양식의 차이는 단순히 외적 형식에 있는 것이 아니며, 희곡에서는 인물이 말하고 소설에서는 대부분 인물이 묘사된다는 점에 있는 것도 아니다. 유감스럽게도 많은 희곡은 대화적 소설에 지나지 않는다. 그런 식으로라면 서간체로 희곡을 쓰는 일도 불가능하지 않다.

소설에서 묘사되는 것은 주로 생각과 사건이며, 희곡에서는 성격과 행위이다. 소설은 천천히 진행되어야 하며, 주인공의 생각은 어떤 방법으로든지 전체가 바쁘게 흘러가지 않도록 억제되어야 한다. 반면 희곡은 빠르게 전개되어야 하며, 주인공의 성격은 가끔씩만 억제되면서 결말을 향해 치달아야 한다. 소설의 주인공은 수동적이어야 한다. 적어도 고도로 능동적이어서는 안 된다. 그러나 희곡의 주인공에게는 능동적인 행위가 요구된다. 그랜디슨[6], 클라리사[7], 파멜라[8], 웨이크필드의 목사[9], 톰 존스[10] 등은 수동적이라고까지는 할 수 없

---

[6] 영국의 작가 리처드슨(S. Richardson)(1689~1761)의 소설 《찰스 그랜디슨 경의 이야기(The History of Sir Charles Grandison)》(1753/1754)의 주인공.

[7] 리처드슨의 소설 《클라리사 할로우(Clarissa Harlowe)》(1747/1748)의 주인공.

[8] 리처드슨의 소설 《파멜라(Pamela)》(1740)의 주인공.

[9] 영국의 작가 골드스미스(Oliver Goldsimth)(1728~1774)의 소설 《웨이크필드의 목사(The Vicar of Wakefield)》(1766)의 주인공.

[10] 영국의 작가 필딩(Henry Fielding)(1707~1754)의 소설 《톰 존스 이야기(The History of Tom Jones)》(1749)의 주인공.

으나 사건을 늦추는 인물이다. 모든 사건은 어느 정도 그들의 성격에 따라서 만들어진다. 희곡에서는 주인공의 생각에 따라 맞춰지는 것은 아무것도 없으며, 모든 것은 주인공에게 대항한다. 주인공은 인생행로에서 장해물을 치우든지 그것에 굴복한다.

그들은 다음 문제에서도 의견이 일치했다. 소설에서는 우연이 작용할 여지가 주어지지만, 그 우연은 작중인물의 생각에서 비롯한 것이어야 한다. 그와는 반대로 인간하고 상관없는 우연한 외적 사정에 의해 인간이 뜻밖의 어려움에 내몰리는 일은 희곡에서만 나타난다. 우연은 비참한 처지에 놓이기는 해도 결코 비극적인 상황에 놓이지는 않는다. 이에 반해 운명은 늘 두려운 것이어야 한다. 그리고 죄 있는 행위든 죄 없는 행위든, 서로 아무 관련도 없는 행위가 운명으로 엮이는 불행이 생길 때 최고의 의미에서 운명은 비극적이 된다.

이런 고찰을 하다 보니 이야기는 다시 저 기묘한 〈햄릿〉과 이 작품의 특징으로 돌아갔다. 주인공에게는 사상밖에 없으며, 그가 만나는 것은 사건뿐이다. 따라서 이 작품에는 조금 소설적인 구석이 있다. 그러나 전체적인 구상을 그리는 것은 운명이며, 이 작품은 무시무시한 행위로부터 출발한다. 또한 주인공은 늘 무시무시한 행위를 하게끔 강요받으므로, 이 작품은 최고 의미에서 비극적이다. 따라서 비극적인 결말밖에 있을 수 없다는 것이 이들이 내린 결론이었다.

드디어 대본 읽기를 하게 되었는데, 빌헬름은 이 대본 읽기라는 과정을 하나의 축제처럼 생각했다. 각 역할은 미리 꼼꼼하게 원작과 대조해 놓았으므로 아무런 지장도 있을 수 없었다. 모든 배우가 이 작품에 익숙했기에 빌헬름은 시작하기 전에 대본 읽기의 중요성에 대해 설명하면 되는 것이다. 음악가가 악보만 보고도 어느 정도 연주할 줄 알아야 하는 것처럼 배우는, 아니 교양 있는 사람은 한눈에도 희곡, 시, 소설의 특징을 읽어내고 완벽하게 낭독할 줄 알아야 한다. 배우가 훌륭한 작가의 정신이나 의도를 미리 파악하지 못한 상태라면 암기해 봤자 아무 짝에도 쓸모가 없다. 문장의 나열만으로는 그 어떤 효과도 거둘 수 없다고 그는 설명했다.

제를로는 대본 읽기만 잘 끝나면 다른 연습, 심지어 무대 연습에서조차도 그다지 잔소리하지 않을 생각이라고 말했다.

"배우가 공부라는 말을 입에 올리는 것보다 우스꽝스러운 일은 없거든요. 내 생각에 그것은 프리메이슨 단원들이 노동을 말하는 것과 같죠."

대본 읽기는 기대한 대로 잘 끝났다. 극단의 명성이 높아지고 수입도 좋아진 것은 이 몇 시간을 활용한 결과라고 할 수 있었다.

제를로가 다시 단둘이 되었을 때 말했다.

"빌헬름 씨, 당신이 단원들에게 그토록 진지하게 설명한 것이 유효했습니다. 그들이 당신의 기대대로 연기해 줄지는 모르겠지만 말이죠."

"어째서요?"

빌헬름이 묻자 제를로가 대답했다.

"내가 아는 한, 사람들은 상상력에 쉽게 자극받으며 어떤 허구의 이야기를 들려주면 즐겁게 듣지요. 하지만 그들에게서 창조적인 상상력을 발견하기란 어려운 일입니다. 배우들에게선 특히 그런 경향이 두드러지지요. 아름답고 멋지고 화려한 역할을 주면 누구나 크게 만족하죠. 하지만 자만심에서 주인공 자리를 꿰차고 있을 뿐, 그 이상을 생각하는 경우는 드뭅니다. 다른 사람들이 자기가 연기하는 의도를 알아줄까 하는 생각은 눈곱만큼도 하지 않죠. 작가가 작품을 쓸 때 무슨 생각을 하는지, 역할을 잘 소화해 내려면 자기의 어떤 개성을 버려야 하는지, 전혀 다른 사람이 되었다는 확신을 가지고 관객에게도 그렇게 확신시키려면 어떻게 해야 하는지, 진실한 연기력으로 무대를 신전으로 바꾸고 마분지로 만든 배경을 숲으로 보이게 하려면 어떻게 하면 좋은지, 이런 것들을 생생하게 파악할 줄 아는 배우는 아주 드물지요. 이러한 정신의 내적 강도만이 관객의 눈을 속이고, 이러한 허구의 진실만이 효과를 낳으며 환상을 불러일으킨다는 사실을 누가 이해하고 있을까요?

그러니 우리도 정신이니 감정이니 하는 복잡한 말은 그만두기로 합시다! 우리 단원들에게는 먼저 문장의 의미를 차근차근 설명하고 이해시키는 것이 가장 확실한 방법이에요. 그러면 소질이 있는 사람은 재치 있고 감수성 풍부한 표현을 빠르게 익힐 것이고, 소질이 없는 사람이라도 최소한 전혀 엉뚱한 연기나 대사를 하지는 않겠지요. 일반적으로도 적용되는 말이지만, 대부분의 배우가 문장조차 잘 이해하지 못하는데 정신이 이러니저러니 말하는 것만큼 꼴사나운 일도 없거든요."

제8장

첫 번째 무대 연습 때, 빌헬름이 너무 빨리 나온 바람에 무대에는 아무도 없었다. 그런데 그 무대의 모습은 그를 놀라게 했으며, 또한 묘한 추억을 불러일으켰다. 숲과 마을을 나타낸 배경은 고향 마을에서 본 무대, 그것도 무대 연습 때 본 것과 똑같았기 때문이다. 그날 아침 마리아네는 처음으로 그에게 사랑을 고백하고, 처음으로 행복한 밤을 약속해 주었었다. 무대의 농가도 고향의 농가와 똑같았는데, 이것은 어떤 무대에서나 거의 비슷하다. 반쯤 열린 덧창으로 실제 아침 햇살이 들어와 문 옆에 대충 고정해 놓은 벤치의 일부를 비추었다. 하지만 아쉽게도 아침 해는 그때처럼 마리아네의 무릎과 가슴을 비춰주지는 않았다. 그는 벤치에 앉아 그 묘한 일치에 대해 곰곰이 생각해 보았다. 당장에라도 이 자리에 마리아네가 나타날 것만 같았다. 아! 하지만 거기에는 이 배경을 필요로 하는 공연이 그 무렵 독일 무대에서 자주 상연되었다는 것 말고 다른 의미는 없었다.

다른 배우들이 도착했기에 그의 상념은 멈추었다. 마침 대기실에 자주 얼굴을 비추는 단골 관객 두 사람이 들어와서 빌헬름에게 매우 반갑게 인사했다. 한 사람은 멜리나 부인에게 관심 있는 듯이 보였지만, 다른 한 사람은 진정 연극을 사랑하는 사람이었다. 훌륭한 극단이라면 어느 곳이든 환영할 만한 사람이었다. 그들이 연극에 정통한 사람인지 단순한 연극 애호가인지는 가늠하기 어려웠다. 그러나 연극에 정통한가 아닌가와는 별개로 대단한 연극 애호가임은 분명했다. 또한 좋은 것은 존중하고 나쁜 것은 거부할 만한 안목은 갖고 있었으나, 한편으로는 연극을 너무 사랑하는 나머지 그다지 완성도가 높지 않은 작품까지 높이 평가했다. 연극이 시작되기 전부터 가슴을 두근거리고, 연극을 다 보고 나면 그것을 회상하면서 다시 즐기는 것은 그들에게는 무엇과도 바꿀 수 없는 근사한 즐거움이었다. 무대 소품조차도 그들에게는 기쁨이었으며, 정신적인 것은 그들을 황홀하게 했다. 줄거리를 많이 잘라버린 부분 연습만 보고도 환상을 불러일으키는 연극광들이었다. 그들에게는 결점은 멀리 있는 사물처럼 눈에 들어오지 않았으며, 반면에 좋은 점은 가까이에 있는 사물처럼 가슴을 울렸다. 요컨대 그들은 모든 예술가가 저마다 자기 분야에서 있어주기를 바라는 그런 애호가였다. 그들은 무대 뒤편에서 관람석으로, 관람석에서 무대 뒤편으로 마음껏 왔다 갔다 했는데, 특히 그들이 마음에 들어한 곳은 대기실이었다. 그들은 배우들의 자세이며 의상, 낭독, 낭송을 열심히 지적해 주고, 단원들이 거둔 효과에 대해 활발하게 토론했다. 또한 배우들이 딴 데 한눈팔지 않고 집중해서 정확하게 연기하도록 끊임없이 잔소리하고, 때로는 모두에게 화를 냈으며, 자그마한 선물을 주기도 하고, 그다지 큰돈 들이지 않고 배우들에게 즐거움을 마련해 주기도 했다. 두 사람은 연습이나 상연 때 무대에 올라와도 좋다는 특권을 가지고 있었다. 〈햄릿〉의 연출에 대해서는 모든 점에서 그들과 빌헬름의 의견이 일치하는 것은 아니었다. 빌헬름은 가끔은 양보했지만, 대부분은 자신의 의견을 고수했다. 그리고 그런 토론은 그의 성향을 굳건히 하는 데 도움이 되었다. 그는 두 사람에게 자기가 얼마나 그들을 고맙게 생각하는지 솔직하게 털어놓았다. 그들은 이 공동 노력이 독일 연극의 새로운 시대를 열어가는 데 보탬이 되리라 예언했다.

무대 연습 때 이 두 사람이 있어준 것은 대단히 도움이 되었다. 특히 그들이 주장한 것은 무대 연습 때도 상연 때처럼 생각하는 자세나 동작을 늘 대사와 연결시켜서 모든 것이 습관적으로 일치하도록 해야 한다는 점이었다. 그중에서도 비극을 연습할 때 손으로 쓸데없는 동작을 해서는 안 된다. 무대 연습 때 코담배를 피는 비극 배우를 보면 불안해지는데, 그런 배우는 상연 때 틀림없이 같은 장면에서 한 모금 피우고 싶어지기 때문이다. 또한 짧은 구두를 신어야 하는 역을 맡은 배우는 장화를 신고 연습해서는 안 된다. 무대 연습 때 여배우가 치마 주름에 손을 찔러 넣고 있는 걸 보는 것만큼 고통스러운 일은 없다. 그들은 이렇게 단언했다.

그 밖에도 두 사람의 설득으로 매우 유익한 일이 생겼다. 즉 남자 배우 전원이 군사교육을 받게 된 것이다. "군인 역이 많이 나오지 않습니까?" 그들이 말했다. 그리고 최소한의 교련도 받지 않은 사람이 대위나 소령의 제복을 입고 무대 위를 활보하는 모습을 보는 것만큼 한심한 일은 없다고 덧붙였다."

빌헬름과 라에르테스 두 사람은 처음으로 어느 하사관에게 교육을 받았다. 그들은 동시에 펜싱 연습도 열심히 계속했다.

이렇게 두 사람은 극적으로 모집된 극단을 양성하는 데 엄청난 노력을 기울였다. 관객들은 그들의 도가 너무 지나치다고 비웃었지만, 그들은 언젠가는 관객들도 만족해 주리라 믿고 준비했다. 그러나 배우들은 이 두 사람을 그다지

고마워하지 않았다. 특히 배우에게 중요한 점, 즉 커다란 목소리로 또박또박 대사를 말하는 것이 배우의 의무라는 점을 강조했기 때문이다. 이 문제에 대해서는 두 사람이 상상도 하지 못한 저항과 반발이 있었다. 대부분의 단원들은 지금까지 해온 대로 목소리를 내도 충분히 들린다고 주장하며, 관객에게 들리도록 대사를 말하려고 노력하는 사람은 아무도 없었다. 어떤 사람은 건물의 결함을 탓했고, 어떤 사람은 자연스럽게 힘을 빼고 부드럽게 말해야 할 때 큰 목소리를 낼 수는 없지 않느냐고 반박했다.

무한한 인내심을 가지고 있는 두 애호가는 모든 수단을 동원해서 이 갈등을 해결하고 그들의 고집을 꺾으려고 애썼다. 그들은 논리적으로 설득했으며, 때로는 어르고 달래서 마침내 목적을 이루었다. 그때 빌헬름의 좋은 사례가 특히 도움이 되었다. 그는 연습 때 두 사람을 가장 먼 자리에 앉히고, 분명히 들리지 않을 때는 곧바로 벤치를 열쇠로 두드려 달라고 부탁했다. 그는 또박또박 발음하고 목소리 크기를 적당히 조절해 가며 점차 연기에 열중했는데, 가장 격렬한 대목에서도 고래고래 소리 지르지는 않았다. 열쇠 소리가 울리는 횟수는 연습을 거듭할수록 줄어들었다. 다른 단원들도 차츰 이 방법을 받아들이게 되었으며, 마침내 이번 연극은 극장 구석구석까지 안 들리는 사람이 없도록 울려 퍼지리라 기대할 수 있게 되었다.

이 예만 보아도 인간이란 얼마나 자기중심적인 방식만으로 그 목표에 다다르려고 하는지, 본디 자명한 것을 이해시키는 데도 얼마나 많은 노력을 기울여야 하는지, 무언가를 이뤄내고자 하는 사람이 상대방에게 그 계획을 가능하게 하는 기본 조건을 받아들이게 하는 일이 얼마나 어려운지를 알 수 있다.

제9장

무대장치와 의상, 그 밖에 필요한 것들이 착착 준비되었다. 빌헬름은 몇몇 장면과 몇몇 대목에 기발한 제안을 했고, 제를로도 그것을 받아들였다. 계약할 때의 약속을 고려한 동의이기도 하고 자기도 이해했기 때문이기도 하지만, 동시에 그는 이런 교섭을 통해 빌헬름의 환심을 사서 다음 기회에 그만큼 유리하게 자기 계획대로 따르게 할 생각이었다.

예를 들면 빌헬름의 제안이란 이런 것이었다. 첫 번째 알현 장면에서 왕과 왕비는 막이 오를 때부터 왕좌에 앉아 있고 신하들은 그 옆에 서 있으며, 햄릿은 눈에 띄지 않게 신하들 사이에 서 있게 하자는 것이었다.

"햄릿은 꼼짝도 안 하고 있어야 합니다. 검은 옷을 입고 있는 것만으로도 충분히 눈에 띄니까요. 그는 눈에 보이지 않게 숨어 있어야 합니다. 알현이 끝나고 왕이 그에게 아들로서 말을 걸 때 비로소 앞으로 나와야 하며, 그럼으로써 이 장면이 진행될 수 있도록 해야 합니다."

또 다른 성가신 문제는 햄릿이 어머니와 만나는 장면에서 격한 목소리로 언급하는 두 점의 초상화에 관한 것이었다.

빌헬름이 말했다.

"둘 다 등신대로 만들어서 무대 뒤쪽 가운데 문 옆에 걸었으면 좋겠습니다. 그리고 선왕의 초상화는 망령과 똑같이 완전무장해야 하며, 망령이 나타나는 쪽과 같은 쪽에 걸어두어야 합니다. 또 오른손으로는 뭔가 명령을 내리는 자세를 취하고, 몸을 옆으로 돌려서 어깨 너머로 보는 자세였으면 좋겠습니다. 망령이 문으로 나가는 순간에 초상화와 망령을 완전히 일치시키기 위한 것이죠. 그 순간 햄릿이 망령을 보고 왕비가 초상화를 보게 하면 효과는 매우 클 것입니다. 그때 의붓아버지는 공식적인 국왕의 옷차림을 하고 있어야 하는데, 선왕보다는 화려하지 않도록 그리는 게 좋겠죠."

그 밖에도 여러 문제점이 있었지만, 여기에 대해서는 또 다른 곳에서 말할 기회가 있을 것이다.

"마지막에 햄릿이 죽어야만 한다는 점에 대해서도 당신은 양보하지 않겠지요?"

제를로가 묻자 빌헬름이 말했다.

"햄릿을 살려둘 수는 없습니다. 작품 전체가 그를 죽음으로 내몰고 있으니까요. 거기에 대해서는 충분히 이야기하지 않았나요?"

"하지만 관객은 살리고 싶어할 텐데."

"다른 친절이라면 얼마든지 관객에게 베풀 수 있지만 이것만큼은 안 됩니다. 우리도 만성질환으로 죽어가는 훌륭하고 유능한 사람을 보면 그가 더 오래 살기를 바라게 됩니다. 가족들은 울며 의사에게 매달리지만, 의사라도 목숨을 살릴 수는 없지요. 의사가 자연의 필연성에 저항할 수 없듯이, 우리도 누구나 인정하는 예술의 필연성을 거스를 수 없습니다. 관객이 품어야 할 감정이 아니라 품고 싶어하는 감정을 불러일으키는 것은 관객에 대한 그릇된 양보입니다."

"돈을 내는 사람은 누구든 자기가 좋아하는 상품을 고를 수 있지요."

"어느 정도는 그렇지요. 하지만 관객은 존중해 줘야지 어린아이 취급해서 돈을 가로챌 수는 없습니다. 관객에게는 좋은 작품을 보여줌으로써 점점 좋은 작품에 대한 감각과 취미를 길러주어야 합니다. 그러면 그들은 두 배는 만족스럽게 돈을 낼 겁니다. 오성은커녕 이성조차도 이 지출을 비난할 수 없으니까요. 장래에 대한 눈을 뜨도록 일깨우기 위해서라면, 귀여운 아이에게 그렇듯이 관객의 비위를 맞출 수도 있겠죠. 하지만 계속해서 그릇된 감정을 가지게 하면서 그것을 이용하기 위해 귀족이나 부자에게 알랑거리듯이 관객의 기분을 맞출 수는 없는 노릇입니다."

이런 식으로 두 사람은 그 밖에도 몇 가지를 논의했는데, 그것은 주로 이 작품에 더 손볼 부분은 없는지, 어떤 부분을 건드리면 안 되는지 하는 것이었다. 여기에 대해서는 더 깊이 들어가지 않도록 하겠다. 언젠가 이 개작된 〈햄릿〉을 관심 있으신 독자 여러분께 보여드릴 기회가 있으리라 생각한다.

제10장

엄청나게 오랜 시간을 끌었던 총연습도 끝났다. 제를로와 빌헬름은 아직도 신경 쓰이는 부분이 잔뜩 있었다. 준비에 많은 시간을 들였음에도 꼭 필요한 것들이 마지막 순간까지 갖추어지지 않았기 때문이었다.

이를테면 두 국왕의 초상화가 아직 완성되지 않았다. 망령을 누가 맡을지가 아직 정해지지 않아서, 엄청난 효과가 기대되는 햄릿과 어머니가 만나는 장면에서 쓰일 초상화가 아직 그려지지 않았던 것이다. 이런 판국에 제를로는 농담을 했다.

"망령이 나타나지 않아서 보초병이 허공에 대고 칼을 휘젓게 되고 프롬프터가 무대 뒤에서 망령의 대사를 말할 수밖에 없는 처지가 되면, 결국 우리는 멋지게 망하겠는걸."

"우리가 믿지 않으면 그 신비로운 친구도 달아나 버릴 겁니다. 그 사람은 분명 극적인 순간에 나타나 우리와 관객을 놀라게 해줄 겁니다."

빌헬름이 이렇게 말했다. 그러자 제를로가 외쳤다.

"틀림없이 그럴 겁니다. 내일 연극이 끝나면 얼마나 기쁠까요! 생각보다 훨씬 힘든 일이 많았습니다."

이때 필리네가 말했다.

"내일 연극이 끝나면 제일 기뻐할 사람은 나예요. 내 역할은 별것도 아니지만 말이에요. 수백 번 연극을 해도 연극이 끝나면 금세 잊고 말 것을 가지고 허구한 날 똑같은 말만 듣는 게 얼마나 지긋지긋한지! 제발 골치 아픈 이야기는 이제 그만하세요. 한번 식탁을 떠난 손님은 나중에 어떤 진수성찬에도 트집을 잡는 법이죠. 그들은 집으로 돌아가서, 그렇게 참고 견디기 힘든 자리에 어떻게 있었는지 알 수가 없다는 둥 하며 투덜거리는 거예요."

"필리네 양, 당신의 그 비유를 내 변명에 좀 쓰겠습니다."

빌헬름이 말했다.

"한 향연이 열릴 때까지 얼마나 많은 것을 자연과 기술, 상업, 공업, 수공업이 하나가 되어 만들어 내야 하는지 한번 생각해 봐요. 우리 식탁에 오르기까지 사슴은 숲 속에서, 물고기는 강이나 호수에서 오랜 세월을 보냅니다. 또 주부나 요리사는 모든 음식을 부엌에서 조리합니다. 우리는 먼 곳에 있는 양조업자나 뱃사공, 술 창고 관리인의 수고 따위는 전혀 신경 쓰지 않은 채, 처음부터 포도주가 거기 있었던 것처럼 식후에 홀짝 마셔버리지요. 어차피 쾌락이 일시적인 것이라고 해서 그 모든 사람이 일하지 않고 만들지 않고 운송하지 않아도 되는 걸까요? 한 집안의 가장이 그 모든 것을 사들이고 저장해 놓지 않아도 될까요? 어떤 쾌락이든 일시적인 것은 없습니다. 쾌락이 주는 인상은 오래도록 남기 때문이죠. 우리가 노력하고 애써서 공연하는 작품은 관객에게도 보이지 않는 힘을 줍니다. 그 힘이 얼마나 큰 작용을 하는지 우리는 모르지만 말이죠."

필리네가 말했다.

"그런 건 아무래도 좋아요. 남자들은 언제나 모순투성이라는 걸 이번에도 알았어요. 위대한 작품을 훼손하지 않으려고 벌벌 떨면서, 이 작품에서 가장 훌륭한 생각은 싹둑 잘라냈으니 말이에요."

빌헬름이 물었다.

"가장 훌륭한 생각이라니요?"

제를로가 말했다.

"네! 햄릿조차도 자랑스러워하는 생각 말이에요."

"그게 어느 부분이죠?"

"만약 당신이 가발이라도 쓰고 계신 거라면 시원하게 벗겨드리기라도 하련만! 분별할 수 있는 눈을 뜨게 해드리고 싶으니까 말이에요."

다른 사람들은 필리네가 한 말의 의미를 생각했고 대화는 멈추었다. 모두 자리에서 일어서 있었다. 밤도 깊어진 시간이라 모두 헤어져 방으로 돌아가고 싶어했다. 다들 어찌해야 할 바를 모르고 우두커니 서 있자, 필리네가 우아하고 아름다운 곡조로 노래를 부르기 시작했다.

밤의 고독을
그렇게 구슬픈 목소리로 노래하지 마세요.
오! 아름다운 이들이여,
밤은 즐거운 모임의 시간이랍니다.

일찍이 여자가 남자에게
아름다운 반쪽이었던 것처럼
밤은 이 세상의 반쪽
가장 아름다운 반쪽이니.

낮은 기쁨에 찬물을 끼얹을 뿐.
그런 낮이 어찌 즐거우리오?
기분전환에는 좋지만
다른 데는 아무짝에도 쓸모가 없지요.

하지만 밤이 오면
향기로운 등불은 어둠을 몰아내고
입술에 입술을 맞추고
장난과 사랑의 말이 속삭여지네.

낮에는 사납게 불타며 달려가는
성급하고 경솔한 아모르도
밤이 되면 조그만 선물에도
짧은 장난에도 발길을 멈추네.

나이팅게일은 연인들에게
부드럽게 사랑의 노래를 불러주네.
감옥에 갇힌 사람, 슬픔에 잠긴 사람들에게는
탄식의 노래로 들릴지라도.

은밀히 가슴을 두근거리며
그대들은 종소리에 심취하네.
천천히 열두 시를 알리는
안식과 휴식을 부르는 종소리에.

그러니 착한 사람이여
날마다 긴긴 낮 동안에는
고통이 있으며
밤에는 즐거움이 있음을 명심하기를.

노래를 마치자 필리네는 가볍게 허리를 숙였으며, 제를로는 큰 소리로 브라보를 외쳤다. 그녀는 문밖으로 뛰쳐나가 깔깔 웃으며 멀어져 갔다. 그녀가 계단을 내려가면서 노래하는 소리와 발뒤축을 울리는 소리가 들렸다.

제를로는 옆방으로 들어갔다. 빌헬름이 아우렐리에에게 밤 인사를 하는데 그녀는 잠시 서 있다가 이렇게 말했다.

"정말이지 비위에 거슬리는 여자예요. 정말 싫어요. 아주 사소한 동작까지 말이에요. 금발이면서 오른쪽 곱슬머리만 갈색이라니! 오빠는 관심이 있는 것 같지만 나는 쳐다보기도 싫어요. 이마의 상처도 천박하고 기분 나빠요. 늘 열 걸음 이상은 떨어져 있고 싶다니까요. 요전에, 어렸을 때 아버지가 얼굴에 접시를 집어던져서 흉터가 남은 거라고 농담처럼 말하더군요. 눈과 이마에 '이 여자를 조심하라'고 쓰여 있는 것 같지 뭐예요?"

빌헬름은 아무런 대꾸도 하지 않았다. 아우렐리에는 점점 부아가 치미는지 이렇게 말했다.

"저 여자한테 친절하고 정중한 말은 도저히 못하겠어요. 난 그만큼 저 여자가 싫어요. 그런데도 저 여자는 내게 자꾸만 알랑거려요. 저런 여자는 딱 질색이에요. 빌헬름 씨, 당신도 저 여자한테 어느 정도는 호감을 갖고 계신 것 같더군요. 그런 모습을 보노라면 가슴이 아파와요. 그럴 만한 가치도 없는 여자한테 존경에 가까운 관심을 드러내고 계시니 말이에요."

"그녀가 어떤 여자든 나는 그녀에게 신세를 졌습니다. 그녀의 태도에 비난의 여지가 있다 하더라도 그녀의 인격은 공평하게 봐주어야 하죠."

"인격이라고요? 저런 여자한테 인격이 있다고 생각하세요? 아, 남자들이란! 이제야 남자들을 알겠군요. 당신네 남자들은 저런 여자가 좋은 거예요."

"날 의심하는 겁니까, 아우렐리에 양? 그녀와 함께 보낸 시간은 1분, 아니 1초 단위로 설명할 수 있어요."

"됐어요. 이미 늦었으니 싸움은 그만두도록 해요. 남자는 다 똑같아요. 안녕히 주무세요, 빌헬름 씨. 안녕히 주무세요, 내 예쁜 극락조 양반!"

빌헬름은 자기를 왜 그런 별명으로 부르는지 이유를 물었다.

"다음에 설명해 드리죠. 극락조는 발이 없어서 하늘을 날아다니며 에테르를 먹고 산대요. 물론 지어낸 이야기죠. 시적인 이야기요. 그럼 안녕히 주무세요. 운이 좋다면 멋진 꿈이라도 꾸시고요."

그녀는 그를 혼자 남겨두고 자기 방으로 들어갔다. 그도 서둘러 자기 방으로 올라갔다.

그는 화가 난 마음을 달래려고 방 안을 서성거렸다. 아우렐리에는 농담조로 말했지만 그 단호한 말투에 그는 상처를 입었다. 그는 그녀의 주장이 순 억지라고 생각했다. 그는 필리네를 매정하고 쌀쌀맞게 대할 수는 없었다. 그녀가 그에게 무슨 잘못을 한 것도 아니었다. 게다가 그는 그녀에게 조금도 애정을 느끼지 않았다. 그 점은 스스로 돌이켜 볼 때 자신 있게 말할 수 있었으며, 한 점 부끄러움도 없었다.

옷을 벗고 침대 옆으로 가서 커튼을 열려는데, 침대 앞에 웬 여자의 덧신이 한 켤레 있는 것을 보고 깜짝 놀랐다. 한쪽은 세워져 있고, 한쪽은 뉘어 있었다. 틀림없이 필리네의 덧신이었다. 커튼도 조금 흐트러져 있는 것 같았다. 아니, 흔들리고 있는 것 같았다. 그는 그 자리에 우두커니 서서 그 광경을 가만히 노려보았다.

그는 화가 치밀어 올라 숨이 막힐 것만 같았다. 잠시 숨을 고른 뒤에 차분한 목소리로 이렇게 말했다.

"일어나요, 필리네! 이게 무슨 짓입니까? 당신의 현명함과 정숙함은 어디로 간 거죠? 내일 아침 온 극단에 소문이 퍼졌으면 좋겠어요?"

아무 반응이 없었다.

"농담이 아닙니다. 이런 장난은 잘못된 것이에요."

아무 소리도 나지 않았으며, 아무런 움직임도 없었다.

마침내 결심하고서 침대로 척척 걸어가 커튼을 열어젖혔다.

"일어나요! 오늘 밤 당신에게 방을 빌려줄 생각은 없습니다."

놀랍게도 그의 침대는 텅 비어 있었다. 베개와 이불을 만진 흔적도 없었다. 주위를 둘러보고 샅샅이 뒤져보았지만 누가 있는 기척은 없었다. 침대 뒤와 난로나 선반 뒤에도 아무것도 없었다. 그는 계속해서 열심히 뒤지고 다녔다. 심술궂은 관찰자가 봤다면, 그가 필리네를 찾고 싶어서 돌아다니는 거라고 생각했을 것이다.

잠은 진작 달아났다. 그는 덧신을 책상 위에 놓고, 방 안을 돌아다니다가 이따금 책상 옆에 멈춰 섰다. 장난을 좋아하는 수호신이 그 모습을 보았더라면, 그가 밤새 그 사랑스러운 덧신 옆을 떠나지 못하고 기쁜 마음으로 그것을 바라보고 손에 들어보고 만지작거리다가 새벽녘이 되어서야 옷을 입은 채 침대에 쓰러져 야릇한 공상에 잠겨서 잠들었다고 하리라.

아닌 게 아니라 제를로가 들어왔을 때, 빌헬름은 아직도 자고 있었다.

제를로가 소리를 질렀다.

"세상에! 아직도 자고 있습니까? 이게 무슨 일인지 원! 무대로 찾으러 갔는데 안 보인다 했더니. 무대에는 아직 할 일이 산더미처럼 많은데!"

제11장

오전과 오후 시간이 눈 깜짝할 새에 지나갔다. 극장은 이미 만원이었다. 빌헬름은 서둘러 옷을 갈아입었다. 처음으로 의상을 입어봤을 때는 넉넉한 듯했지만 지금은 그런 기분을 느낄 틈도 없었다. 허둥지둥 옷을 입었다.

대기실로 여배우들을 찾아가 보니 그녀들은 저마다 제대로 되는 게 하나도 없다는 둥, 아름다운 깃털 장식이 비뚤어져 있다는 둥, 버클이 헐렁하다는 둥 하며 흠집을 잡고는 다시 풀었다가 꿰매거나 핀으로 고정하거나 했다. 서곡이 시작되었다. 필리네는 주름 장식을 트집 잡았고, 아우렐리에도 망토가 이러쿵저러쿵하며 한마디 했다. 빌헬름이 "그대로 두십시오! 햄릿은 단정하지 않은 편이 더 어울려요!" 외쳤지만 여자들은 그를 놓아주지 않고 계속해서 치장하느라고 정신이 없었다. 서곡이 끝나고 연극이 시작되었다. 그는 거울을 들여다보고 모자를 깊이 눌러쓰기도 하고 화장을 다시 고치기도 했다.

그때 누군가가 뛰어 들어와서 "유령이다! 유령이다!" 외쳤다.

빌헬름은 온종일 너무 바빴기 때문에 정말로 유령이 나타나 줄까 하는, 가장 신경 쓰이는 이 문제를 생각해 볼 여유가 없었다. 그런데 이제 그런 걱정은 완전히 사라져 버린 것이다. 무대감독이 와서 이것저것 물어보는 바람에 빌헬름은 그 유령을 보러 갈 틈조차 없었다. 다만 서둘러 왕좌로 달려갔더니 이미 왕과 왕비가 궁정 신하들에게 둘러싸여 화려하게 빛나고 있었다. 그는 호레이쇼의 마지막 대사만을 겨우 들을 수 있었다. 호레이쇼는 망령의 출현으로 몹시 당황하여 자기 역할조차 거의 잊어버린 듯이 보였다.

막이 오르자 만원 객석이 눈앞에 드러났다. 호레이쇼가 대사를 다 말하고 왕 앞에서 물러나 빌헬름 쪽으로 와서, 왕자에게 하는 투로 말했다.

"망령은 갑옷을 입고 있었습니다. 우리 모두를 공포에 떨게 했습죠."

그동안에도 흰 망토를 입고 두건을 쓴 키 큰 두 남자가 무대 뒤에서 보일 따름이었다. 빌헬름은 방심하고 초조하고 당황한 가운데 첫 번째 독백도 제대로 하지 못한 것 같은 기분이 들었다. 퇴장할 때 성대한 갈채를 받았음에도, 이어서 소름끼치도록 극적인 겨울밤 장면에 등장할 때도 그다지 흥이 나지 않았다. 그러나 이내 마음을 고쳐먹었다. 교묘하게 끼워 넣은 덴마크인의 주연과 주량에 관한 대사를 덤덤하게 읊었을 때는 관객들처럼 유령 따위는 까맣게 잊고 있었다. 그래서 호레이쇼가 "보세요, 나왔어요!" 외쳤을 때는 진짜로 까무러칠 만큼 놀라고 말았다. 그는 뒤를 돌아보았다. 키 크고 고귀한 자태, 낮게 들리는 발소리, 무거운 갑옷을 입었음에도 경쾌한 몸놀림에 그는 강렬한 인상을 받았다. 빌헬름은 돌처럼 뻣뻣하게 굳어서 나지막하게 "천사들이여, 신의 사자들이여, 우리를 지켜주소서"라는 말밖에 할 수 없었다. 그는 망령을 뚫어지게 바라보며 두어 번 심호흡한 뒤에 흥분해서 띄엄띄엄, 쥐어짜내듯이 망령에게 말을 걸었다. 그러나 그것은 그 어떤 명배우도 뛰어넘는 훌륭한 표현처럼 보였다.

이 대목에서는 그의 번역문이 크게 도움이 되었다. 원작에 충실하게 번역한 것이지만, 말의 배열이 뜻밖의 사건에 깜짝 놀라고 공포에 질린 심리 상태를 나타내기에 안성맞춤이었던 것이다.

"네가 거룩한 영이든 지옥의 악령이든
하늘의 영기를 실어왔든 지옥의 독기를 실어왔든
의도가 사악한 것이든 선한 것이든
이렇게 위엄 있는 모습으로 나타난 이상은
나와 더불어 이야기하자. 햄릿이라고 부르랴
아니면 국왕이라고 부르랴, 부왕이라고 부르랴! 오, 대답하라!"

관객들 사이에 깊은 감동이 퍼지는 것이 느껴졌다. 망령이 손짓하자, 왕자는 우레와 같은 갈채를 받으며 그 뒤를 따랐다. 무대가 바뀌어 두 사람이 멀리 떨어진 공터에 다다랐을 때, 망령이 우뚝 멈춰 서더니 뒤를 돌아보았다. 그 바람에 햄릿은 망령과 딱 붙어 서게 되었다. 그가 누구인지 너무나 궁금해서 빌헬름은 재빨리 투구의 차양 밑으로 그를 살폈다. 그러나 움푹 꺼진 눈과 잘생긴 코밖에는 보이지 않았다. 빌헬름은 조심스럽게 관찰하면서 앞에 서 있었다. 갑자기 투구 안에서 쩌렁쩌렁한, 조금은 쉰 듯한 목소리가 "나는 네 아비의 영혼이다" 말했다. 빌헬름은 너무 놀라서 두어 걸음 뒷걸음쳤다. 관객들도 흠칫 놀랐다. 모두 어딘가에서 들은 적 있는 목소리라고 생각했다. 빌헬름은 아버지의 목소리와 비슷하다고 생각했다. 이런 기묘한 감정과 기억, 객연 배우의 정체를 알고 싶다는 호기심, 하지만 그것이 그를 모욕하는 일이 되지나 않을까 하는 불안감, 이 자리에서 그에게 너무 가까이 가면 연기에도 걸림돌이 되지 않을까 하는 걱정 등으로 빌헬름은 마음이 복잡했다. 망령이 긴 대사를 하는 동안 그는 계속 자세를 바꾸고, 동요한 기색을 보이고, 어찌할 바를 모르고, 주의를 기울이는 듯하면서도 넋을 놓고 있었으므로, 망령이 모두를 공포로 몰아넣은 것과 마찬가지로 그의 연기는 모든 관객의 찬탄을 자아냈다. 망령은 슬픔이라기보다는 원한, 망령만이 가질 수 있는 길고 한없는 원한을 담아 대사를 했다. 그것은 이 세상 모든 것에서 떨어져 무한한 고뇌에 몸부림치는 위대한 영혼의 탄식이었다. 마지막으로 망령은 기묘한 방식으로 나락으로 떨어졌다. 가볍고 투명한 회색 베일이 증발하는 기체처럼 바닥에서 피어오르는가 싶더니 망령을 감싸며 사라져 버린 것이다.

햄릿의 친구들이 돌아와 검을 걸고 맹세했다. 그러나 망령은 땅속에서 두더지처럼 잽싸게 돌아다니며, 그들이 어디에 서 있든지 발밑까지 쫓아와서 "맹세하라!" 외쳤으므로 그들은 발등에 불이라도 붙은 것처럼 서둘러 장소를 바꾸었다. 장소를 바꿀 때마다 발밑에서 작은 불꽃이 일어나 더욱더 효과를 상승시키고 관객들에게 깊은 인상을 심어주었다.

이렇게 연극은 막힘없이 진행되었다. 아무런 실수도 없었으며, 모든 것이 순조로웠다. 관객들은 매우 만족스러워 보였고, 배우들의 기쁨과 의욕은 장면이 바뀔 때마다 점점 더 커지는 것 같았다.

제12장

막이 내리고 뜨거운 박수갈채가 여기저기에서 울려퍼졌다. 네 왕족의 시체가 벌떡 일어나 기뻐하며 서로 얼싸안았다. 폴로니어스와 오필리아도 무덤에서 나와, 다음 회를 광고하러 무대 앞으로 나간 호레이쇼에게 쏟아지는 우레와 같은 박수를 기쁜 마음으로 들었다. 관객은 다른 연극의 광고 따위에는 귀도 기울이지 않고 열광적으로 오늘 연극의 재연을 희망했다.

제를로가 외쳤다.

"대성공입니다! 그러니 오늘 밤은 골치 아픈 이야기는 그만두도록 하죠. 문제는 첫인상입니다. 누가 첫날에 겁을 잔뜩 집어먹었다거나 제멋대로 연기했다고 해서 이러쿵저러쿵 잔소리하지는 않겠어요."

회계원이 와서 묵직한 금고를 제를로에게 건네면서 말했다.

"첫날치고는 최고의 매출입니다. 앞으로도 기대가 돼요. 그런데 약속하신 만찬회는 어디서 하나요? 오늘은 맛있는 음식을 잔뜩 먹을 수 있겠죠?"

그들은 무대의상을 입은 채로 모여서 그들끼리 조촐한 축하연을 열기로 했던 것이다. 장소는 빌헬름이 정하고, 요리는 멜리나 부인이 준비하기로 했었다.

평소에는 무대배경을 제작하는 방을 깨끗이 치우고, 여러 무대배경들을 장식 삼아 늘어놓았다. 그래서 정원처럼 보이기도 하고 주랑처럼 보이기도 했다. 방에 들어온 사람들은 수많은 촛불에 눈이 부실 지경이었다. 아낌없이 피워놓은 향이 자욱한 연기를 이룬 가운데, 요리가 빽빽하게 놓이고 훌륭하게 꾸며진 식탁 위에 휘황찬란한 불빛이 가득했다. 모두 환성을 지르면서 그 훌륭한 준비를 칭찬했으며, 짐짓 품위 있는 태도로 자리에 앉았다. 마치 영계(靈界)의 왕 일가가 식탁에 앉아 있는 듯한 모습이었다. 빌헬름은 아우렐리에와 멜리나 부인 사이에 앉았고, 제를로는 필리네와 엘미레 사이에 앉았다. 모두 자기 자신과 자기 자리에 만족했다.

두 연극광도 함께하여 단원들을 더욱 즐겁게 했다. 두 사람은 상연 중에 몇 번이나 무대 뒤로 찾아와서 자기와 관객들이 얼마나 만족하고 있는지를 질리지도 않고 전달했다. 그리고 이 자리에서는 단원들 한 사람씩을 들어 서로를 칭찬해 주었다.

저마다의 공적과 훌륭했던 장면들이 차례차례 믿을 수 없을 만큼 뜨거운 찬사를 받았다. 식탁 끄트머리에 얌전히 앉아 있던 프롬프터도 그 사나운 피루스 연기를 크게 칭찬받았다. 햄릿과 레어티즈의 검술 시합은 아무리 칭찬해도 모자라고, 오필리아의 슬픔은 이루 표현할 수 없을 만큼 아름답고 우아했으며, 폴로니어스의 연기는 무어라 칭찬할 말이 없을 정도라고 했다. 그 자리에 있는 사람들은 다른 단원이 받는 찬사 속에서 자신을 향한 찬사를 동시에 들었으며, 그런 찬사가 곧 자신에 대한 찬사라고 생각했다.

자리에 없는 망령도 찬사와 칭찬을 받았다. 망령은 타고난 성대와 뛰어난 감각으로 그 역할을 훌륭히 소화해 냈다. 모두가 가장 이상하게 생각한 것은 그 남자가 극단 안에서 일어나는 모든 일을 훤히 알고 있다는 점이었다. 그는 화가의 모델이나 된 것처럼 초상화 속에 그 모습 그대로 그려져 있었다. 두 연극 애호가는 망령이 초상화 근처에서 홀연히 나타나 자기와 똑같은 모습으로 그려진 두 개의 초상화 앞을 지나가는 것을 보고 소름이 끼쳤다며 입을 모아 칭찬했다. 그 장면은 허구가 기가 막히게 섞여 있는 까닭에, 관객들이 왕비에게는 그 망령이 보이지 않는다고 진심으로 믿었다고 말했다. 멜리나 부인은 그 장면에서 햄릿이 아래쪽에 있는 망령을 가리키고 있는데도 줄곧 위쪽에 있는 초상화를 보고 있었던 게 매우 좋았더라는 칭찬을 받았다.

모두들 망령이 어떻게 들어왔을까 궁금해했다. 무대감독의 말로는, 평소에는 무대장치로 가려져 있지만 오늘 저녁에는 고딕풍의 홀로 사용할 거라서 열어두었던 뒷문으로 들어왔다고 했다. 흰 망토를 입고 망토의 두건을 뒤집어쓴 거구의 남자 두 명이 들어왔는데, 두 사람은 서로 분간이 가지 않을 정도로 닮아 있었으며, 제3막이 끝나자 다시 그리로 나가버린 것 같더라고 했다.

특히 제를로는 망령이 처량한 한탄조로 말하지 않았을 뿐만 아니라 진정한 영웅에 걸맞게 아들에게 용기를 주는 대사를 마지막에 덧붙였다며 칭찬했다. 그 대사를 기억하고 있던 빌헬름은 대본에 그 부분을 집어넣겠다고 약속했다.

모두 향연에 취해서, 아이들과 하프 타는 노인이 자리에 없다는 사실조차 깨닫지 못했다. 그러나 곧 그들은 매우 쾌활하게 등장했다. 모두 해괴한 차림을 하고서 나란히 들어왔다. 펠릭스는 트라이앵글을 치고, 미뇽은 탬버린을 쳤으며, 노인은 어깨에 맨 무거운 하프를 앞으로 돌려 잡고 연주했다. 그들은 식탁을 돌며 여러 노래를 불렀다. 그들에게도 음식을 주었으며, 특별히 아이들에게는 원하는 만큼 달콤한 포도주를 마시게 해주었다. 단원들은 그날 저녁 두 연극 애호가가 몇 상자나 선물한 값비싼 포도주를 잔뜩 마신 터였기 때문이다. 아이들은 폴짝폴짝 뛰어다니며 쉴 새 없이 노래했다. 특히 미뇽이 그렇게 신명난 모습을 보는 것은 처음이었다. 그녀의 탬버린 연주는 상상도 하지 못할 만큼 정교하고 신선했다. 손가락을 가죽에 대고 재빨리 움직여 소리를 내는가 하면, 손등이나 주먹으로 치기도 하고, 다양한 박자로 가죽 부분을 무릎이나 머리에 부딪치거나 방울만을 울려가며, 그 단순하기 짝이 없는 악기에서 참으로 다채로운 음색을 내는 것이었다. 그렇게 한참을 신나게 연주한 뒤에 아이들은 빌헬름의 맞은편 안락의자가 비어 있는 것을 보고 그곳에 앉았다.

제를로가 소리쳤다.

"그 자리는 비워두어라! 거긴 아마 망령을 위한 자리일걸. 망령이 오면 너희들 혼날 텐데!"

미뇽이 말했다.

"망령 같은 건 무섭지 않아요. 오면 비켜주죠, 뭐. 그 망령은 제 숙부예요. 저한테 해를 끼칠 리 없다고요."

그녀가 어릴 적에 자기가 아버지라고 여긴 사람을 '큰 악마'라고 불렀다는 사실을 모르는 사람은 그 말뜻을 알아차리지 못했다.

단원들은 서로 얼굴을 보았을 뿐인데, 제를로가 망령의 정체를 알고 있다는 의심은 갈수록 더 짙어졌다. 모두 신나게 떠들고 신나게 마셨다. 여자들은 이따금 겁에 질려 문 쪽을 바라보았다.

커다란 팔걸이의자에 앉은 아이들은 상자에서 얼굴을 내민 어릿광대 인형처럼 식탁 위에 얼굴만 삐죽 내밀고 있었는데, 그 모습 그대로 인형극을 하기 시작했다. 미뇽은 태엽이 끼익끼익거리는 소리를 똑같이 흉내 내고는 진짜 나무 인형이 아니면 견뎌내기 어려울 정도로 심하게 자기 머리를 다른 아이의 머리에 부딪치기도 하고 식탁 모서리에 부딪치기도 했다. 미뇽은 꼭 미친 것처럼 야단법석을 떨었다. 처음에는 모두들 재미있어하며 웃었지만 나중에는 그만두는 것이 좋겠다고 말리지 않을 수 없었다. 그러나 미뇽은 들은 척도 하지 않고 벌떡 일어나서는 탬버린을 들고 미친 듯이 식탁 주위를 뛰어다녔다. 머리카락을 나풀거리고 고개를 뒤로 한껏 젖힌 채 팔다리를 공중에 내던지듯이 했다. 그 모습은 고대 미술품에서 보이는 그 기괴하고 비현실적인 자세로 지금도 우리를 깜짝 놀라게 하는 마이나데스*11를 떠올리게 했다.

아이들이 재주를 부리고 법석을 떠는 데에 자극받아 다른 사람들도 저마다 흥을 돋우고자 했다. 여자들은 카논을 두어 곡 불렀고, 라에르테스는 나이팅게일이 우는 소리를 흉내 냈으며, '훈장'은 구금(口琴)*12을 아주 작게 불어 취주곡을 연주했다. 그러는 사이에 옆에 앉은 젊은 남자와 여자들은 갖가지 장난을 벌이기 시작했다. 손을 툭툭 건드리기도 하고 깍지 껴 잡기도 하더니 몇 쌍인가는 심상치 않은 분위기마저 보이기 시작했다. 특히 멜리나 부인은 빌헬름에게 애정을 숨기지 않고 드러냈다. 밤도 깊어가기 시작했다. 유일하게 이성을 차리고 있던 아우렐리에는 일어나서 다른 사람들에게 이제 그만 헤어질 시간임을 알렸다.

제를로가 끝인사로서 불꽃놀이를 보여주었다. 어떻게 하는지는 알 수 없으나 하늘로 높이 쏘아 올리는 불꽃, 폭죽, 동그란 모양의 불꽃을 입으로 흉내

---

*11 그리스 신화에서 주신(酒神) 디오니소스를 섬기는 광란의 시녀들.
*12 철제 말굽 모양의 원시적인 작은 취주악기.

냈다. 눈을 감고 있으면 진짜 불꽃이 쏘아 올려지는 것처럼 들렸다. 모두 일어나서 여자들에게 손을 내밀고 집까지 바래다주었다. 빌헬름은 마지막으로 아우렐리에와 방에서 나갔다. 계단에서 마주친 무대감독이 "이것이 망령이 남기고 간 베일입니다. 무대 아래 장치에 걸려 있더군요. 지금 발견했습니다" 말했다.

"신비로운 유품이로군요!" 빌헬름이 말하고 그것을 받아 들었다.

그 순간 누가 그의 왼팔을 잡았다. 그는 격렬한 통증을 느꼈다. 미뇽이 숨어 있다가 그를 붙잡고 팔을 깨문 것이었다. 그녀는 그의 옆을 미꾸라지처럼 빠져나가 계단을 뛰어 내려가서 사라져 버렸다.

사람들은 모두 밖으로 나가고 나서야 자기들이 너무 많이 마셨음을 깨달았다. 그들은 작별 인사도 하지 않고 뿔뿔이 흩어졌다.

빌헬름은 방으로 돌아오자마자 옷을 훌훌 벗어던지고 불을 끄고는 침대에 파고들었다. 이내 잠이 들었으나, 난로 뒤에서 무엇인가가 부스럭거리는 소리에 눈을 떴다. 환상으로 열이 오른 그의 눈앞에 갑옷과 투구로 무장한 왕의 모습이 어른거렸다. 그는 몸을 벌떡 일으켜 망령에게 말을 걸려고 했다. 그 순간 그는 부드러운 팔이 자기 몸을 감더니 격렬한 입맞춤이 자기 입술을 막고, 어떤 것이 자기 가슴을 짓누르는 것을 느꼈다. 그러나 그에게는 그것을 밀어낼 만한 힘이 없었다.

제13장

다음 날 아침, 빌헬름은 어쩐지 불쾌한 기분을 느끼고 벌떡 일어났지만 침대는 비어 있었다. 잠을 잤는데도 말끔히 사라지지 않은 술기운 때문에 머리가 무거웠다. 간밤에 찾아왔던 낯선 방문객을 생각하자 마음이 불편해졌다. 가장 의심스러운 사람은 필리네였지만, 그가 껴안았던 보드라운 그 육체가 필리네의 것이라고는 생각되지 않았다. 빌헬름은 격렬한 애무를 받으며 그 이상하고 말없는 방문객 옆에서 잠들었지만, 지금은 그 흔적조차 찾을 수 없었다. 허둥지둥 침대에서 나와 옷을 입으며 살펴보니, 평소에는 빗장을 걸어두는 문이 반쯤 열려 있었다. 지난밤에 빗장을 단단히 걸었는지 아닌지는 생각나지 않았다.

그러나 더욱 이상한 것은 침대 위에서 발견한 망령의 베일이었다. 그 자신이 가지고 와서 거기에 던져놓은 것이라고 생각했다. 그 회색 베일의 가장자리에는 자수로 검은 글자가 새겨져 있었다. 그는 베일을 펼치고 다음과 같은 문구를 읽었다. "처음이자 마지막으로 말한다. 도망쳐라! 젊은이, 도망쳐라!" 그는 너무 놀랐으나 무슨 뜻인지 알 수 없었다.

그 순간 미뇽이 아침 식사를 가지고 들어왔다. 그는 미뇽을 보고 깜짝 놀랐다. 아니, 경악했다는 표현이 옳을 것이다. 그녀는 하룻밤 사이에 어른이 된 듯이 보였다. 기품 있고 고상한 태도로 다가와서는 진지한 눈빛으로 그의 눈을 들여다보았다. 그는 차마 그 눈을 마주 볼 수가 없었다. 그녀는 평소와 달리 그의 몸에 손을 대지 않았다. 평소에는 손을 잡거나 뺨이나 입술, 팔 또는 어깨에 입을 맞추었지만 오늘 아침은 할 일을 마치자 말없이 방에서 나갔다.

예정되었던 대본 읽기 시간이 다가오자 단원들은 하나둘 얼굴을 내밀었는데, 간밤의 축하연 탓에 모두들 정상적인 상태가 아니었다. 자기가 그토록 열띠게 주장한 원칙을 가장 먼저 자기가 어기는 일이 없도록 빌헬름은 정신을 바짝 차렸다. 평소에 훈련해 둔 덕분에 위기는 가까스로 넘길 수 있었다. 훈련이나 습관은 모든 예술에서 천부적 재능이나 변덕이 이따금 놓치는 빈틈을 메워주는 법이다.

확실히 이 기회에 앞으로도 계속될 것 같은 상태, 아니 일생을 좌우할 직업으로 발전될 일을 시작할 때 축하연부터 벌여서는 안 된다는 생각이 옳다는 사실이 입증된 것이다. 축하라는 것은 어떤 일이 성공을 거두었을 때 비로소 행해져야 한다. 처음부터 벌이는 축제는 우리로 하여금 노력과 오래 이어질 고생을 감내하게 해주는 의욕과 힘을 없애버리기 때문이다. 모든 축하 행사 중에서도 가장 부적절한 것은 결혼식 때 벌이는 떠들썩한 축하연이다. 결혼식은 가장 정숙하고 겸허하며 희망에 가득 찬 가운데 치러져야 한다.

그렇게 그날은 별다른 일 없이 지나갔다. 빌헬름은 그날처럼 무미건조하게 보낸 적이 없는 것 같았다. 저녁이 되자 모두들 예사로이 나누던 환담을 나눌 생각도 없이 하품을 하기 시작했다. 〈햄릿〉에 대한 흥미도 사라지고, 내일 있을 두 번째 공연이 귀찮게 여겨지기까지 했다. 빌헬름은 망령의 베일을 보여주었다. 그것을 본 사람들은 모두 망령이 두 번 다시 나타나지 않을 거라고 생각할 수밖에 없었다. 특히 제를로가 그런 의견이었다. 그는 그 기묘한 인물이 조언한 것까지도 알고 있는 듯했다. 그러나 "도망쳐라! 젊은이, 도망쳐라!"라는 말은 어떤 뜻인지 설명하지 못했다. 극단에서 가장 뛰어난 배우를 떠나가게 하려는 의도를 가진 듯한 인물과 제를로가 한통속이 될 수 있을 리도 없었다.

하는 수 없이 망령 역할은 호통 잘 치는 노인에게 돌아가고, 왕 역할은 '훈장'에게 넘어가게 되었다. 두 사람은 자기들이 맡은 역할을 이미 연구해 두었다고 자신 있게 말했다. 딱히 이상한 일도 아니었다. 이 연극을 수없이 연습하고 세세하게 토론한 터라, 모두들 언제 어떤 역을 맡아도 좋을 만큼 충분히 알고 있었기 때문이다. 그래도 몇 가지는 급히 연습했다. 밤이 완전히 깊어 헤어지게 되었을 때 필리네가 빌헬름에게 속삭였다.

"덧신을 가져가야겠어요. 그러니까 문을 잠그지 마세요."

방으로 돌아온 그는 적잖이 당황했다. 간밤의 손님이 필리네였을지도 모른다는 추측이 그 말로 더욱 확실해졌기 때문이다. 우리도 이 의견에 동의하지 않을 수 없다. 특히 우리는 그를 의심하거나 그에게 다른 이상한 혐의를 씌울 이유가 없기 때문이다. 그는 초조한 마음으로 몇 번이나 방 안을 서성였다. 필리네의 당부대로 빗장은 걸지 않은 채였다.

그때 갑자기 미뇽이 정신없이 방으로 뛰어 들어와서는 빌헬름을 붙잡고 "마이스터 씨, 큰일이에요! 불이 났어요!" 소리쳤다. 그가 문밖으로 뛰쳐나가 보니 위층에서 무서운 기세로 연기가 밀려 내려오고 있었다. 복도에서도 "불이야!" 외치는 소리가 들렸다. 하프 타는 노인이 악기를 껴안고서 연기 속에서 헉헉대며 계단을 뛰어 내려왔다. 아우렐리에는 방에서 뛰쳐나와 어린 펠릭스를 빌헬름의 팔에 던지듯 내맡기며 "이 아이를 부탁해요! 우리는 다른 물건을 좀 챙겨야겠어요!" 외쳤다.

그렇게 위험한 상황은 아니라고 판단한 빌헬름은 먼저 불이 난 곳을 찾아서 불길이 더 번지기 전에 꺼야겠다고 생각했다. 그는 아이를 노인에게 맡기고는, 작은 아케이드를 지나 마당으로 통하는 나선계단을 내려가 아이들과 밖에 있으라고 지시했다. 미뇽은 등불을 들고 노인의 발치를 비추어 주었다. 빌헬름은 아우렐리에에게도 같은 길을 통해 짐을 밖으로 옮기라고 말했다. 그리고 자신은 연기 속으로 뛰어들었으나, 곧 그렇게 위험을 무릅쓴 것이 헛수고였음을 깨달았다. 불길은 옆집에서 번진 것 같았다. 이미 다락방의 나무 구조물과 사다리 계단에 옮겨 붙어 있었다. 도우려고 달려온 다른 사람들도 모두 연기와 불길에 괴로워했다. 그러나 그는 모두를 격려하고, 물을 가지고 오라 소리쳤다. 설령 물러서는 한이 있더라도 한 발짝씩만 물러서자고 하면서, 자기도 그들과 함께 끝까지 남겠노라 약속했다. 그때 미뇽이 달려 올라와서 외쳤다.

"마이스터 씨, 펠릭스를 살려주세요! 할아버지가 미쳐서 펠릭스를 죽이려고 해요!"

빌헬름은 정신없이 계단을 뛰어 내려갔다. 미뇽이 그 뒤를 따랐다.

그는 아치형 문으로 나가는 계단 끝에 놀라서 멈췄다. 그곳에 쌓아두었던 짚단과 커다란 섶나무 다발이 활활 타고 있는데, 펠릭스는 바닥에 누워서 악을 쓰며 울고 있었고, 노인은 고개를 푹 꺾고 옆쪽 벽에 서 있었다. 빌헬름이 "할아버지, 이게 무슨 일입니까?" 외쳤지만 노인은 대답하지 않았다. 미뇽이 펠릭스를 안아 일으켜 겨우 마당으로 데리고 갔다. 빌헬름은 불타오르는 짚단과 섶나무 다발을 무너뜨리고 밟아서 불을 끄려고 했지만 도리어 불길을 키울 뿐이었다. 마침내 눈썹과 머리카락에까지 불이 옮겨 붙자 그는 불꽃을 헤치고 노인을 데리고 마당으로 달아났다. 노인은 수염을 태우며 마지못해 따라나왔다.

빌헬름은 마당 어딘가에 있을 아이들을 서둘러 찾아다녔다. 미뇽과 펠릭스는 멀리 떨어진 정자 어귀에 있었다. 미뇽은 펠릭스를 진정시키려고 갖은 애를 쓰고 있었다. 빌헬름은 펠릭스를 무릎 위에 앉히고, 무슨 일이 있었는지 묻기도 하고 쓰다듬어 주기도 했으나, 두 아이에게서 맥락이 닿는 이야기는 전혀 들을 수 없었다.

그러는 사이에 불길은 맹렬한 기세로 집들을 몇 채나 집어삼키며 온 동네를 환히 비추었다. 빌헬름은 불꽃의 붉은빛에 비추어 펠릭스를 살펴보았다. 상처나 핏자국은 보이지 않았으며 혹도 없었다. 온몸을 만져보았으나 아파하는 기색도 없었다. 펠릭스는 서서히 안정을 되찾았다. 놀라서 불길을 보고 있던 아이는 서까래며 대들보에 차례차례 불이 붙어 조명등처럼 빛나는 것을 보고 좋아하기까지 했다.

빌헬름은 옷가지나 그 밖에 불에 탔을지도 모르는 물건들 따위는 생각도 나지 않았다. 커다란 위험을 피한 두 아이가 자신에게 얼마나 소중한 존재인지 절실하게 느끼게 되었다. 그는 새삼스러운 감정으로 펠릭스를 가슴이 꼭 끌어안았다. 그리고 미뇽도 기쁜 마음으로 다정하게 끌어안으려고 했으나 미뇽은 그것을 부드럽게 거절하더니 그의 손을 꼭 잡았다. 그녀가 말했다.

"마이스터 씨. (그를 이런 이름으로 부르는 것은 오늘 밤이 처음이었다. 지금까지는 '주인님'이라고 부르거나 나중에는 '아버지'라고 불렀었다). 마이스터 씨, 우리는 정말 위험한 순간에 가까스로 피하게 된 것이에요. 펠릭스는 정말 죽을 뻔했거든요."

빌헬름은 이것저것 물어보고 나서야 다음과 같은 사실을 알아냈다. 미뇽이 아치형 문까지 왔을 때, 하프 타는 노인이 그녀의 손에서 등불을 빼앗더니 갑자기 짚단에 불을 붙였다. 그러고는 펠릭스를 땅바닥에 내려놓더니 괴상한 몸짓을 하며 손을 펠릭스의 머리에 얹고, 그 애를 산 제물로 삼으려는 듯 칼을 빼들었다. 그때 마침 미뇽이 달려들어 그의 손에서 칼을 빼앗고 비명을 지르자 물건들을 마당으로 나르던 사람이 집에서 뛰어나와서 그녀를 구해 주었다. 그러나 그 사람은 경황이 없는 통에 노인과 펠릭스만을 남겨두고 다시 가버렸다.

두어 채의 집이 완전히 불길에 휩싸였다. 아케이드에 불이 붙자 아무도 마당으로 나올 수가 없었다. 빌헬름은 자기 소지품보다는 친구들이 더 걱정되어 안절부절못했다. 아이들을 그대로 내버려 둘 수도 없어서 점점 더 번지는 불길을 그저 바라만 보았다.

불안한 상태에서 두어 시간이 지났다. 펠릭스는 그의 무릎에서 잠들었고, 미뇽은 그의 손을 꼭 쥔 채 옆에 누워 있었다. 진화 작업을 한 덕분에 불길은 마침내 사그라지기 시작했다. 불탄 건물들이 무너져 내렸다. 아침이 되자 아이들이 추위하기 시작했다. 그도 얇은 옷밖에 걸치지 않아서 이슬 내리는 것이 참기 어려울 지경이었다. 아이들을 타다 남은 집으로 데리고 갔다. 그들은 숯 덩어리들과 잿더미에 기분 좋게 몸을 녹였다.

날이 밝기 시작하자 친구들과 지인들이 모여들기 시작했다. 모두 무사했다. 많은 것을 잃은 사람도 없었다.

10시가 가까워지자 제를로가 〈햄릿〉의 새 배역이 정해진 부분만이라도 연습해 보자며 모두를 격려했다. 그는 경찰과도 입씨름을 벌여야 했다. 성직자들은 신께서 이런 심판을 내리셨으니 극장은 문을 닫아야 마땅하다고 주장했다. 이에 제를로는 간밤에 잃은 것을 보상받기 위해서나, 공포에 질린 사람들의 기분을 전환하기 위해서라도 지금이 재미있는 연극을 상연하기에 적절한 시기라고 주장했다. 이 의견이 통하여 극장은 만원을 이루었다. 배우들은 전에 없던 열의를 보이며 첫 공연 때보다도 열정적이고 대담하게 연기했다. 관객들은 지난밤의 끔찍한 사건으로 감정이 고조되어 있던 데다가 하루를 멍하니 무료하게 보낸 탓에 더 재미있는 오락거리를 찾고 있던 터라, 특별한 일에 더욱더 열광했다. 대부분은 연극의 평판을 듣고 처음으로 찾아온 관객들이어서 첫 공연 때와는 비교도 할 수 없을 만큼 반응이 뜨거웠다. 호통 잘 치는 노인은 그 미지의 망령을 똑같이 연기해 냈으며, '훈장'도 본디 그 역을 맡았던 배우처럼 연기를 잘했다. 그의 초라한 몰골도 한몫했다. 붉은 망토를 걸치고 담비 가죽으로 만든 흰 목도리를 매고 있음에도, 그를 가리켜 어설프게 만들어진 가난뱅이 왕이라고 욕하는 햄릿의 대사가 꼭 맞아떨어진 것이다.

아마 그 사람보다 더 이상한 경로로 옥좌에 오른 사람은 없을 것이다. 다른 사람들, 특히 필리네는 그가 새로 얻은 고귀한 신분을 몹시 놀려댔지만 그는 위대한 학자인 백작이 그를 처음 본 순간부터 이런 일을, 아니 이보다 더한 일도 예언해 주었던 것을 잊지 말았으면 한다고 말했다. 그러자 필리네는 그에게 더 겸손해지라 타이르고, 성에서 있었던 그 불행한 밤을 떠올리며 겸손하게 왕관을 쓸 수 있도록 곧 그의 겉옷 소매에다가 흰 가루를 뿌려주겠노라고 단언했다.

제14장

새 숙소를 찾는 것이 가장 급한 일이었다. 단원들은 뿔뿔이 흩어져서 찾았다. 빌헬름은 하룻밤을 보냈던 마당의 정자가 가장 마음에 들었다. 열쇠도 손쉽게 손에 넣었으므로 그리로 옮기기로 했다. 아우렐리에의 새 거처가 매우 좁아서 펠릭스를 데리고 와야 했는데, 미뇽도 소년을 보내고 싶어하지 않았다.

아이들은 깔끔한 2층 방을 점령했으며, 빌헬름은 아래층 홀을 차지했다. 아이들은 잠이 들었지만 그는 편안히 잠을 이룰 수가 없었다.

이제 막 뜬 보름달이 밝게 빛나는 아름다운 정원 저편에는 불에 타 시커멓게 된 폐허가 펼쳐져 있었는데, 여기저기서 아직 연기가 피어오르고 있었다. 공기는 상쾌했으며, 밤은 이루 말할 수 없이 아름다웠다. 극장에서 나올 때 필리네가 팔꿈치로 그를 쿡 찌르며 뭐라고 몇 마디 속삭였지만 잘 들리지 않았다.

그는 혼란스럽고 기분이 언짢았다. 그녀가 무엇을 하려고 하는 것이며, 자기가 무엇을 해야 하는지 도무지 알 수 없었다. 필리네는 며칠 동안 그를 피해 다니다가 오늘 밤 처음으로 신호를 보내온 것이었다. 유감스럽게도 빗장을 지르지 말라고 했던 문은 불타 없어지고, 귀여운 덧신은 연기로 변했다. 그녀가 이 정원으로 올 생각이라 해도, 도대체 어떻게 들어온다는 것인지 그는 통 알 수가 없었다. 그는 그녀를 만나고 싶지 않았다. 그러면서도 한편으로는 꼭 그녀에게 자신의 감정을 전달하고 싶었다.

그러나 무엇보다 그의 마음을 무겁게 짓누르는 것은 지난밤 이래 모습을 보이지 않는 하프 타는 노인의 운명이었다. 잔해를 치울 때 잿더미 밑에서 죽어 있는 그를 발견하는 것은 아닌지 두려웠다. 아무에게도 말하지 않았지만, 화재의 원인이 노인은 아닐까 그는 의심했다. 불이 붙어 연기가 자욱한 다락방에서 처음으로 도망쳐 내려온 것도 그였고, 아치형 문에서의 그 자포자기한 모습도 이 불행한 사건의 결과인 것만 같은 생각이 들었기 때문이다. 하지만 경찰의 조사 결과, 불이 일어난 것은 그가 살던 집이 아니라 그 집에서 세 번째 집이었음이 밝혀졌다. 불은 다락방을 타고 순식간에 번졌던 것이다.

빌헬름이 정자에 앉아 이런 생각들을 하고 있는데, 근처 오솔길에서 누군가가 살금살금 걸어오는 소리가 들렸다. 뒤이어 들려오는 구슬픈 노랫소리를 듣고서야 그것이 하프 타는 노인임을 알았다. 가사는 잘 들렸다. 광기의 구렁텅이에 빠진 불행한 사람을 위로하는 노래였다. 유감스럽게도 빌헬름의 기억에는 그 노래의 마지막 한 구절밖에 남아 있지 않다.

> 문가로 다가가
> 조용히 얌전하게 서 있으리라.
> 자비로운 손이 빵을 건네주면
> 나는 다시 길을 가리라.
> 사람들은 나를 보면
> 자신의 행복을 생각한다.
> 한 방울 눈물이 뺨을 타고 흐른다.
> 그러나 나는 그 눈물의 의미를 알지 못한다.

그는 노래를 부르면서, 인적 드문 거리로 이어지는 정원의 나무문으로 다가갔다. 하지만 그 문이 잠겨 있는 것을 보자 산울타리를 뛰어넘으려 했다. 빌헬름이 그를 붙잡고 부드럽게 말을 건넸다. 노인은 여기서 도망가고 싶고, 도망가야만 한다 말하며, 문을 열어달라고 간청했다. 빌헬름은 정원 밖으로 나갈 수는 있어도 마을 밖으로 나갈 수는 없다고 그를 타이르고, 그랬다가는 어떤 오해를 받을지 모른다고 설득했다. 그러나 그는 막무가내였다. 노인은 고집을 꺾지 않았다. 빌헬름도 물러서지 않고, 나중에는 반강제로 노인을 정자로 밀어 넣고서 자기도 정자에서 한 발짝도 나가지 않았다. 그리고 그와 기묘한 대화를 주고받았는데, 우리는 독자 여러분이 쓸데없는 생각이나 불안한 감정으로 괴로워하지 않도록 자세한 이야기는 생략하고 넘어가기로 하겠다.

제15장

빌헬름은 뚜렷하게 광기의 조짐을 보이고 있는 이 불행한 노인을 어쩌면 좋을지 몰라 이러지도 저러지도 못하고 있는데, 라에르테스가 그날 아침에 그를 이 난처한 상태에서 구해 주었다. 오래전부터 여기저기 기웃거리고 다니는 버릇이 있는 라에르테스는 카페에서 요즘 심한 우울증 발작으로 괴로워하는 한 남자를 만났다. 그는 그와 같은 환자를 전문으로 치료하는 지방 목사에게 보내졌는데, 그도 치료에 성공했으며, 아직 마을에 남아 있던 그 목사는 환자의 가족들에게 대단히 존경받았다.

빌헬름이 당장 그 목사를 찾아가서 노인의 증상을 털어놓자, 두 사람의 의견은 일치했다. 그래서 여러 핑계를 들어 노인을 설득한 끝에 그에게 치료를 맡길 수 있었다. 빌헬름에게 이별은 괴로웠으나 완치된 노인과 다시 만날 수 있다는 희망만이 겨우 그 슬픔을 견디게 해주었다. 노인을 가까이에서 보고 그 재기 넘치고 진심 어린 음악을 듣는 것에 너무 익숙해졌기 때문이다. 하프는 불에 타버려서 새 것을 사 들려 보냈다.

미뇽은 그나마 얼마 없던 옷가지마저 화마에 빼앗겼다. 새 옷을 지으려고 하자 아우렐리에가 슬슬 여자아이의 옷을 입히는 게 좋지 않겠느냐고 말했다.

"절대로 싫어요!" 미뇽이 소리치면서, 입던 옷이 좋다고 완강하게 주장했다.

결국 그녀의 고집에 따르는 수밖에 없었다.

단원들은 이것저것 생각할 여유가 없었다. 계속해서 연극을 상연해야 했기 때문이다.

빌헬름은 가끔 관객의 의견을 들으러 나갔다. 그가 듣고 싶은 말을 듣는 경우는 거의 드물었다. 오히려 그의 마음을 우울하게 하고 화나게 하는 의견이 많았다. 예를 들어 〈햄릿〉의 초연이 있은 직후에 어떤 젊은 남자가 아주 신이 나서 이야기하는 것을 들어보니, 그날 저녁 극장에서 대만족이었다는 것이었다. 그러나 이야기를 자세히 들은 빌헬름은 몹시 부끄러워졌다. 그 젊은 남자는 뒤에 앉은 관객들이 화를 내는데도 자기가 모자를 벗지 않고 연극이 다 끝날 때까지 참을성 있게 쓰고 있었노라 말하며 그 영웅적 행위를 떠벌린 것이었다.

다른 남자는 빌헬름은 레어티즈 역할을 매우 훌륭하게 연기했지만 햄릿을 연기한 배우한테는 그다지 만족할 수 없다고 말했다. 이 착각은 그리 부자연스러운 것만은 아니었다. 빌헬름과 라에르테스와 아주 조금이긴 하지만 닮은 구석이 없지 않았기 때문이다.

세 번째 남자는 빌헬름의 연기를, 특히 어머니와 만나는 연기를 입에 침이 마르도록 칭찬했지만, 절정 부분에서 조끼 밑으로 하얀 끈이 삐죽 나오는 바람에 환상이 확 깨진 것은 유감이라고 말했다.

그러는 동안 극단 안에도 여러 변화가 일어났다. 필리네는 불이 난 날 저녁부터 빌헬름에게 접근하려는 시도를 전혀 하지 않았다. 그녀는 일부러 그러는 것처럼 숙소도 멀리 떨어진 곳에 잡았으며, 엘미레와 어울려 지냈다. 또 아우렐리에로서는 반길 일이겠지만, 제를로의 숙소에는 좀처럼 얼굴을 내밀지 않았다. 여전히 필리네에게 마음이 있는 제를로는 엘미레와 만난다는 핑계로 이따금 필리네의 집을 방문했다. 어느 저녁, 그는 빌헬름을 데리고 갔다. 집에 들어간 두 사람은 필리네가 안쪽 방에서 붉은 제복에 흰 바지를 입은 젊은 장교의 품에 안겨 있는 것을 보고 깜짝 놀랐다. 다른 쪽으로 돌아서 있었기에 장교의 얼굴은 볼 수 없었다. 필리네는 현관홀로 나와서 두 방문객을 맞이하고 등 뒤로 문을 닫고 "못 볼 장면을 보여드리고 말았네요" 말했다.

"별로 놀란 정도까지는 아닙니다. 그보다, 아름답고 젊은 저 부러운 친구를 소개해 주시지요. 안심하세요. 질투해 봤자 소용없다는 건 당신에게 질리도록 들은 말이니까."

제를로의 말에 필리네가 장난스럽게 대꾸했다.

"그럼 얼마 동안 그런 의심을 하고 계시도록 해야겠는데요. 지금 말씀드릴 수 있는 건, 저 사람이 내 여자친구라는 사실뿐이에요. 이삼 일 조용히 나와 함께 있고 싶대요. 곧 저 친구가 어떤 사람인지 알려드릴게요. 어쩌면 저 흥미로운 소녀를 소개시켜 드릴지도 모르겠고요. 그러려면 먼저 내가 겸손함과 관대함을 공부해야겠네요. 남자란 새로운 여성과 알게 되면 오래된 여자친구를 잊어버리고 마니까요."

빌헬름은 마치 돌이 되어버린 듯 뻣뻣하게 서 있었다. 붉은 제복을 본 순간, 마리아네가 가장 좋아하던 윗옷이 떠올랐기 때문이다. 그것은 영락없는 마리아네의 모습이었으며, 바로 그녀의 금발이었다. 다만, 지금 본 장교가 키가 좀 더 큰 것 같았다.

빌헬름이 외쳤다.

"부탁입니다! 당신 친구에 대해서 더 많은 것을 가르쳐 주십시오! 저 남장한 미인을 소개해 주세요. 우리는 이미 비밀을 공유했습니다. 맹세코 비밀은 지키겠어요. 저 사람을 소개해 주십시오."

"어머나, 왜 이렇게 열을 올리실까? 좀 침착하세요. 오늘은 안 돼요."

"최소한 이름만이라도……."

"그럼 비밀이 아니게 되잖아요."

"제발 이름만이라도요."

"그럼 맞춰보세요. 단, 세 번뿐이에요. 그렇지 않으면 달력에 나오는 세례명은 다 대실 테니까 말이에요."

"알았습니다. 그럼…… 체칠리에?"

"아니에요."

"헨리에테?"

"아니요. 조심하세요. 당신의 호기심을 채울 기회도 이번이 마지막이니까요."

빌헬름은 머뭇거렸다. 몸이 떨려왔다. 입을 열었지만 말이 나오지 않았다. 가까스로 웅얼거리면서 "마리아네?" 말했다. "마리아네!"

"브라보! 맞았어요!" 필리네가 버릇대로 뒤꿈치로 돌면서 외쳤다.

빌헬름은 할 말을 잃었다. 제를로는 그의 동요를 눈치채지 못하고 필리네에게 문을 열어달라고 집요하게 애원했다.

그때 느닷없이 빌헬름이 옥신각신하는 두 사람을 가로막으며 필리네의 발치에 무릎 꿇고서 열정적으로 애원했다. "저 사람과 만나게 해주십시오!" 그러자 두 사람은 몹시 놀랐다. "저 사람은 나의 사람, 나의 마리아네입니다. 내가 하루도 잊은 적 없는 사람, 이 세상 누구와도 바꿀 수 없는 사람이에요. 그녀를 만나게 해줄 수 없다면, 당신이 저 사람한테 가서 내가 여기 있노라는 이야기만 해주세요. 저 사람에게 첫사랑과 청춘의 모든 행복을 바친 남자가 여기 있노라고 전해 주세요. 그 남자는 무정하게 저 사람을 버린 일을 변명하고 싶습니다. 용서를 빌고 싶어요. 그녀가 어떤 잘못을 했다 하더라도 용서할 생각입니다. 아니, 한 번만 볼 수 있다면, 저 사람이 행복하게 살고 있다는 것만 알게 된다면 아무것도 바랄 게 없습니다."

필리네는 머리를 저으며 말했다.

"빌헬름 씨, 그렇게 큰 소리로 말하지 마세요. 우리 서로 속이는 일은 그만두기로 해요. 저 아가씨가 정말 당신의 친구라면 난 저 아가씨를 위로해야만 해요. 여기서 당신을 만날 줄은 꿈에도 생각하지 못했을 테니까요. 저 사람이 여기에 온 건 전혀 다른 일 때문이에요. 게다가 사정이 좋지 않을 때 옛 연인을 만나기보다는 유령을 보는 편이 낫다고 하잖아요? 저 사람에게 물어보고, 마음의 준비를 시키겠어요. 그리고 어떻게 하면 좋겠는지 의논해 볼게요. 내일 당신이 몇 시에 오면 좋겠는지, 아니면 몇 시에 오실 수 있는지 내가 편지를 보낼게요. 내 말대로 하세요. 나와 내 친구의 뜻에 거슬리게 하신다면, 저 멋진 친구를 절대로 누구와도 만나게 할 수 없어요. 문단속을 더 철저히 해야겠군요. 설마 도끼나 자귀를 들고 오시는 건 아니겠죠?"

빌헬름은 계속해서 간청하고 제를로는 설득하려고 애썼지만 필리네는 꿈쩍도 하지 않았다. 마침내 두 사람은 포기하고 방에서 나와 집을 뒤로했다.

빌헬름이 얼마나 그날 밤을 초조하게 보냈는지는 쉽게 짐작이 가리라. 다음 날은 필리네의 편지만 기다렸다. 시간이 더디게만 갔다. 하필 그날 저녁에는 무대에 서야 했다. 무대에 서는 것이 이토록 고통스럽게 생각된 적은 처음이었다. 연극이 끝나자, 초대 편지가 와 있는지도 물어보지 않고 필리네에게 달려갔다. 문은 굳게 잠겨 있었다. 그 집 하인이 아가씨가 오늘 아침 젊은 장교와 함께 떠나면서 이삼 일 내로 돌아온다고 했는데, 숙박비도 이미 치렀고 짐도 다 들고 간 걸 보면 돌아오지 않을 것 같다고 말했다.

그 말을 들은 빌헬름은 제정신이 아니었다. 그는 서둘러 라에르테스에게 달려가서, 필리네의 뒤를 쫓아가서 무슨 일이 있더라도 그 동행의 정체를 밝혀야 한다고 말했다. 이에 라에르테스는 친구의 흥분과 경솔함을 나무랐다.

"내 장담하는데, 그 사람은 프리드리히입니다. 그 젊은이는 귀한 집 태생이죠. 그는 필리네에게 홀딱 반해 있는데, 얼마간 필리네와 함께 지낼 수 있을 만한 돈을 친척에게서 뜯어낸 모양이지요."

그 말을 듣고도 빌헬름은 이해가 되지 않았지만, 짐짓 있을 법한 이야기라고 생각했다. 라에르테스는 필리네가 빌헬름과 제를로에게 했던 이야기는 모두 다 새빨간 거짓말이며, 몸매나 머리카락 색깔도 프리드리히와 똑같다고 말했다. 그리고 열두 시간도 전에 집을 떠났다면 쉽게 찾을 수는 없을 것이며, 무엇보다 중요한 건 빌헬름과 필리네가 동시에 사라지면 제를로는 연극을 할 수 없게 될 거라고도 했다.

이렇게 설득당하자 마침내 빌헬름은 직접 뒤를 쫓는다는 생각을 포기했다. 그날 저녁에 라에르테스는 이 일을 안심하고 맡길 수 있을 만한 유능한 남자를 데리고 왔다. 이 남자는 고귀한 사람들을 위해 여행 중에 파발꾼이나 길잡이로 일한 경험이 많은 침착한 사람으로, 마침 요즘 일이 없어서 놀고 있다고 했다. 그들은 그에게 돈을 주고 자세한 사정을 설명한 다음, 달아난 두 사람을 찾아내면 절대로 눈을 떼지 말고, 그들이 어디에 있는지 어떻게 하고 있는지를 즉시 두 사람에게 보고하라고 부탁했다. 그는 곧바로 말에 올라타서 수상한 두 사람의 뒤를 쫓았다. 이렇게 조치하고 나서야 빌헬름은 조금 안정을 되찾았다.

제16장

필리네가 떠나고 없어도 무대에서나 관객들 사이에서 그다지 큰 동요는 일어나지 않았다. 그녀는 무슨 일을 하건 별로 열정을 쏟지 않았으며, 여자들은 모두 그녀를 싫어했고, 남자들은 그녀를 무대에서보다는 단둘이서 만나고 싶어 했다. 그래서 그녀의 훌륭한 배우로서의 재능은 빛을 보지 못했다. 다른 단원들은 필리네가 없어진 만큼 더욱 열심히 노력했다. 특히 멜리나 부인의 열성과 근면함은 유난히 두드러졌다. 오래전부터 빌헬름의 원칙을 모두 이해하고 그의 이론과 범례에 충실히 따라온 그녀는 요즘 어쩐지 자신을 매력적인 존재로 만들기 시작했다. 곧 그녀는 올바른 연기를 습득했으며, 대사도 자연스럽게 소화하게 되었다. 감정을 표현하는 법도 어느 정도는 체득하게 되었다. 제를로의 기분에 맞출 줄도 알았으며, 그를 기쁘게 하기 위해 노래 연습도 열심히 했다. 그리고 실제로 곧 크게 발전하여, 극단 모임이 있을 때면 그녀의 노래가 빠지는 일이 없게 되었다.

새 배우들이 몇 명 들어옴으로써 극단은 더욱 완전해졌다. 빌헬름과 제를로도 저마다 개성을 발휘하여 빌헬름은 모든 작품에서 전체적인 의미와 분위기를 강조했고, 제를로는 자잘한 개개의 부분을 꼼꼼히 점검했다. 칭찬받아 마땅한 그런 열의는 배우들에게까지 활기를 주었으며, 관객들은 그들에게 열렬한 관심을 보였다.

어느 날 제를로가 말했다.

"잘되어 가는 것 같군요. 이대로만 가면 곧 관객들도 올바른 길로 들어오게 될 거요. 어이없는 엉터리 연극으로 관객들을 속이는 건 식은 죽 먹기이지만, 합리적이고 올바른 연극을 재미있게 보여주면 분명 극장 쪽으로 눈을 돌리게 될 겁니다.

독일 연극에서 가장 결여되어 있는 점은 무엇이며, 배우와 관객이 분별력을 잃은 이유는 뭘까요? 그건 무대에 관련된 것이 너무 잡다하고, 판단의 근거가 될 기준이 어디에도 없다는 점에서 비롯됩니다. 우리가 독일 연극을 경계선이 없는 야외극장처럼 확장시켜 버린 것은 큰 실수였다고 나는 생각합니다. 하지만 국민의 취향이 올바른 경계선을 그어줄 때까지 단장이나 배우가 지금 있는 좁은 한계선 안에 갇혀 있을 수는 없는 노릇이지요. 제아무리 훌륭한 사교계라 할지라도 일정한 제약이 있어야만 존속할 수 있습니다. 훌륭한 극장 또한 마찬가지죠. 어떤 기교나 대사 표현, 소재, 몸동작은 배제해야 합니다. 살림을 줄인다고 해서 가난뱅이가 되는 건 아니니까요."

이 의견에는 찬성하는 사람도 있거니와 반대하는 사람도 있었다. 빌헬름을 비롯한 대부분은 영국 연극을 편들었고, 제를로와 몇몇 사람은 프랑스 연극을 편들었다.

그래서 빈 시간이 있어 한가로울 때면(유감스럽게도 배우에게는 한가한 시간이 잔뜩 있다) 모두 모여서 영국과 프랑스의 유명한 작품 몇 편을 훑어보고 가장 뛰어나고 본뜰 만한 가치가 있는 작품을 고르자는 데에 합의했다. 프랑스 작품 몇 편부터 읽기로 했다. 아우렐리에는 낭독이 시작될 때마다 방에서 나갔다. 모두 처음에는 어디 몸이라도 안 좋은가 생각했지만, 어느 날 빌헬름이 너무 이상해서 물어보니 아우렐리에는 이렇게 말하는 것이었다.

"그런 낭독 자리에는 같이하지 않겠어요. 가슴이 터져버릴 것 같은데 어떻게 대본 낭독을 듣거나 판단할 수 있겠어요? 난 프랑스어라면 영혼 깊숙한 곳에서부터 정말 싫어요."

"왜 프랑스어를 그토록 싫어하죠? 우리 교양의 대부분은 프랑스어 덕분인데요. 우리의 본성이 형태를 갖추기 전까지는 계속 신세를 져야만 합니다."

"편견으로 하는 말이 아니에요. 불행한 인상에 의한, 바람난 친구에 의한 불쾌한 기억 때문에 그 아름답고 세련된 말에 대한 기쁨을 빼앗겨 버린 거예요. 지금 나는 내 진심을 다해 프랑스어를 증오합니다. 우리 둘이 좋은 관계였을 때 그는 독일어로 편지를 썼죠. 마음이 담긴 진실하고 힘찬 독일어였어요. 그런데 나와 헤어지려고 마음먹었을 무렵부터는 프랑스어로 쓰기 시작했죠. 전에도 가끔 반농담으로 쓴 적은 있었지만 말이에요. 왜 갑자기 프랑스어로 바꿨는지 나는 금방 알 수 있었어요. 독일어로 쓰면 얼굴이 붉어지는 내용도 프랑스어로라면 술술 적어 내려갈 수 있으니까요. 결단을 뒤로 미루거나 모호한 말을 하거나 거짓말을 하기에는 적당한 언어이니까요. 그 얼마나 '페르피드'*¹³한 언어인지! 고맙게도 독일어에는 '배신'의 의미를 포괄하는 단어가 없어요. 거기에 비하면 우리 독일어의 '트로일로스'*¹⁴라는 불쌍한 단어는 마치 천진난만한 어린아이와 다름없죠. 페르피드는 트로일로스에 향락과 오만과 심술을 덧붙인 것이에요. 이런 미묘한 어감을 한마디로 표현할 수 있는 세련된 국민이 얼마나 부러운지! 프랑스어는 정말이지 세계적인 언어예요. 세계적인 언어가 될 가치가 충분히 있어요. 온 세계 사람이 서로 속이고 거짓말하는 데 안성맞춤이죠! 그 사람의 프랑스어 편지도 아주 훌륭했어요. 속는 셈치고 읽으면 아주 따뜻하고 열정적으로 보이기까지 했죠. 하지만 자세히 읽으면 상투어, 역겨운 상투어뿐이었어요. 그 사람은 프랑스어 전체에 대한 내 기쁨, 프랑스 문학에 대한 기쁨, 그 언어로 말해지는 고귀한 영혼의 아름답고 귀중한 표현에 대한 기쁨마

---

*13 perfide. 불성실한, 불충(不忠)한, 배신하는, 배반하는.

*14 treulos. 부실한, 불신의, 불충한 ; 부정(不貞)한 ; 불충한 ; 신용할[믿을] 수 없는.

저도 망쳐놓았어요. 프랑스어를 들으면 난 소름이 끼친답니다."

그녀는 이런 식으로 몇 시간이나 푸념과 불만을 늘어놓으면서 다른 사람들의 이야기를 방해하고 맥을 끊어놓았다. 결국 제를로가 조금 엄중한 말투로 그녀의 변덕스러운 수다를 멈추게는 했지만, 그날 저녁의 담화는 엉망이 되고 말았다.

이런 일은 흔히 일어나기 마련이며, 다양한 사람의 다양한 사정으로 만들어진 모임이 완전한 상태로 오래 유지되기란 불가능한 법이다. 극단이든 국가든 친구들의 모임이든 군대든, 흔히 그 완전함, 일치, 만족, 활동이 최고 단계에 있을 때가 화제에 오르곤 하지만 곧 구성원이 바뀌고 새로운 얼굴이 들어와 사람들은 사정에 어울리지 않게 되고 사정은 사람들에 어울리지 않게 된다. 그러면 모든 것이 변하고, 그때까지 서로 이어져 있던 것이 순식간에 흩어져 버리고 만다. 제를로의 극단에도 그런 일이 일어났다. 제를로의 극단은 한동안 독일 극단으로서 최고의 완벽함을 자랑했다. 대부분의 배우가 적절한 자리에 기용되었으며, 모두가 할 일을 충분히 갖고 있었고, 그 일을 기쁜 마음으로 했다. 상호 인간관계도 그럭저럭 원만했다. 처음에는 모두가 열정과 활기를 가지고 노력했으므로 저마다의 재능에 큰 기대를 걸어도 좋을 것 같았다. 그러나 곧 그 가운데 일부는 감정 없이도 가능한 연기밖에 할 줄 모르는 꼭두각시임이 드러나게 되었다. 또한 얼마 가지 않아 갖가지 욕심이 고개를 들기 시작했다. 그렇게 되면 제아무리 훌륭한 조직도 유지되지 못하고, 분별력 있고 사려 깊은 사람들이 결집시키기 원하는 모든 것도 쉽게 무너지고 만다.

필리네가 사라졌다는 사실은 처음에 생각했던 것처럼 그렇게 대수롭지 않은 일이 아니었다. 그녀는 노련하게 제를로를 상대해 왔으며, 다른 사람의 마음도 많든 적든 끌어당기는 수완이 있었다. 아우렐리에의 거친 말과 행동도 참을성 있게 견뎠으며, 빌헬름의 기분을 풀어주는 것은 그녀의 장기였다. 그녀는 전체를 하나로 만드는 접착제였던 것이다. 얼마 못 가서 모든 사람은 그녀의 빈자리를 크게 느끼게 되었다.

제를로는 사랑 없이는 살아갈 수 없는 남자였다. 엘미레는 어느새 어른이 되었다. 아름다워졌다고까지는 할 수 없어도 꽤 오래전부터 제를로의 관심을 끌고 있었다. 그 연정을 눈치챈 필리네는 재빠르게 두 사람을 맺어주고자 했다. "중매 기술을 빨리 익혀야지. 나이가 들면 달리 할 일도 없어지니까." 그녀는 입

버릇처럼 말했다.

그렇게 차츰 가까워지던 제를로와 엘미레는 필리네가 없어지자 곧 긴밀한 관계가 되었다. 그런데 이런 사랑의 장난을 절대로 이해해 주지 못할 그녀의 아버지에게는 무슨 수를 써서라도 자신들의 관계를 숨겨야 하는 만큼, 조그만 로맨스는 두 사람을 더욱 즐겁게 해주었다. 엘미레의 여동생은 이 사실을 알고 있었다. 그래서 제를로는 이 두 사람을 여러모로 배려해 주지 않을 수 없었다. 그녀들의 못된 버릇 가운데 하나는 지나치게 많이 먹는다는 것이었는데, 거의 한없는 탐식에 가까웠다. 그런 점에서 필리네는 전혀 달랐다. 이슬을 먹고 산다고 해도 좋을 정도로 거의 조금밖에 먹지 않았으며, 샴페인 잔의 거품을 아주 우아하게 핥아먹는 정도였는데, 그런 모습이 그녀의 사랑스러움을 더욱더 빛나게 했다.

이제 제를로는 두 사람의 비위를 맞추기 위해서 아침 식사가 끝나자마자 점심 식사를 먹이고, 간식을 대령하고 저녁 식사까지 준비해야 했다. 게다가 제를로는 또 다른 속셈을 갖고 있었는데, 그것이 뜻대로 되지 않아 불안해하고 있었다. 그는 빌헬름과 아우렐리에 사이에 애정의 조짐 같은 것이 있다고 생각했으며, 그것이 진짜이기를 간절히 바랐다. 그는 극장 운영의 사무적인 면은 빌헬름에게 모두 맡기고, 그를 첫 번째 매부와 마찬가지로 충실하고 유능한 도구로 만들고 싶었던 것이다. 이미 그는 극단 살림의 대부분을 아무도 모르게 조금씩 조금씩 빌헬름에게 맡기고 있었다. 그리고 회계는 아우렐리에가 처리했다. 이리하여 제를로는 다시 이전처럼 자유롭게 생활하고 있었다. 그러나 한편으로는 제를로도 아우렐리에의 신경을 은근히 건드리는 구석이 있었다.

무릇 관중은 성공을 거둔 유명한 공인들에게 독특한 태도를 취하기 마련이다. 즉 그런 사람들에게는 점점 차가워지며, 그들보다 훨씬 못한 신인의 재능을 응원하고, 전자에게는 지나친 요구를 하면서 후자는 무슨 일을 하든지 너그러운 시선으로 바라봐 주는 것이다.

제를로와 아우렐리에는 이런 현상에 대해 생각해 볼 기회가 충분히 있었다. 신인들, 특히 젊고 잘생긴 배우는 대부분 주목을 받고 갈채를 독차지했다. 한편 이 남매는 줄곧 정력을 다 쏟아부어도 호의적인 박수갈채 하나 받지 못한 채 퇴장하곤 했다. 거기에 특별한 이유가 있음은 말할 것도 없다. 아우렐리에의 교만함은 이목을 끌었으며, 관객을 멸시하는 그 태도는 널리 알려졌다. 제를로는 누구를 개별적으로 대할 때는 친절했지만, 관객 전체를 대할 때 내뱉는 가시 돋친 비평은 입소문을 타고 널리 퍼졌다. 그런데 새로운 배우들은 아직 낯선 인물인 데다가 젊고 사랑스러우며 돈도 궁해서 모두 저마다 후원자를 갖게 되었다.

머지않아 내부에서도 불온한 움직임이나 온갖 불만이 생기기 시작했다. 빌헬름이 단장 일을 맡았다는 사실이 알려지자 이내 배우 대부분이 그의 지시를 따르지 않게 되었다. 빌헬름은 그 나름대로 극단 전체에 질서와 근면함을 불어넣고자 했으며, 특히 기계적으로 할 수 있는 일부터 정확히 처리하라고 강하게 주장했지만 반항은 갈수록 더 심해질 뿐이었다.

실제로 한동안은 거의 이상적이었던 인간관계가 순식간에 뜨내기 유랑극단에서밖에 볼 수 없는 무질서 상태로 바뀌었다. 그리고 유감스럽게도 빌헬름은 수고와 부지런함과 노력을 거듭해 이 방면에서 유명인이 되기에 필요한 모든 요건을 체득하고 인격도 활동의 방법도 거기에 맞춰 단련해 온 지금에 와서, 결국 우울할 때면 이 직업만큼 시간과 노력이 많이 들어가는 일은 없다는 생각이 들었다. 일은 번거롭고 보수는 적었다. 기계적으로 일을 고생고생해서 다 끝냈나 싶으면 이번에는 정신과 감정을 최고도로 긴장시키는 일을 해내야만 하는 이런 일보다는, 한 단계를 끝내면 마음의 휴식을 즐길 수 있는 다른 일에 도전해 보는 것이 어떨까 하는 생각이 든 것이다. 이것도 모자라, 오빠의 낭비벽을 토로하는 아우렐리에의 한탄도 반복해서 들어야 했고, 자기를 여동생과 결혼시키고자 하는 제를로의 은근한 태도도 짐짓 모르는 체해야 했다. 또한 마음속 깊이 자리잡은 고뇌도 비밀로 해야 했다. 그 정체불명의 장교 뒤를 쫓아간 사람은 아직 돌아오지도 않았거니와 소식도 보내오지 않았다. 빌헬름은 마리아네를 다시 잃는 것 아닌가 하는 두려움에 떨어야 했다.

바로 그 무렵에 국상이 나서 극장은 몇 주간 부득이 쉬어야만 했다. 그는 이 기회를 이용해서, 하프 타는 노인을 돌보고 있는 목사를 방문하기로 했다. 목사는 쾌적한 근교에 살고 있었다. 목사관에서 그가 처음으로 본 것은 한 소년에게 하프를 가르치고 있는 그 노인이었다. 그는 빌헬름을 보더니 매우 반가워했고 벌떡 일어나 손을 내밀며 말했다.

"보시다시피 나는 아직 쓸모 있는 몸이라오. 그만 실례하고, 하던 일을 계속하겠습니다. 시간이 정해져 있어서요."

목사는 진심을 담아 빌헬름에게 인사하고, 노인의 경과가 아주 좋아서 완치를 기대할 수 있을 것 같다고 말했다.

당연히 두 사람의 대화는 광기를 어떻게 치료하느냐 하는 쪽으로 흘러갔다.

"육체적인 문제가 극복하기 어려운 장해물이 되는 일이 가끔 있는데, 그럴 때는 믿을 수 있는 의사와 상담해야 합니다. 그 밖의 광기는 치료법이 아주 간단합니다. 건강한 사람이 광기에 빠지지 않도록 방지하는 것과 같은 방법이지요. 자발성을 자극하고, 질서에 익숙하게 하는 겁니다. 그들의 존재와 운명도 다른 사람들의 그것과 같으며, 뛰어난 재능도 지상의 행복도 극단적인 불행도 보통의 경우와 별로 다르지 않다는 것을 이해시키면 광기가 비집고 들어올 틈이 없지요. 이미 이상을 일으킨 경우라도 점점 좋아지게 됩니다. 노인의 일과는 일정합니다. 아이들에게 하프를 가르치고, 밭일을 돕지요. 벌써 많이 밝아졌답니다. 자기가 심은 양배추를 언제 먹을 수 있을까 기대하고 있지요. 내 아들의 실력이 좋아지도록 하프도 열심히 가르치고요. 자기가 죽으면 하프를 내 아들에게 물려주겠답니다. 뭔지 모를 양심의 가책을 느끼고 있는 듯하지만, 나는 목사로서 그런 문제는 캐묻지 않도록 조심하고 있습니다. 하지만 활동적인 생활은 여러 사건을 동반하는 법인지라, 그도 머잖아 그 어떤 의혹도 활동으로써만 극복할 수 있다는 진리를 깨닫게 될 겁니다. 나는 그것을 서두르지 않습니다. 하지만 노인이 수염을 깎고 저 수도사의 옷을 벗어버리게 한다면 얻을 것은 많을 텐데요. 남과 다르게 보이려고 애쓸 때만큼 우리에게 광기로 다가가게 하는 것은 없고, 다른 사람과 똑같이 생각하고 많은 사람과 더불어 살아가는 것만큼 양식을 유지시켜 주는 것은 없으니까요. 유감스럽게도 우리의 교육이나 시민 조직 안에는 우리나 우리 아이들을 광기에 노출시키는 요소가 너무나도 많습니다."

빌헬름은 이 사려 깊은 목사 곁에서 며칠을 머물며, 미친 사람들뿐만이 아니라 얼핏 영리하거나 현명한 것처럼 보이지만 광기와 동전의 양면 관계에 있는 특이성을 지닌 사람들에 관한 흥미 있는 이야기를 들었다.

의사가 끼어들면서 대화는 두 배로 활기를 띠었다. 이 사람은 친구인 목사를 자주 방문하여 목사의 박애적인 노력을 돕고 있다고 했다. 그는 병중임에도 의사라는 가장 고귀한 의무를 수년간 해오고 있는 초로의 사나이였다. 그는 전원생활을 더없이 사랑했으며, 바깥 공기를 마시지 않으면 살아갈 수 없는 사람이었지만, 한편으로는 매우 사교적이고 활동적이어서 꽤 오래전부터 여러 곳의 목사와 친교 맺는 것을 유난히 좋아했다. 누가 유익한 일을 하고 있다는 소문을 들으면 발 벗고 나서서 그 사람을 도와주었다. 무엇을 해야 할지 몰라 망설이는 사람에게는 취미를 가지라고 권유했다. 동시에 그는 귀족이나 대관, 치안판사와도 친분이 있었는데, 20년 동안 몇몇 농업 분야 개발에 남몰래 크고 작은 공헌을 했다. 이를테면 농지나 가축, 농민에게 이익이 되는 사업을 촉진하여 진정한 계몽을 추진해 왔다. 그는 인간에게 유일한 불행은 어떠한 관념에 사로잡혀서 활동적인 생활에 아무런 영향도 주지 못하거나 활동적인 생활에서 완전히 격리되어 버리는 것이라고 말했다.

"나는 현재 어느 신분 높고 유복한 부부에게서 그런 증상을 보고 있습니다. 여러모로 손을 써봤지만 지금까지는 아무런 효과도 보지 못했죠. 목사님, 그건 아무래도 목사님의 전문일 것 같습니다. 설마, 여기 있는 젊은 친구가 어디 가서 이 이야기를 옮기지는 않겠지요?

어느 귀족 댁에서 주인이 집에 없는 동안에, 그다지 칭찬할 만한 짓은 못되지만 주인의 평상복을 어느 젊은이에게 입혀서 변장을 시켰습니다. 그렇게 해서 부인을 속일 생각으로요. 나한테는 그저 장난이었다고 했지만, 아무래도 나는 그 고귀하고 사랑스러운 부인을 유혹해 보려던 것이 아니었나 싶습니다. 아무튼 공교롭게도 남편은 뜻밖에도 일찍 돌아와서 자기 방으로 들어갔고, 거기서 자기 자신의 환영을 보고는 곧 자기가 죽게 되리라는 생각에서 헤어나오지 못하고 우울증에 빠져버렸습니다.

그는 종교적인 말로 위로해 주는 사람들의 꾐에 넘어가 부인과 함께 헤른후트 공동체*[15]로 들어갔고, 자식이 없는 형편이라 친척들에게 돌아가게 되어 있

*15 반종교개혁을 통해 가톨릭 지역으로 변한 뵈멘(보히미아)과 메렌(모라비아) 지방으로부터 '뵈멘의 형제들(Böhmische Brüder)'이라고 불리던 교인들이 1722년에 친첸도르프 백작의 영지로 피난을 왔다. 백작은 뢰바우(Löbau)의 동쪽 오버라우지츠(Oberlausitz)에 있는 그의 땅에서 그들을 살게 하고 그 새로운 정착촌을 '헤른후트(Herrnhut)'(독일어의 본디 의미는 '주님의 보호소')라 부르고, 경건주의적 정신 아래 교구를 조직했다. 이 작은 교우 공동체는 그 종교적 내면성과 활동적 지도자 때문에 곧 온 독일의 이목을 끌었으며, 유럽 각국에까지 널리 알려지게 되었다. 괴테는 젊은 시절에 이 교단의 신도들과 만난 적이 있었다. 한 권의 독립된 '종교적 책'이라고도 볼 수 있는 이 소설의 제6부에서도 헤른후트 교파에 대한 언급이 여러 번 나온다.

는 재산의 대부분을 그 교회에 기부하려고 했지요. 내가 그것을 뜯어말리려고 얼마나 고생을 하고 있는지 모릅니다."

빌헬름은 이 이야기를 듣고 적잖이 놀라 격하게 외쳤다.

빌헬름의 외침을 단순히 인도주의적인 동정이라고 오해한 의사가 말했다.

"부인과 함께 들어갔다고요?"

"가엾게도 그 부인은 남편보다도 더 깊은 고뇌를 안고 있었습니다. 부인은 이 세상을 등지겠다는 생각까지 하고 있는 형편이죠. 그 젊은이가 작별을 알리려고 왔을 때 부인은 싹트는 애정을 감추지 못하고 그만 이성을 잃었습니다. 대담해진 젊은이는 부인을 품에 안고, 남편의 초상이 들어간 커다란 다이아몬드 목걸이로 부인의 가슴을 지그시 눌렀습니다. 부인은 격렬한 통증을 느꼈지만 그것도 점차 사라졌지요. 처음에는 붉은 자국이 남았으나, 그것도 곧 흔적도 없이 사라졌습니다. 나는 인간적으로는 부인이 아무런 자책도 할 필요가 없다고 확신하며, 의사로서는 이 압박이 나쁜 후유증을 가져오지 않으리라고 굳게 믿습니다. 하지만 부인은 그렇게 믿지 않았죠. 응어리가 남아 있다는 겁니다. 촉진으로 그 망상을 쫓아내 주려고 해도, 그녀는 그 응어리가 지금 당장 만져지지 않을 뿐 결국은 암 덩어리가 되고 말 거라는 말만 자꾸 되풀이합니다. 딱한 노릇이지만 그 때문에 부인 자신이 볼 때도, 다른 사람이 볼 때도 부인의 젊음과 미모는 완전히 퇴색하고 말았지요."

"아! 나는 정말 불행한 인간이구나!" 빌헬름은 이마를 치며 외쳤다. 그러고는 자리를 박차고 일어나 밖으로 뛰쳐나갔다. 이런 기분은 일찍이 처음이었다.

의사와 목사는 이 당황스러운 상황에 몹시 놀랐으나, 저녁에 그가 돌아와서 자세한 속사정을 설명하고 자신의 행동을 심하게 자책하자 그를 위로하지 않을 수 없었다. 특히 그가 암담한 그 심정으로 다른 사정까지 이야기하기 시작하자 두 사람은 진심으로 그를 딱하게 여겼다.

다음 날 의사는 빌헬름의 부탁을 흔쾌히 들어주었다. 그와 함께 시내로 나가, 걱정스러운 상태인 채로 남겨두고 온 아우렐리에를 의사와 함께 최대한 도와주기로 한 것이다.

그녀는 그들이 생각하던 것보다 훨씬 심각한 상태였다. 그녀의 병은 일종의 간헐열이었는데, 그녀가 자기 식대로 일부러 발작을 지속시키거나 악화시키는 탓에 더욱더 손쓸 방법이 없었다. 의사는 의사라는 신분을 숨긴 채 소개되었으며, 대단히 허물없고 지혜롭게 행동했다. 그녀의 몸 상태와 정신 상태에 대한 이야기가 오갔다. 의사는 그녀와 똑같은 병에 걸리고도 오래도록 장수한 사람들의 예를 몇 가지 들고, 이러한 병에는 일부러 격정적인 감정을 불러일으키는 것이 가장 좋지 않다고 말했다. 특히 그는, 완치될 희망이 없는 병적인 체질로 태어났음에도 종교적인 마음을 스스로 기르는 사명을 가진 사람들이 있는데, 지금껏 보아온 바로는 이런 사람들이야말로 정말 행복한 것 같다고 솔직하게 털어놓았다. 그는 이 이야기를 어디서 들은 이야기처럼 아주 조심스럽게 말하며, 동시에 지금은 고인이 된 한 여자친구에게서 받은 매우 흥미로운 원고가 있는데 그것을 보여주겠다고 두 사람에게 약속했다.

"나에게는 둘도 없이 소중한 그 원고를 다 빌려드리겠습니다. 《아름다운 영혼의 고백》이라는 표제만은 내가 붙인 것입니다."

의사는 빌헬름에게, 신경이 곤두서 있는 불행한 아우렐리에에게 어떻게 식이요법을 하고 의학적 조치를 취하면 좋을지 최대한 자세히 조언해 주고 나서, 나중에 편지를 보내거나 가능하다면 자기가 직접 다시 와보겠다고 약속했다.

빌헬름이 자리를 비운 사이에 극단에는 뜻밖의 변화가 일어나고 있었다. 빌헬름은 연출을 맡고부터는 모든 일을 어느 정도 자유와 관용으로써 대했다. 특히 소품 따위를 신경 썼는데, 그중에서도 의상, 무대장치, 소도구 일체는 여유 있고 고급스럽게 만들었으며, 단원들의 비위를 맞추기 위해 그들을 자유롭게 내버려 두었다. 고상한 수단으로는 그들을 길들일 수가 없었기 때문이다. 그는 자신이 그렇게 하는 것이 당연하다고 생각했다. 제를로는 제대로 단장 일을 수행할 마음이 없었기 때문이다. 그는 무대의 화려함을 칭찬받으면 기뻐하고, 회계 업무를 도맡아하는 아우렐리에가 모든 경비를 제하고도 적자는 아니었다고 확언해 주었다면서, 자기가 마음에 드는 여성들에게 마구 선심을 쓰고 그밖의 다른 일로도 지게 된 빚을 갚을 만한 돈을 내주기만 하면 만족한다는 소리나 하는 형편이었기 때문이다.

이제까지 의상을 맡았던 멜리나는 타고난 냉정함과 교활함으로 사태를 조용히 살피고 있다가 빌헬름의 부재와 아우렐리에의 병이 악화된 것을 기회로 삼아, 수입을 더 늘리고 지출을 줄여 얼마를 저축할 수 있으며 그렇게 되면 마음껏 재미있게 살 수 있을 거라는 말로 제를로를 꼬드겼다. 제를로가 그 말에 쉽게 넘어가자 멜리나는 과감하게 다음과 같은 말까지 꺼냈다.

"몇몇 배우의 출연료가 지나치게 높다고 말하려는 것이 아닙니다. 우리 배우들은 모두 실력이 좋아서 어느 마을에 가도 환영받을 거예요. 하지만 그들은 벌이에 비해 돈을 너무 많이 받아갑니다. 그래서 말인데, 내 제안은 오페라를 해보면 어떨까 하는 겁니다. 연극이라면 두말할 것도 없이 당신은 혼자서 한 편의 연극을 통째로 해낼 만한 능력을 가지고 있잖아요. 그런데도 당신의 실력이 과소평가되고 있다는 건 몸소 느끼고 계실 겁니다. 당신과 함께 연기하는 사람들이 훌륭해서가 아니라 그저 그런 실력을 가진 탓에 당신의 빼어난 재능이 여태껏 정당한 평가를 받지 못하고 있는 겁니다.

예전처럼 혼자 하시면 어떻겠습니까? 그리고 중간 정도 실력을 가진, 말하자면 중간치기 배우들을 값싼 출연료를 주고 모으는 겁니다. 그런 다음 당신이 잘 아시는 것처럼 그들에게 기계적으로 연극하는 법만 가르쳐 주고, 나머지 배우들은 오페라에 출연시키는 거죠. 그렇게 하면 당신은 같은 수고와 같은 비용으로 더 많은 만족을 얻을 수 있을 테고, 지금까지와는 비교도 되지 않을 만큼 큰 돈을 벌 수 있을 겁니다."

제를로는 멜리나의 이 제안이 매우 마음에 들었다. 체면상 반박해 보기는 했지만 진심은 아니었다. 그는 음악을 좋아해서 전부터 그런 작업을 해보고 싶었다 말하며 흔쾌히 멜리나의 제안을 받아들였다. 그러나 그렇게 되면 아무래도 관객의 기호를 더욱더 잘못된 길로 이끌게 되지나 않을까, 정통 오페라도 정통 연극도 아닌 그런 어설픈 연극을 하다 보면 틀림없이 제대로 되고 완벽한 예술작품을 통해 길러진 취미의 나머지조차도 완전히 잃고 마는 것이 아닐까 걱정이 된다고도 말했다.

멜리나는 빌헬름의 현학적인 이상주의와, 관객에게 배우는 것이 아니라 관객을 가르친다는 그런 교만함을 마음껏 비웃었다. 그리하여 두 사람은 의기투합하여 돈만 벌면 그만이며, 부자가 되거나 떵떵거리며 살 수만 있다면 그걸로 충분하다는 확신을 갖게 되었다. 그들의 계획에 방해가 되는 사람은 쫓아버려야 한다고까지 말했다.

멜리나는 아우렐리에의 건강이 심상치 않은 걸 보면 얼마 살지 못할 것 같아 걱정이라고 말했지만, 속으로는 정반대로 생각했다. 제를로는 빌헬름이 가수가 아니라서 유감이라고 말했는데, 그것은 곧 그를 잘라버릴 생각임을 암시하는 말이었다. 멜리나는 아낄 수 있는 물품을 표로 만들어서 가지고 왔다. 제를로는 멜리나야말로 죽은 매부보다 세 배는 더 유능하다고 생각했다. 남들 모르게 이루어진 이 합의를 비밀에 부쳐야 한다는 것을 잘 아는 그들은 더욱더 긴밀한 사이가 되었다. 그들은 틈만 나면 모든 가능성에 대해 이야기했다. 아우렐리에와 빌헬름이 세운 계획에는 하나부터 열까지 트집을 잡았으며, 머릿속으로는 자신들의 새로운 계획을 차츰 더 구체화해 나갔다.

두 사람은 자신들의 계획을 비밀에 부치고 절대로 입 밖에 내지는 않았지만, 태도에도 그런 생각을 숨겨둘 만큼 처신에 능란한 사람들은 못 되었다. 멜리나는 자신의 전문 분야에서는 사사건건 빌헬름에게 맞섰으며, 평소에도 여동생을 다정하게 대해 준 적 없는 제를로는 그녀의 성격이 본디 변덕스럽고 격한 만큼 더 위로해 주어야 하는데도 그녀의 병세가 악화할수록 더욱 못되게 굴었다.

바로 그 무렵에 〈에밀리아 갈로티〉*¹⁶를 상연하게 되었다. 배역은 아주 성공적이었다. 비극에 제한된 이야기이기는 하지만 모든 단원이 자기 연기의 다양성을 남김없이 발휘할 수 있었다. 제를로는 마리넬리 역을 완벽하게 소화했고, 오도아르도 역을 맡은 배우의 연기도 훌륭했다. 멜리나 부인은 어머니를 맡아 풍부한 연기력을 보여주었고, 엘미레는 에밀리아 역을 맡아 자신의 매력을 유감없이 발휘했다. 라에르테스는 아피아니를 대단히 기품 있게 연기했으며, 빌헬름은 공작 역을 몇 달에 걸쳐 연구했다.

그는 이 기회에 고귀한 태도와 기품 있는 태도가 어떻게 다른지, 전자는 후자에 얼마나 포함되어야 하는지, 후자는 전자에 얼마나 포함되어야 하는지에 대한 문제를 혼자서 생각했으며, 제를로나 아우렐리에와도 가끔 의견을 나누었다.

마리넬리 역을 맡아 궁정인을 풍자하지 않고 기품 있게 연기한 제를로는 이 문제에 대해 훌륭한 의견을 말했다.

"기품 있는 태도란 본디 소극적인 것으로, 오랜 기간의 지속적인 훈련을 필요로 하기에 쉽게 흉내 낼 수 없어요. 위엄을 태도로 보여야 하죠. 자칫 잘못하다가는 형식적인 오만한 태도에 빠지기 때문이에요. 오히려 위엄이 없는 것, 기품

---

*16 레싱의 희곡 〈에밀리아 갈로티〉는 1772년에 책으로 출간된 이래 베를린과 함부르크 등에서 공연된 바 있었고, 1791년에 바이마르의 극장을 지휘하게 된 괴테도 1793년에 이 작품을 바이마르의 무대에 올린 바 있다.

이 없는 모든 것을 피해야 합니다. 절대로 자신을 잊지 말고, 자기는 물론 남에게도 늘 주의를 기울이며, 자기에게는 엄격하게 하지만 남에게는 지나치게 엄격하게도 지나치게 무르게도 대하지 말아야 합니다. 어떤 일에든지 감동하는 기색을 보이지 말고, 어떤 일에도 흔들리지 않아야 합니다. 절대로 당황하지 말고, 그 어떤 순간에도 침착함을 잃지 않으며, 속으로는 아무리 분노가 폭발하더라도 겉으로는 태연하게 행동해야 합니다. 고귀한 사람은 때로는 자기를 잊어버려도 좋지만, 기품 있는 사람에게는 절대로 그렇게 해서는 안 됩니다. 기품 있는 사람은 아주 훌륭한 옷을 입은 사람과 같아서, 어디에 기대는 법도 없고 다른 사람의 손길이 닿는 것도 몹시 꺼리죠. 사람들 사이에서 튀어 보이지만, 고립되어서는 안 됩니다. 모든 예술과 마찬가지로 연극에서도 결국 가장 어려운 것을 얼마나 간단히 처리하느냐가 문제입니다. 따라서 기품 있는 사람은 다른 사람들에게서 아무리 멀리 떨어져 있어도 늘 다른 사람과 맺어져 있는 듯이 보여야만 하며, 자연스럽고 그런 상황에 익숙해야 합니다. 늘 일인자답게 보여야 하지만, 억지로 그런 사람처럼 행세해서는 안 됩니다.

따라서 기품 있게 보이기 위해서는 실제로 기품이 있어야 한다는 것을 알 수 있습니다. 여성이 남성보다 기품 있게 행동하는 것도, 궁정인이나 군인이 가장 빨리 품위를 몸에 익히는 것도 그런 이유에서죠."

이 말을 듣고 빌헬름은 자기 역할에 거의 절망했지만, 제를로가 그를 격려하고 아주 하찮은 부분까지 세세하게 지적하여 그가 인물을 잘 파악할 수 있도록 도와준 덕분에, 상연 때는—적어도 관객의 눈에는—매우 기품 있는 공작을 연기할 수 있었다.

제를로는 또 지적할 것이 발견되면 상연이 끝난 뒤에라도 주의를 주겠다고 약속했지만, 공연이 끝나고 남매 사이에 불쾌한 말다툼이 벌어져서 도저히 비평할 상황이 아니었다. 아우렐리에는 오르시나 역을 두 번 다시는 볼 수 없을 정도로 훌륭하게 연기했다. 그 역할을 전체적으로 대단히 잘 파악하고 있던 그녀는 연습 때는 설렁설렁 연기했지만 본무대에 오르자 자신의 개인적인 고뇌의 수문을 한꺼번에 터트렸던 것이다. 그 덕분에 그녀는 어떤 시인이 창작에 임하여 감정이 불길처럼 타오를 때조차도 생각해 보지 못할 혼신의 연기를 한 것이다. 그녀의 뼈를 깎는 노력은 우레와 같은 관객의 박수로 보상받았다. 그러나 상연이 끝나고 모두가 그녀를 찾았을 때 그녀는 반쯤 정신을 잃고 안락의자에 쓰러져 있었다.

제를로는 전부터—그의 표현에 따르자면—그녀의 과장된 연기와, 조금이라도 그녀의 불행한 이야기를 알고 있는 관객 앞에서 속마음을 드러내는 것이 못마땅했다. 그는 사람들에게 둘러싸인 채 안락의자에 쓰러져 있는 그녀를 보고는 화가 났을 때의 버릇대로 이를 부득부득 갈고 발을 쿵쿵 구르며 말했다.

"그냥 내버려 둬! 그러다가 알몸으로 무대에 오르겠지. 그렇게 되면 박수갈채가 얼마나 더 완벽해지겠어!"

"오빠는 은혜를 몰라요! 무정한 사람 같으니라고! 머지않아 나는 박수갈채가 들리지 않는 곳으로 알몸인 채 실려갈 거라고요."

그녀는 이렇게 외치고는 벌떡 일어나 문 쪽으로 뛰어갔다. 하녀는 그녀에게 망토를 가져다주는 것도 잊고 있었으며 마차도 없었다. 비가 내리고 세찬 바람이 휘휘 불었다. 아무리 말려도 그녀는 막무가내였다. 그녀는 완전히 흥분해 있었기 때문이다. 그녀는 일부러 천천히 걸으며, 시원한 공기가 참 좋다고 했다. 마치 게걸스럽게 찬 공기를 들이마시는 것처럼 보였다. 집에 도착했을 때는 목소리가 쉬어서 거의 한 마디도 할 수가 없었다. 그러나 목덜미에서 등줄기까지 뻣뻣하게 굳었다는 말은 하지 않았다. 머지않아 그녀는 혀에 마비가 오더니 횡설수설하기 시작했다. 침대에 눕혀져 이런저런 응급조치를 받고 나서야 가라앉았지만, 이번에는 다른 증상이 나타나기 시작했다. 열이 펄펄 끓어 위독한 상태에 빠졌다.

이튿날 아침, 그녀는 한 시간 정도 안정을 되찾았다. 빌헬름을 불러서 편지한 통을 건네며 이렇게 말했다.

"이 편지는 오랫동안 이 순간만을 기다려 왔어요. 곧 인생의 마지막 순간을 맞이할 것 같아요. 이 편지를 손수 전해 주시고, 그 못된 인간에게 단 몇 마디라도 해서 내 고통에 복수해 주겠다고 약속해 줘요. 그 사람에게도 감정은 있어요. 내가 죽었다는 소식을 들으면 적어도 한순간은 슬퍼해 주겠죠."

빌헬름은 편지를 받아 들었지만, 그녀가 죽는다는 생각을 떨쳐버리게 하려고 그녀를 정성껏 위로했다.

"아니에요. 나의 가장 간절한 희망을 빼앗지 말아주세요. 난 오랫동안 죽음을 기다렸어요. 난 기쁘게 죽음을 품에 안을 거예요."

얼마 안 있어, 의사가 약속한 원고가 도착했다. 그녀가 빌헬름에게 그 원고를 읽어달라고 부탁했다. 그것이 가져다준 효과는, 여러분이 다음 권을 읽으면 더욱더 잘 이해할 수 있을 것이다. 아우렐리에의 격렬하고 반항적인 성격은 그 글을 듣고 나자 순식간에 누그러졌다. 그녀는 빌헬름에게 주었던 편지를 다시 달라 하고는 편지를 새로 썼다. 그녀는 그것을 아주 온화한 감정으로 써 내려 갔다. 그리고 빌헬름에게 그 사람이 자기가 죽었다는 소식을 듣고 슬퍼하는 것 같거든 그 사람을 위로해 주고, 자기가 그 사람을 용서하고 그의 행복을 빌더 라고 전해 달라 부탁했다.

이때부터 그녀는 매우 조용해졌다. 이따금 빌헬름이 읽어준 원고에 들어 있 는 몇 가지 관념에 대해 생각에 잠기거나, 그것을 자기 것으로 하려고 애쓰는 듯했다. 체력이 눈에 띄게 쇠약해진 기색은 없었지만, 빌헬름이 어느 날 아침 방문해 보니 뜻밖에도 그녀는 죽어 있었다.

그는 그녀를 존경했었고, 같이 사는 데도 익숙해져 있었으므로 그녀를 잃은 슬픔은 대단히 컸다. 그녀는 그를 진정으로 소중히 여겨주는 유일한 사람이었 다. 요즈음 제를로의 냉대는 눈에 띄게 심해졌다. 그래서 그는 그녀에게서 부탁 받은 심부름을 빨리 수행하고자 잠시 극단을 떠나기로 했다.

한편 빌헬름의 출발은 멜리나를 위해서는 매우 바람직한 일이었다. 멜리나 는 재빠르게 여기저기에 편지를 써서 남자 가수 한 명과 여자 가수 한 명을 신 속하게 고용했다. 두 사람을 한동안 간막극에 출연시켜 관객들에게 얼굴을 알 림으로써 앞으로 오페라에 내세울 준비를 할 생각이었다. 얼마 동안은 그렇게 해서 아우렐리에의 죽음과 빌헬름의 부재를 메꿀 수 있을 터였다. 빌헬름은 휴 가를 몇 주 동안만 받을 수 있다면 다른 일은 아무래도 상관없었다.

그는 자기 임무를 이상하리만치 중대하게 생각했다. 아우렐리에의 죽음은 그에게 깊은 감명을 주었다. 그녀가 그렇게 빨리 무대에서 사라지자, 그녀의 목 숨을 단축하고 그 짧은 일생을 그토록 고통스럽게 만든 남자를 증오하지 않을 수 없었다.

죽음에 임하여 아우렐리에가 했던 마지막 말은 온화한 것이었으나, 그는 그 부정한 남자에게 편지를 건네며 따끔하게 비판할 생각이었다. 그리고 그때의 기분에 좌우되지 않도록 해야 할 말을 미리 생각했지만, 그것을 적어 내려가 는 사이에 필요 이상으로 말투가 격해지고 말았다.

그는 흡족하게 고쳐 써졌다는 확신이 들자 그것을 외우면서 여행 준비를 시작했다. 옆에서 그가 짐 싸는 모습을 지켜보던 미뇽이 그에게 남쪽으로 가는지 북쪽으로 가는지 물었다. 북쪽으로 간다고 하자, "그럼 난 여기서 기다릴게요" 말했다. 그녀는 마리아네의 진주 목걸이를 달라고 졸랐다. 그는 그것을 거절할 수가 없었다. 네커치프는 이미 그녀가 가지고 있었다. 그 대신 미뇽은 그가 필요 없다는데도 굳이 망령의 베일을 여행 가방에 쑤셔 넣었다.

멜리나는 연출을 맡게 되었으며, 멜리나 부인은 어머니의 눈으로 아이들을 보살피겠다고 말했다. 빌헬름은 아이들과 헤어지기가 괴로웠다. 작별할 때 펠릭스는 서럽게 울었다. 선물로 무엇이 받고 싶으냐고 그 애에게 묻자, "아빠를 갖다주세요" 했다. 미뇽은 빌헬름의 손을 잡고 발뒤꿈치를 들고 서서 그의 입술에 격렬하게 키스했는데, 거기에는 애정이 아니라 마음이 담겨 있었다. 그러고서 그녀는 외쳤다. "마이스터 씨! 우리를 잊으시면 안 돼요. 빨리 돌아오세요."

우리는 빌헬름을 만감이 교차하는 착잡한 심정으로 여행길에 오르도록 내버려 두고, 여기서 시 한 수를 적어 이 권을 끝내도록 하자. 미뇽이 깊은 감정을 담아 몇 번 암송했던 시이지만, 계속해서 밀려드는 기묘한 사건들로 인해 지금까지 소개할 기회가 없었던 것이다.

말하라 하지 말고 침묵하라고 해줘요.
비밀을 지키는 것이 나의 의무니까요.
이 내 속을 당신에게 보여드리고 싶지만
나의 운명이 그것을 허락하지 않는군요.

때가 오면 마음의 어둠도
떠오르는 태양에 밝아지겠죠.
단단한 바위도 가슴을 열고
숨었던 샘도 솟아나겠죠.

친구의 품에서 안식을 찾으면
가슴에 맺힌 한도 풀어지겠죠.
하지만 맹세가 나의 입술을 막으니
그것을 열 수 있는 것은 오로지 하느님뿐.

제6부

아름다운 영혼의 고백

나는 여덟 살이 될 때까지 아주 건강한 아이였습니다. 그러나 그 시절의 일은, 태어난 날을 기억하지 못하듯이 잘 기억이 나지 않습니다. 여덟 살이 되자 심하게 피를 토했습니다. 그때의 느낌은 마음에 깊이 새겨져 기억에 강하게 남습니다. 마치 어제 일처럼 세세한 것 하나까지 아직도 내 눈에 선합니다.

계속 누워 있어야만 했던 9개월 동안, 내 모든 생각의 토대가 만들어졌다는 느낌이 듭니다. 내 정신이 나름대로 독특하게 발전할 수 있는 첫 번째 단서를 찾았기 때문입니다.

나는 고통스러웠고, 또 사랑했습니다. 그것이 내 마음의 본디 모습이었습니다. 격심한 기침과 사람을 탈진하게 하는 신열에 시달리며 껍데기에 틀어박힌 달팽이처럼 가만히 있었습니다. 조금이라도 상태가 좋아지면 무엇인가 즐거운 일이 하고 싶었습니다. 하지만 다른 즐거움은 누릴 수 있는 처지가 못 되었기에 몸이 상하지 않도록 눈과 귀로 즐거움을 찾았습니다. 사람들은 나에게 인형과 그림책을 갖다 주었으며, 침대 옆에 앉는 사람은 무엇인가 이야기를 해줬습니다.

어머니가 해주시는 성경 이야기는 즐겁게 들었습니다. 아버지는 자연계의 여러 표본들로 즐겁게 해주셨습니다. 아버지는 좋은 수납장을 가지고 계셨는데 이따금 서랍을 하나씩 빼가지고 오셔서 여러 가지 물건들을 보여주며 설명해주셨습니다. 말린 식물과 곤충, 여러 종류의 해부학적 표본들, 인간의 피부와 뼈, 미라 등이 소녀의 병상 앞으로 날라져 왔습니다. 아버지가 사냥해 오신 새나 짐승도 부엌으로 가져가기 전에 나에게 보여주셨습니다. 그러나 여기에 '이 세상의 통치자'[1] 또한 빠져서는 안 되므로, 아주머니는 사랑 이야기나 요정 이

---

[1] 〈요한복음〉 12 : 31, 16 : 11. 이 세상의 통치자란 사탄을 말함.

야기를 해주셨습니다. 나는 모든 것을 받아들였고, 모든 것이 내 마음속에 뿌리내렸습니다. 눈에 보이지 않는 어떤 존재와 신이 나서 이야기한 적도 있었습니다. 그때 어머니에게 불러드려 적어달라고 했던 몇몇 시들은 지금도 기억하고 있습니다.

아버지에게 배운 것을 몇 번이나 아버지에게 다시 이야기해 드렸습니다. 약도 즉시 먹지 않고 물었습니다. "이 약은 어디에서 났어? 어떻게 생겼어? 이름이 뭐야?" 아주머니의 이야기도 무심히 들어 넘기지 않았습니다. 나는 아름다운 옷을 입고 아주 멋진 왕자들과 만나는 것을 상상했습니다. 왕자들은 이 낯선 아름다운 아이가 누구인지 알아낼 때까지 안절부절못했습니다. 하얀 옷을 입고 황금 날개를 달고 나의 환심을 사려는 멋진 꼬마 천사도 같은 모험을 했습니다. 나는 늘 상상을 했기에 마치 천사가 살아 있는 듯한 느낌이 들었답니다.

1년이 지나자 건강해졌습니다. 그러나 어린 시절에 했던 상상의 날개는 사라졌습니다. 인형과도 놀고 싶지 않았습니다. 나의 사랑에 즉각 반응해 주는 존재들을 원했습니다. 아버지는 개나 고양이, 새를 기르셨는데, 그런 동물들이 나를 즐겁게 해주었습니다. 하지만 아주머니가 얘기해 주신 동화들 가운데 아주 중요한 역할을 한 동물을 가질 수 있다면 어떤 것도 아깝지 않았을 것입니다. 그것은 어떤 농부의 딸이 숲에서 발견해 길렀다는 아기 양이었습니다. 사실 마법 때문에 양으로 변한 왕자였는데, 결국에는 아름다운 젊은이가 되어 은인인 그 아가씨와 결혼을 합니다. 나는 이런 아기 양이 너무 가지고 싶었습니다.

그러나 그런 일이 일어날 리는 없습니다. 내 주변에는 모든 것이 무정하게 흘러갔기에 그런 멋진 동물을 얻으리라는 희망도 사라져 갔습니다. 그동안에 신기한 사건들이 적혀 있는 책들을 읽고 위안을 받았습니다. 가장 인기가 있던 것은 《기독교 독일국의 위대한 군주 헤라클레스와 보헤미아 공주 발리스카의 이상한 이야기》[2]였습니다. 그 경건한 사랑 이야기는 내 취향에 꼭 맞았습니다. 사랑하는 발리스카 공주에게 무슨 일이 생기거나 끔찍한 일이 일어나면 헤라

---

[2] 루터교 신학자 하인리히 부홀츠(Heinrich Bucholtz, 1607~1671)가 쓴 도덕적·교화적이며 기상천외한 방대한 바로크 소설. 《기독교 독일국의 위대한 군주 헤라클레스와 보헤미아 공주 발리스카의 이상한 이야기(Des Christlichen Teutschen Groß—Fürsten Herkules Und Der Böhmischen Königlichen Fräulein Valiska Wunder—Geschichte)》(1659)

클레스는 서둘러 도와주러 왔는데, 그 전에 먼저 기도부터 드리는 것이었습니다. 그 책에 자세히 적혀 있던 기도의 말은 정말 마음에 들었습니다. 내가 늘 어렴풋이 느꼈던 보이지 않던 것에 대한 애착은 그 책으로 점점 커졌습니다. 내가 무엇이든 털어놓을 수 있는 분은 신이어야 한다고 생각했기 때문입니다.

나는 계속 자라면서 무엇이든 닥치는 대로 읽었으며, 가장 좋아했던 책은 《로마의 옥타비아》*3였습니다. 소설 형태로 쓰인 초기 기독교도의 박해에 나는 아주 강한 흥미를 느꼈습니다.

그러자 어머니가 책만 읽어서야 되겠느냐고 나무라기 시작하셨습니다. 아버지는 어머니의 뜻에 따라 어느 날 책을 가져가셨지만 그다음 날 다시 내게 돌려주셨습니다. 어머니는 현명하신 분이라 그런 책에서는 아무것도 얻을 것이 없다고 하시면서 성경도 그만큼 열심히 읽어야 한다고 당부하셨습니다. 물론 나는 성경을 아주 흥미롭게 읽고 있었습니다. 그런데도 어머니는 의심스러운 책들이 내 손에 들어오지 않도록 늘 신경을 쓰셨습니다. 하지만 그런 치욕적인 책이라면 나 자신이 먼저 버렸을 것입니다. 그도 그럴 것이 내 왕자님이나 공주님은 모두 좋은 사람들이었기 때문입니다. 더욱이 남녀 간의 자연스러운 사랑 이야기는 사람들이 생각하는 것보다 내가 더 잘 알고 있었습니다. 나는 그것을 성경에서 배웠습니다. 미심쩍은 부분이 나오면 내 눈앞에 떠오르는 사실들과 결부시켜 내 지식과 상상력으로 교묘하게 진실을 찾았습니다. 만약 마녀들의 이야기를 들었다면 나는 마술도 알았을 것입니다.

이 정도로 책벌레였는데도 요리까지 배우게 된 것은 어머니의 지식욕 덕분이었습니다. 하지만 요리를 할 때에도 배울 것이 있었습니다. 닭이나 새끼돼지의 배를 가르는 일은 나에게는 하나의 축제였습니다. 내장을 아버지에게 가져가 보여드리면 아버지는 젊은 학생에게 말하듯이 설명해 주셨습니다. 그리고 진심으로 기뻐하시면서 내가 아들로 태어났어야 했다고 하셨습니다.

열두 살 때였습니다. 프랑스어와 춤과 미술을 배우면서 흔히 그러듯이 종교수업도 받았습니다. 종교수업에서는 여러 가지를 느끼고 생각했는데, 내 마음에 와 닿는 것은 아무것도 없었습니다. 하느님의 이야기는 기쁘게 들었습니다. 내 또래들보다도 하느님에 관해서 잘 이야기할 수 있는 것을 자랑스럽게 여겼

---

*3 안톤 울리히(Anton Ulrich, 1633~1714)가 쓴 바로크 소설. 《로마의 옥타비아(Römische Octavia)》 (1677/79~1707).

습니다. 그래서 종교에 대해서 잘 말할 수 있도록 도움이 될 만한 많은 책들을 열심히 읽었습니다. 그러나 이런 신성한 가르침에 대해 나 자신이 어떤지, 내 영혼이 영원한 태양을 반사하는 거울처럼 되어 있는지, 그런 것은 생각해 보지도 않았습니다. 그것은 처음부터 그렇게 정해져 있었습니다.

프랑스어도 열심히 배웠습니다. 선생님은 유능한 분이었습니다. 경박한 경험주의자도, 무미건조한 문법가도 아니었으며, 여러 학문을 배우셨고 세상 견문도 넓었습니다. 프랑스어를 가르쳐 주시면서 여러 가지로 내 지식욕을 채워주셨습니다. 나는 선생님이 너무 좋아서 선생님이 오실 때에는 늘 설레는 마음으로 기다렸습니다. 미술은 어렵다고 생각하지는 않았지만, 선생님에게 두뇌와 지식이 있었다면 더 발전했을 것입니다. 그러나 미술 선생님은 숙련된 손재주만 지닌 분이셨습니다.

처음에는 춤이 그다지 재미가 없었습니다. 내 몸이 너무 예민했던 것입니다. 그리고 여동생하고만 춤을 췄습니다. 하지만 선생님은 가르치는 남자 여자 할 것 없이 모두 모아서 무도회를 열 생각이셨기 때문에 이 과목이 전과는 다르게 재미있어졌습니다.

많은 소년 소녀들 가운데에서 특히 눈에 띈 것은 시종장의 두 아들이었습니다. 동생은 나와 나이가 같았고, 형은 두 살 위였습니다. 이렇게 아름다운 애들은 이제껏 본 적이 없다고 모두가 말할 정도였습니다. 나도 두 사람을 보자마자 다른 아이들은 눈에 들어오지도 않았습니다. 그때부터 나는 정성 들여서 춤을 추었으며 잘 추고 싶었습니다. 어찌된 일인지 그 두 아이도 많은 아이들 가운데에서 유독 나에게 관심을 보였습니다. 한 마디로 처음부터 우리는 사이좋은 친구가 되었고, 이 즐거운 작은 모임이 끝나기도 전에 우리는 벌써 다음에 어디서 만날지 약속을 했습니다. 나는 너무 기뻤습니다. 그리고 다음 날 아침 두 소년이 저마다 꽃다발에 다정한 편지를 곁들여서 내 안부를 물어왔을 때에는 너무 기뻐서 정신이 돌아버릴 것만 같았습니다. 그러나 그때와 같은 느낌은 두 번 다시 느끼지 못했습니다. 친절함은 친절함으로, 편지는 편지로 되돌아갔습니다. 그때부터 교회나 산책길이 만나는 장소가 되었습니다. 어린 친구들도 늘 우리를 같이 불러주었습니다. 하지만 우리도 이젠 영리해져서 알아도 괜찮은 것 말고는 부모님이 모르시도록 숨겼습니다.

이제 나는 한 번에 두 명의 애인을 가진 셈입니다. 누구를 선택할지는 아직

정하지 않았습니다. 둘 다 좋았습니다. 우리는 셋이서 사이좋게 지냈습니다. 그런데 갑자기 형이 큰 병에 걸렸습니다. 내가 크게 아픈 적이 있어서 환자에게 위로가 되는 편지를 쓰거나 환자의 입에 맞는 맛있는 과자를 보내서 기쁘게 해주었습니다. 그의 부모는 이런 내 정성을 고마워했고, 아들이 완쾌되자 아들의 부탁대로 나와 내 동생을 초대해 주었습니다. 나를 맞이한 그의 애정 어린 태도는 어린애다운 것이 아니었습니다. 그날부터 나는 그를 선택하기로 마음을 정했습니다. 그는 동생에게는 비밀로 하자고 했지만 사랑은 숨길 수 없었습니다. 동생의 질투는 우리의 비밀을 완전하게 만들어 주었습니다. 동생은 여러 가지로 장난을 쳤고, 우리의 기쁨을 망쳐놓고 즐거워했지만, 그가 없애버리려고 했던 우리의 열정은 더욱 타올랐습니다.

이제 나는 내가 그토록 바라던 아기 양을 찾았습니다. 그래서 이 열정은 이전의 병처럼 나에게 영향을 주었습니다. 나는 조용해지고 열광적인 기쁨을 피하게 되었습니다. 나는 고독을 사랑하며 감상적이 되었습니다. 그러자 다시 하느님을 생각하게 되었습니다. 내가 무엇이든 털어놓을 수 있는 분은 늘 하느님이었습니다. 그래서 계속 시름시름 앓는 그를 위해 눈물을 흘리며 기도를 드린 것을 지금도 기억하고 있습니다.

이 일은 너무 어린아이 같기는 하지만 내 마음을 수양하는 데에는 많은 도움이 되었습니다. 프랑스어 선생님은 이제까지 하던 번역 대신 날마다 자신의 느낌을 편지로 쓰게 했습니다. 나는 큰맘 먹고 《필리스와 다몬》*⁴이라는 제목으로 내 사랑 이야기를 써냈습니다. 노교사는 바로 알아채시고는, 솔직하게 다 털어놓도록 하기 위해서 내 작품을 아주 높이 칭찬해 주셨습니다. 나는 점점 더 대담해져서 사실 그대로 세세한 부분까지 솔직하게 털어놓았습니다. 어떤 말 때문인지는 잘 기억이 나지 않지만 한번은 선생님이 이렇게 말씀하셨습니다. "잘 썼구나! 아주 자연스러워. 하지만 필리스는 조심해야 해. 일이 곧 심각해질 수도 있으니까."

나는 선생님이 문제를 진지하게 여기지 않고 계시는 것에 화가 나서 심각하다는 말씀은 무슨 뜻이냐고 물었습니다. 선생님이 바로 노골적으로 설명해 주셨기에 나는 미처 놀라움을 감출 수조차 없었습니다. 하지만 곧 우리는 화가

---

*4 필리스(여자 이름)와 다몬(남자 이름)은 전원문학(田園文學)에서 자주 쓰이는 연인의 이름.

치밀어 오르고 선생님이 그런 생각을 하신다는 것에 기분이 상했습니다. 그러나 마음을 다시 가라앉힌 뒤 필리스를 변호하려고 얼굴을 붉히며 말했습니다. "그렇지만 선생님, 필리스는 명예로운 처녀예요."

선생님은 심술궂게 명예로운 필리스를 두고 나를 놀렸습니다. 그리고 프랑스어로 말하면서 '명예롭다'라는 의미의 'honnête'란 단어를 써서 필리스의 명예로움에 여러 가지 의미를 갖다 댔습니다. 나는 바보가 된 기분이 들어 어떻게 해야 할지 몰랐습니다. 선생님은 내가 무서워하지 않도록 이야기를 멈추셨지만, 기회를 봐서 다시 이야기를 꺼내셨습니다. 선생님은 수업에서 읽거나 번역한 희곡이나 단편들이 계기가 되어 이른바 정숙함이라는 것이, 정열의 도전에 대해서는 얼마나 약한 방패인가를 몇 번이나 이야기하셨습니다. 나는 더 이상 항변은 하지 않았지만, 속으로는 늘 화가 나고 선생님의 이야기가 무거운 짐처럼 느껴졌습니다.

나와 다몬과의 관계도 점점 멀어졌습니다. 동생의 심술궂은 장난 때문에 사귈 수 없게 된 것입니다. 그리고 얼마 되지 않아 둘 다 아직 어린 나이에 죽고 말았습니다. 나는 슬펐지만 그들을 곧 잊게 되었습니다.

이제 필리스는 빠르게 자랐고 아주 건강했으며 세상을 알기 시작했습니다. 왕세자는 결혼한 지 얼마 되지 않아 부왕이 돌아가시자 곧 왕위에 올랐습니다. 궁정과 도시도 활기를 띠었습니다. 그래서 내 호기심도 많은 자극을 받았습니다. 연극이나 무도회, 그리고 거기에 연이어 벌어지는 온갖 모임이 있었습니다. 부모님은 우리를 되도록 밖에 나가지 못하게 하셨지만, 궁정 행사이고 보니 얼굴을 내밀지 않을 수 없으셨으며, 그럴 때면 나도 부모님을 따라가곤 했습니다. 외국인들도 밀려들어 왔고 집집마다 손님으로 가득 찼습니다. 우리 집도 다른 사람의 소개를 받아 온 몇몇 귀족들이 머물고 있었습니다. 내 아저씨 댁에서는 모든 인종의 외국인들을 만날 수 있었습니다.

나중에도 프랑스어 선생님은 조심스럽지만 정확하게 경고를 계속 해주셨는데, 나는 마음속으로 늘 선생님을 기분 나쁘게 생각했습니다. 선생님의 주장이 옳다고는 한 번도 생각한 적이 없었습니다. 아마 그때도 내가 옳고, 어떤 경우에도 여자는 약한 존재라고 생각하는 선생님이 틀렸을지도 모릅니다. 그러나 아주 집요하게 그렇게 말씀하셨기에 어느 때는 선생님이 옳을지도 모르겠다는 불안감에 아주 자신 있게 이렇게 말씀드린 적도 있습니다. "위험이 그토록 크고 인간의 마음이 그렇게 약하다면 나를 지켜달라고 하느님에게 기도드리겠어요."

선생님은 그 순진한 대답이 좋으셨는지 내 마음가짐을 칭찬해 주셨습니다. 하지만 나는 진심으로 그렇게 생각한 것은 아니었습니다. 그것은 빈말에 지나지 않았습니다. 눈에 보이지 않는 존재에 대한 나의 감정은 완전히 사라졌기 때문입니다. 나를 에워싸고 있던 수많은 사람들 때문에 혼란스러워 거센 물결에 내 마음은 휩쓸려 가버렸습니다. 내 삶에서 가장 공허한 시기였습니다. 며칠 동안이나 아무 말도 하지 않고 건실한 생각은 아무것도 하지 않고 멍하니 시간을 보내는 것이 나의 일상이었습니다. 좋아하는 책들도 읽지 않았습니다. 나를 둘러싼 사람들은 학문 따위는 생각하지도 않았습니다. 그들은 독일의 궁정 사람들이었는데 그 무렵 이 계급의 사람들에게 문화라고는 전혀 없었습니다.

이런 사람들과의 교제가 나를 파멸의 수렁으로 빠뜨리리라는 것은 틀림없는 사실이겠죠. 나는 관능적인 발랄함 가운데서 그저 그렇게 지냈습니다. 산만하고, 기도도 하지 않았으며, 자신도 하느님도 생각하지 않았습니다. 그러나 잘생기고 부자에다 옷 잘 입는 그 많은 남자들 가운데 누구 하나 내 마음에 드는 사람이 없었다는 것은 하느님의 이끄심이었다고 생각합니다. 다들 방탕했고, 또 그것을 숨기려고 하지도 않았습니다. 나는 무서웠습니다. 그들의 이야기는 알 수 없는 내용들뿐이었고, 그것을 듣고 있자니 모욕당한 기분이었습니다. 나는 그들에게 냉정했습니다. 무엇보다 그들의 무례함은 이따금 믿기 힘들 정도여서 나는 늘 퉁명스럽게 대했습니다.

노선생님은 이런 추악한 젊은이들은 대부분 처녀의 도덕성을 위협할 뿐만 아니라 건강도 해칠 수 있다는 사실을 살짝 귀띔해 주었습니다. 나는 그들만 보면 그만 소름이 끼쳤습니다. 그들 가운데 한 사람이 어쩌다가 나에게 아주 가까이 다가오기만 해도 불안했습니다. 술잔과 찻잔은 물론, 누군가가 앉았다 방금 일어난 의자까지도 건드리지 않았습니다. 그래서 나는 정신적으로나 육체적으로 매우 고립된 상태에 있었으며, 그들이 나에게 말해 주는 칭찬들을 모두 콧대 높게도 당연한 찬사로 생각했습니다.

그 무렵 우리 도시에 머물던 외지인들 가운데에서 한 젊은이가 특히 눈에 띠었는데, 우리는 그를 농담 반 진담 반 나르치스*⁵라고 불렀습니다. 그는 외교관으로서 좋은 평판을 듣고 있었으며, 우리나라의 새 궁정에서 일어나는 인사 이동에서 유리한 지위를 얻고자 기대하고 있었습니다. 그는 우리 아버지와 곧 친해졌고, 그의 지식과 태도로 더 유력한 명사들과의 모임에도 드나들 수 있게 되었습니다. 아버지는 그를 칭찬했으며, 그에게 자만심 같은 것이 없었다면 그의 아름다운 모습은 더욱 주목을 끌었을 것입니다. 나도 그를 보고 호감을 가졌지만 그와 말해 본 적은 없었습니다.

그 사람도 참석했던 큰 무도회에서 우리는 함께 미뉴에트를 추었는데, 그다지 가까워지지도 않은 채 끝나버렸습니다. 아버지가 나의 건강을 걱정하셔서 나는 늘 격한 춤들은 피했고, 그날도 격렬한 춤들이 시작되자 옆방으로 가서 친구들이나 카드놀이를 하던 손위 부인들과 이야기를 나누었습니다.

한동안 일행과 함께 춤추던 나르치스도 한번은 내가 있던 방으로 들어왔습니다. 춤을 추다가 터진 코피가 멈추자 나와 이런저런 이야기를 하기 시작했습니다. 달리 애정은 없었지만 30분도 안 되어서 이야기가 아주 재미있어졌기에, 우리 둘은 이제 춤출 생각을 전혀 하지 않았습니다. 얼마 안 있어 다른 사람들이 놀리기 시작했지만 우리는 신경 쓰지 않았습니다. 다음 날 저녁에도 이야기를 할 기회가 있었고, 우리는 서로의 건강을 염려했습니다.

이제 우리는 친한 사이가 되었습니다. 나르치스는 나와 여동생을 찾아왔습니다. 그리고 그때야 비로소 나는 내가 무엇을 알고 있는지, 무엇을 생각하고 느끼는지, 대화 중에 무엇을 표현할 수 있는지 깨닫기 시작했습니다. 진작부터 상류 사교계에 드나들던 그 새로운 친구는 역사와 정치 분야에 정통한 데다 문학에도 폭넓은 지식을 가지고 있었으며, 신간 서적, 특히 프랑스에서 출간된 책은 모르는 것이 없었습니다. 그는 재미있는 책들을 가지고 있어서 나에게 보내주었는데, 이것은 알아서는 안 될 사랑에 관한 지식보다도 더 비밀로 해야만 했습니다. 학식 있는 여자들이 비웃음을 받기도 했고, 교육을 받은 여자들이 인기가 없었기 때문입니다. 아마도 그토록 많은 무식한 남자들을 창피하게 만드는 것을 예의 바르지 못한 일로만 생각했기 때문이겠죠. 내 정신을 교육할 수 있는 이 새로운 기회를 아주 바람직한 일로 여기셨던 아버지조차도 내가 이

---

*⁵ 그리스 신화, 나르시스(Narziß). 물에 비친 아름다운 자기 모습에 넋이 빠져 수선화가 된 미소년.

런 문학책들을 읽는 것은 비밀로 하라고 요구하실 정도였으니까요.

우리의 교제는 만 1년간 이어졌습니다. 그러나 그가 나에게 사랑이나 애정을 표현한 적은 없었습니다. 그는 늘 예의 바르고 친절했지만 어떤 감정을 나타내지는 않았습니다. 오히려 그 무렵 무척 예뻤던 내 여동생의 매력에 무관심할 수 없었던 것 같습니다. 농담으로 외국어로 된 온갖 애칭을 여동생에게 붙여주었습니다. 그는 여러 개의 외국어를 잘할 수 있었고, 그 특유의 말을 독일어로 이야기할 때 섞어 쓰는 것을 좋아했습니다. 여동생은 그의 친절에 그다지 관심을 보이지 않았습니다. 동생과는 인연이 달랐던 것입니다. 동생은 성급한 편이었고 그는 예민한 편이어서 사소한 일로 자주 다투었습니다. 한편 그는 어머니와 아주머니들하고도 사이가 좋아 점점 한 가족처럼 되어갔습니다.

만약 이상한 우연으로 우리의 관계가 갑자기 변하지 않았다면, 우리는 계속 그대로 지냈을 것입니다. 나는 여동생과 함께 어느 집에 초대를 받았는데, 별로 가고 싶지 않았습니다. 그곳에 오는 손님들은 잡다하고, 세련되지 못하다고까지 하지는 않더라도 품위가 없는 사람들이었기 때문입니다. 이번에는 나르치스도 같이 초대되어 나도 가볼까 하는 생각이 들었습니다. 그가 있으면 나와 이야기를 할 수 있는 사람은 확실히 있는 거니까요. 그런데 식사를 할 때부터 불쾌한 일들이 있었습니다. 몇몇 남자들이 취했던 것입니다. 식사 뒤에는 벌서기 놀이를 시작했는데, 모두가 다 참여해야 된다는 것이었습니다. 이 놀이는 매우 소란스럽고 야단스럽게 진행되었으며, 나르치스가 벌을 서게 되었습니다. 그가 받은 벌은 여기에 있는 모든 사람 귀에 무엇인가 마음에 들 만한 말을 속삭여 주라는 것이었습니다. 그는 내 옆에 있던 어느 대위의 부인 곁에 오래 머물렀습니다. 그러자 갑자기 그 대위가 그의 따귀를 때렸습니다. 바로 옆에 앉아 있던 내 눈에 머리카락에 뿌려져 있던 분가루가 튀어 날아들 정도였습니다. 눈을 닦고 어느 정도 정신을 차렸을 때 두 사람이 칼을 뽑아들고 서 있는 것을 보았습니다. 나르치스는 피를 흘리고 있었습니다. 대위는 취기와 분노와 질투로 정신이 나가 다른 사람들이 뜯어말려도 막무가내였습니다. 나는 나르치스의 팔을 붙들고 문밖으로 나와 계단을 올라가서는 다른 방으로 데리고 들어갔습니다. 그러고는 미친 듯이 날뛰는 대위가 위험해 보여 곧장 문을 잠가버렸습니다.

우리는 둘 다 상처를 그다지 대수롭지 않게 생각했습니다. 손에 가벼운 찰과상만 있었으니까요. 그런데 나는 곧 그의 등을 타고 피가 줄줄 흘러내리는 것을 알았습니다. 머리에 심한 상처를 입은 것입니다. 나는 불안해지기 시작했습니다. 다른 사람에게 도움을 청하기 위해 계단참까지 내려갔지만 아무도 보이지 않았습니다. 모두들 아래층에서 미쳐 날뛰는 그를 진정시키고 있었던 것입니다. 마침내 그 집 딸 하나가 뛰어 올라왔지만, 너무 떠들어대서 불안해졌습니다. 그녀는 그 바보 같은 소동과 그 저주받을 희극에 대해서 자지러지게 웃고 있었던 것입니다. 나는 외과 의사를 불러달라고 부탁했습니다. 그러자 그녀는 자기가 직접 불러주겠다며 말괄량이 아가씨답게 바로 계단을 뛰어 내려갔습니다.

나는 다시 부상당한 그에게로 돌아가 그의 손을 내 손수건으로 싸매고, 문에 걸려 있는 수건을 그의 머리에 동여맸습니다. 그는 피를 많이 흘리고 있었으며 창백해져서 정신을 잃을 것만 같았습니다. 우리를 도와줄 사람은 아무도 없었어요. 나는 자신도 모르게 그를 팔에 껴안고는 쓰다듬어 주고 좋은 말을 해주면서 기운을 차리도록 애썼습니다. 비록 정신적인 것에 지나지 않았지만, 도움이 되었는지 그는 의식을 잃지 않고 얼굴이 창백해진 채 그대로 앉아 있었습니다.

마침내 그 집의 안주인이 왔습니다. 그녀는 나르치스가 이런 모습으로 제 두 팔에 안겨 둘 다 피범벅이 되어 있는 것을 보고 깜짝 놀랐습니다. 나르치스가 부상을 당했다고는 아무도 생각하지 못했고, 내가 잘 데리고 나갔다고만 생각했기 때문입니다.

그로부터 포도주와 향수 등 환자의 기운을 북돋울 수 있는 것이 넘쳐나도록 날라져 왔고, 이윽고 외과 의사도 왔습니다. 나는 그때 그만 물러나도 좋았겠지만, 나르치스가 내 손을 꽉 쥐고 있었습니다. 하긴 그렇게 손이 붙잡혀 있지 않았다 하더라도 나는 남아 있었을 것입니다. 의사가 붕대를 감아주고 있는 동안에도 포도주로 그의 입술을 닦아주었습니다. 손님들이 모두 주위에 서 있었는데도 전혀 신경 쓰지 않았습니다. 의사의 치료가 끝나자 나르치스는 말 없이 진심을 담은 작별 인사를 하고는 집으로 실려갔습니다.

그 안주인은 나를 자기 침실로 데리고 가서 내 옷을 모두 벗겼습니다. 솔직히 말해 나의 몸에서 그의 피를 닦아내고 있을 때 나는 힐끗 거울을 보았는데, 그때 내가 옷을 입지 않고도 아름답다고 할 만하다는 사실을 처음으로 알았습니다. 내 옷은 다시 입을 수 없었습니다. 그러나 그 집 여자들은 모두 나보다 작거나 뚱뚱했기 때문에 나는 이상한 모습이 되어 집에 돌아가 부모님을 놀라게 만들었습니다. 부모님은 내가 놀란 사실과 나르치스의 부상, 대위의 망동 등 그 사건에 대해 무척 화를 내셨습니다. 아버지는 나르치스의 복수를 위해 바로 그 대위에게 결투를 신청하실 기세였습니다. 또 그런 살인미수 행위를 바로 그 자리에서 꾸짖지 않았는지 괘씸하다며 거기에 있던 남자들을 나무라셨습니다. 그 대위는 뺨을 때리며 바로 칼을 뽑아 뒤에서 나르치스를 찌른 게 분명하다는 것이었습니다. 그리고 손의 상처는 나르치스 자신이 칼을 뽑을 때에 입은 것이었겠죠. 나는 말을 할 수도 없을 정도로 화가 나 흥분했습니다. 마음 깊은 곳에 잠들어 있던 격정이 바람을 만난 불꽃처럼 활활 타올랐습니다. 즐거움과 기쁨은 먼저 사랑을 만들어 놓고 남몰래 조용히 키우는 것이고, 본디 대담한 사랑은 놀라움으로 더 쉽게 결단을 내리고 속마음을 고백하게 만드는 것입니다. 부모님은 나에게 약을 주시고 자리에 눕도록 했습니다. 아버지는 다음 날 일찍 나르치스에게 가셨는데, 그는 상처 때문에 열이 나 누워 있었습니다.

두 사람 사이에 어떤 대화가 오갔는지 아버지는 별로 말씀해 주시지 않았지만, 이 사건이 가져올지도 모르는 결과에 대해서는 나를 안심시키려고 하셨습니다. 나르치스가 대위에게 사죄를 받는 것으로 끝날지, 법정에까지 끌고 가야할 일인지 하는 이야기였습니다. 나는 아버지를 잘 알아서 결투 없이 끝나리라는 아버지의 말은 믿을 수 없었습니다. 하지만 나는 가만히 있었습니다. 여자가 이런 문제에 끼어드는 게 아니라고 어릴 때부터 아버지에게 배웠기 때문입니다. 어쨌든 둘 사이에 나에 관한 이야기가 있었던 것 같지는 않았습니다. 그러나 얼마 안 있어 아버지는 그때의 일을 낱낱이 어머니에게 털어놓으셨습니다. 아버지의 말씀에 따르면, 나르치스는 나의 간호에 감동을 받아 아버지를 안고 나에게 받은 은혜는 평생 잊지 못할 것이라고, 나와 함께 나눌 수 없는 행복은 바라지 않는다고 아버지를 장인어른이라 부르는 것을 허락해 달라고 간청했다는 것이었습니다. 어머니는 아버지의 말을 그대로 전해 주셨지만, 동시에 흥분해서 그가 한 말을 그대로 받아들여서는 안 된다고 주의를 주셨습니다. "네, 물론이지요." 나는 짐짓 쌀쌀맞게 대답했으나 도저히 태연할 수 없었습니다.

나르치스는 두 달 동안이나 누워 있었습니다. 오른손 부상 때문에 편지를 쓸 수도 없었는데, 그동안에도 그는 나에게 호의를 보내왔습니다. 여느 때와 다른 그의 친절함과 어머니에게 들은 말들이 섞여 내 머릿속은 여러 가지 공상으로 가득 찼습니다. 이 사건으로 온 도시가 들썩거렸습니다. 내가 아무리 부정하려고 해도 내 마음을 뒤흔드는 결론이 났던 것입니다. 이제까지는 놀이나 버릇이었던 것이 지금은 진정한 애정이 되었습니다. 나는 불안한 마음으로 지냈는데, 모든 사람에게 조심스럽게 감추려 하면 할수록 그 불안은 더욱더 커져 갔습니다. 그를 잃을지도 모른다고 생각하니 무서워졌습니다. 또 그와 가까운 관계가 될지도 모른다고 생각하면 가슴이 떨렸습니다. 아직 철이 덜 든 소녀에게 결혼은 생각만으로도 두려운 일이었습니다.

이렇게 끊임없는 동요 속에 나는 다시 나 자신을 되돌아보게 되었습니다. 이제까지 밤낮으로 내 눈앞에 어른거리던 다채로운 환상들이 한꺼번에 사라졌습니다. 내 마음은 다시 움직이기 시작했습니다. 그러나 눈에 보이지 않는 그분과 오랫동안 멈추었던 관계를 회복하는 것은 쉬운 일이 아니었습니다. 우리 사이에는 아직 상당한 거리가 있었습니다. 예전에 비하면 많이 좁아졌지만 아직도 사라지지는 않았습니다.

대위가 중상을 입은 결투가 나도 모르는 사이에 있었습니다. 여론은 모든 점에서 내 애인의 편이었습니다. 그는 드디어 사람들 앞에 모습을 보였습니다. 머리와 손에 붕대를 매고 가장 먼저 찾아간 곳은, 나의 집이었습니다. 내 가슴은 너무 두근거려서 아플 정도였습니다. 온 가족이 그를 맞이했는데, 가족들이나 그나 평범하게 인사를 하거나 정중한 인사를 보일 뿐이었습니다. 그는 기회를 보아 남몰래 몇 번이나 애정을 표시했으나, 나의 불안은 더욱 커져갈 뿐이었습니다. 그는 완쾌하고 나자 겨울 내내 전처럼 우리 집을 들렀으며, 자신의 마음이나 애정의 증거를 남모르게 보내왔는데도 여전히 모든 것이 확실하지 않았습니다.

사실 나는 늘 시련 속에 있었습니다. 마음을 터놓고 말할 수 있는 사람은 아무도 없었습니다. 하느님으로부터도 멀리 떨어져 있었습니다. 쓸쓸하게 지낸 4년 동안 하느님을 완전히 잊었던 것입니다. 이따금 하느님을 생각했지만 하느님과의 사이는 차갑게 식었습니다. 성당에는 갔지만 의례적인 것에 지나지 않았습니다. 게다가 하느님 앞에 나설 때에는 아름다운 옷을 입고 다른 사람보다 낫다고 생각하는 나의 미덕과 품행과 장점들을 자신 있게 보였기에, 하느님은 그렇게 꾸민 나를 전혀 알아보지 못하신 것 같았습니다.

한 신하가 은총을 기대하는 영주에게 냉대를 받았다면 불안했겠죠. 하지만 나는 조금도 불안하지 않았습니다. 나는 필요한 것은 다 가지고 있었으며, 건강하고 안락하게 지내고 있었습니다. 내가 이따금 하느님을 생각하는 것을 하느님이 인정해 주신다면 그것은 그것대로 좋지만, 인정해 주지 않더라도 내 할일은 했다고 생각합니다.

물론 내가 나 자신을 이렇게까지 생각한 것은 아니었습니다. 그러나 이것이 내 영혼의 진짜 모습이었습니다. 하지만 내 생각을 바꾸고 정화시키려는 마음의 준비가 이미 다 되어 있었습니다.

봄이 왔습니다. 내가 혼자 있을 때, 나르치스가 아무런 예고도 없이 찾아왔습니다. 그때 그는 애인처럼 행동했는데 자신의 마음을 허락해 주겠는지, 앞으로 명예롭고 수입 많은 직책을 얻으면 자기 청혼을 받아줄 것인지 물었습니다.

그는 이미 우리 고장의 궁정에 임용되어 있었습니다. 그렇지만 사람들이 그의 야망을 두려워해서 빨리 승진시키기보다는 그가 재산도 갖고 있었기 때문에 적은 월급만 주고 있었던 것입니다.

나는 그를 많이 좋아했지만, 그가 솔직하게 이야기할 수 있는 사람이 아니라는 것도 알고 있었습니다. 그래서 나는 침착하게 먼저 아버지에게 말씀드려 보라고 말했습니다. 그는 아버지의 승낙을 받는 일은 전혀 의심하지 않는 듯했지만, 당장 나에게 대답을 듣고 싶다고 말했습니다. 마침내 나는 부모님의 동의를 절대적인 조건으로 하고 그의 청혼을 받아주었습니다. 그래서 그는 정식으로 부모님에게 결혼 이야기를 꺼냈습니다. 부모님은 허락하셨으며 곧 그가 승진하리라 기대하면서 약속해 주셨습니다. 여동생과 아주머니한테도 알렸지만, 비밀로 하라고 엄명을 내리셨습니다.

이제 애인이 약혼자가 되었습니다. 이 둘 사이의 차이는 아주 컸습니다. 건전한 생각을 가진 모든 소녀의 애인을 약혼자로 바꾸어 놓을 수 있다면, 설령 이 관계가 결혼으로 이루어지지 않는다 하더라도 우리 여성들을 위해서는 큰 도움이 될 것입니다. 둘 사이의 사랑이 줄어들지는 않겠지만 보다 더 이성적인 사랑이 될 것입니다. 사소한 어리석은 많은 행동들, 온갖 교태와 변덕이 바로 사라집니다. 약혼자가 아름답게 머리를 꾸민 것보다도 아침 수건을 쓰고 있는 것이 더 마음에 든다고 한다면, 분별 있는 아가씨라면 틀림없이 머리치장을 신경 쓰지 않게 되겠죠. 그리고 그도 생각이 올바르다면 세상에 보여주기 위해 약혼자를 인형으로 만들기보다는 주부가 되어주었으면 하는 것이 당연한 일이겠지요. 그래서 모든 면에서 이렇게 말할 수 있을 것입니다.

다행히 약혼자가 지성과 학식을 가졌다면, 그녀는 대학교나 외국에서 배울 수 있는 것보다 더 많은 것을 배울 수 있습니다. 그녀는 약혼자가 줄 수 있는 교양을 기꺼이 받아들일 뿐만 아니라, 이 길에서 더 나아가려고 할 것입니다. 사랑은 불가능한 것을 가능하게 합니다. 결국 여성에게 필요한, 또는 여성에게 어울리는 순종도 곧 익숙해질 것입니다. 약혼자는 남편처럼 지배하려고 하지 않습니다. 부탁할 뿐입니다. 그래서 여성은 그가 바라는 바를 읽어내고 부탁하기 전에 하려고 할 것입니다.

이렇게 나는 무엇과도 바꿀 수 없는 것을 경험으로 배웠습니다. 나는 행복했습니다. 정말 행복했습니다. 이 세상에서 누릴 수 있는 그대로 말이죠. 짧은 시간 동안이기는 했지만.

이렇게 고요한 즐거움 가운데 여름 한철이 지나갔습니다. 나르치스는 나를 곤란하게 하는 일은 절대로 하지 않았습니다. 나는 점점 더 그가 좋아졌습니다. 마음 깊은 곳에서부터 그를 좋아했습니다. 그도 그것을 잘 알았고 나를 소중하게 생각해 주었습니다. 그런데 아주 사소한 일에서 우리의 관계를 점점 벌어지게 하는 무언가가 자라났습니다.

나르치스는 약혼자로서 나와 사귀고 있었지만, 아직 금지된 것을 요구한 적은 없었습니다. 그러나 순결과 품행의 한계에 대한 우리의 생각은 아주 달랐습니다. 나는 누구에게도 비난받고 싶지 않았고, 세상에 알려져 곤란해질 행동은 절대로 허락하지 않았습니다. 자질구레한 쾌락에 익숙해져 있던 그는 이런 나를 너무 엄격하다 생각했으며, 그 때문에 끊임없는 말다툼이 생겼습니다. 그는 나의 태도를 칭찬하면서도 내 결심을 꺾으려고 했습니다.

나는 예전 프랑스어 선생님이 '일이 심각해질 수도 있으니까'라고 했던 말이 생각났으며, 동시에 그렇게 안 되도록 할 수도 있다고 하면서 그때 내가 말했던 방지책도 생각났습니다.

나는 하느님과 다시 조금씩 친해졌습니다. 하느님은 나에게 이런 멋진 약혼자를 주셨던 것입니다. 나는 그것을 감사하게 생각했습니다. 세속적인 사랑은 나의 정신을 집중시키고 움직이게 만들었는데, 내가 하느님과 사귀는 것은 그 사랑과 모순되는 일이 아니었습니다. 나는 순진하게도 나를 불안하게 하는 것에 대해 하느님께 하소연했습니다. 그렇지만 나를 불안하게 하는 것을, 다름 아닌 나 스스로 바라고 있다는 사실은 알아차리지 못했습니다. 나는 나 스스로 아주 강하다고 생각해서 "우리를 유혹에 빠지지 않게 해주시옵소서"*6라고는 기도하지 않았습니다. 유혹 따위는 이겨낼 수 있다고 생각했던 것입니다. 나는 정절이라는 쓸모없고 겉만 번드레한 장식을 하고서 자신만만하게 하느님 앞에 나타났던 것입니다. 하느님은 그런 나를 돌려보내지 않았습니다. 내가 조금이라도 다가가면 하느님은 내 마음에 부드러운 인상을 남겨주셨습니다. 이 인상에 감동되어 나는 자꾸만 다시 그분을 찾아가게 된 것입니다.

나르치스가 없다면 나에게는 온 세상이 죽은 것과 마찬가지입니다. 나르치스 이외에는 그 어느 것도 매력이 느껴지지 않았습니다. 꾸미고 싶은 마음도 그의 마음에 들고자 하는 것에 지나지 않았습니다. 그를 만날 수 없으면 정성들여 꾸밀 생각도 들지 않았습니다. 나는 춤을 좋아했는데, 그가 없으면 몸을 움직이는 것조차 귀찮아졌습니다. 화려한 연회에 초대받아도 그가 오지 않으면 옷을 새로 마련할 생각도, 헌옷을 유행에 맞게 고쳐 입고 나갈 기분도 들지 않았습니다. 나는 누구도 싫지 않았지만, 다들 귀찮았다고 말하는 게 낫겠죠. 평소에는 카드놀이 따위는 하고 싶지도 않았는데, 손윗사람들과 어울려 카드놀이라도 할 수 있었을 때에는 그날 저녁 시간은 정말 잘 보냈다고 생각할 정도였습니다. 그리고 옛 친구가 이런 나를 놀리거나 하면 그날 저녁 처음으로 미소를 짓는 게 고작이었습니다. 산책을 할 때에도, 그 밖의 모든 사교적 모임에서도 이런 식이었습니다.

> 내가 선택한 사람은 그이뿐.
> 난 그만을 위해 태어난 듯,
> 내가 바라는 건 그의 사랑뿐!*7

나는 친구들 사이에서도 늘 고독했고, 대부분 이런 완전한 고독이 나에게는 더 나았습니다. 하지만 복잡한 내 정신은 잠을 잘 수도, 꿈을 꿀 수도 없었습니

---

*6 〈마태복음〉 6 : 13. "우리를 유혹에 빠지지 않게 하시고 악에서 구하소서."
*7 인용된 시이겠지만, 누구의 시인지는 모른다.

다. 나는 느끼고 생각했습니다. 그리고 내가 느끼고 생각하는 것에 따라 하느님과 이야기하는 법을 차츰 알아가게 되었습니다. 그러자 내 영혼에 다른 종류의 느낌이 점점 자라나게 되었는데, 이것은 나르치스에 대한 느낌과 조금도 모순되지 않았습니다. 나르치스에 대한 나의 사랑은 전체 천지창조 계획 가운데 하나에 속하는 것으로서 하느님에 대한 내 의무와 조금도 어긋나지 않았기 때문입니다. 이 두 가지는 모순된 것이 아니었지만, 또한 한없이 다른 것이었습니다. 나르치스는 내 눈앞에 어른거리면서 나의 온 사랑을 다 받고 있는 유일한 형상이었습니다. 그러나 또 하나의 감정은 어떤 상에 쏠리고 있는 것이 아니라 이루 말할 수 없을 정도의 유쾌한 것이었습니다. 나는 이런 감정을 더 이상 가지고 있지 않으며, 가지고 싶어도 가질 수가 없습니다.

　나르치스는 나의 모든 비밀을 다 알고 있었지만, 이런 감정에 대해서만은 아무것도 몰랐습니다. 얼마 안 있어 나는 그의 생각이 나와 다르다는 사실을 알았습니다. 그는 가끔 책을 가져다주었는데, '눈에 보이지 않는 존재'와의 이어짐이라 부를 수 있는 모든 것을 크고 작은 무기로써 반박하는 그런 책들뿐이었습니다. 그가 가져온 것이라 다 읽기는 했지만, 결국 그 내용은 처음부터 끝까지 이해할 수 없었습니다.

　학문과 지식에 대해서도 두 사람 사이에는 차이가 있었습니다. 그는 다른 남자들과 마찬가지로 배운 여자들을 경멸했는데, 그러면서도 끊임없이 나를 가르치려고 했습니다. 법률학을 뺀 모든 학문에 대해 나와 이야기했습니다. 그리고 모든 종류의 책을 가져왔지만, "칼뱅파 신도가 가톨릭 국가에서 그 신앙을 숨겨야 하는 것보다 여자는 더 그 지식을 비밀로 해야 한다"는 이상한 의견을 되풀이해서 늘어놓았습니다. 나는 아주 자연스럽게 세상 사람들 앞에서 다른 사람들보다 똑똑하고 많이 배운 척도 하지 않았는데, 그가 허영심을 이겨내지 못하고 가끔 먼저 내 자랑을 했습니다.

　그 무렵 큰 영향력, 풍부한 재능, 고매한 정신으로 존경받던 사교계의 거물이 우리나라 궁정에서 큰 인기를 끌고 있었습니다. 그는 나르치스를 특히 눈여겨보고, 늘 자신의 옆에 두었습니다. 그들은 여성의 순결에 대해서도 논의를 했는데, 나르치스는 그 내용을 나에게 자세히 이야기해 주었습니다. 나도 내 의견을 솔직하게 말했고, 나르치스는 글로 써달라고 했습니다. 나는 프랑스어를 꽤 유창하게 말하고 쓸 수도 있었습니다. 다행히 노선생님이 기초를 잘 가르쳐 주셨기 때문입니다. 나르치스와의 편지도 프랑스어로 썼으며, 그 무렵에는 세련된 교양을 얻으려면 프랑스어로 된 책을 읽는 수밖에 없었습니다. 백작은 내 글을 마음에 들어했고, 나는 얼마 전에 썼던 몇 편의 시까지도 보여드려야 했습니다. 요컨대 나르치스는 더 참지 못하고 자기 애인을 자랑한 모양이었습니다. 이 이야기는 백작이 떠날 때 나르치스에게 보낸, 프랑스어로 재치 있게 쓴 편지로 끝이 났습니다. 나르치스는 매우 만족했습니다. 백작은 그 편지에서 두 사람의 우호적인 논쟁을 언급하고, 회의와 오류를 거듭하던 끝에 매력적이고 정숙한 부인의 품에 안기어 이제야 비로소 덕성이 무엇인지 가장 확실하게 알게 된 나르치스야말로 행복한 사람이라고 했습니다.

이 시는 맨 처음 나에게 보여주었는데, 나중에는 거의 모든 사람에게 보여주어서 누구나 그것을 보고 저마다 마음대로 생각했습니다. 이런 일이 여러 번 있어서 그가 존경하는 모든 사람은 우리가 모르는 사람들일지라도 우리 집에 와야만 했습니다.

어느 백작 가족이 우리 고장의 실력 있는 의사에게 치료를 받기 위해 한동안 여기서 머물렀습니다. 나르치스는 그 의사의 집에서도 아들 같은 대접을 받고 있어서, 나를 그 집으로 데리고 갔습니다. 그 점잖은 사람들과의 대화로 정신과 마음이 유쾌해졌습니다. 사교적인 평범한 오락조차도 다른 집에서처럼 그렇게 공허하지 않았습니다. 다들 우리 관계를 알고 있어서 거기에 맞는 대접을 해주셨는데, 간섭하지는 않으셨습니다. 내가 이 새로운 만남을 이야기하는 것은 이것이 앞으로의 내 인생에 많은 영향을 주었기 때문입니다.

우리가 약혼을 한 지 벌써 1년이 흘렀습니다. 그와 함께 우리의 봄도 지나갔습니다. 여름이 오고, 모든 것이 더욱 진지하고 더욱 뜨거워졌습니다.

예기치 않게 몇 분이 돌아가셔서 나르치스가 요구할 수 있는 자리가 생겼습니다. 나의 운명이 결정되는 순간이 다가온 것입니다. 나르치스와 그의 모든 친구들이 그에게 불리한 인상을 지워버리고 또 그가 바라는 지위를 얻을 수 있도록 애썼습니다. 그리고 나는 내 소원을 가지고 그 보이지 않는 분을 찾아갔습니다. 그가 나를 아주 친절하게 맞이해 주셨기에 나는 기꺼이 몇 번이나 더 찾아갔습니다. 나는 솔직하게 나의 소원을 털어놓고, 나르치스가 그 직책을 얻게 되기를 원했습니다. 그러나 나의 소원은 사정하는 투는 아니었으며, 내 기도를 꼭 들어달라고 요구하지도 않았습니다.

그 직책은 나르치스보다 훨씬 못한 경쟁자가 차지했습니다. 나는 그 소식을 듣고 깜짝 놀라 급히 내 방으로 들어가 문을 꽉 잠가버렸습니다. 맨 먼저 슬픔은 눈물이 되어 흘러내렸는데, 그다음에는 '우연히 일어난 일은 아닐 거야'라는 생각이 들었습니다. 그러자 어느 사이에 불행한 일처럼 보이는 것도 사실은 행복한 일이 될 수도 있겠다는 생각이 들어 기꺼이 받아들이자고 결심했습니다. 곧 근심의 구름을 모두 쫓아버릴 듯한 부드러운 감정이 밀려들었습니다. 나는 이제 어떤 일도 참을 수 있을 것 같았습니다. 내가 밝은 표정으로 식탁으로 가니 온 집안사람들이 놀랐습니다.

나르치스는 나보다 더 낙담했기에 위로해 주어야 했습니다. 그는 가족에게도 힘든 일이 있어서 많이 괴로워했습니다. 우리는 진심으로 서로 믿고 있었으므로 무엇이든 털어놓았던 것입니다. 그 뒤 그는 다른 일을 구했는데, 그것도 잘 되지 않았습니다. 나는 그를 위해, 또 나 자신을 위해 아주 가슴 아프게 생각했습니다. 그리고 나는 나의 모든 소원을 흔쾌히 들어주신 그분에게 갔습니다.

그 경험이 내 마음을 누그러뜨릴수록 그만큼 더 자주 그 경험을 되풀이해서 생각했으며, 내가 그렇게도 자주 위안을 얻었던 바로 그곳에서 늘 위안을 얻고자 했습니다. 하지만 내가 그 위안을 언제나 누릴 수 있었던 것은 아니었습니다. 나는 마치 햇볕을 쬐려는데 무엇인가가 가로막아 그늘에 있는 듯한 기분이 들었습니다. '뭐지?' 나는 생각했습니다. 나는 열심히 그 원인을 찾았고, 모든 것이 내 마음에서 일어난 것임을 확실히 알았습니다. 마음이 곧바로 하느님을 향해 있지 않을 때의 나는 무감각 상태였습니다. 그분의 반응을 느끼지 못한 채 그분의 답을 들을 수 없었습니다. '똑바로 그분에게 가지 못하도록 막는 것은 무엇일까?' 그것이 두 번째 의문이었습니다. 그래서 나는 거친 벌판에 서서 막연하게 그것을 찾느라고 내 사랑의 두 번째 해를 보냈습니다. 사실 더 일찍 끝낼 수도 있었습니다. 얼마 안 가서 실마리를 잡았기 때문입니다. 그러나 나는 그것을 인정하지 못하고 빠져나갈 구멍만 찾고 있었던 것입니다.

나는 어리석은 즐거움과 가치 없는 일에 보내는 시간이 바로 내 영혼이 하느님에게 갈 수 없도록 막고 있다는 것을 깨달았습니다. 어떻게, 그리고 어디서 그렇게 되었는가 하는 것은 금방 밝혀졌습니다. 하지만 모든 사람이 무관심하게 방치되고 미친 듯한 세상에서 어떻게 빠져나올 수 있을까 하는 것이 문제이겠죠. 나는 지금 이대로 내버려 두고 속 편하게 보이는 다른 사람들처럼 될 대로 되라는 식으로 살고 싶었습니다. 그러나 그럴 수가 없었습니다. 내 내면의 목소리가 끊임없이 반대하기 때문입니다. 나는 사교계에서 벗어나 내 상황을 바꾸려고 했지만 그것도 내 의지대로 할 수 없었습니다.

나는 하나의 틀 안에 갇혀 있었으며, 여러 연결 고리들을 끊어버리고 달아날 수가 없었습니다. 그래서 내가 중요하게 생각하는 그 일에도 여러 가지 불운이 몰려오고 겹쳤습니다. 나는 이따금 울면서 잠자리에 들었고 뜬눈으로 밤을 지새우고는 눈물이 채 마르지도 않은 상태로 다시 일어났습니다. 나는 강력한 지원이 필요했습니다. 하지만 어릿광대처럼 방울 모자를 쓴 채 들떠 돌아다니는 나에게 하느님은 아는 척도 하지 않으셨습니다.

그래서 나는 나의 모든 행동을 깊이 생각해 보기 시작했습니다. 처음 그 대상은 춤과 카드놀이였습니다. 찬성이든 반대이든 모조리 찾아서 화제로 삼고 읽고 검토하고 덧붙이거나 비난도 하면서 나 자신을 괴롭혔습니다. 하지만 내가 이것들을 그만두면 나르치스의 마음을 언짢게 할 것이 분명했습니다. 그는 사람들 앞에서 성실하게 보이려다가 오히려 우스꽝스러워지는 것을 두려워했기 때문입니다. 내가 어리석고 해로운 일이라고 생각하는 것을, 나 스스로 좋아서가 아니라 단지 그를 위해서 했기 때문에 모든 일이 참기 어렵고 힘들었던 것입니다.

나를 이렇게까지 산만하게 만들고 마음의 평화를 흩트리는 행동들을 계속하면서 내 마음에 보이지 않는 분의 힘이 와 닿기를 얼마나 바랐는지, 그리고 이 싸움이 이런 식으로는 해결될 수 없다는 것을 얼마나 뼈저리게 느껴야 했는지 다 설명하려면 부득이하게 길게 했던 말을 자꾸 되풀이한다는 비난을 피할 수 없겠죠. 어리석음의 옷을 입자마자, 그것은 단순한 가면에 그치지 않고 그 어리석음 자체가 금방 온몸의 구석구석에까지 속속들이 배어버렸기 때문입니다.

여기서 단순한 역사적 기술의 틀을 넘어 내 안에서 일어난 변화에 대해 조금 생각해 봐도 괜찮을까요? 내가 스물두 살, 아니 더 어릴 때 내 또래의 사람들이 천진스럽게 즐기는 것이 조금도 즐겁다고 생각되지 않을 만큼 내 취미나 사고방식을 변화시킨 것은 무엇이었을까요? 왜 그런 즐거움이 나에게는 천진난만하게 보이지 않았을까요? 나에게는 그런 즐거움이 천진난만하게 보이지 않았는데, 그것은 내 또래의 다른 사람들과는 달리 나는 내 영혼을 알았기 때문이라고 대답할 수 있을 것 같습니다. 아니, 나는 저절로 얻게 된 경험으로 이 세상에는 보다 고상한 느낌이 존재하며, 이 느낌이 쾌락 속에서는 도저히 찾을 수 없는 어떤 종류의 즐거움을 실제로 우리에게 선사한다는 사실을 알고 있었습니다. 그리고 동시에 이처럼 고상한 기쁨 속에는, 우리가 불행해졌을 경우에 우리의 마음을 굳세게 해주는 신비롭고도 소중한 힘이 있다는 사실도 알았기 때문입니다.

그러나 젊은 사람들의 사교적인 즐거움이나 오락은 당연히 나에게 엄청난 매력을 가져다주었습니다. 나로서는 아무 일도 하지 않는 것처럼 그런 일을 하는 것은 불가능했으니까요. 지금의 나라면, 그럴 마음만 있다면 그 무렵의 나를 방황하게 하고 심지어는 완전히 휘두르려고 한 여러 일들을 아주 태연하게 대할 수 있을 것입니다. 그러나 그때는 이런 중간은 없었습니다. 매력적인 쾌락을 버리든지, 또는 상쾌한 기분을 만들어 주는 내적인 감정을 버리든지 둘 가운데 하나밖에 없었습니다.

하지만 내 영혼 안에서의 싸움은 나도 모르는 사이에 승패가 났습니다. 나의 마음속에 감각적인 기쁨에 대한 열망이 남아 있다 하더라도, 나는 그것을 즐길 수 없었습니다. 아무리 포도주를 좋아하는 사람이라도 부패한 공기가 가득 차 숨 막혀 죽을 것만 같은 지하실에서 그득히 찬 커다란 술통들 옆에 있게 되면 술 마실 기분이 싹 가시는 것과 다름없습니다. 깨끗한 공기가 술보다 중요한 것이지요. 나는 이 사실을 너무나도 생생하게 느꼈습니다. 만일 내가 나르치스의 사랑을 잃을지도 모른다는 두려움에 머뭇거리지만 않았다면, 매력적인 것보다 선을 택하는 데 괴로워하는 일 따윈 처음부터 없었을 것입니다. 그러나 결국 몇 번이나 싸우고 되풀이해서 생각한 끝에 마침내 나를 나르치스에게 묶어놓고 있는 그 인연의 끈조차도 냉엄한 눈으로 바라보았을 때, 그것 또한 아주 약해서 끊어질 수도 있다는 사실을 알았습니다. 나에게 나를 진공의 공간 안에 가둔 것은 유리 덮개에 지나지 않는다는 사실을 알았습니다. 그것을 깨뜨리는 힘만 있다면 나는 구원받을 것입니다.

이렇게 생각하자 바로 실행에 옮겼습니다. 가면을 벗고 언제나 마음이 명령하는 대로 행동했습니다. 나는 늘 나르치스를 사랑했습니다. 하지만 이제까지 뜨거운 물속에 놓여 있던 온도계가 갑자기 대기 속에 걸려 있게 되었습니다.

이제 온도계는 대기의 온도 이상으로 올라갈 수 없었습니다.

불행하게도 그 대기의 온도는 눈에 보이게 내려갔습니다. 나르치스는 서먹서먹하게 행동하기 시작했습니다. 그것은 그의 자유였습니다. 그러나 그가 멀어짐에 따라 나의 온도계도 내려갔습니다. 가족들도 그것을 알아차리고 내게 이것저것 물어보고는 이상하게 생각했습니다. 나는 남자처럼 설명했습니다.

"이제까지 나는 충분히 희생을 해왔습니다. 앞으로도 삶이 끝날 때까지 어떤 고난에도 맞설 것입니다. 하지만 내가 하는 일에는 완전한 자유를 요구합니다. 내가 하는 일은 스스로 확신할 수 있는 일이어야만 합니다. 내 생각을 완고하게 주장할 생각은 없습니다. 오히려 상대방에게 이유가 있다면 기꺼이 들을 생각입니다. 그러나 내 행복에 관련된 일은 내가 정합니다. 그 어떤 종류의 강압도 받아들이지 않겠습니다. 예를 들어 커피처럼, 많은 사람들이 좋아하는 것이라도 경험상 나에게 해가 된다면 훌륭한 명의가 권한다 하더라도 마시지 않겠습니다. 그와 마찬가지로, 아니 그보다도 훨씬 나를 혼란스럽게 하는 행동은 내게 아무리 도덕적으로 도움이 된다 하더라도 절대로 받아들이지 않을 생각입니다."

이미 오래전부터 마음속으로 조용히 준비해 왔기에 이런 논쟁은 나에게 조금도 불쾌하지 않았고 오히려 유쾌한 것이었습니다. 나는 후련했고, 내 결심의 가치를 절실히 느꼈습니다. 나는 단 한 치도 물러서지 않았습니다. 내가 아랫사람으로서 신경 쓰지 않아도 되는 상대에게는 호되게 몰아붙였습니다. 곧 나는 집안에서 승리를 거두었습니다. 어머니는 어릴 때부터 나와 같은 생각을 하셨지만, 그것이 꽃을 피우지는 못했던 것입니다. 다시 말해 자신의 확신을 관철시킬 용기가 일깨워질 어떤 필연적인 계기가 없었던 것입니다. 어머니는 나를 통해 자신의 소원을 이루게 된 것을 보고 기뻐하셨습니다. 바로 밑의 여동생은 찬성한 듯했습니다. 둘째 여동생은 주의 깊게 조용히 들었습니다. 아주머니가 제일 심하게 반대했습니다. 아주머니는 하나에서 열까지 진부한 것이어서 반론할 수가 없다고 하셨습니다. 마침내 나는 어떻게 말해도 아주머니는 그 문제에 관여할 권리가 없다고 말해야 했습니다. 그 뒤로는 아주머니도 자신의 생각을 고집하는 일은 거의 없었습니다. 아주머니는 이 일을 가까이서 지켜보면서도 아무런 느낌도 보이지 않았던 분이었습니다. 내가 아주머니에게 감정도 없고 아주 편협한 생각의 소유자라고 말해도 지나친 말이 아닙니다.

아버지는 늘 당신의 생각대로 행동하셨습니다. 아버지는 별 말씀이 없으셨지만, 자주 나와 그 일에 대해 이야기를 했습니다. 아버지는 합리적이었으며, 말씀하시는 것에 대해 반대하기 어려웠습니다. 하지만 나는 마음속 깊은 곳에서 옳다고 느껴 반론을 제기했습니다. 그렇지만 바로 상황이 바뀌어 아버지에게 애원을 해야 했습니다. 아버지의 말씀은 분별력이 있는 만큼 감정적인 반론을 할 수밖에 없었습니다. 나는 말하고 싶은 것을 다 말하고는 왈칵 울어버렸습니다. 내가 얼마나 나르치스를 사랑하는지, 지난 2년 동안 얼마나 참았는지, 내가 한 일이 옳다는 것을 얼마나 확신하는지, 또 그 확신을 지키기 위해서라면 사랑하는 약혼자를 잃어도 좋으며, 필요하다면 전재산을 버릴 각오도 되어 있고, 내 생각과 반대되는 행동을 하느니 조국도 부모도 친구도 버리고 외국에서 사는 게 낫겠다고 말씀드렸습니다. 아버지는 당신의 감동을 숨기고 가만히 계셨는데, 마침내 나의 뜻에 동의하신다고 확실히 말씀해 주셨습니다.

그 무렵부터 나르치스는 우리 집을 피했습니다. 그래서 아버지는 매주 나르치스가 참석하던 그 모임을 그만두셨습니다. 이 일은, 궁정에서도 시내에서도 소문이 났습니다. 이런 경우에 늘 그러듯이, 사람들은 모두 입을 놀려댔습니다. 세상 사람들이 이런 일에 관심을 가지는 것은 그들이 우둔한 사람들의 결심에 얼마쯤 영향을 끼치려는 버릇이 있기 때문입니다. 나는 세상을 잘 알고 있었습니다. 사람들은 기껏 어떤 행동을 하라고 자기가 권한 일이라도 나중에 가서는 그런 행동을 했다고 오히려 질책하는 경우가 흔하다는 것쯤은 알고 있었습니다. 그리고 설령 내가 몰랐다 하더라도, 나의 마음이 확고한 이상 나는 그런 것 따위는 정말 아무렇지도 않게 여겼을 것입니다.

이에 반해 나르치스를 사랑하는 마음은 버리려고 하지 않았습니다. 그는 모습을 보이지 않았지만, 그에 대한 나의 사랑은 변하지 않았습니다. 진심으로 그를 사랑했습니다. 새로이 사랑하듯이, 전보다 더 차분하게 사랑했습니다. 그가 내 확신을 방해하지 않는 한, 나는 그 사람의 여자였습니다. 그러나 이 조건이 만족되지 않고서는 왕국을 준다 해도 나는 거절했을 것입니다. 몇 달 동안 나는 이것을 생각했습니다. 그리고 마침내 침착하게 행동할 수 있는 만큼의 평정심을 찾고 굳건해졌을 때, 애정이 가득하지는 않지만 정중하게 편지를 써서 왜 더 이상 나를 만나러 오지 않느냐고 그에게 물었습니다.

하찮은 일에는 자신의 의견을 밝히기 싫어하면서, 자신에게 좋다고 생각하는 일은 잠자코 실행하는 그를 잘 알기에, 이번에는 일부러 그의 답장을 요구한 것입니다. 내가 보기에 애매한 문체와 의미 없는 상투어들로 되어 있는 장문의 무미건조한 답장이 왔습니다. 더 나은 직위를 얻지 못하고선 결혼할 수 없어서 나에게 청혼할 수도 없다. 그리고 자기가 지금까지 얼마나 많은 어려움을 겪었는지는 누구보다도 내가 잘 알고 있을 것이다. 또한 자기 생각으로는 이렇게 오랫동안 결실을 맺지 못하는 교제가 이어진다면 나의 명예에 손상이 될수도 있으니, 자기가 지금까지처럼 간격을 두고 연락을 하도록 허락해 주면 좋겠다. 그러나 나를 행복하게 해줄 수 있는 상황이 되면 지체 없이 나에게 한약속은 신성한 것으로 알고 꼭 지키겠다는 사연이었습니다.

나는 바로 답장을 썼습니다. 우리의 일은 온 세상에 알려졌기에 새삼스럽게 내 명예를 걱정하는 것은 너무 늦었다. 내 명예라면 내 양심과 내 순결이 더 확실한 증인이 될 것이다. 나는 이제 당신의 약속은 망설이지 않고 돌려드리니 행복을 찾으시길 바란다는 내용이었습니다. 그러자 바로 짧은 답장이 왔는데, 본질적으로는 앞의 편지와 같은 것이었습니다. 직위를 얻으면 자신과 행복을 함께하기를 바라는지 물어보겠다는 말이었습니다.

이제 나에게는 아무 말도 하지 않은 것이나 마찬가지였습니다. 나는 나의 친척들과 친지들에게 그 일은 이미 끝났다고 설명했습니다. 사실 끝난 것과 다름없었습니다. 그는 9개월 뒤에 아주 바람직한 직위로 승진하자 다시 한 번 청혼을 하긴 했습니다만, 집안을 일으켜 세워야 하는 한 남자의 아내가 되려면 내가 나의 생각을 고쳐야 한다는 조건이 붙어 있었습니다. 나는 정중하게 그것에 대해 감사의 뜻을 표했고, 막이 내린 극장에서 나가려는 사람처럼 그 이야기는 깨끗이 잊으라고 말했습니다. 그는 이제 홀가분한 처지라 얼마 되지 않아 부유하고 명망 있는 집안의 딸과 결혼했습니다. 나는 그가 나름 행복해진 것을 알고 안심했습니다.

그가 직위를 얻기 전에, 그리고 그 뒤에도 나에게는 몇 번이나 혼담이 들어왔다는 것을 말해 두어야겠습니다. 아버지나 어머니는 내가 받아들이기를 원하셨지만 나는 망설이지 않고 바로 거절했습니다.

나는 이제 폭풍우가 휘몰아치던 3, 4월을 보내고 가장 아름다운 5월의 날씨를 선사받은 기분이 들었습니다. 건강도 좋아져서 말할 수 없을 정도로 안정된 마음의 평화를 누릴 수 있었습니다. 아무리 곰곰이 생각해 봐도 나는 약혼자를 잃었지만 오히려 많은 것을 얻은 것입니다. 젊고 감정으로만 넘쳐흐르는 나에게 하느님께서 창조하신 이 세계가 전보다 천 배는 더 아름답게 생각되었습니다. 전에는 아름다운 정원이 너무 지루해서 사교계에 가거나 카드놀이를 했던 것입니다. 이제 나는 깊은 신앙심을 조금도 부끄러워하지 않았고 예술과 학문에 대한 사랑도 숨기지 않았습니다. 그림을 그리거나 책을 읽었습니다. 나를 지지해 주는 사람도 많았습니다. 내가 버렸던, 아니 오히려 그쪽에서 나를 버린 상류사회 대신에 내 주위에는 훨씬 더 풍요롭고 흥미 있는 작은 세계 하나가 형성되었습니다. 나는 본디 사교생활을 좋아했습니다. 그래서 내가 알았던 사람들에게서 멀어졌을 때 고독을 두려워했던 것도 부정하지는 않겠습니다. 하지만 이제 나는 충분히 보상받았습니다. 아니, 어쩌면 너무 과분하게 보상받았다고 말해도 좋습니다. 나의 교제는 이제야 폭이 넓어졌습니다. 그중에는 나와 사고방식이 일치하는 고향 사람들뿐만 아니라 다른 지역 사람들까지도 끼어들었습니다. 내 이야기가 소문으로 널리 퍼진 겁니다. 많은 사람들이 약혼자보다 하느님을 소중하게 생각하는 아가씨를 보고 싶은 거겠죠. 그 무렵에는 전반적으로 어떤 종교적인 분위기가 독일에 퍼져 있었습니다. 몇몇 후작 가문과 백작 가문에서도 영혼의 구제에 대한 관심이 높았습니다. 똑같은 생각을 품은 귀족들도 적지 않았습니다. 신분이 낮은 사람들 사이에서도 이런 생각들은 깊게 퍼졌습니다.

이제 나는 앞서 말한 백작 가문에 더 끌렸습니다. 그 가문은 몇몇 친척들이 우리 도시로 더 들어왔으므로 그 사이에 매우 강성해져 있었습니다. 나도 바라는 일이었지만, 그 훌륭한 사람들도 나와의 교제를 원했습니다. 그들은 친척들이 많았기에 나는 그 집에서 여러 군주들과 백작들, 그리고 제국의 고관들도 사귀었습니다. 나는 누구에게나 내 감정을 감추지 않았습니다. 사람들이 이런 나를 존경해서인지, 아니면 단지 건드리지 않고 아껴주려 해서인지는 모르지만, 어쨌든 나는 마음껏 이야기를 했고 누구도 나를 공격하지 않았습니다.

이제 나는 전과는 다른 방식으로 세상에 발을 들여놓게 되었습니다. 마침 그때, 늘 지나가는 길에 우리 집에 들르곤 하시던 아버지의 이복동생 한 분이 잠시 머물고 계셨습니다. 그분은 궁중관리사로 인망도 있고 세력도 있었으나, 모든 일이 자신의 뜻대로 되어나가지 않는다는 이유만으로 그만두셨습니다. 사려 깊고 엄격한 성격이셨는데, 이런 점에서는 아버지와 많이 닮았습니다. 다만 아버지에게는 어느 정도 부드러운 면이 있어서 일에서도 양보하시고, 자신의 신념에 반대되는 일은 하지 않으면서 남이 하는 일은 너그럽게 보셨습니다. 그래서 그에 대한 불만은 나중에 당신 혼자서 참으시거나, 혹은 가족들에게 터놓고 얘기하셨습니다. 숙부님은 훨씬 젊으셨고, 그분의 자립심은 그 외적인 상황에 따라 수긍할 만한 점이 적지 않았습니다. 숙부님의 어머니가 꽤 부자인데다가 그녀의 멀고 가까운 친척들로부터도 큰 재산을 물려받았습니다. 그래서 숙부님은 다른 수입원이 필요 없으셨습니다. 그에 비해 아버지는 재산이 없고 봉급도 적어서 직장에 얽매일 수밖에 없으셨습니다.

숙부님은 가정적으로 불행해서 더욱더 완강해지셨습니다. 사랑하는 아내와 앞날이 기대되는 아들을 일찍 잃자 뜻에 맞지 않는 일은 모두 멀리하시려는 것같이 보였습니다.

우리 집안에서는 가끔, 숙부님은 아마 다시 결혼하시지 않을 테니 우리가 엄청난 재산의 상속자가 되는 게 아닐까 하고 소곤거리며 우쭐대기도 했습니다. 나는 그런 말에는 더 이상 신경 쓰지 않았습니다만, 다른 식구들은 그것을 기대하는 모습이었습니다. 숙부님의 성격은 완고했지만, 대화를 나눌 때에는 오히려 누구의 말에도 친절하게 귀를 기울이시고, 저마다의 생각을 당신 자신의 논거와 예를 들어가며 격려해 주셨습니다. 숙부님을 잘 모르는 사람은 늘 숙부님과 의견이 같다고 생각했습니다. 숙부님은 분별력이 있어서 어떤 사고방식도 받아들일 수 있으셨기 때문입니다. 그러나 나하고는 그다지 사이가 좋지 않았습니다. 나의 경우는 숙부님이 생각해 본 적도 없는 감정이 문제였기 때문입니다. 관심을 가지고 내 감정들에 대해 이해하려고 애쓰면서 나와 이야기를 하려고 했지만, 나의 모든 행동을 전혀 이해하지 못하셨습니다.

숙부님은 비밀을 털어놓지 않는 사람이었지만, 얼마 지나지 않아 평소보다 더 오래 머무시는 진짜 이유가 드러났습니다. 우리는 숙부님이 우리 자매들 가운데에서 특히 막내를 골라서 당신의 뜻대로 결혼도 시켜주고 행복하게 만들어 주려는 의향을 지니고 계시다는 것을 알게 된 것입니다. 그 애는 외모도 성격도 매력적이었고 특히 상당한 지참금까지 있으니, 틀림없이 일류 배우자를 고를 만했습니다. 숙부님이 나를 어떻게 생각하는지도 암묵적으로 가르쳐 주셨습니다. 즉 숙부님은 나를 어느 수녀단의 귀부인 회원으로 입회시켜 주셨는데, 곧 수입까지 생겼습니다.

여동생은 숙부님의 배려에 나만큼 만족하지도, 감사해하지도 않았습니다. 여동생은 나에게 이제까지 숨겨왔던 연애문제를 털어놓았습니다. 그 애는 좋아해서는 안 될 남자와 사귀고 있었으므로, 내가 온갖 방법을 동원해 반대하리라는 것을 알고 있었기 때문입니다. 실제로도 그랬지만 말입니다. 나는 내가 할 수 있는 온갖 방법으로 동생을 말렸으며, 결국 성공했습니다.

숙부님의 의도는 너무나 진지했고 명확했기에, 또 세상 물정에 밝은 내 동생에게는 앞으로가 너무 매력적이어서 자신의 이성조차 거부할 수 없었던 그 애정을 과감히 포기할 힘을 얻을 수 있었던 것입니다.

이제 여동생은 숙부님의 온화한 안내를 지금까지처럼 피하지 않게 되었습니다. 이렇게 숙부님의 계획은 곧 시작되어 여동생은 이웃에 있는 궁정에 들어갔습니다. 그리고 여집사장으로서 명망 높은 숙부님의 여자친구 분에게 맡겨져 지도를 받게 된 것입니다. 나는 동생을 데리고 새로이 머물 곳으로 갔습니다. 우리는 우리에게 베풀어 주는 그 영접에 매우 만족했으며, 가끔 나는 이제는 수녀단의 여성 회원으로서, 세상에서 연기해야 하는 내 역할에 남몰래 미소를 짓지 않을 수 없었습니다.

예전 같았으면 이런 상황에 처하면 나는 당황하고, 어쩌면 머리까지 이상해졌을지도 모릅니다. 그러나 이제 나는 내 주위의 모든 사물에 대해 아주 담담한 심경이 되었습니다. 아주 침착하고, 두세 시간이나 머리를 매만지거나 화장을 했습니다. 그리고 내 직책상 신분에 어울리는 옷을 입는 것이 의무라는 생각만 했습니다. 많은 사람들이 모인 홀에서 나는 온갖 사람들과 이야기를 했지만 그 어떤 모습, 그 어떤 성격도 나에게 강한 인상을 남기지는 못했습니다. 대부분 다리가 피곤하다는 것만이 내가 집으로 가져온 유일한 감정이었습니다. 나는 내 교양에 도움이 되는 사람들도 많이 만났습니다. 모든 인간적 미덕과 훌륭하고 고귀한 행동의 귀감이 되는 부인들도 몇 명 알게 되었는데, 특히 여집사장이 그렇습니다. 그분 밑에서 수련을 받게 된 여동생은 행운이라고 생각합니다.

하지만 집으로 돌아오자 나는 이 여행이 내 몸에는 좋은 결과를 가져오지 못한 것을 느꼈습니다. 매우 절제하고 음식에도 주의를 기울여 왔지만, 시간도 체력도 여느 때처럼 자유롭지 못했던 것입니다. 음식, 운동, 기상, 취침, 옷 입고 외출을 하는 것 등을 집에 있을 때처럼 나의 의지대로 기분대로 할 수 없었습니다. 사교적인 모임에서는 말을 하지 않으면 실례입니다. 필요한 것은 무엇이든 했습니다. 그것이 의무라 생각했고, 곧 끝나리라는 것을 알고 있었으며, 평소보다도 건강하다고 느꼈기 때문입니다. 하지만 낯선 곳에서의 불안정한 생활은 내가 느낀 것보다 강렬한 작용을 했음에 틀림없습니다. 집에 돌아와 걱정하실 것 없다고 이야기하며 부모님을 기쁘게 해드리고 있는데, 그만 뜻밖에도 피를 토했기 때문입니다. 위험한 것은 아니었고 금방 괜찮아졌지만, 꽤 오랜 기간 동안 체력이 약해졌습니다.

이렇게 나는 다시 새로운 가르침을 되뇌어야 했습니다. 나는 그것을 기쁘게 받아들였습니다. 나를 이 세상에 묶어두는 것은 아무것도 없었습니다. 그리고 나는 이 세상에서는 결코 올바른 길을 찾을 수 없으리라는 확신을 갖게 되었습니다. 그래서 나는 이제 더할 나위 없이 밝고 차분해졌습니다. 삶을 포기하고 난 뒤에도 살아 있었습니다.

새로운 시련을 견뎌내야 했습니다. 어머니가 중병을 얻으셨고, 5년이나 앓다가 돌아가셨습니다. 그동안 괴로운 일들이 몇 번이나 있었습니다. 어머니는 두려움이 너무 심해질 때면 한밤중에도 우리를 불러놓고는 괜찮아질 때까지 마음을 가라앉혀 보려고 하셨던 것입니다. 게다가 아버지까지 건강이 나빠지셨을 때에는 나의 고통은 더욱 심해졌으며 거의 참기 어려운 지경이 되었습니다. 아버지는 젊었을 때부터 가끔 두통으로 괴로워하셨는데, 길어 보았자 하루하고 반나절 정도였습니다. 그런데 이번에는 지속적인 것이 되었습니다. 그래서 통증이 심해지면 그 고통이 나의 가슴을 찢는 듯 와 닿았습니다. 이럴 때마다 나는 내 몸이 허약한 것이 가장 한스럽게 느껴졌습니다. 몸이 약해서 내가 하고 싶은 신성한 의무를 하지 못 하거나, 또는 그것을 실행해 나가는 것이 너무나 힘들었기 때문이었습니다.

이제 나는 내가 택한 길이 과연 진실인지 아니면 단순한 환상인지, 다른 사람들 흉내를 내고 있는 게 아닌지, 내 신앙의 대상이 현실성이 있는 것인지 스스로 생각해 보기 시작했습니다. 그 결과는 늘 하느님이 계신다는 것을 알았기에 무엇보다 큰 버팀목이 되었습니다. 하느님을 향하는 내 마음의 올바른 방향을 찾고, 또 '하느님의 사랑을 받고 있는 친구들(beloved ones)'과 교제를 하고자 했으며 성공했습니다. 그러자 모든 것을 견딜 수 있게 되었습니다. 여행자가 그늘을 찾듯이, 외부 세계로부터 온갖 압박에 시달릴 때마다 내 영혼이 그 피난처로 찾아들었던 것인데, 거기서는 한 번도 빈손으로 돌아온 적이 없었습니다.

요즈음 종교를 옹호하고 종교에 대해 감정보다도 열성을 더 많이 지니고 있는 듯한 몇몇 사람들이 동료 신자들에게 기도가 실제로 이루어진 사례들을 증언해 주기를 호소한 적이 있었는데, 이것은 아마도 그들이 자기들의 반대자들을 정말 법적으로 설득하기 위한 증거가 필요했던 것으로 짐작됩니다. 그들은 참다운 종교적 감정을 전혀 알지 못했고, 스스로 진짜 종교적 체험을 한 적도 없었을 것입니다!

나는 괴로움에 처해 하느님을 찾았을 때 위로를 얻지 못한 적은 한 번도 없다고 말할 수 있습니다. 이것은 이미 수없이 많이 언급된 말입니다. 이것에 대해서는 더 이상은 말할 수도 없고 말해서도 안 된다고 생각합니다. 내가 결정적인 순간에 느낀 것은 모두 중요한 것이었지만, 하나하나 예를 들어보면 그것은 아주 진부하고 하찮은, 믿을 수 없는 이야기가 되고 말 것입니다. 마치 숨쉬고 있는 것이 우리가 살아 있다는 증거이듯이, 우리는 하느님 없이는 이 세상에 존재하지 않는다는 사실이 증명된 것처럼 말입니다. 하느님께서는 내 옆에 계셨고, 나는 하느님 앞에 있었습니다. 모든 신학적 용어를 피해서 내가 말씀드릴 수 있는 것은 이것뿐입니다.

그 무렵에도 나는 내가 전혀 아무 종파에도 속하지 않는 상태를 간절히 바랐습니다. 그러나 누가 그렇게 일찍부터 다른 사람의 형식을 빌리지 않고 순수한 관계 속에서 자기 자신을 알 수 있는 행운을 얻을 수 있을까요? 내 영혼의 행복은 나에게는 진지한 문제였습니다. 그래서 나는 겸허하게 다른 사람들의 견해에 의지하기로 하고, 할레의 개종파*8에 나 자신을 완전히 맡겼습니다. 하지만 그것은 마음 깊은 곳에 녹아드는 것이 아니었습니다.

이 교파의 가르침에 의하면 마음의 변화는 죄를 두려워하는 것에서 시작해야 된다는 것입니다. 마음은 이런 괴로움 속에서 많건 적건 간에 갚아야 할 벌을 알고, 죄악을 범할 생각이 사라지도록 미리 지옥의 맛을 조금 보아두어야 한다는 것입니다. 그리고 나면 마침내 뚜렷이 알 수 있을 정도로 은총을 보장받았다는 느낌을 얻는 것이지만, 자칫하면 이 은총이 도중에 그만 사라져 버리는 수도 자주 있기에 진지하게 자꾸만 바라고 구해야 된다는 것입니다.

---

*8 프랑케(August Hermann Francke)가 일으킨 경건주의의 한 파. 할레가 그 중심지여서 할레의 개종파로 불렸다.

나에게는 이 모든 것이 맞지 않았습니다. 내가 진심으로 하느님을 찾으면 그분은 늘 내 앞에 나타나 주셨습니다. 그리고 지나간 일은 꾸짖지 않으셨습니다. 나중에야 내가 얼마나 변변하지 못한지 깨달았으며, 그 무렵에도 내가 아직 변변하지 못하다는 것은 알고 있었습니다. 그러나 나의 불완전성에 대한 인식은 불안이라곤 전혀 없이 찾아왔습니다. 나에게는 지옥에 대한 공포가 단 한순간도 찾아온 적이 없습니다. 정말입니다. 악령이라거나 죽은 뒤에 벌과 고통을 받아야 할 곳 따위의 개념은 나의 관념 영역에서는 결코 설 자리를 찾을 수 없었답니다. 하느님을 모르고 살면서 '그 보이지 않는 분'에 대하여 마음의 문을 닫고 있어서 그분에 대한 신뢰와 사랑을 알지 못하는 사람들은 내가 보기에는 그 자체만으로 너무나 불행하기에, 지옥이니 천벌이니 하는 것은 그들에게 더 엄한 벌을 내리겠다는 위협으로 들리기보다는 오히려 벌을 좀 완화해 주겠다는 약속으로 들릴 것같이 생각될 정도입니다. 나는 증오만을 마음속에 품고 그 어떤 선에도 냉담하며 태양은 빛을 발하지 않는다고 주장하기 위해 눈을 감은 사람처럼 자신과 남에게 악을 강요하려는 사람들을 이루 말할 수 없이 불쌍하게 생각합니다. 이 사람들의 상태를 더욱 나쁘게 하는 지옥은 도대체 누가 만들어 낸 것입니까? 과연 누가 그런 짓까지 할 수 있었겠습니까?

이와 같은 마음의 상태가 하루도 변함없이 10년이나 이어졌습니다. 많은 시련에도, 사랑하는 어머니의 고통스러운 임종 때조차도 변하지 않았습니다. 나는 솔직한 성격이라서, 어머니의 임종 때에도 나의 기분을 경건하지만 아주 고루한 사람들에게 숨기지 않았습니다. 하지만 그 때문에 많은 우정 어린 질책을 들어야 했습니다. 그들은 건강할 때에 천국에 갈 수 있는 기반을 굳혀놓기 위해서는 얼마나 진지한 태도를 취해야 하는가를 너무 늦기 전에 나에게 가르쳐 주는 것이라고 했습니다.

나도 진지하지 않은 것은 아닙니다. 그때는 이해하고 슬퍼하고 두려움에 떨었으면 했지만, 도저히 그런 기분이 들지 않아서 나도 놀랐습니다. 하느님을 생각하면 내 마음은 늘 밝았습니다. 사랑하는 어머니의 고통스러운 임종 때에도 나는 죽음이 무섭지 않았습니다. 하지만 이 중대한 시간에 나는 많은 것을 깨달았습니다. 쓸데없이 선생님들이 가르치려고 드는 것과는 전혀 다른 것을 배웠습니다.

차츰차츰 나는 여러 유명 인사들의 말에도 의심을 품게 되었으며 남몰래 나의 생각만을 지키게 되었습니다. 한 여자친구는 처음부터 내가 너무 많은 양보를 했기 때문에 내 문제에 늘 끼어들었습니다. 나는 이 친구와 관계를 끊어야만 했습니다. 그래서 한번은 그녀에게 아주 결연한 목소리로, 그런 수고는 하지 말았으면 하고, 조언은 필요 없으며, 하느님이 계시고, 하느님만이 인도자라고 말해 주었습니다. 그녀는 나에게 모욕을 당한 것으로 생각하고, 지금도 나를 원망하고 있습니다.

이렇게 종교적인 문제에서는 친구들의 충고나 설득은 받아들이지 않겠다고 결심했기에 나는 종교적이 아닌 상황에서도 나 자신의 길을 걸어갈 용기를 얻었습니다. 나는 눈에 보이지 않는 인도자의 도움의 손길이 없었더라면, 아마도 길을 잃었을지도 모릅니다. 그것을 생각하면 지금도 그 현명하고 행복한 이끄심에 놀라지 않을 수 없습니다. 사실 누구도 나에게 무엇이 중요한지 몰랐고, 나 자신도 몰랐기 때문입니다.

우리에게 생명을 주신 존재, 생명이라 불리는 그 모든 것을 부양하고 계신 존재로부터 우리를 떼어놓는 그것, 아직도 완전히 해명되지 않은 그 악한 것, 사람들이 죄악이라고 부르는 그것, 그것을 나는 아직도 전혀 모르고 있었던 것입니다.

그 보이지 않는 친구와 사귀게 되자 나는 나의 모든 생명력을 이루 말할 수 없이 감미롭게 느끼게 되었습니다. 그리고 이 행복을 언제까지나 즐기고 싶은 욕망이 너무나 강했기 때문에 나는 이 교제를 방해하는 것은 모두 단념했습니다. 그리고 이 문제에 대해서는 경험이 최고의 스승이었습니다. 그러나 이것은 약을 먹지 않고 식이요법에만 의지하는 환자들과 같았습니다. 그것은 어느 정도 효력이 있긴 했지만 오래 가지는 못했습니다.

자주 산만해지는 나에게 가장 좋은 방법은 고독이라는 것을 알았지만, 늘 고독 속에만 파묻혀 있을 수는 없었습니다. 하지만 고독을 뒤로하고 사람들 틈으로 들어가면 그것만으로도 더욱 강렬한 인상을 주었습니다. 나의 가장 큰 장점은 조용한 것을 좋아해서 결국은 늘 조용한 곳으로 물러난다는 데에 있었습니다. 나는 마치 희미한 어스름 속에 파묻혀 있는 듯이 나의 불행과 약점을 잘 알고 있었습니다. 그래서 내 몸을 아끼고 나 자신을 밖으로 드러내지 않음으로써 이 위험을 피하려고 했던 것입니다.

나는 7년 동안이나 절제하고 조심했습니다. 건강 상태가 나쁘다 보지 않았고 내 상태를 바람직한 것으로 여겼습니다. 기묘한 상태와 사정이 생기지 않았다면 아마도 나는 늘 같은 단계에 머물렀겠죠. 그러나 나는 묘한 길을 계속 가야 했습니다. 모든 친구들의 충고도 따르지 않고 나는 새로운 관계를 맺었습니다. 나는 친구들이 반대하는 바람에 처음에는 당황했습니다. 곧바로 나는 나의 보이지 않는 인도자에게 물었습니다. 그런데 그분이 나에게 그것을 허락해 주시기에 나는 더 이상 망설이지 않고 나의 길을 계속 갔습니다.

　지성도 있고 성품도 좋고 재능도 있는 한 남자가 근처에 집을 구해 이사를 왔습니다. 내가 사귄 외지인들 중에는 그와 그의 가족들도 있었습니다. 우리는 풍속, 집안의 법도 및 습관이 매우 일치했기에 얼마 안 가서 서로 가까워졌습니다.

　필로—나는 그 사람을 이렇게 부르겠습니다—는 나이가 들어 기력이 점점 쇠퇴해 가기 시작하는 나의 아버지에게도 여러 가지로 도움을 주었습니다. 그는 얼마 안 있어 우리 집안의 가장 친근한 친구가 되었습니다. 그리고 그는 나를 두고 말하기를, 상류사회 사람들의 제멋대로 하는 행동이나 공허한 면도 없고 고요한 시골 사람들의 무미건조하고 소심한 면도 없는 사람을 드디어 보게 되었다고 했기 때문에, 우리는 곧 허물없는 친구가 되었습니다. 그는 나를 매우 즐겁게 해주는 사람이었고, 또 나에게 매우 필요한 사람이기도 했습니다.

　나는 세상일에 관여하여 그 어떤 영향력을 행사할 소질도, 또 그럴 생각도 전혀 없었지만, 그런 일에 대해 듣는 것은 좋아해서 여기저기에서 일어나는 사건들은 무엇이든 알고 싶었습니다. 나는 세상일에 대해서는 감정이 개입되지 않은 명확한 지식을 얻는 것을 좋아했으며, 내 느낌과 깊은 동정 그리고 애정은 하느님을 위해, 내 가족을 위해, 그리고 내 친구들을 위해서 간직해 두었습니다.

　이렇게 말하는 것은 좀 그렇지만, 친구들은 필로와 나의 새로운 관계에 대해서 질투를 하고 있었습니다. 그들이 이 관계에 대해 나에게 경고하는 것은 여러 면에서 볼 때 옳은 일이기도 했습니다. 나는 남모르게 고민했습니다. 왜냐하면 나 자신도 그들의 항의가 완전히 허무맹랑하다거나 이기적이라고만 생각할 수가 없었기 때문입니다. 나는 본디 내 의견보다는 남의 의견을 좇아 행동하는 데에 익숙해 있었습니다. 그러나 이번에는 내 확신을 굽히고 싶지가 않았습니다. 나는 이번에도 하느님께 나에게 경고해 주시고, 못하게 막아주시거나 인도해 주십사 하고 빌었습니다. 그런데 그분이 내 마음을 통해 나에게 그만 두도록 경고하지 않으셨으므로 나는 안심하고 내가 가던 길을 계속 걸어갔습니다.

전체적으로 볼 때 필로는 나르치스와 조금은 닮은 데가 있었습니다. 다만 그는 경건한 교육 덕분으로 나르치스보다는 감정을 더 가다듬을 수 있었고 감정에다 더 많은 활기를 불어넣을 수 있었던 것 같았습니다. 그는 나르치스보다 허영심은 적었으나 더 독자적인 성격을 지니고 있었습니다. 세속적인 사업에서 섬세하고 정확하며 끈기 있고 지칠 줄 몰랐습니다. 이와는 반대로 나르치스는 명확하고 예리한 데다 민첩했으며 믿을 수 없을 정도로 경쾌하게 일을 처리했습니다. 그를 통해서 나는 모임에서 낯을 익혔던 거의 모든 저명인사들의 아주 내밀한 속사정까지도 알게 되었습니다. 그래서 나는 나 자신의 망루로부터 시끄러운 세상살이를 멀리서 구경하는 것이 너무 즐거웠습니다. 필로는 이제 나에게 더 이상 아무것도 숨길 수 없었습니다. 그는 나에게 자기의 내적인 관계들을 털어놓았습니다. 나는 그 사람 일이 두려웠는데, 그것은 복잡하게 얽힐 여러 가지 상황을 예견할 수 있었기 때문입니다. 그리고 나쁜 일은 내가 짐작했던 것보다 빨리 찾아왔습니다. 그는 고백은 아예 하지 않고 늘 숨겨두었는데, 마지막 순간에도 내가 최악의 사태를 추측할 수 있을 만큼만 털어놓았습니다.

그것이 내 마음에 큰 충격을 주었습니다. 나는 꿈에도 생각 못한 새로운 경험을 하게 되었습니다. 나는 이루 말할 수 없는 슬픔에 젖은 채 또 한 사람의 아가톤*9을 보는 기분이었습니다. 델포이의 숲 속에서 교육을 받고 아직 그 양육비를 지불하지 못하고 늘 무거운 체납이자까지 덧붙여서 갚던 아가톤을 말이지요. 그 아가톤은 나의 친한 친구였습니다. 나는 진심으로 동정했고 같이 괴로워했습니다. 이렇게 우리 둘은 묘한 정신 상태에 빠졌습니다.

나는 오랫동안 그의 마음 상태를 연구한 뒤에 방향을 바꾸어 나 자신을 관찰하기에 이르렀습니다. '너라고 해서 그 사람보다 나을 게 없다'라는 생각이

---

*9 빌란트의 장편소설 《아가톤 이야기》(1766~1767)의 주인공. 델포이(파르나소스 산에 있는 아폴론의 성지)의 엄격한 신관들 밑에서 교육을 받은 아가톤은 관능의 세계를 전혀 몰랐지만, 나중에 아름다운 매춘부 다나에의 품 안에서 관능의 세계에 빠져 거기에서 빠져나오려고 고생을 한다. 필로의 고백이 어떤 것인지는 기록되어 있지 않지만, 아가톤과 다음에 나오는 다윗에 의해 그것이 관능의 세계에 대한 것이라는 점이 암시되어 있다.

작은 구름처럼 나의 눈앞에서 피어오르더니 조금씩 번져서 마침내 내 온 영혼을 캄캄하게 뒤덮어 버렸습니다.

이제 나는 더 이상 '너라고 해서 그 사람보다 나을 게 없다'라고 생각만 하는 것이 아니고, 그것을 두 번 다시는 느끼고 싶지 않을 정도로 뼈저리게 느꼈습니다. 그리고 그것은 금방 사라지는 것이 아니었습니다. 그 보이지 않는 손이 지켜주지 않았던들 나는 지라르, 카르투슈, 다미앵*10이나 또는 그보다 더한 괴물도 될 수 있었다는 사실을 1년 넘게 지속적으로 느끼지 않을 수 없었습니다. 그렇게 될 수 있는 소질을 내 마음속에서 분명히 느꼈습니다. 정말이지, 이 얼마나 무서운 발견입니까!

지금까지 나는 내 속에 죄악이 있을 수 있다는 가능성을, 경험을 통해서는 전혀 알아차릴 수 없었습니다. 그랬던 만큼 이제 나 자신도 죄를 저지를지 모른다는 그 가능성이 나의 예감 속에서 아주 놀라울 정도로 분명히 떠오르는 것이었습니다. 하지만 나는 아직도 악을 모르고 있었습니다. 다만 그것을 두려워했을 따름이었죠. 즉 내가 죄를 저지를지도 모른다는 느낌은 있었지만, 나 자신을 비난할 만한 죄는 아직 저지르지 않았던 것입니다.

자기 스스로 인지하지 못하는 그런 정신 상태가, 죽은 뒤에 내가 바라는 최고의 존재와의 결합에 알맞지 않다는 것은 굳게 믿지만, 그 때문에 하느님과 헤어질지도 모른다는 두려움은 조금도 없었습니다. 나는 내 마음속에서 악을 발견했지만, 하느님을 사랑했고 내가 느끼는 것을 미워했습니다. 아니, 그것을 더욱더 확실하게 미워할 수 있게 되기를 원했습니다. 이 병으로부터, 그리고 병을 앓게 되어 있는 이 소질로부터 구원받는 것이 내 소망의 전부였습니다. 나는 그 위대한 의사 선생님*11께서 이번에도 나에게 도움의 손길을 마다하지 않을 것임을 믿고 있었습니다.

---

*10 여기에 나오는 세 사람은 모두 프랑스인이다. 지라르(1690~1733)는 고해하러 온 여자를 유혹했다고 한다(진위는 분명하지 않다). 카르투슈(1693~1721)는 유명한 도둑떼의 두목. 다미앵(1714~1757)은 1757년 루이 15세의 암살을 계획했다.

*11 〈출애굽기〉 15 : 26. "너 이스라엘이 너희 하느님 야훼의 말을 들어 순종하고, 그가 보기에 바르게 살며 그 명령을 귀에 담아 모든 규칙을 지키면, 이집트인들에게 내렸던 어떤 병도 너희에게는 내리지 아니하리라. 나는 야훼, 너희를 치료하는 의사이니라." 〈마태복음〉 9 : 12. "예수께서 이 말을 들으시고 '성한 사람에게는 의사가 필요하지 않으나 병자에게는 필요하다.'" 경건주의적 은유.

단 하나의 의문은 이 병을 치료해 줄 수 있는 것이 무엇이냐 하는 것이었습니다. 도덕적 훈련일까요? 하지만 나는 그것이 도덕적 훈련이라고는 결코 생각할 수 없었습니다. 왜냐하면 나는 벌써 10년 동안이나 단순한 도덕적 훈련보다 더한 것을 해왔는데, 이제야 비로소 알게 된 이 무서운 악은 그럼에도 나의 영혼 깊숙한 곳에 숨어 있었기 때문입니다. 이 무서운 악은 다윗이 밧세바를 바라보았을 때*12처럼 썩 물러가 버릴지도 모릅니다. 다윗도 하느님의 친구였고, 나 또한 진심으로 하느님이 나의 친구라고 굳게 믿고 있었거든요.

그러니까 이것은 아마도 인류의 피할 수 없는 약점이 아닐까요? 그래서 우리는 언젠가 한번은 욕망의 지배를 느끼게 되는 것을 감수하지 않으면 안 되는 것일까요? 아무리 애쓴다 하더라도 우리는 우리가 빠져들게 된 죄악의 수렁을 싫어하면서도 비슷한 경우가 오면 다시 거기에 빠져드는 것은 아닐까요?

나는 도덕의 가르침으로부터는 아무런 위안도 찾을 수 없었습니다. 엄격성을 통해 우리의 애정을 다스리려고 하는 도덕도, 너그러운 태도로써 우리의 애정을 덕성으로 만들고 싶어하는 도덕도 다 마음에 들지 않았습니다. 그 보이지 않는 친구와의 교제로 얻게 된 기본적인 개념들이 나에게는 훨씬 결정적인 가치를 지니고 있었던 것입니다.

나는 언젠가 다윗이 저 엄청난 파국을 겪고 난 뒤에 쓴 시*13를 읽었습니다. 그때 그가 자신 속에 깃들어 있는 악이 자신이 태어날 때 몸속에 이미 들어 있었음을 말하지만,*14 속죄를 원하면서 깨끗한 마음*15으로 되돌아갈 수 있기를 간절히 기도했다는 사실을 보고 의아했습니다.

그러나 어떻게 하면 그 기도들이 이루어질 수 있을까요? 성서들이 가르쳐 주고 있는 답은 나도 잘 알고 있었습니다. 즉 예수 그리스도의 피가 우리를 모

---

*12 〈사무엘 하〉 11장 참조. 다윗이 목욕을 하는 밧세바의 아름다운 모습에 반해 정을 통했다. 다윗은 그것을 숨기기 위해 밧세바의 남편 우리야를 위험한 전쟁터로 보내 죽게 만들었다. 밧세바는 다윗의 아내가 되고 나중에 솔로몬을 낳았다.

*13 〈시편〉 51 : 1. "하느님, 선한 이여, 나를 불쌍히 여기소서. 어지신 분이여, 내 죄를 없애주소서." 다윗의 시.

*14 〈시편〉 51 : 7. "정화수를 나에게 뿌리소서, 이 몸이 깨끗해지리이다. 나를 씻어주소서, 눈보다 더 희게 되리이다."

*15 〈시편〉 51 : 12. "그 구원의 기쁨을 나에게 도로 주시고 변치 않는 마음 내 안에 군혀주소서."

든 죄악으로부터 정화해 준다*16는 것은 나에게는 성경의 진리였습니다. 하지만 나는 사람들이 그렇게도 자주 입에 담아왔던 이 말을 지금까지 한 번도 이해하지 못했다는 사실을 이제야 비로소 깨달은 것입니다. '이것이 무슨 뜻일까? 어떻게 그런 일이 있을 수 있을까?*17' 하는 물음들이 밤낮없이 내 머리에서 떠나지 않았습니다. 마침내 나는 그 해답을, 만물과 우리 자신을 창조한 영원한 말씀의 인간화*18에서 찾아야 한다는 사실을 번쩍 스쳐 지나가는 어떤 불꽃 속에서 본 것 같았습니다. 태초부터 하느님이 내려다 보시고 헤아리고 계시는 우리가 살고 있는 세상에 한번은 주민의 자격으로 오셔서 수태와 탄생부터 무덤에 이르기까지 한 단계 한 단계 일일이 다 겪어보셨다는 것, 그리고 그분이 이러한 독특한 길을 거치신 다음 우리도 행복하게 살게 될 그 밝은 하늘나라로 가셨다는 것, 이것이 바로 희미하게 먼동이 터오는 것처럼 나에게 보였던 것입니다.

아, 그런데 왜 우리는 이런 일을 얘기하면서 외적인 상태만을 가리킬 뿐인 비유적 표현을 써야 할까요? 하느님 앞에서는 높은 것 낮은 것, 어두운 것 밝은 것이 어디 있겠습니까? 위와 아래, 낮과 밤이라는 것은 우리 인간에게만 있는 것입니다. 하느님이 우리와 비슷한 모습을 하고 계신 것은, 우리가 하느님을 알아보지 못할까봐 걱정하셨기 때문입니다.

그러면 우리는 어떻게 해야 이 헤아릴 수 없는 그 소중한 은혜를 입을 수 있을까요? 성서는 '믿음을 통해서'라 말하고 있습니다. 그러면 믿음이란 무엇일까요? 성서에 나오는 한 사건에 관한 이야기를 진실이라고 생각하는 것, 그것이 나에게 무슨 도움이 될까요?

그 이야기의 영향과 결과를 내 것으로 받아들여야 합니다. 이것을 자신의 것으로 만드는 믿음이란 평범한 사람에게는 독특한 마음 상태라는 것은 틀림

---

*16 〈요한일서〉 1 : 7. "그러나 하느님께서 빛 가운데 계신 것처럼 우리도 빛 가운데서 살고 있으면 우리는 서로 친교를 나누게 되고 그분의 아들 예수의 피가 우리의 모든 죄를 깨끗이 씻어줍니다."

*17 〈누가복음〉 "도대체 그 인사말이 무슨 뜻일까"(1 : 29). "이 몸은 처녀입니다. 어떻게 그런 일이 있을 수 있겠습니까"(1 : 34)에서 인용.

*18 〈요한복음〉 "말씀은 하느님과 함께 계셨고 하느님과 똑같은 분이셨다"(1 : 1 이하), "말씀이 사람이 되셔서 우리와 함께 계셨는데 우리는 그분의 영광을 보았다. 그것은 외아들이 아버지에게서 받은 영광이었다. 그분에게는 은총과 진리가 충만하였다"(1 : 14)에서 인용.

없습니다.

"그럼, 전능하신 분이시여! 나에게 믿음을 주옵소서!" 나는 한번은 이렇게 가슴 터질 듯이 기도를 했습니다. 나는 조그만 책상 앞에 앉아서 거기에 몸을 기대고는 눈물에 젖은 얼굴을 두 손 안에 묻고 있었습니다. 이때 나는 하느님께서 기도를 들어주실 때에 꼭 필요한 희귀한 상태에 있었습니다.

그때 내가 느꼈던 것은 말로 다 표현할 수 있는 것이 아닙니다. 무언가를 끌어당기는 힘이 나의 영혼을, 예수가 못 박혀 돌아가신 그 십자가로 나를 데리고 갔습니다. 그 힘은, 내 영혼을 멀리 떨어진 곳에 있는 애인에게로 이끌어 주는 힘과 꼭 같았습니다. 어쩌면 그것은 우리가 생각하는 것보다도 훨씬 본질적이고 진실에 가까운 것인지도 모릅니다. 그렇게 내 영혼은 사람이 되었다가 십자가에 못 박혀 돌아가신 그분에게로 다가갔습니다. 그리고 그 순간, 나는 믿음이 무엇인지를 깨달았습니다.

"이것이 믿음이다!" 나는 이렇게 말하고는 깜짝 놀라서 벌떡 일어났습니다. 이제 나는 그때 내가 느낀 것, 본 것을 확신하려고 애썼습니다. 곧 나는 내 영혼이 지금까지와는 전혀 다르게 공중으로 날아오를 수 있는 능력을 얻었다고 확신했습니다.

이런 느낌은 말로 표현할 수 있는 것이 아닙니다. 나는 그것을 공상과는 확실하게 구별할 수 있었습니다. 그 느낌은 공상이나 환상과는 전혀 다른 것이었으며, 지금 그리려고 하는 대상을 확실히 그려낼 수 있었습니다. 그것은 상상력이 그 자리에 없는 애인의 모습을 우리 눈앞에 그려 보여주는 것과 같았습니다.

최초의 황홀감이 지나가자 나는 내 영혼의 이런 상태가 전에도 있었다는 사실을 알아차렸습니다. 하지만 이렇게 강력하게 느낀 적은 한 번도 없었습니다. 그 상태를 확실하게 알아차려서 나 자신의 것으로 만들 수도 없었습니다. 모든 영혼이 한두 번은 그와 비슷한 것을 느낀 적은 있으리라 생각합니다. 하느님이 계시다는 것을 한 사람 한 사람에게 가르쳐 주시는 것은 다름 아닌 그분 자신입니다.

이전부터 나는 가끔 엄습해 오는 이 힘에 아주 만족해하고 있었습니다. 여러 해 동안 이상한 섭리에 따라 생각지도 못한 고통을 겪지 않았다면, 그에 따라 자신의 힘과 능력에 대한 신뢰를 완전히 잃지 않았다면 아마도 나는 그런 상태로 언제까지나 만족하고 있었을 겁니다.

그러나 나는 그 위대한 순간이 있은 뒤로 날개를 얻었습니다. 이제까지 나를 위협했던 것들 위로 날아오를 수 있었습니다. 그것은 마치 물살이 매우 빠른 까닭에 강아지가 겁이 나서 짖고 그 앞에 멈춰 서지 않을 수 없는 그런 강물 위를, 한 마리 새가 노래를 부르며 아무 힘 들이지 않고 날아서 건널 수 있는 것과 같았습니다.

이런 나의 기쁨은 이루 형언할 수 없었습니다. 나는 이 일을 누구에게도 털어놓지 않았지만, 가족들은 내가 왜 기뻐하는지는 모른 채 내 기분이 아주 좋다는 것만 알았습니다. 내가 언제까지고 영혼 속에 그 티 없이 맑은 기분을 숨겨놓았다면 얼마나 좋았을까요? 여러 상황에 휘말려 얼떨결에 그만 내 비밀을 내뱉어 버리지 않았다면 나는 다시 한 번 먼 길을 돌아갈 필요가 없었을 것입니다.

이제까지 10년 동안 기독교도로서의 삶에는 이렇게 꼭 필요한 힘이 내 영혼 속에 없었기 때문에, 나 또한 다른 성실한 사람들의 경우와 같은 상태에 놓여 있었습니다. 즉 나는 공상의 공간을 늘 하느님과 관계가 있는 영상들로 가득 채움으로써 갖가지 어려움을 해결했습니다. 이 방법도 분명 도움이 되었습니다. 해로운 영상들이나 그 악한 결과들을 막을 수 있었으니까요. 게다가 우리 영혼은 갖가지 정신적 영상들에 둘러싸여, 마치 한 마리 새끼 새가 이 가지에서 저 가지로 파닥거리며 날아가듯이 조금 높이 날아오르는 일도 자주 있거든요. 더 좋은 방법이 없는 한 이런 연습도 어느 정도는 도움이 되겠지요.

교회나 오르간 소리, 종소리, 찬송가, 특히 목사님들의 설교는 하느님에게 끌리는 영상들이나 인상들을 우리에게 심어줍니다. 나는 이런 것들이 너무 좋았습니다. 날씨가 나빠도 몸 상태가 좋지 않아도 교회에 가야 했습니다. 아파서 누워 있을 때에도 일요일의 교회 종소리를 듣는 것만으로도 참을 수 있었습니다. 우리의 수석 궁정목사님은 너무나 훌륭하신 분으로, 나는 그분의 설교 듣는 것을 아주 좋아했습니다. 동료 목사님들도 존경했습니다. 나는 흙으로 만든 접시에 가득 담긴 과일 중에서도 하느님의 말씀이 깃들인 황금색 사과를 가려낼 수 있었습니다. 공적인 수업 말고도 온갖 종류의 사사로운 신앙심 선도에 참가했습니다. 그러나 이것을 통해서도 나에게는 다만 공상과 아주 섬세한 감각만이 더욱더 발달하게 되었습니다. 나는 이런 수련에 익숙해져 있었고 이 길을 너무나 존중했기에 그때까지도 이보다 더 고상한 길이 있으리라고는 생각도 못했습니다. 나의 영혼은 단지 더듬이만 갖고 있지 눈은 없었기 때문입니다. 내 영혼은 더듬기만 할 뿐 볼 수 없었던 것입니다. 아, 이 영혼에 눈이 있었다면 더 많이 볼 수 있었을 텐데!

지금도 기대에 부풀어 설교를 들으러 갔습니다. 하지만 아, 왜 이런 일이 일어났을까요? 나는 이제까지 찾았던 것을 더 이상 찾을 수 없었습니다. 내가 이미 진실을 알고 있는데도, 목사님들은 그 진실에 다가가기 위해 무던히 애를 쓰고 있었습니다. 나는 얼마 가지 않아 그들에게 싫증이 났습니다. 그러나 내가 찾을 수 있었던 그분에게만 의지하고 있기에는 나는 너무 잘못 길들여져 있었습니다. 나는 영상이나 외적인 인상들을 구하고, 그것이 순수하고도 정신적인 욕망이라 느꼈던 것입니다.

필로의 부모님은 헤른후트 교파와 관계를 맺어오고 있었기에 그의 장서에는 아직도 친첸도르프 백작의 저서들이 많이 남아 있었습니다. 그는 두세 번 아주 분명하고도 당당한 어조로, 단지 심리적인 한 현상을 알기 위해서라도 이 책들 가운데 몇 권을 훑어보라고 권했습니다. 나는 백작을 아주 몹쓸 이단자라고 생각했기에, 필로가 같은 의도로 나에게 억지로 떠맡기다시피 했던 에버스도르프의 찬송가*19조차도 손대지 않은 채 그냥 내버려 둔 상태였습니다.

그러던 중, 외부로부터 나를 위로할 만한 것이 아무것도 없어서 별 생각 없이 찬송가집을 펴보았습니다. 물론 그 노래들은 매우 이상한 형식으로 쓰여 있었지만, 내가 느꼈던 사실들과 같은 것들을 암시하는 듯이 보이는 노래들을 발견하고 너무 놀랐습니다. 독창적이고 소박한 표현에도 끌렸습니다. 독특한 감성이 독특한 방법으로 표현되어 있는 것 같았습니다. 신학적인 용어 때문에 무엇인가 경직되고 세속적인 것을 떠올리지 않아도 되었습니다. 나는 그들이야말로 내가 느꼈던 바를 그대로 느꼈다는 확신이 들었습니다. 그래서 나는 이제 그 가사들 가운데 하나를 암송하고 며칠 동안 그 의미를 골똘히 생각해 보면서 매우 행복해했습니다.

진실에 눈을 뜬 그 순간부터 거의 3개월이 흘렀습니다. 마침내 나는 내 친구 필로에게 모든 것을 털어놓고 그 백작의 책들을 빌려달라고 부탁하기로 결

---

*19 에버스도르프(독일 튀링겐주에 있는 도시)의 목사로 경건주의의 신학자 슈타인호퍼가 펴낸 찬송가집(1742).

심했습니다. 나는 이제 그 책들에 대한 호기심을 억누를 수가 없었던 것입니다. 마음속에서는 그것을 진지하게 말리고 있었지만 실제로는 행동에 옮겼습니다.

나는 필로에게 그 모든 것을 자세히 이야기했습니다. 그런데 그 자신이 이 이야기에서 주요 인물이기도 했거니와 내 이야기가 그를 위해서도 아주 엄격하기 짝이 없는 참회 설교를 포함하고 있었기 때문에, 그는 매우 당황했으며 감동했습니다. 그는 울었습니다. 나는 기뻤으며, 그도 이제 완전히 마음을 바꾼 것이라 생각했습니다.

그는 내가 읽고 싶다는 책들을 모두 빌려주었습니다. 그래서 이제는 나의 상상력을 위한 영양분이 남아돌 정도였습니다. 나는 친첸도르프 백작 방식으로 생각하고 말하는 데에 능숙해졌습니다. 내가 그 백작의 사고방식과 화법을 지금은 높이 평가하지 않는다고 생각하지는 마세요. 나는 백작을 공정하게 평가하고 싶습니다. 백작은 결코 공허한 몽상가가 아닙니다. 그는 대부분 상상력을 대담하게 비약시키면서 위대한 진실을 말하고 있습니다. 백작을 얕보는 사람들은 그의 독자성을 평가할 줄 몰랐던 것이며 다른 사교와 가릴 줄도 몰랐던 것입니다.

나는 백작이 말로 나타낼 수 없을 만큼 좋아졌습니다. 만일 마음대로 할 수만 있다면 나는 분명 고향도 친구들도 버리고 그분이 계신 곳으로 갔을 것입니다. 우리는 틀림없이 서로를 이해했겠지만 우리가 오랫동안 서로 마음이 맞기는 어려웠을 것입니다.

그 무렵 우리 집안 형편으로 하여금 나를 그렇게 꼼짝 못하게 묶어두도록 해준 내 수호신에게 감사해야 합니다. 나에게는 정원에 나가는 것만으로도 큰 여행이나 다름없었거든요. 늙고 허약하신 아버지를 돌봐드리는 일만 해도 내게는 힘겨웠습니다. 종교적 공상에 빠져 시간을 보내는 것이 유일한 즐거움이었습니다. 내가 얼굴을 대하는 사람은 아버지가 좋아하시는 필로뿐이었습니다. 그러나 허물없던 우리 관계도 지난번의 고백으로 조금 서먹서먹해져 버렸습니다. 그 사람한테는 그 감동이 마음속 깊은 곳까지 스며들지는 못한 것 같았습니다. 그는 나와 같은 언어로 말하려고 몇 번이나 노력했지만 잘되지 않자 이 문제를 피하게 되었습니다. 그는 견문이 넓어서 늘 새로운 화제를 끌어오는 것은 아주 쉬운 일이었습니다.

그러니까 나는 나 홀로 헤른후트파의 여신도가 된 셈이었습니다. 그러나 나는 내 정서와 취향이 이렇게 새로이 바뀐 일을, 특히 수석 궁정목사님에게는 비밀로 해야만 했습니다. 나는 그분을 나의 고해 목사님으로서 존경했고, 그분의 위대한 업적은 조금도 손상될 수 없는 것이었습니다. 헤른후트 교파를 아주 싫어한다고 해도 말이지요. 유감스럽게도 이 훌륭한 분도 나와 다른 사람들 때문에 우울한 일을 많이 겪게 되었습니다.

그분은 여러 해 전에 다른 곳에서 성실하고 경건한 귀족 한 분을 알게 되고, 진지하게 하느님을 찾고 있는 그 사람과 오랫동안 편지를 주고받았습니다. 그 뒤에 그 귀족이 헤른후트 교파에 들어가 오랫동안 그 신자들과 머물게 되었을 때, 그 귀족의 종교적 스승인 목사님은 많이 괴로워하셨습니다. 그러다가 그 귀족이 그 신자들과 사이가 틀어져 목사님 곁에서 살기로 결심하고 다시금 그분의 지도에 완전히 몸을 맡긴 것처럼 보였을 때, 그분은 정말 기뻐하셨습니다.

이제 수석 목사님은 말하자면 아주 의기양양해져서 새로 온 그 사람을 당신이 특히 좋아하는 모든 신자에게 소개하셨습니다. 아버지는 아직 아무도 만나지 않으셨기에 우리 집에는 데리고 오지 않았습니다. 그 귀족은 인기가 많았습니다. 그는 궁정의 예절을 갖추고 있었으며, 교구민들의 호감을 살 만한 점이 있었고, 순박한 좋은 특성들을 지니고 있었습니다. 얼마 안 가서 그를 아는 모든 사람은 그를 위대한 성자로 여겼습니다. 이에 대해 그의 종교적 은인인 목사님은 아주 기뻐하셨습니다. 그런데 유감스럽게도 그는 단지 외적인 상황 때문에 교파와 갈라섰을 뿐, 마음으로는 아직도 완전히 헤른후트 교파의 신자였습니다. 그가 공감하고 있었던 것은 분명 교의 그 자체였으나 친첸도르프 백작이 그 교의의 테두리를 장식하곤 했던 시시한 말의 성찬[20]도 아주 좋아했습니다. 그는 교단의 생각과 말투에 꽤 익숙해져서 이제는 오랜 친구인 목사님 앞에서 세심한 주의를 기울여야 했습니다. 하지만 친한 사람들에게 둘러싸여 있을 때에는 자신도 어쩌지 못하고 자기의 습작이나 기도문이나 상징적 비유 등을 말하곤 했습니다. 그때마다 그는, 누구나 짐작을 했겠지만 큰 갈채를 받았습니다.

나는 이런 일에 대해서는 아무것도 모르는 채 내 나름대로 계속 그 시시한

---

[20] 친첸도르프 백작은 비유를 좋아해서, 그 저서에는 독특한 표현이 많았다.

말의 성찬에 마음이 쏠렸습니다. 우리는 오랫동안 서로를 모르고 지냈던 것이지요.

어느 날 짬을 내어 여자친구의 문병을 갔습니다. 거기서 몇몇 지인들을 만났는데, 곧이어 내가 어떤 이야기 중에 뛰어들어 그들에게 걸림돌이 된 것을 알아챘습니다. 나는 모르는 척했는데, 헤른후트 교파의 그림들이 두세 점 아담한 액자에 끼워진 채 벽에 걸려 있는 것을 보고 놀랐습니다. 나는 내가 이 집에 들어서기 전에 무슨 일이 일어났을까를 금방 파악했습니다. 그래서 나는 거기에 잘 어울리는 몇몇 시구들을 읊으면서 환영의 뜻을 표했습니다.

친구들이 얼마나 놀랐을지 짐작해 보세요! 우리는 서로의 처지를 밝히고 당장에 뜻을 모아 마음을 터놓는 사이가 되었습니다.

나는 기회를 봐서 외출하려고 했지만, 그래도 3주나 4주에 한 번쯤이었습니다. 그 귀족 출신의 사도와도 알게 되고, 차츰차츰 모든 비밀 신자들과도 알게 되었습니다. 그들의 모임에도 되도록 나갔습니다. 그리고 본디 사교적인 성향도 없지 않은 나로서는 다른 사람들의 의견을 듣고, 이제까지 나 혼자서만 속으로 품고 골똘히 생각해 오던 갖가지 일들을 다른 사람들에게 말해 줄 수 있다는 것에 한없이 기뻤습니다.

그러나 친첸도르프 백작의 미묘한 말과 표현을 느낄 수 있는 사람들은 몇명 되지 않았으며, 예컨대 느낄 수 있는 사람들이 있다 하더라도 그들은 그런 것을 통해서는 예전에 교회에서 신학적 학술용어들을 통해 배운 것보다 더 나은 것을 배우지는 못한다는 사실을 알아차리지 못할 만큼 거기에 푹 빠져 있지는 않았습니다. 그런데도 나는 그 사람들과 같이 걸어갔습니다만, 결코 그들이 잘못 이끌지는 않았습니다. 나는 다른 사람을 조사하거나 다른 사람의 마음을 추측하는 것은 내 일이 아니라고 생각했습니다. 그렇지만 여러 가지 순수한 수련 덕분에 더 나은 사람이 될 수 있는 준비를 한 것은 사실입니다. 나는 말참견을 하지 않으려 하고, 스스로 말할 때에도 의미를 전달하는 것에만 애를 씁니다. 의미라는 것은 미묘한 상황에서는 숨겨서 암시하는 경우가 있으니까요. 어쨌든 나는 잠자코 참고 있으면서 누구든지 자기 마음대로 하도록 내버려 두었습니다.

그러나 그 비밀 모임의 평온한 시기도 오래가지 못하고 곧 공적인 논쟁과 갈등의 폭풍우가 휘몰아쳤습니다. 궁정과 도시에서도 큰 소동이 일어났습니다.

아니, 많은 추문들이 생겼다고까지 말씀드려야 할 것 같습니다. 헤른후트 교파의 강력한 반대론자인 수석 궁정목사님이 자신의 가장 선량한, 평소에 자신을 가장 따르던 신도들이 모두 헤른후트 교파 쪽으로 쏠리게 되었다는 사실을 고백하게 되는 굴욕적인 순간이 온 것입니다. 심한 모욕감을 느낀 목사님은 처음에 마음을 다스리지 못해 화를 냈고, 나중에는 물러서고 싶어도 물러설 수도 없게 되었습니다. 격렬한 논쟁이 벌어졌습니다. 다행히 내 이름은 불리지 않았습니다. 나는 내가 그렇게도 증오하던 그 모임의 우연한 회원에 지나지 않았으며, 또 그 열성적인 목사님에게 내 아버지와 필로는 세속적인 일에서 없어서는 안 될 사람이었기 때문입니다.

나는 조용히 만족해하며 중립을 지켰습니다. 선량한 사람들이라 하더라도 이런 감정과 대상에 대해서 말하는 것은 싫어했기 때문입니다. 그들은 아주 깊은 의미는 이해하지 못한 채 단지 피상적인 차원에만 머물러 있었습니다. 친구들 간에도 서로 이해가 잘 안 되는 문제에 대해서 반대론자들과 싸운다는 것은 부질없는 짓이었습니다. 착하고 고상한 사람들조차 이 문제에서는 반감과 증오로 인해 본의 아니게 불공정한 쪽으로 넘어가게 되고, 그래서 외적인 형식을 지키려고 그들의 가장 확고한 의무감까지도 거의 훼손하기에 이르게 되었다는 것을 알았기 때문입니다.

수석 목사님은 이 문제에서 확실히 잘못을 저지르셨고, 사람들이 나까지 부추겨 그분에 대해 분개하도록 애쓰긴 했지만, 나는 목사님을 진심으로 존경하는 마음을 결코 버릴 수가 없었습니다. 나는 그분을 잘 알았으며, 이 문제에 대한 목사님의 의견을, 목사님의 관점에서 공정하게 이해할 수 있었습니다. 누구든 약점이 없는 사람은 없습니다. 다만 훌륭한 사람은 그 약점이 더 잘 눈에 띄는 것뿐이겠지요. 그래서 우리는 늘, 이렇게 매우 큰 특권을 지닌 분들이 아무 결점도 없고 아무런 희생을 치르지 않아도 되기를 마음속으로 소망하고 또 그러기를 바라는 것입니다.

나는 목사님을 아주 훌륭한 분으로 존경했으며, 나의 말없는 중립적 태도가 평화까지는 아니더라도 적어도 휴전 상태에 좋은 영향을 줄 수 있기를 바랐습니다. 내가 얼마나 도움이 될지는 모르겠지만, 하느님은 서둘러 이 일에 결말을 내리시어 그분을 당신에게로 데리고 가셨습니다. 조금 전까지만 하더라도 그분과 심한 말다툼을 해오던 사람들은 모두 그분의 관 옆에서 울었습니다. 그분의 성실함과 하느님에 대한 경건한 마음을 의심한 사람은 아무도 없었기 때문입니다.

그때 나도 그 사건으로, 다른 면모를 보게 된 그 일을 그만 손에서 놓지 않을 수 없었습니다. 그동안 숙부님은 내 여동생에 대한 자신의 계획을 은밀히 추진해 왔습니다. 신분과 재산을 갖춘 한 젊은이를 내 동생의 신랑감으로 소개했으며, 기대에 걸맞는 풍족한 지참금을 약속하셨습니다. 아버지는 흔쾌히 허락하셨고, 동생도 전 애인과 헤어져 마음의 준비가 되어 있어서, 자신의 신분에 다가오는 변화를 기꺼이 받아들였습니다. 결혼식은 숙부님의 성에서 열렸는데, 가족들과 친구들이 초대되어 우리는 모두 밝고 즐거운 마음으로 그리로 갔습니다.

내가 살아오면서 어느 집에 들어가 보고 놀라기는 이번이 처음이었습니다. 숙부님의 취미나 거느리고 있는 이탈리아인 건축가, 숙부님이 수집하신 골동품과 서적에 대해서는 몇 번이나 들었지만, 내가 이제까지 본 것과 비교해 가면서 머릿속에서 내 나름대로 다채로운 상상을 해왔을 따름이었습니다. 그 때문에 내가 숙부님 집 안으로 들어서면서 받은 그 엄숙하고도 조화로운 인상에 얼마나 놀랐는지 모릅니다. 그와 같은 인상은 어느 홀에 들어가거나 어느 방에 들어가거나 더욱더 강렬해졌습니다. 이제까지는 호화로운 장식을 보면 마음이 혼란스러울 따름이었지만, 여기서는 마음을 집중하고 나 자신을 다시 되돌아보게 되었습니다. 결혼식과 잔치를 위한 모든 준비에서도 호화스러움과 품위가 아늑한 호감을 자아냈습니다. 나는 단 한 사람이 이 모든 것을 생각해 내고 지시하고 여러 사람이 협력해서 이렇게 큰 의미에서의 공동 작업을 할 수 있다는 것이 신기했습니다. 그러나 모든 점에서 주인과 그의 하인들은 아주 자연스러웠으며, 그 어떤 경색된 기미나 공허한 식전의 분위기는 전혀 느낄 수 없었습니다.

결혼식 자체는 화기애애한 분위기 속에서 시작되었습니다. 우리는 뜻밖에도 훌륭한 성악곡을 듣게 되었고, 목사님도 이 식전에 진리의 모든 엄숙성을 부여했습니다. 나는 필로 옆에 서 있었는데, 그는 축하의 말 대신에 깊은 한숨을 쉬며 말했습니다. "당신 동생이 손을 내주는 것을 보았을 때 펄펄 끓는 물을 뒤집어씌우는 것 같은 기분이었어요."

"왜죠?" 내가 물었습니다.

"결혼식*²¹에서는 늘 그런 기분입니다." 그가 말했습니다.

나는 그를 보고 웃었지만, 그 뒤로 가끔씩 이 말을 떠올리곤 합니다.

피로연에는 젊은 사람들도 많이 있었는데, 우리 주위에 있는 사람들은 품위 있고 진지했기에 더욱더 훌륭해 보였습니다. 모든 가구, 식탁용품들, 그릇, 식탁 위에 놓는 케이크 접시 등이 전체와 잘 어울렸습니다. 보통 다른 집에서는 건축 가도 케이크 굽는 사람도 같은 유파 출신인 것처럼 나에게 보였다면, 이 집에 서는 케이크 굽는 사람도 식탁 차리는 사람도 모두 건축가에게 배운 것처럼 생 각되었습니다.

손님들은 여러 날을 이곳에서 머물게 되었는데, 재치 있고 사려 깊은 주인은 손님들이 재미있는 시간을 보낼 수 있도록 아주 다양하게 준비해 놓았습니다. 많은 사람들이 잡다하게 뒤섞인 모임은 별 재미가 없습니다. 이런 모임에서는 그 자체의 속성상 가장 속되고도 무미건조한 오락거리를 택하게 되고, 그 결과 취미가 저속한 사람들보다도 오히려 고상한 사람들이 무료함을 느끼는 법이 지요.

숙부님은 전혀 다른 방법으로 모임을 준비하셨습니다. 이른바 집사 같은 역 할을 맡은 두세 명을 불렀습니다. 그중 한 사람은 젊은 사람들을 맡았습니다. 그가 착안한 춤이나 마차 드라이브 같은 사소한 놀이가 그의 지휘로 이루어 졌습니다. 젊은 사람들은 야외에 있기를 좋아하고 바깥바람 쐬는 것을 꺼리지 않았기에, 정원과 정원이 마주 보고 있는 큰 홀이 젊은이들에게 배정되었습니 다. 그래서 두세 개의 회랑과 정자가 만들어졌는데, 그것들은 단지 널빤지와 아 마포로 되어 있을 뿐이었지만, 그렇게 고상한 상황 속에 있다 보니 모두가 온 통 돌이나 대리석으로만 되어 있는 것처럼 보였습니다. 피로연에 손님들을 초 대한 주인이 손님들의 욕구를 만족시키고 즐겁게 보내도록 만들기 위해 이렇 게까지 신경을 쓰는 것은 매우 드문 일입니다. 나이 든 사람들을 위해서는 사 냥과 카드놀이, 또는 간단한 산책을 하거나 따로 정다운 이야기를 나눌 자리들 이 마련되었습니다. 일찍 잠자리에 드는 사람을 위해서는 조용하고 가장 멀리 떨어진 방이 배정되었습니다.

이렇게 훌륭한 원칙에 따라 우리가 머무르는 그 공간은 하나의 조그만 세계

＊21 원어는 Kopulation으로 '교미, 성교'라는 의미도 있다.

처럼 생각되었습니다. 그러나 자세히 보면 그 성은 그렇게 크다고 할 수도 없었습니다. 그 성을 자세히 아는 주인의 배려가 없었다면, 아마도 그렇게 많은 손님들을 묵게 하면서도 그 손님들 각자에게 모두 마음에 들도록 접대하기가 어려웠을 것입니다.

잘생긴 사람을 보면 기분이 유쾌해지는 것과 마찬가지로, 어느 집의 전체 구조를 보고 우리가 거기에서 분별 있고 이성적인 사람의 손길이 구석구석까지 닿아 있는 것을 느낄 수 있으면 유쾌해집니다. 설령 건축과 장식에 취미가 전혀 없더라도, 깨끗한 집에 들어가는 것은 그것만으로도 하나의 즐거움입니다. 그 집의 주인은 교양인이 갖춰야 할 자질들 가운데에서 적어도 한 가지 면은 갖추고 있다는 사실이 우리에게 드러나 보이기 때문이지요. 하물며 어떤 사람의 집으로부터, 비록 그것이 감성적인 것에 그친다 하더라도, 제법 고귀한 문화의 정령이 우리를 반겨 맞이해 준다면 우리의 유쾌한 기분은 갑절로 상승될 것입니다.

나는 숙부님의 성에서 이와 같은 것을 아주 생생하게 보고 느낄 수 있었습니다. 그때까지 나는 미술에 대해서는 많은 것을 듣고 읽어왔습니다. 필로는 상당한 그림 애호가로 뛰어난 작품들을 수집했습니다. 나 또한 그림을 자주 그렸는데, 지나치게 자신의 감정에만 얽매어서 꼭 필요한 한 가지[22]만을 해결하려고 했습니다. 또 내가 보아온 다른 세속적인 사물들과 마찬가지로 나의 정신을 어수선하게만 하는 것 같았습니다. 이제 나는 처음으로 무엇인가 외적인 것 때문에 나 자신한테로 되돌아왔습니다. 그래서 이제야 비로소 나는 꾀꼬리의 자연스럽고도 훌륭한 노랫소리와 감정이 넘쳐흐르는 인간의 성대에서 흘러나오는 4부 합창의 할렐루야의 차이를 구별할 줄 알게 되어 스스로 크게 놀랐던 것입니다.

나는 이러한 새로운 사고방식을 솔직하게 숙부님에게 털어놓았습니다. 숙부님은 다른 손님들이 모두 자기 방으로 가고 나면 나와 둘이서만 이야기를 하

---

*22 〈누가복음〉 10 : 39~42. "마리아는 주님의 발치에 앉아 말씀을 듣고 있었다. 시중드는 일에 경황이 없던 마르타는 예수께 와서 '주님, 제 동생이 저에게만 일을 떠맡기는데 이것을 보시고도 가만두십니까? 마리아더러 저를 좀 거들어주라고 일러주십시오.' 하고 말하였다. 그러나 주께서는 이렇게 대답하셨다. '마르타, 마르타, 너는 많은 일에 다 마음을 쓰며 걱정하지만 실상 필요한 것은 한 가지뿐이다. 마리아는 참 좋은 몫을 택했다. 그것을 빼앗아서는 안 된다.'

곤 하셨습니다. 숙부님은 당신이 소유하고 있는 것과 이룩해 놓은 것에 대해서는 그다지 말하지 않으셨지만, 어떤 의미에서 그것들을 수집하고 진열했는지에 대해서는 아주 자세하게 이야기를 해주셨습니다. 그때 나는 숙부님이 나를 배려하면서 이야기를 하시고, 예전부터 해오던 방식이지만 당신이 깨달은 선을, 내가 가장 올바르고 최선이라 확신하는 것보다도 낮게 평가하시는 것처럼 말씀하시는 것이었습니다.

언젠가 숙부님이 말씀하셨습니다. "이 세상의 창조주인 하느님께서 몸소 자신의 피조물 모습을 띠고 그 피조물이 사는 방식 그대로 잠시 이 세상에서 사셨다는 것을 생각할 수 있다면, 하느님께서 그토록 커다란 애정을 가지고 피조물과 하나가 되어주신 거니까, 인간이라는 피조물은 그것만으로도 무한히 완전한 존재라고 생각해야 해. 그러니까 인간이라는 개념에는 신과 모순되는 점이 조금도 없는 거야. 우리는 신과는 닮지 않았고, 그래서 신으로부터 거리를 느끼는 거지. 하지만 그럴수록 악마의 변호인처럼 우리 본성의 치부나 약점을 보려 하지 말고, 신을 닮았다는 우리의 주장을 확인할 수 있도록 오히려 온갖 이성적인 상태를 찾아야 할 의무가 있는 것이야."

나는 미소를 지으며 대답했습니다. "숙부님, 친절하게 저의 언어로 말씀해주시니 너무 부끄러워요. 숙부님이 해주시는 말씀은 저에게 아주 중요한 의미를 지니고 있기에 그것을 숙부님 자신의 언어로 듣고 싶어요. 설령 제가 이해하지 못하는 부분이 있더라도 어떻게든 저의 말로 옮겨서 이해하도록 애써볼게요."

"그럼 이제부터는 어조를 바꾸지 않고 내 식으로 말하마." 숙부님이 대답하셨습니다. "인간의 최대 업적이라고 한다면 아마도 그것은 주위의 상황을 될 수 있는 대로 지배하고, 될 수 있는 대로 상황의 지배를 덜 받는다는 점에 있다 할 거야. 온 우주가, 이를테면 한 커다란 바윗덩이가 건축가의 눈앞에 놓여 있듯이 우리 앞에 놓여 있는 거야. 건축가는 이 우연한 천연의 돌덩이를 소재로 해서 굉장한 경제성과 합목적성과 견고성을 갖춘, 자신의 정신에서 우러나온 하나의 원상을 조립해 내야 해. 우리 외부에 있는 것은 자연의 한 요소에 지나지 않아. 그러나 우리 몸을 이루고 있는 모든 것도 그렇다고 할 수 있겠지. 우리 내부 깊숙한 곳에는 존재해야 마땅한 것을 만들어 낼 수 있는 창조력이 있단다. 그래서 이 창조력은 우리가 어떤 방법을 쓰든 간에 우리의 외부 또는 우리 자신에게 그런 것을 표현해 두기 이전에는 우리로 하여금 잠시도 쉽게 내버려 두지를 않는단 말이야. 애야, 아마도 너는 가장 바른길을 선택한 것 같구나. 너의 도덕적인 인성, 깊고 자애로운 천성을 지키고, 그리고 지극히 높으신 분하고도 완전히 일치시키려고 노력해 왔잖니! 그러니 우리는 다른 감각적인 사람들과 조화롭게 지내기 위해 애써야 하고, 그들을 비난해서는 안 된다."

이런 대화들을 통해 숙부님과 나는 더 가까워졌습니다. 그래서 나는 숙부님이 나와 얘기하실 때에는 내 생각에 맞춰주는 게 아니라 자신의 생각을 그대로 말씀해 주시길 바랐습니다. "너의 사고방식이나 행동을 칭찬한다고 해서 내가 네 비위를 맞추고 있다고 생각하지는 마라." 숙부님이 말씀하셨습니다. "난 무엇을 바라는지 확실히 알고 끊임없이 나아가 자신의 목적을 이루는 사람을 존경한단다. 그 목적이 위대한지 보잘것없는지, 또는 칭찬할 만한 것인지 비난받을 만한 것인지는 생각하지 않는단다. 애야, 불행이든 재앙이든 모두 인간들이 게을러서 자기들의 목적을 올바르게 알려 하지 않고, 설령 안다고 해도 그 목적을 향해 진지하게 노력하지 않기에 생겨나는 거란다. 이런 인간들은 내가 보기에는 마치 탑을 세우면 되겠다, 아니 탑을 세워야 하겠다고 생각은 했으면서도 막상 오막살이 하나를 지을 때에도 기초공사를 소홀히 하는 사람과 같단다. 너 자신의 도덕적 천성에 맞게 사는 것을 최고의 목표로 삼은 네가, 그렇게 담대한 희생을 치르는 대신 가족이나 어쩌면 남편이 될지도 모르는 약혼자 사이에서 그럭저럭 살아왔다고 치자. 그랬더라면 너는 아마도 언제까지나 네 영혼과 일치하지 못해 단 한순간도 만족스럽게 지낼 수 없었을 거야."

"숙부님은 희생이라 하셨지만 저는 보다 높은 목적을 위해, 그러니까 어떤 신적 존재를 위해 저에게는 소중한 것이라도 그 신적 존재한테는 비교적 사소한 것을 희생으로 바치고 있는 거예요. 마치 사랑하는 아버지의 건강을 위해 귀여운 양을 기꺼이 제단에 바치는 것과 같은 일이라 생각해요."

"다른 것을 위해 그 어떤 것을 버리고, 다른 것보다 그 어떤 것을 선택하도록 명령하는 것이, 이성이든 감정이든 결단의 결과야말로 인간이 지닌 가장 존경할 만한 점이라고 생각한다. 상품과 돈을 함께 가질 수는 없지. 돈을 내놓을 마음이 없으면서 늘 물건을 가지고 싶어하는 사람이나, 물건을 손에 넣고서도 산 것을 후회하는 사람이나 딱하기는 마찬가지야. 그러나 나는 그렇다고 해서 그 사람을 비난할 생각은 전혀 없어. 그건 본디 그들의 죄가 아니라 그들에게 놓인 복잡한 상황 탓이니까. 그들은 그런 복잡한 상황 속에서는 자신을 통제할 수 없는 거야. 그래서 도시보다 시골에 못된 상인이 적고, 또 대도시보다 소도시에 못된 인간이 적은 법이지. 그런데 왜 그럴까? 인간은 태어날 때부터 제한적인 여건에 얽매이게 된다. 단순하고 가깝고 확실한 목적들은 바로 알 수 있어서 당장 손에 잡히는 수단을 쓰는 데에 익숙해지지. 하지만 조금이라도 멀리 가면 금방 자기가 무엇을 바라는지, 무엇을 하면 좋을지 모르게 된단 말이야. 대상이 너무 많아서 심란해진 것인지, 또는 그 대상들이 고귀하고 값진 것이어서 정신이 나가버린 것인지 그런 것은 아무래도 좋아. 자신의 규칙적이고 바른 행동과 일치하지 않는 어떤 일을 하라고 강요받을 때에는 언제나 불행해지는 거란다.

사실 이 세상에서 진지한 관심 없이 할 수 있는 일은 아무것도 없단다. 우리가 교양인이라고 부르는 사람들 중에서도 사실 이러한 진지성이 모자란 사람이 많단다. 연구를 하든 일을 하든 예술을 하든, 심지어 여가를 즐길 때에도 그들은 단지 자기 자신을 지키기 위해서만 그러는 거란다. 그들은 그것을 해결하기 위해서만 마치 한 뭉치 신문을 읽어치우듯이 인생을 살고 있어. 그 좋은 예가, 로마에서 만난 젊은 영국인이야. 그는 저녁에 어떤 모임에서 매우 흡족해하며 얘기했다는 거야. 이번 달은 교회 여섯 곳과 미술관 두 곳을 다녀왔다고 말이지. 그들은 여러 가지를, 게다가 자신과 가장 무관한 것을 알고 싶어하고, 그걸 알아봤자 마치 공기를 헐떡거리며 들이마시는 것과 같아서 고픈 배를 채울 수 없다는 사실을 알아채지 못한단 말씀이야. 나는 누군가를 사귀게 되면 먼저 어떤 일을 어떻게 하는지, 그리고 결과는 어떤지 물어보곤 하지. 그리고 그 대답에 따라 그에 대한 관심도 결정이 되는 거란다."

"숙부님! 숙부님은 너무 엄격하신 것 같아요. 그러다 보면 숙부님이 도와줄 수도 있는 많은 착한 사람들이 도움의 손길을 거절하게 되는 건 아닐까요?"

"오랫동안 그들한테, 그들을 위해 헛수고를 해온 사람에게 하는 말이냐? 우리를 즐거운 야유회에 초대한다고 생각하면서 실은 우리로 하여금 다나이데스나 시시포스*²³처럼 헛수고만 하는 부류가 되도록 만들고 마는 그런 인간들

---

*23 그리스 신화. 다나이데스(Danaïdes)는 다나이스(Danais)의 복수형이다. 아르고스의 왕 다나오스에게는 50명의 딸이 있었다. 딸들은 한 사람을 제외하고는 모두 아버지의 명령으로 결혼한 날 밤 신랑을 죽였기 때문에, 지옥에서 구멍 뚫린 물통에다 물을 부어 채워야 하는 영겁(永劫)의 벌을 받았다. 코린토스의 왕 시시포스(Sisyphus)는 제우스를 속인 죄로 지옥에

때문에, 젊었을 적에는 골치깨나 썩었지! 다행히도 이제 나는 그런 사람들과 인연을 끊었어. 그런데 그런 인간 하나가 어쩌다 운 나쁘게 내 활동 영역 안에 들어와도, 나는 아주 정중한 방법으로 그를 내보내려고 하지. 그런 인간들이 와서 세계정세를 혼란스럽게 하거나 학문의 천박성, 예술가들의 경박성, 시인들의 공허성 등 그 밖의 온갖 문제들에 대해 신랄하게 불평들을 늘어놓기 때문이야. 그러나 그들이나 그들과 똑같은 무리들은 그들이 바라는 대로 책을 썼다 하더라도 결코 그 책을 읽지 않으리라는 것도 사실이지. 그들은 자기들이야말로 진정한 문학작품을 모르고 있으며, 훌륭한 예술작품도 편견을 통하지 않고는 절대로 그들의 찬사를 얻을 수 없다는 사실을 꿈에도 생각하지 못하거든. 하지만 우리 이제 이런 말은 그만두자꾸나. 그들을 욕하거나 나무라 봤자 무슨 소용이 있겠니?"

숙부님은 내 주의를 벽에 걸려 있는 여러 가지 그림에게로 돌리셨습니다. 그래서 나는 내 마음이 끌리는 그림이나 그려진 대상에 의미가 있는 듯한 그림들을 바라보았습니다. 숙부님은 한참 동안 그렇게 나를 내버려 두고 잠자코 계시더니 이렇게 말씀하셨습니다. "이런 작품들을 만들어 낸 천재에게도 조금은 관심을 보였으면 좋겠구나. 착한 사람들은 자연 속에서 기꺼이 하느님의 손길을 인정하는데, 그분의 모방자에게도 조금은 관심을 보내야 하지 않을까?" 그러고는 나로 하여금 그다지 눈에 띄지 않는 그림들을 눈여겨보도록 하셨습니다. 실은 천재만이 우리에게 예술의 역사를 알게 해주고, 비로소 예술작품의 가치와 품격을 올바르게 이해하도록 해줄 수 있다는 점을 가르쳐 주시려는 것이었습니다. 우리는 보는 것만으로도 현기증이 나는 그런 높은 경지 위에서 천재가 얼마나 자유롭게 즐겁게 노닐 수 있는지를 이해하기 위해서, 먼저 몇 백 년에 걸쳐 쌓은 기교와 손재주의 그 어려운 단계들을 알아야 한다는 말씀이었습니다.

숙부님은 이런 의미에서 멋진 작품들을 수집해 오신 것이었습니다. 숙부님이 그 그림들을 설명해 주셨을 때, 나는 마치 도덕적인 교양을 비유의 형태로 배운 듯한 느낌이었습니다. 내가 숙부님께 이런 나의 생각을 말씀드렸더니 숙부님은 이렇게 대답했습니다.

서 커다란 바위를 산꼭대기로 밀어 올리는 벌을 받았는데, 그 바위는 정상 근처에 다다르면 다시 아래로 굴러떨어지므로 이 벌은 영원히 되풀이되었다.

"네가 말한 그대로다. 네가 말했듯이 도덕적인 교양을 혼자 틀어박혀서 생각한다고 반드시 잘하는 일이라고 할 수 없다. 오히려 도덕적 교양을 기르려고 애쓰는 정신적 인간은 비교적 섬세한 감각도 동시에 기를 필요가 있다는 점을 느끼게 될 것이다. 그렇지 않으면 그는 고삐 없는 공상의 유혹에 빠져 아주 나쁜 짓거리는 아니라 할지라도 몰취미한 장난을 즐기느라고 타고난 고상한 본성의 품위를 떨어뜨릴 위험이 있기 때문이야."

나는 숙부님이 나를 두고 하신 말씀이라고 의심하지는 않았지만, 그런 말에 무척 당황스러웠습니다. 돌이켜 보면 나에게 신앙심을 불어넣어 주었던 찬송가들 중에는 몰취미한 것들도 많았을 테고, 나의 종교적인 관념들과 결부되어 있던 여러 형태들도 숙부님의 엄격한 사고방식에는 아마도 달갑게 보이지 않았으리라 생각되기 때문입니다.

그동안에도 필로는 자주 도서실을 다녔는데, 이번에는 나도 데리고 갔습니다. 우리는 다양한 책의 종류나 그 엄청난 양에 놀랐습니다. 책들은 여러 방면에 걸쳐 포괄적으로 수집되어 있었습니다. 우리를 명확한 인식에 이르게 하고, 우리에게 올바른 질서를 가르쳐 주며 올바른 자료를 제공하거나 인간 정신의 통일성을 확신시켜 주는 거의 그런 책들뿐이었습니다.

나는 지금까지 살아오면서 헤아릴 수 없이 많은 책을 읽었습니다. 몇몇 분야에서는 내가 모르는 책이 거의 없을 정도였습니다. 그런 만큼 평소 다른 곳에서는 제한된 수의 책들이 어지럽게 꽂혀 있거나 또는 많은 책들이 끝없이 늘어서 있는 것만을 보았는데, 여기서는 전체를 다 볼 수 있고 어디에 무슨 책이 없다는 것까지도 알 수 있어서 정말 기뻤습니다.

동시에 우리는 아주 흥미롭지만 조용한 사람을 알게 되었습니다. 그는 의사이자 박물학자였는데, 그 집의 주인이라기보다는 오히려 페나테스*24처럼 보였습니다. 그는 우리에게 박물 표본실을 보여주었습니다. 그 표본실은 도서실과 마찬가지로 자물쇠로 잠근 유리장 안에 표본들을 넣어두어 방의 벽들을 장식하고 있어서 공간을 비좁게 하지 않으면서도 그 품위를 한층 높여주고 있었습니다. 그것을 보자 나는 내 어린 시절이 떠올랐습니다. 그리고 그 무렵 아버지가 바깥세상을 거의 볼 수 없었던 어린 딸의 침대로 가져와 보여주셨던 여

---

*24 페나테스(Penates). 로마 신화. 로마의 고대종교에서 집의 식료품을 들여오는 광 또는 곳간의 신. 예부터 집의 수호신이었다.

러 가지 물건들을 이번에는 내가 아버지에게 다시 보여드리기도 했습니다. 그 때도, 그리고 나중에 있었던 대화에서도 그 의사는 종교적인 견해라는 점에서 나에게 접근하고 있다는 사실을 전혀 감추지 않았습니다. 그러면서 그는, 숙부님이 너그러우시며 인간 본성의 가치와 통일성을 보여주고 향상시켜 주는 것이면 무엇이든지 존중하신다고 숙부님을 칭찬했습니다. 다만 숙부님은 다른 사람들에게도 똑같은 것을 요구하시고, 개인의 오만과 배타적인 편협함을 무엇보다 싫어하신다고 했습니다.

내 여동생의 결혼식이 끝난 뒤로 숙부님의 두 눈에는 기쁜 기색이 역력했습니다. 그리고 내 여동생과 그 아이들을 위해 무엇을 해주면 좋을지 나와 여러 번 이야기를 나누셨습니다. 숙부님에게는 손수 관리하는 기름진 땅들이 있었는데, 이것들을 최선의 상태로 조카들에게 물려주려고 하셨습니다. 우리가 현재 머물고 있는 영지에 대해서도 특별한 생각을 갖고 계시는 것 같았습니다. "이 땅은, 이 땅의 가치를 알고 존중하며 누릴 줄 아는 사람에게 물려주고 싶다. 부유한 귀족은, 특히 독일에서 모범을 보여야 한다는 것을 알고 있는 사람에게만 물려주고 싶단다."

대부분의 손님들은 이미 뿔뿔이 흩어져 돌아갔습니다. 우리도 떠날 준비를 하고 있었고 축하의 마지막 행사도 끝났다고 생각했을 때, 우리를 즐겁게 해주려는 숙부님의 배려로 다시 한 번 놀랐습니다. 우리는 내 여동생의 결혼식 때에 그 어떤 악기의 반주도 없이 사람들 목소리만으로 하는 합창을 듣고 느꼈던 그 황홀한 감동을 숙부님에게 숨김없이 털어놓았습니다. 그리고 그 즐거움을 다시 한 번 마련해 주셨으면 하고 숙부님에게 넌지시 비쳤습니다만, 숙부님은 그것을 귀담아들으시는 것 같지 않았습니다. 그러던 어느 날 저녁 숙부님이 이렇게 말씀하셨을 때, 우리는 정말 깜짝 놀랐습니다. "무도곡도 이제 한물갔구나. 젊은 친구들이 가버렸으니 말이야. 신혼부부들도 2, 3일 전보다 더 침착해진 것 같고, 우리도 이제 다시 못 볼지도 모르겠구나. 보게 되더라도 다른 상황에서 만날 터이니 이번 작별 앞에서는 왠지 엄숙한 기분이 드는구나. 이런 기분을 보다 고상하게 만드는 데에는 음악이 제일이지. 다들 전부터 앙코르를 원하고 있었지?"

숙부님은 그동안 사람 수를 늘리고 몰래 연습을 해온 합창단으로 하여금 4부 합창과 8부 합창을 부르도록 했습니다. 정말 천상의 행복이란 이런 것이라

할 정도의 감동이었습니다. 내가 이제까지 들은 성가는, 언제나 신자들이 자기 자신에게 유쾌한 감정을 불러일으킨다고 해서 하느님을 찬송하는 것으로 믿고 숲 속의 새들처럼 쉰 목소리로 부르곤 하는 그런 경건한 노래들뿐이었습니다. 연주회도 가본 적이 있지만, 그때도 기껏해야 연주가들의 재능을 경탄할 수 있을 뿐이었고 일시적인 즐거움에 취할 수 있는 경우조차 드물었습니다. 그런데 지금의 이 음악은 가장 훌륭한 인간 본성의 심오한 정신에서 우러나와 숙련된 특정 기관들을 통해 조화를 이루고 다시금 인간의 심오한 정신에게 속삭여 인간으로 하여금 정말 자기가 하느님을 닮았다는 사실을 생생하게 느끼게 해주었습니다. 모두가 라틴어로 된 성가였는데, 그 음악들은 윤리적인 속세의 사람들에게는 마치 금반지에 박힌 보석들과도 같았고, 이른바 교화적인 요구를 전혀 하지 않으면서도 자기 자신을 지극히 정신적으로 고양시켜 주고 행복하게 만들어 주었습니다.

떠날 때 우리 모두는 아주 귀한 선물들을 받았습니다. 나는 숙부님에게 내가 속한 수녀단을 상징하는 십자가상을 받았는데, 이제까지 보아오던 것보다 훨씬 더 정교하고 아름답게 세공된 에나멜을 입힌 것이었습니다. 그것은 큼직한 다이아몬드에 매달려 있었으며, 그 때문에 동시에 끈에 묶여 있는 것이기도 했습니다. 숙부님은 이 다이아몬드가 박물 표본실의 소장품들 가운데 가장 귀중한 보석이라고 하셨습니다.

내 여동생은 이제 남편과 함께 그의 영지로 떠났고 우리도 저마다 자기 집으로 돌아왔습니다. 우리는 외부 환경에 관한 한, 아주 평범한 생활로 돌아온 듯한 느낌이었습니다. 우리는 마치 요정들의 성에서 평범한 지상으로 내려온 듯 다시금 종전의 방식대로 행동하고 살아가야만 했습니다.

그 새로운 환경에서 내가 겪은 신기한 체험은 나에게 매우 아름다운 인상을 남겼습니다. 숙부님은 그 인상을 북돋워 주고 새롭게 해주려고 당신이 가장 아끼는 미술품들을 가끔씩 나에게 보내주기도 하시고, 내가 충분히 오랜 시간 동안 감상하고 나면 그것들을 다른 것들과 바꿔주기도 하셨지만, 아무래도 그 인상이 그때처럼 생생하게 오랫동안 남아 있을 수는 없었습니다.

나는 나 자신에게만 몰두하고 내 마음과 성향의 문제를 정리하면서 비슷한 생각을 지닌 사람들과 이런 문제에 대해 이야기하는 것에 익숙해져서, 주의를 기울여 미술품을 보기가 쉽지 않았으며, 혹시 본다 하더라도 곧 나 자신에게로 되돌아오고 말았습니다. 나는 한 폭의 그림이나 한 점의 동판화를 마치 책의 활자처럼 그렇게 바라볼 수밖에 없었습니다.

아름다운 인쇄는 사람을 기분 좋게 만들겠지만, 인쇄 때문에 책을 손에 잡는 사람이 어디 있겠습니까? 그래서 조형적인 표현도 나에게 무엇인가를 말해주고, 나에게 가르침을 주고 나를 감동시키며 개선시켜 주는 것이어야 했습니다. 숙부님이 아무리 편지로 당신의 미술품들에 대해 설명을 해도, 나는 여전히 옛날 그대로 머물러 있을 수밖에 없었습니다.

나의 성격 때문이라기보다는 오히려 외적인 사정, 즉 집안의 여러 변화에 따라 나는 이러한 미술품을 감상하는 일로부터 멀어졌으며, 아니 감상은커녕 나자신으로부터도 한동안 멀어졌습니다. 다시 말해 내 연약한 체력이 지탱해 낼 수 있는 것만큼 참고 감당해야 했습니다.

미혼인 여동생이 이제까지 늘 나를 도와주었습니다. 그 애는 건강하고 튼튼한 데다 마음씨가 아주 착해서 집안일을 혼자 도맡아 해왔습니다. 그래서 내가 안심하고 아버지를 돌봐드릴 수 있었던 것입니다. 그런데 그 애가 독감에 걸리더니 그것이 폐결핵이 되어 3주 뒤에 갑자기 죽고 말았습니다. 그 애의 죽음은 나에게 큰 충격이었습니다. 돌이켜 보면 그때 받은 마음의 상처로 인해 지금도 가슴이 아픕니다.

동생의 장례가 채 끝나기도 전에 이번에는 내가 병으로 자리에 눕게 되었습니다. 전에 앓았던 가슴 질환이 재발한 것 같았습니다. 나는 기침을 심하게 했고, 목이 쉬어 목소리가 제대로 나오지 않았습니다.

결혼한 여동생은 너무 놀라고 슬퍼서 조산을 하고 말았습니다. 늙으신 아버지는 당신의 자식들뿐만 아니라 자손을 남길 희망마저 한꺼번에 잃는 것이 아닌가 하고 매우 두려워하셨습니다. 아버지의 이런 눈물은 나를 더 슬프게 만들었습니다. 나는 하느님에게 겨우 견딜 만한 건강이라도 회복시켜 주십사 기도했으며, 아버지의 임종이 끝날 때까지만 살게 해주시기를 간절히 청했습니다. 그 뒤 나는 병이 나아서 전보다 더 건강해졌습니다. 그래서 어렵사리 해내는 것이긴 했지만 그래도 다시 내 의무를 다할 수 있게 되었습니다.

동생은 다시 임신을 했습니다. 동생은 친정어머니에게 털어놓을 여러 걱정거리들을 나에게 말했습니다. 그 애는 남편과 그다지 사이가 좋지 않았고, 그 일을 아버지에게는 알리지 말아달라고 했습니다. 어쩔 수 없이 내가 중재를 하게 되었는데, 마침 제부가 나를 믿는 데다 둘 다 정말 착해서 내가 이런 역할을 해낼 수 있었던 것 같습니다. 둘 다 서로에게 너그럽게 대하지 않고 비난만 할 뿐이어서, 완전히 하나가 되어 살고자 하는 욕심 때문에 도저히 하나가 될 수 없었던 것입니다. 그래서 나는 세속의 문제도 진지하게 대할 수 있게 되었고, 이제까지 찬송가로 부르기만 했던 일을 실행에 옮기게 되었습니다.

동생은 아들을 낳았습니다. 아버지는 몸이 불편하신데도 기어이 동생에게 가셨습니다. 아기를 보신 아버지는 믿을 수 없을 정도로 밝고 즐거우신 듯했습니다. 그리고 세례 때에도 아버지는 평소와 다르게 감격하신 모습이었습니다. 정말이지 두 개의 얼굴을 지닌 수호신이라 해도 될 정도였습니다. 하나의 얼굴은 곧 들어가게 될 저승을 기쁜 마음으로 바라보셨으며, 다른 하나의 얼굴은 당신의 자손인 손자에게서 희망에 가득 찬 현세적인 새 삶을 바라보시는 것 같았습니다. 아버지는 집으로 돌아오는 길에도 아기의 생김새와 건강, 또한 이 새로운 세계시민의 소질이 아무쪼록 잘 형성되어 나갔으면 좋겠다는 바람에 대해서 끊임없이 말씀하셨습니다. 집에 돌아와서도 이 이야기는 계속 이어졌습니다. 그러다가 며칠이 지나고 나서야 비로소 아버지에게 열이 있다는 것을 알았습니다. 오한은 아니었지만 식후에 사람을 약간 나른하게 만드는 열기였습니다. 하지만 아버지는 자리에 눕지 않고 날마다 아침 마차로 출근해서 충실히 직무를 수행하셨습니다. 그러다가 마침내는 심상치 않은 징후들이 지속적으로 나타나서 일도 할 수 없게 되셨습니다.

나는 아버지가 집안일부터 마치 남의 일처럼 자신의 장례식 준비까지 일사불란하게 처리하실 때의 그 정신적 평온함과 밝고 명확한 모습을 결코 잊을 수 없습니다.

이제까지의 아버지에게서는 볼 수 없었던 이 밝은 모습이 생생한 환희로까지 무르익은 채 아버지는 나에게 말씀하셨습니다. "지금까지 느껴오던 죽음에 대한 공포가 어디로 가버렸지? 죽음을 두려워해야 하나? 난 자비로우신 하느님의 가호를 받고 있어서, 무덤으로 가는 것도 두렵지 않다. 나에게는 영원한 생명이 있다."

이런 말씀을 하시고 얼마 되지 않아 아버지가 돌아가셨습니다. 그때의 아버지 모습을 돌이켜 보는 것은 고독한 나에게는 가장 즐거운 일들 가운데 하나입니다. 거기에 보다 높은 힘이 작용했다는 것은, 누가 내게 무슨 말로 반박한

다 해도 부정할 수 없는 사실입니다.

사랑하는 아버지의 죽음은 내 삶의 방식을 바꿔놓았습니다. 나는 아주 엄격한 복종과 엄청난 제약에서 벗어나 완전히 자유로워졌습니다. 나는 이 자유를 마치 오랫동안 먹지 못했던 맛있는 음식처럼 즐겼습니다. 이제까지는 두 시간 동안 집 바깥에 있는 일도 드물었는데, 지금은 온종일 방에 있는 일이 거의 없었습니다. 지금까지는 내가 드문드문 찾아갈 수밖에 없었던 친구들도 이제는 나와 지속적으로 만나게 된 것을 기뻐했고 나 또한 그랬습니다. 자주 식사에 초대받았으며 마차 드라이브, 소규모 유람여행도 있었는데, 나는 어디에든 빠지지 않고 참석했습니다. 그러나 그것도 죽 돌고 나자, 자유의 아주 귀중한 행복이란 하고 싶은 것을 모두 하는 데에 있는 게 아니라 자신이 정당하고 적당하다고 생각되는 일을 거리낌 없고 숨김없이 떳떳한 방법으로 행하는 데에 있다는 것을 알게 되었습니다. 이제 나도 나이가 들어서 이런 경우에 수업료를 들이지 않고도 훌륭한 확신에 이를 수 있었습니다.

내가 단념할 수 없었던 일은 헤른후트 교구 신도들과의 만남을 계속하고 그들과의 유대를 더 긴밀하게 하는 것이었습니다. 그래서 나는 가장 가까운 곳에 있는 그들의 교회당들 가운데 하나를 서둘러 찾아갔습니다. 하지만 그곳 또한 내가 생각했던 것은 결코 찾아볼 수 없었습니다. 이에 대해 그들은 자기들의 현재 모습은 정식 교회와는 전혀 다르다는 점을 나에게 설명하려 했지만, 나는 이해할 수 없었습니다. 진정한 정신이란 조직이 크고 작은 것과는 무관하게 조직 내부로부터 바깥으로 드러나 보이는 것이라고 확신했기 때문입니다.

나와 자리를 함께했던 주교들 가운데 친첸도르프 백작의 제자 한 분이 여러 가지로 나를 보살펴 주었습니다. 그분은 영어를 완벽하게 했는데, 마침 내가 영어를 조금 알아들을 수 있었으므로 그분은 이것이야말로 우리가 같은 교파에 속한다는 하나의 암시라고 했습니다. 그러나 나는 조금도 그렇게 생각하지 않았고, 그와 대화하는 것도 싫었습니다. 그는 도공으로 모라비아*25 출신이었습니다. 그래서 그의 사고방식에도 도공다운 티가 엿보였습니다. 나는 오히려 프랑스군의 소령이었다는 폰 엘(von L)이라는 분과 더 맞았습니다. 그렇지만 그분이 상관에게 보이는 복종의 태도는 나로서는 도저히 흉내 낼 수 없는 것이었습

---

*25 Moravia. 체코 동부에 있던 지방.

니다. 더구나 그 소령의 아내와 매우 지체 높은 상류층 부인들이 그 주교의 손에다 키스하는 것을 보면 나는 마치 나 자신이 따귀*26를 한 대 얻어맞는 듯한 느낌이 들었습니다. 그 사이에 네덜란드로 여행*27을 가기로 약속이 되어 있었는데, 다행이 한 번도 이 여행은 실행에 옮겨지지 않았습니다.

동생은 둘째로 딸을 낳았습니다. 이번에는 여자들이 기뻐할 차례였습니다. 우리는 이 애가 앞으로 우리와 비슷하게 자라면 좋겠다고 생각했습니다. 그러나 나의 제부는, 그다음 해에 또 딸이 태어나자 매우 불만스러워했습니다. 그는 많은 땅을 갖고 있어서 앞으로 그 관리를 도와줄 아들을 바랐던 것입니다.

나는 몸이 약해져 조용히 지내고 있었습니다. 그러자 마음도 안정을 찾을 수 있었습니다. 나는 죽음을 두려워하지 않았습니다. 오히려 죽기를 바라기까지 했습니다. 그러나 마음속으로는 내가 내 영혼을 탐구하고 더욱더 하느님에게 다가가도록 하느님께서 나에게 시간을 주신 것이라 느꼈습니다. 나는 밤에 잠을 잘 이루지 못했지만, 특히 그럴 때에 무엇인지 분명히 설명할 수는 없는 그 무엇인가를 느낄 수 있었습니다.

내 영혼은 육체와 따로 떨어져 생각하는 것 같이, 육체 자체를 마치 옷처럼 자신과는 관계가 없는 존재라 여겼습니다. 내 영혼은 지나간 시간과 사건들을 놀랄 만큼 생생하게 눈앞에 그려낼 수 있었으며, 그것으로부터 앞으로 다가올 일도 미리 느낄 수 있었습니다. 그 모든 시간은 흘러가 버렸고, 앞으로 다가올 시간도 흘러가 버릴 것이며, 육체는 옷처럼 갈기갈기 찢어지겠지요. 그러나 이것을 잘 알고 있는 나는 언제까지나 존재하는 것입니다.

이런 위대하고 숭고하며 위안을 주는 감정에는 될 수 있는 대로 집착하지 않는 것이 좋다고 가르쳐 준 사람은, 요즘 나와 점점 더 가까워지고 있는 고귀한 친구였습니다. 바로 숙부님 댁에서 알게 된 의사였는데, 그는 내 육체와 정신 상태에 대해서 잘 알고 있었습니다. 그는 우리가 이런 감정들을 외부 세계와 아무런 관련 없이 우리 자신 속에서 자꾸만 자라나도록 키우면, 결국 이런 감정들이 우리 내부를 매우 공허하게 할 것이며 우리가 존재하는 그 자체를 뒤엎어 버리리라는 것을 가르쳐 주었습니다. "활동하라. 이것이 인간의 첫 번째 사명입니다. 쉬어야 하는 그 모든 여유 시간을 외적 사물들에 대한 명확한 인

---

*26 헤른후트 교구에서는 손에다 입을 맞추는 것이 금지되어 있었기 때문이다.
*27 네덜란드도 헤른후트 교구의 발생과 관계가 있었다.

식을 얻는 데 써야 합니다. 그러면 그 인식이 다시금 그가 활동하는 것을 쉽게 해줄 테니까요."

그 친구는 자신의 육체를 외적인 대상처럼 바라보는 내 습성을 알고 있었으며, 내가 나 자신의 체질과 병 그리고 약에 대해서까지 상당한 지식을 갖고 있고, 끊임없이 나 자신이나 가족들의 병을 오래 간병하는 사이에 내가 반은 의사가 된 사실도 알아챘습니다. 그래서 내 관심을 인간의 육체와 의약품에 관한 지식으로부터 인간과 비슷한 다른 자연물에게로 돌려주었습니다. 마치 낙원에 간 듯한 느낌이었습니다. 이런 비유적 표현을 계속 쓰자면, 그는 나로 하여금 결국에는, 날이 저물어 선들바람이 불 때 낙원을 거닐고 계시는 창조주*28를 멀리서 느낄 수 있도록 해준 것입니다.

마음속에 하느님을 확고하게 품게 된 나는, 지금 자연 속에서 하느님을 보고 얼마나 기뻤는지 모릅니다. 그분의 손으로 이루어진 작품에 내가 얼마나 큰 흥미를 느끼고, 그분이 당신의 입김으로 내게 생명을 불어넣어 주려 하심에 내가 얼마나 감사했는지 모릅니다.

여동생이 또다시 임신을 해서 우리는 제부가 그렇게 기다리는 아들이 태어나기를 원했습니다. 그런데 유감스럽게도 제부는 그 아들이 태어나는 것을 볼 수 없었습니다. 그 강건하던 사람이 불운한 낙마 사고로 갑자기 세상을 떠났습니다. 동생도 귀여운 아들을 낳고는 그만 남편의 뒤를 따라갔습니다. 그녀가 남겨놓은 어린 사남매를 보자니 너무 슬펐습니다. 건강한 사람들이 아픈 나보다 먼저 세상을 떠나간 것입니다. 희망으로 가득 찬 이 꽃봉오리들이 몇몇 떨어지는 것까지도 보는 건 아니겠지요. 나는 이 세상을 잘 알기 때문에 아이들이, 특히 상류층 아이들이 수많은 위험을 겪어야 하는 것을 잘 알고 있었습니다. 지금은 내가 어릴 적보다 그런 위험이 더 커진 것처럼 생각되었습니다. 나는 몸이 약해서 이 아이들을 위해 거의 아무 일도 할 수 없을 것 같았습니다. 그런 형편이고 보니, 숙부님께서—물론 당신의 평소 사고방식에서 나온 결심이긴 했습니다만—이 귀여운 아이들의 교육을 위해 애쓰시겠다고 결심해 주신 일은 정말 다행이었습니다. 아이들이 모두 잘생겼고, 성격은 제각각이었지만 모두 착하고 분별 있는 사람이 되리라는 기대가 있어서 어느 모로 보나 그런 보살핌을

---

*28 〈창세기〉 3 : 8. "날이 저물어 선들바람이 불 때 야훼 하느님께서 동산을 거니시는 소리를 듣고 아담과 그의 아내는 야훼 하느님 눈에 뜨이지 않게 동산 나무 사이에 숨었다."

받을 만한 자격이 있었지요.

그 친절한 의사가 나의 주의를 환기시켜 준 뒤로 나는 그 아이들과 친척들 사이의 닮은 점을 찾았습니다. 아버지는 조상의 초상화들을 세심하게 간직해 오셨으며, 당신 자신과 자식들의 초상화까지도 제법 괜찮은 화가들을 시켜서 그리게 하셨습니다. 그럴 때에는 내 어머니와 외가 친척들까지도 그리게 하셨던 것입니다. 우리는 온 가족의 성격을 잘 알고 있어서 가끔 초상화와 비교해 왔는데, 이제는 아이들의 외모나 성격에 닮은 점들이 없을까 하고 찾아보았습니다. 동생의 큰아들은 자기 친할아버지를 쏙 뺀 듯이 닮았습니다. 그분 젊은 시절의 매우 잘 그려진 초상화 하나가 숙부님의 수집품들 가운데에 있었거든요. 그 애는 늘 용감한 장교의 모습을 보여주던 친할아버지를 닮아서인지 총을 아주 좋아해서 나한테 찾아올 때마다 총을 갖고 놀곤 했습니다. 아버지가 아주 훌륭한 총기 진열장을 유산으로 남겨주신 것입니다. 그래서 그 애는 권총 한 쌍과 엽총 하나를 선물로 받고 나서야, 또 엽총의 독일식 장전 방법을 알아내고 나서야 겨우 느긋해졌습니다. 말이 났으니 말입니다만, 그 애는 행동으로나 성격으로나 거친 데는 전혀 없었고 오히려 온순하고 이해력이 빨랐습니다.

나는 맏이인 여자아이가 특히 마음에 들었습니다. 아마도 그 애가 나를 닮았고, 또 네 아이들 가운데서 나를 가장 잘 따랐기 때문인 것 같습니다. 그러나 그 아이가 커감에 따라 자세히 관찰하면 할수록 나는 점점 더 나 자신이 부끄러워졌다고 말씀드리는 것이 옳을 듯합니다. 나는 그 아이를 바라볼 때마다 놀라고, 심지어는 존경하고 싶어질 정도였습니다. 그 아이보다 더 고귀한 모습, 더 다소곳한 심성은 어디서도 찾아볼 수 없었으며, 그 아이처럼 대상에 얽매이지 않고 늘 똑같이 행동하기란 쉬운 일이 아니었습니다. 늘 무슨 일이든 했고, 그 애가 손을 대면 어떤 일이라도 품위 있는 행동이 되었습니다. 시간과 장소에 어울리는 일이라면 무슨 일이라도 상관없었습니다. 그래서 아무 할 일이 없어도 조금도 초조해하지 않고 마찬가지로 침착하게 할 수 있었습니다. 나는 일을 할 필요가 없는데도 이렇게 열심히 하는 것을 본 적이 없었습니다. 어릴 때부터 그 애가 어려움에 처한 사람들과 가난한 사람들에게 하던 행동은 이미 아무도 흉내 낼 수 없는 것이었습니다. 나는 자선적인 일을 할 만한 능력이라곤 전혀 없다는 것을 솔직히 고백하겠습니다. 하긴 나도 가난한 사람들에게 인색하지는 않았으며, 내 형편에 넘치게 베푼 적도 있습니다. 그러나 말하자면,

그것은 나 자신의 몸값을 지불한 것이나 다름없었습니다. 그리고 누군가가 나의 세심한 보살핌을 받으려면 그는 천성적으로 나와 가까워야 했습니다. 나는 조카에게서 그 반대의 모습을 보고 감동했습니다. 나는 그 애가 가난한 사람에게 돈을 주는 것을 본 적이 없습니다. 그 애는 적선을 할 목적으로 내게서 얻어간 것을 언제나 가장 필요한 물건으로 바꾸었습니다. 그 애가 내 옷장과 속옷 상자들을 뒤져 헌 옷가지들을 가져가는 모습은 정말 사랑스러웠습니다. 내가 더 이상 입지 않거나 나에게 필요 없는 옷들을 찾으면, 이 옷들을 마름질해서 낡고 해진 옷을 입은 어떤 아이에게 맞춰 입히는 것이 그 애의 가장 큰 기쁨이었습니다.

그 애의 여동생은 좀 달랐습니다. 자기 엄마를 많이 닮아서 어릴 때부터 매우 아름답고 매력적인 여성으로 자랄 것이라는 기대를 갖게 만들었습니다. 과연 그런 기대가 어긋나지 않을 것 같습니다. 그 애는 외모에 꽤 신경을 쓰고 눈에 띄게 화장을 하거나 화사하게 옷 입는 것을 좋아했거든요. 어머니가 물려주신 아름다운 진주 목걸이를 그 애가 우연히 내 집에서 찾아냈기에 내가 그 애의 목에 걸어주지 않을 수 없었습니다. 그때는 아직 조그만 어린애였는데도 거울을 보면서 황홀해하던 모습이 지금도 눈에 선합니다.

이렇게 여러 취향을 가진 아이들을 볼 때마다 나는 내가 죽고 난 뒤에 내 소유물들이 그 아이들 손으로 넘어가서 그들을 통해 다시금 생기를 얻으리라는 생각에 즐거웠습니다. 아버지의 엽총이 다시 조카의 어깨 위에 얹혀서 들판을 돌아다니고, 아버지의 사냥 주머니로부터는 다시 꿩들이 쏟아져 나오는 것을 보았습니다. 또 소녀들이 내 옷의 천으로 지은 옷을 입고 부활절 견진성사*29를 마치고 교회에서 나오는 모습도 그려보았고, 시민계급의 한 얌전한 아가씨가 결혼식에서 입는 의상으로 화사하게 변화된 장면도 눈앞에 그려보았습니다. 나탈리에는 이런 아이들과 정숙하고 가난한 처녀들에게 옷을 해 입히는 것을 좋아했기 때문입니다. 하지만 이 자리에서 말씀드려야겠는데, 나탈리에한테서는 내가 젊었을 적에 그렇게도 생생하게 나타났던 어떤 눈에 보이거나 눈에 보이지 않는 존재에 대한 사랑, 또는 그런 존재에게 귀의하려는 모습은 전혀 찾아볼 수 없었습니다.

---

*29 세례성사를 받은 신자에게 성령과 그 선물을 주어 신앙을 성숙하게 하는 성사.

그 아래 조카가 바로 같은 날에 내 진주 목걸이와 보석으로 치장을 하고 궁중으로 들어가는 모습을 상상해 보면, 나는 내 소유물도 내 육신과 마찬가지로 이제 그 본질을 되찾는 것 같은 기분이 들어 마음이 편안해졌습니다.

그 아이들은 무럭무럭 잘 자라 건강하고 아름다우며 총명했습니다. 숙부님이 이 아이들을 내게서 멀리 떼어놓는 것도 불평하지 않고 견뎌냈습니다. 그 아이들이 근처에 있거나 심지어는 시내에 있을 때에도 그 아이들을 만나는 일은 드물었습니다.

프랑스 성직자로 생각되지만 그 출신에 대해서는 누구도 모르는 한 비범한 분이, 그 아이들을 모두 보살피고 저마다 다른 장소에서 교육시키며 그들의 숙소도 계속 옮겼습니다.

처음에 나는 이런 교육 방법에 제대로 계획된 것이 아무것도 없다고 생각했는데, 그 의사 친구가 가르쳐 주었습니다. 숙부님은 그 신부[30]의 설득으로 확신을 가지게 되셨다는 것이었습니다. 즉 사람을 교육해서 무엇인가 효과를 얻으려면 먼저 그 사람의 취향과 소망이 어느 쪽으로 향하고 있는지를 알아야 하고, 그다음에는 그 취향을 되도록 빨리 만족시키고 가능한 한 그 소망을 이룰 수 있는 환경을 마련해 주어야 한다는 것입니다. 그러면 그 사람은 자기가 잘못을 저질렀다 하더라도 하루라도 빨리 자신의 잘못을 깨닫고, 자신에게 적합한 일을 골랐을 경우에는 더욱더 그것에 열심히 매달려서 부지런히 수업에 임할 수 있다는 것입니다. 나는 이 기이한 시도가 성공하기를 바랄 뿐입니다. 아마도 그 아이들이 훌륭한 소양을 갖추었기 때문에 성공하리라 생각합니다.

그러나 내가 숙부님과 그 신부님의 의견에 찬성할 수 없는 점은 그들이 어린이들로 하여금 자기 성찰을 하도록 이끌고, 그 유일하고 변함없으신 눈에 보이지 않는 분과 만나도록 인도해 줄 수 있는 모든 가능성을 막으려고 한다는 것입니다. 또한 숙부님이 나를 아이들에게 위험하다고 생각해서 화가 나는 일도 자주 있었습니다. 실제 생활에서 너그러운 사람은 아무도 없는가 봅니다. 누구한테나 그 사람의 독특한 방식과 본성을 받아들이겠노라 공언하면서도 자신과 다른 생각을 하는 사람은 늘 따돌리려고 하니까요.

내 신앙이 틀리지 않았다고 굳게 믿으면 믿을수록 아이들을 나에게서 멀리

＊30 프랑스어 'abbé'는 '신부'라는 뜻으로, 특히 프랑스에서는 수도원에서 근무하는 성직자의 총칭이다. 18세기에는 교육자, 재산관리인, 사서로 일하는 귀족이 많았다.

교육 방식은 나를 우울하게 만들었습니다. 내 신앙은 실제적인 것이라 이만큼의 힘을 보이기 때문에 신적인 기원도, 또 실제적인 대상도 가져서는 안 되는 것일까요? 우리는 실제적인 것을 통해 우리 자신의 존재를 더욱 확신하게 되는 셈인데, 그렇다면 우리를 도와서 모든 선한 일을 이루게 하시는 저 신의 존재를 확신하기 위해서는 왜 똑같은 방법이 통하지 않는 것일까요?

나는 끊임없이 앞으로 나아가고 있습니다. 결코 뒤로 물러나는 일은 없습니다. 나의 행동도 내가 완전무결성에 대해 지녀오던 관념에 점점 더 다가섰습니다. 사실 몸이 약해 많은 것을 할 수는 없지만, 그래도 내가 옳다고 생각하는 일을 하는 것은 날이 갈수록 손쉽게 느껴집니다. 이 모든 일이 인간 본성에서 생겨나는 것이라고 설명될 수 있을까요? 인간 본성의 타락상을 너무나도 깊이 통찰해 온 나로서는 결코 그렇게 설명될 수 없다고 봅니다.

나는 무엇인가를 명령받은 기억이 없습니다. 나에게는 법의 형태로 나타난 것이 아무것도 없습니다. 나를 언제나 올바르게 이끄는 것은 본능입니다. 나는 자유로이 내 의향을 따르고, 제약도 후회도 느끼지 않습니다. 다행히도 나는 이 행복이 누구 덕분인지 알고 있으며 이 은혜를 아주 겸허하게 받아들여야 한다는 것도 잘 알고 있습니다. 보다 높은 힘이 우리를 지켜주지 않는다면 모든 인간의 가슴속에서 얼마나 무서운 괴물이 생겨나고 자라날 수 있는가를 너무나도 분명히 알고 있기에, 나는 자신의 능력과 역량을 자랑하는 위험에는 결코 빠지지 않을 것입니다.

제7부

제1장

봄이 왔다. 온종일 하늘을 뒤덮고 있던 천둥 구름은 요란을 떨며 때 아닌 장대비를 산 위에 쏟아부었다. 비가 들녘 쪽으로 사라지자 태양이 그 휘황찬란한 빛을 발하며 다시 나타났다. 이윽고 잿빛 하늘에 무지개가 보였다. 빌헬름은 말을 몰고 가면서 쓸쓸한 표정으로 무지개를 바라보며 혼자 중얼거렸다.

"아, 인생에서 가장 아름다운 빛은 어째서 어두운 대지 위에서만 나타나야 하는 걸까? 왜 그토록 황홀하고도 찬란한 순간에는 달갑지 않은 비가 찾아오는 것일까? 메마른 가슴은 날씨가 맑든 흐리든 언제나 변함이 없구나. 마음에 품은 사랑이 언젠가는 그 대상을 만나리라는 희망만큼 사람을 설레게 하는 일은 없다. 아름다운 이야기를 듣거나 잘 어우러진 멋진 풍경을 보았을 때처럼 말이야. 이럴 때 사람은 타향이 아닌 고향에 있는 듯한 착각을 하게 되는 것이지."

그러는 동안, 언제 쫓아왔는지 뒤에서 걸어오던 남자와 함께 가게 되었다. 그는 아주 활기찬 걸음으로 말과 나란히 걸으며 몇 마디 건네왔다. 그러다가 갑자기 말했다.

"내가 잘못 생각한 것이 아니라면 어디선가 뵌 것 같습니다."

"나도 기억합니다. 우리 함께 뱃놀이를 간 적이 있지요?"

빌헬름이 물었다.

"아, 그렇군요!"

빌헬름은 그 남자를 찬찬히 쳐다보더니, 잠시 무언가 생각하는 듯했다.

"그동안 무슨 일이 있었는지 잘 모르겠습니다만, 그때 나는 당신이 루터파의 교회 목사님인 줄 알았습니다. 그런데 오늘 다시 보니 가톨릭교회 신부님처럼 보여서 말입니다."

"오늘은 제대로 보셨습니다."

그러더니 그는 모자를 벗어 머리 가운데의 삭발한 부분을 보여주었다.

"친구 분들은 어디에 가셨습니까? 함께 계시는 줄 알았습니다."

"지나치게 오래 있었지요. 그 시간들을 돌아보면 유감스럽게도 구멍이 뻥 뚫린 것만 같습니다. 아무것도 남아 있지 않습니다."

"그건 잘못 생각하시는 겁니다. 모든 만남은 흔적을 남기기 마련입니다. 우리가 의식하지 못할지라도 분명 어딘가에 좋은 영향을 끼칩니다. 하지만 그걸 따지려 드는 것은 좋지 않은 생각입니다. 왜냐하면 자만심에 빠져 해이해질 수도 있고 반대로 풀이 죽어 무기력해질 수도 있기 때문입니다. 결국 해만 입게 될 뿐이지요. 그러니까 늘 눈앞에 맞닥뜨린 일을 하는 것이 좋습니다. 지금 우리 상황에서 말해 보자면" 신부는 미소를 지으며 말을 이었다. "서둘러 숙소로 가야겠지요."

"로타리오의 영지까지 얼마나 걸릴까요?" 빌헬름이 물었다.

산을 넘으면 바로 있다고 신부가 대답했다.

"아마도 거기서 다시 뵙게 될 거 같습니다. 나는 근처에 일이 있어서요. 그럼 조심해서 가십시오."

신부는 지름길로 가려고 비탈진 오솔길을 따라 올라갔다.

"그래, 그의 말이 옳아!" 빌헬름은 말을 재촉하며 혼자 중얼거렸다.

"가장 가까운 일부터 생각하는 거야. 그러니까 지금 내가 해야 할 일은 그 슬픈 역할을 잘해 내면 돼. 잔인한 남자를 부끄럽게 할 대목을 아직도 기억하고 있는지 어디 다시 해보자."

빌헬름은 그 내용을 외우기 시작했다. 한마디도 잊지 않고 있었다. 기억이 되살아나자 용기가 솟구쳤다. 그러면서 아우렐리에의 고통과 죽음이 생생하게 떠올랐다. 그는 소리쳤다.

"아우렐리에의 영혼이여! 내 주위에 떠다녀라! 그리고 할 수만 있다면 네가 평온하게 잠들어 있다는 걸 보여다오!"

이렇게 혼잣말을 하고 생각에 잠기는 사이에 그는 어느덧 산꼭대기에 다다랐다. 맞은편 산허리에 색다른 건물이 보이는 걸로 보아 로타리오 씨의 저택임에 틀림없었다. 두세 개의 첨탑과 합각머리 지붕을 한 들쭉날쭉하고 낡은 저택이 가장 오래된 건물인 것 같았다. 하지만 가까이에 있거나 조금 떨어진 곳에 있는 새 건물들은 더욱 불규칙했고 복도나 지붕이 있는 통로를 통해서 본관과 서로 이어져 있었다. 외형적인 균형이나 건축학적인 아름다움은 하나같이 내부를 쾌적하게 만들기 위해 희생당한 것처럼 보였다. 성벽이나 연못도 없을뿐더러 정원이나 큰 가로수 길도 없었다. 채소밭과 과수원이 건물 바로 옆까지 뻗어나와 건물과 건물 사이의 빈터조차도 작은 밭으로 변해 있었다. 조금 떨어진 곳에 작은 마을이 하나 보였는데, 과수원도 밭도 잘 손질되어 있었다.

빌헬름은 깊은 생각에 잠겨 주위에 그다지 신경을 쓰지 않았다. 말을 여관에 맡겨놓고는 별다른 감정을 느낄 것도 없이 성으로 발걸음을 재촉했다.

문에서 늙은 하인이 아주 정중하게 그를 맞이했다. 그러고는 오늘은 주인이 많은 편지를 써야 해서 만나기 어려울 것이라며, 이미 몇 명의 손님을 그냥 돌려보냈다고 일러주었다. 하지만 빌헬름이 하도 간곡히 부탁을 하는 바람에 늙은 하인도 어쩔 수 없이 주인에게 안내할 수밖에 없었다. 하인은 빌헬름을 고풍스런 넓은 방으로 안내하고는 주인이 곧바로 나타나지 않을 수도 있으니 좀 참고 기다려 달라 말했다. 빌헬름은 긴장이 되었는지 이리저리 서성거리며 벽에 걸려 있는 기사나 부인의 옛 초상화를 바라보았다. 그는 길에서 외웠던 대목을 다시 읊으면서, 이런 갑옷들과 고풍스런 장식품들로 둘러싸인 곳이라면 한층 더 효과적이리라 생각했다. 그리고 옷이 스치는 소리가 날 적마다 자세를 가다듬으며, 그 사람이 나오면 위엄 있는 태도로 먼저 편지를 건넨 다음 비난을 쏟아부으려고 벼르고 있었다.

이러기를 몇 번이나 되풀이했을까? 빌헬름은 분해서 화가 머리끝까지 치밀어 올랐다. 그제야 긴 장화에 외투를 걸친 단정한 용모의 남자가 옆문으로 들어왔다.

"무슨 좋은 소식이라도 가지고 오셨는지요? 오래 기다리게 해서 죄송합니다."

그는 꽤 친절하게 말하며 손에 들고 있던 편지를 접었다. 빌헬름은 좀 당황스러웠지만 아우렐리에의 편지를 건네며 말했다.

"내 친구가 마지막으로 남긴 말입니다. 당신은 눈물 없이는 못 읽으실 겁니다."

로타리오는 편지를 받자 곧 방으로 돌아가서는 두세 통의 편지를 봉하고 겉봉투를 쓰고 난 뒤 아우렐리에의 편지를 뜯어서 읽기 시작했다. 문이 열려 있어서 그가 무엇을 하는지 아주 잘 보였다. 그는 두세 번 되풀이해서 읽는 것 같았다. 빌헬름은 이런 분위기에서 자기가 준비한 격정적인 대사가 썩 잘 어울린다고는 생각지 않았지만, 마음을 가다듬고 문턱으로 다가가 그 대사를 막 시작하려는 참이었다. 바로 그때, 벽걸이 가리개가 젖혀지고 길에서 만났던 신부가 들어왔다.

"신부님, 내가 지금 세상이 깜짝 놀랄만한 편지 한 통을 받았습니다."

로타리오는 신부에게 말하고는 빌헬름을 향해 말을 이었다.

"죄송합니다만, 지금은 말할 기분이 아닙니다. 괜찮다면 오늘 밤은 여기서 머물러 주십시오. 신부님, 이분이 편히 쉬도록 돌봐주시겠습니까?"

그러면서 로타리오는 빌헬름에게 머리를 숙였다. 신부가 빌헬름의 손을 잡는 바람에 그는 할 수 없이 신부의 뒤를 따랐다.

두 사람은 아무 말 없이 기묘한 복도를 몇 개 지나 아주 멋진 방에 다다랐다. 신부는 그를 방으로 안내하더니, 인사도 하지 않고 돌아갔다. 조금 지나자 활기찬 소년 하나가 들어와 빌헬름의 심부름을 하기로 되어 있다고 자기소개를 하고는 저녁 식사를 가져왔다. 소년은 빌헬름이 음식을 먹는 동안 그 집의 아침과 저녁 메뉴에 대해서, 일꾼과 그들이 즐기는 놀이에 대해서 이러쿵저러쿵 쉴 새 없이 말을 늘어놓았다. 특히 로타리오 씨에 대해서는 칭찬이 끊이질 않았다.

명랑한 소년이었지만, 빌헬름은 그를 빨리 내보내고 혼자 있고 싶었다. 일이 계획대로 잘 되지 않아 답답하고 우울했기 때문이었다. 맡은 임무를 절반밖에 수행하지 못한 채 어정쩡해진 상황을 어찌해야 할지 막막했다. 내일 아침에는 꼭 해내고 말리라 굳게 마음먹었지만 어쩐 일인지 로타리오 앞에서는 그의 마음이 계획한 대로 되지 않는다는 것을 알아차렸다. 또한 지금 있는 집은 자신의 집과 달라서 매우 낯설었다. 옷을 갈아입으려고 여행 가방을 열자, 잠옷과 함께 미뇽이 넣어주었던 그 유령의 베일이 딸려 나왔다. 그것을 보니 더욱 슬퍼졌다.

"달아나라! 젊은이여, 달아나!' 이 불가사의한 말은 무슨 뜻일까? 무엇으로부터 달아나란 말인가? 도대체 어디로? 차라리 유령이 '너 자신에게로 돌아가라' 했다면 훨씬 좋았을 것을!"

그는 액자에 끼워져 벽에 걸려 있는 영국 동판화들을 바라보았다. 아무 생각 없이 그저 바라보고 있었지만 그러던 중 좌초한 배를 그린 한 장의 그림에 눈길이 멈추었다. 한 아버지가 아름다운 딸들을 데리고 밀려오는 파도 앞에서 죽음을 기다리고 있었다. 그 가운데 한 여자는 저 아마존의 여인과 어딘가 닮은 것 같았다. 그는 이루 말할 수 없는 연민의 정을 느꼈다. 가슴에 맺힌 응어리를 풀어내고 싶었다. 어느새 눈물이 걷잡을 수 없이 흘러내렸다. 그날 밤 그는 마음의 평안을 얻지 못한 채 잠자리에 들었다.

새벽 무렵에 그는 이상한 꿈을 꾸었는데, 소년 시절 자주 찾아갔던 정원에 있었다. 눈에 익은 가로수 길과 산울타리와 화단을 바라보며 즐거움에 젖어 있었다. 마리아네와 진심어린 대화를 나누었으며 지난날의 불행 따위는 생각하지도 않았다. 그러자 곧 평상복 차림의 아버지가 평소와는 다른 상냥한 모습으로 다가와 뜰에서 의자를 두 개 가져오라고 했다. 그리고 아버지는 마리아네의 손을 잡고 숲 속으로 사라져 버렸다.

빌헬름은 서둘러 의자를 가지러 갔지만 뜰은 텅 비어 있었다. 아버지가 서 있던 창가에 아우렐리에가 서 있을 뿐이었다. 말을 걸려고 가까이 다가갔지만 그녀는 얼굴을 돌린 채 있어서, 바로 옆인데도 얼굴을 볼 수가 없었다. 창밖으로는 한 번도 본 적이 없는 정원에 많은 사람들이 모여 있었고, 그 가운데는 낯익은 얼굴도 몇 있었다. 멜리나 부인이 나무 아래에 앉아 장미꽃 한 송이를 손에 들고 만지작거리고 있었으며, 그 옆에는 라에르테스가 선 채로 금화를 세고 있었다. 미뇽과 펠릭스는 풀밭에 있었는데, 미뇽은 반듯하게 누워 있었고 펠릭스는 엎드려 자고 있었다. 필리네가 나타나 아이들 위에서 손뼉을 치자, 미뇽은 꿈쩍도 하지 않았으나 펠릭스는 벌떡 일어나 달아났다. 필리네가 뒤쫓아오자 처음엔 깔깔거리며 달아났지만, 하프 타는 사람이 큰 걸음으로 성큼성큼 쫓아오자 무서워서 소리를 지르며 연못 쪽으로 도망쳤다. 빌헬름은 허둥지둥 뒤를 쫓아가 보았는데 이미 펠릭스가 연못에 빠진 뒤였다. 그는 발이 땅바닥에 철썩 달라붙은 것처럼 꿈쩍도 할 수가 없었다. 그때 연못 맞은편에 아름다운 아마존 여인이 나타났다. 그녀는 오른손을 펠릭스에게 뻗치고는 연못가를 따라 걸어가고 있었는데, 펠릭스는 그 손을 향해 똑바로 물을 헤치며 그녀가 걸어가는 쪽으로 따라갔다. 마침내 그녀는 펠릭스에게 손을 내밀어 연못으로부터 아이를 끌어냈다. 그새 빌헬름도 가까이 와 있었는데, 펠릭스의 온몸은 불길에 싸여 불똥이 떨어지고 있었다. 빌헬름의 고통은 더욱더 심해졌다. 하지만 아마존 여인이 재빨리 자기 머리에서 흰 베일 하나를 떼어내어 펠릭스를 덮었다. 그러자 순식간에 불이 꺼졌다. 이윽고 그녀가 그 베일을 들어올리자 그 속에서 두 명의 소년이 불쑥 나타나 장난치며 뛰어다녔다. 빌헬름은 그 아마존 여인과 손을 잡은 채 정원을 가로질러 걸어갔다. 저 멀리 가로수 길에서 아버지와 마리아네가 산책하고 있는 것이 보였다. 키가 큰 나무들이 죽 늘어서 있는 가로수 길은 정원을 둘러싸고 있는 것 같았다. 빌헬름은 그들 쪽으로 발걸음을 돌려 그 아마존 여인과 함께 정원을 가로질렀다. 그런데 갑자기 금발의 프리드리히가 나타나서는 큰 소리로 웃으며 온갖 수법으로 그들이 가는 길을 막았다. 그래도 이들은 앞으로 나아가려 했다. 프리드리히는 길을 비켜주더니 멀리 있는 빌헬름의 아버지와 마리아네한테로 달려갔다. 아버지와 마리아네는 달아나는 것처럼 보였다. 프리드리히는 더욱더 빨리 그들을 뒤쫓아갔다. 빌헬름의 눈에는 아버지와 마리아네가 나는 듯이 가로수 길을 달리고 있는 것처럼 보였다. 아버지가 너무 걱정스럽고 마리아네가 가엾은 마음에 두 사람을 도우러 가고 싶었지만 아마존 여인의 손이 그를 붙잡고 놓아주지 않았다. 그로서는 이렇게 붙잡혀 있는 것이 아주 기분 좋았다. 이렇게 뒤섞인 느낌 속에서 잠이 깼다. 방 안에는 이미 아침 햇살로 가득했다.

제2장

빌헬름이 소년의 안내를 받아 아침 식사를 하러 오니, 홀에는 이미 그 신부가 기다리고 있었다. 로타리오는 벌써 말을 타고 나갔다고 했다. 신부는 그다지 말이 많지 않았고 무언가를 깊이 생각하는 것 같았다. 그는 아우렐리에의 죽음에 대해 묻더니 빌헬름의 말에 열심히 귀를 기울였다.

"아! 우리가 교양을 갖추기까지 자연적으로도 인위적으로도 많은 노력이 필요하지요. 이것을 충분히 아는 사람은, 그리고 그것을 가르치는 사람은 자신의 탓이든 남의 탓이든 인간이 스스로 파멸할 때 절망하지 않을 수 없지요. 이런 점을 생각하면 나는 생명 그 자체가 우연한 선물로 여겨지는군요. 그래서 생명을 선물 이상으로 생각하지 않는 사람을 보면 칭찬해 주고 싶어집니다."

그가 말을 채 마치기도 전에 젊은 여인이 문을 벌컥 열어젖히더니 불쑥 들어왔다. 늙은 하인이 말려도 다짜고짜로 신부의 팔에 매달렸다. 그러고는 무어라고 말을 하긴 하는데 울부짖다시피 해서 겨우 알아들을 수 있었다.

"그 사람 어디 있어요? 어디에 숨겼어요? 이렇게 배신하다니! 어서 대답해요! 무슨 일이 있었는지 다 알고 있어요. 뒤따라갈 거예요. 어디에 있지요?"

신부가 짐짓 태연한 투로 말했다.

"진정해요. 아가씨 방으로 가죠. 모든 것을 다 말씀드릴 테니. 마음을 가라앉히지 않으면 하고 싶은 말도 제대로 할 수가 없답니다."

신부는 차분한 목소리로 여인에게 손을 내밀었다.

"나는 내 방으로 올라가지 않을 거예요! 나는 늘 방에 갇혀 있었어요! 다 알고 있어요. 대령이 결투를 신청해서 그가 말을 타고 나간 거죠? 혹시…… 방금 들린 두세 발의 총성일지도…… 마차를 준비시키세요! 신부님도 함께 가요. 그러지 않으면 온 집 안이, 아니 온 마을이 떠나가도록 소리를 질러댈 거예요."

그녀는 몹시 흐느끼며 창가로 달려갔다. 신부는 그녀를 붙잡고 달래려 했으나 도무지 말을 들으려 하지 않았다. 마차 소리가 들리자 그녀는 창문을 홱 열어젖혔다.

"그가 죽었죠? 사람들이 그를 실어오는 거예요."

그녀는 비명을 질렀다.

"지금 마차에서 내리십니다. 살아 계십니다."

신부가 기쁜 듯이 말했다.

"어디 다친 거예요. 그렇지 않다면야 말을 타고 오는 게 맞아요. 저 봐요! 모두가 부축하고 있어요. 많이 다친 게 분명해요."

그녀는 쏜살같이 달려 나갔다. 신부도 급히 그녀의 뒤를 따랐고, 빌헬름도 뛰어 나갔다. 빌헬름은 그 아름다운 여인이 계단을 올라오는 자신의 연인과 마주치는 것을 보았다.

로타리오는 수행인에게 몸을 기대고 있었는데, 빌헬름은 그가 곧 야르노임을 알았다. 로타리오는 당황스러워하는 그녀에게 상냥하게 말을 걸더니 그녀의 부축을 받아 계단을 올라왔다. 그리고 빌헬름을 지나치며 손을 들어 인사하고는 이내 자기 방으로 사라졌다.

얼마 있지 않아 야르노가 그 방에서 나와 빌헬름에게 다가왔다.

"또 만났군요. 당신은 연극을 위해 태어난 사람이란 생각이 듭니다. 그리 좋은 환경은 아니지만 우리는 지금 연극을 시작하고 있군요."

"이런 묘한 순간에 다시 뵙게 되어 기쁩니다. 깜짝 놀랐습니다만, 당신을 만나니 오히려 침착해지는군요. 남작의 상처는 심각한가요?"

"그렇지는 않은 것 같습니다."

야르노가 말했다.

잠시 뒤에 젊은 외과 의사가 방에서 나왔다.

"어떻습니까?"

야르노가 물었다.

"매우 위독합니다."

의사가 대답하며 몇 가지 도구들을 가방에 챙겨 넣었다.

빌헬름은 의사의 가방에 달린 끈을 보자 어디선가 본 듯한 기억이 났다. 가방과 전혀 어울리지 않는 화려한 색상이라든지 이상한 모양의 금색과 은색 무늬가 어딜 봐도 이 세상에 둘은 존재하지 않을 성싶었다. 빌헬름은 지금 눈앞에 있는 가방이, 지난번 숲에서 자신에게 붕대를 감아주었던 그 노의사의 가방임이 틀림없다는 확신이 들었다. 오랜 시간이 지난 지금 그 아름다운 아마존 여인의 흔적을 다시 찾을 수 있을지도 모른다는 희망이 온몸에 불꽃처럼 확 퍼졌다.

"이 가방을 어디에서 구하셨는지요? 선생님에 앞서 가방을 지니고 계셨던 분이 누군지 아십니까? 부탁입니다만, 말씀해 주십시오."

빌헬름이 외쳤다.

"경매에서 샀습니다만, 내가 그것을 알아야 합니까?"

이렇게 말하고서 의사는 훌쩍 떠나버렸다.

"저 젊은 의사의 입에서 한마디라도 바른말이 나왔으면 좋겠는데!"

야르노가 말했다.

"그럼, 그 가방을 경매에서 사지 않았단 말입니까?"

"물론입니다. 로타리오가 위독하다는 말도 거짓이지요."

빌헬름은 착잡한 마음으로 생각에 잠겨 거기 그렇게 서 있었다. 그러자 야르노가 그 뒤 어떻게 지냈느냐고 물었다. 빌헬름은 여행하다가 겪었던 일들을 대충 얘기했다. 그리고 아우렐리에의 죽음과 부탁받은 일에 대해서도 말했다.

"그거 참 이상하군요. 정말 이상해요!"

야르노가 외쳤다.

신부가 방에서 나와 야르노에게 손짓을 보내며 자기 대신 로타리오의 곁에 있어달라고 부탁했다. 그러고는 빌헬름에게 이렇게 말했다.

"남작이 당신에게 부탁을 했어요. 가능하면 이곳에 며칠 머물러 주시라고요. 그리고 남작의 말벗도 되어주셨으면 하는군요. 당신의 일행에게 무엇인가 꼭 전할 말씀이 있으면, 곧장 편지를 전달해 드리겠습니다. 그리고 오늘 있었던 일에 대해 좀 설명을 해야 될 것 같군요. 비밀이랄 것까지는 없으니까요. 실은 남작님이 어느 부인에게 지나치게 마음이 끌려 연애를 했는데, 그녀는 남작을 독차지한 기쁨에 겨워 온 천하에 떠들고 다녔어요. 그 덕분에 실제보다 얘기가 더 부풀려지기도 하고 세간의 이목을 끌게 되었지요. 그런데 유감스럽게도 얼마 지나지 않아 남작은 그녀에게 흥미를 잃었고 급기야는 그녀를 피하게 되었답니다. 하지만 그녀는 너무 격분한 나머지 그대로 물러설 수 없었던 거지요. 어느 무도회 자리에서 사람들이 지켜보는 가운데 말다툼이 벌어졌는데, 그녀는 모욕을 참을 수 없다며 누가 그녀를 대신해 남작을 벌해 주기를 청했지요. 하지만 어떤 기사도 선뜻 나서는 사람이 없었답니다. 그런데 그녀와 오래전에 헤어진 전 남편이 나타나 그녀의 편을 들어 남작에게 결투를 신청한 거지요. 그래서 오늘 그 일이 벌어졌고 남작이 부상을 입은 것입니다. 하지만 그녀의 전 남편이 더 심하게 다쳤다는군요."

이 일이 있은 뒤 빌헬름은 그 집에서 가족처럼 대접받게 되었다.

제3장

환자 옆에서 말벗도 하면서 책을 읽어주는 일을 빌헬름은 기쁘게 받아들였다. 리디에는 잠시도 그의 곁을 떠나지 않고 간호에만 마음을 쏟았으며, 다른 일에는 아예 눈길도 보내지 않았다. 하지만 로타리오는 정신이 혼란스러운지 그날은 책 읽기를 그만하자고 했다. 로타리오가 말했다.

"오늘, 나는 인간이 얼마나 어리석게 자기 시간을 낭비하고 있는가를 새삼 실감했습니다. 나는 여러 가지 일들을 생각하며 계획하곤 했습니다. 하지만 정작 실행에 옮기려고 하면 최선의 계획임에도 망설여질 때가 많습니다. 개혁을 위한 몇 가지 제안들을 책에서 읽었는데, 이제 그 계획을 내 영지에서 시도해 보고 싶습니다. 마침 총알이 심장을 스쳐지나갔기에 이 개혁도 해볼 수 있는 거지요."

리디에는 눈물을 글썽거리며 사랑스러운 눈빛으로 그를 바라보았다. 그녀도 그의 친구들도 그가 무사한 것에 대해 서로 기쁨을 나누고 있는 것 같았다. 하지만 야르노는 이렇게 말했다.

"남작님이 계획하고 계시는 개혁안을 실행에 옮기기 전에 여러 방면으로 검토해 봐야 한다고 생각합니다."

로타리오가 대답했다.

"언제까지나 계획만 하고 있다는 것은 모두에게 문제의 핵심이 보이지 않는다는 증거이며, 혹 너무 서두른다면 문제의 핵심을 파악하지 못했다는 증거이기도 하지요. 영지를 다스리기 위해서는 여러 면에서 농민의 도움이 필요하다는 것과 또 조금은 강제로 계획을 밀고 나가야 하는 것도 잘 알고 있습니다. 하지만 그러한 계획이 모두 다 꼭 필요한 것은 아니지요. 따라서 어떤 일은 농민에게 양보해야 한다고 생각합니다. 나는 아버지가 하셨던 것보다 영지를 잘 관리하고 있는지, 어떻게 하면 수입을 더 늘릴 수 있는지, 그리고 늘어나는 이익을 혼자만 차지해도 되는 것인지 아니면 나를 위해 일해 준 사람들에게 그에 맞는 이익을 나누어 주어야 하는지 고민해 왔습니다."

야르노가 소리쳤다.

"그런 것이 인간이지요! 내 이기심을 탓한다 해도 나는 그다지 부끄럽지 않습니다. 사람은 누구나 모든 것을 자기한테로 긁어모으려고 합니다. 그래야만 자기 마음대로 그것을 쓸 수 있거든요. 사람들이 자기 스스로 지출하지 않은 돈을 훌륭하게 썼다고 생각하는 경우란 드물지요."

로타리오가 말했다.

"그건 정말 그래요. 자본을 자기 마음대로 쓰지만 않는다면 그렇게 많은 돈이 필요하지도 않겠지요."

"남작님이 개혁을 시행하신다면 적어도 지금은 손해를 보실 테니 그다지 마음이 내키지는 않는군요. 아시다시피 지금 남작님의 재정 상태는 빚을 갚기도 어려운 형편이기 때문입니다. 부디 빚을 깨끗이 해결하실 때까지 개혁을 미루시기를 권합니다."

"아, 그럼 그때까지 하늘의 운명에 맡기는 수밖에 없겠군요. 하지만 그게 교양인의 가장 큰 약점이라는 걸 알아야 해요. 모든 걸 하늘에 맡기고 실행조차도 하지 않으려 한단 말입니다. 무엇을 위해 돈을 빌렸습니까? 무엇 때문에 숙부와 등을 지고 누이를 그렇게 오랫동안 내팽개쳐 두었습니까? 다 관념 때문이었지요. 나는 한때 미국에서 활약할 수 있으리라 기대했지요. 그리고 그곳에서 꼭 필요한 인물이 될 수 있다고 생각했어요. 그 무렵에는 무언가를 실행에 옮기려 할 때 수많은 위험이 도사리고 있었기에 더욱 의미가 있으며 또 가치가 있다고 생각했어요. 하지만 지금은 가장 가까이에 있는 것이야말로 가치 있고 소중하다 여기고 있지요."

야르노가 말했다.

"미국에 계실 때 보내주신 편지는 지금도 생생하게 기억이 납니다. '나는 돌아가겠습니다. 집과 과수원과 가족이 있는 곳이 나의 미국입니다!'라고 적으셨지요."

"그랬지요! 물론 지금도 그 문구를 외우고 있습니다. 하지만 지금은 그때처럼 활발하게 일을 하지 않아서 부끄럽습니다. 날마다 되풀이되는 일상 속에서 우리는 이성만 있으면 충분하다고 여기며 삶에서 일어나는 변화를 느끼지 못하고 있습니다. 그리고 발견한다 하더라도 이런저런 핑계로 그 변화를 받아들이려 하지 않습니다. 나는 이성을 추구하지만 많은 사람들에겐 하찮은 것이지요."

로타리오의 말에 야르노가 대답했다.

"이성을 무시해선 안 된다고 생각합니다. 하지만 일상 속에서 어떤 이상한 일이 일어난다 해도 알고 보면 시시한 일들이 많다는 것을 아셔야 합니다."

"그건 그렇지요! 사람들이 올바른 행동을 하지 않기 때문입니다. 이를테면 나의 매제도 전 재산을 팔아 교회에 기부하는 것으로 자신의 영혼이 구원을 받았다고 생각하는 겁니다. 그가 가진 재산을 아주 일부만이라도 어려운 사람을 돕는 데 썼더라면 많은 사람들을 행복하게 하고 자기 자신과 그들을 위해 이 지상에서 천국을 이룩할 수 있었을 겁니다. 우리의 희생이 제구실을 못할 때가 많다고 생각합니다. 왜냐하면 우리가 너무도 쉽게 포기해 버리기 때문이지요. 마음을 굳게 먹고 행동하지 않으며, 쉽게 절망하고, 자신이 가지고 있는 것을 버리니까 말이지요. 솔직히 말하자면 요 며칠 동안 백작의 일을 생각하고 있습니다. 백작이 불안한 망상에 사로잡혀 했던 일을, 나는 확신을 가지고 하겠다고 결심했습니다. 몸이 회복되기만을 기다리고 있을 수는 없습니다. 여기

서류를 준비했으니까 이제 정리만 하면 됩니다. 영주의 법관하고도 의논해 보시지요. 그도 도와줄 겁니다. 무엇이 문제인지 당신도 아주 잘 알고 있습니다. 낫든지 죽든지 나는 이 일만큼은 해결을 해야겠습니다. 그리고 외치겠습니다. '헤른후트 교단이 따로 없다. 바로 여기다'라고."

로타리오의 입에서 죽는다는 말이 나오자, 리디에는 침대 앞에 털썩 주저앉아 그의 두 팔에 매달리며 슬피 울었다. 외과 의사가 들어왔다. 야르노는 빌헬름에게 서류를 건넸다. 그러고는 리디에를 방에서 억지로 나가도록 했다.

홀에 빌헬름과 야르노만 남았을 때 빌헬름이 물었다.

"백작이 어떻게 됐다는 겁니까? 형제 교단에 들어간다는 백작이 어느 백작입니까?"

야르노가 말했다.

"당신이 잘 아는 그 백작입니다. 백작을 그렇게 신앙의 길로 가게 만든 장본인은 다름 아닌 바로 당신이지요. 그리고 당신은 그의 사랑스런 아내가 어쩔 수 없이 백작을 따라가게 만든 악당이기도 하지요."

"그럼, 백작부인이 로타리오 씨의 여동생이란 말입니까?"

빌헬름은 깜짝 놀라 소리쳤다.

"그렇소."

"그럼 로타리오 씨도 그 일을 알고 있나요?"

"다 알고 있습니다."

"부디 나를 도망가게 해주십시오! 내가 무슨 낯으로 로타리오 씨를 볼 수 있단 말입니까?"

"누구든지 남에게 돌을 던져서는 안 된다. 다른 사람을 수치스럽게 하려고 긴 연설을 준비해서는 안 된다고 그러겠죠. 물론 거울 앞에서야 얼마든지 괜찮겠지만 말이죠."

"그것 또한 알고 계시군요?"

야르노가 미소를 지으며 말했다.

"그뿐만이 아니죠. 하지만 이번에는 지난번처럼 그렇게 쉽게 당신을 놓치지 않을 겁니다. 신병 모집 일이라면 걱정하지 않아도 됩니다. 나는 이제 군인이 아닙니다. 내가 군인이었을 적에 당신에게 그런 의심을 불어넣지 않았으면 좋았을 뻔했습니다. 당신과 헤어지고 많은 변화가 있었습니다. 내 친구이자 은인인 후작이 돌아가시고 나는 세상과의 인연을 끊었습니다. 합리적인 일은 기쁘게 밀고 나가고 취미생활을 하지 않는 사람을 보면 그대로 두지 않았지요. 그래서 사람들은 나를 소란스럽고 입이 거친 놈이라고 했죠. 어리석은 사람들이 가장 두려워하는 부류는 이성적인 사람이지요. 그런데 정말 두려운 것이 무엇인지를 안다면, 어리석음을 두려워해야 합니다. 하긴 이성적인 사람은 불편하지요. 그래서 사람들은 정리해 버리려고 하죠. 어리석음은 곧 사라지니까 기다리기만 하면 되지요. 그런 건 어떻든 상관없습니다. 나는 살아야 하니까요. 앞으로의 계획을 말하지요. 괜찮다면 도와주십시오. 그보다 당신은 어떻게 지냈나요? 그때와는 꽤 달라 보이는군요. 집시들과 어울려 다니며 당신의 꿈을 마음껏 펼쳐보았는지요."

빌헬름이 외쳤다.

"그것에 대해서는 더 이상 말하지 마세요! 나의 과거나 앞으로의 일들에 대해 더 이상 묻지 말아주십시오. 연극에 대해서 많이들 이야기하지만, 자신이 직접 무대에 서보지 않으면 상상할 수조차 없는 세계입니다. 그들은 스스로에 대해서 아는 것이 하나도 없지요. 그저 아무 생각 없이 연극을 하는 겁니다. 그러면서 바라는 것은 한도 끝도 없습니다. 그런데도 본인들은 그걸 깨닫지 못합니다. 모두가 자신만이 스타가 되기를 꿈꾸는 것입니다. 그 무엇보다도 그들은 다른 사람들과 함께 어울리지 않고서는 아무 일도 할 수 없다는 사실을 모르고 있습니다. 스스로를 아주 특별한 존재라고 여기지만, 늘 하던 것 말고는 소화해 낼 능력이 없습니다. 그러면서 새로운 것을 찾아 서성거리며 불안에 떨지요. 또 싸움은 얼마나 격렬한지! 다만 보잘것없는 자부심과 지나친 이기심만으로 엮여 있지요. 서로 돕는다는 건 상상할 수조차 없습니다. 은밀한 이간질과 험담이 끊이질 않으니 서로를 향한 불신의 골만 깊어질 따름입니다. 뻔뻔하게 굴지 않으면 바보 취급을 당할 뿐입니다. 누구나 무조건 존경받기만을 바라며 조금이라도 무시를 당하면 버럭 화를 냅니다. 그들은 자신들의 행동이 바람직하지 않다는 것을 잘 알지만, 오히려 더욱 그렇게 하는 것입니다. 언제나 자신을 지키기 위해 아등바등하며 그 누구도 믿으려 하지 않습니다. 그래서 그들은 이성과 훌륭한 취미를 몹시 두려워하는 사람들처럼 보이고, 마치 특권이라도 가진 듯 제멋대로 행동하려는 사람들처럼 보이는 것입니다."

빌헬름이 한숨을 쉬며 계속해서 푸념을 늘어놓으려 하자 야르노가 손뼉을 치고 크게 웃으며 그의 말을 가로막았다. 그는 웃음을 참지 못해 안락의자에 고꾸라지며 소리쳤다.

"아, 불쌍한 사람들!"

어느 정도 진정이 되었는지 야르노는 말을 이었다.

"그거 아시오? 지금 당신이 말한 건 배우들만의 세계가 아니란 걸 말이오. 이 세상 전체가 다 그렇단 말입니다. 믿어지지 않는다면 당신의 신랄한 비평을 받을 만한 사람들과 사건들을 한번 가려내 볼까요? 얼마든지 할 수 있으니까요. 그런데 그런 인재들이 연극계에만 몰려 있다고 믿고 있으니 정말 웃음을 참을 수가 없군요."

빌헬름은 숨을 골랐다. 사실 야르노의 그 거침없고 때 아닌 폭소에 기분이 매우 상했기 때문이다.

"그런 걸 인간의 보편적인 결점들이라고 주장하시다니! 당신은 정말 인간을 혐오하시는군요."

"이런 일들이 연극계에만 있다고 생각한다면 그건 당신이 아직 세상을 잘 모른다는 증거이기도 하지요. 자기기만이나 사람들 마음에 들고 싶어하는 배우의 욕망은 어쩌면 자연스러운 것일지도 모르겠습니다. 자신에게나 다른 사람에게나 빛나 보이지 않으면 배우로서의 생명이 끝난 것이나 다름없기 때문입니다. 배우에게 있어 관객의 박수갈채는 매우 소중합니다. 왜냐하면 그것이 그들이 받는 최고의 보수이기도 하니까요. 배우는 화려하고 빛나는 자리에 늘 목마른 자들입니다. 또한 그것이 그들이 살아가는 이유이기도 하지요."

"이번엔 내가 웃을 차례군요. 당신이 이렇게 공평하고 너그러운 분이신 줄 미처 몰랐습니다."

"오해하지 말았으면 합니다. 신에게 맹세컨대 정말 조심스럽게 말하는 겁니다. 모든 사람의 공통된 결점을 연극배우라서 용서하고, 다른 사람들은 용서하지 않는다는 뜻이 아닙니다. 이런 일로 탄식의 노래를 늘어놓고 싶지 않습니다. 내 노래는 당신보다 훨씬 비통하니 말입니다."

의사가 방에서 나왔다. 환자의 상태가 좀 어떠냐는 질문을 받자 그는 아주 상냥하게 대답했다.

"아주 좋습니다. 곧 완전히 회복하실 겁니다."

의사는 아주 시원스럽게 대답하고는 휙 나가버렸다. 빌헬름은 이번에야말로 그 가방에 대해 캐물으려고 잔뜩 벼르고 있었는데 헛일이 되고 말았다. 그는 여전사의 소식을 알고 싶은 나머지 야르노에게 속마음을 털어놓았다.

"당신은 뭐든지 잘 아시니까, 그것쯤은 이미 알고 계시리라 생각했는데요."

잠시 생각에 잠기더니 야르노가 말했다.

"진정해요. 그리고 사람들이 아무것도 눈치채지 못하도록 조심하시오. 그러면 그 아름다운 여인은 곧 찾을 수 있겠지요. 지금은 로타리오 씨 몸상태가 걱정이군요. 위독한 거 같아요. 의사가 친절하게 말하는 걸 보면 알 수 있어요. 리디에를 떨어뜨려 놓으면 좋을 텐데요. 그녀는 그다지 도움이 되지 않거든요. 하지만 어쩌면 좋을지…… 오늘 밤 나이 든 의사가 올 겁니다. 그때 가서 계속 의논해 보기로 합시다."

제4장

의사가 왔다. 그는 우리가 이미 알고 있는 키가 작고 친절한 나이 든 의사였는데, 우리가 그 흥미로운 수기를 알게 된 것도 바로 의사가 알려준 덕분이었다. 그는 로타리오를 진찰하고 나더니 낯빛이 어두워졌다. 그 뒤 야르노와 오랫동안 이야기를 나누었다. 하지만 두 사람 모두 저녁 식사 자리에서는 아무런 내색도 하지 않았다.

빌헬름은 나이 든 의사에게 깍듯이 인사를 한 뒤, 하프 타는 노인의 안부를 물었다.

"그 불쌍한 노인을 치료할 희망은 아직 남아 있습니다."

나이 든 의사가 말했다.

"당신같이 돈에 쪼들리며 별난 생활을 하는 사람에게는 귀찮은 짐이었겠군요. 그런데 그 뒤 어떻게 되었는지 말해 주겠습니까?"

야르노가 말했다.

"그렇듯 이상한 심리 상태를 보이는 사람을 이제껏 본 적이 없습니다. 노인은 아주 오랫동안 쭉 자신의 일 말고는 관심을 갖지 않은 듯합니다. 그 어느 것에도 말입니다. 오로지 자신의 내면세계에만 파묻혀 끝없이 공허한 자신을 바라볼 뿐이었습니다. 그의 모습에 대해 숨김없이 이야기해 주었을 때 나는 심장이 요동치는 것을 느꼈습니다. '앞뒤로 새까만 어둠밖에는 보이지 않습니다. 그 어둠 가운데 내가 떨며 외로이 서 있습니다. 죄의식은 언제나 나의 온몸을 짓누릅니다. 그런데 이 죄의식이란 것이 이상야릇한 형체로 멀찌감치 서 있는 유령처럼 뒷모습밖에는 보이질 않습니다. 거기는 높은 곳도 낮은 곳도 앞도 뒤도 없습니다. 언제까지라도 변하지 않는 이 상태를 어떤 말로 나타낼 수 있을까요…… 너무나 괴로워 견딜 수 없을 땐 가끔 소리를 지르곤 했습니다. 영원히! 영원히. 이처럼 묘하고도 의미를 알 수 없는 말조차도 내 어두운 마음에 비하면 밝고 또렷한 것이었습니다. 어둠 속에서는 은총의 빛 한 줄기도 보이지 않습니다. 너무나 서글픈 마음에 눈물이 쏟아집니다. 우정과 사랑만큼 소름 끼치게 싫은 것도 없습니다. 나를 둘러싼 상황이 실제이기를 바라는 소원을 불러일으키기 때문이지요. 산다는 건 두려운 일입니다. 마침내 이 두 가지 망령도 내가 살고 있다는 귀중한 의식을 빼앗기 위해 절망의 구렁텅이에서 올라온 것에 지나지 않을 뿐입니다.'

노인은 이렇게 속마음을 털어놓으며 조금이라도 위안을 얻곤 했습니다. 괜찮다면 여러분도 노인과 대화를 나누어 보는 게 어떻습니까? 나는 두세 번 노인의 이야기를 들었고 큰 감동을 받았습니다. 얘기를 하다 보면 세월이 많이 흘렀다는 것을 느낄 때가 있는데, 그때마다 그는 소스라치게 놀라곤 합니다. 그리고 다시 마음이 좀 가라앉으면 변화란 환상에 지나지 않는다며 대수롭지 않게 여깁니다. 어느 날 밤 노인은 자신의 흰머리에 대한 노래를 불렀지요. 주변에 있던 우리는 모두 그의 노래를 들으며 눈물을 흘리지 않을 수 없었습니다."

"그 노래 가사를 좀 말씀해 주십시오!"

빌헬름이 외쳤다.

"그런데 노인이 어째서 죄의식을 느끼고 있는지 아십니까? 이상한 옷을 입어서 놀림을 받거나, 불이 났을 때 이상한 행동을 하거나, 아이를 함부로 대하거나 한 일들에 대해서도 모르십니까?"

야르노가 물었다.

"우리는 단지 추측에 의해서만 그의 운명을 어렴풋이 짐작할 수 있을 따름입니다. 직접적으로 묻지는 않습니다. 그가 가톨릭 가정에서 교육을 받은 것을 알기 때문에 우리는 고해성사를 통해 그의 마음을 가라앉힐 수 있으리라 생각했습니다. 그래서 신부에게로 데려가려고 하면 어찌된 일인지 언제나 주눅이 든 표정으로 불만을 품고 달아나 버립니다. 하지만 그를 알고 싶어하는 여러분의 마음을 생각해서 우리가 추측하고 있는 것들만이라도 말씀드리고자 합니다. 그는 한때 성직자였다고 합니다. 그가 긴 옷에 턱수염을 기르고 다니는 건 그 때문일 테죠. 불쌍하게도 그는 지금까지 살아오는 동안 사랑의 기쁨이란 걸 모르며 지냈습니다. 나이가 들어서 처음으로 아주 가까운 친척 여자와 잘못된 사랑에 빠졌는데, 결국 여인이 아이를 낳고 죽은 것이 화근이 된 것 같습니다. 그 뒤부터 그의 정신 상태는 극도로 이상해지고 미친 사람처럼 지내는 거지요.

그의 가장 큰 망상은 그가 가는 곳마다 불행이 따라오리라는 것과 머지않아 그가 미친 소년에게 살해될 것이라는 생각입니다. 처음엔 미뇽을 두려워했는데, 미뇽이 여자아이란 걸 안 뒤부터는 펠릭스를 두려워하고 있습니다. 그의 인생은 그야말로 처참 그 자체였지만, 그럼에도 그는 그의 삶에 강한 애착을 가지고 있습니다. 펠릭스를 미워하는 이유도 여기에 있는 것 같습니다."

"노인이 정말 나을 수 있을까요?"

빌헬름이 물었다.

"조금씩 나아지고 있습니다. 적어도 더 나빠지지는 않았습니다. 그리고 일도 계속하고 있고, 신문 읽는 습관을 들인 덕분에 이제는 날마다 신문이 오기만을 눈이 빠지도록 기다린답니다."

"그의 노래가 궁금하군요."

야르노가 말했다.

"몇 곡 소개하도록 하겠습니다. 목사의 큰아들이 언제나 설교를 기록하면서 노인이 눈치채지 않게 가사를 적어놓았습니다."

다음 날 아침 야르노가 빌헬름을 찾아와 말했다.

"부탁이 하나 있는데 꼭 들어주시오. 리디에를 한동안 로타리오 씨 곁에서 떼어놓으려고 합니다. 그녀의 열정적인, 아니 차라리 성가시다고 해야 할 사랑이 오히려 남작의 회복에 방해가 되고 있습니다. 그가 워낙 건강한 체질이어서 그만하길 다행입니다만, 아직 안정을 취해야만 합니다. 당신도 봤듯이 그녀는 성미가 불같은 데다 또 터무니없이 걱정을 늘어놓으며 어찌나 울어대는지 그를 괴롭히고 있습니다."

야르노는 잠시 한숨을 내쉬더니 말을 계속했다.

"한마디로 말해서, 얼마 동안 리디에를 성에서 떠나 있도록 해달라는 것이 의사의 요청입니다. 그래서 우리가 그녀의 친한 친구를 하나 불러내 근처에서 기다리도록 부탁해 두었습니다. 그녀에게는 여기서 두 시간 거리에 살고 있는 영주 법관 집에 친구가 와 있으니 가서 만나보는 것이 어떻겠느냐고 말했습니다. 법관에게는 이 모든 일에 대해 미리 일러두었습니다. 그녀가 친구의 행방을 물으면 법관이 아주 유감스럽게도 테레제 양이란 사람은 방금 떠났다고 하며, 뒤쫓아가면 따라잡을 수 있을 듯이 말하기로 되어 있습니다. 그러면 리디에는 그 말을 믿고 곧바로 뒤쫓아갈 겁니다. 우리 계획대로라면 그녀는 점점 더 멀리 떠나게 됩니다. 결국엔 포기하고 돌아가겠다고 할 겁니다. 그러면 절대로 그녀의 말에 반대해서는 안 됩니다. 그 대신 밤을 잘 이용해야 합니다. 마부는 영리한 사람이니까 알아서 잘하겠지만 그래도 한 번 더 부탁해 놓겠습니다. 당신이 그녀와 함께 가주었으면 합니다. 그래서 그녀의 말벗도 하며 이 일을 맡아주세요. 부탁입니다."

"참으로 난처한 부탁을 하시는군요. 숭고한 사랑에 상처를 내면서까지 도와야 한다니 마음이 편치 않군요. 이런 식으로 사람을 속여야 한다니…… 이런 일은 태어나서 처음입니다. 아무리 좋은 일을 위해서일지라도 한번 속이기 시작하면 자연히 그 정도가 너무 지나쳐질 가능성이 있다고 늘 믿어왔거든요."

"떼쓰는 아이를 이런 식이 아니면 달리 어떻게 가르칠 수 있겠습니까?"

"차라리 아이라면 이렇게까지 할 필요는 없었겠죠. 우리가 마음을 열고 아주 따뜻한 사랑으로 돌보아야 하니까요. 하지만 성인의 경우엔 꼭 상대방을 도우려고 하는 건 아니니까 위험하지요. 하지만……."

빌헬름은 잠시 생각하더니 말을 이었다.

"그렇다고 해서 내가 당신의 부탁을 거절한다는 뜻은 아닙니다. 나는 당신의 총명함을 진심으로 존경합니다. 그리고 로타리오 씨에게도 좋은 감정을 품고 있고요. 어떤 수단을 써서라도 친구가 하루빨리 회복되길 바라는 당신의 마음에 감동도 했고요. 나는 기쁘게 당신 뜻에 따를 것입니다. 친구를 위해 목숨을 거는 것만으로는 부족합니다. 필요하다면 내 신념 또한 굽힐 각오가 되어 있습니다. 우리의 최고 열정과 최선의 소원도 친구를 위해서라면 희생해야 한다고 생각합니다. 리디에 씨가 울부짖으며 눈물을 흘리는 모습이 눈에 선하지만 나는 당신의 부탁을 들어드리겠습니다."

"그 대신 보상은 충분히 하겠습니다. 그리고 테레제 양을 만나게 해주겠습니다. 때로는 마주치게 될 테니까요. 많은 남자를 부끄럽게 만들었지요. 그녀야말로 진정한 아마존입니다. 남잔지 여잔지 알아보기 쉽지 않은 옷을 입고 헤매고 다니는 귀여운 양성체(兩性體) 따위와는 다르지요."

빌헬름은 깜짝 놀랐다. 테레제야말로 그가 그토록 만나고 싶어하는 아마존이 아닐까 생각했다. 더욱이 그가 좀더 그녀에 대해 알려고 하자 야르노가 문득 말을 멈추고 나가버렸기에 그는 더욱더 그런 기대를 갖게 되었다.

빌헬름은 존경하고 사랑하는 사람을 다시 보게 된다는 새로운 희망에 말할 수 없이 가슴이 설렜다. 이제 그는 자기에게 주어진 그 임무야말로 뚜렷한 섭리에 의한 소명으로 생각되었다. 가엾은 리디에를 속여서 그녀의 순진하고 격렬한 사랑의 훼방꾼 노릇을 해야 한다는 어두운 마음의 그림자는 흔적도 없이 어디론가 사라졌다.

마차가 문 앞에 서 있었다. 리디에는 잠깐 망설였다가 마차에 올랐다.

"그에게 꼭 전해 주세요! 해가 저물 때쯤에는 돌아오겠다고 말예요."

마차가 출발하자, 뒤를 돌아다보는 그녀의 눈에서 눈물이 하염없이 쏟아졌다. 어느 정도 시간이 지나자 마음이 가라앉았는지 그녀는 빌헬름을 보며 말했다.

"테레제를 보시면 한눈에 반하실 거예요! 정말 멋지고 아름다운 아가씨랍니다. 그녀가 여기까지 오다니 좀 이상하긴 하지만 말예요. 그녀와 남작님은 아주 뜨겁게 사랑하던 사이였답니다. 남작님은 먼 길을 마다 않고 가끔 그녀를 만나러 가셨죠. 나는 그때 그녀와 함께 지냈는데, 두 사람은 서로를 위해서만 존재하는 것처럼 보였어요. 그런데 어느 날 둘 사이가 갑자기 깨진 거예요. 왜 그렇게 됐는지 그 이유는 아무도 모른답니다. 남작님은 나를 알고 계셨죠. 내가 얼마나 테레제를 부러워했는지도, 또 얼마나 남작님을 사랑했는지도, 그리고 그를 사랑하는 마음을 감추려 하지 않았던 것까지도 그는 이미 다 알고 있었어요. 그리고 남작님은 그녀 대신에 나를 선택하셨어요. 나는 그 사랑을 거부하지 않았고요. 내가 그녀의 애인을 빼앗은 것처럼 여겨졌을 텐데…… 그녀는 나를 원망하지도 미워하지도 않았어요. 하지만 내가 이 사랑을 위해 흘린 눈물은 아무도 모를 거예요. 처음에는 그저 가끔씩 제3의 장소에서 남의 눈을 피해 만났습니다. 그러나 나는 그런 생활을 오래 견뎌낼 수가 없었죠. 그와 함께 있을 때만 행복을 느꼈어요. 정말이지 그 순간은 행복했어요. 하지만 그와 떨어져 있으면 눈물이 마르질 않았고 마음을 가눌 수조차 없었어요. 며칠이나 지났는데도 그가 나를 만나러 오지 않았어요. 그래서 나는 그를 만나러 이곳까지 오고 말았습니다. 그는 매우 놀랐을 텐데도 나를 따뜻하게 맞아주었어요. 이번 일만 일어나지 않았더라면…… 아마 지금쯤 천국에서 지내는 기분일 거예요. 그가 부상을 당해 침대에 누워 있으니 내 마음이 어떨지…… 말하지 않아도 아실 거예요. 바로 이 순간에도 나는 단 하루지만 그의 곁을 떠난 나 자신을 매우 꾸짖고 있답니다.”

빌헬름은 테레제에 대해 좀더 자세히 물어보고 싶었지만 그들이 탄 마차가 영지 법관의 집 현관에 들어섰다. 재판장이 현관문에서 달려나와 테레제 양은 이미 떠났다며 아주 안타까운 표정을 지었다. 그는 일행에게 아침 식사를 들고 가라고 권하면서도 바로 뒤쫓아가면 옆 마을에서 그녀를 만날 수 있을 거라며 희망을 주었다. 그래서 마차는 급히 옆 마을 쪽으로 떠났다. 하지만 몇 개의 마을을 지나쳤는데도 아무도 만나지 못했다. 불안해진 리디에는 이제 그만 성으로 돌아가자고 외쳤지만, 마부는 못 들은 척하며 계속해서 말을 몰았다. 마침내 화가 머리끝까지 난 그녀가 마차를 돌리라고 고래고래 고함을 지르자, 빌헬름은 마부를 부르며 미리 약속해 둔 눈짓을 보냈다.

“꼭 왔던 길로 되돌아갈 필요는 없습죠. 내가 지름길로 안내해 드립죠. 그쪽이 훨씬 가깝고 또 경치도 좋습죠.”

마부가 굽실거리며 말했다. 그러고는 옆길로 빠지더니 숲을 지나 드넓은 풀밭을 가로질러 달렸다. 그러나 아무리 달려도 눈에 익은 풍경이 나타나지 않자 마부는 길을 잘못 들었다며 머리를 조아렸다. 그러고는 저쪽에 마을이 하나 보이니 길을 바로 찾을 수 있을 거라고 했다. 시간이 흘러 어느새 밤이 되었다. 마부는 자기 역할을 능숙하게 해냈다. 달리는 도중에 몇 번이고 길을 물으면서 대답은 기다리지도 않고 쏜살같이 앞으로 나아갔다. 그들은 밤새도록 마차를 타고 달렸다. 리디에는 한숨도 눈을 붙이지 못했다. 달빛 아래 비슷비슷한 풍경들이 눈에 익을 틈도 없이 휙휙 사라지고는 했다. 먼동이 틀 무렵이 되어서야 낯익은 풍경이 리디에의 눈에 들어왔다. 그런데 좀 이상한 기분이 들었다. 마차가 화려하고 아담한 어느 별장 앞에 멈추자, 젊은 여자가 현관문에서 나와 마차 문을 열었다. 리디에는 주위를 둘러보고 여인을 다시 한 번 쳐다보더니 그만 정신을 잃고 빌헬름의 품 안으로 쓰러져 버렸다.

제5장

빌헬름은 다락방으로 안내되었다. 이 아담한 새 집은 무척 깔끔하게 잘 정돈
되어 있었다. 마차로 다가와 빌헬름과 리디에를 맞이한 여인은 다름 아닌 테레
제였는데, 그가 그토록 그리워하며 찾고 있던 여전사와는 전혀 다른 모습의 여
성이었다. 보통 키에 몸매가 날씬하고 동작이 매우 빨랐다. 파랗게 빛나는 커다
란 눈은 눈썰미가 있어 보였다.

테레제는 빌헬름의 방으로 들어오더니 무엇이 필요한가를 물었다.

"미안해요. 페인트 냄새가 좀 심하죠? 지은 지 얼마 안 돼서 그래요. 당신이
이 방에 묵는 첫 손님이랍니다. 그런데 좀더 즐거운 일로 오셨더라면 좋았을 텐
데! 가엾은 리디에 때문에 한동안 우리 모두가 고통을 받게 될 테지요. 게다가
또 다른 불편도 견뎌야 할 거예요. 하필 이런 때 하녀가 일을 그만두고 하인도
손을 다쳐서 어쩔 수 없이 내가 모든 일을 도맡아하고 있거든요. 하지만 마음
만 먹으면 어떻게든 잘해 낼 수 있겠지요. 하인들 부리기가 이렇게 힘든 줄은
미처 몰랐어요. 시중드는 일은 말할 것도 없고, 자기 자신을 위한 일조차도 제
대로 하지 않으니까요."

테레제는 그 밖에도 많은 일들에 대해 이러쿵저러쿵 얘기를 늘어놓았다. 말
이 많은 여성인 것 같았다. 빌헬름은 리디에를 만나 그녀에게 사과하고 싶다고
말했다.

"지금은 사과해도 소용없을 거예요. 시간이 필요하다고 생각해요. 사과든 위
로든 말로 할 수 있는 일이 아니니까요. 시간이 지나면 위로가 될 거예요. 리디
에가 이렇게 말했어요. '제발 부탁이에요. 그 사람을 이리로 데려오지 말아요.
나는 더 이상 사람을 믿을 수 없어요. 그 사람은 감쪽같이 나를 속였다고요!'
리디에는 이미 로타리오 씨를 용서했어요. 로타리오 씨가 변명하는 편지를 그
녀에게 써 보냈거든요. 자기는 친구들이 꾀어서 그들이 시키는 대로만 했을 뿐
이라고요. 리디에는 당신도 그 친구들 가운데 한 명이라고 생각해서 싸잡아 비
난하고 있어요."

"리디에 양이 나를 비난하셔도 상관없습니다. 오히려 과분한 명예인걸요. 내가 어찌 감히 훌륭하신 남작님의 친구가 될 수 있겠습니까? 이번 일도 그래요. 난 한낱 도구에 지나지 않았습니다. 내가 잘했다는 건 아니지만 어쩔 수 없었어요. 내가 누구보다도 존경하는 사람의 목숨이 걸린 문제였기 때문입니다. 테레제 양, 남작님은 정말 훌륭한 분이세요. 그리고 친구 분들 또한 그렇습니다. 나는 그분들과 지내면서 비로소 대화라는 것을 해볼 수 있었습니다. 내 말을 나보다 더 정확하고 충실하고 폭넓게 이해해서 다시 나에게 설명해 주는 분들과 대화할 수 있었던 거죠. 그래서 내가 어렴풋하게나마 느끼고 있던 것이 분명해지고, 오직 머릿속에만 존재하고 있던 생각을 눈으로 확인할 수 있게 되었습니다. 그러나 아쉽게도 이 즐거움은 사라지고 말았네요. 처음엔 내가 지나치게 걱정을 해서 그랬고, 이번엔 이런 달갑잖은 임무를 맡았기 때문이지요. 그래도 나는 이 일을 순순히 맡았습니다. 나를 모임에 끼워주신 훌륭한 남작님과 친구 분들을 위해서라면 내 감정을 억누르더라도 무언가 해야겠다고 생각했기 때문입니다."

테레제는 그 이야기를 들으며 정겨운 눈빛으로 빌헬름을 쳐다보았다.

"그래요. 자기 생각이 다른 사람의 입을 통해 분명히 밝혀지는 것은 참으로 기분 좋은 일이지요! 우리는 남한테 옳다고 인정받을 때 비로소 자신이 옳다는 것을 인정하게 되지요. 로타리오 씨에 대해서는 나도 당신과 꼭 같은 생각이에요. 모든 사람이 그분을 올바르게 보고 있는 것은 아니지만, 적어도 그를 잘 아는 사람은 누구나 그를 존경하며 따르지요. 사실 로타리오 씨를 생각하면 마음이 너무 아파요. 그렇지만 어느 하루라도 그를 생각하지 않은 적은 없답니다."

테레제의 가슴속에서 깊은 한숨이 터져 나왔다. 오른쪽 눈가에 영롱한 이슬방울이 맺혔다.

"나를 마음 약한 울보라고 생각하진 말아주세요. 그냥 눈에서 눈물만 나는 거니까요. 예전에 눈꺼풀 밑에 작은 사마귀가 있었는데, 그걸 떼어낸 다음부터 눈이 약해진 탓인지 툭하면 눈물이 나온단 말이죠. 자, 보세요. 이제는 흔적도 거의 안 보이지만."

빌헬름은 테레제의 눈가를 유심히 살펴보았다. 사마귀 흔적은 남아 있지 않았지만, 그 눈은 아주 맑고 투명해서 영혼의 깊은 곳까지 들여다보이는 것 같왔다.

"자, 이제 우리가 서로 친구가 된 거네요! 우리 되도록이면 빨리 서로에 대해서 알기로 해요. 한 사람이 살아온 역사는 그의 성격을 나타내 주지요. 내가 지금까지 어떻게 살아왔는지 말씀드릴게요. 당신도 나에게 당신의 이야기를 들려주세요. 우리가 서로 먼 거리에 살더라도 정신적으로는 언제까지나 가깝게 지냈으면 좋겠어요. 이 세상에 산이나 강이나 마을만 존재한다면 얼마나 공허하겠어요? 하지만 자신과 같은 생각 같은 마음으로 함께 살아가는 사람이 어딘가에 존재한다면, 그 사실만으로도 우리가 사는 세상은 낙원처럼 느껴질 거예요."

테레제는 산책 시간에 다시 만나자며 서둘러 방을 나갔다. 테레제와 함께 있는 시간은 즐거웠다. 로타리오와 그녀 사이에 무슨 일이 있었는지 궁금해졌다. 누군가 빌헬름을 불러 그가 밖으로 나가 보니 테레제였다. 계단이 좁고 가팔라 둘이 나란히 내려갈 수 없어서 그들은 한 사람씩 계단을 내려갔다.

"배포가 크고 넓은 로타리오 씨가 원하시는 대로 했더라면 아마 뭐든지 크고 넓어졌을 거예요. 하지만 그분과 어울릴 가치가 있는 여자가 되려면, 그분이 나한테서 가치 있다고 생각하는 부분을 유지할 수밖에 없는 거죠. 아, 그나저나 관리인이 어딜 갔지?"

테레제가 계단을 내려오며 이렇게 말했다.

"내가 관리인을 둘 만큼 부자라고 생각하진 말아주세요. 내가 가진 얼마 안 되는 자유지(自由地)*¹쯤은 나 혼자서도 얼마든지 경작할 수 있답니다. 실은 내가 잘 아는 기름진 땅을 사서 이사 온 이웃 사람이 있는데, 그 집의 관리인을 말하는 거예요. 이웃집 주인은 사람 좋은 노인이세요. 그런데 안타깝게도 관절염 때문에 병석에 누워 계시죠. 게다가 그분의 일꾼들도 이 지역을 잘 몰라서 그들이 낯익을 때까지 내가 도와주기로 했답니다."

빌헬름과 테레제는 밭, 풀밭, 과수원을 따라 천천히 걸었다. 테레제는 모든 일을 관리인에게 지시하면서 아주 하찮은 일까지도 다 설명해 주었다. 빌헬름은 그녀가 뛰어난 지식과 정확성으로 어떤 일에도 재빠르게 대처하는 모습을

---

*1 자유지(Freigut)는 신하가 군주를 섬길 의무와 공납의 의무 없이 보유할 수 있는 토지. 기사령(騎士領)과 비슷하지만 소유자에게 그 지역을 통치할 권리가 없다는 점이 다르다. 농민해방으로 자영(自營) 토지가 생기기 전에 존재했던 과도기적 토지 소유 형태.

보고 깜짝 놀랐다. 테레제는 조금도 망설이지 않고 재빨리 요점을 파악해서 문제를 처리해 나갔다. 관리인과 헤어질 때 그녀는 말했다.

"주인께 안부 전해 주세요. 되도록 빨리 찾아뵐게요. 부디 건강관리에 유의하시길."

관리인이 돌아가자 테레제는 빙그레 웃으며 말을 이었다.

"그런데 말이죠. 머잖아 나는 부자가 될지도 몰라요. 마음씨 좋은 이웃집 주인이 나를 마음에 들어하는 것 같거든요."

"관절염을 앓고 있다는 그 노인 말예요? 당신같이 젊은 여인이 그런 노인과 결혼하리라고는 전혀 생각지 못했는데요."

"물론이죠. 나는 그분과 결혼할 마음은 없어요. 자신이 가진 재산을 제대로 관리할 수 없다면 재산이 있다 한들 무슨 소용이 있겠냐고 생각하겠죠."

빌헬름은 테레제가 농사일을 많이 알고 있어 감탄했다. 그러자 테레제가 말했다.

"나는 쓸모 있는 일을 무척 좋아하는 데다 일찍부터 기회를 얻었고 외부의 격려도 받았죠. 꾸준히 노력하면 누구나 많은 일을 하면서 살 수 있어요. 내가 어떻게 해서 이런 일을 할 수 있게 되었는지 안다면 당신도 내 솜씨에 더 이상 놀라지 않을 거예요."

집으로 돌아오자 테레제는 작은 정원을 그에게 보여주었다. 정원은 길도 좁을뿐더러 온갖 식물이 우거져서 몸을 움직이기조차 어려울 지경이었다. 안뜰을 지나 돌아오는 길에 그는 자로 잰 듯이 반듯한 장작들이 가로세로로 쌓여 있는 더미를 보고 미소 짓지 않을 수 없었다. 어찌나 가지런히 잘 쌓아놓았는지 건물의 한 부분처럼 보이기까지 했다. 단지와 통 같은 물건들은 모두 제자리에 깔끔하게 놓여 있었다. 빨강과 하양으로 칠해진 집은 왠지 재미있어 보였다. 균형미와는 거리가 멀어 보였지만, 필요에 따라 튼튼하고 쾌적한 공간을 만들려고 애쓴 흔적들이 고스란히 드러나 보이는 그런 집이었다.

식사가 방으로 날라졌다. 빌헬름은 혼자서 여유롭게 이런저런 생각을 할 수 있었다. 특히 로타리오와 가까운 사이였던 한 흥미로운 여성을 여기서도 알게 되었다는 사실이 그에게 깊은 인상을 남겼다.

'그래, 로타리오 씨는 훌륭한 분이니까 멋진 여성을 만나는 건 당연하지. 그의 남자다움과 탁월한 인품은 정말 멀리까지도 영향을 끼치는구나. 그래도 다른 남자들에게 피해는 주지 말았으면 좋겠는데…… 빌헬름, 네가 정말로 두려워하는 것이 무엇인지 이제 솔직히 인정해 봐. 그 훌륭한 여전사를 마침내 만났을 때, 너의 모든 기대나 꿈과는 달리 그녀가 로타리오 씨의 연인이어서 끔찍한 슬픔과 모욕을 맛보게 될까봐 두려운 것이 아닐까?'

제6장

빌헬름은 조금 지루해하면서 불안한 마음으로 오후를 보냈다. 그런데 저녁 무렵에 방문이 살짝 열리더니 예쁘장한 젊은 사냥꾼이 인사를 하며 들어왔다. 아름다운 눈을 보고 빌헬름은 곧 이 사람이 테레제임을 알아차렸다.

"산책하러 나가지 않을래요? 갑자기 이런 옷을 입고 나타나서 미안해요. 안타깝게도 이제 이런 옷차림은 한낱 겉치레에 지나지 않지요. 하지만 내가 이 조끼를 즐겨 입었던 시절에 대해서 당신한테 말하고 싶거든요. 그러니까 이렇게라도 해서 그때 일들을 기억해 내려는 거예요. 자, 나갈까요? 전에 사냥과 산책을 하면서 자주 쉬던 장소에 가면 아마 기억이 날 거예요."

둘은 집을 나섰다. 길을 걷다가 테레제가 말했다.

"나만 얘기를 하니까 멋쩍군요. 나에 대해 당신은 이미 많은 걸 알고 있는데 나는 당신에 대해 아는 게 없군요. 이제 당신 얘기를 들려주세요. 그러면 나도 용기를 내어 내 과거와 처지를 말할 수 있을 것 같아요."

"유감스럽게도 나는 잘못하고 방황한 일밖에는 드릴 말씀이 없네요. 게다가 지금의 이 혼란스러운 마음을 특히 당신에게는 들키고 싶지 않습니다. 당신의 시선이나 당신을 둘러싸고 있는 것들, 당신의 인격과 행동, 이 모든 것을 보면 당신이 지금까지 무척 즐겁게 지내면서 언제나 아름답고 깨끗한 길을 착실히 걸으며 한순간도 낭비하지 않고 자책할 일도 없이 완벽하게 살아왔음을 알 수 있습니다."

"내 얘기를 다 듣고도 당신이 그런 말을 하실지 모르겠네요."

테레제가 웃으며 말했다. 두 사람은 계속 걸으며 이런저런 이야기를 나누었다. 그러다가 테레제가 빌헬름에게 물었다.

"빌헬름 씨, 독신이세요?"

"네, 그런데요. 하지만 독신으로 있고 싶지는 않습니다."

"아, 그러시군요! 그렇다면 사랑에 얽힌 복잡한 사연이 있을 법한데요? 당신 이야기를 듣고 싶어요."

둘은 언덕을 올라 넓게 그늘진 떡갈나무 아래에 앉았다.

"이 독일 나무 아래에서 어느 독일 아가씨에 대한 이야기를 들려드릴게요. 좀 지루하더라도 참아주세요.

내 아버지는 이 지방의 부유한 귀족이셨어요. 성격이 재미있고 밝은 데다 활동적이고 훌륭한 경제학자셨죠. 딸에게 상냥한 아버지였으며 또한 성실한 친구가 되어주셨어요. 그리고 누구보다도 뛰어난 농장주였습니다. 다만 결점이 딱하나 있었어요. 아버지가 얼마나 훌륭한 분인지 모르는 어리석은 한 여인에게 지나치게 너그러우셨다는 거지요. 유감스럽게도 그 여인은 내 어머니였어요. 어머니의 성격은 아버지와는 정반대였습니다. 어머니는 극성스럽고 변덕스러운 데다 가정을 잘 돌보지도 않고, 하나밖에 없는 딸에게도 애정이 없었어요. 그리고 낭비벽이 있기는 해도 예쁘고 똑똑하고 재주가 많아서 모임에서는 인기가 있었지요. 하지만 이런 모임은 규모도 작았고 그다지 오래가지도 않았어요. 그 모임에 참가한 사람은 대부분 남자들이었습니다. 여자들은 내 어머니와 교제하고 싶어 하지 않았고, 어머니도 자기보다 더 눈에 띄는 여자를 그냥 놔두지 않았기 때문이지요. 나는 외모도 성격도 모두 아버지를 닮았어요. 새끼 오리가 물가를 찾아가듯이 나는 어렸을 적부터 부엌, 저장실, 헛간, 물건을 쌓아 두는 다락방 같은 곳을 좋아했어요. 아직 철없는 어린아이였는데도 뭐랄까 본능적으로 집 안을 정리하거나 청소하는 일에만 신경을 썼어요. 그러자 아버지는 무척 기뻐하셨습니다. 어설프지만 꾸준히 노력하는 나를 보고 아버지는 이 일 저 일 등을 맡기곤 하셨지요. 반대로 어머니는 나를 사랑하지 않았고 그런 마음을 한순간도 숨기지 않았어요.

나는 커가면서 활동 범위도 넓어졌으며 아버지를 더욱 깊이 존경하고 사랑하게 되었습니다. 둘이서 함께 밭에 나가기도 했고 아버지가 계산서 점검하는 일을 도와드리기도 했는데, 그때마다 아버지가 무척 좋아하시는 걸 느낄 수 있었어요. 아버지 눈을 보면 꼭 내 눈을 보는 것 같았어요. 바로 이 눈 때문에 나는 아버지를 쏙 빼어 닮았다는 소리를 들었죠. 하지만 어머니 앞에선 아버지는 그런 말씀, 그런 태도를 보이지 않으셨어요. 어머니가 나를 엄하고 부당하게 꾸짖을 때에는 온화하게 내 편을 들어주셨지만, 나를 지켜주시는 것이 아니라 그저 나의 좋은 점을 말씀하실 따름이었어요. 이처럼 아버지는 어머니가 하는 일에는 결코 반대하지 않으셨습니다. 그런데 어머니가 연극에 엄청난 흥미를 보이더니 마침내 극단을 만들었어요. 어머니와 함께 무대에 설 남자 배우는 생김새와 나이를 불문하고 넘쳐나도록 많았지만 여배우 쪽은 자주 모자라기도 했지요. 나와 함께 자란 리디에는 갈수록 더욱 예뻐질 거라고 칭찬이 자자하던 귀여운 아이였는데, 이 무대에서는 여주인공을 빛내주는 조연을 맡았습니다. 그리고 늙은 하녀 한 명이 어머니 역이나 숙모 역을 맡았어요. 주인공의 연인이나 모든 여주인공, 양치기 소녀 같은 역할은 언제나 어머니가 도맡아 했고요. 내가 잘 아는 사람들이 변장을 하고 무대에 서서 다른 사람처럼 보이려고 애쓰는 것이 얼마나 우스꽝스러워 보였는지 말로는 다 표현할 수 없어요. 내 눈에는 연극에서 나타내려는 인물은 보이지 않고 오직 어머니와 리디에, 남작이나 비서의 실제 모습밖에는 보이지 않았습니다. 나는 그 사람들이 자신들의 배역과는 많이 빗나간 인물들이라는 사실을 잘 알고 있었어요. 그래서 그들이 행복하다든지 슬프다든지, 사랑에 빠졌다든지 아니면 그럴 마음조차 없다든지, 구두쇠라든지 또는 잘 베푼다든지 하는 연기를 왜 하는지 나로선 이해가 되지 않았지요. 따라서 나는 객석에 가만히 앉아 그들을 지켜보는 일을 그다지 좋아하지 않았어요. 하지만 아무것도 안 할 수는 없었죠. 그래서 코를 양초에 박고 냄새를 맡거나, 저녁 식사 준비를 하거나, 다음 날 아침에 모두가 잠들어 있을 때 아무렇게나 흐트러져 있는 의상을 정리하거나 했습니다.

내가 이렇게 하면 어머니는 좋아했지만 그래도 사랑해 주지는 않았어요. 오히려 나를 경멸하기까지 했습니다. ‘만약에 내가 네 아버지처럼 누구 딸인지 아리송했다면, 분명히 너를 누군가에게 주어버렸을 거야.’ 이렇게 심한 말을 한 번도 아니고 몇 번이나 했어요. 난 지금도 생생하게 기억하고 있답니다. 고백하는데, 어머니의 이런 태도 때문에 나는 어머니로부터 점점 멀어져 갔어요. 어머니를 생판 남처럼 여기기 시작한 것입니다. 그리고 나도 모르게 매처럼 날카로운 눈으로 하인들을 감시하게 되었어요. 여담이지만 하인들을 감시하는 일이야말로 집안 살림의 기본이지요. 어쨌든 이렇게 살피다 보니 자연스럽게 어머니를 둘러싸고 일어나는 일에 대해서도 눈치챘지요. 어머니가 모든 남자를 같은 마음으로 바라보지 않는다는 것도 알았고요. 나는 차츰 더 날카로운 눈길로 지켜보았습니다. 그래서 리디에가 어머니의 심복이라는 것도 알아차렸어요. 리디에는 열정으로 가득 차 연기에 온 정신을 쏟고 있더군요. 어머니와 리디에가 몰래 만나는 것도 알았지만 나는 입을 꾹 다물고 아버지에게는 아무 말도 하지 않았습니다. 아버지가 슬퍼하실까봐 두려웠던 거예요. 하지만 마침내 말할 수밖에 없는 처지가 되었습니다. 어머니와 리디에가 하인들을 매수하지 않으면 안 될 일들을 저지르고 말았던 거예요. 하인들은 나를 얕잡아 보고 말을 듣지 않았고, 아버지가 세워놓은 규칙도 지키지 않았어요. 나는 집안의 무질서를 도저히 참을 수가 없었습니다. 그래서 그동안 있었던 일을 아버지에게 모두 말씀드렸어요.

아버지는 침착하게 내 이야기를 다 듣고 나서 미소를 지으셨어요.

'애야, 나도 다 알고 있단다. 그러니 소란 피우지 말고 조금만 참을 수 있겠니? 나도 널 위해 참고 있으니까.'

그러나 나는 조용히 있을 수가 없었어요. 참을 수 없었죠. 속으로 아버지를 원망했어요. 아버지는 왜 참기만 하는지 도저히 이해할 수 없었기 때문이에요. 그래서 아버지가 못하신다면 나라도 나서서 질서를 바로잡아야겠다고 생각했죠. 모든 것을 밝히기로 굳게 결심했습니다.

내 어머니는 개인 재산을 어느 정도 가지고 있었지만 워낙 씀씀이가 헤퍼서 그것만으로는 모자랐어요. 그 때문에 부모님은 가끔 다투기도 하셨어요. 이 문제만큼은 오랫동안 해결하지 못한 채 질질 끌고 다녔죠. 그런데 어머니의 불륜을 계기로 일이 커지고 말았어요.

어머니가 가장 사랑하던 애인이 신의를 저버린 거예요. 어머니는 모든 게 싫어졌는지 다른 지방으로 이사를 가자고 했어요. 그런데 막상 그곳에 가니까 외로웠나 봐요. 그래서 이번에는 도시로 가자고 했죠. 하지만 그곳도 마음에 들어하지 않았어요. 끝내 두 분 사이에 무슨 일이 있었는지는 몰라도, 아버지는 내가 모르는 어떤 조건 아래 어머니의 남프랑스 여행을 허락하셨습니다.

이제 아버지와 나는 완전히 자유로워졌어요. 너무나 행복한 나머지 천국에 와 있는 것 같았습니다. 아버지는 어머니를 프랑스로 보내기 위해 많은 돈을 들였지만 나는 그것이 하나도 아깝지 않았죠. 할 일을 제대로 안 하는 하인들도 모조리 내보냈습니다. 그랬더니 다행스럽게도 집안의 질서가 다시 제자리를 찾았어요. 그 뒤로 2, 3년 동안 아버지와 나는 더없이 행복한 시간을 보냈습니다. 모든 게 뜻대로 되었어요. 그런데 정말 안타깝게도 이런 행복은 오래가질 않더군요. 아버지가 뇌졸중으로 갑자기 쓰러지셔서 오른쪽 반신마비를 일으켜 말도 제대로 할 수 없게 된 거예요. 그래서 아버지가 무엇을 바라시는지 추측할 수밖에 없었어요. 아버지는 생각을 말로 나타내지 못했으니까요. 아버지가 나와 단둘이 있기를 바라실 때마다 얼마나 불안했는지 모른답니다. 그분이 심한 몸동작으로 다른 사람들은 다 나가라는 신호를 보내어 막상 우리 둘만 남게 되었을 때에도 아버지는 아무 말씀도 하실 수가 없었거든요. 무슨 일 때문에 흥분해서 좀처럼 마음을 가라앉히지 못하셨어요. 그런 아버지 모습을 바라보기가 너무 힘들었습니다. 뭔지는 모르겠지만 나에 대한 어떤 일을 꼭 알려주고 싶어하신다는 것만은 분명했어요. 아버지가 그토록 뼈저리게 나에게 말씀하시려는 것이 무엇인지 나도 무척 알고 싶었죠. 평소엔 아버지 눈만 바라보아도 아버지가 무엇을 원하는지 알 수 있었는데, 이제는 그 방법도 소용이 없었습니다. 아버지 눈에서도 표현력이 사라져 버린 거죠. 아버지는 아무것도 바라거나 기대하지는 않았지만, 분명히 무엇인가를 나에게 말하고 싶어하셨어요. 하지만 슬프게도 그게 뭔지 알 수가 없었지요. 이윽고 아버지는 또다시 발작을 일으키셨습니다. 그 뒤엔 꿈쩍도 하지 않으셨죠. 그렇게 아버지는 내 곁을 떠났어요.

잘은 모르겠지만 아버지가 마지막에 내게 하려던 말을 추측해 보건대, 아버지는 어딘가에 숨겨둔 보물을 어머니가 아닌 나에게 물려주시려 했던 거 같아요. 나는 그렇게 확신했죠. 그래서 아버지가 돌아가시기 전부터 여기저기 찾아보았으나 끝내 보물을 찾을 수 없었어요. 아버지가 돌아가시자 모든 물건에 봉인이 찍히게 되었습니다. 나는 어머니에게 편지를 보내 관리인으로서 이 집에 남아 있고 싶다고 말했어요. 하지만 어머니는 거절했고 나는 영지를 비우고 나와야만 했습니다. 아버지와 어머니가 함께 쓴 유언장에 따르면 모든 권리는 어머니에게 있었으므로, 적어도 어머니가 살아 있는 동안 나는 어머니를 의지할수밖에 없는 형편이었어요. 드디어 나는 아버지가 마지막에 무슨 말씀을 하시려고 했는지 알 것 같았어요. 불쌍한 아버지는 자신이 죽고 난 뒤 마땅찮은 대우를 받게 될 나를 하염없이 걱정하셨던 거예요. 친구들 몇 명이 '너는 상속권을 빼앗긴 셈이다. 이 옳지 않은 유언장을 받아들이지 말아야 한다'고 뜻을 폈지만 나는 그런 짓까지 하고 싶지는 않았습니다. 나에게는 아버지와의 추억이 그 무엇보다 소중했으니까요. 나는 운명을 믿고 나 자신을 믿기로 결심했습니다.

나는 커다란 영지를 몇 개나 가지고 있는 이웃집 부인과 친하게 지냈는데 다행히 그 부인이 나를 거두어 주셨어요. 나는 그 집을 관리하게 되었습니다. 나한테는 쉬운 일이었죠. 부인은 매우 규칙적인 생활을 했으며 모든 일에 질서를 중요시했어요. 나는 관리인이나 하인들과 싸우면서까지 충실히 부인을 도와드렸습니다. 나는 구두쇠도 아니고 성격이 못된 것도 아니지만, 일반적으로 여자들은 남자들보다 낭비에 대해 훨씬 엄격한 편이지요. 쓸데없는 지출은 어떠한 이름으로라도 받아들일 수 없어요. 모든 사람은 자신에게 주어진 테두리 안에서만 즐겨야 한다고 생각해요.

아무튼 나는 또다시 물 만난 물고기가 되어 조용히 아버지의 죽음을 슬퍼하고 있었습니다. 친절한 부인은 나와 무척 마음이 맞았어요. 그런데 작은 상황 하나가 나의 평화를 깨뜨렸습니다. 리디에가 돌아온 거예요. 내 어머니는 리디에를 버릴 대로 버려놓고는 무자비하게도 내팽개쳤어요. 내 어머니 때문에 망가진 리디에는 성적 욕망에 사로잡혀 거기서 헤어나지 못하게 되었어요. 무슨 일을 하든 욕망을 억누르지 못했죠. 그 애가 갑자기 나타나자 친절한 내 은인은 망설이지 않고 리디에까지 받아주셨습니다. 그래서 리디에는 나를 돕게 되었는데 아무래도 일이 잘 풀리지가 않았습니다.

그즈음 부인의 친척들과 상속자들이 그곳을 찾아와 사냥을 즐기곤 했는데, 나는 그때 처음으로 로타리오 씨를 만났습니다. 나는 그분이 다른 사람들과는 비교도 안 될 만큼 훌륭하다는 사실을 금세 알아챘어요. 하지만 한 번도 로타리오 씨를 나와 연관지어 생각하지는 않았어요. 그분은 누구에게나 정중하게 대하는 사람이었지요. 리디에는 그분의 관심을 끌려고 무척 애쓰는 것 같았어요. 나는 늘 바빠서 그분들과 어울릴 기회가 별로 없었습니다. 게다가 로타리오 씨 앞에만 있으면 평소보다 말수가 적어졌어요. 평소엔 대화를 인생의 향신료라 여기면서 마음껏 즐겼는데 말이죠. 아버지와 나는 모든 일에 대해 언제나 이야기를 나눴어요. 우리는 누군가와 마음을 터놓고 대화할 때 비로소 바르게 생각할 수 있는 법이니까요. 그런데 로타리오 씨가 여행이나 출정에 대해 이야기할 때 나는 정말로 열심히 귀를 기울였어요. 다른 누구의 이야기를 들을 때보다도 더 말이죠. 그분이 보고 말하는 세계는 마치 내가 관리하는 영지처럼 아주 또렷하게 보이는 것 같았어요. 그것은 어느 모험가의 신비한 운명도 아니었고, 여행자가 좁은 생각으로 지껄이는 허풍스런 이야기도 아니었어요. 그런 여행자들은 어떤 나라의 참모습을 묘사하겠다고 해놓고서 실은 자기 이야기만 하거든요. 그런데 로타리오 씨는 단순히 이야기하는 데 그치지 않고, 우리를 그가 겪은 세계로 이끌어 주었어요. 나는 쉽게 맛볼 수 없는 순수한 기쁨을 느꼈습니다.

어느 날 밤 로타리오 씨는 여성에 대한 그의 생각을 이야기했습니다. 나는 그 말을 들으며 표현할 수 없는 기쁨이 솟구치는 걸 느꼈어요. 그 대화는 아주 자연스럽게 이루어졌지요. 이웃에 사는 부인 몇 명이 오셔서 여성의 교양에 대해 이야기를 나눴어요. 대충 이런 내용이었죠. 여성들은 불공평한 대우를 받고 있으며 남성들만 고급 문화를 누리고 있다. 그들은 여성들의 학문을 인정하지 않고 여성들을 한낱 노리개나 가정부로 여긴다. 뭐 그런 이야기들이었어요. 로타리오 씨는 듣고만 있을 뿐 아무 말도 하지 않았습니다. 그러나 시간이 흘러 몇 사람만 남자 그분도 솔직하게 자신의 생각을 말했어요.

'남성들이 이렇게 비난을 받는 것은 좀 이상하지 않나요? 그들은 여성이 차지할 수 있는 가장 높은 지위를 여성들에게 주려고 하는데 말이죠. 집안의 실권을 쥐는 것만큼 큰 힘이 있나요? 남성은 밖에서 여러 인간관계에 시달리며 재산을 늘리고 가정을 지키기 위해 이리저리 뛰어다닙니다. 정치에까지 참여해 이런저런 일에 휘둘리고는 하지요. 무언가를 억누르고 다스리는 것처럼 보이지만 실은 그렇지 않습니다. 이성적이어야 한다면서 꾀나 부리고, 깨끗해야 한다면서 오히려 뭔가를 숨기고, 정직해야 한다면서 남을 속이곤 하지요. 결코 이룰 수 없는 목적을 위해 스스로 많은 것을 포기하고 자신을 삶과 하나가 되게 해야 합니다. 그러나 사려 깊은 주부는 실제로 집안을 다스리면서 가족 모두가 즐겁게 활동할 수 있도록 해줍니다. 인간의 가장 큰 행복은 자신이 옳고 바람직하다고 여기는 일을 하는 것이며, 그 목적을 이룰 수 있는 곳은 가정이 아닐까요? 우리 생활에 없어서는 안 될 필수품을 도대체 어디서 찾을 수 있다고 생각하십니까? 우리의 잠자리와 부엌과 지하실이 있는 곳, 우리와 우리 가족들을 위한 온갖 저장품이 보관되어 있는 바로 그곳밖에 없지 않습니까? 이처럼 날마다 끊임없이 되풀이되는 질서를 철저히 지키려면 얼마나 규칙적인 활동이 필요한지 알고 있습니까? 별처럼 언제나 같은 궤도를 정확히 돌면서 낮과 밤을 다스리고, 필요한 도구를 갖추고 밭에 농작물을 심고 거둬들이며, 늘 행복한 마음으로 사랑을 가지고 끊임없이 가정을 돌보는 남성은 그다지 많지 않습니다. 아내가 집안을 잘 다스리고 이끌어 나갈 때 비로소 사랑하는 남편을 집의 주인으로 바로 세울 수 있습니다. 아내는 마음을 모아 많은 지식을 얻어서 그것이 가족에 도움이 되게 합니다. 주부는 누구에게도 의존하지 않으며, 남편 또한 가정적으로나 내면적으로 진정한 자립을 하게 만듭니다. 남편이 바라는 것은 안전하게 지켜지고, 그가 얻는 것은 잘 활용됩니다. 그리하여 남편은 안심하고 보다 커다란 대상을 바라볼 수 있게 되지요. 운이 좋으면 그는 아내가 집안을 다스리는 것과 마찬가지로 국가를 다스리게 될 것입니다.'

그러면서 로타리오 씨는 이상적인 여성에 대해 말하기 시작했습니다. 나는 그만 얼굴이 빨개지고 말았어요. 그의 이상형이 나와 꼭 닮았다고 느꼈기 때문이지요. 나는 남몰래 승리의 쾌감을 맛보았습니다. 지금까지의 처지로 보면 그가 나를 마음에 두고 있을 리도 없었을뿐더러, 나에 대해 아무것도 아는 게 없다는 생각에 매우 기뻤지요. 내가 그토록 존경하는 남자에게 한 여자로서 칭찬받은 것이 아니라 한 인간으로서 본성을 칭찬받다니! 살면서 그보다 더 유쾌한 일은 없었죠. 내게는 아주 큰 보상과 위로가 되었답니다!

모두가 자리를 뜨자 부인이 미소를 지으며 나에게 말했어요. '남자들은 다 그래요. 스스로는 실행하지도 않을 일을 멋대로 생각하거나 말하곤 한다니까요. 그렇지 않다면 테레제 양처럼 멋진 여성을 여태 가만히 놔뒀겠어요?' 나는 웃으며 농담조로 말했습니다. '남자들은 이성적으로는 가정부같이 일 잘하는 여자를 바라지만 정작 마음은 딴 데 가 있지요. 전혀 다른 여자를 꿈꾼다니까요. 저처럼 일밖에 모르는 여자는 귀엽고 매력적인 아가씨들을 도저히 따라갈 수 없죠.' 나는 리디에 들으라고 일부러 이렇게 말했어요. 왜냐하면 리디에는 로타리오 씨에 대한 마음을 숨기지 않았고, 그분도 이곳에 올 때마다 차츰 리디에에게 관심을 보였기 때문이에요. 리디에는 가난하고 신분도 낮았기에 감히 그와 결혼하겠다는 생각은 할 수 없었지만, 그를 유혹해서 그의 사랑을 독차지하고픈 욕구를 끝내 참을 수 없었나 봅니다. 나는 그동안 누군가를 사랑해본 적이 한 번도 없었을뿐더러 그때도 사랑에 빠지진 않았어요. 하지만 나라는 사람이 내가 존경하는 남성에게 어떤 여성으로 보이는지 알게 되어 무척 기쁘긴 해도, 솔직히 말해서 그것만으로는 만족할 수 없었어요. 그가 나를 알아주고 나에게 관심을 갖고 다가와 주기를 바랐죠. 뒷일이야 어찌되든 나는 그런 소망을 품게 되었습니다.

내가 부인에게 할 수 있었던 최고의 보답은 그 영지에 있는 드넓은 숲을 잘 가꾸는 일이었어요. 그 귀중한 땅은 시간이 흘러 환경이 바뀌면 좀더 커다란 가치를 얻게 될 텐데도 낡은 관행에 따라 대충 관리되고 있었습니다. 계획이나 질서라고는 전혀 없었죠. 나무 베기를 일삼고 제대로 심지도 않았어요. 많은 산들이 온통 망가져 있었죠. 어린나무들이 고르게 자라고 있는 곳은 꽤 오래전에 벌채한 구역뿐이었어요. 그래서 나는 유능한 산지기와 함께 모든 숲을 살폈습니다. 다시 측량을 하고, 무성한 가지는 잘라내고, 씨를 뿌리고, 나무를 옮겨심기도 하며 재정비를 했지요. 얼마 되지 않아 숲은 제 모습을 찾기 시작했습니다. 나는 말을 타고 다니기에 편하고 걸을 때에도 옷자락에 걸려 넘어지지 않도록 남자 옷을 지어 입고서 여기저기 돌아다녔습니다. 다들 내가 언제 불쑥 나타날까 두려워했지요.

그런데 어느 날 젊은 남자들이 또다시 사냥을 나온다는 소식을 들었습니다. 로타리오 씨도 그들 가운데 하나였죠. 그때 나는 태어나서 처음으로 남에게 잘 보이고 싶다는 생각을 했습니다. 좀더 솔직하게 말하자면 존경하는 분에게 내 모습을 있는 그대로 보여주고 싶었어요. 나는 남자 옷을 입고 총을 둘러멘 채 영지 사냥꾼과 함께 숲이 시작되는 곳에서 그 일행을 맞이했습니다. 그런데 로타리오 씨는 내가 누군지 알아보지 못하더군요. 부인의 조카 하나가 나를 산지기라고 그에게 소개하면서, 나이가 너무 어리지 않느냐고 놀리기도 하고 농담을 섞어가며 나를 칭찬하기도 했어요. 그러다가 가까스로 로타리오 씨는 내가 누구인지 알아차렸죠. 조카 분은 미리 계획이라도 세웠던 것처럼 로타리오 씨 앞에서 기쁜 표정으로 내가 해놓은 일들을 자세하게 설명하기 시작했어요.

로타리오 씨는 그 이야기를 흥미 있게 듣더니 나에게 이것저것 물었어요. 영지와 이 지방에 대해서였지요. 내 지식을 그에게 보여줄 수 있어서 얼마나 기뻤는지 모른답니다. 내가 몇 가지 개선책을 내놓자 그도 찬성해 주었어요. 그는 비슷한 예를 들어가며 내 주장에 힘을 실어주었습니다. 그때 내 기분이 얼마나 좋았을지 당신은 상상도 할 수 없을 거예요. 그런데 나는 그에게 인정받고 싶었을 뿐, 사랑받기를 원했던 건 아니었어요. 어쨌든 로타리오 씨와 나는 집으로 돌아왔죠. 그런데 리디에를 보는 그의 눈빛이 왠지 애틋하다고 느꼈어요. 나는 바라던 목적을 이루긴 했지만 그 순간부터 왠지 마음의 평정을 찾을 수가 없었어요. 하지만 그날부터 그는 나를 진심으로 존경하고 무척 신뢰하는 모습을 보여주었습니다. 모임에선 언제나 내게 말을 걸어 내 의견에 귀를 기울였어요. 특히 집안일에 관해서는 내가 모든 것을 다 알고 있기라도 한 듯 언제나 나를 믿어주었지요. 그가 그토록 관심을 갖고 대해 주니 나도 저절로 힘이 났습니다. 그는 일반적인 국가 경제나 재정에 대해 이야기를 나눌 때에도 나를 대화에 끌어들였어요. 그래서 나는 그가 오지 않을 땐 이 지방이나 나라 전체의 사정을 자세히 알아두려고 노력했습니다. 그건 그다지 어렵지 않은 일이었어요. 내가 지금까지 알고 있었던 작은 일들이 국가적 차원에서는 큰 짜임새로 똑같이 되풀이되고 있었을 뿐이었으니까요.

그 무렵 로타리오 씨는 전보다 더 자주 영지에 찾아오곤 했어요. 우리는 모든 분야에 걸쳐 대화를 나누었는데, 대체로 경제 분야를 이야기할 때가 많았어요. 그렇다고 해서 전문적인 경제 이야기는 아니었지만요. 인간이 일정한 계획 아래 자신의 능력과 시간과 돈을 변함없이 투자한다면, 보잘것없어 보이는 수단을 통해서도 엄청난 효과를 얻을 수 있다는 점에 대해 많은 이야기를 서로 나누었어요.

그러는 가운데 나는 점점 그에게 끌리는 기분을 느꼈습니다. 그에 대한 사랑이 너무나도 빠르게 격정적으로 내 안에서 끓어오르는 것을 막을 수 없었어요. 그것은 마음속 깊은 곳에서 피어나는 더없이 순수하고 한결같은 사랑이었죠. 그런데 그가 나 때문이 아니라 리디에 때문에 자주 이곳에 찾아오고 있다는 생각이 문득 들었어요. 리디에도 그런 확신이 들었는지 언젠가부터 로타리오 씨 일로 나에게 상담을 요청하는 게 아니겠어요. 그런데 그 덕분에 나는 조금이나마 안심할 수 있었지요. 리디에가 매우 의미심장하게 받아들이는 일들이 내가 보기엔 별것 아니었거든요. 로타리오 씨가 리디에를 진심으로 사랑하며 꾸준한 관계를 원하고 있다는 증거는 전혀 찾아볼 수 없었어요. 오히려 리디에가 어떻게든 그의 사랑을 차지하려고 애쓰는 것만 점점 더 눈에 띌 뿐이었죠.

그러던 어느 날 부인이 내게 아주 놀라운 소식을 전해 주었어요.

'로타리오가 당신을 아내로 맞고 싶다는군요.'

부인은 그렇게 말하고 내 장점을 하나하나 꼽으셨어요. 부인 말씀으로는, 그가 오랫동안 기다리며 꿈꿔왔던 여인이 바로 나라고 했어요. 나는 어찌나 기뻤던지 정말 꿈이 아닌가 싶었죠.

이 행복을 어떻게 표현하면 좋을까요? 내가 그토록 존경하는 분이 나를 선택해 주시다니! 나는 그와 함께 내가 가진 능력을 마음껏 펼치는 상상을 해보았어요. 그동안 익힌 나의 재능과 타고난 소질을 한껏 살린다면 유용한 일을 할 수 있을 것만 같았어요. 나라는 인간 자체를 완벽하게 무한히 발전시킬 수 있을 것 같았지요. 그래서 나는 그의 청혼을 받아들였습니다. 그가 찾아오자 우린 단둘이서 이야기를 나누었어요. 그는 사랑이 가득 담긴 눈빛으로 내 눈을 바라보더니 나를 끌어안고 입을 맞추었습니다. 하지만 그게 처음이자 마지막 키스였어요. 그는 현재 자신의 처지가 어떤지 솔직히 내게 이야기해 주었어요. 미국에 가느라 돈이 얼마나 많이 들었는지, 땅을 담보로 얼마만큼 빚을 졌는지 모두 다 털어놓았지요. 그리고 그 일로 종조부님과 다투었는데 그 훌륭하신 종조부님이 자기 방식대로 그를 돌보려 하면서, 그에겐 가정적인 여성이 어울리는데도 무조건 부잣집 아가씨랑 결혼시키려 벼르고 계신다는 거예요. 그래서 그는 여동생을 시켜 종조부님을 설득할 생각이라고 했어요. 그는 현재 재산 상태와 계획과 전망 등에 대해서도 설명하더니 나에게 도움을 요청했어요. 그리고 종조부님의 허락을 받을 때까지 이 일은 비밀로 해달라고 했지요.

로타리오 씨가 방을 나가자마자 곧바로 리디에가 들어왔어요. 그가 자기에 대해 무슨 말을 하지 않았느냐고 궁금해하더군요. 나는 그렇지 않다고 대답했어요. 그리고 지루한 경제 문제를 들먹였죠. 리디에는 무언가 불안한지 우울하고 신경질적인 태도를 보였어요. 로타리오 씨가 다시 들어왔지만 그 애의 기분은 바뀌지 않았습니다.

어머, 벌써 해가 저물기 시작했네요. 빌헬름 씨, 당신은 운이 좋은 사람이군요. 하마터면 나 혼자서 즐겁게 떠들어대는 구구절절한 이야기를 계속 들을 뻔했는데 말이죠. 이제는 빨리 이야기를 마무리해야겠네요. 느긋하게 늑장 부릴 수 있는 시간이 없으니까요.

로타리오 씨는 정말로 멋진 여동생을 소개시켜 주었어요. 그 친구는 종조부님이 나를 받아들이도록 다리 역할을 했지요. 그 덕분에 종조부님은 나를 기꺼이 맞아주셨고 우리의 희망을 들어주셨어요. 나는 이 행복한 소식을 전하기 위해 영지로 돌아왔습니다. 이제는 집안사람들 모두가 그 일을 알게 되었지요.

하지만 리디에는 그 사실을 알고 있으면서도 있을 수 없는 일이라며 믿으려 하지 않았어요. 그러다가 사실을 받아들였는지 어느 날 갑자기 어디론가 사라져 버렸습니다. 도대체 그 애가 어디로 사라졌는지 아무도 몰랐어요.

결혼식 날은 점점 다가오고 있었습니다. 그동안 나는 로타리오 씨에게 몇 번이나 그의 초상화를 달라고 부탁했었어요. 약속을 잊었나 싶어 그날도 다시 한 번 부탁을 했는데 그가 되묻는 거예요. '아가씨, 당신은 내 초상화를 딱 맞게 그려달라던 그 그림틀을 나한테 아직 안 줬다는 걸 잊었나요?' 사실이었어요. 실은 내 여자친구가 나에게 선물해 준 소중한 틀이 하나 있었어요. 유리 뚜껑 겉면에는 그 친구의 이름이 그녀의 머리카락으로 새겨져 있었지요. 하지만 상아로 된 뒷면은 텅 비어 있었어요. 처음에는 그 안에 친구의 초상화를 넣으려고 했었는데, 애통하게도 그녀가 갑자기 세상을 떠나버리고 말았던 거예요. 그 충격은 이루 말할 수 없었지요. 내가 친구를 잃은 슬픔에 젖어 있을 때 로타리오 씨의 사랑이 내 영혼을 어둠 속에서 건져준 것이지요. 그래서 나는 이 소중한 틀을 로타리오 씨의 초상화로 채우자고 마음먹었습니다.

나는 서둘러 방으로 돌아가 보석함을 가져왔어요. 로타리오 씨가 보는 앞에서 뚜껑을 열었죠. 그런데 그가 보석함 속 여인의 사진이 든 목걸이를 손에 들고 유심히 살펴보더군요. '이분은 누구죠?' 그가 다급하게 물었습니다. 나는 내 어머니라고 대답했어요. '분명 폰 생 탈방 부인이신데! 2, 3년 전에 스위스에서 만난 적이 있어요.' '그래요, 그분이에요.' 나는 빙그레 웃으며 말을 이었습니다. '그러니까 당신은 장모님 될 분을 우연히 만난 거군요! 생 탈방은 우리 어머니가 여행할 때 쓰시는 낭만적인 이름이에요. 지금도 그 이름으로 프랑스에 머물고 계세요.'

'아, 이럴 수가! 말도 안 돼!' 그는 갑자기 목걸이를 보석함 속에다 도로 집어던지더니 손으로 두 눈을 가렸습니다. 그러고는 방에서 뛰쳐나갔고, 밖으로 나가 말에 올라탔어요. 나는 허둥지둥 발코니로 뛰어가 목청껏 그를 불렀죠. 그는 이쪽을 돌아보고 손을 한 번 흔들더니 그대로 말을 타고 빠르게 떠나갔습니다. 그것이 우리의 마지막이 되고 말았지요."

해가 지고 있었다. 테레제는 아름다운 눈동자로 석양에 타오르는 저녁놀을 물끄러미 바라보며 하염없이 눈물을 흘리고 있었다.

이윽고 테레제는 말없이 손을 내밀어 새 친구의 손을 잡았다. 빌헬름은 너무나 안타까운 심정으로 그녀의 손에 입을 맞추었다. 테레제는 눈물을 닦고 일어섰다.

"이제 그만 돌아갈까요? 저녁 식사 준비를 해야겠어요."

돌아오는 길에서는 그다지 말을 많이 하지 않았다. 정원 문으로 들어서자 리디에가 벤치에 앉아 있는 것이 보였다. 리디에도 인기척을 느꼈는지 벌떡 일어나더니 두 사람을 피해 집 안으로 들어갔다. 손에는 종이를 들고 있었으며, 여자아이 둘이 그 옆에 있었다. 테레제가 입을 열었다.

"저거 보세요. 리디에는 언제나 로타리오 씨의 편지를 손에 들고 있어요. 그 편지가 유일한 위안거리인 셈이죠. 그가 완쾌되는 즉시 그녀를 다시 불러 함께 살겠으니 그때까지만 이곳에서 지내라고 한 거예요. 리디에는 그 말만 굳게 믿으며 아픈 마음을 달래고 있지요. 하지만 아직도 자기를 이곳으로 보낸 그의 친구들을 용서하진 않았어요."

두 여자아이가 다가와 테레제에게 인사를 하더니, 그녀가 외출한 사이에 있었던 일들을 하나도 빠짐없이 보고했다.

"이것도 내 업무 가운데 하나예요. 로타리오 씨의 멋진 여동생과 힘을 합쳐 아이들 몇 명을 돌보고 있거든요. 나는 뒷날 훌륭한 주부가 될 야무진 아이들을 맡았고, 그 친구는 차분하고 섬세한 재능을 가진 아이들을 맡았지요. 우리는 이 아이들이 나중에 남편의 행복과 가정의 평화를 위해 힘쓰는 여성으로 자라길 바라고 있어요. 저, 당신도 그 친구를 만난다면 아주 새로운 세계를 경험하게 될 거예요. 그 친구는 매우 아름답고 상냥한 여성이랍니다. 그 아가씨를 존경하지 않을 사람은 이 세상 어디에도 없을 거예요."

빌헬름은 그가 이미 로타리오의 아름다운 여동생을 알고 있으며, 그녀와의 덧없는 만남이 그를 끊임없이 괴롭히리라는 사실을 감히 말할 용기가 나지 않았다. 그런데 마침 테레제가 볼일이 급해서 이야기를 멈추고 집 안으로 들어갔다. 이제 빌헬름 혼자였다. 젊고 아름다운 백작부인이 자선사업을 통해 잃어버린 행복의 빈자리를 채우려 한다는 사실이 한없이 비통하게 여겨졌다. 부인은 인생을 유쾌하게 즐기는 대신, 다른 이들의 행복을 바라며 시름을 잊으려고 애쓰는 것 같았다. 그에 반해 그토록 엄청난 시련을 겪었는데도 의연하게 본디 모습을 잃지 않는 테레제는 얼마나 행복하고 대단한 사람인가! 빌헬름은 자기도 모르게 외치고 말았다.

"모든 일을 초연하게 자신의 운명으로 받아들이며 삶을 소중하게 지켜내는 사람이야말로 진정한 행복이 무엇인지 아는 사람이지!"

얼마 뒤 테레제가 그의 방으로 들어왔다. 그녀는 실례한다고 하면서 용건을 말했다.

"우리 집 책들은 모두 이 책장에 꽂혀 있어요. 실은 제대로 꽂아두었다기보다도 버리지 못해 그냥 그렇게 놔둔 것뿐이지만요. 리디에가 종교 서적을 읽고 싶어해서요. 이 책장에 두세 권쯤은 있을 것 같은데…… 세상일에 푹 빠져 살던 사람들이 어려움이 닥치면 갑자기 종교를 찾는다고들 하지요. 병이 나서 어쩔 수 없이 먹어야 하는 쓰디쓴 약처럼 선과 도덕을 찾는 거예요. 목사님이나 설교사님을 그저 일시적으로 도움이 되는 의사쯤으로밖에 여기지 않는 거죠. 하지만 나는 도덕이 식이요법과도 같다고 생각해요. 식이요법이란 하나의 생활 습관으로서 살아가는 동안 끊임없이 지켜야 하는 거지요."

그녀는 책장을 뒤져 수양(修養)에 관한 책들을 몇 권 골랐다.

"리디에가 현실도피를 하려고 이런 책을 찾는 것도 다 내 어머니에게서 배운 거지요. 어머니는 애인과 사이가 좋을 땐 연극과 소설을 즐겼어요. 그러다 애인이랑 헤어지기라도 하면 꼭 이런 책들을 찾곤 했지요. 하느님께서 그런 책을 통해 우리에게 뭔가를 말씀해 주신다고 믿다니, 나로선 정말 이해할 수 없는 일이에요. 이 세상이 우리와 어떤 관계가 있는지는 세상이 직접 가르쳐 줄 테고, 우리가 자신과 남에게 어떤 책임이 있는지는 저마다의 양심이 가르쳐 줄 겁니다. 그런데 무턱대고 책만 찾으니…… 무슨 소용이 있겠어요. 책은 우리가 저지른 잘못에 그럴싸한 이름이나 붙여줄 뿐이라고요."

테레제는 책 몇 권을 들고 방을 나갔다. 그날 밤 빌헬름은 책들을 훑어보며 시간을 보냈다. 테레제 말마따나 이런저런 책들이 우연히 한데 모여 꽂혀 있을 따름이었다.

이 집에 며칠 동안 머물며 그는 테레제를 지켜보았는데 그녀는 늘 조금도 흐트러짐 없이 제 할 일에만 집중하고 있었다. 그리고 지난번에 이야기했던 그 사건의 뒷이야기도 띄엄띄엄 들려주었다. 모든 사건의 날짜, 시간, 장소, 사람 이름 따위를 그녀는 똑똑히 기억하고 있었다. 여기서는 독자 여러분이 꼭 아셔야 할 내용만 간단히 적어보겠다.

로타리오가 갑자기 테레제 곁을 떠나버린 이유는 유감스럽게도 아주 쉽게 설명되었다. 그는 여행길에 테레제의 어머니를 만났고 그녀의 매력에 빠져들었다. 어머니도 그가 싫지는 않았던 모양이다. 두 사람은 곧 충동적인 육체관계를 맺어버렸다. 그리고 불행하게도 잠시 동안의 쾌락으로 로타리오의 행복은 끝나버리고 말았다. 결국 로타리오는 그가 그토록 그리며 간절히 바랐던 완벽한 반려자를 눈앞에 두고도 스스로 포기할 수밖에 없었다. 테레제는 이 가혹한 운명을 받아들이고 예나 지금이나 변함없이 일과 의무의 테두리 안에서 순수하게 살아갔다. 그 뒤 로타리오와 테레제는 리디에가 근처에 숨어 살고 있는 걸 알았다. 리디에는 어디서 주워들었는지, 테레제의 결혼이 깨진 걸 알고 무척이나 좋아했다. 그러더니 다시 로타리오를 유혹하기 시작했다. 로타리오는 리디에를 사랑해서라기보다는 테레제를 잃은 슬픔을 이기지 못해, 깊이 생각할 겨를도 없이 무심코 리디에의 소원을 들어주고 말았다.

테레제는 이 사실을 알고도 조용하게 제 할 일을 했다. 로타리오에게 그 어떤 불평도 요구도 하지 않았다. 만일 로타리오와 결혼을 했더라도 가정을 뿌리째 뒤흔들 만큼 심각한 문제가 아닌 이상, 테레제는 이미 모든 것을 참을 각오가 되어 있었다. 적어도 테레제 본인은 가끔 그렇게 말했다. 집안을 잘 관리하는 부인이라면 남편이 잠시 바람을 피우는 것쯤은 너그럽게 눈감아 주면서 남편이 곧 제자리로 돌아올 것을 굳게 믿어야 한다고.

얼마 안 있어 테레제의 어머니는 모든 재산을 날렸다. 그 바람에 테레제도 적잖은 피해를 입었다. 결국 아버지가 남긴 재산은 한 푼도 갖지 못했다. 하지만 테레제를 거두어 준 친절한 부인이 세상을 떠날 때 그녀에게도 재산을 남겨주었다. 테레제는 조그만 땅과 꽤 많은 돈을 물려받았다. 그리고 그곳으로 옮겨 가자, 로타리오는 야르노를 시켜서 좀더 좋은 땅을 그녀에게 주려고 했다. 그러나 테레제는 그 호의를 재치 있게 거절했다.

"나는 말이죠. 내가 로타리오 씨와 함께 넓은 땅을 관리할 수 있는 능력이 있었음을 이 작은 땅에서 보여드리고 싶어요. 하지만 혹시라도 내 잘못이나 다른 사람의 잘못으로 어려움을 겪게 된다면, 그땐 망설이지 않고 존경하는 그 친구 분에게 달려가겠어요! 그때는 도와주실 거죠?"

테레제의 솜씨는 그곳에서도 빛을 발하기 시작했다. 그녀가 조그만 땅에 자리를 잡자마자 근처에 사는 이웃들이 찾아와서 여러 가지로 도움을 요청하곤 했다. 더구나 옆에 새로 이사 온 이웃집 주인은 재산을 미끼로 테레제에게 접근했다. 테레제가 마음만 바꾼다면 자기 재산의 대부분을 그녀에게 물려주겠다는 뜻을 그대로 드러냈다. 테레제는 이런 사정을 이미 빌헬름에게 털어놓았으며, 이따금 어울리는 결혼과 어울리지 않는 결혼에 대해 서로 농담을 주고받기도 했다.

"세상 사람들은 자기들 기준으로 신분이 다른 남자와 여자가 결혼을 하면 이러쿵저러쿵 입방아를 찧는단 말이죠. 그런데 실제로는 어울리는 결혼보다도 어울리지 않는 결혼이 더 많은 것 같아요. 안타깝게도 대부분의 결혼생활은 쉽게 깨질 것처럼 보이거든요. 신분이 다른 사람들끼리 결혼했을 때에는, 한쪽이 다른 한쪽의 타고난 삶에 맞추지 못하면 어울리지 않는 결혼이라고 말하죠. 신분이 다르면 생활 방식도 다를 수밖에 없으니까요. 남남이었던 두 사람은 서로의 생활 방식을 이해할 수도 없고 바꿀 수도 없어요. 그래서 이런 결혼은 하지 않는 편이 낫다면서 사람들이 수군대는 거고요. 하지만 다 그런 건 아니에요. 반대로 아주 행복한 부부도 있죠. 젊은 여자와 늙은 남자가 결혼하면 문제가 많다고들 하지만, 그렇지 않은 부부를 나는 알고 있거든요. 내 기준에 따르면, 연회로 허송세월하며 체면만 차리는 결혼이야말로 어울리지 않는 결혼이에요. 그런 결혼이라면 나는 차라리 가난할지라도 성실한 농부의 아들과 결혼하겠어요."

빌헬름은 이제 슬슬 떠나야 할 때다 싶어 리디에와 작별 인사를 하고 싶다고 테레제에게 말했다. 리디에는 아직도 화가 풀리지 않았지만 테레제의 중재로 마지못해 그 제안에 응했다. 빌헬름이 친절하게 몇 마디 말을 건네자 리디에가 대답했다.

"이젠 나도 어느 정도 고통을 이겨냈다고 생각해요. 로타리오 씨는 나에게 끝없이 소중한 사람이에요. 그런데 나는 그분의 친구들이 어떤 사람들인지 잘 알고 있어요. 나의 소중한 로타리오 씨 곁에 그런 사람들이 있다는 게 마음에 들지 않아요. 신부님은 성격이 이상해서 사람을 당황하게 하거나 어렵게 만들곤 하지요. 의사는 무슨 일이든 빨리 해치우려고만 하고요. 야르노 씨는 바늘로 찔러도 피 한 방울 나지 않을 사람이에요. 그리고 당신은…… 한마디로 줏대가 없어요. 냉큼 돌아가서 그 잘난 친구들의 도구로 이용당하는 게 제격일 테죠. 그 사람들이 당신한테 시키고 싶어하는 일들이 아직도 잔뜩 남아 있을 거예요. 그래요. 난 옛날부터 알고 있었어요. 다 알았다니까요. 그들이 나를 얼마나 거추장스러워하는지. 그리고 뭔가 감추고 있는 비밀이 있다는 것도 말예요. 어째서 그 많은 방들마다 자물쇠가 채워져 있는 거지요? 이상한 복도들도 몇 개나 되고요. 어째서 그 커다란 탑에는 아무도 다가가면 안 된다는 건가요? 무엇 때문에 나를 내 방에 가둬놓으려고 하는 건가요? 솔직히 말하면, 처음엔 질투심 때문에 이런 사실들에 신경을 쓰게 되었어요. 어딘가에 복받은 연적이 숨어 있는 게 아닌가 했거든요. 하지만 이제 그런 생각은 하지 않기로 했어요. 로타리오 씨가 진심으로 나를 사랑하고 존중한다고 믿기 때문이지요. 그리고 그 사람이 허울 좋은 가짜 친구들에게 속고 있다는 사실도 확신하고 있어요. 당신이 정말로 그를 위한다면, 그리고 내게 한 일을 용서받고 싶다면 로타리오 씨를 그 사람들의 손아귀에서 해방시켜 주세요. 아니, 아니…… 당신한테 그럴 능력이 어디 있겠어요? 이 편지를 그에게 전해 주세요. 그리고 편지에도 썼지만, 내가 변함없이 로타리오 씨를 사랑하고 그의 말을 진심으로 믿는다고 그에게 전해 주세요. 아아!"

리디에는 감정이 북받쳤는지 벌떡 일어나 테레제의 목을 끌어안고 울부짖었다.

"그는 나를 미워하는 사람들에게 둘러싸여 있어요. 그들은 내가 그를 위해 아무 일도 하지 않았다고 말하면서 그를 설득하려고 할 거예요. 굳이 인정을 베풀 필요도 없다고 하겠죠. 아, 그토록 훌륭한 그 사람도 아마 그런 소리를 들으면 마음이 흔들리지 않을까요?"

빌헬름은 테레제와는 밝고 명랑하게 헤어질 수 있었다.

"곧 다시 만날 수 있었으면 좋겠어요. 이제 당신은 나에 대해 아주 잘 알게 되었죠. 어찌 된 일인지 나 혼자서만 얘기를 했네요. 다음엔 당신이 얘기할 차례예요."

돌아가는 동안에는 생각할 시간이 충분히 있었기에 그는 새로 사귄 이 명랑한 여성에 대한 기억을 하나하나 더듬으며 곰곰이 생각해 보았다. 테레제의 진실한 모습이 가슴 깊이 다가왔다. 미뇽과 펠릭스가 테레제와 함께 지낸다면 얼마나 행복할까 하는 생각이 들었다. 빌헬름 자신도 이 긍정적인 여성 곁에서 지내고 싶었다. 그러면 얼마나 좋을까. 로타리오의 성에 가까워지자, 수많은 복도와 부속 건물을 지닌 커다란 탑이 평소보다 더 그의 눈길을 끌었다. 빌헬름은 언제 기회를 봐서 신부님이나 야르노에게 그 탑에 대해 물어봐야겠다고 생각했다.

제7장

성에 돌아와 보니 로타리오는 거의 회복되어 있었다. 의사도 신부도 그 자리에 없었고 야르노만 혼자 남아 있었다. 그로부터 며칠 지나자 로타리오는 말을 타고 외출할 수 있게 되었다. 혼자서 나가기도 하고 여럿이 함께 나가기도 했다. 로타리오의 이야기는 진지하면서도 재미있었다. 배울 점도 많았고 듣기에도 좋았다. 그런데 그에게서는 때때로 섬세한 감정의 흔적이 엿보이곤 했다. 로타리오 본인은 이 감정을 숨기려 애썼는데, 자기도 모르게 그것이 드러날 때마다 불쾌해하는 것 같았다.

어느 날 저녁 식사 자리에 앉은 로타리오는 기분이 좋아 보였지만 어째서인지 입을 다물고 있었다.

야르노가 말문을 열었다.

"남작님, 오늘 무슨 좋은 일이라도 있으셨나요?"

"눈치 한번 빠르군요. 대단해요! 네, 오늘은 정말 즐거운 일이 있었습니다. 평소엔 별것도 아닌 일이 오늘따라 감동적이지 뭡니까. 오후에 강 건너 마을로 말을 타고 달렸지요. 전에도 몇 번이나 지나갔던 곳이에요. 그런데 이번에 부상을 당해 몸도 마음도 생각보다 많이 약해진 것이 분명한데, 뭐랄까, 새로운 힘이 솟아나면서 다시 태어난 것 같은 기분이 드는 겁니다. 눈에 보이는 모든 것이 내가 지난날에 보았던 모습과 똑같이 빛나더군요. 모든 것이 한없이 사랑스럽고 우아하고 매력적으로 느껴졌어요. 이미 오래전에 그런 느낌은 잃어버린 줄 알았는데 말이죠. 또다시 이런 현상이 일어난 것도 내 몸이 약해졌기 때문이라는 사실을 잘 알면서도 나는 그 기분을 즐기며 천천히 말을 몰았습니다. 그러다가 문득 깨달았지요. 마치 무슨 병처럼 감미로운 감정을 불러일으키는 상상을 무작정 접을 수만은 없다는 것을요. 내가 전에 자주 그 길을 지나갔던 이유를 당신은 알고 있죠?"

"내 기억이 틀림없다면, 그때 남작님과 가난한 농부의 딸 사이에 있었던 조그만 연애 사건 때문이었던 것 같은데요."

야르노가 대답했다.

"맞아요! 실은 커다란 연애 사건이라고 해야 더 정확하겠죠? 우린 진심으로 서로 사랑했고 오랫동안 진지한 만남을 이어갔으니까요. 오늘 우연히 그 사랑이 아주 생생하게 내 마음속에 떠올랐습니다. 남자아이들이 나무를 흔들어 풍뎅이를 잡는 모습도, 가지가 무성한 물푸레나무도 그녀를 처음 만났을 때와 똑같았어요. 마르가레테와 헤어진 지 벌써 여러 해가 지났는데도 말입니다. 그녀는 먼 곳으로 시집을 가버렸죠. 그런데 2, 3주 전에 아이들을 데리고 친정아버지를 만나러 왔다는 소식을 우연히 듣게 되었어요."

"그렇다면 오늘 남작님이 외출하신 것은 우연이 아니었다는 말씀이군요?"

"그래요. 실은 마르가레테가 보고 싶었지요. 그래서 그 집 근처까지 갔는데, 마르가레테의 아버지는 문 앞에 앉아 계시고 그 옆에 한 살쯤 된 아이가 서 있더군요. 조금 더 가까이 다가가자, 이층 창문으로 한 여인이 얼굴을 내미는 게 보였어요. 그리고 내가 문 앞에 이르렀을 때 누군가 이층에서 급히 뛰어내려오는 소리가 들렸어요. 나는 단번에 마르가레테란 걸 눈치챘죠. 솔직히 말하면, 그녀가 나를 알아보고 기뻐서 뛰어내려오는 줄 알고 좀 우쭐했어요. 그런데 웬걸, 그녀가 문밖으로 뛰쳐나오더니, 그새 코앞까지 다가간 내 말을 피해 아이를 안고 안으로 홱 들어가 버리지 뭡니까! 어찌나 부끄럽던지 몸 둘 바를 모르겠더군요. 정말 난처했어요. 하지만 집 안으로 뛰어들어갈 때 마르가레테의 목덜미와 귀가 유난히 빨개 보여 조금 위안이 되었지요.

나는 말을 세워두고 그녀의 아버지와 잠시 이야기를 나누면서도 혹시 마르가레테가 다시 얼굴을 내비치지 않을까 하는 희망을 버리지 않았습니다. 그런데 그 여자는 끝까지 코빼기도 내밀지 않았어요. 굳이 안부를 묻기도 뭐해서 그냥 그곳을 떠났죠. 조금 불쾌하긴 했어도 놀라움이 그 감정을 얼마쯤 누그러뜨려 줬어요. 자세히 보진 못했지만 마르가레테는 예전 그대로였거든요. 10년이란 세월이 무색할 만큼. 아니, 전보다 더 젊어 보이기까지 했어요. 여전히 몸매도 늘씬하고 발걸음도 경쾌하더군요. 가느다란 목선은 하물며 옛날보다 더 우아해 보였고, 두 볼은 금세 사랑스럽게 빨개지는 것이 전과 다름없었어요. 그런데도 여섯 명이나 되는, 어쩌면 더 많은 아이들의 어머니라니! 그 놀라운 모습은 나를 둘러싼 신비로운 세계와도 잘 맞아떨어졌어요. 그래서 나는 한층 젊어진 기분으로 말을 달렸지요. 그때 태양은 벌써 저만치 물러나 있었어요.

그래서 가장 가까운 숲에 다다랐을 때 나는 왔던 길로 돌아가기로 했습니다. 어느덧 밤이슬이 내려서 의사의 말대로 곧장 집에 돌아가는 것이 옳았지만, 나는 또다시 농부의 집 쪽으로 말머리를 돌리고 말았어요. 듬성듬성한 산울타리 너머로 한 여인이 뜰을 이리저리 거닐고 있는 모습이 보이더군요. 나는 오로지 그녀를 만나고 싶은 마음에 오솔길을 따라 바로 가까이까지 다가갔습니다.

저녁 해가 눈부시게 빛나고 있었어요. 그래도 그녀가 산울타리 근처에서 무슨 일을 하고 있다는 것은 알 수 있었죠. 그 모습은 산울타리에 반쯤 가려져 있긴 해도 옛날에 내가 사랑했던 여인임에 틀림없었어요. 그 옆으로 다가가 말을 멈추자, 심장이 심하게 요동치는 걸 도저히 진정시킬 수가 없더군요. 저녁 바람에 살랑살랑 흔들리는 높은 들장미 가지 사이로 그녀 모습이 어렴풋이 보였어요. 나는 용기를 내어 말을 걸었습니다. '잘 지내고 있소?' 그러자 그녀가 속삭였어요. '네, 잘 지내요.' 그때 한 아이가 산울타리 안에서 꽃을 꺾는 게 보였어요. 그래서 나는 당신의 다른 아이들은 다 어디 있느냐고 물었죠. 그런데 그 여자가 이렇게 말했어요. '저 아이는 제 아이가 아니에요. 전 아직 그럴 나이는 아닌데요.' 그 순간 나는 나뭇가지 사이로 그녀의 얼굴을 똑바로 보고 너무 놀라서 할 말을 잃고 말았습니다. 그 여인은 내 애인이면서도 내 애인이 아니었어요. 10년 전 마르가레테보다 좀더 어리고 아름다웠죠. 나는 당황해서 당신은 누구냐고, 이 집 딸이 아니냐고 물었습니다. 그러자 그 여자는 이렇게 대답했어요.

'아뇨. 저는 이 댁 따님의 사촌동생이에요.'

'세상에, 아무리 그래도 너무 닮았군요.'

'10년 전의 사촌언니를 아는 사람들은 다들 그렇게 말씀하시지요.'

나는 여러 가지 궁금한 점들을 계속해서 물었어요. 내가 사람을 잘못 봤다는 것을 알았는데도 오히려 기분이 좋아지더군요. 지금 눈앞에 있는, 지난날 행복한 시절의 마르가레테를 똑 닮은 그 여자에게서 눈을 뗄 수가 없었어요. 어느새 아이는 꽃을 찾으러 연못 쪽으로 뛰어갔고요. 나는 곧 그 여자와 작별 인사를 나누고 다시 말을 타고 그 아이의 뒤를 쫓았지요.

하지만 난 분명히 마르가레테가 친정집에 와 있는 것을 알고 있었어요. 말을 타고 가며 곰곰이 생각해 봤죠. 그때 말을 피해 아이를 안고 집 안으로 들어간 사람은 과연 마르가레테였을까요, 아니면 사촌동생이었을까요? 오늘 있었던 일을 생각하면 생각할수록 신기하고 즐거워집니다. 이렇게까지 즐거운 일은 흔치 않겠죠. 하지만 난 아직 다 낫지 않았어요. 나도 잘 압니다. 지나치게 흥분하면 곤란하다는 것을요. 의사에게 이 흥분의 여운을 없애달라고 부탁해야겠어요."

이처럼 즐거운 사랑 이야기는 귀신 이야기와 닮은 데가 있다. 한번 얘기를 꺼내기 시작하면 다른 이야기들이 저절로 끝없이 쏟아져 나오니깐 말이다.

로타리오와 야르노와 빌헬름은 지난날을 돌아보며 사랑 얘기를 하느라 시간 가는 줄 몰랐다. 로타리오가 가장 애깃거리가 많았다. 야르노의 얘기는 하나같이 독특했다. 그리고 빌헬름이 해야 할 얘기는 이미 모두가 알고 있으리라. 그런데도 빌헬름은 누가 자신과 백작부인과의 일을 상기시킬까봐 조마조마했다. 그러나 그 일을 떠올린 사람은 아무도 없었다. 백작부인에 관한 이야기는 전혀 나오지 않았다.

로타리오가 다시 말문을 열었다.

"실은 말이죠. 한동안 절망적인 사랑의 아픔을 맛본 뒤 찾아오는 새로운 사랑의 기쁨만큼 마음을 가득 채워주는 것이 이 세상에 또 있을까 싶습니다. 하지만 이런 기쁨조차도 테레제 양과의 결혼에 비할 바는 아니죠. 만약 운명이 그때 나를 테레제 양과 이어주었더라면 이런 기쁨은 평생 단념하고 살 수 있었을 텐데. 우리는 언제까지나 젊은이로 남아 있을 수는 없습니다. 순진한 어린애로 있을 수가 없어요. 이 세상을 알고 이 세상에서 자신이 무엇을 해야 하며 무엇을 기대할 수 있을지 아는 남자라면, 당연히 좋은 여자와 결혼하고 싶어할 겁니다. 그 여자는 언제나 남편과 함께 일하며 그에게 필요한 모든 것을 꼼꼼히 챙겨주고, 남편이 어쩔 수 없이 포기한 일들을 넘겨받아 대신 마무리해 주며, 남편이 목표를 향해 똑바로 달려갈 수 있도록 여러 면에서 그 일을 도와줍니다. 나는 테레제 양이야말로 이런 여인이라 확신했고, 그녀와의 행복한 결혼 생활을 꿈꾸었어요. 그것은 환상 속의 행복한 천국이 아닙니다. 이 지상에 존재하는 확실한 삶의 낙원이지요. 테레제 양과 함께라면, 달콤한 행복에 잠겨 있더라도 생활의 질서를 잃지 않을 거예요. 그리고 제아무리 불행한 일이 닥쳐와도 용기를 가질 수 있을 테지요. 테레제 양은 아주 작은 일에도 관심과 배려를 아끼지 않아요. 그녀는 가장 위대한 것을 손에 넣을 수 있으면서도 필요하다면 그것을 다시 포기할 줄 아는 영혼의 소유자입니다! 역사상 위대했던 모든 남자들보다 더 훌륭하다고 여겨지는, 여자가 지닌 놀라운 소질을 나는 바로 테레제 양에게서 발견했습니다. 눈부시게 꽃핀 소질을요. 상황에 대한 날카로운 분별력, 어떤 경우에나 잘 대처하는 민첩함, 세세한 부분들에 대한 확실한 인식…… 이런 능력을 통해 테레제 양은 전체를 전혀 생각하지 않는 것 같으면서도 실제로는 늘 전체를 훌륭한 상태로 만들고 있거든요."

로타리오는 미소 띤 얼굴로 빌헬름을 쳐다보며 이야기를 계속했다.

"빌헬름, 당신은 내가 테레제 양을 너무도 사랑해서 아우렐리에 양을 떠날 수밖에 없었음을 이해하고 용서해 줄 테지요? 아마 당신도 느꼈겠지만 테레제 양과 함께라면 언제까지나 즐겁게 지낼 수 있을 것 같았어요. 하지만 아우렐리에 양과는 행복한 결혼생활을 기대조차 할 수 없었죠."

"내가 이곳에 온 이유를 말씀드려야겠군요. 사실 나는 남작님에 대해 그다지 좋은 생각을 품고 있지 않았습니다. 아니, 솔직히 말씀드리자면 매우 분노하고 있었습니다. 당신이 아우렐리에 양에게 했던 일들을 크게 따질 생각이었지요."

"비난을 받아도 어쩔 수 없죠. 나는 아우렐리에 양에 대한 우정을 사랑으로 바꿔서는 안 되었던 겁니다. 그녀는 존경할 만한 사람이었지만, 사랑과는 거리가 먼 여인이었어요. 애정을 불러일으키지도 못하고 지키지도 못했거든요. 그녀는 사랑할 때에도 전혀 사랑스럽지 않았어요. 그것은 어쩌면 여인으로서 가장 큰 불행이었을 겁니다."

빌헬름은 침통한 표정으로 그 말을 듣더니 입을 열었다.

"네, 그럴지도 몰라요. 우리가 비난받을 만한 행동을 할 때도 있듯이, 우리 생각이나 행동이 기묘하게도 자연스럽고 올바른 길에서 벗어날 때도 있는 법이지요. 그래도 우리에게는 반드시 지켜야 할 의무라는 것이 있습니다. 이제는 아우렐리에 양을 편하게 보내주어야 한다고 생각해요. 더 이상 서로를 비난하거나 죽은 사람을 탓하지 맙시다. 우리 함께 그녀의 죽음을 애도하는 마음으로 그녀의 무덤에 가서 꽃을 뿌리면 어떨까요? 그런데 그 불쌍한 어머니가 잠들어 있는 무덤에다 맹세코 당신에게 하나 물어보고 싶은 것이 있습니다. 어째서 당신은 그 사랑스런 아들을 그대로 버려둔 채 데려오지 않는 거죠? 누가 봐도 기뻐할 아들인데 말입니다. 당신은 참으로 순수하고 다정하신 분이잖습니까. 그런데 어떻게 아버지로서의 정을 그토록 철저하게 부정할 수 있는 겁니까? 그렇게 귀여운 아이한테 아무 관심도 없으신가요? 그 아이가 얼마나 사랑스러운데……."

"네? 무슨 말이죠? 대체 누구 얘기를 하는 건가요?"

로타리오가 물었다.

"당신과 아우렐리에의 아들 말예요! 그 귀여운 아이에게 모자란 것은 딱 하나예요. 바로 상냥한 아버지의 보호지요. 그것만 있으면 그 애는 더할 나위 없이 행복해질 겁니다."

"맙소사, 정말 어처구니가 없군요!"

로타리오가 큰 소리로 외쳤다. 그리고 말을 이었다.

"아우렐리에에게 아들이 있다고요? 처음 듣는 얘기인데요. 심지어 내 아들이라니…… 그런 건 전혀 몰랐지만, 만일 알았더라면 당신이 말하지 않아도 데려 왔겠지요. 하지만 그게 아니어도 나는 그 아이를 기꺼이 맡아 기르고 싶습니다. 그녀가 남긴 마지막 선물이니까요. 그런데 그 애가 진짜 내 아들입니까? 그녀가 그러던가요? 그 애가 자기 자식이라고, 또 내 자식이라고?"

"아우렐리에 양에게 직접 들은 바는 없습니다만, 나는 당신 아이라고 생각했습니다. 지금까지 한 번도 의심해 본 적이 없어요."

"아, 그 일이라면 내가 좀 설명해 드릴 수 있을 것 같은데요."

옆에서 가만히 듣고만 있던 야르노가 끼어들었다.

"빌헬름 당신이 몇 번인가 만났던 그 노파가 아이를 데려온 겁니다. 아우렐리에는 그 아이를 맡아 기름으로써 마음의 평안을 찾으려고 했던 거죠. 물론 그 바람대로 아이는 그녀의 큰 기쁨이 되었고요."

그 이야기를 듣고 빌헬름은 어쩔 줄 몰라 했다. 갑자기 착하고 귀여운 미뇽과 펠릭스의 얼굴이 또렷이 떠올랐다. 그는 이 아이들을 딱한 처지에서 구할 방법이 없겠느냐고 물었다. 이에 로타리오가 대답했다.

"간단한 해결책이 있지요. 여자아이는 테레제 양에게 맡기는 게 좋겠어요. 그녀보다 더 그 애를 잘 돌볼 수 있는 사람은 아마 없을 테니까요. 그리고 남자아이는 빌헬름 당신이 맡는 게 어때요? 여자가 미처 가르치지 못하는 것도 성인 남자가 곁에 있으면 남자아이는 저절로 다 배우거든요."

"내 생각인데요. 빌헬름 씨, 연극을 그만두는 게 어떻습니까? 당신은 말이죠, 배우로서는 재능이 없어요."

야르노의 그 말에 빌헬름은 너무나 흥분한 나머지 이성을 잃을 뻔했다. 배우로서의 자존심에 크게 상처를 받았기 때문이다.

"이왕이면 좀더 친절을 베푸셔서 나를 격려해 주실 순 없나요? 물론 그것도 달갑지 않은 친절입니다만, 배우는 내 꿈이거든요."

빌헬름은 끓어오르는 분노를 애써 억누르고 억지웃음을 지으며 대꾸했다.

"아뇨. 그 문제는 잠시 제쳐두고, 먼저 아이들을 데려오는 게 어떨까요? 아무튼 다 잘될 겁니다."

야르노가 말했다.

"네. 나도 그러려고 했습니다. 안타까운 운명을 지닌 펠릭스가 어찌 지내는지 걱정되기도 하고 미뇽이 보고 싶기도 해서요. 미뇽은 신기할 만큼 나를 잘 따른답니다."

마침내 빌헬름의 말대로 하루빨리 아이들을 만나러 가야 한다는 쪽으로 모두 뜻을 모았다. 다음 날 빌헬름은 떠날 채비를 마쳤다. 말에 안장도 얹어놓았다. 이제 로타리오에게 인사하는 일만 남았다. 어느새 식사 시간이 되자 사람들은 여느 때처럼 집주인을 기다리지 않고 먼저 자리에 앉았다. 로타리오는 꽤 늦게 들어와 그들 옆에 앉았다. 그때 야르노가 말했다.

"내기를 해도 좋습니다만, 남작님은 또다시 자신의 다정한 마음씨를 시험해 보신 것 같군요. 옛 애인을 다시 보고 싶다는 욕망을 이겨내지 못하셨나 봅니다."

"네, 맞아요!"

로타리오가 대답했다.

"어떠셨는지 얘기해 주시지 않겠습니까? 정말 궁금하군요."

"솔직히 말해, 어제 일이 자꾸 생각나더군요. 그래서 다시 한 번 찾아가서 본인을 만나보고 싶어졌어요. 어제 본 마르가레테의 젊어진 모습이 내 마음속에 무척 즐거운 환상을 심어줬거든요. 그래서 가보니까 문 앞에서 아이들이 놀고 있었어요. 아이들을 방해하면 안 되겠다 싶어서 좀 떨어진 곳에 말을 세워둔 채 집 안으로 걸어 들어갔지요. 그런데 그토록 만나고 싶었던 마르가레테가 내 쪽으로 걸어 나오지 않겠어요! 그래요, 다름 아닌 마르가레테였어요. 아주 많이 변한 모습이었지만 나는 한눈에 알아볼 수 있었죠. 전보다 살이 쪘고 키도 좀 큰 것 같더군요. 침착한 태도에서 우아함이 언뜻언뜻 드러났어요. 밝고 쾌활하던 성격은 조용히 생각에 잠긴 모습으로 바뀌었고요. 가볍게 꼿꼿이 들고 다니던 고개도 조금 수그러졌고, 이마엔 가늘긴 하지만 주름살도 잡혀 있었어요.

마르가레테는 나를 보더니 눈을 내리깔았습니다. 그러나 얼굴을 붉히지도 않았을 뿐더러 흥분하지도 않았어요. 그녀와 가볍게 악수를 나눈 뒤, 남편도 함께 왔느냐고 물었더니 아니라고 하더군요. 또 내가 아이들에 대해 궁금해하자, 마르가레테는 문께로 가서 아이들을 불렀어요. 그랬더니 어디에 있었는지 아이들이 우르르 몰려나와 어머니를 둘러싸는 게 아니겠어요! 아이를 품에 안고 있는 그녀가 어찌나 아름답던지! 수많은 아이들 속에 파묻힌 그녀가 한없이 존경스럽기까지 했어요. 딱히 할 말이 떠오르지 않아 아이들 이름을 물어보기도 했지요. 마르가레테도 눈치를 챘는지 아버지가 곧 돌아오실 거라며 안쪽으로 안내해 주더군요. 안쪽 방은 옛 모습 그대로였어요. 게다가 놀랍게도, 지난날 마르가레테와 꼭 닮은 아름다운 사촌동생이 그 옛날 내 애인과 똑같은 자세로 물레 앞 의자에 걸터앉아 있는 게 아니겠어요! 그런데 또 그녀를 쏙 빼닮은 어린 딸이 뒤따라 들어오는 거예요. 그때 내 마음이 어땠는지는 아무도 모를 겁니다. 마치 꽃과 열매가 단계별로 빽빽이 늘어서서 자라고 있는 오렌지 밭에 온 것 같았어요. 과거와 미래 사이의 기묘하기 이를 데 없는 현실에 발을 딛고 있는 기분이었죠. 사촌동생은 차를 내오겠다며 방을 나갔습니다. 나는 한때 온 마음을 다해 사랑했던 여인에게 손을 내밀며 이렇게 말했어요. '다시 만나게 되어 정말 기쁘군요.' '그렇게 말씀해 주시니 감사합니다. 나도 얼마나 기쁜지 모르겠어요. 평생에 단 한 번만이라도 당신을 다시 만나고 싶었어요.' 마르가레테는 흥분하지도 않고 침착한 목소리로 아주 자연스럽게 말했어요. 한때 내 마음을 그토록 설레게 했던 그 자연스러움이었죠. 이윽고 사촌동생이 방으로 들어오고, 그녀의 아버지도 돌아왔습니다. 내가 어떤 기분으로 그곳에 있었고, 어떤 기분으로 그곳을 나왔는지는 여러분의 상상에 맡기기로 하지요."

제8장

도시로 돌아오는 동안 빌헬름은 그가 알고 있거나 소문으로 들은 훌륭한 여성들을 떠올려 보았다. 행복한 일은 별로 없고 슬프고 힘든 그 여인들의 운명을 생각하니 왠지 마음이 아팠다. 그는 큰 소리로 혼잣말을 했다.

"아, 가엾은 마리아네! 앞으로 당신에 대해 또 무슨 소식을 듣게 될까? 그리고 나의 아름다운 여전사, 나의 고귀한 수호신…… 나는 그대에게 많은 도움을 받았지요. 나는 언제나 그대를 그리워하는데 아직도 만나지 못했군요. 그런데 언젠가 그대를 만났을 때 그대가 다른 여인들처럼 불행을 겪고 있으면 어쩝니까!"

도시에 도착한 빌헬름이 숙소에 갔더니 아는 사람이 하나도 없었다. 다들 무대 연습을 하고 있는 걸까 싶어 극장으로 가보았다. 그런데 그곳도 쥐 죽은 듯이 고요했다. 덧문이 열려 있기에 무대로 올라가 보았더니 아우렐리에의 늙은 여종이 삼베로 무대의상을 만들고 있었다. 노파는 자기 손놀림이 겨우 보일락 말락 한 불빛 아래에서 바느질에 마음을 쏟느라 누가 오는 줄도 몰랐다. 펠릭스와 미뇽은 그 노파 옆에 얌전히 앉아 있었다. 두 아이는 책 한 권을 들고 있었다. 미뇽이 소리 내어 읽으면 펠릭스가 따라 읽었다.

아이들은 벌떡 일어나 빌헬름에게 인사했다. 그는 두 아이를 꼭 껴안고는 늙은 여종에게 다가갔다.

"당신이 이 아이를 아우렐리에에게 데려다주었소?"

빌헬름은 진지한 얼굴로 여종에게 물었다. 그제야 늙은 여종은 일감에서 눈을 떼고 빌헬름을 쳐다보았다. 그는 불빛에 비친 그 얼굴을 보고 깜짝 놀라 몇 발짝 뒤로 물러섰다. 그 사람은 다름 아닌 바르바라 할멈이었다.

"마리아네는 어디에 있습니까?"

빌헬름이 소리를 질렀다.

"아주 먼 곳에 있습니다."

"그럼, 펠릭스는 도대체 누구죠?"

"너무나 진실하고 다정했던 그 불행한 아가씨의 아들이지요. 당신 때문에 우리가 얼마나 많은 고생을 했는지 당신은 영원히 모르는 편이 나을 겁니다. 당신에게 드릴 이 보물이 우리를 불행하게 했던 만큼, 이제는 당신을 행복하게 해주었으면 하는 마음뿐이에요."

노파가 일어나서 밖으로 나가려 하자 빌헬름이 얼른 붙잡았다. 노파가 조용히 말했다.

"달아나려는 게 아니에요. 증거물을 가져오려는 거죠. 그걸 보면 아마 기쁨과 슬픔을 함께 느끼실 거예요."

노파가 나가자 빌헬름은 불안해하면서도 한편으론 기쁜 마음으로 펠릭스를 바라보았다. 정말로 이 아이가 자기 아들인가 생각했다.

"펠릭스는 당신 아들이에요! 당신 아들이라고요!"

미뇽이 큰 소리로 말하며 펠릭스를 빌헬름의 무릎에 앉혔다. 얼마 뒤 노파가 편지 한 통을 가져와 빌헬름에게 건네줬다.

"마리아네 아가씨가 마지막으로 남긴 겁니다."

"마리아네가 죽었단 말이오?"

빌헬름이 소리쳤다.

"네, 죽었어요. 이제 와서 누굴 탓하겠습니까만……."

빌헬름은 큰 충격을 받았다. 마음이 몹시 어수선해졌다. 잠시 뒤 그는 떨리는 손으로 편지 봉투를 뜯었다. 그러나 첫 문장을 읽기도 전에 슬픔이 북받쳐 편지를 툭 떨어뜨리고 벤치에 쓰러져 버렸다. 한동안 꼼짝도 할 수 없었다. 미뇽이 가까이 붙어서 그를 돌보려고 애썼다. 펠릭스는 떨어진 편지를 주워 들더니 미뇽의 손을 잡아끌었다. 읽어달라고 자꾸만 보챘다. 미뇽은 펠릭스의 고집을 당해낼 재간이 없어 아이 곁에 앉아 편지를 읽기 시작했다. 펠릭스는 아까처럼 미뇽이 하는 말을 고스란히 따라했다. 그래서 빌헬름은 마리아네의 편지를 두 번씩 들어야 했다.

'언젠가 당신이 내 편지를 읽게 되신다면, 부디 당신의 연인을 불쌍히 여겨주세요. 나는 당신을 사랑함으로써 기꺼이 죽음을 받아들입니다. 아직 태어난 지 며칠밖에 안 된 갓난아이를 두고 떠나가야 한다니, 눈물이 앞을 가립니다. 이 아이는 당신 아들이에요. 겉으로 드러난 정황이야 어떻든지, 나는 오직 당신만을 향한 순결한 사랑을 지켰어요. 그런데 당신을 잃으면서 나는 나를 이 세상에 묶어두던 모든 것을 잃어버렸습니다. 그래도 아이가 건강하다니 안심하고 눈을 감을 수 있습니다. 자세한 얘기는 바르바라 할멈에게 들어주세요. 그녀를 나무라진 마세요. 이제는 작별 인사를 해야겠네요. 잘 있어요. 부디 나를 잊지 말아주세요.'

얼마나 가슴 아픈 편지인가! 조금은 수수께끼 같은 구석이 있어서 오히려 위로가 되기도 했지만, 아이들이 그 내용을 더듬거리며 한 문장 한 문장 되풀이해 읽는 바람에 더더욱 가슴이 미어졌다.

"이제 아시겠어요?"

빌헬름의 마음이 가라앉기도 전에 바르바라가 입을 열었다.

"그토록 착한 아가씨를 잃었지만 귀여운 아드님을 얻었으니 하느님께 감사해야죠. 그 착한 아가씨는 끝까지 당신을 위해 정조를 지켰어요. 당신을 위해 모든 것을 희생하고 크나큰 불행에 빠져버렸죠. 그런 속사정을 다 알면 아마도 당신은 이루 말할 수 없는 고통을 맛보게 될 거예요."

그 말을 듣고 빌헬름이 소리쳤다.

"슬픔과 기쁨의 잔을 한꺼번에 죽 들이켜게 해주시오! 마리아네가 더없이 훌륭한 여인이었다는 것을, 내 사랑과 존경을 받기에 합당한 여인이었다는 것을 내가 믿어도 되겠소? 아니, 믿게 해주겠소? 내가 단 하나밖에 없는 소중한 사람을 잃어버렸다고…… 그 고통을 맛보게 해주시오."

"지금은 안 됩니다. 나로서도 어쩔 수 없어요. 해야 할 일도 있고, 또 우리가 함께 있는 모습을 남들에게 들키고 싶지 않거든요. 저, 펠릭스가 당신 아들이란 사실도 비밀로 해주세요. 내가 여태껏 거짓말을 했다는 걸 알면 모두들 가만있지 않을 테니까요. 미뇽은 걱정하지 않아도 돼요. 영리하고 입이 무거운 아이랍니다."

"나는 전부터 알고 있었지만 말하지 않았어요."

미뇽이 그렇게 말하자 바르바라가 깜짝 놀라 물었다.

"미뇽, 어떻게 알았지?"

"어디서 들었니?"

빌헬름도 물었다.

"성령님이 알려주셨어요."

"어떤 식으로? 어디서?"

"아치문 근처에서요. 하프 타는 할아버지가 칼을 뽑았을 때, 어디선가 '그 애 아버지를 불러오라'는 목소리가 들렸어요. 그때 직감적으로 그게 당신인 줄 알았죠."

"도대체 누가 그런 말을 했니?"

"몰라요. 마음속에서, 머릿속에서 들렸어요. 그때 난 너무 무서워서 덜덜 떨며 기도했거든요. 그랬더니 어디선가 목소리가 들려와서 알아챈 거예요."

빌헬름은 미뇽을 꼭 안아주었다. 그리고 그녀에게 펠릭스를 잘 돌봐달라는 말을 남기고 극장을 나왔다. 비로소 그는 미뇽이 전보다 훨씬 창백해지고 몸도 여위었다는 사실을 깨달았다.

그는 아는 사람들 가운데 멜리나 부인을 가장 먼저 만났다. 부인은 무척 살갑게 인사했다.

"아! 빌헬름. 무슨 일이든 당신이 기대한 대로 되었다면 좋으련만!"

"기대라고요? 나는 아무것도 기대하지 않아요. 내가 없어도 모든 일이 잘되어 가고 있다고 솔직히 말해도 괜찮습니다."

"어째서 우리 곁을 떠난 거죠?"

"내가 없어도 세상일이 잘 돌아간다는 사실을 빨리 깨닫는 편이 낫기 때문이지요. 우리는 자기 자신을 과대평가하기 쉽지요. 자신이 소속된 단체를 자기 혼자서 떠받친다고 생각해요. 자기가 없어지면 다른 사람들이 잘 살지도 먹지도 숨 쉬지도 못 할 거라고 믿는다니까요. 하지만 다른 사람들은 그가 없어진 것조차 모를 거예요. 빈자리는 누군가에 의해 쉽게 채워지니까요. 하물며 떠난 사람보다 새로 온 사람이 더 높이 평가받지는 못할망정 더 사랑받는 경우가 많단 말이죠."

"그래도 그동안 같이 지냈던 사람들이 슬퍼할 텐데요. 그건 생각하지 않아도 되나요?"

"그들도 금세 현실에 적응할 겁니다. '지금 있는 곳에서 할 수 있는 일을 하자. 열심히 일하면서 다른 사람들과 어울려 지금 이 순간을 즐기며 사는 거야!' 이렇게 말할지도 모르죠."

자세한 사정을 들어보니 빌헬름이 예상한 대로였다. 이미 오페라가 시작되어 관객들의 주목을 끌고 있었다. 빌헬름이 맡았던 배역은 이제 라에르테스와 호레이쇼가 맡고 있었는데, 이 둘은 빌헬름보다도 훨씬 호평을 받는 듯했다.

마침 라에르테스가 들어오자 멜리나 부인이 큰 소리로 말했다.

"있죠, 저분 좀 보세요. 정말 복도 많아요. 저분은 머지않아 자본가가 아니면 어떤 큰 인물이 될 거예요."

빌헬름은 그와 포옹하며 인사를 나누었는데, 아주 좋은 천으로 된 윗옷을 입었음을 감촉으로 느낄 수 있었다. 다른 옷가지들도 화려하진 않지만 최고급 천으로 된 것들이었다.

"이게 어찌 된 일입니까?"

빌헬름이 무척 궁금하다는 듯이 물었다.

"뭐, 천천히 얘기하기로 하죠. 드디어 내 방황의 길에도 볕이 들기 시작했나 봅니다. 어느 규모가 큰 상점 주인이, 내가 이리저리 방황하며 얻은 끼와 지식과 인맥을 이용해 큰돈을 벌었어요. 그래서 나도 그 이익을 분배받았죠. 이 기회에 여자에 대한 신뢰도 얻을 수 있다면 아낌없이 돈을 쓸 텐데. 실은 그 상점 주인한테 어여쁜 조카딸이 하나 있거든요. 그러니까 내가 마음만 먹으면 그녀와 결혼해서 엄청난 부자가 될 수도 있다는 거죠."

"저, 아마 모르시겠지만, 당신이 없는 동안 제를로가 아름다운 엘미레와 정식으로 결혼을 했어요. 엘미레의 아버지가 몰래 숨어서 사귀는 걸 허락하지 않았거든요."

멜리나 부인이 알려주었다. 이어서 그들은 빌헬름이 떠나 있는 동안 일어난 여러 가지 일들에 대해 이야기했다. 빌헬름은 이미 이곳엔 자기 자리가 존재하지 않는다는 사실을 깨달았다.

그는 바르바라가 오기만을 애타게 기다렸다. 그 노파는 밤이 깊어지면 찾아오겠다고 말했었다. 모두가 잠든 다음에 찾아갈 테니, 마치 젊은 아가씨가 애인 집에 몰래 숨어들기로 약속했을 때처럼 마음의 준비를 하라는 것이었다. 빌헬름은 노파를 기다리는 동안 마리아네의 편지를 백 번은 더 읽었다. 그는 사랑하는 여인이 쓴 '순결'이란 단어에 무한한 기쁨을 느꼈고, 그녀의 죽음을 예고하는 부분에서는 두려움을 느꼈다. 하지만 마리아네는 죽음을 두려워하지 않은 것 같았다.

자정이 지났을 때 반쯤 열린 문에서 바스락거리는 소리가 났다. 바르바라가 작은 바구니를 들고 안으로 들어왔다.

"그럼 우리가 이제까지 겪어온 고통에 대해 얘기할게요. 어차피 당신은 그 얘기를 들어도 눈썹 하나 까딱하지 않을 테지만요. 당신은 다만 자신의 호기심을 만족시키기 위해 초조하고 불안한 마음으로 내가 오길 기다린 거잖아요. 우리 마음이 찢어지도록 아팠을 때에도, 지금도…… 당신은 얼음같이 차가운 이기심으로 온몸을 감싸고 있으니까요. 자, 생각해 보세요. 행복했던 그날 밤을. 나는 샴페인 병을 꺼내고, 이렇게 세 개의 잔을 탁자 위에 올려놓았지요. 당신은 순진한 어린 시절 얘기로 우리를 속여 깊은 잠에 빠지게 했어요. 그럼 오늘은 내가 슬픈 진실을 얘기해서 당신 눈을 번쩍 뜨이게 해드리지요."

빌헬름은 바르바라가 병을 따서 세 개의 잔에 샴페인을 채우자, 무슨 말을 해야 좋을지 몰랐다.

"드세요!"

바르바라는 거품이 이는 술잔을 단숨에 비우고 말했다.

"김이 빠지기 전에 어서 드세요! 그리고 이 세 번째 잔은 불행한 마리아네 아가씨를 위해 마시지 말고 그냥 거품이 날아가게 놔둡시다. 그날 밤 마리아네 아가씨가 당신을 위해 잔을 들었을 때 그 입술은 얼마나 붉고 탐스러웠던가요! 아, 그런데…… 지금은 싸늘하게 굳어 말이 없군요."

"이 마녀! 미친 할망구 같으니라고!"

빌헬름은 소리를 지르며 자리에서 벌떡 일어났다. 그러고는 주먹으로 탁자를 쾅 내리쳤다.

"귀신이라도 들렸어? 도대체 나한테 왜 이러는데? 안 그래도 마리아네가 고통받다 죽었다는 소식을 듣고 괴로워서 미칠 지경인데, 내 아픔은 아무것도 아니란 말인가? 이런 지독한 술수까지 써서 나를 더 심하게 괴롭혀야겠어? 제사상 앞에서도 술을 퍼마시며 떠들어대는 이 주정뱅이야! 그래, 어디 한번 실컷 마시고 떠들어봐! 난 예전부터 당신이 마음에 안 들었어. 당신 얼굴을 보고 있으면, 당신과 늘 함께 있던 마리아네까지 저절로 의심스러워진다고."

"진정해요. 나를 화나게 하지 마세요. 당신은 우리에게 엄청난 빚을 졌다고요. 그런데 지금 채무자가 채권자를 욕하는 겁니까? 주제도 모르시니 애석하기 그지없습니다. 하지만 당신 말이 옳을지도 몰라요. 내가 간단히 몇 마디만 해도 당신은 충분히 괴로울 테니까요. 좋아요. 그럼 마리아네 아가씨가 끝까지 당신의 여인으로 남기 위해 어떻게 몸부림치며 견뎌냈는지 들어보시지요."

"나의 여인? 무슨 터무니없는 이야기를 꾸며내려는 거지?"

빌헬름이 소리를 질렀다.

"내 말을 끊지 마세요. 이야기를 다 듣고 나서 믿든지 말든지, 당신 마음대로 하세요. 당신이 믿건 말건 이제는 아무 상관없으니까요. 우리를 마지막으로 만났던 그날 밤, 혹시 종이쪽지를 발견하고 가져가지 않았나요?"

"맞아. 집에 도착해서야 알았지. 열정에 휩싸여 스카프를 확 낚아채서 주머니에 넣었는데, 그 속에 끼어 있더군."

"거기에 뭐라고 적혀 있었죠?"

"다음에는 이번보다 더 상냥하게 대해 줬으면 한다고, 마음이 상한 애인이 부탁하는 내용이었어. 당신들은 그 부탁을 들어주었지. 그 남자가 새벽녘에 마리아네 집에서 나가는 걸 내 눈으로 똑똑히 봤으니까."

"그래요. 당신이 그 남자를 봤을 수도 있겠죠. 하지만 그날 밤 실제로 무슨 일이 벌어졌는지 당신은 이제야 알게 될 겁니다. 그때 마리아네 아가씨가 얼마나 슬퍼했는지, 그리고 내가 얼마나 분노했는지 말입니다. 사실대로 말씀드리지요. 무언가를 부정하지도 꾸미지도 않을 겁니다. 나는 노어베르크라는 남자에게 몸을 허락하도록 마리아네 아가씨를 설득했어요. 결국 아가씨도 내 뜻을 받아들였지요. 아니, 싫어하면서도 내가 하라는 대로 해주었어요. 노어베르크 씨는 부자인 데다 아가씨한테 홀딱 빠져서 쉽게 떠날 사람으로 보이지 않더군요. 하지만 그는 곧 여행을 떠나야 했고, 그가 떠난 뒤에 아가씨는 당신을 만난 겁니다. 아, 그 바람에 내가 얼마나 참아야 했는지, 아가씨를 말리려고 얼마나 애를 썼는지…… 아가씨는 내 앞에서 자꾸만 울었어요.

'아아…… 할멈이 한 달만 더 내 청춘과 순결을 아껴주었더라면, 나는 내가 꿈에 그리던 상대를 만나 사랑하면서 그에게 어울리는 상대가 되었으련만. 마지못해 딴 남자에게 억지로 팔아넘겼던 것을 평온한 마음으로 사랑하는 이에게 기꺼이 바칠 수 있었을 텐데……'

마리아네 아가씨는 당신을 만나고 나서 완전히 사랑에 빠지고 말았어요. 그 결과 당신이 행복했는지 어땠는지는 묻지 않겠습니다. 나는 아가씨의 생각을 내가 원하는 쪽으로 끌고 갈 수 있었어요. 아가씨가 바라는 조그마한 일들쯤은 얼마든지 만족시켜 주는 방법을 알고 있었으니까요. 하지만 아가씨 마음까지 내 맘대로 할 순 없었어요. 아가씨가 진심으로 싫어하면 그것으로 끝이었죠. 아가씨는 자기 마음에 들지 않으면 내가 해주는 일이나 권하는 일을 결코 받아들이지 않았어요. 다만 고집 센 마리아네 아가씨도 지독한 가난만큼은 견디지 못했습니다. 그런데 얼마 지나지 않아 돈이 바닥나고 말았어요. 어렸을 적엔 모자란 것 하나 없이 넉넉한 환경에서 자랐는데, 이런저런 사정으로 인해 집안 형편이 어려워졌거든요. 가엾은 아가씨는 사치스런 생활에 익숙해진 나머지 무슨 원칙 같은 것을 가슴에 새기고 있었어요. 그런 원칙은 아가씨를 도와주기는커녕 불안의 씨앗이 되고 말았습니다. 아가씨는 세상 물정 모르는 천진무구한 소녀였어요. 돈을 내지 않으면 물건을 살 수 없다는 것조차 몰랐으니까요. 아가씨의 유일한 걱정거리는 바로 빚이었어요. 늘 받는 것보다는 주는 것을 더 좋아했거든요. 그러다가 사소한 빚이 어느새 눈덩이처럼 불어나서, 빚을 갚기 위해 어쩔 수 없이 몸을 팔게 된 거지요."

"그럼 당신은? 그 상황에서 어떻게 해볼 순 없었나?"

빌헬름이 호통을 쳤다.

"어떻게 해볼 수도 있었겠죠. 굶주림과 가난이 주는 고통을 각오했더라면 말이지요. 하지만 그런 건 딱 질색이거든요!"

"이런 못된 뚜쟁이 할망구 같으니라고! 그래서 가엾은 마리아네를 희생양으로 삼은 건가? 배불리 먹고 마시기 위해 그 여자를 팔았던 거야?"

"그만 진정하세요. 그렇게 호통치고 싶거든 당신네 같은 사람들이 살고 있는 저 웅장하고 멋진 저택들에 한번 가보시지요. 천사같이 귀여운 딸들을 부잣집 남자에게 시집보내려고 혈안이 된 부인들이 한 무더기는 될 테니까요. 아무리 형편없는 놈이어도 돈만 많으면 된다는 식이죠. 가엾은 딸들은 앞으로 어떻게 될지 몰라 불안과 두려움에 떨고 있다니까요. 세상일에 밝은 여자친구가 '결혼만 하면 네 몸도 마음도 네 뜻대로 할 수 있다'고 가르쳐 주기 전까지는 말예요."

"조용히 해! 남들도 똑같이 잘못했다고 해서 당신이 저지른 죄가 없어지진 않아! 횡설수설하지 말고 꼭 해야 할 말만 하라고!"

"그럼 당신도 흥분을 가라앉히고 내 이야기를 들어보세요! 마리아네 아가씨는 내 말을 듣지 않고 결국 당신에게 몸을 허락했어요. 이 일에 대해선 당신도 할 말이 없으실 테죠. 드디어 노어베르크 씨가 돌아왔어요. 그는 서둘러 마리아네 아가씨를 만나러 왔죠. 그런데 아가씨는 아주 쌀쌀맞게 그를 대했고 키스도 허락하지 않았어요. 나는 어떻게든 이 위기를 벗어나려고 갖은 방법을 다 썼습니다. 아가씨가 얼마 전에 고해신부님 말씀을 듣고 양심의 가책을 느껴서 그러는 거니까 지금은 그냥 아가씨 뜻을 존중하자. 시간이 지나면 괜찮아질 거다. 이러면서 겨우 그를 집으로 돌려보냈어요. 그리고 최선을 다해 아가씨를 설득하겠다고 약속했죠. 노어베르크 씨는 돈 많고 무식한 사람이었지만 본바탕은 착했어요. 그리고 무엇보다 아가씨를 진심으로 사랑했죠. 그가 내 말대로 꼭 참고 기다리겠다고 말해 주어서 나도 그가 상처받지 않도록 더욱더 애썼습니다. 하지만 아무리 아가씨를 설득해도 소용없었어요. 결국 나는 집을 나가겠다고 거의 협박하다시피해서 아가씨로 하여금 그에게 편지를 쓰게 했어요. 그날 밤 집에 오도록 말이에요. 그런데 그날 당신이 와서 스카프와 함께 노어베르크 씨의 답장까지 들고 간 거예요. 당신이 불쑥 찾아오는 바람에 내 계획은 물거품이 되고 말았습니다. 당신이 떠나고 나서 한바탕 소동이 벌어졌어요. 아가씨가 당신을 배신할 수 없다며 미친 듯이 날뛰는 바람에 나도 그만 마음이 흔들리고 말았답니다. 아가씨가 너무 불쌍했거든요. 그래서 오늘은 적당한 핑계를 대서 노어베르크 씨를 그냥 돌려보낼 테니 걱정하지 말라며 아가씨를 잘 타이른 뒤 잠자리에 들도록 했어요. 아가씨는 내 말을 믿을 수 없었던지 옷을 입은 채 침대에 누웠죠. 하지만 언제나처럼 흥분해서 울다 지쳐 어느새 잠이 들었어요.

이윽고 노어베르크 씨가 오셨습니다. 나는 얼른 그를 붙들고 사정을 설명했어요. 아가씨가 느끼는 양심의 가책과 후회를 한껏 부풀려 암울하게 묘사했죠. 그런데도 그는 아가씨 얼굴만이라도 한번 볼 수 없겠느냐며 애원을 했어요. 나는 그 간절한 부탁을 거절할 수 없어 아가씨에게 마음의 준비를 시키려고 안쪽 방으로 들어갔습니다. 그런데 그가 다짜고짜로 따라 들어온 거예요. 우리 둘은 나란히 아가씨 침대 앞에 서게 되었지요. 인기척이 느껴졌는지 아가씨가 눈을 번쩍 뜨더니 소스라치게 놀라며 벌떡 일어나 우리 팔을 뿌리치고 달아났어요. 처음엔 간절하게 부탁하기도 하고 또 섬뜩한 말로 위협하기도 하더니, 결국 조금도 물러서지 않겠다고 맹세하는 게 아니겠어요. 게다가 당신과의 사랑 이야기도 두세 마디 흘렸지만, 불쌍한 노어베르크 씨는 그게 무슨 말인지 못 알아듣는 눈치였어요. 그냥 종교적인 의미로 해석한 것 같았죠.

마침내 그가 방에서 나가자 아가씨는 그대로 방에 틀어박혀 버렸습니다. 나는 그 일로 꽤 오랫동안 그를 붙들고 변명을 늘어놓았어요. 지금은 아가씨가 임신해서 그런 거니까 당신이 너그러운 마음으로 이해해 달라고 했지요. 그는 아버지가 된다는 말에 금세 밝은 얼굴로 아들이었으면 좋겠다며 감격스러워했어요. 그리고 아가씨가 원하는 일은 뭐든지 다 들어주겠다고 했고요. 그녀를 불안하게 하거나 흥분시키면 안 되니까 잠시 여행을 떠나 있겠다고 약속까지 했죠. 이런 까닭으로 그가 새벽녘에 우리 집에서 나갔던 거예요. 그때 몰래 숨어서 지켜보던 당신이 이 세상에서 가장 행복한 놈이라고 여겼던 그 연적의 속마음을 꿰뚫어 볼 수 있었더라면, 아마 더할 나위 없는 행복을 얻으셨을 겁니다. 하지만 슬프게도 당신은 그 사람의 모습을 보고 절망에 빠져버렸지요."

"그게 사실인가?"

"그럼요. 물론이죠. 당신을 절망에 빠뜨릴 다음 이야기도 사실이고요. 다음 날 아침에 있었던 일을 당신에게 그대로 전한다면 당신은 분명 고통스러워할 거예요. 아가씨는 매우 활기차게 잠자리에서 일어났어요. 그리고 아주 상냥하게 나를 부르더니 더없이 따뜻한 목소리로 고맙다 인사하며 나를 힘껏 안아주었어요. 그러고는 거울 앞에 서서 함빡 미소를 지으며 말했어요.

'이제 나는 나를, 내 모습을 즐길 수 있게 되었어. 나는 내 모습을 찾았고, 내가 사랑하는 단 한 사람의 여자가 된 거야. 아, 나 자신을 이긴다는 게 이렇게 기쁜 일이구나! 그 사람이 바라는 내가 될 수 있다니! 이보다 행복한 일이 또 있을까? 정말 고마워, 할멈. 그 놀라운 꾀와 분별력을 이용해서 나를 위해 그토록 애써주다니! 앞으로도 쭉 내 편으로서 내가 제대로 행복해지도록 도와줘!'

나는 그 말에 거스르지 않고 동의했어요. 되도록 아가씨를 자극하지 않으면서 듣기 좋은 말로 기분을 맞췄지요. 아가씨는 정말로 다정하게 나를 꼭 껴안아 주었어요. 만일 아가씨가 잠깐이라도 창가에서 멀어지게 되는 일이 있으면 내가 대신 거기서 지켜봐야 했지요. 당신이 그 길을 지나갈 테니까 최소한 그 모습이라도 봐야 한다는 거예요. 그렇게 아가씨는 하루 내내 안절부절못하고 있었습니다. 밤이 되면 당신이 평소에 들르던 시간에 꼭 오실 거라고 믿었지요. 나는 일찌감치 계단까지 나가서 귀를 기울이고 있었어요. 그렇게 한참 기다리다 지쳐 다시 아가씨 방으로 갔죠. 그런데 놀랍게도 아가씨가 장교복을 입고 있지 뭐예요. 믿을 수 없을 만큼 명랑하고 매력적인 모습이었어요.

'오늘은 남자 옷을 입어도 괜찮지 않을까? 꽤 용감하게 싸웠거든. 우리가 처음 만났던 시절의 내 모습을 그에게 보여주고 싶어. 그때처럼 다정하게, 그때보다 더 자유롭게 그를 끌어안고 싶어. 내가 결단을 내리지 못하고 과거에 얽매여 있던 때보다는 이제 훨씬 더 그 사람에게 어울리는 여자가 된 거잖아? 하지만……'

아가씨는 잠깐 생각하고 말을 이었어요.

'아직 나는 완전히 승리한 게 아니야. 그에게 어울리는 사람이 되어 진정한 사랑을 이루기 위해서는 좀더 단호하게 행동할 필요가 있어. 먼저 지금까지 있었던 일을 그에게 다 밝힐 거야. 그리고 그가 나를 계속 사랑할지, 버릴지는 그의 뜻에 맡기는 거지. 그것은 그를 위해서도 나를 위해서도 각오해야 할 일이야. 만일 그가 나를 버린다면 나는 다시 혼자가 되어 벌을 받으면서 거기서 위안을 얻고, 그 가혹한 운명을 순순히 따를 거야.'

이런 생각을 하며 한 가닥 희망을 붙잡고 아가씨는 당신을 기다렸습니다. 하지만 당신은 끝내 오지 않으셨지요. 아아, 아가씨가 당신을 얼마나 간절히 기다렸는지…… 얼마나 희망에 차 있었는지…… 차마 말로는 다할 수 없습니다. 아직도 눈에 선해요. 아가씨는 뜨거운 사랑과 정열로 당신이라는 남자에 대해 이야기했죠. 그가 이토록 잔인한 남자인 줄 미처 모르고 즐겁게 이야기하던 아가씨 모습이 지금도 눈에 선해요!"

"이런, 몹쓸 할망구 같으니라고!"

빌헬름은 벌떡 일어나 바르바라의 손을 부여잡고 소리쳤다.

"어설픈 연극은 집어치우시지! 그 구질구질한 준비된 말도 더는 듣고 싶지 않아. 당신의 차갑고 침착하며 만족스런 태도를 보니 속마음이 훤히 들여다보이는군. 자, 어서 나의 마리아네를 나에게 돌려줘! 살아 있지? 틀림없어! 가까이에 있는 거야! 그렇지 않고서야 당신이 이렇게 밤늦은 시각에 나를 찾아올 리 없어. 아까부터 내가 좋아할 만한 이야기를 줄줄 늘어놓으면서 마음의 준비를 시키고 있잖아. 그 이유가 뭐지? 마리아네를 어디에 숨긴 거야? 어서 말해! 그녀를 만나게 해줘. 내 두 팔로 그녀를 꼭 끌어안게 해달라고! 그러면 당신 말을 다 믿어줄 테니! 뭐든지 다 믿겠다고 약속할게! 예전에 그녀 그림자를 언뜻 본 적이 있다고. 제발 마리아네를 내 품에 다시 돌려줘! 당장 그녀 앞에 무릎 꿇고 용서를 빌고 싶어. 그리고 그녀가 자기 자신과 당신을 상대로 용감하게 싸워 이겼다는 사실에 아낌없는 찬사를 보내고 싶어. 우리 아들 펠릭스를 데리고 마리아네에게 갈 거야. 자, 어서 말해 봐. 마리아네를 어디에 숨겼지? 그녀와 나 사이에 더 이상 끼어들지 말란 말이야. 당신은 이미 목적을 이루지 않았나? 마리아네를 어디에 숨겼어? 어서 말을 하라고! 이 불빛으로 그녀를 비추고 싶어. 사랑스런 마리아네를 한 번 더 보게 해줘!"

빌헬름은 의자에 앉아 있는 바르바라를 억지로 일으켜 세웠다. 그를 말없이 쳐다보던 노파의 두 눈에서 눈물이 흘러넘쳤다. 이루 말할 수 없는 슬픔이 느껴졌다.

"아니요. 당신이 틀렸어요. 아직도 그런 희망을 품고 계시다니⋯⋯."

바르바라가 흐느끼며 말했다.

"맞아요! 내가 아가씨를 숨겼어요. 땅속에 말예요. 저 찬란한 햇빛도 부드러운 불빛도 두 번 다시 귀여운 마리아네 아가씨의 얼굴을 비출 수는 없을 거예요. 자, 사랑스런 펠릭스를 아가씨 무덤 앞에 데리고 가서 말해 주세요. 네 아빠가 끝내 외면하고 지옥에 떨어뜨려 버린 네 엄마가 지금 이곳에 잠들어 있다고 말이죠! 그 사랑스럽던 심장은 이제 더 이상 당신을 보고 싶은 그리움에 팔딱팔딱 뛰지 않아요. 아가씨가 혹시 옆방에 숨어서 내 얘기, 아니 지어낸 얘기가 끝나기만을 기다리고 있다든지, 그런 일은 결코 없습니다. 아가씨는 어둡고 좁은 곳에 갇혀 있어요. 신랑도 그 안에 들어갈 수 없고, 신부도 애인을 맞이하러 뛰어나올 수 없다고요."

바르바라는 의자 옆 바닥에 털썩 주저앉아 목 놓아 울기 시작했다. 그제야 비로소 빌헬름은 마리아네의 죽음을 완전히 받아들였다. 그러고는 억누를 수 없는 충격과 슬픔에 휩싸였다. 이윽고 바르바라가 일어나더니, 더는 할 말이 없다며 편지 꾸러미가 들어 있는 가방을 탁자 위에 내던졌다.

"이 편지를 읽으면 당신이 얼마나 잔인한 사람인지 깨닫고 몹시 부끄러워질 겁니다. 과연 눈물 없이 읽을 수 있을지, 어디 한번 읽어보시지요."

바르바라는 소리 없이 방에서 나갔다. 그날 밤 빌헬름은 도저히 편지 가방을 열어볼 엄두가 나지 않았다. 그 가방은 그가 마리아네에게 선물한 것이었다. 빌헬름은 자신이 보낸 편지를 마리아네가 그 안에 소중히 간직하고 있다는 것을 전부터 알고 있었다. 다음 날 아침, 그는 마음을 굳게 먹고 편지 꾸러미를 풀었다. 자기가 연필로 흘려 쓴 종이쪽지들이 쏟아져 나왔다. 그 편지들 하나하나를 보니 그들이 기쁘게 만난 첫날부터 잔인하게 헤어진 마지막 날까지의 모든 일이 낱낱이 머릿속에 떠올랐다. 하지만 마리아네가 그에게 보낸 작은 편지 꾸러미를 보았을 땐 그야말로 가슴이 찢어지는 고통을 느꼈다. 내용으로 미루어 보아 그 편지들은 베르너에 의해 되돌아온 것들이었다.

내가 보낸 편지들은 단 한 통도 당신에게 전달되지 않았어요. 나의 부탁과 애원도 말이에요. 당신이 내 편지를 돌려보내신 건가요? 이제 나는 당신을 만날 수 없단 말인가요? 다시 한 번 편지를 보낼게요. 부탁이에요. 나에게 와주세요. 제발 와주세요! 한 번만 더 당신을 내 품에 안아볼 수만 있다면 더 이상 당신을 붙잡지 않겠습니다.

평소 내가 당신 곁에 앉아 당신의 손을 잡고 눈을 바라보며 사랑과 믿음으로 가슴이 벅차올라 '사랑하고 또 사랑하는 착한 당신!'이라고 속삭이면 당신이 너무 좋아하셔서 나는 몇 번이고 같은 말을 되풀이해야 했었죠. 다시 한 번 말할게요. 사랑하고 또 사랑하는 착한 당신! 예전처럼 상냥하게 대해 주세요. 나에게로 와주세요. 나를 더 이상 비참한 상태로 내버려 두지 마세요.

당신은 나를 죄인이라 여기고 계시지요? 그래요. 나는 죄인이에요. 하지만 당신이 생각하시는 그런 죄인은 아니에요. 나에게 와주세요. 당신이 나에 대한 모든 것을 아셨으면 좋겠어요. 그것이 나의 유일한 위안입니다. 뒷일은 어찌 되든 상관없어요.

나를 위해서만이 아니라 당신 자신을 위해서도 나에게 와주시길 바랍니다. 나를 피하느라 많이 힘드시죠? 그 참을 수 없는 고통을 나도 이해할 수 있어요. 우리 이별의 고통을 조금이라도 줄이고 싶어요. 제발 나에게 와주세요! 당신이 나를 끝없는 불행의 구렁텅이로 빠뜨리고 계시는 지금 이 순간에 나는 오히려 당신의 여자가 될 자격을 비로소 갖춘 것 같습니다.

성스러운 모든 것을 걸고, 사람 마음을 움직일 수 있는 모든 것을 걸고 간절히 부탁드립니다. 이것은 한 영혼, 한 생명, 아니 두 생명이 걸린 문제예요. 그리고 한 생명은 당신에게 영원히 소중한 존재가 될 것입니다. 당신은 나를 매우 의심하고 있으니 믿지 않으실지도 모르겠지만요. 그러나 나는 죽는 순간에도 말할 거예요. 내 배 속에 있는 아이는 당신 아이예요. 당신을 사랑하게 된 그 순간부터 다른 남자하고는 손도 잡아본 적이 없어요. 아, 당신의 사랑, 당신의 성실성이 내 청춘의 길동무였더라면 얼마나 좋았을까요!

아무리 애원을 해도 내 말을 들어주지 않는군요. 나도 더 이상 말하지 않겠어요. 하지만 이 편지들은 이대로 남기고 싶어요. 마침내 수의가 내 입술을 덮고 당신이 탄식하는 소리가 내 귀에 들리지 않게 되더라도, 이 편지들이 당신에게 진실을 말해 줄지도 모르니까요. 내 슬픈 인생을 통틀어 숨을 거두는 마지막 순간까지 내 마음을 달래주는 유일한 것은, 내가 비록 죄를 지었어도 당신에 대해서는 더없이 결백했다는 사실일 것입니다.

　빌헬름은 더 이상 편지를 읽지 못하고 한없는 슬픔에 젖었다. 그런데 그때 라에르테스가 들어왔다. 빌헬름은 자신의 감정을 애써 숨기느라 더욱더 큰 고통을 느꼈다. 라에르테스는 지갑을 꺼내 금화를 세기도 하고 계산을 하기도 하면서 빌헬름에게 말했다. 차츰 부자가 되어가는 것보다 더 근사한 일은 없으며, 부자가 되면 불편 없이 하고 싶은 일을 할 수 있어 좋다고 했다. 빌헬름은 자신이 꾸었던 꿈*2을 떠올리며 빙그레 미소를 지었다. 하지만 그와 동시에 등골이 오싹해졌다. 그날 밤 꿈속에서 마리아네가 빌헬름 곁을 떠나 돌아가신 그의 아버지를 따라갔고 마침내 두 사람이 유령처럼 둥둥 떠서 정원 주위를 맴돌던 모습이 떠올랐다.
　라에르테스는 깊은 생각에 잠겨 있는 빌헬름을 데리고 카페로 갔다. 그들이 카페에 들어서자 평소 무대 위에서 그를 즐겨 보던 사람들이 금세 빌헬름 곁으로 모여들었다. 그들은 그를 만나서 기뻐했으나, 그가 무대를 떠난다는 말을 듣고 매우 안타까워했다. 그들은 빌헬름의 인품과 연기력, 우수한 재능과 그들이 그에게 걸고 있는 기대에 대해 아주 친절하게 말해 주었다. 빌헬름은 몹시 감동한 나머지 큰 소리로 말했다.
　"아, 두세 달 전에만 이렇게 관심 어린 격려를 해주셨더라면 얼마나 좋았을까요! 얼마나 도움이 되고 위로가 되었을까요? 그랬더라면 나도 이렇게까지 완전히 무대를 떠날 생각은 하지 않았을 테고, 관객에게 절망하지도 않았을 텐데요."
　그러자 한 중년 남성이 일어나서 말했다.
　"아뇨. 이 문제에 대해서는 그렇게 생각하면 안 됩니다. 관객은 아주 많습니다. 진정한 이해력과 참된 감수성을 지닌 사람은 생각보다 많아요. 하지만 예술가는 자신이 창조한 작품에 대해 비평 없는 찬사를 요구해서는 안 됩니다. 그

＊2 빌헬름이 로타리오 씨의 성에 도착한 날 꾸었던 꿈. 제1장 참조.

것이야말로 가장 쓸모없는 것이니까요. 그런데도 이른바 예술가들은 비평이 붙은 찬사는 그리 좋아하지 않는 것 같더군요. 내가 아는 바로는 무릇 인생에서든 예술에서든 우리가 무엇인가를 행동하고 만들어 내려면 자기 내면의 소리에 귀를 기울여야 합니다. 그리고 실제로 무엇인가를 이루고 완성했다면 이번에는 주의 깊게 많은 사람들의 생각을 들어보아야 하지요. 조금만 생각의 폭을 넓히면 많은 목소리를 통해 좋은 의견을 찾아낼 수 있을 겁니다. 아무튼 우리의 이런 수고를 덜어줄 수 있는 사람들은 대부분 입을 꾹 다물고 있으니 말입니다."

"바로 그게 문제입니다! 그렇게 입을 다물고 있으면 안 되죠. 자주 듣는 얘기입니다만, 훌륭한 작품을 보고도 입을 꾹 다무는 사람들이 꼭 남들이 자기를 무시한다고 투덜거린단 말이죠."

빌헬름이 말했다.

"그럼 오늘은 우리 다 같이 입을 열어볼까요? 선생님, 우리랑 같이 식사하시죠. 선생님과 아우렐리에 씨에게 하지 못했던 온갖 이야기들을 다 털어놓고 싶거든요."

한 젊은이가 신이 나서 말했다. 그러나 빌헬름은 초대를 거절하고 멜리나 부인을 만나러 갔다. 아이들 문제를 의논하고 아이들을 데려오기 위해서였다.

그는 바르바라의 비밀을 제대로 숨기지 못했다. 귀여운 펠릭스를 보자마자 자신도 모르게 속마음을 드러내고 말았던 것이다.

"오, 내 아들! 사랑하는 내 아들아!"

그는 아이를 번쩍 들어 올려서 자기 가슴에 꽉 껴안았다.

"아버지, 선물은요? 선물 없어요?"

펠릭스가 물었다. 미뇽은 비밀을 지켜야 된다고 나무라는 듯한 눈빛으로 둘을 쳐다보았다.

"어머, 웬일이세요?"

멜리나 부인이 말했다. 아이들은 밖으로 나갔다. 바르바라가 비밀로 하자고 그렇게 단단히 부탁했건만 빌헬름은 개의치 않고 부인에게 모든 사정을 솔직히 털어놓았다. 멜리나 부인은 웃으며 그를 바라보았다.

"어휴, 남자들이란 왜 그리 쉽게 속아 넘어가는지 모르겠어요! 길바닥에 뭔가 떨어져 있기라도 하면 얼른 주워 자기 짐인 양 어깨에 짊어지거든요. 그 대

신 아무것도 떨어져 있지 않으면 주위를 둘러보지도 않아요. 지난날 자신이 제
멋대로 열정적인 사랑의 각인을 찍어둔 사람 말고는 아무도 돌아보지 않는다
니까요."

부인은 살짝 한숨을 내쉬었다. 만일 빌헬름에게 보는 눈이 있었더라면 그는
멜리나 부인의 태도에서 억누를 수 없는 애정을 알아챘을 것이다.

이제 그는 아이들에 대해 부인과 의논했다. 펠릭스는 자기가 맡고 미뇽은 시
골로 보낼 생각이라고 말했다. 멜리나 부인은 한꺼번에 두 아이와 헤어지는 것
을 섭섭하게 여겼지만, 그것이 좋은 결정이며 그럴 수밖에 없다고 생각했다. 펠
릭스는 부인이 돌보기에는 힘겨웠으며, 미뇽에게는 시골의 상쾌한 공기와 새로
운 환경이 필요했다. 마음씨 착한 미뇽은 허약한 체질이라 좀처럼 건강해지지
않았다.

부인이 입을 열었다.

"내가 아까 경솔하게도 그 아이가 정말 당신 아들인지 조금 의심하는 것처럼
말씀드렸잖아요. 그건 마음에 담아두지 마세요. 물론 그 노파 말은 믿을 게 못
돼요. 하지만 자신의 이익을 위해서라면 거짓말을 밥 먹듯이 하는 사람도, 진
실이 자기에게 도움 될 때는 진실을 말하기도 하지요. 그 노파는 펠릭스가 로
타리오 씨 아들이라고 하면서 아우렐리에를 속였어요. 그런데 우리 여자들은
참 특이해서, 비록 아이 엄마를 모르거나 원수처럼 미워하더라도 연인의 아이
만큼은 진정으로 사랑한단 말이죠."

마침 펠릭스가 방으로 뛰어 들어오자, 부인은 평소 보기 드문 살가운 태도
로 아이를 꼭 껴안았다.

빌헬름은 서둘러 집으로 돌아와 사람을 보내 바르바라에게 당장 만나자고
했지만, 바르바라는 어두워지기 전에는 그쪽으로 가지 않겠다고 대답했다. 그
는 무뚝뚝한 얼굴로 노파를 맞이하더니 차갑게 말했다.

"거짓과 꾸며낸 이야기로 그럴듯하게 남을 속이는 것은 정말 비열한 짓이오.
지금까지 당신은 그런 식으로 못된 짓을 많이 했소. 그래서 당신 말 한마디에
내 인생의 행복이 걸려 있는 지금도 난 당신을 믿을 수가 없단 말이오. 그러니
까 그 아이를 내 품에 마음껏 안아볼 수가 없다고. 펠릭스가 진짜 내 아들이
라면 그보다 더한 행복이 없는데도 말이지. 당신 얼굴을 보면 증오와 경멸을
느끼지 않을 수 없어."

"솔직히 말씀드리자면 당신 태도야말로 정말 참기 힘드네요. 설령 그 애가 당신 아들이 아니라 해도, 곁에 두고 언제나 볼 수 있다면 천금을 주고라도 사고 싶을 만큼 세상에 둘도 없이 귀엽고 사랑스러운 아이가 아닌가요? 그리고 당신이 키울 만한 아이가 아닌가요? 내가 이제껏 갖은 고생을 다하며 그 아이를 돌봤으니, 이제 얼마 남지 않은 내 삶을 봐서라도 사례금을 조금 주시는 게 옳지 않겠어요? 아, 뭐 하나 모자랄 것 없는 당신네 높으신 분들은 진실이니 성실이니 하며 번지르르한 말만 늘어놓으시죠. 그러나 우리같이 그날 벌어 그날 먹고사는 가난뱅이들에게는 아무리 어려운 일을 당해도 도와줄 친구 하나 없고 구원의 손길조차 없답니다. 이기적인 인간들 틈에서 버둥거리며 겨우 목숨을 유지하다가 아무도 모르게 굶어 죽어가는 수밖에 없죠. 만일 당신이 듣기를 원하고 또 들을 각오가 되어 있다면 이런 얘기는 얼마든지 해드릴 수 있어요. 마리아네 아가씨의 편지는 읽어보셨나요? 아가씨가 그 불행한 시기에 쓴 편지들이죠. 당신을 만나려고 애썼지만 결국 실패했고, 그 편지를 당신에게 전할 수도 없었어요. 무정한 당신 매부란 인간이 당신을 지키고 있어서 내가 무슨 수를 쓰더라도 소용이 없었어요. 마지막에는 그 사람이 아가씨와 나를 감옥에 처넣겠다고 협박까지 하는 바람에 우리는 완전히 희망을 잃고 말았지요. 이 모든 일이 내가 들려드린 얘기와 딱 들어맞지 않나요? 노어베르크 씨의 편지를 읽고도 아직 의심이 풀리지 않았단 말인가요?"

"무슨 편지?"

"편지 꾸러미 안에 없었나요?"

"아직 다 읽지 못했네."

"그 꾸러미 좀 줘보세요. 그게 가장 확실한 증거물일 테니까요. 노어베르크 씨의 쪽지가 이 슬픈 혼란의 씨앗이 되었다면 그가 쓴 또 다른 편지야말로 얽힌 매듭을 푸는 열쇠일지도 모르죠. 아직도 뭔가 풀 것이 남아 있다면 말이에요."

바르바라는 편지 꾸러미 안에서 편지 한 통을 꺼내어 빌헬름에게 보여주었다. 그는 한눈에 그 기분 나쁜 필체를 알아봤다. 마음을 억누르고 편지를 읽기 시작했다.

마리아네! 내게 말해 주오. 도대체 이러는 이유가 뭐요? 제아무리 여신이라도 나를 이렇게 실연에 우는 비참한 남자로 만들지는 못할 거요. 함박 미소를 지으며 두 팔을 벌리고 달려와 내 품에 안기기는커녕, 그대는 방에 틀어박혀 내 얼굴도 보려고 하지 않았소. 그 차가운 태도를 보면 그대가 나를 진심으로 싫어한다고 생각할 수밖에 없구려. 내가 그대의 침실 옆방 고리짝에 걸터앉아 바르바라 할멈과 함께 밤을 지새우다니…… 어떻게 나한테 이럴 수 있소? 사랑하는 그대가 겨우 문 두 개만 지나면 닿을 곳에 있는데 이런 어처구니없는 일이 어디 있단 말이오? 물론 나는 그대에게 충분히 생각할 시간을 주고, 그대를 재촉하지도 않겠다고 약속했소. 하지만 그렇게 15분, 30분이 헛되이 지나갈수록 정말 미쳐버릴 것만 같단 말이오. 그동안 내가 최선을 다해서 그대에게 마음을 담아 선물을 보냈잖소. 그런데도 그대는 내 사랑을 의심하는 거요? 그대가 원하는 것을 말해 보시오. 뭐든지 다 해줄 테니까. 모자란 것 하나 없이 다 해주겠소. 아, 당신 머릿속에 그런 쓸데없는 생각을 불어넣은 그 신부란 작자가 확 병신이나 되어버렸으면 좋겠구려! 당신은 왜 하필 그런 작자를 만난거요? 젊은이들을 꽤 너그럽게 봐주는 성직자도 얼마든지 있는데 말이오. 아무튼 이대로는 안 되겠소. 이틀 안에 대답을 들어야겠소. 나는 곧 떠나야 하니까. 그대가 다시 전처럼 상냥하게 나의 사랑을 받아주지 않는다면 나도 더 이상 그대를 찾지 않을 거요…….

편지는 이런 식으로 계속 이어지며 언제나 똑같은 문제에 대해 이야기하고 있었다. 바르바라가 한 말이 사실이었음을 확인한 빌헬름은 고통 속에서도 야릇한 기쁨을 맛보았다. 노어베르크의 두 번째 편지도 마리아네의 단호한 태도를 그대로 말해 주었다. 빌헬름은 이런 편지들을 통해 가엾은 마리아네가 죽음에 이르기까지 무슨 일을 겪었는지 짐작할 수 있었다. 그는 가슴이 미어져 아무 말도 할 수 없었다.

바르바라는 맹수처럼 사납게 날뛰는 노어베르크를 살살 달래며 그에게 마리아네가 죽었음을 알리고 펠릭스가 그의 아들인 것처럼 믿게 만들었다. 그래서 노어베르크가 바르바라에게 몇 번인가 돈을 보냈는데 이 노파는 그 돈을 가로 챘다. 그리고 아우렐리에를 교묘히 속여 펠릭스를 그녀에게 떠넘겼으므로 양육비가 따로 필요 없었다. 하지만 유감스럽게도 이 비밀 수입은 그리 오래가지 못했다. 노어베르크가 방탕한 생활을 하느라 많은 재산을 다 써버린 데다, 복잡한 여자관계로 인해 첫아들로 알고 있는 아이에 대한 애정이 식어버렸기 때문이다.

모든 이야기가 참으로 진실 같았다. 앞뒤 맥락이 척척 들어맞았다. 그러나 빌헬름은 아직도 순수하게 아들을 얻은 기쁨에 완전히 젖어들 수 없었다. 마치 악마가 주는 선물을 눈앞에 두고 있는 듯 두려웠다. 빌헬름의 마음을 눈치챈 바르바라가 한마디 했다.

"오직 시간만이 당신의 그 깊은 의심을 없애줄 수 있을 겁니다. 먼저 그 애를 남의 자식이라 여기고서 한번 눈여겨보세요. 그러면 아이의 천성과 소질과 재능 따위를 곧 알아보게 되겠지요. 그런데도 그 아이가 당신을 닮았다는 걸 느끼지 못한다면 당신은 눈 뜬 장님인 셈입니다. 장담하건대 내가 만일 남자라면 절대로 남한테 속아서 엉뚱한 아이를 제 자식으로 떠맡지는 않을 거예요. 하지만 남자들은 본디 눈썰미가 없으니, 그 점이 여자들에게는 다행스런 일이겠지요."

이런 이야기를 나눈 끝에 빌헬름은 노파와 합의를 보았다. 빌헬름이 펠릭스를 맡아 돌보기로 하고, 노파는 미뇽을 테레제에게 데려다준 다음 어디든 원하는 곳으로 가서 작은 돈이라도 생활보조금을 받으며 살기로 했다.

그는 미뇽을 불러 이러한 변화를 받아들일 준비를 하라고 일렀다. 그러자 미뇽이 말했다.

"마이스터 씨! 제발 당신 곁에 있게 해주세요. 당신은 괴롭겠지만 난 그게 더 좋아요."

그는 미뇽을 달랬다. 너는 이제 다 컸으니 앞으로 교양을 쌓으려면 테레제에게 가서 배우는 게 좋다고 타일렀다. 그 말에 미뇽이 대답했다.

"나는 이미 누군가를 사랑하거나 슬퍼할 수 있을 정도로는 교양을 쌓았는 걸요."

빌헬름은 미뇽의 건강으로 화제를 돌리며, 끊임없이 건강에 조심하면서 의사의 지시에 따라 생활해야 한다고 말했다. 미뇽이 대꾸했다.

"왜 내 걱정을 하시나요? 다른 걱정하실 일도 많으실 텐데요."

그러자 빌헬름은 "미안하지만 난 너를 데려갈 수 없다. 그 대신 네가 내 친구들 있는 곳으로 가 있으면 나중에 자주 만나러 가겠다" 하면서 애써 달래보아도 미뇽은 아예 귀를 틀어막아 버렸다.

"내가 곁에 있는 게 싫으신가 보군요? 하긴 그편이 더 나을지도 몰라요. 그렇다면 나를 하프 타는 할아버지에게 데려다주세요. 불쌍한 할아버지는 의지할 데 없이 외롭게 살고 계시잖아요."

빌헬름은 그 노인이 정성스런 보살핌 속에 치료를 받고 있다며 알아듣도록 설명해 주었다. 그런데도 미뇽은 할아버지 곁으로 가겠다고 고집을 부렸다.

"할아버지가 보고 싶어 견딜 수가 없는걸요."

"네가 할아버지를 그렇게 좋아하는 줄 몰랐구나."

"할아버지가 깨어 있을 때에는 너무 무서워서 눈을 똑바로 쳐다볼 수도 없었어요. 하지만 주무실 때면 할아버지 곁에 앉아 있는 게 참 좋았어요. 그래서 옆에서 파리를 쫓으며 주무시는 할아버지를 오래오래 바라보곤 했어요. 내게 어려움이 닥칠 때마다 할아버지가 도와주셨어요. 내가 할아버지에게 얼마나 큰 은혜를 입었는지 아무도 모를 거예요. 가는 길만 알았다면 벌써 할아버지를 만나러 달려갔을 거예요."

빌헬름은 자신의 처지를 미뇽에게 자세히 설명했다. 그리고 너는 아주 이성적인 아이이니까 이번에도 모든 걸 이해하고 따라줄 것으로 믿는다고 말했다. 그러자 미뇽이 대답했다.

"이성은 정말 잔인하네요. 마음이 더 나아요. 당신이 말씀하신 곳으로 갈게요. 하지만 펠릭스와 함께 떠나게 해주세요."

빌헬름이 이런저런 말로 달래보았으나 미뇽은 끝까지 자기 뜻을 굽히지 않았다. 마침내 그는 두 아이를 바르바라에게 맡겨서 둘 다 테레제에게 보내기로 결심했다. 사랑스런 펠릭스를 자기 아들로 선뜻 받아들이기가 여전히 두려웠던 그로서는 이 결정이 그리 어렵지 않았다. 그는 펠릭스를 번쩍 안아 들고 방 안을 빙글빙글 돌았다. 아이는 거울 앞에서 자기를 높이 쳐들어 달라고 했다. 그래서 그는 아이를 안고 거울 앞으로 가서 자신도 모르게 아이와 자기가 닮았는지를 살펴보려 했다. 순간적으로 아이가 자기를 쏙 빼닮았다고 여겨지면 있는 힘을 다해 꽉 껴안았다. 하지만 또다시 불쑥 자기가 속고 있을지도 모른다는 생각이 들면 아이를 바닥에 내려놓고 맘대로 걸어다니도록 내버려 두었다.

"아, 세상에 둘도 없이 소중한 이 보물을 얻었다가 나중에 남이 낚아채 가기라도 하면, 나는…… 나는 어쩌나…… 나야말로 이 세상에서 가장 불행한 인간이 되겠지!"

빌헬름은 큰 소리로 탄식했다.

아이들이 예정대로 떠났다. 빌헬름은 정신적으로는 이미 극단을 나온 상태여서 이제는 정식으로 극단과 작별 인사를 하고 떠나기만 하면 되었다. 마리아네는 이미 이 세상 사람이 아니었다. 어린 두 수호천사도 떠나고 없었다. 그의 생각은 아이들 뒤를 좇고 있었다. 상상력이 빚어낸 사랑스런 펠릭스의 모습이 매력적인 환상처럼 눈앞에 어른거렸다. 그는 펠릭스가 테레제의 손을 잡고 들과 숲을 신나게 뛰어다니는 모습을 보았으며 시골의 상쾌한 공기를 마시면서 느긋하고 명랑한 그녀 곁에서 행복하게 잘 지내는 모습도 보았다. 펠릭스를 테레제에게 맡기기로 결정한 다음부터 그녀의 존재는 전보다 훨씬 더 소중하게 여겨졌다. 빌헬름은 극장에서 연극을 볼 때에도 테레제를 생각하면 웃음이 나왔다. 그의 정신은 이미 그녀의 포로가 되었으므로 연극을 보아도 쉽게 감동되지 않았다.

제를로와 멜리나는 그가 더 이상 극단에 아쉬움이 남아 있지 않다는 걸 느꼈는지 아주 깍듯한 태도로 그를 대했다. 그가 다시 무대에 서기를 바라는 관객들도 있었지만 빌헬름은 그러고 싶지 않았다. 그리고 멜리나 부인을 뺀 나머지 단원들은 빌헬름이 다시 극단에 돌아오기를 원치 않았다.

빌헬름은 드디어 멜리나 부인에게도 인사했다. 그는 감개무량하다는 듯이 말했다.

"사람들은 때때로 너무 쉽게 그 어느 것도 믿을 수 없는 미래를 약속합니다. 그건 정말 주제넘은 짓이죠. 우리는 매우 하찮은 약속도 지킬 능력이 없거든요. 하물며 중대한 계획은 두말할 필요도 없고요. 그때 우리가 강도를 만나 모든 것을 빼앗기고 아픈 몸을 이끌고서, 또 부상을 당한 채 초라한 주막에 들어갔던 일을 기억하십니까? 그 불행한 밤에 내가 여러분 모두에게 약속했던 일을 떠올리면 너무 창피해서 고개도 못 들 지경이에요. 그때 나는 우리가 당한 불행으로 몹시 흥분한 나머지 내가 품은 뜻이 아주 훌륭하다고 생각한 겁니다. 하지만 실제로 이루어진 것은 아무것도 없어요. 나는 여러분 모두에게 큰 빚을 지고 떠납니다. 그나마 단원들이 내가 한 약속을 그리 대단하게 여기지도 않고, 아무도 나에게 약속을 지키라고 재촉하지 않아서 얼마나 다행인지 모르겠습니다."

그러자 멜리나 부인이 말했다.

"너무 자책하진 마세요. 당신이 우리 모두를 위해 애쓰신 일들을 아무도 알아주지 않아도 나는 똑똑히 기억할 거예요. 당신이 우리 곁에 계시지 않았더라면 지금쯤 우리가 어떤 처지에 놓여 있었을지 몰라요. 지금 우리는 우리가 바라던 대로 목표를 이루어 가고 있지 않습니까? 그런데 사람들은 목표를 계획해서 실행하고 나면 처음의 목적은 잊어버리고 말지요. 그래서 우리는 아무것도 한 게 없다고, 아무것도 이루지 못했다고 생각하는 것뿐이에요."

"당신이 그토록 다정하게 위로해 주셨음에도 내 마음이 편해지지 않는군요. 나는 모두에게 큰 빚을 진 사람입니다."

빌헬름이 대답했다.

"그래요. 당신이 정말로 우리한테 빚을 겼을지도 모르죠. 그러나 당신이 생각하시는 그런 빚은 없습니다. 우리는 자기가 한 약속을 지키지 못하면 부끄러움을 느끼지요. 하지만 빌헬름 씨, 훌륭한 사람은 그 자리에 있기만 해도 언제나 많은 약속을 하게 되는 법이랍니다. 그가 불러일으키는 신뢰감, 그가 쏟아붓는 애정, 그가 일깨우는 희망은 끝이 없기 때문입니다. 그래서 그는 자기도 모르게 마음을 쓰고, 그것을 모두에게 갚아야 할 빚이라 여기며 살아가는 겁니다. 그럼, 부디 몸조심하세요. 당신이 이끌어 주어 우리 극단의 모습이 매우 좋아졌습니다. 그런데 당신이 떠나시면 내 허전한 가슴을 무엇으로 채워야 할지 모르겠어요."

빌헬름은 그 도시를 떠나기 전에 베르너에게 긴 편지를 썼다. 지금까지 이들은 편지 몇 통을 주고받았지만 서로의 의견이 맞지 않아 연락이 끊어진 상태였다. 그러나 이제 빌헬름은 베르너가 몹시도 바라던 대로 행동하기로 마음먹었으므로 그에게 다음과 같은 편지를 쓰면서 다가갈 수 있었다.

연극을 그만두기로 결심했네. 그리고 앞으로는 모든 면에서 틀림없고 알맞게 행동하는 사람들과 함께 일할 걸세.

빌헬름은 자기 재산에 대해서도 물었는데, 이제 와서 생각하니 자기가 그토록 오랫동안 자기 재산에 무관심했다는 사실이 오히려 이상할 정도였다. 자기 내면세계 형성을 중요하게 생각하는 사람들은 흔히 이렇게 외적인 일에는 신경도 쓰지 않는다. 빌헬름은 이 점을 미처 모르고 있었다. 그도 그런 사람들 가운데 하나였으나, 지속적인 활동을 유지하려면 외적인 뒷받침이 필요하다는 사실을 이제야 처음으로 깨달았다. 그는 처음 떠날 때와는 전혀 다른 기분으로 여행을 떠났다. 눈앞에 펼쳐진 아름다운 경치가 더없이 매혹적이었다. 왠지 이번 여행길에는 즐거운 일이 생길 것만 같은 기대감에 가슴이 부풀어 올랐다.

제9장

빌헬름이 로타리오의 영지로 돌아와 보니 집안 분위기가 많이 바뀌어 있었다. 로타리오는 종조부님이 돌아가셔서 그의 유산을 받기 위해 그쪽으로 떠난 뒤였다. 야르노가 그 소식을 전하며 반갑게 빌헬름을 맞이했다.

"마침 잘 돌아왔어요. 나랑 신부님을 좀 도와주세요. 남작님이 이웃에 있는 넓은 땅을 사들이는 일을 우리에게 맡기고 가셨거든요. 오래전부터 준비한 일인데 때마침 이번에 현금과 신용장을 얻게 된 거죠. 한 가지 마음에 걸리는 게 있다면 다른 지역의 어떤 큰 상회도 전부터 이 땅을 눈독 들여왔다는 겁니다. 그래서 우리는 아예 그쪽과 손을 잡고 이 일을 추진하기로 결정했어요. 안 그러면 괜히 가격만 올라갈 테니까요. 그쪽도 꽤 영리한 사람들 같아요. 그래서 우리도 지금 계산을 하고 있어요. 어느 쪽도 손해를 보지 않기 위해서는 땅을 어떻게 나누면 좋을지 경제적으로 연구해야 합니다."

야르노가 빌헬름 앞에 서류들을 펼쳐놓았다. 그리고 다 같이 밭과 초원과 부속 건물들을 자세히 살펴보았다. 야르노도 신부도 이런 일에 이골이 난 것 같았지만 빌헬름은 테레제도 여기 함께 있었으면 좋겠다고 생각했다.

그들은 며칠 동안 이 일에 몰두했다. 빌헬름은 그동안 있었던 여러 가지 사건과, 자기가 펠릭스의 아버지가 된 아직도 믿지 못할 일에 대해 겨우 짬을 얻어 그들에게 말했다. 그런데 그에게는 무척 중대한 문제인데도, 그들은 그것을 대수롭지 않게 여기는 것 같았다.

빌헬름은 그들 두 사람이 식사하거나 산책할 때 무슨 이야기를 하다가 가끔 그만두고 다른 쪽으로 화제를 슬쩍 돌린다는 걸 알았다. 이런 행동은 마치 빌헬름에게는 비밀로 하고 자기들끼리 처리해야 할 문제라는 점을 말하는 것 같았다. 그는 리디에가 했던 말을 떠올렸다. 눈앞에 있는 커다란 저택 한편은 늘 접근이 금지되어 있었으므로 리디에의 말이 더더욱 그럴싸하게 여겨졌다. 여러 회랑, 특히 겉모습만 여러 번 보아온 그 오래된 탑으로 들어가는 문이나 통로를 기회가 있을 때마다 조사해 봤는데도 통 찾을 수가 없었다.

어느 날 밤 야르노가 그에게 말했다.

"당신은 이제 믿을 만한 우리 가족이에요. 그래서 당신에게 이 집에 얽힌 비밀을 좀더 자세히 알려줘야겠어요. 그게 옳다고 생각되니까요. 처음으로 세상에 나가는 사람이 자기 능력을 높이 평가하면서 많은 재능을 키우려고 애쓰며 다양한 일을 하려고 노력하는 것은 매우 바람직한 일입니다. 그러나 그 교양이 일정 수준에 이르면, 보다 큰 집단에 융화되는 법을 배우고 다른 사람들을 위해 살면서 의무적인 활동에 힘써 자기 자신을 잊는 방법을 익히는 것이 좋아요. 그때 비로소 그는 자기 자신을 알게 됩니다. 행동이라는 것은 본디 자기와 다른 사람을 비교하는 일이기 때문이지요. 당신을 둘러싼 작은 세계*3가 있는데, 그 세계에서 당신은 더없이 잘 알려져 있습니다. 이 점을 당신도 곧 알게 될 거예요. 내일 아침 해뜨기 전에 옷을 단정히 입고 기다리고 있어요."

야르노는 약속 시간에 찾아와 빌헬름을 데리고 어디론가 걸어갔다. 이 저택에서 빌헬름이 아는 방과 모르는 방을 지나고 또 몇몇 회랑을 지나 그들은 마침내 튼튼한 쇠붙이가 붙어 있는 고풍스런 문 앞에 도착했다. 야르노가 똑똑 두드리자 그 커다란 문은 사람 하나가 겨우 지나갈 정도로 살짝 열렸다. 야르노는 빌헬름 혼자만 안으로 밀어넣었다. 그곳은 어둡고 비좁은 상자 같은 곳이었다. 주위는 칠흑같이 캄캄했다. 한 발 내디디자마자 무언가에 부딪쳤다. 그때 어디서 들어본 듯한 목소리가 그를 불렀다. "들어오세요!" 그제야 빌헬름은 사방이 벽걸이로 막힌 공간에 들어와 있음을 눈치챘다. 벽걸이 사이로 희미한 빛이 비쳐들고 있었다. "들어오세요!" 또다시 소리가 들렸다. 그는 벽걸이를 들추고 안으로 들어갔다.

그가 들어선 홀은 한때 교회당이었던 듯했다. 바닥에서 두세 단 높은 곳에 초록색 테이블보로 덮인 큰 탁자가 놓여 있었다. 꼭 닫힌 장막 뒤에는 그림이 숨어 있는 것 같았다. 양옆으로 아름답게 세공된 책장들이 보였고, 그 주위에

*3 탑의 모임.

도서관에서 흔히 볼 수 있는 가는 철망이 둘러쳐져 있었다. 그런데 그 책장에는 책 대신 두루마리가 잔뜩 들어 있었다. 홀에는 아무도 없었다. 떠오르는 태양이 알록달록한 색유리그림을 통해 빌헬름의 얼굴을 똑바로 비추며 정답게 인사를 했다.

"앉으세요!"

누군가가 외쳤다. 그 목소리는 아무래도 제단 쪽에서 들리는 것 같았다. 빌헬름은 입구에 걸린 벽걸이 바로 앞에 팔걸이가 있는 작은 의자에 앉았다. 아침 햇살이 눈부셨지만 다른 방법이 없었다. 그가 앉은 의자는 고정되어 있어 마음대로 옮길 수도 없었다. 그는 손으로 두 눈을 가렸다.

제단 위에 있던 장막이 작은 소리를 내며 열렸다. 하나의 테두리 안에 텅 빈 시커먼 공간이 나타났다. 그곳에 평상복을 입은 사나이가 등장해 빌헬름에게 말을 걸었다.

"내가 누군지 기억하십니까? 아마 궁금한 점이 많으실 테지요. 많은 가운데 특히 당신 할아버님이 소장하셨던 미술품들이 지금 어디에 있는지 궁금하지 않으신가요? 당신이 무척 좋아했던 그 그림은 이미 잊어버리셨나요? 그 병든 왕자는 지금 어디에서 신음하고 있을까요?"

빌헬름은 그가 누구인지 금세 알아보았다. 그 잊을 수 없는 밤에 숙소에서 그와 이야기를 나누었던 낯선 남자였다. 그 남자가 말을 이었다.

"어쩌면 이제는 우리가 운명과 성격에 대해 서로 같은 생각을 할지도 모르겠군요."

빌헬름이 막 대답하려고 하는데 장막이 도로 닫혀버렸다. 그는 입속으로 중얼거렸다.

"뭐지? 정말 이상하군! 우연한 사건에도 연관성이 있는 걸까? 우리가 운명이라 부르는 것도 실은 우연에 지나지 않나? 할아버지가 수집하셨던 미술품…… 대체 어디에 있는 걸까? 아니, 이 엄숙한 순간에 왜 그런 이야기를 꺼내는 거지?"

더 이상 길게 생각할 틈이 없었다. 또다시 막이 열리더니 눈앞에 한 남자가 나타났다. 빌헬름은 한눈에 그를 알아봤다. 언젠가 빌헬름이 유쾌한 친구들과 함께 뱃놀이할 때 만난 시골 목사였다. 로타리오 집에 있는 신부와 비슷했지만 같은 사람은 아닌 것 같았다. 그 목사가 명랑한 얼굴에 점잖은 목소리로 빌헬름에게 말했다.

"사람을 가르치는 교육자의 의무는 잘못을 따지는 것이 아니라 그릇된 길로 들어서는 학생을 구하는 것입니다. 다시 말하면 무엇을 잘못했는지 알게 하는 것이야말로 교육자의 지혜라고 할 수 있지요. 잘못을 일삼는 사람은 그 행동이 버릇이 되어 마치 특권인 듯 여기고 기뻐하게 됩니다. 하지만 잘못을 하고 곧 그 일을 깨닫는 사람은 자신이 얼마나 바보스러운지 알게 됩니다."

장막이 또다시 닫혔다. 빌헬름은 잠시 생각할 시간을 얻었다. 그는 혼자 중얼거렸다.

"그래, 저 사람이 말하는 잘못은 지금까지 내내 나를 따라다녔던 그 교만이야. 나는 아주 엉뚱한 곳에서 교양을 얻으려 하고, 또 소질이 전혀 없는 분야에서 내 재능을 찾겠답시고 큰소리 떵떵 치며 자아도취에 빠져 있었지."

아까보다 빠른 속도로 막이 열리더니 한 장교가 등장했다. 그는 딱 한마디만 했다.

"믿을 만한 사람들을 사귀시오!"

막이 홱 닫혔다. 빌헬름은 그다지 오래 생각할 필요도 없이 그 사람이 누군지 기억해 냈다. 예전에 백작 저택의 정원에서 빌헬름을 끌어안았던 사람, 그로 하여금 야르노를 징모관이라고 믿게 했던 그 장교였다. 그 사람이 어떻게 여기까지 오게 되었을까. 도대체 정체가 뭘까. 빌헬름은 알 수가 없었다. 모든 것이 수수께끼처럼 여겨졌다. 그는 중얼거렸다.

"이토록 많은 사람들이 나에게 관심을 가지고 내가 어떻게 살아왔는지 알고 있었다. 내 인생을 위해 앞으로 무슨 일을 해야 할지도 알고 있었다. 그런데도 왜 그들은 좀더 나를 매섭게 가르치지 않았을까? 어째서 나의 가벼운 행동을 탓하지 않고 오히려 칭찬까지 했을까?"

"우리를 탓하지 마시오!"

그때 어떤 목소리가 들렸다. 그 목소리는 계속해서 말했다.

"당신은 구원받았소. 지금 목표를 향해 똑바로 나아가고 있는 중이오. 여태까지 당신이 저지른 어리석은 일을 하나도 후회하지 마시오. 똑같이 되풀이하지도 마시오. 이토록 축복받은 행운아가 세상에 또 어디 있겠소?"

막이 좌우로 열렸다. 갑옷과 투구로 무장한 덴마크의 늙은 왕이 그곳에 서 있었다. 그가 입을 열었다.

"나는 네 아버지의 망령이다. 내가 너를 위해 바라던 바는 이제 내 바람보다 더 크게 이루어졌도다. 그러니 나도 이제 안심하고 떠나갈 수 있겠구나. 험한 산길에서는 빙 돌아가야 위로 올라갈 수 있고, 너른 땅에서는 이 마을로부터 저 마을까지 똑바로 뚫린 길을 따라 걸어갈 수 있지. 그 점을 기억하렴. 그럼 잘 있어라. 내가 너를 위해 준비해 둔 것을 즐길 때에는 부디 나를 기억해다오."

빌헬름은 너무 놀라서 말도 못할 지경이었다. 진짜 아버지 목소리를 듣는 것 같았기 때문이다. 하지만 그 목소리는 그의 아버지 목소리가 아니었다. 지금 들은 목소리와 기억에 남아 있는 목소리가 너무도 비슷해서 그는 매우 놀랐다.

그러나 오래 생각해 볼 여유는 없었다. 신부가 나타나 초록색 탁자 뒤에 가서 섰다.

"이리 오세요!"

신부가 빌헬름을 불렀다. 당황하여 넋을 잃고 있던 빌헬름은 자리에서 일어나 그쪽으로 갔다. 계단을 밟고 올라갔다. 초록색 테이블보 위에는 자그만 두루마리가 놓여 있었다. 신부가 엄숙하게 선언했다.

"당신의 수업증서입니다. 여기에 적혀 있는 내용을 명심하십시오. 중요한 내용이니까요."

빌헬름은 그 두루마리를 받자마자 곧바로 펼쳐 들고 읽어나갔다.

수업증서[4]

예술은 길고 인생은 짧다. 판단은 어렵고 기회는 순식간에 달아난다. 행동하기는 쉽고 생각하기는 어렵다. 생각하면서 행동하는 것은 유쾌한 일이 아니다. 모든 시작은 밝고 즐거우며 그곳으로 들어서는 문은 기대로 가득 차 있다. 소년은 깨달음을 얻고, 그 인상이 그 소년의 삶을 결정한다. 소년은 즐겁게 배우며, 이따금 진지함이 그를 깜짝 놀라게 한다. 우리는 무언가를 본뜨는 재주를 지니고 태어나지만 무엇을 본떠야 할지는 쉽게 깨닫지 못한다. 훌륭한 것은 찾아내기 어렵고 그것을 평가하는 일은 더더욱 힘들다. 산꼭대

---

[4] Lehrbrief. 장인 밑에서 수업을 마친 도제(徒弟)에게 주는 수업증서. 여기서는 교양을 쌓기 위해 노력하는 한 인간이 인격 수양의 수업시대를 마치면서 마음에 새겨야 할 귀한 가르침들이 적힌 문서를 뜻한다.

기는 인간을 유혹하나 거기까지 올라가는 계단은 사람의 마음을 끌지 못한다. 사람들은 그저 높은 곳을 바라다보며 밑에서 어슬렁거릴 뿐이다.

누구나 예술의 일부분을 배울 수 있으나 예술가는 그 전체를 필요로 한다. 예술을 반밖에 모르는 사람은 늘 그릇된 생각으로 입으로만 열심히 떠들어댄다. 예술을 완전히 자기 것으로 만든 사람은 행동으로 보여줄 뿐 입은 함부로 놀리지 않고 말을 아낀다. 예술을 반밖에 모르는 사람에게는 비밀도 없고 능력도 없다. 그에게서 배운 지식은 갓 구운 빵처럼 그날의 굶주림을 달래주지만 그것을 근본으로 삼을 수 없으며, 더군다나 근본이 되는 것을 우습게 여겨서는 안 된다.

말은 분명히 좋은 것이지만 가장 좋은 것은 아니다. 가장 좋은 것은 말로써 뚜렷이 표현될 수 없다. 행동을 일으키는 정신이야말로 가장 좋은 것이다. 행동은 오직 정신을 통해서만 이해되고 표현될 수 있다. 우리가 올바르게 행동할 때에는 그 누구도 자신이 무슨 일을 하고 있는지 알지 못한다. 그러나 우리가 옳지 않은 행동을 할 때에는 그것을 늘 의식하고 있다. 단지 그럴싸한 상징만을 내세움으로써 행동하는 사람들은 시시한 현학자나 위선자 아니면 엉터리 사기꾼이다. 이런 사람들은 수가 많아서 무리 짓기를 좋아한다. 그들의 요사스런 세 치 혀는 배우는 제자들의 기를 꺾는다. 그들의 고루한 범용주의(凡庸主義)는 가장 훌륭한 제자조차 불안에 떨게 만든다.

참된 예술가의 가르침은 마음으로 깨닫게 하는 것이다. 말이 없는 곳에서는 행동이 대신 말을 한다. 진정으로 배우는 참된 제자는, 이미 아는 것에서 모르는 것을 이끌어 내는 방법을 배움으로써 스승에게 가까이 다가간다.

그때 신부가 입을 열었다.

"그쯤이면 됐습니다. 나머지는 나중에 혼자서 천천히 읽어보세요. 자, 이번에는 저 책장을 살펴보십시오."

빌헬름은 책장으로 다가가 두루마리 겉에 쓰인 문구를 읽었다. 놀랍게도 그 책장에는 〈로타리오의 수업시대〉, 〈야르노의 수업시대〉, 그 자신의 수업시대 그리고 그가 모르는 수많은 사람들의 이름이 적힌 두루마리가 보관되어 있었다.

"저, 이 두루마리들을 봐도 될까요?"

"네. 이제 당신은 이 방에 있는 모든 물건을 마음대로 볼 수 있습니다. 아무 것도 금지되어 있지 않아요."

"신부님, 뭐 하나 여쭤봐도 되겠습니까?"

"얼마든지 물어보세요. 당신이 지금 가장 신경 쓰고 있는 문제, 앞날에 대한 궁금증을 물어보면 내가 뭐든지 다 시원하게 대답해 드리죠."

"그럼 좋습니다! 여러분은 온갖 비밀을 꿰뚫어 보는 신비롭고도 현명하신 분들이죠. 그 혜안으로 판단해서 나에게 진실을 가르쳐 주십시오. 펠릭스는 정말로 내 아들인가요?"

"거참 좋은 질문이군요!"

신부가 기뻐서 손뼉을 치며 큰 소리로 말했다.

"그래요. 펠릭스는 당신 아들입니다! 우리 사이에 감춰져 있는 가장 신성한 것에 걸고 맹세하건대, 펠릭스는 틀림없이 당신 아들이에요. 그리고 그 착한 마음씨로 볼 때 그 아이의 죽은 어머니는 당신에게 잘 어울리는 여성이었습니다. 이제 그 사랑스런 아이를 당신에게 안겨드려야겠군요. 자, 뒤를 보세요. 그리고 행복을 꽉 붙잡으세요."

뒤에서 작은 소리가 났다. 돌아보니 입구에 걸린 벽걸이들 사이로 어린애가 장난스럽게 얼굴을 살짝 내밀고 이쪽을 훔쳐보고 있었다. 펠릭스였다. 펠릭스는 장난을 치다가 들킨 것을 알고 다시 숨어버렸다.

"애야, 이리 나오너라!"

신부가 아이를 불렀다. 아이가 쪼르르 뛰어나왔다. 빌헬름은 곧바로 그쪽으로 달려가 귀여운 아이를 품에 꼭 안고 감격에 겨워 소리쳤다.

"그래, 알겠구나, 알겠어! 너는 분명히 내 아들이다! 내 친구들 덕분에 이렇게 귀하디귀한 선물을 얻었구나. 그런데 애야, 도대체 어디서 튀어나온 거니? 이렇게 중요한 순간에?"

그러자 신부가 말했다.

"그런 건 묻지 마세요. 축하합니다. 빌헬름 씨! 자연이 선언하는 바에 따라 당신의 수업시대는 이제 끝났소."

제8부

제1장

펠릭스가 정원으로 깡충깡충 뛰어나갔다. 기쁨으로 가득 찬 빌헬름이 그 뒤를 따라갔다. 자연은 한껏 매력을 내뿜으며 아름다운 아침을 열고 있었다. 빌헬름은 더없이 상쾌하고 행복한 그 순간을 만끽했다. 이 드넓고 멋진 세계에 존재하는 모든 것이 펠릭스에게는 새롭고 신기하기만 했다. 어린 소년은 지칠 줄 모르고 자꾸만 물었다. 그러나 아버지는 거기에 대답할 만큼 아는 게 많지는 않았다. 마침내 그들은 이제 막 사귄 정원사에게서 여러 가지 식물의 이름과 쓰임새를 물었다. 빌헬름은 새로운 눈으로 자연을 바라보게 되었다. 그는 아이의 호기심과 궁금증을 통해서 이제야 비로소 자신이 주위에 있는 사물에 대해 얼마나 관심이 없었는지, 얼마나 모르고 있었는지 깨달을 수 있었다. 그의 인생에서 가장 행복한 하루인 이날, 드디어 그의 인격이 형성되기 시작한 것 같았다. 가르쳐야 하는 자리에 서고 보니 그는 스스로 배워야 할 필요성을 느끼게 되었다.

한동안 보지 못했던 야르노와 신부가 어느 날 밤 손님 한 명을 데리고 나타났다. 빌헬름은 손님에게 다가갔다. 깜짝 놀라 제 눈을 의심했다. 그 손님은 바로 베르너였다. 베르너도 이런 일을 전혀 예상치 못했는지 처음에는 빌헬름을 알아보지 못했다. 두 사람은 서로 다정하게 끌어안았다. 그리고 둘 다 똑같이 서로에게 많이 변했다고 말했다. 베르너는 빌헬름이 예전보다 키도 크고 건장해졌으며 자세도 좋아졌고 인품도 훌륭해지고 품위 있어 보인다고 말했다. 그러고는 한마디 덧붙였다.

"옛날의 순수한 모습은 사라진 것 같지만."

그러자 빌헬름이 대꾸했다.

"지금이야 놀라서 그렇지. 충격이 가시면 그 모습도 다시 나타날 걸세."

하지만 베르너는 빌헬름에게 좋은 인상을 주지 못했다. 이 착한 사나이는 좋아 보이기는커녕 더 늙어 보였다. 전보다 훨씬 몸이 야위었고, 뾰족한 얼굴은 더 홀쭉해졌으며 코는 더 길어진 것 같았다. 이마도 정수리도 어느새 벗겨졌고 목소리는 카랑카랑했다. 움푹 들어간 가슴, 움츠러든 어깨, 칙칙한 두 뺨은 의심할 여지 없이 그가 힘든 노동에 지친 우울병 환자라는 사실을 드러내 주었다.

빌헬름은 베르너의 많이 바뀐 모습을 굳이 말하지 않으려고 조심스럽게 마음을 가다듬었다. 그런데 베르너는 친구를 다시 만난 기쁨에 흠뻑 취해 있었다.

"그래, 내 생각에 자네는 아마 돈도 벌지 않고 시간을 낭비했을 테지만, 그래도 그동안 참 훌륭하게 성장했군. 모처럼 행운을 얻었으니 꼭 쥐고 놓치지 말게. 또 시간 낭비나 하지 말고! 그 남자다운 풍채를 이용해서 부잣집 상속자인 예쁜 아가씨나 하나 붙잡으라고."

그 말에 빌헬름이 웃으며 대꾸했다.

"자네는 어쩜 그렇게 변한 게 없나? 오랜만에 만났는데 벌써부터 나를 무슨 상품 취급하고 돈벌이가 될 만한 투자 대상으로 여기고 있으니."

야르노와 신부는 이렇게 두 친구가 다시 만났는데도 그다지 마음에 두지 않고 그들로 하여금 과거와 현재 일을 마음껏 이야기하게 내버려 두었다. 베르너가 빌헬름 주위를 빙 돌며 그를 이쪽저쪽으로 돌려세우는 바람에 빌헬름은 당황해서 어쩔 줄 몰랐다.

"나 원, 세상에! 어떻게 이런 일이 다 있지? 정말 놀라워. 하지만 내 눈이 틀렸을 리 없지. 자네 눈은 전보다 더 깊어졌고 이마는 더 넓어졌군. 코는 더 얄팍해지고 입매는 사랑스러워졌고. 어휴, 정말 훌륭해졌는데. 모든 것이 조화롭고 딱 좋아. 그 태평한 게으름뱅이가 이토록 근사한 남자가 되다니!"

그러더니 그는 거울에 비친 자기 모습을 보며 말했다.

"그에 비해 내 꼴은 이게 뭐람. 그동안 돈이라도 충분히 벌어놓지 않았더라면 진짜 꼴불견이었을 거야."

베르너는 빌헬름이 전에 보낸 편지를 아직 못 받은 상태였다. 로타리오가 땅을 함께 사들일 생각이라던 다른 고장의 상회가 바로 베르너 상회였다. 베르너는 그 일로 여기까지 왔는데, 설마 여기서 빌헬름을 만나게 될 줄은 꿈에도 몰랐다. 영지 법관이 와서 서류를 내놓았다. 베르너는 서류에 적힌 내용에 동의했다.

"내가 보기에 두 분은 이 젊은 친구에게 친절하신 것 같군요. 그렇다면 부디 우리 몫이 줄어들지 않도록 신경 써주십시오. 아무튼 이 친구가 땅의 일부를 사서 부자가 될 것인가 말 건가는 전적으로 이 사람한테 달려 있지만요."

베르너의 말에 야르노와 신부가 언짢아하며 이제 막 기본적인 것들을 합의했을 뿐이라고 자신들의 생각을 밝혔다. 베르너는 옹브르*1 한판 하자고 제안했다. 신부도 야르노도 두말없이 자리에 앉았다. 베르너는 이미 카드놀이에 중독되어 있어서 밤마다 옹브르를 치지 않고는 못 배겼다.

두 친구는 저녁 식사를 마치고 단둘이 남게 되자 그동안 하고 싶었던 이야기들을 샅샅이 하면서 열띤 대화를 벌였다. 빌헬름은 이처럼 훌륭한 사람들과 친해지게 된 자신의 행운과 현재 처지에 대해 우쭐대며 이야기했다. 그러자 베르너는 고개를 설레설레 저으며 말했다.

"그랬군. 그래서 자기 눈으로 직접 보기 전에는 뭐든지 곧이곧대로 믿으면 안된단 말이지. 실은 자네에 대해 이러쿵저러쿵하는 수다쟁이들이 한둘이 아니었거든. 글쎄, 자네가 어느 방탕한 젊은 귀족과 함께 살면서 그에게 여배우들을 차례차례 소개해 줘서 돈을 낭비하게 만들었다느니, 자네 때문에 그 귀족이 친척들에게 눈총을 받게 되었다느니, 뭐 그런 얘기들을 나한테 하더라고."

그러자 빌헬름이 말했다.

"맙소사, 그런 오해를 하다니! 내가 연극계에 몸담으면서 무슨 욕을 들어도 웃어넘길 수 있게 되었으니 망정이지, 아니었으면 나 자신을 위해서나 내 훌륭한 친구들을 위해서나 진심으로 화를 냈을 거야. 그런 녀석들은 아주 작은 일밖에 모르면서 어떻게 우리 행동을 두고 이러쿵저러쿵 비평할 수 있는 거지? 좋은 일이든 나쁜 일이든 모든 일은 대체로 보이지 않는 곳에서 조용히 일어나는 법이야. 그리고 겉으로 드러나는 것은 대부분 하찮은 일들뿐이지. 그러니까 그놈들은 사실 아무것도 모르는 셈이야. 그런 녀석들 앞에 무대를 꾸미고 사방에서 불빛을 받으며 배우들이 세 시간쯤 되는 연극을 마쳤다고 하세. 그 연극을 이해할 수 있는 사람이 그 가운데 한 사람이라도 있을까?"

이어서 빌헬름은 가족과 옛 친구와 고향에 대해 물었다. 베르너는 무엇이 변

---

*1 ombre(omber). 영어로는 옴버라고 하며, 세 사람이 함께하는 카드놀이.

했고 무엇이 안 변했는지 엄청 빠른 말투로 자세히 이야기했다.

"우리 집 여자들은 행복하게 잘 지내고 있어. 아무튼 돈이 부족하지는 않으니까. 하루의 절반은 멋 부리는 데 쓰고, 나머지 절반은 멋 부린 자기 모습을 남들에게 자랑하는 데 쓰고 있지. 그러면서 집안 살림도 그럭저럭 잘하고 있고. 내 아들들은 제법 똑똑한 젊은이들이 될 것 같아. 그 애들이 책상머리에 앉아 글을 쓰고 계산을 하고, 이리저리 돌아다니며 흥정을 하고 물건을 싸게 사서 비싼 값에 파는 모습이 벌써부터 눈에 선하네. 나는 되도록 빨리 아이들이 저마다 자기 가게를 경영하게 해줄 작정이야. 아 참, 우리 재산 말인데, 이 점에 대해서는 자네도 만족할 수 있을 거야. 땅 문제가 잘 처리되면 당장 나와 함께 돌아가자고. 보아하니 자네도 이제는 철이 들어 제대로 사업을 할 수 있을 것 같은데. 자네가 새로 사귄 친구들은 정말 대단해. 자네를 바른길로 이끌어 줬으니까. 아, 난 정말 바보야. 내가 자네를 얼마나 좋아하는지 이제야 알다니! 이렇게 자네의 당당하고 멋진 모습을 보니, 아무리 봐도 질리지 않는군. 전에 자네가 우리 집사람한테 보내줬던 초상화하고는 영 딴판인데. 실은 그 초상화 때문에 우리 집이 한바탕 떠들썩해졌었지. 훤히 드러난 목, 반쯤 벌거벗은 가슴, 큼직한 옷깃, 늘어진 머리카락, 둥근 모자, 짧은 조끼, 헐렁헐렁한 긴 바지. 이런 젊은이를 두고 집사람과 딸은 정말 멋있다고 칭찬했지만 나는 어릿광대나 다름없는 꼴이라고 주장했거든. 그런데 지금 내 눈앞에 있는 자네 모습은 놀라우리만치 훌륭해 보이는군. 다만 머리를 땋지 않은 것이 옥에 티야. 머리를 땋아야지. 안 그러면 유대인 여행자로 오해받아서 관세나 보호세를 뜯길지도 몰라."*2

그러는 사이에 펠릭스가 방 안으로 들어왔지만 아무도 눈치채지 못했다. 펠릭스는 소파에 누워 잠들어 버렸다. 베르너가 물었다.

"이 애는 누구야?"

그 순간 빌헬름은 진실을 말할 용기가 나지 않았다. 또 천성적으로 의심이 많은 이 남자에게 복잡한 사정을 설명하고 싶지도 않았다.

이윽고 그들은 땅을 살펴본 뒤 계약을 매듭지으려고 다 같이 밖으로 나갔다.

---

*2 그 시대 남자들은 대체로 머리를 땋았는데, 유대인은 종교적인 이유 때문에 머리를 땋지 않았다. 그리고 독일에는 유대인을 박해하는 경향이 있었으므로 유대인은 다른 나라로 이동할 때 관세와 보호세 따위를 내야 했다.

빌헬름은 어디에 가나 펠릭스를 데리고 다녔다. 땅이 머잖아 자신의 것이 된다는 생각을 하니 빌헬름은 아이를 위해서 정말로 잘한 일이라고 진심으로 기뻐했다. 앵두와 딸기를 먹고 싶어하는 아이를 보며 빌헬름은 자신의 어린 시절을 떠올렸다. 그는 가족의 행복을 위해 끊임없이 노력해야 하는 아버지의 온갖 책임에 대해 생각했다. 묘목원과 건물들을 매우 흥미롭게 살펴보았다. 황폐해진 밭을 다시 일구고 낡은 건물을 수리할 계획을 열심히 세웠다. 그는 더 이상 지나가는 철새처럼 이 세상을 바라보지 않았다. 건물을 보더라도, 거기 있는 사람이 채 떠나기도 전에 망가져 버리는 임시 오두막으로 여겨지는 않았다. 지금 그가 기초를 다지려고 하는 모든 것은 어린 아들에게 도움이 되어야 했고, 그가 만들어 내는 모든 것이 몇 세대에 걸쳐 무사히 존속되어야 했다. 이렇게 생각한다는 점에서 그의 수업시대는 이미 끝났으며, 그는 아버지로서의 깨우침과 시민으로서의 모든 미덕을 손에 넣은 셈이었다. 그것을 실감하며 그는 비할 데 없는 커다란 기쁨을 맛보았다. 그가 외쳤다.

"아, 도덕의 엄격함은 얼마나 부질없는지! 그에 비해 자연은 자비롭게도 우리를 마땅히 그래야 할 온갖 모습으로 만들어 주는구나. 아, 사람들로 하여금 올바른 길을 벗어나게 만드는 시민사회의 지나친 요구, 자연 자체가 원하는 것보다도 더 많은 것을 우리에게 바라는 그 시민사회의 요구는 이상하기 짝이 없어. 진정한 배움의 길을 없애고 앎의 즐거움을 무시한 채 최종 목적만을 제시하는 교육이 무슨 소용이란 말인가!"

이제까지 그는 인생의 많은 것을 보아왔다. 하지만 어린아이를 관찰할 때 비로소 인간의 본성을 분명히 알 수 있다는 생각이 들었다. 극장도 이 세상도 따지고 보면 바닥에 던져진 주사위 한 무더기에 지나지 않으니, 그 주사위들 하나하나의 표면에는 1부터 6까지의 숫자가 표시되어 있지만 모두 다 합치면 마침내 똑같은 수가 된다고 생각했다. 그러나 어린아이의 경우는 달랐다. 아이들은 저마다 다른 주사위이다. 주사위 여섯 면에는 그 사람의 본성에 따라 서로 다른 숫자가 뚜렷이 새겨져 있다.

사물의 차이를 알고자 하는 펠릭스의 욕구는 나날이 커졌다. 사물에는 이름이 있다는 사실을 깨닫고는 모든 사물의 이름을 알고 싶어했다. 아이는 아버지가 무엇이든지 다 안다고 굳게 믿어 모든 걸 물음으로써 아버지를 괴롭혔다. 그래서 빌헬름은 평소에는 거의 흥미를 느끼지 않던 것들에 관심을 가지고 새삼스레 바라보게 되었다. 만물의 근원과 종말을 알고자 하는 본능도 펠릭스에게서는 일찌감치 나타났다. 바람은 어디서 불어오고 불꽃은 어디로 가느냐는 질문을 받았을 때 아버지는 자신의 무지함을 절절히 느꼈다. 인간의 생각은 어디까지 확장될 수 있을까. 인간은 과연 무엇을 자기한테나 남한테나 똑똑히 설명할 수 있을까. 그는 그것이 알고 싶었다. 생물이 학대받는 모습을 보고 아이가 몹시 화를 내자 아버지는 이것이야말로 훌륭한 심성을 나타내는 증거라며 무척 기뻐했다. 비둘기 몇 마리의 목을 자른 식모에게 아이가 화를 내며 대든 적도 있었다. 하지만 아이가 참새를 잡아 토막내거나 개구리를 때려죽이는 모습을 봤을 때는 마음이 어수선했다. 그는 이렇게 아이가 하는 일을 관찰하며, 겉으로는 더없이 공명정대해 보이지만 실은 아무 관심 없이 다른 사람의 행위를 바라보던 많은 사람들을 떠올렸다.

아이가 자신의 인격에 아름답고 참된 영향을 끼치고 있다는 즐거운 느낌은 얼마 못 가서 사라져 버렸다. 빌헬름은 자기가 아이를 교육한다기보다도 아이가 자기를 가르치고 있다는 사실을 깨달았기 때문이었다. 그는 아이가 무슨 짓을 해도 나무라지 않았다. 아이가 스스로 선택하지 않은 쪽으로 아이를 이끌 수는 없었다. 아우렐리에가 그토록 애써서 고치려고 했던 아이의 나쁜 버릇들도 그녀가 죽고 나서는 모조리 되살아나는 것 같았다. 아이는 여전히 출입문을 제대로 닫지 않았고, 자신의 몫으로 접시에 덜었던 음식을 먹다가 남겼다. 때로는 음식을 덜어 먹지 않고 큰 냄비에서 바로 퍼먹거나, 가득 채워진 잔은 내버려 둔 채 병에다 입을 대고 꼴깍꼴깍 마셨다. 그래도 혼나지 않자 아이는 무척 기뻐했다. 아직 글자도 모르고 배울 생각도 없는 이 아이가 책을 들고 방구석에 앉아 무척 진지하게 "책이 어려워도 공부해야 해!" 이렇게 말할 때에는 더없이 사랑스럽기도 했다.

그런데 빌헬름은 지금까지 자기가 이 아이를 위해 아무것도 해주지 못했으며 지금도 별다를 게 없다고 생각될 때마다 그의 행복을 몽땅 빼앗긴 것만큼 끔찍한 불안감에 휩싸였다. 그는 혼잣말을 했다.

"남자라는 생물은 처음부터 자기 자신 말고는 아무도 돌볼 수 없도록 이기적인 존재로 태어난 걸까? 나는 미뇽에게 했던 것과 똑같은 짓을 펠릭스에게 하고 있는지도 몰라. 그래, 나는 귀여운 미뇽을 거두었지. 그 애와 함께 있으면 너무나 즐거웠어. 그런데 나는 매정하게도 그 애를 제대로 돌보지 않고 내버려 두었어. 그토록 배우고 싶어하던 아이가 어떤 교육을 받을 수 있도록 해주었지? 아무것도 해주지 않았어! 나는 그 아이를 그 아이 자신에게 내맡기고, 또 교양 없는 극단 안에서 만나게 되는 온갖 우연에다가 내맡겨 버렸어. 자, 그리고 펠릭스에 대해서는 어떤가? 너에게 이토록 소중한 존재가 되기 전부터 너는 이상하게 그 애가 마음에 걸렸지. 그런데 그때 과연 네 양심이 너에게 명령했던가? 그 애를 위해서 아주 작은 일이라도 해주라고? 아, 정신 차려. 이제는 네 시간도, 남의 시간도 낭비할 때가 아니야. 정신 똑바로 차리고, 혈연과 애정의 끈으로 너와 연결되어 있는 사랑스런 두 아이를 위해서 무슨 일을 해줘야 할지 곰곰이 생각해 봐."

이러한 독백은 따지고 보면 그가 이미 깊이 생각하고 요모조모 따져서 내린 결정을 다시 한 번 확인하는 일에 지나지 않았다. 그 사실을 스스로 인정했으니 더 이상 일을 미룰 수 없었다. 마리아네를 잃은 슬픔을 몇 번이나 헛되이 되새기고 나서 그는 확실히 깨달았다. 아이를 위해서 그는 어머니를 찾아야 하며, 테레제보다 더 훌륭한 어머니는 없으리라는 사실을. 그는 그 뛰어난 여자를 잘 알고 있었다. 나와 내 가족을 안심하고 맡길 수 있는 아내이자 반려자는 그 여자밖에 없을 것 같았다. 로타리오에 대한 테레제의 고귀한 사랑은 조금도 문제가 되지 않았다. 그 두 사람은 기묘한 운명의 장난 때문에 영원히 맺어질 수 없다. 게다가 테레제 본인도 스스로를 자유로운 몸으로 여겼으며, 결혼에 대해서는 조금 무관심해 보이면서도 마땅히 해야 한다는 뜻으로 말하지 않았던가.

오랫동안 깊이 생각한 끝에 빌헬름은 딱한 자신의 사정을 테레제에게 이야기하기로 결심했다. 그가 테레제에 대해 알고 있듯이, 테레제도 그에 대해 자세히 알아야 한다. 그는 지금까지 자신이 걸어온 인생길을 돌아보았다. 하지만 딱히 이렇다 할 큰일은 없었다. 하지만 어떤 이야기를 해도 자기한테 도움이 될 것 같지는 않았다. 그래서 그는 몇 번이나 마음을 접으려고 했다. 그러다가 마침내 야르노에게 부탁해야겠다고 다짐했다. 그는 탑에 있는 자신의 수업시대 두루마리를 빌려오기로 마음먹었다. 뜻밖에도 야르노는 흔쾌히 두루마리를 빌려주었다.

스스로 자신의 잘못을 밝힌다는 것은 훌륭한 사람으로서는 그리 기분 좋은 일이 아니다. 과도기는 위험으로 가득 차 있다. 위기는 곧 질병이 아닐까? 병을 앓고 나서 선뜻 거울을 보는 사람은 없을 것이다. 물론 내가 회복되고 있다는 사실을 느끼긴 하지만, 그래도 거울에는 지나간 병의 흔적만이 비칠 뿐이니까. 그러나 빌헬름은 충분히 준비가 되어 있었다. 그의 처지도 그의 현실을 똑똑히 알려주었으며 친구들도 망설이지 않고 그를 도왔다. 빌헬름은 처음엔 조금 조급하게 양피지 두루마리를 펼쳤지만, 그 내용을 읽어 내려가는 동안에 조금씩 안정을 되찾았다. 거기에는 그의 역사가 웅장하고도 날카로운 글로 적혀 있었다. 하찮은 일들이나 부분적인 감상에도 그는 마음을 빼앗기지 않았다. 애정이 넘치는 모든 뉘우침은 그에게 부끄러운 느낌을 주지 않으면서 올바른 길로 이끌어 주었다. 그는 태어나서 처음으로 자신의 모습을 자세히 들여다보았다. 그 것은 거울에 비친 제2의 자아가 아니라 초상화에 그려진 또 다른 자아였다. 물론 거기에 묘사된 얼굴이 자기 얼굴과 똑같다고 말할 수는 없다. 하지만 자신을 깨닫고 표현하면서, 또 옛 모습으로 추억 속에서 현재의 자신보다도 더 오래오래 살아간다는 사실이 그에게는 기쁘게 느껴졌다.

이 기록을 통해 모든 일이 기억 속에 되살아났다. 이제 빌헬름은 테레제를 위해 자기 생애를 글로 남기기로 했다. 그런데 테레제는 훌륭한 일을 많이 한 데 비해 자신은 아무것도 내세울 게 없어서 왠지 부끄러워졌다. 그는 그 수기를 무척 자세히 썼지만, 테레제에게 보내는 편지에는 용건만 짤막하게 적었다. 그는 테레제의 우정을, 더 나아가 사랑까지도 바란다고 말하며 청혼했다. 그리고 되도록 빨리 결정해 달라고 부탁했다.

일을 벌이기 전에 먼저 친구인 야르노나 신부와 의논해야 하지 않을까 하는 망설임도 없진 않았다. 그러나 그는 결국 친구들에게 말하지 않았다. 그의 결심은 이미 확고했으며 이 일은 그에게 몹시 중대했기 때문이다. 아무리 사려 깊고 위대한 인물이 조언해 주더라도 그 말을 따를 수는 없었다. 오히려 그는 남한테 들키지 않으려고 신중하게 행동했다. 손수 다음번 우편마차 편으로 편지를 보냈을 정도이다. 어쩌면 자기 스스로는 그동안 남몰래 자유롭게 살아왔다고 생각했는데, 두루마리를 읽어보니 자기 생활의 수많은 부분이 남들에게 관찰되고 지도되어 왔다는 뜻밖의 사실을 깨닫게 되어 좀 불쾌해졌는지도 모른다. 그래서 그는 적어도 테레제의 마음에는 순수한 자기 마음의 소리를 전달해서 자기 운명을 그녀의 결심과 결단에 맡기려고 한 것이다. 이 중대사에 대해서만은 자신의 감시자 및 감독자의 눈을 피해 행동하면서도 전혀 죄책감을 느끼지 않아도 되어 그는 마음이 편했다.

제2장

떠나간 편지와 엇갈리듯이 로타리오가 돌아왔다. 중요한 일이 잘 풀려서 머잖아 깨끗이 해결되리라는 생각에 모두들 기뻐했다. 빌헬름은 이렇게 많은 실들 가운데 무엇이 어떤 식으로 맺어지고 풀리게 될지, 또 자신의 운명은 앞으로 어떻게 정해질지 생각하며 기대에 부풀었다. 로타리오는 무척 다정하게 모두에게 인사를 했다. 활기찬 모습의 그는 즐겁고 명랑해 보였다. 자기가 해야 할 일을 잘 알고 있으며, 그 앞길을 가로막는 것은 하나도 없다고 굳게 믿는 남자처럼 보였다.

빌헬름은 그에게 진심 어린 인사를 할 수가 없었다. '이 사람은 테레제의 친구이자 연인이요, 약혼자였던 사람이야' 속으로 중얼거리지 않을 수 없었다. '너는 지금 이 사람의 빈자리를 차지하려는 거야. 그런 느낌을 언젠가는 깨끗이 지워버리거나 홀홀 털어낼 수 있다고 생각하는 거냐?' 아마 그 편지를 아직 보내지 않았더라면 도무지 보낼 용기가 나지 않았을 것이다. 다행히 주사위는 이미 던져졌다. 테레제는 벌써 마음을 정했을지도 모른다. 서로 먼 거리에 있어서 그 행복한 결말이 베일에 싸여 있을 뿐이다. 이기든 지든 머잖아 확실히 밝혀질 게 틀림없다. 이렇게 생각하며 빌헬름은 불안한 마음을 애써 달래려고 했다. 그러나 그의 심장은 열병에 걸린 것처럼 쿵쿵 뛰었다. 그는 중요한 거래에도 제대로 집중할 수가 없었다. 이 거래에 그의 전 재산이 걸려 있다 해도 지나친 말이 아니건만. 아! 열정에 휩싸인 인간에게는 그를 둘러싼 모든 것, 그가 가진 모든 것이 무의미해지고 마는 것이다.

다행히 로타리오는 이 거래에 적당히 응했고 베르너도 일을 척척 처리했다. 잇속에 밝은 베르너는 그가, 아니 정확히는 그의 친구가 좋은 땅을 손에 넣게 되자 진심으로 기뻐했다. 한편 로타리오는 전혀 다른 생각을 하고 있는 듯했다. 그가 입을 열었다.

"나는 재산을 손에 넣어도, 그게 합법적인 재산이 아니면 기뻐할 수 없단 말이죠."

그러자 베르너가 큰 소리로 외쳤다.

"원, 세상에! 설마 우리 재산이 합법적이지 않다고 말씀하시는 겁니까?"

"완전하지는 않죠."

로타리오가 대답했다.

"땅에 대한 대가를 현금으로 지불하잖아요?"

"그것만으로는 충분치 않아요. 이런 말씀을 드리면 부질없는 헛소리라고 생각하겠지만, 어떤 재산이든 그에 맞는 세금을 국가에 바치지 않는 한 완전히 합법적이라고는 할 수 없으며 완전히 정당하지도 않은 것 같아요."

"뭐라고요? 그럼, 우리가 자유롭게 사들인 땅에 대해서조차 세금을 내야 한다는 건가요?"

"네, 그렇습니다. 어느 정도는요. 그것을 다른 모든 소유지와 같게 취급할 때에만 소유권의 확실성이 보증되는 거지요. 많은 통념들이 흔들리고 있는 요즘 세상에 농민들이 '귀족의 소유권은 우리 소유권보다 근거가 희박하다'고 생각하는 이유가 뭔지 압니까? 귀족은 땅에 대한 세금을 내지 않고 농민들만 세금을 내기 때문입니다."

"아니, 그렇게 따지면 우리 자본에서 생기는 이자는 어찌 되는 겁니까?"

"그거야 문제 될 게 없어요. 봉토(封土)*3니 뭐니 하는 눈속임일랑 그만두고, 국가가 정당한 합법적 세금을 거두면서 우리 마음대로 땅을 팔 수 있게 해준다면 말이죠. 그러면 우리는 이렇게 큰 땅을 통째로 갖고 있을 필요가 없으니, 자식들에게 똑같이 나누어 주어서 다들 자유롭게 활발한 사업을 하도록 해줄 수 있겠지요. 괜히 이것저것 제약만 많은 특권을 남겨놓을 필요가 없다는 얘깁니다. 그 특권도 말이죠, 우리가 조금이라도 특권을 누리려면 늘 조상들의 망령을 불러낼 수밖에 없다고요. 남자도 여자도 아무런 제약 없이 자유롭게 주위를 둘러보다가 좋은 처녀나 총각을 찾아내서, 단지 좋다는 이유만으로 자기 배필을 직접 고를 수 있다면 얼마나 행복할까요?*4 그러면 국가는 더 많은, 어쩌면 더 훌륭한 국민들을 가지게 될 테니까 인재와 일손이 모자라서 고생할 일도 없어지겠지요."

"솔직히 말씀드리자면, 나는 지금까지 국가에 대해서는 생각해 본 적도 없습니다. 세금도 관세도 보호세도 그냥 관례에 따라 내고 있었을 뿐이에요."

---

*3 봉건시대에 주군이 자신에게 충성을 맹세한 신하에게 내려준 토지. 신하는 이에 대해 세금을 낼 필요는 없으나 자유롭게 토지를 처분할 수 없었다.

*4 결혼 상대를 고를 때에는 대체로 재산이나 신분 따위를 고려하게 마련이다. 게다가 그 시대에는 세습 농민은 영주의 허락 없이 마음대로 결혼할 수 없었다.

베르너가 말했다.

"그래요? 그럼 이제부터라도 훌륭한 애국자가 되길 바랍니다. 식사할 때 자식들한테 먼저 음식을 차려주는 아버지가 좋은 아버지이듯이, 다른 모든 지출을 제쳐두고 국가에 바쳐야 할 돈을 먼저 바치는 사람이 훌륭한 국민입니다."

이런 대수롭지 않은 반성은 그들의 일 처리를 더욱 빠르게 만들었다. 일이 대충 해결되자 로타리오가 빌헬름에게 말했다.

"이제 당신을 떠나보내야겠어요. 여기보다 더 당신을 필요로 하는 곳으로. 내 누이동생이 가능한 한 빨리 당신이 오기를 기다리고 있거든요. 불쌍한 미농이 많이 쇠약해진 모양이에요. 당신이 곁에 있으면 좀 나아질 거라고 생각하나 봅니다. 누이동생이 이런 쪽지까지 나한테 보냈어요. 읽어봐요. 그 애가 당신이 오길 얼마나 애타게 기다리고 있는지 알 수 있을 겁니다."

로타리오가 종이쪽지를 건넸다. 빌헬름은 그 이야기를 듣고 무척 당황했다. 연필로 휘갈겨 쓴 글씨가 백작부인의 필체임을 금세 알아봤지만 뭐라고 대답해야 할지 몰랐다.

"펠릭스도 데려가요. 애들끼리 어울려 놀면 기운이 날 테니까. 내일 아침 일찍 떠나야 합니다. 내 하인들이 타고 온 누이동생의 마차가 아직 여기에 있습니다. 중간 지점까지는 내 말을 빌려드리지요. 그다음부터는 역마를 이용하세요. 자, 그럼 안녕히 가세요. 누이동생에게 안부 전해 주고요. 아 참, 나도 곧 거기로 갈 테니까 손님을 몇 명 받을 준비를 해놓으라고 알려줘요. 우리 종조부님의 친구인 치프리아니 후작님이 이쪽으로 오고 계신답니다. 후작님은 종조부님이 살아 계실 때 만나기를 바라셨어요. 젊은 시절의 추억이라든가, 두 분의 공통된 취미인 미술에 대해 환담을 나누려고 하신 거지요. 후작님은 종조부님보다 훨씬 젊으세요. 종조부님이 후작님의 교양에 아주 좋은 영향을 끼치셨지요. 아마 후작님이 퍽 상심하실 테니까 내가 최선을 다해 그분을 위로해 드려야 할 거예요. 그러려면 되도록 많은 사람을 모아 성대한 연회를 여는 것이 가장 좋은 방법일 겁니다."

말을 마친 로타리오는 신부와 함께 자기 방에 틀어박혔다. 야르노는 그 전에 이미 말을 타고 외출했다. 빌헬름은 서둘러 자기 방으로 돌아갔다. 속마음을 털어놓을 상대는 하나도 없었고, 그가 무척 망설이고 있는 두려운 출발을 막아줄 사람도 없었다. 젊은 하인이 들어와서 어서 짐을 꾸려달라고 말했다. 날이 밝으면 곧바로 떠날 수 있도록 오늘 밤에 짐을 마차에 실어야 한다는 것이다. 빌헬름은 어찌해야 좋을지 몰랐다. 그러다가 마침내 큰 소리로 외쳤다.

"좋아, 아무튼 여길 떠나자! 앞으로 어떻게 할까는 가면서 생각해야겠어. 여차하면 도중에 말을 멈추고, 차마 말할 수 없었던 사연을 편지로 써서 심부름 꾼에게 전해 달라고 해야지. 그다음 일은 될 대로 되라지."

이렇게 결심하긴 했지만 그날 밤 그는 한숨도 자지 못했다. 곤히 잠들어 있는 펠릭스의 얼굴을 볼 때에만 조금이나마 기운이 났다. 그는 또다시 외쳤다.

"아아, 도대체 또 어떤 어려움이 나를 기다리고 있을까? 내가 저지른 실수가 앞으로 얼마나 나를 괴롭힐까? 미래를 위한 훌륭하고 마땅한 계획이 또다시 실패하겠지! 아, 너그럽고도 잔인한 운명이여! 제발 내 손에 들어온 이 보물만은 빼앗지 말아다오. 나의 가장 소중한 이 분신이 눈앞에서 망가지는 모습을 본다면, 이 아이의 마음이 내 마음에서 멀리 떠나게 된다면 나한테는 분별도 이성도 걱정도 조심성도 다 필요 없어질 것이다. 생존 본능도 사라져 버려라! 우리를 짐승과 구별하는 모든 것들아 사라져 버려라! 슬픈 나날을 내 마음대로 끝내는 일이 허락되지 않는다면, 의식을 영원히 파괴하는 죽음이 기나긴 밤을 몰고 오기도 전에 빨리 광기가 내 의식을 없애버리면 좋겠구나."

그는 어린 소년을 품에 안더니 입을 맞추고 가슴을 맞대었다. 넘쳐흐르는 눈물로 아이의 보드라운 뺨을 적셨다. 아이가 눈을 떴다. 그 맑은 눈동자와 부드러운 눈빛이 아버지를 마음속 깊이 감동시켰다. 아버지는 속으로 소리쳤다.

'내가 그 아름답고도 불행한 백작부인에게 너를 소개해서 그 사람이, 네 아버지가 그토록 깊은 상처를 주었던 그 사람이 너를 품에 안는다면 도대체 무슨 일이 벌어질까? 하지만 너를 품에 안는 순간 그 사람의 진정한 슬픔이, 아니 어쩌면 상상 속의 슬픔이 새삼 되살아나서, 그 사람이 비명을 지르며 너를 확 밀쳐버릴지도 몰라!'

마부는 그에게 더 이상 생각하거나 망설일 틈을 주지 않았다. 날이 밝기도 전에 빌헬름은 마차에 실렸다. 그는 펠릭스를 따뜻하게 감싸주었다. 쌀쌀하지만 맑고 상쾌한 아침이었다. 어린 소년은 태어나 처음으로 해가 떠오르는 광경을 보았다. 불꽃같이 비쳐드는 빛줄기와, 차츰 강해지는 햇빛의 위력을 보고 펠릭스는 깜짝 놀랐다. 어린아이의 커다란 기쁨과 기묘한 감상은 아버지 마음을 흐뭇하게 했다. 아버지는 자신도 모르게 아이의 눈을 들여다보았다. 아이의 눈 속에서는 마치 태양이 맑고 고요한 호수 위에 비치는 것처럼 떠올라서 맴돌고 있는 듯했다.

어느 작은 도시에 도착하자 마부는 마차에서 말을 떼어 끌고 돌아가 버렸다. 빌헬름은 얼른 방을 하나 구했다. 여기서 여행을 그만할지 계속 앞으로 나아갈지 고민했다. 여러모로 궁리하고 망설이며 그는 그동안 감히 다시 읽을 생각도 못했던 종이쪽지를 꺼내 들었다. 쪽지에는 다음과 같이 적혀 있었다.

"오빠의 그 젊은 친구분을 빨리 이쪽으로 보내주세요. 미뇽의 상태는 이틀 전보다 더 나빠졌어요. 이런 처지가 슬프긴 하지만, 그래도 그분과 사귀게 되는 것은 무척 기쁜 일이겠지요."

처음에 이 쪽지를 봤을 때에는 마지막 구절을 눈여겨보지 않았었다. 그는 화들짝 놀랐다. 곧바로 여행을 멈추기로 결심했다.

"맙소사, 도대체 왜? 로타리오는 사정을 다 알면서도 내가 누구인지 여동생에게 가르쳐 주지 않았단 말인가? 백작부인은 자제력을 발휘해서 두 번 다시 보고 싶지 않은 사람을 침착하게 기다리고 있는 것이 아니라, 전혀 모르는 사람을 기다리고 있는 거였어! 그런데 내가 그 앞에 나타난다면? 그 사람은 소스라치게 놀라면서 주춤주춤 뒤로 물러서겠지. 얼굴이 새빨개질 거야. 아, 안 돼! 도저히 그런 장면을 연출하러 갈 수는 없어!"

그때 말이 끌려나와 마차에 매였다. 빌헬름은 마차에서 짐을 내리고 그곳에 그냥 머물기로 마음먹었다. 그는 몹시 흥분했다. 준비가 다 되었음을 알리려고 계단을 올라오는 하녀의 발소리가 들렸다. 그는 부득이 그곳에 머물러야 할 그럴싸한 핑계를 빨리 생각해 내려고 쩔쩔매다가 무심코 손에 든 종이쪽지를 봤다. 그러다가 갑자기 부르짖었다.

"아니, 이게 뭐야? 이건 백작부인의 글씨체가 아니라 아마존의 필체잖아!"

하녀가 들어오더니 어서 밑으로 내려오라는 말을 남기고 펠릭스를 데려갔다. 홀로 남은 빌헬름이 외쳤다.

"이럴 수가! 이게 정말일까? 잠깐만, 이걸 어쩐다? 여기서 좀 기다리면서 사정을 알아봐야 하나? 아니면 서둘러 가야 하나? 서둘러 달려가서 운명의 흐름에 몸을 맡겨봐? 그 사람을 만나러 가는데 망설일 게 뭐가 있어? 오늘 밤 당장 그 사람을 만날 수 있는데, 뭐 하러 이런 감옥 같은 데 스스로 틀어박히겠다는 거야? 이건 그 사람 글씨체야. 그래, 그 사람 필체라고. 이 필체가 너를 부르고 있어. 너를 그 사람 곁으로 데려가려고, 그 사람의 마차에 말이 매여 있어. 그래, 이제야 수수께끼가 풀렸군. 로타리오에게는 여동생이 둘 있는 거야. 로타리오는 한 여동생과 나와의 관계는 알아도, 다른 한 여동생에게 내가 얼마나 큰 은혜를 입었는지는 몰랐던 거야. 하기야 아마존도 자기가 목숨까진 아니어도 건강을 되찾아줬던 그 부상당한 떠돌이가, 설마 자기 오빠 집에서 어울리지도 않게 후한 대접을 받고 있는 줄은 꿈에도 몰랐겠지."

마차 안에서 몸을 이리저리 흔들고 있던 펠릭스가 소리쳤다.

"아빠, 빨리 오세요! 빨리 와서 저 예쁜 구름 좀 보세요! 색깔이 진짜 예뻐요!"

"그래, 갈게!"

빌헬름이 계단을 뛰어 내려가며 외쳤다.

"아가야, 네가 경탄해 마지않는 하늘의 자연현상도, 네 아버지가 이제 곧 보게 될 광경에 비하면 아무것도 아니란다!"

그는 마차 안에 앉자마자 모든 일을 머리에 떠올려 보았다.

'그렇구나. 이 나탈리에란 사람이 테레제의 친구인 거야. 이 얼마나 놀라운 발견, 놀라운 희망인가! 이제야 눈이 번쩍 뜨인 기분이야. 한 여동생에 대한 이야기를 듣는 게 너무 무서워서 또 다른 여동생이 있을 가능성은 생각조차 안 하다니, 정말 희한한 일도 다 있지!'

그는 기쁨이 가득한 눈으로 펠릭스를 바라봤다. 그리고 아이와 자신이 대단한 환영을 받을 거라는 희망에 부풀었다.

저녁이 되어 해가 떨어졌다. 길이 좋지 않아 마부는 마차를 천천히 몰았다. 펠릭스는 곤히 잠들어 있었다. 또다시 걱정과 의혹이 슬금슬금 고개를 들었다. 그는 조용히 혼잣말을 했다.

"어쩌면 이 모든 것이 어처구니없는 망상과 착각일지도 몰라. 그냥 글씨체가 좀 닮았다고 해서, 내가 그 사람을 아마존이라고 내멋대로 생각하고 어처구니없는 상상을 하는 게 아닐까?"

그는 다시 종이쪽지를 꺼내 저물어 가는 희미한 빛에 비춰 보았다. 또다시 그것이 백작부인의 필체처럼 보이기 시작했다. 전체적으로 보았을 때 그의 마음이 갑자기 그에게 전해 주었던 사실이, 자세히 뜯어보니 그의 눈에는 영 의심스러워 보였다.

"그렇다면 이 말들은 너를 끔찍한 상황으로 끌고 가는 셈이다. 겨우 몇 시간 뒤에는 이 말들이 또다시 너를 데리고 되돌아갈지도 모르지. 백작부인과 단둘이 만난다면 그나마 낫겠지만, 혹시 남편이 곁에 있을지도 몰라. 어쩌면 남작부인도. 그동안 그 사람은 얼마나 변했을까? 그 사람 앞에서 내가 똑바로 설 수나 있을까?"

그러나 지금 자신이 아마존에게 다가가고 있을지도 모른다는 실낱같은 희망이 이따금 우울한 공상 속에 끼어들곤 했다. 어느새 밤이 되었다. 돌바닥 위를 구르던 마차가 저택 뒷마당으로 들어가 멈춰 섰다. 양초를 든 하인이 호화로운 현관에서 나오더니 널따란 계단을 내려와 마차로 다가왔다. 그는 문을 열며 "기다리고 있었습니다" 말했다. 마차에서 내린 빌헬름은 잠들어 있는 펠릭스를 안아 들었다. 그를 맞이한 하인이, 등불을 들고 현관에 서 있는 또 다른 하인을 향해 외쳤다.

"이분을 남작 아씨*5께 안내해 드려!"

그 순간 어떤 생각이 번개처럼 빌헬름의 영혼을 스쳐 지나갔다.

'아, 다행이야! 우연인지 필연인지, 남작부인도 여기에 와 계시는구나. 먼저 남작부인을 만나게 되나 보군. 아마 백작부인은 이미 잠자리에 드신 모양이야. 하늘의 천사들이시여, 난처하기 그지없는 이 순간을 어떻게든 무사히 넘길 수 있도록 도와주소서.'

빌헬름은 저택 안으로 들어갔다. 지금까지 그가 들어간 곳 가운데 가장 엄숙한 장소, 그가 느끼기에는 가장 신성한 장소에 발을 들여놓은 기분이었다. 바로 앞에 대롱대롱 매달려 있는 눈부신 샹들리에 밑에는 넓고 완만한 계단이 있었다. 계단은 위쪽 층계참에서 둘로 갈라졌다. 받침대 위와 벽감(壁龕) 안에는 대리석 입상과 흉상이 나란히 진열되어 있었다. 그중 몇몇은 왠지 눈에 익었다. 어릴 때 받은 인상은 아주 세세한 부분까지 고스란히 기억에 남는 법이다. 그는 할아버지가 소장하고 있던 뮤즈 상을 알아보았다. 그 형태나 가치는 기억하지 못했지만, 다시 만들어 넣은 한쪽 팔과 새 천으로 노닥노닥 기운 옷이 기억났다. 마치 동화 나라에 온 것 같았다. 품에 안은 아이가 무겁게 느껴졌다. 계단에 잠시 멈춰 서서 아이를 고쳐 안으려고 무릎을 꿇었다. 하지만 속마

---

*5 Baroness. '남작부인' 또는 '남작 아씨'. 여기서는 '남작 아씨'란 뜻으로 쓰였는데, 빌헬름은 백작부인의 친구인 '남작부인'이라고 착각했다.

음은 숨을 좀 돌리고 싶어서였다. 겨우 다시 일어설 수 있었다. 등불을 들고 앞서 가던 하인이 아이를 대신 안아주려고 했지만, 빌헬름은 아이를 내주지 않았다. 이윽고 그는 대기실 안에 들어갔다. 그런데 놀랍게도 대기실 벽에는 낯익은 〈병든 왕자〉 그림이 걸려 있었다. 하지만 자세히 들여다볼 틈도 없었다. 하인이 방을 두세 개 지나 조그만 방으로 그를 안내했다. 들어가 보니 어두운 전등갓 그림자 속에서 한 여인이 의자에 앉아 책을 읽고 있었다. '아, 제발 그 사람이기를!' 그는 이 결정적인 순간에 마음속으로 중얼거렸다. 아이가 눈을 뜬 것 같아서 바닥에 내려놓고 그 여인에게 다가가려 했지만, 아이는 잠이 덜 깼는지 푹 고꾸라졌다. 여인이 일어나 이쪽으로 걸어왔다. 아마존이었다! 그는 정신을 차릴 수 없었다. 무릎을 꿇고 "그 사람이다!" 부르짖었다. 그는 여인의 손을 잡고 황홀한 기분으로 그 손에 입맞춤했다. 아이는 두 사람 사이의 융단에 누워 새근새근 잠자고 있었다.

펠릭스를 소파에 뉘었다. 나탈리에가 그 옆에 앉더니 빌헬름더러 근처에 있는 의자에 앉으라고 했다. 마실 거리를 내오게 하려 했지만 빌헬름은 정중히 사양했다. 그는 이 여인이 바로 그 사람이란 사실을 확인하고 싶어서, 전등갓 그림자 속에 숨어 있는 얼굴을 열심히 살펴보느라 바빴다. 나탈리에는 미뇽의 병세를 짧게 설명했다. 미뇽은 어떤 깊은 감정 때문에 나날이 쇠약해지고 있었다. 본인은 애써 감추고 있지만 신경이 몹시 예민해서, 가끔 심한 심장 발작을 일으켜 위독한 상태에 빠지기도 했다. 생명의 가장 중요한 기관이 돌발적인 감정 변화를 못 이겨 덜컥거릴 때마다 아이의 심장은 뛰놀지 않았다. 이 불안한 발작이 가라앉으면 다시 힘차게 고동치는 생명력이 모습을 드러내곤 했다. 조금 전에는 너무 약해서 고민이었는데 이제는 너무 과해서 불안하다고 했다.

빌헬름은 미뇽의 발작 장면을 기억해 냈다. 나탈리에는 이제 의사에 대해서 말했다. 의사가 미뇽의 병세와 친구이자 은인인 빌헬름을 오게 한 이유를 말해 줄 것이라고 했다.

"그 아이가 많이 변했다는 사실을 알게 되실 거예요."

나탈리에가 말을 이었다.

"이제는 여자 옷을 입고 있답니다. 전에는 그렇게도 싫어했는데."

"어떻게 설득하신 건가요?"

빌헬름이 물었다.

"전부터 그렇게 해주고 싶었지만, 실은 우연한 사건 덕분에 일이 잘 풀린 거예요. 자, 어찌 된 일인지 설명해 드릴게요. 아시다시피 나는 늘 어린 소녀들 몇 명을 주위에 두고 있어요. 그 아이들이 커감에 따라 그 생각이 바람직하고 올바른 방향으로 뻗어나갈 수 있도록 내가 옆에서 도와주고 싶어서요. 나는 스스로 올바르다고 생각하는 것 말고는 아무것도 아이들에게 말해 주지 않습니다. 하지만 세상에서 통용되고 있는 여러 가지 오류나 편견을 다른 사람들이 그 아이들에게 말해 주는 것까지는 내 힘으로 막을 수 없고, 또 막을 생각도 없습니다. 아이들은 이따금 그런 것에 대해 나한테 물어보고는 하지요. 그럴 때 나는 외부에서 전해진 그 그릇된 개념을 어떻게든 올바른 개념과 관련지어, 도움이 되지는 않아도 나쁘지는 않은 개념으로 만들어 주려고 애쓴답니다. 그런데 얼마 전에 아이들이 농부의 아이들한테서 천사니, 산타클로스니, 크리스마스 선물이니 하는 이야기를 들었어요. 특정한 시기가 되면 천사나 산타클로스가 인간 모습으로 이 세상에 나타나서 착한 아이에게는 선물을 주고 나쁜 아이에게는 벌을 준다는 거죠. 아이들은 누가 천사나 산타클로스로 변장하는 게 틀림없다고 믿었어요. 그래서 나도 맞장구를 쳤어요. 그리고 여러 번 말로 가르치는 것보다 한 번 보는 게 더 낫겠다고 생각했죠. 그런데 때마침 좋은 기회가 왔습니다. 평소에 행실이 바른 쌍둥이 자매의 생일이 코앞에 다가왔거든요. 그래서 그날 천사가 두 사람에게 어울리는 조그만 선물을 가져올 거라고 미리 귀띔해 주었지요. 자매는 설레는 마음으로 천사가 나타나기를 기다렸습니다. 나는 미뇽에게 이 역할을 맡기기로 결정했어요. 그날 미뇽은 그야말로 천사 같은 옷을 입었습니다. 길고 가벼운 새하얀 옷이었죠. 가슴에는 금빛 목걸이를 늘어뜨리고 머리에는 금빛 왕관을 썼어요. 처음에 나는 미뇽한테 날개는 달아주지 않을 생각이었습니다. 그런데 미뇽을 꾸며주던 여자들이 솜씨를 자랑하고 싶었는지, 큼직한 금빛 날개 한 쌍을 꼭 달아줘야겠다고 고집을 부리지 뭐예요. 그렇게 해서 탄생한 멋진 천사가 이윽고 한 손에는 백합을 들고 다른 한 손에는 조그만 바구니를 든 채 소녀들 한가운데로 걸어 들어왔어요. 그때는 나도 정말 깜짝 놀랐습니다. '봐, 천사야!' 하고 내가 말했지요. 아이들은 잠시 넋을 잃고 있다가 겨우 입을 열었어요. '미뇽이다!' 이렇게 입을 모아 외쳤죠. 그러나 아무도 이 놀라운 존재에게 감히 다가갈 엄두를 내지 못했어요.

'자, 너희에게 주는 선물이야.'

미뇽이 조그만 바구니를 내밀었습니다. 아이들은 그 주위에 모여들어 미뇽을 쳐다보기도 하고 만지기도 하고 질문을 던지기도 했습니다.

'네가 정말로 천사야?'

한 아이가 묻자 미뇽이 대답했어요.

'그랬으면 좋겠어.'

'백합꽃은 왜 들고 있어?'

'내 마음이 이 꽃처럼 순결하고 정직해야 한다는 뜻이야. 정말로 그렇게 되면 행복할 텐데.'

'그 날개는 어떻게 된 거니? 자세히 보여줘!'

'아직 펼쳐본 적은 없지만, 펼치면 훨씬 아름다워질 거야.'

미뇽은 아이들의 천진난만한 물음에 하나하나 꼼꼼하게 대답해 주었어요. 이윽고 아이들의 호기심도 채워지고 천사의 강렬한 인상도 조금 무뎌졌지요. 그래서 미뇽의 옷을 벗겨주려고 했는데, 그 아이가 거부하면서 치터를 집어 들더니 이 높은 책상에 걸터앉아 놀랍도록 우아한 태도로 노래를 부르기 시작했어요.

이 반짝이는 환상을, 하얀 옷을 벗기지 말아주세요.
저는 이제 곧 아름다운 이 세상을 떠나
저 견고한 무덤으로
내려가게 될 테니까요.

그곳에서 잠시 쉬고
상쾌하게 눈을 뜨면
이 깨끗한 옷도
목걸이도 왕관도 다 두고 갈 거예요.

하늘 위에 있는 존재들에게는
남녀 구별이 무의미하고
정화된 육체에는
옷도 장식도 필요 없으니까요.

걱정도 고생도 모르고 살아왔지만
슬픔만은 부족함 없이 맛보았지요.
괴로움 때문에 일찍 시들었어요.
저에게 다시 영원한 젊음을 돌려주세요.

나는 그 자리에서 결정했어요. 미뇽에게 그 옷을 그대로 입히고, 비슷한 옷을 몇 벌 더 마련해 주기로요."

나탈리에가 말을 이었다.

"그 옷을 입으면 미뇽은 겉모습뿐만 아니라 인격까지 딴판으로 바뀌는 것 같아요."

이미 밤이 깊었다. 나탈리에는 빌헬름에게 그만 가서 쉬라고 했다. 빌헬름은 좀 불안한 마음으로 그녀 곁을 떠났다. '이미 결혼을 했을까?' 빌헬름은 문득 자신에게 그렇게 물었다. 무슨 기척이 날 때마다 그는 그녀의 남편이 문을 열고 들어올까봐 흠칫거렸다. 그를 방으로 안내한 하인은 빌헬름이 그 일을 물어보기 전에 재빨리 사라져 버렸다. 그는 마음이 불안하여 한동안 잠을 이룰 수 없었다. 그는 아마존의 모습과 방금 만난 여인의 모습을 비교해 보았다. 두 모습이 서로 달랐다. 아마존의 모습은 그가 만들어 낸 상상의 인물이었다. 하지만 방금 만난 여인은 도리어 그를 사뭇 다른 사람으로 바꾸어 놓을 것 같았다.

제3장

다음 날 아침, 빌헬름은 모두가 조용히 잠들어 있는 저택 안을 둘러보았다. 지금까지 본 집들 가운데 가장 깨끗하고 아름답고 기품 있는 건축양식이었다. 그가 외쳤다.

"참다운 예술은 건전한 사회와도 같아. 우리 내부에 있는 교양은 어떤 절도를 지키도록 추구하고 있는데, 참다운 예술은 그 절도를 더없이 기분 좋게 우리에게 가르쳐 준다."

할아버지가 소장하고 있었던 입상과 흉상이 그에게 주는 인상은 믿을 수 없을 만큼 유쾌했다. 충동적으로 〈병든 왕자〉 그림을 보러 갔다. 그 그림은 변함없이 매력적이고 감동적이었다. 그 밖에도 많은 방들을 하인이 보여주었다. 도서실, 박물 표본실, 물리 실험실도 있었다. 그는 이 모든 것이 자기와는 아무 상관도 없음을 느꼈다. 그새 펠릭스가 일어나 그를 뒤따라왔다. 그런데 테레제는 과연 언제 어떤 답장을 보낼까? 문득 불안해졌다. 미뇽을 만나기가 두려웠다. 나탈리에와 얼굴을 마주하는 것도 거북했다. 테레제에게 보낼 편지를 봉하고 나서 그 고귀한 여인에게 정신없이 푹 빠져 있었던 그때와 지금 이 상황을 비교해 보니, 그 차이가 놀라울 따름이었다.

나탈리에가 보낸 심부름꾼이 와서 아침 식사를 하라고 했다. 식당에 들어가자 단정한 옷을 입은 소녀들 몇 명이 식탁을 차리고 있었다. 다들 열 살이 안 되어 보였다. 또 다른 소녀는 다양한 음료수를 가져왔다.

빌헬름은 소파 위에 걸린 초상화를 눈여겨보았다. 그다지 잘 그린 그림은 아니었지만 나탈리에의 초상화임에 틀림없었다. 나탈리에가 안으로 들어왔다. 그런데 어찌 된 일인지 초상화에서는 더 이상 나탈리에의 모습이 보이지 않았다. 그나마 초상화 가슴에 그려진 십자 휘장이 위안이 되었다. 나탈리에의 가슴에도 똑같은 모양의 십자가 휘장이 달려 있었다.

"이 초상화를 보고 있었는데요. 정말로 신기하군요. 어느 화가인지, 같은 사람을 그렸는데도 매우 다른 느낌의 초상화를 그릴 수 있다니. 전체적으로 볼 때 이 초상화는 당신을 꼭 닮았는데, 자세히 보면 얼굴 생김새도 성격도 딴판인 것 같아요."

그러자 나탈리에가 말했다.

"그토록 닮았다는 것이 오히려 신기하죠. 왜냐하면 이것은 내 초상화가 아니거든요. 이건 이모님 초상화예요. 나는 아직 어렸을 때에도 그때 어른이었던 이모와 많이 닮았었죠. 이 초상화는 그분이 지금 내 나이쯤 되셨을 때 그려진 거예요. 처음 보신 분들은 누구나 내 초상화라고 생각하시지요. 당신도 이 훌륭한 분을 아셨더라면 참 좋았을 텐데요. 나는 이모님께 많은 은혜를 입었습니다. 이모님은 무척 몸이 약하셨어요. 더구나 그분 자신의 문제를 너무 깊게 생각하고 도덕적으로도 종교적으로도 무척 엄격해서 사회에 잘 섞이지 못하셨죠. 만약 상황이 달랐더라면 사회적으로도 큰 인물이 되셨을 거예요. 이모님은 몇 안 되는 친구분들을, 특히 나를 비춰주시는 등불이었습니다."

갑자기 수많은 상황들이 하나로 이어지는 것 같았다. 빌헬름은 잠시 생각하고 나서 말했다.

"혹시 그 아름답고 훌륭한 영혼의 소유자가 당신 이모님이 아니었을까요? 그분의 담담한 고백록은 나도 읽은 적이 있습니다만."

"그 수기를 읽으셨나요?"

나탈리에가 물었다.

"네. 무척 흥미로웠어요. 그 글이 내 삶 전체에 영향을 주기도 했습니다. 나는 그 수기를 읽고 그분의 고결한 인격에 깊은 감명을 받았습니다. 아니, 그분뿐만 아니라 그분을 둘러싸고 있는 모든 것이 고결했어요. 또 그분의 자립성과, 그분이 그 고귀하고 상냥한 정서에 어울리지 않는 것은 무엇 하나 받아들이지 않는다는 점이 인상적이었지요."

"그래요? 그럼 당신은 그 수기를 읽은 많은 사람들 가운데 누구보다도 이모님의 아름다운 성품을 정당하게, 아니 공정하게 이해해 주신 거군요. 교양 있는 사람이라면 누구나 자기 자신과 다른 사람이 가지고 있는 온갖 더럽고 속된 것들과 싸워야 한다는 사실을 잘 알고 있지요. 또 교양을 얻으려면 비싼 값을 치러야 한다는 사실도 알고요. 그런데도 가끔 이기적인 생각에 사로잡혀 남의 은혜를 잊어버린단 말이에요. 착한 사람은 스스로 섬세함이 모자랐다고 자책하곤 하지요. 그런데 아름다운 마음씨를 가진 사람이 너무 예민하게 양심적으로 자신을 갈고닦으면, 아니 지나치게 그랬다고 할 수 있겠죠. 아무튼 그렇게 되면 세상 사람들은 그 사람을 너그럽게 받아들이지 못하게 되는 것 같습니다. 하지만 이런 사람은 우리 마음속에 있는 이상(理想)이 밖으로 나타난 존재예요. 하나의 본보기죠. 우리가 도저히 흉내 낼 수는 없어도 목표로 삼고 따라가는 대상이에요. 생각해 보세요. 세상 사람들은 네덜란드 여성의 결벽성을 비웃곤 하죠. 하지만 내 친구 테레제도 가정에서 그런 관념을 늘 마음에 두지 않았더라면 지금 같은 사람이 되지 못했을 거예요."

"아, 그럼 당신은 테레제 양의 친구인 나탈리에 양이시군요? 그 훌륭하신 이모님께서 진심으로 사랑하셨던 나탈리에 양 말이에요! 사려 깊고 사랑스러우며 친절한 그 소녀! 그래요. 그런 집안이니까 그토록 훌륭한 인물이 나올 수 있었던 거군요. 비로소 눈이 번쩍 뜨이는 기분입니다. 당신의 조상과 당신이 속한 사회 전체가 이제는 한눈에 보이는 것 같아요."

"네. 우리에 대해 알고 싶다면 우리 이모님의 수기를 읽는 것이 가장 좋은 방법일지도 몰라요. 그런데 이모님이 나를 너무 좋게만 말씀하신 것 같아요. 이모님은 어릴 때부터 나를 무척 귀여워하셨거든요. 어린애에 대해 이야기할 때에는 다들 그러잖아요. 아이의 진짜 모습을 그려내기보다는 자신의 기대와 희망을 표현하는 법이죠."

나탈리에가 이야기하는 동안 빌헬름은 재빨리 생각해 보았다. 이로써 로타리오의 출신과 어린 시절을 알게 되었다. 아름다운 백작부인은 이모님의 진주 목걸이를 목에 두른 소녀였다. 그녀의 보드랍고 사랑스런 입술이 내 입술에 닿았을 때, 그 진주 목걸이가 나에게도 닿을락 말락 했지. 그는 이 감미로운 추억을 몰아내려고 얼른 다른 생각을 했다. 그 수기를 통해 알게 된 사람들을 하나하나 떠올려 보았다.

"아, 그럼 나는 그 훌륭하신 외종조부님의 저택에 와 있는 거군요. 아니, 이건 저택이 아닙니다. 신전이에요. 그리고 당신은 신전에 있는 고귀한 사제, 정확히는 성령 그 자체입니다. 어젯밤 내가 이곳에 들어왔다가 어릴 때 봤던 오래된 미술품들이 다시금 내 눈앞에 나타난 광경을 보고 느꼈던 그 인상은 평생토록 잊지 못할 것입니다. 나는 미뇽의 노래*6에 나오는 다정한 대리석상을 떠올렸어요. 그러나 이곳에 있는 미술품은 나를 동정하지는 않았습니다. 다만 엄격한 표정으로 나를 바라보며 어린 시절과 현재를 직접 이어주었지요. 우리 집안의 유서 깊은 보물이, 할아버지가 그토록 아끼시던 삶의 기쁨이, 이제는 이곳에서 다른 훌륭한 미술품들과 함께 진열되어 있군요. 그리고 날 때부터 훌륭한 노인께 사랑을 받았던 이 보잘것없는 인간인 나도 지금 이 자리에 서 있고요. 아아, 이 얼마나 놀라운 우연인지! 신비로운 운명의 만남이군요!"

소녀들은 집안일을 하기 위해 하나둘 자리를 떠났다. 나탈리에와 단둘이 남은 빌헬름은 그의 마지막 말을 좀더 낱낱이 설명해 달라는 부탁을 받았다. 그래서 이 저택에 전시되어 있는 미술품 가운데 많은 부분이 실은 자기 할아버지의 소장품이었음을 밝혔다. 그러자 분위기가 매우 밝고 따뜻해졌다. 앞서 빌헬름은 수기를 통해 이 가족을 만나게 되었는데, 이제는 그가 물려받았어야 할 유산 속에서 자기 자신을 다시 만난 셈이었다. 그는 미뇽을 만나게 해달라고 부탁했다. 그러나 나탈리에는 이웃에 왕진을 간 의사가 돌아올 때까지 기다

*6 제3부 첫머리에 나오는 노래.

리라고 했다. 그 의사가 누구인지는 여러분도 쉽게 짐작할 수 있을 것이다. 그렇다. 바로 〈아름다운 영혼의 고백〉에 나오는 그 자그마하고 활동적인 인물이다. 빌헬름이 입을 열었다.

"그렇다면 나는 지금 당신 가족들 사이에 있는 거군요. 내가 온갖 기묘한 사건들을 겪고 나서 당신 오라버님 댁에서 다시 만난 그 신비로운 인물이 혹시 그 수기에 나오는 신부님인 건 아닐까요? 그분에 대해 자세히 말씀해 주실 수 없나요?"

"그분에 대해 말씀드릴 거야 많지요. 그중에서도 내가 가장 잘 알고 있는 것은 그분이 우리 교육에 미치신 영향입니다. 그분은 교육이 그 사람의 타고난 소질과 밀접하게 관련되어 있어야 한다고 확신하셨어요. 적어도 한때는 말이죠. 지금은 어떻게 생각하시는지 모르겠네요. 그때 그분은 이렇게 주장하셨어요. 인간의 처음이자 마지막인 것은 활동이라고요. 인간에게 활동할 자질이 없고 또 우리를 활동하게 하는 본능이 없다면 인간은 아무 일도 할 수 없다는 거죠. 그분이 늘 말씀하셨어요. '시인은 날 때부터 시인이라고 세상 사람들은 말합니다. 다른 예술가에 대해서도 마찬가지고요. 하기야 그렇게 말하지 않을 수 없겠죠. 타고난 재능에서 비롯된 성과는 척 봐도 보통 사람은 도저히 흉내 낼 수 없을 것 같으니까요. 그런데 자세히 살펴보면 인간의 모든 능력은, 아무리 하찮아 보여도 모두 타고난 능력이죠. 어디에 쓸모가 있는지 모를 재능은 하나도 없습니다. 다만 현대 사회의 불확실하고 오만한 교육이 인간을 안개 속에서 방황하게 만드는 것뿐입니다. 우리 교육은 인간의 내적 충동에 활기를 불어넣지는 않고 욕망만 자극하고 있어요. 또 진정한 소질을 발전시켜 주지는 않고 그 소질을 지향하려고 애쓰는 본성과 모순되는 대상을 추구하게 만듭니다. 내 눈에는 남의 길을 똑바로 걸어가는 어린이나 젊은이보다는, 이리저리 헤매면서도 자신의 길을 걸어가는 어린이 또는 젊은이가 훨씬 더 바람직해 보입니다. 방황하면서도 자신의 길을 걷는 사람은 스스로의 힘으로 또는 남의 인도를 받아 올바른 길을, 즉 타고난 본성에 어울리는 길을 찾아내기만 하면 다시는 그 길에서 벗어나지 않습니다. 그러나 남의 길을 걸어가는 사람은, 그 엉뚱한 길에서 벗어나 제멋대로 행동할 위험에 늘 드러나 있습니다.'"

그 말을 듣고 빌헬름이 답했다.

"참 이상하군요. 그런 신비로운 사람이 나한테도 관심을 가지고, 그분의 방식대로 나를 가르쳐셔야 하는데, 오히려 한동안은 내 잘못된 행위를 즐기셨던 것 같아요! 그분이 다른 사람들과 한통속이 되어 나를 놀리신 모양인데, 뒤에 그 일을 어떻게 책임지실지 꾹 참고 기다려봐야겠군요."

"글쎄요. 그분의 교육 방식이 변덕스러울지는 몰라도, 나는 그 변덕에 대해 불평을 할 수 없습니다. 왜냐하면 우리 남매 가운데 특히 나는 그 교육 방식에 큰 도움을 받았거든요. 로타리오 오빠도 아마 그보다 더 좋은 교육을 받을 수는 없었을 거예요. 다만 내 여동생인 백작부인은 예외지만요. 그 아이는 다른 방식으로 교육받는 편이 나았을지도 몰라요. 그러면 그 아이의 연약한 본성을 좀더 진지하고 강인하게 만들 수도 있었을 텐데. 내 남동생 프리드리히도 말이죠. 그 애가 앞으로 어떻게 될지 나는 짐작도 못하겠어요. 내 남동생이 이 교육적인 실험의 희생양이 되지나 않을까 걱정된답니다."

"아, 남동생도 있으시군요?"

"네. 무척 명랑하고 촐싹대는 아이지요. 고삐를 잡아줄 사람이 없으니까 제 마음대로 이리저리 떠돌아다니고 있어요. 그 방탕하고 게으른 아이가 앞으로 어떻게 될지 상상도 못하겠어요. 벌써 오랫동안 만나 보질 못했네요. 그래도 신부님과 오빠의 친구분들이 지금 그 애가 어디에서 무엇을 하고 있는지 늘 알고 계시니까 그나마 안심이 되지만요."

빌헬름은 이 복잡한 사정에 대해 나탈리에의 생각을 묻고 싶었다. 또 비밀결사에 대해서도 알고 싶었다. 그런데 그때 의사가 방 안에 들어왔다. 의사는 반갑다고 한마디 하고는 미뇽의 병세를 설명하기 시작했다.

나탈리에는 펠릭스의 손을 잡았다. 자기가 먼저 이 아이를 데리고 미뇽에게 가서, 빌헬름을 만날 마음의 준비를 시키겠다고 말했다.

빌헬름과 단둘이 남게 되자 의사가 이야기를 계속했다.

"자, 이제 당신이 짐작도 못했을 놀라운 이야기를 해야겠군요. 나탈리에 양은 우리가 편안히 이야기할 수 있도록 일부러 자리를 피해 주신 겁니다. 사실 이것은 나탈리에 양이 들려주신 이야기지만, 그래도 그분이 계시는 곳에서 거리낌 없이 할 만한 이야기는 아니니까요. 지금 문제가 되고 있는 그 착한 아이의 이상한 성질은 오로지 깊은 그리움에서 비롯됐다고 할 수 있습니다. 고향을 다시 한 번 보고 싶다는 소망과, 빌헬름 씨 바로 당신에 대한 그리움이에요. 이두 가지 소망만이 그 아이가 살아 있는 이유라고 해도 지나친 말은 아닐 겁니다. 둘 다 한없이 먼 곳을 향해 손을 뻗는 듯한 동경과 그리움이에요. 그 기묘한 아이의 마음속에서는 그리워하는 대상이 손댈 수 없는 곳에 놓여 있는 셈입니다. 미뇽은 밀라노 근처에서 태어났는데 어릴 때 줄타기 곡예단에 유괴되어 부모님과 헤어지게 되었나 봅니다. 그보다 더 자세한 사정은 말해 주지 않더군요. 미뇽은 그때 너무 어려서 지명과 인명을 정확히 기억하지 못하는 것 같았고, 더구나 자기 집 주소와 부모님에 대해서는 아무에게도 자세히 가르쳐 주지 않겠다고 맹세한 모양입니다. 미뇽이 왜 그런 맹세를 했는지 아십니까? 미뇽이 길을 잃었을 때 자신을 발견한 사람들에게 집 주소를 알려주고 그곳으로 데려다 달라고 부탁했답니다. 그런데 그들은 미뇽을 데리고 서둘러 그곳을 떠나버렸던 겁니다. 그리고 밤이 되자 숙소에서 서로 농담을 주고받았습니다. 운 좋게 횡재했다고, 여기까지 데려왔으니 이제는 돌아갈 길을 찾지 못할 거라고요. 그들은 그 애가 잠자는 줄 알았을 테지만, 불쌍한 미뇽은 그 이야기를 듣고 그만 절망하고 말았습니다. 그런데 그 절망 속에서 마침내 성모 마리아가 나타나 그 아이를 돌봐주겠다고 약속했답니다. 그래서 미뇽은 앞으로는 아무도 믿지 않고 자신의 이야기는 아무에게도 하지 않으리라, 오직 하느님만을 믿고 살다가 죽으리라고 하늘에 맹세했던 겁니다. 지금 말씀드린 이야기조차 미뇽이 나탈리에 양에게 명확히 고백한 것은 아닙니다. 그저 미뇽이 그동안 무심코 뱉었던 말들과 노래와 행동들을 바탕으로 나탈리에 양이 이야기를 모아본 겁니다."

그제야 빌헬름은 미뇽의 수많은 노래와 말이 지닌 참뜻을 알 것 같았다. 그는 의사에게 간곡히 부탁했다. 이 독특한 소녀의 묘한 노래와 고백을 통해 알아낸 사실을 부디 숨김없이 말해 달라고.

"그럼 이상한 고백을 하나 들려드리지요. 설령 당신이 기억하지 못해도 당신과 깊이 연관된 일인데요. 내 생각에는 어쩌면 그 일에 미뇽의 목숨이 달려 있지 않을까 싶습니다."

"말씀해 보세요. 어서요."

"《햄릿》 공연이 있었던 날 밤에, 한 여성이 당신 방에 숨어들었던 일을 기억하시나요?"

"네, 똑똑히 기억하고 있습니다. 하지만 이런 자리에서 그 이야기가 나올 줄은 몰랐네요."

빌헬름이 부끄러운 듯이 말했다.

"그게 누구였는지 아십니까?"

"모르겠습니다. 아, 겁주지 마세요. 맹세코, 그게 미뇽이라는 건 아니겠지요? 누굽니까? 가르쳐 주세요."

"나도 모릅니다."

"그럼 미뇽은 아니었나 보군요."

"네, 확실히 미뇽은 아니었습니다. 하지만 미뇽도 그때 당신 방에 찾아가려고 했습니다. 그랬다가 연적이 선수 치는 모습을 한쪽 구석에서 목격하고 깜짝 놀랐던 거죠."

"연적이오? 맙소사, 계속 말씀해 보세요. 정말 혼란스럽군요."

"그런 사실을 이렇게 빨리 알게 된 걸 당신은 감사해야 할 겁니다. 나탈리에 양과 내가 적잖이 고생을 했거든요. 사건 자체에는 그다지 흥미가 없었지만 우리는 오직 미뇽을 구하고 싶어서, 그 아이의 복잡한 사정을 그나마 이만큼이라도 알아내려고 노력했습니다. 꽤 힘들었죠. 자, 들어보세요. 그때 미뇽은 필리네와 다른 처녀들이 스스럼없이 나누는 경박한 이야기와 묘한 노래 가사에 자극을 받았어요. 그래서 사랑하는 사람과 함께 하룻밤을 보낸다면 얼마나 멋질까 하고 생각하게 되었죠. 아, 물론 그 아이는 서로 믿는 가운데 조용하고 행복한 시간을 보내고 싶었을 뿐입니다. 빌헬름 씨, 당신을 향한 애정이 그 착한 아이의 마음속에서 쑥쑥 자라고 있었던 거예요. 전에도 그 아이는 당신 품에 안겨서 숱한 괴로움을 잊을 수 있었지요. 그 아이는 그런 행복을 마음껏 맛보고 싶었던 겁니다. 그래서 미뇽은 당신에게 직접 부탁해 볼까 하다가도, 왠지 두려워져 포기해 버리곤 했습니다. 그런데 그날 밤, 즐거운 분위기와 포도주 여러 잔에 취해서 마침내 그 아이는 대담하게도 당신 방에 숨어들기로 결심한 겁니다. 문이 잠기기 전에 들어가서 숨어 있으려고 서둘러 뛰어갔지요. 그런데 막 계단을 올라갔을 때 발소리가 들렸어요. 얼른 몸을 숨겼습니다. 하얀 옷을 입은 여자가 당신 방에 들어가는 모습이 보였어요. 그 뒤 곧바로 당신이 올라왔죠. 큼직한 빗장 지르는 소리가 들렸습니다.

미뇽은 이루 말할 수 없는 고통을 느꼈습니다. 타오르는 질투의 불길이 은밀한 정욕과 뒤섞여, 이제 막 피어나는 꽃봉오리 같은 그 아이의 마음을 덮쳤어요. 그때까지는 열망과 기대로 활기차게 뛰고 있던 미뇽의 심장이 뚝 멈췄습니다. 무거운 납덩이가 가슴을 짓누르는 것 같았어요. 숨을 쉴 수가 없었습니다. 어쩌면 좋을지 몰랐어요. 그때 노인의 하프 소리가 들려왔습니다. 미뇽은 서둘러 다락방에 있는 노인에게로 갔죠. 그리고 그 노인의 발치에서, 끔찍한 고통을 끌어안고 괴로운 하룻밤을 보냈습니다."

의사는 잠시 말을 멈추었다. 그러나 빌헬름이 잠자코 있었으므로 하던 이야기를 이어 갔다.

"나탈리에 양이 나에게 털어놓더군요. 이 이야기를 하는 미뇽의 모습보다 더 끔찍하고 슬픈 모습은 이제껏 본 적이 없다고요. 게다가 자기가 미뇽의 아픈 기억을 되새겨 놓았다면서 자책하기도 했어요. 그때 나탈리에 양은 이렇게 말했습니다.

'미뇽이 여기까지 이야기하고, 아니 정확히는 내가 끈질기게 퍼부은 물음에 대답을 하고는 갑자기 내 앞에서 쓰러지더니 가슴을 누르며 애처롭게 끙끙댔어요. 그 끔찍한 밤의 고통이 되살아났다고 말예요. 나는 정신을 차리려고 애썼습니다. 그래서 마음과 몸에 도움이 된다고 알려져 있는 방법을 써서 그 아이를 치료해 봤죠.'"

그러자 빌헬름이 입을 열었다.

"나를 너무 고통스럽게 하시네요. 이제 그 아이를 다시 만나야 하는데 내 마음은 몹시 불안합니다. 내가 그 아이에게 얼마나 많은 잘못을 저질렀는지 똑똑히 깨달았으니까요. 솔직히 말씀드리죠. 그 아이의 마음 상태가 그렇다면, 내가 그 애를 만나 봤자 무슨 소용이 있을까요? 나는 모르겠습니다. 당신은 의사로서 그 두 가지 그리움이 그 아이의 심장을 파먹다 못해 죽음으로 몰고 간다고 확신하시잖아요. 그런데 왜 내가 그 아이를 만나서 고통을 되살려 줘야 합니까? 자칫하면 그 애의 죽음을 재촉하게 될지도 모르는데 말입니다."

"이봐요, 빌헬름 씨. 우리는 환자를 도울 수 없을 때에도 최소한 그 고통을 덜어줄 의무가 있어요. 상상 속에 존재하던 사랑하는 사람이 실제로 눈앞에 나타난다면, 상상이 그 파괴력을 잃어버리고 애타는 그리움이 담긴 조용한 눈길로 바라보기만 할 수도 있어요. 나는 그런 보기들을 잘 알고 있습니다. 무엇이든지 절도 있게, 목적의식을 가지고 해야만 해요. 사랑하는 사람이 눈앞에 나타나면 꺼져가던 정열에 또다시 불이 붙을 수도 있으니까요. 그 아이를 만나 다정하게 대해 주세요. 결과가 어찌 될지는 그때 가서 봅시다."

그때 나탈리에가 들어와서 미뇽의 방으로 빌헬름을 안내하겠다고 했다.

"미뇽이 펠릭스를 만나 무척 행복한가 봐요. 아마 당신이 가셔도 기분 좋게 맞이해 줄 거예요."

빌헬름은 조금 망설이면서도 그 뒤를 따라갔다. 조금 전에 들은 이야기 때문에 마음이 어지러웠다. 격정적인 장면이 벌어질까봐 두려웠다. 그런데 그가 방 안에 들어서자 예상과는 정반대 모습이 펼쳐졌다.

풍성한 밤색 머리카락을 일부는 곱슬머리로 놔두고 일부는 묶어 올린 미뇽이 기다란 흰 여성복을 입고 앉아 있었다. 펠릭스를 무릎에 앉혀 꼭 껴안고 있었다. 미뇽은 이미 이 세상을 떠난 유령 같았고, 펠릭스는 생명 그 자체처럼 보였다. 천국과 지상이 서로를 끌어안고 있는 듯한 모습이었다. 미뇽이 미소 지으며 빌헬름에게 손을 내밀었다.

"이 아이를 데려와 주셔서 고마워요. 어찌 된 영문인지 모르겠지만, 사람들이 이 아이를 데려간 다음부터 나는 살아도 사는 것 같지가 않았어요. 내 마음이 아직도 이 세상에서 무언가를 찾고 있는 한, 이 아이가 내 마음의 빈틈을 메워줄 테지요."

빌헬름을 맞이하는 미뇽의 모습이 행복해 보여 다들 크게 안심했다. 의사는 빌헬름에게 자주 미뇽을 보러 와달라 부탁했고, 또 모두들 미뇽의 정신적 육체적 안정을 위해 힘써달라고 했다. 그리고 곧 다시 오겠다는 말을 남기고 돌아갔다.

이제 빌헬름은 소녀들과 여인들에게 둘러싸여 있는 나탈리에를 가까이서 바라볼 수 있었다. 나탈리에와 함께 사는 것보다 더 큰 행복은 없을 것 같았다. 나탈리에의 존재는 그녀 옆에 있는 많은 소녀들과 여인들에게 더없이 순수한 영향을 주었다. 그들 가운데 몇몇은 나탈리에의 저택에 살았고, 나머지는 근처에 살면서 가끔 이곳을 찾아왔다.

언젠가 빌헬름이 나탈리에에게 말했다.

"당신은 지금까지 늘 평탄한 길을 걸어오셨지요? 내 생각이 틀리지 않았다면, 당신 이모님께서 어린 시절의 당신에 대해 적어놓으신 글이 지금도 당신에게 들어맞는 것 같군요. 당신을 보고 있으면, 한 번도 길을 잃고 헤맨 적이 없을 것 같다는 생각이 듭니다. 뒤로 물러나야 했던 적은 이제껏 한 번도 없었지요?"

나탈리에가 대답했다.

"네. 그건 내 성격을 정확히 꿰뚫어 보셨던 외종조부님과 신부님 덕분입니다. 지금도 생생히 기억해요. 어릴 때부터 나는 어려운 사람을 볼 때마다 어떻게든 도와주고 싶어했죠. 그런 바람을 도저히 누를 수 없었어요. 아직 두 다리로 설 수 없는 어린아이, 더 이상 두 다리로 몸을 지탱할 수 없는 노인, 아이를 갖고 싶어하는 부자, 가족을 먹여 살릴 수 없는 가난한 사람, 직업을 찾고 싶다는 은밀한 소망, 재능을 살리고자 하는 간절한 욕구, 그렇듯 하찮아 보여도 이 세상에 꼭 필요한 여러 가지 일을 할 수 있는 능력과 필요한 모든 것들을 어디서나 찾아낼 수 있는 밝은 눈이 나에게는 선천적으로 주어졌나 봐요. 누가 가르쳐주지 않아도 저절로 그런 것들이 내 눈에 들어왔거든요. 나는 오직 그런 것들을 보기 위해서 태어난 것 같기도 했어요. 이를테면 생명이 없는 아름다운 것들에 푹 빠지는 사람들이 많잖아요? 하지만 그런 것들은 내 마음을 조금도 움직이지 못했습니다. 예술이 지닌 매력은 더더욱 그랬고요. 이 세상에 존재하는 결핍과 욕구를 찾아내자마자 그걸 어떻게 채우고 해결하고 도울지 생각하는 것이야말로 나의 가장 큰 즐거움이었어요. 물론 지금도 그렇고요.

누더기를 걸친 가난한 사람을 보면, 저절로 우리 집이나 친구 집 장롱 속에 있는 남아도는 옷들이 떠올랐습니다. 제대로 보살핌을 받지 못해 야위어 버린 아이들을 보면, 사치스럽게 편안히 살면서 지루해하는 부유한 부인들이 생각났고요. 비좁은 단칸방에 갇혀 살고 있는 대가족을 보면, 수많은 집과 저택의 넓은 방을 그들에게 내줘야 한다고 생각했습니다. 나는 무슨 반성이나 성찰을 거치지 않아도 선천적으로 이런 관점을 가지고 있었어요. 그래서 어릴 때부터 희한한 짓을 하거나 기상천외한 생각들로 주변 사람들을 당황하게 만든 적이 한두 번이 아니었답니다. 아, 나한테는 또 하나 독특한 점이 있었어요. 돈이 욕망을 채우는 수단임을 몰랐던 거예요. 한참 뒤에야 그 사실을 겨우 알게 되었죠. 나는 선심을 쓸 때 무조건 물건으로 주었어요. 그 바람에 웃음거리가 된 적도 많았지요. 하지만 신부님만은 나를 이해하시는 것 같았어요. 그분은 언제나 내 편이 되어주셨습니다. 내 소망과 성향을 스스로 깨우치도록 해주셨고, 그런 소망과 성향을 효과적으로 채울 방법을 가르쳐 주셨지요."

"그럼 당신도 그 기묘한 사람들의 원칙에 따라 이곳에 있는 소녀들을 교육하고 있는 건가요? 모든 아이들이 스스로 자신을 교육하게 해서, 그들이 자아를 찾아 헤매며 실수를 저지르다가 마침내 다행히 목적을 이루거나 아니면 불행해지는 모습을 그저 지켜보고만 있는 겁니까?"

"아뇨! 사람을 그런 식으로 다루는 것은 내 마음속 원칙에 어긋나는 일입니다. 당장 도와주지 않는 사람은 영원히 도와주지 않을 사람이고, 당장 충고해주지 않는 사람은 영원히 충고해 주지 않을 사람입니다. 이와 마찬가지로 살아가는 데 도움이 될 만한 법칙은 분명히 말해서 아이들 머릿속에 확실히 새겨넣는 일이 꼭 필요하다고 봅니다. 그래요, 우리 본성에 따라 이리저리 제멋대로 방황하는 것보다는 차라리 규칙에 따라 방황하는 편이 더 낫다고 주장하고 싶을 정도예요. 내 생각에 인간의 본성에는 어떤 빈틈이 있는데, 그 빈틈은 명확하고 확고한 법칙을 통해서만 메워질 수 있는 것 같아요."

"그렇다면 당신의 교육 방식은 우리 친구들 방식과는 전혀 다르군요?"

"네, 맞아요. 그런데 바로 이 점에서도 그분들은 믿을 수 없을 만큼 너그러운 태도를 보여주고 계십니다. 그분들은 이것이 내 방식이라는 이유만으로 아무런 탓도 하지 않고 내 뜻대로 하게 해주시니까요."

나탈리에가 소녀들을 어떤 식으로 교육했는지는 다음 기회에 자세히 보고하겠다.

미뇽은 자주 그들과 함께 어울리고 싶어했다. 이 소녀는 빌헬름과 조금씩 다시 친해지면서 그에게 마음을 열게 된 것 같았고, 또 모든 일에 전보다 더욱 즐거워하며 삶의 기쁨을 맛보는 것 같았다. 그래서 사람들은 미뇽의 소원을 기꺼이 들어주었다. 미뇽은 쉽게 지치는 편이라서 산책하다가 곧잘 빌헬름의 팔에 매달리곤 했다.

미뇽이 말했다.

"이제 미뇽은 더 이상 나무에 올라가거나 폴짝폴짝 뛰어다니지 않아요. 하지만 지금도 여전히 이쪽 산꼭대기에서 저쪽 산꼭대기로 성큼성큼 걸어다니고 싶고, 이 지붕에서 저 지붕으로, 이 나무에서 저 나무로 건너뛰고 싶어요. 아, 저 새들은 얼마나 행복할까요. 저렇게 사랑스러운 모습으로 정답게 둥지를 짓잖아요. 정말 부러워요."

머잖아 미뇽은 빌헬름과 함께 정원으로 산책 나가는 것이 습관처럼 되었다. 빌헬름이 무슨 일을 하고 있거나 눈에 띄지 않을 때에는 펠릭스가 그 자리를 대신했다. 이따금 미뇽은 이 세상 사람이 아닌 것처럼 보였다. 그러나 또 어떤 순간에는 이 세상 사람이 되어 빌헬름과 펠릭스를 부둥켜안았는데, 미뇽은 그들과 헤어지는 것을 무엇보다도 두려워하는 것 같았다.

나탈리에는 깊은 생각에 잠긴 듯했다.

"우리는 당신이 오셔서 저 불쌍한 아이의 마음을 열어주기를 바랐습니다. 그런데 그게 과연 잘한 일이었는지, 지금은 잘 모르겠네요."

이렇게 말하고서 나탈리에는 입을 다물었다. 빌헬름이 어떤 말이든 하길 바라는 눈치였다. 실은 빌헬름도 알고 있었다. 지금 이 상황에서 그가 테레제와 결혼하게 된다면 미뇽이 큰 상처를 받을 게 틀림없다는 사실을. 하지만 테레제에게서 아직까지 답장을 받지 못한 그는 이 계획을 함부로 밝히지 않았다. 한편 빌헬름은 나탈리에가 그 일을 알고 있을 거라 생각하지 않았다.

이와 마찬가지로 나탈리에가 여동생 이야기를 하면서 여동생의 좋은 점을 칭찬하고 현재 처지에 대해 슬픈 뜻을 나타냈을 때에도, 빌헬름은 마음 편히 그 이야기를 들을 수가 없었다. 그는 백작부인이 머잖아 이곳에 오리라는 소식을 듣자 적잖이 당황했다. 나탈리에가 그에게 말했다.

"지금 나의 제부는 교단에서 활약했던 돌아가신 백작님*7을 대신해서, 뛰어난 견식과 활동을 통해 그 커다란 조직을 유지하고 세력을 확장하려는 생각밖에 안 하고 있어요. 이번에 그는 내 여동생과 함께, 말하자면 작별 인사를 하러 이곳에 오는 거예요. 그다음에는 자기네 교단이 뿌리내리고 있는 여러 마을을 방문할 예정이랍니다. 주위 사람들은 그가 하고 싶은 대로 하게 내버려 두고 있는 모양이에요. 제부는 친첸도르프 백작님과 똑같아지고 싶은 나머지, 내 여동생을 데리고 미국까지 건너갈 생각인가 봐요. 그 사람은 조금만 더 노력하면 성자가 될 수 있다고 확신하고 있어요. 그러니까 이왕 하는 김에 가능하다면 순교자가 되어 영광스런 최후를 맞이하고 싶다는 생각도 가끔 하는 것 같습니다."

제4장

테레제에 대한 이야기는 지금까지 자주 나왔다. 이야기를 하다가 불쑥 테레

---

*7 헤른후트 교단의 친첸도르프 백작은 1760년에 세상을 떠났다.

제가 튀어나온 적도 많았다. 그때마다 빌헬름은 자신이 그 훌륭한 여성에게 사랑을 고백하고 청혼까지 했다는 사실을 나탈리에에게 솔직히 털어놓고 싶어졌다. 그러나 스스로도 잘 설명할 수 없는 감정 때문에 번번이 실패했다. 그렇게 그가 오랫동안 망설이기만 하자 마침내 나탈리에가 겸손하고도 명랑한, 언제 봐도 매력적인 미소를 띠며 먼저 말을 꺼냈다.

"어쩔 수 없네요! 마침내 내가 먼저 침묵을 깨고 당신의 비밀스런 문제에 억지로 끼어들 수밖에 없겠군요. 빌헬름 씨, 나하고도 깊은 관계가 있는 그 중요한 일을 나에게 계속 숨기실 건가요? 내 친구에게 청혼하신 것 맞죠? 내가 남의 일에 공연히 참견하는 게 아닙니다. 여기 신임장도 있는걸요. 그 친구가 당신에게 쓴 편지입니다. 내 손으로 당신에게 전해 드리라는 부탁을 받았어요."

"테레제 양의 편지라고요!"

빌헬름이 외쳤다.

"네, 맞아요. 빌헬름 씨, 당신의 운명은 결정되었습니다. 정말 복도 많으시군요. 축하해요. 당신과 내 친구의 앞날에 축복이 가득하기를."

빌헬름은 말없이 멀거니 앞만 보고 있었다. 나탈리에는 가만히 그를 쳐다보았다. 창백해진 그의 얼굴이 눈에 들어왔다.

"너무 기뻐서 말문이 막힐 정도로 깜짝 놀라셨나 봐요. 아, 내가 이렇게 말문이 트여 있다고 해서 기뻐하는 마음이 부족한 건 아닙니다. 당신은 나한테 고마워하셔야 해요. 실은 내가 테레제의 결정에 적잖은 영향을 끼쳤거든요. 그친구가 나한테 조언을 구했는데, 기막힌 우연의 일치로 때마침 당신이 이곳에 와 계셨지요. 나는 테레제의 마음속에 남아 있던 몇 가지 의혹을 없애줄 수 있었어요. 그 일로 심부름꾼이 바쁘게 오갔습니다. 자, 이것이 그 친구의 결정입니다. 그 마음의 변화가 여기에 잘 나타나 있습니다. 그 친구가 보낸 편지를 전부 읽어보세요. 당신의 신부 될 사람의 아름다운 마음씨를 맑은 눈으로 똑바로 들여다보세요."

빌헬름은 나탈리에가 건넨 편지를 펼쳐 들었다. 편지는 봉해져 있지 않았다. 거기에 다음과 같이 진심 어린 말이 적혀 있었다.

있는 그대로의 나, 당신이 알고 계시는 나는 이제 당신의 여자입니다. 그리고 있는 그대로의 당신, 내가 알고 있는 당신을 나는 내 남자라고 부르고 싶어요.

결혼으로 인해 우리와 우리 주변 환경에 어떤 변화가 일어난다 해도 우리는 이성과 낙천적인 용기와 선의를 통해 어려움을 이겨낼 수 있을 겁니다. 우리를 이어주는 것은 정열이 아니라 애정과 신뢰니까요. 그러니 우리 앞길을 가로막는 위험은 다른 사람들에 비하면 훨씬 적을 거예요. 내가 이따금 옛 남자친구인 로타리오 씨를 그리워하더라도 당신은 틀림없이 용서해 주실 테지요. 그 대신 나는 어머니로서 당신의 아들을 품에 꼭 끌어안겠습니다. 당신이 지금 당장 조그만 우리 집에서 나와 함께 사실 생각이라면, 나는 기꺼이 당신을 이 집의 주인이자 가장으로서 맞이할 것입니다. 머잖아 땅을 사들이는 일도 잘 끝나겠지요. 거기에 새집을 지을 때에는 나에게도 한 말씀 해주세요. 당신이 나에게 보여준 신뢰가 잘못된 것이 아님을 곧바로 증명해 드리고 싶습니다. 그럼 잘 지내세요. 그리운 내 친구, 사랑하는 내 남편, 존경하는 지아비 빌헬름 씨! 테레제는 희망과 삶의 기쁨에 부푼 가슴으로 당신을 받아들이겠습니다. 자세한 이야기는 나탈리에에게 들으세요. 그 친구가 모든 것을 말해 줄 거예요.

이 편지로 테레제의 모습을 선명하게 떠올린 빌헬름은 완전히 평정을 되찾았다. 편지를 읽는 동안 그의 마음속에 온갖 생각들이 떠올랐다가 사라졌다. 그는 나탈리에에 대한 애정이 생생히 자기 마음속에 남아 있음을 깨닫고는 깜짝 놀랐다. 그는 두려운 마음에 자신을 나무랐다. 모든 게 다 부질없다고 생각했다. 흠잡을 데 없이 완벽한 여성인 테레제를 머릿속에 그리며 다시 한 번 편지를 읽었다. 그러자 마음이 상쾌해졌다. 아니, 적어도 마음이 상쾌하다고 할 수 있을 만큼 충격에서 벗어나 기운을 되찾았다. 나탈리에는 테레제에게서 받은 편지 몇 통을 그에게 보여주었다. 그것을 여기에 조금 소개하겠다.

테레제는 자신이 알고 있는 빌헬름이 어떤 사람인지 설명하고 나서 다음과 같이 이야기를 계속했다.

나한테 청혼한 그 사람은 내가 그동안 마음으로 그려보던 남자야. 그가 자기 자신을 무척 솔직하게 묘사한 편지가 있는데, 곧 너한테 보내줄게. 그걸 보면 그 사람이 자신을 어떻게 생각하는지 너도 알게 될 거야. 그와 함께라면 행복할 수 있을 것 같아. 그런 확신이 들어.

신분에 대해서는, 내가 전부터 어떤 생각을 가지고 있었는지 너도 알잖아. 어떤 사람들은 외적 조건의 불균형을 몹시 두려워해서 도저히 이겨내지 못하기도 하지. 하지만 나는 남들을 설득할 생각은 없어. 어디까지나 내 확신에 따라 행동하고 싶어. 나는 누군가에게 모범을 보일 마음은 없지만, 내 행동에 배울 점이 없는 것은 아니야. 다만 내가 걱정하는 것은 내적인 불균형이야. 어떤 그릇은 반드시 거기에 담기는 내용물과 어울려야 해. 빛 좋은 개살구, 돈 많은 구두쇠, 고귀한 신분과 조잡한 언행, 젊은데도 융통성 없는 태도, 분수에 넘치는 허례허식, 이런 불균형을 나는 도저히 참을 수 없어. 세상 사람들이 뭐라고 하든지 간에, 아무튼 나는 그래.

우리는 아마 잘 살아갈 수 있을 거야. 내가 이런 말을 하는 데에는 나름대로 근거가 있어. 그 사람은 너랑, 그래, 내가 진심으로 아끼고 존경하는 나탈리에 너랑 닮았거든. 그렇다니까. 그 사람도 너와 마찬가지로 더 나은 것을 추구하는 고귀한 탐구심과 노력하는 자세를 갖추고 있어. 그런 자질을 통해 우리는 선(善)을 찾아내려고 하면서 스스로 선을 만들어 내는 거지. 그동안 네가 다양한 사람들을 대하고 다양한 상황에서 행동할 때, 내가 그 모습을 보고 나라면 그렇게 안 할 텐데 하면서 몇 번이나 솔직하게 너를 탓한 적이 있었잖아? 하지만 결과를 보면 거의 틀림없이 네 행동이 옳았음이 드러나지. 네가 했던 말 기억나니? "우리가 남들을 대할 때 지금 있는 그대로의 모습으로만 받아들인다면 그들을 더욱 망치게 될 거야. 그들이 마땅히 그리 되어야 할 미래의 모습을 이미 갖췄다고 생각하며 그들을 대한다면, 우리는 그들을 데려가고 싶은 곳까지 제대로 데려갈 수 있어." 너야 그렇게 생각하겠지만 나는 그런 식으로 생각할 수도 없고 행동할 수도 없어. 나 스스로도 잘 아는걸. 분별, 질서, 규율, 명령 그것이 내 본성이야. "테레제 양은 아이들을 훈육하고 나탈리에 양은 기른다"고 야르노 씨가 말했잖아. 그 말은 지금도 똑똑히 기억해. 심지어 그 사람은 나한테 믿음, 소망, 사랑이라는 세 가지 미덕이 결여되어 있다는 말까지 했어. 그래, 그 사람이 그랬지. "테레제 양은 믿음 대신 분별력을, 소망 대신 신뢰를, 사랑 대신 끈기를 가지고 있단 말이야." 내가 너한테 기꺼이 고백하자면, 사실 너를 만나기 전까지는 명석함과 총명함보다 더 중요한 것은 이 세상에 없다고 생각했었어. 네가 옆에 있었기에 나는 새로이 설득되고 활력을 얻어 나 자신을 뛰어넘을 수 있었던 거야. 나는 너의 아름답고 고귀한 영혼 앞에서는 기쁜 마음으로 무릎을 꿇을 수 있어. 같은 의미에서 빌헬름 씨도 존경하고 있지. 그의 인생 기록은 성과 없이 영원히 이어지는 탐구의 기록이야. 하지만 그것은 공허한 탐구가 아니야. 그 사람은 선의로 가득 찬 놀라운 탐구의 재능을 타고났어. 그는 자기 자신으로부터 생겨난 것만을 받을 수 있다는 이상한 신념을 가지고 있지. 그러니까 나탈리에, 이번에도 내 명석한 판단력이 쓸모없지는 않은 셈이야. 미래의 내 남편이 자기 자신을 알고 있는 것보다도 내가 더 그를 잘 알 수 있으니까. 그렇기에 나는 더더욱 그 사람을 존경해. 확실히 나는 그가 어떤 사람인지 볼 수 있지만, 그의 전체적인 인격을 살펴볼 수는 없어. 내 분별력을 가지고 아무리 애써봐도 그 사람이 앞으로 무슨 일을 할 수 있을지 짐작도 못 하겠어. 그 사람을 생각할 때마다 늘 그의 모습이 네 모습과 뒤섞이곤 해. 과연 내가 이런 두 사람과 친하게 지낼 만큼 가치 있는 사람일까? 스스로 생각해봐도 잘 모르겠어. 그래도 나는 내 의무를 다하고, 남들이 나에게 기대하는 바를 충실히 수행함으로써 그런 가치 있는 사람이 되고 싶어.

로타리오 씨를 생각하느냐고? 물론이지. 아주 생생하게, 날마다 생각하고 있어. 나를 둘러싸고 있는 생각 속에서 그가 한순간이라도 사라진 적은 한 번도 없어. 아, 젊은 날의 실수 때문에 그 훌륭한 사람이 장난 같은 운명으로 너의 친오빠가 되었다는 것은 정말 유감스런 일이야. 사실 나 같은 여자보다도 네가 훨씬 더 그 사람에게 잘 어울리는 짝인데. 나도 너한테는 기꺼이 그 사람을 양보할 수 있을 거야. 아니, 양보하지 않을 수 없겠지. 아무튼 그 사람이 자신에게 어울리는 아내를 찾을 때까지 우리가 가능한 한 그를 도와주자. 그리고 그가 아내를 얻은 뒤에도 언제까지나 우리 서로 사이좋게 지내자.

"그나저나 우리 친구분들은 과연 뭐라고 할까요?"

나탈리에가 먼저 말문을 뗐다.

"오라버님은 아직 아무것도 모르시나요?"

"네, 아무것도 몰라요. 당신 가족과 마찬가지로. 이번 일은 어디까지나 우리 둘이서 추진했거든요. 리디에가 무슨 변덕스런 망상을 테레제에게 심어줬는지 몰라도, 테레제는 신부님과 야르노 씨를 별로 믿지 않는 것 같아요. 그분들의 이런저런 비밀 모임과 계획에 대해서는 나도 대충 알고 있지만 한 번도 자세히 알아보지는 않았는데, 리디에가 옆에서 부추기는 바람에 테레제는 그런 것들에 대해 의심을 가지게 된 모양이에요. 그래서 이번에 인생의 중대사를 결정할 때도 나 말고는 누구의 조언도 듣지 않았습니다. 사실 우리 오빠하고는 이미 예전에 이야기를 나누었나 봐요. 서로 결혼할 때는 그 문제에 대해 상의하지 않고 결혼 소식만 알리기로요."

나탈리에는 곧바로 오빠에게 편지를 쓰더니 빌헬름에게도 몇 마디 덧붙여 달라고 했다. 테레제의 부탁이었다. 그런데 막 편지를 봉하려는 순간에 야르노가 연락도 없이 불쑥 찾아왔다. 그들은 크게 기뻐하며 그를 반갑게 맞이했다. 그도 무척 기분이 좋은지 끊임없이 유쾌한 농담을 던졌다. 그러다가 마침내 참지 못하고 용건을 꺼냈다.

"여러분, 실은 내가 여기까지 온 이유는 말이죠, 몹시 놀랍고도 유쾌한 소식을 하나 전해 드리기 위해서랍니다. 테레제 양에 관한 소식인데요. 나탈리에 양, 우리가 지나치게 많은 일에 참견한다는 이유로 당신은 몇 번이나 우릴 나무라셨지요? 하지만 이제 당신도 알게 되실 겁니다. 첩보망을 곳곳에 펼쳐두는 것도 나쁘지 않다는 사실을. 자, 무슨 일인지 아시겠어요? 맞혀보세요. 당신의 날카로운 통찰력을 한번 보여주십쇼!"

그는 의기양양하게 말하고 나서 장난스런 얼굴로 빌헬름과 나탈리에를 보았다. 두 사람은 그들의 비밀이 다 들통났다고 생각했다. 나탈리에가 빙그레 웃으며 말했다.

"우리는 당신이 생각하시는 것보다 훨씬 더 똑똑하답니다. 당신이 수수께끼를 내시기도 전에 이미 종이에 해답을 써놨거든요."

나탈리에는 로타리오에게 보낼 편지를 야르노에게 주었다. 자기들을 깜짝 놀라게 해주려던 상대에게 오히려 한 방 먹였다고 생각하니 기분이 좋았다. 야르노는 의아해하면서 편지를 받아 대강 훑어보았다. 그 순간 화들짝 놀라 편지를 떨어뜨리고 말았다. 평소의 그답지 않게 멍한 얼굴로, 아니 그야말로 몹시 놀란 얼굴로 눈을 휘둥그레 뜨고 두 사람을 바라보았다. 말문이 막힌 모양이었다.

빌헬름과 나탈리에는 적잖이 당황했다. 야르노는 방 안을 이리저리 돌아다니기 시작했다. 그러다가 큰 소리로 외쳤다.

"아, 도대체 무슨 말을 하면 좋을지! 솔직히 말해야 할까요? 계속 비밀로 할 수는 없겠죠. 어차피 혼란을 피할 수는 없겠고. 자, 그럼 비밀에는 비밀로, 뜻밖의 소식에는 뜻밖의 소식으로 전하겠습니다. 테레제 양은 그 어머니의 친딸이 아니었어요! 그러니까 이제 결혼을 방해하던 걸림돌이 사라진 거죠. 그래서 내가 여기까지 온 겁니다. 그 훌륭한 여성한테 로타리오 씨와 결혼할 마음의 준비를 시켜달라고 당신에게 부탁하기 위해서요."

야르노는 두 친구가 충격을 받아 땅바닥만 내려다보고 있는 모습을 보았다. 그래서 한마디 덧붙였다.

"이런 상황에서는 다 같이 모여 있어봤자 소용없어요. 좋은 해결책이 떠오를 리 없죠. 각자 생각해야 할 일은 혼자서 생각하는 것이 가장 좋습니다. 적어도 나는 한 시간 동안 혼자서 생각해 봐야겠으니 양해해 주십쇼."

말을 마치자마자 그는 서둘러 정원으로 나가버렸다. 빌헬름도 기계적으로 그를 뒤쫓아 나갔지만 바짝 따라붙지는 않았다.

한 시간 뒤 그들은 다시 모였다. 빌헬름이 먼저 입을 열었다.

"지금까지 내가 아무런 목적이나 계획도 없이 편안하게 즐기며 살아오던 동안에는 우정도, 애정도, 호의도, 신뢰도 두 손을 들고 나를 환영해 주었습니다. 아니, 오히려 그쪽에서 앞다투어 나에게 달려들었죠. 그런데 이제 이렇게 심각한 문제가 발생하니까, 운명이 나와는 다른 길을 선택하려고 하는군요. 테레제 양과 결혼하겠다는 내 결심은 아마도 순전히 나 한 사람의 마음에서 우러난 첫 번째 결심일 겁니다. 나는 심사숙고한 끝에 그런 계획을 세웠어요. 물론 이성적으로 내린 결정입니다. 그리고 그토록 바라던 훌륭한 여인의 승낙도 얻었죠. 내 소망은 모두 다 이루어졌습니다. 그런데 이제 와서 너무나도 사나운 운명이 나를 짓누르는군요. 내가 내민 손을 도로 거두게 하려고요. 저 멀리서 테레제 양이 이쪽으로 손을 내밀고 있건만, 마치 꿈속에 있는 것 같아서 나는 그 손을 잡을 수 없습니다. 그 사람의 아름다운 모습이 영원히 멀리 떠나버립니다. 아, 아름다운 그 모습, 그녀 곁에 있는 행복한 모든 모습과도 이제는 작별을 고해야겠군요."

그는 잠시 입을 다물고 앞만 바라보고 있었다. 야르노가 말문을 열려고 하자 빌헬름이 그의 말을 가로막으며 소리쳤다.

"한마디만 더 하게 해주세요. 이번에야말로 내 운명을 송두리째 결정해 버릴 주사위가 던져졌으니까요. 지금 이 순간 나를 지지해 주는 것은 바로 로타리오 씨를 처음 만났을 때 받은 인상, 그때부터 지금까지 한순간도 사라지지 않았던 그 첫인상입니다. 그분은 모든 호의와 우정을 받을 만한 자격이 있는 사람이에요. 그리고 희생 없이는 우정도 없죠. 그 사람을 위해서라면 불쌍한 리디에를 속이는 일도 얼마든지 할 수 있었어요. 그러니까 그 사람을 위해서라면 더없이 훌륭한 여성을 아내로 맞이하는 일도 그만둘 수 있겠지요. 자, 이제 가세요. 가서서 이 기묘한 처지를 그분에게 말씀드려 주세요. 그리고 나는 이미 마음먹었다고 전해 주십시오."

그 말에 야르노가 대답했다.

"급할수록 돌아가라는 말이 있지요. 이럴 때 서두르면 안 됩니다. 로타리오 씨의 동의 없이는 더 이상 아무것도 하지 맙시다. 내가 로타리오 씨를 찾아가겠습니다. 여러분은 여기서 참고 기다리세요. 내가 여기로 돌아오든가, 아니면 로타리오 씨가 편지를 보낼 때까지요."

야르노는 말을 타고 떠나갔다. 이제는 몹시 우울해진 두 친구만이 남았다. 그들이 이번 사건을 몇 번이나 다시 생각해 보고 의견을 나눌 시간은 충분히 있었다. 그러다가 그들은 뒤늦게 실수를 깨달았다. 야르노한테서 이 야릇한 이야기를 일방적으로 전해 들었을 뿐, 자세한 사정은 물어보지도 않았던 것이다. 빌헬름은 왠지 좀 수상하다는 생각까지 하게 되었다. 그런데 다음 날 테레제가 보낸 심부름꾼이 와서 이상한 편지를 나탈리에에게 건네주었다. 두 사람의 놀라움과 혼란은 극에 이르렀다.

미안하지만 전에 보낸 편지에 이어 또 한 통의 편지를 보내면서 너한테 이상한 부탁을 하나 해야겠어. 내 약혼자에게 서둘러 이쪽으로 와달라고 말해 줘. 그 사람을 내게서 빼앗으려는 어떤 속임수에도 굴하지 않고 나는 그를 내 남편으로 맞이할 거야. 동봉한 편지를 그에게 전해 줘. 누가 옆에 있으면 절대로 들키지 않게 조심해서 전해 줘야 해.

빌헬름이 받은 편지 내용은 다음과 같았다.

내가 갑자기 들떠서 하루빨리 결혼하자고 조른다면 당신은 나를 어떻게 생각하실까요? 우리는 냉정한 이성을 통해 맺어진 사이인데 말이죠. 이 편지를 받으시거든 모든 일을 제쳐놓고 곧바로 그곳을 떠나 이쪽으로 와주세요. 사랑하는 빌헬름 씨, 당신을 나에게서 빼앗아 우리의 결합을 방해하려고 하는 무리가 있어요. 나의 사랑, 존경하는 친구, 그리운 당신 빌헬름 씨, 제발, 제발, 빨리 와주세요.

"이걸 어쩌면 좋죠?"

빌헬름이 편지를 읽고 나서 말했다. 나탈리에가 잠시 고민하더니 대답했다.

"이렇게까지 내 마음과 머리가 꽉 막혀버린 것은 처음이에요. 대체 어쩌면 좋을지, 무슨 말을 해야 할지 전혀 모르겠어요."

그러자 빌헬름이 격한 투로 외쳤다.

"로타리오 씨는 이 일에 대해 아무것도 모르는 게 아닐까요? 아니면 알고 있어도, 자기 자신이 우리와 마찬가지로 위험한 음모의 표적이 되어 있다는 사실은 모르고 계시는 게 아닐까요? 아니, 어쩌면 야르노 씨는 우리가 쓴 편지를 보고 얼토당토않은 이야기를 즉석에서 지어냈을지도 몰라요. 우리가 너무 가볍게 그 편지를 보여주지 않았더라면 그 사람도 다른 이야기를 하지 않았을까요? 대체 무슨 생각을 하는 걸까요? 목적이 뭘까요? 테레제 양이 말한 그들의 속셈은 또 뭘까요? 그래요, 로타리오 씨가 비밀결사에 몸담고 비밀스런 활동을 하고 있는 것은 확실해요. 그들은 어떤 목적을 가지고 활동하면서 여러 사람들의 행동과 운명을 지켜보고 또 조종하고 있죠. 그건 나도 알고 있어요. 그런데 이런 비밀스런 활동의 최종 목적이 무엇인지 나는 도무지 모르겠습니다. 하지만 그들이 지금 나한테서 테레제 양을 빼앗으려 한다는 것만큼은 뚜렷한 사실입니다. 한편에서는 속임수일 가능성도 있지만 어쨌든 로타리오 씨가 행복해질지도 모른다는 식으로 나를 설득하려 하고, 다른 한편에서는 사랑하고 존경하는 내 신부가 자기 품으로 오라고 나를 부릅니다. 이제 나는 어떻게 해야 할까요? 어느 쪽을 포기해야 할까요?"

그 말에 나탈리에가 대답했다.

"잠시만 참으세요. 조금만 더 생각해 봐요. 일이 이렇게 어지럽게 돌아갈 때 너무 급하게 굴면 돌이킬 수 없는 잘못을 저지르게 됩니다. 나로선 이렇게밖에 말할 수가 없네요. 지어낸 이야기나 교묘한 속임수에는 무조건 꾹 참고 영리하게 대처해야 합니다. 그 이야기가 사실인지 거짓인지는 머잖아 밝혀질 거예요.

혹시 오빠가 정말로 테레제와 결혼하고 싶어한다면, 이토록 놀라운 행운이 그에게 찾아온 순간 누군가가 그 행운을 영원히 빼앗아 버리는 것은 인간이라면 할 수 없는 짓이겠지요. 그러니까 오빠가 이 일을 알고 있는지, 또 믿고 있는지, 본인이 그걸 바라고 있는지, 그게 밝혀질 때까지만 좀더 기다려 봐요."

다행히 곧 로타리오가 보낸 편지가 와서 나탈리에의 조언이 옳았음을 증명해 주었다. 그는 편지에 다음과 같이 적었다.

야르노를 그쪽에 돌려보내지 않을 거야. 심부름꾼을 통해 아무리 자세히 설명한들, 내가 직접 쓴 문장 한 줄이 너에게는 더 의미가 있을 테니까. 나는 테레제 양이 그 어머니의 친딸이 아니라고 확신하고 있어. 테레제 양도 먼저 그 점을 확신하고서 냉정하게 판단하여 마침내 나와 그 친구 가운데 누구를 선택할지 결정했으면 좋겠어. 그때까지 나는 그 사람과 결혼하려는 희망을 버리지 않을 거야. 그러니 그 친구를 이곳으로 보내지 말아줘. 꼭 부탁해! 네 오빠의 행복과 인생이 거기에 달려 있단다. 이런 애매모호한 상태가 오래가지는 않을 거야. 내가 약속할게.

나탈리에가 빌헬름에게 부드럽게 말했다.

"자, 사정이 어떤지 아시겠지요? 이 집을 떠나지 않겠다고 맹세해 주시겠어요?"

그러자 빌헬름이 나탈리에에게 손을 내밀며 말했다.

"맹세하고말고요. 당신이 허락하실 때까지 나는 이곳을 떠나지 않겠습니다. 나는 나를 이끌어 주신, 그것도 당신을 통해 이끌어 주신 하느님과 성령께 감사드릴 따름입니다."

나탈리에는 테레제에게 그동안 있었던 일을 자세히 써서 자신이 빌헬름을 떠나보낼 수 없는 이유를 밝혔다. 그리고 로타리오의 편지도 동봉했다.

테레제는 다음과 같은 답장을 보냈다.

로타리오 씨까지 그런 헛소문을 믿으시다니, 놀라서 말이 안 나올 지경이야. 자기 여동생한테 이 정도로 뻔뻔한 거짓말을 하실 분은 아닌데. 아, 정말 화가 나. 더 이상 무슨 말을 할 필요도 없겠지. 험한 꼴을 당한 불쌍한 리디에는 잠시 다른 집에 맡겨놓고, 내가 직접 너희 집으로 찾아가는 게 제일 낫 겠다. 난 말이지, 우리 모두가 속아 넘어가서 영원히 안개 속을 헤매게 될까 봐 두려워. 만일 빌헬름 씨가 내 마음을 알아주신다면 당장 네 손을 뿌리치 고 내 품으로 달려오실 텐데. 그러면 나는 절대로 그를 아무한테도 내주지 않을 텐데. 아, 이대로 빌헬름 씨를 잃고, 로타리오 씨도 되찾지 못하게 될까 봐 두려워. 그 사람들은 로타리오 씨에게 나와 결혼할 수 있으리라는 희망 을 줘서 리디에를 그로부터 떼어놓으려는 거야. 아니, 더 이상 아무 말도 하 지 않을게. 이야기가 복잡해질 뿐이니까. 머잖아 우리의 아름다운 관계가 흐트러지고 훼손되어 완전히 망가져 버리지 않을까? 뒤에 모든 사실이 밝 혀졌을 때에는 이미 돌이킬 수 없는 곳까지 와 있지 않을까? 그건 시간만이 가르쳐 주겠지. 빌헬름 씨가 용기 있게 결정해서 그곳을 떠나 이쪽으로 오 지 않는다면, 이삼 일 안에 내가 너희 집으로 가서 그를 꼭 붙잡을 거야. 아 마 너는 깜짝 놀라겠지. 네가 잘 아는 테레제가 어쩌다 이렇게 정열에 불타 게 되었을까 하고. 아니, 이건 정열이 아니라 확신이야. 로타리오 씨가 나와 맺어질 수 없는 이상, 이 새로운 친구가 내 삶을 행복하게 해주리라는 확신 말이야. 이 이야기를 그에게 전해 줘. 단둘이 떡갈나무 밑에 앉았을 때 그 가 나에게 관심을 보여줘서 기뻐했던 그 자그만 청년[*8]의 이름으로, 마음을 활짝 열고 그의 청혼을 받아들인 테레제의 이름으로 그에게 내 말을 전해 줘. 로타리오 씨와 함께 살겠다는 첫 번째 꿈은 이미 내 마음속에서 멀리 떠 나가 버렸어. 내 새로운 친구와 함께 어떻게 살아갈까 하는 꿈은 지금 생생 히 내 눈앞에 어른거리고 있어. 어떤 사람들은 이 남자를 저 남자로 곧바로 갈아 치우는 일쯤이야 쉽다고 여기나 본데, 나를 그런 여자로 생각하지 말 아줘."

나탈리에는 이 편지를 빌헬름에게 건네며 말했다.

"나는 당신을 믿어요. 설마 내 곁에서 도망치시지는 않을 테지요? 내 인생의 행복이 당신에게 달려 있다는 점을 잊지 마세요. 내 삶은 오빠의 삶과 연결되 어 있어요. 오빠의 고통은 내 고통이며, 오빠의 기쁨은 내 행복입니다. 그만큼 우리 둘의 뿌리는 하나로 얽혀 있어요. 우리 마음이 감동해서 높이 뛰어오를

---

*8 남자로 변장한 테레제.

수 있다는 사실, 그리고 기쁨과 사랑과 온갖 욕망을 뛰어넘어 우리에게 만족을 주는 감정이 이 세상에 존재한다는 사실을 나는 오로지 오빠를 통해 알게 되었다고 할 수 있죠."

거기서 나탈리에는 입을 다물었다. 빌헬름이 그 손을 잡고 힘주어 말했다.

"계속 얘기해 주세요! 우리가 서로를 진심으로 믿게 될 수 있는 절호의 기회 잖아요. 지금 우리는 그 어느 때보다 서로를 잘 알아야 할 필요가 있습니다."

"네, 맞아요. 빌헬름 씨."

나탈리에가 미소를 지었다. 조용하고 부드러우며 이루 표현할 수 없는 기품을 지닌 태도로 말을 이었다.

"이 상황에서 내가 이런 말씀을 드리면 좀 엉뚱하다고 생각하실지도 모르겠지만요. 사실 수많은 책이나 세상 사람들이 '사랑'이란 이름으로 우리에게 보여주는 것이 나에게는 늘 꾸며낸 이야기처럼 여겨졌답니다."

"사랑을 해보신 적이 없나요?"

"한 번도 없어요. 하지만 언제나 사랑하고 있다고도 할 수 있겠지요."

제5장

두 사람은 이런 대화를 나누며 정원을 이리저리 거닐었다. 나탈리에는 빌헬름이 모르는 다양한 생김새의 꽃들을 꺾었다. 빌헬름은 그 꽃들의 이름을 물었다. 잠시 뒤 나탈리에가 말했다.

"아마 당신은 내가 누구를 위해 이 꽃다발을 만드는지 모르실 거예요. 이건 말이죠, 이제 곧 찾아뵐 외종조부님께 바칠 꽃다발이에요. 태양이 마침 '과거의 홀'*9을 비추고 있잖아요. 지금 이 순간에 꼭 당신을 그곳으로 데려가고 싶어요. 나는 그곳에 갈 때마다 외종조부님이 특별히 좋아하시던 꽃들을 들고 간답니다. 그분은 좀 유별난 분이셨어요. 독특한 감수성을 가지고 계셨지요. 여러 동물과 식물, 여러 인간 유형과 지역, 더 나아가 몇몇 광석에 대해서도 그분은 아무도 이해할 수 없을 만큼 강한 애착을 보이셨습니다. 그분은 자주 이

─────────────────
*9 별관(別館) 이름.

런 말씀을 하셨어요. '내가 젊었을 때부터 내 본능을 거스르면서 넓고 보편적인 것을 향해 이성을 꾸준히 갈고닦지 않았더라면, 아마 나는 무척 따분하고 보기 싫은 인간이 되었을 거야. 뭔가 엄청난 일을 해낼 수 있는 훌륭한 사람이 자신의 개성을 제대로 살리지 못하는 것보다 더 보기 싫은 모습은 없거든.' 하지만 때로는 약한 말씀도 하셨습니다. 가끔씩이라도 숨 좀 돌리면서 칭찬받을 수도 없거니와 변명할 수도 없는 일을 정신없이 즐기지 않는다면, 숨 막혀서 도저히 살아갈 수 없을 거라고 말이죠. 그분이 그러셨어요. '내가 욕망과 이성을 완전히 일치시킬 수 없었던 것은 내 탓이 아니야.' 그럴 때마다 나를 놀리기도 하셨죠. '나탈리에는 살아 있는 동안에 이미 천국에 가 있는 셈이라니까. 네 본성은 세상 사람들이 바라고 구하는 것 말고는 아무것도 원치 않으니까 말이야.'"

이런저런 이야기를 나누며 걷다 보니 또다시 그들은 어느새 '과거의 홀' 앞으로 돌아왔다. 나탈리에는 넓은 복도를 지나 화강암 스핑크스 석상 두 개가 놓여 있는 출입문 앞으로 빌헬름을 데려갔다. 그 문은 이집트식으로 아래쪽보다 위쪽이 좀 좁았다. 그 청동 문 너머에는 엄숙한, 아니 그보다는 무시무시한 광경이 숨어 있을 것 같았다. 그래서 막상 홀 안에 발을 디뎠을 때 빌헬름은 유쾌한 놀라움을 느꼈다. 예상과는 달리 죽음과 무덤을 떠올리는 모든 요소가 예술과 생명에 의해 제거되어 버려서 더없이 순수하고 밝은 분위기로 가득 찬 광경이 눈앞에 펼쳐졌기 때문이다. 벽에는 균형 잡힌 벽감이 설치되어 있었고, 그 안에는 큼직한 석관이 놓여 있었다. 벽감과 벽감 사이에 있는 기둥들의 오목한 부분에는 뼈단지와 물그릇이 장식되어 있었다. 벽과 둥근 천장의 나머지 면들은 질서 정연하게 구분되어 있었는데, 그 크고 작은 화면 안에는 여러 가지 모양의 또렷한 테두리와 화환과 장식무늬들 사이에 명랑하고 의미심장한 인물들이 그려져 있었다. 그 밖의 부분은 아름다운 불그스름한 노란색 대리석으로 덮여 있었는데, 교묘한 화학적 합성 작용을 통해 탄생한 유리 같은 담청색 줄무늬들이 주황색 대리석과 오묘한 대조를 이루면서 보는 사람의 눈을 즐겁게 함과 동시에 전체적으로 잘 결합된 조화로운 분위기를 자아냈다. 이 모든 호화로운 장식들은 건축학적인 균형을 이루고 있었다. 그래서 이 홀에 들어온 사람은 누구나 순수한 예술의 힘을 경험함으로써 인간이 얼마나 멋진 존재인지, 또 얼마나 멋진 존재가 될 수 있는지 비로소 깨닫고는 자신이 고양되는 느낌을 받을 수 있었다.

출입구 맞은편에는 호화로운 석관이 놓여 있고, 그 위에 쿠션에 몸을 기댄 위엄 있는 인물의 대리석상이 있었다. 그는 눈앞에 펼쳐진 두루마리를 조용히 주의 깊게 보고 있는 것 같았다. 그 두루마리는 보기 쉽게 한쪽으로 기울어진 상태였다. 거기에 이렇게 적혀 있었다. "삶을 생각하라."*10

나탈리에는 시든 꽃다발을 치우고 싱싱한 꽃다발을 외종조부님 석상 앞에 놔두었다. 그것은 바로 외종조부님의 상이었다. 빌헬름은 전에 숲에서 보았던 노신사의 모습을 거기서 발견한 듯한 기분이 들었다. 나탈리에가 말했다.

"이 홀이 완성될 때까지 우리는 이곳에서 자주 놀았어요. 만년에 외종조부님 은 실력 있는 예술가 몇 명을 초대해서, 여기 이 그림들의 소묘와 밑그림을 고안하고 결정하는 일을 도우며 가장 큰 즐거움을 느끼셨습니다."

빌헬름은 질리지도 않고 주위에 있는 사물들을 열심히 둘러보았다. 그러다 가 큰 소리로 외쳤다.

"이 '과거의 홀'에는 생명이 넘쳐흐르고 있군요! 이건 '현재의 홀'이라고도, '미 래의 홀'이라고도 할 수 있겠어요. 모든 것이 과거에는 이러했고 앞으로도 계속 이러할 테지요. 오직 이 홀을 즐기고 감상하는 인간만이 변할 겁니다. 아이 를 품에 안은 이 어머니 상은 몇 세대에 걸친 행복한 어머니들보다 더 오래오 래 살겠지요. 또 체통이고 뭐고 다 집어치우고 아들과 함께 신나게 노는 이 수 염 난 남자는 수백 년 뒤에도 어떤 아버지에게 즐거움을 줄 겁니다. 여기 이 신 부는 영원히 이렇게 수줍어하며 앉아 있을 테고요. 누가 자기를 위로해 주고 말 걸어주길 은근히 바라면서 말이죠. 이 신랑도 그래요. 그는 문지방에서 귀 를 쫑긋 세운 채 들어오라는 허락이 떨어지기를 기다릴 겁니다."

빌헬름은 수없이 많은 그림들을 둘러보았다. 단순히 장난삼아 손발을 움직 이거나 연습해 보는 어린아이의 즐거운 첫 번째 충동에서부터 현자의 조용하 고 고독한 진지성에 이르기까지, 모든 것이 아름답고 생생하게 순서대로 그려 져 있었다. 그 그림들을 보면 인간의 타고난 자질과 능력 가운데 불필요하고 쓸모없는 것이라곤 하나도 없다는 사실을 똑똑히 알 수 있었다. 어린 소녀가 맑은 샘에서 물을 긷다가 잠시 손을 멈추고 수면에 비친 자기 모습을 흐뭇하

---

*10 중세 그리스도교의 금욕적인 격언 "죽음을 생각하라(Memento mori)"와 대조되는 말이다. 계몽주의 세계관을 표현.

게 들여다보는 최초의 유치한 자기만족에서부터, 왕과 백성이 그들의 굳은 약속의 증인으로서 제단에 모셔진 신들의 이름을 부르는 엄숙한 의식에 이르기까지, 모든 것이 뜻깊고 힘차게 묘사되어 있었다.

이 홀에 있는 관람자는 하나의 세계, 하나의 천국에 에워싸인다. 이 모든 조형물들이 불러일으키는 생각과 감정 말고도 이곳에는 인간의 존재 전체를 사로잡는 무언가가 있는 것 같았다. 빌헬름은 그것을 설명할 수는 없어도 분명히 느낄 수 있었다. 그래서 소리 내어 외쳤다.

"이게 뭘까요? 우리 인간의 행위나 운명이 불러일으키는 온갖 공감과도 무관하고 또 모든 의미와도 관계없이 이토록 강력하게, 그러면서도 또 부드럽게 내 마음을 사로잡는 이것은 대체 무엇일까요? 그것은 전체적으로도, 또 모든 세세한 부분들을 통해서도 나에게 말을 걸고 있습니다. 그런데 나는 그 전체를 파악할 수도 없고 세세한 부분 하나를 내 것으로 만들 수도 없습니다. 이 면들, 선들, 높이와 너비, 양감과 색채, 이 모든 것에서 얼마나 위대한 신비로운 힘이 느껴지는지! 대충 훑어보기만 해도 이런 형상들을 이토록 보기 좋은 장식품으로 만들어 주는 것은 과연 무엇일까요? 그래요, 우리는 이곳에서 잠시 발을 멈추고 편히 쉬면서 이 모든 것을 눈으로 보고 행복을 맛볼 수도 있을 겁니다. 그런데 그와 동시에, 눈앞에 있는 것과는 전혀 다른 것을 느끼거나 생각할 수도 있을 듯합니다."

모든 사물이 교묘하게 배치된 상태에서 결합과 대립을 통해, 또 단조로운 그림과 다채로운 그림의 혼합을 통해 모든 것이 제자리에 놓여서 올바른 모습을 완벽히 갖춘 채 완전하고 명확한 인상을 풍기고 있는 광경을 제대로 묘사할 수 있다면 얼마나 좋을까. 그러면 아마 독자 여러분도 우리가 안내해 준 그곳을 쉽게 떠나지는 못할 것이다.

홀의 네 귀퉁이에는 커다란 대리석 촛대가 하나씩 있었다. 그리고 홀 한가운데에는 무척 아름답게 꾸며진 석관을 둘러싸고 조그만 촛대 네 개가 세워져 있었다. 석관의 크기로 본다면 그다지 키 크지 않은 젊은 사람이 그 안에 누워 있을 것 같았다.

나탈리에는 석관 옆에서 걸음을 멈추더니 그 위에 손을 올렸다.

"외종조부님은 이 고대 유물을 특히 좋아하셨어요. 그분이 가끔 이런 말씀을 하셨죠. '너희들이 저 위에 있는 오목한 구멍에다 꽂아놓는 갓 피어난 꽃들만이 일찍 떨어지는 게 아니야. 가지에 매달린 채 조금만 더 있으면 익을 것 같은 희망의 열매도 일찍 떨어질 수 있지. 벌레가 몰래 먹어서 너무 일찍 익어버린다면 말이야.' 그분은 혹시 미뇽의 미래를 예언하신 게 아닐까요? 왠지 두려워요. 그 아이는 차츰 우리 품에서 벗어나 이 조용한 안식처로 들어가려고 하는 것 같아요."

홀에서 나가려던 나탈리에가 입을 열었다.

"잠깐만요. 당신에게 보여드릴 것이 또 하나 있어요. 저기 위쪽을 보세요. 양옆에 있는 반원형 빈 공간이 보이죠? 저곳에 남들 눈에 띄지 않게 합창대가 서 있을 수 있답니다. 그리고 가장자리 장식 밑에 있는 놋쇠 장식물은 말이죠, 외종조부님의 지시에 따라 장례식 때 융단을 걸기 위한 장치로 쓰이는 것이에요. 그분은 음악 없이는, 특히 노래 없이는 살 수 없는 분이셨습니다. 그런데도 노래하는 사람은 보기 싫어하는 독특한 분이셨죠. 툭하면 이런 말씀을 하셨어요. '극장이 우리에게 아주 나쁜 버릇을 들여놨어. 극장에서 음악은 그저 무대 위의 움직임을 돕는 것밖엔 하는 게 없어. 감정이 없으니까. 오라토리오나 악기 연주회에서도 언제나 악사들의 모습이 방해가 돼. 참된 음악은 오로지 귀를 위해서만 존재하는 거란다. 아름다운 목소리보다 더 보편적인 것은 없을 테지만, 그 소리를 내는 특정한 인물이 눈에 띄면 그 보편성의 순수한 효과가 사라져버린단 말이다. 물론 누군가와 대화할 때에는 상대를 눈으로 보고 싶지. 그 대화가 즐거워지느냐 시시해지느냐는 한 사람 한 사람의 모습과 성격에 달려 있으니까. 그러나 노래하는 사람은 눈에 띄면 안 돼. 겉모습에 현혹되고 싶지 않다고. 노래는 단지 목에서 귀로 전해지면 되는 거야. 정신이 정신에게, 다양한 세계가 우리 눈에, 천국이 인간에게 호소하는 것이 아니란 말이야.' 기악(器樂)에 대해서도 마찬가지였어요. 악기 연주자의 기계적인 손놀림이나, 저절로 그렇게 되는 기묘한 동작이 청중의 집중력을 흐트러뜨리고 떨어뜨린다는 거예요. 그래서 외종조부님은 그들을 되도록 눈에 띄지 않게 하셨지요. 음악을 들을 때마다 그분은 늘 눈을 감고 순전히 귀로만 음악을 즐기기 위해 정신을 집중하셨습니다."

두 사람이 홀에서 막 나오려고 하는데 아이들이 헐레벌떡 복도를 달려오는 소리가 들렸다. 펠릭스가 외치는 소리도 들렸다.

"내가 말할 거야! 내가 한다니까!"

미뇽이 열린 문을 통해 먼저 뛰어들었다. 숨이 몹시 차는지 제대로 말을 하지 못했다. 좀 떨어진 곳에서 펠릭스가 큰 소리로 외쳤다.

"테레제 아주머니가 오셨어요!"

아이들은 그 소식을 서로 먼저 전하려고 달리기 시합을 한 모양이었다. 미뇽이 나탈리에의 품에 쓰러졌다. 심장이 터질 듯이 세차게 뛰고 있었다.

"어머, 요 나쁜 녀석아! 심한 운동을 하면 안 된다고 했잖니? 이거 봐. 심장이 펄떡펄떡 뛰잖아!"

나탈리에가 말하자 미뇽이 숨을 몰아쉬며 대꾸했다.

"괜찮아요. 터져도 상관없어요! 내 심장은 이미 너무 오랫동안 뛰었는걸요."

두 사람은 뜻밖에 벌어진 일에 놀라 어쩔 줄 몰랐다. 겨우 정신을 차린 순간, 테레제가 그곳에 나타났다. 테레제는 나탈리에 쪽으로 달려가 나탈리에와 미뇽을 한꺼번에 끌어안았다. 그리고 나서 몸을 돌려 맑은 눈으로 빌헬름을 쳐다봤다.

"빌헬름 씨, 어때요? 설마 당신까지 속아 넘어가지는 않았겠죠?"

빌헬름이 테레제 쪽으로 한 발 내디디자 테레제는 얼른 그에게 달려가 그 목을 끌어안았다. 빌헬름이 외쳤다.

"오, 나의 테레제!"

"빌헬름 씨, 내 연인, 내 남편! 나는 영원히 당신의 여자예요!"

테레제도 큰 소리로 외치면서 뜨거운 키스를 퍼부었다.

옆에서 펠릭스가 테레제의 치맛자락을 잡아당기며 말했다.

"테레제 아주머니, 나도 여기 있어요!"

나탈리에는 꼼짝도 안 하고 앞만 바라보고 있었다. 그때 미뇽이 갑자기 왼손을 가슴에 대고 오른손을 확 뻗으며 외마디 비명을 지르더니, 마치 숨이 끊어진 것처럼 나탈리에의 발치에 풀썩 쓰러져 버렸다.

충격이 너무 심했다. 미뇽의 심장은 멈추었고 맥박도 느껴지지 않았다. 빌헬름은 미뇽을 서둘러 안은 뒤 어깨에 둘러멨다. 미뇽의 몸이 힘없이 어깨 밑으로 축 늘어졌다. 의사가 달려왔지만 이미 가망이 없었다. 그 의사와 우리가 잘 아는 젊은 외과 의사가 여러모로 애써봤지만 모두 헛수고였다. 사랑스런 아이의 목숨을 되살릴 수는 없었다.

나탈리에는 테레제에게 눈짓했다. 테레제는 빌헬름의 손을 잡고 그를 밖으로 데리고 나왔다. 그는 말없이 입을 다물고 있었다. 테레제와 똑바로 마주 볼 용기도 없었다. 그는 나탈리에를 처음 만났을 때 그녀가 앉았던 소파에 테레제와 나란히 앉았다. 그동안 일어났던 운명적인 사건들이 머릿속에 주르르 떠올랐다. 아니, 사실 그는 아무것도 생각하지 않았다. 그저 도저히 피할 수 없었던 갖가지 사건들이 그의 마음을 꽉 쥐고 마음껏 흔들도록 내버려 두었다. 살다 보면 여러 가지 사건들이 날개 달린 북*¹¹처럼 정신없이 우리 눈앞을 오가며, 우리 스스로 조금이나마 구상하여 짜기 시작했던 직물을 제멋대로 순식간에 완성해 버리는 순간이 있는 법이다.

테레제가 먼저 그의 손을 잡으면서 침묵을 깨뜨렸다.

"사랑하는 빌헬름 씨, 이럴 때일수록 우리는 서로 힘을 모아야 해요. 앞으로도 이런 일이 몇 번이나 있을 테니까요. 이런 슬픈 일은 둘이서 함께 견뎌나가야 해요. 빌헬름 씨, 당신은 혼자가 아니라는 사실을 기억하세요. 당신이 테레제를 사랑한다는 것을 보여주세요. 당신의 고통을 누구보다도 먼저 나와 함께 나눠주세요."

테레제는 빌헬름을 껴안았다. 그를 부드럽게 자기 가슴에 껴안았다. 그도 두 팔로 테레제를 강하게 끌어안으며 소리쳤다.

"불쌍한 미뇽! 슬픈 일이 있으면 그 아이는 이 보잘것없는 가슴에 기대고 위안을 얻었지요. 아, 부디 이 끔찍한 순간에 당신의 따뜻한 가슴으로 나를 평온하게 감싸줘요."

두 사람은 서로를 꼭 끌어안았다. 두근두근 뛰는 테레제의 심장 박동이 그의 가슴에 느껴졌다. 그렇지만 그의 마음속은 싸늘하고 텅 비어 있었다. 다만 미뇽과 나탈리에의 모습만이 그림자처럼 눈앞에 어른거렸다.

나탈리에가 방 안에 들어왔다. 테레제가 외쳤다.

"우리를 축복해 줘! 이 슬픈 순간에 네가 지켜보는 가운데 우리 둘이 맺어지게 해줘!"

빌헬름은 테레제의 목덜미에 얼굴을 묻고 있었다. 울음이 터져나올 만큼 행복했다. 나탈리에가 들어오는 소리는 듣지 못했고 그 모습도 보지 못했다. 그러나 그녀 목소리가 귀에 들어오자 눈물이 왈칵 쏟아졌다.

---

*11 베틀에 걸린 날실들 사이로 왔다 갔다 하면서 씨실을 푸는 기구.

"하느님께서 맺어주시는 짝을 내가 억지로 떼어놓을 생각은 없어요."

나탈리에가 빙그레 웃으며 말을 이었다.

"하지만 나는 당신들을 맺어줄 수도 없고, 칭찬할 수도 없어요. 슬픔과 사랑 때문에 둘 다 우리 오빠를 깨끗이 잊어버린 모양이니까요."

그 말을 듣자마자 빌헬름은 테레제의 품에서 얼른 빠져나왔다.

"어디 가세요?"

두 여자가 깜짝 놀라 물었다. 빌헬름이 외쳤다.

"그 아이를 만나게 해줘요! 그 아이는 내가 죽인 거나 마찬가지입니다. 불행은 차라리 똑바로 바라보는 편이 나아요. 공상만 하는 동안에는 불행이 차츰 커지면서 마음속 깊이 파고드니까요. 이 세상을 떠난 천사를 보러 갑시다. 그 아이는 밝은 얼굴로 자기는 지금 행복하다고 말할 거예요."

두 사람은 흥분한 빌헬름을 말리지 못하고 얌전히 그 뒤를 따라갔다. 그런데 젊은 외과 의사와 함께 그들을 맞이한 친절한 의사는 그들이 죽은 미뇽에게 가까이 가는 것을 막았다.

"그 가여운 주검에 다가가지 마세요. 내가 힘을 다해서 그 독특한 아이의 시신을 한동안 이대로 보존하고 싶군요. 아무쪼록 이해해 주십시오. 단순히 부패를 막는 정도가 아니라 살아 있는 그대로의 모습을 유지하게 하는 훌륭한 기술을 그 사랑스런 아이에게 당장 써보고 싶습니다. 그 애가 머잖아 죽으리라는 것은 알고 있었어요. 그래서 준비도 다 해놨죠. 이 친구도 도와줄 테니 틀림없이 성공할 겁니다. 나에게 시간을 좀 주세요. 그 아이를 '과거의 홀'로 옮길 때까지는 다시 보고 싶다고 조르시면 안 됩니다."

젊은 외과 의사는 지금도 그 특색 있는 왕진 가방을 들고 있었다. 빌헬름이 질문을 던졌다.

"이분이 들고 계신 가방은 어디서 난 건가요?"

그 물음에 나탈리에가 대답했다.

"그거라면 내가 잘 알지. 아버지가 주신 겁니다. 그때 숲 속에서 당신에게 붕대를 감아주신 그분 말이에요."

"아, 역시 내 생각이 맞았군요! 저 끈을 보고 금방 알아봤죠. 실례지만 그걸 나에게 파실 수 없나요? 나에게 은혜를 베풀어 준 사람을 찾기 위한 실마리를 제공한 것이 저 끈이거든요. 저 생명도 없는 물건이 얼마나 많은 기쁨과 슬픔을 보아왔을지! 이제껏 저 끈은 얼마나 많은 슬픔의 현장에 있었을까요! 그런데도 아직 실오라기가 상하지 않았군요. 이제껏 얼마나 숱한 임종을 지켜보았을까요! 그런데도 아직 빛이 바래지 않았어요. 내 인생의 가장 아름다운 순간에도 저 끈은 그 자리에 있었습니다. 부상당해 쓰러져 있는 나의 눈앞에 우아한 당신 모습이 나타났던 순간에 말이죠. 지금 너무나 이른 죽음으로 우리 가슴을 아프게 하고 있는 미뇽은 그때 머리카락을 피로 물들인 채 내 목숨을 구하려고 온 정성을 다했지요."

세 사람은 이 슬픈 사건에 대해 길게 이야기할 겨를이 없었다. 또 미뇽이 누구인지, 이 아이가 어떤 이유로 갑자기 죽게 되었는지 테레제에게 설명할 시간도 없었다. 손님이 찾아왔기 때문이었다. 그들 앞에 나타난 손님은 다름 아닌 로타리오와 야르노와 신부였다. 나탈리에가 재빠르게 오빠에게 다가갔다. 다른 사람들은 그 순간 아무 말도 하지 않았다. 이윽고 테레제가 미소 지으며 로타리오에게 말을 건넸다.

"설마 여기서 나를 만나게 될 줄은 모르셨겠죠? 적어도 이런 처지에서 우리가 만나는 것은 바람직한 일이 아니잖아요. 아무튼 오랜만입니다. 정말 반가워요."

그러자 로타리오는 테레제에게 손을 내밀며 대답했다.

"우리가 언젠가는 고통스럽게 헤어져야 한다면, 내가 사랑하는 좋은 사람 앞에서 그렇게 된다 해도 상관없다고 생각합니다. 나는 당신의 결심을 억지로 바꿔놓을 마음은 없습니다. 나는 지금도 여전히 당신의 마음과 분별력과 순수한 감정을 진심으로 믿고 있어요. 그러니까 내 운명과 내 친구의 운명을 기꺼이 당신에게 맡기겠습니다."

곧이어 그들은 대수롭지 않은 삶의 이야기로 화제를 바꾸었다. 그러다가 둘씩 짝을 지어 산책하러 나갔다. 나탈리에는 로타리오와 함께, 테레제는 신부와 함께 갔다. 빌헬름은 야르노와 둘이서 저택에 남았다.

묵직한 고통이 빌헬름의 가슴을 짓누르던 순간에 세 친구가 갑자기 찾아온 일은 그의 슬픔을 한껏 더 자극하여 불쾌감을 자아냈다. 빌헬름은 강한 분노와 의혹을 느꼈다. 야르노가 왜 그렇게 뚱한 얼굴로 입을 다물고 있느냐고 물었을 때도 빌헬름은 불쾌한 기분을 숨김없이 드러냈다.

"더 이상 무슨 할 말이 있겠습니까? 로타리오 씨가 자기 보좌관들을 다 데리고 나타났잖아요. 그러니 늘 바쁘게 활동하시는 저 비밀스러운 '탑'에 있는 사람들이 이번에는 우리를 노리고 무슨 일을 꾸미고 있는 게 틀림없지 않겠습니까? 대체 우리를 상대로 무슨 기묘한 일을 계획하고 있는 건지 모르겠어요. 내가 아는 한, 그 거룩하신 분들은 이미 맺어진 것들을 갈라놓고 또 갈라진 것들을 맺어주는 일을 고상한 목표로 삼고 계시는 것 같지만요. 그분들이 그런 식으로 어떤 작품을 만들어 내는지 나같이 속된 인간은 영원히 풀지 못할 수수께끼겠죠."

"화가 단단히 났군요. 뭐, 그것도 좋지만요. 좀더 화를 내세요. 그 편이 훨씬 나으니까요."

"네, 화야 얼마든지 낼 수 있죠. 내가 태어날 때부터 지금까지 꾸준히 길러온 타고난 인내력을 여러분이 한껏 시험하며 즐기고 있는 게 아닌지 무척 걱정되긴 하지만요."

"이번 일이 어떻게 될지는 머잖아 알게 될 테니 그 이야기는 이쯤에서 그만둡시다. 그보다도 탑에 대해서 설명을 좀 해야겠군요. 아무래도 당신은 탑을 불신하고 있는 모양이니 말이죠."

"나는 지금 정신이 뒤숭숭한 상태입니다. 그래도 상관없다면 마음대로 하십시오. 다만 내 머릿속이 고민거리로 꽉 차 있어서 그 좋은 말씀을 제대로 들을 수 있을지 모르겠군요."

"기분이 몹시 안 좋은가 봅니다. 그래도 탑에 대한 의문을 풀어드리는 일을 그만둘 생각은 없습니다. 당신은 나를 영리하고 빈틈없는 인간이라고 여기나 본데, 이왕이면 정직한 인간이라고도 여겨줬으면 좋겠군요. 또 그보다 더 중요한 문제는, 이번에는 이것이 내 임무라는 점입니다."

"당신 스스로 좋아서 설명을 하는 거라면 참 좋을 텐데 아쉽군요. 처음부터 나는 당신이 하는 말은 믿지 않는데, 어째서 당신 이야기를 들어야 하는 겁니까?"

"글쎄요. 지금 내가 하는 이야기가 터무니없는 동화 같다 해도 시간을 조금 내줄 수는 있을 겁니다. 대놓고 이런 이야기부터 한다면 당신이 억지로라도 들을지 모르겠군요. 탑에서 본 것들은 모두 젊은 혈기가 남긴 유물입니다. 처음에는 동료들 대부분이 매우 진지하게 그 일에 임했지만, 지금은 다들 추억을 가끔씩 떠올릴 때만 필요로 하지요."

그 말에 빌헬름이 목청을 돋우며 물었다.

"아니, 그렇다면 그 의미심장한 동작들과 말들이 단순한 장난에 지나지 않는 다는 건가요? 여러분은 외경심을 불러일으키는 장소로 엄숙하게 사람을 데려 가서 기묘하기 짝이 없는 모습을 보여주고, 매우 근사하고 신비로우며 한편 이 해할 수 없는 격언들로 가득 찬 알쏭달쏭한 두루마리를 우리에게 건네주었죠. 그리고 지금까지는 수업 중인 도제(徒弟)였지만 이제는 수업시대가 끝났다고 그걸 받는 사람에게 말하죠. 하지만 어떤가요? 예전이나 지금이나 별 다름없 이 조금도 현명해지지 않았단 말입니다."

"그 양피지는 지금 어디에 있죠? 가지고 있지 않나요? 거기에는 좋은 말들이 많이 적혀 있어요. 일반적인 격언이기는 해도 그냥 지어낸 이야기는 아닙니다. 하기야 그걸 읽고도 아무런 깨달음을 얻지 못한다면 아무 쓸모없는 이해하기 어려운 격언에 지나지 않겠지만요. 자, 그 수업증서란 것을 가지고 있다면 나한 테 보여주겠어요?"

"그야 물론 가지고 있죠. 이런 부적은 늘 몸에 지니고 다녀야 효과가 있으니 까요."

"아하, 그렇죠. 그럼 어느 샌가 거기에 적힌 내용이 당신 머리와 가슴에 새겨 질 테죠?"

야르노가 싱긋 웃으며 말했다. 그는 두루마리를 펼쳐 들고 앞부분을 쓱 훑 어보았다.

"이 부분은 예술 감각 양성에 관한 거군요. 이거야 다른 사람들도 설명할 수 있겠죠. 뒷부분은 인생에 대한 내용이네요. 내 전공 분야입니다."

이어서 그는 두루마리 곳곳에서 짧은 글들을 인용하여 거기에 가끔 주석을 달거나 이야기를 곁들였다.

"젊은이들은 비밀이나 의식이나 거창한 말에 비정상적인 호감을 보이게 마 련이지요. 그런데 이것은 그 젊은이의 성격에 어느 정도 깊이가 있음을 보여주 는 증거가 될 때가 많아요. 그 나이에는 누구나 자기 자신의 존재를 온통 사 로잡아 뒤흔드는 무언가를 바랍니다. 예컨대 그것이 애매하고 불확실한 것이 어도 말이죠. 다양한 것을 예감하는 젊은이는 비밀 속에서 많은 것을 찾아낼 수 있다고 믿습니다. 그래서 많은 것을 비밀로 하고 비밀스럽게 활동해야 한다 고 생각하죠. 우리 젊은 친구들의 이런 생각을 부추긴 사람이 바로 신부님입니다. 그것이 신부님의 원칙이자 취미이자 습관이기 때문이지요. 한때 신부님은 어느 비밀스런 단체에 소속되어 있었나 봐요. 그 결사 자체가 비밀리에 다양한 활동을 했던 거죠. 나는 그런 비밀 활동에 도무지 적응할 수 없었습니다. 나는 다른 동료들보다 나이도 많았고, 젊을 때부터 모든 일을 또렷하게 보면서 언제나 그런 명확성만을 추구했지요. 나의 가장 큰 관심사는 세상을 있는 그대로 보는 것이었습니다. 나는 이런 취향을 다른 훌륭한 동료들에게도 퍼뜨렸어요. 그 바람에 하마터면 우리의 인격 수양 전체가 엉뚱한 방향으로 나아갈 뻔했습니다. 왜냐하면 우리는 오로지 남의 결점과 부족함만을 찾아내면서 스스로를 뛰어난 인간으로 여기기 시작했기 때문이죠. 그때 신부님이 우리를 도와주셨습니다. 남을 관찰할 때에는 반드시 그의 인격 형성에 관심을 가져야 한다는 사실, 오로지 활동을 통해서만 자기를 관찰하고 자기 목소리를 들을 수 있다는 사실을 신부님이 우리에게 가르쳐 주셨죠. 또 이런 충고도 해주셨어요. 우리 결사의 초기 형태를 그대로 유지하는 편이 좋겠다고요. 그래서 우리 결사에는 규율 비슷한 것이 남았고, 그 때문에 조직 전체가 초기의 신비주의적 인상을 풍기는지도 몰라요. 그러다가 이 조직은 말하자면 예술의 경지에 이를 만큼 발전한 수공업 길드 형태를 띠게 되었습니다. 실습생, 조수, 선생과 같은 명칭은 거기서 나온 거지요. 우리는 자기 눈으로 사물을 보고, 우리의 세계 인식을 모은 독자적인 기록 모음집을 만들려고 했습니다. 그래서 우리는 스스로 쓰기도 하고 남에게 쓰라고 권하기도 해서 수많은 고백록을 만들어 냈습니다. 그런 수기들을 바탕으로 뒷날 여러 가지 《수업시대》들이 탄생한 거죠. 아, 물론 모든 사람이 인격 수양에 관심을 갖고 있는 것은 아닙니다. 많은 사람들은 그저 안온하게 살기 위한 가정상비약이니, 돈벌이니, 갖가지 행복을 부르는 비법 따위에 신경 쓸 뿐이지요. 제 발로 똑바로 걸으려고 하지 않는 이런 사람들을 우리는 신비로운 말이나 주문으로 붙잡아 두기도 하고, 때로는 내쳐버리기도 했습니다. 말하자면 자신이 태어난 목적을 실감하고 확실히 깨닫게 된 사람, 웬만큼 즐겁고 편안하게 제 갈 길을 걸어갈 수 있을 정도로 수양을 쌓은 사람, 오직 이런 사람들에 대해서만 우리는 우리 나름대로 수업시대가 끝났다고 선언하는 겁니다."

"그렇다면 여러분은 나를 지나치게 빨리 졸업시켜 버린 겁니다. 그날 이후로 나는 내가 무엇을 할 수 있는지, 무엇을 하고 싶은지, 무엇을 하면 좋을지 전혀 모르고 있으니까요."

"우리는 그런 혼란에 빠지는 것을 나무라지 않습니다. 머잖아 행운이 다시 찾아와 우리를 구해 줄 테니까요. 그건 그렇고, 이 말이나 좀 들어봐요. '앞으로 크게 될 사람은 자기 자신과 세상에 대해 늦게 깨우친다. 감성과 더불어 실행력까지 갖춘 사람은 매우 드물다. 감성은 시야를 넓혀주지만 실행력을 빼앗는다. 행위는 활력을 주지만 시야를 좁아지게 만든다.'"

"그만하세요. 이상한 격언은 더 이상 읽지 마세요. 그런 상투적인 말 때문에 지금 내 머릿속이 뒤죽박죽이란 말입니다."

"그래요? 그럼 내 이야기를 계속하죠."

야르노는 두루마리를 반쯤 말더니, 이따금 힐끔힐끔 그것을 내려다보며 말을 이었다.

"나는 모임을 위해서나 동료들을 위해서나 가장 도움이 안 되는 사람이었습니다. 나는 아주 못난 선생이었어요. 시시한 일에 필사적으로 매달리는 사람을 보면 참을 수가 없었고, 길을 헤매는 사람을 보면 당장 가서 말을 걸어야 직성이 풀렸습니다. 예컨대 그 사람이 몽유병자라서, 내가 말을 거는 순간 목뼈가 부러질 위험이 있다 해도 말이죠. 그럴 때마다 늘 신부님과 다투었습니다. 신부님은 잘못된 일을 겪어보아야만 옳은 게 무엇인지 깨닫는다고 믿으셨어요. 당신을 두고서도 우리 둘이서 자주 싸웠지요. 신부님은 특히 당신에게 관심이 많으셨어요. 그분에게 그렇게 큰 관심을 받는다는 것 자체가 대단한 겁니다. 아무튼 나는 당신을 만날 때마다 뭐든지 사실대로 거침없이 말했죠. 그래서 아마 당신한테 미운털이 박혔을 겁니다."

"당신은 정말로 무섭게 나를 다루셨지요. 언제나 자기 원칙에만 충실하신 것 같았습니다."

"아니, 여러 가지 훌륭한 소질을 지닌 젊은이가 잘못된 길을 걸어가려고 하는데 내가 어찌 보고만 있겠습니까?"

"실례지만 당신은 나한테 배우로서의 재능이 전혀 없다고 매우 냉정하게 말씀하셨잖습니까? 나는 이제 연극을 완전히 포기했지만, 솔직히 말하면 나 스스로는 그렇게 재능이 없다고 생각하지는 않는데 말이죠."

"글쎄요. 내 생각에는, 자기 자신밖에 연기할 수 없는 사람은 배우가 아닙니다. 그건 뻔한 사실이죠. 겉모습도 마음도 다 바꿔가면서 다양한 인간을 연기할 수 없다면 그는 스스로를 배우라고 여길 자격이 없습니다. 당신은 이를테면 햄릿이라든가 다른 몇 가지 역할은 아주 멋지게 소화해 냈지요. 그런 역할을 할 때에는 당신의 성격과 풍채와 그 순간의 분위기가 당신을 도왔던 겁니다. 뭐, 단순한 연극 애호가나 연기 말고는 재주가 없는 사람이라면 그 정도만 해도 충분하겠지만요."

야르노는 두루마리를 보면서 말을 이었다.

"아무리 훈련을 거듭해도 최고의 경지에 이를 수 없는 재능에 대해서는 주의해야 한다. 자기가 원하는 만큼 재능을 발전시킬 수는 있겠지만, 결국 진정한 명인의 솜씨를 보면 자신이 얼마나 부질없는 일에 시간과 정력을 낭비했는지 깨닫고 후회하게 될 테니까."

"읽지 마시라니까요! 부탁이에요. 그냥 이야기를 계속해 주세요. 당신 이야기를 해달라고요. 부디 가르쳐 주십시오. 그럼 《햄릿》을 상연할 때 유령을 내보내서 나를 도와준 사람이 신부님이었던 겁니까?"

"그렇습니다. 만약 당신을 구할 수 있다면, 그것이 당신을 구할 유일한 수단이라고 신부님은 확신하고 계셨거든요."

"그래서 나한테 베일을 남기고 도망치라고 하신 거군요?"

"네. 게다가 신부님은 《햄릿》 공연을 통해서 당신의 연극에 대한 열정이 사그라지기를 기대하셨습니다. 신부님은 이번 공연만 끝나면 당신이 두 번 다시 무대에 서지 않을 거라고 말씀하셨어요. 나는 정반대로 생각했지요. 결국 내가 옳았고요. 그날 밤에도 연극이 끝난 뒤에 우리는 그 문제로 말다툼을 벌였습니다."

"당신도 내 연기를 보신 겁니까?"

"그야 물론이죠."

"그때 유령을 연기한 사람은 누굽니까?"

"그건 나도 몰라요. 아마 신부님이나 신부님의 쌍둥이 동생이겠죠. 아마 동생일 겁니다. 동생이 좀더 키가 크니까."

"아니, 신부님과 당신 사이에도 비밀이 있나요?"

"친구 사이에도 얼마든지 비밀이 있을 수 있죠. 사실 비밀이 없을 수가 없어요. 그렇다고 서로가 서로에게 비밀스런 존재인 건 아니지만요."

"아, 골치 아프군요. 생각하면 생각할수록 더 어지러운데요. 이번에는 신부님에 대해 말씀해 주세요. 그분한테는 내가 신세를 많이 졌지요. 그만큼 불평할 점도 많지만요."

"신부님이 모두에게 이토록 존경받으며 우리를 거의 지배하다시피 할 수 있는 까닭은 그분이 자유롭고 날카로운 통찰력을 지니고 있기 때문입니다. 인간은 자기 내부에 여러 가지 힘을 지니고 있어서 누구나 자기 나름대로 그 힘을 통해 성장하지요. 그런데 신부님은 그 모든 힘을 꿰뚫어 볼 수 있는 통찰력을 타고나셨습니다. 대부분의 사람들은 말이죠, 아무리 훌륭한 사람이어도 시야가 어느 정도 한정되어 있어요. 누구나 자기 자신과 다른 사람의 특정한 장점만을 존중하고 오직 그것만 생각하면서 열심히 키우려 하지요. 하지만 신부님은 정반대예요. 그는 모든 힘을 제대로 식별해서 키워주고자 하십니다. 자, 이쯤해서 다시 한 번 두루마리를 봐야겠군요."

야르노가 두루마리 내용을 읽기 시작했다.

"모든 사람이 다 모여야 인류가 되고, 모든 힘이 다 모여야 세계가 된다. 온갖 힘은 서로 자주 충돌하면서 다른 힘을 파괴하려 하지만, 자연은 그런 힘들을 하나로 모아 다시금 새로운 힘을 낳는다. 가장 수준 낮은 동물적인 수공(手工) 본능에서부터 가장 수준 높은 정신적인 예술 창작에 이르기까지, 어린아이의 혀짤배기소리나 단순한 환성에서부터 웅변가와 가수의 절묘한 표현에 이르기까지, 소년의 첫 싸움질에서부터 나라를 수호하거나 정복하는 거대한 조직에 이르기까지, 매우 가벼운 호의나 순간적인 애정에서부터 몹시 격렬한 정열과 엄숙한 결혼에 이르기까지, 눈앞에 있는 구상적인 사물에 대한 더없이 소박한 감정에서부터 머나먼 정신적 미래에 대한 더없이 어렴풋한 예감이나 소망에 이르기까지 이 모든 것들이 그리고 훨씬 더 많은 것들이 우리 인간 내부에 깃들어 있으므로 우리는 그것을 키워야 한다. 그리고 그 힘은 한 사람의 내부에 있는 것이 아니라 많은 사람들의 내부에서 모아진다. 인간의 재능은 모두 다 중요하고 필요하며, 그러므로 제대로 자랄 수 있도록 힘써주어야 한다. 어떤 사람은 아름다움만을 키우고 또 어떤 사람은 가치만을 키우는데, 이 둘이 하나가 되어야 비로소 한 인간이 완성된다. 사실 가치는 저절로 만들어진다. 가치는 누구에게나 꼭 필요한 것이어서 대중이 스스로 만들어 내기 때문이다. 반면에 아름다움은 이루어져야 한다. 아름다움을 표현하는 사람은 적은데 아름다움을 필요로 하는 사람은 많기 때문이다.'"

"그만하세요! 나도 이미 읽어본 내용이니까."

"어차피 거의 다 읽었습니다. 이 부분은 특히 신부님 생각과 매우 맞는군요. '하나의 힘은 다른 힘을 지배할 수 있다. 그러나 어떤 힘도 다른 힘을 새로 만들어 낼 수는 없다. 인간의 힘은 자신의 모든 재능 속에서 자라난다. 남을 이끌고 가르치려는 사람들 가운데서도 이 점을 이해하고 있는 사람은 그리 많지 않다.'"

"나도 이해가 안 가는데요."

"이 문장에 대해서는 앞으로 신부님이 많이 가르쳐 주실 겁니다. 그래서 사람은 자신에게 어떤 재능이 있으며, 그것을 어떻게 잘 자라게 할 수 있을지 늘 마음을 써주어야 합니다. 그리고 남을 존중하고 나를 희생하도록 애써야 합니다. 우리는 남을 존중할 때에만 존중받을 수 있으니까요."

"제발 부탁입니다. 잠언은 더 이상 듣고 싶지 않아요. 상처받은 마음에 잠언 따위는 어울리지 않습니다. 그보다도 당신이 잘하는 무자비한 바른말을 해주세요. 여러분이 나한테 대체 뭘 바라시는지, 뭘 어떻게 어떤 식으로 해서 나를 가지고 노시려는지 그걸 분명히 말씀해 주십시오."

"내 장담하지요. 당신은 머잖아 우리를 몹시 의심했던 일을 뉘우치고 사과하게 될 겁니다. 잘 생각해서 선택하는 것이 당신의 임무이고, 당신을 돕는 것이 우리 임무입니다. 인간은 자신에게 한계가 있음을 깨닫기 전까지는 아무리 애를 써봐도 행복해질 수 없습니다. 나 같은 사람한테 의지하지 말고 신부님께 의지하십시오. 당신 자신이 아닌 주변 세계를 생각하십시오. 이를테면 로타리오 씨의 훌륭함을 깨닫고 배워보세요. 그 사람의 통찰력과 활동은 떼려야 뗄 수 없을 만큼 밀접하게 이어져 있습니다. 그는 끊임없이 앞으로 나아가면서 자기 자신을 키우고 또 모든 사람을 이끌어 갑니다. 그는 언제 어디에서나 하나의 세계를 거느리고 있습니다. 단지 그가 존재하기만 해도 그를 둘러싼 사람들은 힘을 얻고 용기를 냅니다. 자, 그럼 우리의 훌륭한 의사 선생님은 어떤가요? 정반대인 것 같지 않으세요? 로타리오 씨의 활동은 고루 멀리까지 영향을 미칩니다. 의사 선생님은 그 예리한 눈으로 가까운 곳만 바라보지요. 일을 만들고 남들에게 활기를 불어넣기보다는 오히려 활동을 위한 수단을 생산하는 셈입니다. 마치 알뜰하게 살림을 하는 것 같지요. 그 사람의 활동은 남들 눈에 띄지 않지만 주위에 있는 모든 사람을 도와줍니다. 그는 쉴 새 없이 모아서 늘리고 또 받은 것은 골고루 나눠주는 방법을 압니다. 어쩌면 로타리오 씨는 의사 선생님이 몇 년에 걸쳐 열심히 쌓아 올린 업적을 하루아침에 무너뜨려 버릴지도 몰라요. 또 로타리오 씨는 그렇게 없어진 것을 백배로 늘려서 채울 수 있는 힘을 사람들에게 어느 날 갑자기 돌려줄지도 모릅니다."

"이렇게 나 자신이 엉망진창이 된 순간에도 남의 장점만 생각해야 한단 말입니까? 너무 비참하고 힘든 일이군요. 마음이 편안한 사람이라면 또 몰라도, 정열과 의혹으로 마음이 어수선한 사람에게는 그런 고찰이 도무지 안 어울리는 것 같은데요."

"냉정하게 이성적으로 무엇인가를 고찰하는 일은 어느 때나 해롭지 않은 법입니다. 남의 장점을 생각하는 버릇이 들면 어느새 저절로 자기 자신의 장점도 알게 됩니다. 그러면 우리가 공상에 빠져서 저지르는 어리석은 실수도 기꺼이 멀리하게 되지요. 가능한 한 당신 마음속에서 모든 의심과 불안을 쫓아내 버리세요. 아, 저기 신부님이 오시는군요. 공손하게 대하세요. 머잖아 당신이 저분에게 얼마나 감사해야 하는지 좀더 확실히 알게 될 겁니다. 나 참, 저분은 은근히 장난이 심하다니까요. 저거 봐요. 나탈리에 양과 테레제 양 사이에서 오시잖아요. 분명히 또 무슨 일을 꾸미고 계시는 거예요. 본디 저분은 운명의 신을 어설프게나마 흉내 내기를 좋아하셔서요. 가끔씩 중매를 서는 취미를 아직도 못 버리셨다고 하네요."

야르노의 현명하고 사려 깊은 조언도 빌헬름의 격정적인 분노를 누그러뜨리지는 못했는데, 하필이면 이때 야르노가 중매니 뭐니 하는 말을 꺼내는 바람에 빌헬름은 정말 무신경한 태도라고 생각하며 냉소적인 웃음을 띠고 한마디 쏘아붙였다.

"중매를 선다고요? 그런 일은 서로 좋아하는 당사자들에게 그냥 맡겨두면 좋을 텐데요."

제6장

그들 모두가 다시 한자리에 모였으므로 두 사람은 이야기를 멈추었다. 잠시 뒤 그들은 심부름꾼이 왔다는 말을 들었다. 그런데 그 심부름꾼이 편지를 로타리오에게 직접 전하고 싶어한다는 것이다. 안으로 안내되어 들어온 남자는 건장하고 유능해 보이는 사나이였다. 옷차림도 매우 훌륭하고 고상했다. 빌헬름은 그 남자를 어디서 본 것 같은 기분이 들었다. 과연 그것은 착각이 아니었다. 예전에 그가 마리아네인 줄 알았던 여자와 필리네의 행방을 찾아달라고 뒤따라 보냈다가 그길로 소식이 끊긴 바로 그 남자였다. 빌헬름이 그에게 말을 걸려고 하는 순간에 편지를 다 읽은 로타리오가 말문을 열었다. 매우 심각하고 어쩐지 화난 듯한 투였다.

"당신 주인의 성함이 뭐요?"

그러자 심부름꾼이 공손하게 대답했다.

"죄송하지만 그것만은 말씀드릴 수 없습니다. 꼭 필요한 내용은 그 편지에 다 적혀 있을 것입니다. 말로 전할 만한 내용은 아무것도 들은 바가 없습니다."

"그래요? 그럼 어쩔 수 없군요!"

로타리오가 웃으면서 말을 이었다.

"당신 주인이 이런 어처구니없는 편지를 보낼 만큼 나를 믿으신다니, 나도 기꺼이 그분을 환영하겠소."

"곧 도착하실 겁니다."

심부름꾼은 정중히 인사하고 나서 물러갔다. 로타리오가 다른 사람들에게 말했다.

"여러분, 들어보세요. 정말이지 어처구니없는 질 나쁜 편지입니다. 글쎄, 이름 모를 작자가 이렇게 써 보냈어요. '유머야말로 모든 손님들 가운데 가장 유쾌한 손님인 줄로 알고 있습니다. 나는 언제나 이분을 길동무 삼아 이리저리 돌아다니고 있으므로, 이번에 각하를 찾아뵐 때에도 각하께서 저희를 기꺼이 환영해주시리라고 믿습니다. 더 나아가 귀댁의 모든 분들이 이번 방문에 크게 만족해주실 것을 기대하며, 그다음에 나는 기회를 보아 얼른 다시 물러갈 생각이옵니다. 그럼 이만 줄이겠습니다. 폰 슈네켄푸스*¹² 백작 올림.'"

"그런 백작 집안은 처음 듣는데요."

신부가 말했다.

---

*12 Schneckenfuß. 달팽이 다리.

"아마도 대리 백작*¹³이겠죠."

야르노도 한마디 했다. 그때 나탈리에가 입을 열었다.

"나는 그 수수께끼를 쉽게 풀 수 있어요. 틀림없이 우리 동생 프리드리히일 거예요. 외종조부님이 돌아가시고 나서부터 언제 한번 찾아오겠다고 말했거든요."

"정답입니다! 예쁘고 똑똑하신 우리 누님!"

근처에 있는 수풀 속에서 누군가가 외치는 소리가 들렸다. 이어서 인상이 좋은 쾌활한 젊은이가 나타났다. 빌헬름은 하마터면 비명을 지를 뻔했다.

'원, 세상에! 그 금발머리 장난꾸러기잖아! 설마 이 친구가 이런 곳에 나타날 줄이야!'

프리드리히도 빌헬름을 알아보고 소리를 꽥 질렀다.

"어이쿠, 깜짝이야! 옛날에 내가 여러모로 신세 졌던 당신을 여기서 다시 만나다니! 이집트에 퍼질러 앉아 있는 피라미드나 이미 사라졌다고 여겨지는 전설 속의 마우솔로스 영묘*¹⁴를 여기 외종조부님의 정원에서 발견하더라도 이보다 더 놀랍지는 않을 거예요! 아, 정말 반가워요."

프리드리히는 모든 이들에게 인사와 키스를 하고 나서 다시 빌헬름 곁으로 달려왔다.

"여러분, 이분을 극진히 대접해 주세요! 이분은 영웅이자 사령관이며, 연극 철학자이십니다. 내가 이 사람을 처음으로 만났을 때에는 아주 심한 짓을 했단 말이죠. 삼빗으로 머리를 벅벅 빗어주다시피 했거든요. 그런데도 내가 나중에 혼쭐나게 되었을 때 이분은 나를 구해 주셨어요. 그야말로 스키피오*¹⁵처럼 너그럽고 알렉산드로스*¹⁶처럼 통이 크신 분이에요. 뭐, 가끔은 여자한테 푹 빠지기도 하지만, 그래도 연적을 미워하지는 않아요. 말하자면 적들의 머리 위에 숯불을 쌓아 올리는 짓은 하지 않는다고요.*¹⁷ 왜, 그런 식으로 남한테 창피주

---

*13 황제가 직무를 볼 수 없거나 서거했을 때에는 대리인(제국 집정관)이 임시로 왕위에 올라서 일을 대행했다. 이 대리인이 임명한 백작이 대리 백작이다.

*14 먼 옛날 할리카르나소스의 통치자였던 마우솔로스 왕과 아르테미시아 왕비가 안치되어 있는 웅장한 영묘.

*15 고대 로마 장군이자 정치가. 기원전 236~183.

*16 마케도니아 왕. 기원전 356~323.

*17 《로마서》 12 : 20. "원수가 배고파하면 먹을 것을 주고 목말라하면 마실 것을 주십시오. 그

는 짓을 흔히들 하잖아요? 하지만 이분은 안 그래요. 오히려 자기 애인을 빼앗아 달아나는 친구가 혹시라도 돌에 부딪혀*18 넘어질까봐, 착하고 충실한 하인을 시켜 뒤따라가게 할 정도라니까요."

그가 이렇게 쉴 새 없이 떠드는 바람에 아무도 그를 말릴 수 없었다. 게다가 그런 식으로 그 말에 대꾸해 줄 수 있는 사람은 하나도 없었으므로, 그는 혼자서 계속 떠들어댔다.

"아, 혹시 내가 거룩한 성서와 속세의 책을 넘나드는 방대한 양의 책을 읽은 티가 나서 놀라셨나요? 흠, 그럼 내가 어떻게 이런 지식을 얻게 되었는지 말씀 드리지요."

사람들은 그가 그동안 어떻게 지냈으며 지금 어디서 오는 길인지 알고 싶어 했다. 하지만 그는 여러 가지 명언이나 고사성어만 열심히 늘어놓으며 끝까지 자세한 사정은 말해 주지 않았다.

나탈리에가 나지막한 목소리로 테레제에게 말했다.

"저 애가 저렇게 명랑하게 떠들어대는 모습을 보니 가슴이 아파. 겉으로는 신나게 떠들지만, 실은 분명히 무슨 일이 있는 걸 거야."

야르노가 몇 마디 농담을 던진 것을 제외하고는 아무도 프리드리히의 익살에 제대로 반응해 주지 않았다. 그러자 프리드리히가 이렇게 투덜거렸다.

"이거 참, 이렇게 풍류를 모르는 분들이랑 같이 있으니까 나까지 주눅이 들어서 그동안 내가 저지른 온갖 죄들이 내 마음을 짓누르는 것 같군요. 자, 그럼 과감하게 총고해(總告解)라도 할까요? 하지만 존경하는 신사 숙녀 여러분 모두에게 이 고백을 들려드릴 수는 없겠습니다. 여기 이 귀하신 친구분한테만 들려드리지요. 이분은 이미 내 삶과 행적을 어느 정도 알고 계시니까요. 게다가 오직 이분만이 내 고백을 듣고 싶어할 이유가 있거든요. 자, 어때요? 듣고 싶지 않습니까?" 그는 빌헬름을 돌아보며 말을 이었다.

"누가, 언제, 어디서, 무엇을, 어떻게, 왜 했을까요? 그리스어 동사 'Philéo'와 'Philoh*19'의 동사 변화는 어떠하며, 세상에서 가장 사랑스러운 이 동사의 파생어는 또 어떠한지 궁금하지 않으십니까?"

렇게 하면 그의 머리에 숯불을 쌓아놓는 셈이 될 것입니다."
*18 《시편》 91 : 12. "행여 너 돌부리에 발을 다칠세라 천사들이 손으로 너를 떠받고 가리라."
*19 둘 다 '나는 사랑한다'는 뜻이다. Philoh는 Philéo의 축약형. 필리네(Philine)는 이 동사의 파생어.

그러면서 그는 빌헬름의 팔을 붙들고 호들갑스럽게 껴안거나 키스하면서 그를 끌고 갔다. 프리드리히는 빌헬름의 방에 들어가자마자 창가에 놓여 있는 면도칼 하나를 발견했다. '나를 잊지 마세요'라는 문구가 새겨져 있었다. 프리드리히가 입을 열었다.

"소중한 물건을 잘 간직하시나 보군요. 그래요, 이건 내가 당신 머리카락을 쥐어뜯었던 날에 필리네가 당신한테 선물한 면도칼이죠. 그동안 당신은 이걸 보면서 그 귀여운 아가씨를 떠올리셨을 테지요? 내가 감히 장담할 수 있는데, 그 사람도 여전히 당신을 잊지 못하고 있습니다. 질투심 따위는 이미 내 마음속에서 몰아냈기에 망정이지, 안 그랬으면 이렇게 당신 얼굴을 쳐다보지 못했을 겁니다."

"그 사람 이야기는 그만하게. 물론 그 여자와 함께 지내던 시절의 즐거운 추억이 오랫동안 내 머릿속에서 사라지지 않았던 것은 사실이야. 하지만 그것도 다 지난 일이지."

"쳇! 아니, 그게 뭡니까? 당신 애인을 잊어버렸다고요? 당신은 그 여자를 진심으로 사랑하고 있었습니다. 날이면 날마다 그 사람한테 선물을 보냈잖아요. 독일인이 남에게 선물을 할 때에는 틀림없이 사랑에 빠진 겁니다. 그래서 나는 결국 당신한테서 그 아가씨를 빼앗아 달아날 수밖에 없었죠. 붉은 제복을 입은 장교는 마침내 뜻을 이루었지만 말이에요."

"뭐? 그럼 그때 필리네를 찾아온 장교가…… 필리네를 데려간 그 장교가 자네였단 말인가?"

"네, 맞아요. 당신은 마리아네라고 착각하셨지만요. 당신이 그렇게 오해하는 것을 보고 우리 둘이서 배꼽을 쥐고 웃었죠."

"정말 너무하는군! 나를 그렇게 속 태우게 하고 떠나버리다니!"

"게다가 당신이 우리 뒤를 쫓게 했던 심부름꾼도 우리가 잽싸게 고용해 버렸지요. 상당히 쓸 만한 남자더군요. 지금도 그 친구는 우리 밑에서 일하고 있어요. 그리고 나는 예나 지금이나 여전히 그 아가씨를 미칠 듯이 사랑하고 있습니다. 그 사람 때문에 정신을 못 차리겠어요. 무슨 신화 속 주인공이라도 된 것 같습니다. 이러다가 어느 날 갑자기 변신하게 될까봐[20] 하루하루 벌벌 떨며 살

---

[20] 오비디우스의 《변신 이야기》. 괴테가 어릴 때 즐겨 읽었던 작품이다.

고 있다니까요."

"그런데 자네는 대체 어디서 그렇게 폭넓은 지식을 얻은 건가? 틈만 나면 고사성어나 옛날이야기를 인용하는 자네의 그 기묘한 화법은 정말이지 놀랍기 그지없군."

"실은 무척 재미있는 방법으로 해박한 지식을 얻었지요. 그것도 아주 많은 지식을요. 필리네는 지금 나와 함께 살고 있는데요. 우리는 어느 기사령(騎士領)에 있는 오래된 성을 하나 빌려서 마치 코볼트*21처럼 즐겁게 지내고 있답니다. 그런데 그곳에 양은 적어도 질이 좋은 장서가 있었던 거죠. 이를테면 2절판 성서,*22 고트프리트의 《연대기》,*23 두 권으로 된 《유럽 대관(大觀)》,*24 《고대 사화집(詞華集)》,*25 그리피우스*26의 작품 따위가 있었고, 또 그만큼 귀중하지는 않아도 제법 좋은 책들이 많이 있었어요. 그런데 우리끼리 한바탕 신나게 놀고 나면 좀 심심해진단 말이죠. 그래서 우리는 심심풀이로 책을 읽기 시작했습니다. 그런데 책을 읽어도 금세 따분해지더군요. 그때 필리네가 근사한 생각을 떠올렸습니다. 책을 있는 대로 다 모아서 책상 위에다 모조리 펼쳐놓고, 우리가 서로 마주 앉아 교대로 책을 읽는 거예요. 이 책 저 책에서 군데군데 조금씩 읽는 거죠. 그런데 이게 정말 엄청나게 재미있더군요. 마치 상류 사교계에 와 있는 기분이 들었어요. 상류 사교계에서는 한 가지 주제만 가지고 길게 이야기하거나 심지어 철저하게 논의하거나 하면 촌스럽다고 욕을 먹잖아요? 뭐, 그래서 우리는 서로 상대의 입을 막으려고 기를 쓰며 떠들어대는 요란한 사교 모임에 참석한 기분을 맛볼 수 있었어요. 날마다 이 놀이를 규칙적으로 꾸준히 계속했죠. 그랬더니 어느새 기막힐 정도로 해박한 지식을 얻게 되었지 뭡니까? 하늘 아래 더 이상 새로운 것은 하나도 없을 정도로 말이죠. 세상 모든 일에 대해 우리의 지식이 근거를 제공해 주더군요. 우리는 이 공부 방법을 다양하게

---

*21 독일 민간 설화에 등장하는 장난꾸러기 꼬마 요정.
*22 대형 성서. 그 시대에 많은 사랑을 받았다.
*23 요한 루드비히 고트프리트가 쓴 《역사 연대기》. 1619년 간행된 유명한 역사서.
*24 1633년에서 1718년 사이에 발행된 유럽 역사에 관한 책. 요한 아벨레(1600~1634)가 쓴 동시대 역사서를 다른 작가가 이어 썼다. 두 권으로 된 신판이 1738년에 간행되었다.
*25 페터 라우렘베르크가 1633년에 펴낸 책. 그리스 로마 시대의 명문 200편을 모았다.
*26 독일 바로크 시대를 대표하는 시인 겸 극작가(1616~1664). 1650년부터 그의 작품집이 많이 나왔으며, 1698년에는 전집이 출판되었다.

바꿔보았습니다. 정말로 여러 가지 방법을 써봤어요. 때로는 겨우 몇 분 만에 모래가 다 흘러내리는 망가진 모래시계를 이용하기도 했지요. 먼저 한 사람이 재빨리 시계를 뒤집고 글을 읽습니다. 그러다 모래가 다 떨어지면 곧바로 다음 사람이 시계를 또 뒤집고서 글을 읽기 시작하는 거죠. 이런 식으로 우리는 대학생처럼 열심히 공부했습니다. 다만 우리는 시간 가는 줄 모르고 즐겁게 공부하며 아주 잡다한 지식을 쌓았다는 점에서 진짜 대학생과는 좀 다르지만요."

"맙소사, 정말 황당하기 짝이 없군! 하기야 자네들같이 유쾌한 젊은 남녀가 모였으니 그런 놀라운 짓을 할 수도 있었겠지. 그런데 자네들처럼 장난기 많은 사람들이 어찌 그렇게 오랫동안 붙어 있을 수 있는 거지? 나로선 도저히 상상할 수 없는 일이군."

"그게 바로 우리의 행복이자 불행입니다. 필리네는 지금 남들 앞에 당당히 나설 만한 모습이 아니고, 스스로도 자기 모습을 보기 싫어해요. 임신을 했거든요. 세상에 그녀보다 더 보기 흉하고 우스꽝스러운 꼴은 없을 겁니다. 내가 떠나오기 직전에도 그 사람이 우연히 거울을 보더니 '어휴, 보기 싫어!' 하면서 고개를 팩 돌리더군요. 그러고는 계속 투덜거렸어요. '멜리나 부인이랑 똑같이 생겼잖아. 아, 정말 추하기도 하지. 꼴불견이야.'"

그 말에 빌헬름은 웃으며 말했다.

"솔직히 말하겠네. 자네들 두 사람이 아버지와 어머니로서 함께 있는 모습을 본다면 꽤 우스꽝스럽긴 할 거야."

"어휴, 내가 졸지에 애아버지가 되다니, 농담도 이런 농담이 없어요. 그 사람이 그렇다고 말하고, 날짜를 따져봐도 그게 맞는 것 같지만요. 《햄릿》 공연이 끝난 뒤 그 사람이 당신 방에 쳐들어갔던 그 빌어먹을 사건이 있었던 만큼, 처음에는 나도 좀 긴가민가했습니다."

"뭐? 내 방에 쳐들어가다니?"

"아니, 설마 그 일을 기억 못하시는 건 아니겠지요? 혹시 모르고 계셨던 겁니까? 그날 밤 더없이 사랑스러운 모습으로 나타났던 그 살아 있는 유령은 바로 필리네였어요. 물론 그 사건은 나로선 참기 어려운 지참금이었습니다. 하지만 그만한 일도 참을 수 없다면 애초에 누굴 사랑할 자격이 없는 거죠. 자기가 애아버지냐 아니냐는 결국 스스로 그걸 굳게 믿는가 아닌가에 달린 문제예요. 나는 확신한다. 그러므로 나는 아버지다. 뭐, 이런 거죠. 어때요? 나는 논리학도 제대로 활용할 줄 안다고요. 우리 아이는 태어나자마자 너무 심하게 웃어서 숨이 꼴깍 넘어가지 않는 한, 유능하지는 않더라도 적어도 유쾌한 시민이 될 수 있을 겁니다."

이처럼 두 사람이 실없는 이야기를 즐겁게 나누는 동안에 다른 사람들은 심각한 대화를 나누고 있었다. 프리드리히와 빌헬름이 그 자리를 떠나자마자 신부는 자연스럽게 다른 사람들을 정원 앞에 있는 홀 안으로 데려갔다. 모두들 자리에 앉자 그는 다음과 같이 말했다.

"우리는 그저 덮어놓고 테레제 양이 그 어머니의 친딸이 아니라고 주장하기만 했습니다. 그러나 이제는 어찌 된 일인지 구체적으로 설명해야겠군요. 자세한 사정을 말씀드리지요. 이에 관해서는 앞으로도 모든 수단과 방법을 동원하여 그것이 명확한 진실임을 입증할 것입니다.

폰 ○○ 부인은 결혼하고 나서 몇 년 동안은 남편과 무척 사이좋게 잘살았다고 합니다. 그런데 안타깝게도 두어 번 아이를 가졌지만 그때마다 번번이 유산하고 말았습니다. 세 번째로 유산했을 때에는 하마터면 죽을 뻔했죠. 의사들이 부인에게 경고했습니다. 다음에 또 유산했다가는 틀림없이 목숨을 잃을 거라고요. 그들 부부는 절박한 상황에 빠졌습니다. 그러나 이혼하려고 하지는 않았죠. 겉으로 보기에 그들은 더할 나위 없이 금슬 좋은 행복한 부부였으니까요. 폰 ○○ 부인은 정신 수양을 하고 명사(名士) 행세를 하거나 허영의 기쁨을 맛보는 일을 통해서, 자기에게 주어지지 않은 어머니로서의 행복에 대한 보상을 받으려고 했습니다. 그래서 남편이 다른 여자에게 호감을 가졌을 때에도 그 잘못을 너그럽게 눈감아 주었지요. 그 여자는 집안 살림 전체를 맡고 있는 아름답고 무척 야무진 처녀였습니다. 그런데 어느 날 폰 ○○ 부인이 직접 손을 써서 그 처녀와 테레제 양의 아버지를 하나로 맺어지게 해주었습니다. 그 뒤에도 그 여자는 여전히 집안 살림을 돌보며 전보다 더 헌신적으로 공손히 부인을 모셨습니다.

얼마 뒤 그 여자가 임신했다는 사실을 고백했습니다. 그때 그들 부부는 동기는 전혀 달라도 결과적으로는 똑같은 생각을 하게 되었습니다. 폰 ○○ 씨는 정부가 낳게 될 아이를 자기 부부가 낳은 아이처럼 호적에 올리고 싶어 했어요. 그리고 폰 ○○ 부인은 수다쟁이 의사 때문에 자기 몸에 이상이 있다는 소문이 은근히 퍼지고 있어서 마음이 몹시 불편한 상태였지요. 그래서 그 아이를 자기 아이로 슬쩍 바꿔치기해서 명예를 회복하고, 또 그 일에 매우 너그러운 태도를 보임으로써 혹시라도 잃어버릴지 모르는 이 집안에서의 우위를 계속 유지하려고 마음먹었습니다. 부인은 남편보다 훨씬 신중했습니다. 남편의 속마음을 꿰뚫어 보고 있으면서도 시치미를 뚝 떼고, 남편이 먼저 말을 꺼내도록 자연스럽게 유도했지요. 드디어 남편이 그 얘길 꺼내자 부인은 자신이 원하는 것들을 조건으로 내걸어 거의 다 손에 넣었죠. 그리고 유언장이 만들어졌는데, 거기에는 아이의 장래를 위한 내용은 거의 없었나 봅니다. 늙은 의사는 그때 이미 세상을 떠났으므로 그들 부부는 똑똑하고 유능한 젊은 의사에게 그 일을 부탁했습니다. 그는 보수를 듬뿍 받았어요. 또한 죽은 동료의 실수와 서툴렀던 판단을 밝혀낸다면 자기 자신의 명예도 높일 수 있을 거라고 생각했지요. 아이의 진짜 어머니도 순순히 이 계획에 동의했습니다. 이리하여 교묘한 바꿔치기가 착착 진행되었습니다. 테레제 양은 무사히 태어나서 양어머니의 아이가 되었어요. 그런데 친어머니는 이 바꿔치기의 희생자가 되고 말았습니다. 산모가 무리를 해서 너무 빨리 자리에서 일어나는 바람에 결국 건강이 나빠져 세상을 떠난 거지요. 슬퍼하는 착한 남편을 남겨두고서.

이리하여 세상의 눈으로 본다면 모든 일이 폰 ○○ 부인의 뜻대로 다 이루어졌습니다. 세상 사람들에게 당당하게 자랑할 만한 귀여운 아이를 갖게 됨과 동시에 연적도 해치워 버릴 수 있었으니까요. 부인은 아무래도 남편과 그 여자와의 관계를 질투할 수밖에 없었고, 또 적어도 나중에는 그 여자의 영향력이 강해질까봐 은근히 두려워하고 있었던 것입니다. 부인은 아이를 몹시 귀여워했습니다. 또 남편과 단둘이 있을 때에는 사랑하는 사람을 잃어버린 그의 슬픔을 이해하고 동정하는 모습을 보임으로써 남편의 마음을 사로잡으려고 했습니다. 그 결과 남편은 부인에게 완전히 굴복하여 자기 자신의 행복은 물론이고 아이의 행복까지 부인에게 내맡겨 버렸습니다. 그러다가 죽기 바로 전에 잠깐 동안, 그것도 다 큰 딸 덕분에 겨우 가장의 자리를 되찾을 수 있었지요. 테레제 양, 아마 편찮으신 당신 아버지가 당신에게 꼭 밝히고 싶어하시던 비밀이 바로 이것이었을 겁니다. 이 기회에 당신에게 이 이야기를 꼭 자세히 들려주고 싶었어요. 세상에 둘도 없을 기이한 인연으로 당신의 약혼자가 되어버린 우리 빌헬름 군이 때마침 자리를 비웠으니까요. 지금 내가 한 이야기를 확실하게 증명해 주는 서류가 여기 있습니다. 이 서류를 보면 당신은 내가 벌써 오래전부터 발견한 이 서류를 쥐고 이리저리 쫓고 있었으며 또 이제야 겨우 확신하게 되었음을 알게 될 겁니다. 그리고 새로운 희망이 또다시 부서지기라도 하면 로타리오 씨가 크게 상처받을까봐 내가 차마 로타리오 씨에게 이런 행복의 가능성을 조금도 귀띔할 수 없었다는 사실도 알게 될 테지요. 그리고 리디에 양이 어째서 나를 의심했는지도 깨닫게 될 겁니다. 솔직히 말하자면, 나는 로타리오 씨와 테레제 양이 결혼할 수 있을지도 모른다는 가능성을 예측하고부터는 리디에 양에 대한 로타리오 씨의 애정을 조금도 북돋워 주지 않았거든요."

신부의 이 이야기에 대답하는 사람은 아무도 없었다. 아가씨들은 2, 3일 뒤 신부님에게 그 서류를 돌려주었지만, 그때도 이 문제에 대해서는 아무런 말도 하지 않았다.

사람들이 한자리에 모였을 때 즐길 만한 일은 근처에서 얼마든지 찾아낼 수 있었다. 그 근방에는 매력적인 곳이 많았으므로 그들은 혼자서 또는 다 같이 모여 경치를 구경하러 갔다. 말이나 마차를 타기도 했고 때로는 걸어가기도 했다. 이 일을 기회로 야르노는 자기가 부탁받은 일을 빌헬름에게 밝히고 문제의 서류를 건네주었다. 그러나 그는 더 나아가 빌헬름에게 어떤 결단을 촉구하는 것 같지는 않았다. 빌헬름이 말문을 열었다.

"지금 나는 참으로 기묘한 처지에 있습니다. 결국은 내가 맨 처음 나탈리에 양에게 했던 진심이 담긴 말을 다시 한 번 되풀이하면 될 것 같군요. 로타리오 씨와 친구분들은 나에게 뭔든지 포기하라고 요구하실 수 있습니다. 자, 이 자리에서 나는 테레제 양에 대한 나의 모든 요구를 여러분에게 맡기겠습니다. 그 대신 여러분은 정식으로 나를 해방시켜 주십시오! 그래요, 야르노 씨, 군이 오랫동안 심사숙고하지 않아도 이런 결심이야 얼마든지 할 수 있어요! 지난 며칠 동안 나는 충분히 느꼈거든요. 테레제 양이 여기서 나를 처음 만났을 때 보여 줬던 열정을 겉으로나마 어떻게든 유지하려 애쓰고 있다는 사실을. 이미 그 사람의 애정은 저에게서 떠나가 버렸어요. 아니, 솔직히 말씀드리죠. 처음부터 나는 그 사람의 애정을 손에 넣은 적이 한 번도 없었습니다."

"이런 문제는 잠자코 기다리고 있으면 저절로 해결될 것입니다. 지나치게 말을 많이 하면 언제나 당황하거나 혼란스런 상황에 빠지기 쉬우니까요."

"아니요. 나는 오히려 이런 때일수록 보다 냉정하고 보다 순수한 결단을 내려야 한다고 생각합니다. 지금까지 나는 공연히 망설이거나 애매한 태도를 취한다고 가끔 비난받아 왔습니다. 그런데 내가 이렇게 과감한 결단을 내린 순간에, 당신들은 어째서 스스로 비난하던 그 잘못을 나에게 저지르려고 하시는 건가요? 설마 자기 자신은 인격 수양을 원치 않는다는 사실을 우리에게 알려주겠다는 오직 한 가지 목적으로 우리의 인격 수양을 그토록 열심히 도와주시는 건 아니겠지요? 자, 내가 보기 드물게도 순수한 생각을 가지고 있었기에 빠져들고 말았던 이 혼란의 소용돌이에서 이제 그만 나를 해방시켜 주세요. 당장 상쾌한 해방감을 느끼게 해주세요."

이렇게까지 부탁했음에도 며칠이 지나도록 그는 이번 일에 대해서 아무 말도 듣지 못했다. 친구들에게서도 아무런 변화가 나타나지 않았다. 오히려 그들은 의미 없는 일상적인 이야기만 나눌 뿐이었다.

제7장

어느 날 나탈리에와 야르노와 빌헬름이 한곳에 모여 있었는데 갑자기 나탈리에가 말을 꺼냈다.

"야르노 씨, 무슨 심각한 고민거리가 있으신가 봐요? 벌써 얼마 전부터 알아챘어요."

"네, 그렇습니다. 중대한 계획이 하나 있어요. 우리가 오랫동안 준비했던 일을 드디어 실행할 때가 왔습니다. 당신도 무슨 일인지 대충은 알고 계시지요? 이 참에 이 젊은 친구에게도 말해 줘야겠군요. 빌헬름 씨가 이번 일에 참여할 마음이 있나 없나 확인해 봐야 하니까요. 앞으로 한동안 우리는 서로 만날 수 없을 겁니다. 나는 곧 미국으로 건너갈 생각이거든요."

"미국에요?"

빌헬름이 이렇게 반문하더니 미소를 지으며 말을 이었다.

"맙소사, 당신이 그런 모험을 할 줄은 꿈에도 몰랐습니다. 더군다나 나를 동반자로 선택해 주시다니요!"

"당신도 우리 계획을 자세히 알게 된다면 생각이 달라질 겁니다. 어쩌면 이 일에 푹 빠질지도 모르죠. 한번 들어봐요. 세상 돌아가는 것을 조금이라도 안다면 커다란 변화가 닥쳐오리라는 것, 그리고 더 이상 사유재산이 완벽하게 보호되는 곳은 그 어디에도 없다는 사실도 알게 될 것입니다."

"나는 이 세상의 움직임새 따위는 모릅니다. 얼마 전까지만 해도 나는 재산 같은 데는 전혀 관심이 없었거든요. 하기야 그런 것에는 영영 관심을 두지 않는 편이 나았을지도 모르지만요. 재산을 어떻게 유지할까 걱정하다 보면 저절로 우울증에 걸릴 것 같으니까요."

"내 이야기를 끝까지 들어봐요. 걱정이야 노인네들이 하는 일이지요. 덕분에 우리 젊은이들은 마음 편히 지낼 수 있단 말입니다. 인간이 하는 모든 행동은 유감스럽게도 대립에 의해서만 균형을 이루는 법이죠. 요즘 같은 시대에 한곳에서만 재산을 보유하거나 한곳에만 투자하는 것은 현명한 방법이 아닙니다. 그렇다고 여러 곳에 분산시켜 놓은 재산을 관리하는 것도 쉬운 일이 아니죠. 그래서 우리는 새로운 방법을 생각해 냈습니다. 우리의 유서 깊은 '탑'을 출발점으로 세계적인 결사를 조직해서 세계 곳곳의 사람들을 회원으로 받아들이는 겁니다. 그래서 이를테면 어느 나라에 혁명이 일어나 누군가가 재산을 몽땅 잃어버리는 사태가 일어났을 때에는, 회원들이 서로의 생활을 보장해 주는 거지요. 나는 이제 곧 미국으로 건너가서, 로타리오 씨가 그쪽에 머물 때 마련해 둔 편리한 환경을 이용할 겁니다. 신부님은 러시아로 가실 거고요. 당신은 어떤가요? 우리 계획에 참여할 생각은 없나요? 혹시 참여하고 싶다면 로타리오 씨와 함께 이 나라에 남을지 아니면 나와 함께 떠날지 결정해 줘요. 내 생각에 당신은 후자를 선택할 것 같지만요. 젊은이라면 한 번쯤 멀리 여행을 떠나야요. 그게 얼마나 도움이 되는데요."

뜻밖의 제안에 빌헬름은 정신을 가다듬고서 대답했다.

"깊이 생각해 볼 가치가 있는 제안이군요. 요즘에 나는 '멀리 떠날수록 좋다'를 좌우명으로 삼고 싶은 심정이니까요. 그 계획을 좀더 자세히 설명해 주실 수 없나요? 내가 세상 물정에 어두워서 그런지, 그런 단체는 아무래도 극복하기 힘든 어려움에 처할 것 같은데요."

"그런 어려움의 대부분은 현재로선 우리 인원수가 적기 때문에 충분히 해결될 수 있지요. 우리 동료들은 모두 성실하고 현명하며 분별력이 있는 더없이 굳센 사람들입니다. 그리고 우리는 보편적인 감각을 지니고 있는데, 오직 이런 감각에서만 공동체적인 감각이 생겨날 수 있지요."

그때까지 묵묵히 듣고만 있던 프리드리히가 여기서 불쑥 끼어들었다.[*27]

"나한테도 권해 주신다면 기꺼이 따라갈 텐데요."

그 말에 야르노는 고개를 가로저었다. 프리드리히가 이야기를 계속했다.

"그래요? 내 어디가 마음에 안 드시는 겁니까? 새로운 식민지에는 젊은 이민자들도 필요하잖아요? 젊은 친구들이라면 내가 당장 모아서 데려올 수 있습니다. 물론 유쾌한 녀석들도 데려올게요. 정말이라니까요. 그리고 이 나라에서는 더 이상 발붙일 곳이 없는 착한 아가씨도 하나 알고 있어요. 왜, 다들 아시잖아요. 사랑스럽고 매력적인 리디에 양 말이에요. 불쌍한 사람이죠. 고통과 슬픔에 사로잡혀 이러지도 저러지도 못하고 있어요. 기회를 봐서 그 슬픔을 바다 밑바닥에 가라앉히든가, 착실한 남자에게 의지하든가 할 수밖에 없죠. 저기, 빌헬름 씨, 당신도 어차피 버림받은 여자를 위로해 주는 역할을 맡게 되었으니까 그냥 과감하게 결심하는 게 어때요? 저마다 좋아하는 여자를 한 사람씩 데리고 이 노신사를 따라가자고요."

이 제안에 빌헬름은 화가 났지만 애써 태연한 척하며 대꾸했다.

"글쎄, 그 아가씨가 지금 자유로운 몸인지 어떤지조차 모르잖아. 게다가 나는 누구한테 구혼해서 성공할 만큼 복 받은 남자는 아닌 것 같아. 그러니 그런 짓은 하고 싶지 않네."

그때 나탈리에가 한마디 했다.

"프리드리히, 넌 네가 경박한 인간이니까 다른 사람들도 똑같이 경솔할 거라 생각하나 보구나. 하지만 빌헬름 씨에게 어울리는 상대는 오직 이분을 위해 모든 것을 바치는 여자야. 이분 곁에 있으면서 다른 남자에 대한 추억으로 마음이 흔들리거나 하지 않는 참으로 여자다운 여자란 말이야. 다만 이번에는 상대가 테레제같이 더없이 이성적이고 순수한 여성이기에 이분도 그런 모험을 감행하신 거야."

"모험이라고요? 그야 사랑은 전부 다 모험이지요. 그늘진 정자에서 귀뚜라미 노랫소리에 둘러싸여 서로 포옹하는 것도, 또 제단 앞에서 피리소리와 북소리에 맞춰 금반지를 서로 나누어 끼는 것도 모두 다 모험이라고요. 모든 것이 우연의 산물이지요."

[*27] 처음에는 나탈리에, 야르노, 빌헬름만 있었는데 갑자기 어디서 프리드리히가 나타났다. 원작자의 실수일까.

그 말에 나탈리에가 대답했다.

"내가 늘 생각하는 바이지만, 이른바 원칙이라는 것은 우리의 존재에 도움이 되는 보충 도구에 지나지 않을 뿐이야. 우리는 다들 자신의 결점을 그럴듯한 원칙의 옷으로 감싸버리기를 좋아하지. 그러니까 조심해야 해. 네가 그렇게 좋아해서 목매고 있는 아름다운 아가씨가 너를 어디로 데려갈지 모른다고."

"그 여자는 아주 훌륭한 길을 걸어가고 있어요. 바로 성자가 되는 길이지요. 물론 빙 돌아서 가는 길이지만, 그만큼 더 재미있고 확실한 길이랍니다. 막달라 마리아*28도 이 길을 걸었다고요. 그런 사람이 한둘이 아니에요. 아니, 그보다도 누님이 사랑을 논한다는 게 말이나 됩니까? 누님은 어디선가 신붓감이 하나 부족하지 않는 한 결혼하지 못하실 겁니다. 만약 어찌어찌 해서 결혼을 한다 하더라도 누님은 타고난 자비심을 발휘해서 어떤 남자의 부속물이 되어 몸과 마음을 다 바치시겠지요. 그러니까 이런 얘긴 그만두고, 여기 이 인신매매업자랑 계약해서 바다를 건너갈 사람이 누구누구인지나 확실히 정합시다."

"미안하지만 당신 제안은 받아들일 수 없소. 이미 늦었으니까. 그리고 리디에 양에 대해서는 걱정할 필요 없소."

"왜요?"

"내가 그녀에게 청혼했기 때문이오."

"아니, 아저씨! 정말로요? 굉장하네요! 이 일을 명사로 친다면 그 앞에 여러 가지 형용사들이 붙을 수 있을 테고, 또 주어로 친다면 그 뒤에 여러 가지 동사들이 따라붙을 수 있겠는데요!"

그때 나탈리에가 끼어들었다.

"내 의견을 솔직하게 말씀드릴게요. 한 여자가 다른 남자에 대한 사랑 때문에 절망하고 있을 때 그녀를 차지하려고 하는 것은 위험한 시도이지 않을까요?"

"위험한 줄 알면서도 감행한 겁니다. 어떤 조건만 갖추어지면 그 사람은 내 아내가 되어줄 겁니다. 내 말을 믿으세요. 이 세상에서 가장 귀한 것은 바로 누

---

*28 막달라는 갈릴리 호수 서쪽 기슭, 티베리아스에서 북서쪽으로 몇 킬로미터 떨어진 곳에 있었던 마을이다. 이 마을에서 태어난 막달라 마리아는 예수를 충실히 따랐다. 예수가 처형되어 무덤에 묻히는 광경을 지켜본 이 여인은 나중에 천사들에게서 예수가 부활한다는 소식을 가장 먼저 들었다.

군가를 사랑하여 정열을 불태울 수 있는 마음입니다. 그 마음이 전에 누구를 사랑했는지, 또 지금 누구를 사랑하고 있는지는 문제가 안 됩니다. 실은 다른 남자에 대한 사랑이 내가 받게 될 사랑보다도 더 매력적으로 느껴질 정도거든요. 이 경우에는 스스로 자만에 빠져 순수한 시각을 잃어버릴 위험보다는 그 아름다운 마음의 힘을 똑바로 바라볼 수 있을 테니까요."

"최근에 리디에 양과 이야기를 나누신 건가요?"

나탈리에가 묻자 야르노는 빙그레 미소 지으며 고개를 끄덕였다. 나탈리에는 고개를 설레설레 흔들고는 몸을 일으키면서 한마디 했다.

"당신들이 하는 일을 어떻게 생각하면 좋을지 이제는 잘 모르겠군요. 하지만 나는 절대로 속아 넘어가지 않을 거예요."

나탈리에는 밖으로 나가려고 했다. 그때 신부가 편지 한 통을 들고 들어와 그녀를 붙들었다.

"아, 가지 마세요. 지금부터 내가 하는 제안에 대해서 당신의 지혜를 빌리고 싶거든요. 왜, 우리가 얼마 전부터 기다리고 있는 분이 있잖습니까? 돌아가신 당신 외종조부님과 친하셨던 후작님 말입니다. 그분이 며칠 안으로 이곳에 도착하신답니다. 그분이 이런 편지를 보내셨어요. 독일어를 생각만큼 유창하게 할 수가 없어서 답답한 처지이니, 독일어 말고도 다른 외국어를 할 줄 아는 길동무가 한 사람 필요하다고요. 정치가보다는 학자들과 교류하고 싶으니 그쪽 방면의 통역사를 꼭 구했으면 좋겠다고 하십니다. 이런 일에는 우리의 젊은 친구 빌헬름 씨가 적격이지요. 외국어에 능통할 뿐만 아니라 다양한 지식도 지니고 있으니까요. 그리고 이렇게 훌륭하신 분을 모시고 더없이 좋은 조건 아래 독일을 여행하는 것은 빌헬름 군에게도 많은 도움이 될 것입니다. 조국을 잘 모르는 사람은 외국을 정확히 헤아릴 척도가 없으니까요. 자, 어때요? 여러분 생각은 어떻습니까? 나탈리에 양의 의견은 어떤가요?"

이 제안에 이의를 제기하는 사람은 아무도 없었다. 야르노는 어차피 당장 미국으로 떠날 마음은 없었으므로 이 제안이 자신의 미국 여행 제안에 걸림돌이 된다고 생각하지는 않았다. 나탈리에는 아무 말도 하지 않았다. 프리드리히는 여행의 좋은 점에 대한 격언들을 줄줄이 늘어놓았다.

빌헬름은 이 새로운 제안을 듣자 속으로 몹시 화가 났다. 분노를 감출 수 없을 지경이었다. 이 사람들은 한시라도 빨리 자기를 쫓아내고 싶어 안달하는 것이다. 이런 속셈이 그에게는 훤히 보였다. 더더욱 질이 나쁜 것은 그들이 그런 속셈을 보란 듯이 드러낸다는 점이었다. 리디에가 그에게 품었던 의혹과 그 자신이 지금까지 겪었던 모든 일이 또다시 마음속에서 생생히 되살아났다. 그에게 모든 사정을 설명해 주던 야르노의 그 자연스러운 태도조차도 이제는 억지로 꾸며낸 것처럼 느껴졌다.

그는 정신을 가다듬고 대답했다.

"확실히 괜찮은 제안이네요. 곰곰이 생각해 볼 가치가 있어요."

"빨리 결정하셨으면 좋겠는데요."

신부가 말했다.

"그렇게 빨리 결정할 수는 없어요. 후작님이 이곳에 오시면 그분과 내가 잘 어울리는지 확인하고 나서 결정해도 되지 않겠습니까. 아, 그 전에 조건이 하나 있습니다. 나는 펠릭스를 데려갈 겁니다. 어디로 가든지 난 그 아이를 데려갈 거예요."

"그 조건은 받아들이기 어려울 것 같군요."

"이거 참, 알 수가 없네요. 그렇다면 나는 왜 다른 사람의 조건을 받아들여야 하나요? 나도 내 조국은 둘러보고 싶습니다. 그러나 꼭 이탈리아 사람과 동행해야 할 필요는 없지 않습니까?"

"아뇨. 젊은이는 언제나 다른 사람과 관계를 맺고 있어야 합니다."

신부는 짐짓 점잖고 진지한 태도로 대답했다.

빌헬름은 바로 옆에 나탈리에가 있어서 마음이 조금이나마 가라앉기는 해도 더 이상 자신의 감정을 억누를 수 없을 것 같다고 생각했다. 그래서 좀 성급하게 말했다.

"조금만 더 생각할 시간을 주십시오. 앞으로도 내가 계속 다른 사람들과 함께 있어야 할지 아니면 오히려 내 마음과 분별력의 단호한 명령에 따라서, 나를 끊임없이 비참하게 옭아맬 것만 같은 이 모든 인연을 단숨에 끊어버려야 할지, 머잖아 결판을 낼 수 있을 것입니다."

그는 매우 흥분한 상태로 이렇게 말했다. 나탈리에를 힐끗 보니 마음이 좀 가라앉았다. 이 격정적인 순간에 나탈리에의 자태와 가치가 한층 더 깊숙이 그의 가슴속에 새겨졌다.

이윽고 혼자가 된 빌헬름은 스스로에게 말했다.

"그래, 솔직히 털어놓자. 너는 그녀를 사랑하고 있어. 한 사람이 온 힘을 다해 누군가를 사랑할 수 있다는 것이 과연 어떤 것인지 너는 또다시 느끼고 있어. 이런 식으로 나는 마리아네를 사랑했지. 그러면서도 지독한 오해를 했고. 또 나는 필리네를 사랑했어. 그러나 그 여자를 경멸할 수밖에 없었지. 나는 아우렐리에를 존경했어. 하지만 그녀를 사랑할 수는 없었어. 나는 테레제를 존경했어. 사실 아버지로서의 애정이 테레제에 대한 애정의 모습을 띤 것이었지. 그런데 이 가슴속에 사람을 행복하게 만들어 주는 온갖 감정이 다 모여 있는 지금 나는 멀리 떠나야 하는 걸까? 아아, 어째서 이런 감정에는, 이런 인식에는 그 사람을 갖고 싶다는 불같은 욕망이 뒤따르는 걸까? 그리고 그 사람을 소유하지 않는 한 이러한 감정과 확신이 다른 모든 행복을 완전히 망가뜨려 버리는 이유는 또 무엇일까? 앞으로 내가 태양이나 세상이나 사회나 그 밖의 어떤 것이 가져다주는 행복을 맛볼 수 있을까? 너는 언제나 '나탈리에가 이곳에 없다'고 속으로 한탄하기만 하지 않을까? 그런데 또 슬프게도 나탈리에는 언제나 네 눈앞에 어른거리겠지. 눈을 감으면 그 사람 모습이 떠오를 거야. 그리고 눈을 뜨면 눈부신 영상이 잔상을 남기듯이 그녀의 잔상이 모든 사물 위에 떠돌고 있을 거야. 전에도 잠깐 스쳐 지나갔던 아마존의 모습이 꾸준히 네 공상 속에 나타나지 않았던가? 그때 너는 그 사람을 보기만 했지 알지는 못했어. 그런데 이제 너는 그녀를 알게 되어서 그녀 가까이에 있지. 그녀는 너에게 많은 관심을 보이고 있어. 지금 네 가슴속에는 그녀의 인격이 깊이 새겨져 있다고. 전에 그녀의 모습이 네 마음속에 새겨졌던 것과 마찬가지로. 그리고 무엇보다도 끊임없이 뭔가를 찾아 헤매는 것은 괴로운 일이야. 그러나 겨우 찾아낸 것을 버리고 떠나야 한다는 것은 그보다 훨씬 더 괴로운 일이지. 앞으로 나는 이 세상에서 무엇을 찾고 무엇을 구해야 하나? 이에 견줄 만한 보물이 과연 어느 지방의 어느 마을에 묻혀 있을까? 나는 그보다 더 시시한 보물을 찾기 위해 언제까지나 여행을 계속해야 하는 걸까? 인생이란 한쪽 끝에 다다르자마자 또다시 왔던 길로 돌아가야 하는 달리기와도 비슷한 것일까? 선하고 훌륭한 것은 도저히 움직일 수 없게끔 고정되어 있는 목표물에 지나지 않아서, 그곳에 다다른 순간 곧바로 말을 달려 또다시 멀리 떠나가야 하는 걸까? 속세의 물건을 원하는 사람은 하늘 아래 어디에서나, 심지어 시장이나 장터 같은 곳에서도 얼마든지 그것을 손에 넣을 수 있건만!"

그때 아들이 그에게로 뛰어왔다. 그는 아들을 불렀다.

"애야, 이리 오렴! 너는 내 전부야. 앞으로도 영원히 그랬으면 좋겠구나. 너는 사랑하는 네 어머니를 대신해서 나에게 온 거야. 또 내가 널 위해서 선택한 두 번째 어머니의 역할까지 대신해 주어야 한다. 그리고 이번에는 그보다 더 큰 공허함을 네가 메워줘야겠구나. 너의 아름다움과 사랑스러움과 지식욕과 능력으로 내 마음과 정신에 활기를 불어넣어 다오."

아이는 새 장난감을 가지고 열심히 놀았다. 아버지는 아이가 장난감을 좀 더 쉽게 가지고 놀 수 있도록 도와주려고 했는데, 그 순간 아이는 장난감에 대한 흥미를 잃고 말았다. 그 모습을 본 빌헬름이 외쳤다.

"아아, 너는 진정한 인간이구나! 애야, 이리 오렴. 펠릭스, 나랑 같이 가자. 우리 둘이서 가능한 한 목적 따위 생각하지 말고 발길 닿는 대로 이 세상을 한가롭게 돌아다녀 보자꾸나."

빌헬름은 이곳을 떠나 아이를 데리고 이 세상의 다양한 사물들을 두루 구경하며 기분 전환을 해야겠다고 단단히 결심했다. 그는 베르너에게 편지를 써서 돈과 신용장을 맡기기로 했다. 이번에는 꼭 서둘러 돌아오라는 엄명을 내리며 프리드리히의 심부름꾼에게 그 일을 시켰다. 그는 다른 친구들에게는 몹시 화가 나 있었지만 나탈리에하고는 변함없이 순수한 관계를 유지했다. 그는 자신의 계획을 그녀에게 밝혔다. 나탈리에는 그가 떠날 수도 있고 또 떠나야 한다는 사실을 당연하다는 듯이 받아들였다. 그녀의 차가워 보이는 태도에 그는 슬픔을 느꼈다. 그러나 나탈리에가 옆에 있으면서 상냥하게 말을 해주자 그는 이루 말할 수 없이 마음이 편안해졌다. 나탈리에는 여러 도시들을 방문해 그곳에 사는 자기 친구들을 만나보라고 권했다. 이윽고 심부름꾼은 빌헬름이 기다리던 것을 가지고 돌아왔다. 그런데 베르너는 이 새로운 여행에 불만이 있는 모양이었다. 그의 편지 내용은 다음과 같았다.

자네가 마침내 분별력을 가지게 되리라는 내 소망은 또 한동안 이루어질 수 없겠군그래. 도대체 자네들은 어딜 그렇게 싸돌아다니는 건가? 자네가 재산 경영을 도와줄 거라면서 나에게 기대를 잔뜩 품게 만들었던 그 여자는 대체 어디로 간 건가? 또 다른 친구들도 이곳을 떠나는 바람에 영지 법관과 내가 둘이서 온갖 일을 다 떠맡고 있단 말일세. 다행히 그는 우수한 법률가이고 나는 우수한 재산관리인이지. 우리는 어떻게든 일을 해치우는 데에는 도가 튼 사람들이야. 그럼 잘 다녀오게. 자네의 탈선행위는 너그럽게 용서하겠네. 그런 탈선행위 덕분에 이쪽 거래가 잘 진행되고 있는 셈이니까.

외적인 조건만 보자면 이제 빌헬름은 언제든지 떠날 수 있었다. 그러나 두 가지 장애물이 그의 마음을 붙들고 놔주지 않았다. 사람들은 그가 아무리 애를 써도 장례식날까지는 미뇽의 시신을 볼 수 없다고 했다. 장례식은 신부가 집전할 예정이었지만 아직 준비가 덜 되어 있었다. 게다가 시골 목사가 기묘한 편지를 보내왔다. 이 일로 의사가 그쪽으로 떠났다. 그것은 빌헬름이 좀더 자세히 알고 싶어하던 하프 연주자에 대한 일이었다.

처지가 이렇다 보니 빌헬름은 밤낮으로 몸과 마음이 편치 않았다. 모든 사람이 잠들면 그는 고요한 집 안을 이리저리 돌아다녔다. 옛날에 보았던 낯익은 미술품들이 그의 마음을 끌기도 하고 때로는 거부감을 불러일으키기도 했다. 자신을 둘러싸고 있는 그 모든 것을 무엇 하나 이해할 수 없었지만 그렇다고 해서 무시할 수도 없었다. 모든 것이 모든 것을 연상시켰다. 지금까지 살아온 인생의 고리를 남김없이 다 바라보는 기분이 들었다. 그러나 아쉽게도 그 고리는 끊어져 영원히 하나로 이어지지 않을 것 같았다. 아버지가 팔아버린 이 미술품들은 하나의 상징처럼 여겨졌다. 즉 빌헬름 또한 이 세상의 바람직한 것을 소유하는 일에서 조용히 철저하게 배제되어 있으며, 또 자신의 잘못이나 다른 사람의 잘못으로 인해 그것을 빼앗기게 되어 있다는 사실을 그 미술품들이 상징하는 듯했다. 이런 기묘하고도 서글픈 생각에 잠겨 있자니 문득 자신이 유령이 된 것 같은 착각이 들었다. 주변에 있는 사물들을 직접 만지고 느낄 때에도 자신이 정말 살아서 이 세상에 존재하고 있는지 의심하지 않을 수 없었다.

자신이 찾아냈고 또 잃어버렸다가 다시 찾아낸 모든 것을 이토록 어처구니없이, 그러면서도 어쩔 수 없이 버려야 한다니. 이런 사실이 이따금 그를 괴롭혔다. 이러한 깊은 슬픔과 비통한 눈물만이 자신이 살아 있다는 감정을 느끼게 해주었다. 그는 스스로 맛보았던 진정한 행복을 공허한 심정으로 떠올려 보았다. 그리고 크게 탄식했다.

"그래, 인간에게서 다른 모든 것을 합친 것보다도 더 소중한 오직 하나뿐인 무언가가 없어진다면, 그건 아무것도 없는 것과 마찬가지야!"

드디어 후작이 도착했다. 신부가 모두에게 이 사실을 알리고 빌헬름에게 충고를 했다.

"당신은 아들과 단둘이서 여행을 떠나기로 결심하신 것 같더군요. 그래도 후작님과 인사는 하고 가세요. 여행길에 우연히 그분을 만난다면 틀림없이 도움이 될 테니까요."

후작이 나타났다. 노인이라고 하기에는 아직 젊은 사람이었다. 풍채가 좋고 호감 가는 전형적인 롬바르디아 사람처럼 보였다. 그는 청년 시절에 그보다 훨씬 나이가 많은 외종조부님을 군대에서 만나게 되었고, 그다음에는 사업 관계로 친해졌다. 나중에 두 사람은 이탈리아 대부분의 지역을 함께 여행하기도 했다. 후작이 이곳에서 다시 만난 미술품들은 대부분 그에게서 직접, 또는 그가 지금도 생생하게 기억하는 몇 번에 걸친 우연한 기회를 통해서 사들여져 이곳에 소장된 것이었다.

보통 이탈리아 사람들은 다른 나라 사람들보다도 예술의 높은 가치에 예민하게 반응한다. 그리고 나름 품위 있는 사람들은 하나같이 예술가나 명인이나 교수로 불리길 바란다. 이런 칭호에 대한 욕심을 통해 이탈리아 사람들은 적어도 단지 무언가를 전수받아 재빨리 습득하거나 수련을 함으로써 숙련된 기술을 얻는 것만으로는 충분치 않다고 확실히 못을 박는다. 더 나아가 모든 사람이 자기가 하는 일에 대해 생각하거나, 원칙을 세우거나, 이런저런 일을 꼭 해야 하는 이유를 자신에게도 남에게도 분명히 밝히는 능력을 가지고 있어야 한다는 의견을 밝힌다.

후작은 소유자가 이미 세상을 떠나 안타깝긴 해도 이토록 훌륭한 미술품들을 다시 볼 수 있어 무척 감동한 모양이었다. 그는 떠나간 친구의 영혼이 근사한 유품을 통해 자신에게 말을 거는 것 같다며 기뻐했다. 그들은 다 같이 다양한 작품들을 구경하며 의견을 나누었다. 의견이 일치하자 분위기가 무척 화기애애해졌다. 후작과 신부가 주로 이야기를 이끌었다. 나탈리에는 외종조부님을 다시 만난 것 같은 기분을 느끼며 두 사람의 의견과 사고방식을 완벽하게 이해했다. 빌헬름은 두 사람의 이야기를 연극 용어로 바꿔야만 비로소 어느 정도 이해할 수 있었다. 사람들은 프리드리히의 경망스런 수다를 막으려고 애썼다. 야르노는 그 자리에 거의 얼굴을 비치지 않았다.

요즘에는 뛰어난 예술품이 눈에 띄게 줄어들었다는 이야기가 나오자 후작이 자신의 생각을 말했다.

"환경이 예술가에게 얼마나 큰 영향을 끼치는지 깊이 헤아리고 판단하기란 쉬운 일이 아닙니다. 아무리 위대한 천재나 가장 뛰어난 재능을 지닌 예술가라도 그 자신에 대한 요구는 언제나 끝이 없고, 타고난 소질을 개발하려면 이루 말할 수 없이 엄청난 노력이 필요합니다. 그런데 환경이 예술가에게는 별로 좋지 않고, 또 세상 사람들이 그저 경박하고 안일하며 쾌적한 겉모습만을 추구하기에 그들을 쉽게 만족시킬 수 있다는 사실을 깨닫게 되면, 예술가는 게으름과 이기심으로 인해 평범하고 변변치 못한 것만 붙잡고 늘어지게 됩니다. 안 그런다면 오히려 놀랄 일이겠지요. 예술가가 조금이나마 고통이 따르더라도 올바른 길을 선택하기보다는 그냥 유행에 맞는 물건을 만들어서 돈과 명성을 얻으려고 하는 것도 신기한 일은 아니에요. 요컨대 현대 예술가는 결코 작품을 만들려 하지 않고 단지 인기 있는 상품을 만들어서 팔려고 내놓을 뿐입니다. 대중을 만족시키기보다는 자극하려고만 합니다. 모든 것이 애매모호하기만 해요. 기초나 완성 따위는 존재하지 않습니다. 잠깐이라도 화랑에 머물며 대중이 어떤 작품에 끌리는지, 어떤 작품을 칭찬하고 어떤 작품을 무시하는지 한번 보십시오. 그걸 확인하는 순간 우리는 이 시대에 흥미를 잃고 미래에 대한 희망도 거의 포기하게 될 것입니다."

그 말에 신부가 맞장구를 쳤다.

"네, 그렇습니다. 그리고 유감스럽게도 예술가와 애호가는 서로 협력하고 있어요. 애호가는 흔하고 막연한 만족밖에 바라지 않습니다. 예술작품이란 마치 자연 풍경처럼 쾌적한 느낌을 줘야 한다고 생각하지요. 사람들은 예술작품을 감상하는 기관이 혀나 턱과 마찬가지로 자연스럽게 만들어져 있다고 믿으며 예술작품을 요리 비슷한 것으로 여기고 있습니다. 진정한 예술 감상의 경지에 오르기 위해서는 다른 종류의 문화도 필요하다는 사실을 모르는 것이지요. 본디 인간이 자기를 형성하고 교양을 쌓으려면 이런 차이가 존재함을 반드시 깨달아야 하는데, 이것이 가장 어려운 문제입니다. 바로 그렇기 때문에 편협한 교양이 무수히 생겨나는 것이며, 그 모든 것이 뻔뻔하게도 교양 전체를 비난하고 있는 실정입니다."

"무슨 말씀을 하시는 겁니까? 나로선 명확하게 이해하기가 힘든데요."

때마침 그곳에 온 야르노가 이렇게 말하자 신부가 대꾸했다.

"이 문제를 간결하고 정확하게 설명하기란 어려운 일입니다. 하지만 이것만은 말씀드릴 수 있습니다. 인간이 다양한 활동을 하거나 다양한 향락을 누리고자 한다면 그에 따라 서로 다른 다양한 기관들을 저마다 만들어 내야 합니다. 모든 것을 자신의 전인격으로 실행하며 즐기려 하는 사람, 자기 외부에 있는 모든 것을 그런 즐거움과 관련지으려 하는 사람은 영원히 만족되지 못할 노력만 계속하다가 인생을 헛되이 보낼 것입니다. 훌륭한 조각이나 멋진 그림을 그 자체로서 바라보고, 노래를 노래 자체로서 듣고, 배우를 배우로서 칭찬하고, 건축물을 그 자체의 조화와 영속성 때문에 즐기는 것은 당연해 보여도 실은 매우 어려운 일입니다. 보시다시피 대부분의 사람들은 완벽한 형태를 갖춘 예술 작품을 마치 말랑말랑한 점토처럼 다루지요. 그들은 자기 취향과 의견과 변덕스런 기분에 따라 행동합니다. 이미 완성된 대리석상을 곧바로 새로 만들라고 합니다. 잘 세워진 건축물의 규모를 넓히거나 줄이라고 합니다. 그림은 반드시 교훈을 담고 있어야 한다고 말합니다. 연극은 보는 이를 교화해야 한다고 주장합니다. 그러니까 그들은 모든 것이 얼마든지 바뀔 수 있다고 생각하는 것이지요. 그런데 실상은 어떨까요? 대부분의 사람들은 그들 스스로가 형태가 없으며 자기 및 자기의 본질에다 형태를 부여할 수 없으므로, 모든 대상으로부터 형태를 빼앗아서 모든 것을 자기와 똑같이 애매하고 느슨한 소재로 만들어 버리는 것입니다. 마침내 모든 것을 이른바 '효과'로 환원하는 것이지요. 그러므로 모든 것이 상대적입니다. 전혀 맞지 않거나 너무 평범한 것을 제외하고는 모든 것이 상대적으로 바뀌는 것입니다."

신부의 설명을 듣고 야르노가 말했다.

"알겠습니다. 아니, 정확히는 당신이 철저히 주장하시는 원칙과 방금 말씀하신 이야기가 일치한다는 사실은 잘 알겠습니다. 그러나 나는 인간이라는 불쌍한 존재를 그토록 엄격하게 대할 수는 없습니다. 하기야 예술과 자연의 최고 걸작을 보자마자 곧바로 자신의 초라한 욕구를 떠올리거나, 오페라를 보면서도 나 자신의 양심과 도덕심을 오페라에 적용시키거나, 한 주랑(柱廊) 앞에 서서도 개인적인 사랑과 증오를 버리지 못하는 인간들이라면 나도 지겨울 만큼 많이 봤지만요. 그들은 외부에서 주어지는 가장 좋고 가장 선한 작품을 자신의 슬픔과 어떻게든 연결지으려고 자신의 상상 속에서 가능한 한 보잘것없는 사물로 만들어 버리는 것입니다."

제8장

그날 저녁에 신부는 사람들을 미뇽의 장례미사에 초대했다. 모두들 '과거의 홀'로 들어갔다. 홀 안은 더없이 불가사의한 조명과 장식물로 화려하게 꾸며져 있었다. 벽면은 거의 다 하늘색 융단으로 뒤덮여 있어서 겨우 벽 아랫부분과 위쪽 돌림띠만이 보일 뿐이었다. 네 귀퉁이에 세워진 촛대에서는 커다란 양초들이 활활 타고 있었고, 가운데 놓인 석관을 에워싼 네 개의 작은 촛대에서는 조그만 양초들이 타고 있었다. 석관 옆에는 은빛 수가 놓인 하늘색 옷을 입은 소년 네 명이 서 있었다. 그들은 석관 위에 누운 이에게 큼직한 타조 깃털 부채로 바람을 보내고 있는 것 같았다. 사람들이 모두 자리에 앉자, 눈에 띄지는 않지만 두 합창대가 귀여운 목소리로 노래하기 시작했다.

"우리의 이 비밀스런 모임에 그대들이 데려온 이는 누구인가?"

그러자 네 소년이 사랑스러운 목소리로 대답했다.

"지친 친구 하나를 데려왔어요. 한동안 여러분 곁에서 쉬게 해주세요. 앞으로 천국에 있는 형제자매의 노랫소리가 이 친구를 깨울 때까지."

합창대

우리 모임에 들어온 첫 번째 젊은 친구여, 진심으로 환영한다! 슬퍼하며 환영한다! 그대의 뒤를 잇는 소년 소녀가 이곳에 오지 않기를! 오직 노인들만이 스스로 마음 편히 이 고요한 홀로 다가오기를. 자, 사랑스런 아이야, 이제 이 엄숙한 모임 속에서 편히 쉬어라!

소년들

아아, 친구야, 얼마나 마지못해 너를 이곳에 데려왔는지! 너는 이곳에 머물겠지. 우리도 이곳에 머물러 너를 위해 울 거야. 우리 친구의 관 옆에서 울 거야!

합창대

보라, 이 힘찬 날개를. 보라, 이 가볍고 순결한 옷을! 머리의 황금 리본이 얼마나 눈부시게 빛나는지! 보라, 이 아름답고 고상한 안식을!

소년들

아, 안타까워라. 더 이상 저 날개는 펄럭이지 못하는구나. 옷자락이 나부끼지 않는구나. 너를 위해 장미 화관을 만들어 주었을 때 너는 다정한 눈길로 우리를 쳐다보았건만.

합창대

마음의 눈으로 먼 곳을 보라! 그대들 안에서 샘솟게 하라. 아름답고 고상한 생명을, 머나먼 별님 너머로 데려다주는 강력한 힘을.

소년들

안타깝고 또 안타까워라. 너는 이제 떠나갔구나. 더 이상 정원을 거닐며 들꽃을 따지 않는구나. 너를 이곳에 두어야 하다니! 우리가 너를 위해 우는 것을 허락해 줘. 우리를 울게 해줘. 네 곁에 머물게 해줘!

합창대

아이들아, 이제 그만 삶으로 돌아가거라! 너희의 눈물을 흐르는 냇물에 떨어뜨리고 상쾌한 바람에 말리려무나. 밤을 피해 도망가거라! 밤낮의 기쁨과 지속적인 삶은 살아 있는 자들의 운명이란다.

소년들

네, 그럼 우리는 삶으로 돌아가겠습니다! 낮이여, 우리에게 일과 기쁨을 다오. 저녁이 우리에게 휴식을 선사하고 밤잠이 우리 내부의 힘을 되살려 놓을 때까지.

합창대

아이들아, 서둘러 삶으로 돌아가거라! 아름다움의 순결한 옷을 입고 천상의 눈동자 위에 불멸의 관을 쓴 사랑의 여신이 너희 앞에 나타나기를!

소년들은 떠나갔다. 신부가 의자에서 일어나 관 뒤로 걸어갔다.
"새로이 이곳에 눕게 된 사람은 누구나 엄숙한 의식으로 맞이해야 합니다.

그것이 이 고요한 거처를 마련하신 분이 정해 놓은 규칙이죠. 이 저택을 지으시고 이 홀을 만드신 분에 이어 우리는 처음으로 이곳에 어린 외국인을 맞게 되었습니다. 이리하여 엄격하고 멋대로이며 냉혹한 죽음의 여신의 전혀 다른 두 희생자를 이 조그만 공간에 안치하게 되었습니다. 우리는 일정한 법칙에 따라 이 세상에 태어납니다. 우리가 빛을 볼 때까지 자라나는 일수는 정해져 있습니다. 그러나 수명에 관한 법칙은 없습니다. 가장 연약한 생명의 실이 뜻밖에 오래 버티기도 하고, 또 가장 튼튼한 실이 변덕스러운 운명의 여신의 가위에 걸려 싹둑 잘리기도 합니다. 지금 이 장례식의 주인공이 누구인지 우리는 잘 모릅니다. 이 아이가 어디서 태어났는지, 부모가 누구인지 우리는 모릅니다. 나이도 그저 추측해 볼 뿐입니다. 이 아이는 자신의 굳게 닫힌 마음 안에 숨기고 있던 아픔을 조금도 내비치지 않았습니다. 그래서 우리는 이 아이에 대해 아는 바가 거의 없습니다. 다만 한 가지, 어느 야만스런 사나이의 손아귀에서 자기를 구해 준 사람에 대한 이 아이의 사랑만은 우리도 알고 있습니다. 이 부드러운 애정, 이 뜨거운 감사의 마음이 바로 이 아이의 생명의 기름을 다 쓰면서 타올랐던 불꽃이 아닐까요? 숙련된 의사의 솜씨도 이 아이의 생명을 이어주지는 못했으며, 친구들의 세심한 배려도 그 삶을 길게 늘리지는 못했습니다. 하지만 의술은 떠나가는 영혼을 붙잡지는 못했을망정 모든 수단을 동원하여 시신이 썩는 것을 막았습니다. 대량의 향유가 온 혈관 구석구석까지 채워져서 혈액을 대신하며, 이토록 일찍 창백해져 버린 뺨을 붉게 물들여 주었습니다. 여러분, 이리 오세요. 오셔서 기술과 배려가 낳은 이 기적을 보십시오!"

신부가 덮개를 치웠다. 미뇽은 천사 옷을 입고 더없이 편안한 자세로 누워 있었다. 꼭 잠들어 있는 것 같았다. 모두들 그 옆으로 다가가서 살아 있는 것 같은 그 모습을 보고 경탄했다. 그러나 빌헬름은 꼼짝도 하지 않았다. 그는 그대로 멍하니 의자에 앉아 있었다. 자신이 지금 무엇을 느끼고 있는지 생각해 볼 수도 없었다. 뭔가를 생각하는 순간, 그 느낌이 산산이 부서질 것 같았다.

신부는 후작을 위해 프랑스어로 말했다. 후작도 다른 사람들과 함께 미뇽에게 다가가 그 시신을 주의 깊게 바라보았다. 신부가 말을 계속했다.

"다른 사람들에 대해서는 그토록 굳게 마음의 문을 닫고 있었지만, 이 아이의 착한 마음은 성스러운 믿음을 가지고 끊임없이 하느님을 우러러보고 있었습니다. 하느님에 대한 이 아이의 겸손함, 아니 자기 비하에 가까워 보이는 그 성향은 아마 타고난 것이었나 봅니다. 이 아이는 가톨릭교 안에서 태어나고 자란 독실한 가톨릭 신자였습니다. 가끔 성스러운 흙 위에서 편안히 잠들고 싶다는 은밀한 소망을 내비치기도 했지요. 그래서 우리는 교회 관습에 따라 이 대리석 관을 축복하고, 베개 속에 넣어준 흙 한 줌에도 하느님의 축복이 내리도록 했습니다. 임종의 순간에 이 아이는 그 부드러운 두 팔에 열렬히 입을 맞췄습니다. 수없이 많은 점으로 구성된 매우 우아한 십자고상(十字苦像)에 말이지요!"

그렇게 말하면서 신부는 미뇽의 오른팔 소매를 걷어 올렸다. 다양한 문자와 기호를 배치해서 새겨 넣은 십자고상이 하얀 피부 위에서 푸르스름하게 빛났다.

후작은 몸을 굽히고 그 문신을 뚫어져라 보았다. 그러다가 갑자기 허리를 쭉펴고 두 팔을 높이 쳐들며 외쳤다.

"오오, 하느님! 가엾은 아이야! 불쌍한 내 조카딸아! 설마 이런 곳에서 널 만날 줄이야! 이 얼마나 슬프고도 기쁜 일이냐. 우리는 벌써 오래전에 포기했었는데, 호수 밑바닥에 가라앉아 물고기 밥이 되었을 거라고 생각했던 네 육신을 여기서 다시 찾아내다니! 너는 이제 죽어서 이토록 아름답게 보존되었구나. 애야, 내가 네 장례식에 참석하고 있다. 아주 장엄하고 멋진 장례식이야. 훌륭한 분들이 참석해 주셔서 더욱 근사해진 장례식이지. 아, 나중에 좀 진정하고 제대로 말할 수 있게 되면……."

그가 목멘 소리로 더듬더듬 말을 이었다.

"……너 대신 내가 이분들께 깊은 감사의 뜻을 표하마."

그는 눈물이 앞을 가려 더 이상 아무 말도 할 수 없었다. 그러자 신부는 용수철 장치를 눌러 미뇽의 시신을 석관 바닥으로 내려보냈다. 그러자 아까 보았던 소년들과 똑같은 옷을 입은 젊은이 네 명이 융단 그늘에서 나타나더니 아름답게 장식된 묵직한 뚜껑으로 관을 덮고 노래를 불렀다.

청년들

과거의 보물, 지난날의 아름다운 형상은 이곳에 안치되었습니다! 이 대리석 안에서 썩지 않고 편히 쉴 것입니다. 그리고 그대들 가슴속에서도 계속 살아 움직일 것입니다. 이제 삶으로 돌아가십시오. 이 성스러운 엄숙함을 그대로 가지고 가십시오. 오직 성스러운 엄숙함만이 삶을 영원하게 할 수 있으니까요.

보이지 않는 합창대가 이 마지막 구절을 청년들과 함께 불렀다. 하지만 이 격려의 말에 귀 기울이는 사람은 하나도 없었다. 그들은 신비로운 발견과 기묘한 감동에 깊이 빠져 있었던 것이다. 신부와 나탈리에가 후작을 안내하고 테레제와 로타리오가 빌헬름을 데리고 나갔다. 합창 소리가 완전히 사라지자 드디어 온갖 슬픔과 성찰과 생각과 호기심이 또다시 모든 이의 마음을 강하게 사로잡았다. 그들은 다시 한 번 아까와 같은 그 엄숙한 분위기 속으로 돌아가고 싶어졌다.

제9장

후작은 이 일에 대해 이야기하려고 하지 않았다. 그러나 신부하고는 단둘이서 긴 대화를 나누었다. 사람들이 모두 모인 자리에서 후작은 음악을 들려달라고 자주 청했다. 그때마다 사람들은 이 부탁을 기꺼이 들어주었다. 실은 다들 대화하기를 꺼렸던 것이다. 이런 식으로 며칠이 지났는데, 후작이 슬슬 떠날 준비를 하고 있다는 사실이 알려졌다. 어느 날 그는 빌헬름에게 말했다.
"나는 그 아이의 시신을 번거롭게 이리저리 옮기고 싶지 않아요. 그 아이는 자기가 살면서 사랑하고 괴로워했던 이 고장에 계속 머무는 편이 좋을 겁니다. 하지만 그 아이의 친구였던 여러분은 꼭 그 애의 조국에 와주시기 바랍니다. 그곳으로 나를 찾아오셔서, 그 가엾은 아이가 태어나고 자란 곳을 둘러보겠다고 약속해 주셔야겠습니다. 거기 있는 원기둥과 조각상을 구경하셔야지요. 아마 그 아이도 어렴풋이 기억하고 있었을 테죠.
그 아이가 자주 조약돌을 줍곤 했던 호숫가로 여러분을 안내하고 싶어요. 친애하는 젊은이, 특히 당신에게 큰 신세를 진 어느 가족의 감사하는 마음을 설마 몰라주지는 않겠지요? 나는 내일 떠날 겁니다. 자세한 사정은 신부님께 다 말씀드렸어요. 그분이 나 대신 여러분에게 이야기해 드릴 겁니다. 내가 슬픔이 북받쳐 중간에 말을 자꾸 멈췄는데도 그분은 끝까지 잘 참고 들어주셨습니다. 아마 그분은 제삼자로서 나보다 더 이야기를 잘 정리해서 들려주시겠지요.

그나저나 전에 신부님께서 제안하신 대로, 나와 함께 독일을 여행하지 않겠습니까? 그러면 정말 기쁠 텐데요. 아드님을 데리고 가도 괜찮습니다. 혹시 아드님이 우리에게 하찮은 불편을 끼치더라도, 그때마다 우리 불쌍한 조카딸을 보살펴 준 당신의 따뜻한 마음씨를 새삼 떠올릴 수 있겠지요."

그날 저녁 백작부인이 도착하는 바람에 다들 깜짝 놀랐다. 부인이 들어오자 빌헬름은 온몸이 부들부들 떨렸다. 부인도 미리 마음의 준비를 하고 있었는데도 언니에게 기대지 않을 수 없었다. 나탈리에는 동생에게 얼른 의자를 권했다. 부인의 옷차림은 이상하리만치 수수했고 용모도 그새 많이 변해 있었다. 빌헬름은 부인을 똑바로 쳐다볼 수 없었다. 부인은 빌헬름에게 다정하게 인사했지만 그 짧은 몇 마디 속에 부인의 생각과 감정이 고스란히 배어 있었다. 후작은 일찍 잠자리에 들었으나 다른 사람들은 아직은 서로 헤어질 생각이 없었다. 신부가 원고를 꺼내 들었다.

"나는 이 놀라운 이야기를 듣자마자 얼른 종이에 적어놓았습니다. 이런 신기한 이야기를 적을 때야말로 잉크와 종이를 아끼지 말아야지요."

백작부인도 지금 무슨 일이 문제되고 있는지 들어서 알게 되었다. 신부가 원고를 읽기 시작했다.

"나도 나름대로 세상을 많이 보아온 사람입니다만, 역시 전 세계를 뒤져봐도 우리 아버지보다 희한한 사람은 찾기 힘들 거라는 생각이 듭니다. 그분의 성품은 고결하고 솔직했으며, 그분의 생각은 아주 넓어서 위대하다 싶을 정도였습니다. 그분은 자기 자신에게 더없이 엄격한 분이셨지요. 어떤 계획이든 흔들림 없이 철저하게 실천하셨지요. 아버지의 모든 행동은 한결같고 규칙적이었습니다. 그래서 그분은 한편으로는 사귀기도 쉽고 같이 일하기도 좋은 상대였지만, 또 한편으로는 이러한 성질 때문에 세상과 결코 쉽게 타협하지 못하는 분이기도 했습니다. 아버지는 모든 규칙을 준수하는 일을 자신의 신조로 삼을 뿐만 아니라 모두에게도 요구하셨거든요. 국가든, 이웃이든, 자식이든, 하인이든 가리지 않고 말이죠. 그분이 아무리 마땅한 요구를 해도 그 엄격한 성품 때문에 그것은 무리한 요구가 되어버렸습니다. 그래서 아버지 생각대로 되는 일이라곤 하나도 없었지요. 뿐만 아니라 그분은 끝내 인생을 즐기는 경지에는 이르지 못했습니다. 호화로운 저택을 짓고 정원을 만들고 매우 아름다운 고장에 있는 넓은 땅을 새로 손에 넣었을 때에도 아버지는, 당신은 검소하게 인내하면서 살아가야 할 운명을 타고났다고 작은 소리로 중얼거리며 속으로 울분을 삼키셨습니다. 아버지는 척 봐도 무척 위엄 있는 분이셨지요. 농담을 던지실 때에도 뛰어난 지성만이 두드러질 뿐이었습니다. 특히 남에게 비난받는 것을 참지 못하셨어요. 언젠가는 당신이 만든 시설물을 누가 비웃었다는 이야기를 듣고 완전히 이성을 잃으셨습니다. 그런 모습은 평생에 딱 한 번 봤어요. 아버지는 자기 자식들과 재산도 바로 이런 정신으로 정리해 나가셨습니다. 형님은 뒷날 엄청난 재산을 물려받을 후계자로서 교육을 받았으며, 나는 성직자가 되고 동생은 군인이 될 운명이었습니다. 나는 활발하고 정열적이며 활동적이고 민첩했습니다. 나는 운동이라면 뭐든지 다 잘했지요. 반면에 내 동생은 고요히 앉아 몽상을 즐겼습니다. 학문과 음악과 문학에도 푹 빠져 있었지요. 그래서 격렬한 말다툼 끝에 당신의 계획이 실현될 수 없음을 완전히 깨닫고 나서 아버지는 그제야 마지못해 동생과 내 직업을 바꾸는 일을 허락해 주셨습니다. 아버지는 우리 둘 다 만족해하는 것을 뻔히 알면서도 직업을 바꾼 것을 탐탁지 않게 여기셨어요. 그래서 우리가 선택한 직업은 결과가 좋지 않을 거라고 단언하셨지요. 나이가 들수록 아버지는 차츰 더 사회 전체로부터 스스로 고립되셨습니다. 마지막에는 거의 혼자 살다시피 하셨지요. 아버지와 변함없이 친분을 유지한 사람은 오랜 친구 한 명뿐이었습니다. 이 친구분은 독일에서 군 복무를 하셨는데, 원정 도중에 아내를 잃으셨지요. 그런데 그분이 저희 집 근처에 있는 작은 집을 구입하더니 열 살쯤 된 딸을 데리고 그곳으로 이사를 오셨습니다. 그리고 일주일에 몇 번씩 요일과 시간을 정해 아버지를 찾아오셨지요. 가끔씩 딸도 데려왔습니다. 하지만 그 사람은 절대로 아버지의 뜻을 거스르는 행동을 하지 않았어요. 아버지는 오로지 그 분만을 유일하게 참고 지낼 수 있는 말동무로 인정하셨습니다. 이윽고 아버지가 돌아가시자 이 사람은 꽤 많은 유산을 받게 되었습니다. 그분이 시간 낭비를 하지 않았다는 사실을 우리도 잘 알게 된 겁니다. 그는 땅을 더 늘렸습니다. 자기 딸한테도 많은 지참금을 줄 수 있게 되었지요. 그 소녀는 점점 자라서 놀랍도록 아름다워졌습니다. 그래서 형님이 나한테 가끔 농담을 하곤 했죠. 그 아가씨한테 청혼해 보라고요.

한편 내 동생 아우구스틴은 수도원에서 참으로 기묘한 상태에 빠져 몇 년 동안 은둔 생활을 하고 있었습니다. 그는 성스러운 열광의 즐거움에 푹 젖어 있었지요. 한동안은 셋째 하늘*²⁹까지 올라갔나 싶더니 금세 비참한 무력감과 공허의 나락으로 떨어져 버리는, 반은 정신적이고 또 반은 육체적인 감정에 사로잡혀 있었던 겁니다. 아버지가 살아 계신 동안에는 진로를 바꿀 생각을 할 수 없었습니다. 무엇을 바라거나 요청한다는 것은 말도 안 되는 일이었습니다. 그러나 아버지가 돌아가시고 나서는 동생이 우리를 자주 찾아왔습니다. 처음에는 딱하기만 하던 동생의 상태도 점점 좋아졌어요. 이성이 승리를 거두었기 때문이지요. 그런데 동생이 이성을 되찾자, 자연의 올바른 길을 걸으면서 만족과 건강을 얻을 수 있다는 사실을 깨닫게 되었어요. 그래서 동생은 하느님에 대한 맹세로부터 자신을 해방시켜 달라고 점점 더 열성적으로 우리에게 부탁하게 되었습니다. 그러면서 자기가 이웃에 사는 스페라타에게 관심이 있음을 은근슬쩍 내비쳤고요.

형님은 그동안 아버지의 엄격함 탓에 많이 고생했기 때문에 동생의 처지를 그냥 두고 보지 못했습니다. 그래서 우리는 우리 집안의 고해신부님을 찾아뵈었습니다. 기품 있는 늙은 신부님이셨지요. 우리는 그분께 동생의 두 가지 소원을 솔직히 밝히고서 이 일을 잘 해결해 달라고 부탁드렸습니다. 하지만 그분은 이상할 정도로 망설이셨어요. 동생이 하도 졸라대서 우리도 좀더 열심히 신부님을 설득했죠. 그랬더니 그분은 마침내 결심을 하고 우리에게 기묘한 이야기를 털어놓으셨습니다.

놀랍게도 스페라타는 아버지와 어머니가 똑같은 우리의 누이동생이었습니다. 아버지는 남편으로서의 권능이 이미 사라졌을 법한 만년에 이르러 다시 한번 애정과 욕정에 사로잡히셨던 겁니다. 그런데 바로 얼마 전에도 그 지방에서 비슷한 일이 일어나 동네 사람들의 웃음거리가 된 일이 있었지요. 아버지는 그와 마찬가지로 웃음거리가 되고 싶지는 않았습니다. 그래서 마치 젊은 날의 무모한 애정에서 생겨난 사랑의 열매를 숨기듯이, 만년에 얻은 이 합법적인 사랑의 열매를 주의 깊게 숨겨버리기로 결심하셨던 겁니다. 우리 어머니는 비밀리에 아이를 낳아 남의 집에 보내셨습니다. 이때 고해신부님을 제외하고는 이 비

---

*29 구름의 하늘, 새의 하늘(첫째 하늘) 위에는 드넓은 하늘이 있는데 그 투명한 궁륭천장에는 해, 달, 별과 같은 천체가 자리 잡고 있다(둘째 하늘). 그리고 그 위에 하느님이 살고 계시는 하늘이 있다(셋째 하늘). 천사들도 살고 있는 그 하늘은 구원받은 사람들이 마지막에 다다르는 낙원이다.

밀을 아는 유일한 사람인 아버지의 옛 친구분이 그 아이를 자기 딸로 삼겠다고 흔쾌히 승낙하셨습니다. 신부님은 부득이한 경우에는 이 비밀을 밝혀도 된다는 유보 조건을 받아놓았습니다. 그 뒤 아버지가 돌아가시자 그 소녀는 한 노파의 보살핌을 받으며 자랐습니다. 우리는 동생이 노래와 음악에 이끌려 이미 그 여자 집에 드나들고 있다는 사실을 알고 있었습니다. 동생은 새로운 인연을 맺기 위해 오래된 인연을 끊게 해달라고 끊임없이 졸라대고 있었죠. 그래서 우리는 그가 얼마나 위험한 상황에 처해 있는지 가능한 한 빨리 동생에게 알려주지 않을 수 없었습니다.

그러자 동생은 경멸에 찬 사나운 눈초리로 우리를 쏘아보면서 악을 썼습니다.

'말도 안 되는 헛소리는 집어치워요! 그런 황당무계한 이야기는 순진한 꼬맹이나 얼빠진 멍청이한테나 들려주라고요. 내 마음에서 스페라타를 빼앗지는 못할걸요. 스페라타는 내 여자예요. 그러니까 끔찍한 소설 같은 이야기는 더 이상 하지 말아요. 내가 그런 거짓말에 속아 넘어가서 겁먹을 것 같아요? 스페라타는 내 누이동생이 아닙니다. 내 아내예요.'

그는 황홀한 듯이 우리에게 설명해 주었습니다. 그 천사 같은 처녀가 그를 구해 주었으며, 사람들로부터 부자연스럽게 고립되어 있던 그를 참된 인생으로 이끌어 주었고, 두 사람의 마음은 이부합창의 두 목소리처럼 조화를 이루고 있으며, 그는 지금까지 겪었던 모든 괴로움과 방황을 오히려 축복하고 싶다고 했습니다. 그 덕분에 모든 여성들로부터 멀어졌다가 지금은 이렇게 세상에서 가장 사랑스런 처녀에게 그 자신을 송두리째 바칠 수 있게 되었기 때문이라고 말이죠.

우리는 동생의 고백을 듣고 소스라치게 놀랐습니다. 동생의 처지가 너무 딱했어요. 그러나 우리로선 어쩔 도리가 없었습니다. 동생은 격한 투로 스페라타가 자기 아이를 가졌다고 단언했습니다. 고해신부님은 자신의 의무를 다해주셨지만 소용이 없었습니다. 오히려 사태가 더욱 나빠질 뿐이었죠. 동생은 자연과 종교의 관계, 인륜적 권리와 시민적 법칙의 관계를 논하며 어떻게든 자기한테 유리한 방향으로 해석하려고 최선을 다했습니다. 동생의 생각에는 자신과 스페라타와의 관계보다 더 성스러운 것은 없으며, 남편과 아내라는 이름보다 더 고귀한 것은 없었습니다. 그는 소리 높여 외쳤습니다. '오직 이것만이 자연의 이치에 맞는 것입니다! 나머지는 모두 다 망상이나 편견에 지나지 않습니다. 과거의 훌륭한 민족들을 보세요. 하나같이 형제자매의 결혼을 인정했잖아요? 아, 당신들이 모시는 신들의 이름은 꺼내지도 마세요. 우리를 홀려 자연의 길에서 벗어나게 만들어, 더없이 숭고한 욕망을 파렴치한 강압에 의해 끔찍한 범죄로 만들고 싶을 때에만 당신들은 그 신들의 이름을 이용하지 않습니까? 당신들은 정신을 혼란시키고 육체를 치욕적으로 남용했다는 이유로 생매장당할 희생자들을 원하고 있을 뿐이라고요.

　나는 이렇게 말할 자격이 있습니다. 왜냐하면 열광의 최고 경지인 가장 감미로운 만족 상태로부터 무력감과 공허와 부정과 절망의 끔찍한 절망에 이르기까지, 또 초월적인 존재에 대한 최고의 예감으로부터 가장 완전한 불신인 나 자신에 대한 불신에 이르기까지 나는 그 모든 것을 겪으며 누구보다도 많이 괴로워했으니까요. 나는 현혹으로 가득 찬 술잔의 내용물을 찌꺼기까지 남김없이 다 마셨습니다. 그리하여 치명적인 독이 내 존재 전체에 뼛속까지 스며들었지요. 그런데 이제는 자비로운 자연이 사랑이라는 가장 큰 선물을 통해 다시금 나를 치유해 주었습니다. 나는 천사 같은 아가씨의 품에 안겨서 새삼스레 내 존재와 그녀의 존재를 느낍니다. 우리가 하나임을 알고, 이 생명의 결합에서 제삼자가 태어나 우리에게 미소 지을 것임을 압니다. 그런데 바로 이 순간에 당신들은 지옥과 연옥의 불꽃을 끄집어 내서 이 순결한 사랑의 열렬하고 진실하며 결코 파괴할 수 없는 환희를 함부로 공격하려고 합니다. 어차피 그런 불꽃으로는 겨우 병적인 상상력이나 태울 수 있을 텐데 말이죠. 날 만나고 싶거든, 하늘을 향해 우듬지를 장엄하게 뻗치고 있는 저 사이프러스 나무 아래로 오세요. 레몬꽃과 유자꽃이 피어나고 우아한 미르테가 청순가련한 꽃송이를 내미는 그 산울타리 쪽으로 우리를 만나러 오시라고요. 오셔서 당신들의 그 인공적인 어두운 잿빛 그물로 어디 한번 우리를 위협해 보시죠!'"

　이처럼 동생은 오랫동안 우리가 하는 이야기를 믿지 않고 끈질기게 버텼습니다. 우리가 진실만을 말하고 있음을 맹세하고 신부님이 직접 보증해 주셨는데도 그는 끝내 생각을 바꾸지 않았습니다. 오히려 고래고래 소리를 질러댔습니다.

　"당신네 수도원 복도에 울려 퍼지는 메아리나, 곰팡내 나는 양피지나, 복잡하고 변덕스런 법령 따윈 다 집어치워요! 그보다도 자연과 당신들 마음에다 물어보라고요. 그러면 자연은 당신들이 무엇을 두려워해야 하는지 가르쳐 줄 겁니다. 자연은 자기가 대체 무엇에게 영원한 최종적 저주를 내리는지, 그 엄격한 손짓으로 당신들에게 가르쳐 줄 겁니다. 저 백합을 보세요. 암술과 수술이 한 꽃줄기에서 나지 않습니까? 두 가지를 낳은 꽃이 그 둘을 하나로 합쳐주지 않습니까? 더구나 백합은 순결의 상징이 아닌가요? 형제자매의 결합이 아름다운 열매를 맺지 않습니까? 자연이 그런 결합을 배척한다면 그 점을 분명히 표현할 것입니다. 존재해서는 안 될 창조물이 이 세상에 태어날 리 없습니다. 실수로 태어난 창조물은 일찍감치 죽어버릴 테지요. 불모의 꽃은 힘없이 피었다가 일찍 시들어 버릴 것입니다. 이것이 바로 자연의 저주입니다. 자연의 엄격함을 보여주는 증거입니다. 자연은 직접적인 결과를 통해서만 어떤 대상에게 벌을 내립니다. 자, 주위를 한번 둘러보세요. 무엇이 금지되어 있고 무엇이 저주를 받고 있는지 훤히 보이지요? 정숙한 수도원에서나 번잡한 세상에서나 자연의 저주를 받은 수많은 행위들이 성스러운 행위로서 존경을 받고 있습니다. 안일한 나태, 지나친 노동, 방자한 과잉, 곤궁한 결핍, 이런 것들을 자연은 서글픈 눈으로 내려다보며 우리에게 '절도'를 지키라고 합니다. 자연의 모든 관계는 진실하며 자연의 모든 작용은 평온합니다. 나처럼 고통을 겪은 사람은 자유로워질 권리가 있습니다. 스페라타는 내 여자예요. 오로지 죽음만이 그녀에게서 나를 떼어놓을 수 있을 것입니다. 그러니 어떡하면 내가 스페라타를 독차지할 수 있을지, 어떡하면 내가 행복해질 수 있을지 그것만 걱정해 주세요. 나는 곧바로 스페라타 곁으로 가서 이제는 두 번 다시 떨어지지 않을 겁니다.

동생은 스페라타를 만나기 위해 나룻배를 타러 가려고 했습니다. 우리는 그를 붙잡았어요. 더없이 끔찍한 결과를 낳을 게 뻔한 짓은 제발 하지 말아달라고 애원했습니다. '너는 지금 네가 생각하고 상상하는 것 같은 자유로운 세계에서 살고 있는 게 아니야. 자연의 법칙과 마찬가지로 철저한 법칙과 관계가 존재하는 조직체 속에서 살고 있다는 점을 잊지 말아다오.' 우리는 그렇게 말했습니다. 고해신부님은 동생을 늘 감시하며 절대로 집 밖으로 나가지 못하게 하라고 우리에게 신신당부를 하시더니, 며칠 뒤에 돌아오겠다는 말을 남기고 떠나가셨습니다. 그런데 마침내 우리가 두려워했던 일이 일어나고 말았어요. 물론 이성은 우리 동생을 강하게 만들어 주었습니다. 하지만 그는 마음이 약했어요. 전에 받았던 종교적 인상들이 마음속에 생생히 되살아나는 바람에 그는 무시무시한 회의에 사로잡혀 버렸습니다. 그렇게 이틀 동안 괴로운 낮과 밤을 보내야 했습니다. 고해신부님이 다시 그를 도우러 오셨지만 아무 소용도 없었습니다. 고삐 풀린 자유로운 이성은 그를 용서했으나, 그의 감정과 종교와 온갖 익숙한 관념들이 그에게 유죄를 선고한 것입니다.

어느 날 아침, 우리는 동생의 방이 텅 비어 있는 것을 발견했습니다. 책상 위에 종이쪽지가 놓여 있었어요. 내용은 대충 이랬습니다. '당신들이 다짜고짜 나를 감금했으니까 나는 나 자신의 자유를 추구할 권리가 있다. 나는 도망쳐서 스페라타를 만나러 갈 거다. 우리 둘은 멀리 도망칠 거다. 당신들이 우리 둘을 억지로 갈라놓을 작정이라면 나도 이미 각오한 바가 있다.'

우리는 너무 놀라 허둥거렸습니다. 그러자 신부님이 진정하라고 하셨어요. 불쌍한 동생은 빈틈없이 감시를 당하고 있었던 겁니다. 그래서 뱃사공들이 그를 건너편 기슭으로 건네주지 않고 수도원으로 데려갔습니다. 40시간 동안 한숨도 못 자고 깨어 있던 그는 달빛을 받으며 나룻배가 흔들리기 시작하자마자 기절하듯 잠들어 버렸습니다. 그리고 눈을 떴을 때에는 이미 수도사들이 그를 둘러싸고 있었죠. 등 뒤에서 수도원 문이 닫히는 소리가 들렸습니다. 그 소리에 그는 겨우 정신을 차렸던 겁니다.

우리는 동생의 비참한 운명이 너무 안타까워서 고해신부님의 냉혹함에 거세게 항의했습니다. 그러나 존경스런 신부님은 '섣불리 동정했다가는 오히려 불쌍한 환자에게 치명적인 해를 끼칠 수 있다'고 외과 의사처럼 논리적인 근거를 내세우며 순식간에 우리를 설득해 버렸습니다. 그분은 결코 자기 마음대로 행동하는 것이 아니라 주교님과 장로회의의 명령을 따라 움직이는 것이라고 하셨습니다. 그 의도는 세상의 모든 비난을 피하면서 이 슬픈 사건을 비밀스런 교회 규율의 베일로 덮어 감추려는 것이었지요. 스페라타는 철저히 보호를 받았습니다. 애인이 친오빠라는 사실도 그녀에게는 알리지 않기로 했습니다. 스페라타는 이미 그녀의 사정을 알고 있는 어느 신부님에게 맡겨졌지요. 그래서 스페라타의 임신과 출산은 비밀에 부쳐질 수 있었습니다. 그녀는 어머니로서 갓 태어난 아이에게 온 마음을 기울였어요. 다른 수많은 처녀들과 마찬가지로 스페라타도 글을 몰랐습니다. 그래서 그녀는 애인에게 전하고 싶은 말을 신부님에게 대신 전해 달라고 부탁했지요. 그 신부님은 젖먹이를 안고 있는 어머니를 속이는 일은 신성한 의무라고 여겼습니다. 그래서 그는 본 적도 없는 내 동생의 근황을 스페라타에게 전하고, 내 동생의 이름으로 평온히 살기를 바란다고 말했습니다. 자기 자신과 아이를 잘 돌보면서 뒷일은 모두 하느님께 맡기라고 했습니다.

스페라타는 날 때부터 신앙심이 강한 여자였어요. 더구나 그녀의 처지와 외로움 때문에 그런 경향이 더욱 강해졌지요. 신부님도 일부러 그런 감정을 부채질했습니다. 스페라타가 언젠가 우리 동생과 영원히 이별할 수 있게끔 마음의 준비를 시키려고요. 이윽고 아이가 젖을 떼고, 더없이 끔찍한 영혼의 고뇌에도 견딜 수 있을 만큼 어머니의 체력이 회복되었습니다. 그 사실을 확인하자마자 신부님은 스페라타의 잘못을 무시무시한 형태로 설명하기 시작했습니다. 그는 성직자에게 몸을 허락한다는 것은 자연에 대한 죄악이자 근친상간이나 다름없다는 식으로 말했습니다. 왜냐하면 그는 스페라타가 느끼는 후회를, 그녀가 자기 잘못의 참모습을 알았더라면 틀림없이 느끼게 되었을 후회와 똑같은 것으로 만들어야겠다는 기묘한 생각을 하고 있었기 때문입니다. 이런 식으로 신부님은 스페라타의 마음속에 커다란 슬픔과 고통을 심어주고, 교회와 그리스도의 관념을 더없이 드높여 놓았지요. 더 나아가 그는 이런 사건에 눈감고 심지어 죄인들을 정식으로 결혼시킴으로써 용서해 준다면 영혼의 구제와 관련해서 아주 무서운 결과를 낳게 될 것이라 했고, 또 죄인이 하루빨리 잘못을 뉘우쳐서 언젠가 천상의 영광을 얻는 것이 훨씬 더 구원에 가까운 길이라고 말했습니다. 그리하여 마침내 스페라타는 가련한 죄인처럼 자진해서 단죄의 칼날 아래 목을 들이밀고, 영원히 내 동생과 헤어지게 해달라고 간절히 부탁하게 되었습니다. 이처럼 설득 작업이 멋지게 성공하자 교회 사람들은 스페라타가 자기 집이나 수도원에 자유롭게 머물 수 있도록 허락해 주었습니다. 물론 어느 정도 감시가 따르기는 했지만요.

스페라타가 낳은 아이는 쑥쑥 자라더니 좀 이상한 성격을 보이기 시작했습니다. 그 아이는 아주 어릴 때부터 이리저리 뛰어다니며 매우 날렵하게 움직였습니다. 게다가 누구한테 배우지도 않았는데 어느새 무척 아름답게 노래를 부르거나 치터를 연주하게 되었습니다. 다만 말로써 자기 생각을 표현하는 일에는 서툴렀습니다. 발음기관에 문제가 있다기보다는 오히려 그 아이의 사고방식에 이상이 있는 것 같았지요. 그런데 그 불쌍한 어머니는 자기 자식에 대해 슬픈 감정을 느끼고 있었습니다. 신부님의 거침없는 설득이 머릿속을 온통 헤집어 놓는 바람에 그녀는 정신 상태가 아주 이상해져 버렸어요. 자신이 저지른 잘못을 점점 더 끔찍하고 심한 죄악으로 여겼습니다. 신부님이 몇 번이나 되풀이해 말한 근친상간 비유가 스페라타의 가슴에 너무 강하게 박힌 나머지, 그녀는 마치 진정한 관계를 깨달은 것처럼 지독한 혐오감을 느끼게 된 것입니다. 신부님은 이 불행한 여인의 마음을 갈가리 찢어놓은 자신의 뛰어난 솜씨를 적잖이 자랑스러워했나 봅니다. 하지만 자기 자식의 존재를 진심으로 기뻐하는 모성애와, 이 아이는 애초에 태어나지 말았어야 했다는 끔찍한 생각이 서로 충돌하는 모습은 보기에도 딱할 정도였습니다. 때로는 두 가지 감정이 막상막하로 겨루기도 했고, 또 때로는 자식에 대한 혐오감이 모성애를 이기기도 했습니다.

사람들은 이 아이를 일찌감치 어머니한테서 떼어놓아 저 아래 호숫가에 사는 착한 부부에게 맡겼습니다. 아이는 전보다 더 자유롭게 뛰놀게 되었어요. 곧 아이가 나무 타기를 무척 좋아한다는 사실이 밝혀졌습니다. 나무 꼭대기까지 올라가기도 하고, 뱃전에서 뛰놀기도 하고, 가끔 그 동네에 찾아오는 줄타기 광대들의 놀라운 재주를 흉내 내기도 했습니다. 그것이 그 아이의 타고난 본능이었어요.

모든 동작을 쉽게 해내려고 그 여자아이는 남자아이와 옷을 바꿔 입는 것을 좋아했습니다. 그 아이의 양부모는 이렇게 품행이 나쁜 짓은 도저히 허락할 수 없다고 생각했지만 우리는 되도록 그 아이를 너그럽게 용서해 주라고 했어요. 그 아이는 이따금 이리저리 뛰어다니다가 이상하리만치 멀리까지 가기도 했습니다. 길을 잃어 한동안 헤맬 때도 있었으나 결국 어느 사이엔가 집에 돌아왔습니다. 그럴 때마다 그 아이는 대체로 이웃 마을에 있는 별장의 현관 원기둥 근처에 앉아 있었지요. 그래서 사람들은 어느새 그 아이가 사라져도 찾으려고 하지 않게 되었습니다. 그냥 제 발로 돌아오기를 기다리게 되었지요. 그 아이는 그곳에 있는 돌계단에서 잠시 쉬는 모양이었습니다. 그러고는 커다란 홀로 들어가 입상을 구경하다가 누군가 특별히 붙들지 않는 한 서둘러 집으로 돌아오곤 했습니다.

그런데 마침내 우리의 이런 믿음이 무너지고 말았습니다. 우리의 안이함이 벌을 받게 된 겁니다. 그 아이는 돌아오지 않았어요. 그 애 모자가 물 위에 떠 있었습니다. 급류가 호수로 흘러 들어가는 지점에서 그리 멀지 않은 곳이었어요. 그 아이는 바위에 기어오르다가 실수로 떨어진 것 같았는데 아무리 찾아

봐도 아이의 시체는 발견되지 않았습니다.

　주위에 있는 여자들의 부주의함으로 이윽고 스페라타도 자기 아이가 죽었다는 사실을 알았습니다. 그런데 스페라타는 그 소식을 듣고도 침착하고 명랑한 태도를 보였어요. 하느님께서 그 불쌍한 아이를 데려가심으로써 그 애가 더 큰 불행을 당하거나 일으키는 일을 예방해 주셔서 다행이라는 식으로 기쁜 심정을 내비치기까지 한 것입니다.

　이 일을 계기로 호수에 관한 여러 가지 전설이 화제가 되었습니다. 이를테면 그 호수는 해마다 죄 없는 어린아이 하나를 집어삼킨다는 전설이 있었습니다. 하지만 시체를 싫어해서 언젠가는 그걸 호숫가로 밀어 올리는데, 심지어 시체가 호수 밑바닥에 가라앉아 있어도 그 마지막 뼛조각까지 모조리 호숫가로 내보내 버린다고 합니다. 또 호수에 빠져 죽은 자식을 그리며 슬퍼하는 어머니에 대한 전설도 있었습니다. 이 어머니는 장례를 치르고 싶으니 아이의 뼈라도 돌려달라고 하느님과 성자들에게 애타게 기도를 했습니다. 그랬더니 다음번 폭풍우가 칠 때 머리뼈가, 그다음 폭풍우가 칠 때에는 몸통뼈가 호숫가로 밀려 올라왔습니다. 모든 뼈가 다 모이자 어머니는 그것을 정성스레 천으로 싸서 교회로 가져갔습니다. 그런데 신기하게도 교회 안에 들어서자마자 보따리가 점점 무거워졌어요. 마침내 제단의 계단 위에 보따리를 내려놓자마자, 아이가 울음을 터뜨리며 천을 헤치고 나왔습니다. 다들 깜짝 놀랐죠. 그런데 딱 하나, 아이에게는 오른손 새끼손가락 뼈가 없었습니다. 어머니는 나중에 열심히 찾아다녀서 결국 그 뼈도 찾아냈습니다. 그 새끼손가락 뼈는 기념으로 다른 성물(聖物)과 함께 교회에 보관되었다고 합니다.

　이러한 전설들이 불쌍한 아이어머니에게 깊은 감명을 주었나 봅니다. 스페라타의 상상력은 한껏 나래를 폈고 가슴속에 숨어 있던 감정도 고조되었습니다. 그 아이는 자기 자신과 부모를 위해 속죄한 거라고, 지금까지 그들이 받았던 벌과 저주는 이로써 모조리 사라진 거라고 그녀는 믿었습니다. 이제는 아이의 뼈를 찾아 로마로 가져가기만 하면 그 아이는 성 베드로 성당에 있는 커다란 제단의 계단 위에서 아름답게 빛나는 새 살갗을 드러내며 사람들 앞에 당당히 나타날 테고, 그 아이는 두 눈으로 아버지와 어머니를 바라볼 거라고, 또한 교황님은 하느님과 성자들의 분명한 동의를 얻어 모든 사람들이 환호하는 가운데 그 부모의 죄를 용서하고 사면하여 두 사람을 맺어지게 해줄 거라고 생각했죠.

이리하여 스페라타의 눈길과 관심은 끊임없이 호수와 호숫가에 쏠리게 되었습니다. 달 밝은 밤에 물결이 반짝일 때마다 스페라타는 그 빛나는 파도 하나하나가 자기 아이를 데려다줄 거라고 생각했습니다. 그래서 누군가가 호숫가로 뛰어 내려가서 그 뼈를 줍는 시늉을 해야 했습니다.

낮에도 스페라타는 조약돌이 깔린 기슭을 지치지도 않고 계속 걸어다니며 무슨 뼈를 발견할 때마다 얼른 바구니에 집어넣었습니다. 그게 다 동물 뼈라는 사실은 어느 누구도 차마 말할 수가 없었습니다. 그녀는 큼직한 뼈는 땅에다 묻고 작은 뼈만 모았습니다. 이런 일을 날이면 날마다 되풀이했어요. 아무리 어쩔 수 없는 일이었다지만 그 의무를 다하는 바람에 불쌍한 여인을 이 지경으로 만들어 버린 신부님은 이제 최선을 다해 그녀를 돌봤습니다. 신부님의 영향력 덕분에 그 지방 사람들은 스페라타를 미친 여자라 여기지 않고 그저 믿음이 깊은 여자라고 생각했어요. 우연히 그녀를 만날 때마다 어른들은 합장을 했고 아이들은 그녀의 손에 입을 맞추었습니다.

스페라타의 늙은 친구이자 보호자였던 그 노파는 스페라타가 제 오빠와 맺어지게 된 데에 어느 정도 책임이 있었지만, 우리 고해신부님은 앞으로 평생 동안 이 불행한 여자를 성심성의껏 계속 돌봐준다는 조건으로 그 노파의 죄를 용서해 주었습니다. 그리고 실제로 그 사람은 놀라운 인내심과 성실성으로 끝까지 그 의무를 다했습니다.

이러는 동안에도 우리는 동생에게서 눈을 떼지 않았습니다. 의사들과 수도사들은 우리가 동생과 직접 만나는 일은 허락지 않았지만, 동생이 나름대로 잘 지내고 있다는 사실을 확인시키기 위해서 우리가 원할 때마다 뜰이나 복도에 있는 동생의 모습을 보여주었습니다. 때로는 동생 방 천장에 있는 유리창을 통해서 그를 관찰할 수도 있었고요.

여기서 모든 일을 일일이 다 설명하지는 않겠습니다. 아무튼 여러 가지 끔찍하고도 기묘한 과정을 거치고 나서 동생은 정신적으로는 안정되었지만 육체적으로는 불안정한 이상한 상태에 빠지게 되었습니다. 하프를 들고 연주할 때에는 대부분 반주에 맞춰 노래도 불렀는데, 그런 경우에는 얌전히 앉아 있었지만 다른 때에는 거의 가만히 있지 못하고 늘 바쁘게 움직였습니다. 그러면서도 언제나 무척 고분고분하게 지시에 순종하는 태도를 보였어요. 그의 모든 정열은 죽음이라는 유일한 공포 속에 녹아들어 어디론가 사라져 버린 것 같았습니다. 동생에게 위험한 병에 걸리거나 죽게 될 거라고 위협하기만 하면 무슨 일이든지 다 시킬 수 있을 정도였습니다.

동생은 지치지도 않고 수도원 안을 이리저리 돌아다니거나 이런 식으로 산과 골짜기도 돌아다닐 수 있으면 훨씬 더 좋겠다는 뜻을 노골적으로 내비치는 등의 기묘한 행동 말고도, 끊임없이 자기를 괴롭히는 기괴한 현상에 대해 이야기했습니다. 그러니까 밤에 자다가 눈을 뜰 때마다 아름다운 소년이 침대 발치에 서서 번뜩이는 칼날로 자기를 위협한다는 것이었습니다. 다른 방으로 옮겨졌지만 그곳도 마찬가지였어요. 결국 이 수도원 안에서는 어디를 가나 그 소년이 몰래 숨어 있다는 것이었습니다. 그러고는 전보다 더 안절부절못하며 이리저리 왔다 갔다 하게 되었는데, 나중에 돌이켜 보니 그즈음에 그는 평소보다 더 자주 창가에 서서 호수 쪽을 바라보곤 했던 것 같습니다.

한편 가엾은 누이동생은 여전히 한 가지 일에만 열중하며 날마다 뼈만 주워 모으고 있었습니다. 그래서 몸이 갈수록 쇠약해지는 것 같았어요. 우리 의사는 스페라타가 주워 모은 뼈들 속에다가 어린아이의 뼈를 조금씩 섞어 넣어 그녀에게 희망을 주자는 제안을 했습니다. 효과가 매우 의심스런 시도였지만, 적어도 1인분의 뼈가 모두 모이면 스페라타도 끝없는 뼈 수집을 그만두고 로마로 떠날 희망을 가질 수는 있을 것 같았습니다.

이 계획은 곧 실행되었습니다. 스페라타를 돌봐주는 노파는 우리가 가져다준 어린아이 유골과 누이동생이 모은 뼈를 몰래 바꿔치기했습니다. 그리하여 점점 신체의 다양한 부분이 모여서 어느 부분이 모자란지 헤아릴 수 있을 정도가 되었지요. 그러자 믿을 수 없을 만큼 커다란 기쁨이 불쌍한 환자의 온몸에 번졌습니다. 스페라타는 신체의 각 부분을 실과 리본으로 정성스레 이어 붙여놓았어요. 그리고 마치 성자의 유골을 다루듯이 빈 공간에는 비단과 자수천을 채워넣었지요.

이렇게 해서 거의 모든 부분이 모였습니다. 단지 손발의 몇몇 조각이 모자랄 뿐이었어요. 어느 날 아침, 누이동생이 아직 자고 있을 때 의사가 환자의 상태를 보러 왔습니다. 그래서 노파는 환자가 어떤 일을 하고 있는지 의사에게 보여주려고 침실에 있는 상자에서 그 소중한 뼈를 꺼내 왔죠. 곧바로 누이동생이 침대에서 벌떡 일어나는 소리가 들렸어요. 누이동생은 상자에 덮인 천을 치우더니 그 안이 텅 비어 있는 것을 발견했습니다. 그 순간 그녀는 털썩 무릎을 꿇고 앉았어요. 사람들이 달려가 보니 누이동생은 환희에 넘쳐 열심히 기도하고 있었습니다. 그러다가 소리 높여 외쳤어요. '아아, 진짜였어! 꿈이 아니야. 진짜였어! 여러분, 나와 함께 기뻐해 주세요! 우리 귀여운 아이가 되살아났어요. 내가 봤다고요. 그 아이가 일어나서 베일을 벗어 던졌어요. 그 아이가 내뿜는 빛으로 온 방 안이 환해졌지요. 성스러워 보일 만큼 아름다운 모습이었어요. 그 애는 바닥을 딛고 걸으려 했지만 그럴 수 없었습니다. 저절로 둥실둥실 떠올랐거든요. 나한테 손을 내밀어도 닿지 않았어요. 그러자 그 애는 어서 따라오라고 하면서 내가 가야 할 길을 가르쳐 주었습니다. 그럼요, 따라가야죠. 당장 따라갈 거예요. 나도 그걸 예감하고 있습니다. 아, 마음이 가벼워진 것 같아요. 모든 슬픔이 사라졌어요. 되살아난 그 아이를 보기만 했는데도 이미 천국의 기쁨을 맛본 것 같습니다.'

그때부터 누이동생의 마음은 하늘나라에 대한 희망에 한껏 부풀었습니다. 지상에는 더 이상 관심을 두지 않았죠. 식사도 거의 하지 않았습니다. 그리하여 누이동생의 정신은 점점 육체의 속박에서 벗어나고 있었어요. 마지막에는 갑자기 핏기를 잃고 하얗게 질리더니 모든 감각이 사라져 버렸습니다. 그러고는 그대로 두 번 다시 눈을 뜨지 않았어요. 그녀는 이른바 '죽음'에 이른 것이었습니다.

얼마 지나지 않아 스페라타가 환시(幻視)를 보았다는 소문이 세상에 빠르게 퍼졌습니다. 살아 있을 때 스페라타는 믿음이 깊은 인물로서 존경을 받고 있었지요. 그런데 그녀가 죽고 나서 이 존경심이 곧 다른 생각으로 바뀌었습니다. 스페라타를 축복받은 사람으로, 더 나아가 성녀로 받들어야 한다는 것이었죠.

장례식 날이 되자 믿을 수 없을 만큼 많은 사람들이 장지(葬地)로 몰려들었습니다. 사람들은 그녀의 손을 만지거나 하다못해 옷자락이라도 잡아보려고 애를 썼습니다. 이처럼 열광적으로 경배하는 가운데, 다양한 병에 걸린 환자들은 그동안 시달려 오던 고통이 씻은 듯이 사라지는 것을 느꼈습니다. 그들은 병이 나았다고 믿으며 그 사실을 열성적으로 고백했습니다. 사람들은 하느님과 새로운 성녀를 찬양해 마지않았어요. 결국 교회 사람들도 그 시신을 교회당으로 옮기지 않을 수 없었습니다. 민중이 부디 경배를 드릴 기회를 달라고 했거든요. 어찌나 많은 사람들이 교회당으로 몰려왔는지, 헤아릴 수조차 없을 정도였습니다. 본디 신앙심이 깊은 산골 사람들이 여러 산골짜기에서 쏟아져 나왔습니다. 날이 갈수록 예배와 기적과 찬미가 점점 더 심해졌습니다. 이런 새로운 예배를 제한하고 될 수 있는 대로 억압하려는 주교님의 지시도 제대로 실행되지 못했어요. 교회가 압박을 가할 때마다 민중은 격분했습니다. 믿지 않는 자에게는 폭력이라도 휘두를 기세였죠. 그들은 소리 높여 부르짖었습니다. '우리 조상님들 가운데 성 보로메우스 님*30도 계시지 않습니까? 그분의 어머니는 살아 있을 때 아들이 성자가 되는 기쁨을 누리지 않으셨습니까? 사람들은 아로나 근처에 있는 바위 위에다 저 커다란 조각상을 세움으로써 그분의 정신적 위대함을 우리 눈에 보이는 형태로 만들지 않았던가요? 그분의 친족이 지금도 분명히 우리와 함께 살아가고 있을 텐데요. 하느님께서는 독실한 백성들 사이에 그분의 기적을 늘 새로이 나타나게 하겠다고 약속하셨잖습니까?'

며칠이 지나도 그 시신은 썩을 기미가 보이지 않았습니다. 오히려 살갗이 한층 새하얘져서 투명해 보일 정도였죠. 그러자 사람들의 믿음은 극에 이르렀어요. 이때 많은 환자들이 갖가지 병의 괴로움에서 벗어났습니다. 아무리 주의 깊은 관찰자라도 그 현상을 제대로 설명할 수는 없었습니다. 그렇다고 단순한 속임수라고 딱 잘라 말할 수도 없었습니다. 그 지방 전체가 흥분의 도가니에 빠졌고, 기적을 직접 보러 오지 못한 사람들도 한동안은 그 소문에 대해서만 이야기했습니다.

내 동생이 머물고 있는 수도원에도 바깥세상과 마찬가지로 이 기적에 관한 소문이 퍼졌습니다. 동생은 평소에 무슨 일에나 무관심했어요. 게다가 동생이 이 사건과 무슨 관계가 있는지 아는 사람은 하나도 없었습니다. 그래서 수도사들은 아무런 거리낌 없이 동생 앞에서 그 사건에 대해 이야기했습니다. 그런데 동생이 주의 깊게 그 이야기에 귀를 기울였나 봐요. 그는 어떻게 수도원을 빠져나갔는지 아무도 모를 만큼 교묘한 방법으로 탈출했습니다. 나중에 알게 된 일인데, 동생은 순례자 일행의 틈에 섞여 배를 타고 건

---

*30 카를로 보로메오(1538~1584). 추기경. 이탈리아 아로나 출신. 축일은 11월 4일. 1560년에 외삼촌인 교황 비오 4세에 의해 밀라노 대주교로 임명되었다. 트리엔트 공의회(1545~1563)를 성공시키기 위해 최선을 다했으며, 1566년 그 유명한 로마 공교요리(公敎要理)를 작성할 때에도 중심인물로 활약했다. 그는 종교계 규율을 유지하기 위해 결연히 나섰다. 그리고 1570년 기근과 1576년 페스트 창궐 때 빈민구제활동을 펼쳤다. 뒷날 성 암브로시오 봉사회로 알려지게 된 공동체를 창설. 1610년에는 성인 반열에 들었다.

너가며 '배가 뒤집히지 않게 조심하라'고 뱃사공에게 한마디 했을 뿐, 그 밖에 수상쩍은 행동은 전혀 하지 않았다고 하더군요. 밤늦은 시각에 동생은 그의 불행한 연인이 마침내 고통에서 벗어나 편히 잠들어 있는 교회당으로 갔습니다. 들어가 보니 몇 안 되는 신자들이 구석에서 무릎을 꿇고 앉아 있었어요. 그리고 내 누이동생을 돌보던 노파도 그녀의 머리맡에 앉아 있었지요. 동생은 노파에게 다가가 인사하더니, 지금 안주인의 상태가 어떠냐고 물었습니다. 노파는 당황해서 이렇게 대답했지요. '보시는 그대로입니다.' 그러자 동생은 한쪽 옆에 서서 시신을 바라보더니 조금 머뭇거리며 그 손을 붙잡았습니다. 그런데 손이 얼음장같이 차가웠어요. 깜짝 놀라 반사적으로 그 손을 놓쳐버렸죠. 동생은 초조하게 주변을 둘러보다가 노파에게 말했습니다. '나는 지금 이곳에 머물 수 없습니다. 멀리, 아주 멀리 떠나야 해요. 하지만 언젠가는 반드시 돌아올 겁니다. 이 사람이 눈을 뜨거든 꼭 그렇게 전해 주세요.'

그 말을 남기고 동생은 떠나갔습니다. 우리는 한참 뒤에야 이 사실을 알게 되었죠. 동생이 어디로 갔는지 찾으려고 애썼지만 소용없었어요. 동생이 어떻게 그 많은 산들과 골짜기들을 넘어갔는지 아무도 알지 못했습니다. 그로부터 오랜 시간이 흘러 우리는 마침내 그라우뷘덴*31에서 동생의 흔적을 찾았습니다. 하지만 그때는 이미 늦었어요. 동생의 흔적은 금세 사라져 버렸습니다. 독일로 간 것 같기는 한데, 전쟁 통에 그 희미한 발자취는 완전히 지워지고 말았습니다."

제10장

신부가 읽기를 멈추었다. 아무도 눈물 없이는 그 이야기를 들을 수 없었다. 백작부인은 손수건으로 계속 눈가를 누르고 있었다. 그러다가 자리에서 일어나 나탈리에와 함께 방 밖으로 나갔다. 다른 사람들은 하나같이 침묵하고 있었다. 신부가 입을 열었다.

---

*31 스위스 동부에 있는 주(州). 이탈리아와 가깝다.

"그런데 여기서 문제가 하나 있습니다. 우리 비밀을 밝히지 않고 후작님을 그 냥 떠나시게 해도 되는 걸까요? 아우구스틴과 그 늙은 하프 연주자가 같은 인 물이라는 점에는 의문의 여지가 없습니다. 그 불행한 남자를 위해서나 가족들 을 위해서나 우리가 무엇을 어떻게 하면 좋을지 잘 생각해 봐야 합니다. 그럼 내 의견을 말씀드리지요. 아마 의사가 곧 돌아올 겁니다. 그러니까 조급하게 행동하지 말고, 그가 어떤 소식을 가지고 올지 기다려 봅시다."

모두 그 의견에 찬성했다. 신부가 이야기를 계속했다.

"실은 또 한 가지 문제가 있는데요. 이쪽은 훨씬 쉽게 해결될 것 같군요. 후 작님은 우리가, 특히 여기 빌헬름 씨가 그분의 가엾은 조카딸에게 베푼 친절에 이루 말할 수 없는 감동을 받으셨습니다. 그분은 나에게 그동안 무슨 일이 있 었는지 숨김없이 자세하게 몇 번이나 되풀이해서 말하도록 했습니다. 그 이야 기를 모두 다 듣고 후작님은 크나큰 감사의 뜻을 표하며 이렇게 말씀하셨어요. '빌헬름 씨는 나와 함께 여행하기를 거절했지만, 그것은 그가 우리 관계를 아직 모를 적에 있었던 일입니다. 이제 우리는 남남이 아니에요. 생활 방식도 성격 도 잘 모르는 낯선 사람이 아니란 말입니다. 나는 빌헬름 씨에게 깊은 유대감 을 느끼고 있습니다. 그 사람은 이미 내 가족이나 다름없습니다. 처음에는 아 들과 헤어지고 싶지 않다는 그 사람의 마음이 나와 함께 여행하는 데 걸림돌 이 되었지요. 그러나 지금은 그의 아들이 우리 둘을 더욱 강하게 이어주는 아 름다운 연줄이 되어줄 것을 기대하고 있습니다. 안 그래도 그동안 내가 그 사 람한테 신세를 많이 졌는데, 이번 여행에서도 그의 도움을 좀 받았으면 좋겠군 요. 그리고 내가 고향으로 돌아갈 때에는 그 사람도 함께 이탈리아로 데려가고 싶습니다. 형님도 아마 기쁘게 맞아주실 거예요. 형님은 빌헬름 씨의 양녀였던 우리 조카딸이 받아야 했던 유산도 아낌없이 그에게 내주실 겁니다. 실은 아버 지와 그 친구분이 비밀리에 해놓으신 약속에 따라 스페라타가 물려받았던 재 산이 이제는 우리에게 넘어왔거든요. 이건 당연히 우리 조카딸의 은인이 받아 야지요. 꼭 주고 싶습니다.'"

테레제가 빌헬름의 손을 잡으면서 말했다.

"아무런 이익을 바라지 않는 선행이 가장 고귀하고 아름다운 이윤을 남긴다 는 좋은 예를 여기서 다시 한 번 보게 되었네요. 자, 이 특별한 초청을 받아들 이세요. 후작님께 이중으로 봉사하는 의미에서 그 아름다운 나라에 다녀오세요. 언제나 당신의 상상력과 마음을 끌어당기던 나라잖아요."

그러자 빌헬름이 대답했다.

"나는 모든 것을 여러분에게, 여러분의 지시에 맡기겠습니다. 이 세상에서 자기 의지에 따라 노력하는 것은 정말 부질없는 짓인가 봅니다. 꼭 붙잡고 싶은 것은 포기해야만 하고, 나로선 받을 자격도 없는 은혜는 저절로 밀려온단 말이지요."

빌헬름은 테레제의 손을 한 번 강하게 꼭 쥐어주고 나서 놓았다. 그는 신부에게 말했다.

"나는 신부님에게 모든 걸 다 맡길 테니 결정해 주세요. 나는 그 지시에 따르겠습니다. 펠릭스를 떼놓고 가지 않아도 된다면야 어디로든 기꺼이 가겠어요. 당신이 좋다고 생각하시는 일은 뭐든지 다 하겠습니다."

이 말을 들은 신부는 곧바로 한 가지 계획을 내놓았다. 후작님을 먼저 떠나게 하자, 그리고 빌헬름은 여기에 남아 기다렸다가 의사의 보고를 듣고 무엇을 어쩌면 좋을지 심사숙고한 다음에 펠릭스를 데리고 후작님 뒤를 쫓아가자는 것이었다. 신부는 후작에게 먼저 떠나서 이 지방 이름난 곳이라도 천천히 구경하라고 권했다. 빌헬름이 출발 준비를 마칠 때까지 여기서 마냥 기다리는 것보다 그게 더 낫다는 평계를 대면서. 후작은 정말로 고맙다는 말을 몇 번이나 되풀이하고 그곳을 떠났다. 그가 남기고 간 보석과 세공품과 자수 직물 같은 선물들은 그 감사하는 마음을 입증하기에 충분했다.

드디어 빌헬름은 떠날 준비를 마쳤다. 그런데도 의사한테서 아무런 소식이 없자 모두들 당황했다. 가련한 하프 연주자를 틀림없이 좀더 행복하게 만들어줄 희망이 보이게 되었는데, 하필 이 순간에 그에게 무슨 불행한 일이라도 생긴 게 아닐까 하고 모두들 걱정했다. 그래서 그쪽으로 심부름꾼을 보내기로 했다. 그런데 심부름꾼이 말을 타고 떠난 그날 저녁에 엇갈리듯이 의사가 돌아왔다. 그 옆에는 낯선 사나이가 있었다. 그는 생김새도 태도도 매우 근엄하고 점잖아서 남들의 눈길을 끌었다. 하지만 그가 누구인지 아는 사람은 아무도 없었다. 이 저택에 찾아온 두 손님은 한동안 가만히 입을 다물고 있었다. 이윽고 수수께끼의 사나이가 빌헬름에게 다가가 손을 내밀었다.

"옛 친구를 벌써 잊어버리셨나요?"

그것은 늙은 하프 연주자의 목소리였다. 그러나 그의 외모에는 옛 흔적이 하나도 남아 있지 않은 것 같았다. 그는 평범한 여행객이 흔히 입는 옷을 단정하고 우아하게 차려입었고, 수염은 깨끗이 깎았으며, 곱슬머리도 어느 정도 손질한 상태였다. 하지만 무엇보다도 그 근엄한 얼굴에서 늙은이 같은 느낌이 완전히 사라졌다는 사실이 그를 몰라볼 만큼 달라지게 만든 듯했다. 빌헬름은 진심으로 기뻐하며 그를 끌어안았다. 이어서 그를 다른 사람들에게 소개했다. 그의 움직임은 매우 침착했다. 물론 그는 이곳에 모인 사람들이 자신의 정체를 바로 얼마 전에 알게 되었다는 사실은 알지 못했다. 그는 차분한 목소리로 말을 꺼냈다.

"겉으로는 어른스러운 모습을 하고 있지만, 실은 오랫동안 방황한 끝에 이제야 비로소 아무것도 모르는 어린아이로서 이 세상에 발을 들여놓은 이 사람을 부디 너그럽게 이해해 주십시오. 내가 이렇게 다시 여러 사람들 앞에 나설 수 있게 된 것도 이 훌륭한 선생님 덕분입니다."

모두들 입을 모아 환영한다는 말을 했다. 그때 의사가 얼른 그에게 산책이나 하고 오라고 권했다. 그 즉시 대화가 중단되고 대수롭지 않은 이야기들이 오갔다.

그가 밖으로 나가자 의사는 다음과 같이 사정을 설명했다.

"저 사람은 매우 기묘한 우연의 일치 덕분에 저렇게 회복된 겁니다. 우리는 오랫동안 우리가 믿는 바에 따라서 그를 정신적으로나 육체적으로나 열심히 치료했습니다. 이 치료가 어느 정도까지는 효과를 보았죠. 그러나 죽음에 대한 공포는 여전히 극심했습니다. 그는 수염을 기르고 긴 옷을 걸치는 일을 그만두려고 하지 않았어요. 하지만 그 점만 빼고는 전보다 더 세상일에 관심을 가지게 되었죠. 그의 노래도 사고방식도 점점 더 삶에 가까워지는 것 같았습니다. 아시다시피 얼마 전에 나는 목사님이 보내신 이상한 편지를 받고 그쪽으로 갔었지요. 가보니까 그가 완전히 딴판으로 변해 있더군요. 스스로 수염도 깎고, 곱슬머리도 평범한 모양새로 손질해 달라 하고, 옷도 평범한 옷으로 갈아입고 싶어하는 것이었습니다. 하루아침에 딴사람이 된 것 같았어요. 우리는 그 변화의 원인이 궁금했지만 본인에게 직접 물어보지는 않았습니다.

그러다가 어느 날 우연히 그 기묘한 사정을 알게 되었지요. 목사님의 약상자에서 약병이 하나 사라졌거든요. 액상 아편이 든 병이었죠. 우리는 그걸 누가 가져갔는지 철저히 조사해야겠다고 생각했어요. 그런데 다들 자기는 아니라고 하더군요. 그 일로 온 집안사람들이 격렬한 말다툼을 벌였습니다. 그러다가 마침내 그 사람이 나섰어요. 그는 자기가 아편 병을 갖고 있다고 고백했습니다. 그래서 그걸 마셨냐고 물었더니 그는 안 마셨다고 대답하며 다음과 같은 이야기를 들려줬습니다.

'이 약병을 손에 넣었기 때문에 내가 이성을 되찾을 수 있었던 겁니다. 물론 여러분은 이 병을 나한테서 얼마든지 빼앗을 수 있어요. 하지만 그러면 나는 또다시 희망을 잃고 예전 같은 상태로 돌아가겠지요. 죽음으로써 이승의 고통에 마침표를 찍을 수만 있다면 얼마나 좋을까 생각하게 된 것이 회복의 첫 번째 계기였습니다. 그러다가 곧 자살을 해서 이 고통을 끝낼 생각을 하게 되었어요. 나는 자살하기 위해 이 병을 훔쳤습니다. 그런데 언제든지 이 끔찍한 고통에서 벗어날 수 있다고 생각하니 오히려 고통을 견딜 수 있는 힘이 생겨나더군요. 이 부적을 지니고서 죽음이 내 곁에 있다고 생각했기에 나는 삶으로 떠밀려 돌아올 수 있었습니다. 내가 이 내용물을 마실까봐 걱정되시나요? 그러실 필요 없습니다. 누구보다도 사람 마음을 잘 알고 계시잖습니까? 부디 내가 삶과의 절연(絕緣)을 인식함으로써 오히려 삶에 집착할 수 있게 해주십시오.' 그 말을 듣고 곰곰이 생각한 끝에 우리는 더 이상 그에게 따져 묻지 않기로 결심했습니다. 그래서 지금 그는 단단한 컷글라스로 된 병에다 그 독극물을 집어넣고서 마치 신비로운 해독제인 것처럼 가지고 다닌답니다."

다른 사람들은 그동안 밝혀진 사실들을 모조리 의사에게 가르쳐 주었다. 그들은 이 일을 아우구스틴에게는 비밀로 하기로 했다. 신부는 그가 이제 막 접어든 회복의 길을 꾸준히 걸어갈 수 있도록 옆에서 계속 돌봐줄 작정이었다.

아마 그러는 사이에 후작과 빌헬름의 독일 여행은 끝날 것이다. 혹시 그때까지 고국으로 돌아가고픈 마음을 아우구스틴에게 심어줄 수 있다면, 가족들에게 그의 상태를 솔직히 밝히고서 빌헬름이 그를 가족들 곁으로 데려다주면 되리라.

빌헬름은 여행 준비를 다 끝냈다. 그런데 아우구스틴은 자신의 오랜 친구이자 은인인 빌헬름이 또다시 여행을 떠난다는 소식을 듣고 매우 기뻐했다. 처음에는 그가 그러는 것이 좀 이상해 보였지만 신부는 이 묘한 심리 변화의 원인을 곧 알아냈다. 아우구스틴은 펠릭스에 대한 두려움을 아직도 극복하지 못했기에 그 소년이 하루빨리 멀리 떠나기를 간절히 바랐던 것이다.

그런데 점점 더 많은 사람들이 모여들다 보니 어느새 본관과 별관의 방을 총동원해도 모든 사람에게 침실을 제공할 수 없을 정도가 되었다. 애초에 이렇게 많은 손님을 한꺼번에 맞이할 준비가 되어 있지 않았으므로 더더욱 그랬다. 그들은 아침을 같이 먹고 점심도 같이 먹었다. 때로는 혼자서 식사하고 싶다는 생각을 하면서도 겉으로는 이렇게 다 같이 허물없이 어울려 지내는 생활을 한껏 즐기고 있는 것처럼 행동했다. 테레제는 가끔 로타리오와 동행하기도 했지만 대체로 혼자서 말을 타고 자주 외출하더니 벌써 이웃에 사는 모든 남녀 농사꾼들과 친해져 버렸다. 이것은 테레제가 살림살이를 하면서 지키는 원칙이었다. 이웃에 사는 모든 사람과 가능한 한 친하게 지내며 늘 우호적인 관계를 유지하는 일이 꼭 필요하다고 생각했던 것이다. 테레제와 로타리오와의 결혼 문제는 전혀 화제가 되지 않는 것 같았다. 나탈리에와 백작부인 사이에서는 도무지 이야깃거리가 떨어질 줄 몰랐다. 신부는 하프 연주자와 친해지려고 애쓰는 모양이었다. 야르노는 자주 의사와 진지한 이야기를 나누었다. 프리드리히는 빌헬름을 졸졸 따라다녔고, 펠릭스는 마음에 드는 장소가 생기면 어디로든 당장 달려가 보곤 했다. 모임을 끝내고 산책하러 나갈 때에도 사람들은 대부분 이런 식으로 짝을 지어 다니곤 했다. 모든 사람이 한자리에 모여야 할 때에는 재빨리 음악을 틀어 도피처를 구했다. 음악은 모두를 하나로 이어주면서도 자기만의 세계에 빠질 수 있게 해주는 수단이었다.

　그런데 뜻밖에 백작까지 찾아오는 바람에 사람이 하나 더 늘었다. 그는 자기 부인을 데리러 왔다고 하는데, 보아 하니 속세의 친척들에게 정식으로 작별 인사를 하러 온 모양이었다. 야르노는 그를 마중하기 위해 서둘러 마차 있는 데까지 달려갔다. 백작은 어떤 사람들이 이곳에 모여 있느냐고 물었다. 야르노는 백작을 만나면 늘 충동적으로 그러듯이 갑자기 어처구니없는 객기를 부리며 대답했다.

　"이 세상에 있는 귀족이란 귀족은 다 모여 있습니다. 공작, 후작, 자작, 남작…… 백작만 빼고는 다 모여 있다니까요."

　두 사람은 계단을 올라갔다. 홀에서 백작을 처음으로 맞이한 사람은 빌헬름이었다. 백작은 빌헬름을 보자마자 "각하!"[32] 외치며 프랑스어로 말을 걸었다.

---

*32 Milord. 신분이 높은 영국인을 부르는 호칭.

"이거 참, 뜻밖에도 여기서 다시 뵙게 되어 정말 반갑습니다. 내 기억이 잘못되지 않았다면 당신이 후작님의 수행원으로 오셨을 때 내 성에서 뵈었던 것 같은데요."

"네, 그때 저는 영광스럽게도 각하를 모시고 있었지요. 그런데 저를 영국인으로, 심지어 귀족으로 생각해 주시는 것은 그야말로 분에 넘치는 영광입니다. 사실 전 독일인이고……."

"무척 유능한 젊은이이지요."

거기서 재빨리 야르노가 끼어들었다. 백작은 웃으면서 빌헬름을 바라보더니 무슨 말을 하려고 했다. 그때 다른 사람들이 나타나 진심으로 백작을 환영하며 인사말을 건넸다. 그리고 지금 당장 백작님을 적당한 방으로 안내해 드릴 수 없어 죄송하다며 곧바로 방을 마련하겠다고 했다. 그러자 백작이 웃으며 입을 열었다.

"허, 참! 방 배정을 우연의 힘에 맡기고 있는 건가요? 그러지 말고 잘 생각해서 처리하면 웬만한 문제는 쉽게 해결될 텐데요. 아, 제발 나 때문에 슬리퍼 한 짝이라도 옮기지 말아주세요. 그랬다간 대혼란이 일어나 모두가 불편을 겪게 뻔하니까요. 나 때문에 단 한 시간이라도 누군가가 불편을 겪게 할 수는 없어요. 그래, 당신도 알잖소?"

백작은 야르노를 보고 묻더니 빌헬름 쪽을 돌아보았다.

"젊은이, 당신도 그렇고요. 그때 얼마나 많은 사람들이 내 성에서 쾌적하게 묵었는지 직접 보시지 않았습니까? 손님들과 수행자들의 명단을 좀 보여주시죠. 그리고 지금 여러분이 어디에 묵고 있는지 가르쳐 주세요. 여러분이 조금만 수고해 주신다면 모두가 다 넓은 방에서 편히 지낼 수 있게끔 내가 방 배정을 변경해 보겠습니다. 이러다 또 손님이 불쑥 찾아올지도 모르니까 방 하나를 예비로 남겨둬야겠군요."

야르노는 곧장 백작의 부관 역할을 맡아, 이 작업에 필요한 갖가지 정보 기록을 제공하며 이따금 자기 나름대로 백작을 신나게 골려주었다. 그러나 얼마 안 가서 백작이 큰 승리를 거두었다. 방 배정이 끝나자 백작이 지켜보는 가운데 각 방문에 이름표가 붙여졌다. 그저 수고를 좀 해서 방을 바꿨을 뿐인데도 완벽하게 목적이 이루어졌음을 누구나 인정하지 않을 수 없었다. 게다가 야르노는 현재 서로에게 관심을 갖고 있는 사람들끼리 같은 방을 쓰게끔 특별히 신경 써서 방을 배정해 주었다.

모든 일이 끝나자 백작이 야르노에게 말했다.

"본인은 자기가 독일인이라고 하는데…… 자네가 마이스터라고 부르는 그 젊은이의 정체에 대해 좀 가르쳐 주지 않겠나?"

하지만 야르노는 아무 대답도 하지 않았다. 그는 백작이 뭔가를 물어보는 척하며 실은 남에게 가르쳐 주려고 하는 부류의 인간임을 잘 알고 있었던 것이다. 과연 백작은 대답을 기다리지도 않고 이야기를 계속했다.

"그때 자네는 그 젊은이를 나에게 소개하면서 후작님의 이름으로 잘 부탁한다고 했지. 그러니까 그 친구 어머니는 독일인일지 몰라도 아버지는 영국인, 그것도 지체 높은 영국인인 게 틀림없어. 내가 장담한다니까. 하기야 30년 동안이나 독일인의 혈관 속에 흐르고 있는 영국인의 피 따위는 아무도 문제 삼지 않겠지만. 뭐, 더 이상은 아무 말도 하지 않겠네. 자네들은 꼭 이런 혈통의 비밀을 간직하고 있으니까 말이야. 하지만 이런 문제에 대해서는 절대로 내 눈을 속일 수 없지."

그러면서 백작은 그때 자신의 성에서 빌헬름이 겪었던 다양한 일들을 이야기해 주었다. 백작은 커다란 오해를 하고 있었다. 후작의 수행원이었던 젊은 영국인을 빌헬름으로 몇 번이나 착각했는지 모른다. 하지만 이번에도 야르노는 아무 말도 하지 않았다. 백작은 젊었을 때 기억력이 무척 좋았으며, 지금도 젊은 날의 추억을 하나도 빠짐없이 기억한다고 자부했다. 그러나 사실 그는 기억력이 점점 쇠퇴함에 따라 상상력에서 비롯된 기묘한 연상 작용과 공상까지도 모두 다 진짜라고 확신하고 있었다. 아무튼 그는 전보다 훨씬 온화하고 사교적인 사람이 되어 있었다. 그가 모임에 끼어들면 분위기가 확 좋아졌다. 그는 유익한 책을 같이 읽자 제안하기도 하고, 때로는 여러 가지 가벼운 놀이를 하자고 했으며, 자기가 참가하지 않을 때에도 그 놀이 방법을 세심하게 남들에게 가르쳐 주었다. 주변 사람들은 그의 헌신적인 봉사 정신에 감탄했다. 그럴 때마다 그는 이렇게 말했다. 이 세상의 중대사에서 손을 뗀 사람은 적어도 아주 보잘것없는 일에서나마 세상 사람들과 발맞춰 나가야 할 의무가 있다고.

그런 놀이를 하는 자리에서 빌헬름은 몇 번이나 불안하고 불쾌한 기분을 맛보았다. 경박한 프리드리히가 틈만 나면 나탈리에에 대한 빌헬름의 사랑을 은근슬쩍 암시하려고 했기 때문이다. 도대체 어떻게 눈치챈 걸까? 무슨 근거로

저런 말을 하는 걸까? 다른 사람들은 우리 둘이 언제나 붙어 다니니까, 내가 실수로 그에게 비밀스런 속마음을 고백해 버린 게 틀림없다고 확신할 테지. 빌헬름은 그런 생각을 하며 언짢아했다.

어느 날 그들이 농담을 주고받으며 평소보다 더 명랑하게 떠들고 있었는데 갑자기 아우구스틴이 문을 벌컥 열고 무시무시한 얼굴로 뛰어 들어왔다. 그의 얼굴은 하얗게 질렸고 눈은 벌겋게 충혈되어 있었다. 그는 무어라 말하고 싶은데 말문이 막혀버린 모양이었다. 그 모습에 모두들 등골이 서늘해졌다. 혹시 광기가 재발한 걸까? 그렇게 생각한 로타리오와 야르노가 달려가서 그를 꽉 붙들었다. 아우구스틴은 더듬더듬 무슨 말을 웅얼거리더니 마침내 봇물 터지듯이 말을 쏟아내며 소리를 질렀다.

"이거 놔요! 어서, 빨리! 도와줘요! 그 애를 살려주세요! 펠릭스가 독약을 먹었다고요!"

두 사람이 그를 놓아주자 아우구스틴은 급히 문밖으로 뛰쳐나갔다. 다른 사람들도 깜짝 놀라 그 뒤를 쫓아갔다. 누가 큰 소리로 의사를 불렀다. 아우구스틴은 신부 방으로 달려갔다. 그곳에 아이가 있었다. 아이는 저 멀리서 어른들이 "애야, 무슨 일 있니?" 소리치며 뛰어오는 모습을 보고 깜짝 놀라 어쩔 줄 모르는 것 같았다.

"아버지! 저 물병에다 입을 대고 마시지 않았어요. 컵에 따라 마셨어요. 목이 너무 말라서……."

펠릭스의 외침 소리를 듣고 아우구스틴은 두 손바닥을 딱 부딪치며 소리를 질렀다.

"아, 이젠 다 틀렸어!"

그는 주변 사람들을 밀치고 달아나 버렸다.

탁자 위에는 아몬드 주스가 든 컵이 놓여 있었고, 그 옆에는 내용물이 절반 이상 비어버린 물병이 있었다. 의사가 달려와 사정을 전해 들었다. 그는 액상 아편이 들어 있었던 낯익은 약병이 텅 비어버린 것을 보고 깜짝 놀랐다. 얼른 식초를 가져오라고 지시하더니, 자신이 아는 모든 의학적 수단을 써서 환자를 치료하기 시작했다.

나탈리에는 아이를 방으로 옮기고 진심으로 걱정하며 돌봐주었다. 신부는 사정 설명을 들으려고 아우구스틴을 찾으러 나갔다. 불행한 아버지도 아우구스틴을 찾으러 나갔지만 헛일이었다. 그가 돌아와 보니 모두가 불안하고 걱정스런 표정을 짓고 있었다. 그사이에 의사가 컵에 든 아몬드 주스를 조사했는데, 거기서 아편이 많이 검출되었다는 것이다. 아이는 소파에 누워 있었는데 상태가 몹시 안 좋아 보였다. 아이는 더 이상 아무것도 억지로 먹이지 말라고, 더는 괴롭히지 말아달라고 아버지에게 애원했다. 로타리오는 달아난 아우구스틴을 찾기 위해 사람을 풀고서 자기도 직접 말을 타고 나갔다. 나탈리에는 아이 옆에 앉아 있었다. 아이는 그녀의 무릎에 매달려 칭얼거렸다. 식초가 너무 시어서 죽겠으니 설탕 좀 먹게 해달라고 했다. 의사는 그러라고 허락해 주었다. 그는 아이가 무척 흥분한 상태니까 한동안 안정을 취해야 한다고, 필요한 조치는 이미 다 취했으며 앞으로도 최선을 다해 치료할 것이라고 말했다. 그때 백작이 왠지 편치 않은 기색으로 아이에게 다가갔다. 매우 진지한, 아니 엄숙한 태도였다. 그는 두 손을 아이의 이마에 얹고 하늘을 우러러보더니 잠시 그대로 가만히 있었다. 빌헬름은 탈진하여 안락의자에 푹 쓰러져 있었는데, 갑자기 벌떡 일어나 절망에 가득 찬 눈길로 나탈리에를 한 번 보더니 문밖으로 뛰쳐나가 버렸다.

뒤이어 백작도 밖으로 나갔다.

그로부터 얼마쯤 시간이 흘렀다. 의사가 입을 열었다.

"아무리 생각해도 이해가 안 되는군요. 위험한 병적 증상이 전혀 나타나질 않아요. 한 모금만 마셨어도 분명히 대량의 아편을 복용했을 텐데 맥박을 재어 봐도 그래요. 아까 그 소동으로 아이가 불안해지고 또 내가 약을 먹이는 바람에 맥박이 좀 빨라진 정도이지, 그 이상은 별다른 변화가 없어요."

바로 얼마 뒤 야르노가 뛰어 들어왔다. 아우구스틴이 다락방에서 피투성이가 된 채 발견되었다는 것이다. 그 옆에는 면도칼이 떨어져 있었으며 그것으로 자기 목을 그은 것 같다고 했다. 의사는 서둘러 그쪽으로 달려갔는데 때마침 몇 사람이 아우구스틴을 떠메고 계단을 내려오고 있었다. 의사는 환자를 침대에 눕히고 자세히 관찰했다. 기관지까지 깊숙이 상처가 나서 피를 많이 쏟는 바람에 정신을 잃은 모양이었지만, 아마도 목숨은 건질 수 있을 것 같았다. 의사는 환자의 몸을 움직여 자세를 바로잡더니 상처를 꿰매고 그 위에 붕대를 감았다. 그날 밤은 다들 한숨도 자지 못하고 불안하게 지새웠다. 펠릭스는 나탈리에한테서 잠시도 떨어지려고 하지 않았다. 빌헬름은 그녀 앞에 있는 의자에 앉아 소년의 다리를 자기 무릎에 올려놓고 있었다. 아이의 머리와 가슴은 나탈리에의 품에 안겨 있었다. 이런 식으로 두 사람은 소중한 무게와 고통스런 불안을 서로 나누며 동이 틀 때까지 괴롭고 우울한 자세를 계속 취하고 있었다. 나탈리에는 한 손을 빌헬름에게 맡기고 있었다. 그들은 아무 말 없이 아이를 내려다보고, 서로 얼굴을 마주 보았다. 한편 로타리오와 야르노는 그 방의 다른 한구석에 앉아서 매우 중요한 이야기를 열심히 나누고 있었다. 사태가 이렇게 급박하지만 않았어도 그 이야기가 무엇인지 여기서 독자 여러분께 알려 드렸을 텐데, 그러지 못하는 것이 유감스러울 따름이다. 소년은 편안히 잠들어 있었다. 그러다가 아침 일찍 기운차게 눈을 뜨고 벌떡 일어나더니, 버터 바른 빵을 먹고 싶다고 했다.

아우구스틴이 어느 정도 회복되자마자 사람들은 도대체 어찌 된 일인지 조금이라도 그에게서 설명을 들으려고 했다. 여러모로 애쓴 끝에 겨우 이야기를 들을 수 있었는데, 알고 보니 불행하게도 백작이 방 배정을 다시 하는 바람에 신부님과 같은 방을 쓰게 된 아우구스틴은 자신의 내력이 적혀 있는 문제의 원고를 읽게 되었다는 것이다. 그는 이루 말할 수 없이 엄청난 충격을 받았다. 도저히 더 이상은 살아갈 수 없을 것 같았다. 그는 늘 그랬듯이 이번에도 아편을 도피 수단으로 선택했다. 그는 아몬드 주스 잔에 아편을 쏟아붓고, 잔을 입에 댄 순간 불현듯 소름이 끼쳤다. 그래서 잔을 내려놓고 다시 한 번 정원에 나가 산책하며 이 세상을 둘러보기로 했다. 그런데 방으로 돌아와 보니, 펠릭스가 막 비워버린 잔에 대고 물병을 기울여 잔을 채우고 있더라는 것이었다.

사람들은 이 불행한 사나이를 진정시키려고 노력했다. 하지만 그는 미친 듯이 흥분하여 빌헬름의 손을 덥석 붙잡고 말했다.

"아아, 진작 당신 곁을 멀리 떠났어야 했는데! 내가 그 아이를 죽이든지 아니면 그 아이가 나를 죽이리라는 것을 처음부터 잘 알고 있었건만!"

"그 애는 살아 있어요!"

빌헬름이 말했다. 그때 의사가 옆에서 주의 깊게 이야기를 듣고 있다가 아우구스틴에게 물었다.

"물병에 든 주스 전체에 독을 넣었나요?"

"아뇨, 잔에만 넣었습니다."

"아, 그럼 엄청난 행운이군요! 그 아이는 물병에 직접 입을 대고 주스를 마셨던 거예요! 자비로운 수호신께서 그 아이가 바로 옆에 마련되어 있던 죽음의 잔을 건드리지 않도록 도와주신 겁니다!"

그 순간 빌헬름이 두 손으로 얼굴을 가리며 날카롭게 비명을 질렀다.

"천만에요! 말도 안 되는 소리 하지 마세요! 그 애가 자기 입으로 분명히 말했단 말입니다. 물병이 아니라 잔에 든 주스를 마셨다고요! 그 애는 그냥 겉으로 보기에만 건강한 거예요. 머잖아 우리들 품에 안겨서 숨을 거둘 겁니다!"

빌헬름은 서둘러 밖으로 달려 나갔다. 의사도 아래층으로 내려가 아이를 살살 쓰다듬으며 물었다.

"펠릭스, 너 그때 물병에 든 주스를 마셨지? 잔에 든 주스를 마신 게 아니라. 맞지?"

그러자 아이는 울음을 터뜨렸다. 의사는 나탈리에에게 낮은 소리로 사정을 설명했다. 그래서 나탈리에도 아이에게서 사실을 알아내려고 애썼다. 하지만 아이는 점점 더 심하게 울기만 할 뿐이었다. 끊임없이 울다가 지쳐 어느새 잠들어 버렸다.

빌헬름은 아이 곁에서 뜬눈으로 밤을 새웠다. 그날 밤은 조용히 지나갔다. 다음 날 아침, 아우구스틴이 침대 위에서 죽은 채 발견되었다. 그는 평정을 되찾은 것처럼 간병인의 눈을 속이고는 몰래 붕대를 풀어 출혈 과다로 죽은 것이었다. 나탈리에는 아이를 데리고 산책하러 나갔다. 아이는 아무 일도 없었던 것처럼 아주 건강했다. 펠릭스가 문득 입을 열었다.

"아줌마는 참 상냥한 분이세요. 혼내지도 않고 때리지도 않잖아요. 그렇죠? 그러니까 아줌마한테만 솔직하게 말할게요. 실은 내가요, 물병에 입을 대고 먹었어요. 아우렐리에 엄마는 내가 물병을 들고 마시려고 할 때마다 내 손가락을 때리셨어요. 그때 아버지 표정이 어찌나 무섭던지…… 날 때릴 것 같았어요."

나탈리에는 날아갈 듯이 가벼운 발걸음으로 서둘러 돌아갔다. 그때 저쪽에서 빌헬름이 걸어왔다. 여전히 걱정에 짓눌린 얼굴이었다. 나탈리에는 아이를 번쩍 들어 올리더니 빌헬름의 품에 힘차게 던져주면서 큰 소리로 외쳤다.

"행복한 펠릭스 아버지! 여기 아드님을 돌려받으세요! 물병에 입을 대고 마셨대요. 나쁜 습관이 아이를 구했네요!"

사람들은 이 다행한 결말을 백작에게도 알려주었다. 백작은 왠지 모르게 확신에 찬 미소를 띤 채 입을 다물고 얌전히 그 이야기를 들었다. 마치 순진하고 착한 사람들의 착각쯤이야 너그럽게 보아 넘기겠다는 식이었다. 똑똑하고 눈치 빠른 야르노도 이번만큼은 백작이 왜 이렇게 우쭐거리며 자신만만한 태도를 보이는지 알 수가 없었다. 간접적으로 빙 돌려 캐물은 끝에 그는 겨우 그 이유를 알게 되었다. 백작은 펠릭스가 실은 정말로 독약을 먹었는데 자기가 그 이마에 손을 얹고 진심으로 기도했기 때문에 기적적으로 목숨을 구했다고 확신하고 있었던 것이다. 백작은 바로 떠나기로 마음먹었다. 그는 평소와 다름없이 순식간에 짐을 쌌다. 드디어 헤어져야 할 순간이 온 것이다. 그때 아름다운 백작부인이 언니의 손을 그대로 잡은 채 빌헬름의 손을 잡았다. 그러고는 네 개의 손을 한데 모아 꼭 쥐더니 부인은 재빨리 몸을 돌려 마차에 올라탔다.

이처럼 끔찍하고도 기묘한 사건들이 꼬리에 꼬리를 물고 잇따라 일어나는 바람에 사람들은 평소와는 다른 생활을 할 수밖에 없었다. 모든 것이 질서를 잃고 뒤죽박죽이 되었다. 온 집 안이 열병에라도 걸린 것처럼 혼란에 빠져 휘청거렸다. 잠자는 시간과 일어나는 시간, 밥 먹는 시간과 차 마시는 시간, 다 같이 모이는 시간, 이 모든 것이 완전히 흐트러져 엉망이 되었다. 테레제 말고는 아무도 자신의 정상 궤도를 따라 움직이지 못하고 있었다. 남자들은 알코올의 힘을 빌려 어떻게든 명랑한 분위기를 만들어 내려고 했지만, 이 인위적인 기분이 오히려 자연스러운 기분을 멀리 쫓아내고 말았다. 오직 자연스러운 기분만이 진정한 명랑함과 활동성을 보장해 주건만.

빌헬름은 불같은 열정에 사로잡혀 흔들리면서 극심한 혼란에 빠져버렸다. 예상치 못했던 온갖 무서운 사건들이 일어남으로써 그의 영혼은 근본적으로 안정을 잃어버린 상태였다. 그는 전부터 자신의 마음을 지배하고 있었던 하나의 열정에 더 이상 저항할 수 없었다. 펠릭스는 다시 그의 품으로 돌아왔다. 하지만 그는 가슴이 텅 빈 것 같았다. 베르너의 편지와 수표도 무사히 도착했다. 이제 여행에 나서기 위해 필요한 것은 딱 하나뿐이었다. 바로 이곳을 떠날 용기였다. 모든 정황이 그에게 떠나기를 재촉하고 있었다. 로타리오와 테레제가 빌헬름이 떠나기만 하면 결혼하리라는 것은 쉽게 상상할 수 있는 일이었다. 야르노는 여느 때와 달리 말이 없었다. 평소의 쾌활함을 조금 잃어버렸다고도 말할 수 있을 듯했다. 아무튼 의사가 빌헬름이 병에 걸린 것 같다면서 약을 주었기에 빌헬름은 가까스로 그 당혹스러운 상황에서 어느 정도 벗어날 수 있었다.

사람들은 밤마다 꼬박꼬박 한자리에 모였다. 명랑한 익살꾼 프리드리히는 언제나 포도주를 지나치게 마셨다. 그는 이야기의 주도권을 틀어쥐고서 늘 그러듯이 수많은 인용구와 장난스런 암시를 통해 사람들을 웃기곤 했다. 또 때로는 자신의 생각을 노골적으로 밝혀서 모두를 당황하게 만들기도 했다.

그는 빌헬름이 병에 걸렸다는 것을 전혀 믿지 않았다. 어느 날 밤, 모두가 모여 있을 때 그는 큰 소리로 말했다.

"의사 선생님, 빌헬름 씨는 도대체 무슨 병에 걸린 건가요? 의사의 무지(無知)를 호도하고 있는 수천 가지 질병의 이름 가운데 이 친구의 경우에는 어느 것도 들어맞지 않는 것 같은데요? 뭐, 적어도 비슷한 병의 사례라면 없지는 않지만요. 이런 병세는……."

그는 좀더 힘주어 말을 이었다.

"이집트나 바빌로니아 역사에는 분명히 그 병이 존재할 겁니다."

모두들 서로 얼굴을 마주 보며 빙그레 웃었다.

"그 왕의 이름이 무엇이었지요?"

프리드리히가 큰 소리로 말했다. 그리고 잠시 말을 멈추고 대답을 기다리더니 다시 입을 열었다.

"여러분이 가르쳐 주시지 않는다면 할 수 없죠. 내가 스스로 알아내야겠네요!"

그는 문을 활짝 열고 대기실에 걸려 있는 커다란 그림*33을 가리켰다. 그리고 이야기를 계속했다.

"저거 보세요. 침대 발치에 서서 병든 자식을 보고 괴로워하는 저 사람의 이름이 뭐였죠? 왕관을 쓰고 염소수염을 기른 저 남자 말입니다. 또 암전하고도 야릇한 눈을 빛내면서 독약과 해독제를 동시에 품고 저곳으로 들어오는 저 아리따운 여인의 이름은 뭔가요? 그리고 그제야 모든 사실을 깨닫고 난생처음으로 정확한 처방전을 써서 환자의 병을 치료하는 특효약, 맛도 좋고 효과도 좋은 특효약을 왕자에게 먹일 기회를 얻게 된, 저 돌팔이 의사의 이름은 뭐였

---

*33 제1부 제17장에 등장하는 〈병든 왕자〉 그림. 이 그림에 얽힌 이야기는 플루타르코스(46?~120?)의 《영웅전》에 나오는 전설로서 수많은 문학과 회화의 소재가 되었다. 시리아 왕국(셀레우코스 왕조)을 건설한 셀레우코스 1세 니카토르는 병에 걸린 아들 안티오코스 왕자를 살펴보러 온다. 그런데 의사가 환자의 맥을 짚고 있을 때 왕의 후처인 아름다운 왕비 스트라토니케가 방 안에 들어온다. 그 순간 의사는 왕자가 새어머니를 사랑하여 상사병에 걸렸음을 깨닫는다.

지요?"

이런 식으로 그는 계속 떠들어댔다. 다른 사람들은 되도록 속마음을 숨기려고 애쓰면서 당황스러움을 감추기 위해 억지웃음을 지었다. 나탈리에의 두 뺨에는 발그스레한 홍조가 떠올랐다. 마치 그녀의 심적 동요를 드러내듯이. 다행히 나탈리에는 그때 야르노와 함께 방 안을 이리저리 거닐고 있었다. 그래서 출입구 근처에 왔을 때 날렵하게 몸을 움직여 밖으로 나갔다. 그리고 대기실 안을 두어 번 왔다 갔다 하더니 자기 방으로 돌아가 버렸다.

모두들 아무 말도 하지 않고 있었다. 프리드리히가 춤을 추며 노래하기 시작했다.

자, 여러분, 기적을 보십시오!
일어난 것은 일어난 것,
말한 것은 말한 것.
이 밤이 물러가기 전에
기적을 보십시다!

테레제는 나탈리에를 쫓아갔다. 프리드리히는 의사를 커다란 그림 앞으로 끌고 가서 의술에 대해 터무니없는 찬사를 늘어놓더니 슬그머니 어딘가로 가 버렸다.

그때까지 로타리오는 창문이 있는 움푹한 공간에 서서 꼼짝도 하지 않고 정원을 내려다보고 있었다. 빌헬름은 매우 두렵고 불안한 상황에 처해 있었다. 로타리오와 단둘이 남았는데도 그는 여전히 침묵을 지키고 있었다. 지금까지 자신에게 무슨 일이 일어났는지 재빨리 되돌아보고 나서 마지막으로 현재 상황을 확인하자 소름이 확 끼쳤다. 마침내 그는 벌떡 일어나 소리쳤다.

"만약 지금 일어난 일, 또 나와 당신에게 일어난 일이 내 탓이라면 제발 나에게 벌을 내려주십시오! 나에 대한 애정을 거두시어 크나큰 고통을 안겨주십시오. 그리고 가차 없이 드넓은 세상 속으로 나를 내던져 버리십시오. 그래요, 난 벌써 옛날에 세상 속으로 뛰어들어 자취를 감췄어야 했어요. 하지만 혹시나 내가 무서운 우연의 늪에 빠져 헤어나지 못하는 가련한 희생자라고 생각하신다면, 부디 당신의 사랑과 우정에 대한 보증을 작별 선물로 나에게 주시길 바람니다. 자, 더 이상 출발을 미룰 수는 없겠군요. 지난 며칠 동안 내 마음속에서 무슨 일이 일어났는지 당신에게 고백할 수 있는 날이 언젠가는 오겠지요. 내가 좀더 빨리 당신에게 내 마음을 털어놓지 않았기 때문에, 그러니까 내가 무슨 생각을 하고 있는지 숨김없이 당신에게 말하기를 망설였기 때문에 아마도 내가 지금 그 벌을 받고 있는 것 같습니다. 솔직히 고백했더라면 당신은 틀림없이 나에게 힘을 빌려주셨을 테지요. 너무 늦기 전에 나를 구해 주셨을 테지요. 이제까지 나는 몇 번이나 깨달음을 얻고 나 자신을 되돌아보았습니다. 하지만 그때마다 너무 늦었거나 아무 소용이 없었어요. 내가 이러니 야르노 씨한테 설교를 들어도 할 말이 없는 것이지요. 나는 내가 그 점을 이해한 줄 알았어요. 그래서 새로운 삶을 시작하기 위해 그것을 활용하려고 했었죠. 과연 내가 그렇게 할 수 있었을까요? 그렇게 해야만 했을까요? 우리 인간은 스스로를 탓하고 운명을 저주하곤 하지만 그것도 다 부질없는 짓입니다. 우리는 비참한 존재예요. 필연적으로 비참해질 수밖에 없다고요. 그러니까 우리를 파멸시키는 것이 자기 자신의 잘못이든, 더욱 고차원적인 힘의 영향이든, 우연이든, 미덕이든, 악덕이든, 지혜든, 광기든, 그런 건 아무래도 상관없지 않나요? 자, 그럼 안녕히 계십시오. 나는 더 이상 한시도 이 집에 머무를 수 없어요. 이 집 손님으로서 받은 호의에 본의 아니게 커다란 흠집을 내고 말았으니까요. 아아, 그렇더라도 당신 동생분의 무례한 행동은 도저히 용서할 수 없어요. 그 사람의 행동이 나의 불행을 한계까지 밀어붙여서 나를 절망의 구렁텅이에 빠뜨렸습니다.”

“잠깐만요. 그런데……..”

로타리오가 빌헬름의 손을 잡으며 말을 이었다.

“테레제가 나와 결혼하는 것을 허락하기 전에 비밀 조건을 하나 붙였는데, 그게 당신과 내 누이동생이 결혼해야 한다는 것이라면 당신은 어떻게 할 건가요? 그 고귀한 여자는 당신에게 그런 식으로 보상하고 싶어합니다. 우리 두 쌍이 같은 날 같은 시각에 예식을 올려야 한다고, 반드시 그렇게 하겠다고 맹세하더군요. 테레제가 이렇게 말했습니다. ‘그의 지성은 나를 선택했지만 그의 마음은 나탈리에를 원하고 있어요. 그러니 나의 지성은 그분의 마음을 도와줄 겁니다.’ 그래서 우리는 나탈리에와 당신을 눈여겨보기로 했어요. 신부님한테도 이 사실을 털어놓았고요. 신부님은 이 결합을 위해 아무것도 하지 않고 모든 일이 순리대로 흘러가게 내버려 두겠다는 약속을 하도록 했습니다. 우리는 정말로 그렇게 했습니다. 그러자 자연의 힘이 저절로 작용하기 시작하더군요. 어리석은 내 동생은 무르익은 열매를 살짝 흔들어 떨어뜨렸을 뿐입니다. 자, 우리는 이처럼 예사롭지 않은 인연으로 맺어진 사이가 아닙니까? 그러니 시시한 삶을 살아가지 맙시다. 서로 힘을 모아 위대한 일을 해냅시다. 누군가를 지배하려는 욕심을 버리고 많은 사람들을 도와주는 후견인이 됩시다. 그 사람들이 하고자 하는 일을 적당한 때에 실행할 수 있도록 지도하거나, 목표는 아주 잘 알고 있지만 이룰 방법을 모르는 사람들을 목표 지점까지 데려가 주는 거지요. 교양 있는 사람들이 그럴 마음만 먹는다면, 그들은 자기 자신과 세상 사람들을 위해 상상도 못할 만큼 엄청난 일들을 해낼 수 있을 것입니다. 바로 이런 일을 위해서 동맹을 맺지 않겠습니까? 이것은 한낱 몽상이 아닙니다. 충분히 실현할 수 있는 이념이에요. 늘 뚜렷하게 자각되어 있지는 않지만 드물지 않게 훌륭한 사람들에 의해 실행되고 있는 이념입니다. 그 점에서 내 동생 나탈리에는 살아 있는 본보기라고 할 수 있죠. 자연이 이 아름다운 영혼에게 지시해 놓은 행동 방식은 아마 영원히 다가서지 못할 본보기로 남아 있게 될 것입니다. 네, 그렇습니다. 나탈리에는 다른 누구보다도, 감히 말하자면 고귀하신 우리 이모님보다도 더 아름다운 영혼이라고 불릴 자격이 있습니다. 훌륭하신 의사 선생님이 그 초고에 〈아름다운 영혼의 고백〉이란 제목을 붙일 때에는 우리가 아는 사람들 가운데 이모님이 가장 아름다운 영혼을 지닌 분이셨습니다. 그런데 그 뒤에 나탈리에가 성장하고 발전했지요. 나탈리에 같은 사람은 온 인류의 기쁨입니다."

로타리오가 계속해서 이야기를 하려고 하는데 프리드리히가 갑자기 큰 소리를 지르며 뛰어 들어왔다.

"아, 나한테 어떤 왕관을 주실 건가요? 어떤 상을 주실 건가요? 미르테, 월계수, 담쟁이덩굴, 떡갈나무…… 아무튼 눈에 띄는 모든 나무들의 가장 싱싱한 잎사귀로 관을 만들어서 나한테 주세요. 나는 그만큼 엄청난 공을 세웠으니까요! 이제 나탈리에 누나는 당신 겁니다. 내가 이 보물을 발굴한 마법사라고요!"

"또 무슨 난리를 피우려는 거요? 난 이만 물러가겠습니다."

빌헬름이 말했다.

"누가 너한테 그러라고 부탁했니?"

로타리오가 빌헬름을 붙잡으면서 프리드리히에게 물었다.

"아뇨, 내 힘으로 해낸 일이에요. 원하신다면 하느님의 은총이라고 해도 되고요. 좀 전에 나는 사랑의 중개인이었지만 지금은 특명전권대사랍니다. 내가 문짝에 귀를 대고 들었는데요. 누나가 신부님한테 자기 마음을 모두 털어놓았어요!"

그 말에 로타리오가 대꾸했다.

"이런 뻔뻔한 녀석 같으니라고! 누가 너더러 엿들으랬어?"

"아니, 누가 단둘이 방구석에 틀어박혀 있으래요? 어쨌든 내가 모든 것을 똑똑히 들었다고요. 누나는 무척 흥분한 것 같았어요. 왜, 그 애가 정말로 아파 보여서 누나가 그 애의 윗몸을 품에 안고 있었던 그날 밤, 당신은 절망한 모습으로 누나 앞에 앉아서 그 사랑스런 짐의 무게를 누나와 함께 감당하고 있었잖아요? 그때 누나는 만에 하나 그 애가 죽기라도 하면 당장 당신에게 사랑을 고백하고 청혼하기로 마음먹었대요. 물론 그 아이는 지금 살아 있죠. 하지만 그렇다고 해서 마음을 바꿔야 할 이유는 없잖아요? 한번 결정한 일은 조건이 변해도 반드시 지켜야 해요. 이제 곧 신부님이 놀라운 소식을 전하러 오실 겁니다."

신부가 방 안에 들어왔다. 프리드리히가 신부를 보고 의기양양하게 외쳤다.

"우리는 이미 다 알고 있어요! 그러니까 짧게 끝내주세요. 신부님이 여기까지 오신 것도 형식적인 일이고, 모든 사람이 모이기를 바라시는 것도 형식적인 일이잖아요."

"동생이 엿들었답니다."

로타리오가 말했다.

"이거 참, 너무하는군요!"

신부가 소리쳤다. 그러자 프리드리히가 대꾸했다.

"어휴, 그냥 빨리 하자고요. 예식은 어떻게 할 건가요? 물론 여러분은 여행을 떠나셔야 할 테지만요. 마침 잘됐네요, 후작님이 초대해 주셨으니! 알프스만 잘 넘어가면 그다음엔 모든 일이 다 잘될 겁니다. 여러분이 좀 희한한 짓을 하기만 하면 다들 미친 듯이 기뻐할 거예요. 아무런 대가 없이 오락을 제공해 주는 셈이니까요. 마치 가장무도회 같은 거죠. 온갖 신분의 사람들이 참가해서 신나게 어울려 놀 수 있을 테니까요."

"하기야 당신은 그런 떠들썩한 소동을 벌여서 우리에게 즐거운 구경거리를 제공해 준 적이 한두 번이 아니지요. 아무래도 오늘은 내게 말할 기회를 주지 않을 것 같군요."

신부가 말했다. 이어 프리드리히도 한마디 했다.

"어때요? 모두 내가 말한 대로죠? 어디 틀린 부분이 있으면 말씀해 보세요. 자, 갑시다. 가자고요. 누나한테 가서 축하한다고 말해 줘야지요."

로타리오는 빌헬름을 꼭 끌어안고서 누이동생에게 데려갔다. 나탈리에는 테레제와 함께 그를 맞이했다. 그들은 말없이 있었다. 그때 프리드리히가 소리쳤다.

"다들 뭘 그렇게 우물쭈물하고 있어요? 이틀 안에 여행 준비를 다 끝내버리자고요! 아 참, 그런데……."

그는 빌헬름을 돌아보며 말을 이었다.

"우리가 처음 만났을 때에는 상상도 못했죠? 내가 당신한테 그 아름다운 꽃다발을 달라고 했을 때, 설마 당신이 나한테서 이토록 아름다운 꽃을 건네받게 될 줄 누가 알았겠어요?"

"맙소사, 더없이 행복한 이 순간에 그 시절을 돌이키지 말아주세요!"

"그 시절을 부끄럽게 여길 필요는 없어요. 자기 출신을 부끄러워할 필요가 없는 것과 마찬가지로요. 그 시절에도 충분히 즐거웠잖아요? 당신을 보면 왠지 웃음이 나와요. 당신이 기스의 아들 사울과 비슷하다는 생각이 들어서요. 아버지의 당나귀를 찾아 나섰다가 왕국을 손에 넣은 그 사람 말입니다."[*34]

그 말에 빌헬름이 대답했다.

"난 왕국의 가치는 몰라요. 그러나 내가 분에 넘치는 행복을 손에 넣었다는 것은 잘 압니다. 나는 이 행복을 이 세상 무엇과도 바꾸지 않을 거예요."

[*34] 〈사무엘상(上)〉 제9장, 제10장 참조. 기스의 아들 사울은 아버지가 잃어버린 암나귀 몇 마리를 찾으러 갔다가 숨 땅에서 예언자 사무엘을 만난다. 그는 주님의 뜻으로 기름 세례를 받아 이스라엘의 초대 왕이 된다.

《빌헬름 마이스터 수업시대》《빌헬름 마이스터 편력시대》

《빌헬름 마이스터 수업시대 Wilhelm Meisters Lehrjahre》는 연극의 세계와 유랑극단의 세계를 다룬 소설이다. 그러나 그 주제는 인격 형성의 문제와 넓은 세상에서의 끝없는 수행이라는 내용으로 변화해 간다. 파우스트와 마찬가지로 빌헬름 마이스터도 일생 동안 괴테 옆을 맴돌았다. 《수업시대》가 세상에 나오기 전에 《빌헬름 마이스터의 연극적 사명》이란 작품이 있었다. 괴테는 1775년 바이마르 공 카를 아우구스트의 초빙을 받고 바이마르 궁정에 들어선다. 이때부터 이탈리아 여행까지의 시기를 '초기 바이마르 시대'라고 하는데, 《연극적 사명》은 이 시대를 대표하는 작품이다. 1777년 2월부터 괴테는 이 소설을 쓰기 시작해 띄엄띄엄 제6권까지 집필했다. 그러나 그가 1786년 9월 이탈리아로 여행을 떠나게 되어 이 작업은 중단되었다. 이 원고는 결국 괴테의 손에서는 빛을 보지 못하고, 1917년 취리히에서 발견된 사본을 통해 겨우 처음 세상에 나왔다.

1794년 4월, 괴테는 《연극적 사명》을 재구성하여 《수업시대》를 썼다. 《수업시대》는 1795년 1월부터 두 권씩 묶어서 네 권짜리 책으로 출판되었고, 1796년 10월에는 제4권이 간행됐다. 그때 괴테는 마흔일곱 살이었다.

《연극적 사명》은 결국 완성되지 못했으므로 한 마디로 단정짓기 어렵지만, 주인공 빌헬름 마이스터가 연극에 몰두하여 독일 연극을 그 시대의 저속한 수준에서 국민연극의 영역으로 끌어올리려고 애쓰는 내용으로서, 이른바 예술가 소설을 지향한 작품이었던 듯하다. 《수업시대》도 제4권까지는 《연극적 사명》에 바탕을 두었기에 연극을 중요한 문제로 다룬다. 그러나 《수업시대》에서 연극은 빌헬름 마이스터가 인격을 수양하는 한 단계, 하나의 수단에 지나지 않는다. 예술가 소설이었던 《연극적 사명》과는 달리 《수업시대》는 빌헬름 마이스터의 인격 형성 및 발전을 묘사한 이른바 교양소설이다.

《빌헬름 마이스터 수업시대》는 매우 유쾌한 소설이다. 지적 성장과 교육 과정을 따스한 시선으로 써 내려간 이 소설은 교양소설이라는 고전 장르의 모범이 되었으며, 저자인 세속적이고 심술궂은 괴테 또한 훨씬 매력적이다.

1794년 괴테는 실러와 깊은 우정으로 맺어지는데, 이때부터 실러가 죽기까지 10여 년은 독일 고전주의의 전성기였다. 실러는 괴테에게 《연극적 사명》을 개작할 것을 우정과 진심을 담아 권했다. 괴테는 실러에게 조판된 교정쇄와 원고 필사본을 정기적으로 보내 검토를 부탁했다. 실러는 성실히 답변해 주었는데, 그것은 이 작품의 기틀을 다지는 데 큰 도움이 되었다. 실러의 지적을 받아들여 고쳐 쓴 부분도 수없이 많다고 괴테는 솔직하게 털어놓기도 했다.

《수업시대》는 빌헬름이 내적·외적으로 발전해 가는 과정을 그리고 있다. 작품 속에서 그는 인간의 본질을 꿰뚫는 '탑의 결사'와 관계를 맺게 된다. 또한 빌헬름은 시민·배우·귀족 등 여러 계층 인물들과 만나고 교류하며 성장해 간다. 로타리오에게서는 뛰어난 정치력을, 수도원장에게서는 박애정신을, 테레제에게서는 집안일에 대한 지혜를, 필리네에게서는 삶을 즐기는 방법 등을 배우게 된다.

부유한 상인의 아들 빌헬름. 아버지는 아들에게 자신의 뒤를 잇게 할 생각이다. 그러나 이 젊은이의 심장은 오로지 연극과 젊은 여배우 마리아네를 향해 있었다. 하지만 사랑하는 여인의 정절을 의심하고 연극에도 질려 버린 그는 아버지의 뒤를 잇기로 마음먹는다.

어느 날 여행 도중 빌헬름은 유랑극단의 두 배우, 상냥한 필리네와 그녀의 친구 라에르테스 그리고 필리네의 충실한 벗인 유쾌한 남자 프레데릭과 친분을 쌓게 된다. 네 젊은이는 어느 작은 도시의 시장에서 보헤미안들의 연극을 보게 된다. 외줄타기를 하는 광대 가운데 이제 갓 열두 살이 되는 이탈리아 소녀, 미뇽이 있었다. 소녀는 자신의 출신조차 알지 못했다. 빌헬름은 그녀에게 마음을 빼앗겨, 미뇽의 보호자가 되어 그녀를 데려가기로 마음먹는다. 미뇽의 곁에는 그녀를 너무나도 사랑하며 언제나 주변을 맴도는 수상쩍은 장님 하프 연주자가 있다. 거기에 유랑극단의 단장이며 빌헬름의 옛 친구이기도 한 메리나가 찾아온다. 메리나는 빌헬름이 배우 겸 무대 감독이 되도록 설득해서 그를 극단의 한 사람으로 끌어들였고, 빌헬름은 무척 기뻐하며 이를 승낙했다. 어딜 가든 그의 너그러운 마음과 풍부한 재능은 크게 칭찬받았다.

그러나 도적 떼의 습격으로 그 생활도 산산조각이 나고 만다. 빌헬름은 동료들을 지키려 싸우던 중 상처를 입게 되나, 마침 시종을 거느리고 그곳을 지나치던 아름다운 귀부인의 도움으로 곤란에서 벗어난다. 상처가 낫자마자 그는 동료 배우들과 함께 오랜 친구이자 흥행주인 제를로를 찾아가고, 제를로는 그들을 흔쾌히 받아들였다. 이때 빌헬름은 제를로의 여동생 아우렐리에에게 강하게 이끌린다. 아우렐리에 곁에는 언제나 세 살배기 꼬마 펠릭스가 있는데, 모두가 펠릭스를 그녀의 아들이라 여기고 있었다.

아버지가 죽은 뒤 빌헬름은 제를로의 간청을 이기지 못하고 정식으로 극단 단원이 되어 오래 전부터 꿈꾸던 '햄릿'을 공연하기로 마음먹는다.

《빌헬름 마이스터 수업시대》(1795) 속표지

햄릿은 대성공을 거두었으나, 아우렐리에는 병으로 쓰러지고 만다. 귀족 로타리오와 뜨거운 사랑을 나누었던 그녀는 로타리오의 배신에 따른 절망으로 죽게 된다. 아우렐리에는 빌헬름에게 자신을 버린 비정한 애인을 향한 유언을 남기고 숨을 거둔다. 그 약속을 지킨 빌헬름은, 로타리오의 집에 머무르며 이상한 일을 겪게 된다. 늙은 집사를 통해 빌헬름은 펠릭스가 아우렐리에와 로타리오의 아들이 아니라 자신과 과거의 연인 마리아네 사이의 아들임을 알게 된다. 마리아네는 빌헬름에 대한 정절을 지키며 가난 속에서 생을 마감한 것이다.

이 극적인 사건, 그리고 몇몇 아름다운 여인들과의 만남―행동파 여성 테레제, 그리고 필리스('아름다운 영혼의 고백'의 작중 인물, '아름다운 영혼' 수잔나 폰 클레텐베르크)와의 만남―이 모든 것이 빌헬름의 생애에 깊은 각인을 남겼다. 빌헬름은 연극 세계를 떠나 땅을 일구며 아들 펠릭스를 키우고 테레제와 결혼하기로 마음먹는다. 그러나 로타리오의 여동생 나탈리에가 과거 도적들에게 습격당했을 때 상처입은 자신을 구해 준 귀부인이었음을 우연히 알게 된 빌헬름은 나탈리에에게 마음을 빼앗겨 테레제를 떠나고 만다.

한편, 빌헬름을 사모하던 어린 미뇽은 사랑과 질투에 시름시름 앓다 죽음을 맞이한다. 마지막 장에 다다르면 복잡하게 엉킨 실타래가 풀리며, 감춰진 수수께끼의 답이 밝혀진다. 미뇽은 장님 하프 연주자의 딸이었다. 이 남자는 놀라운 우연으로 자신의 배다른 여동생과 사랑에 빠져 결혼하게 되고, 나중에 이 사실을 알게 된 여자는 미쳐서 죽었다. 노인은 꼬마 펠릭스에게 독을 먹여 죽여 버렸다는 착각에 빠져, 결국 자살로 그 로맨틱하고 파란만장한 생애를 마감한다. 키플리아니 후작은 이 노인이 행방불명이 된 자신의 친형이며, 미뇽이 자신의 조카임을 알게 된다. 마지막에 빌헬름과 나탈리에는 결혼에 성공하고, 키플리아니 후작은 두 사람에게 미뇽이 상속받았어야 할 마지오레 호수 근처의 땅을 내준다.

언뜻 평범한 줄거리 같지만, 괴테는 그 무렵 사회와 문화의 상황을 고려하여 다양한 연관성을 담아냈다. 그것을 배경으로 예술·경제·사회·교육·가족·종교·정치 등이 한 개인의 문제로서 형상화된다. 소설 초반부의 인간적인 사실주의는 연극적인 부자연스러움과 사회적인 퍼포먼스의 포장을 걷어내면서부터 보다 깊고 독특한 무엇으로 파고들어간다. 괴테는 인간 자아의 성장을 풍부한 아이러니와 의도적인 얇은 플롯 구조를 통해 묘사하는데, 이는 필딩의 《톰 존스의 모험》에서 볼 수 있는 아이러니컬한 유머를 보다 철학적으로 결합한 것이다.

그럼 《연극적 사명》과 《수업시대》 사이에 어떤 관계가 있는지 간단하게나마 살펴보기로 한다. 《연극적 사명》 제3권까지의 내용은 대부분 삭제되고 아주 일부분만 새롭게 바뀌어 《수업시대》 제2권까지의 내용으로 쓰였다. 반면에 《연극적 사명》 제4권부터 제6권 제7장(제8장부터 마지막 제14장까지는 많이 바뀌었다)까지는 일부분만 삭제되고 변경되었을 뿐 거의 그대로 《수업시대》 제3권, 제4권에 사용되었다. 《수업시대》 제5권부터 제8권까지는 괴테가 새로 쓴 것이다. 다만 제5권 문장은 제4권까지의 문장을 그대로 행하고 있다.

《빌헬름 마이스터 수업시대》는 문장으로 보나 기법과 구성으로 보나 더없이 완성도가 높은 작품이다. 동시대 독일 작가 프리드리히 슐레겔(1772~1829)도 이 소설에 감탄하여 엄청난 찬사를 바쳤다. 《수업시대》는 독일 교양소설의 대표작으로서 오랫동안 존경과 사랑을 받았는데, 괴테의 까마득한 후배인 토마스 만(1875~1955)은 이 작품을 모범 삼아 《마의 산》(1924)과 재미있는 패러디

《사기꾼 펠릭스 크룰의 고백》(미완. 1954)을 쓰기도 했다.

독자들이 저마다 사상과 취향에 따라 문학작품을 자유롭게 읽는 것이 가장 바람직하다. 특히 《수업시대》 같은 작품에는 굳이 해설이 필요하지 않거니와, 다만 여기에서는 두 가지 사실만 간단히 살펴보기로 한다.

하나는 제6권에 나오는 아름다운 영혼의 고백, 또 하나는 미뇽에 대한 이야기이다.

아마 독자들은 제6권에서 의아함을 느꼈을 것이다. 왜 뜬금없이 소설 줄거리와는 상관없는 고백이 튀어나온 걸까? 여기에는 나름

《빌헬름 마이스터 수업시대》 삽화
미뇽의 곁에는 늘 장님 하프 연주자가 있었다.

대로 의미가 있다. 제6권은 《빌헬름 마이스터 수업시대》에 삽입된 또 다른 영혼의 '수업시대' 이야기이다. 이는 《수업시대》 전체에 깊이를 더해 주는 동시에, 《수업시대》에 등장하는 몇몇 사람들의 정체를 밝혀 준다는 점에서도 매우 중요하다.

또 제1권부터 제5권까지의 문장과 제7권, 제8권 문장이 매우 다른데, 그 사이에 고백록이 끼어들어 위화감을 없애 주고 있다. 제1권부터 제5권까지는 힘차고 아름답긴 해도 몹시 기교적이고 복잡한 문장인 데 비해 제7권, 제8권 문장은 여전히 아름답긴 하지만 매우 분명하고 알기 쉬운 문장이다. 아름다운 영혼의 고백의 문장은 딱 그 중간에 해당한다. 독자는 이 중간 지점을 거쳐 자연스럽게 제7권, 제8권 문장을 접하게 되는 것이다.

괴테는 《젊은 베르테르의 슬픔》의 로테, 《파우스트》의 그레첸을 비롯한 많은 여성들을 능숙하게 묘사했다. 《수업시대》에도 무척 특이하고 인상적인 여성상이 등장한다. 바로 신비한 소녀 미뇽이다. 시(詩)와 사랑과 동경의 상징이라 할 수 있는 이 가련한 여성 이미지는 《수업시대》 전체에 이루 말할 수 없이 깊

은 묘미를 더해 주었다. 미뇽을 창조한 괴테 본인도 이 소녀에게 강한 애정을 품었다. 이는 제8권에 나오는 웅장하고 아름다운 미뇽의 장례식만 봐도 알 수 있다.

괴테는 작품 전체에 걸쳐 '탑의 결사'를 중요한 요소로서 등장시킨다. 그들은 빌헬름이 지나온 삶의 여정에 스며들어 우연과 필연, 운명과 책임의 혼란 속에서 그를 구해준다. 이 작품이 주고자 하는 의미는 바로 인간의 노력과 인간성의 승리에 대한 믿음이다.

괴테는 1749년 8월 28일에 태어나 1832년 3월 22일 세상을 떠났다. 괴테가 살았던 18세기 봉건제도 시대 독일은 《수업시대》의 무대가 되었다.

이 번역의 텍스트는 함부르크판 괴테 전집 제7권 《빌헬름 마이스터 수업시대》이다.

《빌헬름 마이스터 편력시대》

괴테가 여든 살 되던 1829년에 결정판 전3부를 발표한 《빌헬름 마이스터 편력시대 Wilhelm Meisters Wanderjahre》는 《빌헬름 마이스터 수업시대》의 속편이라고 할 수 있는 작품이다. 그 무렵 수공업의 예에 따라 수업시대를 마친 뒤 편력시대를 거쳐 마이스터(장인)가 되기까지의 과정을 그리고 있다. 주제는 더욱 광범위해져 개인의 문제가 인류 전체의 문제로 발전했다.

《수업시대》의 끝부분인 제8부가 발표될 무렵에 이미 괴테는 실러에게 보낸 편지에서 《수업시대》의 속편에 대해 언급했다. 그러나 그것이 결실을 보기까지는 30년이 넘는 긴 세월이 지나갔다. 괴테는 그 오랜 세월 동안 이 작품에 손을 대지 않고 다른 작품들에만 몰두했다. 따라서 긴 세월 동안의 많은 경험과 여러 작품을 통해 다루어진 다양한 주제들을 거친 뒤 80세라는 노년기에 완성된 《편력시대》는 전편인 《수업시대》와는 전혀 다른 새로운 형식의 소설이 되었다. 물론 《수업시대》 주인공인 빌헬름이 여기서도 중심 인물이며 이 밖에도 몇몇 동일인물이 다시 등장하기는 하지만, 이 소설은 구조와 사상에서 《수업시대》와는 전혀 다르며 훨씬 다양하고 방대한 내용을 담고 있다. 그러면 먼저 이 소설 내용을 차례에 따라 요약해 보자.

빌헬름 마이스터는 그의 아들 펠릭스와 함께 걸어서 방랑을 한다. 탑의 결사 서약에 따라 그는 한곳에 사흘 넘게 머무를 수 없다. 이것은 모든 일상적인 욕망을 깨끗이 단념할 것을 요구하는 것이다. 방랑 도중 빌헬름은 산 속에서 아이를 안은 부인을 나귀에 태우고 지나가는 거룩한 모습의 남자를 만나 그의 집으로 초대된다. 그 남자의 이름은 요셉이고 그의 아내는 마리아였다. 그들의 경건한 가정에서 빌헬름은 그들이 어떻게 결혼하게 되었는지 또 그들이 얼마나 성스러운 생활을 하고 있는지 듣게 된다. 우연히 펠릭스는 돌이 많이 들어 있는 상자 하나를 보게 되는데, 그것은 광석을 찾는 한 과학자가 요셉에게 준 것이라 했다. 그 지질학자의 이름이 몬탄이라는 것을 듣고 빌헬름은 그가 옛친구 야르노이리라 여겨 그를 찾아나선다. 가는 길에 펠릭스가 동굴 속에서 작은 상자를 발견하고, 빌헬름과 펠릭스는 이 상자를 간직한다. 잠시 뒤 그들은 몬탄이 있는 곳에 도착해 사흘간 그곳에 머문다. 그곳을 떠난 뒤 그들은 아름다운 정원 속으로 들어가게 되고, 거기서 헤르질리에와 율리에테 자매를 알게 된다. 펠릭스는 밝고 활기찬 헤르질리에에게 마음을 빼앗긴다.

헤르질리에는 빌헬름에게 읽을거리로 낭만적인 원고 하나를 준다. 그것은 '순례하는 어리석은 여인' 이야기이다. 다음날 이 집의 주인인 이 아가씨들의 큰아버지가 그를 사냥터로 초대한다. 헤르질리에는 빌헬름을 가족으로 받아들이며, 그녀의 신뢰를 보이기 위해 사촌오빠 레나르도에 대해 말해 주는 한 묶음의 편지를 빌헬름에게 준다. 그것은 레나르도와 헤르질리에와 그들 큰어머니인 마카리에 사이에 오고간 편지들이다. 레나르도는 몇년 전에 여행을 떠났는데, 빚을 갚지 못해 쫓겨난 소작인의 딸 '밤(栗)색 아가씨'가 어떻게 되었는지 알게 되기 전에는 집으로 돌아오지 않겠다고 쓰고 있었다. 이 편지를 읽은 뒤 빌헬름은 현명한 부인 마카리에를 찾아가기로 한다. 큰아버지의 성을 떠나기 전에 빌헬름은 '배반자는 누구인가?'라는 이야기의 원고를 선사받는다. 이 이야기가 제1부 8장과 9장을 이룬다.

마카리에의 성에서 빌헬름은 한 천문학자를 알게 되며, 그는 빌헬름에게 많은 별들의 비밀을 이야기해 준다. 마카리에와 이별한 빌헬름은 방랑길에서 레나르도를 만나 그를 탑의 결사와 연결해 주고, '밤색 아가씨' 나호디네 를 찾아달라는 부탁을 받는다. 빌헬름은 펠릭스가 발견한 상자를 레나르도의 스승인 골동품 수집가에게 맡긴다.

제2부에 들어서면 빌헬름은 노동의 존엄성과 예술의 미를 가르치는 교육주

를 방문하여 그곳에 펠릭스를 맡긴다. 이어 3장에서 5장까지는 '비세의 사나이' 이야기가 펼쳐진다. 그 내용은 다음과 같다. 먼 저택에서 한 소령이 그의 누이동생을 방문하러 온다. 그는 가족을 단단히 결속하기 위해 그의 아들 플라비오를 누이의 딸 힐라리에와 결혼시키고자 한다. 그러나 힐라리에는 이 소령을 사랑한다. 이 사실을 플라비오에게 전하러 간 소령은 플라비오가 한 미망인을 사랑하고 있음을 알고 안심한다. 그러나 아름다운 미망인으로부터 거절당한 플라비오는 발작적인 상태가 되어 고모의 저택으로 온다. 그는 힐라리에의 간호로 위안을 받는다. 소령이 돌아오자 분위기는 긴장에 빠진다. 힐라리에의 어머니는 마카리에에게 조언을 구하는 편지를 보낸다. 현명한 마카리에는 아름다운 미망인이 소령을 찾아가 젊은 플라비오와 힐라리에가 진실로 사랑하고 있음을 알리게 한다. 이어 6장에서는 빌헬름이 레나르도와 신부에게 보내는 편지가 들어간다. 빌헬름은 레나르도에게 밤색 아가씨가 잘 지내고 있음을 알리며, 신부에게는 의학을 시작하고 싶다는 소망을 전한다. 7장에서부터 다시 화자(話者)가 이야기를 진행한다. 빌헬름은 화가 친구와 함께 사랑하는 양녀 미뇽의 고향인 아름다운 이탈리아 호숫가를 여행한다. 여기서 두 사람은 힐라리에와 아름다운 미망인을 만난다. 일 년의 공백 뒤 빌헬름은 교육주를 다시 찾아가 뛰어난 예술적 능력을 갖춘, 잘 성장한 펠릭스를 만난다. 두 사람은 다시 방랑길에 나서며, 산악에서 몬탄을 만나 지구의 성립에 대해 그리고 행동과 사고에 대해 대화를 나눈다.

제3부에서 빌헬름은 레나르도를 중심으로 한 이민 가는 사람들을 만나 함께 지낸다. 빌헬름은 그들에게 해부학 수업을 받은 것에 대해 이야기한다. 5장에서는 산골의 방적·방직마을 방문을 기록한 레나르도의 일기가 들어가고, 6장에서는 이발사가 소인국 공주 이야기인 '새로운 멜루지네'를 이야기한다. 7장에서는 헤르질리에의 편지가 들어가는데, 그녀는 펠릭스가 발견했던 상자의 열쇠와 함께, 수집자의 죽음으로 상자까지 맡게 되었음을 알린다.

8장에서는 성 크리스토프가 '위험한 내기'를 이야기한다. 이어 이민의 한 걸음을 내딛는 날이 온다. 이때 새로운 손님인 오도아르트는 신세계뿐만 아니라 구세계에도 개척이 필요함을 주장한다. 그래서 이주자들은 둘로 나뉘게된다.이어 사자가 소포를 가져오는데, 그것은 로타리오와 테레제, 나탈리에, 신부가 해외로 떠났음을 알리며 또 힐라리에가 플라비오와, 그리고 소령은 아름다운 미망인과 결혼했음도 알린다. 또한 아메리카에 있는 백작의 땅에서 결사가 활동하고 있음을 전한다. 이민 가는 사람들의 결사대가 떠나고 난 뒤 그들에게 온 펠릭스는 그들을 뒤쫓아 가다가 물에 빠진다. 그런데 죽어가는 펠릭스를 외과의사인 빌헬름이 살려낸다. 마지막으로 '마카리에의 문고에서'가 들어간다.

《빌헬름 마이스터 편력시대》(1921) 속표지

실러는 《수업시대》를 《신곡》과 《돈 키호테》, 그리고 셰익스피어의 작품에 견줄 만한 대작으로 평가했다. 그러나 《편력시대》는 전작에 비해 예술적 감흥이 모자란 탓에 같은 위치에 오르지는 못할 것이다. 그러나 이 세 번째 《빌헬름 마이스터》에는 새로운 사상이 담겨 있다. 바로 괴테의 놀라운 활력과 명석함이다. 거의 여든 살을 바라보던 괴테는 주인공을 18세기의 온갖 사상에서 해방시키고, 그에게 새로운 지성을 부여할 수 있었다. 교육학적 실험, 사회적, 공예학적 주제의 신선함. 소설의 구조는 《새로운 멜루지네》(1807), 《쉰 살의 남자》(1817)와 같이 이미 만들어진 부차적인 이야기와, 새로운 스토리를 통해 주인공이 행복해지거나 고난을 겪는 식이다. 이는 괴테가 쓴 가장 현대적이고 매력적인 작품 가운데 하나라 할 수 있다.

《편력시대》의 첫 번째 특징은 《수업시대》나 《친화력》 등 괴테의 이전 작품들과는 달리 사건이 중심에 서 있는 한 영웅에게 끌려들어가지 않는다는 점과, 전통적인 소설의 통일적이고 긴장된 사건 진행이 결여되어 있다는 점이다. 따라서 이 소설에서 하나의 사건 진행 관계, 즉 일관된 줄거리를 찾아내고자 하는 시도는 무산되며, 여기저기 흩어진 사건들과 독자적인 단편이야기(노벨레)들을 통해 전체적인 이야기는 일련의 개별상(個別像)들 속으로 해체된다. 그러나 이 개별상들은 임의의 열(列)이 아니라 하나의 순환을 이루며, 이것이 모든 부분 속에서 여러 예들로부터 해명되는 하나의 통일적인 인간상과 관련된다.

삶은 사람과 사람의 결합이 만들어 내는 결과물이다. 그 결합은 한편으로는 개별적인 것에 대한 개인적인 결합이요 또 한편으로는 포괄적인 커다란 공동체와의 결합이다. 그러나 이러한 결합 형식은 단지 현존하는 것만이 아니라 변화한다. 인간이 그것을 변화시킨다. 삶의 형식에 대해서는 일반적인 법칙이 말하지 않는다. 오직 행동과 사색의 상호작용이 있는 것이다. 생각으로부터 행동이 형성되고 행동으로부터 다시 생각이 끊임없이 갱신되면서 교정된다(제2부 9장에서 이것이 이야기된다).

이 소설은 가득한 사건들과 성찰 속에서 사색과 행동의 이러한 상호작용을 보여 준다. 커다란 사회적 공동체의 상(像)과 문제들을 그 안에 흩어진 일련의 노벨레들 속에서 가져온다. 그리하여 이 소설은 삶의 모든 현상을 포괄하는 극대로까지 뻗어 나간다. 그리고 그 속에서 지질학·천문학·종교·교육·예술·노동 등 삶의 모든 영역이 다루어진다. 《수업시대》에서는 빌헬름의 인격적 발전이 주제였지만 여기서는 인간과 사회가 중심이 되는 것이다. 《수업시대》에서 젊은 예술가의 노력은 여기서는 인간사회 속에서 기능하고 봉사하는 한 사람으로서의 활동으로 돌려진다. 거기에서는 주인공의 전인적인 발전과 교양의 완성이 목표가 되었지만, 여기서는 다방면의 교양보다는 숙달된 한 가지 기능을 통한 사회에의 기여가 중요한 것으로 부각된다. 《수업시대》에서 재능 있는 젊은이들의 단련에 봉사했던 탑의 결사체는 이제 보다 일반적인 사회적 과제를 눈앞에 두게 된다.

이러한 과제는 그때의 사회적·경제적 여건을 바탕으로 한 시대의 요청에 따른 것으로 특히 제3부에서 상세히 다루어진다. 즉 인구과잉의 한 가난한 산악지대가 묘사되는데, 이제까지 이곳을 이끌어왔던 가내공업이 기계 도입으로 몰락에 부딪히게 된다. 이에 대해 개별적 인간은 어찌할 수가 없으며, 오직 이민을 마련하고 적당한 사람을 적당한 자리에 데려다 놓는 커다란 조직만이 이들을 도울 수 있다.

아메리카에는 빈 땅이 있고 이민 가는 사람을 필요로 한다. 이러한 과제를 위해 탑의 결사는 많은 다양한 인간권과 접촉해야 한다. 이제 이것이 특히 빌헬름을 통해 이루어진다. 그는 그의 방랑길에서 큰아버지라고만 불리는 한 귀족 대지주에게 가게 되는데, 그 귀족은 그의 아버지로부터 아메리카에 넓은 토지를 상속받았다. 그의 조카인 레나르도는 바로 아메리카의 토지를 상속할 사람이다. 빌헬름은 레나르도로부터 '밤색 아가씨'를 찾아달라는 부탁을 받으며, 여기서 빌헬름은 인구과잉의 산악지대에 닿게 된다.

한편 마찬가지로 아메리카에 땅을 소유하고 있는 탑의 결사는 레나르도와 함께 대이주 계획을 위해 결합한다. 그들은 새로운 땅 위에 농업과 수공업의 이민뿐 아니라 커다란 운하와 그에 관계된 공업시설, 방적과 방직까지도 계획한다. 레나르도는 방직산업의 기술을 익히고 또 이민연합을 위한 사람들을 찾기 위해 인구과잉의 산악지대를 여행한다. 그가 기술적인 문제와 조직적인 문제를 돌보는 동안, 신부는 세계관과 경제에 대한 문제를 이끈다. 이 밖에도 그들은 훈련된 생도들을 교육주로부터 받아들이면서 유능한 사람들을 돌본다. 그러나 아메리카에서만 새로운 삶의 가능성이 생기는 것은 아니다. 어느 독일 영주의 고위 관리는 유럽 내의 한 벽지에서 대규모 이민 기회를 제공한다. 그래서 이민 가는 사람들은 둘로 나뉘어 아메리카와 유럽에서의 계획에 저마다 착수한다.

이 소설의 전체적인 틀 이야기가 되는 이러한 대계획을 이끄는 사람들은 그들의 한계가 어디에 있는지, 그리고 하나를 하기 위해서는 다른 것을 포기해야 한다는 것을 아는 〈체념자〉들이다. 체념이란 더 높은 목표를 위한 개인적 욕망의 용감한 희생을 말하는 것으로, 노년기 괴테 사상의 핵심적인 중심을 이룬다. 괴테는 이 소설에 '체념자들'이라는 부제를 붙이고 있다. '체념자들'이란 하나의 연합을 일컫는 것이 아니라, 하나의 확실한 삶의 경험을 가진 정서적인 사람들에 대한 명칭이다. 그들 모두는 전에는 체념하지 못한 자들이었으며 그들 모두는 아직 그들의 분명한 한계에 다다르지 못한 사람들과 관계하고 있다. 그들이 체념자가 되기까지의 길과 미로(迷路)들이 이 소설 속에 삽입된 많은 노벨레 속에서 묘사된다.

공동체의 문제를 다루는 전체적 틀 이야기와 개인적인 개별결합의 문제를 다루는 일련의 노벨레들의 양쪽 면 모두가 '삶'을 일컫는 하나의 원칙의 요소들로 제시되는 것은 노년의 세계관의 특징을 나타낸다. 즉 각 개별 경우는 하나의 일반적인 것을 대표하며, 영원한 움직임에는 영원한 정체성이 근본이 된다는 것이 이 노년의 소설에 구조의 정태학을 부여하는 것이다. 개별상들은 시간적으로 차례로 서 있는 것이 아니라 공간적으로 나란히 서 있다. 그들은 모두 동시에 현존하며 서로 비교되어야 한다. 이야기의 건너뜀이나 개별상들의 해명은 이로부터 나오며 그것의 연결은 작가가 말하는 것이 아니라 독자 자신이 제시해야 한다.《편력시대》를 완성한 시기에 괴테는 한 편지에서 이렇게 썼다.

'우리의 경험 중 많은 것이 일정하게 말하거나 직접 전달할 수 없기 때문에 나는 서로 마주 세우고 서로 동일하게 반영시키는 형상을 통해, 감추어진 의미를 독자에게 드러내는 수단을 택했다.'

여기서 이 소설의 상호교환적인 반영의 기교가 이야기되며 그것은 독자의 주목을 요구한다. 상호교환적인 반영의 체계는 노년의 작가의 풍부한 조망의 내면성으로부터 상징적인 연속상들을 이루며, 독자는 개별상들의 서로 다른 요소들 속에서 전체 위상을 인식함으로써 작품의 내적인 상징관계에 다가가게 되는 것이다. 그럼으로써 시대 변혁 속에서의 역사적인 영속성에 대한 질문과 대답을 보게 된다.

이상에서 살펴본 바와 같이《빌헬름 마이스터 편력시대》는 구조에서나 내용에서나 이전의 전통적인 소설미학을 벗어나는 새로운 소설을 제시한다. 이와 함께 서술과 시와 비평적 성찰, 이론적 논의, 독자적인 단편 이야기들의 몽타주를 창조함으로써 현대소설의 많은 기교를 예견하고 있다. 이 소설이 발표되었을 때 독자들 대부분은 작품을 이해하지 못했고 망상적인 노령의 작품이라는 비난의 소리도 있었다. 물론 괴테의 친구들이 이해에 찬 편지를 보내주기는 했지만, 괴테가 살아 있는 동안에는 이 작품에 대한 일반적인 인정은 이루어지지 않았다. 그가 죽은 뒤에야 이 작품은 보다 활발히 다루어졌고 포괄적인 연구문헌들도 쏟아져 나왔다. 오늘날에도 여전히 어려운 작품으로 여겨지고 있으며 그리 널리 읽히지 못하고 있다. 그러나 괴테 작품 전집 편집자인 에른스트 보이틀러(Ernst Beutler)는 이렇게 말한다.

"이 작품은 서술된 것을 통해 그리고 묘사의 미학적 자극으로써 상상력을 일으키는 일반적 의미의 문학이 아니다. 이것은 유언이다. 하나의 메시지이다."

삶의 모든 영역을 포괄하는 이 소설은 바로 노년의 괴테가 인류에게 남긴 유언이며 메시지이다.

이 번역의 텍스트는 함부르크판 괴테전집 제8권《빌헬름 마이스터 편력시대》이다.

요한 볼프강 괴테 연보

*표시는 관련문학사 사항
**표시는 관련역사 사항

1749년　8월 28일, 독일 프랑크푸르트 암마인에서 출생. 그 무렵 독일은 신성로마제국에 소속된 300여 개의 영방국가(領邦國家)로 분립되어 있었으며, 프랑크푸르트는 제국에 직속하는 자유도시(영방국가와 동격, 인구 약 3만 명)였음. 아버지는 독일 북부의 장인 집안 출신의 유복한 자산가였지만, 신분 때문에 공직에 오르지 못하고 폐쇄적인 생애를 보냈음. 반대로 외가인 텍스토르 집안은 독일 남부의 법률가 집안으로, 외할아버지는 시장을 지내고 시의 최고 관직인 시통령까지 지냈음. 괴테는 아버지가 서른아홉 살, 어머니가 열여덟 살 때 낳은 맏아들임. 괴테는 아버지의 재력과 어머니의 명성 덕분에 오랜 역사를 지닌 근세도시에서 특권을 누리며 소년 시절을 보냈음. 자서전 《시와 진실》 참조. 여동생 코르넬리아(1750년생). 다른 형제는 요절.

*클롭슈토크 《구세주》 서문(의고전주의 문학과 결별).

1752년(3세)　가을부터 유치원 통원(~1755년 여름).

1753년(4세)　크리스마스에 친할머니에게 인형극 세트를 선물받고 연극에 열정이 생기기 시작함.

1755년(6세)　친할머니가 죽은 뒤 4월에 생가 개축이 시작됨(~1756년 1월). 11월, 포르투갈 리스본 대지진의 참사가 어린 괴테에게도 큰 충격을 주었고, 모든 사람에게 안정된 근세의 종말을 예고함. 개축 중인 공립학교에서 읽기와 쓰기를 배움. 교육은 아버지의 계획 아래 그즈음 상류층 관습에 따라 주로 집안에서 가정교사와 아버지에게 받았음. 중심은 라틴어지만, 그 밖에 괴테의 호기심도 고려하여 그리스어·프랑스어·영어·이탈리아어를 비롯 그림·피아노·춤·승마·검술·기하학·신약구약성서 및 히브리어·이디시어·지리·역사 등 폭넓음. 어릴 때부터 아버지의 수많은 장서와 그림을 접할 기회가 많았음.

＊레싱 《미스 사라 샘슨》(최초의 독일 시민극)

1756년(7세) 이해에 일어난 7년전쟁은 구제도를 대표하는 오스트리아에 대한 프리드리히 2세(대왕)가 이끄는 신흥 프로이센의 도전임. 괴테집안에서도 구질서를 옹호하는 외할아버지와 신시대를 갈망하는 아버지 사이에 격렬한 대립이 일어났음.

＊＊7년전쟁(~1763)

1757년(8세) 1월, 외할아버지 텍스토르에게 새해 축하시를 보냄(현존하는 최초의 시). 이 무렵 인형극 파우스트를 구경함.

1759년(10세) 1월, 오스트리아를 지원하는 프랑스군이 프랑크푸르트를 점령. 괴테 집안의 대부분이 군정장관 트랜 백작에게 접수됨(~1761년 5월). 트랜 백작은 미술과 연극 애호가로, 소년 괴테는 백작이 설치한 다락방 아틀리에에서 많은 프랑크푸르트 화가의 창작 현장을 구경하고, 할아버지를 통해 입수한 무료입장권으로 점령군을 위한 프랑스 연극을 날마다 구경했음.

＊클롭슈토크 〈봄의 축제〉, 하만 《소크라테스 회상록》(삶의 전체성 복권), 레싱 《현대문학서간》(~1765년, 반의고전주의적 문학론집)

1763년(14세) 2월, 7년전쟁이 끝나고 프랑스군 퇴진. 8월, 일곱 살 모차르트가 연주회를 개최.

1764년(15세) 4월, 황제 요제프 2세, 전통에 따라 프랑크푸르트에서 대관식. 명문 집안의 소년 괴테는 화려한 축하연을 구경하고, 밤에는 등불이 환하게 켜진 마을을 여자 친구 그레트헨과 팔짱을 끼고 돌아다님.

＊＊(영) 와트가 증기기관 발명. 산업혁명 진행.

1765년(16세) 9월, 아버지의 권유에 따라 법률학을 공부하러 라이프치히로 감 (~1768년 9월). 낡고 보수적인 프랑크푸르트와 대조적으로 라이프치히는 그 무렵 인구 약 3만 명에 계몽주의의 영향을 받은 급진적 도시로서 작은 파리라고 불렸음. 호기심 넘치는 소년 괴테는 이곳에서 자유롭고 다채로운 학창 시절을 즐김. 시와 희곡 습작.

1768년(19세) 병에 걸려 9월에 고향 프랑크푸르트로 돌아옴. 일시적으로 중태에 빠짐. 이듬해까지 회복과 재발을 반복(결핵이나 위궤양 또는 십이지장 궤양이었을 것으로 추정). 어머니의 지인이자 경건주의자인 수잔나 폰 크레텐베르크(1723년 출생.《빌헬름 마이스터 수업 시대》중 〈아름다운 영혼의 고백〉 모델)에게 영향을 받아 경건주의, 이단신학, 연금술 등에 활발한 관심을 보임. 활달하고 자유분방한 서간시 〈프리데리케 에저 씨에게 보내는 시〉를 씀.

1770년(21세) 4월, 병이 완치되자 법률학을 마저 공부하러 슈트라스부르크(현재 프랑스 스트라스부르)로 감(~1771년 8월). 슈트라스부르크 대성당의 중세 고딕양식에 감동하고, 교외의 자연을 즐기며, 제젠하임교구 목사 딸 프리데리케 브리온과 소박한 사랑을 나눔. 생명과 자연과 역사의 복권을 주장하는 반합리주의적 비평가 헤르더와 만남. 프리데리케에게 보낸 여러 편의 서간시《제젠하임 시가집》에는 소박한 표현 속에 자연과 자아와 사랑의 모순 없는 합일의 기쁨이 표현되어 있으며, 독일 문학의 새 시대를 예고함.

＊헤르더《언어기원론》

1771년(22세) 8월, 박사학위 취득에 실패하고, 그에 준하는 법률수업사 자격을 얻음. 슈트라스부르크를 떠나 프랑크푸르트로 돌아와 변호사로 개업함.

1772년(23세) 다름슈타트의 '감상파 세대' 무리와 친하게 교우. 5월 초, 제국고등법원에서 실시하는 법률실습을 위해 베츨러로 떠남(~9월 초). 샤를로테 부프와 알게 되지만 그녀는 이미 약혼한 처지라 괴테를 거절함. 돌아오는 길에 라인 강변 에렌브라이트슈타인에서 유명 여류작가 조피 폰 라 로슈와 그의 딸 막시밀리아네를 방문해 친교를 나눔. 막시밀리아네는 2년 뒤에 프랑크푸르트의 유복한 상인 브렌타노에게 시집감. 자제로 낭만파 시인 클레멘스 브렌타노와 작가 베티나 폰 아르님이 있음(1807년 참조).

＊레싱《에밀리아 갈로티》

1773년(24세) 셰익스피어를 본받아 자유분방하고 힘찬 희곡《괴츠 폰 베를리힝겐》을 자비출판하고 일약 주목을 받음. 여동생 코르넬리아와 괴테의 친구 슐로서가 결혼.

1774년(25세) 4월, 베츨러에서 실연한 경험을 소재로 하여 청년들의 사회적 폐
쇄 상황과 자기파멸을 그린 서간체 소설 《젊은 베르테르의 슬픔》
을 완성, 가을에 간행. 젊은 세대의 열광적 지지를 얻어, '질풍노도
파'를 대표하는 인기작가가 됨. 이 무렵 《파우스트》 집필에 들어
감. 6월~7월, 반합리주의적 사상가 리바터, 교육실천가 바세도우
와 라인 지방 여행. 그 밖에도 서정시인 클롭슈토크, 동시대인 클
링거, 야코비 형제 등과 활발한 교우. 이 시기를 전후해서 풍자극
《사티로스》, 시 〈툴레의 왕〉, 〈프로메테우스〉, 〈방랑자의 폭풍의
노래〉 등 생명력 넘치는 작품을 씀.

＊렌츠 《가정교사》(질풍노도파)

1775년(26세) 4월, 부유한 은행가의 딸 릴리 쇠네만과 약혼. 5~7월, 제1회 스위
스 여행. 9월, 젊은 바이마르 공 카를 아우구스트가 여행 중인 신
흥작가 괴테를 방문. 소영방국가의 도의적 우위를 주장하는 유스
투스 뫼저의 법철학을 둘러싸고 의기투합하여 괴테를 바이마르
로 초대. 가을, 집안 간에 불화가 생겨 릴리와 파혼. 11월, 바이마
르 공의 귀한 손님으로서 수개월 예정으로 바이마르를 방문. 이
때 《파우스트》 제1부의 원형은 이미 절반쯤 완성되었음.

＊＊미국 독립전쟁 발발(~1783).

1776년(27세) 봄, 바이마르에 머무르기로 결정. 6월, 공국 정부 내부의 반발을
무릅쓰고, 바이마르 공의 가장 친한 측근으로서, 나라의 최고기
관인 추밀원 고문회의를 구성하는 3인의 대신 가운데 한 사람으
로 임명됨. 이후 죽을 때까지 바이마르를 정주지로 삼음. 영방국
가 '작센 바이마르 아이제나흐'(정식 명칭)는 그즈음 인구 약 10만
명, 수도 바이마르의 인구 약 6천 명(그중 60%는 농민). 괴테는 그
곳에서 사교, 담화, 사냥, 가장행렬, 아마추어 연극 등 근세 궁정생
활에 날마다 참가함과 동시에, 그와 긴밀하게 진행되는 정치, 행
정, 외교에도 관여했음. 이른바 바이마르 정주 초기(이탈리아 여행
까지 약 11년)에 그가 관여했던 주요 정치, 행정, 외교 안건은 다음
과 같음. 일메나우 은동광산 재건. 토지개량을 통한 농업진흥. 도

로정비. 군대 소멸과 재무행정의 근대화 등 재정재건책 추진. 오스트리아와 프로이센 사이에서 중소 영방국가의 자주성을 확보하기 위한 군주동맹 결성의 시도 등등. 또한 실무도 요청받아 자연학 연구에도 손을 댔음. 한 마디로 계몽주의 사상에 근거한 합리적인 국가경영을 위한 노력이었는데, 그 대부분은 괴테의 헌신에도 현실 조건을 극복하지 못하고 좌절됐음. 이 시기에 개인적으로는 일곱 살 연상의 슈타인 부인과 깊은 우정 또는 연애 관계에 있었음. 그녀에게 보낸 수천 통에 가까운 편지와 뛰어난 시들이 남아 있음. 〈어째서 그대는 운명인가〉, 〈달에게 보낸다(달빛은 안개에 빛나고/골짜기를 채운다)〉 등등. 세속적인 의미에서의 작가 활동은 거의 하지 않았고 동시대의 질풍노도파로부터도 거리를 두었지만, 작품 집필은 쉼 없이 이어감. 앞서 든 슈타인 부인에게 보낸 시들 말고도《타우리스섬의 이피게니에》산문 초고,《빌헬름 마이스터 수업시대》의 초고인《빌헬름 마이스터의 연극적 사명》등을 썼음. 4월, 시 〈어째서 그대는 운명인가〉, 〈한스 작스의 시적 사명〉을 씀. 10월, 괴테의 추천으로 헤르더가 바이마르 종무총감독으로 부임.

＊클링거《질풍노도》
＊＊미국 독립선언.

1777년(28세) 6월, 여동생 코르넬리아 죽음. 겨울, 하르츠 산지를 단독 기행. 브로켄 산 등산. 시 〈겨울 하르츠 기행〉을 씀.

1778년(29세) 5월, 바이에른 계승전쟁(오스트리아 대 프로이센)을 앞두고 바이마르 공을 따라 정치적 군사적으로 긴장 상태에 있는 베를린을 방문.

1779년(30세) 4월《이피게니에》초연. 9월~1780년 1월, 바이마르 공을 따라 두 번째 스위스 여행(프랑크푸르트 경유). 부모님, 결혼한 릴리, 미혼의 프리데리케와 재회. 베를린에서 바이마르 공국을 위한 차입금 교섭에 성공. 고지를 도보로 산행하며 풍경을 스케치하고, 제네바에서 기회를 얻어 여자의 완전 나체를 관찰함.

1780년(31세) 9월, 일메나우 지방 키켈하안 산 정상에 있는 오두막 널빤지 벽에 〈사냥꾼의 저녁 노래〉라는 시를 적음(1831년 참조).

1781년(32세) 11월, 시내 프라우엔플란에 집을 얻음(현재 괴테 기념관).

＊실러《도둑 떼》, 칸트《순수이성비판》

1782년(33세) 4월, 귀족 반열에 오름. 3~4월, 5월, 외교상 용무로 인근 궁정들을 차례로 방문함(~1785). 5월, 아버지 죽음.

1784년(35세) 2월, 일메나우에 새롭게 갱도가 뚫려 축하 연설을 함. 광산은 뒷 날 수몰됨.

＊헤르더《인류사 철학의 이념》(~1791)

1785년(36세) 괴테의 생각과는 달리 바이마르 공의 판단에 따라 현안인 중소 군주동맹을 프로이센과 맺기로 결정됨. 6~7월, 처음으로 휴양지 카를스바트(현재 체코령 카를로비 바리)에 체재. 그 뒤 여름마다 휴양지에 머묾. 가을, 프랑스 궁정의 추문 '목걸이 사건'에서 현존 질서의 근본적 동요를 보고 충격을 받음(1787, 1791년 참조).

1786년(37세) 6월, 괴셴서점과 제1차 작품집 출판 교섭. 7월, 카를스바트로 감. 8월, 카를스바트에서 저작집을 위해《젊은 베르테르의 슬픔》퇴고. 9월 3일, 카를스바트에서 비밀리에 이탈리아로 여행을 떠남(~1788년 9월.《이탈리아 기행》참조). 2주 간 베네치아에 머무르는 등, 여행 뒤 10월 29일에 로마에 도착하여 체재. 저작집을 위해 기존 작품과 미완성 원고 등을 손보는 한편 고전·고대·르네상스 미술 연구에도 힘씀.

＊실러《돈 카를로스》

＊＊프로이센 프리드리히 2세 죽음.

1787년(38세) 1월, 로마에서《타우리스섬의 이피게니에》완성. 2월, 카니발 체험. 2월 말 남쪽으로 여행을 떠남(~6월 초). 약 한 달간 나폴리에 체재. 민중과 마을과 고대 유적을 관찰하고, 활화산 베수비오를 세 차례 등정. 이어 처음으로 해로를 통해 시칠리아의 팔레르모에 도착, 약 2주간 머묾. 식물원에서 무성한 남국의 식물에 둘러싸 여 '원식물'을 환시. '목걸이 사건'(1785년, 1791년 참조)에 관여했다 는 의심을 받고 있는 희대의 사기꾼 칼리오스트로의 생가를 거짓 핑계를 들어 가명으로 방문. 약 4주에 걸쳐 시칠리아 내륙을 횡단 한 뒤, 메시나에서 해로를 통해 폭풍우로 난파 위기를 겪으면서도 나폴리로 돌아와 다시 체재. 6월 6일, 로마로 돌아와 거의 살다시피 함(~이듬해 4월 말). 미술작품 연구, 회화실기 습득, 《에그몬트》 집필, 소희가극 습작 등. 애인 파우스티네와 밀회했다고 추정됨.

1788년(39세) 2월, 두 번째로 카니발 구경. 〈로마의 카니발〉 집필. 4월 23일, 로마 출발. 피렌체, 밀라노를 거쳐 6월 18일에 바이마르로 돌아옴. 문화학술 관계 및 일메나우 광산사업을 제외한 다른 공무에서 은퇴. 그러나 바이마르 공의 측근으로서 각종 국무에는 계속 참가함. 7월, 스물세 살의 크리스티아네 불피우스와 동거. 슈타인 부인과 오랜 교우를 끝냄. 《로마의 비가》(~1790)

1789년(40세) 12월, 큰아들 아우구스트 태어남. 다른 자식들은 이미 요절.

**7월, 프랑스혁명 발발(~1794년 7월).

1790년(41세) 3월, 이탈리아 여행 중인 태공비 안나 아말리아의 귀환을 마중하러 베네치아로 가서 체재(~6월). 시집 《베네치아 단가》. 7월, 프로이센 진영에 있는 카를 아우구스트를 위문하러 슐레지엔(현재 폴란드령 실롱스키에) 지방으로 떠남(~10월 초. 카를 아우구스트는 프로이센군의 장군이기도 했다). 이해 제1차 저작집 완결(1787~. 괴셴서점). 주요 수록 신작으로는 《에그몬트》, 《타우리스섬의 이피게니에》, 《토르쿠아토 타소》, 《파우스트 단편》.

1791년(42세) 여름, 프랑스 궁정 추문 '목걸이 사건'과 사기꾼 칼리오스트로를 모델로 혁명비판극 《대(大)코프타》 집필. 12월, 상연.

*모차르트 〈마술피리〉, 실러 《30년전쟁사》(~1793)

**8월, 오스트리아 프로이센의 필니츠 선언.

1792년(43세) 3월, 《대(大)코프타》 간행, 각지 오랜 지인들의 실망과 분노를 불러일으킴. 8월, 프로이센군 진영에 있는 바이마르 공 카를 아우구스트를 위문하러 프랑크푸르트, 마인츠를 거쳐 롱위(프랑스령) 공의 적진을 방문. 9월, 베르됭 침공 뒤 발미 포격전에 휘말려 군대와 함께 패주함. 프랑스군에 점령된 마인츠, 프랑크푸르트를 피해 토리아, 코블렌츠, 뒤셀도르프, 뮌스터, 카셀 등 북쪽으로 크게 우회하여 야코비 형제, 갈리틴 후작부인 등 지인들과 재회하면서 12월에 바이마르로 귀환(자서전 《프랑스 종군기》 참조).

＊＊4월, 프랑스 의회, 오스트리아에 선전포고. 7월, 프로이센 참전. 제1차 대불동맹전쟁. 9월, 발미 포격전 이후 형세가 역전하여 프랑스군이 우위를 점함.

1793년(44세) 5월 초, 반혁명 희곡 《시민 장군》 상연. 5월, 마인츠를 포위한 프로이센군 진영으로 바이마르 공을 방문. 탈환 직후 마인츠로 들어감. 8월, 프랑크푸르트를 거쳐 바이마르로 귀환(자서전 《마인츠 공방전》 참조).

＊＊(프) 루이 16세, 마리 앙투아네트 처형. 자코뱅파 독재, 공포 정치.

1794년(45세) 2월, 바이마르 공, 프로이센군 퇴역. 전쟁은 계속되지만, 괴테의 생활에는 평화가 돌아옴(~1806). 이 무렵부터 가끔 대학 소재지 예나(바이마르령)에 장기 체재. 7월, 실러와 협력관계가 깊어짐.

＊＊(프) 7월, 테르미도르의 반동, 로베스피에르파 처형, 혁명진행 정지.

1795년(46세) 여름, 수년 만에 카를스바트에서 요양. 《메르헨》을 비롯한 《독일 피난민들의 대화》 완성. 《빌헬름 마이스터 수업시대》 완성.

＊＊실러의 논문집 〈소박한 문학과 감상적인 문학에 대하여〉 간행.

＊＊바젤화의(프로이센의 전선 이탈)

1796년(47세) 지난해부터 실러와 정치적 풍자단시집 《크세니엔》 공저.

1797년(48세) 7월, 프랑크푸르트를 거쳐 세 번째 스위스 여행(~11월). 많은 친구와 지인들과 재회. 〈코린트의 신부〉 외 발라드(이야기시) 집필. 장편 서사시 《헤르만과 도로테아》

＊티크 《장화 신은 고양이》(낭만주의적·전위적 희곡)

 ＊＊캄포 포르미오 조약(오스트리아 굴복).

1798년(49세) 《색채론》 연구. 《마술피리》 제2부 집필 시작.

＊슐레겔 형제, 낭만파 기관지 〈아테네움〉 창간(~1800).

1799년(50세) 7월, 티크, 노발리스, A.W. 슐레겔, 괴테 집안에 문객이 됨. 이 무렵부터 수년 동안 낭만파와 접촉 활발.

＊실러의 희곡 〈발렌슈타인〉 3부작 완결. 횔덜린 《히페리온》, 노발리스 《하인리히 폰 오프터딩겐(푸른 꽃)》 완성.

＊＊대불전쟁 재개(제2차 대불동맹전쟁).

(프) 나폴레옹 권력 장악.

1800년(51세) 6월, 옛 벗인 슈토르베르크 백작 가톨릭에 신앙 고백. 괴테, 깊은 실망.

＊노발리스 시집《밤의 찬가》간행.

1801년(52세) 1월, 안면화농성 염증과 인후염으로 호흡곤란 중태. 빈에서 사망 설이 떠돎.

＊노발리스 죽음.

＊＊프랑스에 패배. 라인 강 좌측 할양.

1802년(53세) 이해부터 수년 간 건강 상태 좋지 않음(인후염), 정신적으로도 불 안정. 여름, 작센의 요양지 라우흐슈테트에서 괴테의 감독하에 바 이마르 궁정극장 소유의 새 극장이 완공. 괴테는 그 뒤 수년 동안 여름마다 라우흐슈테트를 방문함(~1805).

1803년(54세) 은둔 생활과 음울한 기분이 계속됨. 3월, 이탈리아 르네상스의 자 유분방한 금속공예가의 전기《첼리니 자서전》의 번역·주역 완성. 《서출의 딸》제1부 완성(제2부 이후 집필 중단). 12월, 헤르더 죽음.

＊장 파울《거인》. 이를 전후하여 횔덜린 후기찬가 집필.

＊＊제국대표자 주요결의(라인 강 좌측 할양의 뒤처리／300여 개의 영방국가를 약 40개로 정리, 재편).

1804년(55세) 1월, 병상.

＊＊(프) 나폴레옹 스스로 황위에 오름.

1805년(56세) 연초부터 전신에 경련성 통증, 신장결석 급성 경련통으로 중태. 5 월, 건강을 조금 회복. 5월, 실러 죽음. 여름에 완전히 건강을 회복 함. 7월, 낭만파 회화〈새로운 가톨릭적 감상성〉에 공격 개시.

＊이때부터 횔덜린의 광기가 심해짐.

＊＊오스트리아·프로이센, 대불전쟁 재개(제3차 동맹), 패배.

1806년(57세) 1월, 쾌활한 희가〈하늘! 하늘의 하늘!〉집필. 2~3월, 건강 악화. 4 월, 희곡《파우스트》제1부 완성(1808년 출판). 코타서점 신저작집 간행 개시(전12권, ~1808년. 원고료 1만 탈러). 7월, 11년 만에 보헤 미아의 요양지 카를스바트에 체재. 이후 여름 요양은 거의 해마다 습관이 됨. 그 무렵 카를스바트를 비롯한 보헤미아 산간 요양지는 독일 제영방, 중·동유럽제국, 러시아 등의 궁정인과 상류층의 여름 사교장이었음. 괴테는 그곳에서 광천수 등을 마시고 건강을 회복하려고 애쓰는 한편 지질학 연구와 동시에 넓은 세계와의 다채로운 교류 및 자극을 즐겼음. 8월, 바이마르로 귀환. 9월, 대불전쟁 재개에 따라 프로이센군 진영으로 복귀한 바이마르 공을 예나 근교로 방문, 군무에 협력. 10월 14일, 프로이센군, 예나에서 패배. 프랑스군 바이마르 침공. 괴테의 집도 습격당해 생명이 위태로워짐. 10월 19일, 18년 동안 동거했던 크리스티아네와 정식으로 결혼.

**8월, 프랑스의 압력으로 신성로마제국 해체. 프로이센 대불전쟁 재개. 10월 14일, 예나 근교 아우어슈테트 전투에서 프로이센 패배. 독일 전역이 사실상 나폴레옹의 지배하에 들어감.

1807년(58세) 4월, 막시밀리아네(1772년 참조)의 딸 베티나 브렌타노(낭만파 시인 클레멘스 브렌타노의 여동생. 뒷날 아르님 부인) 내방(1835년, 베티나 폰 아르님《괴테와 한 소녀와의 서한집》). 6~8월 카를스바트.

*클라이스트《암피트리온》

**프로이센 개혁(국가 체재의 근대화).

1808년(59세) 5~9월, 카를스바트 및 주변 체재. 9월, 어머니 죽음. 9월 말, 에르푸르트의 제후 회의 수행, 나폴레옹 알현.

*피히테〈독일 국민에게 고함〉(내셔널리즘 고양), 클라이스트의 비극《펜테질레아》출간.

1809년(60세)《친화력》간행. 자서전《시와 진실》구상 시작.

1810년(61세) 5~9월, 카를스바트 및 테프리츠 체재. 오스트리아 황비 마리아 루드비카에게 헌시.《색채론》완성.

1811년(62세) 5월, 중세미술 사학자 부아슬리에를 최초로 방문. 5~6월, 카를스바트. 9월, 베티나 폰 아르님 내방, 아내 크리스티아네와 충돌. 베티나의 괴테 집안 방문을 금지.《시와 진실》제1부 간행.

1812년(63세) 5~9월, 카를스바트 및 테프리츠. 베토벤과 친밀한 교제. 12월, 파리로 패주하던 나폴레옹이 바이마르를 통과하며 괴테에게 인사를 남김. 겨울, 심신 미약.《시와 진실》제2부 간행.

**나폴레옹, 모스크바 원정과 후퇴.

1813년(64세) 4월 중순, 다가오는 전운을 피해 여름 휴양지로 떠남. 드레스덴

을 거쳐 5~8월에는 테프리츠, 8월 19일에는 바이마르로 귀환. 9
월, 전선이 바이마르까지 다가옴. 10월, 라이프치히 전투에서 대불
동맹군 승리. 패주하는 프랑스군이 바이마르를 통과. 동맹국 귀족
바이마르 입성. 러시아 황제의 알현, 프로이센 왕자, 메테르니히
백작 등이 방문. 11월, 카를 아우구스트, 영지 내에서 대불의용군
을 모집하지만 괴테는 허락하지 않음.

＊＊2월, 독일 해방전쟁 개시(~1814). 12월, 대불동맹군 라인 도강.

1814년(65세) 6월, 동양학자 하머가 독일어로 번역한 《하피스 시집》(14세기 페르
시아 시인)을 읽고 《서동시집》의 최초 시군(詩群)이 탄생함. 8월, 평
화가 돌아오자 《하피스 시집》을 들고 고향 프랑크푸르트를 거쳐
라인 강변의 요양지 비스바덴으로 여행을 떠남. 9월까지 이곳에서
머물며 주변의 라인·마인 지방을 여행. 지인 빌레머의 젊은 동거
녀 마리안네(9월, 정식 결혼)를 알게 됨. 돌아오는 길에 프랑크푸르
트, 게르바뮤레(마인 강변 빌레머 가문의 별장), 하이델베르크(부아
슬리에의 중세미술 수집)을 방문. 10월 말, 바이마르로 귀환. 여행
하는 동안과 돌아온 뒤 《서동시집》의 시가 끊임없이 탄생함. 겨울,
《서동시집》을 위해 중동 연구. 《시와 진실》 제3부 간행.

＊호프만 《황금 항아리》

＊＊4월, 파리 함락, 나폴레옹 퇴위. 11월, 빈 회의(~1815년 6월)

1815년(66세) 2월, 크리스티아네 중병. 5월, 다시 라인·마인 여행을 떠남. 여행
중 《서동시집》 가운데 〈줄라이카의 서〉의 시 몇 편을 집필. 6~9
월, 비스바덴 및 주변. 8월 이후 게르바뮤레. 9월, 하이델베르크에
서 빌레머 부인과 재회. 마리안네와 마지막 만남. 10월 중순, 바
이마르 귀환. 이해 여름 마리안네와 빌레머를 줄라이카에 빗대
어 〈줄라이카의 서〉의 주요 부분을 완성. 코타서점에서 신저작집
(전20권, ~1819년. 원고료 1만 6천 탈러) 간행 시작. 빈 회의에서 전
후 처리와 영방 재편을 논의한 결과 바이마르 공국은 대공국으로
승격.

＊아이헨도르프 《예감과 현재》

＊＊9월, 39개의 영방국가로 이루어진 독일연방 발족. 유럽 열강의 신성동맹 체

결(왕후귀족의 복귀).

1816년(67세) 6월, 아내 크리스티아네 죽음. 7~8월, 라인 지방에서의 세 번째 요양을 마차 사고로 단념. 바이마르 인근의 덴슈테트에서 머묾. 《이탈리아 기행》 제1부 간행.

1817년(68세) 4월, 여배우 카롤리네 야게만(바이마르 공 카를 아우구스트의 애인)과의 불화로 궁정극장 총감독직에서 해임됨. 자신의 삶을 돌아보는 시 〈태초의 말. 오르페우스의 비사〉. 《이탈리아 기행》 제2부 간행. 자전적 각서 《연대기록》 집필 시작(~1825).

**발트부르크의 축제(자유주의운동).

1818년(69세) 8~9월, 카를스바트 체재.

1819년(70세) 9월, 카를스바트 체재. 10월, 예나 대학 감독관 취임을 거절. 《서동시집》 간행.

**카를스바트 결의·자유주의운동 탄압.

1820년(71세) 5월, 카를스바트 및 마리엔바트(현재 체코령 마리안스케 라즈네) 체재. 6~10월, 예나 장기 체류.

1821년(72세) 5월 《빌헬름 마이스터 편력시대》 제1부 간행(뒷날 전면 개편). 8~9월, 마리엔바트 및 에거 체재.

**그리스 독립전쟁(~1829)

1822년(73세) 6~8월, 마리엔바트 및 에거 체류. 자서전 《프랑스 종군기》, 《마인츠 공방전》 간행.

《연대기록》 집필 본격화.

1823년(74세) 2~3월, 중태(심근경색?), 사망설 떠돎. 6월, 에커만, 괴테의 권유로 바이마르에 정주. 비서 에커만 《괴테와의 대화》 기록 시작. 7~9월, 마리엔바트, 카를스바트 및 에거. 폴란드의 피아니스트 시마노스프키의 연주에 감동하여 시 〈화해〉를 지음. 열일곱 살 울리케 폰 레베초와의 결혼 가능성을 알아봄. 레베초의 어머니는 완곡히 거절. 바이마르로 돌아오는 마차 안에서 〈마리엔바트의 비가〉를 지음. 여름 휴양은 이것이 마지막. 10월, 시마노스프키, 바이마르를 방문하여 괴테를 위해 거듭 피아노 연주. 11월 초, 시마노스프키 떠남. 직후 병이 재발하여 중태.

1824년(75세) 3월, 《젊은 베르테르의 슬픔》 50주년 기념판을 위해 시 〈베르테르에게 보내는 편지〉(《화해》, 〈마리안바트의 비가〉와 함께 《열정 3부작》). 4월, 그리스 독립전쟁에서 바이런 전사(《파우스트》 제2부 제3막 〈헬레나극〉에 그 모습을 묘사함). 10월, 하이네 내방.

＊베토벤 〈교향곡 제9번〉

1825년(76세) 2월 이후 희곡 《파우스트》 제2부 집필 재개. 6월, 《빌헬름 마이스터 편력시대》 퇴고 시작. 자전적 각서 《연대기록》 완성(대상연대, 1749~1822).

＊＊(영) 스티븐슨이 증기기관차 실용화.

1826년(77세) 이 무렵부터 난청과 건망증 징후. 6월, 《헬레나》(《파우스트》 제2부 제3막) 완성.

1827년(78세) 1월, 슈타인 부인 죽음. 3월, 코타서점에서 결정판 괴테전집 간행 시작(전40권, ~1830년. 원고료 6만 탈러. 죽은 뒤 전60권으로 증판, ~1842년). 5월, 자유로운 연작시 〈지나·독일 사계일력〉.

＊하이네 서정시집 《노래책》

1828년(79세) 3월, 프랑스역 《파우스트》 제1부(E. 들라크루아의 석판화 삽입)를 헌정받음. 6월, 바이마르 대공 카를 아우구스트, 베를린에서 귀환 중에 객사. 7~9월, 자르 강변 도른부르크에 있는 성관에서 은둔 생활. 9월, 〈도른부르크의 시〉. 12월, 《실러·괴테 왕복 서한》 간행. 이 무렵부터 불면증과 만성피로 등 노쇠 징후. 백내장 증상.

1829년(80세) 《빌헬름 마이스터 편력시대》 결정판 전3부 간행. 《이탈리아 기행》 제3부 간행.

1830년(81세) 11월, 아들 아우구스트가 로마에서 객사(10월)했다는 소식이 전해짐. 이달 말 각혈을 반복하며 중태.

＊＊이때를 전후하여 산업혁명이 독일로 번짐. 프랑스 7월혁명. 자유주의적 정치운동이 독일 곳곳으로 파급.

1831년(82세) 1월, 유서 작성. 8월, 희곡 《파우스트》 제2부 완성, 봉인. 이달 말, 생일이 지나자마자 마지막으로 일메나우 여행. 키켈하안 산 정상에 있는 오두막에서 50년 전 널빤지에 적었던 시 〈사냥꾼의 저녁 노래〉와 재회(1780년 참조). 《시와 진실》 제4부 완성. 유행성감기,

류머티즘, 하지궤양 등을 앓음.

＊하이네, 파리로 이주.

1832년(83세) 1월, 희곡 《파우스트》 제2부의 봉인 해제. 2월, 영국 철도 개통 소식을 들음. 3월 중순 마차를 타고 산책하다가 감기에 걸림. 폐렴으로 발전하여 심근경색 유발, 극심한 고통에 시달림. 3월 22일, 멀어지는 의식 속에서 고통도, 죽음에 대한 두려움도 잊은 채 간병인들도 모르는 사이에 평온하게 자택에서 죽음.

＊뵈르네 《파리에서 온 편지》(~1834)

＊＊5월, 급진자유주의자의 함바흐 축제.

[죽은 뒤]

1833년 《파우스트》 제2부, 《시와 진실》 제4부 출판.

＊1835년 뷔히너 《당통의 죽음》

1836년 하이네 《낭만파》

＊＊1834년 1월, 독일 관세동맹 발족(독일 통일의 첫걸음). 1830년대 곳곳에 철도 부설(산업혁명 진행). 1871년, 프로이센 주도 아래 독일 통일.

곽복록(郭福祿)

일본 조치(上智)대학교 독문학과 수학. 서울대학교 문리과 대학 독문학과 졸업. 미국 시카고 대학교 대학원 독문학과 졸업. 독일 뷔르츠부르크대학교 독문과 졸업(독문학 박사). 서울대학교·서강대학교 독문과 교수 역임. 한국독어독문학회 회장. 한국괴테학회 초대회장. 서강대학교 명예교수. 지은책《독일문학의 사상과 배경》옮긴책 요한 볼프강 폰 괴테《젊은 베르테르의 슬픔》《파우스트》《친화력》《헤르만과 도로테아》《빌헬름 마이스터 수업시대·편력시대》요한 페터 에커먼《괴테와의 대화》「괴테문학컬렉션」프리덴탈《괴테 생애와 시대》토마스 만《마의 산》카를 힐티《잠 못 이루는 밤을 위하여》《행복론》니체《차라투스트라는 이렇게 말했다》《비극의 탄생》《즐거운 지식》아이스킬로스《결박당한 프로메테우스》등이 있다.

세계문학전집053
Johann Wolfgang von Goethe
WILHELM MEISTERS LEHRJAHRE
빌헬름 마이스터 수업시대
요한 볼프강 폰 괴테/곽복록 옮김
동서문화사창업60주년특별출판
1판 1쇄 발행/2016. 11. 30
발행인 고정일
발행처 동서문화사
창업 1956. 12. 12. 등록 16-3799
서울 중구 다산로 12길 6(신당동 4층)
☎ 546-0331~6 Fax. 545-0331
www.dongsuhbook.com
*

사업자등록번호 211-87-75330
ISBN 978-89-497-1518-6 04800
ISBN 978-89-497-1459-2 (세트)